ΑΛΕΞΙΑΣ

アレクシアス

アンナ＝コムニニ　相野洋三・訳

Ἄννα Κομνηνή

悠書館

アレクシアス——目　次

アンナ＝コムニニの生涯——日本語訳『アレクシアス』に寄せて——（井上浩一） vii

系図：コムニノス家とドゥカス家 xxii

付図Ⅰ：帝国東方部 xxiv

付図Ⅱ：帝国西方部 xxvi

付図Ⅲ：コンスタンティノープル xxvii

凡例 xxix

序文 1

第Ⅰ巻 7

［ミハイル七世ドゥカス、ニキフォロス三世ヴォタニアティス治世下における若き将軍アレクシオスの三つの手柄～南イタリアの征服者ノルマン人ロベルトス＝ギスカルドス（ロベール＝ギスカール）のギリシア遠征の準備］

第Ⅱ巻 55

［ニキフォロス＝ヴォタニアティス帝に対するコムニノス一族の反乱～アレクシオスの皇帝選出、皇帝歓呼を受ける～一〇八一年四月一日、アレクシオス軍、帝都を掌握］

第Ⅲ巻　91

［アレクシオスならびにイリニ＝ドゥケナ両陛下の人となりと容姿～帝都に対する反乱軍兵士の非人道的行為に対するアレクシオス帝の贖罪］

第Ⅳ巻　127

［ディラヒオンの戦い（第一次ノルマン戦争［一〇八一～八五年］の開始）～ロベルトス＝ギスカルドス率いるノルマン軍の勝利～アレクシオス、二日二夜をかけてアルバニアの山岳地帯を駆け抜けオフリドへ落ち延びる］

第Ⅴ巻　149

［ロベルトス、イタリアへ帰還～アレクシオス、ギリシア西部・マケドニア・テサリアにおいてロベルトスの息子ヴァイムンドス（ボエモン）のノルマン軍と戦う～二度の敗北の後、一〇八三年秋、ヴァイムンドスに対する初めての勝利］

第Ⅵ巻　179

［アレクシオス、ノルマン人からカストリア（北ギリシア）を奪還～ヴァイムンドス、イタリアへ帰還～アレクシオス、ヴェネツィアへ特権授与～一〇八五年七月、ロベルトス、再度のギリシア遠征の途中、熱病により死去～初子アンナの誕生（一〇八三年十二月二日）～トルコとの戦い～遊牧民スキタイ（パツィナキ）の脅威］

第Ⅶ巻　219
［バルカンにおけるスキタイ（パツィナキ）との戦い～スミルナのアミール、ツァハスとの戦い］

第Ⅷ巻　253
［スキタイ（パツィナキ）との戦い～一〇九一年四月、スキタイ（パツィナキ）に対するローマ軍の最終的勝利～アレクシオス帝に対する度重なる陰謀事件の発生］

第Ⅸ巻　279
［スミルナのツァハスとの戦い～クレタとキプロスにおける反乱～セルビア人との戦い～ニキフォロス＝ディオエニスの陰謀～セルビア人の服従］

第Ⅹ巻　307
［修道士ニロスの異端の登場～バルカンの遊牧民コマニとの戦い～十字軍のはじまり］

第Ⅺ巻　351
［第一回十字軍（一〇九六～九九年）～シリアにおける十字軍士たちの活躍～ヴァイムンドス、アンティオキアを掌握～ヴァイムンドス、ローマ軍との戦いで苦境に陥り、イタリアへ脱出（一一〇五年一月）］

第Ⅻ巻　393
［さまざまの国内問題～ヴァイムンドス、ディラヒオンを包囲、第二次ノルマン戦争（一一〇七～〇八年）］

第XIII巻　423
［ブルガリア王族出身のアロン一族の陰謀～ヴァイムンドスに対するアレクシオス帝の最終的勝利－ディアヴォリス条約の締結（一一〇八年九月）］

第XIV巻　471
［トルコ人に対するローマ軍の成功裡の戦い～アンティオキアにおける十字軍士に対する対応～アレクシオスの病気とその原因～アンナの歴史家としての立場～フィリプポリスにおける異端に対するアレクシオス帝の使徒的な働き］

第XV巻　509
［アレクシオス帝のトルコ人に対する成功裡の最後の遠征（一一一六年）～コンスタンティノープルの孤児院の再建～ヴォゴミル派の首領ヴァシリオスの裁判と火刑～アレクシオス帝の最後の病と死（一一一八年八月十五日）］

訳者あとがき　559

訳註　*119*

関連史料および参照文献　*113*

索引　*1*

アンナ＝コムニニの生涯
——日本語訳『アレクシアス』に寄せて——

井上浩一

『アレクシアス』の魅力と女性歴史家アンナ

アンナ＝コムニニ（アンナ＝コムネナ、一〇八三～一一四八／五五年？）が、父アレクシオス一世（在位一〇八一～一一一八年）の治世を記した歴史書『アレクシアス』は魅力的な作品である。アレクシオス一世は、国境の彼方からノルマン人・トルコ人・北方遊牧民が押し寄せ、国内では反乱・陰謀・異端が渦巻くビザンツ帝国を建て直した名君とされる。帝国を襲う大波に立ち向かう皇帝の姿を『アレクシアス』は英雄叙事詩風に描いている。ビザンツ帝国におけるもっとも優れた歴史書、ビザンツ文学の最高傑作と言われる作品である。

『アレクシアス』が注目される理由は、女性の手になる歴史書という点にもある。歴史 history とは his story 男の物語であると言われる。現代では女性研究者の活躍が目覚ましいが、古代・中世においては、洋の東西を問わず歴史学は男の学問で、女性歴史家は皆無に近い。男が独占していたのは、歴史学という学問の性格に理由があったように思われる。歴史学が扱ってきたのは政治や戦争であった。そこは男の世界であった。国家を動かした男たちが語る、男のための教訓、それが歴史学であった。アンナも戦争を軸にして、父アレクシオス一世の時代を描いた。男の仕事に取り組み、見事な成果を挙げたアンナ＝コムニニは奇蹟の女性歴史家であった。

『アレクシアス』の魅力はそれだけではない。ビザンツの歴史家は真実を記すことをなによりも重視した。それでこそ後世に役立つと考えていた。ところが『アレクシアス』には、英雄的な皇帝の治績に加えて、しばしば著者の個人的な思いが記されている。アンナというひとりの女性、きわめて魅力的な女性の姿が浮かび上がってくる、少し変わった歴史書である。女性につつましさが求められていた時代において、あえて自己主張も辞さなかった、強い個性をもったひとりの女性と出会うこと、そこにも『アレクシアス』の魅力がある。

アンナはどんな女性だったのだろうか。ビザンツ歴史学の傑作『アレクシアス』をお読みいただくに先立って、著者の生涯を紹介することにしたい。

「緋の産室」——一〇八三年十二月二日（土）

古代・中世の人物の場合、生年月日は不明で、死んだ年月しかわからないことが多い。生まれてくる時はごく普通の人間だった者が、めざましい活躍をした結果、その死が人々の注目を集めたためである。アンナはまったく逆である。生まれた日やおおよその時間までわかっているのに、没年は伝わっていない。

誕生日がわかっているのは、本人が『アレクシアス』のなかで書いているからである。対ノルマン戦争を扱った第Ⅵ巻において、父アレクシオス一世の凱旋を記したのち、本論から離れて自分の誕生について次のように述べている。

「皇帝は、……記念碑をもたらす勝利者として大都へ帰還する、すなわち第七エピネミシス（インディクティオン）の十二月の第一日であった、そしてその時にその者は分娩する皇后たちのためにずっと以前に定められた部屋で皇后が陣痛の最中であることを知った。……中略……土曜日の夜明けに、人々の言っていたように、すべてにおいて父に似た女子が誕生した。その赤子が私であった」（196ページ）。

「緋の産室」――皇后が子供を産む部屋――で生まれたこと、皇帝の娘であることはアンナの誇りであった。序文でも「緋の産室」で生まれたアンナと名乗っている。アンナは続けて次のような思い出も記して、自分が両親に愛されたこと、両親を心から愛していたことを強調する。

> 「そして皇后、母がかつてつぎのようなことを言っていたのを聞いたことがある。すなわち皇帝の宮殿への帰還の二日前……中略……陣痛に苦しみながら腹部に十字の印をし、「赤ちゃん、お父さんの帰るまでもう少し待ってね」と言っていたのである。……中略……皇后の言いつけは実現されたのである、実にそのことは胎内にいるときからすでに将来における両親への一途な愛情をはっきりと示す印であった」（196～197ページ）。

『アレクシアス』はアレクシオス一世の治世を記した歴史書に違いないが、自分の誕生に関する記事だけを見ても、著者アンナには、敬愛する父の治績を後世に伝えるだけではなく、自分という存在を永遠に残したいという思いがあったことが窺える。父の業績を誇らしげに記し、母の思い出を綴りつつ、私はそのような父の、このような母の娘であるという誇りが込められているようである。敢えて言えば、『アレクシアス』はアンナの自伝でもある。

婚約と帝位への夢

アンナは生まれてまもなく婚約した。ビザンツでは婚約可能年齢は七歳と定められていたので違法であったが、父アレクシオス一世の意向で強引に行なわれたようである。相手はコンスタンディノス＝ドゥカス、父も祖父も皇帝である「緋の産室」生まれの皇子であった。力づくで帝位を簒奪したアレクシオスにとって、娘アンナとドゥカス王朝直系の皇子との縁組は、みずからの帝位を正統化する手段であった。

コンスタンディノスには共同皇帝の冠が授けられた、合わせて自分も皇帝歓呼を受けたとアンナはわざわざ記している。いつかは自分たちが皇帝・皇后となるはずであったと考えているようである。しかし皇帝歓呼は、「私の身に降りかかった、あるいは幸せな、あるいは逆に不幸な出来事の前触れであったかもしれない」（１９７ページ）。この意味深長な文に続けて、弟ヨアニス（ヨハネス二世、在位一一一八～一一四三年）の誕生が記されている。アンナの将来に大きな影響を与えた出来事であった。男児の誕生を両親が喜んだことを記すアンナの文章は、自分の誕生記事に比べて、どこか奥歯にものが挟まったような響きがある。アンナの文を文字通り訳すべきか、その内心を推し測って、踏み込んだ訳にすべきか、翻訳者泣かせの一節といえよう。本書はあくまでも原文に忠実な訳となっている（１９７～１９８ページ）。読者の皆さんはアンナの文をどう読まれるだろうか。

いずれにしてもアンナは『アレクシアス』のなかで弟ヨアニスにほとんど言及していない。アレクシオス一世の晩年には、病がちの父を支えて皇太子ヨアニスが政治・軍事に携わったはずであり、また皇帝となってからの活躍ぶりをみても、有能であったことは確かなので、アレクシオス一世時代の歴史をヨアニス抜きで記すというのはかなり不自然である。弟ヨアニスではなく自分が父のあとを継いで帝国の舵取りをするはずだった、そんな屈折した思いがアンナにあったのかもしれない。

それを窺わせる叙述も確かにある。祖母アンナ＝ダラシニ（ダラセナ）に言及したⅢ巻６～７章である。戦場へ向かうアレクシオスは留守を母に託した。祖母が政治を行なったことを記すにあたって、アンナはビザンツ歴史書の原則を破って、父の金印文書を長々と引用している（１０６～１０８ページ）。この箇所は、アンナの優雅な文章とは用語や文体が異なり、前後から浮き上がっている。敢えて歴史学の作法を無視したのは、祖母が政治を行なったことを強調したい、確かにアレクシオス皇帝から権限を委ねられたことを示したい、との思いであろう。

アレクシオス一世が女性に政治を任せたことを非難する人々に対してアンナは反論する。

「私の祖母は単にローマ人の帝国を統治することができただけでなく、日の下にあるものならどこであれすべての帝国を立派に見守ることができたほど、それほどに国事の処理においても巧みであり、また国政を引き受け、運営することに優れていた」（109ページ）。

祖母ダラシニの挿話は、母に対するアレクシオス皇帝の愛と信頼を強調するだけではなく、女性にも政治ができると言うためもあったようである。私が政治をみてもよかったはずだった……。

少女時代への別れ

七歳になったアンナは婚約者の母——元皇后マリア——のもとで暮らすようになった。花嫁修業といったところであろうか。可愛がってもらったとアンナは記している。ところがそろそろ結婚が近づいてきた一〇九四年に思いがけない事件が生じた。ディオエニスという貴族による皇帝暗殺未遂事件である。アンナは事件について詳しく記し、アレクシオス一世が婚約者コンスタンディノス＝ドゥカスの屋敷に泊まった夜に起こったことや、その母で元皇后のマリアにも疑いがかかったことに言及している。

「これらの文書により皇后マリアもディオエニスの反逆を知っていたこと、しかし決して〔皇帝の〕殺害に同調するのでなく、なんとかして単に殺害行為から身を引かせるだけでなく、そのようなことを考えることさえしないよう努めていたことが明らかになった。……中略……皇后マリアの件については、皇帝は……中略……何も知らない態度を貫こうとした」（298～299ページ）。

マリアはアレクシオスの計らいで難を免れた。しかし暗殺未遂事件の翌年、コンスタンディノス＝ドゥカスが死んだ。もともと虚弱だったようで病死と思われるが、状況が状況だけに疑惑がつきまとう死であった。アンナは『アレクシアス』のなかで、亡き婚約者に何度か言及している。思わず脱線して次のように記したこともあった。

「ここで図らずも私はこの若人を思いだし、激しい悲しみに襲われ、心は千々に乱れる。……中略……あの若人は自然の生んだ至宝、いわば神の手による傑作である。……中略……私はと言えば、永の年月を経た今も、この若人を思い出す時、涙が溢れでる」（３７ページ）。

この文章を書いた時、アンナは六〇代だったと思われる。遠い少女時代を思い出して涙は止まらなかった。ディオエニス陰謀事件、息子コンスタンディノスの死と相前後してマリアは修道院に入った。同じ頃、アンナが憧れていた祖母アンナ＝ダラシニも宮殿を去って修道院に入ったようである。ふたりの修道院入りについてアンナは一切触れていない。祖母アンナの場合は、帝国統治をめぐって息子アレクシオス一世との関係がこじれたためだったらしい。少女アンナには辛い出来事であった。

男勝りで頼れる憧れの祖母アンナ、美しく優しいが不幸だった元皇后マリア、いつか皇帝夫婦となるはずだった婚約者コンスタンディノス。少女時代のアンナを彩った人々は次々と去って行った。懐かしい人々との別れは少女時代への別れでもあった。悲しみのなかアンナは大人となる。待っていたのは結婚であった。

政略結婚と夫婦関係

婚約者の死後ほどなく一〇九七年頃アンナは結婚した。やはり政略結婚だったようである。夫となったのはニキフォロス＝ヴリエニオス。ヴリエニオス家は名門の軍事貴族で、同名の祖父は帝位をめざしてコンスタンティノープルへ攻め上ったこともある。ヴリエニオス家の反乱は青年将軍アレクシオスによって鎮圧された。一〇七八年春のことである。二十年の歳月を経て、宿敵同士の子孫が結婚した。帝位をめぐる有力貴族間の抗争の時代から貴族連合政権へ、アレクシオス一世による帝国支配体制の転換を象徴する結婚であった。

アンナは『アレクシアス』の序文で夫ヴリエニオスへの愛情を吐露している。とはいえ、アンナとヴリエニオスの関係は一般の夫婦とはかなり異なっていた。なんといっても皇帝の娘との政略結婚であり、ヴリエニオスは一歩下がっていたようである。その点を端的に示すのは夫婦のあいだに生まれた子供たちであろう。自分の誕生など、個人的なことも書いているにもかかわらず、『アレクシアス』にはなぜか子供のことはまったく出て来ないが、他の史料からアンナ夫婦には子供が四人いたことがわかっている。注目したいのは子供の姓名である。

ビザンツ人は夫婦別姓であった。アンナがヴリエニオスと結婚してもアンナ＝ヴリエニと呼ばれることはない。コムニニのままである。もっともビザンツの夫婦別姓は、男女の平等を意味するものではなく、娘は結婚しても父の支配下にあるという、古代ローマの家父長制の名残りとみた方がよさそうである。そのことは子供の姓名によく現れている。ほとんどの場合、子供は父の苗字を名乗る。名前も、長男は父方の祖父、長女は父方の祖母の名を貰う――アンナは父方の祖母アンナ＝ダラシニから名前を貰った――というように、夫婦関係は男性優位であった。

アンナ夫婦は例外である。長男はアレクシオス＝コムニノス、つまり母アンナの苗字を名乗り、母方の祖父アレクシオス一世から名前を貰っている。次男はヨアニス＝ドゥカス、長女はイリニ＝ドゥケナで、父でも母でもなく、母方の祖母、つまりアンナの母イリニ（エイレーネー）の苗字ドゥカスを名乗った。父の苗字ヴリエニオスを名乗った子供はいなかったらしい。

子供の姓名に加えて、妻の呼称という点でも注目すべき現象がみられた。妻は夫の苗字を名乗らないものの、夫の爵位称号を女性形にした呼称を用いるのが一般であった。「〜の妻」という意味合いの名乗り方である。アンナの場合、夫ヴリエニオスがケサル（カエサル）という称号を帯びていたので、周囲の人々からケサリッサ

（カエサル夫人）と呼ばれている。母イリニも娘アンナを公式にはそう呼んでいた。ところが本人がケサリッサと名乗った形跡はない。『アレクシアス』における自己紹介は「アレクシオスとイリニの娘」「緋の産室生まれ」のアンナである。

父アレクシオス一世の病と死

晩年アレクシオス一世は病気がちとなった。それでも皇帝として東奔西走の日々が続いた。健康に不安があったためか、アレクシオスは妃や娘たちを遠征に同行させるようになった。宮殿から外へ出ることのなかったアンナにとって新鮮な体験であっただろう。地理情報に乏しい『アレクシアス』にあって珍しく、XIV巻８章ではトラキア地方のフィリプポリスについて街の様子が詳しく記されている。その際にアンナはひとこと述べている。「私自身もある必要から皇帝と共にその都市に滞在した時に、それらの遺跡を見たことがある」（５０２ページ）。

父は戦場から戦場へと生涯を過ごし、宮殿にいても政治・外交・教会問題と多忙な日々であった。フィリプポリスへの旅は、触れ合うことの少なかった父との大切な思い出である。病が与えてくれた幸せなひととき……、懐かしさのあまり書き添えた一文であろう。

『アレクシアス』のなかでアンナが、楽しかったこと、嬉しかったことに言及するのは稀である。自分は不幸であったと繰り返し嘆き、涙している。ただし、そのたびに個人的な感情は歴史書に記すべきではないと自分に言い聞かせ、涙を拭って歴史の執筆に戻っている。そのアンナが悲しみの淵に身を投げて、ついに戻らない時が来る。最愛の父アレクシオスの最期を記したXV巻11章である。

『アレクシアス』の最終章は、重態となったアレクシオスを囲んで、妃イリニ、アンナをはじめとする娘たちが、悲しみのなか必死の看病を続ける姿を描いている。呼吸困難に陥った父を懸命に介抱するアンナたち、薬が効いて一時的に症状が回復した時の喜び、それも束の間、数日で再び悪化した時の落胆……。そして、父が息を引き取った時の絶望。愛する人を失う悲しみのなか『アレクシアス』は閉じられる。

嘆きと涙へと脱線したまま、アンナの筆はついに歴史の世界に戻ることはない。歴史書からの逸脱をあらかじめ弁解するかのように、アレクシオス一世の死を記した11章の冒頭で、アンナは父の言葉を記している。父は自分の歴史、栄光を描くよりも「むしろ自分について〔人々が〕挽歌を歌い、自分の身に降りかかった恐ろしい出来事を嘆いてほしかったのである」（５４７ページ）。『アレクシアス』は歴史書であるとともに、父を称える英雄叙事詩であり、父に捧げる挽歌でもあった。

帝位継承問題とアンナの陰謀

『アレクシアス』は、死の床にあるアレクシオス一世をめぐる麗しい家族愛、愛する人を失う悲しみを歌い上げている。しかし涙の陰に帝位をめぐる生臭い争いがあったようである。アンナの婚約者コンスタンディノスの死によっていったん解決した後継者問題が、アレクシオスの晩年には再び燻っていた。アンナとほぼ同時代の歴史家ゾナラスは、皇后イリニを中心に、アンナの夫ヴリエニオスを帝位に就けようという動きがあったと伝えている。アレクシオスが危篤になると、皇太子ヨアニスは、父の存命中に皇帝即位の手続きをとるというクーデターまがいの行動で、帝位簒奪の陰謀を未然に防いだ。

『アレクシアス』にもそれを窺わせる微妙な一節がある。アレクシオスの枕元で涙するアンナたちを尻目に、「帝国の後継者は皇帝の死が夜の間におこるのではないかと気づき、すでに自分にあてがわれた部屋へ引き取っており、そして慌ただしく部屋を出ていくと、急いで大宮殿に向かった」（５５４ページ）。もっともアンナは薄情な弟にひとこと触れただけで、すぐに主題に戻って、父との永遠の別れを嘆く。「すべてを、そう、冠と帝位、権威、すべての権力、帝座、支配権を捨てましょう」（５５４ページ）という母イリニの言葉を記し、「私も他のすべてのことに眼もくれず彼女と一緒に悲しみの声をあげ」（同）たと述べる。自分たちは父のことだけを考えていた、帝位など眼中になかったということであろう。

　こうして一一一八年八月ヨアニス二世が即位したが、アンナは帝位への野望を捨てていなかった。翌年の春に皇帝暗殺を試みたのである。母が「現に皇帝である者を除くのは間違っている。ヨアニスが殺されるのは、あの子を産んだ時の苦しみより辛い、それは癒えることのない悲しみとなる」と引き止めたにもかかわらず、夫ヴリエニオスを担いでクーデターを敢行した。計画は周到に準備されており、ヴリエニオスさえしっかりしていれば、成功しただろうと言われている。政治家あるいは策略家としてのアンナの才能を窺わせる逸話である。

　陰謀計画はヴリエニオスの優柔不断な態度によって失敗に終った。ヴリエニオスは内外の状況に鑑みて、義弟ヨアニスの方が皇帝にふさわしいと考えていたのかもしれない。いずれにせよ、アンナの眼には如何にも不甲斐ない夫と映ったのであろう、激しく罵ったと言われている。この事件について伝えているのは、十三世紀初の歴史家コニアテスだけであり、百年近くのちの記録であって、どこまで事実を伝えているのか疑問がないわけではない。アンナは濡れ衣を着せられたという見解もある。しかしビザンツ歴史家の執筆態度を考慮するなら、夫ヴリエニオスをなじった言葉などに後世の脚色はあっても、陰謀事件そのものを否定することはできないように思われる。

ケカリトメネ修道院——学問の世界へ

　クーデターに失敗したアンナは逮捕され、財産も没収されたが、まもなく許されて母が建てたケカリトメネ修道院に入ることになった。もっとも修道女となったわけではなく、修道院内に建てられた皇族女性用の屋敷で暮らしていたようである。修道院という言葉から連想される、厳しい修行、禁欲生活といったものからはほど遠い、優雅な宮廷生活の延長といったところだったらしい。アンナは三十代半ばを迎えていた。

ケカリトメネ女子修道院は、アレクシオス一世の墓所となったフィラントロフォス男子修道院と隣り合っていた。ふたつの修道院のあいだには隔壁が設けられていたが、アンナは母にせがんで、壁からせり出すように屋敷を増築してもらった。父の葬られている修道院を見渡せる部屋がアンナの住まいとなったのである。この措置は物議を醸したようで、アンナの死後は部屋を取り壊し、境界の壁を一メートルほど高くするという条件付で認められている。母の住むケカリトメネ修道院、父の眠るフィラントロフォス修道院、両親に見守られてアンナは後半生を送る。

ケカリトメネ修道院では、母イリニを中心に知識人の文芸サロンが生まれた。アンナも学問に親しみ、母の亡きあとサロンの女主人となった。アンナの学問歴はよくわかっていない。『アレクシアス』V巻9章3節は、異端問題に対処するアレクシオス一世を描きつつ、またも脱線して母イリニの思い出を記している。難しい神学書を読む母に向かって、アンナはそんな本を読んだら眩暈がすると言った。母は「いつかあなたにも、この本の素晴らしさがわかる時が来ますよ」と優しく諭した。サロンの文人はアンナが幼いころから学問好きだったと讃えているが、遠い日の思い出から察するに、もともと学問はあまり好きでなかったのかもしれない。

歴史家コニアテスはアンナが哲学を修めたことを称えている。『アレクシアス』の序文にも、私は「アリストテレスの諸学とプラトンの対話作品を精読」（1ページ）したとある。哲学は修道院のサロンで学んだものらしい。サロンの文人からアリストテレスの注釈書を献呈されたこともあった。ホメロスや悲劇にも造詣が深かった。『アレクシアス』は随所でホメロスが引用され、エウリピデスなどの悲劇を踏まえた表現も見られる。アンナの学問・教養を示すものである。

その反面、古代ギリシアの歴史書への言及は思いのほか少ない。トゥキュディデスを参照した可能性のあるほぼ唯一の記事（Ⅵ巻10章11節）では、著名なギリシア人を取り違えている。アンナが歴史学に関心を持っていたとは言い難いようである。歴史学は男の学問、女がするものではないと思っていたのであろう。ビザンツの歴史家にもほとんど言及していない。唯一の例外は十一世紀のミカエル＝プセルロスである。プセルロスはビザンツ歴史学の異端児とも言うべき存在で、著作『年代記』のなかに遠慮なく自分を登場させ、自慢と受け取られかねないことも書き連ねた。プセルロスの執筆方針はアンナの共感するところとなった。

『アレクシアス』の執筆

修道院で学問に親しむようになったものの、歴史学にはあまり関心がなかったアンナが、はからずも父の歴史を書くことになった。『アレクシアス』序文によれば、亡きアレクシオス皇帝の業績を後世に伝えるべく、皇后イリニは娘婿ヴリエニオスに歴史の執筆を依頼したという。ヴリエニオスは軍事貴族の御曹司でありながら、戦争よりも学問が好きだったようである。イリニは娘婿を高く評価しており、夫の後継者と考えたこともあった。

ヴリエニオスは、ヨアニス二世に仕えて多忙ななか著述を進めたが、遠征先で病に倒れ、その作品『歴史』はアレクシオスが皇帝となる前で途切れてしまった。『アレクシアス』序文において、夫の死を記したあとアンナは続けて、夫に代わって父アレクシオス一世の歴史を書くことにしたと述べる。

「まさにこのゆえに私は、私の父によって行われたことすべてを、そのような偉大な業績が後世の人々の前から消えてしまわないために、記述しようと決心したのである」（3～4ページ）。

歴史学は男の学問である、自分は歴史学に造詣が深くない。それを承知のうえで執筆を決意した理由は、父への愛、父の治績を後世に伝えたいという強い思いであった。『アレクシアス』の主旋律は父アレクシオス讃美である。この主旋律は、真実を記すという歴史学の原則と不協和音を生じかねないものであった。アンナは良き歴史家と良き娘を両立させるべく苦心することになる。

アンナの苦心は『アレクシアス』の随所に窺うことができる。第I巻の前半はヴリエニオスの『歴史』を参照しつつまとめられており、アンナ自身、詳しくは夫の書物を読んでほしいと何度か断っている（１５ページなど）。両者の記述を比べると『アレクシアス』の特徴が明らかとなる。父アレクシオスが反乱者ニキフォロス＝ヴリエニオス（夫ヴリエニオスの祖父）を破った戦いは、トルコ人部隊の活躍が決め手となった。ヴリエニオスの『歴史』は、トルコ兵の突撃を記したあと、「アレクシオスも手勢をまとめてトルコ人部隊に続いた」と記している。これに対してアンナは、真実を伝えるという歴史学の原則から外れることなく、勝利を父の手柄にすべく叙述を工夫している。ヴリエニオスの原文に従いつつも、「アレクシオス」の前に「作戦のすべてを考え出した私の父」（２１ページ）という修飾語を付けたのである。

『アレクシアス』全体を通じて、アンナは歴史学の本分から外れないよう、客観的、公平であるよう努めている。自分のことを書いたり、父を称賛したりするがゆえに非難されることも多いが、真実を記すという歴史学の基本を忘れてはいない。たとえば、父アレクシオスの宿敵であったノルマン人の勇将ヴァイムンドス（ボエモン）に対しても、評価すべき点は評価し、称賛を惜しまない。ただし、ヴァイムンドス称賛の文章には、微笑ましいひとことが付け加えられている。「それほどまでに優れたこの者も、幸運と雄弁と他の天与の才能に関しては皇帝（＝アレクシオス一世）だけには及ばなかった」（４５６ページ）。

アンナ＝コムニニの生涯と『アレクシアス』

『アレクシアス』を残してアンナは死んだ。アンナの没年は一一四八年よりものち、おそらく一一五四／五年頃と推定されているが、確かなことはわからない。没年不詳なのは、孤独な晩年だったことを思わせる。ケカリトメネ修道院の学問仲間であった文人がアンナに捧げた追悼文は、冒頭で弔辞の作成がすっかり遅くなったと断っている。アンナは人知れずこの世を去ったのであろう。

もちろん墓も知られていない。創設者イリニ皇后が定めたケカリトメネ修道院規約には、娘たちがこの修道院に葬られることを望むなら、外玄関廊に埋葬の場所が与えられ、本人の意向に従って墓を造るべしという条項がある。修道院の所在地は確定できないが、いつの日か遺構が発掘され、アンナの墓が見つかるかもしれない。墓碑銘は「皇帝アレクシオスと皇后イリニの娘、『緋の産室』生まれのアンナ＝コムニニ。私は学問を究め『アレクシアス』を記した」のはずである。

アンナはふたつのことを誇りとしていた。皇帝アレクシオスの娘として生まれたこと、そして古典の学問・教養を修めたことである。ふたつの誇りが重なるところに『アレクシアス』があった。アレクシオス一世の娘として「緋の産室」に生まれたアンナ、母イリニの導きで学問の世界に入ったアンナ、両親の愛情を受けて育ったアンナは、偉大な父の歴史を描き、そのなかに母をはじめとする思い出の人々、さらには自分のことを書いた。『アレクシアス』はアンナの誇りであり、生きた証であった。「私は歴史家である」（541ページ）と誇らしげに述べている。

自分の生涯は不幸の連続だった……、アンナは繰り返しそう言っている。『アレクシアス』の結びの文も、「私は生きながら、千もの死を経験した。……中略……最大で最後の不幸の後でも、感覚をもつ存在として生きつづけている……中略……これ以上に苦しい思いをしないように、歴史はこれで終えることにしよう」（557ページ）となっている。帝位継承権が弟に移されたことから始まり、婚約者を亡くし、敬愛していた父の死に泣き、クーデターに失敗して修道院に入った。

夫の死というさらなる不幸によって、アンナは思いがけず歴史学と出会った。『アレクシアス』を書きつつ、わが身の不幸、辛い思い出に涙することもあった。しかしアンナは歴史学に慰めを見出したのではないだろうか。歴史学があったからこそ、「不幸の後でも」生きることができたのではないだろうか。『アレクシアス』には「……という場所」（２３６ページ）といった空白がいくつかある。のちほど調べて書き込むつもりだったようである。空白が残ったところをみると、書き上げてまもなく死んだと考えられる。『アレクシアス』を書いたことに満足した、安らかな最期だったと思いたい。

ではこれから、アンナという女性に思いを馳せつつ『アレクシアス』の世界を訪ねていただくこととしよう。

（大阪市立大学名誉教授）

コンスタンディノス=ディオエニス

m.　エヴドキア=マクレムヴォリティサ　m.　ロマノス4世ディオエニス　m.　最初の妻
(ca. 1032-72 ; r. 1068-71)

レオン
(d. 1087)

ニキフォロス
(d.a.1094)

コンスタンディノス
(d. ca. 1073)

アンドロニコス
(b. 1058)

ミハイル7世
(ca. 1050-1090 ; r. 1067-78)

m.　マリア
(アラニアの)

m.　ニキフォロス=ヴォタニアティス
(ca. 1001-1081c ; r. 1078-1081)

コンスタンディノス
(1074-ca.1095)

m.　イリニ=ドゥケナ
(1066-1123?)

ミハイル

ヨアニス

アンナ　m.　エオルイオス=パレオロゴス

ヨアニス2世
(1087-1143 ; r. 1118-43)

m.　イリニ
(ピロシュカ)
(1088-1134)

アンドロニコス
(1091-1130)

イサアキオス
(b. 1093)

エヴドキア
(b. 1089)

セオドラ
(b. 1096)

アレクシオス　イサアキオス　アンドロニコス　エヴドキア　マヌイル1世　アンナ　セオドラ　マリア

マヌイル1世
(1118-80 ; r. 1143-80)

*** 父ヴリエニオス（パトリキオス）・祖父ニキフォロス =ヴリエニオス・曾祖父ヴリエニオス（パトリキオス）

**** ニキフォロス =ヴリエニオスの没年（1138 年）は W.Treadgold, *The Middle Byzantine Historians*,p.346 による。

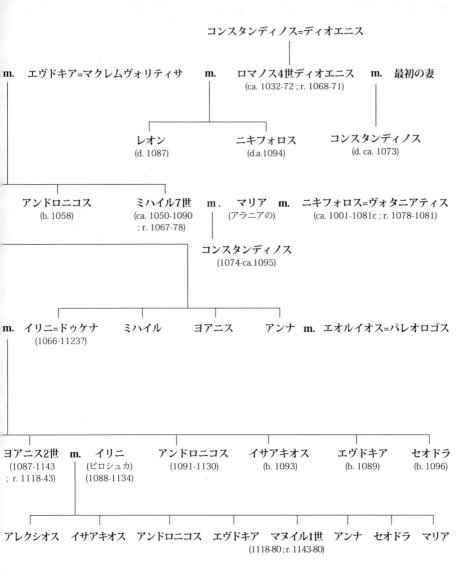

コムニノス家とドゥカス家

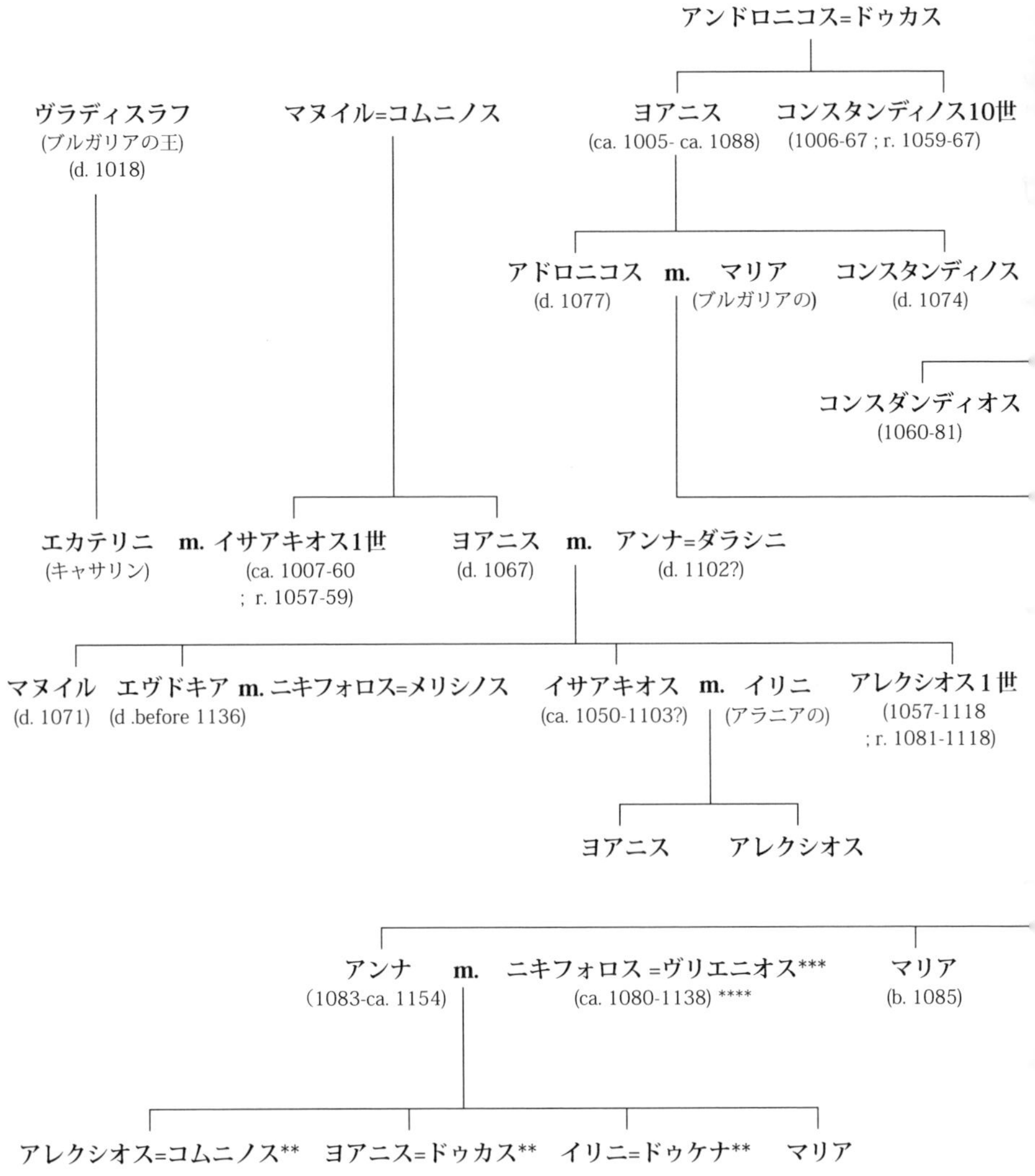

* The Oxford Dictionary of BYZANTIUM のドゥカス家 (p.656)・コムニノス家 (p.1145) の系図 ;
Treadgold, A History of the Byzantine State and Society, Table 14(The Comnenus and Ducas Dynasties) ;
Michael Jeffrey(editor), Prosopography of the Byzantine Wrold(PBW2016)(on line) を参考に作成。

** アンナ = コムニニの長男は母の姓 (コムニノス) を、次男と長女イリニは母方の祖母のそれ (ドゥカス) を名のっている。

パヴライ
トラペズス
バイベルト
アマシア
コロニア
セオドシウポリス
マンツィケルト
セヴァスティア
パルシアノン
ヴァン湖
ケサリア
メリティニ
アミダ
エルマニキア
サモサタ
ティグリス川
エデサ
アナヴァルザ
テルフ
モスル
モプソス（マミスタ）
ユーフラテス川
アダナ
ハレブ
アンティオキア
スウデェイ港
ラオディキア
セゼル
アンダラドス（トルトサ）
トリポリス

付図Ⅰ 帝国東方部

（Arnold Toynbee, *Constantine Porphyrogenitus and His World* の付図により作成。
▬ ▬ は 1118 年における国境線、D.R.Reinsch, *Anna Komnene, Alexias* の付図による）

付図II 帝国西方部

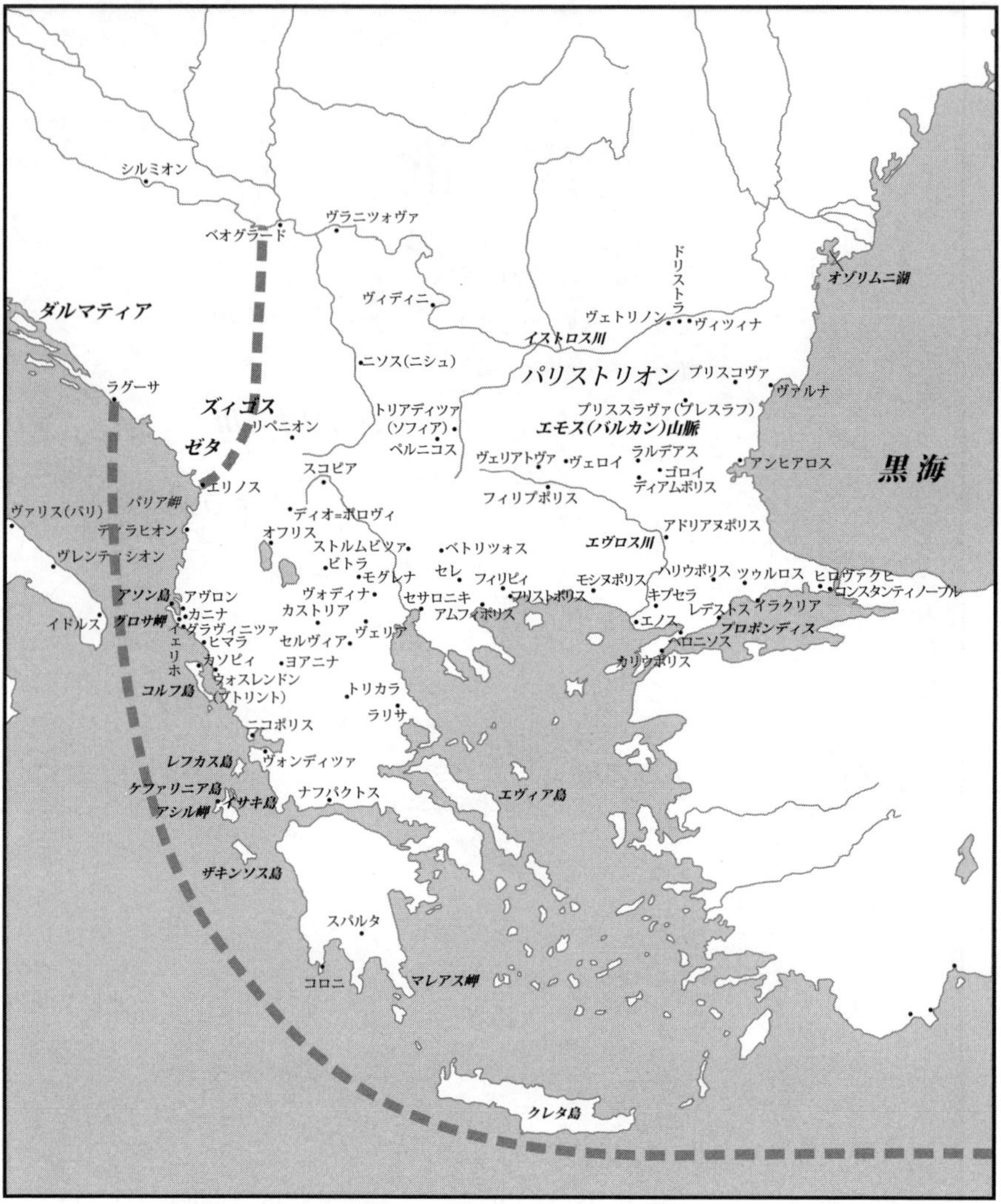

(Arnold Toynbee, *Constantine Porphyrogenitus and His World* の付図により作成。■ ■ は 1118 年における国境線、D.R.Reinsch, *Anna Komnene, Alexias* の付図による)

付図 III コンスタンティノープル

（*Anna Komnene, Alexias* の付図による。聖使徒教会・雄牛の広場・ストゥディオス修道院・エグナティア街道は書き加えた）

凡　例

＊本訳のテキストとして最初に使ったのはLeib版であったが、最終的にはドイツからでた新しい校訂版（新校訂版）によった。Leib版：Bernard Leib, *Anne Comnène, Alexiade*, texte établi et traduit, tome I-III, Paris, 1937-45. 新校訂版：*Annae Comnenae Alexias,* Pars Prior (Prolegomena et Textus) and Pars Altera (Indices), ed. by Diether Reinsch and Athanasios Kambylis, Berlin, 2001. 訳文においてLeib版による箇所が幾つかあるが、それらについては註記している。

＊アンナ＝コムニニの才能が十分早い時期に評価されていたことは、比較的多数の写本の存在自体によって証明されるとされる。それらのうち最も重要なものはFlorentinus Laurentianus 70, 2 (12 c.) とParisinus Coislinianus 333 (14 c.) とVaticanus graecus 981 (14 c.) の３写本とされ、その一つは12世紀、「おそらく著者の生存中になったものと考えられる」(Ljubarskij, *Aleksiada*, p. 46)。

＊参照した現代語訳は、上記のLeib版にふされたB. Leibによるフランス語の対訳、Dawes (1928)・Sewter (1969)・Sewter / Frankopan (2009) の各英訳、Ljubarskijのロシア語訳(1965)、Reinschのドイツ語訳(2001)である（関係史料および参照文献II）。

＊ギリシア語のカタカナ表記は原則として近代ギリシア語読みによる。7世紀以前の人名は古典時代の発音とされる読みによる。地名の表記は同じ原則に従うが、コンスタンティノープルやスパルタ、ビザンティオンなど日本で慣用化しているものはそれを採用した。これに準じて、βάρβαροιはヴァルヴァロイとせずバルバロイとした。しかし地名の表記には恣意的なものが多々ある。

＊訳本文における（　）内は著者による説明記事であり、［　］内は訳者による補足記事である。

＊ギリシア文字のラテン文字への転写［発音］

α=a[a] β=b[v] γ=g[g/j/ŋ] δ=d[ð] ε=e[e] ζ=z[z] η=ê[i/j] θ=th[*θ*] ι=i[i] κ=k[k] λ=l[l] μ=m[m] ν=n[n] ξ=x[ks] ο=o[o] π=p[p] ρ=r[r] σ(ς)=s[s/z（有声子音の前で）] τ=t[t] υ=y[i/j] φ=ph[f] χ=ch[kh/ch] ψ=ps[ps] ω=ô[o] ει[i] οι[i] αι[e] ου=ou[u] υι[i/j] αυ[af/ 有声子音の前で av] ευ[ef/ 有声子音の前で ev] ηυ[if/ 有声子音の前で iv] γγ[ŋg] γξ[ŋks] γχ[ŋx/nch] γκ[語頭で g : 語中で g/ŋg/ŋk] μπ [語頭で b : 語中で /mb/mp] ντ [語頭で d : 語中で d/nd/ nt] τζ[dz] (Leib, *Alexiade*, II, pp. 217-18, n.1 によれば、τζ は中世ギリシア語では ts あるいは tch と発音される。例えば Πατζινάκοι は Patsinakoi パツィナキ）

＊中点・と二重ハイホン＝ について

中点は、「大胆・勇気・豪胆・腕力において」あるいは「イェルサレム・全メソポタミア・ハレプ」のように、言葉あるいは固有名詞の列挙（並列）に用い、二重ハイホンは、アレクシオス＝コムニノスあるいはメガス＝ドメスティコスのように、「分かち書き」の代用として使っている。なお訳本文においては二重ハイホンを用い、ルビにおいてはメガ パラティオン（大宮殿）のように分かち書きをしている。

アレクシアス

序文《プロロゴス》

1

【1】 時《フロノス》は何ものにも遮られることなく不断に流れ行き、生まれ出るものすべてを運び去り、記録に値しないものも、偉大で記憶に値するものも暗い深海へ沈めてしまう、そしてまた悲劇の一節[0-1]によれば、隠されたものを白日のもとにさらし、顕わであるものを覆い隠してしまう。しかし歴《ロゴス》史《ティス》記述《イストリアス》は、時《フロノス》の流れに対する最強の砦となり、抗することのできない時の流れをなんらかの方法でくい止め、時と共に生起するもののうち、とらえることのできたものはなんであれ、しっかりと包み込み、忘却の深みにおちいることを許さない。

【2】 私、すなわちアレクシオスとイリニ両陛下《ヴァシリス》の娘アンナ[0-2]は、緋の産室《ポルフィラ》[0-3]で生まれ育てられ、読み書き《グラマタ》は言うまでもなく、完璧に正しいギリシア語を書けるよう精進し、修辞学《リトリキィ》をなおざりにせず、アリストテレスの諸学《テフネェ》とプラトンの対話作品《ディアロイ》[0-4]を精読し、学問《テトラクティス》の四《トン》学科《マシマトン》で知性を磨いたものである（これはけっして自慢ではない、生まれ持った素質《フィシス》と諸学《エピスティメ》への勉励でかちとられ、天上の神《セオス》から賜り、僥倖によって得られたものであるからには口に出して言うべきである）が、先に時の作用を見定めたので、この私の著作《グラフィ》を通じて、沈黙にゆだねられても、またあたかも忘却の大海の底に沈められるように時《フロノス》の流れに運び去られてもならない私の父の業績《プラクシス》を詳述したいと思う、記述の対象はその者が帝笏《スキプトラ》を握った後にやり遂げたもの、また帝冠《ディアディマ》を戴く前、諸帝《ヴァシリス》に仕えていた時に果たしたものすべてである。

2

【1】私がこれから彼について述べようとするのは、私の文筆の才を誇示しようとするためではなく、それほど重要な業績《プラグマ》が後世の人々にとって証人のない状態で見すてられないためである、つまりどれほど偉大な行いでも、言葉《ロゴス》によって摑み取られ、しっかりと記憶に引き渡されないならば、沈黙の闇に消え去ってしまうからである。さて私の父は、行為そのものが証明しているように、統治する術と、また必要な場合においては統治者《アルホンデス》に従う術を心得ていたのである。[0-5] 【2】ところで、私はその者［アレクシオス］の行い《プラクシス》を記述することを決心したが、不安に思うことは、私の父のことを書きながら、実は自分自身を称讃しているのではないか、またもし彼の行いの何かを称讃すれば、その歴史記事《プラグマティス イストリアス》はまったくの嘘、単なる頌詩《エンゴミオン》ではないかとの、中傷と横やりである。他方その者自身が引き起こしたことで、それはその者の責任ではなく、その時の状況がそうさせたとしても、事件そのものから余儀なく私が彼の行いの何かを咎めようとすれば、今度は常に揶揄したがるものたちが私に対してノアの息子ハムの譬え[0-6]を持ちだして私を非難するのではないかと恐れるのである、なぜなら誰に対しても嫉妬の眼差しを向ける者たちすべては、嫉妬と悪意から上手くいっていることを認めようとせず、ホメロスに従えば罪のない者を責め立てるからである。[0-7] 【3】実際歴史《イストリア》の学問を担おうとする者は好意と敵意を抑え、敵に対してもその行為《プラクシス》がそれを必要とする場合はしばしば最大の讃辞を与え、もっとも近しい血縁者に対してもその過ちの行為がそれを求める場合にはしばしば非難の言葉を浴びせなければならない。まさにそれゆえに友人を叱ることにも、敵を誉めることにもためらってはいけない。私はといえば、これら両者を、すなわち私たちに向かって打ちかかって来る者たちも、私たちを受け入れる者たちも、事実そのものとそれらを目撃した者たちから、つまり彼らとそれらの事実を証人にたてて、納得させてやりたい。事実、現在生きているかなりの数の人々の父や祖父たちは、これらの事実の目撃者であったのである。

3

【1】私が父の業績《プラクシス》の歴史《イストリア》を書こうとするに至った主たる理由は、こうである。ヴリエニオス家に属するケサル[0-8]のニキフォロスは法《ノミィ》に基づいて私の夫になったが、この上ない美貌、高度の知性、完璧な雄弁において彼と同時期の人々を遥かにこえていた。事実彼を見る者、聞き入る者にとってまったく驚異の存在であった。しかし話を本筋《レオフォロス》からそらせないため、先に進もう。【2】その者は確かにあらゆる点でこの上なく優れていた。それゆえに私の弟、さまざまの蛮族《バルバロイ》にむかって出陣し、つぎにアッシリア人[0-9]に向かって突き進み、再びアンティオコスの都市《ポリス》［アンティオキア］を法《ノモス》のもとに従えた皇帝《アフトクラトル》のヨアニスに従って戦地に赴いたのである。[0-10]しかしケサルは疲労と辛酸の中にあっても文筆活動をなおざりにすることができず、記憶と評価に値するさまざまな作品《シングラマタ》を書くことにつとめていた、他方とりわけ皇后《ヴァシリス》[0-11]の命によりローマ人[0-12]の皇帝《アフトクラトル》アレクシオス、私の父について記述し、数巻の中に彼の治世《ヴァシリア》中の業績《プラクシス》をまとめることを企て、たまたま陣地の仕事と戦闘から解放された彼に許された短い時間の間に著述と知的活動に集中したのであった。その者は、これもまた私たちの女主人《デスピナ》［イリニ＝ドゥケナ］の指示に従ったのであるが、その歴史《ロゴス》を［アレクシオスに先行する］時代に遡って書き始めようとし、実際ローマ人の皇帝《アフトクラトル》ディオエニス［ロマノス］から始め、目標と定めたあの者自身［の時代］に至ろうとした。事実その時期［ディオエニス帝の治世］においては、私の父は元気いっぱいの少年期に入ったばかりであった。[0-13]これより以前の時期については、その者はまだ少年にもなっていず、子供の行いと言葉が讃辞《エンゴミオン》の対象と見なされないのであれば、書かれるに値するものはその者によって何も行われていなかった。【3】確かに彼の著作《シングラマ》が示しているように、ケサルの意図はそのようなものであった。しかし実際希望したことを実現できず、歴史《イストリア》を完結させることができず、事実皇帝《アフトクラトル》ニキフォロス＝ヴォタニアティスの時代にまで歴史《ロゴス》を書き進めた後、そこで書くことを止めてしまった、なぜなら情況がさらに先へ書き進めることを彼に許さず、史書《シングラフィ》の体裁に損傷をまねき、読者から楽しみを奪う結果となったからである。[0-14]まさにこのゆえに私は、

私の父によって行われたことすべてを、そのような偉大な業績が後世の人々の前から消えてしまわないために、記述しようと決心したのである。ケサルの残した文章記述《ロイ》はなんとすばらしい調和と美しさを備えていることか、このことは、彼の作品《シングラマタ》に出会った者すべてが承知していることである。【4】その者は私が先に指摘したところまで書き進め、急いで作品《シングラマ》を整理し、半分仕上げた状態で異国の土地から私たちのもとにもたらした時、ああ！　悲しいかな、死の病《ノシマ》も伴ってきたのであった、それは、たぶん数知れない災難から、おそらくこの上なく多数の軍事問題から、そしてきっと私たちのための言うに言われぬ心痛から生じたものである。身体に住みこんだ心配の種と厳しい労苦、これらに加え、気候の不順と厳しさが致命的な毒杯として調合されたのである。その者はすでに恐ろしいほどに身体を病んでいたが、それでもシリア人とキリキア人に対する遠征に出かけていった。しかしそのために衰弱した彼の身体は、シリアからキリキアへ、キリキア人からパムフィリア人へ、パムフィリア人からリディア人へ、リディアからヴィシニアへ、ヴィシニアから諸都市の女王《ヴァシリス トン ポレオン》、私たちのもとへ送り返されてきたのである、その時にはすでに多くの苦痛により内臓が腫れあがっていた。そのように衰弱しきっていたけれども、それでも身の上に降りかかった出来事を激しい調子で話して聞かそうとした、しかし激しい苦痛のためそれはかなわなかったし、私たちも語ることで苦痛がさらに大きくならないように、それをさせなかった[0-15]。

4

【1】私はここまで書いて目眩に襲われ、胸はつまり、両眼は溢れる涙でびしょ濡れになる。おお！　ローマ人は何という優れた助言［の源］を失ったことか。おお！　その者が生涯を通じて積み重ねた、諸事にわたるこの上なくすばらしい経験を。学問《ロイ》上の知識《エピスティミィ》、広範囲にわたる知識《ソフィア》、つまり世俗《シレア》の学と私たちの信仰《アヴリ》の学

を。おお！　四肢に流れる優美、人々の言うように単に帝座《ティラニス》にふさわしいだけでなく、むしろ神々しくもあり、またより高くもある支配にふさわしい雄姿を。[0-16] さてこの私はどうかといえば、実に緋の産室《ポルフィラ》で産着に包まれていたその時から多数のさまざまな不幸とかかわってきた、もっとも人は、一方が私を生み、他方が私をつくった両陛下《アフトクラトレス》をもったゆえに、またそこから生まれ出た緋の産室《ポルフィラ》のゆえに幸運《ティヒ》が私に微笑みかけていたというけれども、私は実に不幸せな運命《ティヘ》を重ねた。確かにそれらからの私の人生には、ああ、悲しいかな、不幸の波浪、ああ、悲しいかな、激しい波瀾《エパナスタシス》が待ち構えていることか。さてオルフェウスはその歌声で岩をも、樹木をも、命のない被造物をも動かし、笛の奏者ティモテオスはある時アレクサンドロスの前で高い調子で笛を奏し、即座にそのマケドニア人を鼓舞し武具《オプラ》と剣《クシフォス》を取りに走らせた。私の不幸な身上話はその場で人を動かし武器《オプラ》と戦いに駆り立てることはないが、聞く人を涙に誘い、感じることのできるものにだけでなく、生命のないものにも心をふるわせるだろう。〔2〕確かにケサルに対する私の激しい思いと彼の突然の死は私の魂そのものにまで達し、私のもっとも深いところを傷つけた。事実これまでの不幸もこの喩えようもなく大きな災難と比べると、大西《アトランディコン》洋《ペラゴス》のすべての海水あるいはアドリア海の波浪に対してその一滴にすぎないと思う。あるいはむしろ、これまでの不幸はこれからの不運の序幕であったように私には思える、つまりあの炉の炎からでる煙がまず私を包み、その熱が言語に絶する炎上の前触れであり、日々のかがり火がなんとも恐ろしい薪の山を予告するものであった。おお、実体《イリ》のない、［すべてを］灰にしてしまう炎よ！　松明を運び秘密の場所で光輝く炎よ、一方で燃え、他方で燃え尽きることのなく、そして一方で心を焦がし、他方で事実私たちは骨まで、骨の髄まで、心の最深部まで熱傷をこうむるが、しかし私たちは焼き尽くされてしまうことはないという印象を与える炎よ。[0-17] 〔3〕もちろんこれらの回想で本題から外れてしまったことを私自身承知している、実はケサルが私の枕辺に立ったのだ、そしてケサルへの追悼が自分自身のとてつもなく大きな不幸を心の中に注ぎ込ませる結果となったのである。さあ、瞼から涙を拭い、悲しみから立ち直り、悲劇の一節に[0-18]おけるように二重の涙を流しながら、なぜなら一つの不幸が別の不幸を思い出させるから、順序どおりに本来の課題に取りかかろう。なぜならそれほど優れた、また徳において卓越した皇帝《ヴァシレフス》の生涯を公けにすることは、すなわち彼によって達成された驚異のかずかずを想起することであるが、まさしくそのことは、全世界《イクメニィ》の人々と共に悲しみに浸ると同時に、私に熱い熱い涙を流させる。実際あの者のことを思い出し、彼の治世《ヴァシリア》を多くの人々に知らせることは、私にとっては哀歌の主題であり、他の人々には［偉大なものの］喪失の回想となろう。さて、始めるのによりよい所から私の父の歴史《イストリア》を始めねばならない。すなわち物語《ロゴス》がいっそう明瞭で、いっそう歴史的《イストリコテロス》となる所から始めるのがよりよいであろう。

第Ⅰ巻

第1章

【1】私の父、皇帝《ヴァシレフス》アレクシオスは帝笏《スキプトラ ティス ヴァシリアス》を握る以前においてさえローマ人の帝国《ヴァシリア》に大きな助けをなす存在であった。なぜならロマノス＝ディオエニスのもとで軍務に服し始めていたからである。事実彼と同時代の人々の中で、嘆賞すべき存在、この上なく冒険好きな者と思われていた。なぜならこの者は当時十四歳であったが、ペルシア人[1-1]に対してきわめて困難な遠征《ストラティア》[1-2]を行おうとする皇帝《ヴァシレフス》ディオエニスに同行しようと勇んでいた、そして実際、この激しい闘争心から蛮族《バルバロイ》には脅威の存在であることを示し、もし蛮族《バルバロイ》と取っ組み合いとなれば、彼の剣《クシフォス》は血糊でべっとりと濡れるであろうと恐れられていた。その年少者は、それほどまでに戦闘に激しい熱意を抱いていた。しかしその時、皇帝《アフトクラトル》ディオエニスは、彼［アレクシオス］の母を襲ったことのほか大きな悲しみのゆえに彼に従軍することを許さなかった。なぜならその時［母は］初生の息子《プロトトコス》マヌイル、ローマ人の帝国《アルヒィ》にとって大きな、驚嘆に値する手柄を立てた男の死に嘆きの声をあげていたのである。[1-3]息子の一人をまだどこに埋葬したらよいのか分からないままに、他方もう一人の息子を戦いに送りだし、年少者の身の上に何か不吉なことが生じ、倒れた土地もしかと見とどけられないのではないかと恐れているその女性を慰める者のない状態にしてはならない、まさにこれらの理由により、［皇帝は］少年アレクシオスに母のもとに帰るよう強く命じたのである。その時は出征していく者たちから意に反して切り離されたが、しか

しすぐに勇敢な働きをする無数の機会が開かれたのである。事実確かに皇帝《ヴァシレフス》ディオエニスの破滅後の皇帝《ヴァシレフス》ミハイル＝ドゥカスの治世、ウルセリオスの問題[114]によって、その者の勇気がいかに大きいかが明らかにされた。【2】この者［ウルセリオス］はケルト人[115]で、当初はローマ人の軍隊《ストラティア》に登録されていたが、大きな幸運《ティヒ》に得意となり、彼のもとに軍勢《ディナミス》、すなわち彼自身の出身地の人々およびその他あらゆる民《エノス》の人々からなるすこぶる強力な軍隊《ストラティア》を集め、その時から有力な反逆者《ティラノス》となっていた。ローマ人の覇権《イエモニア》が大きく揺らぎ、トルコ人の運《ティヒ》がローマ人のそれを凌ぎ、足下の砂が崩れるようにローマ人が大きく後退させられたその時期に、この者もまたローマ人の帝国《ヴァシリア》を攻撃することに乗りだした。この者はとりわけ反逆精神が旺盛で、その時期帝国《ヴァシリア》の意気消沈した情況のゆえになおいっそうあからさまに反逆《ティラニス》へと燃え上がり、東方のほとんどすべての地を略奪した。そこで勇気においてあまねく知られ、戦争《ポレモス》と戦闘《マヒ》の多くの経験を積んだ多数の者に彼との戦い《ポレモス》が託されたが、この者はそれらの者たちの豊かな経験より明らかに優っていた。一方では彼自身が攻撃に出て敵を敗走させ、稲妻を伴った暴風雨のように［逃走する］彼らに襲いかかり、他方ではトルコ人から同盟軍《シムマヒア》を手に入れた、とにかく彼の突撃は無敵であり、そのためことのほか高位の指導者たち《メイスタネス》の何人をも捕らえ、また彼らの軍勢《ファランゲス》も潰走させたのである。【3】当時私の父アレクシオスは兄弟[116]の指揮下に置かれ、そしてすぐに、東方《エオオス》と西方《エスペリオス》の全軍《ストラテヴマタ》を託されていたその者の副官《イポストラティイン》[117]を務めることとなった。しかし当時ローマ人の立場はどうしようもない弱体をさらけ出しており、その間にこの蛮族《バルバロス》［ウルセリオス］が至る所で稲妻のように攻め寄せてきたので、この驚嘆すべきアレクシオスは［そのような者に］太刀打ちできる者と見なされ、皇帝《ヴァシレフス》ミハイルによって遠征軍《ストラティゴス》総司令官《アフトクラトル》[118]に任命されたのであった。そこでその者［アレクシオス］はあらゆる知力、そして軍司令官としての《ストラティイキ》、また兵士としての《ストラティオティキ》豊かな経験《ポリピリア》を、それらは短期間のうちにものにしたものであったが、総動員して（事実その者がまったく労を厭うことをせず、あらゆる方面に常に怠りなく目を光らせていることによって、ローマ人の精鋭の戦士《ロガデス》から、あのローマ人のアエミリウスように、スキピオのように、カルタゴ人のハンニバルのように、その軍司令官《ストラティイキ》の経験《エムビリア》を最高度に生かしうる者と思われた。しかしその者は、人が言うようにたった今しがた初めて髭の生えかけてきたばかりのごく年少の若者であった）[1-9]、ローマ人に向かって押し寄せる激流のような、あのウルセリオスを捕らえ、長期間を要せずに東方の混乱状態を元通りに整えたのである。なぜならその者は得策を見いだすことに機敏であり、それを執行することにいっそう機敏であった。さてあの者をどのようにして捕らえたのか、ケサルが彼の歴史《イストリア》の第2巻[1-10]でことのほか詳細に説明しているが、私も私の歴史《イストリア》に役立つ限りにおいてその次第を述べることにしよう。

第2章

【1】ちょうど蛮族《バルバロス》のトゥタフ[1-11]がローマ人の領土を略奪するために恐ろしいほどの大軍勢《ストラテヴマ》を率いて東方《アナトリ》のずっと奥地からやってきていたころ、ウルセリオスはしばしば軍司令官《ストラトペダルヒス》[1-12]によって追いつめられ、つぎつぎと城塞《フルリア》を奪い取られ（その者には大軍《ストラティア》とすべて立派に、勇ましく完全武装した兵士がいたけれども、私の父アレクシオスの巧妙さによってしばしば打ち負かされたからである。そこでしばらくの間はあの者［トゥタフ］にすがるのがよいと彼には思われた）、とうとうすべてにおいて進退きわまり、トゥタフと話し合い、彼を友人とし彼に援助《シムマヒア》を懇願しようとするのである。【2】しかし軍司令官《ストラトペダルヒス》のアレクシオスは、これらの動きに対して敵の裏をかいて作戦勝ちを企てる、つまり実にすばやくその蛮族《バルバロス》に親しみを覚えさせ、言葉《ロイ》と贈物《ドラ》、あらゆる手練手管と術策を使って自分の側に引き入れる。実際その者［アレクシオス］はたとえ相手が誰であろうとも首尾良く出し抜く才覚をもち、まったくの八方塞がりの中で出口を見つけだすことができた。さてトゥタフを迎え入れるために彼の用いた方法のうち、最も効果のあったのはおよそ次のような言葉であった。「あなたのスルタン[1-13]と私の皇帝《ヴァシレフス》はともに友達同士だ。他方ウルセリオスは二人に向かって手をふりかざし、両者にとってきわめて恐

ろしい敵となっている、事実一方ではあの者［皇帝］に大胆にも敵対し、常にローマ人の領土《メリス》から少しずつ土地をくすね取り、他方ではペルシアからそれ自身［ペルシア］が支配下に置くことのできるものを奪い取ろうとしている。すべてが計算ずく《テフニィ》で行われる、実際今はあなたの力を借りて私を抑えようとしているが、次には好機きたれば、私のことはもう危険はないと判断して私にはかまわず、再び向きを変え、あなたに向かって手をあげるだろう。そこでもし私を信用してくれるなら、ウルセリオスが再びあなたのもとにやって来たらただちにその者を捕らえ、多額の財貨《フリマタ》と引き換えに、縛って私のもとに送るべきである」さらに続けて言うには「なぜならあなたはそのことから三つの利益を得るだろう、一つにこれまで誰も手にしなかったような多額の財貨《フリマタ》を得るだろう、次に皇帝《アフトクラトル》の好意を引き寄せ、まさにそれによりあなたはたちまち繁栄の極みに達するだろう、そして第三に、双方に対して、つまりローマ人とトルコ人に対して攻撃してくるあのような大きな敵が遠くに消え去り、スルタンがたいそう喜ばれるであろうことである」［3］以上の言葉をその時期ローマ軍《ストラティア》の指揮者《アルヒゴス》であった私の父が上記のトゥタフに使節を通じて伝え、また同時に高い身分の幾人かを人質《オミリ》として送り、取り決められた日に一定の金額《フリマタ》を支払うという条件で、トゥタフの蛮族《バルバロイ》たちにウルセリオスを捕らえるよう説得する。このことはすみやかに実行され、[1-14] その者［ウルセリオス］はアマシアにいる軍司令官《ストラトペダルヒス》のもとへ送られる。［4］しかしその後においても［約束された］財貨《フリマタ》については遅滞のままであった。実際彼自身にはどこにも全額を支払う当てはなかったし、他方皇帝《ヴァシレフス》の方では知らん顔を決め込んでいた。悲劇の一節[1-15]にあるように、財貨はのろのろした歩調で進んでくるどころか、どこからも現れそうになかった。だからトゥタフ側の者たちは財貨《フリマタ》の全額を要求し、できなければ買い取られた者を取り返し、その者を捕らえられた所へもどさせることを強く求めた。それに対し彼には買い取られた者の身代金《ティミ》を支払う当てがなかった。事実進退窮まり、一晩中考え抜いた結果、アマシアの住民から身代金《ティミ》を借り集めることにした。［5］陽が輝きだすと、ことは簡単にはいかないと思われたけれども、その者は、すべての者を、とりわけ高い身分にある者と財産《フリマタ》に富む者たちを集会に召集することにとりかかった。そしてとくに後者の者たちに視線を定めて、次のように演説を始めた。「諸君のすべては承知のはずだ、ここにいる蛮族《バルバロス》［ウルセリオス］がアルメニアコンのすべての都市《ポリス》をどのように扱ったか、どれほど多くの町《コモポリス》を破壊したか、どれほど多くの人々を耐えがたい状態に陥れ虐待したか、どれほどの多量の財貨《フリマタ》を諸君から取り立てたか。しかしもし諸君が望むなら、彼による虐待から諸君を解放する機会がきている。だからこの者を手放さないようにしなければならない。事実神《セオス》の思し召しとわれわれの努力により、あの蛮族《バルバロス》は縛られて私たちの手中にあることを承知あれ。しかしこの者を捕らえたトゥタフは、われわれから身代金《ティミ》を要求している。しかしわれわれは今異郷にあり、すでに長期間にわたって蛮族《バルバロイ》と戦い、手もとの財貨は使い果たし、全く何もない状態である。もし皇帝《ヴァシレフス》が近くにあり、またあの蛮族《バルバロス》［トゥタフ］が支払いの延期を許すならば、そこ［コンスタンティノープル］で身代金《ティミ》の全額を手に入れることにつとめるだろう。諸君自身も承知のように、それができない今は、諸君が皆一緒になって身代金《ティミ》を醵出しなければならない、諸君が差し出したものすべては、［後日］われわれを通じて皇帝《ヴァシレフス》から受けとるであろう」【6】彼の言葉が終わらないうちに、彼に向けてヤジが飛び、すでに暴動《アポスタシア》へと駆り立てられていたアマシアの住民の間に激しい騒動を引き起こさせる結果となった。事実彼らを騒動へかき立てた者たちがいたからであり、それらの者は最悪の犯罪者で、民衆《ディモス》を混乱に導く術に長けた仕掛け人であった。ところで一方でウルセリオスを助け出し、そのため群衆《プリトス》を煽動して彼を確保させせようとするものたちがおり、他方でひどく煽り立てられて（なぜなら烏合の衆《プリトス》はそのような状態になるものである）、ウルセリオスを奪い取り、牢屋《デスミィ》から解放しようとする者たちがいたので、騒動はきわめて大きくなってしまった。さてそれほど多数の民衆《ディモス》が荒れ狂っているのを見て、軍司令官《ストラトペダルヒス》は自身の身が全く危険な状態に置かれていることに気づいていたが、決して怯むことなく、自らを鼓舞し、手をあげて騒動を抑えることに取りかかった。【7】時間をかけやっとのことで騒ぐのを抑えると、その者はぐいと前に乗りだし、群衆《プリトス》に向かって話し始めた。「アマシアの人たちよ、自分たち自身の安全を諸君の血で買おうと諸君をまんまと欺き、そして常に諸君に最大の損失をもたらそうとしている者たちの謀について完全に無知であることに、私は驚き呆れる。実際諸君は、殺戮と眼球の損傷、四肢の切断以外にウルセリオスの反逆《ティラニス》からどのような利益をえようと思っているのか。諸君にそのような被害をもたらそうとしているこれらの者たちは、一方ではその蛮族《バルバロス》［ウルセリオス］に媚び入って自分たちの財産を無傷のままで守ろうとし、他方ではこれまで諸君のためになるようなことは何一つしなかったというのに、諸君とアマシアの都市《ポリス》をその蛮族《バルバロス》に引き渡さなかったと断言して皇帝《ヴァシレフス》に取り入り、皇帝からも贈物《ドリマタ》を得て腹に一杯詰め込もうとする。その者たちが反逆《ティラニス》に与することを望む目的は、一方で反逆者《ティラノス》をすばらしい期待でおだて上げて自分たち自身の財産を無傷なままに確保し、他方ではその上皇帝《ヴァシレフス》から名誉《ティメ》と贈物《ドレエ》を求めることである。もし実際に反乱が起こるようなことになれば、自分たち自身は表舞台から遠くへ引き下がり、皇帝《ヴァシレフス》の怒りをあなた方に向けて燃え上がらせるであろう。多少なりとも私を信じるなら、諸君を騒動にかき立てようとしている者たちとはすぐに手を切り、諸君はそれぞれ自分の家に帰り、言われたことをよくよく考えよ、そうすれば諸君の利益になることを助言しているのは誰であるかが分かるだろう」

第3章

［1］これらの言葉を耳にした人々は、陶片が反対側を上にして落ちたように[1-16]、急に考えを変え、それぞれの家に帰っていった。しかし軍司令官《ストラトペダルヒス》は、民衆《ディモス》というものはほんの些細なことで考えを変えるのが常であり、特に他人の不幸を喜ぶ者たちによって仕向けられればひとたまりもないことを知っていたので、夜の間にその者たちが計画を立て、次に自分を襲い、ウルセリオスについては牢屋《フルウラ》から連れ出し、鎖を解いて解放するのではないかと怖れ、しかしそのような多数の者たちに対抗できる十分な軍勢《ディナミス》がなかったので、そこで

パラメデスにふさわしい《パラミディオン》巧妙な術策《ミハニマ》を考え出すのである。それは、大っぴらにウルセリオスの両眼をつぶす作業を行うことである。一方でその者は地面に大の字になって横たわり、他方で処刑吏《ディミオス》が鉄片《シディロス》を持ってやって来る、一方の者は大きな声をあげ、ライオンが吼えるようにうなり声を発しつづけた。それは、まったく両眼つぶしの場面さながらであった、しかし実は見かけ上、目を潰されようとしている者は大声をあげ、泣き叫ぶように、他方見られる限りでは両眼を潰そうとする者は人目に曝されている者を恐ろしい形相で睨みつけ、まったく狂人そのもののように凶暴にふるまうように、しかし実際は両眼摘出の演技をするだけであることを命じられていたのである。一方ではその者は目を潰されることなく、目を潰されたような状態でいた、そして他方では民衆《ディモス》はその事態に拍手喝采し、ウルセリオスの失明を町中至る所でさかんに告げ回っていた。【2】舞台で演じられたようなそのような出来事は、すべての人々、その地の住民にも他国人にも大きな影響を与え、蜜蜂のようにそれぞれの分担金を運び始めた。実にこれはすべてアレクシオスの知恵による謀であり、その狙いは、財貨《フリマタ》を提供したくないために私の父アレクシオスの手からウルセリオスを奪い取ろうと企てた者たちが、そのように自分たちの企てが役に立たないものとなったので絶望し、そこで急いで軍司令官《ストラトペダルヒス》の意向になびくようにさせることにあり、昨日の計画に失敗したその者たちは、彼を友人とし、そうして皇帝《ヴァシレフス》の怒りを回避しようとするだろう。それゆえに驚嘆すべき軍司令官《ストラティゴス》は、このウルセリオスを、確かに両眼が潰されている印として両眼に眼帯を覆わせ、檻の中のライオンのようにしっかりと監禁した。【3】もちろんその者［アレクシオス］は成し遂げた役目に満足せず、また大きな栄光を手に入れたと見なして、残された問題から引き下がることはせず、他の多くの都市《ポリス》と城塞《フルリア》を獲得し、ウルセリオスの時代にひどい状態に置かれていたすべてを帝国《ヴァシリア》の権威《エクスゥシア》下に復帰させた[1-17]。そうしてからその者は馬首をめぐらし、まっすぐ女王《ヴァシリス》の都市《ポリス》への帰途についた[1-18]。［その途中］祖父の都市《ポリス》[1-19]に到着し、そこでしばらくの間、多くの労苦から彼自身と全軍《ストラティア》を休ませることとなったが、あの有名なヘラクレスがアドメトスの妻アルケスティスのために行ったような手柄をその者が立てる[1-20]のが見られるのは、この時であった。【4】あのドキアノス［セオドロス］、すなわち先の時代に皇帝として統治した《プロヴェヴァシレフコス》イサアキオス＝コムニノスの甥で、この者［アレクシオス］の従兄弟（この男は生まれと地位において名だたる者の一人であった）は、ウルセリオスが眼帯をし手を取られて連れられてくるのを見て、深く吐息をつき、ウルセリオスに向かって涙を流してから、軍司令官《ストラティゴス》のむごい仕打ちを責めた。罰することなく保護すべきであった、そのような勇敢で真の英雄のような男から両眼を奪ったことに非を鳴らし、彼に向かって激しく咎め立てた。しかしその時は、「私の愛しい人よ、失明の理由は後で聞いて分かってもらえるだろう」とだけその者は述べ、そしてしばらくしてから、彼とウルセリオスをある部屋《イキスコス》に導くと、その者の顔の覆いを取り除く、そこに示されたのは、ざくろ石のようにきらきらと光っているウルセリオスの両眼であった。これを見てドキアノスは驚愕し、想像を絶した驚きの事態にどう対応したらよいか分からない状態となり、何回も両手を彼の両の眼にあてながら、目の前の事態は夢ではないだろうか、あるいは魔術による不思議、あるいは近頃新しく開発された他の手品ではないだろうかと確かめようとしていた。その男に対する皇帝《ヴァシレフス》の従兄弟《エクスアデルフォス》の人道的なふるまい《フィルアンソロピア》と、この人間愛《フィルアンソロピア》を伴った策略《テフニィ》を知ると、喜びで有頂天となり、彼［アレクシオス］を両腕で抱きしめ、幾度も彼の顔に口づけをした、このように彼の心は驚愕から喜びに変わったのである。そしてまた皇帝《ヴァシレフス》ミハイルの側近たちや皇帝《ヴァシレフス》自身、その他すべての者もその者と同じ感動を覚えたのであった。

第4章

【1】つぎにその者［アレクシオス］は、すでにローマ人《ロメオン》の帝笏《スキプトラ》を握っていた皇帝《アフトクラトル》ニキフォロス［ヴォタニアティス］[1-21]によって、今回は、全西方を苦しめ、自ら頭に冠《ディアディマ》[1-22]を戴き公然とローマ人の皇帝《ヴァシレフス》を宣言しているニキフォロス＝ヴリエニオス[1-23]に対して送り出されることになる。なぜならつい最近皇帝《アフトクラトル》ミハイル＝ドゥ

カスが帝座《ソロノス》から引き下ろされ、頭に巻く飾り帯《テニア》と冠《ステマ》の代わりに長い僧服《ポディリス》と府主教の頸垂帯《アルヒエラティキエポミス》を身につけるや、帝《ヴァシリオス》座《ソロノス》のヴォタニアティスは、やがてより明確に示されるように、[1-24] 皇后《ヴァシリス》マリアを妻にし、[1-25] 帝国《ヴァシリア》の舵取りにとりかかった。【2】さてニキフォロス＝ヴリエニオスは皇帝《ヴァシレフス》ミハイルの治世、ニキフォロス［ヴォタニアティス］が皇帝として統治する以前のこと、ディラヒオンのドゥクス《ドゥキキ》の官職《アルヒ》を与えられていたが、帝位につくことを望《ヴァシリアン》み始め、事実ミハイルに対して反逆《アポスタシア》に乗りだした。[1-26] いかなる理由からか、またどのように行われたのか、これらについてことこまかに述べる必要は私たちにはない（なぜならすでにケサルの書物《シングラフィ》の中で反逆《アポスタシア》の動機が詳述されているからである）。しかしこの者がその時からディラヒオンの都市《ポリス》をいわば軍事基地として使い、西方のすべてを席巻し、自身の支配下に入れたこと、そしてどのようにして捕らえられたか、これらについて手短かに述べることは不可避なことである。なお［反逆の］歴史《イストリア》を詳しく知りたいと望む読者にはケサル［の著作］を見てもらうことにしよう。[1-27]【3】その者［ニキフォロス＝ヴリエニオス］は軍事に関してもっとも優れた才能をもち、同時にもっとも著名な家柄の一つに属し、[1-28] 背丈は大きく、顔立ちは美しく、気魄と腕力において同時代のすべての者に優っており、まさに帝座《ヴァシリア》にふさわしい素質の持ち主であった。さらに説得力にこの上なく優れ、すべての者を引き寄せることができ、実際一目会うだけで、また数語を交わすだけでそれができたので、すべての者、兵士《ストラティオテェ》も平民《イディオテェ》もすべて一緒になって彼に最高の地位を与えることに同意し、東方のそして西方の地のすべてを統治することを期待していた。実際この者がやって来ると、すべての都市《ポリス》は両手をあげて迎え入れ、それぞれは拍手喝采をもって次の都市《ポリス》へ送りだした。これらの事態は一方でヴォタニアティスを狼狽させ、他方で彼の軍隊《ストラテヴマ》を混乱させ、帝国《ヴァシリア》全体をどうしようもない状態に投げ込んでいた。[1-29]【4】そこで決定されたことは、つい最近にドメスティコス＝トン＝スホロン[1-30]に任命されていた私の父、アレクシオス＝コムニノスに現有の兵力《ディナミス》を指揮させ、ヴリエニオスに向けて送り出すことであった。ところでこのこと［現有兵力］については、ローマ人の帝国《ヴァシリア》は最低の状態に陥っていた。なぜなら東方の諸軍《ストラテヴマタ》は方々へ四散させられていたのであり、事実トルコ人が至る所に進出し、ほとんどすべてを、すなわち黒《エフクシノス》海《ポンドス》[1-31]とエリスポンドスの間の地域、エーゲ海とシリア《シリアコン》の海《ペラゴス》の間の地域、サロス川、そしてとりわけパムフィリアとキリキア地方を流れ、エジプト《エジプティオン》の海《ペラゴス》に流れ込む諸河川を掌握していたのである。東方の諸軍《ストラテヴマタ》はこのような状態であり、他方西方の諸軍《ストラテヴマタ》はヴリエニオスに合流し、ローマ人の帝国《ヴァシリア》には全く取るに足らぬ、ごく少数の軍勢《ストラテヴマ》しか残されていなかった。実際帝国に残っていたのは、つい昨日に剣《クシフォス》と槍《ドリ》に触れたばかりの不死兵《アサナティ》[1-32]たち、ホマ[1-33]出身のわずかな兵士《ストラティオテェ》たち、まったく少人数になっていたケルト人部隊《ストラティア》[1-34]にすぎなかった。皇帝《ヴァシレフス》の側近たちはこれら「の兵士」を私の父、アレクシオスに与え、また同時にトルコ人からの同盟兵《シムマヒ》の救援要請を行った後に[1-35]、彼に向かって出陣し、ヴリエニオスと戦いを交えるよう命令した、しかしその者たちが頼りにしたのは彼に従う軍隊《ストラティア》よりも、むしろその男の気魄と、戦争《ポレミ》と戦闘《マヘ》における手腕であった。【5】さて敵がすみやかに迫ってくるのを知ると、その者［アレクシオス］は同盟軍《シムマヒア》を待たず、彼自身と彼に従う者たちを立派に武装させ、諸都市の女王《ヴァシリス トン ポレオン》から出立し[1-36]、トラキアに至ると、堀《タフリィ》も防柵《ハラクス》も設けずアルミロス川の辺に陣をはる。なぜなら、その者は、ヴリエニオスがキドクトスの平野[1-37]に野営していることを知って、自身と敵の両軍《ストラテヴマタ》の間隔を十分に離しておくことを望んだ。なぜなら軍勢《ディナミス》の正体が見抜かれ、また軍隊《ストラティア》の規模が敵に知られることを怖れて、その者はヴリエニオスの正面に立つことができなかったのである。少数の、戦闘経験のない軍勢で、多数の、しかも戦闘に慣れた敵と戦うことになる、そこで正々堂々と大胆に戦うことを放棄して、［策を弄して］勝利を盗み取ろうと考えていたのである。

第5章

【1】物語《ロゴス》はともに勇敢な男たち、ヴリエニオスと私の父アレクシオス＝コムニノス（両者は、勇気において

も経験《エムピリア》においても甲乙つけがたかった）を戦いの場へと導いたが、次に両軍の一方がどのように戦列《ファランクス》を整え、他方がそれに対してどのように戦列を組んだかを見て、それから戦いの成り行き《ティヒ》を見定めるのが適切であろう。確かに二人とも人として申し分なく立派で、また勇ましく、力強さと経験において天秤で測ったように実に等しかった。だから私たちは、ことの成り行き《ティヒ》がどちらの方に有利に傾くかを見分けなければならない。実際ヴリエニオスは自身の軍勢《ディナミス》への信頼に加えて、自分の経験と訓練された戦列《パラタクシス》をもって立ち向かうことができた、他方それに反してアレクシオスは、軍隊《ストラテヴマ》に関する限り、わずかな、まったくわずかな希望しかもてず、それに代わるものとして自身の技量による力と戦術《ストラティイケ》によるかけひき《ミハネ》に頼ろうとしていた。［2］すでに両者は互いの存在に気づき、今や戦いの時であることを知った、事実ヴリエニオスは、アレクシオス＝コムニノスが彼の進路を遮り、カラヴリィの近くで野営しているのを知るやいなや、次のように陣形を整えて、彼に向かって進みはじめたのである。すなわちまず軍勢《ストラテヴマ》を右《デクシオン》翼《ケラス》と左翼《エヴォニモン》に配置し、兄弟のヨアニスに右翼《デクシオン》を指揮することを命じた。この部分の兵士は五千人であり、あの有名なマニアキスの部隊[1-38]のイタリア人、セタリア［テサリア］出身の騎兵《イピス》、親衛隊《エテリア》[1-39]に属する兵士の十分多数の部隊から構成されていた。もう一つの、つまり左《エヴォニモン》翼《ケラス》はカタカロン＝タルハニオティスが指揮し、総勢三千人の完全武装で身を固めたマケドニア人とトラキア人から成っていた。ヴリエニオス自身は戦列《ファランクス》の中央を受け持った、この部分はマケドニア人とトラキア人から構成され、すべて貴族身分《アルコンティコン》から選ばれたものであった[1-40]。すべての者はセタリアの馬[1-41]にまたがり、彼らの鉄の胸甲《ソラケス》と頭にいただいた兜《クラニィ》により電光のように閃いており、馬は耳をまっすぐに立て、盾《アスピデス》は互いにぶつかり合って激しい音をたて、それら［盾］と兜《コリセス》から発する光は恐怖を引き起こしていた。ヴリエニオスは中央にあってまわりを兵士に囲まれ、まるで軍神《アリス》か巨人《ギガス》かのように他のすべての者より頭と肩の高さは一ピヒス上まわり、まさに見る者に驚嘆と怖れの存在そのものであった。本隊《タグマ》すべてからおよそ二スタディア[1-42]離れたところに、蛮族風《バルバリカ》の武器《オプラ》で武装した同盟兵《シムマヒ》のスキタイ[1-43]がいた。これらスキタイには、敵が姿を現し、戦闘を告げるラッパが大きく鳴り響けば、ただちに敵の背後に向かって突き進み、彼らを攻撃し、間断なく矢《トクセヴマタ》を射かけて追いつめるように、そして軍の残りの者には、各自の隙間を詰め、密集隊形をなしてあらん限りの力で攻撃を加えるように命じられていた。［3］この者が取った陣立はそのようなものであった。他方私の父、アレクシオス＝コムニノスはその地の地形をよく観察した後、軍隊《ストラテヴマ》の一部をある谷間に隠し、残りをヴリエニオスの軍隊《ストラティア》の正面に向けて配置した。二つの部分、すなわち待ち伏せ《イポカシメノン》の者たちと敵に姿を見せている者たちをそのように配置した後、兵士《アニル》一人一人に激励の言葉をかけ、勇気をもって立ち向かうよう奮いたたせ、待ち伏せ《プロロヒソン》の隊《タグマ》には、敵が通り過ぎて背を見せれば、突然に攻撃し、できる限りの力を発揮し、猛然と右翼《デクシオンケラス》に向かって突撃するよう指示を与えた。いわゆる不死兵《アサナティ》とケルト人の一部は自身のもとにとどめ、自ら先頭に立って指揮することにした。他方カタカロン［コンスタンディノス＝エフフォルヴィノス］をホマ出身《ホマティニ》の兵士とトルコ人兵士の指揮官《エクサルコス》に任命し、スキタイのすべてに注意し、彼らのすばやい行動に用心するよう指示をあたえた。［4］［アレクシオスのとった］対応はそのようなものであった。さてヴリエニオスの軍隊《ストラテヴマ》が谷間に入ってきたまさにその時、私の父アレクシオスがただちに指示を送ると、待ち伏せ《エネドラ》の軍勢《ストラテヴマ》は鬨の声と叫び声をあげながら襲いかかり、その突然の攻撃で敵を仰天させ、兵士各自は眼前に現れる敵を撃ち、そして殺し、一緒になって敵を逃走に追い込んだ。しかし軍勢の頭《イエモン》の兄弟、ヨアニス＝ヴリエニオスはその時、自分の猛々しい《スゥリス》力《アルキ》と[1-44]勇気を思いだし、手綱《プサリオン》で馬首をめぐらすと、向かってくる一人の兵士《ストラティオティス》、すなわち不死兵《アサナトス》を一撃の下に撃ち殺し、潰走する味方の軍勢《ファランクス》を止まらせ、そのようにして態勢を立て直して敵を撃退した。不死兵《アサナティ》は休みなく背後に迫る敵の兵士《ストラティオテェ》に殺されながら、算を乱して一目散に逃走しつづけた。［5］その時私の父は身を敵のまっただ中に投げ込み、勇敢に戦い、一方でその時いた場所において、向かってくる敵一人一人に打ちかかり即座に倒し、他方で彼の兵士《ストラティオテェ》たちが彼のあとに続き、援護しに駆けつけることを期待しながら、誰も抑えることのできない激しさで奮戦を続けていた。しかし自身の軍勢《ファランクス》が打ち破られ、すでに方々へ四散させられたことを知ると、この上なく勇敢な者たち（全部で六人いた）を呼び集めると、それぞれ剣《クシフィ》を抜き、ヴリエニオスに近づき、たとえ一同が彼と刺し違えて死ぬことになるとしても、彼に打ちかかっていこうとの無謀な計画を決心した。しかしその計画は、一人の兵士《ストラティオティス》、子供のころから父に仕えていたセオドトスという者によって、その企てが全く向こう見ずなものとして阻止された。そこでアレクシオスは逆の行動をとろうとする、すなわちヴリエニオスの軍隊《ストラティア》から少し離れ、そしてばらばらに散らばった兵士のうちから際だって優れた者たちを呼び集め、態勢を立て直した後に、再び新しい作戦に取りかかろうとしたのである。［6］しかしスキタイがカタカロン指揮下のホマ出身の兵士《ホマティニ》を鬨の声、大きな叫び声をもって追い散らしていた時、私の父はいまだその場所から逃げだしていなかった。その者たち［スキタイ］は彼らを撃退し、やすやすと敗走させると、戦利品を持ち去ること《ラフィラゴイア》と、そして戦場から離れることしか頭になく、事実彼ら自身のやるべきこと《ディアトリヴェ》［略[1-45]奪］に取りかかった。なぜならそれがスキタイの民《エスノス》のいつもの手口であった。いまだ敵対者を完全に屈服させず、勝利の栄冠《クラトス》を戴いていないのに、戦利品を持ち去ること《ラフィラゴイア》にかかわって、勝利を台無しにしてしまうのである。さてその時すべての召使い《シィティコン》が何か危害を受けるのではないかとスキタイを怖れ、ヴリエニオス軍《ストラテヴマ》の後衛《ウライア》に追いつくと、兵士の諸隊列《タクシス》の中に入っていこうとした、さらにスキタイの手から逃れた者たちすべてが次々と中に流れ込んでくるので、諸隊の軍旗《シメエ》が互いに混ざり合い、諸隊列《タクシス》に大きな混乱を生じさせてしまった。［7］その時私の父アレクシオスは、すでに語られたように味方から切り離されて敵の中にあり、ヴリエニオス軍《ストラテヴマ》の中を走り回っていたが、ヴリエニオスの馬丁《イポコミィ》の一人が、皇帝用《ヴァシリキィ》の馬のうち、赤紫色の掛布をまとい、金色の馬飾りをつけた一頭を引き連れているのを、さらに皇帝《ヴァシリス》と共に携行されるのを常とする剣《ロムフェエ》を抱えた者たちが馬の近くを伴走しているのを視線にとらえる。さてそれらを目にしたその者は、兜《コリス》に取りつけられている面頬《ソラキディオン》で顔を覆うと、すでに語られた六人の兵士《ストラティオテェ》と共に猛然とそれらの者に向かって突進し、一方で馬丁《イポコモス》を打ち倒し、皇帝《ヴァシリコス》の馬を取り上げ、他方で剣《ロムフェエ》をも奪い取ると、こっそりと軍勢《ストラテヴマ》の中から逃げだす。危険な状態から脱した後、その者はあの黄金の飾りのついた馬といつも皇帝《ヴァシリコス》の身体の両側において携行される剣《ロムフェエ》と共に伝令使《キリクス》を送りだした、なおその際この上なく声の大きいその伝令使には軍勢《ストラテヴマ》の中をくまなく走り回り、ヴリエニオスはすでに倒れたと大声で叫ぶよう指示を与えた。［8］このことが実行されると、メガス＝ドメスティコス＝トン＝スホロン、[1-46]すなわち私の父の軍隊《ストラテヴマ》に属し、各所に散らばっていた多くの者は至る所から集まり、戦列に復帰し、他方その場にとどまっていた者たちは頑張り抜くよう勇気づけられた。さてこれらの者たちはそれぞれがたまたま居た所でじっとして動かないままであった、実は視線を後ろに向け、思いがけなく目にした光景に驚愕していたのである。その時目にすることができた光景はまことに奇妙なものであった、すなわちその者たちが乗っている馬の頭は前方を向き、その者たちの顔は後方を向き、しかもその者たちは先に進むことも、手綱《ハリニィ》を引いて後ろに戻ろうともせず、なんと生起した事態に仰天し、身動きできない状態でいたのである。［9］事実スキタイは帰国のことしか心になく、故国へ向かって出発をはじめ、敵を追跡しようとせず、略奪物《リア》をもってすでに両軍《ストラテヴマタ》から遠く離れた所をさまよっていた。他方ヴリエニオスが捕らえられ殺されたとの［伝令使の］告知は、今まで怯え、逃走した者たちを勇気づけた。事実至る所で皇帝の標章《ヴァシリカパラシマ》と共に馬を見せつけられ、そしてそれらによって守られているはずのヴリエニオスが敵の手に落ちたことをほとんどあまねく知らしめるあの剣《ロムフェエ》が提示されたことによって、その告知は即座に信じられたのであった。

第6章

［1］次に偶然の成り行き《ティヒ》がつぎのような仕方で［アレクシオスに］加勢することとなった。トルコ人同盟軍《シムマヒア》の部隊[1-47]がドメスティコス＝トン＝スホロンのアレクシオスのもとに到着したのである、そしてその者たち［トルコ人の指揮者たち］は戦いの状態を知った後、敵がどこにいるのか尋ね、そこで私の父アレクシオス＝コムニノスと

一緒にある丘に上り、その者［アレクシオス］が手で［敵の］軍隊《ストラティア》を指し示すと、物見台から見るように観察をつづけた。敵はつぎのような状態であった。敵の諸隊は入り乱れた状態で、いまだ隊列を整えず、すでに勝利を獲得したかのように尊大な様子で、危険の外にあるものと思っているようであった、そしてとりわけ、私の父につき従ってきていたフランク人が先の敗走が原因でヴリエニオス側についたので、［敵は］心をゆるめていた。事実フランク人は馬から降り、忠誠の誓《ピスティス》いをなす際に行う彼らの父祖伝来の慣行に従って彼［ヴリエニオス］に右手を差し出そう[1-48]としていた時、他のすべての者たちはそれぞれ別々の所から、何が行われるかを見ようと、群がり集まってきた。なぜならフランク人たちが総司令官《アルヒストラティゴス》のアレクシオスを見捨て自分たちの側に立ったとの噂が軍隊《ストラテヴマ》中をけたたましく駈けめぐっていたからである。【2】私の父の将校たちは、敵が確かにあのような混乱状態であったので、今しがた到着したトルコ人を計算に入れて、自分たちの軍勢[1-49]を三つの戦闘集団に分け、それらのうち二つには近くで待ち伏せの態勢でいるよう指示し、最後の部分には敵に向かって進撃するように命じた。そしてこのような作戦計画のすべては、私の父によるものであった。【3】確かにトルコ人はすべてが一緒に戦列《ファランクス》を組んで攻撃に出るのでなく、攻撃はいくつかの小集団ごと、どこでも常に互いに一定間隔をおいて行われる。そのような状態から各々の騎兵部隊《イリ》は敵に向かって馬を駆け、攻撃し、雨霰と矢玉《トクセヴマタ》を浴びせるのである。さて作戦のすべてを考え出した私の父アレクシオスは、四散した者たちのうち、時間の許す限りで拾い集め得た兵士《ストラティオテェ》と共に、彼ら［トルコ人］の後に続いた。その時アレクシオスの指揮下の不死兵《アサナティ》のうちで、大胆不敵で向こう見ずな一人が先駆けし、他の者より先に手綱《リティレス》をすべてゆるめ、ヴリエニオスに向かって一直線に突進した。彼自身はその者の胸をめがけて猛然と槍《ドリ》を突きだす。その者［ヴリエニオス］は素速く鞘から剣《クシフォス》を抜くと、相手の槍《ドリ》が迫る前に、打ちつけ、二つに切り離し、つづいて攻撃をしかけた者の鎖骨に渾身の力で一撃を加える、腕は根本から胸甲《ソラクス》ともども切り落とされた。【4】さてトルコ人がつぎつぎと到着し、絶え間なく放たれる矢の雲で敵軍《ストラテヴマ》を覆った。ヴリエニオス側の者たちは突然の攻撃で動揺したが、しかし一つに集まり、隊列《タクシス》を整え、男らしくふるまおうと互いに励まし合い、戦いの重圧を支えた。だがしかし、トルコ人と私の父は、しばらくの間敵に立ち向かっていたが、次に少しずつ敵を待ち伏せ《エネドレ》に引き寄せ、巧みにそこに引きずり込もうとして、逃走するふりをしはじめた。その者たち［味方の者たち］は最初の待ち伏せ《エネドラ》の場所に至るや、反転して正面から敵と向かい合い、そして他方合図《シンシマ》と同時にただちに待ち伏せをしている者たちはそれぞれ蜂の群のようにあちこちから騎馬で駈け現れ、彼らの大喚声と鬨の声、それに［ブンブンと音を立てて］ひっきりなしに放たれる矢《トクセヴマタ》でヴリエニオス側の者たちの耳を聾し、同じくあらゆる側から射られるこの雨のような矢《ヴェリ》で彼らの目を覆ったのである。【5】その時ヴリエニオスの軍勢《ストラテヴマ》はもはやこれ以上抵抗することができず（なぜなら馬も人もすべてがすでに負傷していた）、逃走すべく軍旗《シメア》を下げ、敵に背後からの攻撃を許した。しかしヴリエニオスはと言えば、戦闘によって極度に疲れていたけれども、力をふりしぼって敵を押しもどし、向かってくる敵を常に縦横無尽に打ちつけ、また常に退却を適切にまた勇敢に指揮しながら、大胆で勇敢なさまを示していた。その時その者の両側にあって彼を援護したのが彼の弟［ヨアニス＝ヴリエニオス］と息子であり[1-50]、二人ともそのような危機的状況下、その英雄的な戦いぶりによって敵方からの驚嘆を誘ってみせたのである。【6】しかし彼の馬はすでに疲れ切り、逃げることも、追跡することもできなかったので、なぜなら馬は走り続けたことで、ほとんど息絶えてしまう状態であった、ヴリエニオスは手綱《イニエ》を引いて馬を止め、勇敢な競技者のように挑戦を受けて立つ構えをとり、二人の勇ましいトルコ人と向かい合った。その一人が槍《ドリ》を突きだす、しかし力が入らず、相手［ヴリエニオス］の右手からより強い一撃を受ける。なぜならヴリエニオスは素速く剣《クシフォス》で相手の腕を切断したのである、腕は槍《ドリ》と共に地面に転げ落ちた。もう一人は自分の馬から飛び降りると、豹のようにヴリエニオスの馬に飛び移り、身体を馬の尻に乗せる。一方は相手にしっかりしがみつき、馬の背に身を移そうと試み、他方（ヴリエニオス）は野獣のように身体をねじり剣《クシフォス》で突こうとする。しかしことは巧くいかなかった、背後のトルコ人は身をそらし、突かれることをかわしたのである。右手は空を突くことで疲れ、競技者は断念し、ついに敵の手に身をゆだねた。[1-51] 彼を捕らえた者たちは大きな誉れを手にしたかのように、その時ヴリエニオスの捕縛の場所からさほど遠からぬ所にいて、蛮族《バルバロイ》［トルコ人］と自身の軍勢《ファランゲス》を整列させ、戦闘への意欲を奮起させていたアレクシオス＝コムニノスのもとに連行する。【7】まずその男の捕縛が伝令使《キリケス》を通じて伝えられ、つぎにその者が軍司令官《ストラティゴス》［アレクシオス］の前に連れ出されるが、その姿は、戦っている時と同じように捕らえられている時も、真に見る者に恐怖を起こさせた。さてこのようにアレクシオス＝コムニノスは戦いで獲得されたものとしてヴリエニオスを掌中にし、皇帝《ヴァシレフス》ヴォタニアティスのもとに送りとどけることになる、しかしもちろん、その者の両眼を傷つけるような男では絶対なかった。[1-52] なぜならコムニノスは、彼に立ち向かってきた者たちを捕らえた後に更に懲らしめるようなことをする者ではなかったし、戦争で捕らえられたこと自体が処罰として十分であると考えていた。だから［戦争捕虜に対して］人間愛《フィルアンソロピエ》を発揮し、優しい心と大きな敬意をもって接したのであった。ヴリエニオスに対してもまさにこのような態度で臨んだのである。【8】[1-53] 捕縛の後、［アレクシオスは］十分長い距離を彼と一緒に馬を進め、……[1-54] と呼ばれる場所に達した時、その男が悲しい気分から立ち直り、希望をもってくれるよう願っていたが、彼に向かって「馬から降りて、座って一休みしよう」と声をかけた。その者は命の危険を恐れて、気がおかしくなっていたように思われ、休息を取るどころではなかった。命の希望さえ諦めている者にとってどうして休むことなど考えられようか。それにもかかわらず、その者はすぐに軍司令官《ストラティゴス》の言うことに従った。なぜなら奴隷《ドウロン》というものは命じられたことすべてに二つ返事でただちに従うものだが、戦いで捕らえられた者《ドリアロトス》の境遇にあるからには、なおいっそう従順となろう。【9】そこで［二人の］軍司令官《ディマゴイ》は馬から降り、一方の者は麦わらを詰めたベッドに横たわるように緑の草におおわれた地面の上に身体をなげだし、他方の者、ヴリエニオスは高い梢に葉をだす樫《ドリス》[1-55] の根っこで頭を支えた。あの者［アレクシオス］は眠っていた、しかし耳に気持ちよい詩歌の言うあの快い眠り[1-56] は他方の者には訪れてこなかった。視線を上げると、小枝に剣《クシフォス》がつり下がっているのが見えた、その時他に誰もいないのを知ると、その者は無気力から立ち直り、すこぶる攻撃的となり、私の父を殺そうと決意する。もしその時天上の神《シア》的な力《ディナミス》がその者の激しい怒りを和らげ、軍司令官《ストラティゴス》へ優しい眼差しを注がせなかったならば、おそらくその決心を実行に移していたであろう。私は、あの者［アレクシオス］がその時のことをいくどもこと細かく話しているのを聞いたことがある。だから誰でもその気さえあれば、神《セオス》がコムネノスを大いに価値のあるものとして、彼を通じてローマ人の支配権《スキプトラ》を呼び戻そうと願われて、全く貴重なものとして見守られたことを理解することができるであろう。これらのことがあった後、ヴリエニオスの身に思いもよらぬ不運が起きたとしても、それは皇帝《ヴァシレフス》の側近の誰某《たれがし》の責任であって、私の父には罪はない。

第7章

［1］ともかくヴリエニオスの問題はこのようにして終わった。しかしメガス＝ドメスティコスのアレクシオス、私の父は一休みどころか、戦いから戦いへと向かわねばならなかった。さてヴォタニアティスのもっとも親しい側近の一人である蛮族《バルバロス》のヴォリロス[1-57]は都《ポリス》［コンスタンティノープル］を出立し、メガス＝ドメスティコスの私の父のもとに会いに来て、彼の手からヴリエニオスを受けとり、そしてあの行為におよんだのは確かにその時であった。[1-58] そしてその時その者［ヴォリロス］が皇帝《ヴァシレフス》の名において私の父に命じたことは、すでに皇帝《ヴァシリア》の冠《ディアディマ》を頭に戴き、ヴリエニオスに続いて、誰も抑えることのできないほどの勢いで西方を大きく波立たせていたヴァシラキオス[1-59]［ニキフォロス］に対して戦いを交えることであった。確かにこのヴァシラキオスは、大胆・勇気・豪胆・腕力においてこの上なく嘆賞された者の一人であった。そしてその上この者は権力欲の激しい性質の人物であったので、不相応に高い官職《ティメ》や名誉称号《アナリシス》[1-60]を手に入れようととりかかり、あるものは策を弄して、あるものは力ずくで獲得していた。実際ヴリエニオスが打ち倒された後、その者の後継者《ディアドホス》のように

ふるまい、自ら反逆《ティラニス》の計画すべてを引き受けたのである。【2】その者はエピダムノス（ここはイリリコンの主都《ミトロポリス》である）から出発し、セタリア人の都市《ポリス》［セサロニキ］に向かって進軍した、そしてその間のすべての地域を自身に服従させ、同時に自身を皇帝《ヴァシレフス》に選挙させて勝利の叫びを上げさせ、また彷徨っていた、あの者［ヴリエニオス］の軍勢《ストラトス》を自分の望むところへそれぞれ移動させた。確かにその者は、とりわけ背丈の大きさ・腕力・威厳ある顔立ちにおいて目を見張らせた、特に粗野で戦争に明け暮れる者たちは、それらの外見的立派さに心を奪われるものである。事実それらの者たちは心の奥まで見抜くことも、しっかりと徳を見定めることもせず、豪胆さ・体力・迅速な走力・驚嘆の背丈のような身体上の長所だけに目をとめ、これらが赤紫の衣服と帝冠《ディアディマ》に値すると判断するのである。その者は、これらの身体上のすぐれた長所に加えて、勇敢で臆することのない精神を備えていた。さらにこの男はなにか帝王《ティラニコス》のような雰囲気を放ち、いかにもそれらしく見えていた。その者の声は雷さながらであり、全軍《ストラティア》を仰天させることができ、その叫び声は勇者の肝を縮みあがらせるに十分であった。また弁舌においても抗することのできない圧倒的な力を発揮し、そうしようと思えば、同じく兵士《ストラティオティス》を戦闘に駆りたてることも、また縮み上がらせて逃走に向けることもできた。このような有利な条件を備えて、その者は遠征にのりだし、打ち勝ちがたい軍隊《ストラティア》を集め、すでに語ったようにセタリア人の都市《ポリス》に到着する。【3】他方私の父、アレクシオス＝コムニノスは、巨大なテュフォン、すなわち一〇〇の手をもつギガスに立ち向かうかのように、自身のすべての戦術上《ストラティイキィ》の術策《ミハニ》を駆使し天性《フロニマ》の気魄《イエニオン》を奮いたたせ、好敵手に対して準備を整えた。先の戦闘による戦塵もいまだ払い落としもせず、また剣《クシフォス》と両手の血糊を洗い落とすこともせず、自身の心を奮いたたせライオンのように猛々しく、あの長く突き出た牙をもつ猪のようなヴァシラキオスに向かって進んでいくことになった。[1-61] 確かにその者はヴァルダリス川に到着する。事実その地の住民はその川をそう呼んでいる。さてその川はミシアに近い山々の頂から流れ始め、多くの地方を流れ抜け、ヴェリアとセサロニキの地域を東と西に分け、私たちの言う南《ノティア》の海《サラサ》[1-62]に流れ込む。ところで大きな川ではつぎのような現象が起こる。川そのものが水の流れに運ばれる砂が積もって相当高くなると、その時水の流れは最初の川床を取り替えるように低い所へ向かい、そのため一方で古い水路は見捨てられ、水を失い涸れた状態になり、他方で新しい水路には水が一杯に満たされ流れていく。【4】さてことのほか兵法《ストラティイコス》に優れたこのアレクシオス、すなわち私の父は、それら二つの水路、一つは古い川床、一つは現在の水路、これらの間を踏査し、一方で川の流れを敵からの確実な防衛手段と見なし、他方ですでに流水の力で深い溝となっていた古い水路を自然の堀として利用し、互いに二ないし三スタディア[1-63]以上も離れていないこれら二つの水路の間に陣地を張った。ただちにすべての者に指示がなされた、すなわち日中の間に休み、眠って体力をつけ、馬には十分な飼い葉を与えることであった。なぜなら夜になると、寝ずに、敵から突然に起こる動きに備えて警戒していなければならないからである。【5】思うに私の父はその夜に敵によって引き起こされるであろう危険を推測して、そのような処置をとったのである。なぜならこれまでの多くの経験から予知したのであれ、他のなんらかの方法で推測したのであれ[1-64]、とにかく敵が自分に対して攻撃してくると考えていたのである。しかしその者は、自分の予言のことに長々と関わることなく、また予測しただけで、必要な手段をとらないままですましておくことはせず、事実彼の兵士《ストラティオテェ》と共に武器《オプラ》と馬、戦いに必要なすべてのものを携えて、自分の幕舎《スキニ》を離れる、その際、至る所で赤々と燃える篝火を後に残し、また彼のそばで仕える者のうちで腹心の一人、ずっと以前に修道士の生活を選んだヨアニキオス[1-65]に、自分の幕舎《スキニ》と携行してきた料理に必要な器具と他の備品すべてを託した、そうしてから彼自身は武装した軍隊《ストラティア》と共に相当遠くまで立ち去り、これから起こる成り行きを見守ろうとそこに腰を据えた、これは巧みに考え出されたことであった、つまりヴァシラキオスは至る所で大篝火が赤々と燃え、また私の父の幕舎《スキニ》にも篝火が燃えているのを見て、その者がそこで休んでおり、それゆえ彼を捕らえ、自分の掌中に入れることは容易いと考えるだろう。

第8章

【1】上に述べたように、私の父アレクシオスの推測は間違っていなかった。ヴァシラキオスは騎兵《イピス》と歩兵《ペズィ》の一万の軍隊《ストラティア》を率いて、突然目指す陣営に襲いかかった。陣営《クリシェ》が至る所で火に照らされているのを見いだし、他方軍司令官《ストラティゴス》の幕舎《スキニ》がひときわ輝いているのを目にすると、ありったけの勢いで、狂ったように、また声を轟かせてそこに向かって突進した。しかしそこに居ると思われた者はどこからも、一人の兵士《ストラティオティス》も軍司令官《ストラティゴス》もまったく飛びだしてこず、居たのはそこに置き去りにされた、取るに足らぬ数の召使いたちだけであった、そこでその者はますます声を轟かせ、「あの舌足らずはどこにいるのか」と怒鳴った。その場にいるこの者は、そのような言葉でメガス＝ドメスティコスを揶揄したのである。私の父アレクシオスはいつも流暢に話し、推論と論証《エピヒリマタ》においてまことに比類のない生来の弁論家《リトル》であったが、ただρ《ロー》の発音においては舌はわずかにもつれ、目立たない程度に口ごもった、しかし他のすべての単音に関しては滑らかにまわった。【2】そのように大声で悪罵を浴びせながら、その者は、軍司令官《ストラティゴス》がそれらの中のどこかに隠れているのではないかと、木箱・寝台《スキムベス》・軍用行李《スケヴィ》、さらに私の父の寝椅子まですべてを調べ、ひっくり返していた。その間ヨアニキオスと呼ばれるあの修道士《モナホス》の方へ、しばしば視線を向けていた。実は［アレクシオスの］母がたっての頼みとして、彼のあらゆる遠征《エクストラティア》において同じ幕舎《スキニ》で寝起きする者として尊い一人の修道士《モナホス》を同行させるよう勧めていたのである、ところでこの心の優しい息子は、幼い子供の時だけでなく、思春期に入ってからも、さらに妻を娶るまで、母の意思に従っていた。さてヴァシラキオスは幕舎《スキニ》の中のすべてをくまなく調べ続け、アリストファネスの言葉にあるように闇の世界を探る[1-66]ことを止めようとしなかった、同時にヨアニキオスにもドメスティコスについて問いただしていた。その者が［軍司令官は］数時間も前に全軍《ストラテヴマ》と出立したことを断言するや、［ヴァシラキオスは］一杯喰らったことを悟り、完全に落ちこみ、これまでとは違った調子で、「戦友諸君、われわれは騙された、

戦闘《ポレモス》は外だ」[1-67]と叫んだ。[3] 彼の話がまだ終わらないうちに、そこに居た者たちが陣営《ストラトペドン》から出ようとした時、私の父アレクシオス＝コムニノスは本隊《ストラティア》より先に少数の者たちと共に猛然と彼らに襲いかかる。その時［アレクシオスは］軍勢《ファランゲス》を戦闘隊形《タクシス》に整えようとしている一人の男を目にした（なぜならヴァシラキオスの兵士《ストラティオテェ》の大部分は戦利品《ラフィラ》を得ようと略奪《リア》にかかり切っており、実際これは私の父によって前もってそうなるよう仕組まれていたことであったが、メガス＝ドメスティコスがいわば突然の疫病神として彼らに襲いかかった時には、敵側はいまだ集結して戦列《パラタクシス》を整えていなかった）、そして軍勢《ファランゲス》を整列させているその者を見て、その背丈の大きさから、あるいは武具《オプラ》の煌めきから（なぜなら夜空の星の光線で彼の武具《オプラ》は照り輝いていた）、その者がヴァシラキオスであると思い、その者と向き合うと、すばやく相手の手に一撃を加える。たちまちその手は剣《クシフォス》と共に地面に転がった、この事態は［敵の］軍勢《ファランクス》に大きな動揺を与えた。その者はヴァシラキオスではなかったが、ヴァシラキオスの配下の中でもっとも勇敢で、勇気においてヴァシラキオスに引けを取らなかった。[4] さて［アレクシオスは］つづいて激しい勢いで敵に向かい、敵に矢《トクセヴマタ》を射かけ、槍《ドリ》をふるって傷つけ、喊声をあげ、闇夜の中で敵を混乱へと陥れ、勝利のためにあらゆるもの、場所・時・武器《オルガノン》を使い、揺るがぬ気魄と確かな判断でそれらの要素をこの上なく適切に利用した、そして兵士の一人がこちらの方へ他の者が別の所へ逃げ始めると、先回りして［行く手を遮り］、そしてその時には相手の各々が敵か味方かを完全に識別していた。さて私の父の忠実な従者《セラポン》、勇猛で自分でも抑えられないほどの闘争心の持ち主で、グリスの綽名をもつ一人のカパドキア人はヴァシラキオスを目にし、本人であることを確かめると、［剣で］彼の兜《コリス》に一撃を加える。しかしメネレオスがアレクサンドロスと戦った時のようなことが生じた。[1-68] 事実彼の剣《クシフォス》は三つそして四つに折れ砕け、柄だけを残して、手から落ちてしまった。その彼を見た軍司令官《ストラティゴス》［アレクシオス］は、剣《クシフォス》を手にしていなかったので罵倒し、彼を臆病呼ばわりした。しかしその兵士《ストラティオティス》は手に残った剣《クシフォス》の柄を見せ、そうすることでメガス＝ドメスティコスの怒りを静めることとなった。[5] そしてまたマケドニア人で、ペトロスと呼ばれ、トルニキオスの綽名をもつもう一人が敵の真っただ中に飛び込み、彼らの多数を殺した。味方の軍勢《ファランクス》は何が起こっているか知らないまま、［彼の］後を追っていった。なぜなら戦いは闇の中で行われており、すべての者は状況を目で確かめることができなかった。しかしコムニノスは敵の軍勢《ファランクス》でまだ隊列を崩していない部分に向かって飛び込み、敵対する者を打ち、ただちに味方のもとに戻ると、その場にいる者たちにヴァシラキオスの軍勢《ファランクス》でまだ戦列を保持している部分を崩すように駆り立て、また同時に後方にいる者たちに伝令を送り、ぐずぐずせずに自分の後を追い、できるだけ早く合流するよう指示をあたえた。【6】その間に次のようなことが起こった、ドメスティコス配下の一人のケルト人、手短かに語れば勇敢で軍神《アレス》の精神に満ちた兵士《ストラティオティス》は、血潮でまだ熱い湯気を放っている剣《クシフォス》をひっさげて、私の父が敵兵の中から飛びだしてくるのを見て、敵の一人と思い、ただちに彼に向かい槍《ドリ》で胸を打とうとする、もし彼自身［アレクシオス］が鞍にしっかりと身を置き、即座に剣《クシフォス》で首をはねるぞと脅し、彼の名を呼ばなかったならば、きっと軍司令官《ストラティゴス》を落馬させていたであろう。その者は、暗闇と混戦状態で見誤ったと弁解して、つづいてそのまま生者の中に加わることを許されたのである。

第9章

【1】少人数の部下と共に行われたその夜のドメスティコス＝トン＝スホロン［アレクシオス］の活躍は、そのようなものであった。日が微笑み、太陽が地平線に顔を覗かせると、ヴァシラキオスの指揮官《ファランガルヘ》たちは心を一つにして、略奪《リア》に熱中し戦闘から離れていた者たちを集めることに取り組んだ。他方メガス＝ドメスティコス［アレクシオス］は自身の軍勢《ストラテヴマ》を整列させ、ただちにヴァシラキオスに向かって進撃を始めた。ドメスティコスの兵士たちは、遠くに敵の一部を目にすると、彼らに向かって激しい攻撃を加え、敗走に追いやり、一部

の者を生け捕りにし、帰還するとそれらを彼［アレクシオス］に引き渡した。【2】しかしヴァシラキオスの兄弟、マヌイルはある丘に登り、つぎのように呼びかけて軍勢《ストラテヴマ》を元気づけようとした。「今日、この日と勝利はヴァシラキオスのものだ！」クルティキオスの綽名をもつヴァシリオス、すでにこの歴史《ロゴス》で語られたあのニキフォロス＝ヴリエニオス［反逆者］のよく知った親しい友は、こと戦いとなればじっとしておれないほど好戦的であったが、コムニノスの戦列《パラタクシス》から一人飛び出し、丘を駆け上り始めた。他方マヌイル＝ヴァシラキオスは鞘から剣《クシフォス》を引き抜くと、手綱《イニエ》を完全にゆるめ、彼に向かって猛進した。他方クルティキオスは剣《クシフォス》ではなく、鞍下にぶら下げた棍棒《ラヴドス》を引き寄せ、相手の兜《クラノス》めがけて打ちかかり、たちまち馬から叩き落とした、それから縛ったまま引きずり、戦利品《ラフィロン》のように私の父のもとに連れていくことにとりかかった。[1-69] その間にコムニノスが自身の諸隊《タグマタ》を率いて現れる、これを見てヴァシラキオスの残りの軍勢《ストラテヴマ》は少しの間抵抗した後、逃走し始めた。ヴァシラキオスも逃走に移り、アレクシオス＝コムニノスがその後を追跡する。【3】その者たちがセサロニキに到着すると、セサロニキの住民はただちにヴァシラキオスを迎え入れ、軍司令官《ストラティゴス》［アレクシオス］に対しては即座に諸門《ピレ》を閉ざした。しかし私の父は気をゆるめず、胸甲《ソラクス》を外すことも、兜《クラノス》をぬぐことも、肩から盾《アスピス》を取り外すことも、剣《クシフォス》をそばに置くこともせず、陣を敷くとただちに攻城戦《ティホマヒエ》と略奪で都市《ポリス》を脅すことに取りかかろうとした。そしてまた［アレクシオスは］あの男［ヴァシラキオス］を助けてやりたいと思っていたので、彼に付き従っているあの修道士《モナホス》のヨアニキオス（この者は徳《アレティ》において名を知られていた）を介して、恐ろしい目は一切受けないとの誠実の保証《ピスティス》を受けとった後、自身と都市《ポリス》を同時に彼に引き渡すことを条件に、ヴァシラキオスに和平《イリニ》を提案した。しかしヴァシラキオスは提案を聞き入れようとしなかったが、他方セサロニキの住民は都市《ポリス》が占領され、なにか恐ろしい目に遭うのではないかとの怖れからコムニノスを都市内に入れることにした。【4】ヴァシラキオスは民衆《プリソス》が行ったことに気づいて、城塞《アクロポリス》[1-70] に逃げ込むが、これにより一つの落とし穴から別の落とし穴に飛び込むことになる。残酷な仕打ちは受けないとの保証《ピスティス》をドメスティコスが与えようとしたけれども、ヴァシラキオスは戦争《ポレモス》と戦闘《マヒ》を忘れようとするどころか、不運と追いつめられた状況にあっても、まさしく戦士《アニル》としてふるまっていた。実際城塞《アクロポリス》の住民と守備兵《フィラケス》がすべて一緒になって無理やり力ずくで彼をそこから連れだし、メガス＝ドメスティコスに引き渡すまで、持ち前の大胆果敢さで降参しようとしなかったのである。[5] ただちにこの者の捕縛を皇帝《ヴァシレフス》へ報告した後、彼自身はしばらくセサロニキに留まり、当市の問題の処理にあたり、その後に輝かしい栄冠をいただいて帰還の途についた。他方皇帝《ヴァシレフス》から派遣された者たちは、フィリピィとアムフィポリスの間で私の父に出会い、彼［ヴァシラキオス］に関わる皇帝の命令《ヴァシリケエングラフィ》文書《プロスタクシス》[1-71]を手渡すと、ヴァシラキオスを受け取り、フレビナと呼ばれる村《ホリオン》まで連れて行き、そこにあった泉の近くでその者の両眼をえぐり取る。そこからその泉は今日までヴァシラキオスの泉[1-72]と呼ばれている。[6] 皇帝《ヴァシリア》になる以前におけるこの三番目の手柄は、いわばヘラクレスにおけるように偉大なアレクシオスによって成し遂げられたのである。事実このヴァシラキオスをエリュマントスの猪[1-73]と、そしてこの上なく勇ましい私の父、アレクシオスを現代のヘラクレスと呼んでも真実から外れることにはならないだろう。帝座《ソロノス》に登る前のアレクシオス＝コムニノスの成功と偉業はそのようなものであり、これらすべてに対する褒美として、その者は皇帝《アフトクラトル》からセヴァストスの爵位《アクシア》を受け取り、[1-74]元老院《シングリトス》の満座の中でセヴァストスと叫ばれたのである。

第10章

[1] 私の思うところでは、身体の疾患は一方では外部の原因によっていっそう悪化し、また他方では病気《ノシマタ》の原因は身体そのものから発する場合があり、事実私たちは、一方では発熱の発生をしばしば大気の異常と食物のある性質によると考え、他方では往々に体液《キミィ》の腐敗に帰しているように、確かにそれらと同じように、一方ではあの時期におけるローマ人の惨めな状態が命にかかわるような病魔を、つまりすでに語られたあのよう

な男たちを、私はウルセリオスやヴァシラキオス、また他の多数の反逆者《ティラニコン プリソス》の列につらなるような者たちを言っているが、生み出し、そして他方では偶然の成り行き《ティヒ》が外部から外国人の反逆者《ティラニィ》たちを、いわば抗しがたい禍、不治の病《ノシマ》として持ち込ませたのであった、たとえばその一人がノルマニアが生みだし、あらゆる種類の悪が育て上げた、権力《ティラニキィ》欲《グノミィ》で名高い、あのほら吹き《アラゾン》のロベルトスであった。[2] ローマ人の帝国は、この恐るべき敵を、わたしたちの方からその者のもくろんだ戦争に口実《プロファシス》を与えて、自らの手もとへ引き寄せてしまったのである、口実とはすなわち私たちにとってふさわしいものではなかった、外国人であり蛮族《バルバロス》である者との姻戚関係《キドス》であり、はっきり言えば、血筋からドゥカス家に属する、時の皇帝《クラトン》のミハイルの浅慮[1-76]によるものであった。もし私と血縁関係にある者たち《プロシコンテス》（なぜなら私も母方においてその者たち［ドゥカス家］に属する[1-77]）を非難しても、誰一人怒らせることはないだろう。なぜなら私はなによりも真実を書くことを選んだのである、しかしその者に関する限り、すべての者からなされた非難の言葉[1-78]を私はむしろ和らげた。さて上記の者、すなわち皇帝《アフトクラトル》ミハイル＝ドゥカスはこの蛮族《バルバロス》の娘を自身の息子、コンスタンディノスと婚約させたのであり、そのことが原因で戦いが勃発したのである。皇帝《ヴァシレフス》の息子、このコンスタンディノスについて、彼の結婚契約《シナラグマ》について、蛮族《バルバリコン》との婚姻関係《キドス》一般について、その者の美貌と背丈の大きさ、肉体的精神的な特徴についてはしかるべき時に、[1-79]つまりこの者の婚約《キドス》の成り行き［婚約破棄］と、それから蛮族《バルバリキ》の全勢力《ディナミス》の敗北、［ミハイル帝の］無分別《アロイア》からローマ人の帝国への野心を膨らませたあのノルマニア出身の反逆者《ティラニィ》たちの破滅を語ってからすぐ後に、私の不運を嘆き尽くす際に語ることにしよう。[3] しかし話を遡らせて、このロベルトスに関することと、すなわちいかなる民《エノス》に属し、地位《ティヒ》はどのようであったか、ことの成り行きがこの者をどのような権力《クラトス》と高みに導き上げたか、いっそう恭しい表現を使えば、神の摂理《プロニア》が彼の悪性の野望と陰謀を大目に見て、この者にどこまで前進するがままにさせたかを詳述しなければならない。[4] このロベルトスは、生まれはノルマン人で、出自は定かでなく、性格《グノミ》は横暴《ティラノス》で、心はこの上なく狡猾であり、腕っ節は強く、有力者たちの富と高い地位を手に入れることにことのほか巧みであり、実に的確に手に入れてしまうし、狙った獲物を決して逃がしはしない。背丈は大男たちを上まわるほどに大きく、顔色は赤みがかり、頭髪はブロンドで、肩幅は広く、両眼――そこからはほとんど火の粉が放たれているかのようであった。体軀において自然の理法から幅が求められるべき所ではそれはみごとに大きく、狭められるべき所では見本のように均整が保たれていた。多くの人がしばしば言っているのを聞いたことがあるように、この者はそのように頭の先から足先までよく調和がとれていた。叫び声に関しては、ホメロスはアキレウスについて、その者が叫ぶと、それを聞いた者たちは大勢が大声をたてている印象を受けたと言っているが、[1-80] しかし人が言うようにこの男の声はきわめて多数の者を逃走に向かわせる。そのように運《ティヒ》と体力《フィシス》と気力に恵まれたその者は、もっともなことだが、他人にへつらって卑屈にならず、何人にも服従しなかった。人が言うように、たとえ生まれ《ティヒ》が卑しくても、強い男たちのあり方はこのようであったのである。

第11章

【1】その者はそのような性格の男であり、人に支配されることにまったく耐えられず、幾人かの騎士《イピス》と共にノルマニアから出発し（総勢五人の騎士《イピス》と三〇人の歩兵《ペズィ》）、故国を離れ、[1-81] ロンギヴァルディアの丘や洞窟、山岳などにとどまり、山賊《ヒル》の一群《リストリキ》を率い、旅人を襲い、あるいは馬を、あるいは他の物資や武器《オプラ》を手に入れていた。まさにその者の経歴の最初から血を流し、多数の殺人を犯していたのである。【2】その者がロンギヴァルディアのここかしこで過ごしている間に、彼の存在は当時ロンギヴァルディア[1-82]に隣接する土地の大部分の支配者《イエモン》であったエリエルモス＝マスカヴェリス[1-83]の注意を引きつけた。その者は毎年その土地から大きな収入を手に入れ、それで有力な軍勢《ディナミス》を擁した、著名な侯《アルイヒゴス》であった。ロベルトスについて腕力と気力においてどのような男か

を知って、その者は愚かにもその男に近づき、自分の娘の一人と婚約させた。確かに結婚式を執り行い、彼の身体と軍事《ストラティオティカ》上の経験《エムピリア》を称讃したが、しかし事態は［エリエルモスの］期待に反してまずいことになってしまう。【3】確かにその者は結婚の引き出物としてある城塞《ポリス》[1-84]を彼に与え、さらにその他いろいろな方法で好意のしるしを示した。しかし他方の者は彼に敵意を抱くようになり、彼に対して謀反《エパナスタシス》をもくろみ、最初は好意の態度を装っていたが、その間に騎兵《イピス》を三倍に、歩兵《ペズィ》を二倍にするなど、兵力《ディナミス》を強化し続けた。そしてやがて好意の装いは見られなくなり、少しずつ敵意が顕わになっていった。【4】その者［ロベルトス］は毎日のように憤慨の口実《プロファシス》を与え、またつかむことに余念がなく、それらによって争い・戦闘《マヘ》・戦争《ポレミ》が常に起こるようつぎつぎと罠を工夫していた。しかし上記のエリエルモス＝マスカヴェリスは富と兵力《ディナミス》において彼を遥かに凌いでいたので、ロベルトスは正面から彼と戦うことを断念し、ある卑劣な計画を企む。好意をもっているように見せ、後悔しているように装い、その間にマスカヴェリスのもつ諸都市《ポリス》と彼に属するすべてを手に入れるために、彼に対して恐ろしく、見破ることの困難な罠を見つけだそうとする。【5】そこでまず和平《イリニ》について伺いを立て、会談のために自ら会いに来るようにと使者を送る。相手はことのほか娘を愛していたので、彼との和平《イリニ》を歓迎し、近々に出会うことに同意する。そこでロベルトスは、二人が出会って話し合い、お互いのために協定《スポンデェ》を整えるにふさわしい場所を彼に知らせる。さて平地から同じ高さで立ち上がり、互いに真っ正面に向き合っている二つの丘があった。それらの間には、あらゆる種類の樹木と草でおおわれた沼地が横たわっていた。あの恐ろしいロベルトスはそこに待ち伏せ《ロホス》を用意し、完全武装したすこぶる勇敢な四人の男に周囲へ注意の目を注いでいるように、そして自分がエリエルモスと取っ組み合いを始めるのを見たら、ぐずぐずせずにただちに自分のもとへ駆け上ってくるように命令した。これらの手筈を整えてから、あの極悪非道のロベルトスは、マスカヴェリスとの会談のために使うことになっている、そして丘のうちあらかじめ先に彼に示した丘を離れ、つぎにいわば第二の丘を確保した、実際十五人の騎兵《イピス》と五六人ほどの歩兵《ペズィ》を連れてその丘に登り、彼らをそこに配置した、その時彼らのうちで信頼できる主だった者たちに計画のすべてを漏らし、そして彼らの一人には自分の武具《オプラ》、すなわち盾《アスピス》・兜《クラノス》・短剣《アキナキス》を、それらで容易く完全武装ができるように、携行しておくことを指示し、また待ち伏せしている四人には自分がマスカヴェリスと取っ組み合いを始めるのを目にしたら、いちはやく自分のもとへ駆け上がってくるように命じた。[1-85] 【6】 決められた日、エリエルモスは、ロベルトスとの協定《シンシケェ》を仕上げるため、一方の丘、つまり彼から示された場所に向かっていた。もう一人の者は相手が近くまでやって来たのを見て、騎馬で出迎えに行き、口づけをし、この上なく上機嫌な歓迎ぶりをしめしていた。さて二人はこれからなすべきことを話し合おうとして、丘の頂から少し離れた、傾斜地に立ち止まった。あの恐ろしいロベルトスはつぎつぎと話題を変えて話し続け、時間をかせぎ、それからエリエルモスに向かって、「馬に乗り続けているのはどうしたことか、お疲れになりませんか。馬から降り地面に座って、問題の件について忌憚なく話し合いましょう」と声をかける。愚かなマスカヴェリスは、罠と運び込まれる災厄《カコン》に気づかず、誘いに従う。ロベルトスが馬から降りるのを見て、彼自身も地面に降り立つ、他方の者は地面に肘をついて、再び話を始めた。ロベルトスはマスカヴェリスを自分の恩人、主人《キリオス》と呼び、以後彼に従い、誠実《ピスティス》を尽くすことを約束する。マスカヴェリスの家来たちは二人が馬から降り、再び話を始めたのを見て、自分たちも暑さと、食べ物と飲み物の欠乏で参ってしまい（なぜなら夏のこと、太陽がいつものように光線を頭に注いでいた）、そして暑さが我慢できないまでになったので、ある者たちは馬から降り、手綱《ハリニィ》を樹木の小枝に結んでから、地面に横たわり、馬と樹木がつくる陰で涼を取り、他の者たちは家に戻っていった。【7】 これらの者たちは、そのように行動した。あらゆる点で抜け目のないロベルトスはこうなるのを予想していたが、突然にマスカヴェリスに摑みかかり、これまでの穏やかな眼差しから怒りの視線に一変し、生かしておけないとばかり殴りかかる。そこで取っ組み合いとなり、相手を引き寄せ、また反対に引き寄せられ、そのようにして二人とも一緒になって傾斜地を転げ落ちていく。待ち伏せの態勢で《ロホオンテス》いるあの四人の男たち《アンドレス》は彼らの状態を見るや、沼地から飛び出し、エリエルモスに飛びかかり、彼の手足をしっかりと縛り上げると、もう一つの丘に配置されているロベルトスの騎兵《イピス》のもとに駈けもどり始める、またそれらの者たち〔騎兵〕もすでに斜面を彼らのもとに向かって駈歩で駈け降りていた。後方からエリエルモスの男たちが追跡に乗りだしてきた。ロベルトスはといえば、兜《クラノス》をかぶって馬にまたがり、槍《ドリ》を握り、それをしっかりと腕に抱き、盾《アスピス》で防御の態勢を固めると、くるりと方向転換し、エリエルモスの兵士の一人を槍《ドリ》で打つ、その者は一撃で絶命した。**[8]** その間にその者〔ロベルトス〕は舅の騎兵《イピス》の追跡を砕き、また彼らによる救助活動を押しとどめた（なぜなら他の者たちは、彼らの頭上にいるロベルトスの騎兵《イポテエ》が高所を利用して駈け下りてくるのを目撃すると、即座に敵に背を向けたのである）— このようにしてロベルトスがマスカヴェリスの騎兵《イピス》の追跡を押しもどした後、マスカヴェリスは、娘をその者と婚約させた時に持参金としてその者に与えたまさしくその城塞《フルリオン》へ、鎖に縛られ、囚われ人《エフマロトス》として連行される。だからその城塞《ポリス》は自身の主人《デスポティス》を囚人として受けとったのであり、おそらくそのことからそれ〔城塞〕は当然にも牢獄《フルリオン》[1-86]と呼ばれるようになる。ところでロベルトスの残忍さを語る以上に戦慄すべきことはない。事実ひとたびマスカヴェリスを掌中にすると、まず歯一本ごとに巨額の金貨《ノミスマタ》を要求し、金のありかを聞き出しながら、彼の歯のすべてを抜いていく。すべてを抜いてしまうまで、そうすることを止めようとせず、歯と同時に財貨《フリマタ》がなくなってしまうと、次にロベルトスはエリエルモスの目に視線を向け、彼の眼の見えていることにさえ憎しみを抱き、両眼を奪ってしまったのである。

第12章

[1] 〔マスカヴェリスの〕すべての持ち物を手に入れると、その者はそれからは日ごとにますます専横となり、都市《ポリス》に都市《ポリス》を、富《フリマタ》に富《フリマタ》を積み重ねていった。そうして短時日のうちに侯の位にまで登り、全ロンギヴァル

ディアの侯《ドゥクス》[1-87]と呼ばれるようになった。だからすべての者は、彼への妬み心を燃え上がらせた。しかし抜け目のない男であったので、その者は彼の敵対者にはある場合は追従を、ある場合は贈物《ドリマタ》を用いて対応し、そのようにして民衆《プリソス》の間に起こった騒動を鎮め、彼に対する有力者たちの恨みを抑え、また場合によっては武器《オプラ》を使いもした、その結果ロンギヴァルディアとそれに隣接する地域の全支配権《クラトス》を自分のものにしてしまったのである。【2】このロベルトスは常により大きな野望を抱き、ついにローマ人の帝国《ヴァシリア》を夢想するまでとなり、すでに語ったように[1-88]、皇帝《アフトクラトル》ミハイルとの姻戚関係を口実《プロファシス》に利用し、ローマ人に対する戦争をかき立てていた。皇帝《アフトクラトル》ミハイルがどうしてそのようなことをしたのか私には分からないが、この反逆者《ティラノス》の娘（エレニと呼ばれた）を息子コンスタンディノスと婚約させたことは、先で述べている。【3】ここで図らずも私はこの若人[1-89]を思いだし、激しい悲しみに襲われ、心は千々に乱れる。しかし彼について書くことは、それにふさわしい時がくるまで控えることにする。しかしながら時宜に即していないとしても、これだけはどうしても言っておきたい、すなわちあの若人は自然の生んだ至宝、いわば神《セオス》の手による傑作である。実際彼を一目見ただけで、ヘレネスによって語られているあの黄金《クリュセオン》の族《ゲノス》[1-90]の末裔だと、人は言うだろう。それほどに彼の美しさは言語を絶するものであった。私はと言えば、永の年月を経た今も、この若人を思い出す時、涙が溢れでる。しかしながら私の不運についての哀歌《モノディエ》を歴史《イストリケ》記述《ディイエシス》に混合して歴史《イストリア》を混乱に陥れないために、今は涙を流すのを控え、それらはしかるべき時に取っておこう。【4】ところで、ここでまた他所で語っているこの若人は私より先に生まれ、私がこの目で陽を見る前に、すでにロベルトスの娘エレニの、純粋で汚れない婚約者となっていた、しかしこの若人はその時期まだ結婚適齢期[1-91]でなかったので、結婚は行われず、単なる約束ごとにとどまっていたけれども、結婚の契約《エングラファ》文書《シナラグマ》はすでに書かれていた。そしてまた二人［の子供］は、ニキフォロス＝ヴォタニアティスが皇帝《ヴァシレフス》として帝位《ヴァシリア》に登ると同時に引き裂かれた。しかし私は話の本筋から離れてしまっている、脱線してしまった所へ立ち戻ろう。【5】確かにあのロベルトスはまったくの無名の境遇《ティヒ》から際だって有名な存在となり、大軍勢《ディナミス》を手もとに集めた後、ローマ人の皇帝《アフトクラトル》になることに夢中になり、ローマ人に対する敵意と戦争の、確かにもっともと思えるような口実《プロファシス》をでっち上げようとしていた。このことについては二つの異なる見解がある。**[6]** 言い広められ、私たちの耳にも達した一つの説明によれば、レクトルという名の一人の修道士《モナホス》が皇帝《ヴァシレフス》ミハイルになりすまし、[1-92] そして［自分の息子の］義父であるこのロベルトスのもとに逃れてきて、自分の不運を嘆いたとのことである。なぜならその者［皇帝ミハイル］はディオエニスの後、ローマ人の帝笏《スキプトラ》を握り、しばらくは帝国《ヴァシリア》に彩りを添えたが、つぎに彼に対して謀反を起こしたヴォタニアティスによって権力《アルヒ》の座から追われた、[1-93] そして修道士《モナヒ》たちの生活に入り、それから後に府主教《アルヒエラティコス》の衣服《ポデリス》と冠《キダリス》、それから［読者が］さらに何をと望まれるなら、肩布《エポミス》をも身に帯びたと言い足そう。これ［修道士の生活］を勧めたのは、父方の叔父、ケサルのヨアニスであり、[1-94] その者は時の皇帝《クラトン》の気まぐれを知って、甥がなにかひどい仕打ちをこうむるのではないかと怖れたのである。**[7]** 上記の修道士《モナホス》、すなわちあのレクトルはむしろあらゆる悪人の中でも希代の恥知らずの仕事人《レクティス》[1-95]と呼んだほうがふさわしいが、あの者［前帝ミハイル］になりきり、事実あたかも姻戚であるかのようにロベルトスに近づき、自身がこうむった不正を、どのようにして帝《ヴァシリキ》座《ソロニ》から引き下ろされ、どのようにしてまさに人が現在目にするような事態に陥ったかを、悲劇のような口調で述べ立てた。その者がその蛮族《バルバロス》［ロベルトス］を復讐にさし向けようとしたのは、実にこれらの理由からであった。なぜならその者はさらに言う、あの可愛い少女、自分の義理の娘エレニを無防備状態で、花婿を完全に奪われたままにして、残してきた。なぜなら息子コンスタンディノスと皇后《ヴァシリス》マリアは意に反して、つまり横暴な力《ティラニス》でヴォタニアティス側に移されてしまった、[1-96] と声を張り上げた。このように言って、その者はあの蛮族《バルバロス》の怒りを煽り、ローマ人との戦いに向けて完全武装させようとした。このような報告が私の耳に漏れ伝わったのだが、この上なく愚劣な連中が高名で名門の者たちになりすましてその役を演ずることに、私は驚きはしない。**[8]** しかし別の出所からの、いっそう真実らしく思える第二の噂もかしましく私の耳に飛び込んできた、それによれば皇帝《ヴァシレフス》ミハイルを演じた修道士《モナホス》もおらず、またローマ人に対する戦争へロベルトスを駆りたてたその種のものも存在せず、そのような舞台装置をやすやすとつくり上げたのがこの上なく抜け目のないこの蛮族自身であった。さてそれはつぎのように進められた。人の言うように、何ごともやすやすとやってのけるロベルトス自身がローマ人に対する戦いをことのほか望み、ずっと前から戦争への準備に取りかかっていたが、彼の周囲のとりわけ評判の高い男たちから、また彼自身の妻ガイタから、それが不正な戦いであり、しかもキリスト教徒に向かって始めることになると言い含められて妨げられ、そのためにそのような企てに着手するごとに幾度も阻止されていた。そこで戦いを行うもっともらしい口実《プロファシス》を作り出そうと考え、何人かの男たちに秘密の計画を託し、次のように指示を与えて、コトロニに送り出す。すなわち使徒《アポストリィ》の頭《コリフェイ》にしてローマ市の守護者《コリフェイ》[1-97]の聖堂《ナオス》へ詣でるため、かの地からこちらへ渡って来ようとする修道士《モナホス》を見つけ、その者の外形が見るからに卑しくなかったら、愛想よく迎え入れ、その者と親しくなり、それから自分のもとに連れてくることであった。その者たちは、すでに語られたレクトル、狡猾で悪事にかけては並ぶもののない男を見つけると、その時サレルノにいたロベルトスに、「あなたの姻戚、帝座《ヴァシリア》から追放されたミハイルがあなたからの援助を求めて到着された」と文書《グラマタ》で知らせる。なぜならロベルトスは、自分への書簡《グラフェ》をそのように書くよう彼らに指示していたのである。［9］それらを手にすると、その者はただちに妻に声をあげて読んで聞かせ、次にすべての伯《コミティス》を集め、確かにもっともな理由を手にしたからにはもはや彼らから阻止されることはないと自信をもって、彼らにも手紙《グラマタ》を見せる。すべての者はロベルトスの計画に耳を傾ける、そこですぐに彼「レクトル」を自分のそばに呼び寄せ、親しく語り合った。それからその者は劇の筋書きすべてを書き上げ、それらを舞台にのせる、つまりその修道士《モナホス》は皇帝《ヴァシレフス》ミハイルであり、帝座《ソロニ》から引き下ろされ、妻と子供とその他すべてを反逆者《ティラノス》ヴォタニアティスによって奪い去られ、不正にも、またすべての正当な権利に反して、髪飾り《テニア》の紐と冠[1-98]の代わりに修道士の身なりをさせられたと、言ってのける。そして「その者が今ここに、保護を求める者としてわれわれのもとにきている」と言い添える。［10］ロベルトスは集会で公然とこれらのことを話し、その際には姻戚関係《キドス》のゆえに彼の帝権《ヴァシリア》の回復されることが第一義であると強調する、そしてその修道士《モナホス》に関しては、宴会では上座のうちで最上席を与え、また度の過ぎた扱い方をして毎日その者をあたかも皇帝《ヴァシレフス》ミハイルのように敬い、また別の集会ではいろいろ趣向を変えて演説し、ある時は娘の身に降りかかった不運を語って同情を引こうとし、またある時は娘の義理の父を気遣って如才なくその者が遭遇した禍に触れないようにしてみせ、さらにある時は彼のまわりの蛮族《バルバロン》たちを、きっとローマ人の帝国から自分たちの手に入れることができるとその者［ロベルトス］が断言した金塊をさまざまの言葉で約束しながら、これまで以上に挑発し、戦争へと駆りたてていた。**[11]** だからその者は、すべての者、きわめて富んだ者もきわめて貧しい者も意のままに動かし、ロンギヴァルディアから連れ出し、いやむしろこの地方全体をも彼に従わせ、メルフィ［領］の主都《ミトロポリス》サレルノ[1-99]に向かい、その地で彼の他の娘たちの嫁ぎ先を立派に整えた後、戦争の準備にとりかかる。ところで彼のもとに居たのは二人の娘であった（なぜなら、三番目の娘は諸都市の女王《ヴァシリス トン ポレオン》にとどめられており、婚約の祝宴の日から不幸であった。事実まだ青年期に達していないあの若人は、実に最初から乳児をおどすお化け《モルモ》であるかのように、婚約者《キドス》を見るとしりごみしていた）。その者は、二人の娘のうち一人をヴラヘノン伯《コミス》の息子ライムンドスと婚約させ、もう一人をやはり名高い伯《コミス》、エヴヴロスに嫁がせた。ロベルトスにとって、これらの結婚契約《シナラグマ》は役に立たないものとは思えなかった。実際その者はあらゆるところで関係を作りあげ、力を自分自身のもとに集中させていき、それには、血族《エノス》・支配権《ティラニス》・親族関係《アンヒスティア》、誰もが思いつかなかったような他のあるゆる種類の手段が行使されたのである。

第13章

[1] その間に詳しく物語るに値する事態が生じる（なぜならこのこともまたその者の成功の原因となった

からである）。つまり西方のすべての王侯《アルヒィイ》がその者に立ち向かうことを阻止されていた事実も、私の思うには、その蛮族《バルバロス》［ロベルトス］が順調にことを押し進めていくことに大いにあずかって力があり、またとりわけすべてにわたって僥倖《ティヒ》が彼に手を貸し、権力《ティラニス》の高みに持ち上げ、あらゆる有益なものをその者にもたらしていたのである。事実確かにローマの教皇《パパス》[1-100]（このいと高貴な地位《アルヒィ》はあらゆる国の軍勢《ストラテヴマタ》によって強固に守られている）は、アラマニアの王《リクス》エネリホスと争って[1-101]おり、そこですでにたいそう著名となり、大きな権力《アルヘェ》をもって隆盛にあるロベルトスを同盟者《シムマヒア》として自分の方へ引き寄せることを考えていたのである。［2］王《リクス》と教皇《パパス》との争いは、次のようなものであった。つまり一方の者は、王《リクス》エネリホスに対して教会《エクリシエ》を無償で与えず金で売り渡していると、そしてまたふさわしくない人物に司教職《アルヒエロシニ》を与えていると非難し、告発したのである。他方アラマニアの王《リクス》は自分の同意なしに使徒の座《アポストリコスソロノス》を奪い取ったとして、教皇《パパス》を簒奪《ティラニス》のかどで告発した。さらにその者［王］は、彼に対してまったく畏敬のかけらも示さず、自分で就いた高位の職《プロエドリア》を辞さなければ不名誉な扱いをうけてその地位から放逐されるだろうなどと、激越な言葉さえ放ったのである。［3］さて教皇《パパス》はこれらの言葉を耳にすると、ただちに［王の］使節《プレスヴィス》たちに怒りを向け、まず非道な暴行[1-102]を加え、つぎに頭髪を鋏で刈り取り、髭を剃刀で剃り落とした後、さらに加えてまったく異常な、蛮族の残酷《バルバルキィイヴリス》さをも凌ぐような行為におよび、それから彼らを追い払ったのである。もし女性としての、また皇女《ヴァシリキ》としての羞恥心が私を抑えなかったならば、私はその凌辱《イヴリス》行為を語ったであろう。その者によって行われたことは、高位聖職者《アルヒエレフス》にふさわくないどころか、キリスト教徒と名乗る人間の絶対行うものでもなかった。その蛮族《バルバロス》［教皇］がそのようなことを考えただけでも吐き気がするし、行為については論外であり、もし行われた行為を詳しく語れば、私の葦のペンと用紙を汚してしまうことになるだろう。しかしながらその野蛮な凌辱《イヴリス》行為がどのようなものであったかについては、時《フロノス》がその流れと共にあらゆる種類の悪行もどんな厚顔無恥な行為もやってのけようとする類の男たちを再び登場させることから、私たちは事実行われたことのほんの一部をそれとなく示すことも、あるいははっきりと述べることもあえてする必要はまったくない。【4】おお正義よ！　それらはなんと高位聖職者《アルヒエレフス》の行為、第一位の高位聖職者《アルヒエレフス》の行為、ラテン人がそう言い、そう信じている所の、全世界《イクメニィ》を統括する者の行為なのである。実際この表現も彼らの尊大さを示す一つである。なぜなら帝権《スキプトラ》と更に元老院《シングリトス》とすべての統治組織《タクシス》が同時に、かの地［ローマ］からここへ、私たちの領土《イメダピィ》へ、私たちの女王《ヴァシリス》の都市《ポリス》へ移動した時、主教《イトン》座中《スロノン》の第一《アルヒエラティキィ》の地位《タクシス》もまた移動したのである。皇帝《ヴァシリス》たちは当初からコンスタンティノープルの［総主教］座《ソロノス》にさまざまの特権を授与し、とりわけカルケドンの公会議《シノドス》はコンスタンティノープルの［総主教職］をまさしく最上の位《ペリオピィ》に登らせ、世界《イクメニィ》中のすべての教会管区《ディイキシス》をそれの下にあるものと定めたのである。[1-103]【5】確かに使節《プレスヴィス》に対してなされたそのような凌辱行為《イヴリス》［の標的］はたぶん彼らを送り出した者［アラマニアの王］であったであろう、そのことは単に彼ら［王の使節］を懲らしめたということからだけでなく、彼［教皇］自身がそのような新奇の凌辱《イヴリス》行為を初めて考え出した事実から理解される。私の思うには、その者［教皇］は、そのような行為を通じて王《リクス》のまったく見下げ果てた存在であることを示そうとしたのであった、つまりあたかも半神《イミセオス》がラバ《イミオノス》[1-104]にむかってするかのように、これらの辱められた使節《プレスヴィス》たちを介して［王に］語りかけたのである。【6】さて教皇《パパス》はすでに述べたように使節《プレスヴィス》たちをそのように扱い、それから彼らの王《リクス》のもとへ送り返した結果、恐ろしいほど大きな戦争を引き起こすこととなった。ところでその者［教皇］は、王《リクス》がロベルトスと手を組み抑えがたい敵にならないように、先手を打ち、これまで友好関係になかったが、使者を通じてロベルトスと和平《イリニ》の交渉を行った。すなわちロベルトス侯《ドゥクス》がサレルノに到着したことを聞き知ると、その者はローマを出立して、ヴェネヴェントに向かう。使節《プレスヴィス》を通じて話し合った後、その者たちもそれぞれつぎのような形で出会うことになった。[1-105]一方の者は自身の軍勢《シンタグマ》を伴ってヴェネヴェントから、他方の者は軍隊《ストラティア》を率いてサレルノからそれぞれ出かけ、それから双方の軍勢《ストラテヴマタ》が適当な間隔に近づき合った時、それぞれは自分の軍勢《タグマ》から離れ、こうして二人の男は出会い、互いに保証《ピスティス》と誓約《オルキィ》を取り交わし、それからそれぞれは引き返した。さて誓約《オルキィ》については、教皇《パパス》は王《リクス》の位《アクシア》を彼に授け、事態が求める時にはローマ人との戦いにおいて彼に同盟軍《シムマヒア》を提供することであり、他方それに対して侯《ドゥクス》が教皇《パパス》に誓ったことは［教皇の］望む場所へ援軍をもって駈けつけることであった。しかしそれぞれによって行われた誓約《オルキィ》そのものは、空しいものとしてとどまった。なぜなら教皇《パパス》は王《リクス》に対する怒りに激しく駆りたてられ、彼［王］に対する戦いのことに夢中になっており、他方侯《ドゥクス》のロベルトスはローマ人の帝国へ嫉妬深い目を注ぎ、荒々しい猪のように彼らに対して牙を軋ませ、憤怒をかき立てていたので、彼らの交わした誓約《オルキィ》は言葉だけにとどまっていた。事実これら蛮族《バルバロイ》［ローマ教皇とロベルトス］は早々と互いに誓い合ったが、また早々と破ることとなった。【7】ロベルトス侯《ドゥクス》は手綱《ハリニィ》を引いて馬首をめぐらしサレルノに急ぎ、他方忌まわしい《カタプティストス》この教皇《パパス》（使節たち《プレスヴィス》になされたあの非人道的な凌辱を思うと、私はこの者を形容するにこれ以外の言葉を知らない）、聖霊《プネヴマティキィ》の賜物《ハリス》と福音《エヴァンゲリキィ》の平和《イリニィ》にあずかるこの［主教団の］主《デスポティス》は、しかも自身平和の人《イリニコス》であり、また平和を愛する人《イリニコス》の弟子《マシティス》でありながら、もてる知力と兵力のすべてをもって同族間《ポレモス》の戦い《エムフィリオス》に向かって進んでいった。確かにその者はただちにザクセン人とザクセン人の指導者《イエモネス》ランドルフォスとウエルフォス[1-106]を呼び寄せ、多くの贈物にさらに多くの贈物を与えることを約束し、その上彼らを全西方の王《リエス》にすることを申し出て、それらの男たちを自身の味方に引き入れようとする。適切にも「軽々しく人に手をおいてはならない」とのパウロの言葉[1-107]を意に介せず、その者の右手は、王たち《リエス》の聖別《ヒロセシア》のためにいとも簡単に動こうとする。ロンギヴァルディアの侯《ドゥクス》の頭に［王の標章の］飾り紐《テェニア》を巻きつけ、これらのザクセン人の頭に冠を戴かせようとするのである。【8】さてそれぞれは、すなわちアラマニアの王《リクス》エネリホスと教皇《パパス》は自分たちの軍勢《ディナミス》を集め、互いに向けて戦闘隊形に整列させるや、角製のラッパは［戦闘の］合図を鳴り響かせ、ただちに二つの戦列《ファランゲス》はぶつかり、双方からしかけられた戦闘は大きく燃え上がり、双方とも一歩も引く気配を示さなかった。[1-108]それほどまでに双方の側の者たちは勇敢に戦い、槍《ドラタ》による負傷にも矢《トクセヴマタ》を身に受けても耐え抜き続けたので、またたく間に戦場となった平地すべては殺戮による流血で血の海と化し、生きている者たちはまるで血の海を行く舟さながらに戦い続けた。ある戦場では死体に足を取られて倒れ、血潮の流れの中で溺れ死ぬことも起こった。言われているように、もしその戦いで三万人以上の者が倒れたのであれば、どれほどの量の血の川が流れ、どれほどの広さの土地が血潮で汚されたことであろう。[9] 事実ザクセン人の指導者《イエモン》ランドルフォスが戦いを指揮していた限りでは、両者は戦闘においてほとんど互角の戦いぶりであった。しかしその者が致命傷を負い、即死すると、教皇《パパス》側の戦列《ファランクス》は勢いを失い、敵に背を向けると、血を流し、傷つけられながら逃走をつづけた。他方エネリホスは敵をなぎ倒しながら追跡にのり出し、そしてランドルフォスも倒れ、敵の手にかかったことを聞き知るや、安心して追跡をつづけた。しかし途中で疾駆することを止め、諸軍《ストラテヴマタ》に一息つくことを命じる。それから再び万全の準備を整えると、そこを包囲攻撃しようとの強い意志をもって、ローマに向かって急いだのである。[10] そこで教皇《パパス》はロベルトスの行った取決め《シンシケェ》と誓い《オルキィ》を考え、援助《シムマヒア》をえようと使節を派遣する。[1-109] 同時にエネリホスも、古《プレスヴィタティ》ローマ《ロミィ》へ進軍を始めた時、彼［ロベルトス］に使節を送って援助《シムマヒア》を求めることに取りかかった。[1-110] しかしロベルトスにとってそのような助けを切望するそれぞれは滑稽な存在に思えた。そこで王《リクス》に対しては［使節を介して］口頭で適当に答え、教皇《パパス》に対しては書簡《エピストリィ》を書いて送った。書簡《エピストリィ》の内容はともかく次のようなものであった。「偉大な教皇《アルヒエレフス》、私の主《キリオス》へ、神《セオス》において侯《ドウクス》となったロベルトス、書を致す。敵によるあなた様への攻撃《エフォドス》を聞き知り、あなた様に向かって大胆にも手をあげようとする者などどこにも居ないことを知っている私は、そのようなことを耳にしても全く納得いかない。気が狂っていないかぎり、いったい誰が至尊の父《パティル》に向かって戦いを挑むだろうか。さて現在、私は鉄壁のような打ち勝ちがたい民《エスノス》に向け、この上なき困難な戦いの準備を行っていることをご承知あれ。なぜなら、そう、戦いは、陸上を問わず海上を問わず至る所を戦勝碑《トロペア》で満たしているローマ人に対するものである。あなた様には、私は心底から私の忠誠《ピスティス》の誓いを行う義務を負っている、その時が来れば、私はそれらを果たすであろう」このようにその者は、援助《シムマヒア》を求める者たちの使節《プレスヴィス》を、一方はこの書簡《エピストリィ》で、他方はもっともらしい言葉を並べてはぐらかし、体よく追い払ったのである。[1-111]

第14章

【1】ところで、軍勢《ストラテヴマ》を率いてアヴロンにやって来る前に、ロンギヴァルディアにおいてその者［ロベルトス］が行ったことを見逃してはならない。その者はとりわけ横暴でことのほか冷酷な男であったが、その時にはヘロデの狂気[1-112]をも真似ようとする。実際、ずっと以前から兵士であり戦いの経験を積んだ者たちで満足せず、戦いに備え、年齢を無視して新しい軍隊《ストラテヴマ》をつくろうとする。ところで本当にその者は、ロンギヴァルディアとアプリアの至る所から兵士としての適齢期を遥かにこえた者も、それに達していない者もかり集め、彼のもとに連行した。そこには子供《ペデス》も少年も、痛ましい年老いた大人もおり、夢の中でも武器《オプロン》を見たことのないそれらの者たちがそれぞれ胸甲《ソラクス》を身に着け、盾《アスピス》を携え、弓《トクソン》をどうみても不格好に、また間違った仕方で引き絞り、そして行進に出かけるや否や頭から地面に倒れるありさまが見られた。【2】これらはまさしくロンギヴァルディア地方《ホラ》における絶えることのない民衆の叫び声の原因であり、至る所で男たちの嘆きと女たちの悲鳴が聞こえ、事実女たちは自分と親族関係にある者たちの不幸を共有していた。なぜならある女は軍役に服したことのない夫のことを、ある女は戦争をしらない子供《ペス》のことを、また別の女は農夫の、あるいは別の仕事をしている兄弟のことを思って嘆いていた。そこには、すでに語ったように、ヘロデのやったとおりのことが、いやヘロデ以上のことが行われていた。なぜならあの者はただ乳児に向かって怒り狂っただけだが、この者は子供《ペデス》も年寄《プレスヴィテリィ》りも容赦しなかった。これらの者たちはそのように軍事訓練をほとんど経験していなかったけれども、その者は彼らを毎日にわたって訓練し、これら新兵《ネオレクティ》の身体をたたき上げることに取り組んだ。【3】ロベルトスがイドルスにやって来る前に、サレルノにおいて行ったことは以上のようなものであった。その者は、きわめて強力な軍勢《ストラテヴマ》をそこ［イドルス］へ自分より先に送りだした、そしてその軍勢には、自分がロンギヴァル

ディア地方《ホラ》のすべての問題に決着をつけ、また使節《プレスヴィス》たちには適当な返答を行う[1-113]までそこに待機させることにしたのである。確かに教皇《パパス》への返事にはつぎのようなことをつけ加えた、すなわち全アプリアの支配者《アルホン》に任命した自分の息子ロエリスにくわえて、さらに彼の兄弟のヴォリティラスにも[1-114]、ローマの御座《ソロノス》［教皇］がエネリホス王《リクス》との戦いにおいて彼らに助けを求めた時には、何をおいてもいち速くその者のもとに駈けつけ、力強い救援《シムマヒア》を行うよう命じたことであった。【4】彼の年下の息子ヴァイムンドス[1-115]について、この者はあらゆる点で、豪胆さと腕力、気高さと抗することのできない気力において父と似ていたが（なぜならこの者は完全に父の生き写し、その者の生きた彫像そのものであった）、この者に有力な軍勢《ストラテヴマ》を率いさせ、私たちの領土へ、アヴロン周辺を攻撃するために送り出す。その者は到着するとただちに、威嚇と抗しがたい勢いで、まるで次々と閃く稲妻のようにカニナとイェリホとアヴロンに襲いかかり、そしてつぎつぎに隣接地域を奪い、戦いを続行しながらそれらを焼き払って行った。ところでそれは本当に火となって燃え上がる前のきつく鼻をさす煙のようなものであり、大攻囲戦を前にした攻囲の序幕であった。人は彼らを、つまり父と息子をイナゴ《ヴルヒィ》またはバッタ《アクリデス》に喩えることができるだろう。ロベルトスの食べ残したものに、その息子ヴァイムンドスは飛びかかって、食べ尽くしてしまう。[1-116]しかしその者［ロベルトス］についてはまだアヴロンに渡らせないで、海の向こうでその者によって行われたことを更に調べることにしよう。

第15章

【1】その者はその地［サレルノ］を出発し、イドルスに至り、その地でガイタの来るのを熱い思いで待ち望みながら数日間過ごし（なぜならその者［ガイタ］も夫と一緒に出征することになっていた、なおその女性が完全武装すると、その姿は見る者に恐怖心を覚えさせた）、そしてやって来た彼女を腕に抱きしめた後、再び全

軍勢《ストラテヴマ》と共にその地を出発し、ヴレンディシオンに至る。そこは、全イアピイア地方で一番良い港である。その者はそこにとどまり、全軍《ストラテヴマ》と、貨物船《フォルティデス》と船体の長い《マクレ》戦艦《ポレミスティリイ》[1-117]からなる全船舶《ニィエス》の集まるのを頸を長くして待った。なぜならその者はその地からこちらに向かって出帆しようと考えていたのである。【2】ところで、まだサレルノにいた時、その者［ロベルトス］は側近で重要人物の一人、名をラウル[1-118]という者を使節《プレスヴィス》として、すでにその時には皇帝《アフトクラトル》ドゥカス［ミハイル］に代わって帝笏《スキプトラ》を握っていた皇帝《ヴァシレフス》ヴォタニアティスに送りだしていた。事実その者［ロベルトス］は彼［ヴォタニアティス帝］からの返事をいらいらしながら待っていたのである。なぜなら彼に対する非難の言葉と、目前に迫っている戦いの確かにもっともな理由を送りとどけていたのである、すなわちすでにこの歴史《ロゴス》が語ったように皇帝《ヴァシレフス》コンスタンディノス[1-119]と婚約した自分の娘を、あの者［ヴォタニアティス］は一方で［将来の］夫から引き離し、他方で彼［コンスタンディノス］の帝位《ヴァシリア》を横取りした、だからそのような不正行為をしたゆえに自分自身は復讐しようと準備にとりかかっている。またその時期メガス＝ドメスティコスで、西方軍の司令官《エクサルホス》であった者（すなわち私の父アレクシオス）に対しても、贈物《ドラ》と、友誼を求める書簡《グラマタ》を送っていた。とにかくその者は、それらの返事をいらいらする思いで待ちながら、ブレンディシオンにとどまっていたのである。【3】いまだ全軍《ストラテヴマタ》が集結せず、船舶《ニィエス》の大部分も海に進水していなかった時に、ラウルもビザンティオンから帰ってきた。その者は非難に対する返事を何一つ持ち帰ってこなかったので、蛮族《バルバロス》［ロベルトス］を激しく怒らせ、さらにその者［ロベルトス］をローマ人に対する戦いから手を引かせるようなことを主張しはじめたので、なおいっそう怒りを激化させた、すなわちその者［ラウル］の言うには、まず、彼［ロベルトス］につきまとっている修道士《モナホス》は役者、ペテン師であり、皇帝《アフトクラトル》ミハイルを装っており、とにかく彼に関わることはすべて作り話である。さらに言うには廃位されたあの皇帝《ヴァシレフス》を自分自身の眼でしっかりと眺めようと思ったが、事実帝座《ソロノス》から引き下ろされたその者が女王《ヴァシリス》の都市《ポリス》で灰色の襤褸をまとい、ある修道院《モナスティリオン》で暮らしているのを自分の眼で見ている。次にその者は、帰還の途中にたまたま聞き知ったこともつけ加えた。

というのは、後に詳しく語るが、私の父は帝権《ヴァシリア》を握った後、ヴォタニアティスを宮殿《ヴァシリア》［大宮殿］[1-120]から追放し、ドゥカス［ミハイル］の息子、かつて日の下で暮らした人々のうちでもっとも輝かしいあのコンスタンディノス[1-121]を呼び出し、再び帝権《ヴァシリア》にあずかることを許したのであった。【4】ラウルは帰路にこのことを聞き知り、説得で戦いの準備を終わらせようと考え、つぎのように話をつづけた。「不正でもって権力《アルヘ》を自分のものとし、あなたの娘エレニからローマ人の帝笏《スキプトラ》を奪ったのがヴォタニアティスであってみれば、どうしてわれわれは正当な理由をもってアレクシオスと戦うことができるだろうか。他の者たちからわれわれに加えられる不正のゆえに、われわれに対してなんらの罪も犯していない別の者たちに向かって戦うことは、正義にかなうものではない。この戦いには正当な理由《プロファシス》がないのだから、一切は、船舶《ニィエス》も兵器《オプラ》も兵士《アンドレス》もすべての戦備も無駄になってしまった」【5】発せられたこれらの言葉はロベルトスをいっそう激怒させた。事実狂ったようになってその者に向かって両手を振り上げようとさえした。もう一方の、でっち上げられたあのドゥカス、私がレクトルと呼んだ偽皇帝ミハイルも憤然と不平を発し、立腹し、自分が皇帝《ヴァシレフス》、あのドゥカスでなく、偽りの皇帝《ヴァシレフス》であることを全くその通りに暴かれたので、どう怒りを抑えればよいか分からない状態であった。また暴君《ティラノス》［ロベルトス］にはラウルに対していっそう激怒する理由があり、なぜならその者の兄弟ロエリスがローマ人のもとへ脱走し、戦争の準備についての情報をすべて知らせてしまっていた、だからラウルになにか懲罰を与えようと考え、ただちに殺すぞと脅かした。しかし他方の者は、そこにもっとも近い避難所を見いだしたかのように、時をおかずヴァイムンドスのもと[1-122]へ逃走した。【6】レクトルの方も、ローマ人のもとへ脱走したラウルの兄弟［ロエリス］に対して大いにもったいをつけてこれ以上ないとばかりに憎らしげな脅迫の言葉を大声で発し、また右手で腿を打ちながら、ロベルトスに懇願して言うには「私はこのこと一つだけをお願いする、もし私が帝権《ヴァシリア》を握り、帝座《ソロニ》に復帰することができれば、あのロエリスを私に引き渡してほしい、もしその者を都《ポリス》の真ん中でただちに磔にし、ぞっとするような死に目に会わせなければ、私は神《セオス》からそのような死を、それ以上の死を受けてもかまわない」実際これらの男たちのことを文章に綴りながら、彼らの狂気・軽薄さ、互いに対する法螺のふきあいに、つい笑いがでてしまう。確かに一方のロベルトスにとって、この詐欺師は口実《プロファシス》、餌、いわば姻戚と皇帝《ヴァシレフス》のまがい物であり、都市《ポリス》々々でその者を衆目にさらし、たまたま自分がそこに居合わせ、説得することのできた者たちを反乱《アポスタシア》へと駆りたて、そのようにして戦いと成り行き《ティヒ》が自分にとって上首尾に進んだ時には、その者の項《うなじ》を叩き、嘲笑を浴びせて追い払ってやろうと考えていたのである。実際狩猟が終われば、その餌は人々の笑いの種となるだろう。他方の者もまた、予想に反してそのようなことがしばしば起こるものだが、もしかしたら自ら帝国《クラトス》を手にすることができるのではないかと、妄想に浸っていた。確かにその者は、ローマ《ロマイコス》の民衆《ディモス》と軍隊《ストラテヴマ》は決して蛮族《バルバロス》のロベルトスに帝座《ヴァシリア》に即くことを許さないであろうから、自分が帝座《ヴァシリア》をしっかりと確保しておくことができるだろうとの希望を抱き、その時まで自分の胸に秘めた計画の道具《イコノミィア》として彼を十分に利用してやろうとの腹でいた。これらの事を思うと自然と笑いがこみ上げてくる、実際ランプの光のもとでペンを静かに動かしながら、私の口唇には笑いが生じるのである。

第16章

【1】確かにロベルトスは彼の全兵力《ディナミス》、すなわち船舶《ニィエス》と兵士《ストラティオテェ》をヴレンディシオンに集結させると（船舶は一五〇隻を数え、各船舶《ナフス》が武器《オプラ》と馬と共に二〇〇人の兵士《アンドレス》を収容したので、兵士《ストラティオテェ》は全部で三万を数えた、[1-123]なおそのように武器《オプラ》と馬が用意されたのは、上陸した際に同じように武装した騎兵《イポテェ》と遭遇すると思われるからである）、次に今日の私たちのより一般的な呼称ではディラヒオンと呼ばれているエピダムノスの都市《ポリス》に向けて出帆させようとしていた。もっとも彼の最初の考えは、イドルスからニコポリスに渡り、ナフパクトスとその近隣の地方《ホリア》、周辺のすべての城塞《フルリア》を奪い取ることであった。しかしこの［イドルスとニコポリス間の］海域は

ヴレンディシオンからディラヒオンまでのそれより相当幅が広いので、一方では最短距離の海路を選び、他方では艦隊《ストロス》にとって波静かな穏やかな季節《ラストニイ》を考えて、[1-124] 後者［ヴレンディシオンからディラヒオンへ］の航海を決定したのであった。なぜならその時は冬の季節であり、太陽は南半球に退き、山羊座《エゴケロス》に近づいているので、日照時間を短くしていた。だから夜明けと同時にイドルスを出発しても、夜間も航海を続けなければならず、おそらく激しい波に遭遇することになろう、それを避けるため、［好季節に］帆をすべて開いてヴレンディシオンからディラヒオンへ航海することを決心したのであった。[1-125] 事実海路の長さは、アドリア海がこの地点で狭くなっているので、短くなっていた。ところでその者は、最初息子のロエリスをアプリアの支配者《キリオス》に任命した時に考えていたこととは異なって、彼を後方に残さず、考えを変えた理由を私は知らないが、彼を同行者として連れて行くことにした。[1-126] 【2】ディラヒオンへの航海中、[1-127] その者［ロベルトス］は艦隊の一部《アポストリ》によって、この上なく堅固なコルフ市《ポリス》とその他の私たちの城塞《フルリア》を占領した。[1-128] このように、ロンギヴァルディアとアプリアから人質《オミリ》を受け取り、その地域《ホラ》全体から貨幣を取り立て、貢税を徴収した後においては、その者の頭にはディラヒオンに向かって進むことしかなかったのである。さて当時全イリリコンの長官《ドゥクス》はエオルイオス＝モノマハトスで、皇帝《アフトクラトル》ヴォタニアティスによって当地に派遣されていた。ところが最初、その者は命令《アポストリ》を免れようとし、この任務に就くことにまったく同意しなかった、しかし他方皇帝《アフトクラトル》の蛮族《バルバロイ》の奴隷《ドウリ》（すなわちスキタイで、[1-129] ヴォリロスとエルマノスであった）[1-130] はモノマハトスに恨みを抱いており、いつも彼に対して恐ろしいことを考え、そして皇帝《アフトクラトル》に向かってその者を公然と非難しはじめ、考え得る限りの多数のでっち上げを縫い合わせ、ある日、その者［皇帝］が皇后《ヴァシリス》マリアに向かって「このモノマハトスはローマ人の帝国《イエモニア》の敵ではないかと疑っている」と言ったほどに、彼に対する皇帝《ヴァシレフス》の怒りを燃え上がらせたのである。【3】モノマハトスの大の親友であったアラン人[1-131]のヨアニスはこのことを聞き知ると、［二人の］スキタイの彼に対する憤怒とこれまでの多くの敵対行為を知っているので、モノマハトスの所へ行き、皇帝《ヴァシレフス》とスキタイとの会話の内容すべてを詳しく伝え、自分にとってためになることを考えるよう忠告する。そこでその者は（利口であったので）、皇帝《ヴァシレフス》のもとに出かけ、追従の言葉で彼の怒りを和らげると、すばやく進んでディラヒオンにおける公的役職《リトルイア》［ドゥクス職］を引き受ける。エピダムノスへの出立に際して［皇帝へ］暇乞いをし、つぎにドゥクスの職《ゾニ》[1-132]に関する文書による命令を受けとったが、あのスキタイのエルマノスとヴォリロスがこのことに大いに喜び、出立を急がせたので、その者は翌日にはエピダムノスとイリリア《イリリス》の地《ホラ》を目指して女王《ヴァシリス》の都市《ポリス》を出発することになる。【4】その者は、ピイイ[1-133]という所、すなわちビザンディス［ビザンティオン］の都《ポリス》中の聖堂《ナイ》のうちでもとくに有名な、私の女主人《デスポティス》、処女《パルセノス》にして神の母《セオミトル》に捧げられた聖堂《ナオス》が建っている場所で、たまたま私の父アレクシオスに出会う。二人が互いを認めると、まずモノマハトスが感情を高ぶらせてメガス＝ドメスティコスに向かってつぎのように語り始める、自分はその者［アレクシオス］との関係で、つまりその者に対する友誼のゆえに追放の身となり、すべての者に妬みの視線を注ぐあのスキタイのヴォリロスとエルマノスが妬みの車輪を自分にめがけて転がし、近親者《イキイ》たちとこの愛しい都《ポリス》から自分を体よく追い払った。これらのことをこと細かく順番に、激しい調子で、どれほど多くの中傷を皇帝《ヴァシレフス》を前にして放たれたか、あの奴隷《ドゥリ》たちからどれほど多くの苦痛を受けたかを語った後に、不運で苦しんでいる魂を和らげることのできる才に恵まれた者であった西方［軍］のドメスティコスにできる限りの慰めの言葉を求めた。その者が慰めの言葉の最後に、神《セオス》はきっとそのような者たちに復讐されるであろうとつけ加え、自分にたいする友誼を忘れないでいることを相手に気づかせると、二人のうち一方の者はディラヒオンに向かって出発し、他方の者は女王《ヴァシレヴウサ》の都市《ポリス》に入るべく立ち去っていった。【5】モノマハトスがディラヒオンに到着し、その地で両者の動きについて、すなわち反逆者《ティラノス》ロベルトスの戦いの準備とアレクシオスの反乱《エパナスタシス》を聞き知り、そこで自身についていかに動くべきか慎重に検討することに取りかかった。その者は両者にとって明らかに敵の立場にあった、しかしあからさまに戦いに訴え敵対の態度を取るよりも、より思慮深い対応はないかとの考えを抱いていた。なぜなら［以前に］メガス＝ドメスティコスはすでに書簡《グラマタ》をもって生じた事態をその者に知らせていた、すなわち自分は視力を奪われる脅威にさらされ、このやむをえない仕儀から、またよくよく考えた末、反逆《ティラニス》という手段で非道を行おうとする者たちに立ち向かおうとしている、だからその者［モノマハトス］も友人のために立ち上がり、その気があれば、どこからであれ金《フリマ》を集め、自分に送るべきである。「なぜなら自分には金《フリマタ》がない。資金がなければすべきことを実行することができない」と、あの者［アレクシオス］は言ってきていた。【6】それにもかかわらずその者は財貨《フリマタ》を送らなかった、しかし使節《プレスヴィス》たちを親しく迎え入れた後、財貨《フリマタ》の代わりに、自分は今日まで長年にわたり友誼を交わしてきたが、これからも変わらず続けていくことを約束するという内容の書簡《グラマタ》を彼らに手渡した。求められた金貨《フリシオン》については、自分としても求められるだけの財貨《フリマタ》をぜひ送りたい。「しかし」とその者は続けて言った、「正義の問題が私を押しとどめた。なぜなら自分は皇帝《ヴァシレフス》ヴォタニアティスによって派遣されたものであり、彼に忠勤の誓い《ピスティス ティス ドゥリアス》を行ったものである、もしあなたの指図にただちに従ったならば、こと皇帝《ヴァシリス》に関するかぎり、あなたの目から見ても、私は人倫にかなった、また思いやりのある男とは思われないだろう。もし天上の摂理《プロニア》があなたに帝権《ヴァシリア》を与えるなら、これまで信頼できる友であったように、これからは私はあなたのもっとも忠実な臣下《ドゥロス》となろう」【7】モノマハトスは私の父に対してもってまわったような返答を行い、同時に彼をも、彼とは私の父のことだが、ヴォタニアティスをも自分の側に誘い込もうとし、さらにそれに加えて蛮族《バルバロス》のロベルトスに対して公然と交渉し、そして白日のもとで反逆《アポスタシア》の行為に出たのであるから、私には彼［モノマハトス］を大いに非難する理由がある。確かにそのような性格の男たちは気まぐれで、情況の変化ごとに自分の立場をまったく変えるように思われる、事実これらの者たちすべては公共の福祉《キノン》に役に立たず、自分自身に固執し、自分たち自身だけに利益になるように行動する、しかしほとんどの場合、失敗する。私の歴史叙述《イストリア》を担う馬はこのように大通り《レオフォロス》から遠く逸れてしまった。手綱を引き、勝手に走り出した馬をもとの大通り《レオフォロス》に連れもどそう。【8】確かにロベルトスはこれまでも私たちの土地に渡ることに躍起となり、ディラヒオンを奪い取ることを夢想していたが、今やこれまで以上に燃え上がり、手も足もじっとさせておれないほどに渡海への衝動に捉えられ、兵士《ストラティオテェ》たちを駆り立て、また刺激的な演説で彼らを煽り立てていた。他方モノマハトスの方は、すでに語られたように備えを固めた後、さらに自身のために別の安全策を作りあげることにとりかかった。事実その者は書簡《グラフェ》を通じてダルマティア人の支配者《エクサルヒ》のヴォディノスとミハイラス[1-134]の友誼をとりつけ、贈物《ドレエ》をもって彼らの好意を早々に確保し、このようにして自身のための安全な出口をいくつも密かに開いておいた。もしロベルトスおよびアレクシオスとの関係にしくじり、かれら双方からはねつけられても、ただちにダルマティアに走り、ヴォディノスとミハイラスのもとへ脱走することができるだろう。なぜならこの者たち［ロベルトスとアレクシオス］がはっきりと敵であることを示しても、彼には確信をもって期待できる味方としてミハイラスが、さらにヴォディノスが残されていたのであり、ロベルトスおよびアレクシオスの軍勢が公然と敵として向かってきた時には、彼らのもとへ脱走する準備が整っていたのである。【9】しかしこれらについてはひとまずここまでにしておこう。私の父の治世《ヴァシリア》に目を向けよう、どのようにして、どのような理由からその者が帝権を握るに至ったかを詳しく語るにふさわしい時がすでに来ている。なぜなら私の意図していることは、彼の治世《ヴァシリア》以前のことがらでなく、皇帝として統治している間にみごとに達成したことがらすべてを、そしてまたその間に、これからその跡をたどることになる彼のすべての行為において、もしその者が過ちを起こしたことが見いだされれば、それら犯した過ちすべてを語ることである。もし彼が何か良くないことを行ったことに気づいたなら、私は、父だからといってそれを語ることを差し控えることはしないし、また父であるゆえに私が書いていることに寄せられる疑惑を気にして、その者の成功を語らずにやり過ごすこともしない。なぜなら、いずれの場合も真実に背くことになるからである。これまでしばしば述べたように、そのような意図を抱く私にとって、私の歴史の主題は私の父、皇帝《ヴァシレフス》である。さてロベルトスについてはこの歴史《ロゴス》が彼を運んできたまさしくその地点に残しておいて、これから皇帝《ヴァシレフス》のことについて調べることに取りかかろう、ロベルトスに対する［父の］戦争《ポレミ》と戦闘《マヘ》は別の巻[1-135]にとっておこう。

第Ⅱ巻

第1章

【1】皇帝《アフトクラトル》アレクシオスの出生地とその一族について知りたい読者は、私の［夫］ケサルの著作《シングラフェ》を見てほしい。皇帝《ヴァシレフス》ニキフォロス＝ヴォタニアティスについての情報もそこから得られる。さて私の父方の祖父ヨアニス＝コムニノスから生まれた[2-1]イサアキオスやアレクシオスおよびその他の子供たちのうちで長兄マヌイルは、当時全アジアの総司《ストラティゴス》令官《アフトクラトル》であり、先の皇帝《プロヴェヴァシレフコス》ロマノス＝ディオエニスによってこの地位に任命されたのであった、それからイサアキオスもアンティオコスの都市のドゥクスに選任され、[2-2]［マヌイルとイサアキオスは共に］多くの戦争《ポレミ》と戦闘《マヘ》を戦い、立ち向かう敵に対して多くの戦勝碑《トロペア》をうち立てたのであった。そして彼らに続いて私の父も時の皇帝《ヴァシレヴォン》ミハイル＝ドゥカスによってウルセリオスに向けて送り出された時には、すでに総司《ストラティゴス》令官《アフトクラトル》に任命されていた。[2-3]【2】皇帝《ヴァシレフス》ニキフォロス［ヴォタニアティス］もその者が軍事に関してことのほか長じているのを自ら観察し、さらに兄弟イサアキオスと共に東方における戦場でその年齢を越えるさまざまな活躍をし、英雄のように見なされたこと、またウルセリオスを屈服させたことを聞き知って、イサアキオスに劣らぬ特別の愛情をその者に抱いていた。時には兄弟二人を自分の胸に抱き寄せ、嬉しそうに彼らをじっと見つめることもあったし、また時には自分と同じ食卓につかせる栄誉さえも与えた。【3】このことは彼らに対する人々の嫉妬心を燃え上がらせることになり、すでに語られたあの二人の蛮族《バルバロイ》のスラヴ人、すな

わちヴォリロスとエルマノスについてはことさらであった。事実皇帝《ヴァシレフス》の彼ら［コムニノス兄弟］への好意を目にし、ことあるごとに放たれる妬みの矢《トクシェ》を受けても無傷なままでいるのを知って、憤懣やるかたない思いでいた。なぜなら髭がまだ十分に生えそろっていないアレクシオスが至る所で高く評価されているのを皇帝《ヴァシレフス》は知って、その者にプロエドロスの爵位《アクシオマ》を授与し、西方の総司《ストラティゴス》令官《アフトクラトル》に任命する。実際この者が西方においてどれほど多くの戦勝碑《トロペア》をうち立て、どれほど多数の謀反人《アポスタテェ》を打ち負かして生け捕りにし、皇帝《ヴァシレフス》のもとへ連れ戻ったかについては、すでに十分に語られている。しかしこれらのことは［二人の］奴隷《ドゥリ》[2-14]たちの気に入るところではなく、むしろ彼らの妬み心に火をつけ燃え上がらせた。その者たちは、一方では彼らに対して密かに悪事を企みながら、多くのことを口の中でぶつぶつ呟き、また他方では多くのことを皇帝《ヴァシレフス》に密かに耳に入れ、またあるものについては公然と告げ、また他のものについては第三者を通じて語らせ、このようにして奸計を用い、あらゆる手段を駆使して、彼らを始末することに躍起になっていた。[2-15]【4】とにかく窮地に追い込まれて、コムニノス兄弟は［宮殿の］女性部屋《イネコニティス》の係の者たちを抱き込み、彼らを通じてこれまで以上に皇后《ヴァシリス》［マリア］の好意を取りつけることが必要であると考えた。事実二人は人を惹きつける魅力の持ち主で、あらゆる種類の弁舌の技《エピヒリマタ》で石のような心をも柔らかくする力をもっていた。イサアキオスについては、以前に彼女［皇后］によって彼女自身の従姉妹[2-16]の夫として選ばれていたので、すでにうまく取り入っていたと言える。とにかくその者は言動ともにこの上なく気品に富み、まったく私の父に似ていた。さてその者は自分のことをうまくやった後、兄弟のことをたいそう気にかけ、その者［アレクシオス］が自分の結婚の時に尽力してくれたと同じほどに、今度はその者が皇后《ヴァシリス》から疎まれないように全力をつくした。確かにかつてオレステスとピュラデス[2-17]は、戦いの時にはそれぞれが自分に向かってくる敵を無視して、他方の者に襲いかかる敵を押し返すことにつとめ、自分の胸を危険にさらし、他方の者に向かって発射される矢玉《オイスティ》を自分の身体で遮ったほどに、互いに対して深い愛情を抱いていたと言われている。これら二人［イサアキオスとアレクシオス］についてもそのような愛情を見ることができた。なぜなら二人の兄弟は、一方に向けられた攻撃を自分の身体で防ごうとつとめ、武勲も栄誉も、要するに他方の幸福を自分のものと見なし、それほどにお互いを愛していたのであった。［5］実際イサアキオスのことは、神《シア》の摂理《プロニア》のおかげですでにそのようにうまく運ばれた。そして間もなく女性部屋《イネコニティス》の係の者たちもイサアキオスの勧めを受けて、皇后《ヴァシリス》にアレクシオスを養子にするよう説得に乗りだす。彼らに説得され、皇后《ヴァシリス》は、決められた日に二人が宮殿《ヴァシリア》を訪れた時、久しい以前からそのような場合に慣行となっているやり方《ティポス》に従ってアレクシオスを養子にする。この結果西方《エスペリア》軍《ストラテヴマタ》のメガス＝ドメスティコスは、今や極度の不安から立ち直った。その時から二人はしばしば宮殿《ヴァシリア》［大宮殿］を訪れ、皇帝《ヴァシリス》に対してなされるべき崇拝の儀礼《プロスキニシス》[2-8]を果たし、暫時そこにとどまった後、皇后《ヴァシリス》のもとへ行くのを常としていた。しかしこれらのことは、これまで以上に彼らに対する妬み心の火を煽ることとなった。［6］多くの人の口からそのことを確かめて、コムニノス兄弟《コムニニィ》は、二人とも一緒に彼らの罠に捕らえられ、助ける者のない状態になることを怖れ、神《セオス》の加護を受けながら自分たち自身の安全を手にする手段を探し出すことにとりかかった。そこで二人は母と一緒になって多くの計画を論議し、何度も何度も検討を重ねた結果、人間《カタ》として出来る範囲《アンソロポン》において[2-9]一つの救いの希望を見いだした。つまり、適当な理由を見いだした時、皇后《ヴァシリス》のもとを訪れ、秘密の計画[2-10]を彼女にそっと洩らすことである。しかしながらその者たちは結局その計画を隠し続け、錬られた計画を誰にも全く明かそうとはしなかった。ちょうど漁師が獲物を驚かせて逃がさないように、細心の注意を払っていたのである。実は彼らが考えていたことは逃亡を図ることであり、しかしそのことを皇后《ヴァシリス》に告げると、おそらく彼女は、両者のこと、すなわち皇帝《ヴァシレフス》と男たち［コムニノス兄弟］のことを案じて、ことが実行される前に皇帝《ヴァシレフス》にその計画をそれとなく言ってしまうのではないかと怖れたのである。だからその者たちはこの最初の計画［皇后にうち明けること］を捨て、やり方を別の方向へ変更する。なぜなら目前の危機に対処することにおいて、それらの者は実に巧みであった。

第2章

【1】皇帝《ヴァシレフス》は高齢のため子供をもうける見込みはなく[2-11]、そして避けることのできない死の決定の時を怖れて、自分を引き継ぐ者について考えをめぐらしていた。当時東方《アナトレ》の出身で著名な一族《エノス》に属するシナディノス［ニキフォロス］という者がおり、その者は容姿は美しく、思慮深く、腕っ節は強く、思春期に入ったばかりの若者であり、とりわけ彼［皇帝］の親族[2-12]であった。その者［皇帝］が、あたかも父からの相続財産《クリロス》であるかのように彼の権力《クラトス》を与えて、後に残す帝位《ヴァシリア》の後継者《ディアドホス》として考えていたのは、他の誰よりもその者［シナディノス］であった、しかしその判断は間違っていた。なぜならもし皇后《ヴァシリス》の息子コンスタンディノスに、いわばその祖父と父からの相続財産《クリロス》としてその者に取っておかれている皇帝《アフトクラトル》権《エクスシア》を譲り残すという正しい決定に思いをいたしたならば、その者は最後まで自分の身の安泰を保持し、さらにこの行為のゆえに皇后《ヴァシリス》から全幅の信頼をえて、彼女の好意を強めさせることになったであろう。しかしこの老人は自ら不正を行い、自分のためにならないことをしていることも、自身の身に禍を降らせることも気づかないでいたのである。【2】皇后《ヴァシリス》はそのようなことが囁かれているのに気づき、子供に迫る危険を思って、ひどく悲しんでいた。心配な気持ちに深く落ちこんでいたが、しかし誰にも不安の思いを洩らさないでいた。だがそのことは、コムニノス兄弟に気づかれずにいられなかった。実際それがその者たちの探し求めていた好機であると見なし、皇后《ヴァシリス》のもとへ行こうと決心した。母はイサアキオスに彼女と会う理由を与え、その際に彼の兄弟アレクシオスが同行することになった。二人が皇后《ヴァシリス》のもとへ行き、イサアキオスが彼女に向かって次のように話しかける、「ご主人様《デスピナ》、いつもとは違うようにお見受けします、洩らすことのできないことに苦しみ悩まれ、誰にも安心してお心にしまわれているものをうち明けられないご様子とうかがいます」女性はしばらくの間、口を開こうとしなかった、しかし深くため息をついて言い始める、「異国の地で暮らしている者[2-13]に問いかける必要はありません、「異国の地で暮らしてい

るという」その事実それだけで悲しみの十分な理由です。私については、ああ悲しいことよ！　どれだけ多くの苦しみを引き受けてきたことか、思うに、間もなく私を襲う不幸はどのようなものなのであろう」二人は彼女から離れて立ち、それ以上言葉を彼女に発しなかった。視線を地面にすえ、両手首を袖口に包み隠し、[2-14] しばらくの間、考えに沈んでいた。それから慣例の崇拝《プロスキニシス》の儀礼を行い、不安な面もちで家路についた。【3】翌日二人は再び話し合うためにやって来て、［皇后が］昨日よりも明るい表情で自分たちをじっと見ているのを認めて、彼女に近づき、つぎのように語りかける、「あなた様はわれわれの女主人《デスポティス》であり、われわれはすべてを捧げる僕《ドゥリ》であり、皇后陛下《シィ ヴァシリア》のためならいかなる苦しみもすべて進んで受ける覚悟でいます。心配事で不安に落ちこまれないようにしてください」確かにこれらの言葉で皇后《ヴァシリス》の信頼を得、自分たちへの一切の疑念を追い払った、事実その者たちは敏捷で機転が利き、人の言葉の端々からでもその中に深く蔵され、いまだ隠されている思いを見いだすのに巧みであったので、すでに彼女の秘密を見いだしていた。そしてその者たちはただちに全面的に皇后《ヴァシリス》に身を捧げること、さまざまの面で自分たちが良き味方であることをはっきりと証明し、要するに彼女から求められたことについては自ら進んで勇敢に手をかすことを確約した。使徒の言葉《ト アポストリコン》[2-15]にあるように、その者たちは大きな熱意をもって、彼女の喜ぶときは共に喜び、悲しむ時は共に悲しむことを約束した。また彼女に自分たちを同郷人、同じ土地出身の親しい者として見てくれるよう懇願した、そしてその時その者たちがつけ加えて言ったことは、悪意を抱く者たちから自分たちに向けて放たれた密告のようなものが彼女自身、つまり自分たちの女主人《デスピナ》へ、また皇帝《アフトクラトル》へ持ち込まれるようなことがあれば、自分たちが気づかずに敵の罠にはまらないよう、ただちにその内容を知らせてくれとの願いであった。その者たちはこの件を願い、そして神《セオス》の助けのもと、自分たちから熱意のこもった強力な援助がもたらされ、自分たちの力で皇后の息子コンスタンディノスが帝位《ヴァシリア》を失うことはないと告げ、元気をだすよう励ましつづけた。それから共に同意し合ったことを誓い《オルキィ》で確認することになった。なぜなら妬みの視線を放つ者たちのゆえに、ぐずぐずためらっていることは許されなかったのである。【4】男たち［イサアキオスとアレクシオス］は大きな不安から立ち上がり、元気をとりもどし、今後はいっそう明るい表情で皇帝《ヴァシレフス》と話し合うことができた、実際その者たち二人は、とりわけ一方のアレクシオスは、秘められた考えと心の底で錬られている企てをうわべの言動ですっかり覆い隠す術によりいっそう長けていたのである。もちろん妬みの炎はこれまで以上に大きく燃え上がっていた、しかし先に取り決められた合意により、今後彼らに向けて放たれる皇帝《ヴァシレフス》への告発は見落とされることはなかったが、事実その者たちはあの二人の最高の権力の位置にある《パラディナステヴオンテス》[2-16]奴隷《ドゥリ》が自分たちを抹殺しようと企んでいることを知り、もはやいつものように二人が一緒にそろって宮殿《ヴァシリア》［大宮殿］へ赴くことはせず、それぞれが別々の日に一人で行くことにした。この用心は賢明で、あのパラメデスにふさわしいものであった、つまりたとえ彼らの一人が最高の権力の位置にある《パラディナステヴオンテス》あの勢い盛んなスキタイの密かな陰謀にはまっても、他の一人は免れ、二人が同時に蛮族《バルバロイ》の罠に陥ることはない。彼らの用心はそのように賢明なものであったが、しかし彼らの心配していたようには事態は進まなかった。なぜなら二人は機先を制して罠をしかける男たちよりもうまく立ち回ったからである。どのようにしてか、話を進めて十分明らかに説明しよう。

第3章

【1】さてキズィコスの都市《ポリス》がトルコ人によって占領され、そして皇帝《アフトクラトル》は都市《ポリス》の占領を聞かされると、ただちにアレクシオス＝コムニノスを呼び出すことにした。たまたまその日はイサアキオスがやって来る日であった。取決《シンシキ》めに反して、その者がくるのを見て、兄弟のイサアキオスは彼に近づき、何のために来たのかと尋ねる。その者はその場ですぐ、「皇帝《アフトクラトル》が呼び出した」と言って、その理由を述べた。そこで二人が一緒に［部屋に］入り、いつもの崇拝の儀礼《プロスキニシス》を行った後、ちょうど昼食の時刻であったので、［皇帝は］しばらく待機する

ように命じてから、自分と一緒の食卓につくように指示をあたえる。二人は切り離され、一方は右側に、他方は左側に互いに向かい合う形で食卓につくことになった。すぐに周囲の会食者に視線を注ぎ、陰気な表情で耳打ちしあっているのに気づき始めた。あの奴隷《ドゥリ》たち［ヴォリロスとエルマノス］が自分たちに向かって突然に何かをしかけ、今にも危険が自分たちに迫ってくるのではないかと不安に感じ、しかしどのように動けばよいのか分からないままに、互いにひそかに視線を交わしていた。【2】その者たち［コムニノス兄弟］はずっと以前から皇帝《ヴァシレフス》に仕える宮殿の者たちすべてに優しい言葉をかけ、心遣いをし、いろいろと如才なくふるまって、その者たちの好意を得ていたが、また彼らに向かって明るい視線を送るようになるほどにまで一人の料理人《オプソピオス》にも愛想よく接し、その心を摑んでいた。イサアキオス＝コムニノスの従者《セラポンデス》の一人がその者［料理人］に近づき、「私の主人《キリオス》にキズィコスが占領されたこと、このことを報せる書簡《グラマ》がそこから来ていると言ってくれ」と伝える。その者はすぐに食卓に料理を並べながら、従者《イピレティス》から教えられたことを、声を抑えてイサアキオスにしっかりと伝えた。他方その者は唇をわずかに動かして言われたことを兄弟に報せた。気づくことにおいて俊敏であり、火よりもすばやかったアレクシオスは、ただちに語られたことを理解した。とにかく二人はそれでこれまで彼らの心を占めていた不安から解放され、[2-17]深く息を吐いた。十分心を落ち着けると、その者たちは、その件について誰かが質問した時、しっかりと応えられるよう、また皇帝《ヴァシレフス》も彼らにいかにすべきか考えを求めた時、適切に進言できるように思案をめぐらし始めた。【3】その者たちがそのように考えをめぐらしている最中、皇帝《ヴァシレフス》はその者たちがキズィコスの件についてまだ知っていないと思いながら、彼らに視線を向けて、その占領を告げ始めた。しかしその者たちは（諸都市《ポリス》の略奪で動揺している皇帝《ヴァシレフス》の心を慰める用意ができていたので）、［キズィコスの］都市《ポリス》は容易く救い出すことを請けあうことで、皇帝《アフトクラトル》のうち砕かれた心を元気づけ、大きな希望を持たせて高揚させた。「陛《ソン》下《クラトス》にはご健勝であられることだけを願います。都市《ポリス》を奪った者たちは、自分たちの行為の七倍の仕返しをうけることになりましょう」とは、その者たちの言葉である。そこで皇帝《ヴァシレフス》は彼らを誉めあげ、彼らをご馳走の席から下がらせた後、その日の残りを何も思い煩うことなく過ごしたのである。[2-18]【4】さてその後コムニノス兄弟が大いに心したことは、すなわち宮殿《ヴァシリア》［大宮殿］に行き、これまで以上に皇帝《ヴァシレフス》の取り巻き連中の機嫌を取ること、同様に自分たちに反感を抱く者たちに［攻撃の］手がかりを一切与えないこと、何であれ敵意を引き起こさせる原因を提供しないこと、むしろすべてのものが自分たちに好意をいだき、自分たちのために考え、言ってくれるよう説得することであった。他方皇后《ヴァシリス》マリアに関しては、これまで以上に彼女をしっかりと自分たちの方に引き入れることに努力し、自分たちが生きて息をしているのはひとえに彼女のためであることを納得させることにつとめた。実際イサアキオスは彼女の姪と結婚していることを口実《プロファシス》に自由に彼女のもとに行き話を交わしていた。私の父も同じように、親戚《アンヒスティア》関係の親しさから、またそれ以上に養子縁組の事実、この上もない明らかな理由からまったく説明する必要なく自由に皇后《ヴァシリス》のもとを訪れ、彼に悪意をもった者たちの妬みを完全に遮蔽していた。しかしその者［アレクシオス］はあの蛮族の奴隷たちの激しい怒りと皇帝《ヴァシレフス》の軽々しい性格を知らずにいたのではない。そしてもちろんその者［皇帝］の寵を失わないように特に心がけていた、失えば二人は敵の餌食になってしまうだろう。なぜなら確かに極度に軽薄な性格の持ち主［皇帝］はまったく移り気で、エヴリポスの流れのように逆流で押しもどされるからである。[2-19]

第4章

【1】あの奴隷《ドゥリ》たちはこれらを知り、事態が自分たちの目標に向かって進みもせず、皇帝《アフトクラトル》の彼らへの好意が日に日に大きくなっていく中、これらの男たちの滅亡が自分たちにとって容易なものでないことにも気づき、そこでいろいろと思案の言葉を重ねては、次にそれらを捨てていきながら、ついにそれらとはまったく異なる方法《アトラポス》を採用することにした。それはどのようなものであったのか。すなわち或る夜に、皇帝《クラトン》と相談することな

しに、これらの者たちを呼び出し、偽りの罪状で彼らの両眼を潰して彼らを放逐することである。【2】このことは、コムニノス家の者たち《コムニニィ》の知るところとなった。自らあれかこれかさまざまな考えと対決しながら、しかし危険が差し迫っていることに気づき、ついに助かる唯一の希望は、まったく止むを得ぬ羽目に追い込まれてのことだが、反逆《アポスタシア》にでるしかないと考えるに至った。事実何ゆえに、真っ赤に焼けた鉄を眼に押し当て、瞳の輝きを奪う執行人をじっと待っていることがあろうか。だからその者たちはその計画を心の奥にしまっておいた。さてそれから間もなく、アレクシオスは、キズィコスの都市《ポリス》を破壊したアガリニィ［トルコ人］に向けて完全武装して戦うことになる軍隊《ストラティア》の一部を呼び寄せる命令を受けとった（なぜならその者はその時西方のドメスティコスであった）、そしてこのまたとない機会を握ると、その者は、軍隊《ストラトス》の将校《イエモネス》の中で彼に好意を寄せている者たちを彼らの指揮下の兵士と共に書面《グラマタ》で呼び寄せる命令を発した。そこで動員をかけられたすべての者は大都《メガロポリス》に向かって急ぐこととなった。【3】その間にあの奴隷《ドゥリ》たちの一人、ヴォリロスと呼ばれた者の指図である一人の者がやって来て、皇帝《ヴァシレフス》へメガス＝ドメスティコスが全軍勢《ディナミス》を女王《ヴァシレヴウサ》の都市《ポリス》へ呼び寄せているのは自身［皇帝］の同意を得てのことかと尋ねた。そこで［皇帝は］ただちにその者［アレクシオス］を呼び出し、言われたことは真実かと問いかけた。その者はその場で軍隊《ストラティア》の一部が自分の命令《シンシマ》で呼び寄せられていることを否定しなかったが、しかし全《パサ》［軍］があらゆる所からここへ集まってきていることについては、しっかりと否定することにつとめた。その者の言うには「軍隊《ストラトス》は各地に分散されているので、兵士それぞれは集合命令《エンドシモン》を受けとると別々の所からやって来る。ローマ人の帝国《イエモニア》の異なる諸地域から群れをなしてやって来る彼らを見る者たちは、ただ見たことだけに騙されて、合図により全軍《ストラトス》がこちらへ集まってきているように思っている」ヴォリロスはこれらの発言に激しく反論したけれども、しかしアレクシオスの言葉にはそのように大きな説得力があり、［皇帝の］全幅の同意を手に入れた。他方［もう一人の奴隷］エルマノスは根が単純であったので、この件に関して先頭に立ってアレクシオスを攻撃することはなかった。とにかくドメスティコスに対して申し立てられた抗議は皇帝《ヴァシレフス》の心をかき乱すことはなかったので、その者たちは好機をとらえて（夜の闇を待って）、コムニノス《コムニニィ》家の者たちに対して待ち伏せ《エネドラ》を用意することに取りかかった。【4】ところで奴隷《ドゥロン》というものは、とりわけ生来主人《デスポテェ》に敵対するものであり、しかし主人《デスポテェ》を攻撃し損なった場合には奴隷仲間に向かって力をふるい、彼らにとって耐え難い存在になるものである。アレクシオス＝コムニノスは、例の奴隷《ドゥリ》たちに関して、そのような習性と気質を経験していたのである。だから今語られた者たちは皇帝《アフトクラトル》のことを思ってコムニノス《コムニニィ》兄弟に激怒していたのではなく、人々が言っていたように、ヴォリロスの方は帝位《ヴァシリアン》を渇望していたのである、そしてエルマノスの方は彼の企ての協力者として彼と共に熱心に待ち伏せ《エネドラ》の準備を進めていたのである。その者たちは、謀を互いに、つまりどのようにして自分たちの思い通りにことを進めていけばよいかについて語り合っていた。そしてこれまで口ごもってひそひそと耳打ちしていたことを公然と口に出すようになった。【5】彼らの会話は、マイストロスの爵位《アクシア》を持ち、ずっと以前から皇帝《ヴァシレフス》の腹心であり、また「皇帝の」もっとも身近に仕える《イキイ》者の一人であるアラン人の耳に入ることとなった。さてその者は夜警時《フィラキティスニクトス》[2-20]の中ごろに宮殿を出て、コムニノス《コムニニィ》家の者たちのもとに走り、まずすべてをメガス＝ドメスティコスにうち明ける。人々の言うところでは、皇后《ヴァシリス》もマイストロスのコムニノス《コムニニィ》家への訪問を全く知らなかったわけではなかった。そこで「アレクシオスは」その者を母と兄弟「イサアキオス」のもとへ連れて行く。その忌まわしい知らせを耳にして、その者たちはこれまで隠してきていることを公然と実行し、神《セオス》の加護を得て自分たちの安全を図らねばならないと決意した。【6】その二日後、軍勢《ストラテヴマ》がツゥルロス（トラキアに位置する小さな町《ポリフニオン》）に到着したことを知ると、ドメスティコスは、第一《プロティ》夜警時《フィラキ》にパクリアノス「グリゴリオス」（この男は詩人の言葉に従えば、身体は小さいが、戦士《マヒティス》[2-21]で、アルメニア人の高貴な家柄の出であった）のもとへ急いで行き、すべてのこと、すなわちあの奴隷《ドゥリ》たちの憤怒・嫉妬、自分たちに対する前々からの画策、自分たちの眼を潰そうとの突然の計画をその者に知らせ、そして自分たちは捕虜として辛酸をなめるのではなく、必要とあらば勇敢に戦って死ぬべきであり、これこそ気高い男の本懐である、と語った。[2-22]【7】すべてを聞き終えると、その者「パクリアノス」は、この問題はぐずぐずしている場合でなく、ただちに決然とことにあたるべきであることに気づき、次のように述べる、「もし明日にあなたがここを出立するのであれば、私はあなたに従い、私も自ら進んで戦おう。しかし計画を一日延ばすのであれば、私はただちに皇帝《ヴァシレフス》のもとへ行き、時をおかずあなたとあなたの仲間を告発することを承知あれ」他方の者はそれに応えて言うには「あなたが誠心誠意から私を救おうとしていることを知っている（確かに救いはすべて神《セオス》にかかっているが）、私はあなたの思案に背きはしない、ただし互いに誓い《オルコス》を立てて約束を確実なものにするべきである」そこで確かに二人は誓い《オルキィ》をして誓約《ピスティス》を交わした、すなわちそれに従えば、「パクリアノスの尽力に対して」その者は、もし神《セオス》が自分を帝《ヴァシリオス》座《ソロノス》に導くことになれば、自分が今まで保持してきたドメスティコスの地位《アクシア》にその者を昇進させる。アレクシオス＝コムニノスはパクリアノスに別れを告げて、そこを出て、もう一人の男、その者もまた尚武の戦士《アニル》ウムベルトプロス[2-23]のもとへ向かう。「アレクシオスは」その者へ自分の意図と、逃亡を決心した動機を伝え、自分を援助するよう呼びかける。その者はただちに承諾し、「私は常にあなたのために果敢に動き、とりわけ危険をも辞さないであろう」とつけ加えた。【8】今語られた男たちがとりわけアレクシオスに心酔したのは、その者が勇気《アンドリア》と知力において他の誰よりも優っていたからである。その者たちはまた彼をこの上なく愛した、なぜなら溢れるほどの富をもっていたわけではなかったが、たとえ誰に対しても気前よくふるまい、物をすぐに与えたからである。実際その者は人から物を奪い、富を積み重ねるために大口開いて飲み込もうとする輩ではなかった。気前のよさというのは、普通提供される財の多寡で判定されるのではなく、その意図において測られるのが自然である。なぜなら財は少ないが、もてる財に応じて与える人が気前のよい人であり、多くの富を持ちながら、地中に埋めて隠し、あるいはもてる財力に応じた形で貧しい者に施さない者はもう一人のクロイソスあるいは黄金狂いのミダス、けちん坊、しみったれ、キミノンの実[2-24]をひき割る者と人が言ってもおかしくない。その上アレクシオスはあらゆる徳を備えており、今語られた男たちはずっと以前から今日までそのことをよく知っていて、そのため彼の皇帝歓呼《アナリシス》を望み、そう祈念していたのであった。【9】さてアレクシオスは彼［ウムベルトプロス］からも誓い《オルコス》を求め、それを受けとった後、急ぎに急いで家に戻り、一部始終を家の者たちに知らせる。私の父がこれらのことを執り行ったのは、チーズ週の日曜日《ティロファゴス》の夜[2-25]のことであった。翌日の薄明には、その者は仲間の者たちと共に都《ポリス》を後にしていた。だから確かにアレクシオスのこのすばやい出発と機転のよさから彼に喝采を送った民衆《プリソス》もこの時の出来事について彼のために小歌謡《アスマティオン》を作ったのである、それは民衆《イディオティス》の言葉《グロタ》で綴られたものであるが、まず事件の内容をともかくことのほか適切に簡約し、ついでその者の自分に向けられた陰謀の予感、その者によって取られた対抗措置を際だたせている。それら［民衆語］によるその小歌謡《アスマティオン》は、こうなっている。「チーズ週の土曜日、アレクシオスよ、お前に乾杯、お前はそれを知っていた、そして月曜日の朝、成功を祈る、私の鷹よ」[2-26]広く人々に知られているその小歌謡《アスマティオン》の内容はおよそ次のようなものであった、すなわち「チーズ週の《ティロニモン》土曜日《サヴァトン》、アレクシオスよ、お前の俊敏さのゆえに万歳、日曜日の翌日、空高く飛ぶ鷹のように、お前は、罠をしかけているあの蛮族《バルバロイ》たちから飛び去っていた」

第5章

【1】さて[2-27]コムニノス《コムニニィ》家の母アンナ＝ダラシニは彼女の長子マヌイルの娘にヴォタニアティスの孫を［将来の］婿《ガムヴロス》として自分のもとへ迎え入れていたので[2-28]、その者の家庭教師《ペダゴゴス》が自分たちの企てを知って皇帝《ヴァシレフス》に報告するのではないかと怖れ、そこでまことに優れた計画を思いつく。まず家の者たちすべてに、神《セオス》の聖なる教会《エクリシエ》へ詣でるために夕方に集まるよう命令する。事実彼女にはこれらの聖《イエリア》所《テメニィ》に詣でる習慣があった。命令は実行に移された、すでにすべての者がいつものように外に出てきて、馬を厩舎《イポスタスミィ》から引き出し、女性たちにふさ

わしい鞍布を注意深く敷き並べるふりをしだした。他方ヴォタニアティスの孫《エンゴノス》は家庭教師《ペダゴゴス》と共に眠っている。彼らには別棟が与えられていたのである。【2】第一《プロティ》夜警時《フィラキ》、これから武装し、女王《ヴァシレヴウサ》の都市《ポリス》を馬で立ち去ることになるコムニノス《コムニニィ》家の男たちは諸門《ピィレオネス》を閉じ、鍵を母に手渡し、彼女の孫娘《エンゴノス》の結婚相手、ヴォタニアティス[2-29]が眠り込んでいる別棟の入口の扉《シレ》も音をたてずに閉めた、しかし扉の軋る音でその者が目覚めないように、両開きの扉をしっかり合わせるまで完全には閉めなかった。これらのことが行われている間に、夜の大半が過ぎてしまった。一番鶏が鳴く前に、男たちは諸門《ピィレオネス》[2-30]を開き、母・姉妹・彼らの妻・子供たちを伴い、コンスタンティヌスの広場まで徒歩で向かった。そこで男たちは彼女たちと別れを告げ、ヴラヘルネの宮殿《ヴァシリア》に向かって大急ぎで走り出した、他方女たちは大《メガリ》神智《ソフィア》の聖堂《ナオス》[2-31]へ急ぎ足で進んだ。【3】他方ヴォタニアティスの家庭教師《ペダゴゴス》は眠りから覚め、起こったことを悟り、逃げだした者たちを探しに松明を両手でもって外に出ると、急いで走り、女たちがまだ四〇《テメノス》人《トン》聖者《アイオン》の聖所《テサラコンタ》[2-32]に達しないうちに、その近くで彼女たちに追いつく。ダラシニ、この上なくすばらしいあの子供たちの母は、すぐにその者に気づくと、その者に向かって次のように言う、「聞くところによると、私たちを皇帝《ヴァシレフス》に告発した者がいる。だからこれから聖なる諸教会《エクリシエ》へ向かい、できる限りそれらの助けを求めようと思う。そして日が輝き始めるころ、そこから私は宮殿《ヴァシリア》[2-33]に向かう。だからお前自身はここから立ち去れ、そうして門番《ピロリィ》たちが門を開ける時、その者たちに自分たちがやって来ることを伝えるようにせよ」その者は、ただちに命じられたことに取りかかった。【4】女たちは今日まで人々が避難所《プロスフィイオン》[2-34]と呼び慣わしている主教《イエラルヒス》ニコラオスの聖堂《テメノス》に到着する、これは大《メガリ》教会《エクリシア》［聖ソフィア寺院］の近くにあり、ずっと以前に、告発で捕らえられる恐れのある人々の救済のために建設されたもの、つまり大《メガ》聖堂《テメノス》［聖ソフィア寺院］の一部をなしており、思うに告発により捕らえられ有罪判決を受けても、その中へ入れば誰でもただちに法の処罰から放免されるように私たちの先祖の人たちによって特別に用意されたものである。なぜなら昔の皇帝《ヴァシリス》たちやケサルたちは、臣民《イピコオス》のためにことのほか大きな配慮を払っていたのである。さてこの聖堂《テメノス》の番をしている者はすぐに彼女たちに門《シレ》を開かず、お前たちは何者で、どこから来ている者であるかを問い尋ねた。そこで女たちのお供の一人が「私たちは東方《アナトレ》から来ている女です、買い物にすべてを使い果たし、急いで礼拝《プロスキニシス》をし、家に帰ろうと思っております」と告げる。するとその門番はただちに門《シレ》を開き、女たちを中へ入れる。【5】翌日皇帝《アフトクラトル》は［コムニノス家の］男たちの動きを聞き知るや、元老院《シングリトス》[2-35]を召集し、ドメスティコス［アレクシオス］を激しく糾弾しながら、集まった者たちに向かって当然と思える内容を訴えつづけた。ついで［皇帝は］女たちを宮殿《ヴァシリア》［大宮殿］に呼び出すため、ストラヴォロマノス[2-36]という名の者とエフフィミアノスという者を彼女たちのもとへ送りだす。他方ダラシニは彼らに向かって言うには「皇帝《アフトクラトル》にこう告げよ、私の子供たちは陛下《シィ ヴァシリア》の忠実な僕《ドウリ》であり、身も心も出し惜しみせず誠意をもって最後の最後まで仕え、陛《ソン》下《クラトス》のために常に勇敢にも真っ先に危険を冒してきている。しかし彼らへの妬みの炎は皇帝陛下《シィ ヴァシリア》の彼らへの好意と気遣いに我慢できず、あらゆる機会を通じ彼らに大きな危害を及ぼそうとしてきた。実にあの者たち［ヴォリロスとエルマノス］は彼らの両眼をえぐり取ろうとさえ考え出し、そのことに気づいたその者たちはそのような非道な危険に耐えられず、謀反人《アポスタテェ》としてではなく、忠実な僕《ドウリ》として、差し迫った危険から逃げると同時に彼らに対して仕組まれたことを皇帝陛下《クラトス スゥ》に十分に説明し、さらに皇帝陛下《シィ ヴァシリア》からの救いを求めるために都《ポリス》から出ていったのである」【6】しかしその者たち［使者］は彼女を連れもどそうと激しくせき立てた。婦人は立腹し、彼らに向かって次のように言葉を発する、「私を神《セオス》の教会《エクリシア》[2-37]の中へ入れて礼拝させなさい。教会の門《ピレオネス》にたどり着いた者が中に入り、神《セオス》［の加護］と皇帝《ヴァシレフス》の心《プシィヒィ》を得るために無垢の女主人《デスピナ》、神の母《セオミトル》にとりなしを求めることができないというのは、実に理不尽なことである」婦人のもっともな要求を尊重し、使者《プレスヴィス》たちは中に入ることを彼女に許す。その時その者はまるで老齢により、また苦痛でたいへん弱っているかのようにゆっくりとした歩調で前へ進む、実は打ちひしがれた者のようなふりをしていたのであり、聖なる内陣《ヴィマ》の入口に近づくと、二度ひざまずき、三度目に地面に身を置き、聖なる扉《シレ》[2-38]をしっかり摑み、「もし両手が切り離されないかぎり、確実な救いの保証として皇帝《ヴァシレフス》の十字架《スタヴロス》[2-39]を受けとるまでは、この聖所《テメノス》から出て行くことはない」と叫んだ。【7】そこでストラヴォロマノスは胸に吊していた十字架《スタヴロス》を外し、彼女に与えようとした。しかしその婦人はこう返答する、「私が保証を求めているのはあなたからではなく、皇帝《ヴァシレフス》自身から私の言った保護の手を望んでいる。しかも与えられる十字架《スタヴロス》が小さなものであれば、受けとるつもりはまったくない、相当大きなものでなければならない」、彼女に対してなされる誓言《オルキオン》に際してそれがはっきりと見えるような、そのような十字架を望んでいたのである。なぜなら小さな十字架《スタヴリオン》であれば、それにかけて約束がなされる時に、その確認の場面が恐らく多くの人の目から見落とされることになる。その婦人は最後に、「私が求めているのはあの者の裁断と情である。さあ、もどって彼に報告せよ」と言った。【8】彼女の息子イサアキオスの嫁[2-40]（早朝の祈りのため、他の者たちより先に門《ピレ》が開くと同時に聖堂《ナオス》の中へ入ってきていた）は顔を隠していた覆いを取り除くと、その者たちに向かって、「この婦人には、もしその者がそう望むなら立ち去らせなさい、しかし私たちは、［安全の］保証《プリロフォリア》がなければ、たとえ私たちに死ぬことが定められていても、この聖域《イエロン》から出て行くことはない」と言い放った。実際その者たちは、女たちの一徹さ、最初のときより自分たちにいっそう手に負えない状態になっているのに気づき、騒動が起こるのではないかと怯え、早々と立ち去り、一切を皇帝《ヴァシレフス》へ報告した。その者［皇帝］は本来善良であったので、また婦人［ダラシニ］の言葉にも動かされ、彼女から一切の懸念から解放させようとして、彼女のもとに求められた十字架《スタヴロス》を送りとどける。つぎにその者［皇帝］は神《セオス》の聖なる教会《エクリシア》を出たその者［ダラシニ］を、彼女の娘たちと嫁たちと一緒に鉄門《シディラ》[2-41]の近くにあるペトリアの女子修道院《モニィ》へ監禁することを命じる。さらに［皇帝は］、彼女［ダラシニ］にとって嫁の母で[2-42]、ケサルのヨアニスの息子の妻でもある者（その者はプロトヴェスティアリアの爵位を有していた）を、私たちの女主人《デスポティス》、神の母《セオミトル》の名で建設されたヴラヘルネの聖堂《テメノス》[2-43]から呼び出し、その者も先に述べたペトリアの修道院《モニィ》で住むことを命じる。さらに加えて、そこ［ペトリアの修道院］にある酒倉と穀物倉、すべての倉庫については手をつけないままにしておくようにとの指示も与えた。【9】さて二人の女性

「アンナ＝ダラシニとプロトヴェスティアリアのマリア」は毎朝早く番人《フィラトンデス》たちのもとへ行き、自分たちの息子に関して何か知っていることはないかと問い尋ねていた。その者たちはごく自然な態度で彼女たちに聞き知っていることを伝えていた。とにかく手も心も出し惜しみすることのないプロトヴェスティアリアは番人《フィラトンデス》たちを味方にしようとして、その者たちに自分たちに必要で欲しいと思うものがあればどれだけでも持っていくように伝えた。なぜなら彼女たちにはなんら干渉されることなく、入り用のものを持ち込むことを許されていた。だから見張りの者たち《フィラケス》はこれまで以上に進んで知ったことを伝えるようになっており、それより後その者たちは知られたことすべてを報告していたので、彼女たちに見落とされるものはなにもなかった。

第6章

【1】女性たちについてはそのようなことであった。他方反逆者《アポスタテ》たちはヴラヘルネ地区の前堡《ヴラヒオニオン》[2-44]の近くに位置する城門《ピリ》にたどり着くと、門をうち砕いて皇帝の厩舎《ヴァシリキイポスタスミィ》の中に安全に入り込んだ。後に残していく馬については後ろ脚の関節を剣《クシフィ》で切り、彼らにとって大いに役立つと思えた馬はすべて連れだし、それから大都《メガロポリス》の外れに位置し、コスミディオンの名で呼ばれる修道院《モナスティリオン》に急ぐ。ところで話の途中であるが、話がより分かりやすくなるためにも、前述のプロトヴェスティアリア「マリア」について、先に説明されたように皇帝《ヴァシレフス》が彼女を呼び出す以前の彼女について語っておきたい、なぜならその者たちはそこで彼女に出会い、そこを出立する時に彼女に別れの挨拶を告げたのであるが、その時「そこに彼女と一緒にいた」エオルイオス＝パレオロゴス[2-45]に自分たちと一緒にここを出て行くよう説き伏せ、また無理にでも自分たちと一緒に行動させようとした。【2】というのはその者たちは十分もっともな疑念から自分たちの計画をまだ彼にすっかりうち明けていなかったのである、つまりここに居るこのエオルイオスの父[2-46]は皇帝《ヴァシレフス》に対してこの上なく献身的であり、反逆《アポスタシア》の一件を

彼［エオルイオス＝パレオロゴス］にうち明けることは、危険をともなったのである。パレオロゴスは、確かに最初は彼らの計画に多くの異議をとなえ、自分に対する彼らの不信をなじり、また確かに諺にあるように後になってやっと道理に気づき、結局自分を彼ら［の計画］へ引き入れようとするとの理由から、彼らの言葉に素直に従おうとしなかった。しかしプロトヴェスティアリア、つまりパレオロゴスの義母が彼に彼らと同行するよう激しく迫り、また恐ろしい形相で脅したので、彼の態度は大いに穏やかになった。[3] しかしその者［パレオロゴス］は、女たち、すなわち彼の妻アンナと姑《ペンセラ》マリアについて心配し始める、特に後者はブルガリア人のうちでも最高の一族に属し、当時の女性のうちで彼女より美しい者は誰一人いないように思われるほどに美しく、四肢と身体各所は描かれたようにみごとに調和していた。だからパレオロゴスとアレクシオスにとって彼女のことは心配の種であった。確かにこの件に関してアレクシオスのまわりの者たちはそれぞれ意見をもっており、ある者たちは彼女たちをその場所からある城塞《フルリオン》へ、他方パレオロゴスはヴラヘルネ地区の神の母《セオミトル》の聖堂《テメノス》へ連れて行くことを考えた。エオルイオス［パレオロゴス］の意見が他を制する。そこで一同はただちに彼女たちを連れて出発し、すべてを包む言葉《ロゴス》［キリスト］の至純の母［の聖堂］に彼女たちを託した。彼ら自身は出発した場所へ引き返した後、これからすべきことについて考え始めた。その時パレオロゴスの言うには「諸君は出発しなければならない、私は手もとにある財貨《フリマタ》をもってできるだけすみやかに諸君に追いつくようにする」なぜなら彼の動産のすべてがたまたまそこに置かれていたのである。[2-47] そこでその者たちはぐずぐずせずただちに目の前の道を先へ進み出した。他方その者［パレオロゴス］は修道士《モナヒ》たちの駄獣《イポズィイア》に自身の財貨を積ませると、彼らの後を追って駈けだした。そして駄獣と共に無事にツゥルロス（ここはトラキアの村《コミ》）に着いた、このようにしてすべての者は幸運にもドメスティコスの命令でそこに到着していた軍勢《ストラテヴマ》と合流できたのである。[4] それからそれらの者たちは自分たちの身に生じたことをモロヴンドスの地にある彼自身の所領《クティマタ》で過ごしているケサルのヨアニス＝ドゥカスに知らせなければならないと考え、反逆《アポスタシア》を報せる使者をその者に派遣した。その報せを送りとどける者は夜明けに到着し、これからケサルを探そうとして、すでに屋敷の入口の前に立っていた。彼［ケサルのヨアニス＝ドゥカス］の孫ヨアニス[2-48]はまだ幼く青年期に達しておらず、それゆえケサルと一緒に暮らしていたのだが、その者［使者］と出会う、[2-49]そしてすばやく屋敷の中に入り、寝ている者［ケサルのドゥカス］を起こし、反逆《アポスタシア》を伝える。その言葉を耳にして動転したその者は孫《イオノス》の頬を打ち、そのようなばかげたことを言うものではないと叱りつけ、追い払った。しかし［子供は］しばらくして再び中へ入ってきて、コムニノス家の者たちからその者に発せられた伝言文《ロゴス》を手渡すと同時に、先と同じ伝言をくり返す。【5】その伝言文《ロゴス》には機知に富み、反逆《ティラニス》をさりげなく触れた部分があり、つぎのように告げていた、すなわち「手の込んだすばらしく美味しい料理[2-50]を用意している、もしご馳走を共に味わおうと思われるなら、すぐに来て一緒に賞味されるように」さてその者は上半身を起こし、右肘で身体を支えてから、そこに来ている者を請じ入れるよう指図する。その者がコムニノス家の者たちのことをすべて詳しく語り終わると、ケサルは「ああ、なんということをしでかしたのか！」と一言発するや、すぐに両手を瞼にあてがう、そしてしばらく顎髭をしごき、その間いかにもさまざまに思いをめぐらしているかのように振る舞い、ついに決然と自身の態度、すなわち彼らと共に反逆にたちあがることを決意した。そこでただちに馬丁《イポコミ》たちを呼び出し、馬に跨ると、コムニノス家の者たち《コムニニィ》のもとに通じる道を進んだ。【6】さてその道中で［ケサルは］金貨《フリソス》の入った大きな袋を携え大都《メガロポリス》へ戻ろうとしているヴィザンディオス[2-51]という者と出会い、ホメロス風の《オミリコン》言葉で「そなたは一体何者、どこから来られたのか」[2-52]と問いかけた。取り立てた税の大《ポリス》金《フリソス》を携行し、国庫《キトン》へ輸送している途中であることをその者より聞き知ると、翌朝には自分の望む所へ自由に行けることを約束して、その者を無理やり彼と一緒に宿泊させようとする。しかしその者は拒み、激しい口調で抗議したが、ケサルは熱心にそうするように勧め、ついに口説き落としてしまったのである、実にその者は立て板に水を流すように調子よくしゃべり、機知に富み、もう一人のアイスキネスかあるいはデモステネスのように、舌先三寸で相手を説得させてしまうのである。事実その者を連れて、ある旅籠に落ち着かせ、それからあらゆる手段で相手を喜ばせ、それから食卓につくように誘った後、心地よく眠らせて、とうとうその男をそこに引き止めてしまった。【7】すでに夜明け近く、陽が足早に東の地平線に顔を出すと、ヴィザンディオスは馬に鞍を置き、そのまままっすぐにビザンディス［ビザンディオン］へ向かおうと焦る思いで出発準備にとりかかっていた。これを目にしたケサルは、「焦るのはやめなさい、私たちと一緒に行こう」と声をかける。しかしその者は、相手がどこへ行こうとしているのかも知っておらず、また相手が自分にそのような心遣いを行う理由も全く分からないでいたので、再び憤激し、ケサルとケサルの親切に疑いを抱き始めていた。［ケサルは］彼を引き寄せ、従うように強く迫る。しかしその者は従おうとしなかったので、これまでの口調を変え、言われたようにしなければと、その者にむかって荒々しい言葉を投げつける。それでも従おうとしないので、［ケサルは］彼の荷物のすべてを自分の駄獣《イポズィイア》に積み、目の前の道を進むよう［従者たちに］命じ、その者にはどこでも好きなところへ行くことを許す。その者は手ぶらで帰ってきたことを帝国《ヴァシリコス》国庫《キトン》の役人に知られれば投獄されるかもしれないと怖れ、またすでに勃発したコムニノスの反逆《アポスタシア》[2-53]で広がる国内の政情不安と混乱のゆえに引き返すことも望んでいず、結局宮殿《ヴァシリア》［大宮殿］に戻ることを完全に断念し、しぶしぶながら彼の後に従うことになった。【8】偶然にもさらに次のようなことが起こる。ケサルは出発したが、途中エヴロスと呼ばれる川を今しがた渡ったばかりのトルコ人と出くわしたのである。そこで馬の手綱《ハリノス》を引いて［止まり］、［彼らに向かって］どこから来てどこへ行くのかと問い尋ね、同時にもし自分と一緒にコムニノスのもとへ行けば、多くの財貨《フリマタ》を与え、あらゆる種類の引き立てをすることを約束すると述べ始めた。その者たちは即座に同意し、次にその者［ケサル］は、それによって取決め《シンシケェ》を確実なものにしようと考え、彼らの指導者《イエモネス》たちに誓い《オルコス》を求める。その者たちはただちに彼らのやり方に従って誓い《オルコス》を行い、一所懸命にコムニノスに助勢することを断言した。【9】そこでその者はトルコ人をも引き連れて、コムニノス一族《コムニニィ》の者たちのもとへ向かって出発する。その者たち［コムニノス一族の者］は遠くから彼［ケサル］を目にし、そして新しい獲物を知って嘆賞する、中でも私の父アレクシオスはことのほかであった、そして一同の者たちは喜びのあまりどうふるまったらよいか分からない状態であった。しかしその者［アレクシオス］は会いに走り出て、ケサルを抱き、抱擁をつづけたのである。さてそれからどうなるか。ケサルがそうするよう提案し、駆り立てたので、一同は女王の都市《ヴァシレヴウサ》に向かって出発することに取りかかった。【10】町々《コモポリス》の住民はすべて自ら進んで駈けつけ、その者を[2-54]皇帝《ヴァシレア》と呼び続けた、例外はオレスティアスの住民であった。なぜなら［オレスティアスの］住民は、以前その者がヴリエニオスを捕らえたことで彼に立腹しており、ヴォタニアティスに対して忠実な立場を守っていたからである。[2-55] さて一行はアシラスに到着し、そこで一休みする、次にそこを出立し、スヒザ[2-56]（ここはトラキアの村《コミ》であった）に至り、そこに防柵《ハラクス》の野営地を設営した。

第7章

【1】さてすべての者はこれからの成り行きを固唾を呑んで見守り、それぞれ意中の者が皇帝《ヴァシレフス》として歓呼されるのを見たい思いを強く抱いていた。大部分の者はアレクシオスに権力《クラトス》を委ねることを願っている一方、イサアキオスを支持する者たちも諦めず、できる限り多くの者の支持を得ようと運動していた。ある者たちは一方の者が、別の者たちは他方の者が皇帝《ヴァシリキ》権《ペリオピ》の舵取りになることを熱望していたので、見たところ折り合いがつくような状況ではなかった。その時親戚関係《アンヒスティア》においてアレクシオスと結びついている者たちが居合わせていた、すなわちその一人は先に語られたケサルのヨアニス＝ドゥカスで、この者は画策するにおいても有能であり、それを実行するにおいても長けていた、私もわずかの間ながらその者を目にしたことがある、そして彼の孫のミハイルとヨアニス、[2-57]それにもちろん彼らの姉妹の夫であるエオルイオス＝パレオロゴスがいたのであり、これらの者たちは一緒になってことにあたり、競い合って、すべての者の考えを自分たちの望む方向へ強

引に向け、アレクシオスが［皇帝として］歓呼されるためには、人々の言うように、帆綱《カロス》のすべてを解き放ち、あらゆる策を巧みに使った。だからすべての者の考えが彼らの望む方向へ変わっていった。そのためイサアキオスを待望する者たちの数が少しずつ減っていく結果となった。［2］事実ケサルのヨアニスにはその居る所どこにおいても、彼と競い合うことのできるものは誰もいなかった。なぜなら高邁な精神と高い背丈、皇帝然《ティラノス》とした[2-58]その容姿において、この者に張り合う者はいなかった。ドゥカス家の者たちが［目的成就のために］手をつけなかったこと、口に出さなかったことがなにかあるだろうか。もしアレクシオスが皇帝《ヴァシリオス》の高み《ペリオピィ》に登ることになれば、軍隊《ストラトス》の将校《ロガデス》や兵士《キノン》にどのようなすばらしいものが与えられるかと約束しなかっただろうか。「愚かで経験のない指揮官《イエモネス》のように場当たりにではなく、各人［の功績］にふさわしいように、あの者は諸君にこの上なくすばらしい褒賞《ドレェ》と栄誉《ティメ》で応えるであろう、なぜならあの者は、すでに長年にわたり諸君の軍司令官《ストラトペダルヒス》として、また西方のメガス＝ドメスティコスとして職責に携わり、諸君と同じ塩をなめ、待ち伏せ《ロヒ》に、激しい接近戦に諸君とともに勇敢に戦い、諸君の救済のためには身体を、四肢を、命までも惜しまなかった、幾度も幾度も諸君と共に山々を越え、平原を突き抜けて進んだ、戦いの苦しみを知り尽くし、諸君全体を、また一人一人をこと細かく知っており、実にアレスの愛でし者であり、同時にとりわけ勇敢な兵士《ストラティオテェ》たちをこよなく愛する者である」、その者たちはこのようなことを口にしていたのである。［3］ドゥカス家《ドゥケェ》の者たちの運動はそのようなものであった。他方アレクシオスはどうかと言えば、それが兄弟愛によるものであれ、あるいはむしろ別の、人がきっと言うにちがいない理由によるものであれ、とにかくその者はすべてにおいてまずイサアキオスを先に立て、彼には大きな敬意を払っていたのである—別の理由とはすなわち軍隊《ストラティア》のすべてが彼の方へ傾き、帝位《ヴァシリア》を握るように彼をせき立てている一方、イサアキオスの方へはまったく振り向こうとしていない、だからその者が力《クラトス》と優位の位置にあり、また事態が彼の希望にそって動いているのを知り、結局彼自身は全軍《ストラティア》によって無理にでも最高の立場に押し上げられるのであれば、そのように振る舞っても事態は彼の意に反することにはならないだろうとの考えで、帝位《ヴァシリア》を引き受けるよう兄弟に勧めていたのである、要するにその者は言葉で兄弟を持ち上げ、外面上はさも権力《クラトス》から遠ざかろうしているように装っていたのである。【4】このようにして時が過ぎていくある日、全兵士《オプリティコン》が［本営の］幕舎《スキニ》のまわりに集められ、そしてすべての者は固唾を呑んで見守り、各人はそれぞれの願いが実現されることを祈っていた。その時イサアキオスが緋色の靴《ペディロン》[2-59]を持って進み出て、それを兄弟の足に履かせようとした。しかしその者が何度も拒んだので、［イサアキオスは］「私のするようにさせよ、神《セオス》がわれわれの一族《エノス》を［権力の座に］呼びもどそうとされるのはあなたを介してである」[2-60]と言い、かつて兄弟二人が宮殿《ヴァシリア》［大宮殿］から自宅へ帰る途中、カルピアノスと呼ばれる市区で自分たちの前に現れた一人の人物が彼［アレクシオス］に向かって予言めいて言った言葉を思い出させた。【5】確かに二人がその場所［カルピアノス市区］に達した時、一人の男、いやそうでなく、むしろ人間以上の何か神的な存在に属し、真実これから起こるであろうことについて千里を見通す眼をもつ存在が彼らの前に現れたのであった。事実その姿は司祭《イエレフス》のように見え、頭は何もかぶらず、白髪をあらわにし、頬を毛むくらじゃにして近づいてきた。その者はアレクシオスの足を摑み、徒歩であったので、そうすることで騎乗の者を自分の方へ引き寄せ、その耳にダビデの詩篇の一節、「身を引き締め、我が道を進め、真実・柔和・正義のために統治せよ」[2-61]を唱えた。そして「皇帝《アフトクラトル》アレクシオスよ」とつけ加えたのである。あたかも予言するようにこれらのことを言った後、その者はいつの間にか姿を消していた。ひょっとすれば彼の姿をとらえることができるかもしれないと、あらゆる方向に目をやり、さらにあの者が誰で、どこから来たのかを正確に知るために、あの者に追いつこうと、馬の手綱《ハリニィ》を十分にゆるめて追跡したけれども、アレクシオスには彼をとらえることができなかった。結局彼の姿は見えないままであった。【6】探索先からもとの場所に戻ってきた者に、兄弟のイサアキオスはあの現れ出た者についていろいろ質問し、また密かに語られたことを明かすように求めつづけた。イサアキオスが執拗に迫ったので、アレクシオスは最初のうちは言いたくないように見えたが、ついにあの者から密かに耳打ちされたことを彼に洩らし始めた。しかしその者自身は、一方言葉では、言われたことは戯言《ざれごと》、まがいものだと兄弟に説明したが、他方心中では、その者の前に現れた聖人《イエロプレピス》のように見えたあの男について、雷《イオス》の《ティス》息子《ヴロンディス》、あの神学者《セオロゴス》[2-62]ではないかと考えていた。【7】イサアキオスはあの老人の予言、つまりあの者が言葉にして示したことが実現に向かっていると悟り、そしてなによりも兵士《オプリティコン》のすべてがアレクシオスに熱い願いを抱いていることを知って、これまで以上に強硬にその者［アレクシオス］に向かって働きかけ、緋色の靴《イポディマ》をその者に履かせる。まさにその時ドゥカス家の者たちが皇帝歓呼《エフフィミア》の声をあげ始める、なぜならこの者たちはいろいろの理由から、とくに彼らの血縁者、私の母、イリニが法律上《ノミィ》確かに私の父の妻であることからその男を支持していたのである。そしてその者たちと一緒になって、彼と血を同じくする者たちもまた同じように一心に歓呼した。軍隊《ストラトス》の残りも続いて歓呼《エフフィミア》し、[2-63]その叫び声は天にまで届くほどであった。その時これまで見られなかったような現象が生じたのである、今まで意見を異にして分裂し、自分たちの願いが叶えられないなら死も辞さないとしていた者たちが瞬時にして同志となったのであり、かつて彼らの間で争いなど全くなかったような情況をしかと見とどけることができたのである。

第8章

【1】これらの事が起こっている間に、メリシノス［ニキフォロス］[2-64]に関して、その者が有力な軍隊《ストラティア》を率いてダマリスに到着し、[2-65]すでに皇帝《ヴァシレフス》として歓呼《エフフィミステェ》され、紫色の衣服を身にまとっているとの噂が飛び交っていた。しかし他方の者たち［コムニノス一族の者たち］はしばらくはそのような噂を信じることができないでいた。しかしながらその者［メリシノス］も彼らの動向を知って、すみやかに彼らのもとに使節《プレスヴィス》を派遣した、そしてその者たち［使節］は到着するとすぐに、次のような内容の長文の書簡《グラフェ》を彼らに手渡すことになっていた。【2】

「神《セオス》の保護のもと、私は自分の指揮する軍隊《ストラティア》と共につつがなくダマリスまでたどり着いた。あなた方［コムニノス一族］の身に降りかかったこと、すなわちあの奴隷《ドゥリ》たちの悪意とあなた方に向けられた恐ろしい計画《エピヒリマタ》から神《セオス》の配慮を得て身を守った後、自分たちの安全のために考えをめぐらしたことを、私は承知している。さて神《セオス》の同意にもとづいて成った姻戚関係《アンヒスティア》において私はあなた方と結びついており、[2-66]他方心の関係において、つまりあなた方に対する揺るがぬ愛情において、私はあなた方の血縁者のうちのいかなる者にもひけをとらない、それはすべてを判断される神《セオス》が先刻ご承知のことだ、だから今われわれがしなければならないことは、われわれが一緒になって話し合い、あらゆる方向に吹く風に弄ばれることなく、帝国《ヴァシリア》の問題を適切に処理しながら、確実に歩を進めるために、確固とした、揺らぐことのないわれわれ自身の立場を確保することである。このことは、つぎのようにすればわれわれにとって全く確実なものとなろう、すなわちもし神《セオス》の同意により都《ポリス》があなた方によって奪い取られた暁には、あなた方のうちの一人が皇帝として歓呼された後、あなた方は西方の国事《プラグマタ》を司り、そして私にはアジアの国事を任せるようにすることである、［そしてさらに］この私もあなた方のうちで皇帝歓呼を受けた者と一緒に、諸帝《ヴァシリス》の慣例にしたがって、冠《ステフィフォリン》をかぶり、紫色の衣服を身につけ、皇帝として歓呼されることである、その結果われわれ［二人］の共通の皇帝歓呼《エフフィミア》が行われ、たとえ国土《トピィ》と国事《プラグマタ》がわれわれにおいて分割されてしまっても、［われわれの］考えはまったく同一である。事実このようにすれば、われわれには対立の関係がない以上、帝国《ヴァシリア》の問題は双方によって立派に整えられるであろう」【3】使節《プレスヴィス》たちはこれらの事を伝えたが、その時その場で確かな返事を受けとることはできなかった。翌日［コムニノス家の者たちは］彼らを呼び出し、長時間にわたって話し合った後、メリシノスからの提案は呑めそうでないとの態度を示し、次に彼らの世話を任せている、マンガニスの呼び名をもつエオルイオスを介して、翌日には自分たちにとってよいと思われる考えを知らせることを彼らに伝えた。これらの事が行われている間、攻囲《ポリオルキア》は全くないがしろにされず、小競り合い《アクロヴォリズミィ》で、できる限り都《ポリス》の城壁《ティヒ》への攻撃が試みられていた。翌日［コムニノス家の者たちは］彼らを呼び出し、自分たちにとって良いと思われたことを語った。すなわちメリシノスはケサルの爵位《アクシオマ》[2-67]を授与され、髪飾り《テニア》の紐と歓呼《エフフィミア》、この爵位にふさわしい他の諸特権を享受すること、その上に大殉教者《メガロマルティス》ディミトリオスに捧げられた美しい聖堂《ナオス》が、そこにある尊い棺から溢れでる香油は信心《ピスティス》から近づく者たちに常に偉大な治癒をもたらしているが、建てられているテッタロスの大きな都市《ポリス》[2-68]が彼に与えられることである。**[4]**［使節たちは］これらに不満を覚えた、しかし彼らの述べた抗議が聞き入れられず、しかも反逆者《アポスタティス》［アレクシオス］の都《ポリス》に対する強固な備えと彼［アレクシオス］の指揮下の軍隊《ストラティア》の並はずれた数を実際に見て、また彼らに残された時間が少なくなってきている中で、コムニノス家《コムニニイ》の者たちが都《ポリス》を占領していっそう大胆となって、今しがた約束されたものをも反故にしてまうのではないかと怖れ、これらの約束が赤い《エリスラ》文字《グラマタ》で署名された金印《フリソヴロス》文書《ロゴス》[2-69]を介して、文書の形でしっかりと示されることを要求することにした。今現れたばかりの皇帝《ヴァシレフス》、アレクシオスはこれを承諾し、書記役《イポグラフェフス》としても彼に仕えていたエオルイオス＝マンガニスを即刻に呼び出し、金印文書《フリソヴロン》の作成を彼に命ずる。さてその者は、ある時は日中にくたくたに疲れて夜に文書《グラフィ》［の作成］にかかわることができず、またある時は書き上げた《エグラメナ》文書に夜中に火の粉が落ち灰と化してしまったなど、ある時はこう言い、ある時は別のことを言いながら、三日間ことを引き延ばしてしまった。マンガニスはこれやあれやと口実をこしらえ、まことに［その名にふさわしく］だまし屋《マンガネヴオメノス》[2-70]のように、その時々に別々のやり方で日一日と先延ばししていたのである。**[5]** さてコムニノス家《コムニニイ》の者たちはその地［スヒザ］を出立し、すみやかにアレテと呼ばれる所へ至る。この場所は都《ポリス》に近い位置にあり、平地から立ち上がっていて、下にいてそれを見れば丘のように高く突き出ている、そして四面の一つにおいては海に、他の一つにおいてはビザンティオンに向かって傾斜しており、他の二つは北と西に面し、あらゆる方向から風を受けている、そして常に澄んで美味な水が流れているが、しかし果樹と大樹は全くない。丘は木こりによって禿頭にされてしまったと、あなたは言うだろう。確かにこの場所の快適さと穏和な空気のゆえに、皇帝《アフトクラトル》ロマノス＝ディオエニスはここに短期の閑暇を楽しむため、皇帝たち《ヴァシリス》の満足する立派な邸宅を建てていた。さてそこに到着したその者たち［コムニノス家の者たち］は、攻城具《エレポリス》・戦争用機具《ミハネ》・投石《ペトロヴォラ》機《オルガナ》を用いてでなく、なぜならそれらを準備する時間がなかったので、盾兵《ペルタステ》・弓兵《エキヴォリ》・槍兵《ドリフォリ》・重装騎兵《カタフラクティ》を送り出して城壁《ティヒ》の攻撃にとりかかろうとしていた。

第9章

【1】さてヴォタニアティスはどうかと言えば、コムニノス一族《コムニニィ》の反乱軍《アポスタシア》がきわめて多数で、さまざまの民族の人々から構成され、すでに都《ポリス》の諸門《ピレ》に迫ろうと急いでいることを、他方ニキフォロス＝メリシノスが前者に劣らぬ軍勢《ディナミス》を率いてダマリスに現れ、等しく帝位《ヴァシリア》を得ようと窺っていることを知り、しかしこの際に何をなすべきか分からず、同時に二つの敵と戦うこともできず、若いころはことのほか勇敢であったが、今は高齢のゆえに気力を失い、むしろ極度に怯え、城壁《ティホス》で取り巻かれている限りでやっと息をしているばかりの状態で、心はすでに帝位《ヴァシリア》を辞する方へ傾いていた。そのため確かに［都の住民］すべては当惑と混乱にとらえられ、［都は］どこからでもまったく簡単に占領されてしまうように見えた。【2】しかしコムニノス家《コムニニィ》の者たちにとって都《ポリス》の占領は困難であると見えたので（軍勢《ディナミス》はさまざまの国外《クセニキィ》と国内の兵士たちから構成されており、とくに集団が同質でないところでは、また考えの衝突も生じる）、［皇帝の緋色の］靴《ペディロン》を履いたばかりのアレクシオスは、都《ポリス》の占領の難しさを思い、また兵士たち《ストラティオテェ》への信頼に不安を感じ、ある新しい計画を思いついた、すなわち追従と約束の言葉で城壁《ティヒ》の守備にあたっている者たちの一部を味方に取り込み、密かに彼らの同意を得て都《ポリス》を奪い取ろう。【3】その者は一晩中これらのことに思いをめぐらし、朝になるとただちにケサル［ヨアニス＝ドゥカス］の幕舎《スキニ》を訪れ、そして自分の考えを伝え、同時に自分に同行することを求めた、すなわち城壁《ティヒ》と壁塔《エパルクシス》を偵察し、守備兵たち《フィラトンデス》を詳しく調べ（なぜならその者たちはさまざまに異なる地域の出身者であった）、どのよう

にすれば都《ポリス》を占領することができるかを見定めるためである。その者［ケサル］は耐えがたい思いでその命令を聞いた、なぜならつい最近に修道士の衣服を身につけたが、[2-71] もしそのような身なりで城壁《ティヒ》に近づいていけば、城壁《ティホス》および壁塔《エパルクシス》に立っている者たちから嘲笑の的にされるであろうと思ったのである。事実そのような目にあったのである。なぜなら結局アレクシオスに同行することを強いられたが、城壁《ティヒ》の上から彼を目にした者たちは、たちまちある種の度の過ぎた侮辱の言葉と共に、彼をお父様《アヴァス》[2-72]と呼び、あざけり笑ったのである。その時その者は眉のあたりにしわを集め、心中は穏やかではなかったが、素知らぬふりで当面の問題にすべてを集中させた。堅忍不抜の男は些細な他事にはとらわれることなく、これと決めたことに専心するものである。[4]

さてその者［アレクシオス］は各所の塔《ピルイ》を守備する者たち《フィラトンデス》が何者であるかを問い尋ねる。他方の者［ケサル］は、ここにいるのがいわゆる不死部隊の兵たち《アサナティ》（これはローマ軍《ロマイキィディナミス》のうちで特別の部隊《ストラテヴマ》）、あそこにいるのがスゥリ出身のヴァランギィ[2-73]（私はこの言葉で斧を担いでいる《ペレコフォリィ》蛮族《バルバロイ》をさしている）、さらに別の所にいるのがネミツィ[2-74]（この蛮族の民《バルバリコンエスノス》は久しい以前からローマ人の帝国《ヴァシリア》に勤めている）であるのに気づくと、アレクシオスに向かってヴァランギィにも不死部隊の兵たち《アサナティ》にも手を出さないように忠告して次のように語る。すなわち一方の者たちは皇帝《ヴァシレフス》の同郷人[2-75]であり、当然彼［現皇帝］に対して大きな誠意をもって仕えている、だから説得されて彼に対して何か敵意のある行為に走るどころか、むしろその者のためにはすみやかに自分たちの命を捨てるだろう。肩に剣《クシフィ》を担いでいる者たちは、皇帝《アフトクラトレス》への忠誠《ピスティス》と皇帝の身体警護を、父祖伝来の伝言、いわば預かり物、世襲財産として次々と引き継いできており、彼［現皇帝］に対する忠誠《ピスティス》を揺るぎないものとして守り続け、裏切りの言葉をただ耳にすることだけでもまったく容赦しない。しかしあのネミツィに関して、働きかけてみれば、おそらく的を大きくそらすことはなく、彼らの守る塔《ピルゴス》からうまく進入することができるであろう。[5] アレクシオスはその時それらをあたかも神《シア》の声《オムフィ》であるかのように受け取り、その場でケサルの言葉に従う。そこで彼［アレクシオス］によってネミツィの指導者《イエモン》に送られた者を通じて、城壁の下から注意深く探りを入れることとなった。城壁上の者［ネミツィの指導者］は上から身を乗りだし、多くのことを話し、また聞いた後、都《ポリス》をただちに敵の手に渡すことに同意する。[2-76]［アレクシオスによって派遣された］その兵士《ストラティオティス》はその報せを携え、帰ってきた。アレクシオスの側近の者たちはその報せを聞き、予想外の収穫に有頂天となり、われ先にと意気込んで馬に乗る準備に取りかかったのである。

第10章

【1】これらの動きと同時に、メリシノスの使節たち《プレスヴィス》も約束された金印《フリソヴロス》文書《ロゴス》を求めて激しく迫っていた。マンガニスはその文書をただちに持ってくるよう呼びつけられた。しかしその者は金印《フリソヴロス》文書《ロゴス》はすでに書き上げられていると言い、だがペンと共に皇帝《ヴァシリケ》の署名確認に必要なインク壺《スケヴォス》[2-77]が見あたらないと弁解する、実にこの男はとぼけ屋であり、一方において未来のことをたちまちのうちに予測し、過去の出来事から役に立つことを見つけだし、他方において差し迫った現状を正確に見定め、それを自分の望む方向へ巧みに向け、その気さえあればそれだけで問題の事態を覆い隠してしまうことに真に長けていた。事実マンガニスはメリシノスの期待を宙ぶらりんの状態にしておこうとして、金印文書《フリソヴロン》の作成を引き延ばしていたのである。なぜならもし与えるべき時期よりも早くに金印文書《フリソヴロン》がメリシノスのもとに送付されれば、その者はケサルの爵位《アクシア》をはねつけ、ケサル［の爵位］を送り返す一方、コムニノス家の者たち《コムニニィ》に向かってはっきりと指摘していたように、どうしてでも帝位《ヴァシリア》を得ることに執着し、ますます大胆な振る舞いにでるであろうことを、その者［マンガニス］は怖れていたのである。ケサル授与の金印《フリソヴロス》文書《ロゴス》の延期について、マンガニスのとった方法《テフニィ》と術策《マンガネヴマ》はそのようなものであった。【2】［使節たちへの対応が］そのようになされ、そして都《ポリス》への突入が迫っていた時、使節たち《プレスヴィス》は策謀に気づき、これまで以上に激しく金印《フリソヴロス》文書《ロゴス》を与えるよう迫った。そこでコムニノス家の者たち《コムニニィ》は彼らに向

かって次のように言ってのける。「すでに都《ポリス》はわれわれの手中にあるも同然であり、神《セオス》の助けを受けてこれからそれを確保することにとりかかる、だからあなた方は退出し、これらの情況をあなた方の支配者《デスポティス》、主人《キリオス》に知らせ、さらにこのこともつけ加えよ、すなわちもしわれわれの期待通りにことが進み、そしてあなたがわれわれのもとへ来るなら、すべては流れに乗ってわれわれにとってもあなたにとっても望むべき方向へ導かれよう」使節《プレスヴィス》たちに対してはそのように対応された。そこでただちに［コムニノス家の者たちは］エオルイオス＝パレオロゴスをネミツィの指導者《イエモン》イルプラクトスへ[2-78]送り出した、それはイルプラクトスの考えを確かめるためであった。つまりそこでもし彼の言った約束に従ってコムニノス家の者たち《コムニニィ》を進んで受け入れる用意があることを見定めれば、その者［パレオロゴス］はすでに前もって彼に指示された合図《シンシマ》を行い、そして正しくその合図を目にして彼ら自身［コムニノス家の者たち］は突入すべく［城門に向かって］急ぐが、他方［パレオロゴス］自身はより早く塔《ピルゴス》に登り、彼らのために密かに城門《ピレ》を開くという段取りである。その者［パレオロゴス］はイルプラクトスへの使命をことのほか熱心に引き受けた、なぜならこの男はこと軍事行動と諸都市《ポリス》の破壊に関してはことのほか熱心であり、あなたもきっと、ホメロスがアレスについて言った呼び名、都市を屠る者《ティヘシプリティス》[2-79]をも彼にもそっくりそのまま献呈するだろう。コムニノス家の者たち《コムニニィ》は自ら武装し、経験による完全な知識にもとづき全軍《オプリティコン》を整列させると、戦闘部隊《イラドン》ごとに都《ポリス》に向かってゆっくりした足取りで進んでいった。**［3］** さてエオルイオス＝パレオロゴスは夕方に城壁《ティホス》に近づき、イルプラクトスから合言葉《シンシマ》を受けとると、配下の者たちと一緒に塔《ピルゴス》に登る。他方アレクシオスの軍勢はその間に城壁《ティヒ》近くに達し、防柵《ハラクス》の陣地を設営し、これ見よがしに野営する。そしてその夜の短時間をそこで過ごし、それから彼ら自身［コムニノス家の者たち］は精鋭の騎兵《イピス》と軍《ストラティア》の最強部分とともに戦列《ファランクス》の中央に構え、軽装の歩兵《プシロン》隊を整列させると、ゆっくりと前進し、夜明けと同時に全体は城壁《ティヒ》の前に勢揃いする。城内の者を怖がらせるために、戦闘態勢をとり、すべてが武具を身につけていた。パレオロゴスが［塔の］上から合図《シンシマ》を彼らに送り、城門《ピレ》を開けると、兵士たちは入り乱れて、軍事上《ストラティオティキ》の規律《エフタクシア》を無視し、各人がてんでばらばらに、盾《アスピデス》を、弓《トクサ》を、槍《ドラタ》を携え、なだれこんでいった。[2-80]【4】その日は、六五八九年四月、第四エピネミシス［インディクティオン］、私たちが神秘の子羊を捧げそのご馳走にあずかる聖木曜日であった。[2-81]そのようにして、国外《クセニキィ》のおよび国内《エンゴリィ》の軍勢《ディナミス》から、私たちの土地および周辺《パラケイメナ》の諸地方《ホレ》の人々から構成されていた全軍《ストラトペドン》はごく短時間のうちにハルシオス門《ピリ》から［市内に］突入した。[2-82]それらの兵士たちは、都《ポリス》が以前から陸と海から常に補給されるあらゆる種類の物資で満ちあふれていることを知っていたので、至る所、大通り《レオフォリィ》へ、三叉路へ、街路へ散らばり、家屋も教会《エクリシエ》も、入ることのできない至聖所《イエラ アディタ》さえもまったく容赦せず、それらから多数の略奪品《リア》をかき集め、さすが殺人だけは控えたが、[2-83]それ以外はいかようにも大胆に、また恥知らずに振る舞った。確かに最悪の事態は、私たちの土地の者たち《アフトフソネス》がそのような行為を控えようとせず、いわば自分自身を忘れ、自分たちのいつもの品性を悪いものに取りかえ、自分たち自身も平然とあたかも蛮族《バルバロイ》であるかのように行動したことである。

第11章

【1】皇帝《ヴァシレフス》ニキフォロス［ヴォタニアティス］は、これらの情況から、すなわち西では都《ポリス》が攻囲され、東ではニキフォロス＝メリシノスがすでにダマリスに陣を張っている事態から自分の立場が動きのとれない苦境に陥っていることを知って、なす術がなく、これまで以上に最高位から身を引いてメリシノスに譲る考えに強く傾いていた。しかし都《ポリス》の中はすでにコムニノス一族《コムニニィ》に握られていたので、彼のことのほか信頼できる従者《セラポンデス》の一人を呼び出し、艦隊《ストロス》[2-84]を使ってメリシノスを宮殿《ヴァシリア》［大宮殿］[2-85]に連れてくるように指示することに取りかかった、そしてこの上なく好戦的な戦士である一人のスパサリオス[2-86]もその者に同行することになった。【2】しかしその命令が実行に移される前に都《ポリス》は奪われてしまった、さてその時パレオロゴス［エオルイオス］はたたま

彼の家来の一人を連れて徒歩で［金角湾の］海岸に向かって下っていた。一隻の小さな船《アカティオン》を見つけると、ただちに乗り込み、艦隊《ストロス》がいつも停泊している場所へ[2-87]船《スカフォス》を進めるよう、漕ぎ手たちに指示する。対岸に近づき、少し離れた距離から目にしたのは、まずヴォタニアティスから派遣され、メリシノスを渡海させるための艦隊《ストロス》を準備している者と、すでに戦《ポレミケ》艦《ニエス》の一隻に乗りこんでいるスパサリオスであった。［パレオロゴスは］その最後の者［スパサリオス］を離れた地点から確認すると、その者とは久しい以前から親交関係にあったが、岸にそって進み、彼に向かって呼びかけ、いつもするように、どこから来てどこへ行くのかと問い尋ねる、そして自分を相手の船に乗せてくれるように求める。しかしスパサリオスはその者が剣を手にし盾《アスピス》を携えているのを見て怯え、彼に向かって「そのように完全武装しているあなたを見なければ、喜んで迎え入れるのだが」と言う。そこでその者はそちらの船に自分を乗せてくれる気さえあれば、もちろん進んで盾《アスピス》・剣《アキナキス》・兜《コリス》を外すと断言した。【3】スパサリオスはその者が武具《オプラ》を取り外すのを見ると、ただちにその者を自分の船《プリオン》に乗りこませ、それから彼を抱き寄せ、たいそう嬉しそうに抱擁をつづけた。しかしパレオロゴスは大胆不敵な男であったので、一時も無駄にせず仕事にとりかかる。船首へ突き進むと、漕ぎ手に向かってこう問いかけ始めた、「何をしようとしているのか、どこへ行くつもりか、自分たちの身に最悪の事態を引き起こすことを始めようとしている。見られる通り、都《ポリス》は奪い取られた。以前メガス＝ドメスティコスであった者が皇帝《ヴァシレフス》として宣言されている。あの武装している者たちをよく見よ、あの皇帝歓呼《エフフィミア》をよく聞け。もはや他の者に宮殿《ヴァシリア》［大宮殿］にとどまる場所はない。確かにヴォタニアティスの軍隊《ストラティア》は大きい、しかしわれわれのそれは何倍も勝っている。だから自分たち自身の命と妻や子供たちを見捨てるようなことはしてはならない、都《ポリス》の情況をよく見回し、その中にいる全軍《オプリティコン》と軍旗《シメエ》を眺め、鳴り響く歓呼《エフフィミア》の声に耳を傾けよ、以前メガス＝ドメスティコスであった者が皇帝《ヴァシレフス》として宮殿《ヴァシリア》［大宮殿］に向かって進み、すでに皇帝《アフトクラトル》権力《アルヒィ》［の標章］を身に帯びようとしている、さあ船首を回せ、あの者たち［コムニノス一族］が決定的な勝利を摑んだからには、あの者［アレクシオス］に合流せよ」【4】すべての者はただちに彼の言葉に従い、彼の考えに与する。しかしスパサリオスは怒りを顕わにしたので、この勇敢な剣士のエオルイオス＝パレオロゴスは、縛って甲板のどこかに転ばすぞ、あるいは海の底へ投げ込むぞと言ってその者を脅した。さてパレオロゴスは間をおかず皇帝歓呼《エフフィミア》を始め、そして漕ぎ手たちも彼に続いて歓呼した。怒り続け、歓呼しようとしなかったスパサリオスについては、［パレオロゴスは］その者を縛って船倉に入れてしまった。【5】［パレオロゴスは］少し船を進めてから、再び剣《アキナキス》と盾《アスピス》を身に帯び、そうしてから船を艦隊《ストロス》が停泊している所へ近づけ、すぐに全員による皇帝歓呼《エフフィミア》を行うことに取りかかった。その時［パレオロゴスは］、艦隊《ストロス》を引き受け、メリシノスをこちらへ渡らせるべくヴォタニアティスによって派遣されていた者に偶然に出くわし、ただちにその者を捕らえた、それから船乗り《ナフティキ》たちに艫綱を解くよう命ずることに取りかかる。事実艦隊《ストロス》と一緒にそこを出発し、歓呼《エフフィミア》の声を鳴り響かせながら、アクロポリス［の海岸］[2-88]に到着する。［パレオロゴスは］その場所で、漕ぎ手たちに漕ぐのを止め、そこでじっと待機し、東方から海を渡ってこようとする者は誰であれ阻止するよう命じる。【6】それから少し後、［パレオロゴスは］大《メガ》宮殿《パラティオン》の方向に向かって進んで行く一隻の船《プリオン》を目にすると、自分の船《プリオン》の漕ぎ手たちに力一杯漕ぐように命じ、その船に追いつく。船上に彼自身の父[2-89]がいるのを見て、その者はただちに姿勢をただし、両親に対して誰もがするように崇敬《プロスキニィシィ》の態度を示した。しかし相手はとても喜んで彼を眺めることも、またイタケのオデュッセウスがテレマコスを見た時のように、彼を甘美な光[2-90]とも呼ばなかった。事実そこには饗宴・求婚者たち・競技・弦と弓、勝利者への賞品としてあの貞節なペネロペもいなかった。しかもテレマコスは敵ではなく、父を助ける息子として登場した。しかしここには戦闘《マヒ》と戦争《ポレモス》があり、登場する二人はその考えにおいて互いに対立する者たちであった。彼らの考えはまだ行動においてはっきりと示されていなかったけれども、互いに相手の気持ちをよく知っていた。そこで一方の者［父］は相手を流し目に見て、愚か者呼ばわりしてから、「何をしにここに来ているのか」と問い尋ねた。相手は「私に問い尋ねる者があなたでは、何も言うことはない」と応え、それに対して[2-91]［父は］「しばらくしたいようにしておれ、皇帝《ヴァシレフス》が私の言葉に耳を貸すなら、お前はすぐに［どういうことになるか］知るだろう」と切り返す。

【7】そこでニキフォロス＝パレオロゴスと呼ばれたその者はすぐに宮殿《アナクトラ》［大宮殿］[2-92]へ行った、そしてその時［反乱軍の］すべての兵士が分散し、財貨《フリマタ》を集めることに夢中になっているのを知り、彼らを容易くうち負かすことができると考え、ヴァタニアティスにスゥリ島出身の蛮族《バルバロイ》[2-93]を自分に指揮させるように要求した、彼らを使ってコムニノス一族《コムニニィ》を都《ポリス》から追い出すためである。しかし自分のことを全く諦めていたヴァタニアティスは、身内同士《エムフィリオス》の戦い《ポレモス》になることを望んでいない態度を示した。そして、「ニキフォロスよ、納得して私の意に従ってくれるのなら、コムニノス一族《コムニニィ》がすでに都《ポリス》の中にいるのだから、ここを立ち去り、和平《イリニ》に関して使節として彼らのもとへ行ってくれ」と言った。そこでその者は耐えがたい思いであったが、それでも［彼らのもとへ行くべく］立ち去ることになった。

第12章

【1】さてすでに都の中に入ったコムニノス一族はすでに［勝利を］確信し、シケオティスの異名をもつ大殉教者《メガロマルティス》エオルイオスの［修道院の位置する］野原[2-94]でとどまり、そこでまず彼らの母たち[2-95]のもとに行き、慣例に従いいつもの崇敬《プロスキニィシィ》の挨拶を行い、それから宮殿《ヴァシリア》［大宮殿］に向かうべきかどうか思案していた、他方このことを知ったケサル［ヨアニス＝ドゥカス］は彼の従者《セラポンデス》の一人を送り、危険が迫ると脅し、彼らの悠長な動きを厳しく叱責した。そこで一行は急いで出発し、イヴィリツィスの屋敷[2-96]あたりにやって来た時、ニキフォロス＝パレオロゴスが彼らのもとにたどり着き、次のように告げる。【2】「皇帝《ヴァシレフス》はあなた方にこのように言っておられる。私はすでに老人で独り身であり、子供も兄弟も一人の親しい者もいない、そしてもしあなたが望ま

れるなら」と、新しい皇帝《ヴァシレフス》アレクシオスに向かって続けて語るには、「私の養子になってほしい。私に関しては、あなたが共に戦った者たちそれぞれに惜しみなく与えたものを奪うことはしないし、またあなたと皇帝《ヴァシリキ》の権力《エクスゥシア》を共有することもしない、ただ皇帝《ヴァシリア》と呼ばれ、皇帝歓呼《エフフィミア》[2-97]を受け、赤色の靴《ペディラ》を履き、宮殿《アナクトラ》［大宮殿］で暮らすこと、ただそれだけでいい。帝国《ヴァシリア》の舵取り《ディイキシス》は一切あなたにかかわることである」【3】これらの伝言に対して、コムニノス家の者たち《コムニニィ》は同意を思わせるような言葉を与えた。そのことを聞き知ったケサルは、脅しの言葉で彼らに至急宮殿《ヴァシリア》［大宮殿］へ向かうようせき立てるため、彼らのもとへ急いだ。さて［ケサルが］右手から宮殿の中庭へ入ろうとしていた時、そこ［中庭］を出てきたコムニノス家の者たち《コムニニィ》は徒歩で歩いてくる彼［ケサル］に出会う。そこでその者［ケサル］は彼らを激しく咎めた。そしてその者［ケサル］が中に入ろうとする時、再びニキフォロス＝パレオロゴスも左手から出てくる[2-98]のに気づくと、その者を凝視し、「なぜここにいるのか、縁者よ、[2-99]何をしようとしてここに来ているのか」と、彼に向かって言葉を発する。相手はそれに応えて言うには「もちろん、何かをしでかすためにここにきたのではない、ただ先ほどと同じ皇帝《アフトクラトル》からの伝言をコムニノス家の者たち《コムニニィ》に渡そうとここに来ている。なぜなら皇帝《ヴァシレフス》は与えた約束を守り、アレクシオスを息子にすることを確約しようとしている、もっともアレクシオスに関してはその者が皇帝権力《アフトクラトルアルヒィ》を掌握し、帝国《ヴァシリア》を彼の思い通りに統治し、あの者［ヴォタニアティス］についてはただ皇帝《ヴァシリア》の名称と赤色の靴《ペディラ》と赤紫色の衣服に共にあずかり、すでに老人であるので宮殿《ヴァシリア》で安らかに過ごすことだけを望んでいる」しかしその者［ケサル］は激しい表情で彼を睨みつけ、眉を寄せて、つぎのように言い放つ、「立ち去って、皇帝《ヴァシレフス》にこう伝えよ、これらのやりとりは都《ポリス》が奪われる前であればまさしく時宜を得たものであったろう。しかしいまや使者《プレスヴィア》を介して交渉する余地はまったくない。すでに老人であるというのなら、帝座《ソロノス》から身を引き、自身の救済[2-100]について心されよ」【4】ケサルの対応はそのようなものであった。あのヴォリロスはどうかといえば、彼ら［コムニノス一族］の［都への］突入と、彼らの指揮下の軍隊《ストラトス》が方々へ散らばり、略奪《リア》にかかり切り、すべてが略奪品《ラフィラ》を集めることに没頭していることを知り（その者たち［コムニノス兄弟］は血縁と姻戚関係《アンヒスティア》において彼らと結びついている者たち、それにほどほどの数の外国人兵士《オスニィイ》と共に後に残された状態であった）、軍隊《ストラトス》の分散の状態から彼らを容易く打ち破ることができると見て、彼らに立ち向かおうと決心した。そこで肩に剣《クシフィ》を吊しているあの者たち［ヴァランギィ］すべてと、できる限り多数のホマ出身の兵士を一つに集め、彼らを鼓舞し、コンスタンティヌスの広場《フォロン》からミリオン[2-101]まで、更にその先までにわたって、完璧な隊形で配置させ、戦列を敷いた。これらの者たちは互いに盾と盾とを近づけ密集隊形を組み、戦闘に備え、時が来るまでじっと動かないで待機することとなった。【5】ところでその時期総主教《パトリアルヒス》の職にあった人[2-102]は真に聖　人《イエロプレピス》のようで、財産を有さず、砂漠や山々を住処とした昔の修道士《パテレス》のように、あらゆる形態の苦行をやり抜き、また神《シオン》の恩寵により予言《プロオラティコン》の力を与えられ、しばしば多くのことを予言し、決して間違えることがなかった、それゆえ後世の人々にとって徳の基準《カノン》であり模範でもあった、そしてまたヴォタニアティスの身に降りかかることについても完全に気づいていたように思える。だから、あるいは神的《シア》な霊感《エピファニア》によるにせよ、あるいはその高徳のゆえに彼とは古くから友誼の仲であったケサルの指示によったにせよ（なぜならそのようなことも口の端に上っていた）、その者はつぎのように言って、皇　帝《ヴァシレフス》に帝《ヴァシリオス》　座《ソロノス》から身を引くように勧めつづけたのである、すなわち「内《エムフィリィ》　乱《ポレミィ》に突き進んではいけない、神《セオス》の命令に逆らってはいけない。キリスト教徒の血で都《ポリス》を汚すようなことをしてはいけない、神《セオス》の御心に身をゆだね、世間から遠ざかりなさい」【6】高　僧《アルヒエレフス》の言葉に皇　帝《ヴァシレフス》は納得する。その者［皇帝］は軍　隊《ストラトス》の無礼なふるまいを怖れ、衣服を身にまとうと、いつもの通路を使わずに［遠回りして］、神《セオス》の大教会《エクリシア》[2-103]へ下りて行く。気が動転していて、その者はまだ皇帝《ヴァシリス》たちのまとう衣服を身につけたままでいた。そこでヴォリロスは彼の方へふり向き、真珠［のブローチ］で彼の腕にくくりつけられている飾り布《ペプラ》に手をかけ、軽蔑の表情を浮かべ、いつものようにせせら笑いながら、「このようなものは正直言って今やわれわれにふさわしい」と言い放ち、すぐさま衣服からその飾り布を奪い取る。その者は神《ソフィア》　智《トゥ セウ》の、神《セオス》の大《メガス》聖堂《ナオス》の中へ進み、まずその中にとどまり、その時が来るまで辛抱強く待ちつづけることとなった。

第Ⅲ巻

第1章

【1】コムニノス家《コムニニィ》の男たちは宮殿《ヴァシリア》［大宮殿］を掌握するや、即座に彼らの姪の夫、後にロゴセティス＝トン＝セクレトンの職についたミハイル[3-1]を彼［ヴォタニアティス］のもとへ送る。その者は、その時の都長官《エパルホス》（この者はラディノスである）と共に出発し、皇帝《ヴァシレフス》を小さな帆船《アカティオン》に乗せ、著名なペリヴレプトス修道院《モニィ》へ向かう。次に二人は一緒になって、修道士の衣服を彼に着せようとする。しかしその者は翌日に延ばそうとしたので、二人は、なお市中が混乱と無秩序の状態であることから、あの奴隷たち《ドゥリ》［ヴォリロスとエルマノス］とホマ出身の兵士の側から再び反乱が起こされるのを怖れ、彼に髪の毛を切ることを強くせまり、同意させようとした。ついに彼らによって説得させられ、ただちにその者は天使《アンゲリコン》の衣服[3-2]を身につけることを決心する。運命の女神《ティヒ》の仕打ちはそのようなものである。［女神が］一人の男に微笑みかけようとすれば、その者は高く持ち上げられ、皇帝《ディアディマ》の冠《ヴァシリコン》を頭にかぶせられ、赤色の靴《ペディラ》を履かせられる、しかし眉を寄せると、赤紫色の衣服と冠《ステマタ》の代わりに、襤褸《ぼろ》の墨染めを着せられる。まさにこのことが皇帝《ヴァシレフス》ヴォタニアティスの身にも生じたのである。ある日、親交のあった一人から境遇の変化になんとか耐えられているかと問われた時、その者は「ただ肉を絶つことが苦しい、その他のことはあまり心配ない」と応えた。【2】確かに皇后《ヴァシリス》マリアは先の皇帝であったミハイル＝ドゥカスとの間にもうけた息子コンスタンディノスと一緒に、まだ宮殿《ヴァシリア》［大宮殿］にとどまっていた、実

は詩の一節にあるようなブロンドのメネラオスの身をとても気遣っていた[3-3]のであり、そして［宮殿に］とどまり続けたことについては、妬みに駆り立てられた一部の人々は他に別の動機[3-4]があるのではないかと疑っていたけれども、彼女には親族関係という非難の余地のない理由があった。なぜならすでに［コムニノス家の］一人を従姉妹の夫とし、次に他の一人を自分の養子として迎え入れていた。[3-5] しかし彼女にそのようなふるまいを取らせた［本当の］原因は、多くの者たちによって非難されたある事情でも、あの者たち［コムニノス兄弟］の誘いや好意でもなく、血縁者も親しい者も、同国人の誰一人ももたず、異国の地《アロトリア》にあるということである。だから安全のなんらかの確実な保証を受けとる前にそこから出ていけば、自分の子供の身に何か禍が生じるのではないか、実際皇帝《ヴァシリス》が入れかわる時にはそういうことがよく起こるものであるが、そのことを怖れて、軽率に［宮殿から］退きたくはなかったのである。【3】この子供については、この上なく可愛く、まだ幼くて七歳をこえていなかった、さて事の自然な成り行き上、私の身内を誉めることになるが、それは責められることではない《ウネメシス》[3-6]だろう。［その子供の］口にする言葉が心地よいだけでなく、遊び戯れる際のさまざまの仕草や走り回る様子の愛らしさは、その場に居合わせた者たちが後年に言ったように、他に比べるものがなかった、そして髪の毛はブロンド、肌はミルクのように白く、頬は今開いたばかりのバラのように真っ赤に紅潮させていた。瞳は明るい色でなく、鷹のそれであり、金の指輪の玉受けの中にあるように、眉の下できらきらしていた。そのさまざまな魅力により、見る者を楽しませ、実に天上の、地上のものでない完璧な美しさをもつように見えた、確かに目にした者は誰でもいわば画家の手になる愛の神《エロス》であると言ったであろう。【4】この［子供の］件が皇后《ヴァシリス》を宮殿《ヴァシリア》［大宮殿］にとどまらせた正しく真の原因であった。とりわけ私の本性上、顔をそむけたくなるのは噂を捏造したり、新奇な話をでっち上げることである、しかし多くの人々において、とりわけ心を妬みと悪意によってとらえられた時には、そのようなことが常に行われることは私のよく承知していることであり、もちろん私はそのような多数の者たちによる中傷に早々と飛びつくものでもない。その上他の出所からも私はその件について確信を得ている、なぜなら私は幼いころから、まだ八歳にもならなかったが、皇后《ヴァシリス》と一緒に住んでいた[3-7]のである。［皇后は］私をたいへん可愛がり、すべての秘密を私にうち明けていた。また一方では他の多くの人々がその件についていろいろ言っているのを聞いている、つまりその者たちはそれぞれ意見を異にし、各自が自身の心の状態、つまり各自の彼女に抱いていた善意あるいは敵意に従って、[3-8]その時の出来事をあれこれと解釈していたのである、事実私はすべての者が決して同じ意見でなかったことを知っていた。他方では彼女自身も自分自身に降りかかったことすべてを、そしてむしろ皇帝《ヴァシレフス》ニキフォロス［ヴォタニアティス］が帝座《ヴァシリア》を去ろうとした時に、子供の身に関して彼女を襲った激しい不安について、しばしば事細かに語るのを私は聞いたことがある。私の判断では、そしてまた真実を重んずるきわめて優れた多くの人々の意見では、あの時期、しばらくの間、彼女を宮殿《ヴァシリア》［大宮殿］にとどまらせたのは、まさしく子供への熱い思いであった。【5】皇后《ヴァシリス》マリアについてはこれぐらいにしておこう。他方その間に私の父、アレクシオスはまず帝笏《スキプトラ》を握り、それから宮殿《ヴァシリア》［大宮殿］を掌握した後、当時十五歳の彼の妻を、彼女の姉妹と母、そして彼女の父方の祖父ケサルを伴わせて、[3-9]その場所の位置から下《カト》の宮殿《パラティオン》[3-10]と呼ばれていた所に残し、彼自身は兄弟姉妹と母、それに親戚関係《アンヒスティア》において彼と結びついている男たちと共に、つぎの理由からヴコレオンと呼ばれている上《イペルキメノン》の宮殿《パラティオン》[3-11]に移る。昔、その宮殿の城壁《ティヒ》近くにモルタルや大理石で港が建設され、そしてそこに牛を捕らえている石像のライオンが置かれている。そのライオンは牛の角を抑え、その頸をねじ曲げ、喉に食らいついている。確かにこの［ライオンと牛の］石像から、その場所全体が、陸地の建物も、港《リミン》自体もヴコレオン[3-12]と呼ばれている。

第2章

【1】上で語られたように多くの者は皇后《ヴァシリス》［マリア］が宮殿《ヴァシリア》［大宮殿］にとどまっていることを怪しみ、今し

がた帝権《ヴァシリア》を握ったばかりの者が彼女と結婚《キドス》しようとしていると囁いていたのである。しかしドゥカス家の者たちはそのようなことは思いもつかなかった（なぜならそのようなでたらめな考えに加担する者たちではなかった）、だがコムニノス《コムニニィ》家の母が躊躇することなく古くから遺恨の怒り[3-13]を彼らに向けているのを知っていたので、事実私もしばしばその者たち［ドゥカス家の者たち］がそのことについて話しているのを聞いていたが、彼女に警戒心を抱き、とても怯えていた。そしてまたこのようなこともあった、エオルイオス＝パレオロゴスが艦隊《ストロス》と共に到着した後、皇帝歓呼《エフフィミア》を始めた時、コムニノス《コムニニィ》一族側の者たちは城壁の上から身を乗りだし、イリニの名をアレクシオスと結びつけて一緒に歓呼《エフフィミン》しないように沈黙させようとした。しかしその者は怒りを顕わにし、「あのような大きな危険に取り組んだのはお前たちのためではなく、お前たちの言っているイリニのためである」と、下から彼らに向かって言い放った。そして同時に船乗り《ナフティキィ》たちにもアレクシオスと共にイリニの名を大声で叫ぶよう指示した。これらのことはドゥカス家の面々の心に大きな不安を投げ込むと共に、傷・汚点を探し出そうとしている者たちに皇后《ヴァシリス》マリアに対する誹謗中傷の材料を提供することになった。【2】皇帝《ヴァシレフス》アレクシオスには毛頭そのような考えは心になく（どうしてそのようなことを考えることができたであろう）、ローマ人の舵柄《イエモニア》を握るや、すべてにおいて活動的な男であったので、ただちにあらゆる問題に取り組み、権力の中枢にあってすべてのことを率先して指揮する。事実陽が昇ると同時に、宮殿《ヴァシリア》［大宮殿］へ入り、戦塵を洗い落とし身体を休ませることもせず、軍事問題《ストラティオティカ》の考察に全身全霊で打ち込む。その者は、父のように尊敬していた兄弟イサアキオスを［民事軍事の］全般において、そしてもちろん母を一般行政の運営において彼の協力者とした、もっとも彼女［母］[3-14]についてはその大きな知性と実行力をもってすれば、単に一つの帝国《ヴァシリア》といわず、種類を異にする幾つもの帝国の運営も十分可能であった。しかし彼自身はまず急を要する問題に関心を集中させた、すなわち多数《ストラティオティコン》の兵士《プリソス》がビザンティオン内に散らばり、同時に放埒な行動に身をゆだねており、どうすれば彼らを不法な行動に走らせずに彼らの混乱状態を押しとどめ、他方どうすれば今後における［都の］住民《キノン》の安全を確保できるか、その日の残りと一晩を通してその問題の検討に費やした。なぜならとりわけ兵士《ストラティオテェ》たちの向こう見ずな行動を怖れ、そしてさまざまの所から集められているというまさにそのことから、自分に対してさえよからぬことを考えているのではないかと不安な気持ちを抱いていた。【3】他方ケサルのヨアニス＝ドゥカスは、一般の多くの人々から間違った疑いを取り除くために、できるだけすみやかに皇后《ヴァシリス》マリアを遠ざけ、彼女を宮殿《ヴァシリア》［大宮殿］から追い払おうと考えていたが、そのためまず総主教《パトリアルヒス》コスマスをあらゆる手段を用いて自分の意に従わせようとした、つまり自分たち［ドゥカス家］の立場を重んじ、コムニノス一族《コムニニイ》の母の言葉には決して従わないことを頼んだのであり、つぎに皇后《ヴァシリス》マリアには皇帝《アフトクラトル》から彼女自身と子供の安全を保証する文書《エングラフォン》[3-15]を要求し、それからそこ［大宮殿］から引き下がるよう巧みに指示したのである、実際その者［ケサル］はこのためにいわばパトロクロスを口実《プロファシス》[3-16]に使ったのであった。実はその者はすでに彼女を掌中にしていた、なぜなら皇帝《ヴァシレフス》ミハイルが帝位《ヴァシリア》から退いた時、彼の帝位後継者のニキフォロス＝ヴォタニアティスにあの者［マリア］は異国の出身で、皇帝《ヴァシレフス》を悩ますような類縁の群がそばにいないこと、また家柄のよさと身体の美しさを語り、さらに彼女のことを大いに、そしてしばしば讃美して、彼女と結婚する[3-17]ように勧めたのである。【4】実際彼女の背丈はまったく糸杉のようにすんなりと高く、肌は雪のように白く、面立ちは形よい丸形で、顔色はまったく春の花、バラのようであった。瞳の輝きは、人間であるものが一体言葉で表現できるだろうか。赤みがかった眉毛は淡青色の瞳の上で際だっている。画家の手はこれまで常に季節ごとに咲きでるすべての花の色をしばしば写しとってきたが、しかし皇后《ヴァシリス》の美しさ、彼女から輝き出る優雅さ、品性のかもし出す魅惑と優美さはいかなる言葉《ロゴス》と技《テフニィ》をもってしてもかなうものではないように見えた。アペレスもフィディアスも彫刻家の誰一人もこれまでそのような彫像は制作しなかった。ゴルゴの頭はそれを見たものを石に変えたと言われているが、彼女の歩く姿を見た者、あるいは突然彼女に出会った者は、その瞬間に魂と感覚を奪われたように、たまたまその時の同じ姿勢で、茫然自失し声のでないまま立ちつくしてしまうのであった。事実四肢と身体各部の調和、全体の各部に対する、各部の全体に対するみごとな釣り合い、いまだ人間のうちでそのような調和を見た者はいなかった。まさしく命ある影像、美を愛する者たちの眼には喜びの存在。いわばこの地上に降り立った、まさしく愛《ヒメロス》の化身《ソマトシス》であった。【5】実際ケサルはこれらの言葉をうまく使って皇帝《ヴァシレフス》の心を和やかにし、自分の思い通りにしようとしたのである、もっとも当時多くの者は［先の］皇后《ヴァシリス》エヴドキア[3-18]と結婚するように彼［ヴォタニアティス］に勧めていた、事実ある者たちは、彼女［エヴドキア］について、その者はもう一度皇后《ヴァシリア》になることを望み、ヴォタニアティスが急いで皇帝の高み《ヴァシリオスペリオピィ》に登ろうとしてちょうどダマリスに到着した時に、彼に手紙《グラマタ》を送り口説こうとしたと囁いていた。また他の者たちは、それは彼女自身のためにしたことではなく、自分の娘、緋の産室生まれ《ポルフィロエニトス》のゾイのためであったと呟いていた。とにかくもし彼女の従者《セラポンデス》の一人、宦官《エクトミアス》のレオン＝キドニアティスが彼女に多くの時宜を得た言葉をかけ、彼女を激しい望みから遠ざけなかったなら、おそらく心に期した熱い望みを達成していたであろう、もっとも私はもともと中傷することに背を向ける存在であるので、それらについて詳細に語ることはできない、それらについてはそのようなことを扱う物語作者《ロゴピィ》にいっさい任せることにしよう。【6】もちろんケサルのヨアニスはあらゆる手段を使って彼［ヴォタニアティス］に食いつき、以前に本書《ロゴス》ではっきりと述べられたように[3-19]、皇后《ヴァシリス》マリアと結婚するよう説得し、ついに当初の計画を達成した、だからそれ以来彼女に対しては気兼ねせず自由にものを言うことができるようになった。しかし事を実現し終えるには数日を要した、なぜならコムニノス家の者たちがこぞってその者［マリア］が宮殿《ヴァシリア》［大宮殿］から去ることを望まなかったからである、その理由は、彼女の皇后《ヴァシリア》であった時期すべてにわたって、彼女から多くの恩恵を受けていたこと、さらにそれに劣らず、兄弟二人ともたまたま彼女と親族関係にあることからくる彼女との親密な絆《シニシア》であった、だからその間［その者が宮殿にとどまっている間］に、それぞれ異なるさまざまの思惑をもつ噂がつぎつぎと流れつづけた、なぜなら各人それぞれが彼女に対して抱いている好き嫌いの感情にしたがって、ある者たちは出来事をこういう風に、また他の者はそれとは異なる風に理解したからである、実に出来事があるがままにおいてでなく、偏見から判断されるのは世の習いである。この間にアレクシオス一人だけが総主教《アルヒエレフス》のコスマスの右手によって戴冠される。[3-20] 尊厳さに満ちたこの尊い《イエロプレピス》男が［総主教に］選ばれたのは、皇帝《アフトクラトル》コンスタンディノスの息子、ミハイル＝ドゥカスの治世《ヴァシリア》第四年、第十三エピネミシス［インディクティオン］、八月二日[3-21]に死去した、いと聖なる総主教《パトリアルヒス》ヨアニス＝クシフィリノスの後においてであった。

【7】 しかし皇后《ヴァシリス》［イリニ］がまだ皇后の冠《ヴァシリキテェニア》を与えられていないことは、これまで以上にドゥカス家《ドゥケェ》の者たちを怯えさせた。それでもそれらの者たちは皇后《ヴァシリス》イリニも冠《ステフォス》を与えられるよう抗議をつづけた。ところで名をエフストラティオスといい、ガリダスという綽名をもつ一人の修道士《モナホス》が神《セオス》の大《メガリ》教会《エクリシア》の近くに住居を構え、高徳の士を気取っていた。その者は以前からしばしばコムニノス家《コムニィ》の母［アンナ＝ダラシニ］のもとにやって来ては、帝権《ヴァシリア》について予言していた。［コムニノス家の母は］ことのほか修道士好みであったが、そのような予言でおだてられ、その者への信頼《ピスティス》を日ごとに大きくし、ついにその者を大都《メガロポリス》の総主教《アルヒエラティコス》の座《スロノス》に据えることを熱望するまでになった。そして時の総主教《アルヒエレフス》の愚鈍と行動力の欠如をあしざまに言い、幾人かの者を説得し、その者たちを使って、外面は彼への勧告の形で、そうすることが彼［総主教］のためであると忠告してその者に退位の考えを引き起こさせようとした。しかしその聖者《イエロス》にはそれがまさに口実であると見抜かれていた。しかし最後にはその者は自分《イディア》自身の名《クリシス》[3-22]にかけて誓い、彼らに向かって「もしイリニが私の両手から冠《ステフォス》を受けることがなければ、コスマスにかけて総主教《アルヒエラティコス》の座《スロノス》から引くことはない」と言い放った。そこでその者たちは引き返し、告げられたことを女主人《デスピナ》［アンナ＝ダラシニ］へ報告する。実際母をこよなく愛する皇帝《ヴァシレフス》の意向を受けて、すべての者はすでに彼女をこの称号［デスピナ］で呼んでいた。そういうことで結局アレクシオスの皇帝宣言《アナリシス》から七日目、彼の妻イリニも総主教《パトリアルヒス》コスマスによって冠《ステフォス》を授けられる。

第3章

【1】さて両陛下《ヴァシリ》、アレクシオスとイリニの姿の美しさは想像を絶し、模倣をゆるさない。画家もそれら美の原形を目にしてもそれらを描いてみせることはできず、また彫刻家も生命のない素材でそのような美を造形してみせることはできない、それどころかあのよく知られたポリュクレイトスの基準《カノン》の書で[3-23]さえも、自然の作り出したこれらの彫像と、私は戴冠されたばかりの皇帝《アフトクラトレス》たちのことを言っているが、ポリュクレイトスの作品とを見比べれば、技についての正確な知識をまったく欠いているものとなろう。【2】アレクシオスについては、その背丈は地面からそびえ立つほど高いとは全く言えなかったが、肩幅はほどよい広さがあった。立ち姿も見る者に特別な驚嘆を引き起こさなかったが、しかしもしこの者が帝《ヴァシリオス》　座《ソロノス》に座れば、その眼から恐ろしい閃光を放ち、稲妻を伴う烈風のように、顔面からいや身体全体から抗することのできない電光を発しているように見えた。眉は黒く、両側において弓形に曲がり、その下にある眼は恐ろしそうにも、また同時に優しそうにもみえた、要するに眼光・晴れやかな顔立ち・威厳の漂う頬、それらをおおう赤みがかった色、これらは［見る者を］同時に怖れさせもし、元気づけもした。広い肩幅・力強い腕・厚い胸、これらは全く英雄を彷彿させ、全体として多くの人々に驚嘆と歓喜を引き起こした。なぜならその男の存在そのものから、青春の美しさ・優雅さ・威厳・近寄りがたい荘厳さが発散していた。もしその者が仲間の会話に加わり舌を動かし始めると、実際あなたは、その口唇から発射される火のような弁舌を体験するだろう。なぜなら溢れでる熱弁《エピヒリマタ》においてすべての人々の耳と心をとらえた、そしてまた舌と手において、すなわち手で槍を投げ、舌で真性の魅力をふりまく時、その者はまことに卓絶し、無敵であった。【3】他方皇后《ヴァシリス》イリニ、私の母については、その時はまだ十五歳にもなっていない少女で[3-24]あった。ケサル［ヨアニス＝ドゥカス］の長子《プロトトコス》アンドロニコスの娘、きわめて著名な家柄の出で、その家系においてドゥカス家のあの名高いアンドロニコスとコンスタンディノス[3-25]にまで遡る。その立ち姿はまっすぐにのびた常緑の若木のようであり、四肢と身体の各部分のすべてにおいて釣

り合いがとれ、それぞれに応じてあるいは膨らみあるいはほっそりとしている。見てもうっとりするほど美しく、その声を聞いてもほれぼれし、顔つきと声音は、実際いつまで見ていても聞いていてもあきさせるものでなかった。顔の表面は月の輝きを放っており、その形はアッシリア人女性[3-26]のようにまん丸でも、またスキタイ女性のように長くもなく、完全な円形からわずかに加減されていた。彼女の頬の輝きはバラの花壇を広げたようで、遠くからでも人々の眼にとまった。青みをおびた灰色の眼でじっと見れば、人に悦びと同時に怖れも感じさせ、だからその悦びと美しさによって見る者すべての眼を彼女自身に引きつけたが、しかし怖れを感じさせることから、見る者にそのままじっと見続けることも、また眼をそらすこともできないまま、眼をつぶらせてしまったのである。【4】昔、詩人や作家によって作り出されたアテナのような存在がいたのかどうか、私は知らない、ただこれ［アテナ］については神話として幾度も語られるのを聞いたことがある。しかし誰かが当時、この皇后《ヴァシリス》がアテナとして人々の前に姿を見せたとか、あるいは天上界の光と近づきがたいほどまばゆい輝きに包まれて突然に天上から下りてきた存在だと言ったとしても、その表現は真実から大きく外れてはいなかっただろう。しかし彼女についてもっともすばらしいことは、実に他の女性たちには見いだされないことであるが、ただ視線を投げかけることだけで、傲慢の男たちの鼻柱を折り、不安で縮み上がっている者たちを元気づけていたことである。普段は彼女の唇は閉じられ黙っていたが、そういう時の彼女の姿は、真実息をしている美の彫像《アガルマ》、生きている優美の石柱そのものであった。他方言葉が発せられる時には、顕わにした手首から先の部分は言葉と共に優雅に動き、それを見てあなたは、芸術家《テフニィティス》によって指と手の形に変えられた象牙であると言ったであろう。暗青色に煌めく瞳孔は、凪いでいる深い海を思わせる。瞳孔のまわりの白い部分は際だって輝き、それら［瞳孔と白い部分］は人を惹きつけずにはおかない優美さを漂わせ、眼に名状しがたい魅力を添えていた。イリニとアレクシオスの容姿《イデア》はそのようなものであった。【5】私の伯父、イサアキオスについて背丈は兄弟［アレクシオス］と同じで、他の点についても大きく違っていなかった。確かに彼自身は兄弟と比べて顔色は青白く、口ひげ、とくに顎髭については薄かった。兄弟二人は国事がどっと彼らに押し寄せてこない時には、しばしば狩猟に出かけていた、しかし狩りをすることより、戦いにかかわることをより好んだ。戦闘において彼自身［イサアキオス］が軍勢《タグマタ》を指揮する時でも、彼より先に先陣を切るものはなく、敵の戦列《パラタクシス》を目にするや、他の一切のことに心を向けず、雷のように敵の真っただ中へ激しく襲いかかり、敵の戦列《ファランクス》を粉砕したものである。そのようなことで、アジアにおけるアガリニィとの合戦において、一度ならず捕らえられるということが起きた。[3-27] この戦場での猪突猛進が戦闘における私の伯父の唯一の欠点であった。

第4章

【1】約束に従って当然ニキフォロス＝メリシノスにはケサルの爵位《アクシア》を授与せねばならず、また長兄であるイサアキオスにはそれより上位の爵位《アクシオマ》を与える必要があり、しかしケサル以外に［より高い］爵位《アクシオマ》はなかったので、皇帝《ヴァシレフス》アレクシオスはセヴァストスとアフトクラトルから合成された新しい爵位名を作り出し、そのセヴァストクラトルの爵位を兄弟に与え、いわば彼を第二《デフテロス》皇帝《ヴァシレフス》とし、ケサルをその下に位置づけ、ケサルの歓呼《エフフィミア》を皇帝《アフトクラトル》の歓呼から三番目にさせた。さらに公共の祭日においては、彼［皇帝］自身が戴く冠《ディアディマ》とは豪華さにおいて大いに異なるが、セヴァストクラトルとケサルにも冠《ステマタ》を戴くことを命じた。なぜなら皇帝《ヴァシリコン》の冠《ディアディマ》は頭にぴったり合った半球状で、至るところ真珠と宝石で飾られ、あるものは表面にはめ込まれ、あるものは垂れ下がっている。事実真珠と宝石の連なりがこめかみの両側に垂れ、かすかに頬に触れる、確かにこれ［ディアディマ］は皇帝《ヴァシリス》の礼装において特別に重要なものであった。セヴァストクラトルたちとケサルたちの冠《ステファニ》では、真珠と宝石はまばらで、椀形になっていない。[3-28] 【2】同じころ皇帝《ヴァシレフス》の姉妹の夫、タロニティス［ミハイル］もプロトセヴァストスに続いて、プロトヴェスティアリオスの爵位を授与され、その少し後にはパ

ンイペルセヴァストスであると公表され、ケサルのそばに座る資格を与えられる。彼［皇帝］の兄弟アドリアノスもこの上なく目立ったプロトセヴァストスの爵位を与えられる。末弟のニキフォロスはすでに艦隊《ストロス》のメガス＝ドルンガリオスに任命されていたが、この者もまたセヴァストスの一人としてその地位に昇進した。[3] これらの爵位《アクシオマタ》は私の父が新たに考え出したものであり、あるものは上記のように［異なる言葉を］組み合わせて作り、他のものは新しい意味で使用した。事実パンイペルセヴァストルやセヴァストクラトル、そしてこれらに類する他のものは言葉を組み合わせて作り、他方セヴァストスの爵位《アクシア》は明らかに新しい用途に採用したのである。なぜなら古来皇帝《ヴァシリス》は形容辞としてセヴァスティ[3-29]と呼ばれており、いわゆるセヴァストスの名称は皇帝《ヴァシレフス》に固有のものであった。しかし彼［アレクシオス］自身が初めてこの爵位《アクシア》を一般的なものにしたのである。もし帝国統治《ヴァシリア》を学問《エピスティミ》、いわば諸技《テフネェ》の中の技《テフニィ》、諸学《エピスティメ》の中の学《エピスティミ》として一種最高の哲学《フィロソフィア》と見なす者がいるならば、その者は私の父を、帝国《ヴァシリア》に新しい役割《プラグマタ》と名称を作り出したことにより、いわば秀でた学者あるいは建築家として称讃するであろう。一方知的《ロイケ》学問《エピスティメ》の指導者たちは表現の明晰さを目標に名称を考え出すだけだが、他方この帝国統治《ヴァシリア》［の学］の権威者、アレクシオスは役割《プラグマタ》の序列に関して、また名称のつけ方に関してしばしば刷新を行っても、それらすべては帝国《ヴァシリア》の利益になるように行ったのである。[4] しかし話を先に語ったあの聖人《イエロプレピス》、総主教《パトリアルヒス》コスマスに戻そう、その者［コスマス］は、高僧《イエラルヒス》で神学者《セオロゴス》のヨアニスの祝日[3-30]、エヴドモン[3-31]に位置し、その者［神学者］の名をつけた礼拝堂《シィコス》で聖なる儀式《イエロテレスティア》を厳粛に執り行ってから数日後、総主教《アルヒエラティコス》の座《ソロノス》を五年九ヶ月にわたって立派に勤め上げた後、総主教職《アルヒエロシニ》を辞し、カリアスの修道院《モニィ》に引きこもる。彼の後は、すでに語られた宦官《エクトミアス》の、エフストラティオス＝ガリダスが総主教職《アルヒエロシニ》の舵柄を握る。[5] 皇后《ヴァシリス》マリアの息子、緋の産室生まれ《ポルフィロエニトス》のコンスタンディノスは父のミハイル＝ドゥカスの廃位後、自ら進んで赤い靴《ペディラ》を脱ぎ、普通の黒いものに履き替えたが、コンスタンディノスの父の後、帝笏《スキプトラ》を握ったニキフォロス＝ヴォタニアティスはその者に黒い靴を脱ぎ捨てるよう促し、あたかもその若者に対してきまりの悪さを感じたかのように、またその者の美貌と同時に生まれの良さに敬意を示したかのように、靴《イポディマタ》に多色の絹の布地をつけるよう指示した。もっとも彼の靴《ペディラ》の全体が緋色で輝くのは嫌い、靴の布地の部分において緋色に輝くのは許した。【6】アレクシオス＝コムニノスの皇帝宣言《アナリシス》の後、皇后《ヴァシリス》マリア、つまりその者［コンスタンディノス］の母はケサルの勧めに説得され、赤色《エリスラ》の文字《グラマタ》と金《フリシィ》印《スフライス》によって次のことを確認する文書《エングラフォス》による保証《ピスティス》を皇帝《アフトクラトル》から受けとることを求めた、すなわち自分が息子と共に無事に過ごすことだけでなく、その者［息子］もまた彼［アレクシオス］と共に緋色の靴を履き、冠をかぶり《ステフィフォリン》、彼と共に皇帝《ヴァシレフス》と歓呼され、彼と共に統治を行うことである。その者［マリア］は的を外すことなく、彼女の熱い願いをすべて是認する金印《フリソヴロス》文書《ロゴス》を受けとる。[3-32] これまでその者［コンスタンディノス］が身につけていた絹布の靴はさっそく取り外され、すべて赤色の靴《イポディマタ》が与えられ、そしてこれからは贈物《ドレエ》と金印《フリソヴリィ》文書《ロィ》［の授与］においては皇帝《ヴァシレフス》アレクシオスの次に赤字《キンナヴァリ》で連署することになり、行列《プロポムペ》のおりには皇帝の冠《ヴァシリキティアラ》を戴き、［アレクシオスの］後に従った。人々の言うところでは、皇后《ヴァシリス》は、すでに［コムニノス一族の］反逆《アポスタシア》の前に息子がこのように待遇されることの取決め《シンシケェ》を受けとっていた。【7】さてその者［マリア］は彼女にふさわしい立派な行列《プロポムビ》を伴って宮殿《ヴァシリア》［大宮殿］を後にし、大殉教者《メガロマルティス》エオルイオスの修道院《モニィ》のそばに、故帝コンスタンディノス＝モノマホスによって建設された建物《イキマタ》[3-33]で暮らすことになる（ここは今でも日常共通の言葉《ディアレクトス》でマンガナと呼ばれている）、なおその折りにはセヴァストクラトルのイサアキオスが彼女に同行した。

第5章

【1】とにかく皇后《ヴァシリス》マリアについてのことは、コムニノス家の者たち《コムニニ》によってそのように処理された。他方皇帝《アフトクラトル》については、幼少より立派な教育《ペディア》を受け、母の忠告に従って自身を正しく律し、神《セオス》へ畏怖の念を抱いていたので、自身が到着した時にはすでにすべての住民がその犠牲となっていた都《ポリス》の略奪を思って苦しみ、心

を悩ませていた。確かに罪のないということは、おそらくどのような事態においてであれ現実に躓き倒れることのなかった者を傲慢に向かわせさえするものである。しかし他方罪を犯した者は、もしその者がことのほか信心深く、分別のある人々に属するのであれば、ただちに心に神《セオス》への畏怖の念を感じ、激しく心を揺さぶられ、恐れに陥る、そしてその者がどでかいことをしでかし、また権力《ペリオピィ》の高みに登った場合はなおさらのことである。無知と向こう見ずと思い上がりに動かされ、そのために神《セオス》の怒りを自身の身に引き寄せ、権力《アルヒィ》から転がり落ち、いままで手にしていたすべてを失うのではないかとの恐れがその者を悩ませる。かつてサウルの身に生じたことがそれである。なぜなら神《セオス》は王《ヴァシレフス》の思い上がりのゆえに、彼の王国《ヴァシリア》を切り裂き打ち壊したのである。[3-34] [2] アレクシオスはこれらのことに思いを致し、自分がたちまち神《セオス》の激怒の標的になるのではないかと、心は激しい恐怖で一杯にしていた。なぜなら都《ポリス》中において惨禍が兵士《ストラティオテェ》の一人一人によって引き起こされ、またその時どれほど多数の無秩序な群衆が都《ポリス》の至る所へ溢れでたか、しかしそうであっても、その者は［彼らの犯した行為を］自分の責任と考えていたのである。事実その者自身がそのような全く非道な悪事を行ったかのように、心を深く傷つけ、身を焼く思いでいた、実際当然のことながら、その時諸都市の女王《ヴァシリス トン ポレオン》を襲った無数の惨事に比べると、帝位《ヴァシリア》・皇帝権力《クラトス》・赤紫色の衣服、宝石をちりばめた冠《ディアディマ》、金ぴかの、真珠で飾られた衣服など取るに足らぬものと彼には思われた。あの時ここ［都］を包み込んだ惨状を、たとえそうしたいと願っても、描写することのできる者は誰もいないだろう。実際教会《イエラ》や聖堂《テメニィ》でさえ、そして公私の建物があらゆる場所で多くの者によって略奪され、また至る所で耳を聾するばかりの叫び声とわめき声が生じていた。しっかり見てとった者であれば、生じた事態は地震《シズモス》であると言ったであろう。[3] アレクシオスはこれらのことに思いを致して、苦しみ、魂を引き裂かれる思いにあり、しかしこの深い苦痛にどう向き合えばよいか分からないでいた。なぜならその者は行われた悪事を瞬時に理解することのできる男であった。都《ポリス》がこうむった数々の惨事は他人の考えと手によって行われたことを知っていたけれども、しかしその者は次のこともまた完全に理解していたのである、つまりすでに語られたあの奴隷たち《ドゥリ》［ヴォリロスとエルマノス］が自分の反逆《アポスタシア》の原因ではあったが、そのような惨劇を引き起こす前提条件、きっかけを与えたのは自分自身であることを。【4】［そもそもの発端はあの奴隷たちにあったが］しかしすべての責任を彼自身に結びつけ、心の傷を癒す方法を求め、癒されることを切望していた。なぜなら傷を癒し浄化された後にこそ、帝国《ヴァシリア》の諸問題に取り組み、軍隊《ストラトス》に関すること、戦争《ポレミ》に関することを成功裡に押し進め、処理することができるであろう。そこでその者は母のもとへ行き、立派と言える真情を吐露し、癒しの方法と彼の良心を激しく苦しめるものからの解放の道を尋ね求めた。母は息子を抱擁し、喜んで［息子の］言葉を受けとめる。両者の間で考えが一致した後、二人は総主教《パトリアルヒス》コスマス（その時はまだ［総主教］座《ソロノス》を辞していなかった）と聖職者《イエラ》会議《シノドス》[3-35]と修道士階級の主だった者たち《ロガデス》を呼び寄せる。【5】皇帝《ヴァシレフス》は彼らの前に出頭する、その姿は、告訴された者、有罪を宣告された者、一介の私人としてであり、あるいはとりわけ権威《エクスゥシア》の下に置かれている者[3-36]の一人、法廷の自分にくだす評決をただ待っているしかない者の一人としてであった。その者はすべてを語った、誘惑もそれへの同意も行為も行われたことの原因をも省略しなかったのである、事実畏怖と神への強い信頼《ピスティス》を抱き、そして決然として一切を告白し、自らの身を罰に従わせることで、その場にいる者たちから救済の方法を激しく求めた。そこでその者たちは、彼自身だけでなく、彼の血縁者たち、それに反逆《アポスタシア》に加担した者たちに同じ罰を言い渡す、すなわち神《シオン》を宥めるために、彼らに断食、地面に横たわって寝ること、それらに類することを課したのである。それらの罰は受け入れられ、熱心に実行された。彼ら自身の妻たちもまたそれらの罰に無関心ではいられず（夫を愛する者たちであってみれば、どうしてそのような態度をとれたか）、進んで悔い改めの苦行の片方を引き受けたのである。【6】当時宮殿《ヴァシリア》［大宮殿］は涙と嘆きで満たされていた、しかしその嘆きはとがめ立てされるべきものでも、心の弱さを示すものでもなく、むしろ称讃に価し、より大きな、決して消えてしまうことのない悦びを引き起こすものであった。ところで皇帝《アフトクラトル》は、これこそ彼の敬虔さ《エフセヴィア》がどれほどのものであるかを示すものであるが、課された以上のことを行った、すなわち四〇日と四〇夜にわたり、皇帝《ヴァシリキ》の赤紫色の衣服《アルルイス》の下にじかに皮膚に触れる粗衣を身につけて過ごした。四〇夜、その者は石を枕に地面に横たわり、当然のごとく罪を嘆いて夜を明かしたのである。この後に汚れのない手で帝国《ヴァシリア》の問題にとりかかることになる。

第6章

【1】［アレクシオスは］自分よりもむしろ母が［帝国の］舵取り《イアコストロフォス》になることを願っていたが、これまでその考えを表面に出そうとしなかった、なぜならその者［母］がより高次《イプシロテロス》の生活《ヴィオス》[3-37]に関心を向けているのを知っていて、そのような考えが彼女に知れれば宮殿《ヴァシリア》［大宮殿］を去るのではないかと怖れたからである。実際［アレクシオスは］生じるすべての問題において、それがたとえ些細なことがらでも母との協議なしに動こうとはせず、彼女を計画の協力者、援助者とした、実際少しずつ彼女に忍び寄り、国事《プラグマタ》の運営に共に関わらせ、ある時には彼女の頭脳と判断力がなければ帝国《ヴァシリア》の運命《プラグマタ》は危ういだろうと公然と言い放ちさえした。このように母をしっかりと自身に縛りつけ、そのため彼女の目標から彼女を遠ざけ、その実現を妨げていた。【2】事実その者［母］は人生の終着に心を致し、そこで残りの年月を思索に耽って過ごす修道院生活《モネ》を思い描いていた。それらのことを考え、いつもその実現を祈り続けていた。これらのことを心の中でじっくりと吟味し、ぐらつくことなくより高次《イプシロテロス》の生活《ヴィオス》を見据えていたけれども、しかしいかなる女性よりも自分の息子を深く愛していたゆえに、息子と共に帝国《ヴァシリア》を襲う大波を切り抜けることを、順風を得て進む時も、あるいはあらゆる角度から波浪が押し寄せる嵐の時も、いわば帝国という船《ナフス》を出来る限り巧みに操舵することを願っていたのである、特に今しがた船尾に座り、舵柄を握ったばかりの若者はいまだそのような激しい海にも波浪にも烈風にも立ち向かったことがなかったのであるから。私がこれらの言葉を使って伝えようとしているのは、帝国《ヴァシリア》を襲った多種多様の、きわ

めて不穏な困難事である。母としての愛情はそれゆえ彼女自身［の願い］を抑え、皇帝《ヴァシレフス》である息子と共に統治にあずかり、ある時には一人で統治することを引き受けさえし、つまずくことなく、誤ることなく、帝国《クラトス》という戦車《アルマ》を走らせたのである。事実その者［母］はことのほか賢明であり、まさしく皇帝《ヴァシリオス》としての器量《グノミィ》を備え、帝国統治の手本であった。他方神《セオス》への愛は、彼女を［統治の問題とは］別の方向へ導くこともあった。【3】同じ［第四］エピネミシス［インディクティオン］の八月、[3-38] ロベルトスの［エピロスへの］渡海[3-39]により、その者［アレクシオス］が［都を］後にしなければならなかった時、胸に納めていた考えを明らかにし、実行に移し、皇帝《アフトクラトル》の統治権《ディイキシス》を母一人に付与し、金印文書《フリソヴロス ロゴス》[3-40]でその意図するところをすべての者に公表した。歴史《イストリア》を書くものの使命が優れた男たちの行為と彼らの布告文書《セスピスマタ》を大ざっぱに伝えるのでなく、彼らの行為を出来るだけ詳しく語り、彼らの発した文書を丁寧に説明することであるからには、私もそのような仕方で、書記《グラフェフス》の手になる凝った表現だけは取り除いて、上記の金印文書《フリソヴロン》の各条を述べることにしよう。【4】その内容はつぎのようなものである、すなわち「危険が予知され、何か忌まわしいことが予想される時、子を思い愛する母に匹敵するものは、あるいは母より以上に強い砦《フィラクティリオン》は存在しない。なぜなら［母が］助言をするならば、その意見は確かなものであろうし、もし［母が］神に祈れば、それら祈りの言葉は確かな支柱、無敵の守り手となろう。確かに私、すなわちあなた方の皇帝陛下《ヴァシリア ムゥ》にとって、実際幼いころから私自身の崇敬の対象である母であり主人《デスピナ》はそのような存在であり、すべてにおいて私の育て主、導き手であった。その者は元老院議員《シングリティコス カタロゴス》の身分に属していたが、[3-41] まずなによりも先に母として息子を愛した、そして息子の［母への］誠実《ピスティス》は純粋なものとして保持された。われわれにおいては身は二つであるが、心は一つであり、この状態はキリストの助けにより今日まで立派に守られた。われわれのもの、あるいはあなたのもの、このようなよそよそしい言葉は［われわれの間では］発せられず、[3-42] そしてより重要なことは、その間ずっと行われ続けた彼女の祈りが主《キリオス》の耳に届き、このように私を帝位《ヴァシリア》の高みに持ち上げるに至ったことである。【5】私が帝笏《スキプトラ ティス ヴァシリアス》を握った後においても、皇帝陛下《ヴァシリア ムゥ》と等しく苦労を共にせず、また皇帝陛下のためおよび公共福祉《キノン》のために尽力しないでいることはその者［母］には耐えることの出来ないことであり、そして他方皇帝陛下《ヴァシリアムゥ》は、神《セオス》の加護を得てすでにローマ帝国《ロマニア》の敵に向かって出陣の準備に取りかかり、万全を期して軍隊《ストラティオティコン》を集め、編成に取り組んでいる、しかし役人《セクレティカ》および市民の問題の管理《ディイキシス》についてもとりわけ大きな配慮が必要であると思われる。そこで［皇帝陛下は］最善の統治《アリストクラティア》にとってのいわば最強の砦《オヒロマ》として、すなわち聖人のように崇められ、あらゆる点において敬われている皇帝陛下の母に［帝国行政の］すべての管理《ディイキシス》が委ねられるべきであると思考するにいたったのである。**[6]** そこで皇帝陛下《ヴァシリアムゥ》はこの金印文書《フリソヴロン》によってつぎのことをはっきりと定める、すなわち世俗の諸問題について彼女の有する豊かな経験にかんがみ、もっともその者はそのような［世俗の］問題をことのほか軽視していたのだが、諸局の長官《プロエストス トン セクレトン》[3-43]から、あるいは彼［プロエストス］の配下の役人《セクレティキ》たちから、あるいは国庫への責務《オフリマタ》の免除《シムパシエ》に関する報告・請願・裁決が委託されている他のすべての役人から彼女に報告されるものであっても、その者が文書で公表すれば、それらすべては、あたかも皇帝陛下《ヴァシリアムゥ》の静謐なる権力《ガリニオンクラトス》によってなされたもの、およびまさしく皇帝陛下の口から発せられ書き取られた文書であるごとくに、恒久の権限を有するであろう。事実彼女によってなされる一切の回答とあらゆる命令は、あるいは文書《エングラフィ》によるものであれ、口頭によるものであれ、また正当な理由のあるものであれ、そうでないものであれ、彼女の印章《スフライス》、すなわち［イエスの］変容《メタモルフォシス》と［マリアの］永眠《キミシス》［の画像のついた］それが押されていれば[3-44]、そしてまたその時の、諸局《セクレタ》を統括する者による［文書への］月［名の記入］におい[3-45]て、皇帝陛下《ヴァシレフスムゥ》自身によって発せられたものと見なされる。**[7]** さらに中央の諸局《セクレタ》および諸地方《セマタ》[3-46]における［役人の地位の］昇進《プロヴォレィ》と継承に関して、また爵位《アクシオマタ》と官職《オフィキア》に関して、土地の贈与に関して、皇帝陛下の聖なる《アイア》母は、皇帝のごとく《ヴァシリコス》に、彼女にとってよしと思えることを行うことができる。諸局《セクレタ》あるいは地方《セマタ》において昇進する、また職を引き継ぎ、また高位の、あるいは中程度の、あるいは低い爵位《アクシオマタ》を授与される者たち、これらの者は将来にわたってそれらをそのまま保持し変更されることはない。またその上、給与の引き上げ《アフクシィシスロゴン》・贈物の追加《プロスシィケドセオン》、いわゆる慣例上の諸税《シニシエ》[3-47]の免除《シムパシエ》、税の減額《スヒデヴモス》および税の免除《アポスヒデヴミィ》[3-48]について、これらはいかなる制限もなく彼女はいかようにも処理する、要するに文書によってであれ、口頭によってであれ彼女の命じるものは有効と見なされる。なぜなら彼女の発する言葉と命令は、すなわち皇帝《ヴァシリア》陛下《ムゥ》によるものと見なされ、それらは一切取り消されることはなく、以降ずっと変わることなく有効でありつづける。【8】今も将来においても、彼女［母］に協力する者のだれも、もちろんその時の諸局の長官《ロゴテティス トン セクレトン》である者自身も、行われることが正当と見なされようとも、不当と見なされようとも、いかなる者からも調査も審問も受ける恐れはない。事実どのような行為であれ、それらはこの金印《フリソヴロス》文書《ロゴス》によりしっかりと支えられているゆえに、今後永久に取り調べの対象になることは全くない」

第7章

【1】金印文書《フリソヴロン》の内容は以上のようなものであった。人は、その中で私の父、皇帝《アフトクラトル》がそのような権限を母に与えたことを知って驚くであろう、まことに彼女にすべてを託し、彼自身はいわば皇帝の手綱《ヴァシリキイニア》を放棄し、あたかも皇帝の戦車《ヴァシリコンアルマ》に乗った彼女の側を伴走し、単に皇帝《ヴァシリア》という名称を分有するだけにすぎない存在なのである。その者［アレクシオス］はすでに思春期を過ぎており、彼のような男たちにおいて支配への情熱がことさら強い年齢に入っていたにもかかわらず［このことがなされたのである］。実際彼自身は蛮族《バルバロイ》との戦いに乗りだし、それに伴う多くの苦難と危険を引き受けようとしていた一方、国事《プラグマタ》のすべての指揮《ディイキシス》と行政官職［の選任］、帝国《ヴァシリア》の税の収入《イスフォレ》と財政支出《アナロマタ》の仕《ロイ》事を母に託したのである。【2】おそらくこの点に至って人は、私の父が帝国《ヴァシリア》の統治《ディイキシス》を婦人部屋《イネコニティス》に移した処置《イコノミィア》を非難するであろう。[3-49]しかしその女性が思慮・徳・知性において驚くべき存在であることを、また行動力を理解すれば、非難は一掃され、非難は一転して称讃に変わったであろう。実際

私の祖母は単にローマ人の帝国《アルヒィ》を統治することができただけでなく、日の下にあるものならどこであれすべての帝国《ヴァシリア》を立派に見守ることができたほど、それほどに国事《プラグマタ》の処理においても巧みであり、また国政を引き受け、運営することに優れていた。事実その者は並はずれた経験の持ち主であった、だからあらゆる事実《プラグマタ》の理法《フィシス》を理解し、それら各々がどのようにして発生し、どのような結果にいたるか、それらのうちのどれが一方で他者に破壊的作用を及ぼし、他方でどれがむしろよい結果をもたらすのかを十分に知り、すばやくなすべきことを把握し、実に巧みにそれを確実に実行したのである。［3］その者は知力においてそれほどに優れていただけでなく、弁舌においても知力と比べて遜色なく、まさに説得力ある雄弁家《リトル》であった、しかしただ饒舌に言葉を長々と続けているのではなかった、また言霊を早々と去らせず、ここというときにうまく話を始め、やはり同じくほどよいところでみごとに話し終えた。その者が帝《ヴァシリオス》座《ソロノス》に関わったのはまさに壮年期においてであり、実に思慮深さが最高度に発揮され、知力が満開となり、国事《プラグマタ》についての見識《エピステイミ》がそれらと一緒になって積み重ねられた時であり、それらすべてが管理《イコノミィエ》と指揮《ディイキシス》にあずかって大きな力《クラトス》となる。当然なことだが、この年齢の人には、悲劇の一節[3-50]にあるように、単に言うことにおいて若い人より思慮があるだけでなく、行いにおいてもより賢明であった。昔その者が若い娘たちの一人であった時、すでに歳に似合わぬ年配者の分別を示していたことには全く驚きであった。観察しようとする者には、顔つきそのものから、彼女の内にある徳と同時に威厳があらわれていた。［4］さてすでに私の言ったことだが、私の父が帝権《ヴァシリア》を握った後、自ら戦いと辛苦を引き受け、その間母を戦闘のいわば観察者にする一方、他方では彼女を自分の主人《デスポティス》となし、あたかも奴隷《ドウロス》のように彼女の命ずることをそのまま復唱し、実行に移した。事実皇帝《ヴァシレフス》は驚くほどに彼女を愛し、彼女の意見を頼りにし（それほどまでに母を愛するもの《フィロミトル》であった）、彼女の言葉に仕えるものとして自分の右手をさしだし、彼女の言葉に従うために自分の耳を貸し、すべてにおいて彼女が同意しあるいは拒否することにそのまま従って、同意しあるいは拒否していたのである。［5］要するに事態は、つぎのようなものであったといえる。一方の者は形だけが皇帝《ヴァシリア》であり、他方の者は帝権《ヴァシリア》そのものを握っていた。その者が立法者《セズモセティス》であり、すべてを仕切り、統治し、他方の者が彼女の決定を、書かれたもの《エングラフィ》であれ、そうでないものであれ、前者については署名で、後者については口頭で是認するだけであり、人が言うように、彼女の統治《ヴァシリア》の道具であり、皇帝《ヴァシレフス》というものではなかった。実際その者は母が決定し、宣言するものすべてに満足していた、なぜなら単に一も二もなく母に従うだけでなく、帝王学《ヴァシリキ　エピスティミィ》の先導者《エクサルホス》として彼女に全幅の信頼を寄せていたからである。事実その者は、彼女があらゆる点で完璧の域に達しており、知力と諸問題の判別力において当時のすべての人々より大いに優っていることを十分に認識していたのである。

第8章

【1】アレクシオスの治世《ヴァシリア》の始まりは、そのようなものであった。皇帝《アフトクラトル》権限《ペリオピィ》がその者によってそのように母［アンナ＝ダラシニ］に託されてしまったからには、誰も彼を皇帝《アフトクラトル》と呼ばないのも当然であろう。[3-51]他方他の者には、ここで称讃演説の法《ノミィ》に従って、あの嘆賞すべき母［アンナ＝ダラシニ］の故郷と、あの有名なアドリアノス＝ダラシノス家やカロン家[3-52]にさかのぼる彼女の一族を讃美し、その演説［の船］をその先祖の者たちの偉業の海に向かって送り出させよう。しかし歴史《イストリア》を書こうとしている私には、出自や家柄からではなく、彼女の性質と高徳から、歴史叙述《ロゴス　ティス　イストリアス》が求めるような主題から彼女の特徴を描き出すことがふさわしいだろう。

【2】だから話を再び彼女のことに戻そう、事実その者は女性によってだけでなく、男性によっても最高の評価が与えられており、まさしくすべての人間にとって栄誉の存在であった。たとえば宮殿《ヴァシリア》［大宮殿］の婦人部屋《イネコニティス》はあのモノマホス［コンスタンディノス］が帝権《クラトス　ティス　ヴァシリアス》を握ってからは完全に堕落し、私の父の治世《ヴァシリア》までくだらない情事の場[3-53]となっていたが、その者はそれをよい方向へ変え、称讃されるほどにまで秩序を回復させ

た。当時宮殿《ヴァシリア》は讃美されるほどの秩序を享受しているのが見られたのである。なぜならその者は、聖なる讃美歌に関する諸規則《オリィ》、食事と行政官《アルヘレシア》の任命の時間をしっかりと定め、彼女自身がすべての基準《カノン》となり、その結果宮殿《ヴァシリア》は聖なる修道院《フロンディスティリア》であるかのように見えた。［3］並の人ではない、聖人のようなあの婦人は、真実このような人物であった。すなわち慎み深さに関して、その者は太陽が星々に優って輝くほどに、かつて多くの伝説に語られ称讃された女たちをも遥かに凌いでいた。貧しい人々への憐れみ、物に窮している者たちへ物惜しみすることなく、手をさし向けるふるまいに関して、いったいどのような言葉が思いつかれるだろうか。彼女の屋敷は貧窮している身内の者たちにとって開かれた避難所《カタゴイオン》であり、また無縁の者たちにとっても同様に開かれていた。その者はとりわけ聖職者《イエリス》と修道士《モナヒィ》を大切にし、彼らと一緒に食事をし、彼女の食卓に修道士《モナヒィ》の姿が見られないということはあり得なかった。その者の品性が生み出す外形は天使《アンゲリィ》には尊敬の念を、悪鬼《デモネス》自身には恐れの念を引き起こしさえした、そして慎みがなく、快楽に駆られる人間には彼女の一瞥さえ耐えられないものであり、それとは反対に慎み深い者たちにとっては陽気で優しい存在であった。その者は厳しさと厳粛さの限度をしっかりと理解していた、実際彼女の厳しい態度も激しくかつ粗野なものであるようには、また柔軟な態度もたがの外れた、節度の失われたものであるようには見えなかった、そして（事実これこそ礼節の定義《オロス》であると、私には思われるが）心の《ト》優しさ《フィルアンソロポン》は彼女においてはその精神の高さによって調節されていたのである。［4］その者には生まれつきよくよく考えて見ようとするところがあり、それがつねに新しい考えを紡ぎ出した、そしてそれらは一部の者がぶつぶつ言っていたのとは違って、社会《キノン》に害を与えるものでなく、救済を生み出す考えであった、実際その結果、すでに腐っていた帝国《ヴァシリア》を以前の安定した状態に復帰させ、破綻状態に陥っていた国庫《キノン》を出来る限り回復させたのである。このように国事《キナ》の舵取《ディイキシス》りに没頭していたが、修道士《モナヒィ》たちにふさわしい敬虔な勤めを怠ることはなく、夜間の大部分を讃美歌を歌うことに費やし、いつまでも続く厳しい祈りで疲れ切った、しかしそれでも夜が明けると、時には第二《デフテラ》鶏鳴時《アレクトロフォニア》[3-54]には、国事《キノン》の指揮《ディイキシス》に専念し、彼女の秘書として仕えるグリゴリオス＝エネシオスと共に、行政官《アルヘレシエ》の任命に取り組み、嘆願者の請願に応えていたのである。[5] もしある一人の雄弁家《リトル》がこれらのことを讃辞の主題にしようとし、その巧みな弁舌《エピヒリマタ》と推論、そして他者との比較によって、これらが讃辞作家たちのやり方《ノモス》だが、賞讃の対象［アンナ＝ダラシニ］を最大限に誉めあげれば、男であれ女であれ、古にその高徳のゆえによく話題にされた人々のうちで、その輝かしい名声の霞んでしまわない者がいるだろうか。しかし歴史《イストリア》について筆を進めようとするものにはそのようなことは許されない。だから私がこの女帝《ヴァシリス》についてその偉大な業績をほんのわずかしか語らなかったとしても、彼女の高徳・大きな威厳、すべてにわたっての俊敏さ、高く優れた精神をよく知っている者たちは誰も、このことで［私の］歴史《ロゴス》を攻撃しないだろう。私は彼女について言及したことで少し横道にそれてしまったようだ、もとに戻ることにしよう。ところですでに語ったように、その者は帝国《ヴァシリア》の舵をとることになったが、終日を世俗の問題にあてたわけでなく、以前皇帝《アフトクラトル》で、その者［アンナ＝ダラシニ］の夫の兄弟イサアキオス＝コムニノスがつぎのような理由で建設した殉教者《マルティス》テクラの聖《イエロン》　堂《テメノス》[3-55]で通常の勤めを果たしていたのである。[6] さて、[3-56]ダキア人の族長《アルヒイエテェ》たちはずっと以前にローマ人と取り結んでいた協定《スポンデェ》を守ることを望まず、信義に背いて協定を破棄したが、そのことが以前にはミシィと呼ばれていたサヴロマテェにとって明らかになると、彼ら自身も、これまでイストロス川によってローマ人の帝国《イエモニア》と隔てられていた地方に住んでいたが、もはや自分たちの領域の中に静かにとどまっていようとせず、すべてが一団となって立ち上がり、私たちの領土《オリア》に移住してきたのである。彼らの移住の原因は、彼らと境を接し、彼らを略奪していたイェテェの彼らに対する激しい敵意であった。そのため［サヴロマテェは］機をうかがい、イストロス川がすべて氷で覆われるのを見ると、地面の上を歩くようにして［川を渡り］私たちの《イメダピイ》領土《イエ》へ移動してきた。[3-57] その結果その民《エスノス》全体が私たちの領土《オリア》内にきわめて重たくのしかかり、その者たちは国境地域に位置する諸都市《ポリス》や諸地方《ホレ》を激しく略奪しはじめたのである。[7] 皇帝《ヴァシレフス》イサアキオスはこのことを聞き知ると、トリアディツァを掌握しなければならないと判断した。すでに東方の蛮族《バルバロイ》たち[3-58]の攻撃《エピヒリマタ》は抑えていたので、このことは彼には容易い企てであった。そこで全軍《オプリティコン》を糾合すると、彼らをローマ人の領域《オリィ》から追い払うことを意図し、その地に通じる街道を進むことに取りかかった。全軍《オプリティコン》を整列させると、［皇帝は］軍司令官《ストラティゴス》として彼らに向かって突き進む。その姿を目にした相手はただちに意見の違いから分裂してしまった。しかし［皇帝は］決して彼らの動きを額面通りに信用せず、屈強な軍勢《ファランクス》を率いて彼らのうちでもっとも強く無敵と見える部分に向かって突き進み、彼らに接近すると、彼自身と軍隊《ストラトペドン》の姿で彼らを震えあがらせた。なぜなら敵はまさしく雷霆《らいてい》を放つようなその者［イサアキオス］[3-59]にあえて視線を向ける勇気がなく、また［ローマ］軍《ストラトペドン》の隙間なく盾と盾の並んだ戦列《シナスピズモス》を目の当たりにしてすでに解体状態にあった。そこで敵は少し後方へ退き、彼に三日後に戦いを交えることを通告してきたが、しかしその日、幕舎《スキネ》をそのままにして逃走してしまった。その者は敵が野営していた場所に到着すると、彼らの幕舎《スキネ》を根こそぎ破壊し、そこに見いだされた戦利品《リア》を携え、意気揚々と帰途につく。［8］しかしロヴィツォス山の麓に達したとき、激しい雷雨と季節はずれの吹雪に襲われる、その日は大殉教者《メガロマルティス》テクラの祝日の九月二四日であった。事実川は増水し、水が土手に溢れでて、皇帝の幕舎《ヴァシリキスキニ》が張られ全軍《オプリティコン》が野営していた地面は海のようになった。そのため必要物資はすべて川の流れに運ばれ消えてしまい、人間と駄獣は寒さで凍えた。空はうなり、雷がなり、稲妻がまったく時をおかず光り続け、周囲の土地すべてが今にも燃え上がるばかりの恐ろしさであった。［9］このような情況下、皇帝《ヴァシレフス》はどうしたらよいのか途方に暮れていた。多くの者を渦巻く川の流れに運ばれ失った後、嵐が幾分おさまったので、幾人かの選り抜きの兵士《ロガデス》を連れてその場を離れ、一本のブナの木《フィゴス》[3-60]の下に入り、じっと立っていた。その時オークの木《ドリス》から大きな音、叫び声のようなものが発せられたのに気づき、そして風がいっそう激しく吹き、風の力でオークの木《ドリス》が倒されるのではないかと怖れ、木が倒れても自分に届かない安全な場所まで離れ、無言のまま立とうとした。あたかもそれを合図《シンシマ》にするかのように、たちまち木が根本から裂け、地面に倒れるのが見られた。［10］皇帝《ヴァシレフス》は自分への神《セオス》の配慮に驚異し、その場に立ちすくんでいたのである。それからその者は東方で反乱《アポスタシア》が噂されているのを知り、[3-61]宮殿《ヴァシリア》［大宮殿］に帰還する。大殉教者《メガロマルティス》テクラのために、その者が多額の費用を使い、すばらしい装飾と技術をもって、この上なく美しい聖堂《ナオス》を建立したのはその時であり、この聖堂においてキリスト教徒にふさわしい感謝の捧げ物《ソストラ》を行った、そしてその後においてその者が聖なる讃歌を行うのはつねにこの聖堂においてであった。以上が大殉教者《メガロマルティス》テクラの名をもつ上記の聖《イエロン》堂《テメノス》が建立された理由であり、この聖堂で、すでに説明されたように、女帝《ヴァシリス》、すなわち皇帝《アフトクラトル》アレクシオスの母がいつも神への嘆願を行っていたのである。【11】私自身も短い期間であったが彼女をこの眼で見ており、尊敬の念を抱いた。以上に語られたことが［身内の］自慢話でないことは、偏見をもたず進んで真実を語ろうとする人々すべてが知っており、しようと思えば、その者たちは私と同じことを言うだろう。もし歴史《イストリア》でなく、讃辞《エンゴミアズィン》を書くことを企てていたら、先に語ったような、彼女についてのさまざまな話に関連して、私の話《ロゴス》をもっともっと長く続けることができたであろう。しかし話を本題に戻さなければならない時である。

第9章

【1】皇帝《ヴァシレフス》アレクシオスは、帝国《ヴァシリア》が瀕死の重体で手足をぴくぴくさせている状態にあるのを理解していた（なぜなら日が昇る東の地方ではトルコ人が恐ろしいほどに略奪を続けており、西方の地方はロベルトスによって甚だしく酷い状態に置かれていた、事実その者［ロベルトス］は自分に会いに来たあの偽ミハイルを［コンスタンティノープルの］宮殿《ヴァシリア》に連れもどすべく、ありとあらゆる悪事を引き起こしていた。しかし私の思うところでは、これは口実で、彼を燃え上がらせ、全く一時もじっとさせなかったのは権勢欲であった。だからパトロクロスの口実《プロファシス》としてミハイルを探し出すと、その時までくすぶっていた権勢欲の火の粉をあおり、大火に燃え上がらせ、まったく恐ろしいほどにローマ人の帝国《アルヒ》に対して武装し始めたのである、すなわちドロモネス[3-62]

と三段櫂船《トリイリス》を整え、さらに二段櫂船《ディイリス》[3-63]とセルモネス、[3-64]その他のきわめて多数の貨物船《フォルタゴイニエス》を海岸地方で艤装させ、陸上では彼の計画を援助する多数の軍勢《ディナミス》[3-65]を集めていたのである）、そのためその勇敢な若者［アレクシオス］はきわめて困難な事態に直面し、二つの方向のうちまずどちらに向かうべきか判断できない状態でいた、なぜなら［東西］二つの敵はそれぞれ先を争ってその者に挑もうとしていたが、ローマ人の帝国《ヴァシリア》には戦場で十分力を発揮できる軍隊《ストラティア》もなく（なぜならそこ[3-66]には三〇〇をわずかに越える兵士《ストラティオテェ》しかおらず、しかもホマ出身のそれらの者はどうしようないほどに力が弱く、戦争を経験していなかった、また常に右肩に剣《クシフォス》をつり下げている外国人《クセニキィ》の蛮族《バルバロイ》[67]もその数はわずかであった）、さらに異国の地から同盟軍《シムマヒエ》を呼び寄せることのできる多量の財貨《フリマタ》も宮殿《ヴァシリア》［大宮殿］の金庫に蓄えられていなかったので、その者は苦しみ、いらだたしい思いでいた。確かに彼以前に皇帝として統治した者《ヴェヴァシレフコテス》たちは戦争と軍事についての知識を著しく欠き、ローマ人の帝国《プラグマタ》をまったくの苦境に陥れたのである。実際兵士《ストラティオテェ》たち自身が、また幾人かの古老《プレスヴィテリィ》がこれまでの長い人生においてそのような悲惨な事態に陥った国家《ポリス》は他に存在しなかったと語っているのを、私自身聞いたことがある。[2] とにかく身一つであらゆる種類の困難事に関わる皇帝《アフトクラトル》にとって、事態は由々しいものであった。しかし勇敢で動じることのなく、その上こと戦いに関して多くの経験《エムピリア》を積んだその者は、立ち向かって来る敵が、ちょうど岩にあたってこなごなに散ってしまう波のように、神《セオス》の援助によって泡沫と化す間に、帝国《ヴァシリア》を荒れ狂う嵐から救い出し、再び波静かな海岸の港に停泊させようと考えていた。[3] そこで東方《アナトリ》において城塞《フルリア》と都市《ポリス》の支配の役目を引き受け、勇敢にトルコ人に立ち向かっているすべての軍事指揮官《トパルヘェ》をすみやかに呼び戻すことが必要であると判断した。それゆえただちに、主だった者すべて、すなわちその時ポンドス沿岸のイラクリアとパフラゴニアの長官《トポティリティス》の役目を担っていたダヴァティノス、カパドキアとホマの軍事指揮官《トパルヒス》であったヴルツィス［ミハイル］、そしてその他の将校たち《ロガデス》に宛てて書簡《グラフェ》が作成され、その中で［皇帝は］まず自分の身に降りかかったことすべてを、つまり神《セオス》の配慮《プロニア》により奇跡的にも身に迫った危険から救われ、皇帝《アフトクラトル》の高み《ペリオピィ》にまで持ち上げられたことを説明し、次に彼ら自身の管轄地域《コレ》について防備を固めるために十分な処置を取り、そのために多数の兵士《ストラティオテェ》を残し、それから残りの兵士と、できる限りに強壮な新兵《ネオレクティ》を召集し、それらを率いてコンスタンティヌスの［都］にやって来るように命じたのである。【4】つぎにロベルトスに対して出来る限り防備を固め、そのために彼に合流しようとする侯《アルヒィイ》たちや伯《コミテス》たちにそうさせないようにする必要があると考えた。他方、都《ポリス》を掌握する前に味方に引き入れ、財貨《フリマタ》を送るよう求めるため、モノマハトスのもとへ派遣していた者が、すでにこの歴史で語られたように、[3-68]ヴォタニアティスが帝権《ヴァシリア》を握っている限り援助することはできないとの言い訳を述べた書簡《グラマタ》だけを携えて彼のもとへ帰還した、そこで［皇帝は］書簡を通じそれらを正確に知ったが、もしヴォタニアティスの帝位《ヴァシリア》からの追放を知れば、その者がロベルトスに与するのではないかと怖れ、まったく落胆の思いであった。まさにそのことで［皇帝は］義兄弟のエオルイオス＝パレオロゴスを呼び出し、つぎのような指示を与えてディラヒオン（イリリコンの都市《ポリス》）へ派遣したのであった、すなわち戦いを交えずに、というのは不承知の彼を追い払うために必要な十分強力な軍勢《ディナミス》がなかったからであるが、あらゆる方策を用いてモノマハトスをそこから追い出すことである。他方ロベルトスの作戦工作に対してできる限り対抗するために、【5】さらにその者［アレクシオス］はつぎのように胸壁《エパルクシス》に新しい細工を施すようにとの指示も与えた、すなわち［胸壁上に置かれる］厚板のほとんどは釘を打たないままにしておくことであり、そうすれば梯子を使って上ってくるラテン人が厚板に足を踏み入れると同時にそれらはひっくり返り、厚板もろとも［ラテン人は］地面に落下するであろう[3-69]。もちろんその上に海岸の諸都市《ポリス》の長官《イエモネス》とさらに島民自身にさえ書簡《グラフェ》を通じて、［ロベルトスが］突然の攻撃で海岸の諸都市《ポリス》のすべてを、さらに諸島をも掌握し、以後ローマ人の帝国《ヴァシリア》に面倒な事態を引き起こさせないために、決して意気消沈することも、少しの油断をすることもなく、むしろ見張りを怠らず、常に自分たちの周囲の守りとロベルトスの動きの監視につとめるように大いに励まし続けていたのである。

第10章

【1】イリリコンに対して皇帝《ヴァシレフス》の取った対応策はそのようなものであり、ロベルトスに向かい合い、彼の進撃を受ける地域の防備はさしあたって強化されたと彼には思われた。しかしあの者の背後に控える者たちにも無関心ではいなかった。そこでまずロンギヴァルディアの侯《アルヒゴス》エルマノス、[3-70]つぎにローマの教皇《パパス》へ、[3-71]さらにカプアの大司教《アルヒエピスコポス》エルヴィオス、[3-72]ケルト人の土地《ホレ》の公《プリンギペス》たちやすべての侯《アルヒィイ》たちにも書簡《グラマタ》を送り、同時にほどほどの贈物《ドラ》を与えて敬意を表した後、多くの贈物《ドレエ》と爵位《アクシオマタ》の約束をして、ロベルトスに対する敵意をかき立てようと試みた。彼らのうちのある者たちはすぐにロベルトスとの友好関係を絶ち、他の者たちはもっと多くを受ければそうすることを約束した。【2】「アレクシオスは」アラマニアの王《リクス》[3-73]が他の誰よりも有力であり、その気さえあればロベルトスに対していかなることでもなしうることを知っていたので、これまで一度以上にわたって書簡《グラマタ》[3-74]を彼に送り、甘い言葉とあらゆる約束で味方に引き入れようと試みたが、その者が忠実で彼の意思に従うことを約束したのを知って、再びつぎのような内容の別の書簡《グラマタ》と共にヒロスファクティス［コンスタンディノス］を派遣した。[3-75]【3】「ことのほか力あるあなた《スィ》の王国《エクスゥシア》が栄え、いっそうの発展に向かわれることは、朕《ヴァシリア ムウ》、すなわちいと高貴にして、また真にこの上なきキリスト教徒たる兄弟の祈念するところである。なぜならあなたの敬神をよく知っている、同じ敬神《セオセヴィア》の心をもつ朕《クラトス イモン》にとってあなたの王国のこれまで以上に力強く、より順潮に進むよう祈念することがどうして許されないことであろうか。なぜなら朕《イメテラ ヴァシリア》に対するあなたのまさしく兄弟のような思いやりと配慮、そして悪意に満ちたあの男に対して引き受けることを約束した［戦いの］労苦、それは実に殺人者にして犯罪者、すなわち神《セオス》とキリスト教徒の敵を、その者のおかした悪行にふさわしい仕方で復讐しようとの意志によるものであるが、これらは正しくあなたの心の善への強い欲求をはっきりと示すものであり、またこの事実はあなたの神《セオス》を思う心の紛れもなく確実であることの証である。【4】朕《イメテラ ヴァシリア》に関することはほとんどすべてつつがなくいっている、しかし些細な程度であるが、ただロベルトスの動きによって

不安定で混乱気味である。しかしなにごとも神《テオス》とその正しい裁きに委ねるべきであるなら、あのもっとも非道な男の破滅は目の前に迫っている。なぜなら神《セオス》もまたご自身の相続財産「正しいキリスト教徒」の上に罪人たちの笞がふりおろされるのを我慢されないことはまったく明らかである。さて朕《クラトス イモン》からいと勢い盛んなあなた《スゥ》の王国《エクスゥシア》に送付すべく同意されたもの、すなわち十四万四千ノミスマタ[3-76]と百枚の絹布は、あなたのことのほか忠実《ピストス》で高貴な生まれの伯《コミス》ヴルハルドスの願いにしたがって、プロトプロエドロスにして、カテパノ＝トン＝アクシオマトン[3-77]のコンスタンディノス「ヒロスファクティス」に持たせて先ほど送られた。すなわち送付された上記の貨幣の総額は、細工《イルガズメノス》された銀《アルギロス》と、[3-78]古い時期の純分の、ロマノス帝の像の刻まれた貨幣《ロマナトン》で[3-79]支払われた。もしいと高貴《エヴェニア》な殿下《スゥ》によって誓い《オルコス》が行われるなら、さらに残りの二一万六千ノミスマタと授与された二〇の爵位《アクシオマタ》の年金《ロガ》が、あなたがロンギヴァルディア[3-80]に下って来られる時、あなた《シィ》の王国《エクスゥシア》のもっとも忠実なヴァエラルドス[3-81]を介して手渡されるであろう。【5】誓い《オルコス》がどのようにして行われるのがふさわしいかについては、すでにすべてをいと高貴《エヴェニア》な殿下《スゥ》に知らせているが、さらにその上にプロトプロエドロスにしてカテパノのコンスタンディノス「ヒロスファクティス」がきわめて明確に説明することになっている、そしてその者は、わが方から要求し、あなたの行う誓い《オルコス》によって確認される主要事項の各々について朕《クラトス イモン》の指示を受けとっている。事実朕《ヴァシリア ムゥ》といと高貴《エヴェニア》な殿下《スゥ》の使わした使節《プレスヴィス》との間で協定《シムフォニア》が成立した時、幾つかの重要な案件が話題の対象となった、しかしいと高貴《エヴェニア》な殿下《スゥ》側の者たちはそれらの件については指示を受けていないと言ったので、そのため朕《ヴァシリア ムゥ》も殿下の誓い《オルコス》を先に延ばすことにした。それはそれとして、誓い《オクロス》はいと高貴《エヴァニア》な殿下《スゥ》によって実行してもらいたい、事実あなたの忠実なアルヴェルティスはそれが行われることを誓って朕《ヴァシリア ムゥ》に請け負ったし、朕《イメテロン クラトス》もぜひ必要な要件としてそれ「誓い」をあなたに要求するものである。【6】ところであなたのもっとも忠実《ピストス》で、またことのほか高貴の生まれの伯《コミス》、ヴルハルドスの「帰還の」遅れは、朕《ヴァシリア ムゥ》の願いによるものであった、実は私のもっとも愛しい甥、[3-82]すなわち至福のセヴァストクラトル、朕《ヴァシリア ムゥ》の最愛の兄弟の息子を彼［ヴルハルドス］に見てもらいたかったからである、そうすればまだ年端のいかないその子供の聡明さを帰国に際してあなたに報告するだろうと考えたのである。実のところ朕《ヴァシリアムゥ》は、外面のこと、身体上の美点をことのほか重要視するものではないが、しかし［その子は］それらを多く備えている。とにかくあなたの使節《プレスヴィス》は大都《メガロポリス》に滞在中にその子供を観察したこと、そして当然に［その子供と］語り合ったことすべてをあなたに報告するだろう。さてもし神《セオス》が朕《ヴァシリアムゥ》に子供を恵み与えられない時には、この最愛の甥は私の嫡子の地位を得る、そして神《セオス》のご意志があれば、われわれが血の絆によって一つになることを妨げるものは一切なく、わたしたちはキリスト教徒として互いを愛するものと見なしており、そのうえ親族として親しい関係になれば、今後は各々は互いによって強化され、わたしたちは敵にとって恐ろしい存在になり、さらに神《セオス》の加護を得れば無敵となろう。【7】さて今しがた、友愛の印に次の品々をいと高貴な殿下《エヴェニアスゥ》に送ったばかりである、すなわち小さな真珠のついた、首から吊す黄金の十字架《エンゴルピオンフリスウン》、それら各々に用意された薄い名札でそれぞれの名が識別される幾人かの聖者《アイイ》の遺骨片の入った、渡金された容器、瑪瑙の椀《カフキオンサルドニヒオン》[3-83]、ガラスの杯、金鎖付きの雷《アストロペレキン》［の留め[3-84]金］、芳香性のある樹脂《オポヴァルサモン》[3-85]。【8】神《セオス》があなたの長寿を許し、あなたの王国《エクスウシアスゥ》の領土《オリア》をさらに大きくし、すべての敵に恥辱を与え、粉砕されるように。あなたの王国《エクスウシアスゥ》が平和でありますよう、太陽の光があなたの領土のすべてに穏やかに注ぎますよう、あなたの敵のすべてが、すべてに対してあなたを無敵の存在にする天上における全能の神の力《イスヒス》によって破滅されますように、なぜならあなたはそれほどに神の真の名を愛し、神の敵にむかって自らの手で武器を握ろうとされているからである」

第11章

［1］西方に対して以上のような措置をとった後、その者は差し迫った緊急の問題、すなわち脅威を与える目前の危険に対して取り組みを始めた、事実彼自身はなお諸都市の女王《ヴァシリス トン ポレオン》の中にあって、可能なあらゆる手段を用い、いかにして目の前に迫る敵にどう立ち向かえばよいかを考えていたのである。この歴史《ロゴス》がすでに説明したように、その者はこの上なく不信《アセオタティ》のトルコ人がプロポンディスの辺に住み着いていることを知っていた、事実ソリマス[3-86]は全東方［小アジア］を支配し、ニケアに居を構え（そこに彼のスルタン館《スルタニキオン》もあったが、これは私たちが宮殿《ヴァシリオン》と呼んでいるものである）、絶えず略奪者の群を送りだし、ヴィシニアとシニアのすべての地域を略奪させており、その者たち［略奪者の群］は騎馬でまた徒歩で、なんと今日ダマリスと呼ばれているヴォスポロス［の町］[3-87]そのものまで略奪しにやって来て、多くの戦利品《リア》を奪い、ほとんど海をさえ飛び越えようとの勢いを示していた。ビザンティオンの人々[3-88]は、その者たちが大胆にも至る所で、海岸に位置する小さな町々《ポリフニア》や諸聖堂《イエラテメニィ》で暮らしているのを知り、だれも彼らをそこから追い出すことができないまま、ただ怖れ震え、まったくなす術もなく途方にくれるばかりであった。［2］これらのことを知って皇帝《ヴァシレフス》はさまざまの考えの間を揺れ動き、何度も何度も変更するやら方向を変えるやらしながら、もっともよい考えにたどりつき、できる限りにおいてそれを実行することに取り組んだ。実際ごく最近に召集したばかりのローマ人兵士とホマ出身の者たちの中から十人隊長《デカルヘエ》[3-89]たちを任命し、それから一方で弓《トクサ》と丸盾《アスピデス》しか待たない軽装備の者たちを、他方でとにかく兜《コリセス》と盾《アスピデス》と槍《ドリ》で武装するすべを知っている者たちを小舟《アカティア》に乗りこませた後、彼らに、夜中切り立った海岸《アクテエ》と岸辺にそって進み、もし敵の数が彼らより何倍も多数でなければ密かに上陸して神を信じない《アセイ》それらの者たちに襲いかかり、そしてただちに出発した地点に戻ってくるように命じた。［アレクシオスは］これらの者たちがとにかく戦争の経験のないことを知っていたので、漕ぎ手たちに音をたてずに［舟を］進めることを命じ、同時に岩の窪みに待ち伏せしている蛮族《バルバロイ》たちから身を守るよう指示を与えた。［3］確かにこれらのことが数日間に

わたって実行されると、蛮族《バルバロイ》は少しずつ海岸地域から奥地へ退き始めた。このことを知った皇帝《アフトクラトル》は、そこで送りだした者たちに、あの者たち［トルコ人］が少し以前に手に入れた小さな町《ポリフニア》々や村々を奪い取り、それらの中で夜を過ごすように指示を与えた。さらに［つぎのことも指示した、すなわち］夜明けの光が差し始めるころ、敵が糧秣《ホルタゴイア》を得るために、あるいはその他の必要から外に出かけることが生じる時には、彼らを急襲し、もし彼らに対してなんらかの成果が得られれば、たとえわずかな成果であってもそれで満足し、より大きな獲物を求めて身を危険にさらし、そのため敵に奮起の機会を与えないように、ただちに引き返し、砦《フルリア》に入り込むことである。【4】間もなく蛮族《バルバロイ》は再び以前よりももっと遠くへ引き下がった、そこで皇帝《アフトクラトル》は自信をもち、これまで徒歩で行動していた者たちに、馬に乗り、槍《ドリィ》を使い、もはや夜間にこっそりと襲うのでなく、太陽の輝く日中に騎馬による突撃《イパシア》を敵に向かって頻繁に行うよう命じた。実際これまで十人隊長《デカルヘェ》であった者たちは今や朝日と共に攻撃に出て、五〇人隊長《ペンディコンダルヘェ》[3-90]となり、徒歩で夜中、とてもびくびくしながら敵と戦っていた者たちは今や太陽が中天に達するときには大胆に華々しく戦うようになった。このように事態が彼ら［トルコ人］にとって後退していく一方、ローマ人の帝国《アルヒィ》の方では灰の下に隠されていた力の火の粉は赤々と燃え上がり始めた。なぜならコムニノスは単に彼らを都市ヴォスポロスや海岸の村々《ホリア》から遠くへ退けただけでなく、ヴィシニアとシニアの地方全域、さらにニコメデスの都市の境界《オリア》からも追い出し、スルタンを早急に和平《イリニ》を求めさせるはめに追い込んだのである。【5】その者［アレクシオス］は、ロベルトスの戦いへの抗しがたい衝動と、無数の軍勢《ディナミス》を集め終え、今やロンギヴァルディアの海岸に至ろうと急いでいることを多くの情報によってすでに確認していたので、進んで和平《イリニ》の提案を受け入れようとする。実際、諺にもあるように、あのヘラクレスでさえ同時に二人の敵と戦うことができなかったのであるから、ましてつい最近、すでに解体状態にあった帝国《アルヒィ》、ずっと以前から衰退をつづけ、すでに最低の状態に至っていた帝国を握ったばかりの若い将軍《アルヒィゴス》が軍勢《ディナミス》も財貨《フリマタ》もないのに、どうしてそのようなことができたであろう。なぜならすべてが無益なことのために使い尽くされていたのである。確かにこの理由から［アレクシオスは］あらゆる方法を用いてトルコ人をダマリスとその周辺の海岸地域から追い出すと同時に、贈物《ドラ》を与えて迎え入れ、和平《イリニケ》協定《スポンデェ》の締結[3-91]に向かわざるを得なかったのである。すなわちドラコン川を両者の国境《オロス》とし、その川を絶対に越えてはならないこと、またヴィシニアの住民の土地《オリア》に決して侵入してはならないことを彼らに納得させた。

第12章

【1】このようにして東方の問題は沈静化の方向に進んだ。他方ディラヒオンに到着したパレオロゴスは、あのモノマハトスが自分の到着を知ると急いでヴォディノスとミハイラスのもと[3-92]へ去ってしまったので、急使《タヒドロモス》を［皇帝へ］送り、その件について報告した。実はその者［モノマハトス］は恐れていたのである、なぜなら［アレクシオスの要求に］従わず、皇帝《ヴァシレフス》アレクシオスがあの時心に秘めていた反逆《アポスタシア》を実行する前に、彼に急使《グラマトコミスティス》を派遣し、その者［急使］を介して財貨《フリマタ》の提供を求めたが、[3-93]その者［急使］を手ぶらで送り返していたからであった、しかし皇帝《ヴァシレフス》はすでに語られた理由により彼から指揮権《アルヒ》を取り上げる以外、彼への報復はなにも考えていなかった。そこで皇帝《アフトクラトル》はモノマハトスの一件を見定めると、彼に完全な安全を確約する金印《フリソヴロス》文書《ロゴス》[3-94]を彼のもとへ発送する。その者はそれを手にすると、ただちに宮殿《ヴァシリア》［大宮殿］への帰途についた。【2】ロベルトスはイドルスに到着すると、全ロンギヴァルディアのそれをも含めた彼の権限《エクスゥシア》のすべてを息子のロエリスに託した後、[3-95]そこを発しヴレンディシオンの港《リミン》に達した、[3-96]そしてそこでパレオロゴスのディラヒオン到着を知ると、大《ミゾノ》型《トン》船《プリオン》のそれぞれの甲板に木材で塔《ピルイ》を作り、それらを獣皮で覆わせ、[3-97]また諸船舶《ニエス》に攻城戦《ティホマヒア》に必要なあらゆる物資を急いで積み込み、通常戦艦《ドロモネス》に馬と武装した騎兵《イピス》を乗りこませる、そしてあらゆる地方から戦争に必要な物資がまたたく間に集められると、今すぐにでも海を渡りたい気持ちでいた。実際

彼の考えていたことは、ディラヒオンに至ればそこを攻城器《エレポリス》でもって海と陸から包囲し、城内にいる者たちを驚愕させ、同時に彼らのまわりを完全に取り囲み、最初の一撃で一挙に都市《ポリス》［ディラヒオン］を奪い取ることであった。そのためこれらのことを聞き知った島民やディラヒオンの海岸地域の者たちの間に激しい動揺が引き起こされた。【3】［ロベルトスは］すべてが自分の考え通りに運ぶと、艫綱を解き、通常戦艦《ドロモネス》・三段櫂船《トリイリスニエス》・一段櫂船《モニリス》[3-98]を航海術の知識《エムピリアトンナフティコン》に従って戦闘隊形に編成した後、航海規則に則って航海を進めた。幸いにも順風を受け、対岸のアヴロンの海岸に達し、そこから沿岸伝いに航海しヴォスレンドンに至った。そこで、先に海を渡り、攻撃《エフォドス》してアヴロンを占領していた彼の息子、ヴァイムンドスと合流した後、全軍勢《ストラテヴマ》を二手に分け、彼自身は海路でディラヒオンへ進もうと考えてその一方を掌握し、他方の指揮を、陸路でディラヒオンまで行進することになったヴァイムンドスに託した。【4】コルフ島を通過した後、グロサと呼ばれる、海に長く突き出た岬の先端あたりでディラヒオンの方向に転じた時、［ロベルトスの一行は］突然とてつもなく大きな波に襲われることとなった。なぜなら大きな雪嵐《ニフェトス》と山々から吹き寄せる風が海面を激しく叩き、大きく上下させた。そのため大波が起こり唸り続け、漕ぎ手《プロスコピィ》が櫂を海面に下ろした瞬間に、櫂は砕け、激しい風で帆は食いちぎられ、帆桁は砕かれ甲板に落下する、今や船体《スカフィ》は人もろとも海に飲み込まれようとしていた、まだ季節は太陽がすでに蟹座《カルキノス》を過ぎ獅子座《レオン》に至ろうとする夏であり[3-99]、ちょうど人々がキオン［シリウス星］の昇る季節と言っている時期であった。すべての者はそのような［自然の］敵に立ち向かうことができず、怯え、進退窮まり、なす術のない状態であった。大きな叫び声が各所で起こっていた、なぜなら人々は嘆き叫び、声を張り上げ、救世主《ソティル》なる神《セオス》の名を呼び、陸地が見えるようにと祈り続けていたのである。【5】ロベルトスの手に負えない、異常にふくれ上がった思い上がりに対して神《セオス》が激怒し、その発端においてその結末が悲惨であることをすでに明らかにされているかのように、大波はいっこうに鎮まる気配を示さなかった。事実船舶《プリア》のあるものは船乗り《プロテレス》たち自身と共に海中に沈み、他のものは突き出た岬に激突しうち砕かれた。塔《ピルイ》を包んでいた獣皮は雨水でたるみ、各所に打ち込まれた釘は抜け落ち、そのため獣皮は重くなり、たちまち木製の塔を倒し、船《ニエス》を破壊し、沈めてしまった。しかしロベルトスの乗っていた船《スカフォス》は半壊状態となったが、辛うじて助かり、また貨物船《オルカデス》の一部も船乗り《プロテレス》ともども奇跡的に難を避けることができた。［6］海は吐き出すように多くの死体を海岸に打ちあげ、ロベルトスの艦隊《ナフティコン》が運んできた兵士たちの多くの貴重品入れやその他の荷物も砂浜にまき散らした。もちろん生き残った者たちは死体を埋葬し、葬送の礼をもって送った、しかし多数の死体をすばやく埋葬することができなかったので、あたり一面に悪臭がたちこめていた。すべての食糧が消え失せてしまったので、もしその時、穀物畑や他の畑、庭園が作物で満たされていなかったならば、生き残ったものたちも飢えでたちまち全滅していたであろう。実際これらの惨事は正しい判断の持ち主すべてにとって意味深長な出来事であった、しかし他方これらの出来事も怯えることを知らぬロベルトスを驚愕させることはなかった、私の思うところでは、もし自らの命の救われることを神に祈ったとしても、それはただただ自分が敵と決めた者たちとどこまでも戦い続けることのできるためであった。［7］それゆえいましがた生じた事態の何ごともすでに心に決めた目標からその者を遠ざけることはなく、生き残った者たちと共に（事実少数の者たちは神《セオス》の無敵の力《ディナミス》によって危険から救われたのである）グラヴィニツァに七日間とどまり、そこで自らの気力を回復させ、海上の危険から救われた者たちを休養させると同時に、もちろん、さらにヴレンディシオンに残してきた者たち、他の場所から艦隊《ストロス》を仕立ててここにやって来ることの見込まれる者たち、[3-100] 彼の軍勢《ディナミス》のうちで自分たちより少し前に陸路で進んでいる重装備の騎兵《イピス》と歩兵《ペズィ》と軽装の歩兵《プシロン》が到着するのを待った、そして陸地からまた海上からやって来たそれらの者すべてを一つに糾合すると、その者は全軍勢《ディナミス》を率いてイリリコンの平地[3-101]に達した。［8］ところでこれらのことを詳しく私に語った一人のラテン人がその時彼［ロベルトス］のそばにおり、その者はその者自身が言ったように、ロベルトスのもとに送られたヴァリスの司教《エピスコポス》[3-102]の使者《プレスヴィス》であり、そしてまた［戦役中］この平野でロベルトスと共に過ごしたと断言した。さてその時、かつてエピダムノスと呼ばれた都市《ポリス》の崩れた城壁《ティヒ》の中に小屋《カリヴェ》が建てられ、軍勢《ディナミス》は部隊《イラドン》ごとに宿営した。昔エペイロスの王《バシレウス》ピュロスはここ［エピダムノス］において……[3-103]、それは、［王が］タレントゥムの住民と同盟し、アプリアでローマ人と激しい戦い[3-104]を行った時である。それゆえ大殺戮が起こり、［エピダムノスの］全住民は徹底的に剣《クシフォス》の餌食となり、［都市は］全く無人化し見捨てられてしまった。後年エリネスが語り、その都市《ポリス》に残る碑《グリピタ》文《グラマタ》が証言しているように、［都市は］アムフィオンとゼトス[3-105]によって今日見るような状態に再建され、そしてただちに名前を変えディラヒオンと呼ばれるようになる。この都市《ポリス》についての補足的な説明はこれくらいにしておこう。さあここで第三巻を終え、つづく第四巻でその後の出来事を語ることにしよう。

第Ⅳ巻

第1章

【1】第四エピネミシス［インディクティオン］の六月十七日、[4-1]［ディラヒオンの］平野ではロベルトスはすでに陣を張っており、彼に従うのは数えることのできないほど多数の騎兵《イピス》と歩兵《ペズィ》からなる軍勢《ディナミス》で、その堂々たる外見と戦略《ストラティイキ》にかなった［諸軍の］構成は見るからに恐ろしいものであった（なぜなら［諸軍が］あらゆる所から集まり、全軍《ストラテヴマ》の集結は完了していたのである）、他方海上では海戦に多くの経験《エムピリア》を積んだ別《エテリ》の兵士《ストラティオテェ》たち[4-2]の乗りこんだ、あらゆる種類の船舶《プリア》から構成された彼の艦隊《ナフティコン》が巡航していた。事実ディラヒオンの住民は両側から、すなわち海と陸から完全に包囲され、言語に絶するきわめて多数のロベルトスの軍勢《ディナミス》を見て、大きな恐怖にとらえられていた。しかしながら勇敢な男で、あらゆる種類の戦術《ストラティイキィ》を身につけ、これまで東方の地で数えきれないほどの戦いをし、勝利者《ニキティス》として認められていたエオルイオス＝パレオロゴスは、臆することなく、都市《ポリス》の防備を固めることにとりかかる、すなわち皇帝《アフトクラトル》の指示[4-3]に従って防御の工夫を施し、胸壁《ティヒ》上の各所に投石《リソヴォラ》機《ミハニマタ》を備え付け、兵士《ストラティオテェ》のうちで意気喪失している者たちを元気づけ、城壁《ティホス》全体にくまなく見張り《スコピィ》を配置する、そして彼自身は昼夜にわたって動き回り、見張りの者たち《フィラソンテス》に監視に怠りないように励まし続けていた。同時にその者は幾度も書簡《グラマタ》を皇帝《アフトクラトル》へ送り、ロベルトスの出現と、ディラヒオン市《ポリス》を包囲攻撃するためにやって来たことを知らせていた。[4-4]【2】都市のまわりでは攻城器《エリポリス》が各所に配置され、ディラヒオンの城壁《ティヒ》よ

りも高く、周囲が獣皮で覆われ、頂上には何台もの投石《リソヴォラ》機《ミハニマタ》を備えた途方もなく大きな木造の塔《モシン》[4-5]が現れる、そして城壁《ティヒ》のまわりすべてが野営地《ストラトペドン》によって取り巻かれ、あらゆる方面から同盟者《シムマヒ》がロベルトスのもとへ群がり集まり、周辺の町々《ポリス》が攻撃を受けて略奪され、［兵士の］小屋《カリヴェ》が日に日にその数を増していく、これらの事態を目の当たりにして城壁内の住民は恐怖にとらわれていた、事実住民はすでにロベルトス侯《ドウクス》の目的をはっきりと知っていたのである、すなわち諸都市《ポリス》や地方《ホレ》を略奪し、多量の戦利品《リア》を集めると、再びアプリアにもどっていくのではなく、いたるところでそのように言われていたのだが、実際はローマ人の帝国《ヴァシリア》の帝権《アルヒィ》を切望して、いわばその手始めにディラヒオンを急いで包囲攻撃しようとしている。**[3]** さてパレオロゴスは、部下に命じて［城壁の］上からいかなる理由でここにやって来たのかを彼［ロベルトス］に問い尋ねさせる。その者が応えて言うには「帝座《ヴァシリア》から追い払われた私の姻戚のミハイルを再び本来の地位《ティミ》にもどすこと、彼に加えられた凌辱をぬぐい取り、彼の復讐を果たすことである」［城壁上の］者たちが彼に向かって言うには「もしわれわれがその者を見てミハイルであることを知れば、ただちに彼を崇め敬い、都市《ポリス》を引き渡そう」と応える。ロベルトスはその言葉を聞くと、即刻にミハイルに豪華な衣服を着させ、都市《ポリス》の住民《イキトレス》にその者を見させるように指図する。そこでその者は、派手な行列《プロポムピ》に伴われ、さまざまの楽器とシンバルで大いに盛り上げられ、住民に示された。しかしその者を見ると同時に、城壁上の者たちは、その者はまったく見知らぬ者だと断言し、千もの侮辱の言葉を浴びせ続けた。[4-6] しかし他方ロベルトスはこれらのことを全く意に介さず、さしあたってするべきことに専念した。他方、城内の者と城外の者が互いに言葉を投げつけている間に、突然都市《ポリス》内の一部の者たちが城内から打って出て、ラテン人に戦闘をしかけ、わずかながら相手に打撃を与えると、再びディラヒオン［の内］へ姿を消した。**[4]** ロベルトスに連れられてきたあの修道士《モナホス》について、人々の間にはそれぞれ異なる意見があった。ある人々は、その者は皇帝《アフトクラトル》ミハイル＝ドゥカスの酌取《イノホオス》りであると言い、他の者たちは、あの者自身こそ皇帝《アフトクラトル》ミハイル、あの蛮族《バルバロス》の姻戚であり、人々の言うようにその蛮族は彼のために大戦争を企てたのだと言い張り続けた。しかしまたある人々は、すべてはあのロベルトスの仕組んだことであることを重々承知している、なぜならあの者［修道士］は自ら進んで彼のもとへ行ったのではないから、と主張していた。ところで［ロベルトスは］極貧と素性の怪しい境遇《ティヒ》から持ち前の行動力と気魄でロンギヴァルディアのすべての都市《ポリス》と地方《ホレ》、その上アプリアまでも手中にし、この歴史《ロゴス》がすでに語った[4-7]ように自らをそれらの主人《キリオス》としたのであった、そしてその後すぐに、貪欲な者たちに常に生じるようにいっそう大きな欲望に突き進み、イリリコンに位置する諸都市《ポリス》に対して仕掛けてみる必要がある、もし事態が自分にとって上手く行けば、さらにそれらに加えて支配を拡大しようと考えたのである。実際貪欲な男たちは皆、一度権力《アルヒィ》を握ると、あらゆる点で、身体に取りつくや、蝕みつづけすべてをだめにしてしまうまで決して止まることのない壊疽と異ならないのである。

第2章

【1】皇帝《アフトクラトル》はパレオロゴスの書簡《グラマタ》を通じてすべてのことを、すなわちあの者が（先にこの歴史《ロゴス》で語られたように）[4-8]六月に海を渡ったこと、いわば神の怒り《セオミニア》にふれたように激しい嵐と難破に見舞われたが、それにも挫けず、彼と行を共にする者たちをもちいてアヴロンを急襲させて占領した[4-9]こと、さらに激しい吹雪のように至る所から無数の軍勢《ディナミス》が彼のもとに群がり集まってきたこと、またきわめて軽薄な者たちがあの偽のミハイルを真実皇帝《ヴァシレフス》であると信じてロベルトスの側に移ったこと、これらのことを詳細に知らされ、それで相手の目的の大きなことに目を見張り、恐れを抱いた、事実彼の有する軍勢《ディナミス》がロベルトスのそれのほんの小さな部分にもおよばないことを理解し、東方からトルコ人を呼び寄せなければならないと判断し、ただちにそのことについてスルタンに知らせる。[4-10]【2】それだけでなくその者はさらにヴェネツィア人をも、なお人が言うようにローマ人においては競《イピィケェ》馬《アミレェ》における青《ヴェネトン》党《フロマ》[4-11]はかれらに由来すると見なされているが、約束と贈物《ドラ》によって味方に

引き入れようとする、[4-12] すなわちもし［ヴェネツィア人が］ディラヒオンを守護しロベルトスの艦隊《ストロス》と激戦を交えるために、彼らの全土の艦隊《ナフティコン》を申し分なく艤装し、すみやかにディラヒオンに向かう用意があるなら、あるものについては［後日与えることを］約束し、他のものについてはすぐに与えるということであった。そしてもし彼らに指示された通りに行動するならば、神《セオス》の助けを得て勝利する場合も、また常に起こりうることであるが、敗れる場合も、いずれの場合もその者たちがあたかも勝利したかのように、なされた約束に従ってそれらのものを受けとるであろう。加えて彼らの望むものはなんであれ、ローマ人の帝国《アルヒィ》の利益に反しない限りにおいて、金印《フリソヴロス》文書《ロゴス》によって確認され、授与されるであろう。【3】これらの申し出を聞き入れた後、［ヴェネツィア人］はつぎに自分たちの望むすべてを使節《プレスヴィス》を通じて要求し、それらに対して確実な約束を手に入れる。その結果［ヴェネツィア人は］あらゆる種類の船舶《プリア》からなる艦隊《ストロス》[4-13]を準備すると、整然と隊列を組み、ディラヒオンに向けて航海に乗りだす。長い旅路の後、久しい以前に無垢の神の母《セオトコス》に捧げて建設された聖堂《テメノス》の近くに到着した、そこはディラヒオンの城外に設けられたロベルトスの陣営《パレムヴォリ》からおよそ十八スタディア離れた、パリアと呼ばれる場所であった。さて［ヴェネツィア人は］ディラヒオン市《ポリス》のすぐそば［東側の海岸］にあらゆる種類の兵《ポレミカ》器《オルガナ》で固めたロベルトスの艦隊《ナフティコン》を目にして怯み、すぐに戦いを交えることができなかった。他方ロベルトスは彼らの到着を知ると、皇帝《ヴァシレフス》ミハイルとロベルトス自身を歓呼するべしと告げるため、息子のヴァイムンドスを艦隊《ストロス》を率いさせて彼らのもとに送りだした。しかし他方の者たちは歓呼《エフフィミア》を翌日に行うことを約束した。夜となり、凪のゆえに彼ら［ヴェネツィア人］には海岸に近づくことができなかったので、大《ミゾナ》型《トン》船《プリオン》をそれぞれ綱で繋いで一つにまとめ、いわゆる海の港《ペラゴリミン》を作りあげると、つぎに各船の帆桁《イスティア》に木製《ピルイ》の足場《クシリニ》を作りつけ、各船が引き連れてきた小《ミクラ》舟《アカティア》を綱を使って足場まで引き上げた。[4-14]［ヴェネツィア人は］これらの小舟の中に武装した兵士《アンドレス》を入り込ませ、とても太い丸太を一ピヒス弱に切断し、それらに鋭い鉄釘を固定すると、後はフランク人の艦隊《ストロス》がやって来るのを待つこととなった。【4】陽が輝きだすと、ヴァイムンドスは歓呼《エフフィミア》を要求しにやって来る。しかし〔ヴェネツィア人が〕彼の髭を見て嘲笑したので、[4-15]ヴァイムンドスはそれに我慢できず、彼自身先頭に立って彼らに向かって突き進み、彼らの大《メジスタ》型《トン》船《プリオン》に接近する、そこで艦隊《ストロス》の残りもその後に続いた。激しい戦闘が起こり、[4-16]そしてヴァイムンドスが猛然と戦っていた時、上記の切断された丸太の一つが高所からヴァイムンドスの乗っていた船《ナフス》に目がけてまっすぐに投げつけられ、それにより〔船腹に〕穴が開いた。海水が入り込み溺死するのが必定となったので、ある者たちは船《ナフス》から海中に飛び込み、しかしまさに危険から脱出しようとして、同じ危険に陥り溺れ死にし、他の者たちはヴェネツィア人と戦い続けて殺された。すでに危険の真っただ中にあったあの者〔ヴァイムンドス〕は味方の船舶《プリア》の一隻に飛び移り、救われる。[5] ヴェネツィア人はそのことでいっそう勇気づけられ、彼らに向かってこの上なく大胆に戦い、ついに彼らを逃走させると、ロベルトスの幕舎《スキニ》の近くまで追いつめていった。陸地に近づくと同時に飛び降り、ロベルトスとも戦いを交える。パレオロゴスは彼らの奮戦を目にし、そこで彼自身もディラヒオンの要塞《カストロン》[4-17]から突撃に出て、彼ら〔フランク人〕と戦いを交わす。事実戦闘が一段と激しくなり、ロベルトスの陣営《パレムヴォリ》そのものまで広がった後、そこにいた〔フランク人の〕多くは追い払われ、また多くの者が剣《クシフィ》の餌食になってしまった。[4-18] [6] ヴェネツィア人はきわめて多量の戦利品《リア》を奪い、自分たちの船《プリア》に立ち戻り、他方パレオロゴスも再び要塞《カストロン》へ引き返す。ヴェネツィア人は数日間身体を休めた後、ことの経緯を詳しく報告するため、使者《プレスヴィス》を皇帝《ヴァシレフス》のもとへ送る。〔皇帝は〕当然のこと彼らを喜んで迎え入れ、親切の限りを尽くしてもてなした後、ヴェネツィアの元首《ドゥクス》[4-19]と彼の高官《アルホンデス》たち[4-20]への十分過ぎるほどの財貨《フリマタ》を使者に持たせてから、彼らを立ち去らせたのである。

第3章

[1] しかしこの上なく好戦的なロベルトスは戦いから手を引こうとせず、むしろいっそう力を尽くして戦わ

ねばならないと決心した。だがすでに冬の季節[4-21]であったので、船舶《プリア》を海上に浮かべることは彼にはできなかった。その上ローマ《ロマイコス》艦隊《ストロス》とヴェネツィア人の艦隊が航路《ポルスモス》を注意深く監視し、ロンギヴァルディアから人々が彼のもとに行くことも、また人々がかの地からこちらへ必要物資を輸送することも妨げていた。春が近[4-22]づき、海上の大波がおさまると、まず最初にヴェネツィア人が艫綱を解き、ロベルトスに向かって勢いよく突進した。そして彼らの後につづいてマヴリクス[4-23]がローマ《ロマイコス》艦隊《ストロス》を指揮して出航した。そこで恐ろしい戦闘が起こり、しかしロベルトス側の者たちは今度も敵に背を向ける。そのためロベルトスは艦隊《ストロス》のすべてを陸に上げなければならないと判断した。[2] 島々の住民と大陸沿岸の小さな町《ポリフニア》々、そしてこれまでロベルトスに貢税《フォリイ》を支払ってきた他のすべての者たちは、彼の身に生じたことで勇気づき、また海上における［今回の］彼の敗北を知って、もはや進んで課された重荷を担おうとしなくなった。だからその者［ロベルトス］は戦いにはいっそうの慎重さが必要であり、そうして再び海上と陸上で戦闘を行わねばならないと考えた。しかしその時期には激しい風が吹いており、難破を怖れて、その考えにそって戦いを進めることはできなかった、そこで二ヶ月にわたってイェリホの港《リミン》で辛抱強く待つことになったのである、そしてその間、海と陸で戦いを交えることを願ってそのための準備を行い、また戦闘に必要なものを揃えようとしていたのである。他方ヴェネツィア《ヴェネティコス》艦隊《ストロス》とローマ《ロマイコス》艦隊は最大限の努力を払って航路《ポルスモス》の監視にあたっており、そして渡海を望む者たちに海が少しでも手を差しのべようとする時でも、かの地からロベルトスのもとに渡ろうと企てる者にそれを許さなかった。その上グリキス川[4-24]の辺に野営している者たちにとって、ディラヒオンから打って出てくる敵が糧秣集め《ホルタゴイア》あるいはその他のものを調達するためロベルトスの溝をめぐらした陣《タフリア》地から出かける者たちを阻止していたので、その地方からさえ必要物資を調達することが容易でなくなり、そのため飢えで苦しむ事態に陥った。さらにその地の不慣れな気候が彼らを大いに苦しめていた。そのため三ヶ月の間に、およそ一万を数える男たちが死んでしまったと言われている。ロベルトスの騎兵《イピィケ》の軍勢《ディナミス》を襲った病気《ノソス》だけでさえ多くの者を殺した。事実騎兵《イピス》のうちで五〇〇人もの伯《コミテス》や最強の将校《ロガデス》が病気《ノソス》と飢えの犠牲となり、より低い身分《ティヒ》の騎兵《イピス》については数えきれないほどであった。

【3】さてすでに語られたように、彼の船舶《プリア》はグリキス川の岸辺に陸揚げされていたが、川の水位は、すでに冬が過ぎ春が進み、暑い夏が近づいていたので水不足のため低くなっており、いつもなら勢いよく流れる川床の水はなくなり、再び船舶を海に導き入れることができず、その者［ロベルトス］は途方にくれていた。しかし工学についてこの上なく詳しく《ミハニコタトス》、観察力の鋭いその者は、［船の横たわる岸辺の近くの］川の両側にそって杭を並べて突き立て、それらを隙間のない柳の細工物で結び合わせ、それからそれぞれの杭の並びの背後に根本から切り倒した巨木を敷き広げ、その上に砂をかけるように命じた、それは、あたかも杭で造られた一つの溝へ集まってくるように水を一ヶ所に集めるためであった。事実水は少しずつ嵩を増し、川の中の構築物全体を満たしていき、ついに船舶《ニエス》を持ち上げ、これまで地面に横たわっていた船舶《ニエス》をまっすぐに立てさせ、水面に浮かばせるほどにまで十分の深さに達し始めた。この後は船舶《プリア》は順調に運ばれ、容易く海にまで引いて行かれた。[4-25]

第4章

【1】皇帝《アフトクラトル》はロベルトスの行動を聞き知ると、即座に書簡《グラフィ》[4-26]を通じてパクリアノスに、制御できないあの者の激しい攻撃衝動と、陸上と海上において彼の身に降りかかった恐ろしい事態も、また人の言うようにまさに劈頭においてこうむったあのような酷い敗北もまったく意に介さず、どのようにしてアヴロンを占領したかを説明し、ぐずぐずせず、できる限りすみやかに軍勢《ディナミス》を集めて自分に合流するよう指示を与えた。事実これらのことをパクリアノスに知らせた後、彼自身はただちに、すなわち第四エピネミシス［インディクティオン］八月、[4-27]コンスタンティヌスの［都］を出立する、その際イサアキオスを大都《メガロポリス》に残し、都《ポリス》の問題を彼に託した、すなわちもし敵意を抱く者たちからいつものように流される、よからぬ噂が耳に入れば、それらを一掃し、宮殿《ヴァシリア》

［大宮殿］と都《ポリス》を守護し、同時にすぐに悲嘆にくれがちな女たちを元気づけることを頼んだのである。母に関しては、彼女自身はことのほか健康で、国事の処理にこの上なく熟達していたので、補助する必要は一切なかった、と私は思う。他方パクリアノスは書簡《グラマ》を読むと、ただちに勇敢で軍事の経験《エムピリア》に富むニコラオス゠ヴラナスを副官《イポストラティゴス》に任命する。そして急いで皇帝《ヴァシレフス》に合流すべく、ただちに全軍《オプリティコン》と高級将校たちを率いてオレスティアスから出立する。【2】皇帝《アフトクラトル》の方はすでに全軍《オプリティコン》をすみやかに戦闘《スピマ》隊形《ポレムゥ》に整列させ、将校《ロガデス》の中からもっとも勇敢な男たちを指揮官《イエモネス》に任命し、また地形が許す限りにおいてこの戦闘隊形で進軍するよう指示を与える、それは、それぞれが戦列《パラタクシス》の形をしっかりと見定め、各自の位置を知っておれば、いざ戦闘という時に混乱に陥らないように、また安易に、あるいは行き当たりばったりに方向を変えてしまうことがないようにするためであった。【3】さてエクスクゥヴィティの軍団《タグマ》はコンスタンディノス゠オポスによって、マケドニア人[4-28]はアンディオホスによって、セタリア人はアレクサンドロス゠カヴァシラスによって指揮され、アフリド地方[4-29]に居住しているトルコ人[4-30]は当時メガス゠プリミキリオス[4-31]の職にあったタティキオスが指揮する、この者はきわめて勇敢で戦闘には臆するところがなかった、もっとも彼の素性は自由身分《ティヒ》ではなかった。なぜならサラセン人[4-32]であった彼の父は、略奪時に私の父方の祖父ヨアニス゠コムニノスの罠にかかり捕らえられてしまったのである。二八〇〇を数えるマニ教徒《マニヘイ》[4-33]の指揮者《イエモネス》は、同じ異端《エレシス》の徒であったクサンダスとクレオンであった。これらの［マニ教徒の］男たちはすべてきわめて好戦的で、好機至れば敵の血を吸おうとうずうずしており、その上大胆で恥知らずであった。彼［皇帝］に個人的にごく親しく仕える者たち《イキオテリイ》（ヴェスティアリテェと呼ばれるのが慣わし《シニシア》である）とフランク人の諸部隊《タグマタ》はそれぞれパヌコミティス［ニキタス］と、その一族からウムベルトプロス[4-34]の綽名をもつコンスタンディノスが指揮した。【4】諸隊《タグマタ》をこのように整えると、［皇帝は］全軍を率いてロベルトスに向かって出発した。[4-35]途中かの地からやってきた一人［の兵士］に出会い、ディラヒオンの情況についいて問い尋ね、いっそう明確に事態を把握することとなった、すなわちロベルトスは攻城戦《ティホマヒア》に役立つあらゆる

機具を動員し、それらを城壁《ティヒ》に近づけた。他方エオルイオス＝パレオロゴスは昼夜にわたって城壁外の攻城器《エレポリス》や攻城用装置《ミハニマタ》に対抗していたが、もはや抵抗できないと見るや、今度は城門《ピレ》をさっと開いて打って出て、敵と激しい戦いを交えた。しかし身体の各所に重傷を負った、とくにこめかみ近くを矢《ヴェロス》で突き刺された。無理に引き抜こうとしたができず、そこでその道の熟練の者を呼び出し、矢の部分、すなわち矢柄と矢羽根を切り取らせたが、傷口にはまだ残りの部分が残ったままであった。そこで応急処置として頭を布でしばると、その者は再び敵の真っただ中に突き進み、夕方遅くなるまで怯むことなく戦いつづけた。【5】 皇帝《ヴァシレフス》はこれらのことを聞き知り、あの者が一刻も早い援助を求めていることを悟ると、行軍を早めた。セサロニキに達した時点で、［皇帝は］多くの者を通じてロベルトスに関する情報をいっそう正確に確認した。すなわち用意周到なロベルトスは勇敢な兵士《ストラティオテェ》たちを待機させる一方、他方で多量の木材をディラヒオンの平地に集めさせ、城壁《ティヒ》から矢が届かない《ヴォリトクスゥ》地点に陣営《パレムヴォリ》を設営した。もちろん山々や渓谷《テンビィ》、丘にも多数の軍勢《ディナミス》を配置した。しかし［皇帝は］パレオロゴスの懸命の努力についても多くの者から知らされたのである。【6】 事実パレオロゴスはロベルトスによってすでに準備された攻城用の塔《モシン》[4-36]を炎上させようとの考えで、城壁《ティヒ》上にナフタ油・松脂・乾燥させた木ぎれを準備し、また投石《リソヴォラ》機《オルガナ》も設置して、戦いの行われる日を待っていた。ロベルトスが翌日に攻撃してくると考え、その者はすでに城内に建設していた木製の塔《ピルゴス》を外から［城壁に］迫ってくるだろう塔《ピルゴス》に真正面に向かう形に設置した後、塔の上で長い木材《ドコス》の操作の実験を一晩中行った、すなわちその木材は、外から運ばれてくる攻城用の塔《モシン》の扉に向かって突きだされるもので、その木材が上手く動き、相手の扉に真っ正面に衝突し、扉が容易に開かないようにさせることができるかどうかであった。その丸太がやすやすと動き、目標物に正確にぶち当たることを確かめると、予想される戦いに自信を抱いた。【7】 翌日ロベルトスはすべての者に武具を携行することを命じた後、およそ五百名の武装した歩兵《ペズィ》と騎兵《イピス》を塔《ピルゴス》の中に乗りこませると、塔は人々によって城壁《ティヒ》に向けて運ばれ、そして［塔の上部にいる者たちが］上部の扉を要塞《カストロン》に達する橋として使用するため急いで開けようとしたその時、［城壁内の塔の］内部にいたパレオロゴスはすでに用意していた機械装置《ミハネ》と多数の勇敢な兵士《アンドレス》たちを使って巨大な丸太を前方に押し出し、そのため丸太《ドコス》が完全に扉を開かせなかったので、ロベルトスの工夫の産物《ミハニ》をまったく無益なものにしてしまった。［8］次に塔《ピルゴス》の頂上にいるケルト人に向けて矢が絶え間なく放たれ、その者たちは矢から身を守ることができず、［塔の内部に］身を隠した。そこで［パレオロゴスは］塔《ピルゴス》に火をつけるように命令を発する、その言葉が言い終わらないうちに塔《ピルゴス》は燃え上がった。［塔の］上部にいる者たちは身を地上に投げ、下にいる者たちは塔《ピルゴス》の一番下の扉を開いて逃げだした。パレオロゴスは敵が逃げだしていくのを見て、ただちに武装した勇敢な戦士《アンドレス》たち、また塔をたたき壊すために斧を担いだ他の者たちを要塞《カストロン》の裏門《ピリス》から送り出す。狙いははずれなかった、塔《ピルゴス》の上部は炎上し、下部は彼らの使った石切り用具によって砕かれ、塔は完全に破壊されてしまった。

第5章

［1］これらを詳しく伝えたあの者[4-37]の言うところでは、ロベルトスは先に造ったものとほぼ等しいもう一つの塔《モシン》を再び準備することを急ぎ、また攻城器《エレポリス》をディラヒオンに向けて配置していた間に、皇帝《ヴァシレフス》はディラヒオンの人々が一刻も早い救援を求めていることを悟り、自身の諸軍《ディナミス》を整列させると、再びディラヒオンへの道[4-38]を急ぐこととなった。さてその者［皇帝］はその地に至り、そしてハルザニスと呼ばれる川の辺に溝《タフロス》を掘らせ、そこに諸軍《ストラテヴマタ》を野営させると、すぐに使者を派遣して[4-39]、ロベルトスに何ゆえにここに来たのか、目的は何であるのかを尋ねさせた。［2］他方その者［アレクシオス］は急いでそこ［ハルザニス河畔の陣地］から出て、ディラヒオンから四スタディア離れたところにある、すべての主教《イエラルヘ》のうちでもっとも偉大なニコラオスを讃えて建設された聖堂《テメノス》[4-40]に向かう、それは戦闘時に軍勢《ファランゲス》を配置しなければならないもっとも有利な場所を前もって確保する

ために、その地の地形を調べておこうとしたのである。それは十月十五日のことであった。さてダルマティアから始まり、海に向かって延び、ほとんど島のような形の岬で終わっている丘陵があり、そこ［岬］に今述べた聖堂《テメノス》が建設されていた。この丘陵の緩やかに傾斜した部分はディラヒオンを正面にして平地につながっており、左手に海、右手に高い、覆いかぶさってくるような山がある。[4-41]［皇帝は］そこへ全軍《オプリティコン》を集め、防柵《ハラクス》の野営地を敷いてから、ただちにエオルイオス＝パレオロゴスを呼び寄せることに取りかかった。しかしその者はこのような情況をこれまで何度も経験してきており、その命令は有効ではないと考え、その旨を皇帝《ヴァシレフス》に説明して、出ていくことを拒もうとした。しかし皇帝《ヴァシレフス》がことのほか熱心に再び彼を呼び寄せようとしたので、「包囲攻撃されている要塞《カストロン》[4-42]から出ていくことは取り返しのつかない事態を引き起こしかねないように私には思える、もし陛《シィ》下《ヴァシリア》の指にある指輪をこの眼で見ないことには、ここを出るつもりはない」と返答する。しかし送られてきた指輪を目にして、その者は何隻かの戦《ポレミケ》艦《ニエス》を率いてただちに皇帝《ヴァシレフス》のもとへ急ぐことになる。[3]皇帝《ヴァシレフス》は彼［パレオロゴス］と顔を合わせると、ロベルトスについて彼に問い尋ねる。その者が彼［皇帝］にすべてをはっきりと説明したのち、［皇帝は］彼［ロベルトス］に対して戦いを敢行すべきかどうか意見を求める、しかしその者は彼に向かって当面はそのような行動にでてはならないと意見を述べた。そしてまた長年にわたり戦いの経験を積んだ幾人かの者たちも熱心に彼に［戦いを］思いとどまらせようとした、すなわち待機戦術をとり、ロベルトスの兵士たちが糧秣集め《ホルタゴイア》あるいは略奪《プロノミィ》のために彼ら自身の陣営《パレムヴォリ》から出て行けないようにし、小競り合いを行い、そうすることで彼を窮地に追いやるよう努めることを、そしてこの作戦をヴォディノスとダルマティア人、さらに周辺地方の他の族長《アルヒィイ》たちにも行わせるよう指示すべきことを助言し、そして最後にこのような作戦によってロベルトスはやすやすと打ち負かされるであろうと断言したのである。しかし軍隊《ストラトス》の若い者の大多数は［皇帝を］戦いに駆り立てようとつとめた、そしてすべてのうちで特に強く戦いを主張したのは、ポルフィロエニトスのコンスタンディオス、[4-43]ニキフォロス＝シナディノス、ヴァランギィの指揮者《イエモン》のナビティス、さらに元皇帝ロマノス＝ディオエニスの息子たち、すなわちレオンとニキフォロスの面々であった。【4】この間にロベルトスのもとへ派遣されていた者たちが立ち戻り、皇帝《ヴァシレフス》への彼の返答が報告された、すなわち「私がここに来たのは決して陛《シィ》下《ヴァシリア》と戦うためではなく、私の姻戚に加えられた悪行の復讐を行うためである。もしあなたが私との平和《イリニ》を望まれるなら、私も喜んで受け入れる、もっともそれは、私の使節《プレスヴィス》によってあなたに告げられた条件をご自身が果たされるよう尽力される限りにおいてである」さてその者は求めたことを手にするなら、ロンギヴァルディアをも皇帝《ヴァシレフス》から受けとったものと見なし、さらに求められれば援助をも行うと言明した[4-44]けれども、しかしまったく実行不可能な、ローマ人の帝国《アルヒイ》にとって有害なことを要求してきたのである。しかしこれらは口実にすぎなかった、つまり一方でこれらの要求で自分自身が平和《イリニィ》を求めているふりをし、他方で不可能なことを要求し、それが得られず、そのためにやむなく戦いに訴え、ついで戦いの責任をローマ人の皇帝《ヴァシレフス》に帰せようと考えていたのである。【5】実現不可能なことを要求し、事実拒絶されると、その者はすべての伯《コミテス》を集会に召集し、彼らにむかってつぎのように演説する。「皇帝ニキフォロス＝ヴォタニアティスによって私の姻戚に加えられた不正と、その者と共に帝位《ヴァシリア》から追い払われた私の娘エレニがこうむった恥辱、これらは貴殿方のご承知のことである。われわれはこのことに我慢ならず、ヴォタニアティスに彼の悪行の復讐をするためにわれわれの故郷を後にしてやって来た。しかしその者はすでに権力《アルヒイ》の座から追放され、われわれが立ち向かう相手は、若い皇帝《ヴァシレフス》、勇敢な戦士《ストラティオティス》、その歳[4-45]に似合わぬ軍事《ストラティオティキ》の知識《エピスティミ》を有する者であり、軽々に戦いを交えてはならない存在である。さて指揮者の多数いるところ《ポリアルヒア》には、また混乱も生じる、多くの者の異なる意見が混乱を持ち込むからである。そこで今後しなければならないことは誰か一人にわれわれ残りのすべてが聞き従うことであり、そしてその一人の者に関してはすべての者から意見を求め、自分だけの考えで軽率に勝手気ままに行動しないこと、残りの者たちに関しては選ばれたその者の意見に従うと同時に自分たちにとってよいと思われることをありのままに彼に告げることである。さあ、聞いてくれ、この私こそ、貴殿方すべてが選ぶ者に誰よりもまず最初に進んで従おうとする一人である」［6］さてすべての者はこの意見に賛同し、ロベルトスはよくぞ言ったと表明し、ただちにすべての者は全員一致で彼に第一の地位を与えたのである。しかしその者は勿体ぶってなかなかその提案を受けいれようとしなかった、そこで人々はいっそう強く促し、受け入れるように懇願した。そこでその者は彼らの訴えにいかにも屈したかのように見せた、しかし実際はこのことをずっと以前から求めていたのであり、議論に議論を積み重ね、巧みにつぎつぎと理屈に理屈をつないで、まさにそのことを切望していたのだが、彼の腹の底を見抜けない者たちには意志に反して受け入れたように見えたのである。［7］そしてその者は演説を次のように締めくくる。「伯《コミテス》のお歴々と軍《ストラトス》の残りの諸君、私の思案の結果を聞いてくれ。われわれは故郷を後にしてここにやって来た、そして目前に控える戦いは、雄々しい皇帝《ヴァシレフス》、つい最近に帝国《ヴァシリア》の舵を握ったが、これまで先の皇帝たち《ヴェヴァシレフコテス》のもとで多くの戦いに勝利し、戦いで捕らえたこの上なく強大な反逆たち《アポスタテェ》を彼ら［諸帝］のもとへ連行した者を相手にするのであり、だから全身全霊をささげてその者に立ち向かわねばならない。もし神《セオス》がわれわれに勝利をお許しになるなら、もはや財貨《フリマタ》を手もとに残しておく必要はない。この理由からすべての持ち物を火に投じ、貨物船《オルカデス》に穴を開けて海底に沈め、[4-46] そしてまさに今生まれ、そしてここで死ぬべきものとして、彼との戦いに臨まねばならない」すべての者はこれらの言葉に同意した。

第6章

［1］ロベルトスの決意と計画はそのようなものであった。それに対して皇帝《アフトクラトル》のそれらはより巧妙でより鋭かった。しかしながら二人の軍司令官《ディマゴイ》は共にそれぞれの軍隊《ストラテヴマタ》をなお手もとに引き止めていた、なぜなら軍事の知識《エピスティミ》を駆使して軍を指揮し率いていくために、戦術《ストラティイア》と策略《ディマゴイア》について思いをめぐらしていたからであ

る。さて皇帝《アフトクラトル》は二方面から夜中ロベルトスの陣営《パレムヴォリ》に急襲をかけることを考え、異教徒《エスニコン》の全軍《ストラテヴマ》[4-47]には塩分の多い湿地[4-48]を横切って［敵の］背後から攻撃するように命じ、その際には敵に気づかれないためにその者たちが遠回りで行くことを受け入れた。他方［皇帝］自身は、先に送りだされた者たちが［敵の背後に］到着したことを知れば、すぐに正面からロベルトスに向かって突撃する考えでいた。ロベルトスの方は幕舎《スキネ》を無人のままにして出発し、夜中に橋を渡り（第五エピネミシス［インディクティオン］の十月十八日であった）、全軍《ストラテヴマ》と共に、昔殉教者《マルティス》セオドロスを讃えて海の辺に建てられた聖堂《テメノス》に達した。［ケルト人たちは］夜通し神《シオン》に罪の許しを得るために供物を捧げ、清純《アフランダケシア》で神聖な秘儀《ミスティリア》にあずかった。それから［ロベルトスは］軍隊を戦闘集団《ファランクス》に整列させ、彼自身は隊列《シンタグマ》を整えた軍勢の中央に陣取り、海岸側の翼《ケラス》ともう一方の翼《ケラス》をそれぞれアミケティス（この者は著名な伯《コミス》で、言行共に勇敢であった）と、サニスコス[4-49]と綽名された彼の息子ヴァイムンドスに託した。[2]

皇帝《アフトクラトル》はこれらの動きを知り、危機的瞬間において有利な解決方法を考え出すことに長じていたので、その場で生じた事態に応じて自分の考えを修正し、諸戦列《パラタクシス》を海側の傾斜地に配置した。すでに諸軍《ストラテヴマタ》を分割していたので、その者［皇帝］はロベルトスの幕舎《スキネ》に向かっている蛮族《バルバロイ》たち［トルコ人］を進軍から引き帰らせることはせず、しかし肩に両刃《エテロコパ》の剣《クシフィ》をかけている者たち[4-50]については彼らの指揮者《アルヒィゴス》ナビティスと共に引き止め、彼らに馬から降り、［本隊から］少し距離をおいて先に立って整然と進むことを命じた。この民《エノス》のやりかたに従って、これらの者すべては盾を携えていた。軍隊《ストラテヴマ》の残りは幾つかの戦闘集団《ファランクス》に分割し、彼自身［皇帝］は戦列《パラタクシス》の中央に身を置き、右翼と左翼の軍団長《ファランガルヘ》にそれぞれケサルのニキフォロス＝メリシノスとメガス＝ドメスティコスのパクリアノスを任命した。その者［皇帝］は、［戦列の先頭に立つ］自分と徒歩で進む蛮族《バルバロイ》［ヴァランギィ］との間に、弓術《トクシア》に長けた十分多数の兵士《ストラティオテェ》［弓兵］を置き、彼ら［弓兵］をまず先にロベルトスに向かって送り出そうと考えた、そして同時にナビティスにはその者たち［弓兵］がケルト人に向かって突進し、そして再び引き返して来るときには、［部下と共に］直ちに両側に分かれて彼らに通路を開き、つぎに再び元の状態に集合し、密集隊形で前進するよう命じた。【3】さて全軍《ストラテヴマ》をそのように配置すると、彼［皇帝］自身は海岸にそって進んで来るケルト人の諸軍《ストラテヴマタ》の正面に向かって前進を続け、他方先に送り出された蛮族《バルバロイ》［トルコ人］は塩分の多い湿地を通り抜け、そしてディラヒオンの者たちがすでに受けていた皇帝《アフトクラトル》の指示に従って城門《ピレ》を開いたと同時に、ケルト人の幕舎《スキネ》に向かって突撃した。他方二人の軍司令官《ディマゴイ》がそれぞれ相手に向かって進んでいる間、一方のロベルトスは軍隊の一部を送りだし、ローマ軍《ストラテヴマ》のある部分を［本隊から］引き離すことができるかどうか、それらの者に騎馬による突撃《イパシア》を行うよう命令した。しかし皇帝《ヴァシレフス》はこの作戦に狼狽しなかった。むしろ彼らに立ち向かうために多数の盾兵《ペルタステェ》を送り出したのである。【4】双方が互いに対して小規模な戦闘を交え、その間にロベルトスは送り出した者たちの後をゆっくりと進んでいった、そして両軍を隔てる間隔は、アミケティスの戦闘集団《ファランクス》の歩兵《ペズィ》と騎兵《イピス》がナビティスの戦列《パラタクシス》の一方の端に向かって突進した時には、すでに縮まりつつあった。しかし迎え撃った者たちは相手以上に勇敢に立ち向かったので、それら［攻撃を加えた］者たちはすべてが精鋭《ロガデス》でなかったので、敵に背を向け、海中に身を投げ入れ、首まで水に浸かってローマ・ヴェネツィア《ロマイコス ケ ヴェネティキコス》艦隊《ストロス》の船舶《ニエス》に近づき、助け上げてくれるように嘆願を続けた、しかし誰も助けようとしなかった。【5】人の語るところによれば、ロベルトスの妻で、その者と一緒に出陣したガイタが、アテネでなければ確かにもう一人のパラス[4-51]のように、逃げていく者たちを目にすると、激しい眼差しを彼らに向け、大きな声を張り上げ、まさしくあのホメロスの言葉《ディアレクトス》をそのまま彼女自身の言葉に移しかえて彼らに投げつけたのはその時であったように思われる。「いったいどこまで逃げて行こうとするのか。止まれ、武人《もののふ》たれ」[4-52]しかしなお逃げ続けるのを見ると、長槍《ドリィ》を腕に抱えて手綱《リティレス》を放ち、逃げていく者に向かって馬を全速力で走らせる。これを見て、その者たちは我に返り、再び戦闘に立ち戻った。【6】他方斧を担ぐ者たち《ペレコフォリイ》［ヴァランギィ］と彼らの指揮者《アルヒィゴス》のナビティス自身は未経験と持ち前の血気から勢いよく前進し、ケルト人と等しい勇気で急いで彼らと戦おうと思うあまり、ローマ軍の戦列《パラタクシス》からかなり離れてしまっていた（なぜならこれらの者たちは戦闘において彼ら［ケルト人」に劣らず、実際ことのほか勇敢であり、この点においてケルト人に及ばないところは何一つもなかった）、しかしすでにへとへとに疲れ、肩で息をする状態にあり、そしてそれらを目にしたロベルトスは、実際激しい勢いで一定距離を走ったことと武具《オプラ》の重みからこのことを確認し、歩兵《ペズィ》の一部に彼らに向かって襲いかかるよう命じた。すでに疲れ果てていたその者たちは、ケルト人と同等に戦うことができないように見えた。事実その時蛮族《バルバロン》のほとんどすべてはうち負かされて倒れ、わずかの生き残った者たちは大将軍《アルヒストラティゴス》ミハイルの聖堂《テメノス》へ逃げ、ある者たちは聖堂《テメノス》が受け入れることのできた限りにおいてその中に入り、その他の者たちは建物の屋根に登り、これで何とか助かるだろうと思いながら、じっとその場にとどまっていた。しかしラテン人は彼らに向かって火を放ち、聖堂《テメノス》もろともすべての者を焼き殺してしまったのである。[4-53]【7】ローマ人の軍勢《ファランクス》の残りは勇敢に敵に抗戦していた。しかしロベルトスは残りの軍勢《ディナミス》を率いて、あたかも翼を持つ騎士《イポティス》のようにローマ人の軍勢《ファランクス》に突き進み、撃破し、多数の部分に分断した。そのため抗戦を続ける者たちはこの戦闘で戦って倒れ、他の者たちは逃走に訴え助かろうとつとめた。皇帝《ヴァシレフス》アレクシオスは揺るぎない塔《ピルゴス》のように戦場にとどまっていた、しかし家柄においても戦争《ストラティオティキ》経験《ピラ》においても傑出した多くの側近者たちを失ったのである。先の皇帝《プロヴェヴァシレフコス》コンスタンディノス＝ドゥカスの息子コンスタンディオスはその時に倒れた、[4-54]この者はあの者［皇帝コンスタンディノス＝ドゥカス］がすでに一私人の身分ではなかった時に緋の産室《ポルフィラ》で生まれ育てられ、やがて父から皇族《ヴァシリキ》の冠《テェニア》を授与された。シナディノスの綽名をもつニキフォロスも倒れた、この者は勇敢で、この上なく美しい男であり、その日の戦いには誰よりも勝ろうと勇み立ったのであった、なお上記のコンスタンディオスは以前しばしば自身の姉妹[4-55]との結婚《キドス》についてその者［シナディノス］と語り合っていた。また確かにパレオロゴス［エオルイオス］の父ニキフォロスも、他の傑出した者たちも殺された。[4-56]事実ザハリアスは胸に致命傷を受けて即死し、アスピエティスと他の多くの精鋭の者たち《ロガデス》も倒れた。[4-57]【8】しかし戦闘はまだ終わっていなかった、事実なお抗戦をつづける皇帝《ヴァシレフス》が目撃されていたのである、そこで三人のラテン人、すなわち一人はすでに語られたアミケティス、次はその者自身がそう名乗るアリファスの息子ペトロス、[4-58]第三の者は前二者にいささかも劣るものでなかった、その者たちは［彼らの部隊から］離れると、馬の手綱《リティレス》を完全にゆるめ、長槍《ドラタ》を腕に抱えて、彼に向かって突進する。アミケティスは彼の馬がわずかに向きを変えたので、皇帝《ヴァシレフス》を打ちそこねた。皇帝《ヴァシレフス》はもう一人の突きだした槍《ドリィ》を剣《クシフォス》でなぎ払い、力をこめて相手の鎖骨あたりを打ちつけ、腕を身体から切り離す。三番目の者がただちに彼の額に向けて槍を突きだす、沈着冷静なその者はいささかも動ぜず、瞬時の判断ですべきことを実行した、長槍が突きだされると同時に馬の臀部に身を仰向けに反らしたのである。槍の穂先はかすかに皮膚に触れて、兜《コリス》の縁に突き当たり、同時に顎の下で兜を縛っていた革紐を断ち切り、そのため兜は地上に転げ落ちた。その時そのケルト人は相手が馬から投げ落とされたと思い、［相手の馬の］側を駆け抜ける、他方その者はすばやく上体を起こし、武器《オプラ》を失うことなく鞍の上にしっかりと身を置いた。彼の右手は抜き身の剣《クシフォス》が握られ、顔面は自身の血糊で汚れ、頭は［兜を失って］むき出しのままであり、赤みがかってきらきら光る頭髪は顔面に垂れ下がり、彼をひどく苛立たせた（なぜなら馬は怯え、手綱《ハリニィ》を嫌い、鼻を鳴らして狂ったように飛び跳ね、そのため巻き毛を彼の両眼にふりかけようとしたからである）、しかし気力をふりしぼって、敵と戦い続けた。【9】しかしながらその時その者［皇帝］はトルコ人[4-59]が逃走していくのを、またヴォディノス自身も戦わずに退いて行くのを目にしたのである（なぜならこの者は自ら武装し、自身の軍勢《ストラテヴマ》を戦闘《ティポス》隊形《ポレムゥ》に整え、皇帝と交わした取決め《シンシケェ》に従って、日中ずっとすぐにでも皇帝《アフトクラトル》の救援に駆けつける状態でいた。しかしその者は成り行きを見守っていたように思われる、つまりもし皇帝《アフトクラトル》に決定的な勝利の瞬間が生じるのを見定めれば、自分もケルト人を攻撃しよう、もし反対の情況となれば、行動にでずに引き下がろう。彼の取った行動から明らかであるように、そのように計算していたのであり、勝利が完全にケルト人のものとなったのを知ると、全く戦うことをせず、故国めざして引き上げて行ったのである）。皇帝《アフトクラトル》はこれらの事態を目にし、誰も自分を助けに駆けつけようとしないのを悟り、自身も敵に背をむけて逃走する。そこでラテン人はローマ人の軍隊《ストラテヴマ》の追跡に取りかかったのである。

第7章

【1】ロベルトスは皇帝の幕舎《ヴァシリキィスキニ》とローマ軍《ストラテヴマ》のすべての輜重《スケヴィ》が置かれていた聖ニコラオスの聖堂《テメノス》に到着すると、次に強壮な者たちを選んで皇帝《ヴァシレフス》を追跡すべく送り出し、彼自身は間もなく皇帝《アフトクラトル》を捕らえることができるだろうと想像しながら、その場所に待機することにした。事実彼のそのような目算は、彼の傲慢な心を燃え上がらせていたのである。送り出された者たちは大いに勇んで彼の追跡に取り組み、その地の住民がカキ＝プレヴラと呼んでいる地点に達した。その場所の地形は、下方にハルザニスと呼ばれる川が流れ、上方には高い岩壁が立ち上がっていた。追跡者はこれら［川と岩壁］の間で彼に追いつき、左側面から槍《ドラタ》で彼の攻撃にとりかかり（すべてで九人であった）、彼を右側に傾けさす。［アレクシオスは］もし右手に持った剣《クシフォス》をすばやく地面に突き立て身体を支えなかったならば、即座に倒れていたであろう。確かに左足の拍車《ミオプス》の尖端もイポストロマと呼ばれる鞍布の先端にからみつき、騎手《イポティス》を落ちにくくした。そして彼自身も左手で馬のたてがみを握って身を支えた。だがしかし、彼を救ったのはなにか神《シア》的な力《ディナミス》によってであった、それ［神的な力］は敵の行動自体から奇跡的に彼に救いの手段を与えたと言えよう。なぜならそれは、彼の右側にも槍《ドラタ》を彼に向かって突きだすケルト人を出現させる。その者たちは槍《ドラタ》の穂先《アクラ》をその者の右側面に突きだすことによって、その戦士《ストラティオティス》を同時に立ち上がらせ、彼らの中央にまっすぐに立たせたのである。【2】実際その時信じられないような不思議な現象を見ることができた。なぜなら一方の者たちは左側からなんとか彼をうち倒そうとはやり、他方の者たちは右側から槍《ドラタ》で突きさそうとする、それは後者の者たちがいわば先［左側］の男たちの槍《ドラタ》にむかって槍《ドラタ》を突きだすような形になり、結局皇帝《ヴァシレフス》の身体をまっすぐにさせることになったのである。その者がいっそう

雄々しく馬上にしっかりと身を置き、馬と鞍布を両側から太股でしっかり締めつけた時、まさにその時にその馬の有能さが立証される。事実その馬はことのほか敏捷でしなやかである一方、また並はずれた運動能力を備えた、まさに軍馬であり（この馬は、以前ニキフォロス＝ヴォタニアティスの治世、［アレクシオスが］ヴリエニオスと戦って彼を捕らえた時、彼［ヴリエニオス］から紫色の鞍布と共に受けとったものである）[4-60]、この時、簡潔に言えば、神《シア》意《プロニア》を吹き込まれて突然に奮いたち、空中に跳び上がり、あたかも翼をもつものが飛ぶように、あるいは神話を持ちだせば天馬《ペガソス》[4-61]の翼をもっているかのように、先に語られた岩壁の頂きに飛び上がる（この馬はヴリエニオスによってスグリツィスと名づけられていた）[4-62]。蛮族《バルバロイ》の槍《ドラタ》はいわば激しく空を突いて彼らの手から落ち、あるいは皇帝《ヴァシレフス》の衣服に突きささり、そのままの状態で馬と共に運び去られた。その者は即座にそれらの槍《ドラタ》を切り離す。【3】恐ろしい危険の中にあったが、その者は気を動転させることも思考を乱すこともなく、時を逸せず最善の方策をとり、実に予想に反して敵中から脱出する。他方ケルト人たちは口を大きく開いた状態で、目の前の出来事に茫然自失のていで立ちつくしたままでいた。事実それは驚愕を引き起こすに価するものであった。しかしその者が一方の方向に駈けていくのを見て、再び追跡にのりだした。その者は追跡する兵士《ストラティオテェ》を背にしながら相当遠くまで駈けた後、手綱《ハリノス》を引いて向き直り、追跡者の一人に向かい、槍《ドリ》を相手の胸めがけて突きだす。相手は即座に地面に仰向けになって横たわった。【4】皇帝《ヴァシレフス》は再び手綱《イニエ》を引いて向きをかえ、目の前の道を駈けつづけた。しかし行く手においてローマ人の軍勢《ディナミス》を追跡していた少なからぬ数のケルト人と遭遇する羽目に陥る。その者たちは離れた場所から彼を目にすると、一箇所にかたまって集まり、立ち止まった、それは彼らの馬に一息入れさせようとの考えから、また彼を生け捕りにして戦利品《ラフィロン》としてロベルトスのもとへ連行しようとの期待からであった。追跡してくる敵を後ろにして逃走をつづけるその者はいまや前面に敵を見て、もはや命がないものと諦めていた。しかし気力を奮い起こし、そして前の敵の中央にいる一人に注目し、その体軀とその武具《オプラ》から発する輝きからロベルトスであると判断し、馬の体勢を整えると、その者に向かって突き進む。相手も即座に槍先《ドリィ》をその者に合わせる。確かに二人は両者を隔てる空間を前進し、互いに向かって突進する。【5】片手を巧みに動かし、最初に槍《ドリ》を相手に突きだしたのは皇帝《アフトクラトル》であり、槍はたちまち胸に刺さり、胸板を突き通す。その蛮族《バルバロス》はたちどころに地面に転がり、致命傷を受けて即死した。皇帝《ヴァシレフス》は敵の戦列《ファランクス》が破れたので、彼らの中を駈け抜けた、実にその蛮族《バルバロス》を殺害したことで身の安全の道を見いだしたのであった。他の者たちはその者が打たれて地面に倒れたのを見て、その者の側に集まり、手当に取りかかろうとしたのである。後ろから皇帝《ヴァシレフス》を追跡してきた者たちも彼らを見て馬から降り、その者の状態に気づくと、大声をあげ、胸や頭を叩いて悲しんだ。その者はロベルトスではなかったが、傑出した一人で、彼［ロベルトス］の右腕であった。その者たちはそのような状態でいる間に、皇帝《ヴァシレフス》は道を遠くまで駈け進めていた。

第8章

【1】話の途中だが私は、一方では歴史叙述《イストリア》の性質のゆえに、他方ではこれらの出来事のこの上ない重要さのゆえに、私の書いていることが父の立派にやり遂げたことであるということを忘れていた。なぜなら［私の］歴史《イストリア》を疑わしいものであると思われないために、父の行いを美辞麗句で誉めたたえることも、それらに対する私の感情を表にあらわすこともせず、しばしばそれらを見過ごしてきた。できることなら子としての父への愛情から解放され自由でありたかった、そうなれば、ありあまるほどの材料をもっているのだから、すばらしい行為がどれほど多くあるかを、私の舌でこれみよがしに示すことができたであろう。しかしこの私の熱い願いは［子としての父への］自然の愛情によって押し殺されている、それは多くの読者に、私自身の身内について書きたい熱心さのゆえに、荒唐無稽なことを書いているとの疑念をなんとしてでも抱かせたくないと思うからである。事実多くの場所で父の業績を思い出し、彼の身に降りかかった不運のかぎりを書き述べるなら、私の心

はぽたぽたと流れる涙の滴で一杯となるであろうし、あの悲劇の独唱《モノディア》と哀歌なしにその場所を通り過ぎることはできないだろう。しかし歴史《イストリア》を語る場所ではうっとりする美辞麗句は許されないため、私はあたかも感覚のない金剛石か大理石のように、父の不運についてはさっさと通り過ぎてしまった、しかし父のそれらの不運はホメロスのあの若者のように私も誓い《オルコス》をして語らねばならなかったのである。なぜなら、「アゲラオスよ、ゼウスに誓って、また私の父の苦難に誓って、否である」[4-63]と述べたあの若者より、私は、父を愛する者《フィロパトル》であることにおいて、またその評判において劣ってもいないのである。しかし私自身が驚嘆し嘆き悲しむべく、父の苦痛は私だけのものとしてとどめ、歴史《イストリア》を続けることにしよう。【2】あの後ケルト人たちは、ロベルトスのもとに通じる道についた。［ロベルトスは］それらの者たちが何も手にしていないのを見て、問い尋ね、彼らの身に生じたすべてを知って、激怒し、彼らの一人、高い地位にある者《エクリトス》に向かって臆病者、能なし呼ばわりし、鞭打ちの刑に処すると脅かした。その者自身も馬と　共にあの岩壁に跳び上がり、皇帝《ヴァシレフス》アレクシオスを打ちつけて殺すことも、また生きたまま捕らえて連行することもしなかったので、酷い目に遭わされるのではないかと思っていた。なぜならこのロベルトスはことのほか勇敢で冒険好きであったが、同時にまったく怒りっぽい性格の男であり、その時は怒りを鼻孔にため、心を激怒と激情で一杯にしていた、実際その者［ロベルトス］の考えでは、敵に向かう時には、あるいは立ち向かってくる敵を槍《ドリィ》で突き通すか、さもなければ人の言うように自ら運命の糸を切り自身を始末しなければならない。【3】だがしかし、ロベルトスが非難の言葉を浴びせたその武人《ストラティオティス》　はあの岩壁の近づき難さと険しさを全く明快に説明する、すなわちその場所は高所にあり、岩壁は目も眩むように急傾斜しており、歩兵《ペゾス》であれ騎兵《イポティス》であれ何か神の機械装置《シアミハニィ》[4-64]がなければ登りつめることはできず、実際、戦いを挑まれ、また立ち向かっている時だけでなく、戦闘のないときでも、岩壁に挑むことは不可能である。その者が続けて言うには「もし私がまったく信じられないなら、あるいはあなたご自身が、あるいは騎兵《イポテェ》のうちで誰かもっとも大胆な者を介して試みてみられよ、その企ての不可能なことを悟るであろう。しかしもし可能なら、もし誰かが翼なしで、いや翼をつけてでもあの岩壁を制覇して見せるならば、私自身進んでどんなひどい仕打ちにも、また臆病と決めつけられようとも我慢する」その蛮族《バルバロス》は讃嘆と驚愕の表情でこれらを語って、癇癪持ちのロベルトスの怒りを抑え、さらに怒ることから讃嘆の言葉を発する者に変えたのであった。

【4】他方皇帝《ヴァシレフス》は目の前に迫る幾つもの山々をそれぞれ迂回し、通行困難な小径《アトラポス》のすべてを踏破することに二日と二晩をかけて、アフリスに達する。その途中においてハルザニス川を渡り、その後にヴァヴァゴラ[4-65]と呼ばれる所でしばらくとどまった（ここは通行困難な渓谷地域《テンボス》であった）、ところでその者は敗北にも、また他の戦闘の不運にも心を乱されず、さらに額にうけた傷の痛みにへこたれることもなかったが、ただ戦闘で倒れた者たち、特に勇敢に戦った男たちを思って悲しみ、胸を焦がしていた。しかし彼の心のすべてをとらえていたのはディラヒオン市《ポリス》についてであり、激戦のゆえにパレオロゴスが帰還することができず、当市が総督《イエモン》［長官］のないままに見捨てられたことを思って苦しみ、都市をいかにすべきかについて思いを致していた。そこでその者は次のような処置を講じて、出来る限り住民の安全を図った、すなわち城塞《アクロポリス》の守り《フルウラ》はその地に移住しているえり抜き《エクリティ》のヴェネツィア人に委ね、他方都市《ポリス》の残りのすべてはアルヴァナ[4-66]出身のコミスコルティス[4-67]に託し、同時に書簡《グラマタ》[4-68]をつうじて［彼に］さまざまの有益な忠告を行った。

第V巻

第1章

[1] もちろんロベルトスは何の心配もなくすべての戦利品《リア》と皇帝の幕舎《ヴァシリキィスキニ》を奪い取った後、戦勝碑をもたらす者《トロペオフォロス》として意気揚々と、ディラヒオンを包囲攻撃する時に野営していた平地に戻った。それからしばらく身体を休めた後、再びこの［ディラヒオンの］城壁《ティヒ》に向かって攻撃を試みるべきか、それとも攻囲は翌春まで延ばし、今はさしあたり、ディラヒオンの平地を見下ろす高所に位置する渓谷《テンビィ》にすべての重装歩兵《オプリティコン》を安全にとどめ置いてから、［騎兵を率いて］グラヴィニツァとヨアニナに向かい、そこで越冬すべきかどうか、[5-1]思案をめぐらした。他方ディラヒオンの住民たちは、すでに説明されたように、[5-2]その大部分はメルフィ[5-3]とヴェネツィアからの移民者であったが、皇帝《アフトクラトル》の身に生じたこと、おびただしい殺戮、この上なく優れた男たち《アンドレス》の戦死、諸艦隊《ストリィ》の撤退、ロベルトスの来春における攻囲の決意をすでに知り、一人一人は、いかに対処すれば助かり、再びあのようなひどい危険に陥らないですむか、深く考えをめぐらしていた。[2] そこで住民は集会を開いて集まり、それぞれが心にしまっていることを明らかにし、そしてすべての意見について検討した後、結局いわば八方塞がりの中で一つの出口を見いだしたと思った、それはロベルトスに屈し、彼に都市《ポリス》を引き渡すことである。実はそうするように彼らを煽り立てたのはメルフィの移住民の一人[5-4]であり、ついに住民は彼の勧めに言いくるめられ、城門を開き、ロベルトスを迎え入れたのであった。[5-5]その者は都市を掌握すると、軍勢《ディナミス》を民族ごとに分けて呼び寄

せ、同時に兵士一人一人について致命傷を受けているか、たまたま剣《クシフォス》によるかすり傷を受けているにすぎないかを、また先の幾つかの戦闘で犠牲となった者たちの身分や数について調査し、そしてまたすでに冬の最中であったので、新しい傭兵隊《ミスソフォリコン》を集め、さらに外国人《クセニケ》兵力《ディナミス》をも手に入れ、春になれば全軍をあげて皇帝《ヴァシレフス》に向かって進軍しようと考えをめぐらしていた。【3】一方ではロベルトス自身は自らを勝利者《ニキティス》、戦勝碑を掲げる者《トロペウホス》と声高に叫びながらも、なおそのように作戦計画について熟考を重ねていたのであるが、しかしそれはその者だけではなかった、なぜなら他方では打ち負かされ自身も傷ついた皇帝《ヴァシレフス》も、あのような耐えがたい敗北と多数の優れた者たちの喪失によっていわば恐れおののき、縮み上がってしまったのでなく、むしろ反対に自身を卑下することも、また新たな計画への意欲を完全に失ってしまうこともなく、春の到来にそなえ、もてる知恵を駆使して受けた敗北を挽回しようと勢い込んでいたのである。実際両者はすべてを予測し、本質を見抜くことにおいて通暁し、あらゆる戦《ポレミカ》術《テフナスマタ》を知悉し、一方では攻城戦《ティホマヒエ》のすべてについて、他方では伏兵《ロヒシス》による戦い、また戦列《パラタクシス》を整えての合戦のすべてについて熟知しており、天の下のすべての軍事指導者《イエモネス》の中で、まさにこの二人は白兵戦における果敢さと勇気において、また知略と雄々しさにおいて互いに好敵手であった。しかし皇帝《ヴァシレフス》アレクシオスは年齢がより若い[5-6]という点で多少はロベルトスよりまさっており、またすでに壮年に達し、大地を揺るがすとは言わないまでも、一声発するだけで軍勢《ファランゲス》のすべてを恐慌状態に陥れると豪語する彼にいささかも遜色がなかったのである。しかしこれらのことは別の分野の作業に残しておこう。なぜならこれらは確かに称讃することを仕事とする人たちの関心事である。【4】さて皇帝《ヴァシレフス》アレクシオスはアフリス「の町」でしばらく休み、心身を回復させた後、ディアヴォリス[5-7]「の城塞」に向かう。そこで戦いの生存者たちに対して戦闘の辛労から出来る限り立ち直らせ、また他方では各地に散らばっている残りの者たちに使者を送って、セサロニキに集まるよう指令することにとりかかる。ところで「アレクシオスは」今回ロベルトスその人と彼の大軍《ストラテヴマ》の勇ましさを経験した一方、自身の配下の将校たちについてその軽率さと臆病さを確認するに到ったので（私は兵士《ストラティオテェ》について同じ非難の言葉をつけ加えたくない、実際彼と共にいたその者たちはこれまでに訓練を全く受けておらず、兵士としての経験《ストラティオティキエムピリア》を一切もっていなかったのである）、彼にはどうしても同盟者《シムマヒ》を得ることが必要であった。しかし資金《フリマタ》がなければ、それは不可能であった。ところがその資金はなかったのである。帝国《ヴァシリカ》の宝庫《タミィイア》は先の皇帝《プロヴェヴァシレフコス》ニキフォロス＝ヴォタニアティスによって無益に消費され空の状態になっていたのであり、それは、実際宝庫《タミィイア》の扉《ピレ》さえ閉められず、その中を通り抜けようと思う者すべてに全く自由に訪問を許すほどであった。すべては飲み尽くされていたのである。その上無気力と窮乏が一緒になってローマ人の帝国を締めつけ、すべてが救いようのない状態に置かれていた。【5】その時そのような状況下にあって、つい最近帝国《ヴァシリア》の舵柄を握ったばかりの若い皇帝《ヴァシレフス》が行わねばならなかったことは何であったであろう。疑いもなく「可能な二つの選択肢の」一つは、なんら関わりのないゆえに誰も彼自身を戦争経験のない、未熟な指揮者《アルヒゴス》として非難しないために、進退窮まった状況下すべてを放棄し、権力の座《アルヒィ》から離れることであり、他の一つは、どんなことをしてでも出来る限り多数の同盟者《シムマヒ》を集め、彼らに支払うためにどんなところからでも資金《フリマタ》を集め、またあらゆる方面に散らばった軍《ストラテヴマ》の兵士たちを褒賞《ドレエ》の約束で呼び戻すことである、そうすれば彼のそばにいる者たち自身はより大きな希望をもってどこまでもやり抜こうとするであろうし、また離れたところにいる者たちは進んで戻って来るであろう、そうなればそれらの者たちはこれまで以上に勇敢にケルト人の大軍《プリシィ》に立ち向かっていくことができるであろう。そこでその者は、軍事に関する自身の知識《エピスティミ》に、また同時に勇気にふさわしくないもの、一致しないもの、これらには一切関わろうとせず、二つのことに関心を集中した、すなわち一つは同盟者《シムマヒ》を、多くの贈物《ドレエ》の期待で巧みに誘って、至る所から呼び寄せること、一つは母と兄弟に、どんなところからでも、いつであろうと一緒になって資金《フリマタ》を集め、それらを自分のもとに送るように要求することであった。

第2章

【1】その者たち［ダラシニとイサアキオス］はさし当たり他に資金調達の手段を見いだせなかったので、二人のもっている金と銀の品《フリマタ》をすべて集め、帝国《ヴァシリキィ》の造幣所《ホニア》に送りとどけた。私の母、皇后《ヴァシリス》は誰よりも先に、父母の財産から彼女に譲られていたすべてを提供した、そうすることで他の者たちを奮起させ自分の例に従わせようと考えたのである。なぜなら皇帝《アフトクラトル》の立場がきわめて困難であることを知って、彼のことを不安に思っていたからである。次にその者たち［ダラシニとイサアキオス］は、これらの皇帝《ヴァシリス》[5-8]にとても好意的で進んで資金を拠出することに尽力しようとする他のすべての者たちから、その者たち一人一人が提供しようとした金と銀のすべてを受け取り、その一部を同盟者《シムマヒ》へ、他の一部を皇帝《アフトクラトル》へ送った。【2】しかしある者たちは確かにこれまで［アレクシオスと］一緒に戦ったことを理由に特別手当《ハリテス》を要求し、他の者たち、すなわちすべて傭兵《ミスソフォリコン》である者たちは給金《ミスソス》の増額を求めてきたので、送られてきたものは差し迫った必要額にはほど遠く、そのため［皇帝は］再び彼ら［母と兄］に［資金調達を］強く迫り、しかしもうこれ以上ローマ人の善意を求めることを断念して、他の手段を用いて資金を集めるよう求めた。二人はそれぞれ別々に、また一緒になって、さまざまの考えをめぐらした後、ロベルトスが再び戦いに備えて武装していることを知り、ついに思案の果て、奉納物《イエラ》の処分権に関してずっと以前に定められた法《ノミィ》と教会法《カノネス》に目を向けた。それらの中で捕虜《エフマロティ》の解放《アナリシス》[5-9]に関して神《セオス》の聖なる教会《エクリシエ》の奉納物《イエラ》を処分することは許されることを知り（そして［小］アジアにおいて殺戮を免れ、蛮族《バルバリキ》の手中にあるすべてのキリスト教徒は不信の徒と生活を共にすることで穢されていると、二人は理解して）[5-10]、そこで久しい以前から使われておらず、もはや何の役にもたたず、むしろ多くの者に教会荒らしや冒瀆行為を引き起こさせる原因にしかならない奉納物《イエラ》のわずかなものを貨幣の材料にし、それらを兵士《ストラティオテェ》と同盟者《シムマヒ》たちの給金《ミスソス》に用立てようと判断したのである。【3】確かにこの考えが二人の一致するところであったので、セヴァ

ストクラトルのイサアキオスは教会会議《シノドス》[5-11]と、教会《エクリシア》の構成員《プリロマ》すべて[5-12]に召集をかけた後、すぐに神《セオス》の大《メガ》聖堂《テメノス》[5-13]に向かう。総主教《パトリアルヒス》と共に集会《エクリシア》に列席している聖なる会議《シノドス》の委員たちは彼を見て驚き、何ゆえにやって来たのかを尋ねた。その者は、「この恐ろしい危機的現状において役立ち、軍隊《ストラトス》の保持に益することをあなた方に伝えるために、ここにやって来たのだ」と応える。そして同時に使われなくなった奉納物《イエラ》についての教会法《カノネス》を列挙し、それらについて詳しく説明した後、「私は無理強いしたくない人々に強制しなければならないはめに陥っている」とつけ加えた。さらに熱のこもった説得を試み、ほとんどの者をすみやかに納得させるように見えた。

【4】しかしメタクサスはもっともらしい議論を言い立て、同時にイサアキオス本人に向かって嘲笑さえしながら、その考えに反対の態度をとった。しかしそれにもかかわらず、［彼ら二人の］意見《デドグメナ》が通ったのである[5-14]。ところでこの問題［奉納物の処分］は皇帝《ヴァシリス》たち[5-15]に対するもっとも激しい非難の材料となり（私は躊躇なく、緋色の衣服を身につけてはいないが、イサアキオスを皇帝《ヴァシレフス》と呼ぼう）、そしてそれはその時だけでなく、ずっと長く続いた。当時カルケドンの府主教《アルヒエレフス》の職にあったのはレオンという者で、とりわけて賢明で学識が深いという者ではなかったが、有徳［の生活］を心がけていた、しかし性質は頑固でとげとげしかった。ハルコプラティアにある［教会の[5-16]］扉門《ピレ》から、それらに取りつけられていた銀あるいは金が持ち去られようとした時、この者は突然に介入し、やむを得ぬ公的必要《イコノミィア》からであることも、あるいは奉納物《イエラ》について定められた諸法《ノミィ》についても全く考慮せず、非難の言葉を自由にまくし立てた。またその者は女王《ヴァシレヴウサ》の都にやって来るたびに、その時の皇帝《クラトン》[5-17]に対して、その者［アレクシオス］の辛抱強さと穏やかさにつけいって、度の過ぎた傲慢な、いわば無法な態度を示していた。皇帝《アフトクラトル》アレクシオスがロベルトスと戦うべく初めて女王《ヴァシリス》の都《ポリス》を離れた時[5-18]、他方セヴァストクラトルにして彼自身の兄弟イサアキオスが全体の同意と、同時に諸法《ノミィ》と正当な主張に従って至る所から資金《フリマタ》を手に入れようとした際、その者［レオン］は上記の皇帝《ヴァシレフス》の兄弟を、彼に対してこの上ない恥知らずな振る舞いに及んだので、怒りに駆り立てたことがあった。【5】皇帝《ヴァシレフス》が何度も敗北をこうむりながら、それでもまたケルト人

に向かって何千回となく大胆に立ち向かい、ついに神《セオス》の計らいにより勝利の冠を戴いて帰還した。[5-19] そしてその後、またもや雲霞のような別の敵の大軍、すなわちスキタイが[5-20]突然攻撃に打って出てきたことを知り、その時皇帝《ヴァシレフス》は大都《メガロポリス》にとどまっていたが、そのために前と同じ根拠にもとづいて急いで資金が集められようとした、そしてその時あの府主教《アルヒエレフス》は皇帝《アフトクラトル》に対してこの上なく恥知らずな行為に及んだ。つづいて奉納物《イエラ》について激しい論争が起こり、あの者は、われわれの聖《アイエ》像《イコネス》の崇拝は聖なるもの《ラトレフティコス》に対して行われるものであって、単に聖なるものを想起させるもの《スヘティコス》に対して行われるものではないと主張した、[5-21] 確かにその者の意見は幾つかの点においては筋の通ったものであり、高位聖職者《アルヒエラティコス》としてふさわしいものであったが、しかし他の点については間違った主張を行っていた、それは、論争の加熱のせいか、皇帝《ヴァシレフス》にたいする憎悪からか、あるいは無知のゆえか、私には判断できない。確かにその者は自分の意見を正確に、間違いなく述べることができなかった、それは論《ロイキ》理学《マシシス》についての訓練を全く欠いていたからである。【6】その者［レオン］は当時政治に関わる地位にある多数の悪意に満ちた男たちによって言いくるめられ、これまで以上に皇帝たち《ヴァシリス》に対して大胆となり、傲慢無礼と執拗な誹謗に走るほどにまで駆り立てられていた、他方皇帝《ヴァシレフス》は彼に聖像《イコネス》についての考えを改め、自分に対する敵意を抑えるように強く促し、同時に聖なる諸教会《エクリシエ》へはこの上なく立派な奉納物《イエラ》を納めることを、また［譲渡による損失の］回復に必要なすべてを行うことを約束した、そしてまた、カルケドンの［府主教の］一派の者たちによって追従者呼ばわりされていた当時の教会会議《シノドス》の秀でた委員たちによって、［皇帝は］すでに無罪を言い渡されていたのである、そこで結局その者［レオン］は職を解かれる判決を言い渡された。[5-22] しかしその者はこれによりまったく恐れ入り、完全に静かになってしまうどころか、低俗な党派を率い、再び教会《エクリシア》そのものを混乱させ始めた、そしてまったく頑固で、手の施しようがなかったので、何年も経った後、［教会会議の］全員は一致してその者の有罪判決を下し、そしてそれからその者は追放刑を宣告された。[5-23] 彼を受け入れたのは黒海のソゾポリスであり、そこでその者には皇帝からの《ヴァシリキィ》あらゆる心遣いと世話が用意されたが、当然のことながら皇帝《アフトクラトル》にたいして抱いていた憤怒のゆえに、後になってもそれらを受け入れようとは決してしなかった。さあ、この話はこれまでにしておこう。

第3章

【1】皇帝《アフトクラトル》は、一方で新兵《ネイリデス》に対して（その者の無事を知ると多数の者たちが［彼のもとに］群がり集まってきた）しっかりと馬に乗り、矢を上手く的に当て、重装備でよく戦い、抜け目なく待ち伏せできるよう訓練することに熱心に取り組んだ。[5-24] 他方で…… と呼ばれるミシムナの主教[5-25]を長とする使節《プレスヴィス》たちを再びアラマニアの王《リクス》に派遣し、書簡《グラフィ》[5-26]を通じて、ぐずぐずすることなく、取り決められた協定《シンシケェ》に従って自身の軍勢《ディナミス》を率いて一刻も早くロンギヴァルディア[5-27]に到るようにこれまで以上にかき立てた、それはロベルトスをその対応に忙殺させ、その間に再び諸軍《ストラテヴマタ》と外国人《クセニケ》軍勢《ディナミス》を集め、イリリコンから彼を追い払おうとの考えからであり、だからアラマニアの王《リクス》にもしそのように行動するなら多大の返礼を行うことを約束し、また彼の方からすでに派遣した使節《プレスヴィス》を通じて彼［王］に申し出た婚姻《キドス》の取り決め[5-28]を果たすことをも確言したのである。【2】これらの措置を講じたのち、その者［皇帝］はメガス＝ドメスティコスをその地[5-29]に残し、自身はあらゆる所から外国人《クセニケ》軍勢《ディナミス》を集め、またその時期の危機的情況と生起した事態に対して適切な処置を取るべく女王の都《ヴァシレヴウサ》への帰還の途につく。しかしマニ教《マニヘイ》徒のクサンダスとクレオンは、二五〇〇に及ぶ仲間たちと共に何の予告もなく突然に故国[5-30]を目指してもどって行った。その者たちは皇帝《アフトクラトル》によってしばしば戻るように求められると、そうすることを約束したが、約束の実行を延ばし続けた。［皇帝は］書簡《グラフェ》を通じて彼らへ贈物《ドレエ》と栄誉《ティメ》を約束して戻るように強く迫っていたが、しかし彼のもとには帰って来ようとはしなかった。【3】皇帝《ヴァシレフス》がロベルトスに対する備えをこのように進めている間に、ロベルトスのもとへ一人［の使者］が到着し、アラマニアの王《リクス》がまもなくロンギ

ヴァルディアの地に達しようとしているとの知らせを持参した。[5-31] その者は途方にくれ、いかに処すべきか考えを重ねた。イリリコンへ渡るに際して［ロベルトスは］彼の権力《アルヒィ》の後継者《ディアドホス》としてロエリスを後に残し、他方年下[5-32]のヴァイムンドスにはいまだ領地を与えていなかったが、［これら二人の息子を念頭におきながら］こうすべきか、ああすべきかとさまざまな考えと立ち向かった末、すべての伯《コミティス》と全軍《オプリティコン》の主だった者たち《エクリティ》を集め、それから彼の息子ヴァイムンドス＝サニスコスを呼び寄せると、弁士よろしく彼らを前にして次のように語り出す。【4】「さて伯《コミテス》の諸君、イリリコンに向かって渡海しようとした時、私の最愛の息子、最年長者のロエリスを私の領土《ホラ》の主《キリオス》に定めたことはご承知である。なぜならその地を離れこのような大仕事を引き受けた者にとって、自分の領土《ホラ》を指導者《イエモン》のないままに後に残し、それを得ようと手ぐすね引いて待っている者に格好の餌食としてさらすことはできなかった。事実アラマニアの王《リクス》が［私の］領土を包囲攻撃するために、すでにその地に達しようとしているので、われわれは全力を尽くして領土を守り抜かねばならない。なぜなら別のものを手に入れようとして、今持っているものをないがしろにして失うようなことをしてはならない。さてアラマニアの［王］と戦って自分の領土《ホラ》を守り抜くために、私は出発する。他方この年下の私の息子に、ディラヒオンと、私自身が先に私の槍《ドリ》で手に入れたアヴロンと他の諸都市《ポリス》と島々をゆだねる。そこで私はこの者をあなた方に託し、そしてこの者を私自身と見なし、彼のために全身全霊を傾けて戦ってくれるよう期待する」【5】そしてつぎにヴァイムンドスの方に向かって言葉をつづける、「私のこの上なく愛しい息子、あなたに求めることは、最大の敬意をもって伯《コミテス》たちと接し、何ごとにおいても彼らを助言者と見なし、いわば頭としてでなく、すべてにおいて彼らと共同してことに当たることである。特にローマ人の皇帝《ヴァシレフス》との戦いにおいて気を緩めることのないよう心せよ、あの者は今しがた大敗北を喫し、自らはすんでのところで剣《マヘラ》の餌食になるところであり、また諸軍《ストラテヴマタ》の多くを戦闘で失ったが（なぜならと、さらに続けて言うには、もう少しで生け捕りにされるところを、傷つきながらわれわれの手から落ち延びていった）、あなたがたまたま息抜きしている間に、その者が気力を取りもどし、これまで以上に勇敢にあなたに向かってこないように、ゆめゆめ油断してはならない。なぜならあの者は並の男ではなく、子供のころから戦争《ポレミ》と戦闘《マヘ》で鍛えられ、東方と西方のすべてを駈けめぐり、以前の諸帝《アフトクラトレス》に対する多数の反逆者《アポスタテェ》をその槍でもって捕らえた、確かにあなた自身がそれらについて多くの人から聞いているとおりである。とにかく全く尻込みし、敢然と彼に向かって進んで行こうとしないならば、私が精魂を傾けて勝ちとったすべてを失ってしまい、あなた自身は自分の怠惰の取り入れをことごとく刈り取ることになろう。[5-33]私に関しては王《リクス》と戦い、わが《イメダピィ》領土《ホラ》から追い払い、私の最愛のロエリスを彼に与えられた権力の座《エクスウシア》にしっかりと座らせるために、すぐにでも出立することにする」【6】そこでその者は彼［ヴァイムンドス］に別れを告げると、一段櫂船《モニレス》に乗り込み、[5-34]そして対岸のロンギヴァルディアに上陸した。そこから大急ぎでサレルノに達する、そこはずっと以前から侯位を占める者たちの居所《カティキア》として定められていた所である。その者は、十分大きな軍勢《ディナミス》と異なる地方から出来る限りの多数の傭兵軍《ミスソフォリコン》を集め終えるまでその地にとどまった。アラマニアの王《リクス》に関しては、皇帝《アフトクラトル》との約束に従って急いでロンギヴァルディアに到ろうとしていた。このことを知ったロベルトスは、教皇《パパス》[5-35]と合流し、あのアラマニアの［王］の所期の目的を阻止するためにローマへ急いだ。教皇《パパス》はこの計画に同意したので、二人は急いでアラマニアの［王］に向かって進軍した。【7】しかし王《リクス》はロンギヴァルディアを包囲攻撃しようと急いで行く途中、皇帝《アフトクラトル》の身に降りかかった事態、すなわち一方で彼の軍勢《ストラテヴマ》の多くが剣《クシフィ》の餌食となり、他方で多くが至る所に四散させられるなど大敗を喫し、彼［アレクシオス］自身多くの危険に直面し、勇敢に戦う間に身体の各所に深手を負いながらも、その豪胆さと思いきった判断で奇跡的に助かったことを知ると、手綱《イニエ》を引いて向きを変え来た道を引き返し始めたのである、彼にとっては差し迫って必要でないことのために自身の身を危険に曝さないことが勝利であると考えたのである。事実この者は自分の国に通じる道に向きを変えたのであった。ロベルトスは王《リクス》の陣営《パレムヴォリ》に到ると、自身はもうこれ以上遠くまで追跡しようとはせず、彼の軍勢《タグマタ》から十分多数の部分を切り離し、アラマニアの［王］を追跡するよう命じた。他方彼自身は戦利品《リア》のすべてを携え、教皇《パパス》と共にローマに向かった。それからその者をその者自身の教皇座《ソロノス》にしっかりと据えた後、次にその者から［改めて］歓呼《エフフィミア》[5-36]の栄を受けた、それから、これまでの多数の戦闘の苦しみから心身を癒すため、サレルノへの帰還の途につく。[5-37]

第4章

【1】それからさほど時を経ずして、ヴァイムンドスは彼（ロベルトス）と再会することになる、[5-38]しかしその時彼の顔にはその者の身に何が生じたかが表れていた。さて彼の不運《ティヒ》はどのようにして生じたのか、これからそれを語ることにしよう。あの者［父ロベルトス］の指示を忘れることなく、とりわけアレスの愛でし者であり、ことのほか好戦的なその者は堅い決意をもって皇帝《ヴァシレフス》との戦闘に取り組むことになった。さてその者は、共に行動する自身の軍勢《ディナミス》に、ローマ人の多数の優れた将校《ロガデス》と、ロベルトスによって占領された地方《ホレ》や都市《ポリス》の兵士《ストラティオテェ》と指揮官《イエモニス》を加え（なぜならその者たちは皇帝《アフトクラトル》をきっぱりと見限り、ことごとくヴァイムンドスの意向に従うことになった）、それらの者たちすべてを引き連れ、ヴァエニティアを経てヨアニナに達する、[5-39]そこでまず都市の外に広がるブドウ畑に堀《タフロス》を掘り、すべての兵士《オプリティコン》を［堀をめぐらした陣地内の］適切な諸点に配置すると、彼自身は都市の中に幾つかの幕舎《スキネ》を設営した。それから城壁《ティヒ》をくまなく見回り、要塞《カストロン》[5-40]の一つの城塞《アクロポリス》が不安定な状態であるのを見定めると、それを大急ぎで再建しようとしただけでなく、彼にはどこよりも役立つと思えた城壁《ティヒ》の他の地点にきわめて強固なもう一つの城塞《アクロポリス》を建設することにとりかかり、同時に周辺の都市《ポリス》や地方《ホレ》に対して略奪を続けた。[5-41]【2】皇帝《アフトクラトル》はこれらの事態を聞き知ると、ただちになんらのためらいもなく全軍《ディナミス》を急いで集め、五月にコンスタンティヌスの［都］を離れる。さてヨアニナに到着すると、すでに戦争《ポレモス》と戦闘《マヒ》の機は熟していたが、しかし彼自身の軍隊《ストラテヴマタ》がヴァイムンドスの軍勢《ディナミス》のほんの一部にも及ばな

いことを悟り、さらにとりわけロベルトスとの先の戦闘《マヒ》からケルト人の敵に対する最初の騎馬による突撃《イパシア》が支えきれないものであることを理解し、まず適度の数の、選り抜き《エクリティ》の兵士からなる諸部隊《アポストレ》を使って小競り合いをやってみる必要があると判断した、つまりそのことからヴァイムンドスの軍司令官《ストラティイキ》としての力量《エピスティミ》を推し量り、またそのような小規模な戦闘から全体的な見通しへの判断材料を握り、そしてそのようにして相手を知って、ケルト人に対してより確実に立ち向かうことができるであろう。確かに両軍《ストラテヴマ》は互いに向かって戦おうと躍起になっていた。しかし皇帝《ヴァシレフス》はラテン人の最初の抗しがたい突撃を恐れ、ある新奇な工夫を行う。まず普通のものより軽く小さい荷車を用意させ、つぎにそれら各々に四本の槍を取りつけ、それらを武装した歩兵《ペズィ》に託する、つまりラテン人が手綱《リティレス》を完全に弛めローマ人の戦列《ファランクス》に突進してくる時、密かに配置された武装の歩兵《ペズィ》によって荷車が前方へ押し進められ、そうすることでラテン人の密集の攻撃隊列《シナスピズモス》のまとまりが断ち切られるという算段である。[3] すでに陽がきらきらと輝いて地平線に顔をだし、今や戦闘が始まろうとする時、皇帝《アフトクラトル》は戦闘諸集団《ファランゲス》を一つの戦闘《ティポス》隊形《ポレムゥ》にまとめ、自身はその中央に身を置いた。ところでヴァイムンドスは戦闘が始まる時点で皇帝《アフトクラトル》の謀に気づいていたように思われ、事実企てられたことを先刻承知していたかのように生じた事態に対応し、自身の軍勢《ディナミス》を二手に分け、荷車を避けてそれぞれを両側からローマ人の戦列《パラタクシス》に向けて突撃させる。そのとき両軍の戦闘諸集団《ファランゲス》は互いに混ざり合い、双方の兵士《アネレス》たちは真っ向から戦いあった。そのため双方の兵士の多くが戦闘で倒れたが、しかし勝利を握ったのはヴァイムンドスの方であった、他方皇帝《アフトクラトル》は左右から攻撃を受けながら揺るがぬ塔《ピルゴス》のように立ちふさがり、ある時には迫り来るケルト人に向かって馬を駆って立ち向かい、幾人かを打ちすえて殺し、また相手から打ちかかられもし、ある時には逃走していく味方の者に大きく声をかけ、引き戻そうとつとめていた。しかし味方の戦闘集団《ファランゲス》の各々がばらばらに引き裂かれるのを見て、彼自身も自分の身の安全を図らねばならないと考えた、それは、おそらく人がそう言ったように、自身の生命を守るためでも、また怯えて動揺したからでもなく、もしなんとか危険を脱し、気力を回復することができれば、今度は、戦い挑んでくるケルト人にいっそう勇敢に立ち向かっていくことができるだろう、との考えからであった。【4】ごく少数の者たちとともに敵から逃れていく途中に、たまたまケルト人の一部隊と出会うと、その者は今度も恐れを知らぬ軍司令官《ストラティゴス》であることを示すこととなった。なぜなら彼のそばにいる者たちを鼓舞した後、その者は今日この場で死ぬ覚悟で、あるいは全力を尽くして相手を打ちのめす決意をもって猛然と彼らに向かって馬を突撃《イパシア》させ、彼自身はケルト人の一人に打ちかかり死に至らしめ、他方彼と行動を共にするアレスの従者《イパスピステェ》たちは敵の多数を傷つけ追い払ったのである。このように数知れぬ大きな危険をかいくぐり、今回もストルゥエを経て無事アフリデスへたどり着く、そしてその地にとどまり、かなり多数の逃走者を彼のもとに呼び集めた後、大ドメスティコス[5-42]と共に彼らすべてをそこにとどめ、彼自身はヴァルダリス川に向かう、それは一息入れるためではなかった、なぜならその者は決していつも皇帝《ヴァシリケ》たちのするような安逸あるいはくつろぎを自身に許そうとしなかったからである。【5】そして再び軍隊《ストラテヴマタ》を集め、傭兵《ミスソフォリコン》を募り、ケルト人を打ち負かす別の策を考えた後、ヴァイムンドスに向かって行く。[5-43]すなわちその者は鉄の撒き菱《トリヴォリィ》を用意し、戦闘が予想される日の前夜、ケルト人の猛烈な騎馬《イパシア》の突撃が起こるだろうと思われる、両軍を隔てる平地にそれらを撒いたのである、その者が目論んだことはおそらくこうであったろう、すなわちラテン人の抗しがたい最初の突撃は撒き菱《トリヴォリィ》が馬の蹄に突き刺さって無力となり、他方最前線に配置された槍《ドラタ》を抱えたローマ人の兵士たちは撒き菱《トリヴォリィ》に突き刺さらないように測られた距離を馬を駈け《イパシア》させ、次に左右に分かれて引き返す、その間に盾兵《ペルタステェ》は遠くからケルト人に向かって雨霰と矢《オイスティ》を降り注ぐ、そして右翼と左翼はそれぞれの位置からあらん限りの勢いでケルト人に襲いかかる。【6】私の父の計画はそのようなものであった、しかしこれはヴァイムンドスに気づかれないままにはいかなかった。なぜなら事態はつぎのような展開をみたのである。皇帝《ヴァシレフス》がその日の夕方にまさしく画策したことを、あのケルト人は翌朝早くにすでに気づいていたのである。あの者は知ったことに対して賢明に対応して戦闘に臨もうとし、もはや決していつものような突撃戦をとらず、中央の隊列《ファランクス》にはしばらく動かないように指示を与え、皇帝《アフトクラトル》の計画に先行して、左右からの攻撃に勝敗の行方をかけた。実際まさに白兵戦になろうとした時、ローマ軍《ストラテヴマ》の兵士たちはもはや敵を真っ正面に見据えることすらできず、ラテン人に背を向けたのである、なぜならその者たちは先にこうむった敗北により［戦う前から］怯えていたのであった。【7】その時ローマ人の戦列《パラタクシス》は混乱状態に陥っていたが、しかし皇帝《ヴァシレフス》は心身ともに揺らぐことなく勇敢に踏みとどまり、敵の多くを傷つけ、また自身も傷つきながら立ち向かっていた。しかしすでに全軍《ストラテヴマ》が姿を消し、自身とほんの少数の者たちだけが取り残されたのを知ると、無益に戦って危険を冒してはならないと考えた。なぜなら誰であれまったく疲労困憊し敵に立ち向かう力《イスヒス》のなくなった時に、自身を明らかな危険に投げ込むことは愚かなことであろう。さてローマ軍《ファランクス》の右翼と左翼が逃走に転じた後も、皇帝《ヴァシレフス》はなおヴァイムンドスの軍勢《ファランクス》と渡り合い、戦いの重荷すべてを彼自ら背負いながら、勇敢に戦い抜こうとしていた。しかし危険の回避できないことに気づき、自身の命を守らねばならないと判断した、なぜなら自分を打ち負かした相手と再び矛を交え、その時にはこの上もなく強力な対抗者となって、ヴァイムンドスに最終的勝利を許さないためである。【8】実際その者は、敗北の時も勝利する時も、また追跡され、次には追跡する時も、そのような決意の持ち主であり、決して怯えることも、また絶望の網にすくい取られることもなかった。なぜならその者は神《セオス》に絶大な信頼《ピスティス》を置いていたからである、もっとも常に素直に神の御心に身を託しながら、しかし神にかけて誓う《オルコス》ことは全く控えていた[5-44]。さて、すでに上で語られたように、その者は戦うことを断念し、敵に背を向けて急いで逃走する、そこで彼自身もヴァイムンドスと精鋭《エクリティ》の伯たち《コミテス》から追跡される身となった。その逃走中、［アレクシオスは］グリス（この者は父から受け継いだ自身の従者《セラポン》であった）と、彼［アレクシオス］に従う者たちに向かって「いったいわれわれはどこまで逃げていくつもりか」と声をかける。そうして手綱《ハリノス》を引いて向きを変え、鞘から剣《クシフォス》を引き抜くと、最初に彼に立ち向かってきた敵の顔面に打ちかかる。そのさまを見たケルト人たちはその者が自身の命を諦めていることを見定めると、そのような覚悟の男たちはこれまでの経験から打ち負かすことのできないことを知っていたので、後ずさりし、追跡することをやめてしまった。［アレクシオスは］このようにして追跡者から解き放たれ、危険から脱出することとなった。逃走しながらもいささかも意気喪失することはなく、むしろ逃走者のある者たちを呼び戻したり、また逃走者のある者たちをやじったりした、もっとも多くの者は何を言っているのか知らないふりをしていた。さて危機から救われた［アレクシオスは］再び軍勢《ストラテヴマタ》を集め、ヴァイムンドスに向かって進軍するため、女王の都市《ヴァシレヴウサ》への帰途につく。[5-45]

第5章

【1】ロベルトスがロンギヴァルディアへ帰還した後、ヴァイムンドスは皇帝《アフトクラトル》との戦いを引き受け、あの者［父］の忠告に従い、絶えず果敢に戦闘《マヘ》と戦争《ポレミ》を続行し、他方ではいろいろの地点を攻囲させるためアリファスの息子ペトロスとプンデェシス[5-46]を送り出した。事実アリファスの息子ペトロスはただちにディオ＝ポロヴィを、上記のプンデェシスはスコピアを奪った。彼自身はアフリデスの住民から誘いを受け、すみやかにアフリデスに達する。しばらくそこで頑張ったが、［司令官の］アリエヴィスが城塞《カストロン》[5-47]を防衛することにつとめたので、結局なんらの成果もなくオストロヴォスに向けて立ち去る、しかしそこでも得るところなく追い払われ、つぎにソスコスとセルヴィアを通ってヴェリアに向かった。多くの地点でしばしば攻撃を試みたが、成果が得られず、そのためヴォディナを経てモグレナに向かい、そこですでに以前から崩壊していた小さな砦《カステリオン》の再建に取りかかる。それから、そこに十分な兵士と、サラキノスの名で呼ばれる一人の伯《コミス》を残して、自身はヴァルダリス河畔のアスプレ＝エクリシエ[5-48]と呼ばれる所へ赴いた。そしてそこで三ヶ月の間過ごしたが、その間に三人の選り抜き《エクリティ》の伯《コミテス》、すなわちプンデェシスとレナルドス、それにエリエルモス[5-49]と呼ばれる者が皇帝《ヴァシレフス》のも

とへ脱走しようと企てるが、事は発覚してしまった。しかしこのことに早く気づいたプンデェシスは逃走し皇帝《アフトクラトル》のもとへたどり着く、他の二人は捕らえられ、ケルト人の法に従って決闘《ポレモス》すべく引き渡された。エリエルモスは負かされ、馬から投げ落とされた、［ヴァイムンドスは］その者を縛り上げ、眼を潰させ、［同じく決闘に破れた］[5-50]もう一人のレナルドスについてはロンギヴァルディアにいる彼の父のもとに送ったが、この者もまた彼［ロベルトス］によって両眼を奪われる。ヴァイムンドスはそれからアスプレ＝エクリシエを出発し、カストリアに向かった。この動きを知ったメガス＝ドメスティコスはモグレナに至り、サラキノスを捕らえ、あの小さな砦《カステリオン》を根こそぎ破壊した後、ただちにその者を殺害する。他方ヴァイムンドスはカストリアを離れ、そこで越冬する考え[5-51]からラリサに移動する。【2】皇帝《アフトクラトル》は大都《メガロポリス》に帰還すると、[5-52]人が言うように、あのように奮励努力の人であり、いまだかつて安逸にふけることはなかったので、ただちに仕事に取りかかり、スルタン[5-53]に対して長年にわたって経験を積んだ指揮官《イエモン》たちと共に軍勢《ディナミス》を送るように要請する。［スルタンは］ただちに応じて、彼に七〇〇〇人ときわめて経験豊かな指揮官《イエモネス》たちを派遣する、後者の中には年功と経験において他の誰よりも優っていたカミリス自身がいた。皇帝《ヴァシレフス》がこのような手をうち、準備をしている間に、ヴァイムンドスは自身の軍勢《ストラテヴマ》のうちから全身くまなく甲冑で武装《カタフラクティ》したケルト人を選び出し、その者たちからなる一部隊を襲撃に送りだし、ペラゴニアとトリカラ、[5-54]カストリアを奪い取らせた。他方ヴァイムンドス自身は軍勢《ストラテヴマ》のすべてを率いてトリカラに到着し、そこで全軍勢《ストラテヴマ》からすべて勇敢な兵士を選んで一部隊を編成し、ツィヴィスコスへの攻撃に送りだし、そこを奪い取らせた。それから全軍勢《ディナミス》とともにラリサに向かい、大殉教者《メガロマルティス》エオルイオスの祭日[5-55]にそこに到着すると、城壁《ティヒ》を取り囲み、都市の攻撃を始めた。【3】その時この都市《ポリス》を守護していたのは皇帝《アフトクラトル》の父の従者《セラポン》であった者の息子レオン＝ケファラスで、ヴァイムンドスの攻城具《ミハネ》による攻撃《エフォドス》に対してまる六ヶ月にわたり勇敢に立ち向かっていた。その者はその蛮族《バルバロス》の攻撃について何通かの書簡《グラフェ》を通じて皇帝《アフトクラトル》に報告していた。しかし［皇帝は］駈けつけたいのはやまやまであったが、即座にヴァイムンドスのもとに通じる道を進まず、あらゆる方面からより多くの傭兵《ミスソフォリコン》を集めようとして、出陣を引き延ばしていた。そしてすべての兵士をしっかりと武装させることができると、ついにコンスタンティヌスの［都］を出立する。[5-56]［皇帝は］ラリサの領域に近づいた後、ケリア山[5-57]の中を突き進み、右手に国道《ディモシアレオフォロス》[5-58]とその地の住民からキサヴォスと呼ばれている山を見ながら通り過ぎ、エクセヴァンに向かって降った（ここはアンドロニアの近くに位置するヴラヒ人の村《ホリオン》）。そこからさらに移動し、その地域を流れるサラヴリアス[5-59]という名の川の近くに位置する、一般にプラヴィツァと呼ばれる別の小さな町《コモポリス》に至り、そこに深く堀《タフロス》を掘って［陣地を設営し、その中に］幕舎《スキネ》を設営した。そして皇帝《ヴァシレフス》はそこから再び行動を起こし、デルフィナスの果樹園まで行き、さらに進んでトリカラ[5-60]に向かった。【4】その時そこ［トリカラ］へ、本書《ロゴス》ですでに取り上げたレオン＝ケファラスの使者が彼の書簡《グラマ》をたずさえて現れた、そしてそこにはきわめて直截につぎのように書かれていた。「皇帝《ヴァシレフス》よ、私が今日まで力の限りをつくして要塞《カストロン》[5-61]が占領されないように守護したことをご承知あれ。しかしキリスト教徒に許された食べ物を食べ尽くし、われわれはふさわしくないもの[5-62]にも手をつけた。しかしそれらさえもはやわれわれにはない。だからもしわれわれを救助しようと大急ぎで駈けつけ、包囲攻撃するものどもを追い払ってくれるならば、神《セオス》に感謝をささげよう。もしそれがかなわないならば、私としてやるべきことを果たし終えているので、今後に関してはわれわれは必然《アナンギ》［自然法則］に従い（なぜならどうして人は自然とその猛威に立ち向かわねばならないのか）、われわれを攻め立て明らかに絞め殺そうとしている敵に要塞《フルリオン》を引き渡す考えでいる。確かにこのような不運な目に見舞われるとしても、私自身は進んで呪われた存在になることを甘受しよう、しかし他方皇帝陛下《ヴァシリアシィ》に向かってあえて腹蔵なく、こう言おう、すなわちこれほどの戦いと飢えの重圧にもうこれ以上耐えることのできなくなっているわれわれを、出来る限りすみやかに危機から救い出そうとされないなら、われわれの皇帝《ヴァシレフス》よ、もし救出に駈けつけることができるのに、急いで救助に来られないならば、あなた様はわれわれを見捨てたとの背信の告発をまず最初に受けることを免れないであろう」【5】しかし皇帝《アフトクラトル》は［正攻法とは異なる」別の手段で敵を打ち負かさねばならないと考え、あれこれと思案に没頭し心を痛めていた。いったいどのようにして伏兵《ロヒィ》を配置すべきか考えを重ね、神《セオス》の助力を呼び求めながら、その日すべてをそのことにあてていた。そして最後にラリサの老人の一人を呼び寄せると、その場所の地勢《セシス》について問い尋ね始めた。視線を移動させ、同時に指でさし示しながら、渓谷が土地に食い込んでいる所、あるいは深い茂みがそれら［渓谷］に接している所について熱心に質問を続けた。［皇帝は］待ち伏せ《ロホス》を配置し、奸計を用いてラテン人を打ち負かそうと考え、そのラリサ人からこれらのことを問い尋ねていたのである。なぜならこれまでたびたび戦い、敗北を喫し、そのようにフランク人の戦いを実際に経験している上は、もはや公然と真っ正面から戦うことを断念していた。**[6]** 陽が沈み、まる一日の疲れでへとへとになった皇帝《ヴァシレフス》は眠りに陥った、その彼に夢が現れる。その者は大殉教者《メガロマルティス》ディミトリオスの聖《イエロン》堂《テメノス》[5-63]の内部に立ち、その時に「悲しみ嘆くのはよしなさい、明日にはあなたは勝利する」という声を聞いたように思えた。その声は、聖堂《テメノス》の中で吊り下げられている聖像《イコネス》の一つ、大殉教者《メガロマルティス》ディミトリオスが描かれたものから発せられるのを聞いたように思った。眠りから覚め、夢の中のその声にこの上ない喜びを感じ、殉教者《マルティス》に祈願を行い、さらに加えて次のように約束した、すなわちもし敵に対して勝利を得ることができるなら、その地にやって来て、セサロニキの都市《ポリス》から十分離れた距離《スタディア》の所で馬を下り、ゆっくりと歩いて彼を崇めに来る。**[7]** そこで軍司令官《ストラティイ》と将校《イエモネス》、それに一族の面々すべてを集会に呼び寄せた後、［皇帝は］彼ら各々の意見を求め、つぎに自身による熟慮の結果を説明した。それは、軍勢《タグマタ》のすべてを彼の親族たちに託すことであった。すなわちニキフォロス＝メリシノスと、ヨアナキスとも呼ばれるヴァシリオス＝クルティキオス[5-64]がそれぞれ司令官《プロエクサルホン》に任命される、後者はアドリアヌポリスの出身で、勇敢さと軍事《ストラティオティキ》の知識《エピスティミ》において評判の傑物の一人であった。彼らには軍勢《タグマタ》だけでなく、皇帝《ヴァシリア》の標章《パラシマ》[5-65]すべても託される。つぎに［皇帝は］彼自身がこれまでの戦闘で行ったと同じ隊形で軍隊《パラタクシス》を整列させることを彼らに命じ、そうしてから、まずラテン人の前衛部隊との小競り合いを試み、次に突撃の鬨の声をあげ全軍で彼らに向かって行き、しかし、密集隊列《シナスピズモス》となって進み、互いに白兵戦に突入するやただちにラテン人に背を向け、リコストミオンの方向へ算を乱して逃走していくふりをするよう指示を与えた。皇帝《ヴァシレフス》がこれらの指示を与えていたその時に、陣営《ストラトペドン》内のすべての馬が突然いななくのが聞こえた。これはすべての者を驚愕させた。しかし皇帝《ヴァシレフス》自身とことのほか探求心の強いすべての者たちには等しくただちに吉兆と思われた。【8】さてこれらのことを彼らに指示すると、［皇帝は］ラリサの要塞《カストロン》の右手に彼らを後に残し、それから太陽の沈むのを待ってから、一部の選り抜きの兵士《アンドレス》に同行するよう命じると、リヴォタニオンと呼ばれる隘路《クリスラ》を通り抜け、レヴェニコス川を避け、アライと呼ばれる所を経て、ラリサの左手に到着した[5-66]、そしてその地の地形を隅々まで調べ、ある低地を見いだし、彼に従ってきた伏兵《ロヒイ》たちと共にそこに待機することにした。他方ローマ軍《タグマタ》の指揮者《イエモネス》たちは、すでに語られたように皇帝《ヴァシレフス》が伏兵を配置するために急ぎ、リヴォタニオンの隘路《クリスラ》を通り抜けようとしていたその時、ローマ軍《タグマタ》から一部隊を編成し、ケルト人に向けて送りだした、それはそうすることで敵の注意を彼ら自身に引きつけ、皇帝《アフトクラトル》がどの方向へ行くかを見定める余裕を敵に与えないためであった。さてその者たちは平地に達すると、ケルト人を攻撃した、そして長時間にわたって戦いをつづけ、日が暮れて戦いができなくなってから引き上げた。その間に皇帝《ヴァシレフス》は目的地に達すると、すべての者に馬から降り、地面に膝をつき、手綱《ハリニィ》を手から離さないように命令した。彼自身もたまたま近くにあったハーブの茂る地面に同じように膝を折って座り、手に手綱《ハリノス》をしっかり握り、その夜の残りを視線を正面にむけて過ごした。

第6章

【1】陽が顔を見せると、ヴァイムンドスは戦闘部隊《ファランゲス》ごとに整列したローマ軍《タグマタ》、皇帝の軍旗《ヴァシリケェシメエ》、銀の飾り鋲の打たれた《アルイロイラ》槍《ドラタ》、赤色の皇帝用《ヴァシリケェ》の鞍布を敷いた馬をしっかりと眺めた後、彼自身も彼らに対して自身の軍勢《ファランクス》を最善の方法で整列

させた、すなわち軍勢《ディナミス》を二つに分け、その一つを自身が指揮し、もう一つの軍団《ファランガルヒス》の長にヴリエニオス[5-67]を任命する。この者は傑出したラテン人の一人で、人々からコノスタヴロス[5-68]と呼ばれた。さてこのように自身の軍勢《ディナミス》を整えると、今回もいつものやり方を実行する、すなわち皇帝《ヴァシリカ》の標章《パラシマ》を見いだした戦列《パラタクシス》の前面へ、まさにそこに皇帝《アフトクラトル》がいるものと見なすと、視野に入った敵兵に向かって暴風雨のように襲いかかったのである。相手の者たちはしばらくの間立ち向かった後、彼［ヴァイムンドス］に背を向ける。その者は、先に本書《ロゴス》で説明したように［逃走していくふりをした］彼らを後方から追跡し、激しい勢いで突進していく[5-69]。他方皇帝《ヴァシレフス》は自身の軍勢《タグマタ》が遠くまで逃走し、ヴァイムンドスが後ろからローマ軍《タグマタ》を激しく追跡するのを目でとらえ、すでにヴァイムンドスが自身の陣地《パレムヴォリ》から十分離れたと推測すると、馬に乗り、同時に彼に従う者たちに同じようにすることを指示し、ヴァイムンドスの陣地《パレムヴォリ》に到着する。陣地の中に入り、そこに見いだされた多くのラテン人を殺害する一方、そこから多くの戦利品《ラフィラ》を奪い取る。それからその者は追跡者と逃走者に注意深く視線を注いでいた。

[2] 味方の者たちが確かに逃走を続け、その後をヴァイムンドスが追跡し、さらに彼の後からヴリエニオスが続いて追いかけているのを目にしてから、［皇帝は］弓の技《トクシア》で知られたエオルイオス＝ピロスを呼び出し、そして他に相当数の勇敢な盾兵《ペルタステェ》を選抜し、彼らにヴリエニオスの後を急いで追い、近づけば接近戦は試みず、離れた距離から特に馬《イピィ》に向かって多数の矢《ヴェリ》を射かけるように命じた。実際その者たちはケルト人に追いつくと、乗り手《イポテェ》がまったくなす術のない状態になってしまうほどに、雨霰と馬にめがけて矢《オイスティ》を降り注いだ。確かにケルト人というものはすべて馬上にあるときは実際の突撃においても外観においても無敵の存在のようであるが、しかし馬から降りてしまえば、一つは大きな長盾《アスピス》のゆえに、また一つは跳躍と疾走をほとんど不可能にしてしまう［重い鉄の］靴《ペディラ》のゆえに、なんと猛勇心が萎えて、これまでとまったく異なる存在、容易く敵の餌食になってしまうものである[5-70]。思うに皇帝《ヴァシレフス》はこのことを知っていて、乗り手《イポテェ》ではなく馬《イピィ》を射殺すように命じたのである。[3] ケルト人の馬は倒れ、ヴリエニオスの兵士たちはぐるぐる回り始め、そして一つの大きな集団と

なったことから大きな厚い砂塵が雲にまで達する勢いで立ち昇り、それは、昔エジプトで起こった、手でさわれるほどの暗い闇、[5-71] それに比較しうるほどのものであった。事実立ち上る厚い砂塵は彼らの視力を奪い、どこから誰によって矢《オイスティ》が放たれているのか分からなくさせていた。そこでヴリエニオスは事態のすべてをヴァイムンドスに知らせるため、三人のラテン人を送りだした。その者たちは、サラヴリアスと呼ばれる川の小島にとどまり少数のケルト人と共にブドウを食べている彼のもとにたどり着いた、その時その者は思い上がり、今日までもなおパロディー化され多くの人々の口の端にのぼるように、法螺を吹いていた。実際ギリシア語のリコストミオンを蛮族風になまって口にし、「俺はあのアレクシオスを狼《リクウ》の口《ストマ》[5-72]に投げ込んでやった」の言葉を何度もくり返していたのである。まったくこのように高慢は多くの男を躓かせ、目の前にある、足下にあるものさえをも逃がしてしまうものである。【4】［ヴァイムンドスは］ヴリエニオスからの知らせを聞き、罠をかけられたことを知り、当然皇帝《アフトクラトル》の奸計による勝利に激怒したが、しかし彼のあのような性格から決して意気消沈してしまうことはなかった。とにかく彼によって選抜されたケルト人の重装騎兵《カタフラクティ》はラリサの町に向かって立つ丘によじ登った。［ローマ］軍《オプリティコン》は彼らを目にすると、やる気満々で彼らとの戦闘を主張した。皇帝《アフトクラトル》は、彼らに手を出さないように抑えにかかった。しかしその者たちは多数の、さまざまの異なる諸軍《タグマタ》に属していたが、丘をよじ登り、ケルト人を攻撃した。［ケルト人は］ただちに彼らに襲いかかり、五〇〇人をも殺害する。その後皇帝《ヴァシレフス》はヴァイムンドスがきっと通過するに違いないと思われる地点を推測し、トルコ人とその指揮官《プロエクサルホン》のミイディノスと共に、勇敢な兵士《ストラティオテェ》を送り出す、しかしヴァイムンドスは彼らが近づくと同時に行動を起こし、彼らを打ち負かし、川［サラヴリアス］まで追いつめた。

【1】翌日陽が輝き始めると、［ヴァイムンドスは］彼に従う伯たち《コミテス》とヴリエニオス自身をも伴って上述の川に沿って馬を走らせ、ラリサの領域内のある沼地を詳しく調べ、そして二つの丘の間に樹木の茂った平地を見つけ、その一方の端は狭い通路《ステノポス》（いわゆる隘路《クリスラ》で、ここではドメニコスの宮殿《パラティオン》と呼ばれている）[5-73]で終わっているが、その［狭い］通路を通り抜けて、そこ［平地］に防柵の陣営《ハラクス》を設営した。他方その翌日の夜明けに、母方の私の伯父、軍団長《フランガルヒス》であるミハイル＝ドゥカスが全軍《オプリティコン》を率いて彼［ヴァイムンドス］に追いついた、この者［ミハイル］は英知において遍く知られ、その美貌と背丈の大きさにおいて当時の人々だけでなく、これまで生を得たすべての人々を凌ぎ（事実この男は、目にするすべての人々にとって驚嘆の存在であった）、これから生じることを見抜き、差し迫る事態を察知し、それに対処することにおいて巧みで、他の追随を許さなかった。【2】皇帝《アフトクラトル》はこの者につぎのことを命じた、すなわちすべての者が隘路《クリスラ》の中に入らないように、軍勢《ディナミス》は部隊《イラドン》ごとにかたまって外に待機させ、弓《トクシア》に長けた、少数のトルコ人とサヴロマテェ[5-74]を［軍勢から］切り離し、彼らに中に入って行くように、またそのさい、矢《オイスティ》以外の他の武器《クシフォス》を一切使わないよう指示することであった。それらの者たちは中に入って行き、ラテン人に対して騎馬による突撃《イパシア》に取りかかろうとしていた時、他方外に待機している者たちは地団駄踏んで悔しがり、誰が中に入れるか、互いに争った。さてヴァイムンドスは軍司令官《ストラティイキ》の知識《エピスティミ》を完璧に修得していたので、彼の指揮下の同行者たちにその場にとどまり、盾《アスピデス》で身を守り動揺しないように命じた。他方プロトストラトル［のミハイル＝ドゥカス］は指揮下の兵士がその場から少しずつ、入り口から隘路の中に入っていくのに気づき、彼自身も中へ入った。ヴァイムンドスは彼らの姿を目にすると、ホメロス風に言えば「格別に大きな獲物に出会って喜んだライオンのように[5-75]」、実際、自身の両眼で彼らとプロトストラトルを確かめると、ありったけの力をふりしぼり猛烈な勢いで彼らに向かって突進する。相手の者たちは即座に彼に背を向け逃走する。【3】その属する民《エノス》[5-76]からウザスと呼ばれた者は勇気で名を知られ、ホメロスの言葉に従えば「乾いた牛革［の盾］を右にも左にもさばく[5-77]」ことに長けていたが、隘路の入口から出た

瞬間、すばやく右に逸れ、そして向きを変え、彼の前に現れたラテン人を打ちつける、その者はたちどころに地面に転げ落ちる。他方ヴァイムンドスは敵をサラヴリアス川まで追跡しつづけていた。上述のウザスは逃走中にヴァイムンドスの軍旗《シメア》を持った敵に槍《ドリ》で打ちかかり、その者の手から軍旗《シメア》を奪い取ると、しばらくそれを振り回し、それから先端を地面に向けて傾ける。そこでラテン人たちは地面に向けて傾けられた逆さまの軍旗《シメア》を見て戸惑い、別の間道に方向を変えて駈けだし、結局その道を経てトリカラに至る、なおここは、リコストミオンの方向に逃走していたヴァイムンドスの兵士の若干の者たちによってすでに奪い取られていた地点である。その者たちはそこ［トリカラ］に達したのち、そこでしばらくとどまり、それからカストリアにたどり着くことになる。[5-78] 【4】他方皇帝《ヴァシレフス》はラリサを離れセサロニキに引き返すと、そのような情況下、[5-79] 持ち前の機敏さを発揮し、実にすみやかにヴァイムンドスと行を共にしている伯たち《コミテス》に使者を送り、もしヴァイムンドスが彼らに約束した報酬《ミスシィ》の支払い要求を彼に突きつけ、その者が支払うことが出来なければ、海岸まで下り、彼自身の父ロベルトスから資金を得るために、つまり彼らの報酬《ミスシィ》を［父に］要求するためにその者自身が海を渡るように説得するならば、多くのものを与えることを、そしてもしその者たちがこのことを上手くやってのければ、すべての者は褒賞《ティミ》と数えきれないだけの恩恵を受けるだろうことを約束したのであった。さらに報酬《ミスソス》を得て［帝国に］仕えたいと希望する者についてはだれでも受け入れ、彼らの希望《セリマタ》に従って十分の報酬《ミスソス》を与える、また自分たちの家々に戻りたいと願う者については安全にウングリアを通過させる。【5】とにかく伯たち《コミティス》は皇帝《ヴァシレフス》の指示に従い、過去四年間の報酬《ミスシィ》の支払いを容赦なく［ヴァイムンドスに］要求した。他方その者は支払うことができず、ぐずぐずと時を延ばしていた。しかし［伯たちは］正当な要求を行い、支払いを強く迫ったので、その者はなす術がなく、カストリアを守るためにヴリエニオスを、またポロヴィを守るためにペトロス＝アリファスをそれぞれの地に残し、彼自身は［海を渡るために］アヴロンに下った。皇帝《ヴァシレフス》はこのことを聞き知ると、勝利者《ニキティス》として諸都市の女王《ヴァシリス トン ポレオン》へ帰還の途につく。

第8章

【1】そこ（コンスタンティノープル）に帰還してみると、[5-80] その者は教会《エクリシア》が混乱状態にあるのを知り、一時も息抜きできなかった。自身使徒《アポストリコス》の役割を自覚している者であってみれば、教会《エクリシア》がイタロスの教義《ドグマタ》によって動揺させられているのを知った以上、ヴリエニオスとの戦いを考えていたが（すでに語られているようにこのケルト人はカストリアを掌握していた）、そのような状態でその教義《ドグマ》をそのまま放置しておくことはできなかった。実際イタロスの教説は人々の間に大きく浸透し、教会《エクリシア》を掻き乱していた。このイタロス（この者については実に最初から語らねばならない）はイタリアの出身で、イタリアの近くに位置するシケリアの島で長らく生活した。なぜならシケリア人はローマ人の帝国《アルヒィ》から離反し、つぎに戦いとなり、戦闘を交えたので、そこでイタリア人を同盟関係《シムマヒア》に誘い込んだ、そして［シケリアにやって来た］イタリア人の中にイタロスの父もいたのである、その時その者は子供をつれていたが、その子供はまだ兵役《ストラテフシモス》に適した年齢に達してもいなかったけれども、父のまわりをはしゃぎ回りながら父に従い、その間にイタリア人式の軍事を教え込まれた。イタロスの生涯の最初の時期はそのように過ごされ、また彼の教育のそもそもの基礎はそのようなものであった。【2】モノマホス［コンスタンディノス］がローマ人の帝笏《スキプトラ》をふるっていた時期、あの名だたるエオルイオス＝マニアキスが反逆し、[5-81] シケリアを掌握した時、イタロスの父は子供を連れ、その地から辛うじて脱出した。そして二人は、当時なおローマ人の手に握られていたロンギヴァルディアへ[5-82] 亡命者として逃げ込んだ。このイタロスはそこから、私はどのようにしてかは知っていないが、あらゆる《ペディア》教育《アパサ》と人文《テフニィ》学《ロイキィ》[5-83] に欠けることのないコンスタンティヌスの［都］へやって来た。なぜなら緋の産室《ポルフィロエニトス》生まれのヴァシリオスの治世《アフトクラトリア》からモノマホスの治世《ヴァシリア》まで、学問《ロゴス》[5-84] は大部分の人々によりないがしろにされていたとしても、[5-85] けっして消えてしまうことはなく、皇帝《アフトクラトル》アレク

シオスの時代において再び力を取りもどし、飛躍し、学識者たちにより熱心に取り組まれたのである、もっともそれ以前においては人々の大部分は贅沢に暮らし、遊びたわむれ、だらしない生活のゆえにウズラ狩り《オルティイェ》[5-86]や他のもっと恥ずべき遊びに没頭し、学問《ロゴス》とあらゆる専門的《テフニキィ》な知的教育《ペデフシス》を二の次として等閑視していたのである。

【3】 確かにイタロスが当時そこ［コンスタンティノープル］で見いだしたのはそのような状態の人々であり、交わったのはがさつで、性格の荒々しい学者たちであり（事実、当時女王の都《ヴァシレヴウサ》にはそのような者たちがいた）、そしてそのような者たちから哲学《ペディア》の教育《ロイキィ》を受け、またその後においてはあの有名なミハイル＝プセロスとも交際することになった、ところでこの者［プセロス］は学識のある教師《ディダスカリィ》のもとへ通うことはまったくなく、生まれ持った才能と鋭い知性により、それに加えてもちろん神《セオス》の助けにより、それ［神の助け］はしばしばキロスの聖堂《ナオス》[5-87]における神の母《セオトコス》の尊い像に徹夜の祈りを捧げ、息子のために熱い涙を流して行った母の熱心な嘆願で得られたものであるが、あらゆる知識《ソフィア》をきわめ、さらにエリネスとカルデア人の学問[5-88]にも精通したので、当時学識《ソフィア》において名の通った者となった。イタロスは［弟子として］この者と関わりをもったが、しかし粗野な、そして蛮族特有の気質から、学ぶ時でさえ教師《ディダスカリィ》たちを受け入れることが全くできず、哲学《フィロソフィア》の深奥をきわめることができなかった、事実心を傲慢と蛮族風の無鉄砲さで一杯にし、学び始める前から自分がすべての者に優っていると考え、プセロス自身に対してさえ最初から対抗者然としていた。[5-89] その者［イタロス］は問答法《ディアレクティキ》に没頭したので、一般の集会において毎日のように騒動を引き起こしていた、なぜなら詭弁を弄したたわごとを次々と並び立て、あれば何であれその種のたわごとのすべてを提言し、次にはそれらの根拠となるものをまくし立てるからである。【4】 時の皇帝であるミハイル＝ドゥカスも彼の兄弟たちもその者と親しく交わった。その者たちは評価において彼をプセロスの次に置いていたが、しかし彼を寵愛し、学問上《ロイケ》の論争《アミレ》において彼に加担した。確かにドゥカス家の面々、つまり皇帝《アフトクラトル》の兄弟たちも皇帝《ヴァシレフス》ミハイル自身もこの上ない学問好きであった。しかしイタロスのプセロスへの眼差しは燃えるようで、狂おしさをおびていた、しかし他方の者はイタロスの

ばかげた言葉のはるか上空をゆうゆうと飛翔していた。[5] その後どのような展開になるのか。ラテン人とイタリア人は[5-90]ローマ人と戦おうと躍起となっており、ロンギヴァルディアのすべてとさらにイタリアの占領が目標にかかげられた。[5-91] そこであの皇帝《ヴァシレフス》［ミハイル＝ドゥカス］はイタロスを自分に対して親しく忠実で、またイタリア人のことを熟知している者と考え、エピダムノスに送りだした。話を端折るが、その者がその地で私たちへの裏切り行為をしようとしたことが発覚し、そこで［ミハイル帝は］彼をその地から追放しようとの考えで、人をその地に派遣しようとする、そのことを知ったその者はローマを目指して逃げ去ることになった。その後、彼の性格から考えられるように、後悔し、皇帝《ヴァシレフス》に哀願した後、その者［皇帝］の命令でコンスタンティヌスの［都］へ戻り、ピイイと呼ばれる修道院《モニィ》および四《エクリシア》〇《トン》人《アイオン》聖者《テサラコンタ》の教会を住居として得た。[5-92] プセロスが剃髪してビザンティオンから立ち去った後、[5-93] 彼自身［イタロス］が哲学《フィロソフィア》全体の指導者《ディダスカロス》として先頭に立ち、哲学《イパトス》者の頭《フィロソフォン》としてことにあたり、アリストテレスとプラトンの諸巻《ヴィヴリィ》の註釈に熱心に取り組んだ。[6] 評判ではその者はことのほか博学で、あのもっともすばらしい逍遥学派《ペリパティティキィ》の哲学、特にその弁証術《ディアレクティキィ》の研究において他の誰よりも長じているということであった。しかし他の諸《テフネェ》学《トン》問《ロゴン》[5-94]については必ずしも才能があったわけではなく、文法《グラマティキィ》上の技法《テフニィ》においては躓きがみられ、修辞学《リトリコン》の甘露《ネクタル》を味わえなかった。事実そのため彼の言葉《ロゴス》は調和に欠け、美しさにおいて損なわれていた。だから彼の文体についてもざらざらとした感じで、全く文飾に欠けていた。また彼の話し《ロゴス》方は眉をひそめさせ、全体としてとげとげしい感じを発散させた。彼の著作《シングラマ》は弁証術的《ディアレクティケ》推理《エフォディ》に満ち、彼の舌からは文書《グラフェ》による場合以上にむしろ集会で討論する時に攻撃的推論《エピヒリマタ》が大いに放たれたのである。それゆえ討論においてはその者［の議論］は、反論しようとする者が自然と沈黙に陥り、手も足もでなくなってしまうほどに、強力でうち勝ちがたい存在であった。なぜなら質問の両側[5-95]に穴を掘り、返答しようとする者を行き詰まりの井戸に投げ入れてしまうのである。このようにその男は矢継ぎ早に質問を連発し、討論者を混乱させ、思考力をうち砕いてしまうほどに、弁証術《ディアレクティキ》に熟知していた。ひとたび彼と関わると、誰でもその者の仕掛けた迷宮《ラヴィリンシ》から抜け出ることは不可能であった。【7】ともかくその者はこの上なく粗暴で、怒りの虜であった。理性《ロゴス》で手に入れた美点はなんであれすべて、怒りが打ち壊し台無しにしてしまう。なぜならこの男は言葉と両手を使って論争し、討論の相手がまったく立ち往生してしまうだけでは満足せず、また相手の口を縫いつけ、沈黙を言い渡すだけでは事足りず、たちどころに手が相手の顎髭と髪の毛に走り、乱暴狼藉が連発される。その者は自分の両手も舌もその動きを制御できない状態となる。しかし彼においてこのことだけは哲学者にあらざる行為ではなかった、すなわち相手に暴行を加えたあとは、怒りは彼のうちから去り、続いて涙が流れ、その者は激しい自責の念に駆られるのであった。【8】その者の外形を知りたいと思う者のために言えば、彼の頭は大きく、額は際だって突き出ており、顔はことのほか目立ち、鼻孔は大きく広がり、無遠慮に息を吐き出す、顎ひげは丸く刈られ、胸幅は広く、四肢はがっちりしている、しかし背丈の大きさは長身の者よりも劣っていた、また彼の発音について言えば、ラテン人の若者として私たちの国に来て、確かにギリシア語を学んだが、しかし必ずしも発音において完璧でなく、音節を不正確に発音してしまう時があるような人のそれであった。その者の口ごもる癖も最後の綴り字の発音を落としてしまうことも多くの人々の耳に感知されていたし、弁論に秀でた人々にはその者の言葉遣いは粗野であると見なされた。確かに彼の書いたもの《シングラマタ》にも、あらゆる所から引き出されてきた弁証術《ディアレクティキィ》の決まり文句《トピィ》が詰め込まれているが、文構成上の欠陥を避けることができず、あちこちに文法違反が見られたのである。

第9章

【1】さてこの者は哲学《フィロソフィア》の分野全体を指揮し、そして若者は彼のもとへ群がり集まって来たけれども（なぜならプロクロスとプラトン、それに二人の哲学者《フィロソフィ》、すなわちポルフィリオスとイアムヴリホスの学説《ドグマタ》[5-96]を解説し、

そして希望する者たちには、とりわけアリストテレスの諸著作《テフネェ》および道具《オルガノン》[5-97]として効用《クリア》を生み出すかの著作《プラグマテイア》の手ほどきをし、そしてこの最後のことを大いに誇り、そのことに多くの時間をさいたのである）、しかしながらいつもの怒りの爆発と他の性格上の不安定さが禍して、彼から学ぼうとする者たちに必ずしも役立つことができるというわけではなかった。【2】さて彼の弟子たち《マシテェ》を見てみよう、すなわちヨアニス＝ソロモン、それにイアシティスやセルヴリアスのような者たち、それからおそらく学習に熱心に取り組んでいたと思われる他の人々。彼らの大部分はしばしば宮殿《ヴァシリア》〔大宮殿〕を訪れていたが、私自身も後になって知ったことは、その者たちはどのような学問分野《テフニィコン》のことについても正確なことを何一つ知っておらず、不変化詞《モリア》[5-98]をでたらめに前後に移動させ、普通でない使い方をしてひとかどの弁証家《ディアレクティコス》ぶっているが、まっとうなことは何も分かっていなかったこと、さらにイデア論《イデエ》[5-99]を、いやそればかりか、たとえヴェールに包んでも魂の転生《メテムプシホシス》[5-100]の説をも、また同じ種類の、それらにごく似た通常でない考えを、主張していたことである。【3】ところで〔宮殿を訪れた〕分別のある者たちのうちで、あのように昼夜を通して神の言葉《シイロイ》の探求に懸命に取り組んでいる尊い《イエロン》一組の夫婦《ゼヴゴス》、私の生みの親、両陛下《ヴァシリス》のことを言っているが、の姿に出会わなかった者がいるだろうか。そこで話の途中だが、少し横道に入ろう。修辞《ノモス》学の法《リトリコス》はそうすることを許してくれるだろう。私の母、皇后《ヴァシリス》が食事の用意ができているのに、しばしば両手に本をもって、教義を定める者たち《ドグマティステェ》、すなわち聖なる教父たち《パテレス》、とくに哲学者《フィロソフォス》[5-101]で殉教者《マルティス》のマクシモスの文章《ロイ》を丹念に調べている姿を、私は記憶している。事実その者〔母〕はそこからこそ本当の知恵《ソフィア》の実りを刈り入れようと願って教義《ドグマタ》の学習に打ち込んだ、他方自然の探求についてはそれほどまでには懸命に取り組まなかった。私はしばしば感嘆の念を引き起こし、ある時驚嘆して彼女に向かって聞いてみたことがある。「どうして最初からそのような恐ろしく高い所へ目を向けることができたのですか。この私など震えてしまい、そのような最高所のことにあえて耳を傾けてみようともしません。なぜなら人が言うように、まったく瞑想的で霊的なその人の著作はそれを読む者に目眩を引き起こさせます」その者は微笑みながら、その時こう言った。

「あなたの怯えはさすがだと思います。実際私自身も震えなしにこれらの書物《ヴィヴリィ》に接することができません。しかしそれでもそれらから離れることはできないのです。あなたについては少し時をお待ちなさい、まず他の書物《ヴィヴリィ》に取り組んでから、その後にそれらの甘みを知るでしょう」彼女の言葉を思い出し、それは私の心に強く突き刺さり、そしてその他さまざまの、いわば思い出の海へ飲み込まれそうになる。しかし歴史《イストリア》の法《セズモス》は私を引き止める。さあ、早々に話をイタロスのことに戻そう。【4】さて、上述の彼の弟子《マシテェ》たちの間で人気の絶頂にあった時期、イタロスは多数の愚かな者を暴動へ駆り立て、彼自身の弟子の少なからぬ者たちを反逆者《ティラニィ》に仕立てるなど、すべての者に対して尊大にふるまっていた。もし歳月が私の記憶を失わせなかったならば、「それら反逆者の」多くの名をあげることができたであろう。しかしこれらのことは私の父が帝座《ヴァシリア》の高《ペリオピィ》みに運びあげられる以前の出来事である。[5-102]「帝位についた」その者「アレクシオス」は、知的文化《ロゴス》が遠くへ追い払われてしまった結果、ここではあらゆる教育《ペディア》とすべての知的《テフニィ》学問《ロイキィ》が失われていることを知り、彼自身、灰の下に文化の火種が埋もれていないかと、急いで灰をかき集めることに取りかかった。その者は、学問《マシマタ》に傾倒している者については（これらの者は数が少なく、またアリストテレスの「哲学」の門口に立っている状態であった）、学習するよう励ましつづけ、他方古代ギリシア《ヘレニキ》の学問《ペディア》より先にまず聖《シエ》書《ヴィヴリ》の学習に取り組むよう勧めた。【5】ところで「皇帝は」イタロスがすべてを混乱の渦中に投げ込み、多くの人を誤った道に引き入れているのを知って、[5-103]セヴァストクラトルのイサアキオスにその者の審査を頼んだ。「イサアキオスは」ことのほか哲学的論議を好み、大事業をこともなくやってのける才能の持ち主であった。さて「イサアキオスは」その男が言われている通りであることを知ると、公けの場に引き出して取り調べ、つぎに兄弟である皇帝《ヴァシレフス》の命に従い教会《エクリシア》に引き渡した。[5-104]その者「イタロス」は自身の愚かさを覆い隠すこともできず、またその場においても教会《エクリシア》の教えとは異なる教義《ドグマタ》を吐き出し、教会《エクリシア》の主だった面々《ロガデス》の前で彼らを愚弄することを止めようとせず、さらに粗野で蛮族特有の性格からくるその他の戯言をもてあそんでいた。当時教会《エクリシア》の頭《プロエドロス》はエフストラティオス＝ガリダスであったが、彼を一刻も早く改善させようとして大《メガリ》教会《エクリシア》付属のある建物の中にとどめた。しかし人の言うところでは、すんでのところで、あの者［イタロス］により良い考えを分け与える前に、彼自身がその者の悪行に加担し、実際イタロスがガリダスを完全に自分の味方にしてしまうところであった。[5-105]【6】事態はその後どうなったか。コンスタンティヌスの［都］の民衆《ディモス》すべてはイタロスを探し出そうと、教会《エクリシア》［聖ソフィア教会］へ押しかけてきた。その時もしその者が密かにこの聖《シオン》堂《テメノス》の屋根裏に登り、ある穴に身を隠さなかったならば、すみやかに高所［階上廊《アナクトラ》］から教会《エクリシア》の中央の床に投げ落とされたであろう。他方その者によって示されたいかがわしい教説は宮殿で仕える多くの人々の間においてしばしば話題にされ、少なからぬ数の身分の高い者《メイスタネス》たちがそれらの有害な教義《ドグマタ》によって堕落させられたので、皇帝《ヴァシレフス》の心をたいそう苦しめていた、そこでイタロスの誤った教説は十一の章《ケファレア》[5-106]にまとめられ、皇帝《ヴァシレフス》のもとに届けられた。皇帝《アフトクラトル》は、イタロス自らが頭に何も被らず大《メガリ》教会《エクレシア》の説教壇《アムヴォン》に登り、壇上からこれらの章《ケファレア》そのものに呪いを唱えることを命じた、[5-107]その際にはそれらを聞き入る会衆すべては呪い《アナセマ》をくり返すことであった。【7】確かに命令が下され、しかしイタロスはどうしても従おうとせず、再び同じようなことを多くの人々の前で公然と語り続け、皇帝《ヴァシレフス》から忠告を受けても、ふり向きもせず、蛮族のような荒っぽさではねつける態度をつづけたので、［彼の教説だけでなく］彼自身もついに呪い《アナセマ》の宣告を受けた、もっとも後になってその者が再び改悛したので、彼に対する呪いの宣告《アナセマティスモス》は緩和されることになった。確かに彼の教義《ドグマタ》はあの時期より呪い《アナセマ》の宣告を受けているが、しかし彼の名前そのものは間接的で、ヴェールで覆われ、一般大衆には分からないような状態にあって、ただ教会内の呪い《エクリシィアスティコンアナセマ》のもとにあるにとどまっている。[5-108]事実この者は後になって教義《ドグマ》について考えをかえ、迷走していた過ちを悔いていた。事実魂の転生《メテムプシホシス》の考えも否定し、聖者の尊い像《イコネス》を辱めることも止め、またイデア論を正しいもの《オルソドクソン》に解釈し直すことに努力し、以前に真実から逸脱したことについて彼自身自ら認めていたことは明らかである。

第Ⅵ巻

第１章

【1】すでに語られたように、[6-1] ヴリエニオスがカストリアを掌握しているので、皇帝《アフトクラトル》は彼をそこから追い払い、カストリアを握ろうと決意し、そこで再び軍隊《オプリティコン》を召集することにとりかかり、攻城戦と野外戦に備えてすべて［の兵士］に武器武具《オプラ》を用意させると、要塞《カストロン》[6-2]に通じる道を進むこととなった。さてその場所の地形はこうなっている。そこには一つの湖《リムニ》、すなわちカストリア湖があり、陸地から岬が湖に向かって突き出ており、それは先端で広がり、同時に岩だらけの傾斜地で終わっている。岬の上には要塞《カストロン》のように諸塔《ピルイ》とそれらを結ぶ防壁《メソピルイア》が建設されており、カストリアと呼ばれるのはそれゆえである。皇帝《ヴァシレフス》はその地に、すなわちヴリエニオスのもとに到着すると、まず最初に攻城装置《エレポリス》を使って諸塔《ピルイ》と防壁《メソピルイア》への攻撃を試みてみるべきであると判断した。しかしとにかく出撃基地がなければ兵士《ストラティオテェ》たちを城壁《ティヒ》に近づけることができなかったので、まず防柵《ハラクス》の陣地を設営し、次に木製の諸塔《ピルイ》を建設し、それらを鉄の鎖で一つに結びつけ、あたかも砦《フルリオン》から出撃するようにそれら［諸塔］の中から出てケルト人に向かって戦おうとした。【2】確かにその者［皇帝］は攻城装置《エレポリス》と投石《ペトロヴォラ》機《ミハニマタ》を［城壁の］外側に設置し、昼夜を通じて攻撃を加え、周壁《ペリヴォロス》に大きな衝撃を与えたが、しかし内部にいる者たちは力強く抵抗をつづけ、そして城壁《ティホス》がうち破られても、降服しようとはしなかった。その者はいまだ目的を達成することができなかったが、しかし大胆で同時に賢明な計画を考え出す、すなわちそれは、

両側から、つまり陸側からと、勇敢な兵士たちを乗り込ませた船《プリア》を使って湖水側からと、同時に戦いを行おうとするものであった。しかし船《プリア》がその場になかったので荷車に小《アカティア》舟《ミクラ》を積んで運び、モリスコス[6-3]という場所から湖水に浮かべた。他方［皇帝は岬の先端の傾斜地の］ある斜面では登っているラテン人が速く登り、反対に別の斜面では降りている者たちが降りるのにより多くの時間を割いているのを観察すると、エオルイオス＝パレオロゴスに勇敢な兵士《アンドレス》たちと共にそれらの小舟に乗りこみ、傾斜地の下で投錨し待機するよう命じた、そして同時にあらかじめ彼に示された合図を眼にすれば、彼ら［敵］の背後にある丘に達し、それから人の住んでいない、しかし通りやすい道を通って［岬の］内部へ進み、皇帝《アフトクラトル》が陸地側でラテン人と戦いを交えるのを目にすれば、［パレオロゴス］自身もできる限りすみやかに戦いの場へ駈けつけるよう命じた、それは、敵は両面からの攻撃のそれぞれに同じ勢いで立ち向かうことができず、どちらか一方では戦闘力は弱まり、その時その同じ側［戦闘力の弱い側］の者たちは容易く打ち負かされてしまうだろうとの考えからであった。【3】そこでエオルイオス＝パレオロゴスは上記の傾斜地の海岸に投錨すると、その場で武装して待機する一方、皇帝《ヴァシレフス》からあらかじめ自分に示された合図を見張る役目の一人の見張り《スコポス》を高所に配置し、その者へそれを目にすればただちに自分に知らせるように伝えた。陽が輝き始めるやただちに、皇帝《アフトクラトル》に従う者たちは鬨の声を連呼して、陸地側から突進しラテン人と戦い始めた。他方教えられていた合図を目にした先の見張り《スコポス》は別の合図でパレオロゴスに知らせる。そこでただちにその者［パレオロゴス］は彼の指揮下の者たちと共に全速力で丘に達すると、兵士たちを密集隊形《シンアスピズィン》に整えることに取りかかった。【4】ヴリエニオスは陸上からの攻囲と［背後からは］パレオロゴスが歯を軋ませて[6-4]彼らに向かってくるのを知っても、降服しようとはせず、伯《コミテス》たちに向かってこれまで以上に勇敢に立ち向かうよう励まし続けた。しかし［伯］たちは実に憎々しい態度をとり、次のように発言するのであった。[6-5]「災難に次ぐ災難が襲いかかって[6-6]きていることは承知されている通りだ。われわれ一人一人が自身の安全のために努め、ある者たちは皇帝《ヴァシレフス》のもとへ行き、ある者たちは自身の故国に帰還することは許されることだ」事実その者たちはただちに行動を開始し、皇帝《アフトクラトル》へ、まず大殉教者《メガロマルティス》の聖堂《テメノス》[6-7]（ここにある聖堂《ナオス》はこの殉教者《マルティス》を讃えて建立されていた）の近くに一本の旗《シメア》を、同様にもう一本を地峡《アヴロン》[6-8]に通じる道の端に立てることを願い出た、それは「われわれのうちで賃金を得て皇帝《ヴァシリア》陛下《シィ》に仕えたいと思う者すべてが殉教者《マルティス》の聖堂《テメノス》に向かう道に集まり、自身の故国へ帰還したい者たちすべてが地峡《アヴロン》に通じる道にやって来る」ためである。これらのことを述べた後、その者たちは即座に皇帝《ヴァシレフス》に降服した。しかしヴリエニオスは勇敢な男であり、決して降服しようとはしなかったものの、もし［皇帝が］自分にローマ人の帝国《ヴァシリア》の国境《オリア》まで安全に護送する者たちを与え、自身の国に去らせてくれさえすれば、決して彼に向かって武器《オプラ》を取らないことを誓うつもりでいた。皇帝《アフトクラトル》は即座にその要求をすべて受けいれ、彼自身は輝かしい勝利者《ニキティス》としてビザンティオンへの帰還の途についたのである。[6-9]

第２章

【１】さてここで話の流れを少し中断して、その者［皇帝］がどのようにしてパヴリキアニィ[6-10]を打ちまかしたかを詳しく語ることにしよう。その者はこれらの離反者《アポスタテェ》[6-11]を懲らしめることなく宮殿《ヴァシリア》［大宮殿］に帰還することには耐えることができず、いわば一つの勝利につづいてもう一つの勝利を得ようとして、多数のマニ教徒《マニヘイ》［の処罰］をもって彼自身の成功の環を完成させることにしたのである。なぜならあのパヴリキアニィの子孫たちをそのままの状態で放置しておくことは、西方の敵に対する輝かしい戦勝碑《トロペオン》にいわば汚点をつけることになり、それは許されなかったからである。しかしそれらの男たちがきわめて勇敢で、敵に対して狂暴に立ち向かって来ることをすでに以前から知っており、とにかく合戦で双方の者が多数殺されないために、戦争《ポレモス》あるいは戦闘《マヒ》を通じて目的を果たそうとは考えていなかった。それゆえにその者［皇帝］は急いで［離反の］首謀者たち《プロテェティィ》に懲罰を加え、残りの多数を軍隊《ストラトペドン》の中に取り入れようとする。【２】そこでその者［皇帝］は計略でもって彼らを

懲らしめることに取りかかる。とにかくそれらの男たちの冒険好きと戦争《ポレミ》や戦闘《マヘ》における彼らの制しがたい力を知っているので、もし彼らが絶望的な状況に置かれれば、どんな無茶なことをもしでかさないことを怖れた。しかし今のところ自分たちの土地で静かに暮らし、略奪をもまたその他の侵略行為《プロノメ》をも控えているので、［皇帝は］ビザンティオンへの帰還の途中、たくさんの約束を詰め込んだ書簡《グラマタ》[6-12]を送って自分のもとへ呼び寄せることにしたのである。他方その者たちはケルト人に対する彼の勝利を聞き知っており、すばらしい約束の手紙《グラマタ》はきっと自分たちを騙そうとするものではないかと不安を抱いた。しかしそれでも、しぶしぶではあるが、彼のもとに通ずる道を進むことになった。【3】［都への帰途］モシヌポリスに至ると、その者［皇帝］は、実は彼らの到着を待つためであるが、別の理由で待つふりをしてそこにとどまった。その者たちがやって来ると、彼らについて詳しく知り、一人一人の名を書類に記入したいふりを装った。そこで［皇帝は］彼らを前にして厳めしい様子で座り、一般の者《キニ》たちへの引見は翌日に行うことを約束した後、マニ教徒《マニヘイ》の主だった者《ロガデス》たちに対して、ばらばらではなく十人ずつ組になって進み、そして名前を記録されると城門《ピレ》の中へ入るように命じた。彼らを縛り上げる役目を負った者たちはすでに持ち場につき、彼らの馬と武器《オプラ》を受けとると、特別に用意された牢屋《フルリア》へ彼らを閉じこめることになっていた。事実それらの者たちは謀について全く知らずに次々とやって来て、自分たち各々の身に何が生じるかを知らぬまま城内へ入っていくこととなった。【4】［皇帝は］このようにしてその者たちを捕らえた、そして彼らの財産を没収し、これまでの戦闘《マヘ》と危険を彼と共に苦しみ抜いた勇敢な兵士《ストラティオテェ》たちとそれらを分け合うことにした。そこでこの役目《イコノミィア》［財産没収］を引き受けた者は出立し[6-13]、［その地で］彼らの妻をも家々から追い払い、城塞《アクロポリス》の中に閉じこめた。他方少し後には皇帝《アフトクラトル》は捕らえたマニ教徒《マニヘイ》に赦免《シムバシア》を与えた、そして聖なる洗礼《ヴァプティズマ》を受け入れることを申し出た者はすべてこの洗礼をも受けることができることになった。そこで［皇帝は］あらゆる種類のやり方で彼らを調べ上げ、恐ろしい狂気の首謀者を見つけだすと、その者たちを島々[6-14]へ追放し、監禁した。残りの者たちには恩赦を与え、彼らの望む所はどこへでも立ち去ることを許した。その者たちは他のどこよりも生まれ故国を望むと[6-15]、自分たちの生活をできる限り立て直そうと一目散にそこへ駈け戻っていった。

第3章

【1】その者［皇帝］は諸都市《ヴァシリス》の《トン》女王《ポレオン》へ帰還する。[6-16] 三叉路でまた通りの隅で彼を非難する言葉がひそひそと囁かれるのが彼の耳に入らないわけはなく、それらを聞いて彼の心は傷ついていた、なぜなら言われるほどの大きな悪事を行っていないのに、彼に向かって非難の口を開ける人々の数は何倍にもふくれ上がろうとしていたからである。実際その者は、帝国《ヴァシリカ》金庫の窮乏のゆえに、せっぱ詰まった緊急措置として国家を襲う大波への対処のためにあのような手段に訴えたのであり、それは借金であり、悪口を吐く者たちが並び立てるように、もとより略奪あるいは専断的な力ずくの企てとは考えていなかった。押し寄せる戦いを成功裡にやり終えれば、取り去られた貴重品［の代金］は諸教会《エクリシエ》へ返済する考えでいたのである。【2】女王《ヴァシリス》の都市《ポリス》へ帰還したものの、［皇帝は］彼の行った処置を貶そうとしている人々に理由のあることは耐えることができなかった。そこでその者はまず自身を裁判に委ね、つぎに自ら非難に対して身のあかしを立てようとの考えで、ヴラヘルネの宮殿《アナクトラ》に集会《エクリシア》、すなわち全体集会を召集することにとりかかる。さてすでに元老院《シングリトス》[6-17]全体と軍人《ストラティオティコン カタロゴス》[6-18]、高位聖職者《イエラティコス》のすべては居合わせ、一体いかなる意図で全体の集会がもたれようとしているのか首を長くして待っていた。実にその意図は、皇帝《ヴァシレフス》に向けて浴びせられている非難の審査以外の何ものでもなかったのである。その時その場には聖なる諸修道院《フロンディスティリア》の管理人《キデモネス》たちが居合わせ、各聖堂《テメノス》に保管されている宝物が記載されている書類《ヴィヴリア》が人々の前に持ちだされた（それらの書類は習慣《シニシア》上目録《ヴレヴィア》[6-19]と呼ばれているものである）。皇帝《ヴァシレフス》は形の上では裁判官《クリティス》として帝《ヴァシリオス》座《ソロノス》にあった、しかし実体はこれから取り調べを受ける者とし

てその場にいたのである。さて、これまでにさまざまの人々によって聖なる家々［修道院］へ奉納された品々の中で、その後［再び］それらの人々によって、あるいは皇帝《ヴァシレフス》自身によって持ち去られたものはないかが調べられることになった。【3】しかしあの皇后《ヴァシリス》ゾイ[6-20]の石棺《ソロス》の上に置かれていた金銀の装身具と、今は聖なる礼拝のためにはほとんど使われていない他のわずかの数の容器《スケヴィ》以外には持ち去られたものは何一つないことが明らかとなると、皇帝《アフトクラトル》は公然と自らを裁判を受けるべきものとし、誰であれ望む者を裁判官《クリティス》にしようとした。そして少し間をおくと、［皇帝は］口調を変えて、次のように語りつづける、「この私は、帝国《ヴァシリア》があらゆる側から蛮族《バルバロイ》に取り囲まれ、しかし押し寄せる敵に対して何一つ有力な防衛手段を備えていないことを見いだした、そしてその時期、私がどれほど多くの危機に遭遇したことを、すんでの所で蛮族の剣《バルバリコンクシフォス》の餌食になるところであったことも、あなた方の知るところである。事実敵は何倍もの軍勢で東西からわれわれに攻撃をしかけてきたのである。なぜならあなた方はペルシア人の来襲とスキタイ[6-21]の出撃を知らないわけではないし、またロンギヴァルディアから押し寄せた者たちの鋭く尖った槍《ドラタ》を忘れてはいまい。資金《フリマタ》は武器《オプラ》となって消え、［われわれのかつての］広い支配領域《キクロス ティス イエモニアス》はこれ以上分けられないほどの小さな点[6-22]だけになろうとしていた。その時、至る所から兵士が集められ、訓練され、組織され、そして全軍《オプリティコン》がどのようにして立派に成長したか、あなた方の知るところである。これらのためには莫大な資金《フリマタ》が必要であったこと、運び去られたものは、あのよく知られたペリクレスの例に従って必要目的《イスディオン》のために[6-23]使われたこと、なによりもわれわれの名誉《ティミ》のために用いられたこと、それらはあなたがたすべての知っているところである」【4】「たとえ非難の言葉を発する者たちにとってわれわれの行為が教会法《カノネス》に抵触するものであると思えたとしても[6-24]、それは異常なことではない。なぜなら王《ヴァシリス》たちの中で預言者《プロフィティス》でもあるダビデは同じ必要に迫られ、俗人《イディオティス》は聖職者のために用意された食べ物に手を出すことは許されていないのに、それら聖なるパンを彼の軍勢《ストラテヴマタ》と共に食したことは[6-25]、われわれの知っている通りである。さらに言えば、聖なる教会法《カノネス》がとりわけ捕虜《エフマロティ》の解放《アナリシス》のために聖なる品の売却を許している[6-26]ことは考慮されるべきである。もし国土全体《イクメニィ》が捕らえられようとし、諸都市《ポリス》とコンスタンティヌスの［都］さえも捕虜にされるおそれがある時、そのようなとてつもない圧力に直面したわれわれが奉納物《イェラ》の名に全く価しないようなもの、しかもほんのわずかの量に、それら［国土と諸都市］の自由の確保のために手をつけ使い尽くしたとしても、よく聞け、あの嘲笑を事とする者たちにもっともな非難の理由を与えはしない」【5】これらのことを述べ終えると、その者は言葉を改め、自身を罪ある者と見なし、彼自身が自分に有罪の判決を下す。次に持ち去られたものが明らかになるために、目録《ヴレヴィア》を手にする者たちにそれらを再び読み上げるよう指示を与える。そして［皇帝は］ただちにその場で、アンディフォニティス［の教会］[6-27]の財産管理担当部《セクレトン》へ国庫《ディモシオン》の役人《フロンディステェ》から一年ごとに支払われる十分な量の金貨《フリシオン》を割り当てた、[6-28]そしてこの処置は今日まで滞ることなく続けられている（なぜならそこ［アンディフォニティスの教会］に上記の皇后《ヴァシリス》の石棺《ソロス》が置かれていたのである）、他方ハルコプラティア［の教会］へは、この神の母《セオミトル》の聖《シオン》堂《テメノス》で常に讃歌を歌う者たちのために帝国《ヴァシリカ》金庫から一年ごとに十分な量の金貨《フリシオン》を与えるよう指示したのである。[6-29]

第4章

【1】この間に元老院《シングリトス》の指導者《ロガデス》たちと軍隊《ストラトス》の主だった者《コリフェイ》たちによって仕組まれた皇帝《アフトクラトル》に対する陰謀が突然生じ、しかし露見し、ただちに皇帝《アフトクラトル》に知らされた。そして告発者たちは並んで立ち、そのような大きな陰謀に関わった者たちの名をあげていった。すぐに陰謀の全貌が明るみにされ、彼らの身に迫る法《ノミィ》による処罰はこの上なく厳しいものであったが、皇帝《アフトクラトル》は決してそのような処罰を彼らに課すことに熱心ではなく、首謀者《プロテェティオス》たちに対して財産没収と追放だけにとどめる判断を下し、そのような陰謀の処罰についてはそれだけにとどめた。さて、話の主流から逸れてしまった所へ急いで立ちもどろう。[6-30]【2】皇帝《アフトクラトル》が以前ニキフォロ

ス＝ヴォタニアティスによってドメスティコス職《ドメスティカトン》の地位《アクシア》に昇進した時[6-31]、その者［アレクシオス］はマニ教徒のトラヴロスという者を手に入れ、自分の私的な召使《テラポンデス》の一人に入れ、その後彼のために聖なる洗礼《ティオンヴァプティズマ》を受けさせ、皇后《ヴァシリス》の侍女《セラペニデス》の一人と結婚させた。さてこの者には四人の姉妹がいたが、ある日姉妹たちが他の女たちと一緒に捕らえられて、牢獄へ連行され、また彼女たちの持ち物すべてを奪われた[6-32]のを知ると、怒り、その事態にがまんできないでいた、そこでなんとかして皇帝《アフトクラトル》の手からわが身を解放しようとあれこれ考えていた。しかしすでに彼の動きに気づいていた彼の妻はその者が逃亡しようとするのを知ると、ただちに当時マニ教徒《マニヘイ》の管理《イコノミィア》の任務にあった者に通報する。【3】このことはトラヴロスの知るところとなり、そこでその者は、ある夕方に秘密の計画をすでにうち明けていた者たちすべてを自分のもとに呼び寄せる。そこで親族関係から彼と結びついていた者すべては彼のもとへやって来て、そしてその者たちはヴェリアトヴァを目指して出発する[6-33]。ここは砦《ポリフニオン》で、まさしくこの［同じ］ヴェリアトヴァの名をもつ渓谷《テンボス》を見下ろす丘の上に位置する。その者たちはそこには人の住む家がないのを知ると、そこをあたかも自分たちのものであるかのように考え、そこに住居を造り、それから毎日のようにそこから出撃して、私たちのフィリポスの都市《ポリス》までやって来て、多くの略奪物《リア》を携えて引き返して行くことをつづけた。【4】しかしトラヴロスはこれらの行為では満足せず、パリストリオンに居住するスキタイ[6-34]と協定《スポンデェ》を結び、グラヴィニツァとドリストラ、さらにそれらに接する近隣の諸地方の首領《イエモネス》たちを味方に引き入れ、同時にスキタイの首領《ロガデス》たちの一人の娘を自分の妻にもして、スキタイの来援を得て、あらん限りの力でもって皇帝《アフトクラトル》を苦しめることに取り組もうとしていた。皇帝《ヴァシレフス》は毎日のようにこれらの動きを聞き知り、将来の事をうれい、あの者によって災害が引き起こされるのではないかと思い、書簡《グラマタ》と約束であの者をなんとか自分の意に従わせようと懸命になっていた。事実金印文書《フリソヴロスロゴス》[6-35]において身の安全と完全な自由を約束することを告げ、それを彼のもとに送付した。しかし蟹はまっすぐに歩くすべを学ぼうとしない[6-36]。その者自身は昨日と一昨日のままであり、スキタイを自分の意に従わせ、彼らの土地からきわめて多数を呼び寄せ、周辺地域のすべてを荒そうとしていたのである。

第5章

【1】さて一方あのマニ教徒《マニヘイ》の問題については、皇帝《アフトクラトル》は［都への帰還の］道中に片手間の仕事としてやりとげ、彼らを再び協定に従う者たち《イポスポンディ》として統制下に置くことになった。[6-37] 他方ヴァイムンドスについては、まだアヴロン［の海岸］に待機させたままにしている。[6-38] そこで再び話を彼にもどそう。その者はヴリエニオスと他の伯たち《コミテス》の動静を、すなわちある者たちは皇帝《アフトクラトル》のために賃金を得て働くことを選び、他の者たちは各所に四散してしまったこと[6-39]を知った後、故国を目指し、ロンギヴァルディアに向かって海を渡る。そしてすでに先で説明されたように、[6-40] サレルノに居る彼自身の父ロベルトスのもとに行き、皇帝《ヴァシレフス》について多くの言葉をまき散らし、彼に対する父の怒りを煽り立て始めた。ロベルトスは彼の形相から恐ろしい報せを運んできているのを感じ、彼にかけていた多くの期待が貝殻が転ぶように逆方向へ急変したことを悟り、あたかも雷に打たれたかのように身体を震わせながら長時間その場に立ちつくした。すべてについて聞き、彼の期待に反することの生じたことを理解すると、深い落胆に見舞われた。しかしなにか低級な、また彼自身の勇気と豪胆さにふさわしくない考えは彼の心に浮かばなかった。むしろ反対にこれまで以上に激しく戦いへ駆り立てられ、これまでよりもより大きな計画と野心が彼の心をとらえていたのである。事実その者は自身の決心と計画に食らいついて離さない強い意志の持ち主であり、一度これと決心したことから決して手を引こうとしなかった、一口で言えば、怯むことを知らない男であり、ただ攻撃からのみすべてを制することができると考えていた。【2】その者はすぐに平常心にもどり、大きな落胆から立ち直ると、使者をあらゆる場所に派遣し、すべての者を呼び寄せて、再び皇帝《ヴァシレフス》に立ち向かうためイリリコンへの渡海の指令を発することに取りかかった。ただちにあらゆる

方面から兵 士《ストラティオテェ》の大軍勢《プリソス》が集まった、騎兵《イピス》と歩兵《ペズィ》はすべてみごとに完全武装し、戦いに心を向けていた。もしホメロスならば、この軍勢について「ちょうど多数の蜜蜂が群がり飛び交って行くように[6-41]」と語ったであろう。事実その者たちは近くの町々《ポリス》から、またそれに劣らず異国の地域から群がり集まってきた。このようにしてその者［ロベルトス］は、息子の敗北を帳消しにするために強力な兵力を整えつつあった。十分すぎるほどの軍 勢《ストラテヴマタ》を集め終えると、つぎに彼の息子、ロエリスとイドスを呼び寄せ[6-42]（最後の者については皇 帝《ヴァシレフス》アレクシオスはその者を父から引き離そうと考え、密かに使者を送って彼と姻戚《キドス》関係を結ぶ考えを伝え、同時に大きな栄誉《ティミ》と惜しげもなく大量の財貨《フリマタ》を約束した、他方その者はそれらの約束を聞いて同意したが、しかしその［背信の］計画は秘密のままにしていた）[6-43]、彼らに騎兵隊《イピコン》のすべてを託し、急いでアヴロンを掌握するように命じて送りだした。その者たちは海を渡り奇襲してそこを奪い取った。つぎにその者たちは守備のために相当数の兵士をその地に残し、残りの軍勢を率いてヴォスレンドンに向かい、奇襲してそこも奪い取った。【3】他方ロベルトスは彼の艦 隊《ナフティコン》のすべてを率い[6-44]、ヴォスレンドンの対岸を沿岸航海し[6-45]、そこからイリリコンへ渡る目的でヴレンディシオンに至った。しかしイドルスから航海する方が距離はより短いのを知って、そこ［イドルス］から[6-46]アヴロンに渡った。全艦隊《ストロス》と共にアヴロンとヴォスレンドンの間を沿岸航行し、［ヴォスレンドンで］息子たちと合流した。彼によって占領されていたコルフ島[6-47]が再び背いたので、息子たちをヴォスレンドンに残して、自身は全艦 隊《ナフティコン》と共にコルフ島に向かって出航した。【4】ロベルトスの動きは、まずそのようなものであった。彼の動きを知った皇 帝《アフトクラトル》は決して意気喪失することなく、むしろ書簡《グラマタ》[6-48]を通じてヴェネツィア人を鼓舞し、強力な艦隊《ストロス》を艤装し再びロベルトスとの戦いを引き受けるように仕向け、同時にかかった費用の何倍をも手にすることを彼らに約束した。彼自身は二段櫂船《ディイリス》・三段櫂船《トリイリス》、あらゆる種類の軽装《リストリケ》の快速船《ニェス》[6-49]を用意し、海戦に通暁した重装備の歩兵《オプリテェ》を乗りこませ、ロベルトスに向けて送りだしたのである。【5】ロベルトスは自分に向かって艦隊《ストリィ》の出 撃《エフォドス》したのを知ると、なにごとも先手を打って迅速に戦闘を開始する彼であってみれば、艫綱を解いて全艦隊《ナフティコス》を率いてカソピィの港《リミン》に向かった。他方ヴェネツィア人はパサラの港《リミン》[6-50]に到着した後、そこでしばらくとどまっていたが、ロベルトスの出撃《エフォドス》を知ると、いち早く彼ら自身もカソピィに至ろうとする。そこで激しい合戦と接近戦が起こり、ロベルトスは敗北を喫する。しかし好戦的で戦闘に向かって勇気凛々たる彼のこと、その敗北にもまったく屈服することなく、再び戦闘《マヒ》とより大きな合戦に向けて準備に取りかかった。そのことを知ると、［ヴェネツィアとローマの］二艦隊《ストリィ》の提督《イエモニス》たちは先の勝利から三日後、今度も勝利を確信して彼を攻撃し、輝かしい勝利を博した。それから再びパサラの港《リミン》に戻る。【6】そのような場合よくよく見られるのが常であるが、その者たち［ヴェネツィア人］は先の［二つの］勝利で有頂天になっていたのか、それとも敗者を絶望に陥れ、すでに完全に勝負あったと見なして気を緩めていたのか、とにかくロベルトスを侮った態度で見ていた。そこでその者たちは船舶のうちから快速船《タヒドロマ》を選び出し、生じたことを、また全力を尽くしてロベルトスを打ち負かした次第を詳しく報告する者たちをヴェネツィアに派遣した。一方ロベルトスはごく最近に彼のもとへ逃れてきていたペトロス＝コンダリノス[6-51]と呼ばれる一人のヴェネツィア人からこれらのことについて仔細に聞き知り、意気喪失し、もはや耐えることのできない状態でいた。しかしこの上なく勇ましい考えによって気力を取り直すと、再びヴェネツィア人に向かって突き進む。[6-52]他方ヴェネツィア人はロベルトスの進撃という思いもよらぬ事態に仰天し、ただちにコルフ港《リミン》[6-53]の中で大型の諸船《プリア》を縄で一つに繋ぎとめ、いわゆる海上の港《ペラゴリミン》を作りあげ、小型《スミクラ》の船をその中に押し入れた。そしてすべての者は武装して、彼の現れるのを今か今かと待ちかまえていた。【7】その者は到着するやただちに彼らと戦いを交える。戦闘は恐ろしいものであり、両者は以前にまして果敢に戦ったので、先の戦闘以上に激しいものとなった。事実激しい戦闘が行われ、双方のうち誰一人も背を向けようとせず、むしろ正面から攻撃しあった、しかしヴェネツィア人は食糧をすでに食べ尽くし、船《ニィエス》上には重装歩兵《オプリテェ》以外何もなかったので、船は軽さのため、海水が船腹の第二《デフテロス》線《ゾスティル》[6-54]にも達していず、ちょうど水の上に浮かび上がるように、海面上に浮遊する状態となり、そのような状態で船上の者たちが全力をあげて敵と戦おうと舷側の一方に殺到したので、船は沈没してしまった。[6-55]「溺れ死んだ者は」およそ一万三千であった。残りの船《ニィエス》は船乗り《プロテレス》もろとも捕らえられてしまった。[6-56]【8】ロベルトスはそのような赫々たる勝利の後、その冷酷な性格から捕らえられた多くの者に対して残酷な所行に及び、ある者たちに対しては両眼を潰し、あるいは鼻を削ぎ、他の者たちに対しては両手をあるいは両足をあるいは手も足も両方とも切断するに及んだ。そして残りの者については彼らの同国人に使者を送り、自分の身内を身代金《ティミ》で解放したい者は怖れることなくやって来るように伝えた。さらに和平《イリニ》についても彼らに提案した。しかしその時「ヴェネツィア人が」彼に向かって告げた言葉はこうである。「ロベルトス侯《ドウクス》よ、ご承知あれ、自分たち自身の妻や子供が喉を切られるのを見ても、皇帝《アフトクラトル》アレクシオスとの協定《シンシケェ》を反故にすることもしないし、もちろん彼のもとに助勢に駈けつけ、彼のために一丸となって勇敢に戦うことにもやぶさかではない」【9】それから少し後、ヴェネツィア人は通常戦艦《ドロモネス》と三段櫂船《トリイリス》、さらに他の小型の、船足の速い船《タヒドロミィニエス》を艤装し終えると、これまで以上の軍勢《ディナミス》を率いてロベルトスに向かって突き進む。ヴォスレンドンに野営している彼の近くに達すると、「海上において」彼と戦闘を交え、全力を尽くして勝利を勝ちとる、[6-57]事実多くの者を殺害、より多くの者を海底に沈め、もう少しで彼の嫡出の息子イドス自身をも、また彼の妻をも捕らえるところであった。彼に対する赫々たる勝利を勝ちとったのち、「ヴェネツィア人は」そのすべてを皇帝《ヴァシレフス》に知らせることにとりかかる。【10】そこでその者（皇帝）は彼らに対して多くの贈物《ドレェ》と栄誉《ティメ》の授与で報いた、[6-58]すなわちヴェネツィアの元首《ドウクス》その者[6-59]にはプロトセヴァストスの爵位《アクシオマ》とそれに伴う年金《ロガ》をもって敬い、総主教《パトリアルヒス》にはイペルティモス（の名誉称号）とそれに相応の年金《ロガ》を与えた。さらにヴェネツィアのすべての教会《エクリシエ》には毎年帝国金庫から多額の金貨《フリシオン》が与えられるように命じた。もちろん福音書記者《エヴァンゲリスティス》にして使徒《アポストロス》のマルコに捧げられた教会《エクリシア》にはコンスタンティノープルに店舗《エルガスティリア》をもつすべてのメルフィ人を[6-60]「当該教会の」貢納者とし、そして古い《パライア》ヘブライ人《エヴライキ》の波止場《スカラ》からいわゆるヴィグラまでの間にある店舗《エルガスティリア》とその間に位置する波止場《スカレ》、[6-61]さらに女王の都市《ヴァシレヴウサ》とディラヒオンの都市《ポリス》、これらに加えてその者たち

［ヴェネツィア人］の望む所はどこであっても、それらの場所にある他の多くの建物をヴェネツィア人に提供した。しかしもっとも大きな報酬は、ローマ人の支配《エクスウシア》下にある土地《ホレ》である限り、彼らの商取引《エムポリア》は一切の税から免れることを定めたことである、そのため［ヴェネツィア人は］関税《コメルキオン》についても、また国庫《ディモシオン》へ要求される他の税についても、びた一文《オボロス》をも支払うことなく、自由に自分たちの思う通りに交易することができ、実際あらゆるローマ帝国《ロマイキィ》の管轄権《エクスウシア》の外に置かれることになったのである。[6-62]

第6章

【1】あのロベルトスはと言えば（話を再び中断したところ[6-63]へもどし、話の流れに従おう）、あのような敗北の後もじっとしていようとはせず、ケファリニア島の主都《ポリス》[6-64]を急いで掌握しようと、まず彼の船舶《プリア》の一部を自身の息子[6-65]と共にケファリニア島に向けて送り出した後、彼のもとにある船舶《プリア》を全軍勢《パレムヴォリ》とともにヴォンディツアにとどめる一方、彼自身は一隻の一段櫂《モニリス》のガレアに乗りこみ、ケファリニア島に向かった。[6-66] しかし残りの軍勢《ディナミス》と彼の息子へ合流するより先に、アシル[6-67]（ここはケファリニア島のある岬）にとどまっている間に激しい熱病にかかる。燃えるような熱に耐えられず、冷水を求める。彼に従っていた者たちが冷水を探しに四方に散らばり、その時たまたまその地の住民の一人が彼らに向かって言うには「ほら、あそこの島、イサキをご覧なさい。島にはずっと以前にイエルサレムと呼ばれる大きな都市《ポリス》が建てられていたが、歳月と共に崩れてしまった、しかしそこには常に美味しく、冷たい水が湧きでる泉がありました」【2】この話を聞いたロベルトスは、その時激しい恐怖に襲われた。確かにアシルと都市《ポリス》イエルサレムを結びつけて、その時近づく自分の死に気づいた。なぜならかなり以前に彼の側近のある者たちが、追従者たちがお偉方《メイスタネス》に向かってそのようなことを言うのは常のことであるが、「あなたは実にアシルまでのすべてをきっと征服するに違いない。しかしもしそこからイエル

サレムに向かって出立されるなら、そこで誰もが負っている負債を支払うことになるだろう」と予言したことがあった。[6-68] 熱病が彼を殺したのか、それともその病《ノソス》は胸膜炎《プレヴリティス》であったのか、私は正確に言うことができないが、それから六日後にその者は死去する。[6-69] 【3】 妻のガイタは臨終の際にある彼とその側で泣いている息子[6-70]のもとへ到着する。それから［ロベルトスが］生存中に彼の権力《アルヒィ》の後継者《ディアドホス》に定めた息子[6-71]へ彼の死が伝えられる。その者はそれを知り、その時激しい苦痛に押しひしがれたが、確かな思慮で自分を取りもどし、正しい分別を発揮し、すべての者を呼び集めると、まず父の死に涙しながら自ら進んで生じた事態を報告し、つぎにすべての者に自身への忠誠を誓わせる。それから彼らを乗船させ、アプリア目指して船出する。[6-72] 渡海中夏の季節であったが、大嵐に遭遇し、船《プリア》のあるものは沈み、あるものは浜辺に打ちあげられて粉々に破壊された。しかし［ロベルトスの］死体を運んでいた船《プリオン》は半ば壊れたが、死体を納めた木製の棺はそれを守る者たちによって辛うじてヴェヌシオンへ無事に運び込まれた。そこにはずっと以前に聖《アイア》三位一体《トリアス》を讃えて建てられた修道院《モニィ》があり、そこに彼の兄弟たちが埋葬されていたが、彼自身も埋められる。[6-73] ロベルトスは侯位二五年で死去、七〇年の生涯であった。【4】 他方皇帝《ヴァシレフス》はロベルトスの思いがけない死を聞き知り、大きな重荷を肩から取り外して落ち着きを取りもどす一方、なおディラヒオンを掌握している者たちに対してただちに手を打つことにとりかかる、すなわち書簡《グラマタ》[6-74]やあらゆる方法を用いてそれらの者たちの間に不和の種をまき散らそうと考え、そうしてからつぎにディラヒオンの都市《ポリス》を容易く手にすることができるだろうとの希望を抱いたのである。さらにその者は都《ポリス》にいるヴェネツィア人に書簡《グラマタ》を送らせ、エピダムノス［ディラヒオン］に居るアマルフィ人とヴェネツィア人、その他すべての移住者を彼の意思に従いディラヒオンを彼に引き渡すよう仕向けさせる。その上彼自身も、住民がディラヒオンの都市《ポリス》を彼に引き渡すようにするために、約束事と贈物《ドレエ》をもって働きかけることを決して止めようとしなかった。それゆえ［ディラヒオンの］住民は説得され（実際ラテン人という種族《エノス》はおしなべて金の亡者であり、一オヴォロスのために最愛の者をも売り払うのを常とする）、大きな報酬を期待し、そこで陰謀を企て、最初に自分たちを説き伏せて要塞《カストロン》[6-75]をロベルトスに引き渡すようにさせた者とその一味の者たちを殺害する。次にその者たち［都市住民］は降服した後、皇帝《ヴァシレフス》に要塞《カストロン》を引き渡し、その代償に彼から完全な赦免を得たのである。

第7章

【1】 占星術《アストロイア》について［その知識を］大いに自慢していたシスと呼ばれる一人の星占い師《マシマティコス》が占星術による予言《フリスモス》と称してイリリコンへの渡海後におけるロベルトスの死を予言したことがあり、その時その者はその予言を紙に書き記し、封印した後、皇帝《ヴァシレフス》のごく親しい者たちに、しばらく預かっておくよう伝えて手渡した。それからロベルトスが死んだ時、その者たちは彼の言いつけに従い紙の封を開く。星占い《フリスモス》はつぎのように記されていた。「大きな混乱を引き起こした後、西方から現れた大敵は突然に滅びるであろう」実際すべての者はその男の技に驚愕した。事実その者はその道の知識《エピスティミ》において頂点をきわめていたのである。【2】 歴《ロゴス》史《ティス》叙述《イストリアス》からしばらく離れて、占星術による予言《フリスミィ》について少し時間を割きたい。それが考え出されたのはごく最近のことで、古い時代においてはその術《エピスティミ》は知られていなかった。[6-76] なぜなら天文学をきわめた《アストロノミコタトス》エウドクソスの時代には占星術による予言《フリスミィ》の方法は存在しなかったし、またプラトンもこの分野の知識をもっておらず、運命に及ぼす星辰の作用を主張する人《アポテレスマティコス》、[6-77] マネトンさえもその方法について十分に心得ていたわけではない。［古い時代の］それらの人々は未来を占うに際して、天宮図《オロスコポス》の設定も、基本方位《ケンドラ》の確定も、正確な誕生時の星の位置《ディアセマ》の把握も、さらにこの［予言の］方法を見つけだした人が後の世の人々に伝えた他のすべてのこと、つまりそのような実質のないことに関わる人々にとっては一通り理解されていることも、知らなかったのである。【3】 私自身以前にこの技《エピスティミ》について少しかじったことがある、それは私が多少なりともそのようなことを実行して

みたかったからではなく（とんでもないことだ）、反対にその［占星術の技の］愚かさをより正確に知り、そのような技《エピスティメェ》に従っている人たちを告発しようとするためであった。私がこれらのことを記するのは自分を自慢するためではなく、哲学者《フィロソフィ》と哲学《フィロソフィア》そのものを大切に考えるこの皇帝《アフトクラトル》の時代に多くの学問《エピスティメェ》が大いに進展したことを指摘したいためである、もっともその者は占星術《アストロイア》の知識《マシマ》に関してはきっと不快感を抱いていたように思う、なぜならそれが純粋な心の持ち主の多くを天上への希望から引き離し、口を大きく開いて星々を仰ぎ見るように仕向けるからであると、私には思える。事実これが原因で、皇帝《アフトクラトル》は占星術《アストロイア》の知識《マシマ》と戦ったのである。［4］だからその時期には占星術師《アストロロイ》の数が少なかったというわけではなく、実際上述のシスが登場したのはその時期であり、またあのアレクサンドリア出身のエジプト人[6-78]は占星術《アストロイア》の奥義を示すことに大いに取り組んでいたのである。事実その者［エジプト人］は多くの人から質問を受け、そして行った予言はかなりの場合において正確であった、ところでその予言は天体観測器《アストロラヴォス》[6-79]を使わず、小石を投げるという方法で行われた。だからこれは決して手品ではなく、そのアレクサンドリア人のある種独特の計算《テフニィ》の技《ロイキィ》によるものであった。他方皇帝《アフトクラトル》は、若者たちが彼のもとへ群がり集まり、その男をなにか預言者《プロフィティス》のように思っているのを見て、彼自身も二度にわたって質問してみたが、そのアレクサンドリア人は二度とも質問に対して正確に答えた。その者［皇帝］は、彼により多くの者が不幸となり、すべての者が占星術《アストロイア》の愚行に陥るのではないかと心配し、彼を都《ポリス》から追い払い、レデストスにその者の住処を指定した、そしてその際には彼のために帝国《ヴァシリカ》の金庫から必要物を潤沢に供給されるように配慮を払ったのである。［5］確かにことのほか討論術に長けた《ディアレクティコタトス》エレフセリオスも、この男もエジプト人であったが、この技《エピスティミ》に関して第一の地位にあり、決して第一人者の地位を誰にも譲るまいとして、熟達の頂点に登ろうと奮闘していた。その後にはカタナンギス[6-80]と呼ばれる者もアテネから大都《メガロポリス》にやって来て、先達から第一の地位を奪い取ろうと競い合い、そのようなある日、皇帝《アフトクラトル》についてある者たちからその者はいつごろまでには死んでいるだろうかと質問された時、彼の考えている通りに、その者の死を予言したが、推測を誤った。しかしその日宮殿《ヴァシリア》［大宮殿］で飼われていたライオンが四日間熱に苦しんだ後、死ぬということが起こった。このことに関して、多くの人々にはカタナンギスの予言は成就されたのだと思われた。かなりの時が経った後、その者は再び皇帝《アフトクラトル》の死を予言し、また誤った。しかしながらカタナンギスが予告したその日に、彼の母、女帝《ヴァシリス》のアンナが死去したのである。[6-81] さて皇帝《ヴァシレフス》は、その者が自分について何度も予言し、その都度完全に失敗したが、その者を都《ポリス》から追い出す考えはなかった、なぜならその者が自ら誤りを認めていたからであり、また同時に怒りから彼を追放したと思われたくなかったからである。【6】天体を見つめ推測する者たち《メテオロレスヘ》のように思われたくないし、また占星術《アストロロイア》に関する用語を列挙して（私の）歴史《イストリア》を汚さないためにも、私たちは脱線したところに再び戻ることにしよう。[6-82] さて一般に語られ、またある人々が実際に口にしていたように、ロベルトスはこの上なく優れた指導者《イエモン》であった、すなわち頭の働きは素速く、面立ちは見るも美しく、談話は機知に富み、返答は当意即妙であり、声はよく通って大きく、人には愛想よくふるまった、そして実に大きな身体の持ち主、常に頭髪をぴったりと首筋あたりで切りそろえ、豊かな顎髭を有していた、常に自身の民《エノス》の習慣を遵守することに気を配り、最後まで面立ちと身体すべての美しさを保ち、まさしくその外観を帝座《ティラニス》にふさわしいと感じさせるこれらの特徴を誇らしげにしていた、そしてまた彼の部下のすべてを、とりわけ自分に献身的な者たちをことのほか大切にしていた。しかし他方ことのほか吝嗇で貪欲、なにごとも欲得づくの振る舞い、守銭奴、さらにその上に名誉心がことさら強かった。どうすることもできないこれらの性格ゆえに、その者はすべての者の非難を身に招いていたのである。【7】ある者たちは、皇帝《アフトクラトル》を臆病で、そのため時期尚早に彼と戦いを交えたとして非難している。なぜならその者たちの言うところによれば、もし適切な時期よりも先に、急いで彼に関わろうとしなかったならば、あの者はあらゆる方面から、すなわちアルヴァニテェと呼ばれ[6-83]る人々から、またはヴォディノスによってダルマティアから送り出される人々によって攻撃を受けたので、その時にはその者を容易く打ち負かすことができたであろう。しかしこれらは、矢《ヴェリ》の届かないところにいて、真剣に戦っている者たちに向かって舌から辛辣な矢《オイスティ》を飛ばすあら探し屋たちの言いそうな言葉である。確かにロベルトスの勇気、軍事に関するその卓越さ、何ごとにも動じない精神力、これらはすべての人の知るところである。なぜならこの男は打ち負かすのに容易でなく、反対に［打ち負かすのに］ことのほか困難な人々の一人であり、とりわけ敗北を喫すれば、なおいっそう勇敢に立ち向かうような存在であった。

第8章

【1】皇帝《ヴァシレフス》は、前に語られたように[6-84]、彼に投降したヴリエニオス伯《コミス》のラテン人たちを伴い、記念碑《トロペオフォロス》をもたらす勝利者《ニキティス》として大都《メガロポリス》へ帰還する、すなわち第七エピネミシス［インディクティオン］の十二月の第一日[6-85]であった、そしてその時にその者は分娩する皇后《ヴァシリデス》たちのためにずっと以前に定められた部屋《イキマ》で皇后《ヴァシリス》が陣痛の最中であることを知った。先祖の人々はこの部屋を緋の産室《ポルフィラ》と呼び、そこから緋の産室生まれ《ポルフィロエニティ》の皇子・皇女の名も世界へ広がったのである。土曜日の夜明けに[6-86]、人々の言っていたように、すべてにおいて父に似た女子が誕生した。その赤子が私であった。【2】そして皇后《ヴァシリス》、母がかつてつぎのようなことを言っていたのを聞いたことがある、すなわち皇帝《ヴァシレフス》の宮殿《アナクトラ》［大宮殿］への帰還の二日前（なぜなら［皇帝は］ロベルトスとの戦闘そしてあのような多くの戦いと労苦を重ねた後、すでに帰還の途についていた）、陣痛に苦しみながら腹部に十字《スタヴロゥ》の印《ティポス》をし、「赤ちゃん、お父さんの帰るまでもう少し待ってね」と言っていたのである。その者［母］が言っていたように、プロトヴェスティアリアにして彼女の母[6-87]は［それを聞きつけると］彼女を強くしかり、怒りをあらわにして、「あの者は一ヶ月後に帰ってくるのかどうか、あなたはご存じなのか。どうしてその間陣痛にたえられるのか」と言ったのである。確かに彼女の母はそのようなことを口にした。しかし皇后《ヴァシリス》の言いつけは実現されたのである、実にそのことは胎内にいるときからすでに将来における両親への一途な愛情を

はっきりと示す印であった。なぜならその後成長し分別のつく年頃になると、心底から母を愛する者《フィロミトル》、同様に父を愛する者《フィロパトル》となっていたのである。実際多くの人々が［両親に対する］そのような私の姿勢の証人になってくれるであろうし、私の身の上を知っているすべての人々はすでに証人《マルティレス》であり、さらにそれらの者たちに加えて、両親のために私の堪え忍んだ多くの奮闘と辛苦、そしてあの者たちへの愛情のゆえに名誉《ティミ》も財貨《フリマタ》も命さえも惜しまず自身の身を投げ入れたあのような危険も証人として証言してくれるだろう。なぜなら私の彼らに対する愛情は、しばしば彼らのために命さえも投げ捨てようとしたほどに燃え上がっていたのである。しかし［これらについてはここまでにして］私の誕生後に生じた事柄に話をもどそう。【3】皇帝《ヴァシリス》の御子の誕生において行われる慣例の儀式はすべて十二分に実施され、また人の言うところでは、当然歓呼《エフフィミエ》があり、［そのような時に］元老院《シングリトス》と軍隊《ストラトス》の主だった者たち《ロガデス》へ授与される贈物《ドレエ》と名誉な記念品もあった、そしてその時すべての人々は前例がないほどに喜び、踊り、勝利の歌を歌い続け、とりわけ皇后《ヴァシリス》と血縁関係にある人々《プロシコンテス》[6-88]は悦びのあまり何から手をつけてよいのか分からない状態でいた。決められた日数が経過すると、両親は私にも冠《ステフォス》と皇后の冠《ヴァシリコンディアディマ》[6-89]を戴く栄誉を与えた。他方先の皇帝《プロヴェヴァシレフコス》ミハイル＝ドゥカスの息子、これまでにたびたび言及されたコンスタンディノス[6-90]は私の父である皇帝《アフトクラトル》と共に統治にかかわっていたので、贈与《ドレエ》に際しても赤インクで彼［父］と連署し、行進行列《プロポムベ》においても冠《ティアラ》を戴いて彼の後に続き、歓呼《エフフィミイエ》の時にも二番目に歓呼され、そしてこの私も歓呼《エフフィミア》を取り仕切る人々はコンスタンディノスとアンナの名を一緒に大声で叫んだのである。私の親族の者たちや両親によって後に詳しく語られるのを私はしばしば聞いたように、この行為はかなり後まで実行されていた。おそらくこのことは、私の身に降りかかった、あるいは幸せな[6-91]、あるいは逆に不幸な出来事[6-92]の前触れであったかもしれない。【4】両陛下《ヴァシリス》に、その顔つきにおいて両親を思わせ、同時に後年において輝き出る徳と知力を窺わせる二番目の女の子[6-93]が生まれると、しきりに男の子も生まれるのを待ち望み、そのことを祈り続けることとなった。実際第十一エピネミシス［インディクティオン」中に彼らに男の子[6-94]も生まれたのである。両親がたちまち大喜びしたのは当然であり、彼らの願いが成就されたのであるから、もはや悲嘆の影は彼らからきれいに消えてしまった。臣下《イピコオン》のすべては両陛下《クラトンデス》がそのように喜んでいるのを見て、跳び上がって喜びをあらわし、互いに祝いの言葉をかけ合い、おおいに上機嫌であった。宮殿《ヴァシリア》［大宮殿］は喜びで満ちあふれ、悲嘆も、またどのような憂慮もどこにも一切ないように見えたであろう、なぜなら［支配者に］好意をもっている人々はすべて心底から喜んでいたし、他の者たちは彼らに合わせて喜んでいたからである。実際臣下《イピコオン》というのは概して時の権力者《クラトンデス》に敵意を抱いているが、普通は忠実なふりをし、お世辞を使って力ある者《イペレホンデス》の意に従うものである。とにかくその時は、すべての者が一緒になって祝っていたのであるから、確かに共通の喜びを目にすることができたのであった。［5］この男の子については、肌は浅黒く、額は広く、頰はふっくらとせず、鼻は低くもなくまた鷲鼻でもなく、その中間といったところである。両眼はいたって黒い、そして乳児の外見から推測する限り、［これらの特徴は］隠された激しい気質を示している。そこでその者たち［両親］はこの子供を皇帝《アフトクラトル》の位《ペリオピィ》に登らせ、いわば相続財産《クリロス》としてその者にローマ人の帝国《ヴァシリア》を残すことを望み、そのため［少し後に］神《セオス》の大《メガリ》教会《エクリシア》で聖なる洗礼《ヴァプティズマ》を授け、冠《ステフォス》を与えることになる。[6-95]それはとにかく、誕生のまさにその時に私たち緋の産室生まれ《ポルフィロエニティ》の者たち[6-96]の身に生じたことはそのようなものであり、その後に起こった出来事についてはそれぞれふさわしい場所で語られることになろう。

第9章

［1］さて皇帝《アフトクラトル》アレクシオスはヴィシニアの沿岸地域と［都市］ヴォスポロス[6-97]そのものから、そしてそれらより内陸の地域からトルコ人を追い払った後、すでに先に語られているように、[6-98]ソリマス[6-99]と和平の協定《イリニケェスポンデェ》を取り結ぶと、イリリコンに向かって馬首をめぐらし、多くの辛酸を舐めた後、全力を尽くしてロベルトスとその息

子ヴァイムンドスを打ち破り、ついに西方の諸州をまったくひどい状態から救い出したのであった。それから［コンスタンティノープルに］帰還した後、その者は、アペルハシム配下のトルコ人が再び東方［小アジア］を大いに荒らすだけでなく、プロポンディスそのもの、その海岸地域までやって来ているのを知ったのである。さてそこでこれから詳しく語らねばならないことは、ニケアのアミル[6-100]のソリマスがその地［ニケア］を出立する時、このアペルハシムをその地の守護者《フルゥロス》として残した次第、プザノスが[6-101]ペルシア人のスルタン[6-102]によって［小］アジアに向けて送り出されたが、スルタンの兄弟トゥトゥシスに打ち破られ殺された次第、またそのトゥトゥシスがプザノスを破った後、その者［プザノス］の甥たちによって絞殺された次第[6-103]についてである。【2】勇気と知力においてことのほか著名な、アルメニア出身のフィラレトスという名の者は、以前先の皇帝《プロヴェヴァシレフコス》ロマノス＝ディオエニスによってドメスティコスの役職《ドメスティカトン》の地位に昇進させられたが、しかしディオエニスの身に降りかかった事態を目にし、特に彼の両眼が潰されたことを確認すると、その者に激しい思慕を抱き、その境遇に耐えられない気持ちになり、それで反逆《アポスタシア》の計画を練り上げた後、アンティオコス［の都市］の支配権《エクスゥシア》を奪い取った。[6-104]しかしトルコ人が毎日のように［都市の］周辺を荒し、一息入れることも許さなかったので、その者はトルコ人に降服し、彼らの習慣通りに割礼を受けようと考えた。[6-105]しかし彼の息子はこの思いもかけない彼の衝動を押しとどめようとして、激しく抗議した、しかし彼のこの上なく当を得た忠告は受け入れられなかった。その者はそのため深く悲しみ、そこで八日間かけてニケアにたどり着き、その時にはすでにスルタン職《スルタニキオン》の地位を与えられていたアミルのソリマスのもとへ行くと、彼にアンティオキアの攻囲を実行するようせき立て、父と戦うよう励ますことに取りかかった。ソリマスは彼の言葉に説得され、そしてアンティオキアへ出立しようとする時、アペルハシムをすべての指揮官《イエモネス》の上にたつ総司令官《イエモン》に任命し、彼をニケアの守護者《フィラクス》として後に残した。その者はフィラレトスの息子を従え、見つからないように夜中だけ十二日間行軍し（日中は動かないでいた）、アンティオキアへたどり着くと、最初《エクス》の攻撃《エフォドゥ》でそこを奪い取った。[6-106]【3】その間にハラティキス[6-107]という者もそこに帝国金庫の十分多量の黄金《フリシオン》と財貨《フリマタ》が蓄えられていることを知って、密かにシノピを奪い取る。他方では大スルタン《メガス スルタン》の兄弟で、イエルサレム・全メソポタミア・ハレプ、そしてバクダードまでの領域を支配していたトゥトゥシスはアンティオキアも自分のものであると主張し、しかしアミルのソリマスが反乱を起こそうとしているのを、事実すでにアンティオキアの権力《アルヒィ》を手に入れているのを知ると、全軍勢《ディナミス》を率いてハレプとアンティオキアの中間辺りまで進軍する。アミルのソリマスが彼に立ち向かってきたので、ただちに大きな戦いが起ころうとした、しかし接近戦が始まるや、ソリマス配下の者たちは敵に背をむけて一目散に逃走し始めた。ソリマスは全力をふるって彼らを勇気づけようととりかかるが、逃走を阻止できないと見ると、命に関わる危険が近づくのを悟って戦場を離れ、そして恐らくもう危険がないと思ったのであろう、盾《アスピス》を地面に横たえ、自分はその側に身を投げ、休息にとりかかった。しかし同族の者たちに気づかれずにいられるはずはなかった。なぜなら幾人ものサトラペェが彼に近づき、彼のおじのトゥトゥシス[6-108]が彼を自分のもとへ呼び寄せようとしていると語りかけた。しかしその者は彼から危害を受けるのではないかと疑い、拒み続けた。他方サトラピスたちが従うよう強く迫ろうとした時、一人では目の前にいる者たちに立ち向かうことができなかったので、剣《クシフォス》を鞘から引き抜くと、剣《クシフォス》を自分の腹に奥深く突き入れ、そのようにしてその哀れな男は無惨な死を遂げた。[6-109]その時アミルのソリマスの軍勢《ディナミス》の生き残りは即座にトゥトゥシスの側に立つことになった。【4】大スルタン《メガス スルタン》[6-110]はこれらのことを聞き知り、トゥトゥシスが強大になろうとしているのに不安を抱き、皇帝《アフトクラトル》のもとへシアウス[6-111]を派遣し、姻戚関係《キドス》［による同盟］を打診し、もしこれが実現すれば海岸地域からトルコ人を引き上げさせ、諸城塞《カストラ》を引き渡し、全面的に援助することを約束した。皇帝《ヴァシレフス》はその者［シアウス］をよく眺め、そしてスルタンの書簡《グラフェ》を条項ごとに読み上げた後、姻戚関係《キドス》のことについては一言も触れず、他方シアウスが利口な男であると観察すると、その者にむかってどこの出身か、両親は誰であるかと問い始めた。その者が母方においてはイヴィリア人の出であることを告げ、父についてはトルコ人であることを知らせると、皇帝《アフトクラトル》はその者に聖なる洗礼《ヴァプティズマ》を受け入れるよう熱心に働きかけた。シアウスは［皇帝の］努力にこたえ、聖なる洗礼《フォティスマ》が受け入れられるからには帰国しないとの誓約《ピスティス》を皇帝《アフトクラトル》に行った。【5】ところで彼にはスルタンの文書による命令で、つぎのような役目が課されていた、すなわちもし皇帝《ヴァシレフス》が彼と姻戚関係《キドス》を進んで取り結ぶ用意があるのなら、海岸地域の諸都市《ポリス》を掌握しているすべてのサトラペェに取るべき行動について指示をあたえているスルタンの文書《グラマ》を示し、彼らをそれぞれの地から撤退させることであった、そこで［文書の存在を知った］皇帝《ヴァシレフス》はシアウスにこの文書《グラフィ》を上手く使い、スルタンの文書《グラフェ》を彼らに示し、彼らを追い払うことができればすぐに、再び女王の都市《ヴァシレヴウサ》に立ち戻ってくるように勧めたのである。その者はこのことに大いに意欲を示し、まず最初にシノピに到着すると、スルタンの命令書《エピストレェ》をハラティキスに示し、彼には帝国の財貨《ヴァシリカフリマタ》は一オヴォロスをも持ちださせることなしに、その地から追い払う行動にでた。その者が出ていく時に次のようなことが起こった。私たちのまことに無垢の女主人《デスピナ》たる神の母《セオトコス》を讃えた聖堂《テメノス》をその者は破壊したが、その時に神意《シアプロニア》により復讐の霊である悪鬼《デモン》に引き渡されたかのように泡を吹いて地面に倒れたまま[6-112]となった。そしてその場所で、悪鬼に取りつかれたような状態でこの世から去ってしまった。【6】もちろんシアウスは、皇帝《ヴァシレフス》によって彼のもとに派遣されていたコンスタンディノス＝ダラシノスにシノピの統治権《キリア》を託した、そしてそれからその者は他の諸都市《ポリス》をめぐって行き、スルタンの文書《グラフェ》を軍司令官《サトラペェ》たちに示し、彼らをそれぞれの地から追い払ってから、皇帝《アフトクラトル》の軍司令官《サトラペェ》たちに［諸都市を］引き渡したのである。シアウスはこれらのことを成し遂げた後、彼［皇帝］のもとへ引き返す、そして聖なる洗礼《ヴァプティズマ》を受け、たくさんの贈物《ドレエ》を得て大いに喜び、またアンヒアロスのドゥクスに任命されるのである。

第10章

【1】さてアミルのソリマスの殺害の報せは［小］アジア全域を走り抜け、その時期に都市《ポリス》と城塞《ポリフニア》を守備し

ていたサトラペェのすべてはそれぞれ自分が守っていた城塞《カストロン》を掌握し、自分のものとしてしまった。なぜならあの者［ソリマス］がアンティオキアに向けて出立する時、アペルハシムにニケアを守備することを任せたが、同時に、言われているように、多数のサトラペェに、その各々が自分の帰還を待ちながらそれぞれの受け持ち部分を守備するために、海岸地方やカパドキア、［小］アジアのすべてを託したのであった。他方当時ニケアの大サトラピス《アルヒサトラピス》であったアペルハシムはそこにスルタンの宮殿《スルタニキオン》もあったこの都市を掌握し、自身の兄弟のプルハシスにカパドキアの地方を譲った後、スルタンの位《スルタニキオン》を身に帯びることを考え、実際すでにそれを手にしていると信じ、なんら憂いのない状態でいた。事実狡猾で大胆であったその者は手元にあるものだけで満足しようとせず、略奪者《プロノミス》たちを送りだし、ヴィシニア人の土地全体を、実にプロポンディスに達する所までも略奪していた。[2] そこで皇帝《アフトクラトル》は以前の方法を使って[6-113]それら略奪者《プロノミス》たちを押しもどし、アペルハシムを和平《イリニケ》協定《スポンデェ》に訴えざるを得ない状況に追い込もうとした。しかしその者が常に密かに自分に敵対しようと画策し、協定《スポンデェ》［の締結］を引き延ばしていることを見定めると、十分強力な軍隊《ストラテヴマ》を彼に向けて送り出さねばならないと考えた。それでこれまで幾度も言及されたタティキオス[6-114]を十分多数の軍勢《ディナミス》と共にニケアに向けて送りだした、なおその時、都市城外においてたまたま敵と出会った場合には慎重をきして立ち向かうよう指示を与えた。そこでタティキオスは出発し、そして城壁《ティヒ》の近くで、その時トルコ人が一人も姿をみせなかったので兵士を戦闘隊形《パラタクシス》に配置した時、突然二〇〇人を数えるトルコ人が城門《ピレ》を開き騎馬で彼めがけて突進してきた。しかしケルト人は（その時十分多数いた）彼らを目にすると、長槍《ドラタ》を腕に抱え持ち猛烈な勢いで正面から彼らに向かって突進し、多数の者を傷つけ、他の者を要塞《カストロン》の中へ押しもどした。[3] タティキオスはそれから同じ戦闘隊形《パラタクシス》のままで日没まで動かないでいた。しかしトルコ人が誰一人城門《ピレ》の中から姿を現そうとしなかったので、ヴァシリア[6-115]の方向へ引き返し、ニケアから十二スタディア離れたところに防御柵《ハラクス》の陣地を設営した。その夜一人の農夫が彼のもとにやって来て、最近にスルタンになったパルイアルフ[6-116]によって送り出されたプロスク[6-117]が五万の軍勢を率いてここに到着しようとしていると断言した。タティキオスはこの情報を他の幾人かからも確認したので、このような大軍《プリシィ》に立ち向かう軍勢《ディナミス》を持たないことから、最初の計画を捨て、全軍《オプリティコン》を無事に守り、とるにたりない力しかない自分が有り余るほどの強力な敵と戦ってすべてを失ってしまわないためにはどうすべきか、望ましい方法について考えをめぐらした。そこでその者は女王の都市《ヴァシレヴウサ》を目指し、ニコメデス［の都市］を経由してそこへ戻ろうと考え始めていた。【4】他方アペルハシムはあの者［タティキオス］がコンスタンティヌスの［都］を目指し、すでに行軍を始めたのを［ニケアの］城壁《ティホス》上から目にすると、もしあの者が自分たちに有利な地点に野営するのを見れば攻撃しようと考えて、［城門を］出て、追跡に取りかかった。プレネトスで彼に追いつくと、先に攻撃に打って出て、勇ましく戦いを交えようとした。しかしタティキオスはすばやく軍勢《ディナミス》を戦闘《ティポス》隊形《ポレムゥ》に整えると、ケルト人にまず最初に蛮族《バルバロイ》に向けての騎馬による突撃《イパシア》と合戦を命じた。その者たち［ケルト人］は長槍《ドラタ》を腕に抱き、手綱《イニエ》をすべて完全に放つと、閃光のように蛮族《バルバロイ》に向かって突進し、彼らの戦列《ファランゲス》を粉砕し、完全な敗走へと追い込む。この結果タティキオスは、ヴィシニア人の土地を経由して女王の都市《ヴァシレヴウサ》へ帰還することとなった。【5】もちろんアペルハシムは、静かにしていようなどとは決して考えなかった。事実ローマ人の帝国《アルヒィ》の帝笏《スキプトラ》を握ろうと、それがかなわぬ場合でも、沿岸地域をことごとく、さらに島々さえも掌握しようと意気ごんでいたのである。実際これらを実現する考えで、すでにキオス（ここはヴィシニア人の都市《ポリス》で、海岸に位置している）を握り、そこでまず小型《リストリケ》の快速艇《ニエス》を建造する計画をたて、船舶《ニエス》が用意されれば自分の計画通りにことは進むと考えていた。しかし彼の動きを皇帝《アフトクラトル》は見逃すことはなかった。［皇帝は］ただちに手もとにある二段櫂船《ディイリス》と三段櫂船《トリイリス》、そしてその他の諸船舶《ナフティカ》を完全に艤装し、つぎにマヌイル＝ヴトミティスを艦隊総司令官《ドゥクス》[6-118]に任命すると、彼にアペルハシムの建造中の船舶《ニエス》を、見いだしたそれら［船舶］がどのような状態であれ、すみやかに炎上させるよう命じて、アペルハシムに向けて送りだした。さらに陸上からは十分な軍勢《ディナミス》を指揮させてタティキオスをもその者に向けて送り出す。【6】確かに二人［の指揮官］は都《ポリス》を出立し、他方アペルハシムはヴトミティスが海上を猛烈な勢いですでにこちらに到ろうとしているのを目にし、さらにそれにつづいて陸上から進撃してくる者たちについて聞き知り、今自分の立っている場所が険しく狭いゆえに不利であり、とにかく弓兵《トクソテェ》にとってローマ人の側から行われる騎馬突撃《イパシェ》に十分に立ち向かうことができないゆえによくないと判断し、その場から離れ、軍勢《ディナミス》を有利な地点に移そうと考え始めた。その結果その者は、ある者たちによってアリケとも、また他の者たちによってキパリシオスとも[6-119]呼ばれている場所に移動する。[7]ヴトミティスは海を渡って海岸に達すると、言うよりも速くアペルハシムの船舶《ニエス》を炎上させた。その翌日には陸上からタティキオスも到着し、軍隊《ストラテヴマ》を適した場所に配置すると、それから十五日間にわたって、夜明けから日没まで、あるいは小競り合いで、あるいは本格的な戦闘で、引くことなくアペルハシムと戦い続けた。しかしアペルハシムはけっして怯むことがなく、渾身の力で立ち向かってきたので、ラテン人たちははがゆい思いでいらいらし、その場所は彼らの戦いに適していなかったが、それでも自分たちだけでトルコ人と戦うことを任せるようにタティキオスにしつこく要求した。その件は彼の考えに反するように思えたけれども、［タティキオスは］毎日のようにトルコ人の新手の兵力《ディナミス》がアペルハシムに合流しているのを見て、ラテン人の計画に従った。陽が東の水平線に登った時、［タティキオスは］軍勢《ファランゲス》を整列させると、アペルハシムとの戦闘を始めた。確かにその時トルコ人の多数が倒れ、また多数の者が捕らえられたが、大部分の者は自分たちの荷物をそのままにして、敵に背を向ける。アペルハシム自身もまっすぐニケアに向けて駆け進み、やっとのことで命拾いをする。タティキオスの兵士たちはそこで実にたくさんの戦利品《リア》を集め、それから自分たちの陣営《パレムヴォリ》へもどって行った。[8]皇帝《アフトクラトル》はこれらのことを知ると、男の心をつかみ、石のような性質の持ち主をも柔らかくする術に長けていたので、ただちにアペルハシムに書簡《グラフィ》[6-120]を書き、そのような空しい企てから手を引き、霧を打つのでなく、[6-121]自分と親しくし、そのようにして多大な辛苦から自らを解放し、たくさんの贈物《ドリマタ》と栄誉《ティミィ》を満喫するように勧めたのである。他方アペルハシムは、あのプロスクがサトラピスたちの握っている城塞《カストラ》を包囲攻撃しており、またそこを攻囲しようとすでにニケアにも近づいているのを知って、人が言うように、いやなことでも名誉あるものに変えようとの考えから、[6-122] そして同時に皇帝《ヴァシレフス》の真意を推し量り、それが間違いないと確信して、彼との講和《イリニ》を喜んで受け入れる。二人の間で和平《イリニケ》協定《スポンデェ》が締結された後、皇帝《アフトクラトル》はさらに別の役に立つ企てに着手しようとしたが、しかし他の方法ではその計画を達成することができなかったので、その者［アペルハシム］がそこで財貨《フリマタ》を受け取り、楽しみを満喫して、そうしてから帰国するようにと、その者を女王の都市《ヴァシレヴゥサ》へ呼び寄せることにしたのである。【9】アペルハシムはその誘いを受けいれ、女王の都市《ヴァシレヴゥサ》へ入るとありとあらゆる親切なもてなしを受ける。さてニケアを掌握しているトルコ人はニコメデス［の都市］（この都市《ポリス》はヴィシニアの主都《ミトロポリス》である）も握っていたので、皇帝《ヴァシレフス》はそこから彼らを追い出すことを願い、親切の大盤ぶるまいが行われている間に、海岸近くにもう一つの城塞《ポリフニオン》[6-123]を建設しなければならないと考えた。そこで建築職人たち自身と共に建設工事に必要なすべての資材《フリオディ》を貨物《フォルタゴイ》船《ニエス》に積み込ませ、それらを送りだした、なおその際には艦隊《ストロス》のドルンガリオス[6-124]のエフスタシオスにこの城塞の建造を託し、そしてこれが極秘の作業であることを明らかにした後、つぎのような指示をあたえた、すなわちトルコ人が近くを通りすぎるようなことが起これば、あらゆる方法で彼らを親切に扱い、彼らが大いに喜ぶほどに十分に必要物資《フリオディ》を与え、そしてアペルハシムの承知のうえでこの城塞を建設していることを伝えること、次に行われていることが彼［アペルハシム］に明らかにならないようにあらゆる船《プリオン》をヴィシニアの海岸地域に近づかせないことであった。【10】他方アペルハシムについては、［皇帝は］毎日のように財貨《フリマタ》を与え、絶えず浴場《ヴァラニア》と乗馬《イピラシエ》と狩猟へ仕向けることを止めず、また大通り《レオフォリィ》に立っている彫像《スティレェ》[6-125]を見学するように勧めていた。さらに彼のためにかつてコンスタンティヌス大帝によって建設された野外競技場《セアトロン》[6-126]で競《イピコス》馬《アゴン》[6-127]が行われるよう戦車の馭者《ディフリラテェ》たちに命じ、彼には毎日そこへ行って馬の調教を見るようかき立てていた、これらはそのようにして日数をかせぎ、その間に建築職人たちが自由に作業することができるようにするためであった。城塞《ポリフニオン》が完成し、ついに所期の目的が達成されると、［皇帝は］これまで以上の多くの贈物《ドレエ》で彼に報い、セヴァストスの爵位《アクシオマ》を授与し、そして協定《シンシケェ》の条項を仔細に確認した後、敬意をもって彼を海の彼方に送り返したのである。【11】その者は城塞《カストロン》の建造が彼の耳に入った時、謀に気づいて心を傷つけられたが、知らないふりをし、まったく沈黙していた。アルキビアデスについてもこれとよく似た話が伝えられている。[6-128] なぜならその者もまたペルシア人によって破壊されたアテネを再建することに同意しないラケダイモン人を同じような方法でまんまと欺いたのであった。つまりその者はアテネ人に［都市を］再建するように指図した後、使節としてラケダイモンへ立ち去ったのである。それから使者《プレスヴィア》としていたずらに時を引き延ばし、建設する者たちに時間を与え、結局謀が完全に成就した後に、ラケダイモン人はアテネの再建を知ったわけである。このみごとな策略についてはあのパイアニア［区］の住民《パイアニエウス》[6-129]も彼の演説の諸所で語っている。確かに私の父の計画はそのようにみごとなものであったが、しかし実を言えばそれは、アルキビアデス［のそれ］以上により策に富む《ストラティイコテェロン》ものであった。事実、競馬《イポドロミエ》や他のさまざまな快楽でその蛮族《バルバロス》に媚びへつらいながら、日一日と日を延ばし、先に城塞《カストロン》の建設を完全なものとし、工事のすべてが完了した時、その男を女王《ヴァシリス》の都市《ポリス》から解放したのである。

第11章

【1】他方予期されたように、あの恐るべきプロスクは恐ろしいほどの大軍勢《ディナミス》を率いてニケアに到着し、以前夜中にタティキオスのもとを訪れたあの者が告げていたように、[6-130] 包囲攻撃に取りかかり、中断することなく三ヶ月にわたってそこを攻囲しつづけることとなった。[6-131] 城内の者たちとアペルハシム自身は自分たちの置かれた立場が絶望的であると悟り、そしてプロスクに対してもうこれ以上の抵抗のできないその者たちは皇帝《ヴァシレフス》へ使者を送り、プロスクに屈するよりは彼［皇帝］の奴隷《ドゥリ》と呼ばれる方がまだよいと思うと言って、彼

からの援助を願い出た。［皇帝は］ただちに手もとにいる兵士のうち精鋭の者たち《エクリティ》を切り離し、彼らに軍旗《シメエ》と銀の飾りのついた《アルイロイラ》槍《スキプトラ》[6-132]を与えて、援助のために送りだした。[2] ところで［皇帝が］軍隊《ストラティア》を派遣したのは［実のところは］アペルハシムを救済するためではまったくなく、皇帝《アフトクラトル》の考えによれば、むしろこの救援の行為［のめざすところ］はアペルハシムを破滅に導くことにあった。つまりローマ人の帝国《イエモニア》の二つの敵が互いに戦いあっている場合、弱い方に力を貸さねばならない、なぜならそれはその者がより優勢になるためでなく、一方で一人の者を追いやり、他方でもう一人の者からその都市《ポリス》を奪い取り、その時まで彼［皇帝］の支配領域になかったその都市を自分のものにするためであり、そしてこのようにして少しずつ次々と都市を奪い取っていけば、まったく取るに足りない小さな存在、特にトルコ人の槍《ドリィ》が実に力強く突き進んできた時以来そのような状態になっていたローマ人の帝国《アルヒィ》を大きくしていくことができるだろう。[3] 事実かつてローマ人の帝国《イエモニア》の東と西の境《オリィ》が二つの柱《スティレェ》によって画されていた時代があった、すなわち西ではいわゆるヘラクレスの柱《スティレェ》であり、東ではインドの国境近くあたりに建っているディオニュソスの柱《スティレェ》である。［南北の］広がりにおいてローマ人の帝国《ヴァシリア》の権力《クラトス》がどこまで及んでいたかは正確に言うことはできない、とにかく一方において［権力は］エジプト・メロエ・トログロデュティケの全域、酷熱地帯《ディアケカヴメニィ》に接する地域に、他方においては有名なスゥリと、さらに頭上には北《ヴォリオス》極《ポロス》が位置する北の地帯に住んでいるすべての民《エスニ》に及んでいた。しかしあの時期、東ではすぐ近くのヴォスポロス［海峡］が、西ではアドリアノスの都市《ポリス》がローマ人の帝国《スキプトラ》の国境《オリオン》であった。しかし皇帝《ヴァシレフス》アレクシオスは東西から攻撃してくる蛮族《バルバロイ》をいわば両手で押し返し、実にビザンディスを拠点に駆け回り、帝国《ヴァシリア》の支配領域を拡大し、西方ではアドリア海を、東方ではユーフラテス川とティグリス川を国境《オリオン》としたのである。もし次々と起こる戦いと厳しい労苦と危険（なぜなら皇帝《アフトクラトル》は大きな危険を冒し、同時に度重なる戦闘に明け暮れていたのである）が彼の飛躍的活躍を妨げなかったならば、帝国《ヴァシリア》を再び往年の隆盛に引き戻していたであろう。[4] さて先に語ったことだが、[6-133] 軍隊《ストラティア》をニケアの反逆者《ティラノス》アペルハシムに送ったのは、［皇帝の］

考えではその者を危険から救い出すことではなく、そうすることで勝利を自分の手にすることであった。しかし運《ティヒ》は彼に手をかさなかった。なぜなら味方の者たちにつぎのようなことが生じたのであった。送り出された者たちはエオルイオス様《キル》と呼ばれる城塞《ポリフニオン》[6-134]に到着し、他方そこのトルコ人は彼らに対して即座に諸門《ピレ》を開いた。その者たち［ローマ人］は東門の上、城壁《ティホス》の狭間胸壁《クリデムナ》へ登り、軍旗《シメエ》と銀鋲のついた槍《スキプトラ》を各部隊ごとに《イラドン》集めて並べ、それから大声をあげ、絶え間なく鬨の声を響かせ続けた。外から包囲する者たち[6-135]はそれらの喚声に怯え、皇帝《アフトクラトル》自身が到着したのではないかと思い、夜の間にそこから立ち去っていった。しかしローマ人の軍勢《ディナミス》はと言えば、再び女王の都市《ヴァシレヴウサ》にむかって引き返していったのである。なぜならその者たちには、トルコ人の支配領域《エクスウシア》の奥から再び行われると予想されるペルシア人[6-136]の攻撃《エフォドス》に対して立ち向かう十分な軍勢がなかったからである。[6-137]

第12章

【1】ところでシアウス[6-138]の帰還を首を長くして待っていたスルタンはその者の滞在が長くかかっているものと考えていたが、しかしその者の動静を、すなわち計略を用いてハラティキスをシノピから追い出し、他方聖なる洗礼《ヴァプティズマ》を受けると、つぎにアンヒアロスのドゥクス職を帯び、皇帝《アフトクラトル》によって西方へ送られたことを知ると、悲しみと同時に憤慨した。そこでプザノスを軍勢《ディナミス》と共にアペルハシムに向けて送り出し、[6-139]同時にもう一度同じ姻戚関係《キドス》[6-140]について詳しく記した皇帝《アフトクラトル》への書簡《グラフィ》をその者に託さねばならないと考えた。その書簡《グラマタ》には次のようにしたためられていた。「皇帝《ヴァシレフス》よ、あなたのことについては、すなわちあなたが帝権《アルヒィ ティス ヴァシリアス》を帯びるや、まさにその当初から多くの苦難に陥ったこと、ラテン人の問題を片づけて間もなく今度はスキタイがあなたに向かって戦いの準備を始め、またアミルのアペルハシム自身があなたとソリマスとの協定《スポンデェ》を破り、なん

とダマリスまでもの［小］アジアの地を荒らしていること、これらは私の承知しているところである。そこでもしアペルハシムを即座にその場から追い払い、［小］アジアもアンティオキア自体もあなたの手中に入れたいとお望みなら、私のもとへあなたの娘を私の長男《プロトトコス》[6-141]の嫁として送っていただきたい。そうすれば今後あなたを困らせるものは一切なくなり、そして私があなたに手をかせば、東方におけるだけでなく、イリリコンまで、全西方にいたるまで、ことごとくをあなたが手にすることは容易いこととなろう。私からあなたのもとへ送られる軍勢《ディナミス》によって、あなたに立ち向かう者はこれからは現れないであろう」【2】ペルシア人のスルタンの考えはそのようなものであった。実際プザノスはニケアに達し、一度ならず何回も攻撃を試みたが、アペルハシムが勇敢に抗戦し、また皇帝《ヴァシレフス》からの援軍を求め、それが到着したこと[6-142]もあって、目的を果たすことができなかった、そこでそこを退き、他の諸都市《ポリス》と諸城塞《ポリフニア》を奪う目的で出立し、ラムビの近くで幕舎《スキニ》を張った。この者が立ち去った後アペルハシムは、十四頭のロバに背負えるだけの黄金《フリシオン》を積み、これを贈物《ドロン》にして［アミル］職《アルヒィ》の解任を免れようと考えてペルシア人のスルタン[6-143]のもとへ向かって出発する。そしてスパハ[6-144]の近くで野営している彼［スルタン］のもとにたどり着く。【3】スルタンは彼と顔を合わせるのを望まなかったので、その者は仲介者をたてて働きかけることに取りかかった。しかし［スルタンは］それらの者にうるさくつきまとわれて、こう言い返したのである。「アミルのプザノスにきっぱりと権限《エクスウシア》を託したからには、もはや彼からその権限を取り除く考えはない。だから彼のもとへ行ってそれらの財貨《フリマタ》を手渡させ、そして彼の望むところを言わせよ。彼の考えるところが私の意思でもある」その者［アペルハシム］はその場所で十分長い間辛抱強く待ち、多くのひどい仕打ちを受けたが、無駄と分かるとその場を立ち去り、プザノスのもとへ向かうことになった、そしてその途中であの者［プザノス］から彼に向けて送られた二〇〇人の精鋭《エクリティ》のサトラピスたちに出会うことになる。確かにニケアからの彼［アペルハシム］の出立はその者［プザノス］の注意を免れなかったのである。その者たちは彼を捕らえ、弓弦《ネヴラ》を紡いで造った縄を彼の首に巻き絞め殺してしまった。私の思うところではこれはすべて、プザノスではなく、スルタンによるもので、その者〔スルタン〕がアペルハシムに関してそのように処置するように指図したのである。[4] アペルハシムの最後はそのようなものであった。他方皇帝《ヴァシレフス》はスルタンの文書《グラフェ》を詳しく読んだが、述べられたことに心を向けようとは思わなかった。どうしてその者〔アレクシオス〕がそのようなことを真剣に取りあげるだろうか。なぜならその書簡《グラマ》があの蛮族《バルバロス》の長男に与えるよう求めていた皇帝《ヴァシリコン》の幼い娘がもしペルシアにまで行き、極貧の状態よりなお悲惨な〔蛮族の〕王国《ヴァシリア》の一員という身の上になってしまえば、それこそ哀れであったろう。もちろん神《セオス》もそのようなことを許されず、また皇帝《ヴァシレフス》も彼の置かれた状況が実に苦しいものであったけれども、そのような計画を進ませる考えはなかった。なぜなら初めて書簡《グラマ》の内容を耳にした時、[6-145]「そのような考えを彼の頭に植えつけたのは悪鬼《デモン》だ」と呟き、即座にその蛮族《バルバロス》の大それた望みを嘲笑したのであった。婚姻《キドス》関係について、皇帝《アフトクラトル》はそのように考えていた。しかしスルタンの心を空しい希望で宙ぶらりんの状態にしておく必要があると考え、〔皇帝は〕クルティキオス〔ヴァシリオス〕を呼び出し、他の三人の者と一緒に彼らを使節《プレスヴィス》として次のような内容の書簡《グラマタ》[6-146]を持たせて送り出す、すなわち和平《イリニ》を歓迎し、告げられた条項に同意する意のあることを示し、同時に彼自身の方から時間を引き延ばすことにつながる別の諸条件を提案する。しかしビザンティオンから送り出された使節《プレスヴィス》たちがいまだホロサン[6-147]に到着しない前に、スルタンの殺害《フォノス》[6-148]を聞き知り、引き返すこととなった。[5] なぜなら彼〔スルタン〕の実の兄弟のトゥトゥシスはアミルのソリマスと、アラビアから軍を率いて自分に向かってきた自身の娘婿[6-149]を殺害した後、思い上がり、そしてスルタンがすでに皇帝《アフトクラトル》と急いで和平《イリニケ》条約《スポンデェ》を取り交わそうとしているのを知り、兄弟の殺害を思い立った。そこでペルシア語《ディアレクトス》でハシィイと呼ばれる、血の臭いを発する十二人の男を呼び寄せると、ただちに使節《プレスヴィス》に仕立て、スルタンのもとへ送りだした、[6-150]その際彼らに兄弟の殺害方法に指示を与えるが、「さあ行け、そしてまず人を通じてスルタンに秘密の話を告げたいふりをし、中に入ることを許されれば、すぐにも彼の耳に入れたいと語り、近づくや即座に私の兄弟を八つ裂きにせよ」は、その時に発した言葉であった。[6] 使節《プレスヴィス》たち、否、人殺したちは、食事あるいは宴会に招かれたかのように、喜々としてスルタンの殺害に出かけていった。さて目指す相手が酔っているのを見いだし、スルタンの警護の任にあたっている者たちが離れた所に立っていたので、自由に行動できるや、彼ら自身は彼に近づき、腋の下に隠している剣《クシフィ》を引き抜くと、即座にその哀れな男を切り刻んだ。実際ハシィイという存在は流血を喜び、人間の内臓に剣《クシフォス》を突き通すことさえできれば、それ自体が快楽であると考えているのである。そして今後何者かが同じような方法で自分たちを攻撃し切り刻んでも、そのような死を栄光のように考え、あたかもそのような殺人行為を父祖からの相続財産のように次々と受け継ぎ、引き渡していくのである。ところで彼らのうち誰一人トゥトゥシスのもとへ戻ってこなかった、自分たち自身の命でいわば［この殺人行為の］賠償を払ったのである。【7】もちろんプザノスはこの事態を聞き知ると、全軍勢《ディナミス》を率いてホロサンに引き返した。しかしホロサンに近づいた時、殺害された者の兄弟トゥトゥシスが彼を待ちかまえていた。そこでただちに接近戦が起こり、双方の軍隊《ストラテヴマタ》は激しく戦い、それぞれが決して勝利を他方に譲ろうとせず、プザノスも勇敢に奮戦し、［敵の］隊列《ファランゲス》をことごとく混乱に陥れようとしていた時、致命傷を受けて倒れた[6-151]、そこで彼の兵士の各々は逃走して助かろうと必死になり、それぞれが別々の場所へ散っていった。トゥトゥシスは勝利者《ニキティス》としてホロサンに向けて帰還の途についた、その者はすでにスルタンの称号《アクシア》を帯びている者のようであったが、しかし危険が身近に迫っていたのである。なぜなら殺害されたスルタン、タパリス[6-152]の息子のパルイアルフは彼と遭遇すると、詩の一節[6-153]に従えば大きな獲物に出会って喜ぶライオンのように力と気力を出し切って体当たりの攻撃を行い、トゥトゥシスの軍勢《ディナミス》を粉砕し、敗走させると、次には全力で追跡に取りかかった。そのためナヴァトスのように思い上がっていたトゥトゥシスも殺される。【8】すでに先で語られたように[6-154]、アペルハシムが財貨《フリマタ》を携えてホロサンのスルタンのもとへ出かけた後、彼の兄弟のプルハシスはニケアに来て、そこを掌握した。そのことを知った皇帝《アフトクラトル》は、もしそれ［ニケア］を自分に譲りそこから退くなら、どっさりの贈物《ドレエ》を彼に約束した。プルハシスは一方では従う気持ちがあったが、しかし他方では再びアペルハシムのことを考え、ずるずると日を延ばし、皇帝《アフトクラトル》へ次々と伝言を送り、できるかぎり彼を宙ぶらりんの状態にしておいたが、真実のところは兄弟の帰還を今か今かと待ち望んでいたのである。その間につぎのようなことが起こる。ホロサンのスルタンはハシィイによって殺される前に、あの有力なソリマスの二人の息子を捕らえていた。しかしこの者たちは、あの者［ホロサンのスルタン］の殺害後、ホロサンから脱走し[6-155]、急いでニケアに立ち戻った。ニケアを握っている者たちは彼らを見て大喜びで迎え入れ、あのプルハシスも彼らの父祖の相続財産のようにニケアを進んで彼らに手渡した。このようにして二人のうちでクリツィアススラン[6-156]と呼ばれる年長の者は、スルタン［の称号］を受けとる。その者［クリツィアススラン］は、その時ニケアにいた男たちの妻子を呼び迎え、人々の言うところではこの都市《ポリス》をスルタンたちの住居《カティキティリオン》と定め、彼らをそこへ住まわせた。ニケアのことをこのように整えると、その者はプルハシスを権力《アルヒ》の座から遠ざけ、ニケアのサトラピスたちを大サトラピスのムゥフゥメトの指揮《イエモニア》下におき、そしてその者をそこに残して、自身はメリティニに向かって出立する。[6-157]

第13章

【1】 スルタンたちの話はこれまでにしよう。ところで大サトラピスのエルハニス[6-158]は配下の男たちを率いてアポロニアスとキズィコス（これらは二つとも海岸近くの都市《ポリス》）を奪い取り、海岸地域すべてを荒らしつづけていた。これを知った皇帝《アフクラトル》はその時自由にできた多数の舟《アカティア》[6-159]（なぜなら艦隊《ストロス》はまだ修理されていなかった）を用意し、勇敢な兵士《ストラティオテェ》と共に攻城装置《エレポリス》をそれらに積み込み、著名な一族の一人で勇気で知られたアレクサンドロス＝エフフォルヴィノスに彼らの指揮《イエモニア》を託し、エルハニスに向けて送りだした。アポロニアスに到着すると、その者はただちに攻囲に取りかかった。六日間夜中も城壁戦《ティホマヒア》を中断することなく続け、要塞《カストロン》[6-160]の外側の

周壁《キクロス》、習慣《シニシア》上外の周壁《エクソポロン》と言われているものを奪い取った。しかしエルハニスは外部から軍勢《ディナミス》の来るのを期待しながら、城塞《アクロポリス》を我慢強く守っていた。【2】事実確かにアレクサンドロスは強力な蛮族の軍隊《バルバルキィストラティア》がすでにエルハニスの救援にこちらに迫ってきているのをついに目にすると、自分の兵力が迫り来る軍勢のほんの一部であるにすぎないことから、戦って勝つことができないならば、配下の男たちを無傷に保つ方がより良いと考えた。味方がきわめて困難な事態に陥っていたので、このままでは救いの手が残されていないと理解し、海に向かうことにし、そこで自分たちの船《ニエス》に乗り込み、川を使って海に出ようとした。しかしエルハニスはアレクサンドロスの計画を見抜き、機先を制して湖《リムニ》の出入り口と川[6-161]にかかる橋を掌握した、なおその地点に聖堂《テメノス》がかつてコンスタンティヌス大帝を讃え、聖ヘレナによって建設されており、その橋の名称はそれ［コンスタンティヌス大帝］に由来し現在もその通りである。さてその者［エルハニス］はすでに語られた湖の出入り口とその橋自体に戦いに長じた男たちを配置し、船《プリア》の通行を待ち伏せするよう命じた。上記の船《アグラリア》に乗りこんだすべての者は湖《リムニ》の出入り口に至った時、エルハニスの仕掛けた罠に陥り、彼らをとらえた危機的状況を悟ったが、しかし何をなすべきか分からず、とにかく船《ニエス》を陸地に着け、それから地上に飛び降り、駈けだした。トルコ人が彼らに追いつくと、大乱戦となる。多くの精鋭の戦士《ロガデス》たちが捕らえられ、また多数の者が川の渦に巻き込まれ運び去られてしまった。【3】皇帝《ヴァシレフス》はこれらの事態を知ると、その敗北に我慢できず、オポス［コンスタンディノス］に十分強力な軍勢《ディナミス》を指揮させ、陸上から彼らに向けて送りだした。［オポスは］キズィコスに到着すると、奇襲でそこを奪い取った。つぎに自身の諸隊《タグマタ》からおよそ三〇〇名の好戦的な都市を屠る者たち《ティヘシプリテェ》[6-162]を切り離し、彼らをピマニノンへ送りだした。その者たちは急襲してそこを奪い取り、城内の者たちをあるいは殺し、あるいは生け捕りにし、後者についてはオポスのもとへ送った。他方［オポスは］それらの者を即刻皇帝《ヴァシレフス》のもとへ送りとどけた。彼自身はそこを離れ、アポロニアスへ行き、中断することなくそこの包囲攻撃を続けた。【4】しかしその時エルハニスには彼［オポス］に立ち向かうだけの十分な軍勢《ディナミス》がなかったので、自ら進んで都市《ポリス》を引き渡し、彼自身は血縁者たちと一緒に皇帝《ヴァシレフス》の味方となり、そして数えきれないほどの贈物《ドレエ》を得て大いに喜んだが、手に入れた最大の成果は聖なる洗礼《フォティスマ》であったと、私は言いたい。しかしオポスに従おうとしなかった者たちは、その中にはスカリアリオスや、後になってイペルペリラムブロス［の名誉の称号］を授与された……が[6-163]いたが（これらの者たちも著名な大サトラペェであった）、皇帝《アフトクラトル》のエルハニスに対する友誼とあり余るほどの贈物《ドレエ》の授与を知って、彼のもとへ来て、彼ら自身も望むものを手に入れる。実にこの皇帝《ヴァシレフス》は徳と言葉《ロゴス》においてまさしくもっとも聖職者にふさわしく、いわばこの上なく敬虔な高位聖職者《アルヒエレフス》であった。なぜならその者はわたしたちの教義《ドグマ》を教えることにことのほか長けており、意図《プロエレシス》と言葉《ロゴス》において正に使徒的《アポストリコス》であり、実にあの遊牧の民《ノマデス》であるスキタイ[6-164]のみならず、ペルシアの全域をも、そしてまたエジプトとリビアにも住み、モアメドの秘儀を執り行うすべての蛮族《バルバロイ》をも、わたしたちの信仰《ピスティス》へ導き入れることを願っていたのである。

第14章

［1］これらについては以上で十分であろう。さてローマ人の帝国《アルヒイ》に対する［スキタイの］先行の侵略《エフォドス》よりなおいっそう恐ろしく大きなものについて詳しく語りたいので、話《ロゴス》をあらたに最初から詳述することにしよう。[6-165]なぜなら侵略の波は次々とうち寄せたからである。スキタイ[6-166]のある種族が毎日のようにサヴロマテェ[6-167]によって略奪され、それで自分たちの土地から立ち去り、ダヌヴィス川の方へやって来た。彼らにはダヌヴィス地方に住む人々と協定を結ぶ必要があり、そのためすべての者の同意のもと、住民の頭たち《エクリティ》、すなわちハリスとも呼ばれるタトゥとセススラヴォスとサツァス[6-168]と交渉に入った（たとえ［私の］歴史《イストリア》の文体がそれらによって汚されようとも、彼らのうちでもっとも目立った《エクリティ》者たちの名は言及しなければならない）、なお彼らの一人はドリストラを、他の二人はヴィツィナ[6-169]と他の場所を掌握していた。彼らと協定を結ぶと、[6-170]それからは［スキタ

イは」自由にダヌヴィス川を渡るようになり、沿岸の地方を荒らし始め、また幾つかの小さな町《ポリフニア》も奪った。そしてその後その者たちは静かになり、土地を耕し、黍や小麦の種を播いていた。【2】ところがしかし、自身の手下を引き連れたあのマニ教徒《マニヘオス》のトラヴロスと、ヴェリアトヴァの丘の上に位置する城塞《ポリフニオン》を握っている彼の同士たちは、これらの者たちについてはずっと前に詳しく説明しているが[6-171]、スキタイの動きを知ると久しい以前から待ち望んでいた計画を明るみに出し、険しい諸道と山間の隘路《ステノピイ》を確保すると、スキタイを呼び寄せ、それからローマ人のすべての土地《ホラ》を荒らし始めた。というのはマニ教徒《マニヘイ》というものは根っからの大の戦い好きで、犬のように人間の血を貪り啜ることを常に求めていたからである。【3】皇帝《ヴァシレフス》アレクシオスはこれらのことを聞き知ると、西方のドメスティコスのパクリアノスが軍隊《ストラテヴマ》を統率し、戦闘集団《ファランクス》ごとに配置し、戦闘行動《プラグマタ》を実に巧妙にやってのけることに通暁していることを知っているので、その者にヴラナス［ニコラオス］（この者もきわめて好戦的な男であった）と一緒に軍勢《ディナミス》を率いて彼らに向かって出発するよう指示をあたえた。その者［パクリアノス］は、スキタイが山間の隘路《ステノピイ》を通過した後、ヴェリアトヴァのすぐ近くに防柵の野営地《ハラクス》を設営したことを知り、そしてこれらが無数の大軍《プリソス》であることを目で見て、彼らとの戦闘を前にして今にも力の抜けてしまうのを感じ、スキタイと戦って破れ、多くの兵士を失うよりは、今は戦わずに自身の軍勢《ディナミス》を安全に保持するほうが良いと判断していた。しかし極端なほどに冒険を好み、大胆なヴラナスにはこのような考えは気に入るところではなかった。それでドメスティコスは、戦いを先に延ばした自分に臆病の疑いがかけられないために、ヴラナスの勢いに屈し、すべての者に武装することを命じ、戦闘《スヒマ》隊形《ポレムウ》を整えた後、自身は戦列《ファランクス》の中央を指揮し、スキタイに向かって前進を始めた。しかしローマ人の軍隊《ストラテヴマ》は立ち向かってくる敵の大軍《プリソス》のほんの一部にもおよばなかったので、それを見ただけですべての者は怯えきってしまっていた。それでもスキタイに向かって突撃し、一方で多くの者が戦闘中に殺され、他方でヴラナスが致命傷を受けてたおれる。ドメスティコスは勇敢に戦い、猛烈な勢いで敵に向かって騎馬の突撃《イパシエ》を敢行し、その時ブナの木《フィゴス》に激突してその場で命を失う。軍隊《ストラトス》のうちまだ生き残っている者たちはそれぞれ別々の方向へ散ってしまった。【4】さて皇帝《アフトクラトル》はこれらの事態を聞き知ると、倒れた者たちの死を悲しんだ、すべての者について一人一人別々に、またすべてを一緒にして悲しんだのである。ドメスティコスの死については特に嘆き、涙の泉を流すほどであった。なぜなら［皇帝の］歓呼《アナリシス》を受ける以前から、その男をとりわけ愛し続けていたのである。もちろん［皇帝は］これらの事態で意気喪失することはなく、タティキオスを呼び寄せると[6-172]、十分な資金《フリマタ》を持たせてアドリアヌポリスへ[6-173]送りだした、その目的は兵士《ストラティオテェ》たちへ年《エペティイ》俸《ミスシ》を支払い、また再び十分強力な軍隊《ストラテヴマ》を集めるために至る所から多数《ディナミス》の兵士を募ることであった。他方ウムベルトプロスには[6-174]キズィコスに十分な守備隊《フルウラ》を残し、ケルト人だけを率いてタティキオスのもとへ急行するよう指示を与えた。この者［タティキオス］は強力な軍隊《ストラテヴマ》を集め終えたばかりであったので、ラテン人とウムベルトプロスを目にして大いに勇気づけられ、ただちにスキタイに向かってまっしぐらに進撃することとなった。【5】フィリプポリスの近くに到ると、その者［タティキオス］はサリノスの側[6-175]を流れる川の岸辺に防柵《ハラクス》の陣地の設営にとりかかる。その時スキタイが多くの略奪物《リア》と捕虜《ドリアロティ》を携えて帰っていくのを目にするや、すべての荷物をまだ陣営《カラクス》内に入れていなかったが、有力な一部隊を切り離して、彼らに向けて送りだした。そうしてから彼自身［タティキオス］も武装し、また他のすべての者にも甲冑を身につけるよう命じ、すべてを戦闘集団《ファランクス》ごとに整えると、先に送りだした兵士《ストラティオテェ》の後を追った。戦利品《ラフィラ》と捕虜《ドリアロティ》を連れたスキタイがエヴロスの岸辺[6-176]にいる他のスキタイの軍勢《ストラテヴマ》と合流したのを見定めると、その者［タティキオス］は軍隊《ストラテヴマ》を二つに分け、それぞれの側から鬨の声をあげるよう命令した後、事実喚声と鬨の声を轟かせて蛮族《バルバロイ》に向かって突撃が行われる。そこで激しい戦闘が起こり、スキタイのより多数が倒れたが、四散して助かった者も多くいた。その者は多くの戦利品《リア》を携え、勝利者《ニキティス》としてフィリプポリスにたどり着いた。【6】全軍《オプリティコン》をそこにとどめた後、その者は再び蛮族《バルバロイ》を攻撃するにはどこから、どのようにすればよいか考えをめぐらした。彼らの軍勢《ディナミス》が無数であることから、頻繁にスキタイの情報を得るために四方へ偵察兵《スコピィ》を送り出した。戻ってきた偵察兵《スコピィ》は、蛮族《バルバリィ》の大軍《プリソス》がヴェリアトヴァのすぐ近くにとどまり、その周辺を荒らしていると報告した。タティキオスは予想されるスキタイの接近を思い、そのような大軍に向かいあう十分な軍勢《ディナミス》をもたないことから、全く心を動転させ、どうしたものか途方にくれた。しかし刃を研ぎ、戦闘に向けて軍勢《ストラテヴマ》を勇気づけていた。その時一人の兵士がやってきて、蛮族《バルバロイ》が彼［タティキオス］に向かって接近していることをはっきりと告げ、今にも到着すると強く言いきった。【7】その者は即座に武器《オプラ》をとり、次に全軍《ストラテヴマ》を武装させると、すぐにエヴロス川を渡り、そこで部隊《イラドン》ごとに戦闘集団《ファランゲス》を整え、戦闘《スヒマ》隊形《ポレムゥ》を作りあげた。そして彼自身は戦列《パラタクシス》の中央に身を置いた。蛮族《バルバロイ》もスキタイ式に戦列を組み、彼らの軍勢《ディナミス》を戦闘に向けて整え、合戦の時を探り、相手をいわば戦闘に駆り立てているように思えた。しかし両軍《ストラテヴマタ》は怯え、合戦を引き延ばしていた、なぜならローマ軍はスキタイの途方もない数を前に尻込みし、他方スキタイ軍は、敵の兵士すべてが鎧で武装しているさま、軍旗《シメェ》と立派な甲冑、それらから発する、煌めく星空の光線のような輝きを見て、身震いしていたのである。ただすべての中で、大胆で怖れを知らないラテン人だけが歯と同時に槍先を尖らせて真っ先に戦うことを願っていた。しかしタティキオスは彼らを押しとどめた。なぜならこの男は冷静で、これから生じることをやすやすと予測することができたのである。さて両軍《ストラテヴマタ》は立っているだけで動こうとせず、いわば共に相手の動きを今か今かと待ち、両軍《ストラテヴマタ》のいずれからも兵士《ストラティオテェ》の誰一人、両軍《ストラテヴマタ》を隔てる中間地帯へ騎馬による突撃を敢行することはなく、陽が西に沈むや、双方の軍司令官《ストラティイ》はそれぞれ自軍の陣営《パレムヴォリ》へ戻っていく。このことが二日間にわたって続いた、つまり二人の軍司令官《ディマゴイ》は戦闘に向けて準備をし、毎日戦闘《スヒマ》隊形《ポレムゥ》を組むが、両者とも相手に向かってあえて戦闘を行おうとしなかった、そして三日目の夜明けにスキタイは引き上げ始める。このことを知ったタティキオスは即座に彼らの後を追って進んだ。しかし諺が言うように歩兵《ペゾス》とリュディアの戦車《アルマ》の違いである。[6-177] 事実スキタイは先にシディラ［の隘路］[6-178]（その隘路《テムビィ》はそう呼ばれている）を越えていたので、［タティキオスは］結局彼らに追いつくことができず、全軍勢《ディナミス》を連れてアドリアヌポリスへ引き返す。次にその場所にケルト人を残し、兵士《ストラティオテェ》たちの各々には自分の家へ戻るように指示し、彼自身は軍隊《ストラティア》の一部を連れて女王の都市《ヴァシレヴウサ》への帰還の途につく。

第VII巻

第1章

【1】春[7-1]の始まりと共に、ツェルグゥ[7-2]はダヌヴィスの上部［北］に位置する山道《テムビィ》を越えたが（この者はスキタイ[7-3]軍《ストラテヴマ》の最高《イペレホン》の首領《イエモン》）、その時その者は、サヴロマテェ[7-4]とスキタイ、それにソロモン[7-5]と呼ばれる者が軍司令官《ディマゴゴス》であった少なからざるダキア《ダキコン》軍《ストラテヴマ》から構成された、およそ八万の混成軍《ストラテヴマ》を率いており、ハリウポリス[7-6]そのものにまでやって来て、多くの戦利品《リア》を手に入れ、次にスコティノス[7-7]と呼ばれる場所を占領した。そのことを知ったニコラオス＝マヴロカタカロンと、出生地からその名前を得たヴェムベツィオティス[7-7]は彼らの指揮下の軍勢《ディナミス》を率いて、パムフィロンにたどり着く。しかし周辺地域の小さな町々《コモポリス》の住民があまりの恐ろしさから都市《ポリス》や城塞《フルリア》へ殺到していくのを見て、その者たちは全軍《ストラテヴマ》を率いてパムフィロンと呼ばれるその場所を離れ、クリスの[7-9]砦《ポリフニオン》にたどり着く。他方彼らの後ろから進んできたスキタイはローマ軍《ストラテヴマ》のいわゆる足跡《コポス》（これは兵士たち《ストラティオテェ》の馴染みの言葉である）を見いだし、ローマ軍《ストラテヴマ》の追跡に取りかかった。【2】ツェルグゥが自身の軍勢《ディナミス》を整え、マヴロカタカロンとの戦いを思案し始めた時には、すでに陽が輝き出していた。他方あの者［マヴロカタカロン］は蛮族の軍勢《バルバリケェディナミス》を偵察するために何人かの将校《ロガデス》を伴って、平地を見下ろす丘陵《アフヒン》に登った。スキタイの大軍《プリソス》を見て、会戦へと強く駆り立てられながら、他方ローマ軍《ストラティア》が蛮族《バルバロイ》の軍勢《ディナミス》のほんの一部にも及ばないことを知り、［戦いを］先に延

ばそうとも考えていた。元の場所に戻った後、その者は全軍《オプリティコン》の将校《ロガデス》たちとヨアナキス自身と一緒になって[7-10]スキタイに向かって攻撃すべきかどうか考えをめぐらした。その者たちは、戦いへと彼を駆り立て彼自身もとりわけ心は戦闘へ傾いていたので、軍勢《ディナミス》を三つの部分に分けると、戦いの合図を響かせ、蛮族《バルバロイ》と合戦を始める。そしてその時［スキタイの］多くが傷つき倒れ、少なからぬ者たちも殺される。ツェルグゥ自身も勇敢に戦い、敵の戦列《ファランゲス》の多くを混乱に陥れたが、致命傷を受け命を奪われる。［スキタイの］ほとんどは逃走中にスコティノスと呼ばれる場所とクリスの間を流れる急流に落ちこみ、互いに踏みつけあって溺れ死んだ。このようにしてスキタイに対する輝かしい勝利を飾って、皇帝《ヴァシレフス》の兵士たちは大都《メガロポリス》へ帰還した。皇帝《ヴァシレフス》からそのような成果にふさわしい贈物《ドレエ》と栄誉《ティメ》を受けとると、その者たちは、その時に新たに西方の大ドメスティコスに任命された皇帝《アフトクラトル》の実弟アドリアノス＝コムニノスと共に、再び［都から］引き返した。[7-11]

第2章

【1】このようにあの者たち［スキタイ］はマケドニアとフィリプポリスの地方から追い払われたが、［バルカン山脈を北に越えて］再びイストロスの流域に戻って行き、そこに野営地をつくり、あたかも自分たちのもののようにわたしたちの土地《イメダピイ》に自由に住み、略奪を続けた。これを聞き知った皇帝《ヴァシレフス》はスキタイがローマ人の国境《オリア》内に住んでいることに我慢できず、また［バルカン山脈の］山間の隘路《ステノピイ》を越えて再び以前のものよりもいっそう悪い行為をしでかすのではないかと怖れていた。そこで［遠征の］準備を整え、軍隊《ストラテヴマ》を完全に武装させると、アドリアヌポリスに向かい、[7-12]さらにそこからディアムボリスとゴロイの間に位置するラルデェアスに向かって出発する。そしてそこでエオルイオス＝エフフォルヴィノスを指揮官《イエモン》に任命して、海路で[7-13]ドリストラへ送りだした。【2】皇帝《アフトクラトル》は四〇日間そこ［ラルデェアス］にとどまり、あらゆる所から軍勢《ディナミス》を呼び寄せようとした。

十分多数の軍勢《ストラテヴマ》を集め終えると、隘路《クリスレ》を越えてスキタイとの戦いをやってみるべきかどうか諮問にかけ、その時「スキタイに一時の猶予も決して与えてはならない」と語ったが、これはそれらの蛮族《バルバロイ》に関してもっともな判断であった。なぜならスキタイの侵略は、四季のある時期に始まり次の時期に終わるものでもなく、たとえば初夏から始まり夏の後半に、あるいは秋の終わる初冬に止むのでもない。また彼らの悪事は一年の周期に限定されるのでもなく、私自身多くのうちでそのわずかの事例しか語らなかったけれども、ローマ人の領土に対する侵略は長年にわたって荒れ狂うのである。またその者たちは、奸計によって籠絡されることもなかった。実際皇帝《アフトクラトル》は幾度もあらゆる手段を弄して彼らを手なずけようとしたけれども、密かにでも皇帝《ヴァシレフス》のもとへ逃れて来るものは誰一人いなかった、それほどまでに彼らの心構えは強固であったのである。［3］さてニキフォロス＝ヴリエニオス[7-14]と、以前スキタイに捕らえられ、貨幣四万枚の身代金《ティミ》で皇帝《ヴァシレフス》によって買い戻されたことのあるグリゴリオス＝マヴロカタカロン[7-15]は、パリストリオンにおいてスキタイと戦うことには決して賛成しようとしなかった。他方エオルイオス＝パレオロゴスとニコラオス＝マヴロカタカロン、それに若く力の盛りにあった他の者たちすべては皇帝《ヴァシレフス》の考えに傾き、エモス［山脈］を越える山道《テムビィ》を突き抜け、パリストリオンにおいてスキタイとの戦いを試みる意見を伝えた。皇帝《アフトクラトル》ディオエニスの二人の息子、ニキフォロスとレオンも彼らと同じ意見であった、なおその二人はあの者［ディオエニス］が帝座《ヴァシリア》の高み《ペリオピィ》に持ち上げられた後に緋の産室《ポルフィラ》で生まれたので、緋の産室生まれ《ポルフィロエニティ》の者と呼ばれた。［4］その緋の産室《ポルフィラ》は宮殿《アナクトラ》［大宮殿］の一部屋《イキマ》で、床から屋根を支える所まで完全な正方形をなし、天井はピラミッドの頂点で終わっている、そこからは海と港《リミン》を一望でき、そこ［港］には幾つかの石像の牛とライオン[7-16]が置かれている、また床は大理石で敷き詰められ、四方の壁も大理石がはめ込まれている、それらはもちろん普通のものでもなく、あるいは他の高価だが、ごく容易に入手できるような石でもなく、昔の皇帝たち《ヴァシリス》がローマから運ばせたものであった。この石は要するに全体的に赤紫で、その上には砂を撒いたように、ぴかぴか光る斑点が散らばっている。私の思うには、これらの石から先祖の者たちはこの部屋《イキマ》を緋の産室《ポルフィラ》と呼んだのである。[5] さて先ほど話していたことにもどろう、すべての者にエモスへの道を進む合図のラッパが高らかに鳴り響き、あたかもスキタイに向かって駆り立てているかのようであった時、ヴリエニオス［ニキフォロス］は、皇帝《アフトクラトル》に対してそのような企てを強く止めさせようとしていたが、説得できなかったので、その者に呼びかけて言うには「皇帝《ヴァシレフス》よ、エモスに向かって突き進まれるおつもりなら、もっとも脚の速い馬を用意されることをご承知あれ」この言葉の意味は何かと一人の者が尋ねた時、その者が答えて言うには「すべての者が[7-17]逃走する時に［必要だ］」実際この男は反逆《アポスタシア》のゆえに両眼を奪われていたけれども、多くの人々の中で戦略上《ストラティイコタティ》における計画《ヴリ》と戦列の配置《パラタクシス》に関してはもっとも長じ、もっとも巧妙であると評価されていた。今語られたその者が皇帝《アフトクラトル》ヴォタニアティスに対する反逆《アポスタシア》あるいは謀反《エパナスタシス》のゆえに両眼を奪われた次第、また当時西方《ディティカ》と東方の諸軍の大ドメスティコスであったアレクシオス＝コムニノスによって捕らえられ、両眼は無傷のままでヴォリロスに引き渡された次第、それらについてもっと詳細に知りたい読者には、この上なく名高いケサル[7-18]［の著作］に任せることにしよう。[6] ところでこのケサルは、アレクシオスがすでにローマ人の帝笏《スキプトラ》を握っていた時、その者の娘婿となっていたが、同時に先に語ったあのヴリエニオスの後裔《アポゴノス》[7-19]であった。ここで［ケサルのことを思い出し］私の心は乱れ、感きわまる。実際この男は学識に秀で、弁論《ロゴス》においてこの上なく優れていた。すべての資質、すなわち体力も俊敏さも身体上の美しさも、要するに身体と精神のすべての長所が一つに合わさって、その男を飾り立てた。なぜならあらゆる点において他を凌駕する唯一の存在を、自然《フィシス》も生みだし、また神《セオス》も創造されたのである。ホメロスがアカイア人たちの中であのアキレウスを詩歌で讃えたように、天の下で生きたすべての人々の中で光り輝いた私のケサルを、人はそのように称讃したであろう。ところで軍事《ストラティオティカ》においてもっとも秀でたこのケサルは文芸《ロイ》について疎かにはせず、あらゆる書物《ヴィヴロス》をひもとき、あらゆる学問《エピスティミ》に関わり、そこから今日のわたしたちのそれであれ、また昔のわたしたちの［祖先の］それであれ、できるだけ多くの知識《ソフィア》を引き出したのである。そして後年には著述《シングラフェ》に没頭し、更にその上私の女主人《デスポティス》であり母である皇后《ヴァシリス》イリニの言いつけによって、読むに価し大いに評価されるべき作品《シングラマ》を急いで書き上げたのである、それは私の父がまだ帝国《ヴァシリア》の手綱《イニエ》を握る以前に成し遂げた武勲からなる歴史《イストリア》であった。この中でその者はあのヴリエニオスに関する事実を正確に詳述し、そこでその祖先《プロゴノス》「祖父」の不幸を正直に物語ると同時に、また義理の父の武勲を述べているが、それら二人について虚偽の記述はしなかったであろう、なにしろ一人はもっとも親しい人であり、他の一人は血縁者であったのであるから。彼らについては私もこの歴史《イストリア》の最初の所で述べている。[7-20] [7] ところでスキタイは、エオルイオス＝エフフォルヴィノスが十分強力な軍隊《ストラティア》と艦隊《ストロス》を率いてイストロス川を遡り自分たちに向かって来るのを目にした（この川はずっと奥地に位置する西方の山々《ディティカオリィ》から流れ下り、幾つもの急流を流れ、その後五つほどの河口を通じて黒《エフクシノス》海《ポンドス》に流れ込むが、幅は大きく延々と長く、広大な平野を貫流しており、航行は可能であり、荷を運ぶ最大級の船《プリア》でもこの川では行き来できる。一つ以上の名を持ち、上流と水源近くではダヌヴィスの名で、下流と河口近くではイストロスの名で呼ばれている）―確かにスキタイの一集団はエオルイオス＝エフフォルヴィノスがこの川を遡って来るのを目にし、そして他方スキタイはすでに皇帝《アフトクラトル》も大軍《ストラテヴマ》を率いて陸上から今にも自分たちに迫ろうとしているのを知っていたので、両方の敵と同時に戦うことは不可能であると考え、この深刻な危険から逃れる手段を見いだそうとした。そこで一五〇名のスキタイが使節《プレスヴィス》として送られることになる、使節の役目は言葉の端に脅しの文句を入れながら、おそらく和平《イリニ》の条件を聞き出すことであったろう、そして状況により、もし「皇帝が」自分たちの要求に同意する意志があれば、望む時には三万の騎兵《イピス》をもって皇帝《アフトクラトル》に助勢することを約束することも予定されていた。[8] しかし皇帝《アフトクラトル》はスキタイの欺瞞を見抜き、すなわちその者たちは差し迫った危険から逃れるために、そのように使節を派遣してきたのであって、もし完全に安全な状態になれば、隠していた悪意の火の粉を大きく燃え上がらせるであろうことを知って、使節《プレスヴィア》の提案を受け入れようとしなかった。[7-21] 言葉のやり取りが行われている間に、書記補として仕えている《イポグラマテヴォンテス》者の一人、ニコラオスが皇帝《アフトクラトル》に近づき、耳元に囁いて言うには「陛下《ヴァシレフス》、まもなく日食《エクリプシス　トゥ　イリアクゥ　フォトス》が起こるものと思われます」［皇帝は］その時全く信じようとしなかったが、その者は嘘ではないことを誓言した。そこで持ち前の機敏さを発揮して、皇帝《アフトクラトル》がスキタイの方にふり向いて言うには「決定は神《セオス》にゆだねよう。もししばらくして天上になにか著しい兆候が現れれば、お前たちの提案《プレスヴィア》が疑わしいゆえに、余が正当にそれらを拒否することをしかと納得せよ、なぜならお前たちの軍司令官《ファランガルヘ》たちが使者を派遣しようとするのは誠心から和平《イリニ》を考えてのことではないからである。しかしもし兆候が現れないならば、余自身の考え違いであることが明らかとなろう」二時間が過ぎようとする時、陽の光が消えた[7-22]、月が間に入って遮ったため、陽の円盤すべてが見えなくなったからである。【9】スキタイはその時仰天してしまった、そこで皇帝《アフトクラトル》は彼らをレオン＝ニケリティス（この者は宦官《エクトミアス》で、幼いころから軍事《ストラティオティカ》にかかわり、信頼できる者と評価されていた）にゆだね、しっかりと守って諸都市の女王《ヴァシリス　トン　ポレオン》へ連行するよう命じた。その者は大いに意気ごんでコンスタンティヌスの［都］への道を進んだ。ところで蛮族《バルバロイ》たちはなんとか自由になることを常に心がけていたが、ミクラ＝ニケアに到着したその夜に、彼らの見張りを怠った護衛兵《フィラケス》たちを襲って殺し、曲がりくねった間道を経て彼らを送り出した者たちのもとへ戻っていった。他方ニケリティスはやっとのことで命拾いし、他の三人の者と共にゴロイにいる皇帝《アフトクラトル》のもとへたどり着く。

第3章

【1】皇帝《ヴァシレフス》はこれらの事態を知って、使者《プレスヴィス》たちがスキタイの全軍《ストラテヴマ》を彼に向けて奮いたたせ、［すべてが一緒になって］彼に襲いかかってくるのではないかと不安な思いを抱いたが、しかし昔のアトレウスの子、アガメムノンとは異なって戦闘に彼を奮いたたせる夢[7-23]を必要とせず、戦闘に向かって激しい血潮をたぎらせ、諸軍《タグマタ》を

率いてシディラ［の隘路］を突き進み、ヴィツィナ川[7-24]の辺に防柵《ハラクス》の野営地を設営した（この川は周辺の山々から流れ出ている）。しかしその時に飼料集め《ホルタゴイア》のため野営地《ハラクス》から遠くに出かけていった者たちの多くが殺され、また多くが捕らえられた。皇帝《アフトクラトル》は夜が明けると早々にプリスコヴァに向かい、そしてそこから住民の言い習わしでスキタイの集会場《ヴレフティリオン》と呼ばれていたシメオンの丘に登る。しかし必要物資《フリオディ》を集めに陣営《パレムヴォリ》から遠くまで出かけていった者たちに再び同じ事態が生じた。［2］翌日にはドリストラの近く、そこからおよそ二四スタディア離れている辺りを流れている川の岸辺に到着し、そこに荷物《スケヴェ》を置き、防御柵《ハラクス》の野営地の設営に取りかかる。しかしその時突然にスキタイが背後から皇帝《ヴァシレフス》の幕舎《スキニ》を目がけて襲いかかり、軍隊《ストラトス》のうちで軽装の兵士の多くを殺したり、またことのほか勇敢に抗戦したマニ教徒《マニヘイ》の一部を捕らえたりした。この襲撃で軍隊《ストラテヴマ》の間に大きな動揺と混乱が生じ、そのため馬が無秩序に走り回って皇帝の幕舎《ヴァシリキスキニ》が倒壊してしまった、このことは皇帝《アフトクラトル》を心好く思っていない者たちには不吉な前兆のように思えた。しかし皇帝《ヴァシレフス》は軍隊《ストラティア》の一部を指揮して襲ってきた蛮族《バルバロイ》を幕舎《スキニ》から遠くへ追い払うと、混乱させないためただちに馬にまたがり動揺を抑え、それから整然と軍勢《ディナミス》を率いて行進を始め、攻城装置《エレポリス》を設置して包囲攻撃するためにドリストラ（ここはイストロス河畔に位置する都市のうち著名な都市《ポリス》である）に向かう。もちろん攻囲は始まり、四方から攻囲をつづけ、ついに城壁の一角を破ると、全軍《ストラテヴマ》と共に突入を開始した。［3］しかし上記の都市《ポリス》［ドリストラ］の二つの城塞《アクロポリス》はあのタトゥ[7-25]と呼ばれる者の同族《シンゲニス》たちの手にまだ掌握されていた、なおその者［タトゥ］については、コマニを味方にし、スキタイの援助のため［彼らを連れて］戻ってくるために、少し前に［都市を］離れていた。その者はそこを去る時に味方の者たちに指示して次のように言っていた。「皇帝《ヴァシレフス》はきっとこの要塞《カストロン》［ドリストラ］を攻囲しに来るだろうと私は考える。そこでお前たち自身があの者がこの平野にやって来るのを目にすれば、お前たちは平野を見下ろす、どこよりも有利な丘陵を急いで先におさえ、そこに防柵《ハラクス》の陣地を設営せよ、そうすれば皇帝《アフトクラトル》は要塞《フルリオン》[7-26]に集中して攻囲することができず、お前たちがなにか被害を引き起こすのではないかと、背後にも等しく気をとられてしまうだろう。その上でお前たちは昼夜を分かたずひっきりなしに兵士《ストラティオテェ》を交替で彼に向けて送り出すことを怠るな」事実そのために皇帝《アフトクラトル》は仕方なく二つの城塞《アクロポリス》の攻囲は放棄して、その場を去りイストロス川の近くのある小川の岸辺に防柵《ハラクス》の陣地を設営し、そこでスキタイに向かって攻撃に出るべきかどうか評議を開いた。【4】その時パレオロゴス［エオルイオス］とグリゴリオス＝マヴロカタカロンはパツィナキとの戦いは先に延ばすべきだと考え、すべて武装して大《メガリ》プリスラヴァに向かうように助言する。そこでその者たちが言うには「なぜならわれわれがこのように完全武装して整然と進んで行くのを見れば、スキタイは決してわれわれに向かって戦いを挑もうとしないだろう。たとえ騎兵《イピス》が馬車なしに大胆に挑んできても、よくご承知あれ、その者たちは敗退するだろう、そしてわれわれとしてはあの大《メガリ》プリスラヴァをもっとも堅固な砦《オヒロマ》として今後ずっと保持できるだろう」ところでイストロス川の近くに位置するこの良く知られた都市《ポリス》[7-27]はかつてはこのような蛮族《バルバリコン》の名前を持たず、名称についてはギリシア語で、事実そうであったように、大いなる《メガリ》都市《ポリス》と呼ばれていた。しかしブルガリア人の王《ヴァシレフス》モクロス[7-28]とその子孫たち、さらにサムイルが、なおこのサムイルはあのユダヤ人のセデキアスがユダヤ人の王朝の最後の王であるように、ブルガリア《ブルガリキ》王国《ディナスティア》の最後の者［王］[7-29]であったが、西方へ略奪をおこなった時から、この都市は合成の呼び名を持つことになった、すなわち一つはギリシア語の名称から大《メガリ》という語が残り、一つはスラヴ人《ススラヴォエニス》の言葉が加えられ、この結果大《メガリ》プリスラヴァ[7-30]が今では至る所で口にされている。【5】マヴロカタカロン［グリゴリオス］に与する者たちが続けて言うには「だからその都市を避難所にし、毎日手を弛めることなくスキタイに対して小競り合いを仕掛けるならば、彼らに損害を与え、彼ら自身の陣地《バレンヴォリ》から飼料集め《ホルタゴイア》にあるいは必要物資《フリオディ》の調達のために出かけていく機会を与えることは全くないだろう」これらの言葉がまだ交わされている間に、ディオエニスの二人の息子、確かにまだ若くて戦闘の苦難を味わったことのないニキフォロスとレオンは自分たちの馬から飛び降り、轡《ハリニィ》をはずして馬に平手打ちして黍を喰わせに追いやると同時に、「陛下《ヴァシレフス》、怖れてはなりません、われわれは剣《アキナキス》を抜き払い、彼らの身体を切り刻みましょう」との言葉を発したのである。[6] 他方ことのほか冒険を好み、天性の気質から真っ先に戦闘を望んでいた皇帝《ヴァシレフス》は、彼を引き止めようとする者たちの言葉へは一顧だにせず、皇帝《ヴァシリキ》の幕舎《スキニ》とすべての荷物をエオルイオス＝クツォミティスに託し、ヴェトリノンへ送る一方、軍隊《ストラテヴマ》には夜通しランプと松明に火を入れず、馬［の手綱］をしっかり握って、陽が出るまで目覚めているように命じた。夜明けと共に彼自身は陣地《パレンヴォリ》を出て、軍《ディナミス》を分割し、それら戦闘集団《ファランゲス》を戦闘隊形《スヒマポレムゥ》に並べ終えると、馬を走らせ軍隊《ストラテヴマ》を見て回った。つぎに彼自身は戦列《パラタクシス》の中央に陣取った、そこには彼と血縁・姻戚関係《アンヒスティア》において結びついている者たち、すなわちその時ラテン人を指揮していた兄弟のアドリアノスおよびその他勇敢な男たちが控えていた。他方左《アリステオン》翼《ケラス》を指揮するのは彼［皇帝］の姉妹の夫、ケサルのニキフォロス＝メリシノスであった。右《ト》翼《デクシオン》の指揮者《イエモネス》にカスタモニティス［ニキタス］とタティキオスが任命された。外国人同盟兵《エスニキィ》を指揮するのは、共にサヴロマテェのウザスとカラツァス［アルイロス］であった。［皇帝は］自分の護衛《フィラキィ》に六人を選び出し、他の者には一切関わらず自分から目を離さないように命じた、それらの者とはすなわちロマノス＝ディオエニスの二人の息子、長年にわたって多くの戦争経験を積んだニコラオス＝マヴロカタカロン、ヨアナキス［ヴァシリオス＝クルティキオス］、ヴァランギィ隊の指揮官《アルホン》であったナビティス、それにグリスと呼ばれる父の代からの従者《セラポン》であった。[7] しかしスキタイもまた戦闘隊形《スヒマポレムゥ》を整えた、すなわち天性《フィシキィ》の資質《エピスティミ》から戦いの術と戦闘集団ごとに立ち向かう術を心得ていたので、伏兵《ロヒィ》を配置し、戦術《タクティカ》上の巧みな結合方法《スフィグマタ》を用いて諸部隊《タクシス》を連結《デスミサンテス》し、[7-31] 次に覆いのついた馬車《アルママクセ》であたかも砦のようにして軍隊《ストラテヴマ》を守る態勢を整え終えると、戦闘部隊《イラドン》ごとに皇帝《アフトクラトル》に向かって進み、同時に離れた距離から矢を射かける作戦であった。他方皇帝《アフトクラトル》は歩兵軍《ストラトペドントンオプリトン》と騎兵《イレェ》部隊を組み合わせた後、スキタイと接近戦になるまで、誰も前へ飛び出して、密集隊列《シナスピズモス》を崩さないよう、そして互いに向かって突き進む両軍《ストラテヴマタ》を隔てる空間が馬《イス》の一跳駆《ハリノス》［の距離］[7-32] に縮まったと見るや、敵に向かって突撃するよう命じた。[8] さて皇帝《アフトクラトル》がこのように指示を与えて備えに努めている間に、スキタイが天蓋のある馬車《アルママクセ》と女子供を伴って進み、遠くにその姿を現した。戦いは早朝から夕方遅くまで続き、双方とも多くの者が倒れひどい殺戮が生じた。ディオエニスの息子レオンもスキタイに向かって猛烈に馬をとばし、とどまるべき場所を越えてまで馬車に向かって突き進んだため、致命傷をおって倒れた。他方皇帝《クラトン》の兄弟で、その時ラテン人の指揮《イエモニア》を託されていたアドリアノスはスキタイの突撃が抗し難いと見ると、手綱《リティレス》をゆるめて馬を疾駆させ、馬車のところまで突き進み、奮迅の戦いの後、他のすべてはスキタイに殺されるか、捕らえられるかしたが、わずか七騎を伴って引き返した。両軍《ストラテヴマタ》とも勇敢に戦い、戦闘の行方はいずれとも決しかねない状態であったが、その時スキタイの多数の部隊長《ロハイ》たちが三万六千の軍勢を引き連れ遠くに姿を現したので、ローマ人はもはやそのような大軍に抗戦できないと見て、ただちに敵に背を見せ逃走をはじめる。【9】だがしかし、皇帝《ヴァシレフス》はすでに自身の軍勢《ディナミス》の前に進み出ており、剣を手にし、もう一方の手には軍旗《シメア》の代わりに神の母《ミティル トゥ ロゴゥ》のケープ《オモフォロン》[7-33]を握り、立ちつくしていた、実際勇敢な二〇騎《イピス》と共にとり残された形となっていたのであり、そばにいた者たちは、ディオエニスの息子ニキフォロス、プロトストラトルで皇后《アヴグスタ》の兄弟のミハイル＝ドゥカス、父の代からの従者《セラポンデス》たちであった。その時三人のスキタイ歩兵《ペズィ》が飛びかかってきて、そのうち二人は彼［アレクシオス］の両側で、一人は馬の轡《ハリノス》を握り、他の一人は彼の右足を摑む。［皇帝は］ただちに一人の手を断ち切り、もう一人［三人目のもの］に対して剣《アキナキス》を振り上げ威嚇し、即座に引き下がらせた。右足を摑んでいる者に対してはその兜《コリス》に一撃を加える。剣《クシフォス》の動きはほどよい強さであり、渾身の力で振り下ろされはしなかった、なぜなら剣《クシフィ》を力まかせに振り下ろせばたいていの場合手元が狂って二つのうちのどちらかの事態を生じさせる、つまり自分の足を、あるいは乗っている馬を打ってしまう羽目になり、結局敵の容易い餌食になってしまうことを案じたからである。そこで慎重に手を動かし狙いを定め、敏捷に第二撃を加える。なぜならその者は行動のすべて、言葉のすべて、活動のすべてにおいて、怒りに我を忘れることも、衝動に左右されることもなく、常に理性を導き手とすることができたのである。先の一撃で兜《コリス》は上方へ押し上げられていたため、顕わとなったスキシスの額に目がけて剣《クシフォス》が振り下ろされた。その者は一言も発せず即座に地面に横たわった。[10] さてその時プロトストラトル［ミハイル＝ドゥカス］は諸隊《タグマタ》がばらばらになって逃走していくのを目にすると（なぜならば軍勢《ファランゲス》はことごとく逃げにかかり、もう四散してしまっていた）、「陛下《ヴァシレフス》、なぜご自身の救済を全く顧みられず、命を見捨てられようとされるのか」と問いかける。それに対してその者は卑怯なふるまいをしてまで助かるよりは皆と共に勇敢に戦って死ぬ方がよいと応える。しかしプロトストラトルが反論して言うには「あなたが兵士《キニィ》の一人としてそのような言葉を発するのなら、称讃に価しよう。あなたの死がすべての者の危険を引き起こすものであってみれば、どうしてよりよい道をおとりにならないのか。なぜならお命があればこそ、再び戦い勝利することもできましょう」確かに、憎々しくもスキタイが自分に向かって押しかけようとし、もう危険が目の前に迫っているのを悟ると、皇帝《アフトクラトル》はこのままでは助かる見込みがないと観念し、次のように言い放った、「今は神《セオス》の加護を受けて自分たちの命を救う道を探る時だ、しかし逃走する者たちと同じ道を進んではいけない、なぜならわが兵を追跡した者たちが引き返して来る時にわれわれと遭遇することになろう」、「だから、なすべきことは」と、その者は戦列《パラタクシス》の一方の端に立ちとどまっているスキタイを手で指し示し、「今日が生を得て、そして死ぬ身であると覚悟し、[7-34] 彼らに向かって突撃することである。そして神《セオス》に助けられ、スキタイの戦列《パラタクシス》を突き抜け後方へ出たら、別の間道を駆け進もう」これらの言葉を発し、残りの者たちを奮いたたせると、彼自身まっ先に烈火のようにスキタイに向かって突っ込み、最初に向かってきた敵に一撃を加える。相手はたちどころにその場に転げ落ちる。こうしてスキタイの密集隊列《シナスピズモス》が裂けると、［そこを突き抜けて］彼に従う者たちと共にスキタイの後方の地点に達した。[11] 皇帝《ヴァシレフス》がこのようにうまく切り抜けたが、他方あのプロトストラトルの身に、自身の馬が脚を滑らし、そのため落馬するということが起こった。彼の従者《セラポンデス》の一人がすぐに自分の馬を彼に与える。そこでその者は皇帝《アフトクラトル》に合流したが、その時からもはや一歩も彼［皇帝］から離れようとしなかった、それほどまでに彼のことを大切に思っていたのである。一方で追跡する者がおり、他方で逃れる者がおり、極度の混乱の中、再び別のスキタイが皇帝《ヴァシレフス》の背後に追いつく。そこでその者は即座に向きを変え、追跡してきた一人を打ちすえる、その時彼と共にいた者たちが後に断言したように、彼に殺されたのはその者一人だけでなく、それ以外に何人もいた。一人のスキシスが背後からニキフォロス＝ディオエニスに近づき今にも打ちかかろうとした時、それを目にした皇帝《アフトクラトル》はディオエニスに向かって「うしろも見よ、ニキフォロス」と叫んだ。その者はすばやくふり返り、相手の顔を一撃する。後年に皇帝《ヴァシレフス》がこの男の敏捷さ以上に迅速に行動した者を見たことはないと詳しく語るのを、私は聞いたことがある。そしてその時［皇帝は］つづけて「もしその日、軍旗《シメア》［神の母のケープ］を手にしていなかったなら、自分の毛髪以上の多数のスキタイを撃ち殺していたであろう」とも言ったが、事実これは自慢げに進んで言ったのではない。なぜなら極端なほどの謙遜さを自分に課する者が他に誰かいたであろうか。実際その時の会話とその場の状況に強いられて、わたしたち、つまり彼の身内の者たちに自分の手柄話を時おり口に出すことがあった、それもたいていの場合わたしたちにせがまれてのことであった。他方、公けの場では、皇帝《アフトクラトル》が長々と自慢げに語るのを聞いたものは一人もいなかった。［12］烈風が吹き、さらにパツィナキが押し寄せてきたので、もはや軍旗《シメア》を持ち続けることができなかった。一人のスキシスが両手で長槍《ドリィ》をしごき、それで彼の尻を打ちつけた、槍は決して皮膚を破るに到らなかったが、しかしその後長年にわたって彼を苦しめる癒しがたい痛みの原因となった。そのためその時まで掲げ持っていた軍旗《シメア》をたたみ、誰にも見つからないように、やむを得ずニガクサの中に隠した。[7-35] それから彼自身は夜中ゴロイに向かい、無事たどり着いた。当時都の人々《ポリテェ》は「コムニノスよ、ドリストラからゴロイまではどこも快適な陣営《アプリクトン》だったろう」[7-36] と語っていた。明るくなるとそこを出て、ヴェロイに行き、戦いで捕らえられた《ドリアロティ》者たちを買い戻すためにそこにとどまった。

第4章

【1】［ローマ人の］軍勢《タグマタ》の敗れたその同じ日、パレオロゴスは逃走中、馬からふり落とされて馬を失った。途方に暮れ、危険が間近に迫っているのを感じながら、馬が見えないか自分の近くをくまなく見回していた時に、以前に語られたカルケドンの府主教《プロエドロス》レオンがいるのを見いだす、そして僧衣をまとったその者が彼に馬を与えたので、その馬に乗り逃走をつづけた。しかしもはや聖人《イエロプレピス》のようなその男を目にすることはなかった。さてその者［レオン］は性格上腹蔵なくものを言う男で、真実高僧《アルヒエレフス》の特徴を示していたが、しかしその考えはとても単純であったので、その熱意を常には知識をふまえて示すことができず、また聖なる教会法《カノネス》について正確な知識を欠いていた。このゆえにすでに前に語られたように[7-37]、彼の身に災いが生じ、［府主教の］座《ソロノス》を追われたのであった。しかしパレオロゴスはこの男に傾倒し、彼の徳の高さゆえに特に敬っていた。ところでパレオロゴスがそのような神的《シア》現象《エピファニア》に出会ったのはこの男への熱烈な信頼《ピスティス》のゆえであったのか、それともそれは、この高僧《アルヒエレフス》の形をとって顕現した神の摂理《プロニア》の他の秘密《アポリトン》［の計画］であったのか（私はなんとも言えない[7-38]）。【2】その者［パレオロゴス］はなおもパツィナキ[7-39]の追跡を受け続けながら、樹木で深く覆われたある沼地に入り込んだ時、そこで偶然にも一五〇名の［味方の］兵士《ストラティオテェ》たちと出会う。スキタイに取り囲まれ、そのような多数の敵に立ち向かうことができないその者たちは自分たちの置かれた状況がどうしようもない苦境にあるのを知り、以前からその者の勇気と動じることのない精神力の持ち主であることを知っていたので、彼の判断にすがりつこうとした。そこで彼自身は、自分たちについては助かろうなどと一切思わずスキタイ目がけて突進することを彼らに勧め、こうつけ加える、「そうすることによって助けを得る見込みがあると私は思う。しかしこの計画を誓い《オルキィ》でもって確認しなければならない、すなわち今はすべての者が心を一つにし、誰一人遅れをとることなく、それぞれが他人の救いと危険を自分のものと見なし、スキタイに向かって突撃を敢行する」事実パレオロゴスは猛烈な騎馬《イパシア》の突撃を行い、最初に向かってきた敵を打ちのめす、相手は即座に目眩を起こし、地面に横

たわった。残りの者たちも戸惑いをみせながら騎馬による突撃《イパシア》を行い、ある者たちは倒れ、しかし他の者たちは穴の中に潜り込むように、再び樹木の深く茂った森《アルソス》に戻って身を隠し、わが身を守った。【3】パレオロゴスは再びパツィナキの追跡を受けながら、ある丘にたどり着く間に、負傷した彼の馬が倒れ、他方彼自身はその時近くにあった山の中へ入り込んでしまうこととなった。安全な場所に通ずる道を探し求めながら、容易にそのような道を見つけだすことができず、十一日間も彷徨い続けていた時、たまたまある兵士《ストラティオティス》の未亡人に出会い、その婦人の家で数日間もてなしを受けることとなる。そして危険から逃れて戻ってきた彼女の息子たちが安全な場所に通じる道を彼に教えることとなる。【4】パレオロゴスの身に起こった出来事は以上である。ところでスキタイの首領《ロガデス》たちは手もとにおいている戦争捕虜《ドリアロティ》を殺してしまう考えでいた、しかし軍隊《キノン》の大部分《プリソス》は身代金《ティミ》でそれらを売ることを望み、その考えに全面的に反対した。結局［大部分の者たちの］考えが承認され、その報せがメリシノスの書簡《グラマタ》を通じて皇帝《ヴァシレフス》のもとへ伝えられる、実はその者［メリシノス］が、自身捕らえられていたけれども、スキタイをそのような方向へ駆り立てたのであった。その時まだヴェロイにとどまっていた皇帝《ヴァシレフス》は諸都市の女王《ヴァシリストンポレオン》から十分な資金《フリマタ》を運ばせ、戦争捕虜《ドリアロティ》を買い戻すこととなった。

第5章

【1】ちょうどそのころ、味方に引き入れたコマニを伴ってタトゥがイストロス川にもどってきた、[7-40] そしてその時コマニは膨大な戦利品《リア》と多数の捕虜《ドリアロティ》を目にして、スキタイの首領《イエモネス》たちに向かって言うには「俺たちは、危険と勝利を分け合うために故郷を後にし、長い旅を経てお前たちを助けにやって来た。俺たちはできうる限りのすべてを行ったのだから、俺たちを手ぶらで帰すべきでない。戦いの後に到着したのは、そうする意図でしたことでもなく、俺たち自身のせいでもない、戦いを急いで始めた皇帝《ヴァシレフス》が原因だ。だから戦利品《リア》のすべて

を俺たちと平等に分けるか、さもなければ俺たちを味方でなく、敵にすることになろう」しかしスキタイはこの申し出を拒んだ。コマニはこれに我慢できず、彼らの間で激しい戦闘が勃発し、スキタイは完全に打ち負かされ、辛うじてオゾリムニ[7-41]と呼ばれる所へ逃げ込んだ。［スキタイは］コマニによってそこに閉じこめられた状態で、あえて行動を起こそうとせず、かなりの期間そこにとどまることとなった。**【2】** さて現在わたしたちによってオゾリムニと呼ばれているもの［湖］は直径と周囲ともにきわめて大きく、地理学者によって記述される湖《リメネス》のうちのどれと比べても、その大きさにおいて劣らない。それ［湖］は一〇〇《エカトン》の丘《ヴーニィ》[7-42]の彼方に位置し、とても大きく美しい諸河川がそこへ流れ込んでいる。多数の、大きな貨物《フォルティイ》船《ニエス》が湖面を行き来しており、それゆえその湖《リムニ》の深さがどれほどであるかは明らかである。それがオゾリムニと呼ばれるのは、なにか有害で不快な臭気を吹き出しているる[7-43]からではなく、以前にフン族《ウニキィ》の軍隊《ストラティア》がこの湖《リムニ》に来て（これらのフン族《ウニィ》[7-44]は日常《イディオティス》語《グロタ》でウズィと呼ばれた）、湖《リムニ》畔に野営したからであり、それ以来人々はこの湖《リムニ》を、思うにυ《イプシロン》の一音が加えられてウゾリムニとも[7-45]呼んでいる。ところで昔の書物《シングラマタ》にはフン族《ウニコン》の軍勢《ストラテヴマ》がそこへ来たとの記述はまったく見いだされない、しかし皇帝《アフトクラトル》アレクシオスの時代に、［フン族の］すべてがあらゆる所からやって来るという状況がおこり、それによりその場所にその名前が与えられたのである。**【3】** さて今回わたしたちによって初めてこれらの事実が記録された湖《リムニ》についての説明はおよそ以上のようだとしておこう、そして［ここでこのように説明したのは］皇帝《アフトクラトル》アレクシオスの幾たびもの、そして至る所への遠征《ストラティイア》によって、各所の地名の多くが、あるいは直接彼から、あるいは彼に向かって群がり集まってきた敵から由来していることを指摘したいためであった。このことは、マケドニア人の王《ヴァシレフス》アレクサンドロスについても大いに理解されるだろう。エジプトのアレクサンドリアも、またどこかインド人のもとにあるアレクサンドリアも共に彼の名をとってそう呼ばれている。またリュシマキアが彼の側近の武人《ストラティオテェ》の一人リュシマコスに因んで名づけられたことは知られるとおりである。だからアレクサンドロスと競い合った皇帝《ヴァシレフス》アレクシオスも、彼と戦った、あるいは彼に打ち負かされた諸民族《エスニ》に因んで各所に新しい名前をつけたとしても、あるいは彼自身が成し遂げた手柄に因んでそれらの場所に自身の名を与えたとしても、[7-46] 私は驚きはしない。上記のオゾリムニについては優れて歴史的観点から多くの指摘がなされたこととしよう。さて［話を本題に戻そう］、コマニは必要物資《フリオディ》が乏しくなったため、それら必要物資《フリオディ》を集め、再びスキタイのもとへとって返すため、急いで自分たちの住処へ走り帰る。

第6章

【1】この間、ヴェロイにとどまっていた皇帝《ヴァシレフス》は諸隊を集め、そして［買い戻した］捕虜《エフマロティ》[7-47]と残りの全軍《オプリティコン》を完全武装させることに取りかかった。フランドル伯《コミス》がイエルサレムからの帰還の途中、皇帝《アフトクラトル》に出会い、[7-48] ラテン人の慣習に従って忠誠の誓い《オルコス》[7-49]を行い、同時に帰国すれば五〇〇の騎兵《イピス》を同盟兵《シムマヒ》として派遣することを約束したのは、その時その場所においてであった。そこで皇帝《ヴァシレフス》はこの者に贈物を与え、大いに喜んだその者を彼の故国へ向けて送りだした。その後皇帝《アフトクラトル》は再び集めた軍勢《ディナミス》を従え、その地を出発し、アドリアヌポリスに向かう。【2】他方スキタイはゴロイとディアムボリスの中間あたりに位置する山道《テムビィ》を越え、マルケラと呼ばれるあたりで防柵の陣地《ハラクス》を設営した。皇帝《アフトクラトル》はすでにコマニの動きを知っており、その者たちが引き返してくることが予想されていたので、彼らの出現を予測し、不安な思いでいた。そこでシネシオスを呼び出し、スキタイへの金印文書《フリソヴリィロイ》[7-50]を持たせ、次のような指示をあたえて送りだすことになった、すなわちもしその者たちが協定を結ぶことに同意し、人質《オミリ》を差し出す場合、さらに前進しないように彼らを引きとどめると同時に、すでに彼らによって占領されている場所にとどまるように仕向け、そしてただちに彼らに必要物資《フリオディ》をふんだんに与えることであった。［皇帝は］もしコマニが再びイストロスの岸辺に達し、さらに進撃することに取りかかれば、[7-51] コマニに対して彼ら［スキタイ］を利用するつもりでいた。他方もしスキタイが従わなければ、彼らをそ

こに残したままにして、その者［シネシオス］は引き返してくることであった。［3］上記のシネシオスは彼らのもとへたどり着き、しかるべき言葉を述べ伝えた後、彼らを説得して皇帝《ヴァシレフス》の同盟者《イポスポンディ》とした。そしてそこにとどまり、その間に彼らすべてのご機嫌をとり、同時に反発のあらゆる誘因を取り除くことにつとめた。他方コマニは再び戻ってきて、スキタイと戦おうとした、しかしスキタイに出会わず、相手がすでに隘路《クリスレ》[7-52]を越えマルケラに達し、そこで皇帝《ヴァシレフス》と和平《イリニケ》の協定《スポンデェ》を結んだことを知ると、スキタイを攻撃するため、［皇帝に］隘路《クリスレ》を越える許可を求める。しかし［皇帝は］先にスキタイと和平を取り交わしていたので、次のように言って申し出を拒んだ、「われわれにはさし当たりお前たちの援助を必要としない。たくさんのものを得て、国へ帰れ」事実［コマニの］使者《プレスヴィス》たちを親切にもてなし、さらに十分な贈物《ドラ》を与えた後、彼らを安全に送り返した。しかしこの事態はスキタイを大胆にさせ、協定を破って、以前の残酷さで、近隣の町々《ポリス》や地方《ホレ》を略奪し始めた。実際蛮族《バルバロン》のすべては一般に不安定な性格で、協定《スポンデェ》を守れないのは生まれつきのものである。［4］シネシオスはこの事態を驚きの目でみた後、皇帝《ヴァシレフス》のもとに引き返し、自ら進んでスキタイの理不尽と背信行為についての報告者の役割を果たした。その者たち［スキタイ］がフィリプポリスを奪った後、皇帝《ヴァシレフス》はそのことを知り、窮地に陥った、なぜならそのような［スキタイの］大軍に対して真っ正面から戦いを挑む十分な軍勢《ディナミス》を有していなかったからである。しかしその者はきわめて困難な状況にあっても解決手段を見つけだすような男で、どのような場合でも八方ふさがりの状態にはまり込むことも決してなかった、事実その時、彼らを打ち倒すには小競り合い《アクロヴォリズミィ》と待ち伏せ《ロヒィ》の作戦でかからねばならないと判断したのである。そこで敵が早朝に占領するに違いない場所と都市《ポリス》を推測すると、彼自身は［前日の］夕方、彼らが来る前にそこを掌握した。もし彼らが夕方にある場所を奪おうとしているのに気づくと、先手をうって［その日の］早朝にそこを確保した。彼らとは一定の距離をおきながら、味方の軍勢《ディナミス》は小競り合い《アクロヴォリスミィ》と待ち伏せ《ロヒィ》で戦いつづけた[7-53]ので、敵は城塞《フルリア》を手に入れることができなかった。ところでスキタイと皇帝《アフトクラトル》はキプセラで遭遇することになる。［5］期待されている傭兵《ミスソフォリコン》がいまだ到着せず、そのためスキタイのすばやい移動を知悉している皇帝《アフトクラトル》は、その者たちが今や全速力で諸都市《ヴァシリス》の《トン》女王《ポレオン》そのものへ到ろうとしているのを悟って、いかにすべきか途方にくれた状態にあった。結局そのような大軍《プリシィ》に立ち向かうに十分な軍勢《ディナミス》をもたない状況では、人の言うように、悪いうちでもより軽い方が良策と考え、再び和平《イリニケ》協定《スポンデェ》に訴えることを考えた。そこで彼らのもとへ使者《プレスヴィス》を派遣して、和平《イリニ》の条件を問うことになった。その者たち［スキタイ］は再び皇帝《ヴァシレフス》の意向に従った。[7-54] しかし和平《イリニケ》協定《スポンデェ》が結ばれる前に、［スキタイの一人］ネアンディスという者が［皇帝のもとへ］脱走してきた。【6】それからミイディノス[7-55]という者が周辺地域から食料補給《パニイリス》[7-56]を確保するために送り出される。ところで後のことだが、この者の息子は……という場所で起こった戦いの折り、激しい勢いでパツィナキに向かって突撃し、その時スキタイ［パツィナキ］の一人の女の手にした鎌で引っかけられ荷車の中へ引きずり込まれて捕らえられてしまった。そして切り取られたその者の首は、父［ミイディノス］の願いを入れて皇帝《ヴァシレフス》が買い取った。耐えがたい苦しさにより、三昼夜にわたって投石器《ヘルマス》の丸石《リソス》で胸を打ち続け、その父は死んでしまった。他方スキタイとの和平《イリニ》については長くは続かず、その者たちは、犬が帰ってきて吐いたものを食べるように、[7-57] 再び元の状態に戻ってしまった。事実［スキタイは］キプセラを離れて、タヴロコモスに向かい、そこで越冬し、[7-58] 周辺の小さな町々《コモポリス》を略奪することに取りかかった。

第7章

【1】春が輝き[7-59]始めると、あの者たち［スキタイ］はそこ［タヴロコモス］からハリウポリスへと進む。他方ヴルガロフィゴン[7-60]にとどまっていた皇帝《ヴァシレフス》はもはやじっとしておられず、すべて精鋭の兵士《ロガデス》と、さらにアルホンドポリと呼ばれ、すべて顎髭がやっと生えてきたばかりの、しかし突撃において無敵な若者たちからなる有力な部分を軍隊《ストラトス》から抜き出し、荷車の上に乗っている者たち［スキタイ］に対して後方から突撃するように命

じた。ところでこのアルホンドポリの部隊《タグマ》はアレクシオスによって創設されたものであった。なぜならこれまでの諸帝《アフトクラトレス》の安逸により、ローマ人の帝国《アルヒィ》には兵士の欠乏が生じ、それで［アレクシオス帝は］戦場で倒れた兵士たち《ストラティオテェ》の息子を至る所から集め、武器《オプラ》と戦闘の訓練を授け、彼らをあたかも気高い男たち《アルホンデス》の息子であるかのようにアルホンドポリ[7-61]と名づけたのである、それは、この名称によって彼らの心に父たちの高潔な精神と勇気を呼び起こし[7-62]、これらの者たちが勇気と力の求められる時にはすさまじい勇気を奮い起こし、この上なく勇敢な戦士になるよう願ってのことであった。二千名を数えるこのアルホンドポリの部隊《タグマ》は、要するにかつてあのいわゆる不可侵《イエロス》部隊《ロホス》がラコニアの人々《ラコネス》[7-63]によって作り出されたと同じように考え出されたのである。【2】さて最近に軍隊名簿に記載され《ネオレクティ》たこれらのアルホンドポリは戦闘隊形に整列し、出陣して行った。他方丘陵の麓に伏兵として隠れていたスキタイは、彼らの接近を待ちかまえていたのである。そして荷車に向かってその者たちが突進していくのを目にすると、制しがたい勢いで彼らに向かって突撃する。接近して取っ組み合いとなり、アルホンドポリのおよそ三〇〇名が勇敢に戦って倒れる。皇帝《ヴァシレフス》はその後長い間にわたって彼らを思って呻吟を続け、その間熱い涙を流し、その者たちが遠く離れた異郷にいるかのように一人一人の名を呼び続けたのである。【3】そのようにパツィナキは立ち向かってきた敵を撃破した後、ハリウポリスを通り過ぎ、アプロスへ方向を変え、その間にあるすべてを略奪し続けながら進んだ。そこで［皇帝は］先の方法[7-64]を使って、彼らの先手をとって先にアプロスに入る。なぜなら彼［皇帝］には、これまで幾度も語られたように、立ち向かってくる敵と戦いを交えるに十分な軍勢《ディナミス》が手もとになかったからである。まさにその理由から、その者たちが夜明けに略奪に繰り出すのを知ると、これまで本書《ロゴス》でたびたび言及されたタティキオスを呼び出し、そして彼に命じたことは、いわゆる若い勇敢《インドリオメニ》な者《トン》たち《アグロン》と彼［皇帝］自身の護衛兵のうちの精鋭《ロガデス》たち、それにすべてのラテン人を引き連れて行き、そして夜明けに行動を起こすスキタイの出撃部隊《エクドロメ》を夜を徹して見張り、スキタイが略奪に出かけ、彼らの陣地《パレンヴォリ》から遠くまで離れたことを見定めると、ただちに手綱《リティレス》を完全にゆるめて馬を疾駆させ、彼らを襲うことであった。命令通りにことは実行され、三〇〇名［のスキタイ］が殺され、多数が生け捕られて連行される。【4】それから次に何が起こったか。フランドル伯から派遣されたおよそ五〇〇名の精鋭の騎兵《エクリティイピス》[7-65]が贈物として一五〇頭の駿馬を引き連れ、到着する。さらに彼らにさしあたって必要のない馬もすべて彼［皇帝］に売り払った。一方皇帝《ヴァシレフス》は相応のもてなしで彼らを迎え入れ、彼らに深い感謝の意を示した。その時ペルシア人の慣わし《シニシア》ではサトラピスと呼ばれ、他方現在ペルシア人の土地を掌握しているトルコ人がアミラスと名づけているニケアの支配者、アペルハシム[7-66]が全力をあげてニコメデスの都市への攻撃の準備に取りかかっている報せが東方から届き、そこで［皇帝は］これらの者［ラテン人騎兵］をその地方の防衛へ送り出す。

第8章

【1】そのころツァハス[7-67]は西方における皇帝《ヴァシレフス》の多岐にわたる危難とパツィナキとの幾度もの戦いをしっかりと確認すると、今が好機とみて、艦隊《ストロス》を手に入れなければならないと判断した。他方その者［ツァハス］はその道［造船］に深く精通した一人のスミルナ人にたまたま出会い、彼に小型の《リストリカ》快速艇《プリア》の建造を任せた。相当多数の船舶《ニエス》と四〇隻の屋根を備えた《アグラリア》小船《スケパスタ》[7-68]を確保すると、その者は歴戦の戦士《アンドレス》をそれらに乗りこませ、艫綱を解いて、クリゾメネに向かって進み、その近くに投錨した後、急襲してそこを奪い取ってしまった。そこからフォケアに向かい、そこも奇襲して手に入れた。そしてそこから伝令を送って、ミティリニ［島］の統治《ディイキシス》を任されている統治官《クラトル》アロポスを、もしすみやかに立ち去らなければまったく恐ろしい事態になると脅したのである、すなわち彼のためを思い、だからもし島から引き下がらなければきっと彼に起こるであろう惨事を先に知らせるためであるというのが彼の伝言であった。その者［アロポス］はツァハスの脅迫に怯え、夜中に船《ナフス》に乗りこむと、女王の都市《ヴァシレヴウサ》を目指して出立した。このことを知ったツァハスはもはやじっとしておらず、ただちに出発

し、急襲してミティリニ［島］を奪い取った。[7-69]【2】この島のある岬に位置するミシムナはツァハスに降服しなかった、そしてそのことを聞き知った皇帝《ヴァシレフス》は船《プリア》を使って十分多数の軍勢《ディナミス》を送り、その町の防備を固めた。しかしツァハスはミシムナについては無視し、ただちにヒオスに向かって出帆し、急襲してそこも奪い取った。皇帝《アフトクラトル》はそのことを知ると、ニキタス＝カスタモニティスを司令官《イエモン》に任命し、多数の兵士《ストラティオテェ》を乗せた大艦隊《ストロス》を彼に向けて送り出す。その者は出発し、ツァハスとの戦いを試みるが、たちまちのうちに打ち負かされ、ツァハスは彼の率いてきた多数の船舶《ニエス》を拿捕した。【3】皇帝《ヴァシレフス》はカスタモニティスの身に起こったことを知るに至ると、別の艦隊《ストロス》を艤装することに取りかかり、同時にきわめて好戦的な、彼の母方の血筋《プロシコン》にあたる男、コンスタンディノス＝ダラシノスをその司令官《ドゥクス》に据えた。その者はヒオスの海岸に到着すると、ツァハスがスミルナから到着する前に、果敢に戦い、急いで都市《ポリス》［ヒオス］を奪い取ろうと、ただちに要塞《カストロン》[7-70]の攻囲に取りかかった。実際多数の攻城器具《エレポリス》と投石《ペトロヴォラ》機《オルガナ》を使って城壁《ティヒ》に攻撃を加え、二つの塔《ピルイ》の間の城壁《ティホス》を打ち壊した。内部のトルコ人は生じたことを目にし、ローマ人の攻撃が抗しがたいものであることを悟り、ローマ人の言葉を使って万物の主《キリオス》へ憐れみを乞い始めた。しかしダラシノスとオポス［コンスタンディノス］[7-71]の指揮下の兵士たちは制御しがたい激しさで要塞《カストロン》の中へ入っていこうと懸命であり、他方二人は、味方の者が中に入れば、ツァハスが前からそこに蓄えていた戦利品《リア》のすべてと財貨《フリマタ》が彼らによって奪い取られるのを怖れていたので、その時「すでにトルコ人によってはっきりと皇帝《アフトクラトル》の歓呼《エフフィミア》が叫ばれていることを耳にせよ、あの者たちはわれわれの同盟者《イポスポンディ》となっている。だから中に入って彼らを冷酷に撃ち殺してはならない」と言い、なんとか阻止しようとした。その間にすでに日中が過ぎ、夜となってしまった、そこでトルコ人の方は壊れた城壁の代わりに別の城壁《ティホス》を築くと、その外側に藁の寝床や獣皮、手もとにあるすべての布地を吊した、それにより打ち出される石の弾丸の激しい衝撃は弱まり、ある程度破壊度を軽くするだろうとの考えからであった。【4】ツァハスも手もとにある彼の艦隊《ストロス》を完全に艤装すると共に、自身はおよそ八千のトルコ人を率いて陸路から出発し、ヒオスの方向への道を進んだ。他方艦隊《ストロス》は彼の後に従い、沿岸にそって航行することとなった。他方ダラシノスはそのことを知ると、十分多数の兵士《ストラティオテェ》と［彼らの］司令官《イエモン》であるオポスを艦隊に乗船させる手配を自ら行った後、艦隊《ストロス》の司令官《ナヴァルヘェ》たちに艫綱を解くように命じた、なぜなら彼［ダラシノス］としてはその者［オポス］が海を渡ってくるであろう相手［ツァハス］と遭遇すれば、一戦を交えることを望んでいたのである。他方ツァハスは、陸地を後にしてまっすぐヒオスに向かって航海を続けていた。さて真夜中彼と出会ったオポスは、［敵の艦隊の］新奇な編成《ナヴロヒア》を見て（なぜなら［ツァハスは］巨大な鎖を用意し、彼の船舶《プリア》のすべてを縛って一つにまとめたのである、それは離れようとする者もそれができないように、他方逆に前に進み出ようとする者も艦隊のまとまりを乱すことができないようにするためである）、怯えてしまい、敵艦隊に近づくこともせず、船首を反転させ、再びヒオスを目指して引き返し始めた。［5］ツァハスは巧みに《エピスティメ》彼の後を追い、［水夫に］漕ぐことを休ませないでいた。両軍がヒオスに近づくと、オポスが最初に船舶《ニエス》をヒオスの港《リミン》に投錨させ（なぜならダラシノスがすでにそこ［港］を掌握していた）、他方ツァハスは上記のヒオスの停泊地［港］を通り越し、要塞《カストロン》の城壁《ティホス》の側に自身の船舶《ニエス》を近づけた。その週《エヴドマス》の第四日目のことであった。翌日その者［ツァハス］はすべての兵士を船《ニエス》上から連れだし、人数を数えて名簿に記載した。他方ダラシノスは港《リミン》の近くに一つの砦《ポリフニオン》を見つけ、先に堀を掘って［設営した］防柵の陣地《ハラクス》を片づけ、そこ［砦］へ行き、そして別の溝を掘り、十分大きな堀《タフロス》［をめぐらした陣地］に軍隊《オプリティコン》を配置した。翌日両軍《ストラテヴマタ》は完全武装し、互いに対して戦いに備えていた。しかしローマ軍《ロマイコン》は、ダラシノスが誰も密集隊列《シナスピズモス》を崩してはならないと命令したので、動かないままでいた。他方ツァハスは蛮族《バルバルキ》軍《パラタクシス》の大部分をローマ人に向かって突き進むよう駆り立て、ごく少数の騎馬の者たちには彼らの後に従うように命じた。これを目にしてラテン人は長槍《ドラタ》を腕に抱き、蛮族《バルバロイ》に向かって馬を走らせた。敵はケルト［ラテン］人に向かってではなく、馬に向かって矢《ヴォレ》を放ち、また槍《ドラタ》で［ケルト人の］多数を打ちすえ、多くを殺し、潰走する者たちを陣地《ハラクス》の中へ押し込めた。その者たち［ケルト人］は、さらにそこから無秩序に船舶《ニエス》に駈け込んでいった。【6】ローマ人はケルト人が一目散に逃げていくのを目にして恐怖に取り憑かれ、やっとのことで上記の砦《ポリフニオン》の城壁《ティホス》に戻ると、その中でじっとしていた。それから蛮族《バルバロイ》は海岸まで降りてきて、何隻かの船舶《ニエス》を奪った。この事態を目にした［ローマ軍の］船乗りたち《ナフティキィ》は艫綱を解いて、急いで陸地から離れ、海上に出ると錨を下ろし、これからどうなるのか成り行きを見守りながらとどまっていた。しかしダラシノスは彼らに島の海岸にそってずっと西方に向かって船を進め、ヴォリソスに到着すれば、そこで自分の来るのをしっかりと待っているように命じた。ヴォリソスはこの島のある岬に位置する砦《ポリフニオン》である。しかしその時に何人かのスキタイ[7-72]がツァハスのもとへやって来て、ダラシノスの計画を先に告げてしまった。そこでその者［ツァハス］は一方でダラシノスの艦隊《ナフティコン》が急いで艫綱を解こうとするときには一刻も早く自分に知らせるよう五〇人の偵察兵《スコピィ》を送り出し、他方でできるだけ速く和平《イリニ》の条件を聞き出そうとの考えから、ダラシノスを呼び出すことに取りかかった、それは、私の思う所では、その者がダラシノスの勇ましさと冒険好きな性格をよく見抜いて、勝利の見込みを完全に断念したからである。［ツァハスからの誘いに対して］他方の者は、ツァハスに翌日に陣地《パレンヴォリ》の端まで出かけ、そこで互いの考えを聞き、双方にとって良いと思われることを何なりと語り合おうと、彼に伝えた。【7】蛮族《バルバロス》［ツァハス］はこの提案を拒まず、翌朝二人の軍司令官《ストラティゴ》は同じ場所にやって来た。ツァハスは相手の名を呼び、次のように自分のことを語り始めた。「ずっと以前、［小］アジアを荒らし回り、激しく戦い、しかし経験の浅さに足を取られ、あの有名なアレクサンドロス＝カヴァリカス[7-73]によって捕らえられた若者がこの私であったことをご承知あれ。その後生け捕りにされた私は彼によって皇帝《アフトクラトル》ニキフォロス＝ヴォタニアティスに引き渡され、しかしその者からすぐにプロトノヴェリシモスの爵位《アクシア》の授与という栄誉を受け、多くの贈物《ドレエ》を与えられたので、彼への忠勤《ドゥリア》を誓った。しかしアレクシオス＝コムニノスが帝国《ヴァシリア》の手綱《イニエ》を握ってからは、すべてが取り去られた。さて私が今ここへ来ているのは、この敵意の理由を伝えるためである。他方皇帝《アフトクラトル》もこのことを理解され、そしてもし生じた敵意が解消されることを望まれるなら、当然私が手にしているべきはずのものを、つまり私から奪い去られたそれらすべてをそっくりそのまま私に返されたい。あなたについては、もしわれわれの子供を縁組みさせようと思われるなら、ローマ人とわれわれ蛮族《バルバロイ》の習慣に従って、このことに関する文書《エングラフォス》による契約《シムフォニア》がわれわれの間で提示されよう。そこで今述べられたすべてが完全に実現したなら、私自身が荒らし回って、ローマ人の支配領域《エクスウシア》から奪い取ったすべての島々を、あなたを介して皇帝《アフトクラトル》へ返そう、そして彼との協定《スポンデ》［の条項］を完全に行った後に、私の故国へ帰ろう」【8】ダラシノスはずっと以前からトルコ人の不実な性格を知っていたから、これらの言葉を単なる口実にすぎないと見なし、要求事項の実行をしばらくうやむやにしておくと同時に、次のように言って彼に抱いた疑いを顕わにした、「お前も自分の口から言ったようには島々を私に返さないであろうし、私もまた皇帝《アフトクラトル》と相談することなしに、お前自身があの者［皇帝］から、また私から得ようとして求めるものに関して一言も言明することはできない。しかし皇帝《アフトクラトル》の妻の兄弟で、メガス＝ドゥクスのヨアニス［ドゥカス］が陸海軍の大軍勢《ディナミス》を率い、全艦隊《ストロス》と共に今にも到着することになっているので、その者にお前の言葉を聞かせよ。そしてもしその者が和平《イリニ》について仲介の労をとれば、皇帝《アフトクラトル》との協定《スポンデ》は実現されるであろうと心得よ」【9】確かにこのヨアニス＝ドゥカスは、一方では注意深くディラヒオンの守備《フルウラ》に努め、他方ではダルマティア人との戦いに関わるために、皇帝《アフトクラトル》によって十分強力な軍隊《ストラティア》と共にエピダムノスに派遣されていた。なぜならことのほか好戦的で、数限りない不正行為をやってきたヴォディノスと呼ばれる男は自分自身の領域内《オリイ》にとどまっていようとはせず、日々ダルマティアに隣接している小さな町々《コモポリス》を荒し回り、次々と自身の領土に併合していた。ヨアニス＝ドゥカスは十一年もの間ディラヒオンにとどまり、[7-74] ヴォルカノスの支配下にあった多くの城塞《フルリア》を奪い取り、生け捕りにした多数のダルマティア人を皇帝《アフトクラトル》のもとへ送りとどけ、そして最後にはヴォディノスと熾烈な戦いを交わし、その者を捕らえたのであった。皇帝《アフトクラトル》は、このヨアニス＝ドゥカスが多くの実績からきわめて勇気ある男であり、軍事に長け、またどんな小さなことであれ彼によって命じられたことはないがしろにしないことを知っており、実にツァハスと戦うにはこのような男を必要としたので、皇帝《アフトクラトル》はその者をかの地から呼び寄せ、艦隊《ストロス》の大提《メイストス》督《ドゥクス》に任命すると、陸海軍の多数の軍勢《ディナミス》と共にツァハスに向けて送りだしたのである。その者が勝利者《ニキティス》として立ち現れる前、どれほど多くの戦いを彼と交えたか、どれほど多くの危険にわが身をさらしたか、やがてこの歴史《ロゴス》で説明されるであろう。[10] ダラシノスはドゥカスの到着を待つ間、ツァハスとのやり取りにおいては、やって来るあの者［ドゥカス］にすべてを任せる態度を示した。他方ツァハスは、その時ホメロスの一句、「すでに夜になっているから、夜の言うことに従うのもよいだろう」[7-75]を口にしたように思われる。それからその者［ツァハス］は夜が明ければ、多くの必要物資《フリオディ》を送りとどけると約束した。しかしそれはまったくの奸計、欺瞞であり、ダラシノスの疑いの矢は的を外してはいなかったのである。事実夜が明けると、ツァハスはこっそりとヒオスの海岸に降りていき、幸いにも順風を得てスミルナに向かった、それは、より多くの軍勢《ディナミス》を集めて、再びヒオスに引き返して来るためであった。しかしダラシノスもツァハスの術策に劣らず、したたかさを示す。麾下の兵士と共にその場にあった船《プリア》に乗りこむと、ヴォリソスに向かい、そこで［新たに］船舶《ニエス》を手に入れ、さらに別の攻城器《エレポリス》を調達し、それから兵士たち《ストラティオテェ》を一休みさせた後、これまで以上の多数の兵士を伴って、出発した元の場所［ヒオスの港］へ引き返した。それから蛮族《バルバロイ》と激しい戦闘を交わし、城壁《ティヒ》を倒壊させ、ツァハスがまだスミルナにとどまっている間に、都市《ポリス》［ヒオス］を陥落させた。それから海が穏やかであるのを確認すると、全艦隊《ストロス》と共にまっすぐミティリニに向かって航海し、そこへ達した。

第9章

[1] 皇帝《アフトクラトル》はツァハスに対してそのような対抗策をとった後、スキタイが再びルシオンへ向かって進み、ポリヴォトンで防柵の陣《ハラクス》地を設営したのを知ると、大急ぎでコンスタンティヌスの［都］を出発し、ルシオンに向

かった。[7-76] 随行した一人は、彼（皇帝）に対して恐ろしい謀を密かに企んでいるあの裏切り者のネアンディスで[7-77]あった。しかしまた、戦いに熱意を示し、皇帝《アフトクラトル》へ熱い思いを抱く男たち、カンズスとカトラニスもつき従っ[7-78]ていた。スキタイの十分多数の集団が遠くにいるのを目にして、［皇帝は］彼らと一戦を交える。その時ローマ人の多くが戦闘中に倒れ、また何人もが捕らえられた後、殺された、しかし多数の者はルシオンまで行き着くことができた。【2】これらの戦闘はスキタイの飼料徴発兵《プロノミス》との小競り合いにすぎなかった。しかし皇帝《ヴァシレフス》はいわゆるマニアキス兵《マニアカティ》[7-79]のラテン人がその時に到着したことに勇気を得て、翌日には接近してスキタイと戦おうとの決心でいた。しかしその時、両軍を隔てる空間がわずかな距離でしかなかったので、相手より先に打って出ることを考えて、［翌朝には］あえて戦いのラッパを響かせないことにした。そこで皇帝《ヴァシリキ》の鷹《イエラケス》の世話を勤めている者、コンスタンディノスを呼びだし、夕方になれば太鼓を携行し、夜通し叩きながら軍隊《ストラテヴマ》の間を歩き回り、戦いに備えておくべく触れ回るよう指示を与える、それは、翌日夜が明けると、ラッパの合図なしにスキタイと戦おうとの皇帝《アフトクラトル》の考えからであった。スキタイはポリヴォトンを離れ、すでにエディスと呼ばれる場所を確保し、そこに防柵《ハラクス》の陣地の設営にとりかかる。他方皇帝《アフトクラトル》は、そのように夕方から戦いの準備にあたっていたのである。そして陽が輝き始めると、軍隊《ストラテヴマ》を分割し、それぞれを戦闘集団《ファランゲス》ごとに整列させると、彼らに向かって進軍を始める。【3】いまだ両軍の衝突が起こらず、部隊《タグマタ》の各々が互いに向き合ったままの状態の時、ネアンディスは、スキタイの戦列《パラタクシス》を偵察し彼らの状況の報告を皇帝《アフトクラトル》にもたらすためと言って、近くにあった丘に登って行った、しかしその者はまったく逆のことを行おうとしていた。事実その者は、自身の民の言葉《ディアレクトス》でスキタイに荷車を一列に並べること、そして前の敗北により、また自身の軍勢《ストラテヴマタ》と同盟兵《シムマヒ》の明らかな少なさから今にも逃亡したい状況に置かれている皇帝《アフトクラトル》を怖れる必要のないことを教えた。そのように助言した後、その者は皇帝《アフトクラトル》のもとへ降りていく。しかしスキタイの言葉《ディアレクトス》に長じた、蛮族の血が半分は入った一人《ミクソバルバロス》の者がスキタイに語ったネアンディスの言葉を聞き取って、すべてを皇帝《ヴァシレフス》に報告する。生じた事態を知って、ネアンディスは証拠を示すよう求めた。その半分蛮族の血の混じった《ミクソバルバロス》男は大胆にも真ん中に歩み出て、証明をし始めた。しかしあの者は突然に剣《クシフォス》を引き抜くと、皇帝《ヴァシレフス》自身の見ている前で、両側に指揮官たち《ファランゲス》が立っているところで、その者の頭を切り落としたのである。【4】私の思うところ、ネアンディスは裏切りの嫌疑を告発者の殺害で取り除こうとしたが、逆に自分自身をいっそう深い疑惑の対象にしてしまった。どうして証言の言葉の終わるまで、その者は待とうとしなかったのか。思うに自分の裏切りを暴露しようとする舌を黙らせようとの考えから、その者はこの上なく向こう見ずな所行に及んだのであり、それは一方では蛮族の精神作用に似つかわしく、他方では大胆であると同様に疑いを生じさせてしまう行為であったといえよう。そうではあるが、しかし皇帝《ヴァシレフス》はただちに行動を起こすことも、その蛮族《バルバロス》をしかるべく罰することもせず、憤怒で激しく揺れる心を抑え、獲物を怖がらせて逃げださないように、また軍勢《ファランクス》に動揺を与えないようにした。事実その男の裏切りと反逆《アポスタシア》はこれまでの所行とその他の動きから予知できたけれども、［皇帝は］ネアンディスへの激しい怒りを抑え、隠しておくことにした。戦いの行方は剃刀の刃の上に立っているような状態[7-80]であり、それゆえに皇帝《ヴァシレフス》はその時どのようにふるまえばよいか解らないまま、激しい怒りを一時抑えていたのである。【5】それにもかかわらずネアンディスはその後早々に皇帝《ヴァシレフス》のもとへ来て、自分の馬から降りると、彼に別の馬を求める始末であった。しかし［皇帝は］その場ですぐに駿馬の一頭を皇帝の《ヴァシリキィ》鞍と共に与える。その者は馬に跨るや、両軍《タグマタ》が両者を隔てる空間を互いに向かって前進し始めた時、まずスキタイに向かって騎馬による攻撃《イパシア》の姿勢をとったが、つぎに槍先《ドリ》を後方に向け、皇帝側の戦列《ヴァシリキィパラタクシス》の状況について多くの情報を提供しようと、同族の者たちのもとへ駈けていく。【6】敵はその者の助言を利用し、皇帝《アフトクラトル》と激しい戦いを交え、［ローマ軍を］完全に敗走に追い込む。皇帝《ヴァシレフス》は、戦列《フランエス》がばらばらに切り離され、すべての者が逃走していくのを見て苦境に陥ったが、しかしいたずらに危険を冒すことは良くないと考えた。そこで手綱《イニエ》を引いて馬首をめぐらし、ルシオンの近くを流れる川までたどり着こうとする。そこに達すると手綱《ハリノス》を引いて馬を止め、精鋭の兵士《ロガデス》たちと共に追跡して来る敵と戦い、できる限り追い払い続けた、その間に彼らに向かって騎馬の突撃《イパシア》を敢行し、多くの者を殺すと同時に、彼自身も身体の幾箇所に傷を受けた。別の方向からピロス[7-81]の名で呼ばれるエオルイオスも逃走してきて、その川に達しようとした時、皇帝《アフトクラトル》は〔その者を見て〕声をかけて注意を促し、自分のもとへ呼び寄せた。スキタイの大胆不敵さ、そして援軍が次々とやって来て日ごとに彼らの数が増えていくのを知って、〔皇帝は〕エオルイオスと他の兵士に、彼自身がそこに戻ってくるまでスキタイに対して極力自制しながら抗戦するよう指示を与え、その場を離れる。馬の手綱《プサリオン》を強く引いて馬首をめぐらすと、川を渡り、ルシオンに駈け込む、そしてそこにいた逃亡兵士《ストラティオテェ》のすべて、兵役適《ストラテフシモス》齢期《イリキア》にあるルシオンのすべての男、さらに農民をも彼らの荷車と共に確保し、彼らにはただちに出発し、川の辺で待機するよう指示を与えた。語るよりも速くこれは実行され、ついで〔皇帝〕自身は震えで歯がガタガタ鳴るほどに四日《テタルタイコン》熱《リゴス》で苦しんでいたけれども、〔そこに駈けつけ〕彼らをいくつもの隊列《スティヒ》に整えると、川を渡り再びエオルイオスのもとへ駈け戻った。**[7]** スキタイの全軍《ストラテヴマ》もすでに一つに集結していたが、しかし〔スキタイは〕二倍となった敵の戦列《パラタクシス》と皇帝《アフトクラトル》のあのような奮闘ぶりを目にし、そしてあの者〔皇帝〕が進んで危険に立ち向かい、勝利の時も敗北の時も決して揺るがぬありさまを思い起こし、抗しがたい彼の突撃を考え、あえて彼と戦いを交えようとはせず、その場にじっととどまっていた。他方皇帝《アフトクラトル》の方も幾分かは身体に感じた悪寒のため、しかし特には四散してしまったすべての者がいまだ一つに集まっていなかったゆえに、彼自身も同じ場所にとどまり、戦列の側を駈けたり、敵に向かって適度の距離を騎乗したりして、勇気のほどを示していた。それゆえに両軍《ストラテヴマタ》は夕方になるまで動こうとせず、そのままの状態でとどまっている結果となった。そして夜となったので、両軍は戦わずにそれぞれの陣地《パレンヴォレ》に戻っていった。実際両者とも危険を怖れ、あえて戦いに打って出ることができなかったのである。最初の戦闘の後、ここかしこへ散らばっていた者たちは、少しずつ再びルシオンへ戻り始めた。彼らのほとんどは、まったく戦闘に加わらなかった者たちである。アレスの愛でし者たち、この上なく好戦的な男たちであるモナストラスとウザスとシネシオスたちも、その時アスプロン[7-82]と呼ばれる村《ホリオン》を通り抜け、その者たち自身も戦闘に関わることなしにルシオンにたどり着く。

第10章

【1】上に述べたように皇帝《アフトクラトル》は悪寒で苦しみ、そこで身体の回復のため少し身体を横たえた。しかしそれでもただ休んでいるだけではなかった、明日はいかにするべきか考えをめぐらしていたのである。その時タトラニス[7-83]が入ってきて（このスキシスはしばしば皇帝《アフトクラトル》のもとへ脱走してきては、また再び元の所へ帰っていったが、そのつど何度も彼［皇帝］によって許され、そのような寛大な許し《シムバシア》の処置から彼に対して大きな愛着を抱き、その後彼のためになることを思いめぐらし、そうするよう努めていた）、つぎのように告げた。「陛下《ヴァシレフス》、私の見込みではスキタイは明日にはわれわれを取り囲み、われわれに対して戦いを起こそうとするだろう。だから陽が輝き始めたら、城壁《ティヒ》の外に出て先に戦列を整えるべきである」皇帝《ヴァシレフス》はよく言ったとその者を誉めあげ、その考えを受けいれ、陽が昇るとその計画を実行することにした。その者はそのように言うと、スキタイの首領《イエモネス》たちのもとへと立ち去り、彼らに向かってこのように告げたのである。「皇帝《アフトクラトル》の先の敗北で得意になってはいけないし、またわれわれ[7-84]が数的にきわめて劣勢であると見て、われわれとの戦いを楽観視してもいけない。皇帝《クラトン》の力は打ち勝ちがたい、それにその者はどれほど多数の傭兵《ミスソフォリコン》が今にも到着するかと待っているところだ。もし彼との和平《イリニ》を受け入れようとしないなら、お前たちの身体は猛禽に食い尽くされるだろう」

【2】タトラニスがスキタイに伝えたことは、そのようなものであった。他方皇帝《アフトクラトル》は、平野で草を喰らっている彼らの馬をなんとか取りあげることができないかと思案していた（事実その数はとても多かった）、なぜなら［スキタイは馬に乗って］昼夜を分かたずわれわれ《イメダピィ》の土地《ホラ》を荒らしていたのであり、そこでウザスとモナス

トラスを呼び出すと、彼らに精鋭の騎兵《イピス》を連れ、迂回してスキタイの後方に出て進み、夜明けに平野に達すると、すべての馬とその他の家畜を牧人《ノミス》ともども奪い取ってしまうよう命令し、そして怖れることはないと励まし、「なぜならわれわれが正面から彼らに戦いを挑むから、お前たちは容易く命じられたことをやりとげるだろう」とつけ加えた。その者［皇帝］は目標を見誤ることはなかった。そして彼［皇帝］の言葉はただちに実行に移されたのである。【3】彼［皇帝］自身はスキタイの予想される襲来を考え、両眼に眠りを許さず、少しのまどろみもせず、夜通し兵士たち《ストラティオテェ》、特に弓術《トクシア》の練達者たちを呼び寄せ、スキタイについて多くのことを伝え、そのようにしていわば彼らを戦いに向けて奮起させ、また翌日に予想される戦闘に役立つことを、すなわちどのようにして弓《トクソン》を引き絞り、矢《ヴェリ》を放つか、どこで手綱《アナシラズィン》を引いて馬を止め、そして再び手綱《ハリノス》を緩めるか、また必要な時には馬から降りねばならないかなどについて教え込んだのである。彼の教授は夜の間に行われた。それから少し眠りをとった、そして夜が明け始めると、スキタイのすべての指揮者《ロガデス》が［部下を伴い］川を渡り、そして戦いに持ち込もうとしているかのように見えた、実に皇帝《アフトクラトル》の推測は的中したのである（なぜなら［皇帝は］これまで毎日のように頻繁に彼に向かって挑んでくる戦いから多くの経験《エムピリア》を積み、これから生じるであろう事態を予測することに長じていたのである）、そこでただちに馬に乗り、戦いのラッパを轟かせるよう命じ、そして戦列《フランエス》を整えると、彼自身は最前列に身を置いた。スキタイが以前にまして激しく突撃してくるのを目にして、［皇帝は］即座に弓術《トクシア》に通暁した者たちに馬から降り、ゆっくりした速度で彼らに向かって進み、矢《トクサ》を絶え間なく放つように命じた。軍隊《パラタクシス》の残りの者、そして軍隊《ストラテヴマ》の中央で指揮する皇帝《アフトクラトル》自身も彼らの後から進んだ。

【4】さてその者たち［弓に長じた者たち］は、スキタイに向かって勇ましく攻撃を加えた。そこで激しい戦闘が起こった、しかし［スキタイは］一方で矢《ヴェリ》が厚い雲のように襲いかかってきたことにより、他方でローマ軍《シンタグマ》の密集隊列《シナスピズモス》と皇帝《アフトクラトル》自身の奮迅の戦いぶりを目にしたことにより震えあがり、彼らの背後の川に向かって駈け戻り、急いで川を渡って自分たちの荷車《アルママクセ》の中へ逃げ込もうとした。ローマ軍《ファランクス》の兵士は手綱《リティレス》を放ち全速

力で追跡し、ある者たちは槍《ドラタ》で敵の背中を突きさし、ある者たちは矢《ヴェリ》を射かけた。だから川岸に達する前に打たれて倒れる者も多く、また大あわてで逃れるあまり流れの渦に落ちこみ、運び去られて溺死するものも多かった。その日すべてのうちでことのほか勇敢に戦ったのは、皇帝《アフトクラトル》個人に仕える従者たち《セラポンデス》[7-85]であった。なぜならその者たちは、すべて不屈の闘志の持ち主であった。しかし一番の活躍は明らかに皇帝《アフトクラトル》であり、まさしくその日勝利者《ニキティス》として歓呼され、自身の陣地《パレンヴォリ》に引き返したのであった。

第11章

[1] さてその地［ルシオン］で三日間休息をとると、その者［皇帝］はそこを出発して、ツゥルロス[7-86]に達する。そこからあわてて別の場所へ移動してはならないと考え、その小さな町《ポリフニオン》の東よりに彼の手もとの軍勢《ディナミス》を収容するのに十分な堀《タフロス》をつくり、その［堀をめぐらした陣地の］中に皇帝の幕舎《ヴァシリキィスキニ》とすべての荷物も入れた。しかしスキタイが接近し、これらの者もツゥルロスへ向かってくる、しかし皇帝《アフトクラトル》が先にそこを確保したことを知ると、この小さな町《ポリフニオン》の近くの、平野の中を流れている川（その地の住民はクシロイプソスと呼んでいる）を渡り、川と小さな町《ポリフニオン》の間にとどまり、防柵《ハラクス》の陣地を設営した。［スキタイが］外からこの町《ポリス》を取り囲むかたちとなったので、皇帝《ヴァシレフス》は包囲攻撃されるかのように、［その町の］中に閉じこめられる状態となった。夜となり、ホメロスのカリオペが歌うように[7-87]、他の神々と戦車を駆る戦士たちが眠りにつく、しかし皇帝《アフトクラトル》アレクシオスには心地よい眠りは得られず、目を覚まし、巻物を開くように、どのように策《テフニィ》を用いて蛮族《バルバロイ》の大胆さに打ち勝とうかと考えをめぐらしていたのである。[2] さてその者［皇帝］は、この小さな町《ポリフニオン》ツゥルロスが平地から立ち上がった丘の上に城壁をめぐらして築かれ、その下の平地に蛮族《バルバロン》のすべてが野営していることを考え、そこで敵のそのような大軍《プリシィ》と接近戦を敢行するには自軍の軍勢《ディナミス》があまりにも少なかったことから、この上なく巧

妙な策を考え出す。住民の荷車《アマクセ》を徴発し、車体から車輪と車軸を取り外し、それらを城壁の上へ運び、それから胸壁《エパルクシス》に結びつけた縄を使って、胸壁《クリデムナ》から城壁《ティホス》の外側にそれらを並べてつり下げる。この計画を思いつくと同時に実行に移した。事実一時間のうちに、車軸についた車輪がぐるりと胸壁のまわりにつり下げられた、それは車軸につけられたままの車輪が互いに接して一列に置かれたような状態であった。【3】朝目覚めると、彼自身武装し、それから他のすべての者を武装させると、城壁《ティホス》外に連れ出し、兵士《ストラティオテェ》を蛮族《バルバロイ》の真正面に向けて配置した。つまり車輪の列がつり下がっている場所にわが兵士《ストラティオテェ》は位置し、敵はそれに向かって一列になって並んでいるという形になった。それから彼自身は味方の戦列《パラタクシス》の中央に身を置き、兵士たちにつぎのように指示を与える、すなわち戦いを告げるラッパが響けば兵士《ストラティオテェ》たちは馬から降り、一歩一歩ゆっくりと前進し、主として弓《トクサ》を使って多数の矢を射かけ、わずかに突撃をして見せながら、スキタイの戦列《ファランクス》を攻撃へと誘い出す。彼らが誘い出され、そして馬を駆り立て自分たちに向かって突進してくるのを目にすれば全速力で引き返し、そしてゆっくりと右と左の二つに分かれ、敵が城壁《ティホス》の近くまでやってくるように敵に道を開くことであった。他方城壁《ティホス》の上にいる者たちには、このことが起これば、すなわち戦闘集団《ファランゲス》が［左右］二つに分かれるのを目にすれば、剣《クシフィ》で縄を断ち切り、車軸についた車輪を放ち、高所から投げ落とすことが命じられていた。【4】事は皇帝《ヴァシレフス》の命令通りに行われたのである。味方のすべてが徒歩でゆっくりと相手に向かって進み、皇帝《アフトクラトル》一人が馬に乗り、彼らと一緒に斜面を下っている時、一つにまとまったスキタイの騎兵《イポテェ》は蛮族特有の叫び声をあげ、わが戦列《イメダピィ パラタクシス》に向かって突撃してきた。兵士たちは皇帝《アフトクラトル》アレクシオスの作戦《テフニィ》に従って後方へ向きを変えてゆっくりと一歩一歩足を運び、[7-88] そしてあたかも退くようにして突然互いに二つに分かれた、それはその中に誘い込もうと蛮族《バルバロイ》に対して大きく扉を開いたかのようであった。戦闘集団《フランゲス》の左右に分かれてできた口の中へスキタイが入ってしまったその時に、車輪は激しい音をたてて転がり落ちていった、実際城壁《ティホス》から切り離されたすべての車輪は、ちょうど城壁《ティホス》上から投石器で投げられたように打ち放たれ、それで一ピヒス［約五〇cm］以上も飛び跳ね、恐ろしいほどの勢いをつけて蛮族《バルバロイ》の騎兵《イポテェ》の真正面へ飛びかかるように転がり落ちてきた。これらの車輪は、本来の重量による大きな落下の力と、急斜面で弾みをつけた恐ろしい力で猛然と蛮族《バルバロイ》に襲いかかり、至る所で彼らを押しつぶし、そして草を刈り取るように馬の脚を切り離し、そして一方からも他方からも襲い、前脚二本を、あるいは後ろ脚二本を切り取り、馬は打たれた方へ倒れ、当然に騎兵《イポテェ》も一緒に倒れる。彼らの多くが次々と倒れ、そして「味方の」兵士《ストラティオテェ》も「左右」それぞれの側から彼らに襲いかかり、そのため至る所でスキタイにとって恐ろしい戦闘が起こり、「味方の」ある者たちは矢《ヴェリ》を放って殺しつづけ、またある者は槍《ドラタ》でうち続け、他方「敵の」残りのほとんどは車輪の猛追で川の流れに追い落とされ、溺れ死んだ。[5] 翌日「皇帝は」スキタイの生存者が再び戦いを起こそうとしているのを目にし、同時に自軍の兵士のすべてが勇気凛々でいるのを知ると、彼らに武装するように指示をあたえた。そして彼自身も武器を用意し、戦闘《スヒマ》隊形《ポレムゥ》を組むと丘の斜面を下っていく。つぎに軍勢《ファランゲス》をスキタイの真正面に並べ、何があっても一戦を交えようとの覚悟でいた。事実彼自身、軍勢《タグマタ》の中央に身を置いた。激しい戦いが生じ、予想に反してローマ軍《ファランゲス》がその時勝利をおさめ、次に彼ら「スキタイ」を激しく追跡することに乗りだした。しかし皇帝《アフトクラトル》は自軍の兵士が相当遠くまで追跡していくのを見て、「敵の」待ち伏せ《ロホンテス》が突然にローマ人に襲いかかり、スキタイの敗走を逆の事態に一変させ、また「スキタイの」逃走兵が彼ら「待ち伏せ兵」に加わり、その結果ローマ軍《ストラティア》にきわめて恐ろしい事態をもたらすのではないかと怖れ、自身馬を疾駆させ、兵士《ストラティオテェ》たちに手綱《ハリニィ》を引いて止まり、馬を休ませるように命じた。[6] とにかくその日、両軍《ストラテヴマタ》はこのようにして離れた。すなわち一方は逃走し、他方は輝かしい勝利者《ニキティス》として喜び勇んで自身の陣地《パレンヴォリ》に戻って行く。完全にうち負かされたスキタイは、ヴルガロフィゴンとミクラ＝ニケアの間に幕舎《スキネ》の設営にとりかかる。冬[7-89]がすでに始まっていたので、皇帝《アフトクラトル》は自身と軍隊《ストラトペドン》のほとんどの者が多くの苦しみから元気を取りもどすために女王の都市《ヴァシレヴゥサ》へ立ち戻らねばならないと考えた。そこで軍勢《ディナミス》を分割し、次に敵の動きを牽制するため、全軍《ストラテヴマ》の中からことのほか勇敢な者たちすべてを選びだし、本書《ロゴス》でこれまでたびたび語られたヨアナキスとニコラオス＝マヴロカタカロンを彼らの指揮官《イエモネス》に任命し、彼ら二人には城塞《ポリフニア》のそれぞれにその守り《フルウラ》のために十分な数の兵士《ストラティオテェ》を導き入れることを、またその地方《ホラ》全体から歩兵《ペズィ》と荷車とそれらを引く牛を集めることを命じた。なぜなら春になればスキタイに対してこれまで以上に果敢に戦い抜こうとの考えから、これから起こることに心して、準備しようと取りかかったのである。そのようにすべての用意をととのえた後、その者はビザンティオンへの帰途につく。

第Ⅷ巻

第1章

【1】皇帝《アフトクラトル》は、スキタイの首領《イエモニス》たちが一集団を選び出しヒロヴァクヒ[8-1]に向けて送りだし、その地点への彼らの到着が間もなくであることを知ると、その者はなすべきことには常に敏速であり、また常に突然の事態に対して備えていたので、自身は宮殿《ヴァシリア》［大宮殿］で一週間の休養もとらず、入浴して戦塵を洗い流すこともせず、都《ポリス》の守り《フルゥラ》の任務についている者たちと、新たに登録されたおよそ五〇〇の兵士とをただちに集め、夜通しで彼らを武装させると、夜明けには［都を］離れる。そしてその時、血縁と姻戚関係《アンヒスティア》において彼と結びついている親族たちおよび身分《ティヒ》が高く、軍人《ストラティオティコン》階級《シンタグマ》に属する他のすべての者たちにスキタイに向かっての自分の出立をはっきり知らせると同時に（その日はアポクレオス［週］の金曜日[8-2]であった）使者《アポストリス》を通じてこのことを指示する、すなわち「私はスキタイのすみやかにヒロヴァクヒへ向かって行こうとしているのを知って出発するが、他方あなた方はチーズの週《エフドマス ティス ティロファグゥ》[8-3]のうちに出発してわれわれに合流すること。耐え難い理不尽を要求するものと思われないために、アポクレオス［週］の金曜日からチーズ《ティロファゴス》の週の第二《デフテラ》日《イメラ》［月曜日］までの間の日々をわずかながら自由にできる休日としてあなた方に与えよう」【2】その者はただちにまっすぐヒロヴァクヒ目指して馬を駆って進み、そこへ入ると、諸門《ピレ》を閉ざす。彼自身がそれらの鍵を保管する。次に忠実な従者《セラポンデス》のすべてを城壁《ティホス》上の胸壁《クリデムナ》のそばに配置し、壁に身をあずけて休まず、眼を開いて、誰も城壁《ティヒ》を登って首を出してスキタイと言葉を交わすことがないように辺りをくまなく見張っているように指示を与えた。【3】陽が昇り始めると、

予想されたようにスキタイは姿を見せ、ヒロヴァクヒの城壁と隣り合った丘に陣取った。それからすぐにおよそ六千の者たちが仲間から離れ、略奪しに散らばり、諸都市の女王《ヴァシリス トン ポレオン》からおよそ十《デカ》スタディア[8-4]離れた地点のデカトン[8-5]にまでもやって来た。思うにそこ［十スタディアの地点］からこの場所の名称は得られた。残りの者たちは元の場所［ヒロヴァクヒの丘］にとどまっていた。皇帝《ヴァシレフス》は城壁《ティホス》上の胸壁《エパルクシス》に登り、別の軍勢《ディナミス》が彼ら［スキタイ］を助勢しにやって来るのではないか、あるいは［スキタイが］どこかに伏兵《ロヒィ》を配置して、自分たちを攻撃しようとする者を捕らえる算段でいるのではないかと、平野部と丘々を注意深く見回していた。しかしそのような様子を目にすることはなく、反対にその日の第二時[8-6]ごろ、その者たち［スキタイ］が戦いの準備を行わず、食事と休息にとりかかるのを見ることになった。ところでその者たちが驚くほどの大軍《プリソス》であることを知り、これでは彼らと接近戦《カタシスタディン》で大胆に戦いを交えることができないが、しかしもし［スキタイが］その地方《ホラ》全域を略奪し、しかも彼らをその地方《ホラ》から追い出すために、まさにそこから出発したというのに、諸都市の女王《ヴァシレヴウサ トン ポレオン》の城壁《ティヒ》にまでも近づくことになれば、と苦々しく悔しい思いでいた。[4] そこでただちに麾下の兵士《ストラティオテェ》を呼び出し、彼らの気持ちを探ってみようとの考えで言うには「スキタイのあの大軍《プリソス》を見て怯んではならず、神《セオス》のご加護に望みを託して彼らと戦いを交えねばならない、もしわれわれが心を一つにしさえすれば、彼らを完全に打ち負かすことができると、私は信じている」しかし［兵士たちは］完全に拒否反応を示し、反論を言い出し始めたので、その者は味方の者たちをより大きな恐怖に投げ込み、危険を自覚させようとして言うには「もし出かけていった者たちが再び戻ってきて、ここにいる者たちと一つになれば、危険は目に見えて明らかである。なぜならあるいは城塞《カストロン》［ヒロヴァクヒ］が彼らによって奪い取られ、われわれが殺戮の犠牲になってしまうか、あるいは多分われわれにかまわず、女王《ヴァシリス》の都市《ポリス》へ進み、都《ポリス》の城門《ピレ》のそばに野営し、われわれを中に入れないようにするだろう。われわれに残されたことは敢然と危険に挑み、女々しい者として殺されてはならないことである。そこで私はこれから進撃し、スキタイの真ん中に飛び込んでいく、その時には覚悟のできている者はすべて私の後にしたがい、覚悟のできない者、あるいはそうしたくない者は城門《ピレ》の外へ出てはならない」【5】そう言うと、もはや他のことは気にとめず、武器をとるとただちに湖《リムニ》に面する城門《ピリ》から駈けだし、城壁《ティヒ》にそって走り抜け、少し迂回して［敵の］後方から丘に駈け上り始める。なぜなら彼に続く者たちは彼に従ってスキタイと真っ正面から戦いを交えることができないと見定めていたからである。彼自身が槍《ドリ》をしごくと、まず最初にスキタイの真ん中に突っ込み、最初に向かってきた者に一撃を加えた。彼の兵士《ストラティオテェ》も戦闘に怯まず、戦い、敵の多くを殺し、また生きたまま連行することになった。それからその者［アレクシオス］はいつものように策をめぐらし、スキタイの衣服を兵士《ストラティオテェ》たちに着せてから、スキタイの馬に乗るように命じ、つぎに兵士《ストラティオテェ》たちの馬と自分たちの軍旗《シメエ》と切り取られたスキタイの頭をごく忠実な者たちに託し、それらを持って城塞《カストロン》［ヒロヴァクヒ］へもどり、自分の帰還をじっと待っているように指示をあたえた。さてこのように処置してから、その者はスキタイの軍旗《シメエ》と、スキタイの衣服を身につけた兵士《ストラティオテェ》たちを従え、略奪《プロノミィ》からもどってくるスキタイがきっと通過すると信じた、ヒロヴァクヒの近くを流れる川[8-7]に向かって降りていった。さて略奪者《プロノミス》たちは川のそばに立っている者たちを目にすると、その者たちもまたスキタイであると思い、全く警戒せずに彼らのもとへ駈け寄っていったが、彼らのうちのある者たちは殺され、他の者たちは捕らえられることとなった。

第2章

【1】日暮れとなり（その日は土曜日であった）、その者［皇帝］は戦争捕虜《ドリアロティ》を引き連れ、［ヒロヴァクヒの城塞へ］引き上げる。翌日はその場で過ごし、そして月曜日、陽が輝き始めると城塞《カストロン》を離れた。彼に従う者たちは幾つかの集団に分けられ、先頭にはスキタイの軍旗《シメエ》をもった者たちが位置し、その後にスキタイの戦争捕虜《ドリアロティ》がつづき、捕虜一人一人を農民たちそれぞれが引き連れる。切り取られた頭は槍《ドラタ》に刺され、それらは他の兵

士たちによって空中高く掲げられ、そのような状態で行進していくことが指示された。そして彼らの後方から適当な距離を置いてその者［皇帝］が自身の兵士とローマ人の通常の軍旗《シメエ》を従えて進んでいった。[2] さて六旬節《キリアキティス》の主日《アポクレオ》[8-8]の早朝、軍功を立てることにことのほか熱心なパレオロゴス［エオルイオス］は、誰よりも先にビザンティオンを離れた。スキタイの敏速な行動を熟知していたその者は用心しながら行進し、彼につき従う従者《セラポンデス》のうちから少数の者を選び出し、もしスキタイの姿が現れたらただちに引き返して自分に報告するように、彼より先を一定の間隔をおいて進み、平地や森や諸道を注意深く見回すよう指示を与えた。そこでその者たちは進み、ディミリアと呼ばれる平地においてスキタイの衣服をまとった者たちとスキタイの軍旗《シメエ》を目にすると、引き返し、スキタイがすぐ近くにきていると報告した。そこでその者［パレオロゴス］はただちに武器《オプラ》を手にしようとした。しかし踵を接して戻ってきた別の一人は、スキタイと思える者たちの後方に、十分に間隔をおいてローマ人の軍旗《シメエ》が現れ、さらにその後から兵士《ストラティオテェ》たちが進んでくると断言した。[3] さてこれらを報告した者たちは一部は真実を言い当て、一部は外れていた。なぜなら後ろから進んでいる軍勢《ストラテヴマ》は外形も実体も真実ローマ人のそれであり、皇帝《ヴァシレフス》が先導していた、しかしスキタイ風に着飾って先を進む集団については、すべてはローマ軍《ストラティア》に属するものであるが、しかしスキタイの衣服を身にまとっていた、つまり先に語られたようにスキタイを装った者たちが本当のスキタイを欺いた時、その者たちは皇帝《アフトクラトル》の命令に従って［スキタイの］衣服を身につけたように、そのままの状態でいたのであり、他方皇帝《ヴァシレフス》はわが兵《イメダピィ》たちをだまし、からかうためにスキタイの衣服［を着た者たち］を利用したのであった、つまり彼らと初めて遭遇した者たちに、実際はわれわれの兵士《ストラティオテェ》であるのだが、それらスキタイの手中に落ちこんでしまうのではないかと恐怖を覚えさせ、同時に笑いと恐怖の入り交じった、しかも害のない悪戯《ストラティイコン》を行おうとしたのであった。なぜならその者たちが本当に震えあがってしまう前に、後方から来る皇帝《ヴァシレフス》を見て、安堵することになるという次第である。このように皇帝《アフトクラトル》は出迎えにきた者たちを実害なく脅そうとしたのである。[4] 確かに男たちは姿を現した［スキタイ風の」者たちを見て恐怖で立ちすくんだが、豊かな経験において他のすべてに優り、アレクシオスが策《ミハネ》にかけてはどれほど巧みな者であるかを知り抜いていたパレオロゴスはたちまちそれがアレクシオスの企み《ミハニマ》であると見抜き、自身安堵すると同時に、他の者たちにも安心するよう呼びかけた。さて後方にとどまっていた多数の親戚《シンゲニス》および血縁者たちはすでに集まり、［出陣を前に］一つになっていた。なぜなら皇帝《アフトクラトル》との取り決めに従って急いで彼に合流しようと、その者たちは考えていたのである。事実その者たちは先で語られたように、アポクレオス週の明けた後、チーズ週《ティロファゴス》に彼と合流することに同意していた。しかしその者たちがいまだ都《ポリス》を出て行く前に、皇帝《ヴァシレフス》が戦勝碑《トロペウコス》を掲げ持つ者として帰還してくることになる。間もなく彼と出会ったその者たちは、もし槍《ドラタ》の穂先に刺されたスキタイの頭と、いまだ剣《クシフォス》の餌食にされず、両手を後ろで縛られたその他の［スキタイ］が一人一人次々と引きずられていく姿を目にしなかったなら、皇帝《ヴァシレフス》自身がすばやく勝利を収め、このように凱旋してくるなど信じることができなかったであろう。【5】確かにその時の軍事行動《ストラティイア》の迅速さは驚異を引き起こしていた。エオルイオス＝パレオロゴスについて私の聞いた範囲でのことだが（その時そこに居合わせた者たちがわたしたちに語ってくれた）、その者は戦いに遅参してしまったことをいたく嘆き、これらの蛮族《バルバロイ》に対する思いもよらない勝利においてそのような大きな武勲の誉れをえた皇帝《アフトクラトル》のそばに居合わせなかったことに自責の念に駆られていた。その者もまたなんとしてでもそのような栄誉にあずかりたかったとの思いでいたのである。皇帝《アフトクラトル》に関しては、人は、あの申命記《デフテロノミオン》の一節がその時目に見えて明らかに成就されたと言ったであろう。「どうして一人で千人を追い払い、二人で万人を敗走に追いやることができるだろう[8-9]」事実皇帝《ヴァシレフス》アレクシオスはその時ほとんど一人で蛮族《バルバロイ》のあのような大軍《プリソス》に身を挺して立ち向かい、勝利そのものを手にするまで戦闘の重圧をみごとに支えたのである。もしその時彼と行動を共にした者たちの数と質を考え、そして次に皇帝《アフトクラトル》の策略《ミハニマタ》と、力と勇気を駆使しての変通自在の活躍を、あの蛮族《バルバロイ》軍の大きな数と兵力《イスヒス》と比較すれば、彼一人で勝利をものにしたことを誰も理解するであろう。

第3章

［1］事実神《セオス》はそのようにしてその時この奇跡的な勝利を今上皇帝《クラトン》に与えられたのであった。彼自身が［都へ］入ってくるのを見て、ビザンティオンの人々は、迅速な行動、大胆なふるまい、攻撃の敏捷《エピヒリマ》さ、即妙の機転による突然の勝利《トロペオン》に驚愕して、勝利の歌を歌い、小躍りし、このような救い手《ソティル》、恩人を自分たちに与えた神《セオス》を讃えたのである。しかし、そのようなことは人間にはよく見受けられることだが、ニキフォロス＝メリシノスはそのような喜びように歯噛みし、我慢できずに次のように言ったものである。「勝利そのものは［われわれにとって］無用の喜び、［敵は］少しの痛痒も感じない」確かにスキタイは計り知れぬほど多数で、西方のいたるところにはびこり、常に略奪を続けており、彼らの身に降りかかった事態もまったく彼らの抑制しがたい無鉄砲さを押しとどめるものではなかった。西方の各所で、多数の町《ポリフニア》が彼らによって奪われ、諸都市の女王《ヴァシリス トン ポレオン》の近くでも町々《コモポリス》は容赦されず、殉教者《マルティス》のうちでも偉大なセオドロスを讃えた聖堂《テメノス》が建っている、ヴァシス＝リアクスと呼ばれる所へまでもやって来ていたのである。そこへは多くの人々がその聖者《エフセヴィス》の執り成しを得ようと毎日のようにやって来ていた。日曜日となると、いつも敬虔な人々がこの聖なる建物《テメノス》へ詣で、昼夜にわたって聖堂《ナオス》のまわりで、前庭《プロドモス》で、その内側《オピスソドモス》で過ごしていた。しかしスキタイの手に負えない襲撃《エフォディ》は、その殉教者《マルティス》のもとを訪れたいと願う人々がスキタイの絶え間ない出撃のためビザンティオンの城門《ピレ》をこっそり開いてみることもあえてしなかったほどに、激しいものであった。［2］実際西方地方において皇帝《アフトクラトル》の前に襲いかかった恐ろしい事態は、そのようなものであった。もちろん海岸地方においても気の休まる状態ではなく、ツァハ
8-10 スが再び艦隊《ストロス》を確保し、海岸地域のすべてを荒らしていたので、甚だしい危険にさらされていた。これらの事態により皇帝《ヴァシレフス》は苦しめられ、あらゆる側から生じる不安に取り囲まれて、いらいらした状態にあった。さらにその上彼のもとに次のような報せが届けられた、すなわちツァハスは沿岸地方からこれまで以上の大きな艦隊《ストロス》を手に入れ、これまでに掌握した島々のほかに、まだ手をつけていなかった島々をも荒らした後、［海の彼

方の」[8-11]西方の地域にも手を伸ばす考えに取りかかり、そこでスキタイに使者を送り、ヘロニソス［半島］[8-12]を占領するよう勧め始めたのである。[8-13]さらに東方から皇帝《アフトクラトル》のもとへ来ていた傭兵《ミスソフォリコン》たちが、私はトルコ人のことを言っているのだが、彼と交わした協定《スポンデェ》を破らずに遵守していることも彼［ツァハス］には容認できないことであった、そこで自分がクリセエ[8-14]を掌握した時に、もし皇帝《アフトクラトル》を見限り自分の味方につくならば、すばらしい約束をしようと彼らをおだてていたのである。【3】皇帝《ヴァシレフス》はこれらのことを知ると、海上においても陸上においても事態は彼にとってきわめて厳しく、その上雪の重みで家々の扉が自由に開かないほどに（なぜならその冬はこれまで誰も経験しなかったほどの大雪であった）厳しい冬[8-15]が襲い、まったく動きがとれない状態であったが（出撃《エクソディ》をまったく不可能にしていたけれども）、それでも書簡《グラマタ》を通じて至る所からできる限りの傭兵《ミスソフォリコン》を呼び寄せることに一所懸命になっていた。【4】太陽が春分点に達し、雪の恐ろしい攻撃が立ち去り、海が恐ろしい怒りを和らげ始めると、［皇帝は］［海と陸の］二方面から押し寄せてくる敵に対して、まず沿岸地域を押さえなければならないと考えた、なぜならそうすれば海上から攻めてくる敵にやすやすと立ち向かい、同時に陸上の敵と大胆に戦いを交えることができるだろう。そこでただちにケサルのニキフォロス＝メリシノスに使者を送り、言葉の羽より速くエノスに達するように命じる。なお［皇帝は］すでにこれより先に書簡《グラマタ》[8-16]を通じてできるだけ多数の兵士を集めるようにその者に指示していたのである、そしてその際すでに軍務に服している者たちからではなく（なぜならそれらの者は重要な砦《ポリフニア》を守るために、すでに西方の多数の都市《ポリス》に配置されていたのである）、つぎつぎと新しく兵員名簿に登録する者として徴集するのは、すなわちブルガリア人から、および遊牧《ノマス》の生活《ヴィオス》をしている者たちから（これらは一般《キニ》の話し言葉《ディアレクトス》でヴラヒ[8-17]と呼ばれている）そしてその他、騎兵《イピス》であれ歩兵《ペズィ》であれ、あらゆる地方からやって来る者たちからであった。【5】彼［皇帝］自身はフランドル伯の［派遣してきた］五〇〇人のケルト人[8-18]をニコミディアから呼び寄せた後、彼の一族《シンゲニス》の者たちをも率いてビザンディスを出発し、エノスへ急行する。そこへ着くと、小型の船《アムフィリコス》に乗りこみ、川[8-19]の全体的な地形を見渡し、川床全体を両岸からしっかりと観察し、どこに軍隊《ストラティオティコン》を野営させるのが一番よいかを見定めた後、引き返した。夜間に軍隊《ストラテヴマ》の将校《ロガデス》を集め、川そのものについて、また川の両岸の状況について詳しく説明することに取りかかり、最後にこう語った、「明日にはあなた方も川を渡り、平野部全体をくまなく観察しなければならない。どこに幕舎《スキネ》を設営しなければならないかについて、私自身があなた方に示した場所がおそらく不適当ではないと思われる」その場所が全員によって賛成され、そこで夜が明けると、まず最初に彼自身が対岸に渡り、それから全軍《ストラティオティコン》が彼の後につづいた。再び将校《ロガデス》と共に川のほとりとその近くの平野部を観察し、彼の気に入った場所を彼らに教えた後（その場所は住民によってヒリニと呼ばれる城塞《ポリフニオン》の近くに位置し、その一方は川が流れ、他方は沼地になっている）、そこがすべての兵士《ストラティオテェ》にも防備に十分堅固な場所であると思われたので、すばやく堀《タフロス》が掘られ、全軍《ストラテヴマ》がそこ［堀をめぐらした陣地］に配置された。彼自身は十分多数の軽装兵《ペルタステェ》を伴って、そこへ向かってやって来るスキタイの攻撃を押しとどめるために再びエノスへ戻っていく。

第4章

【1】ヒリニの近くに造られた堀をめぐらした陣地《タフリア》にいる者たちは言葉で表せないほど多数のスキタイの軍勢《ストラテヴマタ》の到着を聞き知り、その時まだエノスにとどまっていた皇帝《アフトクラトル》へことの次第を伝える。そこでその者はただちに小型《アムフィリコン》の船《プリオン》に乗りこむと、川岸に沿って進み、河口辺りで対岸に渡り、全軍《ストラテヴマ》と合流した。自軍の軍勢《ディナミス》がスキタイ軍《ストラテヴマ》の何分の一にもおよばないのを知り、こと《カタ》人間に関する限り《アンソロポン》[8-20]彼を助ける者がいなかったので、困惑と不安に陥っていた。しかし退くことも臆病になることもなく、自らのうちから多くの策を湧き上がらせていた。【2】さて四日後のこと、別の方向からおよそ四万のコマニの軍勢《ストラテヴマ》が遠くに姿を見せ、すでにこちらに近づきつつあるのが目撃される。［皇帝は］もし彼ら自身がスキタイ側に立てば、敵は自分

に対して恐ろしい戦いを挑むことになるのを考え（そうなれば完全な滅亡以外のことは考えられなかった）、なんとかして彼らを味方に引き留めておかねばならないと考えた。そこで敵［スキタイ］よりも先に彼らを自分のもとに呼び寄せようとした。コマニの軍勢《ストラテヴマ》には多数の指導者《イエモネス》がいたが、それらのうちトゴルタクとマニアク[8-21]、それに他のきわめて好戦的な男たちが際だった頭《プロアイ》であった。すでに近くまで来ているコマニの大軍《プリシィ》を見て、［皇帝は］これまでの経験から知った彼らの変わりやすい性格を思い、同盟者《シムマヒ》が敵となり、戦う相手にかわればとてつもない禍を自分にもたらすのではないかと不安な気持ちでいた。【3】だから［皇帝は］全軍《オプリティコン》と共にその地を離れて再び川を［左岸へ］渡ることがより安全であろうと考えたが、しかしそれより先にコマニの指導者《イエモニス》たちを呼び寄せねばならないと判断した。その者たちはただちに皇帝《ヴァシレフス》のもとへやって来る、そしてマニアク自身も、最初煮え切らぬ態度でいたが、結局彼らに遅れてやって来た。［皇帝は］盛りだくさんの料理を彼らに供するよう料理人《オプソピイイ》に命じた。事実その者たちが十分にご馳走にあずかった後、［皇帝は］彼らをことのほか親切に遇し、あらゆる贈物《ドレエ》を与え、それから彼らの容易に動かされやすい性格を考え、彼らから誓い《オルコス》と人質《オミリ》を求めた。その者たちは進んで要求されたことを実行し、誠実の保証《ピスティス》を与えた後、三日にわたってパツィナキと戦うことを許されるよう求めた。そしてもし神《セオス》が自分たちに勝利を与えられたら、自分たちの手に入れたすべての戦利品《リア》を二つに分け、その一方を皇帝《ヴァシレフス》の取り分にすることを約束しようとした。しかし［皇帝は］三日間だけでなく、十日間にわたって思う存分にスキタイを攻撃する許可を与え、もし神《セオス》が彼らに勝利を許される限り、奪い取られるすべての戦利品《リア》を彼らに贈ることにした。【4】さてスキタイとコマニの両軍《ストラテヴマタ》は今までいたそれぞれの場所にとどまっていた、もっともコマニは小競り合いを仕掛けてスキタイ軍《ストラティア》の力を探ろうとしていた。まだ三日が過ぎないうちに、皇帝《ヴァシレフス》はアンディオホス（この者は高貴な家柄《エヴエニス》の生まれで、知恵の働きにおいて多くの者を凌いでいた）を呼び出し、橋を造ることを命じた。特別に長い木材で多数の船《プリア》を結びつけ、すみやかに橋が建設されると、［皇帝は］プロトストラトルで自身の妻の兄弟ミハイル＝ドゥカスと自身の兄弟メガス＝ドメスティコスのアドリアノスを呼び出し、川の岸辺に立って歩兵《ペズィ》と騎兵《イポテェ》が入り乱れて渡らないように、騎兵《イピス》より先に歩兵《ペズィ》と荷物を積んだ荷車、それらを運ぶラバを渡らせるように指示を与えた。さて歩兵《ペズィ》が渡り終えると、［皇帝は］スキタイとコマニの軍勢《ディナミス》を恐れ、またコマニが密かに攻撃《エフォディ》を企んでいるのではないかと疑い、言葉の翼よりも速く、堀《タフロス》を掘らせ、彼らすべてをその［堀をめぐらした陣地の］中に入れると、次に騎兵《イポテェ》に橋を渡るよう指示を与えた。彼自身は川の岸辺に立って、彼らの渡るのを見守っていた。**［5］** 他方メリシノスは先に皇帝《アフトクラトル》から受けとった書簡《グラフィ》[8-22]に従って事を運び、至る所から多数の兵士《ディナミス》を集め、同時に近隣地方から歩兵《ペズィ》も連れだし、牛に引かせる荷車に彼ら自身の持ち物とその他すべての必要物資を積み込ませ、彼らを急いで皇帝《アフトクラトル》のもとへ送りだした。眼で十分に確かめることのできる距離にその者たちが近づいた時、[8-23]［こちらにいる］ほとんどの者にはその者たちが皇帝《アフトクラトル》に向かってくるスキタイであると思われた。一人はさも確信したとばかりに、彼らの方へ指をさし、あの者たちはスキタイであると皇帝《アフトクラトル》に断言した。［皇帝は］言われたことが真実であると思い、そのような大勢に立ち向かう兵力のないことから、対処の手段に窮していた。そこでとにかくロドミロスを急遽呼び出し（この者はブルガリア人の高貴な家柄の生まれ《エヴエニス》で、皇后《アヴグスタ》、私の母の類[8-24]縁であった）、やって来る者たちをよく見定めるよう命じて送りだした。その者はすばやく任務をなし終えると、戻ってきて、メリシノスによって送り出された者たちであると報告した。皇帝《アフトクラトル》は大喜びし、そして少し待ち、その者たちが到着すると、彼らと共に川を渡り、時をおかず、できている堀《タフリア》で囲んだ陣地をさらに大きくして、彼らを軍《ストラテヴマ》の残りと合流させた。**［6］** その後すぐにコマニは皇帝《ヴァシレフス》が全軍《オプリティコン》と共に川を渡る前にいた堀《タフロス》［をめぐらした陣地］に来て、そこに野営した。つぎの日皇帝《アフトクラトル》は野営地を離れ、川の下流の、住民からフィロカリスと呼ばれる浅瀬を確保しようとした。しかし十分多数のスキタイに遭遇すると、ただちに彼らに向かって突撃し、激しい戦闘を交わした。事実その戦闘において両軍の多数が倒れる。それでも皇帝《ヴァシレフス》はスキタイを完全に撃退し、［その日の］勝利を勝ちとることになった。さてそのようにして戦闘は終わり、両軍《ストラテヴマタ》は離れてそれぞれの陣地《パレムヴォレ》に戻ったが、ローマ軍《ストラテヴマ》はその夜ずっとその場所に待機の状態でいた。陽が輝き始めると、［ローマ軍は］そこを離れて、レヴニスと呼ばれる場所に向かう（ここは平地に位置する丘である）。皇帝《アフトクラトル》はその丘に登ってみる。しかし丘の上は全軍《ストラテヴマ》を収容する広さでなく、そこで［皇帝は］丘の麓に溝を掘らせ、全軍《ストラテヴマ》を十分におさめうる堀《タフロス》の陣地をつくると、そこに兵士たちを配置する。その時にあのネアンディスが再び投降者として少数のスキタイを連れて皇帝《アフトクラトル》の前に姿を現した。皇帝《ヴァシレフス》は彼を見て、彼の先の傲慢な行動を思い出し、さらに別の悪事も考えて、彼を他の者と共に捕らえ鎖につないでおいた。

第5章

【1】さて皇帝《ヴァシレフス》がこれらの事に関わっている間に、マヴロポタモス[8-25]と呼ばれる急流のそばに野営しているスキタイはコマニを同盟者《シムマヒ》として迎え入れるべく、密かに彼らを自分たちの側に取り込もうとしていた。その上皇帝《ヴァシレフス》にも使者を送り、和平《イリニ》の条件を聞き出すことも辞さなかった。しかし［皇帝は］彼らの不実な二枚舌を推測し、期待されるローマからの傭兵軍《ミスソフォリコン》[8-26]が到着するまで、彼らの狙いを宙ぶらりんにしておこうと考え、彼らには適当な返事をしておいた。他方コマニの方はパツィナキの約束を疑わしいと見なし、彼らに全く加担しようとせず、その日の夕方、皇帝《ヴァシレフス》に次のように告げる。「いつまでわれわれに戦いを延ばすことを強いるのか、われわれはこれ以上待てない、陽が地平線に顔を出せば、われわれは狼かあるいは羊の肉のどちらかを喰らうだろうことを承知あれ」皇帝《ヴァシレフス》はこれらの言葉を聞き、コマニの決意の強さを知り[8-27]、もはや戦うことを延ばさず、そして戦いの全体を決するのはまさしくこの日であると見なし、彼らにスキタイとの戦いが翌日であると伝え、他方彼自身はただちに指揮官《イエモネス》と五〇人隊長《ペンディコンダルヘェ》、その他の者たちを呼び出し、明日に定められた戦いを全軍《フォサトン》中に知らせるように命じた。【2】［皇帝は］このように決意を固めていたけれども、パツィナキとコマニの間に和解の

取り決めがあるのではないかと疑いの念を抱き、彼らの数の大きさを怖れていた。皇帝《ヴァシレフス》がそれらのことに思いをめぐらしていたその時に、大胆でことのほか好戦的な、およそ五千を数える険しい《トン》山岳《オリノテロン》地域《メロン》の男たち《アンドレス》[8-28]が彼の軍隊《シナスピズモス》に加わろうとして、投降者《アフトモリ》として彼のもとへやって来た。[3] この上は戦いを先に延ばすことができないと考え、［皇帝は］神《セオス》に助けを訴えることにとりかかる。陽が沈むと、[8-29] 彼自身が先頭をきって神《セオス》への祈りを唱え始めた、松明が明々と灯され、その場にふさわしい讃歌が歌われる。全軍《フォサトン》に横になって休むことを許さず、十分にわきまえのある者たちそれぞれには［自分と］同じ事をするように勧め、がさつな者たちにはそうするよう強く命じた。たしかに陽は地平線に沈んだが、人々には空が明るく光っているのが見られた、それは一つの太陽が輝いているからではなく、他の多数の星辰《アステレス》が明るい光を与えていたからである。すべての者たちはそれぞれの槍先《ドラタ》に、その時それぞれが用意できた松明あるいはロウソクを固定し、火を灯した。軍隊《ストラテヴマ》から送り出された［祈りの］声は、思うに大空にまで達しようとしていた、いやそれどころか、真実を言えば主《デスポティス》なる神《セオス》そのもののもとへ運び上げられようとしていた。思うにこのことから皇帝《ヴァシレフス》の篤信を推し量らねばならない、敵への攻撃は天上からの助けなしには効果を発揮しないと、彼には思われたのである。なぜならこの者は戦士《アンドレス》にも軍馬にも戦略上《ストラティイキ》の謀《ミハニ》にも頼らず、すべてを天上の思し召しに委ねていたのである。[4] これらは深夜までつづけられた。［皇帝は］それからしばらく休んだ後、眠りから飛び起き、兵士《ストラティオテェ》のうちの軽装備兵《プシリィ》にしっかりと武装させる。彼らのうちの一部には、すべての者に用意するだけの鉄がなかったので、鉄と同色の絹布で作った胴鎧と兜《ペリケファレエ》を準備し、それらを身につけさせた。まさに陽がにっこりと微笑むと、［皇帝は］しっかりと武装し、戦いの合図を鳴り響かせると同時に陣地から飛びだしていく。[5] いわゆるレヴニオン[8-30]（この場所は……である）の麓で軍隊《ストラテヴマ》を分割し、諸軍《ファランゲス》を戦闘部隊《イラドン》ごとに整列させる。皇帝《アフトクラトル》自身は闘争心を激しく高鳴らせ、[8-31] 身を戦列の前におく。もちろん右翼と左翼をそれぞれ指揮するのはエオルイオス＝パレオロゴスとコンスタンディノス＝ダラシノス。コマニの右上方にモナストラスが完全武装し、配下の兵士を率いて構えている。もちろんあの者たち［コマニ］も皇帝《アフトクラトル》がローマ人の諸隊《フランゲス》を整列させているのを見て、すぐに自分たちの軍勢《ディナミス》を武装させ、自分たちの方法で戦闘隊形《スヒマ ポレムゥ》を組むことにとりかかる。彼らの左側にウザスと呼ばれる者の姿が、そしてまた西の方にケルト人を従えたウムベルトプロスの姿が見える。皇帝《アフトクラトル》はこのように軍隊《ストラテヴマ》を諸戦闘集団《ファランゲス》でいわば砦のように固め、さらに騎兵部隊《イレエ》でしっかりと取り囲むと、再び戦闘の合図のラッパを鳴り響かせるよう命じた。ローマ人はスキタイの無数の群れと彼らにとって城壁《ティヒ》のような役割を与える、言葉で表せないほどの多数の幌つきの馬車《アルママクセ》に怖れを感じ、声を一つにして万物の主《キリオス》に憐れみを求めてその名を呼んだ後、手綱《イニエ》を完全に解き放し、スキタイと戦うべく突進する、その彼らの前を全速力で駈けて行くのは皇帝《アフトクラトル》である。【6】［ローマ軍の］戦列《パラタクシス》が三日月形になり、全軍《スタラトス》が、もちろんコマニ自身も、同時にあたかも一つの号令《シンシマ》に応じたかのように彼らに向かって突撃した時、これまで立ち向かっていたスキタイの選り抜きの指導者《エクリティ イエモニス》の一人がこれから起こる事態を見抜いて、先に救いの手段を握ろうと、少数の仲間と一緒に同じ言語を話すコマニのもとへ投降する。これらの者［コマニ］もスキタイに向かって激しく戦っていたけれども、その者［スキタイの指導者の一人］はローマ人よりも彼らを信頼して、皇帝《アフトクラトル》へのとりなしに利用しようとして彼らに投降したのであった。皇帝《アフトクラトル》はこれを目にし、他のスキタイも彼らに合流し、コマニを自分たちの側につけると、彼らに考えと手綱《イニエ》8-32ともどもその向きを変えローマ軍《ファランクス》に立ち向かうように説得するのではないかと恐れた、しかしその者［アレクシオス］は危機的事態において解決手段を見いだすことに機敏であったので、ただちに帝国軍旗《シメア》を手にしている者に両手でそれを支え持ち、コマニの戦列《パレンヴォリ》内にとどまっているように命じたのである。【7】しかしスキタイの戦闘集団としてのまとまりはすでに粉砕され、そしてその時両軍《ストラトペディン》は互いに接近していったので、これまで誰も経験したことのない殺戮が見られた。スキタイはすでに神の力《シア ディナミス》によって見捨てられ、恐ろしいほどに斬り殺された、実際殺す側の者たちは剣《クシフィ》を長時間にわたって激しく振り回して疲れ果て、力を失い、攻撃の意欲を押しとどめられていた。しかし皇帝《アフトクラトル》は敵の真っただ中へ騎馬で突っ込み、向かってくる敵を打ち倒し、離れている敵を喚声をあげて脅えさせながら、すべての戦列《ファランゲス》を混乱状態に陥らせていた。【8】しかしちょうど正午に陽が頭上に光線を放ち始めるのを見て、［皇帝は］つぎのような処置にとりかかる。何人かの者を呼び寄せ、農民に水を満たした革袋を彼ら自身のラバに背負わせ持ってこさせるために、［農民のもとへ］送り出す。そのような［水を運ぶ］農民たちの行動を見て、近くいる者たちも命じられていなかったが、スキタイの恐ろしい所行から自分たちを救い出そうとしている兵士のために同じことをやり始め、すなわちある者は壺《アムフォレフス》で、ある者は革袋で、またある者はたまたま手もとにあった容器で水を汲み、その水で［兵士たちを］元気づける。［兵士たちは］少量の水を口にすると再び戦い続けた。さてその時、前代未聞の光景が見られたであろう、すなわち単に多数の人々というのではなく、女子供を含めて文字通り数え切れぬその民《エスノス》全体がその日のうちにことごとく根絶させられてしまったのである。[8-33]四月二九日、[8-34]週の第三日のことであった。そこからビザンティオンの人々は次のような諷刺文を口ずさむようになった。「［その日］一日のゆえに、スキタイは五月を見なかった」【9】陽がすでに西の水平線に沈もうとしている時、［スキタイの］すべてが、子供たちも母たちも含めてと言おう、剣《クシフィ》の餌食となり、そしてまた多くの者が生きたまま捕らえられてしまった後、皇帝《アフトクラトル》は引き上げを告げるラッパを鳴らすことを命じ、自身の陣地《パレンヴォリ》に引き上げて行く。つい最近、捕虜にするスキタイを縛って連行するために縄と革紐を買い求めてビザンティオンを出発した者たちが逆に自分たち自身がスキタイに捕らえられ、縛られてしまったことを知る者にとって、そこに目にする光景はまさに奇跡的であったろう。これ［先のローマ人の敗北］はドリストラでスキタイとの戦いが起こった時のことである。[8-35]実にあの折りは神《セオス》はローマ人の高慢の鼻をへし折られたのであった。しかしその後、私が今語り伝えている場合、［神は］あのような大軍《プリシィ》を前にして戦う術がなく、無事でいる希望を失って怯えきっている者たちを見られて、彼らに奇跡的勝利を恵み与えられたのである、すなわちスキタイを縛り上げ、あるいは殺戮し、また生きたまま連行することができたのであり、そして単にそれだけでなく（おそらくそのような事態は個々の戦闘において常に起こることである)、たった一日で数知れぬ人口の民《エスノス》のすべてを根絶できたのである。

第6章

【1】コマニとローマ人の両軍《タグマタ》は［それぞれの陣地へ引き上げるため］互いに別れた、そしてランプに火を入れる時刻となり、皇帝《アフトクラトル》が夕食をとろうとしている時、シネシオス[8-36]と呼ばれる者が不満を顔にあらわし、皇帝《アフトクラトル》に向かって言うには「どうなっているのか、このありさまはどうしたことか。兵士《ストラティオテェ》の一人一人が三〇人およびそれ以上のスキタイをかかえている。コマニの大軍《プリシス》がわれわれの近くにいるというのに。実際兵士《ストラティオテェ》たちがもし眠ってしまえば、あのように疲れ果てているので、きっとそうなるに違いない、そこでスキタイは互いに縄を解き合い、剣《アキナキス》を引き抜くと彼らを殺してしまうだろう。その後、どんな事態になるか。だから今すぐにでも彼らすべてを殺してしまうよう命令されたい」他方皇帝《ヴァシレフス》は厳しい眼差しで彼を睨みつけ、言うには「確かに彼らはスキタイであるが、人間であることには全く変わりはない、敵ではあるが憐れみをかけてやるべき存在だ。何を考えてそのような愚かなことを言うのか、私には理解できない」そして言い返そうとする者に怒りを露わにして立ち去らせた。【2】しかしその者［皇帝］はただちに全軍《ストラテヴマ》に、スキタイのすべての武器《オプラ》を集め、それらを一箇所に保管し、縛られた捕虜たちをしっかり監視するよう口頭の命令を伝えさせた。そのように命じた後、その者はその夜の残りを憂いなく過ごした。しかし夜《メシィ》警時《フィラキティス》の中《ニクトス》ごろ、なにか超自然的な声によったのか、あるいは他のなんらかの原因によったのか、私は知らないが、兵士《ストラティオテェ》たちは一つの合図《シンシマ》で行動したように彼ら［スキタイ］のほとんどすべてを殺してしまった。朝になってそのことを聞き知った皇帝《ヴァシレフス》は、ただちにシネシオスを疑った。そこで即刻その者を呼び出し、「これはお前の仕業だ」と言ってその者を激しく脅した。その者は知らないと誓言したが、［皇帝は］その者を縛って監禁しておくよう命じた。その際に「縛ら

れるだけでどれほど辛いかをその者に知らしめよう、そうすれば二度とその者は人々《アンソロピィ》[8-37]にそのようなむごい仕打ちはしないだろう」と、［皇帝は］言ったものである。もし血縁および姻戚関係《アンヒスティア》において皇帝《アフトクラトル》と結びついている高位の人たちがその場に来て、シネシオスのためにオリーブの枝を捧げ持つ嘆願者のごとくふるまわなかったならば、おそらく［皇帝は］その者を大いに懲らしめていたであろう。【3】他方コマニの大多数の者は皇帝《アフトクラトル》が夜中自分たちに対してなにか恐ろしいことを計画しているのではないかと怯え、戦利品《リア》のすべてを携えて夜中ダヌヴィス川に通じる道をとって立ち去って行った。［皇帝］自身は陽が輝き始めると、死体の発する悪臭から逃れようとその地を離れ、ヒリニから十八スタディア離れているカラ＝デンドラと呼ばれる場所に向かう。その地に向かう途中のその者［皇帝］に、メリシノスは出会うことになる。なぜならその者は新たに召集した多数の兵士を皇帝《アフトクラトル》へ送り出すことに忙しく[8-38]、今回の戦闘に間に合わず、参戦できなかったのである。二人は互いに抱き合い、当然喜びを分かち合い、［カラ＝デンドラまでの］残りの道中、二人はスキタイの敗北にかかわる出来事を話し合った。【4】皇帝《アフトクラトル》はカラ＝デンドラに到着した時、コマニの逃走を知った、そこで以前に彼らと約束したことに従って、彼らの所有に属するすべてをラバの背に積ませ彼らのもとへ送りとどけることにした、その際［その役目の者たちに］急いで彼らに追いつき、可能ならばダヌヴィスの向こうまでも追いかけ、彼らに与えられたものを渡すように命じた。なぜなら騙すことだけでなく、騙したと思われることも由々しき問題であるというのが彼の日頃からの考えであった、実際嘘を話題にし、すべての者たちに長々と説教をする時には［そのように語ったものである］。逃走した者たちについてはそのように対応した。他方彼に従う残りの者［コマニ］たちにはその日の残りを使って、盛りだくさんのご馳走をふるまったのである。しかしその宴会の席では彼らのものであるはずの報酬《ミスシィ》は与えず、彼らを眠りに陥らせ、ブドウ酒の酔いを醒まさせるのが良いと考えた、そうして正気を取りもどした後であれば、行われることをしっかりと理解するであろう。事実翌日すべての者が呼び出され、以前に約束されたものだけでなく、それらを遥かに上まわるものが与えられたのである。さて［皇帝は］彼らを故国に去らせようと考えたが、その道中において食糧調達《プロノミィ》に散らばって街道沿いに位置する小さな町々《コモポリス》に少なからぬ禍をもたらすのではないかと気づかい、彼らから人質《オミリ》を求める。他方その者たちも道中において安全である保証を要求したので、［皇帝は］彼らにヨアナキス［ヴァシリオス＝クルティキオス］（この者は勇気と思慮深さにおいて抜きんでていた）をつけ、その者にすべてのコマニの世話《イコノミィア》をし、ズィゴス[8-39]まで彼らをしっかりと護送することを任せた。［5］確かに皇帝《アフトクラトル》によって成し遂げられたそれらの業績は、ことごとく神《シア》の摂理《プロニア》によるものであった。さてすべてを完全に処理すると、彼自身は戦勝碑を戴く《トロペオフォロス》勝利者《ニキティス》として五月もかなり過ぎたころ[8-40]にビザンティオンに帰還する。ところでスキタイとの戦いについては、多くのうちでわずかしか、アドリア海は指先で触れた程度にしか語らなかったが、以上で終えることにしよう。なぜなら皇帝《アフトクラトル》の輝かしい勝利、敵のこうむった敗北の一つ一つ、彼の武勲の一つ一つ、その間この時期に生じた諸事件、これらすべてに対してその者がどのように対応したか、彼の身に降りかかった恐ろしい事態をどのようにして切り抜けたか、これらすべてについて、たとえ第二のデモステネスであっても、あるいは一つになった雄弁家《リトレス》の合唱隊《ホロス》でも、さらにアカデミアとストアが一所に集まってアレクシオスの業績を重要なテーマとして論じても、正当に評価することはできなかったであろう。

第7章

［1］アルメニア人のアリエヴィスとケルト人のウムベルトプロス（これらの男は名の知られた、ことのほか好戦的な将校《ロガデス》であった）がそろって皇帝《アフトクラトル》に対して陰謀を画策し、相当多数の人々を自分たちの味方に引き入れていたが、露見されてしまった。[8-41] 皇帝《ヴァシレフス》の宮殿《アナクトラ》［大宮殿］への帰還からさほど日が経っていないころ、証拠も提出され、事実も確実に証明された。そして陰謀を企てた者たちはすでに有罪判決を受け、ただちに財産没

収と追放が言い渡されたのである、なぜなら皇帝《アフトクラトル》には法《ノミィ》による刑罰[8-42]を下す考えはまったくなかったからである。【2】他方コマニによる侵略《エフォドス》の噂と、ついでヴォディノスとダルマティア人も協定を破りわれわれの領土《イメダピィ》へ侵入しようとしていることを知り、皇帝《アフトクラトル》はこれらの敵のうちまずどちらに立ち向かうべきか思案に暮れた。しかしとにかく、まずダルマティア人に対して万全の準備を整え、機先を制してわれわれの領土《イメダピィ》と彼らの領土の間に位置する山道《テムビィ》を掌握し、できる限りそれらを守り抜くのがよいと彼には思われた。そこで「作戦会議に関わる」すべての者を召集し、自分の考えを伝え、そしてすべての者にはそれがよいと思われたので、西方の問題の解決を目指して大都《メガロポリス》を出発する。【3】その者「皇帝」はすみやかにフィリプポリスに到着した、そしてその時そこで、ディラヒオンのドゥクスのヨアニス「コムニノス」、すなわちセヴァストクラトル「イサアキオス」の息子[8-43]について、当時のブルガリアの大主教《アルキエピスコポス》[8-44]からの、その者が反逆《アポスタシア》を起こそうとしていることを断言する書簡《グラマタ》を受けとり、そのため一昼夜にわたって悶々とし、一方ではその者の父のことを思ってこの件は不問にしようと考え、また他方では報告が真実ではないかと怖れていた。ヨアニスはまだ青年期の若者であり、一般にそのような若者たちの衝動が抑えがたいものであることを知っていたので、「皇帝は」もしその者が反乱を起こしでもすれば、父「イサアキオス」と叔父「アレクシオス」の双方にとって耐え難い苦悩の原因になることを怖れていたのである。そこでとにかくあらゆる方法で早急にその者の計画を潰してしまわなければならないと考えた。なぜなら「皇帝は」人が言いうる以上にその者「ヨアニス」に心をかけていたからである。【4】そこで当時メガス＝エテリアルヒスであったアルイロス＝カラツァス[8-45]を呼び出し、スキタイであったが、大いに知力を備え、徳と真実《アリシア》を大事する男で、その者に二通の書簡《グラフェ》を手渡した、その一通はヨアニスに宛てたもの[8-46]で、その内容はつぎのようであった。「　朕《ヴァシリア　ムウ》は蛮族が山間の隘路《クリスレ》を経て帝国へ来寇するとの情報をえ、ローマ人の帝国《アルヒィ》の国境地域[8-47]を守るためにコンスタンティヌスの「都」を後にした。だからあなた自身もあなたの統治《アルヒィ》下の現状を詳細に説明しに「朕のもとへ」来なければならない（なぜならあのヴォルカノスに関して、その者自身もわれわれに敵対しようとして謀をめぐらしているのではないかと怖れている)、さらにその時にはダルマティアの状況についても、またヴォルカノス自身について［われわれとの］和平条約《イリニケスポンデェ》を守るつもりでいるのかどうかについてもわれわれに報告しなければならない（なぜなら彼についての芳しくない報告が毎日のように私のもとへ持ち込まれている)、ところで［あなたを呼び寄せる］その意図は確実な情報を得て、彼に対する対応策についてよりよく準備するためであり、そしてあなたへ必要な指示を与えた後、再びあなたをイリリコンへ送り返す、そうすればわれわれはそれぞれの側から敵と戦い、神《セオス》の助けを得て、勝利することができるだろう」[5] ヨアニス宛の書簡《グラフィ》にはそのようにしたためられていた。他方ディラヒオンの住民の指導者《ロガデス》たちに宛てられたもの[8-48]にはつぎのように述べられていた。「われわれはヴォルカノスが再びわれわれに対して画策を始めたことを知り、われわれの領土《イメダピィ》とダルマティア人のそれの間に位置する峡谷《テムビィ》の守備を固めるためにビザンディスを出立した、また彼［ヴォルカノス］とダルマティア人についての情報を詳しく聞き出すためにあなた方のドゥクス、朕《クラトン イモン》の愛しい甥を手もとに呼び寄せねばならないと判断すると同時に、あなた方に朕の書簡《グラフィ》を手渡すことになるその者をドゥクスに任命して、その者を［あなた方のもとへ］送りだした次第である。あなた方も彼を迎え入れ、その者によって命ぜられたことはすべて従うようにしなさい」さてこれらの書簡《グラフェ》をカラツァスに託し、その際彼につぎのような指令をあたえた、すなわち出発し、そして［当地に着けば］まず最初にヨアニス宛の書簡《グラフィ》を彼［ヨアニス］に手渡し、もし進んで従おうとするなら、彼を穏やかに送りだし、その者が再びもどってくるまでその地方の守り《フルウラ》を引き受けること、もし逆らい言うことを聞こうとしないならば、ディラヒオンの有力者《イペレホンデス》たちを呼びだし、ヨアニスを捕らえる際に協力させるため、別の書簡《グラフィ》を読み上げることであった。

第8章

【1】コンスタンティノープルにとどまっているセヴァストクラトルのイサアキオスはこれらのことを耳にすると、急いで出発し、二昼夜をかけてフィリップポリスにたどり着く。皇帝《ヴァシレフス》は皇帝《ヴァシリキ》の幕舎《スキニ》で眠っていたので、音をたてずに中に入り、兄弟である皇帝《ヴァシレフス》のもう一つの寝椅子に横たわり、皇帝《アフトクラトル》に仕える近侍《カテヴナゾンテス》たちに手で合図して静かにしているように指示してから、彼自身も眠り始めた。さて皇帝《ヴァシレフス》は目覚め、思いもかけず兄弟の姿を見ると、しばらくそのままじっとして、彼自身もそばに居合わせる者たちにも同じようにするよう命じた。セヴァストクラトルも眠りから覚め、目覚めている兄弟の皇帝《ヴァシレフス》の姿を目にし、そしてその者もまた相手を見つめ、そこで両者は互いに歩み寄って、抱き合った。つぎにまず皇帝《ヴァシレフス》が、いったいどうしたことか、ここに来ている理由はなにかと問い尋ねる。その者は「理由はあなたにある」と言い、それに対して相手は「いたずらに自分を駆り立て［急ぎ旅をし］、そんなにまで疲れ果ててしまうとは」と応えた。【2】セヴァストクラトルはその時それに対して言い返そうとしなかった、なぜなら彼の頭の中には彼によって先に送り出された者［急使］と共にディラヒオンから持ち込まれるであろう報せのことしかなかったのである。実際彼の息子について持ち上がった不穏な噂を耳にするや、その者は彼［息子］に向けて手短かな書簡《グラマ》をしたため、いち速く皇帝《アフトクラトル》のもとへ駈けつけるように指示し、そして同時に次のように伝言した、すなわち彼自身もその者［急使］に続いてビザンティオンを発ち、フィリップポリスに急行する、それは自ら兄弟である皇帝《ヴァシレフス》の面前で考えられそうな噂の出どころを説明して、皇帝《アフトクラトル》のもとへ持ち込まれたその者に対する嫌疑を払い落とすためであり、またその者［息子］が自分のもとへ到着するのを待つためである。それからその者［セヴァストクラトル］は皇帝《ヴァシレフス》のもとを辞し、彼のために用意された幕舎《スキニ》に向かう。それと同時にヨアニスのもとへ送られていた急使《グラマトコミスティス》がかの地から戻り、ヨアニスの到着の報せを持って急いで入ってくる。【3】そこでただちにセヴァストクラトルは疑念から解放され、強い確信を得て再び元気を取りもどすと、最初に自分の息子に疑いを申し立てた者たちへ怒

りを一杯にし、取り乱した状態で皇帝《ヴァシレフス》のもとへやって来る。皇帝《ヴァシレフス》は彼の姿を目にして、その原因をすぐさま悟って機嫌を伺うと、相手は「あなたのおかげですこぶる悪い」と応えた。その者は湧き上がる怒りを抑える術を全く心得ていず、時にはさして意味のない一言だけで逆上してしまうこともあった。そしてさらにつけ加えて言うには「この」とアドリアノス［コムニノス］の方へ指さして、「偽りをまき散らす者に対するほどには、私は陛《ヴァシリア》下《シィ》に対して苦痛を覚えていない」これらの言葉に対して、あのいつもの柔和で愛想のよい皇帝《ヴァシレフス》は一言も発しようとしなかった。なぜならその者は、兄弟の煮えたぎる怒りを鎮める方法を心得ていたからである。さて二人［イサアキオスとアレクシオス兄弟］は、ケサルのニキフォロス＝メリシノスと、血縁・姻戚関係《アンヒスティア》においで彼ら二人と結びついている他の数人の者と一緒の席につき、これらの者たちとだけでヨアニスに関する巷間の噂について互いに話し合うことになった。しかし［セヴァストクラトルは］メリシノスと彼自身の兄弟アドリアノスが遠回しに彼の息子の悪口を言っているのに気づき、再び沸き立つ怒りを抑えることができず、アドリアノスを睨みつけ、その髭をむしり取るぞと脅し、根も葉もないことを公然と言い放って皇帝《ヴァシレフス》から親族を奪い取るようなことをしてはならないとその者に知らしめようとした。【4】その間にヨアニスが到着する、そして皇帝《ヴァシリキ》の幕舎《スキニ》の中へ導かれ、自分について語られている一切を聞かされる。もちろんその者は尋問されることは一切なく、その被告人は皇帝《ヴァシレフス》が彼に向かってつぎのように語っている間、自由の身として立っている。「あなたの父、すなわち私の兄弟のことを考え、私はあなたについて語られていることに一切耳をかそうとしていない。だからこれまで通りに安心していなさい」実際一切は皇帝《ヴァシリキ》の幕舎《スキニ》の中で、余人を排し、ただ身内の者たち《シンゲニス》だけで語られた。とにかくこのような状況のもとで、流れていた噂も、あるいはひょっとすれば実際に計画されていたこともすべて消散させられた、それから［皇帝は］自分の兄弟を、私はセヴァストクラトルのイサアキオスのことを言っているが、彼の息子ヨアニスとともども自分のもとへ呼び、まずいろいろのことを語った後、セヴァストクラトルに向かって言うには「わたしたちに関することを母に知らせるため、安心して女王の都市《ヴァシレヴウサ》へ立ち戻ってもらいたい、つぎに私はこの者を」とヨアニスを指して、「承知のように、自身の統治《アルヒィ》の仕事を立派にやらせるために再びディラヒオンに送ろう」事実このようにして二人［父と子］は互いに別れ、翌日一方はビザンティオンへの道を進み、他方はディラヒオンに向けて送り出される。

第9章

【1】しかし皇帝《アフトクラトル》を困らせる事態はこれだけでは終わらなかった。セオドロス＝ガヴラス[8-49]が女王の都市《ヴァシレヴウサ》に滞在していたが、［皇帝は］この者の大胆な性格と行動の敏捷さを知って、この者を都《ポリス》から追い出そうと考え、そこでこの者が以前トルコ人から奪い取った[8-50]トラペズスのドゥクスに任命することにした。実際この者はハルディアはその東部地域の出身で、知力と勇気において他に抜きん出て、戦士《ストラティオティス》としてその名を良く知られ、狙った獲物はほとんど決して取り逃がすことはなく、常にすべての敵を打ち負かしていた。事実このトラペズスを手に入れると、これをいわば自分の持ち物とし、誰も手に負えない存在になっていた。【2】セヴァストクラトルのイサアキオス＝コムニノスは、この者の息子グリゴリオスと自分の娘の一人[8-51]を婚約させた。しかし二人ともまだ子供であったので、ただ結婚《ガミリア》契約《シンフォナ》だけが彼らの間で交わされた。そこで［ガヴラスは］子供たちが適法の年齢[8-52]に達したときに結婚式が成就されるように願って、彼の息子グリゴリオスをセヴァストクラトルの手に委ね、彼自身は皇帝《ヴァシレフス》に暇乞いをしてから、自分の土地《ホラ》へ戻って行った。しかしその後しばらくして、彼の妻が万人の共通《キノン》の負債《フレオス》を支払う[8-53]こととなり、その後その者はアラン人のことのほか高貴な家柄の別の女性と再婚した。だがセヴァストクラトスの妻とガヴラスが娶った女性がそれぞれたまたまある二人の兄弟の娘たちということであった。そのことがはっきりし、法律《ノミィ》からも教会法《カノネス》からも二人の子供の結合は禁じられていたので[8-54]、この結婚契約《シナラグマ》は破棄された。皇帝《ヴァシレフス》はガヴラスがどれほど有力な戦士《ストラティオティス》であるか、どれほど大きな混乱

を国家に引き起こしうるかを知っていたので、彼の息子グリゴリオスがこの結婚契約《シナラグマ》の反故により父のもとへ戻ることを望ます、二つの理由から彼を都《ヴァシリヴウサ》にとどめておこうとした、すなわち一つは彼を人質《オミロス》として手もとに引き止めておくこと、一つはガヴラスの好意を手に入れることであり、そうすればもしその者が良からぬことを引き起こそうとしても、思い止まるであろう。実際そのために〔皇帝は〕わたし自身の姉妹の一人[8-55]とグリゴリオスを結びつけることを考えていたのである。確かにこの理由から子供〔グリゴリオス〕を送りとどけることとは引き延ばされることとなった。【3】〔父の〕ガヴラスは再び諸都市《ヴァシリストン》の女王《ポレオン》を訪れ、その時皇帝《アフトクラトル》の考えについて何も気づかず、自身の息子を密かに取り返そうと計画をたてていた。皇帝《アフトクラトル》がある種の暗示を与え、自分の考えていることをそれとなく伝えようとしたけれども、ガヴラスはしばらくの間心に抱いた計画をあかそうとはしなかった。その者は〔皇帝の暗示を〕理解していなかったのか、あるいは少し前に結婚話がだめになったことから嫌気がさしていたのか、私には分からないが、とにかく国に帰る際に息子を渡してくれるように申し出た。しかし皇帝《アフトクラトル》はそれに応じようとしなかった。【4】そこでガヴラスは自分の方から進んで子供を後に残し、その者のことは皇帝《アフトクラトル》の考えに任せるふりを装い、そして彼〔皇帝〕へ暇乞いの挨拶をしてビザンティオンを離れようとした時、セヴァストクラトルによって、親戚関係《キドス》とそれにより生じた彼への親愛《シニシア》の気持から大殉教者《メガロマルティス》のフォカスの聖堂《テメノス》の建っている場所に招待されることになった。そこはプロポンディス[8-56]の岸辺の、すばらしく美しい所に位置する別荘であった。そこで〔二人は〕すばらしいご馳走を楽しんだ後、セヴァストクラトルはビザンティオンへ戻る用意を始める、その時〔ガヴラスは暫時〕息子をあずかり、翌日彼と一緒に居られるよう願い出た。相手は即座に承知した。しかし翌日子供と別々にならなければならなくなった時、たびたび名をあげているガヴラスは、〔子供の〕家庭教師《ペダゴイ》たちにソスセニオンまで彼と同行できるように願い出た。なぜならそこで一泊するつもりでいた。その者たちは同意し、彼と一緒に道を進んだ。そしてそこで再び別れねばならなくなった時、家庭教師《ペダゴイ》たちに同じことを、つまり今度は灯台《ファロス》[8-57]まで息子が自分に同行できるよう願い出た。

しかしその者たちは拒んだ。そこで父親の心情と［息子の］長期にわたる異郷での滞在を前面にもちだし、さらに次々と他のことを申し述べ、家庭教師《ペダゴイ》たちの堅い心をほぐし、結局その者たちは彼の言葉に言いくるめられ、承知することになってしまった。ところでその灯台《ファロス》に到着すると、これまでの嘆願の隠された意図を顕わにし、子供の手をとり、さっと一隻の貨物船《オルカス》に乗りこみ、自身と息子を黒海《ポンドス》の波の背に託したのである。【5】 皇帝《アフトクラトル》はこのことを知ると、［翼ある］言葉《ロゴス》よりも速く［何隻かの］快速《ドロマデェ》艇《ニエス》を彼に向けて送りだした、そしてその際出発する者たちに指示したことは、ガヴラス宛の書簡《グラフェ》[8-58]をその者に手渡し、もしその者が皇帝を敵にすることを望まない場合は、その者の同意のもとに急いで子供を連れもどってくることであった。そこでその者たちは出発し、エイヌポリスの手前、その地の住民によってカラムヴィスと呼ばれている町《ポリス》の沖で彼に追いつく。つぎにその者たちは皇帝《アフトクラトル》が私自身の姉妹の一人とその子供を一緒にさせる意を明らかにした皇帝の書簡《ヴァシリキィグラフェ》を手渡し、そしてその者と長時間話し合った後、子供を送り返すことを納得させる。【6】 皇帝《アフトクラトル》はその子供を見ると、即刻にごく通例の文書《エングラファ》によって結婚契約《シナラグマ》を確かなものにした後、教育係《ペダゴゴス》として皇后《ヴァシリス》の従者《セラポンデス》の一人、宦官《エクトミアス》のミハイルへその者を託した。それから［皇帝は］宮殿《アナクトラ》［大宮殿］に暮らすことになったその者に品性の向上に努めさせ、あらゆる軍事教育《ペディア ストラティオティキ》を与えるなどして、大いに面倒をみていた。しかし若者の常として、その者は誰の言うことにも従うことを全く嫌い、事実当然の敬意を払われていないと駄々をこねていた。同時に教育係《ペダゴゴス》に対しても毛嫌いし、むしろあれほど大きな世話を受けたことに感謝しなければならないのに、急いで自身の父のもとへ帰ることを考えるようになった。そしてそのような計画を思いめぐらすだけにとどめず、それを実行に移そうとし始めた。実際幾人かのもとを訪れ、その秘密の計画について相談する。［相談を受けた］それらの者たちは、デカノスの息子エオルイオス、エフスタシオス＝カミツィス、宮《ヴァシリキ》殿《アヴリ》の人々が普通ピンゲルニスと呼んでいる酌取り《イノホオス》のミハイルたちであった。これらはことのほかに好戦的な男たちで、まさしく皇帝《ヴァシレフス》の腹心であった。彼らのうちの一人ミハイルは皇帝《アフトクラトル》のもとへ行き、すべてを告げる。しかし［皇帝は］

全く信じることができず、言われたことを聞き入れようとしなかった。しかしガヴラス［グリゴリオス］は彼らに協力を迫り、逃走［の計画］を押し進めようとしていたので、皇帝《アフトクラトル》に忠実であった者たちは彼に向かって、「われわれに誓い《オルコス》をたててその計画が真実であることを示さなければ、あなたの指図に従うつもりはない」と告げた。その者が誓うことを確約したので、その者たちは不信の徒がわが救世主《ソティル》の脇腹をそれで刺した聖なる釘《イロス》[8-59]が置かれている場所[8-60]を教えることに取りかかる、それは、その釘で傷つけられたお方にかけて誓わせるために、彼にそれを持ってこさせる魂胆からであった。【7】それらの者たちに丸めこまれて、ガヴラスは［その場所に］入り込み、気づかれずに聖なる釘《イロス》を持ちだしてくる。すでに皇帝《アフトクラトル》に前もってその計画を伝えていた者たちの一人が急いで［皇帝のもとへ］来て言うには「ご覧下さい、ガヴラスもおり、またその者の隠し持っている釘《イロス》もあります」そこで皇帝《アフトクラトル》がただちに命じると、ガヴラスも連行され、釘《イロス》も懐の中から取り出される。その者は尋問されると、ただ問われただけですべてを認め、関わった者たちの名と計画されたことなどすべてを白状してしまった。とにかくその者自身は有罪の判決を下された後、フィリプポリスのドゥクスのエオルイオス＝メソポタミティスに引き渡される、それはその者を［フィリプポリスの］城塞《アクロポリス》で鎖をつけて監禁し、監視を続けるためであった。デカノスの息子、エオルイオスに関しては、当時ダヌヴィス沿岸地方《パラドナヴォン》のドゥクス職にあったレオン＝ニケリティスのもとに書簡《グラマタ》[8-61]を持たせて送りだした、確かに外見上はその者を彼［レオン］と共にダヌヴィス地方を守らせようとするものであったが、実際はその者をニケリティスによって監視させることにあった。他方カミツィスの息子のエフスタシオス自身とその他の者たちについては、追放の上、拘禁状態に置かれた。

第IX巻

第1章

[1] さてヨアニス［コムニノス］とグリゴリオス＝ガヴラスの問題をそのように処理すると、皇帝《アフトクラトル》はフィリプポリスを離れ、ダルマティアとわたしたちの領土《イメダピイ》の間に位置する渓谷地域《テムビイ》に向かう。［皇帝は］その地方の住民によってズィゴス[9-1]と呼ばれている地域の山間の隘路全体を踏破したが、それは馬で行くのでなく（なぜならそこは山や谷に満ち、樹木で深くおおわれ、ほとんど近づけず、これまでずっと騎馬による通行を許してこなかった）、すべてを徒歩で突き進み、そして自分自身の眼でくまなく調べ、敵が容易にかつ頻繁に通り抜ける場所を無防備のままにしておいてはならないので、ある所では溝を掘ることを命じ、またある所では木造の塔《ピルイ》を建て、その場所の地形が許せばレンガと石で砦《ポリフニア》を建造することを命じるなどした、その際には彼自身でそれらの砦の間の距離と［それぞれの］砦の大きさを決定したのである。またある所では巨大な樹木を根本から切り倒して、地面に横たえるよう指示を与えた。このように敵の通行を防ぐ処置をとった上で、大都《メガロポリス》への帰還の途につく。[2] しかしこの説明ではおそらく読者にそのような処置《イコノミア》は安易すぎると思われるだろう。だがその当時皇帝《アフトクラトル》がどれほど多量の汗を流して頑張り抜いたか、それについては当時そこに居合わせ、なお今日も生きている人々の多くが証言するだろう。さてそれからさほど日数の経たないうちに、ツァハスの動静についてとても詳細な報告が彼のもとに届けられる、すなわち陸海においてその者の喫した敗北[9-2]の一切は彼を以前

の考えから方向転換させることなく、むしろ皇帝《ヴァシリス》たちの用いる標章《パラシマ》を身につけ、みずから皇帝《ヴァシレフス》と称し、そこが宮殿《ヴァシリア》であるかのようにスミルナに居を構え、また再び島々を荒廃させ、ビザンティオンそのものにまで達し可能なら帝座《ヴァシリア》の高み《ペリオピィ》にまで持ち上げられるために、艦隊《ストロス》の準備にとりかかっている。【3】皇帝《アフトクラトル》は日々の報告でこれらのことを確認し、そこで決意したことは、これらの不穏な知らせに尻込みしたり、弱気になったりしてはならず、夏季の残り[9-3]と続く冬の間[9-4]に［戦いの］準備を行い、つぎの春には全力を挙げて彼に立ち向かい、あらゆる方法でその者のすべてを、すなわち計画・希望・企てを急いで水泡に帰してしまうだけでなく、スミルナそのものから彼を追い払い、以前に彼によって掌握された他のすべてを彼の手から解放しなければならないということであった。すでに冬が過ぎ、春がにっこりと微笑みを始めると、［皇帝は］エピダムノスから妻の兄弟ヨアニス＝ドゥカスを呼びもどし、[9-5]艦隊《ストロス》のメガス＝ドゥクスに任命した。そして陸兵からなる精鋭の軍隊《ストラトス》を与え、陸路からツァハスに向かって進軍するよう指示し、他方コンスタンディノス＝ダラシノスに艦隊《ストロス》の指揮権《イエモニア》を託し、海岸に沿って進むように指示した、そうすれば二人は同時にミティリニ[9-6]に到着し、海上と陸上の双方からツァハスと戦いを交えることになるだろうからである。【4】さてドゥカスはミティリニに到着すると、[9-7]ただちに木製の塔《ピルイ》を組み立て、それらを基地にして出撃し、蛮族《バルバロイ》に対して激しく戦いを始める。他方ツァハスは彼の甥のガラヴァツィスにミティリニの守り《フルゥラ》を託していたが、あのような男［ドゥカス］に太刀打ちできないと気づき、急いで現地に駆けつけ、［軍勢を］戦闘《ポレムゥ》隊形《スヒマ》に並べるとドゥカスと戦いを交える。激しい戦いとなり、夜が戦闘を終わらせるまで続いた。ドゥカスは、その時から月が三回転するまでの間、中断することなく毎日、ミティリニの城壁《ティヒ》に向かって突撃し、日の出から日没までツァハスと勇ましく戦いを交える。【5】しかしそれほどまでのドゥカスの苦しい頑張りからなんの有効な進展もなかった。皇帝《アフトクラトル》はこのことを知って、悲しみいらだった。しかしその地から帰還していた一人の兵士《ストラティオティス》に尋ねたことから、ドゥカスが戦闘《マヘ》と戦い《ポレミィ》以外になんの工夫もしていないことを見抜き、戦いの時について、すなわちツァハスとの戦闘《マヘ》はいつごろ行われているかと質問した。その者は陽の光が輝き出すころと応えたので、皇帝《ヴァシレフス》は「その時東《アナトレ》に向かって戦っているのはどちらか」と再び尋ねる。「わが軍《ストラテヴマ》です」と兵士《ストラティオティス》は応える。その者［皇帝］は即座に戦いの芳しくない原因を理解し、いつものように瞬時になすべき方策を見いだすと、その場で次のように勧告するドゥカス宛の書簡《グラマタ9-8》をしたためる、すなわち日の出にツァハスと戦闘《マヒ》を交えないこと、一人で二人の敵、言うまでもなく陽の光とツァハス自身と戦ってはならない、陽が最高点を過ぎ、西《ディスミ》に傾きだした時、その時に初めて敵に向かって攻撃にでること。この書簡《グラマタ》を兵士《ストラティオティス》に手渡す際、この件に関して幾度もくり返して指示を与え、最後に「陽が傾きだした時に攻撃に出れば、諸君はたちまち勝利者となるだろう」と断言した。【6】ドゥカスはその兵士《ストラティオティス》を通じてこれらの勧告を知り、これまでどんなことであれ皇帝《アフトクラトル》の忠告を決して疎かにしなかったので、翌日蛮族《バルバロイ》たちはいつものように武装して戦いに備えたが、戦う相手は誰一人姿を見せなかった（なぜならローマ《ロマイケ》軍《ファランゲス》は皇帝《アフトクラトル》の指示にしたがって動かないでいた）、それでその日戦闘を諦め、武具《オプラ》を取り外しその場で何もせずにとどまっていた。しかしドゥカスは休んでいたのではなかった。陽が中天に達した時、彼自身と全軍《ストラティオティコン》は武装し始めた。そして陽が傾き始めると、戦い《ポレモス》の隊列《タクシス》が組まれ、突然大きな叫び声と鬨の声を発して蛮族《バルバロイ》目がけて突撃が起こる。もちろんツァハスは狼狽する様子を見せず、ただちに武装して激しくローマ《ロマイケ》軍《ファランゲス》と戦いを交える。しかしそのとき生じた烈風と接近戦で、砂塵が雲のように空にまで舞い上がり始めた。［蛮族は］一方で顔に眩しい陽の光を受け、他方で烈風で舞いあげられた土煙でいわば視力を奪われ、さらにローマ人がこれまで以上に激しく突撃してきたので、うち負かされ敗走に転じた。【7】さてツァハスはもうこれ以上攻囲《ポリオルキア9-9》に耐えることもできず、またくり返される戦闘《マヒ》を続行するだけの十分な力もないので、スミルナまでの安全な航海が許されることだけを条件に、和平《イリニ》を申し出た。ドゥカスは彼の願いを聞き入れ、その際には選り抜きのサトラペェのうち二人を人質《オミリ》として受けとった、他方その者もドゥカスに人質を求めたので、［ツァハスが］出発にあたってミティリニの住民の誰一人にも危害を加えず、あるいはその時に住民の誰一人をもスミルナに連れ去らない、他方スミルナまでの安全な航海を［ツァハスに］約束するという条件で、アレクサンドロス＝エフフォルヴィノスとマヌイル＝ヴトミティスを彼に渡した。これらの者は戦闘を好み、勇敢な男たちであった。つぎに二人［ドゥカスとツァハス］は互いに誓約《ピスティス》を取り交わし、これで一方の者はツァハスが出発に際してミティリニの住民になんらかの危害をおよぼすのではないかという不安から、他方の者は航海中にローマ艦隊《ロマイコストロス》からひどい仕打ちを受けるのではないかとの心配から、解放されたのである。[8] しかし蟹がまっすぐ前を向いて歩くことを学ぼうとしないように、[9-10] ツァハスもまた持ち前のよこしまから手を引こうとはしなかった。なぜなら女子供を含めてミティリニの住民すべてを自身と一緒に引き連れて行こうとした。これらの生じている間に時の艦隊の司令官《サラソクラトル》[9-11]のコンスタンディノス＝ダラシノスはまだその場にいず、ドゥカスからの指令に従ってある岬の近くに彼の船舶《ニェス》を停泊させたが、その後事態を知るとドゥカスのもとへ行き、ツァハスと戦いを交えることを自分に任すよう要求した。しかしその者は先に行った誓《オルコス》いを考え、戦いの許可をしばらく延ばそうとした。だがダラシノスはつぎのように言って、どうしても引き下がろうとはしなかった。「誓ったのはあなたであり、私はその場にいなかった。あなたは与えた誓約《ピスティス》をそのまま守られたらよい、しかし私はその場に居合わせなかったし、誓約もしていないし、二人の間で同意されたことに関知してもいないので、ツァハスとの戦い《ポレモス》に立ち向かうことにする」さてツァハスが艫綱を外し、まっすぐスミルナに向かって航海を始めた時、ダラシノスは彼の動きを知ると、言うよりも速く行動に出て追跡に乗りだした。その上ドゥカスもツァハスの艦 隊《ナフティコン》の残りが艫綱を解いている最中に現れ、まずそれらの船舶《ニェス》を拿捕し、次にすべての戦争捕虜《ドリアロティ》と船中に縛られている囚 人《エフマロティ》を蛮族《バルバルキ》の手から救い出した。他方ダラシノスはツァハスの小型の《リストリカ》快速艇《プリア》の多くを捕らえ、漕ぎ手と共に船中の者を殺すよう指示を与えた。[9] もしツァハスが持ち前の抜け目なさで起こりうる事態を予測して、ごく軽い小型の船《アカティア》の一隻に乗り移り、敵に疑われず密かにその場から脱出しなかったならば、きっと彼自身も捕らえられていたであろう。実はその者は自分の身に降りかかるであろう事態を推測し、陸地［本土］側からトルコ人をある岬に待機させ、自分が無事にスミルナに達するまで、あるいはもし敵と遭遇した場合にいわば避難所として彼らの近くに船《ナフス》を近づけるのを、見守らせていたのである。確かに狙いを外すことなく、船《ナフス》をそこに着け、自分を見守っていたトルコ人と合流すると、スミルナに向かってその場から立ち去り、その地にたどり着いたのである。他方ダラシノスは勝利者《ニキティス》として引き返し、メガス＝ドゥクスに合流する。そしてドゥカスはミティリニの防御工事を行い、次にダラシノスがその地から帰途につくと、ローマ《ロマイコス》艦隊《ストロス》からかなりの部分を分離し、ツァハスの掌握している諸地点に派遣し（なぜならその者はすでに多くの島々を奪い取っていたのである）、奇襲攻撃でサモスと他の島々を掌握した後、その者［ドゥカス］も女王の都市《ヴァシレヴウサ》への帰途につく。

第2章

［1］それからさほど日数の経たないうちに、皇帝《アフトクラトル》はカリキスの反逆《アポスタシア》と彼によるクレタ島の奪取、つぎにラプソマティスによるキプロス島の掌握を聞き知り、そこで大艦隊《ストロス》と共にヨアニス＝ドゥカスを彼らに向けて送りだした。クレタ島の住民はドゥカスのカルパソス島への到着を知ると、そこが［クレタ島の］近くに位置しているのを知っていることから、カリキスを攻撃し、彼に対して残酷な殺害におよび、つぎにクレタ島をメガス＝ドゥクス［ヨアニス＝ドゥカス］に引き渡した。ドゥカスは島の防備を固め、十分な軍勢《ディナミス》を島の守り《フルウラ》に残した後、キプロス島に向かって航海を始める。船を島の海岸に着けると同時に、奇襲《エクスエフォドウ》してキリニを掌握した。他方ラプソマティスはこのことを知ると、彼に対して勢いよく戦いの準備にとりかかる。そこでその者［ラプソマティス］はレフクシアを離れ、キリニを見下ろす丘に達すると、そこに防柵《ハラクス》の陣地を設営した、しかしその間、戦争経験がなく戦《ストラティイカ》略《テフナズマタ》に疎かったので戦闘に打って出ようとしなかった。確かにその時まだ準備ので

きていない敵に襲いかかるべきであったのである。その者がその時ぐずぐずと戦闘《マヒ》を引き延ばしたのは、まだ準備が十分でなく、だから合戦にそなえて準備万端整えようとするためではなく（なぜなら戦いの準備は十分よくできており、その意志さえあれば、ただちに戦いにのぞむことができたのである）、実は戦いたくなかったからである、その者は少年たちの遊び気分で戦いに乗りだしたのである、そして臆病にも敵に使者を送って、優しい言葉でなんとか彼らを懐柔させる考えでいたのである。【2】私の思うところでは、そのようなことを始めたのはあるいは戦争を知らなかったからであろうか（私自身が聞いたところでは、その者はあたかも昨日、実にごく最近になって剣《クシフォス》と槍《ドリ》に触れたばかりで、まだ馬に乗る術を心得ていず、たまたま馬に跨り、駒を進めようとしても、びくびくし目眩を起こしてしまうのであり、このようにラプソマティスはこと軍事《ストラティオティキ》についてはまったく経験《エムピリア》がなかった）—ことを始めたのはこれらのゆえか、あるいはそれとも皇帝《ヴァシリカ》軍《ストラテヴマタ》の突然の出撃《エフォドス》で仰天して、正気を失ってしまったからであろうか。そのため確かにおどおどしながら戦いにのぞもうとしたが、事態は彼にとってうまく運ばなかったのである。事実ヴトミティス［マヌイル[9-12]］はその者［ラプソマティス］の味方のうちのある者たちを自分側に上手く取り込み、脱走してきたそれらの者を自身の軍隊《ストラテヴマ》に組み入れたのである。その翌日ラプソマティスは諸隊《フランゲス》を配置し終えると、ドゥカスと戦い《ポレモス》を交えようと、ゆっくした歩調で丘の斜面を下っていった。両軍《ストラトペド》を隔てる空間が縮まった時、ラプソマティス側の一〇〇名の兵士が本隊から離れ、手綱《イニエ》を完全に弛め、明らかにドゥカスに向かって突撃するかに見えた、しかし槍《ドラタ》の切っ先を後方に向け、彼［ドゥカス］に投降したのである。【3】ラプソマティスはこれを目にすると、即座に敵に背を見せ、手綱《イニエ》を完全に弛めると、ネメソスへ方向を転じて逃走にとりかかる、その場所に達すればそこで船《プリオン》を手に入れ、それに乗ってシリア[9-13]の海岸に到着し身の安全を図ることができるだろうと考えてのことであった。しかしマヌイル＝ヴトミティスが背後から彼を追い、迫ってきていた。窮地に押し込められ、希望を失ったその者は［海岸とは］別方向の山[9-14]へ向かおうとし、以前に尊い《ティミオス》十字架《スタヴロス》を讃えて建設された聖堂《ナオス》の中へ逃げ込んだ。しかしヴトミティス（ドゥカスによって彼の追跡を命じられていた）はその場所でその者を捕らえ、危害を加えないとの約束を与えてから、その者を連れてメガス＝ドゥクスのもとへ導いた、そしてすべての者はそこからレフクシアへ向かい、つぎに全島を彼ら自身の手中におさめた後、できる限りの範囲で島の防御手段を講じ、同時にことの次第のすべてを書簡《グラマタ》で皇帝《アフトクラトル》へ報告した。［4］皇帝《ヴァシレフス》は彼らの奮闘に満足の意を示し、同時にキプロスに関して安全策を講じなければならないと判断した。そこでただちにカリパリオスを判事《クリティス》と税の査定者《エクシソティス》に[9-15]任命することにした。この男は名門の出ではなかったが、正義の実行・清廉・謙虚において広く知られていた。また島にはこれを守る者を必要としたので、エヴマシオス＝フィロカリスに島の防衛《フルウラ》を託し、軍司令官《ストラトペダルヒス》に任命すると同時に、キプロスが陸海において安全に守られるよう彼に戦《ニエス》艦《ポレミケ》と騎兵《イポテェ》を与えた。ヴトミティスはどうかと言えば、ラプソマティスと、彼と共に反逆を起こした不死部隊《アサナティ》の者たちとを連れてドゥカスのもとへ戻り、それから女王の都市《ヴァシレヴウサ》への帰還の途につく。

第3章

［1］島々、すなわちキプロスとクレタに起こった出来事はそのようなものであった。さてあのツァハスは好戦的で頭の回転の活発な男で、じっとしていようとせず、その後すぐにスミルナに至ると、[9-16]そこに居を構え、再び以前と同じ目標を抱いて軽装《リストリケ》の快速艇《ニエス》・通常戦艦《ドロモネス》・二段櫂船《ディイリス》・三段櫂船《トリイリス》、[9-17]その他多数の船足の速い船舶《ニエス》の建造に熱心に取りかかった。これらのことを知ると、皇帝《アフトクラトル》は尻込みすることも、また対応を先に延ばすこともせず、海上と陸上において急いでその者を打ち破ることにとりくんだ。すなわち一方では［再び］コンスタンディノス＝ダラシノスを艦隊司令官《サラソクラトル》に任命し、全艦隊《ナフティコン》とともにただちにツァハスに向けて送りだしたのである。［2］他方では［皇帝は］スルタンに書簡《グラマタ》を送って煽り立てツァハスに立ち向かわせるのが有利であると

考えた。そこでつぎのような内容の書簡《グラマタ》[9-18]をしたためる。「もっとも光り輝くスルタン、クリツィアススラン、[9-19]貴下のスルタン位《アクシオマ》が父からのものであることはご承知の通りである。ところで貴下の舅にあたるツァハスは誰の目にも明らかなようにローマ人の帝国《ヴァシリア》に対して武装し、自らを皇帝《ヴァシレフス》と称している、しかしこれはまったく見せかけにすぎない。誰もが先刻承知のことであるが、その者は豊かな経験を持ち、ローマ人の帝国《ヴァシリア》が彼には無縁の存在であり、そのような大きな帝国《アルヒィ》を掌握することなど不可能なことを十分に分かっている。しかしまったく有害な策略が貴下に向けて錬られている。だから彼から眼を離さず、尻込みしてはならず、むしろ権力《アルヒィ》の座から追い払われないために十分心されなければならない。私に関しては、神《セオス》の助けを得て、その者をローマ人の帝国《ヴァシリア》の国境《オリア》の外へ追い払う所存である。そこで私は貴下のことを心配して、つぎのように勧告する次第である。ご自身もご自分の帝国《アルヒィ》と権力《エクスウシア》に気を配り、和平《イリニ》の手段を用いて、しかしもし［相手が］それを進んで受け入れようとしなければ、剣《クシフォス》を使って一刻も早くあの者を服従させるようにしなさい」【3】ツァハスが自身の軍勢《ディナミス》を率いて陸路でアヴィドスに到着し、攻城器《エリポリス》とあらゆる種類の投石《ペトロヴォラ》機《オルガナ》でここを攻囲することに取りかかったのは、皇帝《ヴァシレフス》によってこれらの措置がとられた後であった。［ツァハスが陸路で来たのは］いまだ軽装《リストリケ》の快速艇《ニエス》が準備されず、使用することができなかったからである。他方きわめて冒険好きでこの上なく大胆な男であったダラシノスは、自身の軍勢《ディナミス》を率いてアヴィドスに至る［海］路を進んでいた。またスルタンのクリツィアススランも皇帝《ヴァシレフス》からの伝言を受けとると、ただちに行動に移り、全軍《ストラテヴマ》を率いてツァハスのもとへ至る道を進んだ。実際蛮族《バルバロン》というものはおしなべて殺戮と戦いにはやり立つものである。【4】さてその者［スルタン］が近づき、そのため［ツァハスは］敵が陸と海から自分に迫ってくるのを知りながら、しかし彼によって用意される船舶《ニエス》がいまだ完全に整わず、手もとに一隻の船《プリオン》もなく、さらにローマ軍《ストラテヴマ》と彼の姻戚であるスルタンのクリツィアススランの軍とに立ち向かう十分な軍勢《ディナミス》をもっていないため、まったくの窮地に陥っていた。その上アヴィドスの住民とそこを守備する兵士《ストラティオテェ》たちにも恐怖を感じ、そこで、皇帝《アフトクラトル》によって自分に対して仕向けられた策謀を知らないまま、スルタンのもとへ会いに行かねばならないと判断した。スルタンは彼の姿を目にすると、たちまち笑顔を向け、喜んで迎え入れた。そこで［スルタンは］いつも行われるように食卓を用意させ、一緒に食事を始めると、ツァハスに生のままのブドウ酒を飲むようしきりに勧めた。［スルタンは］その者がブドウ酒をたらふく飲み込んだのを見定めると、剣《クシフォス》を引き抜き、その者の脇腹に突き立てた。彼自身はその場に死体《ネクロス》となって横たわり[9-20]、他方スルタンは今後の和平《イリニ》について使節を皇帝《アフトクラトル》へ送り、その目的を果たした。事実皇帝《アフトクラトル》は彼の願いを受け入れる、そして和平の協定《イリニケェスポンデェ》が通常の形で締結された結果、海岸の領域《オリア》には平穏が回復されることとなった。

第４章

【1】皇帝《アフトクラトル》はあのような大きな心配事[9-21]からいまだ完全に放免されず、またあの者［ツァハス］から受けた苦痛から完全に立ち直らないうちに（もっとも彼自身がその場にいなかったとしても、さまざまに処置《イコノミィア》し、思案をめぐらし、手を貸していたのである）、再び別の苦闘に追いやられる羽目となった。事実ヴォルカノス（この者はダルマティア人の領土《アルヒィ》[9-22]を完全に握り、口も手も実に達者な男であった）がスキタイの滅亡[9-23]後、太陽の回転が二度完了した後、自身の領域《オリィ》を越え、国境近くの町々《ポリス》やそれらの近郊《ホレ》を略奪し始め、さらにリペニオンすら奪い、火を放って炎上させてしまった[9-24]。【2】皇帝《ヴァシレフス》はこれらの事態を知って、もはや我慢することができず、十分な軍勢《ディナミス》を集めると、方向をまっすぐリペニオンに定め（ここはわたしたち《イメダピィ》の領土《ホラ》からダルマティアを分かつズィゴス[9-25]の麓に位置する小さな砦《ポリフニオン》である）、セルビア人[9-26]に向かって進撃することになった、それはもしヴォルカノスと相対峙することになれば力の限り戦って、神《セオス》により勝利が与えられるなら、リペニオンとその他のすべての地点を再建し、元の状態に回復させることを願ってのことであった。【3】しかしヴォルカノス

は皇帝《アフトクラトル》が来るとの情報を得ると、その地を離れスフェンザニオンに向かう。ここは先に語られたズィゴスの丘陵地帯にある砦《ポリフニオン》[9-27]で、ローマ人の領土《オリア》とダルマティアとの間に位置している。皇帝《アフトクラトル》がすでにスコピアに到着していた時、ヴォルカノスは使者を送り、和平《イリニ》の条項を並べ立て、同時に最近生じた不幸の原因は自分にないと主張し、すべての原因をローマ人の軍事指揮者《サトラペェ》[9-28]に帰して、言うには「それらの者たちが自分たちの領域内《オリア》にとどまっていることに満足せず、しばしば出撃して、セルビアに少なからぬ損害を与えたのだ。しかし私に関しては、今後このような（越境）行為は決してすることはない、自分の土地に戻った後、私は自分の親族《シンゲニス》のうちから人質《オミリ》を陛下《スィヴァシリア》に送り、もはや私の領土から越えて出ていくことはしない」皇帝《ヴァシレフス》はこれらの言葉に頷き、破壊された諸都市《ポリス》を再建し人質《オミリ》を受けとる任務の者たちをそこに残し、女王の都市《ヴァシレヴウサ》に帰還した。**[4]** しかしヴォルカノスはこれらの人質《オミリ》を求められても、差し出そうとせず、一日一日と先に延ばし、まだ一年が過ぎてしまわないうちに、再びローマ人の領土《ホレ》へ侵入する始末であった。先に彼［皇帝］に対して行った協定《シンシケェ》と約束をその者に思い出させる皇帝《アフトクラトル》からの何通もの書簡《グラフェ》[9-29]を受け取りながら、その者はそれらを果たそうとはしなかった。そこで皇帝《ヴァシレフス》はセヴァストクラトルにして彼の兄弟［イサアキオス］の息子ヨアニスを呼び出し、十分な軍勢《ディナミス》と共に彼に向けて送りだした。その者は戦争の経験がなく、そしてすべての若者と同様に戦闘に駆り立てられ、リペニオンのそばを流れる川を渡ると、ズィゴスの丘陵地帯に、すなわちスフェンザニオンを正面にした地点に防柵の陣地《ハラクス》を設営した。この動きはヴォルカノスの知るところとなり、そこでその者は再び和平《イリニ》について彼［ヨアニス］に打診し、先に約束した人質《オミリ》を差し出し、すでに交わされたローマ人との和平《イリニ》を今後遵守することを約束した。しかしこれらは単なる言葉上の約束にすぎなかった。彼自身［ヴォルカノス］は相手を攻撃すべく密かに万全の準備に取りかかっていたのである。**[5]** ヴォルカノスがヨアニスの居る場所に向かって進み始めた時、一人の修道士《モナホス》が彼を追い越し、その者の計画をヨアニスに告げ、敵がここへ達しようとしていると断言した。しかし［ヨアニスは］怒りを顕わにしてうそつき、人を惑わす者と呼んで、その者を追い払った。しかし事態がすぐにその言葉の真実を証明する。なぜなら「敵は」夜中に彼を襲い、幕舎《スキネ》の中にいた兵士《ストラティオテェ》の多くを殺害し、他方多くの者は大慌てに逃走し、下を流れる川[9-30]の急流に運び去られ溺れ死んだ。しかし少しも動じることのない者たちはヨアニスの幕舎《スキニ》に駆け集まり、果敢に戦い、辛うじてそれ「幕舎」を無傷のままに守り抜いた。とにかくそのようにしてローマ《ロマイコン》軍《ストラテヴマ》の大部分は破壊されてしまった。他方ヴォルカノスは自身の兵士を一つに集めると、ズィゴスの高所に登り、スフェンザニオンに居を構える。【6】ヨアニスの兵士たちは彼らを見て、自分たちが少数であり、あのような多勢の敵と戦うことは不可能であるので、引き返して川を渡ることを決心した。これは実行に移され、その者たちはそこからおよそ十二スタディア離れているリペニオンに向かう。ヨアニスは大部分の兵士を失い、これ以上戦いを続けることはできないので、女王の都市《ヴァシレヴウサ》に通じる道を進むことにした。さてヴォルカノスはそのため大胆になり、敵対する者が一人も残っていないので、近隣の町々《ポリス》とそれらの近郊《ホレ》を略奪することに取りかかった。そしてスコピアの周辺の地方《ホラ》を完全に破壊し、さらに「スコピアの」一部をも炎上させた。これだけにとどまらず、さらにポロヴォスを奪い、つぎにヴラネアまで進み、その間のすべてを焼き払い、同時に多くの略奪品《リア》を奪い取り、つぎに自分の土地へ戻っていった。

第5章

【1】皇帝《ヴァシレフス》はこれらの事態を知ると、もはや我慢できる状態ではなく、ただちに再び戦いに向けて自らを完全武装した、そしてその時その者には、あのアレクサンドロスが高い調子の楽の調べを待っていたのとは違って、笛の奏者ティモテオス[9-31]の励ましを全く、ほんの少しでさえ必要とすることはなかったのである。実際皇帝《アフトクラトル》自身武器《オプラ》を身に着け、そしてその時たまたま居合わせた他のすべての者たちをも武装させると、ダル

マティアに通じる道をまっしぐらに突き進むこととなった、[9-32] それは先に破壊された諸城塞《カストラ》を再び再建し、元の状態に回復させ、同時に彼〔ヴォルカノス〕によって行われた破壊行為への復讐を彼に対して存分に果たすことに急いで取りかかろうとの熱意からである。そこで大都《メガロポリス》を後にして、ダフヌティオン（ここはコンスタンティヌスの〔都〕から四〇スタディア離れた地点にある古い都市《ポリス》である）に達し、そこでまだ到着していない一族《シンゲニス》の者たちを受け入れるため、待つことになる。【2】さて翌日ニキフォロス＝ディオエニスが怒りと野心を心に一杯詰め込んで到着する。しかしいつものように仮面をかぶり、狐の皮を身にまとい、いかにも気分のよい顔色をして、皇帝《ヴァシレフス》に対して何はばかることなく自由に接するふりをしていた。確かにその者は自分の幕舎《スキニ》を皇帝の寝所《ヴァシリコスキトン》から然るべき距離をおかず、皇帝《ヴァシレフス》のもとへ通じる通路の近くに設営した。マヌイル＝フィロカリスはこれを眼にし、その者のかねてからの企みは彼の気づかぬところではなかったので、雷に打たれたようにその場に身体を震わせて立ちつくした状態になってしまった。しかし辛うじて正気を取り戻すと、ただちに皇帝《ヴァシレフス》のもとへ行き、こう告げる。「この所行は単純なことではないように私には思われる、夜中陛下《シィヴァシリア》に対して謀反の行為がなされるのではないかとの恐れが私をおそう。そこでとにかく彼に話しをして、そこから他へ移らせよう」しかし常に動じることのないその者〔皇帝〕は、フィロカリスに行動にでることを一切許そうとしなかった。その者がしきりに言い立てるのに対して、「そっとしておけ、われわれの方からあの者に行動にでる口実《プロファシス》を与えてはならない。もしわれわれに対して陰謀を企てているなら、彼自身に神《セオス》と人々の前で責任を取らせよう」フィロカリスは不快な気分で、両手を打ち合わせ、皇帝は深慮に欠けると言って、退出していった。【3】それからしばらくして、夜警時の真ん中《メシィ フィラキ ティス ニクトス》ごろ、皇帝《ヴァシレフス》はなんら警戒することなく皇后《ヴァシリス》と共に眠りについたころ、ディオエニスは身体を起こし、剣《クシフォス》を隠し持って〔皇帝の幕舎の〕入口近くに行き、そこで立ち止まった。事実眠っている皇帝《ヴァシレフス》の〔幕舎の〕入口は錠もかけられず、外には見張り《フルゥラ》もいなかった。これがその時皇帝《ヴァシレフス》の置かれていた状況であった。しかしその時、ニキフォロスの企てを抑えたのはなにか神的な力《シア ディナミス》

であった。事実［幕舎の中で］風を送って両陛下《ヴァシリス》の身体から蚊を追い払っている若い侍女をその者は目にすると、詩人の言葉を用いれば、たちまち手足が震え、両頬が蒼白となり、[9-33] そのため殺害を別の日に延ばしたのである。【4】一方ではこの者は理由もなく常に皇帝《アフトクラトル》を殺害することだけを考え、他方では彼［皇帝］に対して企てられたことの一切は彼に気づかれないままでいることはなかった。実際あれからすぐにあの若い侍女が彼［皇帝］のそばへ来て、ことの次第を告げたのである。それゆえにその者［皇帝］は翌日その場所を離れ、行軍し始めたが、その間、一方では自分はなにも知らないふりをしながら、他方では身の安全をはかるために、また同時にもっともらしい不満の理由をニキフォロスに与えないためにいろいろ手段を講じていた。さてセレの領域に入った時、同行していたポルフィロエニトスのコンスタンディノス＝ドゥカスが皇帝《アフトクラトル》へ自分の農園《アグロス》に宿泊するよう願い出る、そこはとても魅力的な場所で、美味しく冷たい水がふんだんに湧きでて、皇帝《ヴァシレフス》をもてなすのにふさわしい建物があった（その場所の名はペンディゴスティスである）、そこで皇帝《ヴァシレフス》は彼の熱心な願いに従い、そこに泊まった。しかし翌日そこを出発しようとする者に、ポルフィロエニトスは承知しようとせず、むしろ、もう少し留まって道中の疲れを回復し、入浴して身体の埃を洗い流すよう求めた。実際すでに彼のために豪華なご馳走の準備もなされていたのである。そこでその者は再びポルフィロエニトスの熱心な勧めに従うことになった。【5】ずっと以前から反逆を決心し、その者［皇帝］を何とか殺害しようと機をうかがっていたニキフォロス＝ディオエニスはその者が身体を洗い浴室から出てくる気配に気づくと、常のようにいかにも狩猟から戻ってきたかのように見せかけて、短剣《アキナキス》を身に帯びて［建物の］中へ入って行こうとした。さてそれを目にしたタティキオスは以前からその者の計画を知っていたので、つぎのような言葉を発して、その場から追い払った。「なんと不作法なことか、剣を帯びて入ってくるとは。今は入浴の時で、行軍中でも、狩猟の時でも、戦いの時でもない」そこでその者は的を射ないまま、引き下がった。その者はその時に自分の計画がすでに知られているのではないかと考え（知ることは恐ろしい告発者である）、逃走して自身の安全をはかろうと、フリストポリスにある［先の］皇后《ヴァシリス》マリアの農園《アグリィ》へ、あるいはペルニコスあるいはペトリツォスへ行き、そこで次に自分に降りかかる事態にうまく対処をしようと考えた。事実皇后《ヴァシリス》マリアは、すでに以前に彼を自分の側に取り込んでいたのである、なぜならその者［ニキフォロス］は、父は同じではなかったが、母方において先の皇帝《プロヴェヴァシレフコス》で彼女の夫《アニル》ミハイル＝ドゥカスの兄弟[9-34]であったからである。［6］さて皇帝《ヴァシレフス》は三日目にその場所［ペンディゴスティス］を離れ、しかしコンスタンディノスについては体を休ませるためにその地に残した、なぜならその時初めて生まれた土地を離れて遠征《エクストラティア》へ出かけることになったその若者の柔弱さとそのようなこと［遠征］の未経験を案じたからである。その者［若者］はその母［マリア］の一人っ子であった。皇帝《アフトクラトル》はその若者のことを大いに気づかい、同時に自分の子供のようにその者をことのほか愛していたので、母である［先の］皇后《ヴァシリス》のもとで全く自由に息抜きすることを許したのである。[9-35]

第6章

［1］話の展開に混乱が生じないように、ニキフォロス＝ディオエニスについて最初から物語ることにしよう。ところでその者の父ロマノスがどのようにして帝位《ヴァシリオス》の高み《ペリオピィ》に持ち上げられたか、どのような最後を迎えたか、それらはすでに幾人もの歴史家《イストリオグラフィ》[9-36]が関心を示した主題であり、彼について知ろうと望む者は、彼ら［の書物］から読むことができる。とにかくその者［ロマノス］はレオンとニキフォロス[9-37]が共に子供であった時に死去した。皇帝《アフトクラトル》アレクシオスは、皇帝として歓呼《アナリシス》された当初において、それらの者が皇族《ヴァシリス》から私人《イディオテェ》となっていることを知り（なぜなら彼らの兄弟でもあるミハイル［七世］は帝位《ヴァシリア》に即くと同時に彼らから赤色の靴《ペディラ》を取りあげ、また冠《ステフィ》も奪い、彼らの母で皇后《ヴァシリサ》のエヴドキアと共にキペルディスの修道院《モニィ》[9-38]への追放を言いわたす）、一方では彼らのこうむった不運のゆえに彼らを憐れみ、他方ではそれらの若者が青春の輝きと力において同年代

の多くの者に優っているのを知り、あらゆる面倒を見るに価すると考えていた、実際その者たちの類には初めて薄髭が生え始めており、背は高くなり、その背丈は物差しで測ったように調和がとれていた、そして彼らの身体から若さの輝きそのものが溢れでて、外形そのものから、嫉妬で見る目を失っていない者には彼らの生来の勇気と高貴がみごとに示され、いわばライオンの仔のようであった。【2】さらにその者［アレクシオス］は物事をただ表面的に見ることも、真実に眼を閉じることも、非難の的となるような感情的な行動に溺れることもなく、ある事実をいわば均衡のとれた精神の秤で測り、そしてそれらの若者についてはその者たちがそこから追われた高みをよくよく考えて、自分の子供にすると同じように腕に抱いていたのである。一体彼らについて良かれと思われることで、実際に口にしなかったこと、実行しなかったこと、配慮しなかったことがあるだろうか。たとえ妬み心を持つ者たちが彼らに矢《トクセヴマタ》を放つことを止めなかったとしても。実際皇帝《アフトクラトル》自身は多くの人によって彼らにひどい仕打ちをするようかき立てられていたけれども、むしろ常に彼らに微笑みの視線を注ぎ、あらゆる助言を受けるに価する者と見なし、また彼らを自分の自慢の種のように思い、いつも彼らに役立つことを助言していたのである。【3】おそらく他の者はこれらの者たちを疑わしい存在とみなし、あらゆる方法を用いて彼らを権力《アルヒ》の座そのものから遠ざけておくことに躍起になっていたであろう。しかしこの皇帝《アフトクラトル》は若者たちに対して放たれる多くの者の非難の言葉を全く取りあげることをしなかった、それはこれらの者たちをとりわけ愛していたからであり、もちろん彼らの母エヴドキアには贈物を与え、皇后《ヴァシリセ》にふさわしい栄誉《ティミ》を奪い取ることもしなかった。そしてもちろんニキフォロス自身にも、そこを自身の居住地とするためにクレタ島の統治権《アルヒ》を託したのである。【4】皇帝《ヴァシレフス》の対応はそのようなものであった。これら二人のうち、レオンは思慮と分別を備え、人に左右されることのない自由な精神の持ち主であり、皇帝《ヴァシレフス》の彼らに対する親切を心に致し、手にしたものを大事に思い、「あなたがたまたま引き当てたのはスパルタである、そこを治めなさい」[9-39]と語った者に従って、自分の現状に安んじていた。他方ニキフォロスは短気で激怒しやすい性質で、皇帝《アフトクラトル》に対して心の底から悪意を抱き、反逆を画策することを止めようとはしなかった。それでもその者はその計画を隠し続けていた。しかしその計画に着手し始めた時、幾人かにこれまで以上に腹蔵なく語りだした。このことは多くの人に気づかれないままではすまなかった。事実彼らの口を通じて皇帝《ヴァシレフス》の耳にも達したのである。しかし皇帝《ヴァシレフス》の対応は一風変わっており、頃合いを見計らって幾度も彼ら[9-40]を呼び出し、耳にしたことをあからさまに告げず、巧みに言葉を選び、適切な忠告を与えていた。事実陰謀について知れば知るほど、［皇帝は］それだけいっそう彼らに対して鷹揚にふるまい、思い止まらせようとしていた。しかしエチオピア人は白くなることはできなかった。[9-41] 事実その者自身［ニキフォロス］は元のままであり、一方で誓い《オルキィ》によってある者たちを、他方で約束によって他の者たちを味方に引き入れようとして、その者が接触したすべての者に腐敗［の種］をばらまいていたのである。【5】ところでニキフォロスの大きな関心は軍隊《ストラトス》の集団《キノン》［一般兵士］にでなく（なぜならすでに［兵士の］すべての心は彼に向けられていた）、すべて軍事指揮官《イエモニス》や元老院《シングレトス》の階級の選ばれた男たちなどお偉方《メイスタネス》に向けられ、特別の心配りで彼らを味方に取りいれようとしていた。彼の心は反逆を成し遂げること一点に向けられていた事以外はきわめて移り気であったが、頭の働きは両刃の剣《クシフォス》よりも鋭く、彼の話には蜂蜜のような甘さがあり、つき合えば人を楽しい気分にさせた、また時には狐の毛皮のように謙虚の衣で身を包み、またある時はライオンのような荒々しさを見せつけるし、身体は強壮で巨人《ギガンテス》とでも競い合うことができると自慢し、顔は刈り入れ時の小麦色、胸は幅広く、頭と肩の高さはその当時の男たちより抜きんでていた。その者がポロ競技に興じ、また馬を駆り、矢を射かけ、あるいは槍《ドリ》を振り回して馬で突撃《イパシア》するさまを見れば、誰もが前代未聞の驚異を見ているのだと思いながら、口を開けてただその場に立ちつくしているだけだった。特にこのことにより多くの人々の人気を勝ちとっていた。実際皇帝《アフトクラトル》の姉妹の夫《ガムヴロス》で、パンイペルセヴァストスの爵位《アクシオマ》の栄誉に浴していたミハイル＝タロニティスさえをも彼の方へ引きつけるほどにまで、彼の一途に目指す目標は近づきつつあったのである。

第7章

【1】さて話を本筋からそれたところへ再び戻し、叙述の流れに沿って進まねばならない。確かに皇帝《アフトクラトル》はディオエニスの自分に対する計画に気づいたまさにその時から、自分が［皇帝として］歓呼《アナリシス》されたそもそもの最初から二人の兄弟をどのように扱ってきたか、どれほどの好意と気遣いを長の年月にわたって彼らに示してきたか、もっともこれらの行為のどれ一つもニキフォロスの考えをより良い方向へ導くことができなかったが、これらを回想しながら、どうしたものかと途方にくれていた。実際皇帝《ヴァシレフス》は、あの者［ニキフォロス］が一度やり損ねた後、[9-42] 再び忍び込もうとしたこと、しかしタティキオスによって押しもどされたことなど[9-43]すべてをもう一度じっくりとふり返り、そして現在、あの者が殺人用の鉄の凶器を自分に向けて研ぎ、罪のない者の血で手を汚すことに夢中になり、常に待ちかまえ、夜陰に乗じて殺人を実行する機を窺い、今や公然とすみやかに事をなそうとしていることを知り、さまざまの思いに掻き乱されていた。実は［皇帝は］ことのほかディオエニスを愛し、彼に対して心底から抱いていた愛着のゆえに、決して彼を罰することは考えていなかった。しかし他方、大局的視野に立って考え、恐ろしい企てがどこまで進んでいるかを知り、さらに自分の命の危険が生じるのを自覚して、彼の心は大きく揺れていた。【2】すべてを総括して、［皇帝は］ニキフォロスを逮捕しなければならないと判断した。他方あの者は計画していた逃走を急いで実行に移し、夜中にフリストポリスへの道を進もうと考え、その夕方にポルフィロエニトスのコンスタンディノス［ドゥカス］に人を送り、皇帝《ヴァシレフス》から彼に下賜された駿馬を自分に譲るよう願い出た。しかし相手は皇帝《ヴァシレフス》から頂いたそのような贈物《ドロン》を貰ったその日に手放すことはできないと言って、断った。【3】朝となり皇帝《ヴァシレフス》が予定の行軍を始めた時、ディオエニス［ニキフォロス］もその者の後に従うことになった、なぜなら人々の計画を吹き飛ばし、目算を破壊する神《セオス》は、その者をも躓かせる、事実その者はなんとかして逃走しようとしながらも、一刻さらに一刻と逃走を先に延ばしつづけるのである、実に神《セオス》の裁きはそのようなものであった。さてその者はセレの近く、皇帝《ヴァシレフス》と同じ場所に野

営したが、すでにことは露見しているのではないかとのいつもの不安にとらえられ、先の成り行きに恐れを抱いていた。他方皇帝《ヴァシレフス》の方はさっそく彼自身の兄弟でメガス＝ドメスティコスのアドリアノスを、大殉教者《メガロマルティス》セオドロスの祝日の祈りが執り行われるその日[9-44]の夕べに呼び出す。すでに先刻承知の彼に、［皇帝は］ディオエニスの一件を、つまりその者が剣を手にして［屋敷の中へ］入り込もうとしたこと、しかし入口から押しもどされたこと、ずっと以前から［皇帝殺害の］計画を立てていること、できるなら一刻も早くそれをやりとげようとしていることを、あらためて伝える。そこでつぎに、彼［アドリアノス］にディオエニスを自身の幕舎《スキニ》へ呼び入れ、優しい言葉とあらゆる約束で、謀られたすべてを明らかにするよう説得することを指示する、実際［皇帝は］、もしその者が一切を隠さず、計画に関与しているすべての者の名を知らせるのであれば、刑は免除し、行われた悪事は忘れることを彼［ディオエニス］に約束するつもりでいたのである。【4】その者［アドリアノス］は滅入った気分に落ち込んだが、しかし命じられたことをやりとげようと取りかかる。時には脅しもし、時には約束の言葉も並べ、また時には忠告もしたが、いまだディオエニスを説得して陰謀計画の一端さえも明らかにさせることの全くできない状態であった。それらの奮闘の結果はどうであったか。メガス＝ドメスティコス［アドリアノス］はディオエニスが背負い込むことになる不幸を考え、困惑し、苦しんだ。実際以前ディオエニスは、父を異にする自身の一番末の姉妹[9-45]の夫に自分を選んだのである。だからこそ、涙を流しながら彼に［白状するよう］嘆願し続けたのである。彼自身一緒になって昔の出来事を思い出させながら強く迫ったけれど、しかし相手は決して説得に応じようとしなかった。【5】［昔の出来事というのは］ある日皇帝《アフトクラトル》が大《メガ》宮殿《パラティオン》の馬場《イピラシオン》[9-46]でポロ競技に興じていた時のことである、アルメニア人とトルコ人の血を引く一人の蛮族《バルバロス》が上着の下に剣《クシフォス》を隠し持ち、皇帝《アフトクラトル》が息切れしている馬に一息入れさせるため手綱《ハリノス》を引き、仲間の競技者たちから離れたのを眼で確認すると、皇帝《アフトクラトル》に近づき、ひざまずき、なにかを請い求めるふりをする。他方はすぐに馬の手綱を引いて向きを変え、なにを求めているのかと問い尋ねる。その請願者、実は暗殺者は手を上着の下に忍び込ませ、剣《クシフォス》［の柄］を握り、鞘から引き抜こうとする。しかし剣は手のいうことを聞こうとしない。実際一度そして二度剣《クシフォス》を引き抜こうと試みる、その間、口先だけのでたらめな願い事を次々と述べ立てながら、しかしついに断念すると、身を地面に投げだし、倒れたままで許しを求め続ける。他方は手綱《ハリノス》を引いて馬を彼の方向に向け、何を乞い求めているのかを尋ね、それに対してその者は鞘に入った剣《クシフォス》を見せる。同時に手で胸を打ちつけ、驚愕のさまで大声をあげ、つぎのように言った。「今、あなた様が神《セオス》の真の僕《ドゥロス》であることを知った、今、偉大な神《セオス》があなた様を守護されていることをこの眼でしかと確認した。実はあなた様を殺害せんとこの剣《クシフォス》を準備し、これを持って家を出て、あなた様の腹に突き立てるためここに来ている。しかし一度そして二度も三度もこれを［鞘から］引き抜こうとしたが、決して私の手の力では従わせることができなかった」[6]一方皇帝《ヴァシレフス》はそのようなことを全く聞いていないかのようにその場で同じ姿勢のまま泰然としていた。すべての者が急いで彼のもとに駈け寄ってきた、ある者たちは何が語られているのか耳にしようとして、またある者たちはその場の出来事に不安を感じたからであった。皇帝《アフトクラトル》に特別の好意を抱いている者たちはその者を八つ裂きにしてやろうと乗りだした、しかし彼自身は頭を振り、手をあげ、幾度も激しい怒りの声を発して、そのような企てを抑えようとした。さてその後の成り行きはどうであったか。その暗殺者の兵士《ストラティオティス》はその場で許され、しかも許されただけでなく、この上なく大きな贈物《ドレエ》を手に入れる。さらに加えて、自由を手にする。確かにその場に居合わせた者たちの多くは、執拗に激しい調子で、その暗殺者を都《ヴァシレヴウサ》から放逐するよう迫った。しかしその者はつぎのように言って、聞き入れようとしなかった。「もし主《キリオス》が都市《ポリス》を守ってくださらなければ、見張り番が起きていても無駄である。[9-47] だからわれわれの住居とわれわれの保護《フルウラ》を懇願しようとするわれわれが最後にしなければならないことは、神《セオス》に祈ることである」[7]確かに当時人々の間では、あの男［上記の蛮族］はディオエニスの考えに従って皇帝《アフトクラトル》の殺害に関わったと囁かれていた、しかし皇帝《ヴァシレフス》はそのような噂話にまったく耳を貸さず、むしろそのような噂に異常なほどに怒りを発していた、実際剣《クシフォス》の切っ先がまさに喉元に達しようとするまで気づかぬふりをするほどまで、その者については大目に見ていたのであった。昔の出来事というのは以上のようなものであった。さてメガス＝ドメスティコスはそのような出来事を彼に思い出させたが、説得して口を開かせることはまったくできず、そこで皇帝《ヴァシレフス》のもとへもどり、ディオエニスの頑なな態度を、またその者が語ったことだが、幾度も嘆願したけれども、ディオエニスは口にすることを全く拒んだままであったことを報告したのである。

第8章

[1] そこでその者［皇帝］はムザキスを呼び出し、武装し、他の者たちを引き連れ、メガス＝ドメスティコスの幕舎《スキニ》へ行き、そこからあの者［ニキフォロス＝ディオエニス］を連れ出し、自身の幕舎に連行し、そこで鎖をかけず、他のひどい扱いもせずにしっかりとその者を監視するよう命じた。［ムザキスは］ただちに命じられたことの実行に取りかかり、その者を受け取り、自身の幕舎《スキニ》に連行する。夜通し彼をそばに呼び寄せ、忠告に努めたが、単に説得に応じないだけでなく、彼に向かって悪態をつく始末であったので、激怒し、命じられなかったことまでも急いで行おうとした。事実その者［ムザキス］は彼を拷問して問いただすのがよいと考え、［鎖につないで］今にも拷問に取りかかろうとした時、ディオエニスは最初の責め苦にも耐えられないと観念して、きっとすべてを白状すると約束したので、ただちにその者を鎖からはずす、そして同時にペンを携えた書記《グラフェフス》が呼び入れられる（その者は少し前に採用され、皇帝《アフトクラトル》に書記補《イポグラマテェヴォン》として仕えているグリゴリオス＝カマティロス[9-48]であった）、そしてディオエニスはすべてを語り、殺害［の計画］も隠そうとしなかった。[2] 翌朝ムザキスは彼の自白文書《エングラフィ》と、彼を取り調べた時に見つけだした、彼に宛てた幾人かの書簡《グラフェ》を皇帝《ヴァシレフス》のもとへ持ち込む、ところでこれらの文書により皇后《ヴァシリス》マリアもディオエニスの反逆《アポスタシア》を知っていたこと、しかし決して［皇帝

の」殺害に同調するのでなく、なんとかして単に殺害行為から身を引かせるだけでなく、そのようなことを考えることとさえしないよう努めていたことが明らかになった。[9-49]［皇帝は］これらの文書に丁寧に目を通し、疑わしいと思われている者たちよりも多数がそこに記されていること、さらにそれらのすべてが身分の高い者たちであることを知って、どう対処すべきか苦しい立場に立たされた。実際ディオエニスにとって名も位もない者たちについては格別に心することはなかった。なぜならそれらの者たちはずっと以前からまったく彼に心を奪われ、彼の味方であった。その者が懸命になって自分の側に引き入れようとしていたのは、軍《ストラティオティコン》・政《ポリティコン》関係《シンタグマ》において第一線の地位にあるすべての者たちであった。ところで皇后マリアの件については、皇帝《アフトクラトル》は何もいわないでおくつもりでいた。確かに帝笏《スキプトラ ティス ヴァシリアス》を引き受ける以前からも彼女に対して抱いていた信頼《ピスティス》と連帯関係[9-50]のゆえに、自分は何も知らない態度を貫こうとしたのである。他方事実はそうでなかったのだが、ディオエニスの［謀反の］計画を明るみにさらしたのは、彼女の息子で、緋の産室生まれ《ポルフィロエニトス》の皇帝《ヴァシレフス》コンスタンディノスであるという噂[9-51]が至る所に広まっていた。しかし計画の詳細は、ディオエニスに熱心に手を貸そうとした者たち自身の口から徐々に知られることとなった。[3] ディオエニスが正体を暴かれ、縛られて追放される身に置かれた後、その時にはまだ捕らえられていなかった身分の高い《エクリティ》彼の陰謀の加担者たちも自分たち自身がすでに嫌疑の対象になってしまっていると判断し、明らかに戦々恐々とし、一体何ができるだろうかと思い迷っていたが、その間皇帝《ヴァシレフス》に忠実な者たちもこれらの者たちが窮地にあってそのように動揺しているのを知る一方、自分たちもきわめて困難な立場に立っていると思われた、なぜなら今や危険がその頭上に迫っている皇帝《アフトクラトル》を守る者がわずかな数に限られ、彼の立場が全くの窮境に置かれているのを知っていたからである。[9-52]

[4] 他方皇帝《ヴァシレフス》は今回の事態について最初からふり返りさまざまと考えをめぐらしつづけた、ディオエニスは何回も自分を襲おうとし、そしてそのつど神力《シア ディナミス》により躓いた、しかしその者自身が今回も自身の手で殺人を犯そうと自分に近づこうとしていた、実に多くの思いで彼の心中は波うっていたのである。彼自身のうちで

多くの考えがあれかこれかとめまぐるしく転回する、実際［皇帝は］政《ポリティコン》・軍《ストラティオティコン》関係《シンタグマ》のすべての者がディオエニスの追従によって籠絡されていることを承知しており、しかしそのような多数の者［を捕らえてみても］その見張《フルウラ》に必要な兵力《ディナミス》に欠け、また多数にのぼる男たちの手足の切断は彼の望むところではなかった、そこで［皇帝が決断したことは］陰謀の首謀者であるディオエニスとカタカロン＝ケカヴメノスをケサロポリスに追放することであった、なおその地においては彼らをただ鎖につないで監禁することだけにし、［側近の］すべては彼らの手足を切断することを彼に勧めたけれども、それ［監禁］以外のむごい仕打ちを加えることは望まなかった（実際その者［皇帝］はディオエニスをこの上なく愛しており、以前と同様にその後も彼に対して気遣いを忘れなかった）、また彼［皇帝］の姉妹の夫であるミハイル＝タロニティスと……を追放に処し、彼らの財産を没収することにした。その他の者たちについては尋問することも全く行わず、むしろ免罪《シムパシア》にして彼らの心をほぐすことが安全であると判断した。さてその日の夕方、追放を言い渡された各々は各自に指定された地に向かうことになり、ディオエニスはもちろんケサロポリスに向かう。それら以外の他のすべての者については誰一人、自身の社会的地位から追われることはなく、すべてはすでにもとのままの地位に留まることとなっていた。

第9章

【1】このようにきわめて危険な状況の下、皇帝《アフトクラトル》は翌日にすべての者を一同に集め、心に決めたことを実行する決心でいたが、日頃より心から皇帝《アフトクラトル》に愛着を感じている、血縁・姻戚関係《アンヒスティア》において彼と結びついているすべての男たちや彼の父の代から従者《セラポンデス》として仕えてきた者たちすべてがその時彼のそばにいた。これらの者たち（すばやくつぎに起こることを見通すことができ、同時に役に立つことを瞬時にやってしまうことに機敏

であった）は、翌日多数が群がり集まった時、ある者たちが、以前にポロ競技に興じている彼に請願者のふりをして近づいたあの者のように、[9-53] 剣《クシフィ》を着衣の下に隠して帝座《ソロノス》にある彼に向かって突進し、一緒になって切り刻むのではないかと恐れ（救う手段は、ディオエニスを狭い部屋に閉じこめて彼の両眼を潰したという噂を広めることによって、彼にかけているすべての者の希望を奪い取ること以外になかった）、そこでその者たちは自分たちの家来を呼び出し、この［ディオエニスの両眼が潰されたという］噂をすべての者に伝えるために方々へ密かに送り出す、もっとも皇帝《アフトクラトル》に関してはその時までこの件は決して彼の耳に届いていなかった。ところでこれはその時には単なる噂事にすぎなかったとしても、やがて本書《ロゴス》で明らかにされるように現実の事となってしまった。【2】陽が地平線ににっこりと顔を出し空に跳び上がった時、皇帝《アフトクラトル》の側近のうちでディオエニスの害毒に染まっていなかったすべての者、およびずっと以前から皇帝《ヴァシリカ》の身体の護衛の役を担ってきた者たちが[9-54]まず最初に皇帝の幕舎《ヴァシリキスキニ》に向かって進み、それらのうちである者たちは剣《クシフィ》を携え、ある者たちは槍《ドラタ》を持ち、またある者たちは肩に重い鋼鉄の両刃の斧《ロムフェエ》を担い、帝《ヴァシリコス》座《ソロノス》から一定の間隔をとり、半円形に、いわば皇帝《アフトクラトル》を腕に抱くように、戦闘部隊《イラドン》ごとに位置についた、実際これらすべての者は怒りで震え、剣《クシフィ》ではなかったにしろ、心を鋭く研いでいた。彼と血縁・姻戚関係《アンヒスティア》にある親族のすべては帝《ヴァシリコス》座《ソロノス》のそば近く、その両側に立っていた。右と左にはさらに別の親衛隊《イパスピステェ》の兵士が控えていた。他方皇帝《ヴァシレフス》は恐ろしい形相で、皇帝然《ヴァシリコス》としたものでなく、むしろ兵士のそれのような衣服を身につけて、座についていた、しかし彼の背丈は大きくなかったので、高い位置から人々を見下ろすようなものではなかった。しかしそれでも帝座《ソロノス》は金色に塗られ、頭上にも金色に輝くものを戴いていた。眉の上部は皺が寄せられ、頬は苦悶でいつもよりいっそう赤く染まり、眼は沈思黙考で一点を凝視し、さまざまな考えで一杯になった心を示していた。【3】すべての者は一緒に同じ場所に向かって走り寄って行った、それぞれは怯え、恐怖によって意識をほとんど空中に霧散させられてしまうほどの状態であり、ある者たちは矢《ヴェリ》よりもいっそう激しく彼ら自身の良心によって刺され、他の者たちはいわれのない嫌疑に怯えていた。誰一人声をあげる者はなく、幕舎《スキニ》の入口に立っている一人の者に視線を向け、怯えて立ちすくんでいた。その男は弁舌に優れ、実行力で知られていた。そしてその者の名はタティキオス[9-55]であった。皇帝《ヴァシレフス》はこの者に視線を向け、外にいる者たちを［半円形の中へ］入れるように眼で合図を与えた。その者はただちに彼らを中に入れることに取りかかる。その者たちは怯えていたが、それでも視線を別の方向へ向けたまま、ゆっくりした歩調で中に入っていく。列をなして並び、各人それぞれ命の最後の一歩を歩み進むかのように恐れ、つぎの成り行きを固唾を呑んで見守っていた。【4】しかし皇帝《アウトクラトル》自身も自分の立場にまったく安心していたのではなかった（もっともこれは人《カタ》間的観点《アンソロポン》[9-56]から言っていることである、なぜならその者はすべてを神《セオス》に託しているのである）、実際目の前にいる雑多な集団が自分に対して何か激しく恐ろしい計画をたてているのではないかと恐れていたのである。しかしより強い信念で自分を奮起させ、一度危険に向かって立ち向かおうと決心すると、彼らに向かってつぎのように語り始めたのである（しかし他方、集まった者たちは舌を切り取られたかのように、まさしく魚以上に一言も声を出さない状態になっていた）、すなわち「これまでディオエニスが私によってむごい仕打ちを一切受けなかったことは、諸君の承知しているところである。この帝国《ヴァシリア》の権力《アルヒィ》を彼の父から奪ったのはこの私ではなく、他の者であり、また彼に対してむごいあるいはつらい仕打ちは一切加えてもいない。まったく神《セオス》の思し召しによって帝位《ヴァシリア》がこの私に移された後も、彼および彼の兄弟のレオンを無傷のままに守ってきただけでなく、自身の子供のように思い、またそのように扱った。しかしそのニキフォロスが私に対して幾度も謀反を起こそうとしているのを見いだし、しかしその都度、赦免《シムパシア》してきた。それでもその者は良くならず、しかし私は、彼に対するすべての者の非難を知りながら、彼の罪の多くを隠して我慢してきた、だが彼のために思ってなされた私の行為のどれ一つも彼の不実な考えを変えるには至らなかった。それどころかその者自身はこれらすべての計らいのお返しに私の命を奪うことに心を決めたのである」【5】すべての者はこれらの言葉を聞いて、他のいかなる者も皇帝《ヴァシリオン》の衣装《スヒマ》を身につけてわれわれの前に姿を見せるのを見たくないと、喝采の声をあげた、しかし実は大部分の者がそう望んでいたのでなく、これらは差し迫った危険からなんとか逃れようとする彼らのへつらいの言葉であった。皇帝《ヴァシレフス》は陰謀の首謀者がすでに追放の宣告を受けていたので、この時とばかりすべての者に等しく赦免《シムバシア》を言い渡した。それを受けて、その時その場に居合わせた人々が言っているように、その時誰もいまだこれまで耳にしたことのないような大きなどよめきが起こった、ある者たちは皇帝《ヴァシレフス》を讃美し、その辛抱強さと柔和さに驚嘆を示し、他の者たちは追放された者たちを嘲り、死に値すると断言したのである、実に男たちのすることはそのようなものである。事実、今日祝福を述べ、つき従い、敬意をもって接する相手に対して、その者の境遇の、いわば賽の目が変わるのを見ると、その者に対してこれまでとは全く逆の態度を示して恥じないでいる。【6】皇帝《ヴァシレフス》は身ぶりで彼らを沈黙させ、語り続けた。「騒ぎ立ててはならない、この提案を台無しにさせてはならない。私が言ったように、この私がすべての者に赦免《シムバシア》を与えたのであり、諸君に対しては再び以前と同様に接するであろう」皇帝《ヴァシレフス》がかれらに赦免《シムバシア》を与えていた間に、あの計画を立てた者たちは彼〔皇帝〕の同意なしに人を送って、ディオエニスの両眼を潰してしまった。そしてまたその者たちはディオエニスと手を組んで同じ計画に関わったとして、カタカロン＝ケカヴメノスに対しても彼と同じことを行った。この行為が行われたのは、使徒《アポストリィ》たちの頭《コリフェイ》[9-57]の祝日の祈りが執り行われる日[9-58]においてであった。この件〔視力剥奪〕はその時から今日に至るまで話題にされている。この件に関して皇帝《ヴァシレフス》は彼らから提案され、それに承諾を与えたのか、あるいはことのすべてはその者〔皇帝〕の考えによったものであるのか、それは神《セオス》のみがご存じであろう。私としては今までのところ確証をもって判断することはまったくできない。[9-59]

第10章

［1］いと高い所にまします《イプシストス》主の無敵の御手によって差し迫った危険から救われたが、とにかくディオエニスのために皇帝《アフトクラトル》の身に降りかかった事態はそのようなものであった。しかしその者自身はこれらの事態に少しも怯むことはなく、ダルマティア目指してまっすぐ突き進んでいった。[9-60] 他方ヴォルカノスは皇帝《アフトクラトル》のリペニオン到着を聞き知り、その者がその地を掌握したことをその眼で確認すると、盾と盾を重ねた名高い密集隊列《シナスピズモス》を組み、完全な《ストラティイキ》軍装備《パノプリア》をほどこしたローマ軍《ロマイケ》の諸戦列《パラタクシス》に立ち向かうことは不可能であったので、ただちに使者を派遣し、和平《イリニ》の条件を聞きだすことに取りかかり、その時同時に以前に約束した人質《オミリ》そのものを送り届け、今後いかなる敵対行為にも手を出さないことを約束しようとした。さて皇帝《アフトクラトル》は仲間同士《エムフィリオス》の戦い《マヒィ》[9-61]をひどく嫌い、それを避けたい考えでいたので、よろこんでその蛮族《バルバロス》を迎え入れようとする。たしかに相手はダルマティア人であるが、しかしながらキリスト教徒であった。その者［ヴォルカノス］はただちに親族の者たちと選り抜き《エクリティ》の部族長《ズパニ》たちを引き連れ、安心して彼のもとへやって来た、そして人質《オミリ》として彼の甥たち、すなわちウレシス[9-62]と呼ばれる者とステファノス＝ヴォルカノスを、さらに加えて二〇名におよぶ他の者たちを進んで皇帝《アフトクラトル》へ引き渡した。とにかくこれで今後彼には［和平を守る以外］別の行動を起こすことはできなくなった。皇帝《アフトクラトル》は、本来なら戦闘《マヒ》と武力《シディロス》に訴えて果たすべきものを平和裡に解決した後、女王の都市《ヴァシレヴゥサ》へ帰還した。［2］もちろんディオエニスについては、その者［皇帝］は大いに気遣い、実際彼を思って涙を流しているところを見られたり、深い吐息をつくのを聞かれたりもし、またいつも彼に対する深い愛情を示し、彼を元気づけようと努力を続け、彼から取りあげられていたもののほとんどすべてを返してやった。しかし彼自身［ディオエニス］は深い悲しみにとらえられ、大都《メガロポリス》での暮らしを嫌い、自分自身の農園《アグリィ》に住み、他人に読んでもらって古人の書物《ヴィヴリィ》に一心不乱に関わった。実際視力を奪われていたが、他人の眼を使って読書に没頭していたのである。この男は眼の見える者にとって理解し難いことを眼が見えなくても容易く理解するほどに、生まれ持った才能を備えて

いた。その時からその者は学科《ペディア》のすべてを学び終え、前代未聞のことだが、哲学者《フィロソフィ》の一人に凹凸のある図形を自分に与えるように命じ、そしてその者に助けられながら、あの名高い幾何学さえも修得した。盲目でありながらその鋭敏な頭脳で音楽と幾何学の頂点をきわめたあの名の知られたディドュモス[9-63]のように、その者は指で図形に触れながら幾何学のすべての定理と図形を理解したのであった、なおディドュモスについてはこれらの学問を修得した後、両眼を受難で曇らされたように、心をうぬぼれによって完全に塞がれ、邪悪な異端《エレシス》の道に迷い込んでしまった。［ディオエニスについては］実際これらのことを聞き知る者はだれも驚嘆してしまう。この私もその男を見たことがあり、［事実を聞き知って］驚愕し、またその者がそれらについて語るのを実際に聞いたことがある。私自身もそれらの学問について全く手ほどきを受けていなかったわけではないので、その者が諸定理を完全に理解していることを認めることができた。【3】その者は学問《ロイ》にいそしんでいたけれども、それでも皇帝《アフトクラトル》に対する古くからの激しい遺恨を捨て去ることはなく、彼のうちにずっと反逆《ティラニス》の考えがくすぶり続けていた。だがしかし再びこの秘事を何人かの者に知らせてしまい、そこでそのうちの一人が皇帝《アフトクラトル》のもとへ駆けつけ、その秘密の計画を伝える。その者［皇帝は］ディオエニスを呼び出し、謀られたことについて、またその計画を彼と共有している者たちについて問い尋ねる。その者はすぐにすべてを白状し、そこで即刻その場で罪の赦し《シムバシア》を与えられた。

第X巻

第1章

【1】あの悪名高いニロス[10-1]はイタロスの教説《ドグマタ》が打ち倒された後[10-2]に間もなく現れ、悪行の洪水のように教会《エクリシア》を水浸しにし、すべての者の心を動揺させ、多くの者を彼の異端の説《カコドクシア》教の渦の底に沈めてしまった。有徳の士のふりをするのに巧みなこの男がどこから来たのか私は知らないが、しばらくの間大都《メガロポリス》をしばしば訪れ、その間には秘密の隠れ家に滞在し、いつも聖《イエレ》書《ヴィヴリ》を読みふけりながら、神《セオス》と自分自身とだけに向き合っていた。ギリシア文化全般《ヘレニキペディア》[10-3]について十分な知識をもたず、最初からこの者に聖《シア》書《グラフィ》の各箇所の深奥を開いて見せるその道の精通者も持たず、そのため聖者たちの書物《シングラマタ》を覗き込んでも、哲学・言語の教育《ロイキペディア》[10-4]を一切受けていなかったので、聖書《グラフェ》の内容の理解について迷走をつづけていた。【2】その者は一方で見かけの徳と禁欲的な生活ぶりにより、他方でおそらく彼のうちに隠されていると思われた知識により、身分の高い人々の一群《ホロス》を誘い込み、また自薦の教師《ディダスカロス》として有力な一族の中に入り込んだ。だからその者はわたしたちにおける信仰の奥義《ミスティリオン》である位格《イポスタシス》における結合《エノシス》[10-5]もももちろん知らず、そしてまた結合《エノシス》がそれ自体において何であるかを理解することも全くできず、また位格《イポスタシス》がそれ自体においてなんであるかも全く心得てもいなかったし、また位格《イポスタシス》をあるいは結合《エノシス》を別々に区別して考えることもできず、また位格《イポスタシス》における結合《エノシス》を思いつくこともできず、[キリストによって] 受容された人性《プロスリマ》がどうして神性を付与されたのか[10-6]を聖者たちから学ぶこともなかったので、真実から遠ざか

り、受容された人性《プロスリマ》は本来的《フィシィ》に神性を付与されていた[10-7]との間違った考えを口に出すことになった。事態を把握すると、［皇帝は］機敏に対応して彼の救済に取りかかり、その男を呼びだすと、向こう見ずと無知を強く咎め、時間をかけて彼の誤りを論破した後、神人《セアンソロポス》たる言葉《ロゴス》［キリスト］の位格《イポスタシス》における結合《エノシス》を明確に教え、［両性の］相互関係《アンティドシス》のありようを説明し、また人性《プロスリマ》がいかにして神化されたかを天上から《アノセン》の助けをえて教えることに取り組んだ。しかしその者は自身の誤謬にあくまでもしがみつき、受容された人性《プロスリマ》は本来的《フィシィ》に神化されていたと教えることを断念するくらいなら、いかなる虐待も、すなわち拷問や投獄、身体の切断さえも耐える覚悟でいたのである。【4】当時大都《メガロポリス》には多数のアルメニア人がいて、あのニロスは彼らの冒瀆行為の火付け役になっていた[10-8]。実際その者［ニロス］はあの悪名高いティクラニスとアルサキスとしばしば議論を交わし、そのためニロスの教説《ドグマタ》は彼らを不敬な言動にいっそう大きくかき立てていた。さて、その後の成り行きはどうなるか。この偽りの《アセヴィア》教説が多くの人々の魂を侵食し、ニロスとアルメニア人の考えが互いに混じり合い、至る所で［キリストの］人性《プロスリマ》は本来的《フィシィ》に神化されていたとの言説が公然と言い広められ、これに関する聖なる教父《パテレス》たちの著作《グラフェ》が投げ捨てられ、位格《イポスタシス》における結合《エノシス》がほとんど理解されていない実情を知って、皇帝《アフトクラトル》はこの禍の激しい勢いを止めようと決心し、教会《エクリシア》の指導者《ロガデス》を召集した後、彼らと協議してこの件について公式に教会会議《シノドス》が開かれるべきであると判断した。【5】その時［その会議には］主教《アルヒエリス》の定員のすべてと総主教《パトリアルヒス》のニコラオス［グラマティコス］自身が出席していた。アルメニア人を伴ったニロスは人々の中央に立ち、そしてまず彼の教説《ドグマタ》が報告され、つぎにその者［ニロス］がよく通る声でそれらを説明し、多くの論点をあげて激しい調子で自説の弁護に努めた。さて結果はどのようであったか。その会議《シノドス》は彼の堕落した教えから多くの魂を救うため、彼に永久破門《アナセマ》を言い渡し、聖者たちの伝統的見解に従って位格《イポスタシス》における結合《エノシス》［位格的結合］をこの上なく明瞭に宣言した。【6】彼の後、より正確に言えば彼と同じころに、ヴラヘルニティスも、司祭《イエロメノス》であったが、異端の考え《アセヴィア》、教会《エクリシア》と相容れない意見のゆえに告訴されていた。なぜならその者は狂信者《エンスジアステェ》たちと交わり、[10-9] 彼らの害毒に汚染され、同時に多くの人々を間違った道に誘い込み、大都《メガロポリス》の有力な家々の土台を崩し、不信心の教義《ドグマタ》を広めていた、そこで皇帝《アフトクラトル》によってしばしばにわたり呼び出され、教えを受けたが、自身の間違った考え《カコドクシア》からまったく退こうとしなかったので、皇帝《アフトクラトル》はその者をも教会《エクリシア》に委ねることにした。教会の人々はその者について長時間にわたって調べたが、彼ら自身もその者の立ち直る見こみのないことを見定めて、彼自身と彼の教義《ドグマタ》を永久追放《アナセマ》に処した。

第2章

【1】事実このように皇帝《アフトクラトル》はすぐれた舵取り《キヴェルニティス》よろしくつぎつぎと押し寄せる大波を乗りきり、世界《イクメニィ》各地の濃い塩水をその身から洗い落とし、[10-10] そして教会《エクリシア》における問題をみごとに処理した後、再び戦争と動乱の新しい大海へ乗りだしていく。実際一つの問題につづいて別の問題が絶えず押し寄せたのである、実際、人が言うように大きな困難の海から海へ、河から河へ突き進み、そのため皇帝《ヴァシレフス》に一息つくことも瞼をとじることも許さないほどであった。当時皇帝《ヴァシレフス》によって成し遂げられたことについて叙述したというよりむしろほとんど摘要したにすぎない私たちであってみれば、人は正当にもアドリア海のうちそのほんの一滴をすくっただけだと言うだろう、事実その者は順風を得て進む帝国《ヴァシリア》という一つの船《ナフス》を波静かな港に碇泊させることができるまで、あらゆる波浪と大波に立ち向かっていたのであった。いったい誰が、あるいはあのデモステネスの響きわたる声あるいはポレモンの甲高い声あるいはホメロスのすべての女神《ムーサイ》をもってしても、彼の業績をそれらにふさわしいように歌い上げることができるであろうか。この私としては、プラトンでさえ、またストアとアカデミアが一緒になって試みても、その者の魂について申し分なく適切に、哲学的に究明することはできなかっただろう、と言いたい。事実あのような嵐と幾重にも重なった戦いがまだ完全におさまらず、大波がその激しさ

を失わないうちに、これまで語られてきたもののどれよりも小さくない新しい嵐が彼に向かって襲いかかってくるのである。【2】身分《ティヒ》は高くなく、卑しい階層に属する一人の者がハラクスから現れ出て[10-11]、自分はディオエニス［ロマノス］の息子であると言い始めた、しかしその者［ディオエニスの息子］はイサアキオス＝コムニノス、つまり皇帝《アフトクラトル》の兄弟がアンティオキアの近くでトルコ人と戦った時、殺されてしまっていたのである[10-12]。その件について詳細に知りたいと思う者はあの名だたるケサルの著作《シングラマタ》[10-13]を読めば確かめることができる。ところで多くの人たちが彼の口を塞ごうとしたけれども、その者は決して口を閉じようとしなかった。その者は無一文で、獣皮を身につけて東方《アナトリ》からやって来たが、無類の悪党、生来の策士であり、都《ポリス》内の家々や街々をめぐり歩いては、自分はアンティオキアの近くで矢《ヴェロス》を射られて死んだと言われている元皇帝ディオエニスの息子、あのレオン[10-14]であるなどと自分自身について大言壮語をまき散らしていた。とにかくこのペテン師は死人を生き返らせ、その者の名を騙り、公然と皇帝《ヴァシリアン》になることを望み、口車に乗りやすい者たちを味方に引き入れようとしていた。つまりこの異様な事態は、運命の女神《ティヒ》がこの悪霊《カコデモン》に憑かれた男を使って一編の劇を作り上げるかのように、皇帝《ヴァシレフス》の多数の災難事にさらに一つを加えるようなものであった。思うにちょうど食道楽がたらふく食べた後に蜂蜜入りのケーキをデザートにするように、確かにローマ人の運命の女神《ティヒ》も数々の惨事に調子を合わせて踊った後、それらに飽き飽きしてしまうと、このような偽皇帝をつくって皇帝《ヴァシレフス》を弄ぼうとするのである。【3】もちろん皇帝《アフトクラトル》は、これらの発言を全く問題にしなかった。しかしあのハラクスの住民は通りや大通りでこれらの戯言を絶えず言い続けていたので、今上皇帝《クラトン》アレクシオスの姉妹で、ディオエニスの殺された息子の妻であったセオドラの耳に入ることとなった。その者はそのようなたわごとは聞くに堪えられず、憤慨していた。夫を殺されたため、厳しい禁欲生活を行い、身を神《セオス》のみにささげようとして修道院生活に入ったのである。皇帝《アフトクラトル》は二度三度とその者に忠告したけれども、そのほら吹きは静かにしていることができなかったので、結局その者をヘルソンに追放し、そこの牢獄に閉じこめるように指示をだした。その地に到着した後、その者は夜中に城壁《ティホス》の上に登り、［胸壁から］首をだして外を覗こうした時、取り引きのため、また自分たちの必要物資を手に入れるため常々そこを訪れていたコマニと話し合うこととなり、それが一度二度と回を重ね、そこで互いに誓約《ピスティス》を取り交わすこととなり、結局その者はある夜縄を身体に縛り付けて、城壁《ティホス》の外に出てしまった。【4】コマニはその者を仲間として受け入れると、［彼を連れて］自分たちの土地《ホラ》に去って行った。[10-15] その者は相当期間にわたって彼らと一緒に暮らした後、その者たち［コマニ］がすでに彼を皇帝《ヴァシレフス》と呼ぶほどに彼らの中に強く入り込んだ。人間の血を喉まで一杯に飲み込み、人間の肉を腹一杯詰め込み、私たちの領土《イメダピイ》から多くの略奪《リア》物を集めることを望んでいるそれらの者たちは彼に口実《プロファシス》としてのパトロクロス[10-16]を見いだし、すなわち彼をその父の帝座《ソロノス》に据えるのだと称して、全軍をあげてローマ人の帝国と戦いを交えようと計画していたのである。しかしこの計画はしばらくの間実行に移されない状態にあった。しかしこれらのことは皇帝《アフトクラトル》の眼を逃れることはできなかった。もちろんその者は軍勢《ディナミス》を完全武装させることに全力をあげ、蛮族《バルバロイ》との戦いの準備にとりかかった。日常《イディオティス》語《グロタ》でクリスレと呼ばれている山間の隘路《テムピィ》は先で語られたように、[10-17] すでに防備が施されていた。少し後、コマニがあの名を騙る者と一緒になってパリストリオンを占領したことを知るや、その者［皇帝］は軍人《ストラティオティコン》階級《シンタグマ》の最高位にある者たち、および血縁・姻戚《アンヒスティア》関係において彼と結びついている者たちをも一同に集め、彼ら［蛮族］に向かって出陣すべきかどうか諮ることにした。その時すべての者は彼に思い止まらせようとした。【5】それゆえ彼自身は自分自身を信じ切ることもできず、また自分自身の判断に従う考えもなかったので、すべてを神《セオス》に託し、神の判断を求めようとした。そこで聖職者《イエラティコス》のおよび軍人《ストラティオティコス》の階級《カタロゴス》にあるすべてを呼び集めた後、夕方に神《セオス》の大《メガリ》教会《エクリシア》へ向かう、その時総主教《パトリアルヒス》のニコラオス自身も臨席する。事実この者は最近エフストラティオス＝ガリダスが職を辞した後、六五九二年の第七エピネミシス［インディクティオン］も過ぎようとしている時[10-18]に総主教《パトリアルヒコス》の座《ソロノス》に登った者である。さてその者［皇帝］は二枚の文書にそれぞれ自分はコマニに向かって出陣すべき、せざるべきと書き、そしてそれらを封印してから、すべての者の頭《コリフェオス》［総主教〕にそれらを祭《イエラ》壇《トラペザ》に置くように依頼した。夜通し聖歌が歌われ、そして夜明けと同時に〔二枚の文書を祭壇へ〕置いた者が前へ進み、その一枚を取りあげ、それを携えて〔祭壇から〕降りると、すべての面前で封を開いて朗読した。[10-19] 皇帝《アフトクラトル》はこの時から戦いへの命令をあたかも神《シア》の声《オムフィ》として理解し、心身ともにすべてを遠征《エクストラティア》に捧げ、書簡《グラフェ》をもってあらゆる方面から軍勢《ストラテヴマ》を呼び寄せることに取りかかった。【6】準備がしっかりと整えられると、〔皇帝は〕コマニに向かって遠征路を突き進むこととなった。事実〔皇帝は〕全軍《ストラテヴマ》を集結させ、アンヒアロスへの進軍を開始した、そして〔その途中で〕まず自身の姉妹の夫でケサルのニキフォロス＝メリシノスとエオルイオス＝パレオロゴス、自身の甥ヨアニス＝タロニティスを呼び寄せ、ヴェロイとその周辺地方の警戒にあたり、それらの守護に努めるべくその地に送り出す。次に軍隊《ストラテヴマタ》を分割して、他の精鋭の者たち、すなわちダヴァティノスとエオルイオス＝エフフォルヴィノス、コンスタンディノス＝ウムベルトプロスをそれら〔分割した諸軍〕の指揮官《イエモニス》に任命し、ズィゴス〔バルカン山脈〕の各所に位置する山間の隘路《クリスレ》の警備のために送りだした。そしてその者〔皇帝〕はホルタレア（ここはこのように呼ばれているズィゴスの山間の隘路《クリスラ》の一つ）[10-20]へ向かい、先に彼によって命じられたことがそれらの計画《イコノミィア》を引き受けた者たちによって実行されているかどうか視察するために、またもし半分しか出来上がっていなければ、あるいは不十分であれば、コマニにやすやすとそこを通過させないように、それを完成するためにズィゴスの各所をできる限り見て歩いた。とにかくすべてを滞りなく処理した後、そこから引き返し、アンヒアロスの近くに位置する聖なる《イエラ》湖《リムニ》[10-21]と呼ばれる場所に防柵《ハラクス》の陣地を設営した。その夜プディロスというヴラヒの首領《エクリトス》がやって来て、コマニがダヌヴィスを渡ったことを知らせたので、〔皇帝は〕夜が明けると、親族と軍事指導者《イエモニス》の主だった者たち《エクリティ》を呼び寄せ、対処の方法を諮らねばならないと判断した。すべての者がアンヒアロスに向かうべきであるとの意見であったので、〔皇帝は〕ただちに外国人兵士《エスニキィ》と共にカンダクズィノスとタティキオスを、さらにエルハニスのスカリアリオス[10-22]と他の者たち（これらは……[10-23]の指揮者であった）も一緒に、その周辺の地方を見張らせるためにセルマ[10-24]と呼ばれる所へ送りだした、そしてその者自身はアンヒアロスに向かって出発する。【7】さてその者［皇帝］はコマニがアドリアヌポリスに向かって急いでいることを知ると、アドリアヌポリス出身の名望家《エクリティ》すべてを、そのうちでひときわ抜きんでていたのはタルハニオティスとも呼ばれるカタカロン[10-25]と、かつて反逆を起こしたヴリエニオス[10-26]の息子ニキフォロス[10-27]であったが、なおこの者［ニキフォロス］も反逆を起こし両眼を奪われたが、それらの者たちを呼び出し、彼らにその要塞都市《カストロン》[10-28]を守ることに十分に努め、コマニが到着したら彼らに対してびくびくせず、敢然と戦い、その際一定の距離を保って弓矢《ヴォレ》を使い、大抵の場合は城門《ピレ》を閉めておくように命じ、同時に命じられたことが守られれば多くの報酬を約束した。皇 帝《アフトクラトル》はこれらの言葉をヴリエニオス［ニキフォロス］とその他の者たちに伝えた後、きっと命令を果たすだろうと確信して、それらの者たちをアドリアヌポリスに送りだした。他方［皇帝は］コンスタンディノス＝エフフォルヴィノス＝カタカロンに対して書簡《グラマタ》[10-29]を通じて、つぎのことを命じた、すなわちモナストラスと呼ばれる者（この蛮族の血が半分入った男《ミクソバルバロス》は、軍 事《ストラティオティカ》に関して豊かな経験《エムピリア》をもっていた）とミハイル＝アネマスを、彼らの配下の兵士《ストラティオテェ》たちとも引き連れ、もしコマニが隘路《クリスレ》を通り抜けたことを知れば、彼らの後を追いかけ、不意に彼らに攻撃をしかけることであった。

第3章

【1】とにかくコマニはヴラヒから山間の隘路《クリスレ》を抜けていく小径《アトラピィ》を聞き知り、容易にズィゴス［バルカン山脈］を越え、ゴロイに近づくや、そこの住民たちはただちに城塞《カストロン》の守備を託されている者［司令官］を縛り上げ、コマニに引き渡し、彼ら自身は歓声をあげ、喜々として彼らを迎え入れた。他方皇 帝《ヴァシレフス》の指図をしっかりと胸にとどめているコンスタンディノス＝カタカロンは略奪《プロノミィ》に出かけてきたコマニに遭遇すると、勇敢に攻撃に出て、たちまち彼らのうち一〇〇名に上る者を生け捕りにする。皇 帝《ヴァシレフス》は彼を迎え入れ、その場でノヴェリ

シモスの爵位《アクシオマ》を与えて讃える。コマニがゴロイを掌握したことを知った周辺の町々《ポリス》、すなわちダムボリスとその他の町の住民は彼らのもとへ行き、歓喜して彼らを迎え入れ、自分たちの町々《ポリス》を引き渡し、名を騙るディオエニスへ喝采の声を発し続けた。その者〔偽ディオエニス〕はそれらすべて〔の町々〕を掌握すると、コマニの全軍《ストラテヴマ》を引き連れ、ただちにアンヒアロスの城壁《ティヒ》の攻囲を試みるべく、その地に向かう。【2】皇帝《ヴァシレフス》はその時〔城壁の〕中にいたが、若年のころより重ねた軍事《ストラティオティカ》に関する幾多の経験《エムピリア》から〔都市の位置する〕その場所の形状が城壁《ティホス》としての防御《オヒロマ》の働きをなし、コマニに突撃を許さないことを見定めると、まず軍隊《ディナミス》を幾つかに分け、つぎに都市《カストロン》の城門《ピレ》を開き、〔城壁の〕外で兵士たちを戦闘部隊ごと《イラドン》に密集隊形《シンアスピズィン》に整列させた、しかしその時ローマ軍《ファランクス》の一部がコマニの戦列《パラタクシス》の一番遠くに位置した部分に向かって激しく馬を駆り立て、つづいて〔ローマ軍の一部の〕者たちはそれら〔のコマニ〕を敗走させ、海岸まで追跡した。この事態を目にした皇帝《アフトクラトル》は、それほどの多数の敵に対して不十分な軍勢《ディナミス》しかなく、立ち向かうこともできないので、残りのすべてに密集隊形のままでじっとしているように、誰一人戦列《パラタクシス》から飛び出さないように命令した。他方コマニは戦列を整えたままで留まり、彼ら自身もローマ軍《ファランクス》の正面に身構えながら、それでも打って出ようとしなかった。早朝から夕方までそのような状態が三日間つづいた、その場所の地形がはやり立つ敵に戦闘に打って出ることを許さなかったし、ローマ軍《ファランクス》の誰一人も彼らに向かって突進しようとしなかったのである。【3】都市《カストロン》であるアンヒアロスの地形は、このようになっていた。すなわち右側は黒《ポンディラ》海《サラサ》が控え、左側は険しい岩だけの土地で、通行不能でブドウの樹が植えられており、騎兵《イポテエ》に馬を走らせることを不可能にしていた。これらのため、どういうことになったか。蛮族《バルバロイ》は皇帝《ヴァシレフス》の忍耐強さを実際に見て、これまでの計画を諦め、つまりアドリアヌポリスに通じる別の道《アトラポス》に方向転換することになった、これはあの名を騙る者がつぎのように言って彼らを欺こうとしたからである、「自分がアドリアヌポリスに到着したことを聞き知れば、ニキフォロス＝ヴリエニオスは城門《ピレ》を開き、ことのほかの喜びようで自分を迎え入れ、財貨《フリマタ》を与え、あらゆる心遣いを示してくれるだろう。というのはあの者は本来の血のつながりからではないが、自ら進んで私の父に対して兄弟のような感情を抱いた。だからその要塞都市《カストロン》がわれわれの手に引き渡されれば、ただちに以前の計画に従って女王の都市《ヴァシレヴウサ》に通じる道を進もう」実際その者はある事実を悪用し、ヴリエニオスをおじと呼んでいたのである。というのは先の皇帝《ヴェヴァシレフコス》のロマノス＝ディオエニスはこのヴリエニオスを思慮において当時のすべての者に優る男であることを知り、また真っ正直な心の持ち主であり、言行ともにあらゆる点で本物であることを確信して、彼を兄弟として受け入れることを望んだ。そしてこのことは二人にとってよいと思われたので、事［兄弟の縁組み］は成就された。[10-30] 実際これらのことは真実であり、すべての人々によってそのように考えられている、しかしあの名を騙る者は、実際事実そのものとして彼をおじと呼ぶほどまでに、恥知らずのふるまいに及んだのである。【4】名を騙る者の企ては、そのようなものであった。他方コマニは他の蛮族《バルバロイ》と違わず、生来の尻軽、移り気であり、彼の言葉に丸めこまれて、アドリアヌポリスに達すると、この都市《ポリス》を前にして野営した。四八日間にわたって毎日戦闘が交わされ（なぜなら［城内の］若者たちも戦いに駆り立てられ、毎日城外に打って出て、蛮族《バルバロイ》と絶えず戦いを交わしていた）、そしてその間にニキフォロス＝ヴリエニオスは、城壁下からあの名を騙る者によって問いかけられた時、塔《ピルゴス》の上から首をつきだし、その男の声から判断する限り、人の言っているようにそのようなことはしばしば行われることであるが、自由意志《プロエレシス》から彼の兄弟となったあのロマノス＝ディオエニスその人の息子自身とは決して認めることもできないし、また彼の息子は真実アンティオキアで殺されたと言い[10-31]放った。こう言って、［ニキフォロスは］あの役者《イポクリティス》を嘲りながら追い払ったのである。【5】しかし城内にいる者たちは時が過ぎるに従い食糧に窮し始め、書簡《グラフィ》を通じて皇帝《アフトクラトル》に救助を要請した。［皇帝は］ただちにコンスタンディノス＝エフフォルヴィノス［カタカロン］に、その者の配下の伯《コミテス》[10-32]たちから強力な軍勢《ディナミス》を受け取り、夜中それを率いてカラサデス[10-33]［街区］の方面からアドリアヌポリスに入り込むように指示を与える。そこでカタカロンはコマニの眼を逃れる十分な自信を持って、ただちにオレスティアスに通じる道を進み始めた。しかしこの確信は完全に狂った。なぜなら敵は彼に気づき、何倍もの数でただちに馬を駈け、突撃して相手を撃退すると同時に、激しい勢いで追跡することに取りかかった。その者［カタカロン］の息子ニキフォロスが、なおこの者は後年私のすぐ下の妹、緋の産室生まれ《ポルフィロエニトス》のマリアと結婚して私の義理の兄弟になるが、長槍《ドリ》を腕に抱え、馬首をめぐらすと、彼を追いかけてくる一人のスキシス[10-34]の胸を目がけて一撃を加えたのはこの時であり、相手は即座に死体となって倒れた。その者は真実槍《ドリ》をみごとにふるい、盾《アスピス》で身を守る術を心得ていた。騎乗する彼の姿を見る者は誰もその者がローマ人ではなく、ノルマン人の出であると思ったであろう。馬を駆るその若者は確かに驚異であり、本当に自然《フィシス》の自慢の作品であった。その者は神《セオス》に対して真に敬虔深く、人に対しては愛想よく親切であった。【6】四八日目がまだ過ぎ去る前、ニキフォロス＝ヴリエニオスが命令を下すと（なぜならアドリアヌポリスの全権限は彼にあった）、勇敢な兵士《ストラティオテェ》たちは突然に城門《ピレ》を開き、コマニに向かって出撃した。そこで激しい戦闘が生じ、ローマ人は自身の命も省みず勇敢に戦い、多くの者が倒れたが、より多数の敵を殺害する。その時マリアノス＝マヴロカタカロンはトゴルタク[10-35]の姿をとらえると（この者はコマニ軍《ストラティア》の第一の首領《イエモン》であった）、長槍《ドリ》を腕に抱え、手綱《イニエ》をすべて馬にあずけ、彼に向かってまっしぐらに馬を駈け、もし彼［トゴルタク］の近くにいるコマニが彼のもとへ駈けつけ助勢しなければ、もう少しで彼を殺していたであろうし、またマリアノスもすんでの所で彼らによって殺されていたであろう。このマリアノスはつい最近若者仲間に入ったばかりの若さであったが、しばしばオレスティアスの城門《ピレ》から打って出て、コマニと戦い、それほど幾度にもわたって敵を打ち、あるいは殺し、勝利者《ニキティス》として引き返してきていた。確かにその者は真実この上なく勇敢な戦士《マヒティス》で、その勇気をまったく彼の父から受け継いだかのようであり、一族のことのほか勇敢な男たちよりもいっそう勇敢な者として生まれてきた若者であった。危機一髪のところで命を救われた後、あの者［トゴルタク］は、先ほどマリアノスが蛮族《バルバロイ》と戦っていた同じ川岸に立っている偽ディオエニス《プセヴドディオエニス》のもとへ怒りをたぎらせて駈けつけた。緋色の衣服をまとい、いかにも皇帝《ヴァシリコス》らしく飾りを身につけ、しかし彼の護衛の者たちから見捨てられた状態でいるその者を見ると、とっさに鞭を振り上げ、このペテンの皇帝めと叫びながら、彼の頭を容赦なく打ち続けた。

第4章

【1】さて皇帝《ヴァシレフス》は、コマニがアドリアヌポリスを前にして我慢強く頑張り続け、戦いが休みなく続けられていることを知って、彼自身もアンヒアロスを離れ、そこへ行かなければならないと判断した。そこで指揮官《イエモネス》の主だった者たち《エクリティ》と「アンヒアロスの」住民《ラオス》の長老《プロエポンデス》たちを呼び出し、いかに動くべきかについて諮ることにした。しかしその時、アラカセフスと呼ばれる一人の男が前へ歩み出て、つぎのように発言した。「私の父は、昔あの名を騙る者の父[10-36]と昵懇の間柄であった。そこでこの私はここを出て、砦《ポリフニア》の一つに彼を導き入れ、そこで捕らえることにしよう」そこで即座に、そのような企てを実行する方法が問われた。その者はキュロス治世下におけるゾピュロスの例[10-37]に従い、自分の策略を皇帝《アフトクラトル》へ進言した。つまり自ら身体を傷つけ、髭と頭髪を剃り、あたかも皇帝《アフトクラトル》によってそのような仕打ちをこうむったように見せかけて、あの者のもとへ急いで行くことを申し出たのである。【2】その者はこれらのことを言うだけでなく実際に行った、つまり申し出ただけでなく、その申し出を実行に移したのである、事実皇帝《ヴァシレフス》がその提案を賞讃すると、アラカセフスは頭をつるつるに剃り始め、身体をひどく傷つけると、あの偽のディオエニスのもとへ急いだ、そしてその者はなかでもとりわけ昔からの友情を彼に思い出させ、つぎのように語り始めた、「皇帝《アフトクラトル》アレクシオスからひどい虐待を受けた後、陛下《シィヴァシリア》に示した私の父の古くからの友愛を頼りに、そしてあなたの計画に手を貸すために、私は今あなたのもとへ来ている」実際そのように「陛下などという」追従の言葉を使ったのは、彼をいっそう強く引きつけるためであった。さてその者「アラカセフス」の働きについてもう少し詳しく語ろう、アラカセフスは、

皇帝《アフトクラトル》アレクシオスから［計画実行の］許可と一緒に、プツァと呼ばれるある砦《ポリフニオン》の守備《フィラキ》を託されていた者へ宛てて「貴下のもとを訪れるこの者が命ずることはすべて彼の指図通りに行うように」としたためられた書簡《グラフェ》を受け取り（事実皇帝《ヴァシレフス》はコマニがアドリアヌポリスを離れた後にはそこ［プツァの砦］に向かうことを正確に見抜いていたのである）、このように準備が整うと、先に語られたようにアラカセフスは頭をつるつるに剃った後、あの名を騙る者のもとへ行き、つぎのように語った。「私が多くの虐待を受けたのはあなたのゆえ、ひどい目にあわされ鎖に繋がれてしまったのはあなたのゆえ、あなたがローマ人の国境《オリア》を越えていらいずっと長い日々を閉じこめられていたのはあなたのゆえ、私の父のあなたに対する友愛のゆえにこの私自身が皇帝《アフトクラトル》に疑いをかけられたのだと思う。とにかく身体から鎖をはずし、あなたのために役立つことをしようと思い、この私自身はあなたのもとへ、私の主人《デスポティス》のもとへ密かに逃げのびてきたのだ」【3】相手は喜んで彼を迎え入れ、そして企ての成就のためには何をすればよいかと問い尋ねてきた。そこでその者が応えて言うには「ひとつこの砦《ポリフニオン》［プツァ］をお考えになってはいかがでしょうか、そこにはあなたご自身とあなたの軍隊《ストラテヴマ》が好きなだけ休んでいる間に馬を養う牧草の十分ある広い平地が広がっている。とにかく当分は先に進まず、この砦《ポリフニオン》を掌握して態勢を立て直し、またコマニがそこから出撃して必要物資を手に入れるためしばらくここに留まり、そうしてから女王の都市《ヴァシレヴウサ》に通じる道を進むべきである。あなたさえよければ、古くからずっと私の親友であるその砦《ポリフニオン》の守備隊長《フィラクス》に探りを入れ、戦わずにあなたに砦を引き渡すよう仕向けてみよう」【4】この考えは、ディオエニスの気に入るところであった。そこでその夜アラカセフスは皇帝《ヴァシリキ》の書簡《グラフィ》を矢《ヴェロス》に結びつけ、砦《カストロン》の中へ送りとどける。ここを守備する者はこれを読むと、上記の砦《ポリフニオン》を引き渡す準備を始めた。朝早くにアラカセフスはまず最初に自身が城門《ピレ》に近づき、その守備隊長《フィラクス》と話し合うふりをする、ディオエニスにはあらかじめ合図を教えており、それを目にすればただちに砦《カストロン》の中へ入るようになっていた。十分に時間をとって守備隊長《フィラクス》との会話をしてみせてから、先に名を騙る者に与えていた合図を送ると、あのディオエニスはそれを見て、ごく少数の兵士《ストラティオテェ》を従えて大胆にも［砦の］中へ入って行く。中の者たちはことのほか嬉しそうに彼を迎え入れ、プツァを守護する者は彼を入浴に誘い、さらにアラカセフスからもつよく勧められて、その者はさっそくそれらの言葉に従う。つぎに彼と供のコマニたちに豪華な食卓が供された。すべての者は一緒になって十分すぎるほどにご馳走にあずかり、一杯詰まった革袋からブドウ酒を口に流し込み、喉まで一杯になるほどに飲んでしまうと、鼾をかいて横になってしまった。そこでただちにアラカセフス自身と守備隊長《フィラクス》は他の部下と一緒に彼らの周囲を回り、彼らの馬と武器《オプラ》を別な場所に移動させ、鼾をかいて寝ている彼をその場所に残したままで、彼の供の者たちを殺害し、ただちに自然の墓穴であるかのように堀の中へ投げ込んだ。［5］他方カタカロン［コンスタンディノス＝エフフロヴィノス］は皇帝《ヴァシレフス》の指示[10-38]に従いコマニの軍勢《ストラテヴマ》の後を追ってきていたが、一方であの者［偽ディオエニス］が砦《カストロン》の中へ入ったのを、他方でコマニが分散して略奪《プロノミィ》に出かけて行ったのを目撃すると、その場から離れ、上に名をあげた町《ポリス》[10-39]の近くに防柵《ハラクス》の陣地を設営した。他方アラカセフスは、コマニが至る所へ散らばったので、彼［偽ディオエニス］についてはあえて皇帝《アフトクラトル》へ報告せず、女王の都市《ヴァシレヴウサ》へ帰還する目的で、その者をつれまっすぐツゥルロスへの道を突き進んだ。さて宮殿《ヴァシリア》［大宮殿］で女主人《デスピナ》として政務を執っていた皇帝《ヴァシレフス》の母はこのことを知ると、その者を引き取り大都《メガロポリス》へ連れ戻るため、即座に艦隊《ストロス》のドルンガリオスで宦官《エクトミアス》のエフスタシオス＝キミニアノスを送りだした。その者にはカミリスというトルコ人の同行者がいたが、あの者［偽ディオエニス］の視力を奪うことにその者［カミリス］を使ったのである。[10-40]［6］他方皇帝《アフトクラトル》はまだアンヒアロスにとどまっていた間に、コマニが周辺の諸地域の略奪《プロノミ》へ散開したのを聞き知って、その地を離れて小《ミクラ》ニケアに向かう。［皇帝は］その地でキツィス（この者はコマニ軍の首領《イエモネス》の一人であった）が略奪《プロノミ》のため散開していた一万二千を数えるコマニを一つにまとめ、多数の略奪品《リア》を携えてタヴロコモスの丘を掌握したことを知って、配下の軍勢《ディナミス》を引き連れて南下し、その丘の下に広がる平地を流れる川の辺にとどまった（ここは低木と若木で覆われた場所であった）。さてその地に軍勢《ディナミス》を配置した後、［皇帝は］

弓術《トクシア》に精通した精鋭のトルコ人からなる十分多数の部隊を軍勢《ディナミス》から切り離しコマニに向けて送りだした、それは、彼らと戦闘を交え、騎馬の突撃《イパシエ》を繰り返して行い、彼らを丘の斜面へ引き寄せるためであった。しかしコマニは彼らに向かって突撃し、激しい勢いでローマ人の野営地《ファランクス》に至るまで彼らを追跡してきた。つぎに［コマニは］手綱を引いて少し馬を抑え、戦列《パラタクシス》を整えてローマ人の野営地《ファランクス》へ突撃する用意にとりかかった。[7] コマニの一騎兵《イポティス》がこれ見よがしに自軍《ファランクス》の前に跳び出し、戦列《パラタクシス》に沿って馬を駈け、ほとんど自分と戦う者を求めようとするばかりの態度をとるのを皇帝《アフトクラトル》は見て、それに対し［自軍の］右翼も左翼も何もせずじっとしているのに我慢できず、彼自らすべての者の前で馬の手綱《イニエ》を完全に弛めて突進し、戦闘を求めるその蛮族《バルバロス》目がけてまず槍《ドリ》で打ちかかり、つぎに剣《クシフォス》を相手の胸に向かって打ち込み、相手を馬から突き落とした、実にこの日その者が示して見せたのは将軍《ストラティゴス》としてよりもむしろ兵士《ストラティオティス》としての働きであった。それゆえ彼の行為はただちにローマ人の《ロマイケ》戦列《パラタクシス》に大きな勇気を吹き込み、同時にスキタイに大きな恐怖を引き起こさせた、事実その者は塔《ピルゴス》のように敵に向かって突き進み、軍勢《ストラテヴマ》を切り裂いた。このようにして蛮族《バルバロイ》の集団はばらばらにされ、すべての者はあらゆる方向へ散り、無我夢中で逃走を続けた。事実この時およそ七千のコマニが倒れ、三千が生きたまま捕らえられたのである。[8] 確かにローマ軍《ロマイコンストラテヴマ》の兵士たちは略奪品《リア》のすべてを奪い返したが、しかし慣例通りにその一部を受けとることを皇帝《アフトクラトル》から許されなかった、なぜならそれらは周囲の諸地域から最近に奪い取られたもので、それらの住民に返還されねばならなかった。事実この皇帝の命令《ヴァシリコンプロスタグマ》は翼のあるもののようにその周辺の地方すべてに飛び回り、そこで略奪を受けた者たちそれぞれは駈け寄ってきて、自分の持ち物を探しだし、取りもどすことに努めていた。実際その者たちは自分の胸を叩き、嘆願者として両手を天に向かって高くあげ、皇帝《アフトクラトル》に幸多かれと祈りつづけていた。なんとその時、月そのものにまで達しようかと思われる男女の混ざり合った歓声を聞くことができたであろう。[9] これらについては以上で十分であろう。さて皇帝《アフトクラトル》は兵士の体力を回復させると、喜びいさんで再び上記の小《ミクラ》ニケアに戻っていく。そこで二日間とどまったのち、三日目にそこを離れ、アドリアヌポリスに向かい、そこではシルヴェストロスの屋敷《イキア》で十分に日数を過ごした。その間にコマニの首領《ロガデス》たちのすべてが軍隊《ストラテヴマ》から離れ、彼［アレクシオス］を欺く考えで脱走者を装って彼の前に姿を見せる、それは、ただちに彼と和平を結ぶふりをして、和平《イリニ》の交渉で時間を稼ぎ、その間にコマニの軍隊《ストラテヴマ》を先に進ませようとのことであった。実際その者たちは三日間にわたってそこにとどまり、三日後の夜、自分たちの土地に通じる道を進み始めたのである。【10】コマニの計略に気づくと、皇帝《アフトクラトル》は飛ぶように速く走る者たち《イポプテリ》［急使］を送りだし、ズィゴス［バルカン山脈］の諸通路の見張り《フィラキ》を託されている者たちにこの事態を知らせる、それは、横になることなく常時見張りにつとめ、できれば彼ら［の通過］を阻止させるためであった。他方彼自身はコマニの全軍《ストラテヴマ》がすでにかなり先を進んでいることを知って、ただちに手もとにいる兵士たち《ストラティオテェ》を引き連れ、アドリアヌポリスから十八スタディア[10-41]離れているスクタリオンと呼ばれている場所に向かい、さらにその翌日にはアガソニキに達する。そこでコマニの軍隊《フォサトン》がまだアヴリレヴォに居るのを知って（この場所は上記の諸都市《ポリス》からそれほど遠くない所に位置している）、その場所に行き、そこであの者たちが灯した無数のかがり火を遠くから目にし、よく観察した後、もとの場所へもどり、次にニコラオス＝マヴロカタカロンと軍《オプリティコン》の他のえり抜きの指揮者たち《エクリティイエモネス》を呼び寄せ、いかにすべきかを彼らと共に検討を始めた。その結果なすべきこととして決定されたのは、外国人兵士《エスニキィ》の指揮者たち《アルヒィイ》、すなわちウザス（この者はサヴロマテェ［ウズイ］の一人である）とスキタイに属するカラツァス［アルイロス］、半分蛮族の血の混じった《ミクソバルバロス》モナストラスとを呼び出し、つぎのように手配させることであった、すなわち持ち場に戻り、それぞれの幕舎《スキニ》において十五あるいはそれ以上のかがり火に火を灯すことであった、それは、そのような多数のかがり火を目にしたコマニはローマ軍《ロマイコンストラテヴマ》がきわめて多数であると思い、そのため怯えて、もはや大胆には自分たちを攻撃してくることはないだろうとの考えからであった。これが実行に移され、コマニの心に大きな恐怖を送り込む。翌朝早く皇帝《アフトクラトル》は武装し、配下の軍勢《ディナミス》を率い彼らに向かって突き進む。合戦となったが、コマニは相手に背を向けて逃走する。皇帝《ヴァシレフス》は軍隊《ストラテヴマ》を分割し、まず軽装備の兵《プシリィ》を追跡に送りだし、彼自身も一目散に逃げていく敵に向かって追跡をつづけた。鉄《シディラ》の隘路《クリスラ》[10-42]あたりで彼らに追いつき、多くを殺し、より以上の者を生きたまま捕らえる。【11】先に送りだしていた者たちがコマニの略奪品《リア》のすべてをもって戻ってきた。激しい嵐のため、皇帝《ヴァシレフス》は鉄《シディラ》の隘路《クリスラ》の丘で一晩過ごし、夜が明けるとすぐにゴロイに向かった。そこで一昼夜とどまり、その間に勇敢に戦ったすべての者を讃え、過分の贈物《ドレエ》を与え、そして彼の計画が達成されたので、喜びのうちにすべての者をめいめいの故郷に送りだし、自身は二日二晩かかって宮殿《ヴァシリア》［大宮殿］に帰りついた。

第5章

【1】多大の労苦からわずかばかりの休息を得ただけで、［皇帝は］トルコ人がヴィシニアの内部を駈け回り至る所を略奪しているのを知ったことから、そして他方ではこれらに加えて西方における問題が皇帝《アフトクラトル》にのしかかってきたが、しかしそれらよりもこちら［トルコ人］の問題により以上に心を奪われ（なぜならこれらの問題がより急を要するものであった）、まことにみごとな、彼の頭脳にふさわしい工夫を考えだし、ヴィシニアの安全のため、つぎのような構築物によって彼らの侵略を阻止しようとするのである。その構築物はここで詳しく語るに値するであろう。【2】さてサンガリス川、ヒリ村《ホリオン》までまっすぐに延びている［黒海］海岸、北に向かって曲がっている海岸、これらに囲まれた地方は広い。[10-43] 最初から私たちに悪意をもつ隣人となっているイスマイルの息子たちは彼らを阻止する者が誰もいないのでこの地方《ホラ》をやすやすと荒らし回っている、実際その者たちはマリアンディニ人やサンガリスの向こう側［東側］にいる人々の間を駈け回り、またとりわけその川を［西に］渡ってニコメデスの都市を攻め立てている。それゆえ皇帝《ヴァシレフス》は、蛮族《バルバロイ》のそのような襲撃を押しとどめ、その地方《ホラ》、とりわけニコメデスの都市を侵略から守ろうとしていたが、ヴァアニ湖《リムニ》の南に長い溝のあるの

に気づき、自らその端まで詳しく調べてみた結果、その位置と形状から、つまりそれがたまたま出来上がったものでも、自然によって穿たれたものでもなく、とにかく人の手による作業の跡であろうと考えた。そこでその場所について調査したところ、幾人かからその堀［の掘削作業］を指揮したのはアナスタシオス＝ディコロス[10-44]であることを知る。しかしその者たちは、その者［アナスタシオス］が何を意図していたのかを言うことはできなかった。しかし皇帝《ヴァシレフス》アレクシオスにはその皇帝《アフトクラトル》が湖から水をこの人工の溝へ導き入れようとしていたことは明らかと思われた。皇帝《アフトクラトル》アレクシオスも再びそのような考えに導かれて、その堀《タフロス》をもっともっと深く掘るように命じることにした。【3】しかし時が経てばやがて水の流れはそれらの流れ［サンガリス川と溝］[10-45]の出会うところで徒渉できる浅瀬になってしまうのではないかと恐れ、［皇帝は］水の流れと厚く高い城壁《ティホピイア》とによってあらゆる側からの攻撃にも安全で手の出し得ない、ことのほか堅固な城塞《フルリオン》の建設にとりかかる。それゆえにこの建造物は鉄の《シディラ》［城塞］という名称を手に入れた。今日この鉄《シディルン》の城塞《ピルイオン》は都市《ポリス》［ニコミディア］の前におかれた砦《ポリス》、城壁《ティホス》の前の外壁《プロティヒスマ》をなしている。さて当時、太陽が夏至点を過ぎようとすることのほかの暑さの中、皇帝《アフトクラトル》自身は、朝早くから夕方まで監督者として城塞《ポリフニオン》の建設《イコドミィ》に関わり、灼熱にも砂塵にも耐えていたのである。城壁《ティホス》が堅固で鉄壁なものになるために、多額の資金が注ぎ込まれ、五〇人であれあるいは一〇〇人であれ石材を引きずる者たち一人一人に惜しみなく賃金が支払われる。それゆえ駆けつけてきたのはその土地の一般労働者だけでなく、自国の者であれ他国の者であれあらゆる兵士《ストラティオティス》と奉公人《イピレティス》であり、それらすべては多額の手当《ミスシィ》を知り、また皇帝《アフトクラトル》自身が賞を授ける者として現場で立ち会っているのを見て駆り立てられ、そのような石材の運搬にせっせと取り組んだのである。実際このように［多額の手当を］ふるまったのも、多くの者が群がり集まることによって、そのような多量の石材の運搬が容易く行われるための策であったのである。このようにその者の着想はことのほか深く、計画の実行はことのほか壮大であった。【4】皇帝《アフトクラトル》の治世の出来事はこれまで語られたように、［世界創造より］第……年第……[10-46]エピネミシス［インディクティオン］まで進められたことになる。さてその者〔アレクシオス〕は十分に休む間もなく、無数のフランク人からなる諸軍勢《ストラテヴマタ》が接近しつつあるとの噂を耳にした。[10-47] 事実その者は彼らの接近《エフォドス》を怖れた、なぜなら抗しがたい彼らの突撃力、不安定で移ろいやすい性格、ケルト人の気質に特有なすべてを、あるいはそれらに付随することを、たとえばこと財貨《フリマタ》に関してはつねに大きく口をあけて飲み込もうとし、またなにか機会があればやすやすと彼ら自身の約束《シンシケェ》をすぐに破ってしまうことを、知悉していたのである。事実これらのことは常に声高に語られ、完全に確かめられていることであった。しかし怯むことなく、いざというときには進んで戦いに打って出る覚悟ができていたほどに、あらゆる手段でことにあたろうとしていた。ところで実際に生じた事態は、広く噂されていた以上に大きく、恐ろしいものであった。なぜなら全西方が、すなわちアドリア海の向かい側からヘラクレスの柱《スティレ》にいたる土地に住んでいる蛮族《バルバロイ》のすべての民《エノス》が群をなして移動を始め、ヨーロッパの諸地域をつぎつぎと横断しながら全家族を連れてアジアに向かって旅を続け進んできたのである。このような大移動《シンギニシス》の原因は、およそつぎのようなものであった。[5] ククペトロスの綽名[10-48]をもつペトロスというケルト人は聖《アイオス》墳墓《タフォス》を崇拝するため国を発ったが、その途中でアジア全域を荒らし回っているトルコ《トルキィ》人とサラセン《サラキニィ》人によって多くの虐待を受け、やっとのことで故国へ帰り着いた。目的を達成できなかったことに我慢できず、再び同じ道を進もうと志す。しかし前回以上にひどいことが起こらないように、一人で聖《アイオス》墳墓《タフォス》へ出発してはならないことに気づき、名案をひねり出す。すなわちラテン人のすべての土地でつぎのことを広く知らせることであった、つまり「神《シア》の声《オムフィ》はこの私に、フランス《フランギア》のすべての伯《コミテス》に向かって、すべての者が自分の家を離れ、聖《アイオス》墳墓《タフォス》の崇拝のために出発し、アガリニィの手からイエルサレムを解放することに全身全霊をささげて取り組むよう命ぜよ、と告げられている」[6] 確かにその者は、上手くやってのけた。あたかも神《シ》の声《アオムフィ》をすべての人々の心の中へ注ぎ込んだかのように、ケルト人がそれぞれ別々の場所から武器《オプラ》と馬、その他戦いに必要なものを携えて集まるように仕向けた。そしてその者たちも熱い心と激情に駆られ、そのためすべての大通り《レオフォロス》は彼らで一杯になった。それらのケルト人兵士《ストラティオテェ》と一緒に、浜辺の砂や天の星以上に多数の、武器をもたない《プシロン》民衆《プリソス》の群も棕櫚の枝を持ち肩に木製の十字架《スタヴリィ》を担いで行進し、また女や子供たちまでも自分たちの土地《ホレ》から出かけてきた。あたかも諸河川のように、それらの者たちはあらゆる方面から寄り集まり、ほとんどはダキア人の間を抜け、[10-49] 大軍となって私たちに向かって押し寄せてくるのを目にすることができたであろう。【7】それほど多数の民衆《ライ》の群の到着に先がけて、小麦には手を出さないが、ブドウ畑を恐ろしいほどに食い荒らすイナゴ《アクリス》［の群］が現れた。だから当時占い師《シンヴォロマンディス》たちが予見していたように、この現象は、あのような大きなケルト人の軍隊《ストラテヴマ》の到来《エフォドス》がキリスト教徒のことには手を触れず、酩酊とブドウ酒とディオニュソスの奴隷である蛮族《バルバロイ》のイスマイリテェ[10-50]に恐ろしい災難を引き起こす前触れであった。なぜならこの民《エノス》はディオニュソスとエロスに従い、あらゆる性的快楽にふけり、割礼を受けても肉と共に情欲を切除されず、アフロディテェの悪徳の奴隷《ドゥロン》、それも三倍もの奴隷以外のなにものでもない。それゆえこの者たち自身はアスタルティもアスタロフ[10-51]も敬い崇拝し、そして彼らのもとでは星《アストロン》の像《ティポス》と黄金のホヴァル[10-52]の像をなによりも大切にしている。確かに穀物は人を酩酊させることなく、人にとってもっとも栄養になるものであるゆえに、これらの占い師《シンボリキ》によってキリスト教の象徴として理解されてきた。事実［その時の］占い師《マンディス》たちはブドウの樹と小麦に関してそのように解釈したのであった。【8】占い師《マンディス》についてはこれぐらいにしておこう。蛮族《バルバロイ》の接近《エフォドス》はこのように［イナゴの大群の出現の］すぐ後に続いて起こったが、分別のある人たちにはこれまで経験したことのない何か変わったことが起こるのではないかと予測することができた。事実そのような多数の人々の到来は一塊りになって、また同時に行われたのではなく（どうしていろいろな場所からやって来る多数の群がすべて一緒にロンギヴァルディアの海峡《ポルスモス》を渡ることができようか）、最初の人々の集団、第二の集団、それらに続く集団、このように順々にすべての集団が海を渡り、つぎに陸地を突き進んでいったのである。すでに語られたように各軍勢《ストラテヴマ》の出現の前に無数のイナゴ《アクリス》［の大群］が発生したのである。だからこのような現象を一度ならずたびたび目にした者すべてには、これらのイナゴがフランク人諸部隊《タグマタ》の先触れと考えられた。【9】諸集団がそれぞればらばらにロンギヴァルディアの海峡《ポルスモス》を渡り始めた時、皇帝《アフトクラトル》はローマ《ロマイケ》軍《ディナミス》の何人もの指揮官《アルヒィイ》を呼び出し、つぎのような指令を与えてディラヒオンとアヴロンの地域に送りだした、すなわち海を渡って来る者たちを親切に出迎え、彼らの進む街道沿いにおいて、あらゆる地方から集められた食料《パニイリス》[10-53]をふんだんに用意し、つぎに常に彼らの後に従い、待機の態勢を続け、もしその者たちが周辺の地域へ略奪のために出撃しようとするのを目にすればすぐさま走りよって、ほどほどの小競り合いで彼らの動きを押しとどめることであった。また両者の間で生じる争いを抑えるために、ラテン語《ディアレクトス》に堪能な者たちが彼ら［指揮官］に同行した。【10】出来事《プラグマ》をよりはっきりと順を追って詳細に語ろうと思う、さてそこで、この企ての噂があらゆるところへ広がった後、最初に自身の所領を売り［イエルサレムへの］道を歩み始めた者はゴドフレ[10-54]であった（この男は資産家で、自身の猛勇と大胆さ、名高い一族を誇りとしている）。なぜならケルト人はそれぞれ、他の者に優ろうとすることにことのほか熱心だからである。さて誰もこれまで記憶したことのないような男たちと女たちの大きな移動が生じたが、ある者たちは真実主《キリオス》の墳墓《タフォス》を崇拝し、聖なる場所を訪れることを切望するこの上なく純真な人々であるが、他方きわめて邪悪な心の持ち主たち、とりわけヴァイムンドスと彼と心を同じくするような者たちは、もし可能なら旅の途中で行きがけの駄賃として女王の都市《ヴァシレヴウサ》そのものをも奪い取ってしまおうとの別の考えを隠し持っていた。ヴァイムンドスは皇帝《アフトクラトル》に対する積年の激しい恨みを抱いていたところから、大多数の誠実な男の心を掻き乱すことになった。さてあのような勧説を行った後、ペトロス［ククペトロス］はすべての者に先がけて、八万の歩兵《ペズィ》と十万の騎兵《イピス》[10-55]を引き連れてロンギヴァルディアの海峡《ポルスモス》を渡り[10-56]、つぎにウングリアの諸地方を通って女王の都市《ヴァシレヴウサ》へ到着した[10-57]。さてケルトの民《エノス》は、誰もが推測するように、ことのほか短気で怒りっぽく、一度機会を握って動き出すと手の施しようがない。

第6章

【1】皇帝《ヴァシレフス》はかつてペトロスがトルコ人によってひどい目にあわされたこと[10-58]を知っているので、他の伯たち《コミテス》が到着するまで待っているように勧めたが、[10-59]その者は自分に従う者たちの多数に頼って言うことを聞き入れず、海を渡ってエレヌポリスと呼ばれる小さな町《ポリフニオン》の近くに防柵の野営地《ハラクス》を設営した。一万を数えるノルマン人が彼に従っていたが、その者たちは軍《ストラテヴマ》の本隊から離れ、ニケアの周辺を荒し、住民のすべてに残忍な行為を行い始めた。事実乳児のあるものたちを切り刻み、他のものたちを木に串刺しにしたり、火であぶり焼いたりし、また年寄りにはこれみよがしにあらゆる種類の責め苦を加えていた。【2】［ニケア］城内の者たちは何が起こっているのかを知ると、城門《ピレ》を開いて彼らに向かって打って出た。ただちに激しい戦闘が起こり、しかしノルマン人が勇敢に戦ったので、相手は背を向け要塞都市《カストロン》の中へ逃げ込んだ。［ノルマン人は］すべての戦利品《リア》を携えて、再びエレヌポリスに引き返した。彼ら［ノルマン人］と、彼らと一緒に出撃しなかった者たちの間で、そのような場合には起こりがちなことであったが、口論が生じ、妬みは後れを取った者たちの怒りを燃え上がらせ、そのため両者の間で小競り合いが起こり、結局向こう見ずなノルマン人は再び［野営地を］離れて、クセリゴルドス[10-60]に向かい、そこを急襲《エクスエフォドウ》して奪い取った。【3】スルタン[10-61]は事態を知ると、十分な軍勢《ディナミス》と共にエルハニス[10-62]を彼らに向けて送り出す。その者は到着するや、クセリゴルドスを奪い取り、ノルマン人のある者たちを剣《クシフィ》の餌食とし、他の者たちを生きたまま捕らえて連れ去った、[10-63]そして同時にククペトロスのもとにいる者たちに対しても攻撃をしかけようと策をめぐらした。そこでその者［エルハニス］はニケアに向かって進む者たちをその途中で不意に襲って始末してしまおうと考え、適当な場所に伏兵《ロヒィ》を配置した後、他方ケルト人の金に汚いのを知って、機転のきく二人の者を呼び出すと、ククペトロスの軍勢《ストラテヴマ》のもとへ出発し、ニケアを奪ったノルマン人たちが城内の貯えを分け合っているという噂を広く流すよう命じた。【4】この噂はペトロスのもとにいる者たちの中に伝わり、彼らを恐ろしいほどに興奮させた。なぜなら分配と財貨《フリマタ》［という言葉］を耳にした者たちは、

これまでの軍事上の経験《ストラティオティキエムピリア》や戦闘に出かける者たちに当然欠かせない規律をほとんど忘れたかのように、すぐさまニケアに通じる街道へ無秩序に駈けだした。なぜならすでに語られたようにラテンの民《エノス》はことのほか金銭欲が強く、その上一度ある土地《ホラ》を侵略することに乗り出すと、理性を失い、手綱を解かれた馬のようになる。列《スティヒ》をなしてあるいは密集隊形《イラドン》で進みもせず、結局ドラコン川の辺りでトルコ人の待ち伏せ《ロヒイ》に陥り、痛ましいほどの殺戮を受けることとなった。至る所に横たわる、殺戮された男たちの遺体が集められ、［それらが積み上げられて］大きな丘ではなく、私は小山とも高台《スコピア》とも言わないでおこう、その高さと幅の広さにおいていわば一つの山と表現するにふさわしいものが造り上げられたほどに、多数のケルト人とノルマン人がイスマイリテエの剣《マヘレ》の犠牲になったのである。実際そのような骨の大きな山が横たわっていたのである。その後殺戮された蛮族《バルバリィ》と同じ民《エノス》の者たちが都市《ポリス》［の建設］の方法に従って城壁《ティホス》の建造に取りかかった時、虐殺された男たちの骨を詰め物または小石のように［城壁の］隙間に詰め込んだ、それはある意味でその都市《ポリス》を［虐殺された］者たちの墓として造ることになった。この堅固な都市は、同時に石と骨の混じり合った周壁《ペリヴォロス》と共に、今日にいたるも立っている。**［5］** 実際すべての者が剣《クシフィ》の餌食になった中、ペトロスだけがほんのわずかの者と共にエレヌポリスに引き返し、中に入ることができた。[10-64] トルコ人は、彼を捕らえようとして再び待ち伏せに取りかかった。他方皇帝《アフトクラトル》はすべてを聞き、そのような大殺戮の事実を確認すると、もしこの上ペトロスも捕らえられるようなことになれば、事態は悲惨であると考えた。そこでただちに本書《ロゴス》でこれまでしばしば言及されたコンスタンディノス＝エフフォルヴィノス＝カタカロンを呼び出し、そして十分な数の軍勢《ディナミス》を幾隻かの戦《ニエス》艦《ポレミケ》に乗せると、彼らをあの者の救助のため海の向こうへ送りだした。トルコ人はこの者［コンスタンディノス］が到着したのを見て、急いで逃走した。この者は時を移さずペトロスと、実際ほんのわずかにすぎなかった供の者たちを引き連れ、無事に皇帝《ヴァシレフス》のもとへ導いた。**［6］** 皇帝《ヴァシレフス》は、そもそも最初から思慮の欠けていたことを彼［ペトロス］に思い出させ、自分の忠告に従わなかったゆえにそのような恐ろしい事態に陥ったことを告げたが、その者は傲慢なラテン人らしく、そのような惨事の原因は断じて自分自身にではなく、自分の言うことを聞かず、自分たちの抑えがたい欲望に従って行動した者たちにあると言い、彼らを海賊、盗賊呼ばわりし、それらのゆえにその者たちは救世主《ソティル》から聖《アイオス》墳墓《タフォス》を崇めることを拒否されたのであるとしたのである。［7］ところでヴァイムンドスや彼と心を一つにする者たちのような類のラテン人はずっと以前からローマ人の帝国《アルヒィ》を熱望し、なんとかそれを自分たち自身のものにしようと望み、すでに語られたようにペトロスの勧説に口実《プロファシス》を見いだし、この上なく純粋な心の持ち主たちを欺いて、あのような大きな運動を引き起こし[10-65]、また聖《アイオス》墳墓《タフォス》の守護のためにトルコ人に向かって出陣するのだと装って、彼ら自身の所領《ホレ》を売り払っていたのである。

第7章

［1］フランス《フランギア》の王《リクス》の兄弟、ウヴォス[10-66]という者はあのナヴァトスのように自身の血筋の良さと富と権力について大いに自慢していたが、まさに聖《アイオス》墳墓《タフォス》に通じる道に向かって出発しようとする時、自分のためにすばらしい応接が行われることを考えて、狂気の沙汰と思える言葉を皇帝《アフトクラトル》に送り、つぎのように告げたのである。「皇帝《ヴァシレフス》よご承知あれ、私は諸王《ヴァシレフス》の《トン》王《ヴァシレオン》[10-67]、天の下のすべてに優るものである。私が到着すれば出迎えに来て、盛大に私の高貴な生まれにふさわしく対応されるべきである」［2］皇帝《ヴァシレフス》がこれらの伝言を聞き知った時[10-68]、セヴァストクラトルのイサアキオスの息子ヨアニスは、この者についてはすでに言及されているが[10-69]、ディラヒオンのドゥクスであり、他方艦隊《ストロス》のドゥクスのニコラオス＝マヴロカタカロンはディラヒオンの港《リミン》に諸船舶《ニエス》を等間隔で停泊させ、自身は出港し、海賊《リストリケ》船《ニエス》が彼の目を逃れて沿岸をさまよわないように海上を警戒していたが、皇帝《アフトクラトル》はただちに書簡《グラマタ》[10-70]を両者に送り、ディラヒオンのドゥクスには陸海において彼「ウヴォス」の到来を待ちかまえ、来ればただちに皇帝《アフトクラトル》に知らせ、ウヴォス自身については彼を盛大に出迎えるよう

に命じ、艦隊《ストロス》のドゥクスには決して気を緩めず、常時眼を開いて見張りにつとめるように指示を与えた。【3】ウヴォスは無事にロンギヴァルディアの海岸に達すると、ただちにツェルペンディリオス伯《コミス》と、以前セサロニキ滞在中の皇帝《アフトクラトル》のもとから逃走したイリアス[10-71]と共に総勢二四名の黄金の胸甲《ソラケス》と脛当《クニミデス》てを身に着けた使者《プレスヴィス》たちをディラヒオンのドゥクスへ派遣する。その者たちは、ドゥクスに向かってつぎのように告げた。「ドゥクス殿、貴下にはわれわれの主人《キリオス》ウヴォスが聖ペトロスの黄金の御旗《シメア》[10-72]を携え今にもここに到着されようとしていることを承知あれ。またこの者がフランク軍《ストラテヴマ》全体の指揮者《アルヒィゴス》であることも承知されたい。だからその者とその者の軍勢《ディナミス》に対してその者の権威《エクスゥシア》にふさわしいもてなしを準備し、そして［ドゥクス］自ら彼の出迎えに行く用意をされたい」【4】その者たちがドゥクスにこのように告げている間に、先ほど語られたようにウヴォスはローマを経てロンギヴァルディアに到着し、そしてヴァリスからイリリコンに向かって船出するが、途中恐ろしいほどの大波に遭遇し、彼の船舶《プリア》のほとんどを水夫《エレテェ》と戦闘員ともども失ってしまい、ただ彼の乗っていた一隻の船《スカフォス》だけが大波によってディラヒオンとパロスと呼ばれる場所との間の海岸に半壊状態で打ちあげられた。彼の到着を注意深く見守っていた者たちのうちの二人がたまたま奇跡的に助かった彼と出会い、つぎのように声をかけて彼を呼び寄せた、「ドゥクスはあなたとお会いするのを望み、首を長くしてあなたの来着を待っている」そこでその者はただちに馬を求める。二人のうち一人が馬から降り、さあどうぞとばかりに進んで自分の馬をその者に提供する。【5】そのような次第で、ドゥクスは救助されたその者と顔を合わせ、挨拶をもって迎えた後、どのような旅をつづけ、またどこから来たのかを問い尋ね、渡海中の彼に恐ろしい事態が降りかかったことを知ると、これから先の幸運を請けあって元気づけ、それから豪華な料理の並ぶ食卓を彼のために用意する。ご馳走の後、［ドゥクスは］その者を気楽にふるまわせたが、完全に自由な状態にはさせなかった。そして［ドゥクスは］すぐさま皇帝《アフトクラトル》へ彼の到着の次第を報告し、その地から指示を受けとるべく待機した。他方皇帝《アフトクラトル》はすべてを知ると、すばやくヴトミティス［マヌイル］を、これまでしばしばディラヒオンと呼んだエピダムノスへ派遣する、[10-73] それは、ウヴォスを引き連れ、直進の街道を進むのでなく、フィリプポリスを経る迂回の道[10-74]を経て大都《メガロポリス》へ導かせるためである。なぜなら［皇帝は］彼の後から続いてくるケルト人の諸集団《プリシィ》や諸軍勢《ストラテヴマタ》を怖れていたのである。他方皇帝《ヴァシレフス》は［帝都において］この者を鄭重に迎え、あらゆる心遣いをもって尊敬の心を示し、その上たっぷりの財貨《フリマタ》を与えた後、ただちにラテン人において慣例の忠誠の誓《オルコス》いを行って彼の家臣《アンソロポス》[10-75]になるよう口説き落としてしまう。

第8章

【1】ウヴォスの一件は序曲にすぎなかった。すでに本書《ロゴス》でしばしば言及されたヴァイムンドスは、それからまだ十五日も過ぎないうちに、幾人もの伯《コミテス》と数えきれないほどの軍勢《ストラテヴマ》を一つにまとめて海を渡りカヴァリオン[10-76]の海岸へ達した。[10-77] ここはヴォウサの近くに位置する。これら［カヴァリオンとヴォウサ］はその地域における地名である。いわば織られた歴史《イストリア》の織物を汚すことになるこのような蛮族の名を使ったことで、誰も私を咎めないでほしい。実際ホメロスも歴史《イストリア》の正確さのためにボイオティアの人々[10-79]や幾つかの蛮族の島々の名をあげることを辞さなかった。【2】この者［ヴァイムンドス］と踵を接して伯《コミス》プレヴェンザス[10-80]もロンギヴァルディア海峡《ポルスモス》の海岸へ近づき、彼自身も海を渡る考えから、金《フリシニィ》貨《スタティレス》六千枚で二〇〇人の漕ぎ手を乗せ、綱で引かれる三艘の舟《エフォルキア》を備えた、三本マスト《トリアルメノス》の大きなトン数の高速戦《リストリキ》艦《ナフス》を雇った。その者は他のラテン人諸部隊《ストラテヴマタ》のようにアヴロンに向かって出帆せず、ローマ人の艦隊《ストロス》を恐れ、艫綱を解くと、少し方向を変え、ヒマラに向かってまっすぐ、順風を得て航海をつづけた。【3】しかしその者は煙を避けようとして、火中に飛び込む羽目になった。事実ロンギヴァルディア海峡《ポルスモス》のあちこちで見張っている［ローマ人の］船舶《ナフティカ》には遭遇しなかったものの、全ローマ艦隊《ストロス》のドゥクスのニコラオス＝マヴロカタカロンそのものに出くわしてしまったのである。とこ

ろでその者［艦隊のドゥクス］はすでに前からその高速《リストリキ》戦艦《ナフス》について聞き及び、そこで全艦隊《ストロス》から切り離した一部の二段櫂船《ディイリス》と三段櫂船《トリイリス》、それに何隻かの船足の速い《ドロマデス》船《ニエス》を引き連れて出発し、アソン[10-81]と向かい合って位置するカヴァリオンにとどまり、それからその場所に艦隊《ストロス》の主力を残し、再び出発した。そしていわゆる副《デフテロス》官《コミス》を、船乗り《ナフティキィ》によってエクスクサトンと呼ばれているその者（副官）自身の快速船《カテルゴン》と共に送り出し、その際上記の［高速］船《ナフス》の艫綱を漕ぎ手たちが解き、波のある沖合に乗りだして来たとき、［それを目にすれば］松明に火をともすよう指示を与えた。その者はただちに出発し、そして指示されたことにとりかかった。【4】ドゥクスのニコラオスは［松明の］合図を目にすると、ただちに船舶《ニエス》の一部には帆をあげるよう、他の一部にはムカデの足のように櫂を使うように命じ、渡海中の伯に向かって突き進む。武装した千五百名の兵士《ストラティオテェ》と八〇頭の将校用の馬を乗船させて対岸のエピダムノス[10-82]に向かって急いでいる彼に［ニコラオスが］追いついたのは、その者［伯］が陸地からせいぜい三スタディア進んだ地点においてであった。その船《ナフス》の舵取り《ピダリウホス》はそれ［艦隊］[10-83]を目にするや、プレヴェンザスに向かって、「今にもわれわれに迫ろうとしている艦隊《ストロス》はシリアからのものだ、われわれは短剣《マヘレ》と剣《クシフィ》の餌食になる危険にある」と告げる。そこで伯《コミス》はすぐさま全員に武器をとり、勇ましく戦うよう命じる。

【5】季節は冬の最中、主教《イエラルヒス》の中でもことのほか偉大なニコラオスが祝われる祭日[10-84]、風はまったくなく、春よりもいっそう煌々と照る満月の夜であった。風は吹くのを全くやめ、そのために高速戦艦《リストリキィ ナフス》は前に進むことができず、海面上をじっとしている状態となった。さてここまで話を進めてきた時点で、私はあのマリアノス［マヴロカタカロン］の武勲について言葉を発したいと思う。その者は彼自身の父である艦隊《ストロス》のドゥクスに船舶《プリア》のうちでももっとも船足の速いのを求めると、あの船《ナフス》に向かってまっすぐに突き進み、その船首に横付けして飛び移ろうとした。しかし［その船の］武装した者たちはその者が戦闘態勢に入ったと見て、激しい勢いでその場［船首］へ殺到してくる。マリアノスはラテン人に向かって彼らの言葉《ディアレクトス》をさかんに使い、怖れるには及ばない、同じ信仰の者同志で戦ってはならないと呼びかけた。しかしラテン人の一人が弩《ツアグラ》で彼の兜《コリス》に目がけて矢を放

つ。[6] さてこの弩《ツァグラ》は蛮族の弓《バルバリコントクソン》で、ヘレネス[10-85]にはまったく知られていないものである。この弓は、右手で弓弦《ネヴラ》を引き寄せ、左手で弓幹《トクソン》を逆方向へ押し出して引くのではなく、人が言ったように遥か遠くの的を射ることの戦闘用具《オルガノン ト ポレミコン》を引き絞る場合、射手は一方で背を地面につけ両足の各々で弓幹《トクソン》の半円形の［左右］二つ部分を支え、他方両手を使って弓弦《ネヴラ》を渾身の力をこめて引っ張らねばならない。弓弦の中央に位置する半円筒形の溝《ソリン》が弓弦《ネヴラ》そのものに取りつけられており、その溝《ソリン》の長さはほぼ矢《ヴェロス》と同じで、［後方へ引っ張られた時の］弓弦《ネヴラ》そのものから弓幹《トクソン》の中央にまで達する。その溝からあらゆる種類の矢《ヴェリ》が発射される。ところでその溝に置かれる矢《ヴェリ》はごく短いが、太く、その先端には殺傷力の強い鉄の鏃がついている。発射の際、弓弦《ネヴラ》は猛烈な勢いとあらん限りの力で放たれるので、矢《ヴェレムナ》はどこであれ当たれば、決して跳ね返ることはなく、盾《アスピス》を貫き、重い鉄で造られた胸甲《ソラクス》に穴を開け、反対側へ突き抜けてしまう。それほどまでにこれらの矢《ヴェリ》の発射はこの上なく強力で、抗しようがない。事実この矢《ヴェロス》は青銅の像をも突き抜けたし、また頑丈な要塞《ポリス》の城壁《ティホス》に当たって、あるいは矢の先端が城壁の中へめり込んでしまったか、あるいは城壁《ティホス》の内部にまで入り込み、見えなくなってしまったかしたのである。確かに弩《ツァグラ》の威力は、そのように本当に悪鬼の仕業のように恐ろしいものであった。この矢で一撃を食らった不運な者は何も感じることなく死んでいる、衝撃がどれほどのものかを感じさえしないのである。[7] 確かに弩《ツァグラ》から発射された矢《ヴェロス》は兜《コリス》の先端に命中し、それを貫いて飛び去ったが、マリアノスの頭髪の一本にも触れなかった。なぜなら神の摂理《プロニア》が［彼を］守ったからである。その者［マリアノス］は怯むどころか勇んで伯目《コミス》がけて矢《オイストス》を射かけ、腕に傷を負わせる。矢は盾《アスピス》を突き抜け、こざね仕立て《フォリドトス》の胸甲《ソラクス》を貫き、彼の脇腹をもかすった。十二人の兵士と一緒に戦っていた一人のラテン人司祭《イエレフス》が後方にいたが、これを見ると多数の矢《ヴォリデス》をマリアノスに向かって射かけた。しかしマリアノス自身も手を弛めず猛然と戦い、配下の者たちにも戦いつづけるよう鼓舞したので、ラテン人司祭《イエレフス》と一緒にいる者たちは負傷し、疲れ果てながら三度にわたって交替するしまつであった。司祭《イエレフス》自身も、身体に多数の傷を受け、自身の血で体中血まみれになりながらも臆することなく踏ん張っていた。【8】司祭《イエロメニィ》に関して私たちのところとラテン人のところでは同様ではないように思われる。確かに私たちは、教会法《カノネス》・法律《ノミィ》・福音書《エヴァンエリコン》の教え《ドグマ》によってつぎのように命じられている。「触れるな、不平をならすな、攻撃するな。なぜならあなたは司祭《イエロメノス》である」[10-86]しかしもちろんそのラテン人の蛮族《バルバロス》は、聖なる務めに携わると同時に左手で盾《アスピス》を構え、右手で槍《ドリ》を抱え、さらに神の肉《シオンソマ》と血《エマ》を授けると同時に眼は殺戮を求めてぎらつき、ダビデの詩篇《プサルモス》の一篇にあるように流血の人[10-87]となる。このようにこの蛮族の民《エノス》は、好戦的であることに劣らず司祭のごとくにもふるまうのである。そういうことでこの司祭《イエレフス》というよりむしろ戦う人《レクティス》は、司祭《イエラティキ》の衣服をまといながら、櫂を操り、同時に海と人とを相手にしながら操船と戦闘にかかり切っていた。それにたいして私たちの立場は、先に語られたようにアロンとモーゼの立法《ノモセシア》および私たちにおける最初の大祭司《アルヒエレフス》[10-88]に結びついている。【9】激しい戦闘はその日の夕刻から翌日の正午ごろまで行われたが、ラテン人たちはマリアノスから危害を受けないという条件を求め、それが得られると不本意ながら彼に降服する。しかし誰よりも好戦的な司祭《イエレフス》は、和平《イリニケ》の取り決め《スポンデェ》が行われたあとも戦いを止めようとせず、矢筒の中の矢《ヴェリィ》を空にしてしまうと、投石用の丸石《ヘルマスリソス》を摑み、丸盾《アスピス》で頭を守っていたマリアノス目がけて投げつける、そして石は丸盾《アスピス》にあたってそれをばらばらにし、また兜《コリス》をも壊してしまった。マリアノスは石の衝撃で目を回し、意識を失い、あのヘクトルがアイアスの投げた石に撃たれてほとんど死んでしまうところであったように[10-89]、しばらくの間声も出ない状態で倒れていた。やっとのことで意識を回復し、我に返ると、打ちつけてきた相手にむかって矢《ヴェレムナ》を放ち、三度にわたって命中させた。司祭《イエレフス》というよりも軍司令官《ポレマルホス》と言ったほうがふさわしいあの者はけっして戦闘に飽き足りることなく、手もとにあったすべての石を投げつけ、もはや石も矢《ヴェリ》もまったくなく、何を行うべきか、どうして敵対者を撃退すべきか戸惑いながら、地団駄を踏み怒りを煽り立て、また野獣のように身を縮めて怒り狂っていた。[10-90]そこでとにかく手もとにあるものは何でも使おうとし、実際近くに大麦のパンの一杯つまった袋を見つけると、袋から取り出してそれらのパンを丸石《ヘルマデス》のように投げつけ始めた、それはあたかも司祭《イエラテヴォン》が戦闘から転じてなんらかの宗教上の儀式《テレテイ》、神聖な儀式《イエロテレスティア》[10-91]を執り行っているようであった。実際彼の握った一個のパンが力をこめてマリアノスの顔面目がけて投げられると、それは彼の頬に当たる。［10］あの司祭《イェレフス》・船《ナフス》・船上の戦闘員についてはこれまでにしよう。さてプレヴェンザス伯は船《ナフス》自体と配下の者たちとともに自身をマリアノスに託し、今後進んで彼に従うことにした。一行の者たちが陸地につき、船《ナフス》から下りると、あの司祭《エレフス》は、マリアノスの名前を知らなかったので、その者の着衣の色でくり返し呼び続けて、その者を探していた。やっと見つけだすと、両手で彼の頸を包み、抱擁をし、同時に自慢して言うには「もし陸上で私に出会えば、あなたがたの多くは私の両手で殺されていたであろう」それから金貨《スタティレス》一三〇枚もする銀製容器を取り出し、彼に差し出す。その者はこれらの言葉を告げ、そのような贈物をすると、死んでしまった。

第9章

［1］同じころゴドフレ伯《コミス》は他の伯たち《コミテス》と共に、一万の騎兵《イピス》と七万の歩兵《ペズィ》からなる軍勢《ストラテヴマ》を率いて海を渡り[10-92]、大都《メガロポリス》に到着し[10-93]、プロポンディス[10-94]の海岸に彼の軍勢《ストラテヴマ》を宿営させた、それ［宿営地］はコスミディオンの近くに位置する橋から聖フォカス［の聖堂］にまで及んでいた。皇帝《ヴァシレフス》はプロポンディスの海峡《ポルスモス》を渡るよう彼に勧めたが、一日一日と日を延ばし、次々と理由を並べ渡海を遅らせていた。すべては、ヴァイムンドスとその他の伯たち《コミテス》の到着を待つためであった。なぜならペトロス［ククペトロス］は最初から聖《アイオス》墳墓《タフォス》の崇拝のためにあのような大きな旅を企てたとしても、他の伯たち《コミテス》そしてとりわけヴァイムンドスは皇帝《アフトクラトル》に対する積年の大きな怒りを抱いており、ラリサでその者［皇帝］が彼［ヴァイムンドス］と戦いを交えた時、彼から勝ちとったあの輝かしい勝利[10-95]に対する復讐を行う好機を窺っていたのであり、考えを同じくするこれらの者たちは大都《メガロポリス》そのものをも占領することを夢みて、すでにこの同じ決意で出発したのであり（このことはこれまで何度も語ら

れたが）[10-96]、実際表面上はイエルサレムへの旅を目指しているが、本当の狙いは皇帝《アフトクラトル》を権力の座《アルヒ》から追い払い、大都《メガロポリス》を掌握することであったのである。【2】しかし皇帝《ヴァシレフス》はずっと以前から彼らの狡猾さを知り抜いており、そこで外国人兵士《エスニキイ》の諸軍《ディナミス》とそれらの指揮官《イエモネス》に、アシラスからフィレアス（後者は黒海岸の地である）までの間を等間隔で部隊《イラドン》ごとに配置につき、ゴドフレからヴァイムンドスへ、また彼［ヴァイムンドス］の後から来る伯《コミテス》たちのもとへ、あるいは逆に彼らからその者［ゴドフレ］のもとへ人が派遣されないか見張り、人の行き来を阻止するように、文書《グラフェ》[10-97]でもって指令をだした。【3】しかしその間に、つぎのようなことが生じる。実は皇帝《ヴァシレフス》はゴドフレと同行している伯《コミテス》たちの幾人かを呼び出し、彼らにその者［ゴドフレ］が［皇帝に］忠誠の誓い《オルコス》[10-98]をするよう勧めさせることについて意見を求めようとしたが、ラテン人の生来の饒舌と長談義好きにより時間が過ぎ、伯《コミテス》たちが皇帝《ヴァシレフス》によって捕らえられたとの間違った噂が彼らの間に流れた。そこでただちに［ラテン人は］密集の戦闘集団《フランゲス》を組んでビザンディスに向かって動き出し[10-99]、まず手始めにいわゆる銀《アルイラ》の湖《リムニ》のそばに位置する宮殿《パラティア》[10-100]を完全に打ち壊し、そして同時にビザンディスの城壁《ティヒ》への攻撃を試みようとした、事実攻城器《エレポリス》は使わなかったが（それらは彼らの手もとになかった）、多勢を頼りに、以前皇帝《ヴァシリス》の一人によって主教《イエラルヘ》の中でももっとも偉大なニコラオスを讃えて建設された聖堂《テメノス》の近くに位置する宮殿《アナクトラ》[10-101]の下方にある門《ピリ》にこともあろうに火を投げかけるというようなまったく不謹慎な蛮行を働いたのである。【4】ビザンティオン人の雑多な民衆の群の中でまったく臆病で戦争経験のない者たちだけがラテン人の戦闘集団《ファランゲス》を目にして恐怖のあまりなすべきことがわからず、嘆き呻いて自分の胸を叩いていたのではなく、むしろ皇帝《アフトクラトル》に好意を抱いている者たちこそ都《ポリス》の占領が起こったあの木曜日《ペムプティ》[10-102]を思い起こし、このゆえにあの時に行われた行為の決済が今日この日に求められるのではないかと怖れていたのである。しかし軍事に明るい者たちすべては、てんでばらばらに宮殿《ヴァシリア》[10-103]に群がり集まってきた。しかし皇帝《ヴァシレフス》はまったく武装しておらず、こざねの胸甲《ソラクス》も身につけず、大きな盾《サコス》も槍も腕に抱えず、剣《クシフォス》も腰に吊さず、平然と帝《ヴァシリオス》座《ソロノス》に座ったまま、明るい眼差しですべての者を元気づけ、彼らの心に勇気のもとを吹き込み、同時に一族の者たち《シンゲニス》と軍隊《ストラトス》の指揮者たち《イエモネス》と共にこれからなすべきことについて検討を始める。【5】ところでその者［皇帝］は、なにはさておきまずその日が聖なる日であったゆえに[10-104]（救世主《ソティル》が人類すべてのために不名誉な死を引き受けられた、週のうちもっとも偉大にして聖なる週の木曜日《ペンプティ》であった）、つぎに［キリスト教徒］同志の殺し合い《エムフィリオス フォノス》を避けたかったゆえに、誰も城壁《ティホス》から離れてラテン人に向かって打って出ないことを強く願っていたのである。そこでしばしば［ラテン人に］使者を送って、そのような行為を控えるよう忠告していた。彼の言うには「神《セオス》を敬うように、われわれの救済のために極悪人にこそふさわしい十字架《スタヴロス》をも釘《イリィ》をも槍《ロンギィ》をも拒まれず、われわれすべてのためにこの日に殺されたお方である。お前たちがどうしても戦いたいというのなら、われわれも望むところである、しかしそれは救世主《ソティル》の復活《アナスタシモス》日《イメラ》の後にしよう」【6】しかし［ラテン人は］彼の言葉に耳をかさなかっただけでなく、むしろ戦闘集団《フランゲス》を強化し、無数の矢《ヴォレ》を射かけてきたので、帝座《ヴァシリコス ソロノス》の近くに立っていた者たちの一人の胸に当たった。皇帝《ヴァシレフス》の両側に立っていた大部分の者はこれを目にし後ずさりを始めた。しかしその者は少しも動ずることなく帝座に座ったままで、彼らを元の位置にもどらせ、穏やかに咎めの言葉を発したのである。この対応は、すべての者に驚嘆を引き起こしていた。しかしラテン人が然るべき助言を与えた者に従わず、図々しくも城壁《ティヒ》に近寄って来るのを目にして、その者はまず彼の婿、私のケサルのニキフォロス[10-105]を呼び寄せ、戦いにことのほか長け、弓術《トクシア》に手慣れた男たちを引き連れ、彼らを城壁上《ティホス》に配置するよう指示を与え、同時にラテン人に向かって矢《オイスティ》を無数に放ち、しかし的を外し彼らの大部分に当たらないように命じた、ただ彼らを無数の矢《ヴェリ》の雨で怯えさすだけで、決して殺さないようにとの考えからであった。なぜならその者はすでに語られたように神々しいその日を畏れ、［同じ信仰の者］同志の殺し合い《エムフィリオス フォノス》を望んでいなかったのである。【7】さらにその者［皇帝］は、他のえり抜きの将校たち《エクリティイエモネス》に、その大部分は弓《トクサ》を携え、残りは長槍を腕に抱えているが、聖ロマノス［教会］[10-106]のそばの門《ピリ》を開き、つぎのようなやり方《パラタクシス》で、彼ら［ラテン人］に向かって激しい威嚇攻撃をしてみせるように命令した。すなわち槍《ドラタ》を腕に抱えた者たちそれぞれは二人の小盾兵《ペルタステェ》によって左右から援護されること。そして自分たち自身［将校］はそのように態勢を整えると、ゆっくりした歩調で前進する、しかしその際自分たちよりも先に弓の扱い《トクシア》に手慣れた少数の兵士をケルト人に向けて送り出すこと、それはその者たちがしばしば右・左と位置を変えながら遠くから矢《オイスティ》を射かけるためである、そして次に［将校たちは］敵との距離が縮まったと見ればただちに、彼らの後に従う弓兵《トクソテェ》に、乗り手でなく、馬に向けて矢《オイスティ》を雨霰と射かけ、つづいて手綱《イニエ》を完全に弛めてラテン人に突進するよう指示すること、これは、一方では馬が矢に射られればケルト人のあの恐ろしい突撃力が失われ、ローマ人に向かってもはやこれまでのように楽々と騎馬の突撃ができなくなり、他方では、これがより重要であるが、キリスト教徒を殺さないですむからである。実際以上の皇帝《ヴァシリコン》の命令は大きな熱意をこめて遂行されることになった、すなわち諸門《ピレ》が開かれると、ある時は手綱《イニエ》を完全に弛めて敵に向かって疾駆し、ある時は手綱《リティレス》を引いて馬を止めながら、しかし一方では［ラテン人の］多くを殺す結果となり、他方ではこの日味方のうちで負傷したものはわずかであった。**8** これらの者たちはここらで退場させることにしよう。さて私の主人《デスポティス》のケサルはすでに語られたように、蛮族《バルバロイ》目がけて矢を射るために、弓術《トクシア》にすぐれた者たちを連れ、彼らを諸塔《ピルイ》の上に配置することに取りかかった。その者たちの手には的を正確に射ることのできる弓《トクサ》が握られており、すべて弓の優れた技《エムピリア》においてホメロスのテウクロスを凌ぐ若者たちであった。他方ケサルの弓《トクソン》はまさにアポロンの弓《トクソン》そのものであった。なぜならその時その者［ケサル］は、あのホメロスのギリシア人《ヘレネス》たちのように、狩人の技を見せつけようとして、弓弦《ネヴリ》を乳あたりまで引き絞り鏃《シディロス》を弓幹《トクソン》まで引き寄せる[10-107]ことはしなかったが、しかしその気になりさえすれば、まさしく狙ったところへみごとに命中させ、もう一人のヘラクレスのように不死の弓《トクサ》から致死の矢《オイスティ》を放つことができたのである。実際別の折には、競技や戦闘の場に居合わせた時には、狙いを定めたものはなんであれ、即座に正確に射止めることができ、その者の狙った所に、常にその同じ場所に傷を負わせたのである。明らかにテウクロス自身や両アイアスをも凌いだほどに、その者は弓《トクソン》を強く絞り、矢《ヴェロス》をすばやく放った。それほどのつわものであったけれども、その日の神聖さを畏れ、また皇帝《アフトクラトル》の忠告を心に致し、あの者たちが盾《アスピデス》と兜《キネイ》で身を固めて大胆不敵にも城壁《ティヒ》に近づいて来るのを眼にした時、矢《ヴェロス》を弓弦《ネヴラ》にそえ弓《トクソン》を引き絞ったが、しかしわざと的を外し、あるいは矢を敵の手前に落とし、あるいは飛び越えさせた。[9] ケサルはその日のゆえにラテン人を射当てることを控えていたけれども、向こう見ずで破廉恥な一人のラテン人が城壁《ティヒ》の上に立っている者たち目がけて多数の矢《オイスティ》を放ってくるだけでなく、自分たちの言葉《ディアレクトス》で侮辱の言葉を大声で発しているように思えた時、ケサルはその者に向けて弓《トクソン》を引き絞る。その矢《ヴェロス》は彼の手から無駄には飛ばず、[10-108] 長盾《シレオス》に穴を開け、腕と共にこざねの胸甲《ソラクス》を切り開き脇腹深く突き刺さった。詩人の言うように、その者は一言も発せずただちに地面に倒れた、[10-109] そこでケサルを讃えて大喜びする者たち、倒れた者を大声で悲しむ者たち、彼らの声は天にまでとどいた。さてそれから［城外の味方の］騎兵《イピス》たちもそして城壁《ティヒ》上の者たちも再び勇ましく戦ったので、両軍の間で激しく恐ろしい戦闘が再開された。そこで皇帝《アフトクラトル》は彼自身の諸軍《ディナミス》を再び送り出し、[10-110] ラテン人の諸隊《フランゲス》を逃走に追い込んだ。[10] 翌日ウヴォスがゴドフレのもとへ来て、軍事にかけて老練《エムピリア》のあの者［皇帝］の攻撃ぶりをもう一度味わいたくなければ、皇帝《ヴァシレフス》の意向に従い、彼に対する心からの忠誠《ピスティス》を遵守することを彼に誓うよう勧めた。しかしその者は相手を強く非難しながら言うには「貴殿は王《ヴァシレフス》としてそれほど大きな富と軍勢《ストラテヴマ》を伴ってご自身の土地から出立されたが、今やそのような高みからご自身を臣下《ドゥロス》の状態に落とされた。つぎにはなにか大きなことをやってのけたかのように、この私にも同じことをせよと勧められるのか」相手が応えて言うには「われわれは自分たちの土地にとどまり、異国人《アロトリイ》の土地に手を出さないでいるべきだった。しかしこのような所へまで来てしまったからには、皇帝《ヴァシレフス》の心遣いを必要とする、もし彼の意向に従わなければ、よからぬことがわれわれの身に生じるだろう」しかしウヴォスは何もできないままそこから追い払われてしまったので、皇帝《ヴァシレフス》はすでに彼［ゴドフレ］の後から続いてくる伯《コミテス》たちの接近を確かめると、幾人かの選り抜き《エクリティ》の将校《イエモネス》をそれぞれの配下の軍勢《ディナミス》と共に送り出し、もう一度彼

［ゴドフレ］に勧告し、つぎに否応なしに海を渡らせるよう指示を与えた。[10-111] しかし彼らを目にすると、ラテン人は時をおかず、また何しに来たのかと問うこともなく、戦い《ポレミィ》と戦闘《マヘ》に訴えようとした。そこで両者の間で激しい戦い《ポレモス》が交わされ、双方とも多数の者がたおれ、またあまりにも向こう見ずにあの者［ゴドフレ］[10-112]を攻撃しようとした皇帝《アフトクラトル》の兵士のすべては負傷する。しかしその者たちはことのほか勇ましく戦ったので、ラテン人は敵に背を向けて逃走に転じた。**[11]** このためゴドフレは少し後に皇帝《ヴァシレフス》の意向に従うことになった。実際その者は皇帝《ヴァシレフス》に会いに行き、「皇帝の」求めた誓い《オルコス》にかけてつぎのことを誓約したのであった、[10-113] すなわちその者が今後掌握する都市《ポリス》・地方《ホレ》・城塞《フルリア》はそれらが初めからローマ人の帝国《ヴァシリア》に属するものであれば、まさしくこの目的のために皇帝《ヴァシレフス》によって送られる軍司令官《アルヒィゴス》にそれらすべてを引き渡すこと。[10-114] 誓約を終えると、その者はたっぷりの財貨《フリマタ》を受け取り、皇帝と共に時を過ごし、また食卓を共にして豪華なご馳走にあずかり、そうしてから海を渡ってペレカノスに野営地を設営した。つぎに皇帝《ヴァシレフス》は彼ら［ラテン人］に十分豊富に食料《パニィリス》の供給ができるようすみやかに善処した。

第10章

[1] 彼［ゴドフレ］に続いて、ラウル[10-115]と呼ばれる伯《コミス》が一万五千の騎兵《イピス》と歩兵《ペズィ》を率いて到着し、プロポンディスは総主教の修道院《モニ トゥ パトリアルクゥ》[10-116]と呼ばれる所に彼に従う伯《コミテス》たちと共に幕舎を張り、その他の者たちをソスセニオンまでの海岸に配置した。彼自身もゴドフレと同じ考えで後から来る者たちを待とうとして少しも動こうとしなかったので、皇帝《ヴァシレフス》はこれから先の事態を推し量り、続く者たちの到着を恐れ、力と説得のあらゆる手段を使って彼らの渡海を急がせようとした。そこでオポス［コンスタンディノス］を呼び寄せることにし（この者は気高い心の持ち主で、軍事上《ストラティオティカ》の経験《エムピリア》において誰にもひけを取らなかった）、そしてその者がそばに来ると、あの者

を無理にでも海を渡らせるよう指示を与え、他の勇敢な男と共に陸上からあの者のもとへ送りだした。しかしあの者が決して皇帝の命令《ヴァシリコンプロスタグマ》に従おうとしないばかりか、横柄にふるまい、皇帝《ヴァシレフス》に対して全く傲慢無礼な態度にでたので、［オポスは］おそらくその蛮族《バルバロス》を脅かし、そうすることで彼を対岸へ渡らせるよう仕向けることができると考え、自ら武装し、配下の者を戦闘隊形に並べた。しかし相手は［翼ある］言葉《ロゴス》よりも速く、彼と同行のケルト人と共に戦列を整えると、大きな獲物を見つけて喜ぶライオンのように、[10-117] ただちにオポスと激しい戦闘を交わす。［2］その時ピガシオスも彼らを対岸へ輸送させるために海上から到着したが、陸上の戦闘を、ケルト人が激しくローマ人の軍勢《ストラテヴマ》を攻撃しているのを目にすると、船《ニエス》から降り、彼自身も背後からケルト人に向かって突撃する。そのため［ケルト人の］多くが殺され、しかしそれより多数の者が負傷する。それゆえ生き残った者たちは、海を渡らせてくれるよう訴える。何事にも抜け目のない皇帝《ヴァシレフス》は、その者たちがゴドフレと合流し、自分たちの身に生じたことを告げ、その者［ゴドフレ］を自分に向かって激しくけしかけるのではないかと案じ、彼らの要求を喜んで受けいれ、それが彼らの望みでもあったので、彼らを船《プリア》に乗せ、海上から救世主《ソティル》の墳墓《タフォス》へ送ることにした。さらに［皇帝は］人を送り、［海路で聖墳墓へ向かうことを］望んでいた伯たち《コミテス》へも友好の言葉を伝え、彼らの心にすばらしい期待を吹き込む、そしてそれらの者たち［伯たち］はその場に到着するや、命じられたことすべてを熱心に遂行することに取りかかった。［3］ラウル伯《コミス》についてはこれぐらいにしておこう。後に続いて、ケルト人のほとんどすべての地方からかき集められた数えきれない別の大きな集団《プリトス》が彼らを率いる指導者《イエモネス》、すなわち諸王《リエス》[10-118]・諸侯《ドゥケス》・諸伯《コミテス》、さらに司教《エピスコピ》たちと一緒になってやって来たので、先を見通し事前に有利な立場を確保することに長けた皇帝《アフトクラトル》は人を送って、彼らを大切に迎え、時宜をえた言葉を伝えようとした。さらになんであれ不満の口実も一切持たせないために、行軍中の者たちに生命維持に必要な食糧を提供することを、この任務についた者たちに命じた。とにかく一行は大都《メガロポリス》を目指して急いでいた。おそらく彼らを目にした者はだれでも、それらは天の星、海辺の砂であると言ったであろう。ホメロスに従えば、確かにそれらの者たちは春に萌え出る木々の葉や花のように多数であり、実際そのような者たちがコンスタンティヌスの［都］に近づこうと急いでいたのである。[10-119]【4】私にはこれらの指導者《イエモネス》の名前を一つ一つ列挙する気持ちは大いにあるが、そうしないことにする。なぜなら一つにははっきりと聞き取りにくく蛮族の発音を正確に伝えることができないために、一つにはそのような無数の名前の群れを前にして怯んでしまうために、私の言葉《ロゴス》は機能しなくなるからである。当時彼らを目撃した人々がうんざりするほど多数の者たちの名前を一つ一つ列挙してみても何か意味があるだろうか。さてその者たちが大都《メガロポリス》に到着すると、彼らの諸軍《ストラテヴマタ》は皇帝《アフトクラトル》の指図でコスミディオンの修道院《モニィ》の近くにとどまり、［彼らの宿営地は］イエロンにまで及んで[10-120]いた。【5】叫び声をあげ、彼らを抑えようとするのは、かつてのギリシア人《ヘレニコン》のように九人の触れ役《ケルケス》[10-121]ではなく、多数の勇敢な重装歩兵たちであり、その者たちの役目は彼らの後を追い、皇帝《アフトクラトル》の命令に従うよう説得に努めることであった。皇帝《ヴァシレフス》はゴドフレの行った忠誠の誓い《オルコス》[10-122]を彼らにも課そうと願い、彼らを個別に呼び寄せ、希望するところについて一人一人と話し合い、従順でない者についてはたいそう物わかりのよい者たちを執りなし役として使おうとした。しかしその者たちはヴァイムンドスの到着を頸を長くして待っていたので説得に応じようとせず、こみいった性質の要求を見いだし、次々と新しいことを持ちだしてきたが、皇帝《ヴァシレフス》は彼らによって提示された課題をいとも簡単に処理し、あらゆる手段を使ってゴドフレと同じ忠誠の誓い《オルコス》をするよう追い込んだ、そして忠誠の誓い《オルコス》が行われる際に立ち会わせるために、ゴドフレを海の向こうのペレカノスから呼び寄せたのである。【6】確かにゴドフレ自身もふくめてすべての者が参集し、そしてすでに忠誠の誓い《オルコス》も行われた後、すべての伯《コミティス》のうちにいた一人の高貴な家柄《エヴェニス》[10-123]の者が図々しくも進み出て皇帝の座《スキムブス トゥ ヴァシレオス》に腰を下ろした。皇帝《ヴァシレフス》はずっと以前からラテン人の傲岸な性格を承知していたので、声を発することなく我慢していた。しかしヴァルドイノス伯《コミス》が前へ進み出て、その者の手をとり立たせ、激しく咎めて言うには「今ここで皇帝《ヴァシレフス》の臣下《ドゥリア》であることを言明したあなたにはそのようなふるまいは許されない。なぜならローマ人の皇帝たち《ヴァシリス》は臣下が自分たちの同席者になるということはまったく知らないからである。誓って陛《ヴァシリア》下《アフトゥ》の臣下《ドゥリ》となった者はだれもその地の習慣を守らねばならない」その者はヴァルドイノスに向かっては一言も発しなかったが、皇帝《ヴァシレフス》へはじっと激しい眼差しを向け、自国の言葉《ディアレクトス》で自分自身に向かって思うところをそのまま呟いた。「見るがいい、なんというがさつ者だ、このようなお歴々《イエモネス》が彼のそばで立っているというのに、その者だけが座っている」【7】そのラテン人《ラティニキィ》の唇の動きを皇帝《ヴァシレフス》の眼は、見逃さなかった。そこでラテン人の言葉《ディアレクトス》を通訳する者の一人を呼び寄せ、語られたことについて問い尋ねる。彼〔通訳〕からその内容を聞き知っても、ラテン人に向かってその場では何も言わず、ただ自分の胸にその言葉を納めておいた。すべての者が皇帝《ヴァシレフス》に暇乞いの挨拶を始めたとき、〔皇帝は〕その傲慢で厚かましいラテン人を呼びとめ、お前は誰か、どこから来たのか、どのような生まれかを問い尋ねる。その者はつぎのように応えた、「私は生粋のフランク人であり高貴な家柄《エヴェニス》に属する者の一人である。この一事は確かなことだと自分は承知している、すなわち自分の出生地の三叉路にはずっと昔に建てられた一つの聖堂《テメノス》[10-124]があり、一騎打ちに身をゆだねようと望む者はだれでも決闘者の身なりを整えた後、そこに行き、神《シオン》の加護を求めながら彼に立ち向かおうとする者が現れるのを今か今かと待ちながら、とどまっていることになっている。私自身もその三叉路で私に戦いを挑んでくる者を求めて時を過ごした。しかしあえて戦おうとする者はどこからも現れなかった」皇帝《ヴァシレフス》はこれらを聞いて言うには「その時には求めても決闘の機会を見いだせなかったとしても、今すぐに申し分なく多くの機会が来るだろう。しかしつぎの事を知らせておこう、軍隊《ファランクス》の後裔《ウライア》にも前衛《ロハイア》にも立たず、五〇人隊《イミロヒテェ》の隊長たちと共に中央にいなさい。なぜなら私は久しい以前からトルコ人の戦いの方法《エピスティメ》について知悉している」彼一人だけにこれらのことを忠告したのではなく、他のすべての者にもこれから道を進む者たちに降りかかるにちがいないすべての事態を申し渡し、たとえ神《セオス》が蛮族《バルバロイ》に立ち向かう彼らに勝利を与えるとしても、罠を仕掛ける〔敵の〕指揮者たち《ロハイ》の手中に陥り、殺戮されてしまわないために、むやみに深追いしてはならないとつけ加えたのであった。

第11章

【1】ゴドフレとラウル、それに彼らと同行してきた他の者たちについてはこれぐらいにしておこう。他方ヴァイムンドスは他の伯《コミテス》たちと共にアプロスに到着した、ところでその者は自分が高貴な生まれ《エヴェニス》の一人でないことを心得てもおり、また手持ちの資金《フリマタ》の不足のゆえに大軍《ディナミス》を率いていくこともできなかったので、それゆえ皇帝《アフトクラトル》から好意を引き出すことを願い、同時に彼に対する敵意を包み隠す魂胆を抱いて、他の伯《コメテス》たちより先に、わずか十名のケルト人だけを連れて女王の都市《ヴァシレヴウサ》に早く着こうと道を急いだ。[10-125] 他方皇帝《ヴァシレフス》は彼の企てを先刻承知しており、また彼の不実で陰険な性格が疑いないとずっと以前から信じているので、他の伯《コミテス》たちの到着する前に彼と話し合い、その者の言うところを聞きだし、なんとか納得させて彼らの到着前に彼を早く対岸に渡らせようと考えていた、もし間もなく到着するだろう彼らと顔を合わすことになれば、その者が彼らの心をよこしまな方向へ向けてしまうことになろう、それを避けようとしたのである。そこでやって来たその者に、［皇帝は］ただちに微笑みの視線を送り、陸の旅はどうであったか、伯《コミテス》たちとはどこで別れたかと尋ね始めた。【2】その者は質問に対して自分の思い通りにすべてをはっきりと応え、他方皇帝《ヴァシレフス》は気の利いた言葉を使って、ディラヒオンおよびラリサで示した彼の大胆果敢な活躍[10-126]と、当時の敵意のさまを彼に思い出させる。これに対してその者が応えて言うには「この私は当時は仇《エフスロス》であり敵であったが、今は自分の意志で陛下《シィヴァシリア》の友としてここに来ている」皇帝《アフトクラトル》は長々と話しを続け、その間に核心に軽くふれながらそれとなく彼の心の内を窺い、その者が自分に対して確かな忠誠の誓い《オルキア》[10-127]を行う意志のあることを見定めると、彼に向かって言うには「あなたは旅でお疲れだ、これで辞して休まれるとよい、明日心ゆくまで互いに話し合おう」【3】そこでその者が自分のために宿舎《カティキア》があらかじめ用意されているコスミディオンへ引き下がると、そこにはあらゆる種類の料理と食べ物で満ちた豪華な食卓が用意されている。そしてそこへ料理人《オプソピィイ》たちが生の獣肉と鶏肉をもって現れ、言うには「御覧のように、これらの料理は私たちのやり方で用意されたものです。もしこれらがあなた様

のお気に召さないならば、さあここの生肉をお好きな方法で料理なさって結構です」このように段取りし、そのように言うよう彼らに命じていたのは、確かに皇帝《アフトクラトル》であった。男の気性を見抜くことに聡く、相手の心の中に忍び込み、もくろみを捉えることに長じたその者［皇帝］は、その男の抱く敵意も悪意もしっかりと承知していたので、彼の推測は正しかった。彼にあらゆる疑念をもたせないために、同時に彼のもとへ生肉を運ばせるように指図し、それによってすみやかに疑いを解消させようとしたのである。事実、的は外さなかったのである。［4］実際狡猾なヴァイムンドスは料理を全く口にしなかっただけでなく、指先で触れてみようともせず、すぐに片方へ押しのけると、彼の心に走り寄った疑惑をおくびにも出さず、それらすべてをそばにいる者たちに分け与えたのである、それは表面は彼らを喜ばせるふりをしながら、よく考えれば誰にも分かるように、しかし真実は彼らに死の毒杯を調合する行為であった。またその者は［ことが済めば］その悪巧みを隠そうともしなかった、それほどに彼に仕える者たちを軽々しく扱っていたのである。もちろん生肉については生まれ故郷のやり方にしたがって、彼自身の料理人《オプソピィイ》に調理するよう指図した。さて翌日あの料理を食べた者たちに「身体の」調子はどうかと尋ねにかかる。その者たちが「実にたいそう調子がよい」と応え、なにも不都合なことが起こらなかったことを聞き知ると、そこでその者が彼らに隠していたことを平然と言ってのけるには、「実はこの俺は彼との数々の戦い、あのような激しい戦闘を思い出し、おそらく死の毒薬《ファルマコン》を料理にまぜて俺を殺そうとしているのではないかと怖れたのだ」これらがヴァイムンドスの口にした言葉である。さてよこしまな男が発言・行動のすべてにおいて正しい道から遠く離れることなく身を処するのを、私はいまだかつて見たことがない。なぜなら人は中間《メソティス》から外れ、両極端のどちらかに傾けば、徳から遠く離れてしまうことになる。[10-128]［5］さて皇帝《ヴァシレフス》はヴァイムンドスを呼び寄せると、ラテン人の間で慣例になっている誓約《オルコス》を彼からも求めようとした。その者は、自身の状態を、つまり著名な先祖《プロゴニ》を持つことも豊かな財産《フリマタ》を所有することもなく、それゆえ大軍勢《ディナミス》を率いることもできず、事実彼に従うケルト人は確かにほどほどの数にすぎないことをよく承知していたので、また生来のうそつきでもあったから、二つ返事で皇帝《アフトクラトル》の意向に従ってみせた。それから［誓約の儀式が済むと］[10-129]、皇帝《ヴァシレフス》は、宮殿《ヴァシリア》内の一つの部屋《イキスコス》を選び、その床をあらゆる種類の貨幣《フリマタ》と貴重な衣類で敷きつめて覆わせた、実際金・銀、それらより劣る素材の貨幣でその部屋《イキマ》を一杯にさせ、それはその多さで誰も身動きできず、一歩も歩けないほどであった。その者［皇帝］は、それらをヴァイムンドスに見せる役目の者に、突然に部屋の扉《ピリ》を開いてみせるよう指示していた。［ヴァイムンドスは］それらを見て眼を丸くして驚き、言うには「これほど多量の貨幣《フリマタ》を持っていれば、ずっと以前に私自身多くの土地の領主《キリオス》になっていたであろう」そしてその役人は「これらすべては今日皇帝《ヴァシレフス》からあなたに贈られるものです」と言葉をかける。［6］その者はことのほかの喜びようでこれらを受け取り、感謝の言葉を述べた後、休息するために、宿泊することになっていた場所へ引き下がる。しかしそれら（の財貨）が彼のもとへ運び込まれると、先ほどそれらを見て驚嘆したその者は突然に態度を変えて、言うには「皇帝《ヴァシレフス》からこのような恥辱が私に加えられるとは決して予想もしていなかった。さあこれらを持って、送り主のもとへ帰ってしまえ」ラテン人の生来の移り気を承知している皇帝《ヴァシレフス》は、その時民衆の口にする語句をつかってやり返した。「悪しき業はそれを引き起こした者自身にもどる」[10-130]ヴァイムンドスはこれを聞き知り、またそれら［財貨］を注意深く点検し持ち去ろうとしている者たちを見て、さきほど怒りを顕わにして送り返そうとしたのに、再び態度を変え、まったく瞬時に形を変える多足生物のようにそれらを持ち去ろうとしている者たちに媚びる眼差しを向けるのであった。なぜならその者は根っからの性悪で、生じた事態に素早く対応することができ、また軍勢《ディナミス》と財貨《フリマタ》において引けをとっている分だけ、不正と大胆さにおいて当時［帝国内を］通過して行ったすべてのラテン人を凌いでいた。禍を引き起こすその過度な働きにおいてすべてのラテン人の上を行っていたが、ラテン人の生来の移り気の性格は彼にも備わっていた。だからあの財貨《フリマタ》を押し返そうとした者が次には大喜びしてそれらを受けとっても［不思議ではない］。［7］その者は性向において悪意の男であり、事実これといった領地《ホラ》をもっていなかったその者は、表面は聖《エイオス》墳墓《タフォス》の崇拝のためといいながら、真実は領土《アルヒィ》を手に入れるため、むしろ自分にできれば、［以前における］父の助言に従い、また諺にあるように帆綱《カロス》のすべてを解き放ち、[10-131] ローマ人の帝国《ヴァシリア》そのものを掌握しようと考えて出国したのであったが、このためには多くの資金《フリマタ》を必要とした。皇帝《アフトクラトル》は彼の敵意と性悪さをよく承知し、なんとしてでも彼の胸中に燃えている計画に寄与するものは巧妙に取り除こうと取り組んだ。まさにこのために、東方《アナトリ》のドメスティコス職《ドメスティカトン》を要求した時、その者は求めるものを手にすることはできなかったのである、事実その者はもう一人のクレタ人に向かってクレタ人よろしく立ち向かったものの [10-132]［相手は一枚上手であった］。なぜならその者がその職権《エクスシア》を握れば、それを使ってすべての伯《コミテス》を服従させ、今後彼らを自分の思い通りに容易く操作することを皇帝《ヴァシレフス》は恐れていたのであり、そしてまたヴァイムンドスにすでに正体が知られていることを疑わせないために、すばらしい約束で宥めて次のように言ったものである、すなわち「まだそれを与える時期ではない、あなたの活躍と誠実《ピスティス》が示されれば、近いうちに望むものはあなたのものとなろう」【8】さて彼らと話し合い、[10-133] あらゆる種類の贈物《ドレエ》と名誉《ティメ》で手厚くもてなした後、翌日には彼［皇帝］自身は帝《ヴァシリコス》座《ソロノス》に座っている。そこでヴァイムンドス自身とすべての伯《コミテス》を呼び寄せると、彼らのこれからの道中において彼らの身に降りかかるであろう事態について語り、また役に立つことを助言し、同時にトルコ人が戦闘時に用いるのを常とする策略について詳しく説明し、自分たちはどのようにして戦列を組み、どのようにして待ち伏せ《ロヒイ》を配置すべきかを、またトルコ人が背を向けて逃走しはじめたときには深追いしてはならないことを指示した。このように財貨《フリマタ》と助言の数々によって彼らの狂暴な心を宥めた後、これから先に役に立つことをつけ加え、そうしてから海を渡って行くことを勧めたのである。【9】その者［皇帝］は、イサンゲリスという者を特にその思考力の確かさ・純粋な心・清純な生活のゆえに、また同時にその者にとって真実がどれほど大きな関心事であるかを、なにものにもまして真実を大切にしているかを知っていたので、ことのほか好ましく思っていた。太陽がすべての天体より勝るほどに、その者はすべてのラテン人を凌駕していた。確かにこのゆえに、しばらくの間その者を自身の手もとに引き止めた。

さてすべての者が皇帝《アフトクラトル》へ別れを告げ、プロポンディスの海峡《ポルスモス》を渡ってダマリオンへ行ってしまうと、今やその者［皇帝］は彼らの引き起こす厄介事から解放され、しばしばイサンゲリスを呼び寄せ、道中においてラテン人に降りかかるに違いない事態についてこれまで以上に正確に詳しく説明し、同時にフランク人の［隠された］意図について抱いている疑念をも明らかにし始めた。この件に関してしばしばイサンゲリスに問いただし、いわば自分の心の扉《ピレ》を一枚一枚開いてみせ、すべてをはっきりさせた後、ヴァイムンドスの卑怯な行動を常に監視し、もしその者が取り決めを破ろうすればその企てを阻止し、あらゆる方法で彼の陰謀を壊すように指示を与えた。その者がこれに応えて皇帝《アフトクラトル》へ言うには「ヴァイムンドスが偽証と奸計を弄するのは、いわば彼の祖先《プロゴニ》からの世襲財産のようなもので、誓ったことをよく守ろうなどすれば、それはまったく奇跡に等しい。しかしこの私は、命じられたことを可能な限り常に全うすることに尽力しましょう」それから皇帝《アフトクラトル》へ暇乞いをすると、ケルト人の全軍《ストラテヴマ》に合流するために立ち去る。【10】もちろん皇帝《アフトクラトル》は一方でケルト人と一緒に蛮族《バルバロイ》に向かって進軍することを望んでいたが、他方で彼らの数のあまりに大きいことに不安を感じていた。しかしとにかくペレカノスへ行くことが望ましいと考えた、それは一方でニケアに近いその場所にとどまり、ケルト人たちのうちで生じたことを、同時に外部のトルコ人による攻撃《エフォディ》の動きとニケア城内の彼ら［トルコ人］の動静をも知るためであった。なぜならもしその間に彼自身もなにか軍事的《ストラティイコン》な成果をあげなければ無様な状態をさらすことになると思い、そこで好都合な事態を見いだせば、ケルト人によって行われた誓言に従ってニケアを彼らから受けとるよりも、彼自身がそれを奪い取ろうと考えをめぐらした。しかしこの計画は彼の胸の中におさめて、そしてそのために行うあらゆる準備とそれらの理由については、それをうち明けたヴトミティス［マヌイル］以外は、彼自身一人が知るところであった、そしてニケア城内の蛮族《バルバロイ》を自分の意に従わせるためにその者［ヴトミティス］を送り出したのである、すなわち一方では彼らにあらゆる種類の約束を並べ、また彼らの身体に一切触れないことを請け合い、他方ではもしケルト人によって［都市が］奪われることになれば、どれほど多くの被害を受け、また剣《クシフォス》の餌食になるかわからないと脅かそうとしたのであり、そして［ヴトミティスを送りだしのは］ずっと以前からこの者がいささかも欠けることのない忠誠心の持ち主であり、またこのような任務をもっとも上手くやってのけることを、［皇帝は］承知していたからである。とにかく［ニケア奪取の］一件はこのようにして始まった。

第Ⅺ巻

第1章

【1】ヴァイムンドスとすべての伯《コミテス》はそこからキヴォトス[11-1]へ渡ろうとしていた地点でゴドフレと合流した後、［そこで］イサンゲリスの到着を待とうとした。その者たちは、皇帝《ヴァシレフス》がイサンゲリスと共にやって来るのをそこで待ち、それから彼（皇帝）に別れの挨拶を行った後に、ニケアへの道を進もうとしたのである、しかし計り知れないほどの大軍《プリソス》であったので、食糧の不足からその場所でじっととどまっていることができず、そこで二手に分かれ、一方の者たちはヴィシニア人の土地とニコミディアを経てニケアに向かって[11-2]急ぎ、他方の者たちはそれぞれキヴォトスの海《ポルスモス》を渡り、それから両者は同じ目的地［ニケア］で合流した。このようにしてニケアのそばに到着した後、各部隊《タクシス》ごとに攻城戦《ティホマヒア》を行おうとして、なぜならそうすることで互いに競い合い、より強力に攻囲《ポリオルキア》を展開できると考えて、諸塔《ピルィ》と、塔と塔の間の城壁を彼ら自身の間で配分した。イサンゲリスの分担場所は誰も手をつけずそのままにして、[11-3]彼の到着を待った。同じころ、先に語られたように、[11-4]皇帝《アフトクラトル》はニケアに対する作戦を心に抱いてペレカノスに到着した。【2】他方ニケア城内の蛮族《バルバロイ》は、しばしばスルタン[11-5]に使者を送って自分たち自身を助けるように呼び求めていた。しかしその者たちはなかなか腰をあげようとせず、その間、すでに何日にもわたって攻囲《ポリオルキア》が夜明けから日没に至るまで続けられており、その者たちは自分たちの状況がきわめて深刻であるのを知り、自分たち自身の戦闘力の限界を考え、ケルト人によって捕らえられるよ

り皇帝《ヴァシレフス》に降服する方がより良いと判断するに至っていた。そのように考えて、その者たちはヴトミティス[11-6]を呼び寄せることにとりかかる、なぜならその者はこれまで幾度にもわたる書簡《グラマタ》を通じて、もしニケアを引き渡せば、皇帝《ヴァシレフス》からあり余るほどのたくさんの富《アガサ》を受けとることができるだろうと申し出ていたのである。そこでその者は、もし要塞都市《カストロン》[11-7]を彼に引き渡す意志があるなら、皇帝《ヴァシレフス》の平和的な対応をこれまで以上にはっきりと説明し、文書《エングラフィ》による約束を行ったので、トルコ人によって喜んで受け入れられた、実はその者たちはあれほどの大軍《プリシィ》と立ち向かうことをすでに断念しており、剣《クシフォス》の餌食になるよりも自分たちの方から進んで都市《ポリス》を皇帝《ヴァシレフス》へ引き渡し、財貨《フリマタ》と栄誉《ティメ》を受けとる方がより良いと考えていたのである。[3] イサンゲリスが到着し、準備した攻城器《エレポリス》を用いて城壁《ティホス》への攻撃を急いで試みようとした時には、[11-8]ヴトミティスがその場を離れてすでに二日が経っていた。その間にスルタンの到着を告げる報せが「ニケア」城内の彼らのもとへとどく。トルコ人はこのことを知り安心すると、ただちにヴトミティスを追い払った。スルタンは軍隊《ストラトス》から一部を切り離すと、イサンゲリスの攻撃《エフォドス》ぶりを見定めるためにそれらの者を送り出し、その時にもしケルト人の一部と遭遇すれば時を移さず戦いを交えるよう命じた。イサンゲリスの兵士たちは遠くに彼らの姿を目にすると、ただちに戦いを始める。他の伯たち《コミティス》やヴァイムンドス自身もこれら蛮族《バルバロイ》の攻撃《エフォドス》を耳にすると、それぞれの伯部隊《コミトゥラ》から二〇〇人を引き抜き、それらを合わせて十分多数《プリソス》の軍勢になったことを確認すると、ただちにイサンゲリスの兵士の援助に送り出す。現場に駆けつけたその者たちは、夕方まで蛮族《バルバロイ》を追跡しつづけた。[4] しかしスルタンはこれらの事態に決して怯まず、夜が明けると武装し、全力を挙げてニケア城壁《ティヒ》外の平地を掌握した。ケルト人も眼前にその者「スルタン」の居るのを知ると、武装し、あたかもライオンのように激しい勢いで彼らに向かって突進する。たちまち激しく恐ろしい戦いが生じる。日中のあいだずっと戦いは互角の状態でつづき、しかし陽が沈み暗くなると、[11-9]トルコ人は敗走に転じ、結局夜が彼らの戦闘を終わらせる。とにかく双方において多くの者が倒れた、実際ほとんど同じ数だけ殺され、戦った者のほとんどすべてが傷ついた。[5] この輝かしい勝利の後、ケルト人は多くの首を槍《ドラタ》の先に刺し、それらを軍旗《シメエ》のように掲げて戻っていく、これは、そうすれば遠くからそれらを見た蛮族《バルバロイ》たちが開巻劈頭でのこの最初の敗北に気力を失い、激しい戦闘を手控えするだろうと考えてのことであった。実際ラテン人はそのように行動し、そのように考えていたのであった。他方スルタンは彼らの計り知れない大軍《プリシィ》をその眼で見て、また攻撃における彼らの抗しがたい豪胆さを知って、ニケア城内のトルコ人につぎのような許可をあたえる。「今後はすべてお前たちが良かれと思うことを行え」なぜならその者［スルタン］は、早晩その者たちがケルト人に捕らえられるより、皇帝《ヴァシレフス》へ都市《ポリス》を引き渡すことを選ぶだろうことを見抜いていたのである。【6】イサンゲリスは自分に与えられた作業に取りかかり、円形の木造《モシン》の塔を建設すると、つぎにその表面のすべてを獣皮で被い、内側は柳の枝で織り合わせ、[11-10]このようにあらゆる側の防御を固めた後、その塔をいわゆるゴナティスの塔《ピルゴス》[11-11]のそばまで近づけた。さてこの［ゴナティスの］塔がこのような名で呼ばれるようなったのはずっと昔のことである、すなわちかつて皇帝《プロヴェヴァシレフコス》であったイサアキオス＝コムニノスとその兄弟ヨアニス、すなわち父方における私の祖父、これら二人の父であるあの有名なマヌイルが時の皇帝であるヴァシリオスによって全東方の総司《ストラティゴス》令官《アフトクラトル》に任命されたが、それは、［ヴァシリオス二世と］スクリロスとの敵対関係を、あるいは武力をもって彼［スクリロス］に立ち向かうことで、あるいは言葉で説得して和平の協定《イリニケスポンデェ》を結ばせることによって終結させるためであった。[11-12]しかしこの上なく戦いを好み、血を見ることを楽しみにする男であるスクリロスは、常に和平《イリニ》よりもむしろ戦いを選んだので大きな戦闘が連日のように生じた、そして実際スクリロスは単に和平《イリニ》を望まなかっただけでなく、攻城器《エリポリス》を用いてニケアを奪い取ろうと勇ましく取り組んだ、その時城壁《ティヒ》が崩され、同時に塔《ピルゴス》の下部のほとんどが切り取られ、膝を折って傾いているように見えるほどに塔《ピルゴス》の形が変わり、このことから塔はそのような名を得ることになったのである。【7】以上でひざまずく《ゴナティス》塔について詳しく語られた。さてイサンゲリスは、［攻城］機械《ミハニカ》について多くの知識をもっている人々が亀《ヘロニ》と呼んでいる上記の木造《モシン》の塔を[11-13]優れた専門的技術で完成させると、その中に武装した都市を屠る者たち《ティヘシプリテェ》と、鉄材《シデイリ》を使って塔《ピルゴス》の基部を破壊することに手慣れた他の者たちを乗りこませた、つまりそうすることで一方の者たちは城壁《ティヒ》上の敵と戦い、そのことで他方の者たちは容易に塔《ピルゴス》の下を掘りつづけることができる。後者の者たちは運び出された石材の代わりに［支柱の］丸太を中に入れていく。坑道の中を掘り進み、先から入ってくる光が見える所まで来たとき、丸太に火をつけ燃え上がらせた。丸太が焼け崩れた時、ゴナティスはさらに大きく傾き、その名を失うことはなかった。［イサンゲリスの兵士たちは］つづいて攻城槌《エムヴォラ》と攻城用の小屋《イキマ》で城壁《ティヒ》の他の部分を取り巻き、また城壁に沿って造られた外堀《タフロス》をたちまちのうちに土砂で埋め尽くし、［外堀と共に］その両側の土地を一つの平面にしてしまうなど、あらん限りの力をふるって攻囲《ポリオルキア》を続けたのである。

第2章

【1】皇帝《ヴァシレフス》は、何度にもわたって詳しく調べぬいた末、ラテン人がいかにおびただしい数であってもニケアが彼らによって奪い取られることは不可能であると判断した上で、次々とさまざまの形のエレポリスを造りあげ、それらのほとんどは通常の工学《ミハニカ》で建設されたものでなく、それらとは異なる彼の考えで工夫されたもので、そのこと自体すべての人々に驚きを引き起こしたが、それらを伯たち《コミテス》のもとへ送りとどけた。その者はすでに本書《ロゴス》で語られたように[11-14]、その時集めることのできた軍勢と共に海峡を渡った後、昔大殉教者《メガロマルティス》エオルイオスを讃えて建設された聖堂《テメノス》のあるメサムベラ[11-15]の近く、ペレカノスにとどまっていた。【2】実際皇帝《アフトクラトル》は、ラテン人と一緒に神を認めぬ《アセイ》トルコ人に向かって進むことを強く願っていた。しかしその計画についていろいろと吟味し、またローマ人の軍勢《ストラテヴマ》に比べて比較できないほどにフランク軍《フォサトン》の数の大きいことを考慮し、さらにラテン人の不安定な性格をずっと以前から熟知していたので、その企てを思い止まった。それは、以上の理由だ

けからではなく、エヴリポス［の海流］のようにしばしば逆方向へ態度を変え、また激しい金銭欲のゆえにわずか一オヴォロスのために進んで妻や子供を売ろうとするような、彼らの移り気で当てにならない性格を先刻承知していたからである。確かにこれらの理由から皇帝《アフトクラトル》はその企てから身を引いた。[11-16] しかし［皇帝は］ケルト人のそばにいないが、彼らのそばにいるのと同じだけの多くの援助を彼らに与えねばならないと考えた。【3】その者［皇帝］は、ニケアの城壁《ティヒ》のこの上なく堅固なことを知って、ラテン人によるこの都市の占領が不可能なことを確信していた。しかしスルタンがニケアのそばに横たわる湖《リムニ》を使っていとも容易に十分な軍勢《ディナミス》と生命維持に必要な食料すべてをニケアに運び込んでいるのを知って、なんとか湖水を掌握しなければならないと考えた。そこで湖水を進ませることのできる多数の小舟《アカティア》を用意し、それらを荷車に積んで運び、キオスで進水させ、それらに武装した兵士たち《ストラティオテェ》を乗りこませ、同時に彼らの指揮官《イエモン》にマヌイル＝ヴトミティスを任命し、また彼らの数を何倍も多くに見せるため、必要以上の多数の軍旗《シメェ》を、さらに加えて角笛《ヴィキナ》と太鼓を彼らに持たせた。【4】湖水に関して皇帝《アフトクラトル》の取った処置はそのようなものであった。つぎに陸上に関しては、［皇帝は］タティキオスとツィタスと呼ばれる者を[11-17]二千名にのぼる勇敢な小盾を携えた軽装兵《ペルタステェ》と共に呼び寄せ、次のような指示を与えてニケアに向けて送りだした、すなわち船《ニエス》から降りるとただちにエオルイオス様《キル》の砦《カステリオン》に向かい、そこで運ぶことのできるだけ多量の矢《オイスティ》をラバに負わせ、そしてニケアの城壁《ティヒ》に近づいた地点で馬から降り、徒歩でまっすぐいわゆるゴナティスの塔《ピルゴス》に向かって進み、そこに防柵の陣地《ハラクス》を設営すること、それから［フランク人との］取り決め《シンシマ》に従って［彼らと共に］隊形を組ん《シンアスピズィン》で城壁《ティヒ》に向かって突撃することであった。確かに指揮下の軍勢《ストラテヴマ》と共に到着したタティキオスは皇帝《ヴァシレフス》の指示通りにケルト人に［皇帝の］考えを伝えると、ただちにすべての者は武器をとり、大きな叫び声と鬨の声を張り上げ、城壁《ティヒ》に向かって突撃した。【5】ただちにタティキオスの兵士たちの方は大量の矢《オイスティ》を放ち、ケルト人の方はある所では城壁《ティヒ》に穴を開けることに取り組み、ある所では投石《ペトロヴォラ》機《オルガナ》を使って石の弾丸《ヴォリ》を雨のように浴びせかける、さらに湖の側からは皇帝の軍旗《シメェ》［が振られ」、角笛《ヴィキナ》［が鳴り響き］、それらによって［蛮族は］怯えすくむ、そして同時にヴトミティスから皇帝の約束《ヴァシィケイポスヘシス》を伝えるために彼ら［トルコ人］に向けて使者が送り出されたのであったが、その時の打ちのめされた状態はニケアの胸壁《クリデムナ》から首を出し覗き込む勇気もないほどであった。その者たちはスルタンの到着を断念していたので、皇帝《アフトクラトル》に都市《ポリス》を引き渡すことが、そしてこの件に関してヴトミティスと交渉に入ることがより良いと判断した。その者［ヴトミティス］は彼らにこの時にふさわしい言葉を述べた後、皇帝《ヴァシレフス》が彼に手渡していた金印《フリソヴロス》文書《ロゴス》を示したのである。[11-18] 身体に一切触れないことだけでなく、財貨《フリマタ》と栄誉《アクシオマタ》の一杯詰まったすばらしい贈物を、スルタンの姉妹と妻に、[11-19] 後者は言われていたようにツァハスの娘であったが、そしてニケアの蛮族《バルバロイ》のすべてに例外なく与えることを皇帝《ヴァシレフス》が約束している金印文書《フリソヴロン》を熱心に聞き入った後、その者たちは皇帝《アフトクラトル》の約束を信頼し、ヴトミティスを城内に入れることにした。そこでその者［ヴトミティス］はただちに文書《グラマタ》を送って、タティキオスに伝えて言うには「獲物はすでにわれわれの手中にある。ただちに攻城戦《ティコマヒア》の備えに入れ、これはケルト人にもそうするよう仕向けること、しかしまわりから攻城戦に取り組む以上の大胆な行為を彼らに取らしてはならない、日が昇れば、城壁《ティヒ》を取り囲み、攻城《ポリオルキア》を試みよ」[6] これはつまり、まさしくこの都市《ポリス》がヴトミティスによる戦闘によって奪い取られたとケルト人に思わせ、皇帝《アフトクラトル》によって仕組まれた背信《ドラマティス》行為《プロドシアス》が気づかれないようにするための企みであった。なぜなら皇帝《ヴァシレフス》は、ヴトミティスによって取られた工作［トルコ人との取引］がケルト人には知られないままであることを望んでいた。翌日都市《ポリス》の外と内から戦いの鬨の声が上がり、陸地の一方ではケルト人が攻城戦《ポリオルヒア》に果敢に取り組み、また他方ではヴトミティスが［兵士と共に］胸壁《エパルクシス》に登り、城壁《ティヒ》上に帝笏《スキプトラ》と軍旗《シメエ》を並べ、角笛と喇叭を吹き鳴らさせると同時に、皇帝《アフトクラトル》を歓呼する声を張り上げさせる。このようにしてローマ軍《ストラテヴマ》すべてはニケア城内に入ってしまった。[11-20] [7] さてヴトミティスはケルト人の数の多さを考え、彼らの移り気な性格と手に負えない衝動の激しさゆえに彼ら自身が城内に入れば要塞都市《カストロン》を奪い取ってしまうのではないかと、彼らを危険な存在と見なし、また城内にいるサトラピスたちが彼自身の手にする軍勢《ディナミス》に比べて強力な存在であり、その気になりさえすれば自分たちを縛って殺戮することが十分可能であることに心し、ただちに一つの城門《ピリ》の鍵を確保する。［城門の］外近くにいるケルト人を怖れて、他のすべて［の門］をいちはやく閉じ、出入りする城門《ピリ》は一つだけにしたのである。さて彼自身がこの城門《ピリ》の鍵を握ると、つぎにサトラピスたちが彼に対して良からぬことを行わせないように彼らを容易く従わせるためには、策略を用いて彼らの数を減らさなければならないと考えた。そこで彼らを呼びだし、もし多くの財貨《フリマタ》を手に入れ、途方もなく高い栄誉《ティミ》を譲与され、毎年の賜金《フィロティミエ》を受ける者として認めてもらいたいのなら、皇帝《アフトクラトル》のもとへ出立するように勧めることに取りかかった。そして［ヴトミティスは］トルコ人を説得すると、夜中はその城門を開けておき、そばに横たわる湖を通じて彼らを小集団ごとに次々と間隔をおいて、ロドミロスと半分蛮族《ミクソバルバロス》の血の混じったモナストラスのもとへ送り出した、それら二人はエオルイオス様《キル》と呼ばれる砦《ポリフニオン》[11-21]に待機していたが、彼らには次のような指示を与えていた、すなわち船《ニエス》から降りてくれば、その者たちを時をおかずに皇帝《アフトクラトル》のもとへ送り出し、長時間にわたって彼らを引き止めてはならないことである、それは、その者たちが後から送られてくるトルコ人と一緒になって自分たちに良からぬ行為を行わせないためであった。[8] これは、その者［ヴトミティス］の長年にわたる経験《エムピリア》から得られた、まさしく予言者的洞察であり、反駁できない明察であった。なぜなら到着した者たちをすみやかに皇帝《アフトクラトル》のもとへ送り出している限り、その者たち［ロドミロスとモナストラス］は安全であり、いかなる危険も彼らに生じなかったであろう。しかしその者たちが気を抜いたので、引きとどめた蛮族《バルバリ》の謀により危険にさらされる羽目となった。なぜなら数を増したその者たち［蛮族］は、夜中に彼らを襲って殺してしまうか、彼らを縛ってスルタンのもとへ連れて行くか、どちらか一つを実行しようと思案していた。すべての者には後者がより良い案だと思われたので、その者たちは夜中、あらかじめ考えていた計画に従って彼らを襲い、彼らを縛って連れ出し、そこから出ていくこととなった。アザラス[11-22]の丘に向かい（その場所はニケアの城壁《ティヒ》から……スタディア離れた地点にあった）、そこへ到着すると、当然のこととして馬から降り、馬を休ませることに取りかかった。[9] さてモナストラスは半分蛮族《ミクソバルバロス》の血の入った者でトルコ人の言葉に明るく、またロドミロス自身も、昔トルコ人に捕まり長期間にわたって彼らと一緒に過ごし、この言葉《ディアレクトス》に不案内ではなかったので、二人して彼らに向かってもっともらしい言葉《ディアレクトス》をまくし立てて言うには「自分たち自身にとってわずかな利益にもならないのに、どうしてわれわれに死の杯を調合しようとするのか。他の者たちはすべて皇帝《アフトクラトル》からどっさりと贈物《ドリマタ》をもらい、年《エティシア》金《クリマタ》の受給にあずかる者として登録されたというのに、お前たちは自らこのような特典を断とうとしている。自分たちのことをそのように考えてはならない、命は保障され、財宝《プルトス》を手に入れて自分たちの国に帰り、そこでおそらく土地《ホレ》の主人になることができるのであるから、自分たちの身を明らかな危険に曝してはならない」、二人は山間の急流と沼沢地を両手で示して続けて言うには「おそらくあそこでお前たちは待ち伏せしているローマ人の罠に陥るだろう。殺され、無駄に自分たちの命を捨てることになるだろう。なぜならお前たちを待ち伏せしているのはきわめて多数のケルト人と蛮族《バルバロイ》だけではなく、数えきれないローマ人の軍勢《プリソス》もいるからだ。さあ、われわれの言うことに従い、手綱《イニエ》を引いて馬首をめぐらし、われわれと一緒に皇帝《アフトクラトル》のもとへ急ごう。彼からおびただしい贈物《ドリマタ》を得ることを神《セオス》にかけてお前たちに誓おう。それから後は、お前たちの望む所へ、自由な身として勝手に立ち去ったらよい」[10] トルコ人は彼らの言葉に納得させられ、そこで互いに誓約《ピスティス》を交わした後、それらの者たちは一緒になって皇帝《アフトクラトル》のもとへ通じる道に乗りだした。一行がペレカノスに到着した時、皇帝《アフトクラトル》は心の底ではロドミロスとモナストラスに激しい怒りを感じていたが、すべての者に嬉しそうな眼差しを注いで見回し、まずは休息のため彼らを下がらせた、そして翌日彼のもとで仕えたいと熱心に願うすべてのトルコ人は多量の贈物《エフエルエシエ》にあずかった。他方彼ら自身の土地へ戻ることを求めた者たちも少なからぬ贈物《ドリマタ》を手に入れ、その後は自分たちの思い通りにすることを許された。〔皇帝が〕ロドミロスとモナストラスの思慮の浅さを激しく咎めたのはこれらの後のことであった。しかしそれらの者が恥じ入ってまともに顔を上げることのできないのを見て、皇帝《ヴァシレフス》は態度を変え、他の言葉を使って急いで彼らの心をほぐすことに取りかかった。ロドミロスとモナストラスについてはこのぐらいにしておこう。他方ヴトミティスはこの時に皇帝《アフトクラトル》によってニケアのドゥクスに任命されたので、ケルト人は、［ニケア］城内に入って聖所《イエラテメニ》をゆっくり見学し、祈りを捧げたいと彼に願い出た。しかしその者は、すでに語られたように[11-23]彼らの性格を熟知していたので、すべてが一緒になって入ることには同意せず、ただ十人ずつの集団には門《ピレ》を開いて中に入ることをケルト人に許した。

第3章

【1】皇帝《アフトクラトル》はといえば、なおペレカノスにとどまり、伯《コミテス》たちのうちでまだ誓いをしていない者たち自身も自分に対して忠誠の誓い《オルキア》を行うことを望み、そこで文書《グラマタ》[11-24]を通じてヴトミティスへ、すべての伯《コミテス》たちへ皆が一緒に来て皇帝《ヴァシレフス》へ別れの挨拶をすること《シンダクサスセ》[11-25]となしに、アンティオキアへの道[11-26]を進まないよう勧告することを命じた。事実そうすれば［挨拶にやって来れば］、再びこれまで以上の大きな贈物《ドレエ》が彼らの手に入ることになるだろう。財貨《フリマタ》と贈物《ドレエ》と聞いて、ヴァイムンドスが誰よりも先にヴトミティスの言葉に即座に従い、すべての者に皇帝《ヴァシレフス》のもとへ引きかえすよう勧めたのである、実際これほどにその者は抑えることのできない金銭欲の持ち主であった。その者たちがペレカノスに到着すると、皇帝《アフトクラトル》は盛大に出迎えをし、あらゆる心遣いにおよんだ。つぎに彼らを呼び集めて言うには「すべての者が私に向かって行った忠誠の誓い《オルコス》をよくよく承知されたい、諸君が道を踏み外す者でないのなら、諸君の知っている、まだ忠誠の誓い《オルコス》をしていない者たちに、同じ忠誠の誓い《オルコス》を行うよう勧められたい」その者たちは、即刻、誓いをしていない者たちを呼び寄せることに取りかかった。すべての者は一緒にやって来て、忠誠の誓い《オルコス》を行いはじめた。【2】しかしヴァイムンドスの甥のタグリス[11-27]は束縛されることを嫌い、自分が忠誠の誓い《ピスティス》を負っているのはただ一人ヴァイムンドスだけであり、これは死ぬまで守り通

すと言い張った。彼と共に並んで立っている者たちや皇帝《ヴァシレフス》の親族たち自身によって強く要請されても知らぬ顔をきめ込み、皇帝《ヴァシレフス》がその中で上座を占める幕舎《スキニ》を凝視して（実際大きさにおいてこれまでそのような［幕舎］を誰も見たことがなかった）、こう言い切った。「すべての伯《コミテス》に与えたものすべてに加えて、この幕舎を財貨《フリマタ》で一杯にして私にくれるというのなら、私もまた忠誠の誓い《オルコス》を行ってもよい」ことのほかに皇帝《アフトクラトル》のためを思うその激しい心情から、パレオロゴスはタグリスのそのような言葉に耐えることができなかったが、法螺を吹いていると無視し、その言葉を一蹴した。しかし極端に向こう見ずなその男［タグリス］は、彼に向かって突進した。これを見た皇帝《ヴァシレフス》は帝座《ソロノス》から立ち上がり、彼らの間に割って入った。ヴァイムンドスも彼の衝動を抑えて言うには、「皇帝《ヴァシレフス》の親族にむかってそのような無礼な振る舞いに及ぶのはよくない」そこでタグリスはパレオロゴスに酔っぱらいのようにふるまったことを恥じ入り、また幾分かはヴァイムンドスとその他の者たちの忠告に促され、彼自身も誓い《オルキア》を行う。[11-28] **[3]** すでにすべての者が皇帝《ヴァシレフス》に暇乞いの挨拶を終えたので、［皇帝は］当時メガス＝プリミキリオス[11-29]の地位にあったタティキオスと彼の指揮下の軍勢《ディナミス》を彼ら［フランク人］に同行させる、それは一方ではあらゆる事態において彼らを援助し、まっ先に危険を引き受けるためであり、他方では神《セオス》の許しによってその者たち［フランク人］の占領することのできた諸都市《ポリス》を掌握するためであった。ケルト人は翌日再び[11-30]海を渡り直し、すべてがアンティオキアへの道を進みはじめた。[11-31] しかし皇帝《ヴァシレフス》はすべての者が必ずしも伯《コミテス》たちと行を共にしないと推測して、ヴトミティスに、ケルト人のうちで彼ら自身の本隊《ストラティア》から離れた者についてはニケアの守備《フルウラ》のためにすべてを雇うように指示する。**[4]** タティキオスは彼の指揮下の一隊《ストラトス》と共に、伯《コミテス》のすべては彼らの配下の無数のケルト人の軍勢《プリシィ》を率い、二日間かけてレフケに到着したが、その時［伯たちは］ヴァイムンドスの要求によりその者に前衛を託した。他の者たちは戦列を整え、彼の後方からゆっくりした速度で進んだ。他方その者［ヴァイムンドス］が早い速度でドリレオンの平野を横断中、トルコ人はその者を目撃し、ケルト人の全軍《ストラテヴマ》に出会ったと思い、そこで大いに侮って即座に彼に対して戦いを仕掛けた。[11-32]

その時、図々しくも帝《ヴァシリスコス》座《スキムブス》に腰を下ろしたあの高慢な態度のラテン人[11-33]は皇帝《アフトクラトル》の忠告を忘れ、ヴァイムンドスの戦闘集団《パラタクシス》の最前列にいたが、何を血迷ったのか他の者から離れて突進した。そこでその時彼に続いた四〇人の者たちが殺される。彼自身も重傷を負い、敵に背を向けて逃走し、［味方の］戦闘集団《パラタクシス》の真ん中に飛び込んできた、実際その者は言葉で認めようとしなかったが、行為で皇帝《アフトクラトル》がどれほどすぐれた忠告者であるかを示したのであった。【5】他方ヴァイムンドスはトルコ人が果敢に戦っているのを見て、使者を送りケルト人の軍勢《ディナミス》を呼び寄せようとする。［軍勢は］すみやかに到着する。そこで激しく恐ろしい戦闘《ポレモス》が交わされる。勝利を摑んだのは、ローマ人とケルト人の軍勢《ストラテヴマ》であった。その時から諸隊《タグマタ》は密集隊形《イラドン》で進んだが、エヴライキ[11-34]の付近でそれらの諸隊に、スルタンのタニスマンとアサン[11-35]が遭遇することになった、後者は一人で八万の重装歩兵の男たちを率いていた。そこで激しい戦闘《マヒ》が勃発した、両軍とも多数の軍勢《ディナミス》であり、またどちらも相手に対して背を向けようとしなかったからであり、事実トルコ人はことのほか果敢に相手と戦っていたが、右翼を指揮していたヴァイムンドスはそれを見て、残りの軍勢《ストラテヴマ》から離れ、詩人の言葉を引用すれば、勇気凛々のライオンのように[11-36]、大胆不敵にもスルタンのクリツィアススランその者[11-37]に向かって突進した、この突撃はトルコ人を怯えさせ、彼らを逃走に追い込んだ。【6】しかしその者たち［ケルト人］は皇帝《アフトクラトル》の忠告を思い出し、遠くまでは彼らを追跡せず、トルコ人の堀をめぐらした陣地《タフリア》に達すると、そこでしばらく身体を休ませた、そしてその後アヴグストポリス[11-38]で再びトルコ人を見いだし、全力で襲いかかり敗走させる。それゆえ蛮族《バルバロン》［の多く］は倒れ、生き残った者たちは女・子供を置き去りにし、方々へ散ってしまい、その後はラテン人に対して正面から立ち向かうことができず、逃走して自身の命を守ることにつとめていた。

第4章

【1】さてその後の展開はどうなるか。ラテン人はローマ軍《ストラティア》と共にいわゆる高速《オクシス》の進路《ドロモス》[11-39]を進み、その両側に広がる土地には眼もくれず、アンティオキアに到着する。[11-40] 城壁《ティヒ》の近くに堀《タフロス》を掘って〔陣地をつくり〕、そこに荷物を収容し、月の三回転《ペリオディ》する間[11-41]、この都市《ポリス》の包囲攻撃を続けることとなる。他方トルコ人は彼らに降りかかるであろう運命《アナンギ》に怯え、ホロサンのスルタン[11-42]に事態を知らせ、〔自分たち〕アンティオキアの住民を助け、攻囲にとりかかるラテン人をそこから追い払うため、十分強力な援助の軍勢《ディナミス》を派遣するよう要請する。【2】さて一つの塔《ピルゴス》の上に一人のアルメニア人がいて、ヴァイムンドスに〔攻撃すべく〕割り当てられた城壁《ティホス》の一区画[11-43]を見張っていた。ヴァイムンドスは、しばしば胸壁から首を出して外を覗き込むその者に甘い言葉をかけ、多くの約束でおだて上げ、都市《ポリス》を引き渡すよう説得を始めた。そしてそのアルメニア人[11-44]はついにこう言った。「そうしたい時にあなた自身が外から私に合図を送ってくれ、そうすればただちにあなたにこの塔《ピルイオン》を手渡そう。あなたとあなたの手勢の者たちすべては用意した梯子を持って、ただ待機しているだけでよい。あなただけでなく、あなたの軍勢《ストラテヴマ》すべては武装していなければならない、あなた方が〔合図を受けて〕ただちに〔塔の上に〕登った後、鬨の声をあげているのを目にすれば、トルコ人は怖れ、逃走に転じるだろう」【3】とにかくヴァイムンドスは、その計画をしばらく自分の胸の内にしまっておくことにした。さまざまな考えが彼のうちでめぐらされている間に、ある者がやって来て、アガリニィの途方もない大軍《プリソス》がクルパガン[11-45]と呼ばれる者を指揮者《イエモン》にし、自分たちを攻撃する目的でホロサンから出発して今にもここに到着しようとしていると報告した。このことを知ったヴァイムンドスは、先に皇帝《ヴァシレフス》に対してなされた誓約《オルキィ》に従ってアンティオキアをタティキオスに引き渡す意志はなく、これを自分のものにしようと考えていたが、彼〔タティキオス〕に不本意ながらここを離れるように仕向ける卑怯な計画を錬る。そこでその者は彼のもとを訪れて言うには「あなたの生命を気遣って、あなたにある秘密を打ち明けたい。ある噂が伯《コメテス》たちの耳をつんざき、彼らの心を動転させている、つまりホロサン

からやって来る者たちについては、実は皇帝《ヴァシレフス》がスルタンを説得してわれわれに向けて送り出させたというのだ。このことを伯たち《コメテス》は真実《ピストン》だと信じ、あなたの命を狙おうとしている。私に関しては、あなたの身に迫ろうとしている危険を前もって忠告したのだから、これで私の義務は果たした。後はあなたの問題だ、あなた自身およびあなたの指揮下の諸隊《タグマタ》の救いの手段に思いを致さねばならないだろう」タティキオスはといえば、一方で激しい飢えの状態をその目で見て（事実牛の頭が　金《フリシニィ》　貨《スタティレス》　三枚で売られていた）、他方でアンティオキアの占領は実現不可能と断念して、すでにその場を去り、スウディの港《リミン》に碇泊していたローマ艦隊《ロマイコスストロス》に乗り込み、キプロスに向けて出発したのである。[11-46]【4】この者が去った後も、ヴァイムンドスはまだアルメニア人との約束を隠したままにしており、アンティオキアの権力《エクスシア》を手中にすることができるとのすばらしい期待を胸に秘めながら、伯たち《コメテス》に向かって言うには「諸君のご承知の通り、すでに相当長期にわたって辛抱を続けてきたが、今までのところこれといった芳しい成果はなんら得られないばかりか、もしわれわれの救済についてなにかよりよい方策を考えない限りは、すぐにでも飢えの犠牲になってしまうだろう」なにか方策があるのかとの「伯たちの」問いかけに、その者自身が応えて言うには「神《セオス》は、すべての勝利を　剣《シディロス》　にたよる軍司令官《ディマゴイ》に与えるとは限らないし、そのような成果は常に戦闘によって達成されるものでもなく、戦いでは得られないもの、それらはしばしば言葉《ロゴス》によって与えられ、また友好と愛想を伴った言葉の回転《ペリオドス》でこの上なく大きな戦勝碑《トロペア》がうち立てられた。だから無駄に時間を過ごさず、むしろクルパガンがやって来る前に、われわれの救済のためになにか賢明で大胆な方策を実行することに急いで取り組まねばならない。つまりわれわれ一人一人に課されることは、各人に「攻撃すべく」任された分担の持ち場を守護している蛮族《バルバロス》を味方に引き込むことに真剣にとりくむことである。もし諸君が望むなら、この役目を最初にみごとやり遂げた者に報酬《アスロン》としてこの都市《ポリス》の守護をまかせようではないか、もっともそれは皇帝《アフトクラトル》によって派遣される、この都市を受けとる役目の者がやって来るまでのことである。もちろんやってみても、うまくことを運ぶことができないかもしれない」【5】このように言ったのは、自分自身の栄誉のためほどにはラテン人と全体の利益《キノン》のためを思わない、狡猾で権力欲の強いヴァイムンドスであり、［自分のために］考え、発言し、［他を］欺き、そのようにして、つづく本書《ロゴス》で証明されるように、的を射損なうことはなかったのである。さて伯《コミテス》のすべては彼の発言に同意し、それぞれの作業に取りかかった。[11-47] 陽が輝き始めると、ヴァイムンドスはただちにくだんの塔《ピルゴス》に向かう。もちろんあのアルメニア人は取決め《シンシケェ》に従って諸門《ピレ》を開ける。[11-48] その者［ヴァイムンドス］はただちに言葉よりも速く彼に従う者たちと一緒に［塔に］駈け登る、［城壁の］外と内にいる者たちの目には、塔《ピルゴス》の胸壁《クリデムナ》上に立ち、戦いを告げる喇叭を吹き鳴らすよう発破をかけている彼の姿がとらえられた。その時、前代未聞の事態を目撃することができた、すなわち一方では怯えたトルコ人は反対側の門《ピリ》から一目散に逃走を始め、彼らのうちで少数で勇敢な男たちだけが城塞《クラ》[11-49]の守備《フルゥラ》のためにとどまっただけであった、他方では外にいたケルト人たちはヴァイムンドスのすぐ後から梯子を使って［城壁上へ］登り、たちまちのうちにアンティオコスの都市《ポリス》を占領したのであった。[11-50] またその時タグリスは多数のケルト人を引き連れ、逃走者の追跡にとりかかる。［逃走者の］多くが殺され、また多くが傷ついた。【6】クルパガンは数え切れないほどの大軍を率いてアンティオコスの都市《ポリス》の救援に駈けつけたが[11-51]、しかしすでに都市が占領されているのを知って、防御柵《ハラクス》の陣地を設営し、周囲に堀《タフロス》を掘り、そこに荷物《スケヴェ》を納めると、都市《ポリス》の攻囲に取りかかろうと考えた。しかしまだ攻囲を始める前にケルト人が城内から打って出て彼に襲いかかってきた。たちまち両者の間で大戦闘が交わされる。しかし勝利はトルコ人が握ることになった。ケルト人は城門《ピレ》の内に閉じこめられた状態となり、両側において、つまり一方は城塞《クラ》を守護する者たちと（なぜならなお蛮族《バルバロイ》がこれを掌握していた）、他方は城外にいるトルコ人と戦うことになった。抜け目のない男であるヴァイムンドスはアンティオキアの権力《アルヒィ》をわがものにしたい考えから、再び相談するふりをして伯《コミテス》たちに向かって言うには「われわれ自身がそれぞれ同時に内と外との敵と戦ってはならず、われわれと戦うそれぞれ［内と外］の敵の兵力に見合うようにわが軍を二つに分割し、そのようにしてそれぞれに対して戦いを引き受けねばならない。もし諸君がこの意見に賛成なら、私は城塞《アクロポリス》を守っている者たちと戦ってもよい。他の者たちが引き受けねばならないのは、外の敵と交戦することである」【7】すべての者がヴァイムンドスの意見に賛成する。そこでその者はただちに作業にとりかかり、城塞《アクロポリス》をアンティオキアの他の部分から完全に切り離すために「城塞と」向かい合うかたちで横に長い塁壁《ティヒオン》をたちまちのうちに建設した、それは戦いが長引けばことのほか強力な防御物になるだろう。つぎにその者はこの塁壁《ティキオン》の用心深い見張り番として常にそこに居を定め、ここを拠点に機会あるごとに内部の敵とこの上なく勇敢に戦うことになる。他の伯《コミテス》たちは各自の分担範囲に注意を集中し、常時都市《ポリス》を警備しながら、外にいる蛮族《バルバロイ》が夜中に梯子を使って登り都市《ポリス》を奪い取ってしまわないように、また城内の住民の誰かが密かに城壁《ティホス》の上に登り蛮族《バルバロイ》と謀《プロドシア》を交わし都市《ポリス》を敵の手に引き渡してしまわないように、城壁《ティヒ》の壁塔《エパルクシス》と胸壁《クリデムナ》に対して注意深く偵察をつづける。

第５章

【1】以上は、その時までにアンティオキアをめぐって生じた出来事である。他方皇帝《アフトクラトル》はケルト人を援助するため自ら彼らのそばにいたい気持ちで一杯であった、しかしどれほどそうするように駆り立てられても、海岸地域[11-52]に位置する諸都市《ポリス》と沿岸地方《ホレ》に対する「トルコ人の」略奪と徹底的な破壊は、彼にそうすることを許さなかった。なぜなら一方でツァハス[11-53]がスミルナを自身の持ち物のように、他方でタグリペルミスが昔海の近くに位置し使徒《アポストロス》にして神学者《セオロゴス》のヨアニスを讃えて聖堂《テメノス》が建設されていたエフェソス人の都市《ポリス》を握っていたからである。さらに他のサトラピスたちもそれぞれ別々の要塞《フルリア》を掌握し、キリスト教徒を奴隷として扱い、あらゆるものを奪い尽くした。しかも「その者たちは」ヒオスとロドスさえも、さらにその他の島々をも占領し、それらの島々で海賊《リストリケ》船《ニエス》を建造した。それゆえその者「皇帝」がしなければならないと判断したことは、まず先に海

岸地域とツァハスの事に注意を払い、そして蛮族《バルバロイ》の攻撃をくい止め、さらに彼らに対して立ち向かって行くための十分な陸上兵力《ディナミス》とまた強力な艦隊《ストロス》をも現地に残し、そうしてから、最後に［自分が］残りの軍勢《ストラテヴマ》を率いて、アンティオキアへ通じる道を、その間に出会う蛮族《バルバロイ》に対して力の限りを尽くして戦いながら、進軍することであった。【2】そこでその者［皇帝］は妻の兄弟のヨアニス＝ドゥカスを呼び出し、さまざまな地域《ホレ》から集めた諸軍《ディナミス》と、海岸の諸都市《ポリス》の攻囲に必要な艦隊《ストロス》を与え、そしてさらにあの時ニケアの城内にいた者たちと共に捕らえたツァハスの娘[11-54]をも預け、至る所でニケアの占領を宣伝するように命じた、なお信用されない場合にはツァハスの娘その者をトルコ人のサトラペェと海岸地域を握っている蛮族《バルバロイ》たちに見せることになっていた、そうすれば上記の［海岸の］諸都市《ポリス》を掌握している者たちはその者［娘］を見て、ニケアの占領を確認し、絶望に陥り、戦わずに諸都市《ポリス》を引き渡すだろうとの考えからであった。事実あらゆる種類の必要物資をふんだんに支給して、ヨアニスを送り出す。この者がツァハスに対してどれほど多くの戦勝碑《トロペア》をうち立てたか、どのようにしてその地からその者を追い払ったか、これらについては本書《ロゴス》をさらに進めることで明らかになるであろう。【3】さて母方における私のおじでもある司令官《ドゥクス》［ヨアニス＝ドゥカス］は皇帝《ヴァシレフス》へ別れの挨拶を告げた後、大都《メガロポリス》を離れ、海を渡ってアヴィドスに着くと、カスパクスと呼ばれる者を呼び寄せ、艦隊《ストロス》の指揮権《エクスウシア》と航海《プロオス》の全権限《イコノミィア》をその者に託し、その際戦いを上首尾に行いスミルナを掌握することができた時には、スミルナそのものとそれに接するすべての地域の司令官《イエモン》にすることを彼に約束した。そこでその者を上記のように艦隊《ストロス》の指揮官《サラソクラトル》として海上から送り出す。他方の者［ヨアニス］は遠征軍司令官《タグマタルヒス》として陸上を進んだ。スミルナ城内の者たちは、二人が同時に、すなわちカスパクスが艦隊《ストロス》を率いて、ヨアニス＝ドゥカスが陸上から近づき、一方ではドゥカスが城壁《ティヒ》の近く、一定の距離をおいて防柵の陣地《ハラクス》を設営し、他方ではカスパクスが港内《リミン》を遊弋するのを見て、彼らにはすでにニケアの占領も知られていたので、敵に立ち向かっていく意欲はまったくなく、そこでもしヨアニス＝ドゥカスが自分たちを一切傷つけず、自分たちの土地に帰ることを許すと誓う用意があるならば、血を流すことなく、戦闘に訴えることなく、スミルナを彼に引き渡すことを約束し、交渉に訴え、和平協約《イリニケ スポンデェ》を結ぶことを選んだ。ドゥカスはただちにツァハスの提案に同意し、要求事項をすべて実行することを言明した。そういう次第で和平《イリニ》がなり、その地から彼らを追い払った後、その者［ヨアニス＝ドゥカス］はカスパクスにスミルナの全権限《エクスゥシア》を託した。しかし偶然にも次のような事件が発生する。【4】カスパクスがヨアニス＝ドゥカスと別れてからのこと、スミルナの住民の一人が彼のもとへ来て、一人のサラセン人によって金貨《フリシニィ スタティレス》五〇〇枚を奪われたと訴えた。そこでその者［カスパクス］は、彼ら［二人］を問いただすために連行するよう命じた。しかしそのシリア人［上記のサラセン人］は引かれて行く時、処刑のために連行されているのではと思い、自身の命に絶望し、剣《マヘラ》を引き抜くとカスパクスの腹に差し込んだ。つづいて向きを変えると、この者［カスパクス］の兄弟の腿に打ちつける。このことで大騒動が生じる中、あのサラセン人は逃げ去り、他方艦隊《ストロス》の乗組員すべてがこぎ手たち自身とともに都市《ポリス》内へ乱入し、情け容赦なく誰彼なく殺し始めた。一万人もが一瞬のうちに殺戮されるというひどい惨劇が目撃されたのである。ヨアニス＝ドゥカスは長期間にわたってカスパクスの殺害にことのほか心を痛め、その後再びその要塞都市《カストロン》の問題に没頭することになってしまった。事実［都市に］出かけていき、城壁《ティヒ》をくまなく調査し、また事情に詳しい者たちから住民の気持ちを丁寧に聞きだし、そしてとにかく勇敢な男を必要としたので、すべての中でもっとも勇敢であると思ったヤレアスをスミルナのドゥクスに任命した。この者はきわめて好戦的な精神の持ち主であった。【5】さて全艦隊《ナフティコン》はスミルナの防衛のために後に残し、彼自身［ヨアニス］は陸軍《ディナミス》を引き連れ、［二人の］サトラペェ、すなわちタグリペルミスとマラキスによって掌握されているエフェソス人の都市に向かって進軍する。蛮族《バルバロイ》はその者が自分たちに向かって進んでくるのを目にするや、武装し、要塞都市《カストロン》の外に広がる平地に諸軍《ファランゲス》を戦闘隊形《スヒマ ポレムゥ》に並べ身構えた。他方ドゥクスは時を移さず、軍勢《ストラティオティキ》をみごとに整え《エフタクシア》て敵に向かって突撃した。そこで合戦となり、その日のほとんどにわたって続けられた。両軍は戦い、そして戦いの行方はまだ定かでなかった、しかしやがてトルコ人は敵に背を向け、一目散に逃走をはじめた。その時多数の者が殺され、またより多数の者が捕らえられ、一般兵士だけでなく、サトラピスたち自身も含まれ、その総数は二千におよんだ。この勝利を知った皇帝《ヴァシレフス》は、捕虜を島々に分散して移すように命じた。捕らわれずにすんだトルコ人はメアンドロス川に沿ってポリヴォトンに向かって進み、これで完全にドゥカスに［追跡を］諦めさせたと高をくくっていた。しかし事態はそうはならず、その都市《ポリス》［エフェソス］のドゥクスとしてペツェアスを後に残した後、彼自身［ヨアニス＝ドゥカス］は全軍《オプリティコン》を引き連れ、皇帝《アフトクラトル》の指示に従って、すなわちでたらめにではなく整然とした隊形で、経験を積んだ軍司令官《ストラティゴス》が敵に向かって進軍するように、ただちに［敵の］追跡にのりだした。

［6］確かにトルコ人はすでに語られたように［前節］、メアンドロス川に沿って河畔に位置する町々《ポリス》を経て進み、ポリヴォトンに達する。他方ドゥクスは彼らの後に続いて進まず、近道を行き[11-55]、途中でサルディスとフィラデルフィアを奇襲して奪い取り、これらの守り《フルウラ》をミハイル＝ケカヴメノスに託した。つぎにラオディキアに達すると、［住民の］すべてがただちに彼に従ったので、彼らを投降者《アフトモリ》と見なし、また彼らを信じて総督《イエモン》［司令官］を置かずに、彼らに自分たちの問題を自由に処理することを許した。つぎにそこからホマを経て[11-56]、ラムビに達し、ここでエフスタシオス＝カミツィスをここの軍司令官《ストラティゴス》に任命した。そしてポリヴォトンに着くと、そこにトルコ人の大軍勢《プリソス》を見いだし、そこで荷物《スケヴェ》を保管すると、ただちに彼らに向かって襲いかかり、あらん限りの力で戦い、またたくまに勝利を握り、一方で多数を殺害すると共に、他方で大軍勢《プリソス》に見合う膨大な戦利品《リア》を獲得する[11-57]。

第6章

［1］さてこの者［ヨアネス＝ドゥカス］がまだ帰還せず、トルコ人と戦っている間、皇帝《ヴァシレフス》はアンティオキアのケルト人を援助しに行く準備を行い、実際軍勢《ディナミス》のすべてを率いて出立し、道中において多くの蛮族《バルバロイ》を殺

戮し、その時まで彼らによって掌握されていた多くの都市《ポリス》を破壊し、フィロミリオンにたどり着いた、そしてその時そこで彼〔皇帝〕に出会うことになるのはアンティオキアから来たエリエルモス＝グランデマニスとフランス《フランギア》の伯《コミス》ステファノス〔ブロワ伯〕、それにアリファの息子ペトロスであり、その者たちはアンティオキアの胸壁《クリデムナ》から縄で吊り降ろされ、タルソスを経て引き返してきたのであったが、[11-58] ケルト人の陥ったきわめて深刻な窮状を断言し、やがて生じるだろうすべての者の破滅をも誓言したのである。【2】皇帝《ヴァシレフス》はこれらの断言にもかかわらずむしろ急いで彼らの援助に駈けつけねばならないと考えていた、もっともその場にいたすべての者はそのような彼の意気込みを押さえようとした。しかし彼に向けて送り出され、言葉で表せないほどの無数の蛮族《バルバロイ》が今にも彼のもとに到ろうとしているとの噂が至る所で叫ばれだした（なぜならホロサンのスルタンは皇帝《アフトクラトル》がケルト人救援の軍事行動に乗りだしたことを聞き知り、イスマイル[11-59]という名の彼自身の息子と、ホロサンとさらに遠方の地域から集め、しっかりと完全武装させた無数の軍勢《ディナミス》を彼に向けて送りだし、同時に皇帝《アフトクラトル》がアンティオキアに達する前に彼に追いつくように命じていたのである）、とにかくケルト人の救助のために、つまりケルト人に対して猛り狂うトルコ人と彼らの指揮官《イエモン》のクルパガン自身をも急いで殺害しようとの皇帝《アフトクラトル》の熱意は、到着した上記のフランク人たちの情報によって、そしてまた彼に向かって来るイスマイルの接近を知らせる者たちによって伝えられた情報によって抑えられてしまった。[11-60]〔皇帝自身も〕これからの事態について適切な判断を下す、すなわちケルト人によって今しがた奪い取られた〔アンティオキア〕の状態はなお不安定であり、そして間もなく外側からアガリニィによって包囲攻撃される都市《ポリス》を救うことは不可能な事であり、さらにケルト人は自らを守る希望を放棄し、無人の城壁《ティホス》を敵のするがままに任せ、ただ逃亡して自らの命を救うことに没頭するだろう。【3】実際ケルト人という民《エノス》はとりわけ束縛を嫌い、忠告を聞き入れようとしない一方、決して戦略上の規律や知識《エピスティミ》に関わろうとせず、目前に戦闘《マヒ》と戦い《ポレモス》が迫れば、怒りが彼らの中でうなり声をあげ、それを抑えることができない、これは兵隊《ストラティオティコン》だけでなく、指揮官《イエモネス》にも言えることで、もし実際に敵対する者が少しでも怯めば、抑えがたい衝動に駆られて敵の戦列《ファランゲス》の真っただ中へ飛び込んでいく。しかしもし敵が軍事上の熟練《ストラティオティケエムピリエ》さでしばしば待ち伏せ《ロヒイ》を仕掛け、また巧妙な戦術で彼らに襲いかかれば、彼らの大胆な行動はまったく逆の結果を引き起こしてしまう。要するにケルト人が最初の全力疾走の突撃《リティレス》においては抗しようのない力を発揮するが、しかしやがて彼らの武具《オプラ》の重さと激しやすく無分別な性格から相手にとってまったく打ち勝ちやすい存在となる。【4】これらの理由から、またそのような［トルコ人の］大軍《プリシィ》に立ち向かうに十分な軍勢《ディナミス》を手にしてもおらず、その上ケルト人の考えを変えることも、より良い忠告で彼らを適切な方向へ導くこともできないことから、急いでアンティオキアの援助に向かうことで、コンスタンティヌスの［都］をも失ってしまう羽目に陥らないため、これ以上先に進んではならないと、その者［皇帝］は判断する。他方その者は言葉で言い表せないほどの多数のトルコ人の男たち《ライ》が今にも自分に襲いかかって来ようとしている時、フィロミリオン地方の住民が蛮族《バルバリキ》の剣《マヘラ》の犠牲になることをことのほか怖れ、アガリニィの接近《エフォドス》をあらゆる方面へ知らせなければならないと考えた。事実、即刻男も女も彼らの到着前にこの地を離れ、自身の生命と運び出すことのできるかぎりの財貨《フリマタ》を守るようにせよとの命令が発せられた。【5】その者たちはすべて、男だけでなく女たち自身もただちに皇帝《ヴァシレフス》につき従うことを選択した……。[11-61] 確かに戦争捕虜《エフマロティ》たちについては皇帝《ヴァシレフス》によってそのように対応された。［皇帝は］軍隊《ストラティオティコン》から一部を切り離し、さらにそれを幾つかに分割し、アガリニィに向けて各方面へ送りだした、それは、もし先発のトルコ人を見いだせば、彼らと戦いを交え、果敢に戦闘を試み、皇帝《アフトクラトル》に向かっての進軍《エフォドス》を押しとどめるためであった。他方彼自身は捕らえた蛮族《バルバロイ》のすべてと彼につき従うことになったキリスト教徒のすべてを伴って女王の都市《ヴァシレヴウサ》への帰還の途につく。【6】他方大サトラピスのイスマイルは、皇帝《アフトクラトル》についてその者がコンスタンティヌスの［都］を出立した後、行軍中に殺戮を行い、多くの村々《コモポリス》を完全に破壊し、多くの戦利品《リア》と多数の捕虜《ドリアロティ》を引き連れ、自分にはなすべきものを何一つ後に残さず、女王の都市《ヴァシレヴウサ》に向かって帰還して行くのを知って、[11-62] いわば獲物を取り逃がしたことに絶望し、まったく途方にくれた状態でいた、そこで結局別のことへ心を移し、あのことのほか名高いセオドロス＝ガヴラスが最近に掌握したパイペルトを包囲攻撃することを決心し、その近くを流れる川[11-63]の辺に到着すると、全軍《ストラティオティコン》をそこにとどめた。このことを知ったガヴラスは、夜中に彼を攻撃することを検討し始めた。ガヴラスの作戦はどのような結果をもたらすか、また彼の氏素性と人となりはどのようであったか、これらについては語るに適した所まで保留しておくことにしよう[11-64]。さあ、本題に取り組もう。【7】ラテン人は飢えと絶え間なく続く包囲攻撃に恐ろしいほどに苦しめられた末、彼らの司教《エピスコポス》、本書《ロゴス》ですでに語られたように[11-65]、以前エレヌポリスで［トルコ人に］打ち負かされたあのペトロス[11-66]のもとへ行き、彼の考えを求める。その者が彼らに向かって言うには「あなた方はイエルサレムへ到着するまで身を清く保つことを約束しておきながら、私の思うところではその約束を破った。神《セオス》がこれまで通りにはあなた方をお助けにならないのは、このためである。だから今一度主《キリオス》に向き直り、粗衣をまとい灰の上にふし、自らの罪を深く嘆き、熱い涙を流して悔い改めの真摯な姿勢を示し、夜通しの嘆願《ディシス》を幾夜もつづけなければならない。その後でこそ、この私もあなた方のために神《シオン》をなだめることにつとめよう」その者たちはその高位聖職者《アルヒエレフス》の勧告に従う、そして数日後神《シア》の声《オムフィ》に突き動かされた高位聖職者《アルヒエレフス》は伯《コミテス》の主《メィスタネス》だった者たちを呼び寄せ、そこに聖なる釘《イロス》[11-67]を見つけることができるから祭壇《シィシアスティリオン》[11-68]の右下を掘ってみるように伝える。そこでその者たちは命じられたことを行ったが、見つけだすことができず、落胆して戻ってきて、探しものの不首尾を伝える。その者［ペトロス］はこれまで以上に熱心に嘆願《ディシス》（の祈り）を行った後、彼らに探しものをより入念にしっかりと探すように命じた。その者たちは今度もしっかりと命じられたことを行うと、探しものを見つけだし、大喜びで、また畏怖の念に震えながら、大急ぎでペトロスのもとへ持参した[11-69]。【8】その時から尊厳にして聖なる釘《イロス》は、他の者より清純であるゆえにイサンゲリスに託されることになった。さてその翌日［ケルト人は］トルコ人に立ち向かうため一つの秘密の城門《ピリ》から出撃した。その時フランドラスと呼ばれる者が一つの願い、すなわちわずか三人を引き連れ他の者に先がけてトルコ人に向かって馬で突撃する願いを他の者たちに申し入れた。その願いは許される。両軍《ファランゲス》が密集隊形《イラドン》で整列し、合戦の態勢が整えられた時、その者自身［フランドラス］は馬から降り、その場で三度地面に平伏した後、神《セオス》に祈願し、援助を乞い求めた。その時すべての者から「神《セオス》はわれわれと共にあり」との大声が起こると、その者は一つの丘の頂きに立っているクルパガンその者に向かって手綱《リティレス》を完全に緩めて疾駆する。その者たち［フランドラスと三人の戦士］はただちに彼らの前面に現れた敵方の者たちに対して槍《ドラタ》で立ち向かい、地面にたたき落とした。トルコ人はこれを見て怯え、合戦になる前に逃走に転じた、まったく神《シア》の力《ディナミス》がキリスト教徒に加勢したのである。また逃走中においても蛮族《バルバリ》の大部分は方向を見誤り、川の流れの渦巻きにとらえられ溺れ死んだ、溺れ死んだ者たちの死体は後続の者たちによって橋の代わりにされたほどの数であった[11-70]。【9】実際逃走していく者たちをかなり遠くまで追跡した後、［ケルト人は］トルコ人の塹壕《タフリア》に引き返し、そこに蛮族《バルバリケ》の荷物《スケヴェ》を見いだした、そして集められたすべての戦利品《リア》については一度に運び出すことを願ったが、あまりに多量であったので、三〇日かかってやっとアンティオコスの都市《ポリス》へ運び込むことができた。戦いの苦しみから一息入れるためしばらくそこにとどまり、また同時にアンティオコスの［都市］の今後について考え、ここを守備する者を選ぶことにとりかかった。そこで選ばれた者はヴァイムンドスであった、この者は都市《ポリス》を奪い取る前からそれを要求していた。彼にアンティオコスの［都市］のすべての権限《エクスウシア》を託した後、彼ら自身はイエルサレムに通じる道に乗りだした。行軍中に沿岸地帯の多くの城塞《カストラ》を奪い取った。防備の堅いものについては、長期間の攻囲を必要としたので当面はそれらを無視し、イエルサレムに向かって急いだ。［そこへ達すると］城壁《ティヒ》を包囲し、激しい攻撃で攻囲を続け、一ヶ月後に都市を奪い取り[11-71]、同時に城内の多数のサラセン人とヘブライ人を殺戮した[11-72]。すべての者が彼らに従い、立ち向かう者が一人もいなくなったので、［ケルト人は］すべての権限《エクスウシア》をゴドフレに託し、彼を王《リクス》[11-73]と呼んだ。

第7章

【1】バビロンの権力を握るアメリムニスは、[11-74] ケルト人の攻撃《エフォドス》について、どのようにしてイエルサレムが彼らによって征服され、アンティオコスの［都市］そのものとその周辺の多くの都市《ポリス》がケルト人によって奪われたかを知ると、ただちにアルメニア人・アラブ人・サラセン人・アガリニィからなる途方もない大軍《プリソス》を召集し、彼らに向けて送りだした。このことがゴドフレによってケルト人に知らされると、その者たちはただちに彼らに対して武装し、そこで彼らの攻撃《エフォドス》を待ちかまえるべくヤッファに下った。そしてそこから大殉教者《メガロマルティス》のエオルイオスが殉教したラメルに向かい、そこで彼らに向かってやって来るアメリムニスの軍勢《ストラテヴマ》と遭遇し、彼らと戦いを交えた。そしてケルト人がただちに勝利を握った。【2】しかし翌日［敵］軍《ファランクス》の先鋒が迂回して後方から襲ってきた時、ラテン人は打ち負かされ命からがらラメルに逃げ込んだ。その時ヴァルドイノス伯だけはすでにすみやかに走り去ってその場にいなかった、しかしそれは臆病のゆえではなく、自身の救済とバビロン兵《バビロニィ》と戦う軍勢《ストラテヴマ》［の獲得］のためになにかよい手段を用意しようとの配慮からであった。さてバビロン兵《バビロニィ》はラメルに到ると、そこをぐるりと取り囲み、攻囲を始めるやたちまちのうちに奪い取った。[11-75] その時多数のラテン人が殺され、より多くの者が捕虜《ゾグリエ》としてバビロンに連れ去られた。次にバビロン兵《バビロニィ》の全軍《オプリティコン》はそこから引き返し、急いでヤッファの攻囲《ポリオルキア》に取りかかった。実際これが蛮族《バルバロン》のいつものやり方であった。他方上記のヴァルドイノスはフランク人によって奪い取られたすべての小さな町《コモポリス》を訪れ、少なからざる騎兵《イピス》と歩兵《ペズィ》を集め、一つの十分強力な軍勢《ストラテヴマ》にまとめると、バビロン兵《バビロニィ》に襲いかかり、全力をあげて相手を打ち負かした。[11-76]【3】皇帝《ヴァシレフス》はラメルにおけるラテン人の敗北を知り、伯《コミテス》たちの囚人《エフマロシア》の境遇に思いを致して激しい苦痛を感じた、なぜならその者たちはかつて詩歌で讃えられた主人公のように若さの盛りの時期にあり、強壮な体力をもち、著名な家柄に属していることをよく承知していたので、これらの者たちがこれ以上長く異国の地で囚われ人《ドリアロティ》としてとどまることに耐えることができなかった。そこでヴァルダリスと呼ばれる者を呼び寄せ、彼らの解放のための十

分な財貨《フリマタ》を手渡し、同時に伯《コミテス》たちについて詳しく書かれた、アメリムニス宛の書簡《グラマタ》[11-77]を託してバビロンへ派遣した。皇帝《アフトクラトル》の書簡《グラフェ》を読んだその者［アメリムニス］は、ゴドフレ[11-78]以外のすべての伯《コミテス》を身代金《ティミ》を受けとらずに快く送り返した。なぜなら［アメリムニスは］その者［ゴドフレ］についてはすでに身代金《ティミ》を受けとって彼の兄弟ヴァルドイノスのもとへ送り返していたのである。大都《メガロポリス》に着いた伯《コミテス》たちを、皇帝《ヴァシレフス》は敬意をもって鄭重に出迎え、十分な財貨《フリマタ》を与え、しっかりと休養させた後、それぞれの国へ送り出した。他方ゴドフレは再びイエルサレムの王《リクス》に復した後、彼の兄弟ヴァルドイノスをエデサへ派遣した。[11-79] [4] あの時[11-80]皇帝《ヴァシレフス》もイサンゲリスに次のことを命じた、すなわち一方ではラオディキアをアンドロニコス＝ツィンディルキスに、マラケフスとヴァラネフス［の二つの城塞］を当時キプロスのドゥクスであったエヴマシオスの部下たちに託し、他方ではその者自身［イサンゲリス］がさらに前進［南進］をつづけ、残りの城塞《カストラ》の掌握のためにできる限り奮戦につとめることであった。確かにその者は皇帝《ヴァシレフス》の書簡《グラマタ》[11-81]の命ずるところに従って、ことをやり遂げた。実際それらの城塞《カストラ》を上記の者たちに引き渡した後、その者はアンダラドスに向けて出発し、そこを戦わずに掌握した。このことを聞き知ったダマスコスのアタパカス[11-82]は強力な軍勢《ディナミス》を集めると、彼に向かって進軍を開始した。[11-83] 他方イサンゲリスはそのような大軍《プリソス》に対抗する十分な軍勢《ディナミス》を有していなかったので、勇敢であるというよりむしろ才知に富んだある計画を考え出した。その地［アンダラドス］の住民を信頼して、その者はこう言ったのである。「この要塞都市《カストロン》はこの上なく大きいので、この私はある場所に姿を隠す。諸君はアタパカスが到着すれば本当のことは言わずに、私が怯えて逃げ去ったとはっきりと告げなさい」[5] さてアタパカスがやって来て、イサンゲリスについて問いただし、そしてその者の逃げ去ったことを信じた後、［アタパカスは］旅で疲れていたので、城壁《ティヒ》の近くに幕舎《スキニ》を設営した。［アンダラドスの］住民は彼に対して全く好意的な態度を示したので、トルコ人たちは安心し、彼らに敵意の疑いをなんらもたず、自分たちの馬を平地に放した。他方太陽の光線が頭のてっぺんに強く降り注ぐ真昼、イサンゲリスは武装すると、部下を率い（四〇〇人を数えた）、突然に城門《ピレ》を開いて彼らの野営地《パレンヴォリ》のど真ん中へ襲いかかった。確かに［トルコ人のうち］果敢に戦うことを常としている者たちすべては自らの命を顧みず、彼ら［ラテン人］に立ち向かい戦いに応じた。他方そうでない残りの者たちはなんとか助かろうとして逃走を試みた。しかしそこは広大な平地で、沼地も丘も谷もなかったので、すべての者はラテン人のなすがままにされてしまった。それゆえ捕らえられた少数の者たちを除いて、他のすべては剣《クシフィ》の餌食となった。[11-84] このように戦術によってみごとトルコ人に打ち勝った後、その者［イサンゲリス］はトリポリスへ向かう。[11-85] 【6】［イサンゲリスは到着すると］即刻にトリポリスに向かい合う位置にある、レバノン山脈の一部をなす小山の頂《アクロロフィア》に登り、そこを確保する、それは、そこを砦《オヒロマ》として使い、レバノン山脈からその小山の斜面を通じてトリポリスへ向かって流れ落ちる水を抑えるためであった。その者はただちに皇帝《ヴァシレフス》へことの次第を説明し、ホロサンからおびただしい軍勢《ディナミス》が到着し、それらと戦いを交わす前に、そこに防備の強固な砦《オヒロマ》を建設することを皇帝《ヴァシレフス》に願い出た。そこで皇帝《ヴァシレフス》はキプロスのドゥクスにそのような砦《ポリフニオン》の建設を課し、艦隊《ストロス》を用いてすみやかに必要資材のすべてとそのような砦《ポリフニオン》の建設に関わる人々を、イサンゲリスの指摘する場所へ送るよう命じたのである。この時点までの出来事の推移は、以上である。[11-86] 【7】さてトリポリスを前にして陣を構えたイサンゲリスは、この［都市の］占領に奮いたち、力を傾け息を抜くことはなかった。他方ヴァイムンドスはツィンディルキスのラオディキア入城を知ると、皇帝《アフトクラトル》に対して古くから抱いていた憎悪を顕わにし、こここを包囲攻撃すべく、十分な軍勢《ディナミス》と共に彼の甥のタグレ［タグリス］を送り出す。この報せがイサンゲリスの耳に達すると、この者は一刻の猶予もなくただちにラオディキアに向かい、タグレに向かってつぎつぎと言葉を続け、あらゆる道理を述べて要塞都市《カストロン》の包囲攻撃《ポリオルキア》から手を引くよう勧告につとめる。しかしながながと話しあってもその者が耳を貸そうとせず、反対にまるで耳の聞こえないものに向かって歌っているように思われたので、その者［イサンゲリス］はそこを去り、再びトリポリスにもどる。他方あの者［タグレ］はどうあっても決して包囲攻撃《ポリオルキア》を止めようとしなかった。実際ツィンディルキスはタグレの激しい決意を知り、また彼の立場がきわめて苦しい状況に陥っているので、かの地［キプロス］からの救援を訴えた。しかしキプロス勢はぐずぐずと手間取っていたので、その者は一方で包囲攻撃《ポリオルキア》を前に窮地に陥り、他方で飢えに苦しんで要塞《カストロン》を敵の手に引き渡すことを選んだ。[11-87]

第8章

【1】これらのことが起こっている間にゴドフレが亡くなり、[11-88] その者に代わって別の者が新たに王《リクス》にならねばならなかったので、イエルサレムのラテン人たちはトリポリスからイサンゲリスを呼び寄せ、イエルサレムの王《リクス》にしようと考えていた。[11-89] しかしその者はその地へ向けての行動に取りかかろうとしなかった。結局その者が大都《メガロポリス》へ出かけてしまい、[11-90] そのためイエルサレムにいる者たちはその者が出立を引き延ばし続けていると考えて、その時エデサにいたヴァルドイノスを呼び寄せ、イエルサレムの王《リクス》に据えてしまった。[11-91] 他方皇帝《ヴァシレフス》は喜々としてイサンゲリスを迎え入れ、ヴァルドイノスがイエルサレムの権力を引き受けたことを知ったので、その者を自分のそばにとどめていた、そして共にフランドラスと呼ばれる二人の兄弟[11-92]を指揮者《イエモネス》とするノルマン人の一軍《フォサトン》が［コンスタンティノープルに］到着したのもその時であった。[11-93] 【2】皇帝《ヴァシレフス》はそれらの者たちに何度も何度も繰り返し、先に行った諸軍《フォサタ》と同じ道を行き、海岸に沿ってイエルサレムに向かって進み、ラテン人の残りの軍勢《ストラテヴマ》と合流するように勧めたが、その者たちがフランク人に合流することを望まず、アナトリコン［の地］[11-94]を通る別の道を行き、まっすぐにホロサンを目指して進み、そこを征服しようと考えていたので、[11-95] 自分の忠告に耳を貸さないことを悟った。しかし皇帝《ヴァシレフス》はそのような計画がまったく危険なものであることを知り、そのような多数の人々（実に五万の騎兵《イピス》と一〇万の歩兵《ペズイ》からなっていた）の全滅は避けたいと願い、しかしその者たちが言うことを聞かないのを考えて、いわば次善の策に出て、イサンゲリスとツィタスを呼び出し、彼らと

共に送り出すことにした、それは［二人を通じて］彼らに有益な助言を行い、できる限り無分別な衝動から彼らを引き止めるためであった。さて、その者たちはキヴォトスの海峡《ポルスモス》を渡って、アルメニアコン［の地］[11-96]に向かって急ぎ、アンキラ[11-97]に達すると、急襲してそこを奪った。つぎにアリス川を渡った後、ある小さな町《ポリフニオン》に達した。そこはローマ人が掌握していたが、司祭《イエリス》たちはその者たちがキリスト教徒であることから安心して、儀式用の衣服を着て福音書《エヴァンゲリオン》と十字架《スタヴリィ》をもって彼らに近づいてきた。しかしその者たちは野蛮で冷酷にも司祭《イエリス》たちだけでなく、その他のキリスト教徒をも殺害し、その後は何もなかったかのようにアマシア目指して旅を続けた。【3】他方戦争経験を積んだトルコ人は先にすべての村々《コメ》に達し、すべての食物を焼き払い、それから彼らに追いつくと、激しい攻撃を加えた。トルコ人が彼らに対して［最初の］勝利を得たのは月曜日であった[11-98]。［ノルマン人たちは］ただちにその場にとどまり、防柵の陣地《ハラクス》を設営し、荷物《スケヴェ》をしまい込んだ。翌日両軍《ストラテヴマタ》は戦いを再開した。トルコ人は敵を囲い込む形で、陣地を張り、相手に飼料集めの機会も、水を飲ませるために駄獣と馬を連れ出すことも許さなかった。今や自分たちの全滅を明らかに見て取ったケルト人は、翌日すなわち水曜日、完全武装すると自らの命を顧みず、蛮族《バルバロイ》との戦闘を開始した。彼らを掌中に収めたも同然のトルコ人は彼らとの戦闘にもはや槍《ドラタ》も弓《トクサ》も使わず、剣《クシフィ》を握ると鞘から引き抜き、接近戦を展開し、ただちにノルマン人を敗走に追い込んだ。自身の陣地《ハラクス》に駆け込んだ者たちは助言者を探し出そうとした。【4】彼らによりよい助言を行ったが、聞き入れられなかったあのもっともすぐれた皇帝《アフトクラトル》は、彼らのそばにはいなかった。彼らに残されていることはイサンゲリスとツィタスの判断に訴えることであり、そして同時に皇帝《アフトクラトル》の支配下にある土地《ホラ》が近くにないかどうか、そこを探すために問い尋ねることであった。そうしてから［ノルマン人は］荷物《スケヴェ》も幕舎《スキネ》もすべての歩兵《ペゾン》もその場に置き去りにし、馬に乗るとアルメニアコンの海岸へ、そしてパヴライに向けて全速力で駈けだした。他方トルコ人は一丸となって彼らの防柵の陣地《ハラクス》に殺到し、すべての物を奪い取った。次に彼らの後を追跡し、歩兵《ペゾン》に追いつくとほとんどすべてを殺戮し、捕らえた一部は見せ物にするためにホロサンに連れ去った。[11-99]【5】トルコ人のノルマン人に対する勇敢な働きはそのようなものであった。他方イサンゲリスとツィタスは、生き残った少数の騎兵《イピス》と共に女王の都市《ヴァシレヴゥサ》にたどり着く。[11-100] 皇帝《アフトクラトル》は彼らを迎え入れ、十分な財貨《フリマタ》を与え、一休みさせた後に、これからどこへ向かいたいかと問い尋ねた。その者たち［ノルマン人］はイエルサレムを望んでいた。そこで彼らの思い通りにさせ、惜しみなくたくさんの贈物を与えた後、海路で彼らを送り出す。イサンゲリスは大都《メガロポリス》を離れた後、自身の軍隊《ストラテヴマ》への帰還を願っていた。そして実際そこを掌握することを熱望していたトリポリスに向かって立ち去る。[11-101] それから後にその者は死の病《ノソス》に陥り、臨終の間際に彼の甥のエリエルモスを呼び寄せると、相続財産《クリロス》として彼によって獲得されたすべての要塞《カストラ》を与え、また彼の軍勢《タグマタ》の頭《イエモン》、指揮官《アルヒィゴス》に据えた。ところでその者の最期[11-102]を知った皇帝《アフトクラトル》は、ただちに書簡《グラマタ》[11-103]を通じてキプロスのドゥクス[11-104]に、ニキタス＝ハリンディスを十分な財貨《フリマタ》を持たせてエリエルモスのもとへ送り出すよう指示を与えた、それは、彼［エリエルモス］を味方に引き入れ、皇帝《アフトクラトル》に対して、亡くなった彼のおじイサンゲリスが死ぬまでそうしたように、彼［皇帝］への忠誠《ピスティス》をいかなることがあってもしっかりと守ることを皇帝《アフトクラトル》に誓うように仕向けることであった。

第9章

【1】皇帝《アフトクラトル》はタグレによってラオディキアを奪い取られた[11-105]ことも知り、そこで次のような内容の書簡《グラマタ》[11-106]をヴァイムンドスに発送する。「あなた自身だけでなく、すべての者がローマ人の帝国《ヴァシリア》に対して行った忠誠の誓い《オルキア》と約束を、あなたはご承知である。ところが実際あなた自身がまっ先に協約《パラスポンディン》を破り、アンティオキアを奪い取り、さらにその他の諸要塞《フルリア》、ラオディキアさえも自分の持ち物とした。身を以て正義を行い、そしてもしあなた自身に対して新たな不和と戦闘を引き起こしたくなければ、アンティオコスの都市《ポリス》と他のすべての都市から

手を引くようにされよ」皇帝の書簡《ヴァシリケェグラフェ》を読んだヴァイムンドスは、事実そのものがはっきりと真実を語っているので、今回はいつもの虚言を用いることができず、書かれたことに対して表面上は頷くふりをしたが、だがしかし次のように書き送って、自分によって行われた不正行為の原因は皇帝《アフトクラトル》にあると主張しようとした。「これらの事態の原因は私にではなく、あなたにある。なぜならあなたは、大軍《ディナミス》を率いてわれわれの後に続くと言明した、それなのにその約束を実行しようとはしなかった。われわれはアンティオキアに到着した後、三ヶ月にわたって甚大な苦しみを味わった、[11-107] 実際同時に敵と、これまで何人も経験したことのない飢えとに向かって戦っていたのだ、われわれのほとんどが法《ノモス》によって避けねばならない肉さえも食べたのである。われわれが長期間にわたって耐え抜いている時に、われわれの援助のために派遣されたあの者、陛下《ソンクラトス》のもっとも忠実な家臣《イケティス》、タティキオス自身はそのような大きな危険に瀕しているわれわれを後に残して立ち去って行ったのである。われわれは奇跡的にも都市《ポリス》を奪い取り、アンティオキアの住民を助けるためにホロサンから駈けつけた軍勢《ディナミス》も敗走に追い込んだ。われわれの汗と労苦で手に入れたものをそうやすやすと手放してしまう、そのようなことがどうして理に適ったことと言えるだろうか」【2】使節《プレスヴィス》たちがかの地から帰還した後、ヴァイムンドスの書簡《グラフェ》にしっかりと目を通したその者［皇帝］は、ヴァイムンドスがどの点においても良い方向に向かっておらず、全く元のままであるのを知って、ローマ人の帝国《ヴァシリア》の国境《オリア》をしっかりと固め、できる限りすみやかにあの男の抑えようのない攻撃的衝動を押し止めなければならないと判断した。そこでヴトミティス［マヌイル］と兵士《ストラティオティコス　カタロゴス》の選り抜きの部分、すなわちこの上なく好戦的ですべてアレスの従者《イパスピステェ》のような男たちと共に、多数の軍勢《ディナミス》をキリキアに向けて送りだした、なおそれらの兵士の中にはやっと顎髭の生えだした青春の真っただ中にあるヴァルダス自身と酌取り頭《アルヒィイノホオス》のミハイルが含まれていた。これら二人については、皇帝《アフトクラトル》は幼少時に自分のもとへ引き取り、十分に軍事教育《ストラティオティカ》を与えたのであるが、他の誰よりも親しい存在であったので、彼らを他の数千の勇敢なケルト人とローマ人の兵士と共にヴトミティスに託したのである、そしてその目的はその者たち二人が彼に随行し、あらゆることにおいて彼に従い、しかし同時にその折々に生じた出来事について内密の書簡《グラマタ》で彼［皇帝］に知らせることであった。とにかくその者［皇帝］は今後におけるアンティオキアの問題により容易に対処するために、キリキアの全土を急いで掌握しようとしていたのである。【3】そこでヴトミティスは全軍《ディナミス》を率いて出発し、アタロスの［都市］に到着した、そしてその時ヴァルダスと酌取り頭《アルヒィイノホオス》のミハイルが自分の考えに従おうとしないのを見て取り、このことから軍隊《オプリティコン》内部で争いが生じ、ヴトミティスの任務が無益となり、自身が何らの成果もなくキリキアから撤退を余儀なくされないため、即刻に彼らのことを皇帝《アフトクラトル》に知らせ、彼らを同行から外すことを願い出た。その者［皇帝］はそのような内部の争いから何時も困難な事態の生じることを知って、ただちにこれら二人とその他怪しいと睨んだ者たちすべてに書簡《グラマタ》を通じて役目の変更を申し渡した、すなわちただちにキプロスに向かい、その時キプロス島のドゥクス職を引き受けていたコンスタンディノス＝エフフォルヴィノスと一緒になり、すべてにおいて彼に従うよう命じたのである。その者たちは喜んで書簡《グラマタ》を受け取ると、すぐにキプロスへ渡る。しかししばらくキプロスのドゥクスと時を過ごした後、その者たちは彼に対してもいつもの厚顔さで対応し始めた。そこでその者［ドゥクス］も彼らに対して胡散臭い視線を投げかけていた。若者たちはもとより皇帝《ヴァシレフス》の自分たちに対する気遣いをよく承知していたので、皇帝《ヴァシレフス》へ書簡《グラマタ》を送り、ドゥクスを罵倒し、同時にコンスタンティヌスの［都］へ呼び戻してくれるよう願った。皇帝《アフトクラトル》は彼らの書簡《グラフェ》を開いて［読み］、疑わしい存在と見なしていた幾人かの高い地位《ティヒ》の者たちを、彼ら［若者］と一緒にキプロスへ送っていたが、その者たち自身もおそらく不遇な状態から彼ら二人と共謀するのではないかと怖れ、ただちにカンダクズィノスに、これらの者たちを連れ戻ってくるように命じた。その者は［キプロスの］キリニアに到着すると、これらの者たちを呼び寄せ、連れ戻った。【4】これらの者たち、つまりヴァルダスと酌取り頭《アルヒィイノホオス》のミハイルについては以上である。さてヴトミティスは、モナストラスと、彼のもとに残った選り抜きの将校《イエモネス》たちと共にキリキアの土地に到着する、そこでアルメニア人がすでにタグレと協定を結んだことを知り、それで彼らを無視し、マラシンに向かって進み、その場所と、同時に周辺の村々《コモポリス》や小さな町々《ポリフニア》のすべてを奪った。そうした後、その地方全体の守備《フルウラ》に十分な軍勢《ディナミス》と、これまで本書《ロゴス》でたびたび言及された蛮族の血の半分入った《ミクソバルバロス》モナストラスを司令官《イエモン》として残して、女王の都市《ヴァシレヴウサ》に帰還した。[11-108]

第10章

【1】さてフランク人はシリアの諸都市《ポリス》の征服のためイエルサレムに向かって出発する時、ピサの司教《エピスコポス》へ、[11-109] もし自分たちの目的に関して自分たちに協力するならば十分の代償を与えると約束したが、その者は彼らの言葉に説得される結果となり、そして同時に海岸地方に住む他の二人の［ ］[11-110] にも同じ行動をとるように強くけしかけた後、ぐずぐずすることなく二段櫂船《ディイリス》・三段櫂船《トリイリス》・通常戦艦《ドロモネス》、それに九〇〇隻にのぼる他の快速《タキドロマ》の船舶《プリア》を完全に艤装すると、彼ら［フランク人］のもとへ行き着こうとして出帆する。[11-111] その途中その者は十分多数の船舶を［本隊から］切り離して、略奪のためコルフ・レフカス・ケファリニア・ザキンソスの諸島へ向けて放った。【2】皇帝《ヴァシレフス》はこれらのことを知ると、ローマ人の権力下《アルヒィ》にあるすべての地方《ホレ》へ船舶《プリア》を提供することを命じた。さらに女王の都市《ヴァシレヴウサ》自体においても十分多数の船舶の建造を始め、しばしば一段櫂船《モニレス》に乗り込み、自らそれらをいかに建造するかについて船大工《カタスケヴァゾンデス》に指図することに関わった。ピサ人が海上での戦闘に精通していることをよく承知しており、それゆえ彼らとの海戦に不安を感じ、船舶《プリア》の各々の船首に青銅と鉄でできたライオンあるいは他の陸棲の動物の頭を、口を大きく開いた状態で、また見るだけでぞっとさせるように金箔で覆って取りつけ、さらに敵に向かって管を通じて発射されることになる［ギリシアの］火《ピル》を、ライオンあるいはその他の動物が吐き出しているかのように見せるため、それらの動物の口そのものから噴出させるように工夫した。このようにして建設作業を終えると、その者［皇帝］は最近アンティオキアから帰還したばかりのタティ

キオス[11-112]を呼び寄せ、一方ではこれらの船舶《プリア》を彼に託し、また最高《ペリファネスタティ》司令官《ケファリ》[11-113]の称号を与え、他方では海戦《ナヴマヒア》にもっともよく通暁しているので、全艦隊《ストロス》［の実戦指揮］をランドルフォスに与え、メガス＝ドゥクス[11-114]に昇格させた。【3】さてその者たちは四月中[11-115]にローマ《ロマイコス》艦隊《ストロス》を率いて大都《メガロポリス》を離れ、サモスに到着する、そして船舶《プリア》を接岸させた後、より長い航海に備えアスファルトで船体を保護するために船舶を陸地に引き上げる作業を実行した。しかしピサ艦隊《ストロス》の通過が知らされたので、彼ら自身は艫綱を解き、彼らの後を追ってコス島へ進む。しかしピサ人はそこに早朝に、これらの者は夕方に着いた。［そのため］ピサ人に出会うことができず、［ローマ人は］アナトリ《アナトリ》ア本土に位置するクニドスに向かって出発する。そこへ到着するも獲物を取り逃がす、しかしその地に取り残された何人かのピサ人を見いだし、ピサ艦隊《ストロス》はどこへ向かったかと問いかけ、ロドスへ向かったとの返答を得た。［ローマ人は］答えの終わるより速く、ただちに艫綱を解いて［出発し］、パタラとロドスの中間あたりで彼らに追いつく。ピサ人は彼らを目にすると、即座に戦闘に備えて戦闘《スヒマ》隊形《モスゥ》を整え、いわば剣《クシフィ》を研ぎすますだけでなく、闘争心も奮いたたせる。ローマ艦隊《ロマイコスストロス》が彼らに迫った時、ペロポネソス出身のペリヒティスと呼ばれる海軍将校《コミス》は敵船をつけねらうことではもっとも練達の者であったが、敵を視野に入れると、自身の一段櫂船《モニレス》の櫂をできる限り力一杯漕がせて敵に向かって突進する。烈火のように敵の中央を突き抜けると、再びローマ艦隊《ストロス》の方へ引き返してきた。【4】だかしかしローマ艦隊《ロマイコスストロス》はピサ人との戦いに整然と一丸となって臨もうとはせず、彼らに向かってやみくもに激しく突撃した。最初にピサ人の船舶《ニエス》に近づいたのはランドルフォス自身であったが、しかし［ギリシアの］火《ピル》を射そこない、なんら成果をあげることなく、ただ火《ピル》をまき散らすだけであった。エレイモンと呼ばれる海軍将校《コミス》は無謀にももっとも大きな船《プリオン》の船尾を目がけて突き進み、しかし舵の部分に入り込み、容易にそこから離れることができず、もしすばやくあの液体《スケヴィ》に心を向け、火《ピル》を彼ら［敵方］に向けて発射しみごと的に当てることがなかったなら、捕らえられていたであろう。次にその者はすばやく船《ナフス》の方向を変えながら、たちまちのうちに蛮族《バルバロイ》の他の三隻の大型船《ニエス》に火を放った。同時に嵐が突然起こり、海面を激しくたたき、船舶《ニエス》を混乱に陥れ、互いに衝突させ、今にも沈没させる勢いであり（なぜなら大波が大きな音をあげて打ち寄せ、帆桁はキーキーと軋み、帆は寸断されようとしていた）、蛮族《バルバロイ》たちは一方では発射される火《ピル》に怯え（なぜなら本来上に向かって燃え上がる火とは違って、発射する者の思い通りに、しばしば下方へ、また右左に発射されるそのような［燃える］液体《スケヴェ》に不慣れであった）、他方では襲い来る大波に苦しめられ、ただ逃げのびることしか心になかったのである。[5] 蛮族《バルバロイ》の動きはそのようなものであった。他方ローマ艦隊《ロマイコスストロス》は、おそらくセフトロスと呼ばれるある小さな島になんとか着岸することができた。陽が輝き始めると、［ローマ人は］そこを出発して進み、ロドス［の港］に錨をおろした。［ローマ人は］船《プリア》から降り、同時にヴァイムンドスの甥自身も含め先に捕らえていた者たちを連れだし、これからすべてを奴隷として売ろうか、それとも殺そうかと言って、彼らを脅そうとした。しかしその者たちはそのような脅しに臆するようでもなく、また奴隷として売られることに頓着しないのを知って、即座に彼らを剣《クシフィ》の餌食にしてしまった。[6] ピサ艦隊《ストロス》のうち危機を脱した者たちは、目標を眼の前に現れる島々やキプロス島を略奪することに変えた。しかしもちろんそこ［キプロス島］にはエヴマシオス＝フィロカリスがおり、その者は彼らに向かって攻撃にでる。船《プリア》上にいる者たちは恐怖にとらえられ、略奪のために船《ニエス》から出かけていった者たちのことを気にかけず、それらの者たちすべてを島にそのまま残し、われ先にと艫綱を解くと、胸中にヴァイムンドスのことを考えて、ラオディキアに向かって出帆することに取りかかった。そこへ着くと、[11-116] その者たちは彼［ヴァイムンドス］のもとへ行き、彼に親愛の情をこめて挨拶したい旨を告げたのである。その者は、いつものヴァイムンドスらしく嬉しさを顕わにして彼らを受け入れる。他方略奪の間に［キプロスの］海岸に取り残されてしまった者たちについては、元の場所に戻ってみると自分たちの艦隊《ストロス》の姿はどこにもなく、絶望のあまり海中に飛び込み溺れ死んでしまった。[7] 他方ローマ艦隊《ストロス》の提督たち《サラソクラトレス》とランドルフォス自身はキプロスに到着した後、一堂に会し和平《イリニ》について協議を始めた。全員は和平交渉を始めることで意見が一致したので、ヴトミティスがヴァイムンドスのもとへ派遣されることになる。[11-117]その者［ヴァイムンドス］は彼と顔を合わせると、まるまる一〇日と五日を彼［ヴトミティス］を留め置くことになるが、当時ラオディケアは飢えに苦しめられていたが、ヴァイムンドスは以前のままのヴァイムンドスであり、少しも変わっておらず、平和を保つことを学ぼうともせず、彼を呼び寄せて次のように言ったのである。「あなた自身がここへ来たのは、友好のためでも和平《イリニ》のためでもなく、私の船舶《ニエス》を炎上させるためである。だから立ち去れ。五体満足でここから立ち去ることができること自体あなたには過ぎたることだ」

［8］そこでその者は急いでそこを離れ、キプロスの港《リミン》で待っている、彼を送り出した者たちのもとへ立ち戻る。その者の詳しい報告からヴァイムンドスの邪な考えと、皇帝《アフトクラトル》と講和を取り結ばせることの不可能を判断して、その者たちはそこから出帆し、帆をすべて広げて大都《メガロポリス》への海《イグラ》の道《ケレフソス》[11-118]を進むこととなった。しかしシキ[11-119]の辺りで大波が襲いかかり、海が激しく騒ぎ立ち、タティキオスが指揮していた諸船舶《ニエス》を除いて、すべての船《プリア》が陸にぶち当たり半壊状態になってしまった。［9］ピサ艦隊《ストロス》に関することは、およそ以上のような展開をみたのである。他方ヴァイムンドスについて、本性においてことのほか卑怯なその者が怖れたことは、皇帝《ヴァシレフス》が先に［キプロスの対岸に位置する］クリコン［の港］を確保し、その港《リミン》にローマ艦隊《ロマイコスストロス》を碇泊させ、そのようにして一方ではキプロスの防衛を固め、他方ではロンギヴァルディアからアナトリア《アナトリ》の沿岸伝いに自分の味方として自分のもとへやって来る者たちを阻止することであった。このように考えてその者自身はここ［クリコン］を再建し、港《リミン》を掌握しようと計画をたてる。なぜならクリコンはかつては要害堅固な都市《ポリス》であったが、年月の経過のうちに倒壊してしまっていた。しかし皇帝《アフトクラトル》はこれらのことを予想し、彼［ヴァイムンドス］の計画を先取りし、宦官《エクトミアス》のエフスタシオス［キミニアノス］をインク壺係《カニクリオス》の地位《アクシア》から艦隊《ストロス》のメガス＝ドルンガリオスに任命すると、次のような命令を与えて送り出した、すなわち急いでクリコンを掌握し、できるだけすみやかにそこを、そしてそこ［クリコン］から六スタディア[11-120]離れた位置にあるセレフキアの要塞《カストロン》をも再建し、それら両地点に十分な軍勢《ディナミス》を配置し、そして同時に、身体は小柄だが戦闘経験《ポレミケエムビリエ》が長くことのほか広いストラティイオス＝

ストラヴォスをドゥクスに任命し、そしてさらに［クリコンの］港《リミン》に有力な艦隊《ストロス》を碇泊させ、［艦隊には］警戒を怠りなく、ロンギヴァルディアからヴァイムンドスの救援にやって来る者たちを待ち伏せし、同時にキプロスをも援助するよう指示することであった。【10】事実、上記の艦隊《ストロス》のドルンガリオス［エフスタシオス］は出発し、ヴァイムンドスの計画を出し抜き、そこ［クリコン］を再建して以前の状態に回復させる。同時にすみやかにセレフキアも再建し、周囲をめぐる堀《タフロス》で防備を固め、それからドゥクスのストラティイオス指揮下の強力な軍勢《ディナミス》をそれら両地点に配置した後、［クリコンの］港へ下り、皇帝《アフトクラトル》の指示通りにそこに十分な強力な艦隊《ストロス》を残すと、大都《メガロポリス》への帰還の途につく、そして帰還すると皇帝《アフトクラトル》から大いに感謝され、たくさんの褒賞を与えられた。

第11章

【1】クリコンに関する対応は、以上のようなものであった。一年後、[11-121] 皇帝《ヴァシレフス》はジェノヴァ艦隊《ストロス》もフランク人の援助のために出航の準備をしていることを知り、彼ら自身もローマ人の帝国《アルヒィ》に少なからざる禍をもたらすことになると推測して、カンダクズィノスには十分な軍勢《ディナミス》を指揮させて陸上から、ランドルフォスには急いで完全武装させた艦隊《ストロス》を託して海上から送り出すことにした、なお後者には急いで南《タ》岸地域《カトティカ》へ、[11-122] そこを通過するジェノヴァ人と戦いを交えるために、向かうように指示を与えた。そこでその者たちは指示された方向に向かって出立したが、激しく耐え難い嵐が起こり、船舶《ニエス》の多くがうち砕かれる事態が生じた。再び陸地に引き上げられた船舶については、液状のピッチが入念に塗り込められた。【2】そうこうしている間にカンダクズィノスは［ペロポネソスの］南《タ》岸《カトティカ》に沿って航海する予定のジェノヴァ人の艦隊《ストロス》が実際その近くに来ていることを知り、そこでランドルフォスへ次のような指示を与える、すなわち十八隻の船舶《ニエス》を引き連れて（なぜならその他

の船は海から［陸へ］引き上げられていたので、その時出航できるのはそれだけであった）マレアス岬に向かって出帆し、つぎに皇帝《アフトクラトル》の指示にしたがって、船舶をそこ［マレアス岬］へ着岸させ、ジェノヴァ人がそこを通過して行く時、もし彼らに対して戦いを挑む自信があれば、ただちに彼らと戦闘を交え、もし自信がなければ、急いでコロニ［の港］へ避難して、自身と彼の指揮下の船舶《ニエス》と船乗り《プロティレス》の安全を確保することであった。そこでその者［ランドルフォス］は出航するが、ジェノヴァ人のとても大きな艦隊《ストロス》を目にして、彼らと戦うことを断念し、すばやくコロニにたどり着いた。［3］他方カンダクズィノスは、そうしなければならないと考え、全ローマ《ロマイコス》艦隊《ストロス》を掌握し、彼の指揮下の軍勢を乗船させると、全速力でジェノヴァ人の追跡に乗り出した。しかし追いつくことはできず、そこで全身全霊を傾けてヴァイムンドスとの戦いに備えるべく、ラオディキア[11-123]に向かった。そしてもちろんその作業にとりかかり、港《リミン》を占領すると、昼夜にわたって攻城戦《ティホマヒア》の手を休めることはなかった[11-124]。［4］しかし何度も何度も数限りなく攻撃をくり返し、その都度失敗して、無益な状態のままであり、また一方でケルト人を味方につけようと説得を試みるが失敗し、他方では戦闘手段に訴えたが、それも成功しなかった、そこでその者［カンダクズィノス］は三昼夜をかけて海岸とラオディキアの城壁《ティヒ》の間に［漆喰・セメントを使わない］ただ石を積み上げただけの周《ティヒオン》壁《キクロテレス》を造り、次にそれを防御壁として使って、その周壁の中にセメントを用いて別の砦《ポリフニオン》を建設した、それはそれをいわば基地としてこれまで以上に果敢に攻城戦《ティホマヒア》をやり抜こうとしたからである。さらに港の出口の両側に二つの塔《ピルイ》を建設し、それらの間に鉄の鎖を完全に張り、それによりケルト人への援助のため予想される海上からの船［の進入］を阻止しようとした。そしてまたその間にその者は、沿岸に位置する多くの城塞《ポリフニア》を、すなわちアルイロカストロンとよばれるものとマルハピンとガヴァラ、そしてさらにトリポリスの周辺地域にまでも進出してその他の城塞をも掌握したのであった、そしてこれら［の城塞］はこれまでサラセン人に貢税《フォリイ》を支払っていたが、後には皇帝《アフトクラトル》の多くの汗と労苦によりローマ人の［帝国］に回復されたのである。［5］だがしかし皇帝《ヴァシレフス》はラオディキアの包囲攻撃については陸地側からも行わねばならないと考え、そこで狡猾なヴァイムンドスと彼の謀をずっと以前から見抜いていることから、また男の気質をすみやかに知ることに長け、それゆえその者の不実で謀反気な性格を知り抜いていたので、モナストラスを呼び寄せ、十分な軍勢《ディナミス》を指揮させて陸上から送り出した、それは同時に、つまりカンダクズィノスは海上から、その者自身［モナストラス］は陸地の側からラオディキアを包囲攻撃させるためであった。しかしカンダクズィノスは、モナストラスが現地に到着する前に港と要塞都市《カストロン》そのものを奪い取ってしまった。だがしかし現在はクラと呼ばれる[11-125]のが普通《シニシア》である城塞《アクロポリス》は、なおケルト人の五〇〇の歩兵《ペズィ》と一〇〇の騎兵《イピス》によって保持されていた。[6] さてヴァイムンドスはこれらの城塞《ポリフニア》を奪われたことを知り、またラオディキアの城塞《アクロポリス》を守護する伯《コミス》からの報せで食物の欠乏していることを理解すると、彼の指揮下の全軍勢《ディナミス》と彼の甥のタグレとイサンゲリスの兵士たちを一つにまとめ、ラバにあらゆる種類の食物をになわせ、ラオディキアに向かって進み、そしてそこに到着するとすばやく食物を城塞《クラ》へ運び入れた後、カンダクズィノスと会談に入り、まず彼に向かって次のように語りかけた。「このような建造物やさまざまの動きはなにを目的にしたものか」相手はそれに対して返答するには「お前たちが皇帝《アフトクラトル》に従うことに同意し、お前たちの手で奪い取られた諸都市《ポリス》については引き渡すことを誓いを立てて断言した、このことについては、お前は承知のはずだ。しかしその後お前自身は忠誠の誓《オルキア》いを破り、和平《イリニケ》の協定《スポンデェ》も破棄した、そしてこの都市《ポリス》［ラオディキア］を奪い取った、そして確かにその後われわれに引き渡したものの、再び考えを変え、自分のものとした、[11-126]だから私自身、お前たちの占領した諸都市《ポリス》を引き取るためにここへやって来たが、無駄であった」次に「ここへやって来ているのは、財貨《フリマタ》を払ってあるいは剣《シディロス》に物言わせて、われわれからこれらを手に入れようと思ってのことか」とのヴァイムンドスの言葉に対して、相手は「われわれに従う者たちは果敢に戦うという条件で、すでに財貨《フリマタ》を受けとっている」と切り返す。ヴァイムンドスは怒りを顕わにして「財貨《フリマタ》なしには、小さな砦《フルリオン》一つも手に入れることのできないことを思い知れ」と言い放った。そしてその後ただちに配下の諸軍《ファランゲス》に都市《ポリス》の諸門《ピレ》まで駆け進めと檄を飛ばした。【7】他方城壁《ティヒ》を守っているカンダクズィノスの兵士たちは吹雪さながらに矢《オイスティ》を城壁《ティヒ》に近づいてくるフランク人目がけて降り注ぎ、わずかながら彼らを押しもどした。ヴァイムンドスはすばやくすべてを引き連れ、城塞《アクロポリス》の中へ入り込んだ。その者［ヴァイムンドス］は守備の任についていた伯《コミス》とその配下のケルト人に疑いの眼をむけ、そこでそれらの者たちをそこから追い払った後、他の者を城塞《ポリス》［内城］[11-127]の守りの任務につけた。同時に城壁《ティヒ》の近くに広がっているブドウ畑を、騎馬で駆けようとするラテン人の邪魔にならないように破壊させた。そのような処置を取った後、その者はそこを離れ、アンティオコスの都市に去って行った。他方カンダクズィノスは、城塞《アクロポリス》［内城］の中のラテン人を混乱状態に陥らせるため、さまざまの計略《ミハネ》・攻撃《エピヒリマタ》・攻城器《エレポリス》などあらゆる手段に訴えて包囲攻撃することに手を抜こうとはしなかった。そしてモナストラスも騎兵《イピコン》隊《フォサトン》を指揮して陸上から出撃し、ロンギニアス・タルソス・アダナ・マミスタを、そしてキリキア全域そのものをも掌握した。[11-128]

第12章

【1】ヴァイムンドスは皇帝《アフトクラトル》の脅迫に怯え、しかし防御に必要な手段がなかったので（実際陸上には言うに価する軍勢《ストラテヴマ》も海上には一艦隊《ストロス》も有せず、その上両側から危険[11-129]が彼に迫っていた）、まったく浅ましいものだが、他方この上なく狡猾な術策を考え出す。まず最初にアンティオコスの都市《ポリス》をマルケシス[11-130]の息子で彼の甥であるタグレに預け、彼自身は自分についてヴァイムンドスはすでに死んでしまったという噂を至る所へ流しにかかる、実にまだ生きているのに、自分は死んでいると人々に信じ込ませようとしたのである。【2】その噂は翼のある鳥よりも速く至る所を駈けめぐり、ヴァイムンドスは死んだと言い広めていた。そして噂が十分に広まっていると判断されると、次に木製の柩と、その柩を乗せる二段《ナフス》櫂船《ディイリス》が用意され、そしてまだ息をしているこの

死体はアンティオキアの港であるスウデェイからローマへ向かって出帆することになった。[11-131] さてその者は死体として海上を運ばれていく、外見からは、つまり柩と彼を取り巻く人々の様子（なぜなら港に着けばどこででも蛮族《バルバロイ》たちは髪の毛をかきむしり、大声をあげて嘆いていた）からはまさに死体であり、他方柩の中では長々と横になり、その限りにおいては死体であったが、密かに開けられた穴を通して空気を吸い込み、吐き出していたのである。これらは浜辺に着くたびに演じられ、船《スカフォス》が海上に出てしまえば彼のもとへ食事が届けられ、さまざまに面倒がみられた。そしてその後は再び同じように慟哭と茶番が演じられたのである。【3】死体が腐り悪臭を放っているように思われるために一羽の雄鶏が首を絞められ、あるいは喉を切られて始末され、死体の中に入れられた。それは間もなく、四日あるいは五日後には臭覚のある者には強烈な匂いを放ち出す。見かけに騙されている者には発散する耐え難い匂いは、ヴァイムンドスの死体から出てくると思われた。他方あのヴァイムンドス自身はむしろその偽りの悪臭を楽しんでいるように思われた、だからこの私は、あの者が死骸と一緒にいて呼吸しながら、鼻への強烈な攻撃をどうして耐えることができたのか、たまげてしまうのである。そこで私が学び取ったことは、蛮族《バルバロン》の民《エノス》はおしなべて頑固であり、突き進もうとするところから引き戻すことが困難であり、また一度自ら選んだ苦難へ身を投ずれば、その者にはどれほど重いものであっても耐えられないものはなにもないということである。なぜならこの者はまだ死んではおらず、ただ死んだふりをしているだけであるが、腐った死骸のそばで呼吸することになんのためらいも感じなかった。実際ローマ人の帝国《イエモニア》の征服を目標にしたその蛮族《バルバロス》のこの企て《テフニィ》は、私たちの世界において最初にして唯一のものであるように思える。蛮族《バルバロス》であれギリシア人《エリン》であれ、これ以前において敵に対してこのようなことを企てた者は一人もなく、私の思うところ、今後も私たちのうちで生きて［このような男を］見る者もないであろう。[11-132]【4】コルフに到着すると、その者はこのコルフ島をどこかの山の背・頂きあるいは避難所と考え、とにかく安全な場所にいると思い、見せかけの死体から甦り、死体を納めた柩から離れ、太陽を一杯に身に浴び、清らかな空気を深く吸い込むと、コルフの町《ポリス》中を歩き回り始めた。住民は風変わりな蛮族《バルバルキィ》の衣服を着たその者を見て、どこの生まれか、どんな身分《ティヒ》か、一体何者で、どこから来て、誰のもとへ行くのかと、問い尋ねだした。【5】その者は一方ですべての者を鼻であしらい、他方で都市《ポリス》のドゥクスはどこにいるかと問いただす。その者［ドゥクス］は、アルメニアコン＝セマ出身のアレクシオスという者であった。［ヴァイムンドスは］その者と顔を合わせると、厳しい視線と傲慢な態度で臨み、尊大な物言いとすべて蛮族《バルバルキ》の言葉を使って皇帝《アフトクラトル》アレクシオスにつぎのように伝えるよう下知した、「私、すなわちロベルトスの息子にして名高いヴァイムンドスよりあなたへもの申す、過日、あなたとその帝国《ヴァシリア》に対して勇気と抵抗ぶりがいかほどのものであるかを知らしめた者である。それゆえもし機会を得ることができれば、神《セオス》にかけて言うが、私に加えられたかずかずの悪事に対して黙っていることはないであろう。なぜならローマ人の［都］を通過した後、アンティオコスの［都市］を奪い、私の槍《ドリ》で全シリアを従えて以来、あなたとその軍隊《ストラティア》からありとあらゆる辛酸をなめさせられ、つぎつぎと希望を粉砕され、千もの逆境と蛮族《バルバルキ》との［トルコ人との］戦闘へ投げ込まれた」【6】「さあ、今の私を承知あれ、しばらくは死んでいたけれども、いま再び生き返り、あなたの手から逃げのびることができた。なぜなら死んだふりをしてあらゆる眼と手と企てをかわし、いま息をし身体を動かし空気を吸い、このコルフ島から陛下《シィヴァシリア》に向けて、確かに憎々しい伝言を送ろうとしている、それらを知れば大いに喜んで受け取れるものではないだろう、なぜなら一方で私の甥タグレにアンティオコスの都市《ポリス》を預け、彼をあなたの軍司令官《ストラティイ》たちと戦ってひけを取らぬ敵手として残し、他方で私自身はあなたとその味方の者たちには死体として、私と私の味方には生きている者として、そしてあなたに対する恐ろしい計画を抱く者として、自分の国へ向かおうとしている。生きている者が死に、死んだ者が生き返ったのは、あなたの手中にあるローマ帝国《ロマニア》を転覆させるためである。事実もし対岸の地へたどり着き、ロンギヴァルディア人・すべてのラテン人・ゲルマニア人、そしてアレスの戦士《アンドレス》と自覚するわれわれ配下のフランク人、これらの者たちに合図の視線を送ることができれば、ビザンティオンそのものの中に突き進み、そこに槍《ドリ》を突き立てるまで、私はあなたの諸都市《ポリス》と諸地方《ホレ》を大殺戮と多量の血で満たしつづけるであろう」

なんと！　その蛮族《バルバロス》はそれほどまでの思い上がりに舞い上がっていたのである。[11-133]

第XII巻

第1章

【1】ヴァイムンドスの最初の渡航[12-1]に関する出来事、明らかに自分自身のためにローマ人の帝笏《スキプトラ》を求めて皇帝《アフトクラトル》に対して企てた数々の動き、密かにかの地から脱出しようと工作し、みごとに成功した次第、実に死体として運ばれながらあのような航海を行い、コルフに到ったこと、これらについては以上において一通り語り終えたとしよう。そこでこれからその後における彼の動きについて語ることにしよう。すでに語られたように悪臭を放つあの死体はコルフに到着し、その地のドゥクスを通じて、先に語られた通り、皇帝《アフトクラトル》に脅迫の言葉を伝えた後、ロンギヴァルディアに向かって出帆し[12-2]、再びイリリコンを奪い取るには、これまで以上の大きな同盟軍《シムマヒ》を集めねばならないと考え、その作業に取りかかった[12-3]。同時に姻戚関係《キドス》を結ぶためフランスの王《リクス》[12-4]と話し合い、彼の娘の一人を自分の妻に迎える一方、もう一人の娘を自分の甥のタグレと結びつけるために海路《ナヴロヒア》でアンティオコスの都市《ポリス》へ送った。つぎに至る所から、すべての地方《ホレ》と都市《ポリス》から無数の軍勢《ディナミス》を集め、また伯たち《コミテス》を彼らの配下の諸軍《ストラテヴマタ》と共に呼び寄せ、早くイリリコンへ渡航するよう促した。【2】皇帝《ヴァシレフス》は［コルフのドゥクスの］アレクシオスを通じて自分に向けて宣言された言葉を聞き知ると、ただちにあらゆる国々《ホレ》、ピサ・ジェノヴァ・ヴェネツィアへも書簡《グラマタ》[12-5]を送り、ヴァイムンドスの狡猾な言葉に引きずり込まれ、その者と行動を共にしないように前もって対応した。実際その者［ヴァイムンドス］は都市《ポリス》や地方《ホレ》を巡回し[12-6]、皇帝《アフトクラトル》に対する激し

い非難の言葉を放ち、彼を異教徒《パガノス》、キリスト教徒の敵とさえ呼んでいたのである。【3】ところでケルト人の無数の軍勢《プリシィ》が西方から海を渡ってアジアに達し、アンティオコスの都市《ポリス》やティロス、それにそれらの周辺のすべての都市《ポリス》や地方《ホレ》を侵略していた時、あのバビロン人は三〇〇人[12-7]の伯《コミテス》を捕らえるや、すぐに鎖につないで牢獄に監禁していたが、その牢獄《フルウラ》の状態は以前におけると同じようにまったくひどいものであった。皇帝《アフトクラトル》は彼らの捕縛とその後における彼らの身に降りかかった恐ろしい事態を聞き知って、心を痛め、なんとしてでも彼らを解放《アナリシス》しようと考えをめぐらしていた。そこでニキタス゠パヌコミティスを呼び寄せ、財貨《フリマタ》を持たせてそのバビロン人のもとへ送り出した、その時同時に、捕らえられた伯《コミテス》たちを要求し、もし彼らの鎖を解き、解放すれば多くの褒美を与えることを約束する書簡《グラフェ》[12-8]を彼に託した。バビロン人はパヌコミティスと会見し、彼から皇帝《アフトクラトル》によって自分にはっきりと述べられた伝言を聞き、またさらに自分で書簡《グラフェ》を読むと、その場で伯《コミテス》たちの鎖をはずさせ、牢獄《フルウラ》から引き出させる。しかし彼らを完全には自由にさせず、彼らをパヌコミティスに引き渡し、皇帝《アフトクラトル》のもとへ送り出した、その際その者は自分に贈られた財貨《フリマタ》を一切受けとらなかった。それは、そのような多数の者の身代金《リトロン》として十分ではなかったからか、贈物を得たいとの下心の誹りを避け、とにかく代価《ティミ》のために彼らを解放したと思われたくなかったからか、そうでなく皇帝《ヴァシレフス》に対して純粋で真性の好意を示そうとしたのか、あるいはより以上のものを得ようとしていたのか、神《セオス》がご存じのことであろう。[12-9]【4】皇帝《ヴァシレフス》はその者たちの到着を見て、一方であの蛮族《バルバロス》[12-10]の判断を大いに嘆賞すると共に同時に驚愕し、他方で彼らの身に生じたことについて事細かに彼らに尋ね、そのような長期間、何回も月の回転する間、牢獄に閉じこめられたままで、一度も日の光を見ることもなく、またこれといった食べ物も味わえず、ただパンと水しか食せずに長期間耐え続けていたことを知って、彼らの受難を憐れみ、熱い涙を流し、その後ただちに多くの心遣いを示し、財貨《フリマタ》を与え、数々の贈物《アムフィア》を手渡し、またぜひ浴場《ヴァラニア》に行くように勧め、あらゆる方法で彼らをあのような大きな苦難から立ち直らせるように取り組んだ。他方その者たちは、昨日のあだ《エフスリィ》・かたき《ポレミィイ》であり、彼に対して行った忠誠の誓い《オルキア》と約束を犯した自分たちが皇帝《アフトクラトル》からよくしてもらったことに感謝し、自分たちに対する［皇帝の］我慢強さを心に深く刻んだのであった。【5】数日後その者［皇帝］は彼らを呼び寄せ、次のように言った。「これからは諸君の好きなようにすることを許そう、諸君の望むだけこの都《ポリス》にとどまり、われわれと共に過ごすがよい。家族を思い浮かべ、戻ろうと願う者は誰であれ、われわれに別れを告げて自由に故国へ通じる道を進めばよい、その時には財貨《フリマタ》とその他旅に必要なもの《イコノミア》のすべてを支給され、立派な旅支度を受けるだろう。要するにそばに居ようが出立しようが諸君のしたいようにする、自身の判断に従って自由な者として望むことを行うことが私の希望するところである」実際伯たち《コミテス》は、しばらくの間上述のように皇帝《アフトクラトル》からあらゆる種類の心遣いを受け、彼のもとから離れがたい気持ちでいた。しかし本書《ロゴス》で先に語られたように、ヴァイムンドスがロンギヴァルディアに帰還し、これまで以上の大きな軍勢《ストラテヴマタ》を集めることに精力的に取り組み、またできる限りすべての都市《ポリス》や地方《ホラ》をめぐって、大声を張り上げ、あの者は異教徒《パガノス》であり、自ら進んで異教徒《パガニ》を助けようとしているなど、皇帝《アフトクラトル》を大いに罵倒し始めたが、このことを知った皇帝《アフトクラトル》は、上記の伯たち《コミテス》について、一つにはその者たちがすでに自身の故国へ出立することを熱望していること、一つにはヴァイムンドスの自分に対する罵詈雑言に対してその者たちが反駁の役割を果たすであろうことから、たくさんの贈物《ドレエ》を与えて彼らの故国へ送り出したのである。【6】そして彼自身は急いでテッタロスの都市《ポリス》へ向かった[12-11]、それは一方ではそこで新兵《ネイリデス》に軍事教育《ストラティオティカ》をほどこすためであり、他方では自分の動きを知らせて、ヴァイムンドスにロンギヴァルディアから私たちの領土《イメダピイ》へ渡航するのを控えさせるためであった。ところで［コンスタンティノープルを］立ち去ったあの伯たち《コミテス》はヴァイムンドスに対する確かな反駁者となった、実際彼を決して真実を言おうとしない詐欺師であると言い、彼の面前でしばしば［彼の主張を］論駁し、可能なかぎりのすべての都市《ポリス》と地方《ホラ》で公然と彼を断罪し、自らを確かな証人《マルティレス》として差し出したのである。

第2章

[1] ヴァイムンドスの渡海の噂が至る所へ伝わりだした時、皇帝《アフトクラトル》は、ケルト人の大軍《プリシィ》に匹敵する軍隊《ストラテヴマ》を立ち向かわせるには多数の兵力《ディナミス》を必要としたので、いたずらに先に延ばすことも躊躇することもせず、キリ[12-12]＝シリアにいる者たち、すなわちカンダクズィノスとモナストラスを呼び戻すことにした。その時前者はラオディキアを、後者はタルソスを守護していた。さてこれらの者をかの地から呼び戻すに際して、彼らによって守られている諸地方《ホレ》や諸都市《ポリス》を守り手のないままにはしておかなかった。事実ラオディキアには別の軍勢《ディナミス》を率いさせてペツェアスを、モナストラスの守っていたタルソスと他のすべての都市《ポリス》と地方《ホレ》にはアスピエティスを送り込んだのである。この最後の男はアルメニア人のうちでも名門《エヴェニス》の出で、当時の評判では勇気で名を知られた人々のうちでもきわだっていた、しかしやがて事態の成り行きが兵法の力量《ストラティイキディナミス》に関する限り、必ずしもそれほどすぐれた者でないことを証明する。[2] さてアンティオコスの［都市］を支配するタグレは、先に本書《ロゴス》でシリアに残したままにしているが、[12-13]キリキアは自分自身のものであり、実際自分の槍《ドリ》でトルコ人から奪い取ったゆえに、その地を包囲攻撃し、皇帝《ヴァシレフス》の手から奪い取るために、今すぐにもキリキアへ向かうだろうとの抜け目のない噂を密かに流し始めた。これらの噂を至る所へ流すだけでなく、毎日のようにアスピエティスに送りつける書簡《グラマタ》を通じてこれまで以上の卑劣な脅迫を続けた。また脅すだけで満足せず、これらの脅しの前触れを行い、実力行動にでることを言明する、実際その者はあらゆる所からアルメニア人とケルト人の軍勢《ディナミス》を集め、連日にわたって彼らに軍事訓練を授け、軍隊《ストラテヴマ》を会戦《パラタクシス》と戦闘《マヘ》を行える状態に鍛えあげようとした。実際時にはどこかあるところへ［戦闘部隊を］侵略に送り出し、燃え上がる炎の前の煙であることをそれとなく示し、他方攻囲《ポリオルキティカ》器具《オルガナ》を用意し、あらゆる可能な方法で攻囲の実行を目指し鋭意努力していた。[3] あの者［タグレ］が以上のように熱心に取り組んでいる一方、アルメニア人のアスピエティスは、彼の前に恐怖を引き起こす者も、またそのような恐ろしい危険をもって迫る者も誰一人いないかのように安穏と座し、夜は深酒《ポティ》に身を

ゆだねていた。たとえその者がこれまでこの上ない物夫《もののふ》で、計り知れぬ勇気をもったアレスの従者《イパスピスティス》であったとしても、キリキアに到着すると、主人《デスポティキ》の手から遠く離れた状態となり、また完全な権力を有していたので、あらゆる種類の快楽に身を任せていた。それゆえにそのアルメニア人は柔弱となり、いつまでもだらだらと日を過ごしていたが、包囲攻撃《ポリオルキア》が迫った時、あらゆる辛苦に耐え抜く兵士《ストラティオティス》であるタグレを前にして尻込み状態になってしまっていたように見えた。だからその者の脅迫の雷鳴も彼の耳をつんざくこともなく、またその者が稲妻の矢のように襲い来てキリキア中を略奪した時にも、略奪の電光へ目を向けようともしなかった。【4】事実タグレは突然にアンティオキアからとてつもない大軍《ストラトス》を率いて出発し、軍勢を二つに分割すると、一軍は陸上からモプソスの［二つの］都市《ポリス》[12–14]に向けて送りだし、他の一軍は三段《ニエス》櫂船《トリイリス》に乗船させ海上からサロン川に向けて進ませる。ところでこの川はタヴロス山脈の高所から流れ出て、モプソスの二つの《ディオ》都市《ポリス》、一つは崩壊してしまっており、他の一つは現存するが、それらの真ん中を流れ、やがてシリアの海へ流れ込む。タグレの船舶《ニエス》は［シリアの］海を航海し、この川の河口に近づき、二つの都市《アムフォテレポリス》を結びつけている橋[12–15]まで遡航した。それゆえ［現存の］都市《ポリス》は包囲され、軍隊《ストラテヴマ》によって両側から攻撃を受ける。なぜなら［遡航してきた］それらの者たちは水上から容易に攻撃でき、他方陸地から都市を攻撃する者たちは徒歩で戦うことができたのである。【5】他方あの者［アスピエティス］は兵士《ストラティオテェ》が蜂の群のように都市《ポリス》のまわりをブンブンと大きなうなり声をあげているのに、事新しいことは何も起こっていないかのようにそれらをほとんど気にかけようとせず、私はその者が何を感じていたのか知らないが、彼のかつての勇ましい振る舞いにふさわしくない状態であった。このことは、帝国《ヴァシリコン》軍《ストラテヴマ》にとってこの男を全く憎むべき存在とさせた。事実それほど力強い男［タグレ］によって占領されれば、キリキアの諸都市《ポリス》はどれほど大きな辛酸を舐めねばならないか。さらにタグレは彼のような男たちのなかでももっとも強壮であり、軍司令官としての《ストラティイキ》経験《エムピリア》に関してこの上なく嘆賞される者たちに属する一人であり、諸都市《ポリス》にとって一度包囲攻撃を受ければ、とてもその手から逃れることのできそうもないような軍司令官《ストラティゴス》であった。【6】ここまで来て誰もが不思議に思うのは、皇帝《アフトクラトル》はどうしてアスピエティスの戦争に関する未熟さを見抜けなかったのかということである。私としては次のことから父を弁護したい、すなわち彼の一族の著名なことが皇帝《アフトクラトル》に信頼を抱かせ、一族の輝きと彼の名声がアスピエティスをそのような高い地位《アルヒィ》につけさせるに大いに働いたであろうことである。事実その者はアルサキデェ一族の家長の地位を担い、王家《ヴァシリコン》の血《エマ》を引きついでいた。[12-16] 確かに［皇帝が］彼を全東方《アナトリ》の軍司令官《ストラトペダルヒス》につけ、すばらしい地位を与えたのはこのゆえであり、またその者の武勇を実際に見聞していたからである。【7】すでに語っているように、[12-17] 皇帝《アフトクラトル》、つまり私の父がロベルトスと戦った時、あの激戦の最中、頭も肩も人より高い一人のケルト人が槍《ドリ》を水平に構えると、馬に拍車をかけ稲妻のようにアスピエティスに向かって突進する。その者は剣《クシフォス》を握り、ケルト人の渾身の突きを受けとめようとするが、槍は胸板を突き通し、背中を突き抜け、致命的な一撃をくらう。[12-18] しかしその一撃に押しつぶされて鞍から転がり落ちることはなく、しっかりと鞍に身を固めると、その蛮族《バルバロス》の兜《コリス》めがけて［剣を］打ちつけ、兜《コリス》もろとも頭をも真っ二つに切り裂いた。二人とも馬から転げ落ち、ケルト人は死体となって横たわり、しかしアスピエティスはまだ息をしていた。彼のまわりの者たちが完全に血の気を失った彼を抱き上げ、念入りに手当をした後、皇帝《アフトクラトル》のもとへ運び込み、槍《ドリ》を示し、ケルト人への一太刀とその者の死を詳しく語ったのである。そのような勇猛さと豪胆さについて私は詳しくは知らないが、皇帝《アフトクラトル》はその時のアスピエティスの働きを覚えていて、さらに彼の生まれの良さとその一族の名声を考え、先で語ったように最高司令官《ストラトペダルヒス》の栄誉を与え、そしてタグレの相手としてふさわしい軍司令官《ストラティゴス》としてキリキアに派遣したのであった。

第3章

【1】この件についてはこれまでとしておこう。さてその者［皇帝］は西方にとどまっている指揮官《イエモネス》たちに別

の書簡《グラフェ》[12-19]を送付し、まっすぐスラニツァに向けて進軍するように命じた。それは何ゆえであったか。その者たちを先頭に立って戦うべく送り出す一方、彼自身は、獣のような暮らしを好んでいた諸帝《ヴァシリス》が習慣としていたように、安逸をむさぼり入浴《ヴァラニア》を楽しむために後方へ引き下がったのか。そうではない、実際その者にとって続けて宮殿《アナクトラ》［大宮殿］にとどまっていることはまったく耐えられないことであった。すでに語られたように[12-20]、ビザンティオンを離れ、西方の諸地域を進み、その者が帝国《ヴァシリア》の手綱《イニア》を握ってから第二〇年目、第十四エピネミシス［インディクティオン］の九月[12-21]にテッタロスの都市《ポリス》に到着したのであった。[2] その者［皇帝］はこの時無理にも皇后《アヴグスタ》も一緒に同行させた。確かにその者［皇后］はその性質からほとんど公けの行事に参加することを望まず、何時も家の中にいて彼女自身のするべき事をしていた、すなわち聖なる教父たちの書物《ヴィヴリィ》の頁を繰ること、瞑想に耽ること、人々へ、とりわけ外見からもまた生活からも神《セオス》に仕えていると、その者が判断した人々へ慈善を行い、親切に世話することであった。皇后《ヴァシリス》としてやむを得ない必要からどうしても公式行事に出なければならない時は、心が羞恥で一杯になり、たちまち頬に赤みがさしたものである。[3] 女性哲学者《フィロソフォス》テアノは肘を顕わにさせていた時、ある者がからかって「なんと可愛い肘だこと」と言ったのに対して、「見せ物ではない」と言い返したということである。気高さの象徴であり、清浄の殿堂《カタゴイオン》である皇后《ヴァシリス》、つまり私の母は肘あるいは瞳をさらすことを嫌うどころか、その声さえも他人の耳に入るのを望まなかった。彼女の慎み深さはそれほどまでに極端であった。しかし人が言うように[12-22]、神々《セイ》でさえ必要《アナンギ》には逆らえないのであるから、皇帝《アフトクラトル》の数々の遠征に無理にでも随行させられることになる。[4] 生来の慎み深さは彼女を宮殿《ヴァシリア》［大宮殿］の中にひきとめていたが、他方皇帝《アフトクラトル》への献身とその者をいとおしむ激しい思いは、次のような理由から意に反して宮殿《アナクトラ》［大宮殿］から彼女を連れ出すことになったのである。まず最初の理由は、彼女に生じた足の病《ノシマ》のため最大限の看護が必要とされたことである。皇帝《アフトクラトル》は痛《ポダルイキ》風《ディアセシス》により激しい苦痛に襲われており、私の女主人《デスピナ》、つまり母の手でさすってもらうことがなによりも嬉しかった。実際その者は彼に適切な看護を施し、器用に足に触ることで、足の痛みを幾分かは和らげた。もちろんあの名だたる皇帝《ヴァシレフス》［アレクシオス］は（誰も私が自慢していると咎めないでほしい。なぜなら私は身内の［妻としての］献身に感嘆しているだけである。そしてまた皇帝《アフトクラトル》について偽り事を言っているのではないかと疑いの眼で見ないでほしい。なぜなら私はただ真実を語っているだけである）、自分自身のこと、自分に関わるすべては二の次にして、まず諸都市《ポリス》の安寧を最優先してきた。事実キリスト教徒への愛から彼を引き離す[12-23]ものはなにもなかった、苦しみも、悦びも、戦いの悲惨も、小さいものであれ大きなものであれ他の一切の不幸も、灼熱の太陽も、凍てつく厳冬も、あらゆる種類の蛮族《バルバロイ》の攻撃も。これらのすべてに対して常に一歩も引かず、たとえ病《ノシマタ》からくる激しい苦痛にしゃがみ込むことがあっても、再び立ち上がり国家《プラグマタ》の救済に努めたのである。【5】皇后《ヴァシリス》が皇帝《アフトクラトル》に同行した第二の、そしてもっとも重要な理由は、多くの陰謀があらゆる方面で企てられた結果、細心の警戒を、実際多くの眼をもつ守り手を必要としていたことである。事実夜も真っ昼間も彼を目がけて陰謀の網が張られていたし、さらに夕暮れ時も悪事を生みだしたし、とりわけ危険なのは朝方における企みであった。神《セオス》がこれらの証人《マルティス》である。いったいどうして、多数の悪人たちによって陰謀の的となった皇帝《ヴァシレフス》を千もの眼で見張る必要がなかったと言えるだろうか、実際ある者たちは彼を目がけて矢を射かけ、ある者たちは剣《クシフォス》を研ぎ、行動にでることのできない場合は、罵倒する言葉を、悪意に満ちた噂を放っていたのである。【6】生来の助言者［皇后］を除けば、一体誰が皇帝《ヴァシレフス》のそばで手助けするのか。その者以上によりよく皇帝《アフトクラトル》を見守り、罠を仕掛ける者たちに注意深く視線を投げかける者が誰かいるだろうか。彼に役立つものを素早く見いだし、敵によって謀られることをより俊敏に見抜くことができる者が他にいるだろうか。これらのゆえに私の母はすべてにおいて私の主人《デスポティス》、つまり私の父にとってすべてであった、実際その者は夜の間は瞳に眠りをあたえず、日中は周囲に目をむけている最強の番人となり、食事の時には特効の解毒剤《アンディドトス》、食物に仕込まれた企みに対する有効な毒消し《ファルマコン》の役割をつとめた。だからこれらの理由でその婦人の生来の慎み深さは押しのけられ、男たちの眼も怖れの対象でなかった。しかしその時でもいつもの控えめな態度を忘れず、彼女の眼差し・沈黙・自重の態度によってほとんどの者の視線を遮ることができた。皇后《ヴァシリス》が軍隊《ストラテヴマ》と共にいることを示していたものは、ただ二頭のラバが引き、皇后用の覆いをつけた輿《イキスコス》だけであり、それ以外では彼女の神々《シオン》しい存在《ソマ》は覆い隠されていた。【7】すべての者に分かっていたことはただ一つのこと、すなわち神慮《プロニア》によるともいえるある最良の存在［皇后］が皇帝《ヴァシレフス》の病《ノソス》に関して一切を取り仕切り、皇帝《ヴァシレフス》のまどろむことのない見張り《フルゥラ》番、眠り込むことなく周囲の動きの見張り《フルゥラ》の眼となっていたことである。皇帝《アフトクラトル》を大切に思う私たちすべても、彼の身辺の警戒に力を注ぎ、それぞれはまったく眠り込むことなく全精神と気力をもってできる限り私たちの女主人《デスピナ》でもある母に協力していたのである。私はこれらのことを、嘲笑好きな者たち、悪口を好む舌の持ち主に向かって言っている。なぜならその者たちは罪のない者を非難し（あのホメロスの詩の女神《ムーサ》もこのような人間の性《さが》をご承知である）[12-24]、よき行いを貶《おとし》め、非の打ち所のないものにけちをつけるのである。【8】とにかくその者は、その時行われた遠征《エクストラティア》（ヴァイムンドスの攻勢に対して皇帝《ヴァシレフス》は立ち向かった）に、一方では意に反して、他方では自ら進んで、同行することになった。もちろん皇后《ヴァシリス》が蛮族《バルバリコン》の軍隊《ストラテヴマ》に対する攻撃に加わる必要はなかった。実際どうしてそのようなことができたであろう。トミュリスと、マッサゲティスのスパレトラ[12-25]には可能だが、私のイリニにはできないことである。彼女の勇気は別の方向に向けられ、アテナの槍《ドリ》でもハデスの兜《キネイ》でもなく、別の方法で完全武装された。皇后《ヴァシリア》のよく承知していたことだが、皇帝《ヴァシリス》たちに襲いかかる人生のさまざまな逆境と波瀾《エパナスタシス》に対して果敢に立ち向かうための、丸盾《アスピス》・長盾《シレオス》・剣《クシフォス》［に代わる武器］は、ソロモンの言葉に従って力を奮い起こして事にあたること、激情をしっかりと抑えること、それに真の信仰《ピスティス》[12-26]であった。私の母はそのような戦いに対してそのように武装した、しかしその他の事に関してはその名前[12-27]のように、この上なく平和を愛する人《イリニコス》であった。【9】さて蛮族《バルバロイ》との戦闘は避けられないものであり、そのため皇帝《ヴァシレフス》は戦闘に関わる準備を全体的に見渡し、一方で幾つかの城塞《フルリア》を確実なものとし、他方で他の城塞の防備をいっそう強化することにつとめ、全体としてヴァイムンドスとの戦いに関してすべてが順調に整えられるようにいそいで取り組んだので、［皇帝は］一部はすでに語られた理由から自分自身のために、また一部は状況がまだ危険でなく、いまだ戦闘の時期に至っていなかったために、皇后《ヴァシリス》を同行させたのであった。[12-28] さてその者［皇后］は、手もとにあった金貨や他の貨幣、さらに他の財貨《フリマタ》を携え都《ポリス》を離れる。それから先、道中において物乞いをする者たち、ヤギの毛で織った布を身につけた者たち、裸足の者たちすべてに気前のよい施しを与え続けた。物乞いをして手ぶらで立ち去る者は一人もいなかった。［彼女のために］特別に用意された幕舎《スキニ》に到着すると、中に入ってすぐに横になって休むことはせず、入口を開けたままにし、望む者には自由に中に入ることを許していた。実際その者はそのような者たちにとって近づきやすい存在であり、いつでも見られたり聞かれたりできるようにしていた。しかし貧しい者たちに財貨《フリマタ》を施すだけではなく、より良い忠告も行った。強壮な身体をもちながら安逸な生活に耽っていることが分かれば、その者たちには、怠惰におちいって戸口から戸口へ物貰いして歩き回らず、生活に必要な物を手に入れるために仕事につき労働をするように勧めていたのである。［10］いかなる状況も人々へのそのような親切な行為を皇后《ヴァシリス》に控えさせることはなかった。確かにダビデは自分の飲み物に嘆きを注いだと言われているが、[12-29] この皇后《ヴァシリス》は毎日食べ物にも飲み物にもいたわりの心を混ぜていたのが見られた。実際私が彼女の娘であることで母の歓心を買おうとして嘘をついているのだとの疑いが生じなければ、私はこの皇后《ヴァシリス》についてもっと多くのことを語ることができたであろう。そのように疑いを抱く者たちには、しようと思えば、私の言葉を立証する事実を提供することができるであろう。

第4章

［1］西方地域の人々は皇帝《アフトクラトル》がセサロニキに到着したことを知ると、重い物体が重心に引きつけられる

ようにすべての者が彼のもとへ急いでやって来た。さて今回は以前のように蝗《アクリス》が突き進むケルト人の先導役を演じなかったが、[12-30] 天空に大きな、これまで現れたもののうちで一番大きな彗星《コミティス》が現れ、[12-31] 人々はあるいは竿形の彗星《ドキス》、あるいは投槍形の彗星《アコンティアス》であると囁いていた。実際まもなく生じる不思議な事態の前兆が天空のさまざま現象によって明らかに示されるに違いなかった。その彗星は、まるまる四〇日と四〇夜にわたって明るく輝いているのを見ることができた。それは西の方から現れて、太陽の昇る東《アナトリ》の方へ向かっているように思われた。それを見たすべての人は怯え、その星は一体何ごとを告げる使者《アンゲロス》であるのかと詮索していたのである。

【2】他方皇帝《アフトクラトル》はそれらのことをあまり気にせず、そのような現象はなんらかの自然的原因に結びついていると考えていたが、しかしそれでもその道に長じた者たちに問い尋ねてみることにした。最近ビザンティオンの総督《アクシアティス》職《エパルヒアス》を手にしたヴァシリオス（この男は皇帝《アフトクラトル》に対して確かな忠誠を示していた者であった）を呼び出し、天空に現れている星について問い尋ねた。その者は返答は翌日まで待ってくれるよう申し出て、自分の住まいに引き下がり（そこはかつて使徒《アポストロス》にして福音書記者《エヴァンゲリスティス》ヨアニスを讃えて建設された聖堂《テメノス》であった[12-32]）、太陽が西に沈もうとするころにその星の観察にとりかかった。作業に苦しみ、計算に疲れてしまった間に眠りに陥り、その時に僧衣を身にまとったかの聖者［ヨアニス］を目にしたのである。その者は有頂天になり、これはもはや夢ではなく、現実に目にしているのだと思った。それから確かにかの聖者であることを確信すると、恐ろしくなり、しかしたじろぎながらも星は何を予告しているのか教えてくれるように頼んだ。［聖者は］これはケルト人の動きを告げており、「その消滅は彼らの崩壊を示す」と言ったのである。【3】星の出現についてはこれくらいにしておこう。本書《ロゴス》で先に語られたように皇帝《ヴァシレフス》はセサロニキに到着すると、ヴァイムンドスの渡海に備えて準備にとりかかり、新兵《ネオレクティ》には弓《トクソン》を引き絞り、矢《ヴェリ》を的に向けて発射し、大盾《シレオス》で身を守る術を十分に教え、さらにいざという時にいちはやく到着するように、書簡《グラマタ》を通じて異国から傭兵《クセニケ》軍《ディナミス》を確保することにつとめていた。他方ディラヒオンの都市《ポリス》の守りを確実にし、その総督《イエモン》にセヴァストクラトルのイサアキオス

の第二子アレクシオスを据えるなどして、イリリコンに関する配慮も大いに行った。さらに同時にキクラデス諸島、さらにアジアやヨーロッパ自体の沿岸諸都市《ポリス》にも艦隊《ストロス》を準備するように指示をだした。ヴァイムンドスがいまだ渡海を急ごうとしていなかったゆえに、多くの者が艦隊《ストロス》の建造を遅らせようとしたが、それでもその者は彼らの意見に納得せず、軍司令官《ストラティゴス》たる者には油断は許されず、目前のことだけに心するのでなく、先を見ること、また財貨《フリマタ》を節約していざという時に、とりわけ敵の攻撃《エフォドス》を知ったときには用意が出来ていない状態であっては決してならないと言ったのである。【4】さてこれらのことを適切に処理した後、［皇帝は］そこ［セサロニキ］から移動してストルムビツァへ向かい、さらにそこからスロピモスまで行った。そこで先にダルマティア人に向けて派遣されたセヴァストクラトルの息子ヨアニスの敗北を知り、[12-33]十分な軍勢《ディナミス》を援助のために送り出す。確かにこの上なく卑怯なヴォルカノスはただちに皇帝《ヴァシレフス》へ和平《イリニ》を申し出て、要求された人質《オミリ》を送りとどける。その者［皇帝］はその地方で一年と二ヶ月の間滞在したが、ヴァイムンドスがなおロンギヴァルディアにとどまっていることを確信し、またすでに冬が近づいていたので、[12-34]兵士《ストラティオテェ》たちをそれぞれの家々へ送り出し、彼自身はセサロニキに向かう。セサロニキに急ぐ途中、ヴァラヴィスタの付近で、緋の産室生まれ《ポルフィロエニトス》の皇帝《ヴァシレフス》ヨアニス[12-35]の長子《プロトトコス》がもう一人の女児と一緒に生まれた。［皇帝は］そこ［セサロニキ］で大殉教者《メガロマルティス》ディミトリオスの祝祭[12-36]に参加した後、大都《メガロポリス》への帰途につく。【5】［都では］つぎのようなことが起こった。コンスタンティヌスの広場《フォロン》の中央、一きわ目立った赤紫色の石柱の上に東《アナトリ》を向き、右手に槍《スキプトロン》を握り、左手に青銅製の球を持った青銅の像が立っていた。[12-37]さてこれはアポロンの像であると言われていた、しかしコンスタンティヌスの［都］の住民はそれを東を向いている者《アンシリオス》と呼んでいたと、私は思う。都市《ポリス》の父にして主人《デスポティス》である、あの諸帝《ヴァシリス》の中の大帝《メガス》コンスタンティヌスは、この像［の名］を自分の名前に変え、この記念物をコンスタンティヌス帝《アフトクラトル》の像と呼んだ。しかしその像の最初からの呼び名が優勢で、すべての人によってアンイリオス[12-38]あるいはアンシリオスと呼ばれていた。さて太陽が牡牛座《タヴロス》の位置にあった時、南西からの激しい突風でこの像は地面に投げ落とされた。[12-39] この出来事は、ほとんどの人々には、とくに皇帝《アフトクラトル》に反感を抱いている人々には良からぬ前兆であると思われた。実際人々は、その出来事を皇帝《ヴァシレフス》の死を予告するものであると囁いていたのである。しかしその者［皇帝］がその時言った言葉は、「生死を司るのは主《キリオス》お一人のみであると私は確信しているし、像の落下が死をもたらすなど全く信じることができない。なぜなら言ってみればフィディアスのような人あるいは他の彫刻家の一人が石を刻み、像を造っても、一方で死者を甦らせ、他方で命を生み出すことができるだろうか。もしできるとするなら、万物の創造主に何が残されていると言うのか。『殺し、かつ生かす者は私である』[12-40] と言われている。もとよりこれこれの像の崩落あるいは制作について言われているのではない」であった。実際すべてを神《セオス》の至高の摂理《プロニア》に帰することがその者の考えであった。

第5章

【1】再び皇帝《アフトクラトル》に対して別の禍の混合酒が調合されることになり、その上それは普通の人々によって企てられたものでなかった。実際企てたのは勇気と名高い家柄をことのほかに誇りとする者たちであり、血の臭いをさせながら皇帝《ヴァシリコン》の生命を狙おうとしたのである。歴史《イストリア》の筆をここまで進めてきて、私が改めて不思議に思うのは、何ゆえにこうも多数の悪事が皇帝《ヴァシレフス》を取り囲むかということである。実際理由はない、人々を彼に敵対させる原因はどこにも見あたらない。しかし内部は反逆《アポスタシア》で満ち、外部は反乱《エパナスタシス》の連続であった。皇帝《アフトクラトル》がいまだ内部の問題を解決していないうちに、外部においてすべてが怒り狂う、それは、あたかも巨人《ギガンテス》たちがぞくぞくと地面から発生するように、運命の女神《ティヒ》自身が蛮族《バルバロイ》たちを、そして同時に内部で反逆者《ティラニ》たちを立ち上がらせているようであった、ところが皇帝《ヴァシレフス》といえば、すべてにおいてとても優しく、仁愛の支配者としてふるまい、国事《プラグマタ》を治め、実際そのような彼の有徳を大いに享受しない者はだれもいなかったというのに。【2】事

実ある者たちに関しては、栄誉《ティミ》を授けて敬意を示し、常に大きな贈物《ドレエ》で富ましつづけていた。他方蛮族《バルバロイ》に関してはどこの地域のものたちであれ、彼自身彼らに戦いの理由《アナンギ》を与えず、戦いを強いることをせず、それでも騒ぎ立てようとする時には彼らを抑えようと努めていた、実際事態がうまく治まっている時に、いたずらに近隣の者たち［蛮族］を戦いに駆り立てることは立派な軍司令官《ストラティイ》のすることではない。なぜなら平和《イリニィ》こそあらゆる戦いの最終目標であり、しかし他方常に最初から［平和を］目標とすることに代えて、何かを得るための手段を最終目標として選び、そしてまた常に良き目標［平和］に向かって尽力しようとしないこと、以上のことは、愚かな将軍《ストラティイ》や政治指導者《ディマゴイ》たちの、結局は国家《ポリス》を破滅に導くことに手をかす者たちのやることである。皇帝《ヴァシレフス》アレクシオスはこれとはまったく逆のことを行い、極端なほどに平和を維持することに心を砕き、平和が全般に行き渡っている時にはそれを保持しようと努め、失われている時にはいかにして取りもどすか、幾夜にもわたって眠ることなく考え続けていたのである。まさしくこの者は一方で生来の平和を愛する人《イリニコス》であったが、他方でやむを得ぬ場合はもっとも好戦的でもあった。そしてこの私もかの名だたる男《アニル エキノス》［アレクシオス］について一言大胆に言わせてもらえば、久しきにわたってローマ人の宮殿《ヴァシリア》［大宮殿］から遠のいていた皇帝《ヴァシリコス》の理想の品位《ハラクティル》が彼と共に、彼一人と共に、あたかもそのとき初めて、ローマ人の帝国《イエモニア》に外から客人として迎えられるような形で戻ってきたのである。［3］本章《ロゴス》の最初に語ったように、私はこれほどまでに多くの敵対行為の出来《しゅったい》に驚きを禁じ得ない。外でも内でも至る所でそれらすべてが大きく波立つのを目にすることができたのである。しかし皇帝《ヴァシレフス》アレクシオスは敵の見えない、隠された企てを事前に察知し、あらゆる方法を駆使して起こりうる禍を退けてきた、事実内部の反逆者たち《ティラニィ》に対して戦う時も、また外部の蛮族《バルバロイ》たちに対して戦う時も、常に素速い頭の回転で仕掛けた者たちの計画に対して先手を打ち、彼らの襲撃を押しもどしてきた。私としては事実そのものから［その時の］帝国《ヴァシリア》の運命のなりゆき《ティヒ》を推察することができる、すなわちあらゆる方面から禍がどっと流れ込み、政体そのものがまったくの混乱に陥り、そして同時に異国の民《アロトリオス》すべてがローマ人の帝国《ヴァシリア》に対して怒り狂っていたのである、そしてそれはあたかも異国の民《アロダピィ》によって攻め立てられ、身体的にくたくたになっているところをさらに身内の者たちに苦しめられるというそれほど酷い状態にあった男のようであり、しかし神意《プロニア》は、あらゆる方面から迫り来る禍に対策を講ずるべく彼を勇気づけることになろう、実にその時の状況もそのようなものであったと認識されなければならない。すなわちしばしば語られてきたあの蛮族《バルバロス》のヴァイムンドスはこの上なく強力な軍隊《ストラテヴマ》を集め、ローマ人の帝笏《スキプトラ》に向かって準備を進める、そして同時に別の方面では本章《ロゴス》の最初に前書きとして述べられたように、かの反乱者《ティラニコン》の群《プリソス》れが立ち上がるべく勇み立っていたのである。【4】陰謀の指導者たちは全部で四人、アネマス一族で、それぞれの呼び名はミハイル、レオン、もう一人は……、そして最後の一人は……であった。その者たちはまず肉体においても、次に心においてもまさしく兄弟であった。なぜならこれらすべての者は、皇帝《アフトクラトル》を殺害し、帝《ヴァシリカ》笏《スキプトラ》を握るという同じ考えを共有していた。それから他の名門《エヴェニス》の者たちも彼らのもとに引き込まれた、すなわち著名な一門《エノス》のアンディオホス一族の面々、エクサジノス一族と呼ばれる者たち、すなわちドゥカス［コンスタンディノス＝エクサジノス］とヤレアス［ニキフォロス＝エクサジノス］、これら二人はこれまでの戦闘においてもっとも勇敢であった者たちであり、さらに彼らの他にニキタス＝カスタモニティスやクルティキオス某やエオルイオス＝ヴァシラキオスがいた。実際これらは軍人《ストラティオティコス》階級《カタロゴス》において指導的な者たちであったが、ヨアニス＝ソロモン[12-41]は元老院《シングリトス》の一員であった。その者の大資産と輝かしい家柄から、アネマス一族の四兄弟の筆頭であるミハイルは、心にもなく彼を皇帝《ヴァシレフス》にすると申し出たのである。このソロモンは元老《シングリトス》院《ロガス》に属し、単に［陰謀に関わっていない］他の者たちだけでなく、彼と一緒に丸め込まれた者たちのなかにおいても重要な立場を担っていたが、背丈は一番小さく、またもっとも軽薄な考えの持ち主であった。その者は、自分はアリストテレスとプラトンの学問《マシマタ》を究めたと思っていた。しかし哲学者《フィロソフォス》としての見識を十分もっている状態では確かになく、しかもその上極端なほどの軽薄さから誇大妄想に陥っていた。【5】そういうことでその者の心は今やアネマス一族によって風を吹き込まれたかのように、[12-42] 帆を一杯ふくらませて帝座《ヴァシリア》に座ることにしか頭になかった。しかしその者たちは、まったくの食わせ者であった。実際ミハイル［アネマス］とその取り巻き連中には、彼を帝《ヴァシリコス》座《ソロノス》に即けるなど思いも及ばぬことであり、彼らのねらいはその男の軽薄さと富を自分たちの企てのために大いに利用することであった。その者たちはその黄金の川から常に金をくみ出し、帝座《ヴァシリア》への期待でその者の心をふくらませて、自分たちの言うがままの存在にさせたのである、しかし彼らの腹の底は、もしことを順調に進めて、運命の女神《ティヒ》がともかく自分たちに微笑みの視線を投げかけてくれれば、一方ではその者を肘でこづき、羽ばたきして海の彼方に飛び立つようにさせ、他方では自分たち自身は帝笏《スキプトラ》をしっかり握り、その者にはわずかな栄誉とおこぼれを与えるだけにしようということであった。ところでその者たちは以前からその者［ソロモン］がこと戦いに関してはなんであれ、ことのほか臆病であるのを知っていたので、怯えさせないために、陰謀の提案の際には皇帝《アフトクラトル》の殺害については言明せず、また剣を引き抜くことも、戦闘《マヒ》や合戦《ポレモス》についても一切触れなかった。このようにしてこのソロモンを仲間全員の首領のようにし、その者をしっかりと手の中に取り込んだのである。彼らの陰謀にはスクリロスと、最近にコンスタンティヌスの［都］の都督職《エパルヒア》をおえたクシロスも引きずり込まれた。【6】先に語られたように、たしかにソロモンは軽薄な考えの持ち主であって、エクサズィノスやヤレアス、アネマス一族自身によって錬られていた計画について［詳しいことは］何も聞かされていなかったが、すでにローマ人の帝位《ヴァシリア》を手にしたかのように考え、ある者たちと語らい、贈物《ドレエ》と爵位《アクシオマタ》の約束でその者たちを誘い込み味方につけようとしていた。いわば劇の演出者であるミハイル＝アネマスはある時彼のもとを訪れ、誰かと話し合っているのを見て、何を話しているのかと問い尋ねた。ソロモンは、いつもの単純さで「あの者はわれわれに爵位《アクシオマ》を要求し、約束を得た後、われわれの企ての全面的な協力者になることに同意した」と返答する。［ミハイルは］この者の愚かさを見定めると同時に、この者は本来黙っていることのできないことを改めて悟り、とても恐ろしくなってもはやこれまでのようには彼のもとを訪れなくなった。

第6章

【1】さて兵士《ストラティオテェ》たち、すなわちアネマス一族の者たちとアンディオホス一族の者たち、それに彼らの共謀者たちは、皇帝《ヴァシリコン》の生命を狙うことに思いをめぐらし、好機にめぐり会えばただちに皇帝《アフトクラトル》の殺害に関して錬ってきた計画を実行に移すことを願っていた。しかし神の摂理《プロニア》によりその機会が一向に彼らに与えられる気配がなく、時が過ぎていくので、発覚してしまうのではないかと怯えていた時、彼らの探し求めていたその好機をやっと見いだしたと彼らは思った。というのは皇帝《アフトクラトル》は朝方眠りから覚めると、多くの心労から生じる、いわば塩水を和らげるため、相手に身内の誰かを選び、時々将棋《ザトリキオン》に興じていたが（このゲームはアッシリア人[12-43]が楽しむために考え出されたもので、その後私たちの方へもたらされた）、その者たちは謀反を実行する手に武器を握り、殺害を心にきし、皇帝《ヴァシリコス》の寝室《キトニスコス》を突き進み、皇帝《ヴァシレフス》に近づこうとの考えでいた。【2】さて両陛下《ヴァシリス》が睡眠をとるこの皇帝《ヴァシリスコス》の寝室《キトニスコス》は、宮殿《アナクトラ》［大宮殿］内の、神の母《セオミトル》に捧げて建設された礼拝堂《テメノス》の左側に位置している、しかし多くの人々はこの礼拝堂に大殉教者《メガロマルティス》ディミトリオスの名を与えている。他方その右側には大理石で敷きつめられた前庭があり、そこ［前庭］へ通じるその礼拝堂《テメノス》の扉《ピリ》は訪れる人々すべてに開かれていた。だからその者たちはそこ［前庭］からまず礼拝堂《テメノス》の中へ入り、次に皇帝《ヴァシリコス》の寝室を閉ざしている扉《ピレ》を壊し、それから中に入って皇帝《アフトクラトル》を剣《クシフィ》で殺害する考えであった。【3】それら血の臭いを放つ者たちが自分たちには何一つ危害を加えなかった者に対して企てた計画は、そのようなものであった。しかし神《セオス》は彼らの計画をひっくり返された。彼らの動きを皇帝《アフトクラトル》に告げた者がいて、その結果ただちにすべての者が呼び出されることになったのである。皇帝《ヴァシレフス》はまず最初に、ヨアニス＝ソロモンとエオルイオス＝ヴァシラキオスを宮殿《アナクトラ》［大宮殿］へ連行するように命じた、その場所は彼自身が親族《シンゲニア》と共にたまたまいた小部屋《イキスコス》のごく近くで、［親族の］誰彼かを通じて彼らに尋問を行うためであり、その時には［皇帝は］以前からその者たちが単純な考えの持ち主であることを知っていたので、それゆえ容易く謀られたことを知ることができると考えていたのである。しかし繰り返しての尋

問にそれらの者たちは否認しつづけたので、セヴァストクラトルのイサアキオスが中に入り[12-44]、ソロモンをじっと見た後、次のように語りかけた。「ソロモンよ、あなたは私の兄弟で皇帝《ヴァシレフス》である者の寛容さを十分承知している。もし謀られたことすべてを告げるなら、ただちに情け《シムバシア》をかけられるであろう、そうでなければ耐え難い拷問をうけることになろう」その者〔ソロモン〕は、セヴァストクラトルを取り巻き肩から両刃《エテロストマ》の剣《クシフィ》をつり下げている蛮族《バルバロイ》[12-45]たちに視線を向けると、恐れで震えだし、ただちに一切を打ち明ける、しかし関わった者たちの名はあげたが、殺害計画について一切知らなかったと断言した。次にその者たちは宮殿《アナクトラ》〔大宮殿〕の守り《フィラキ》を託されている者たちに引き渡され、それぞれ別々に牢獄に閉じこめられた。【4】つぎに再び残りの者たちもそれぞれの役割について尋問されることになった。その者たちはすべてを白状し、殺害計画も隠さなかった、その結果それらの兵士《ストラティオテェ》たちは、とりわけ陰謀の首謀者で皇帝《アフトクラトル》に対して血の臭いを発散させていたミハイル＝アネマスも含めて、この計画を遂行しようとしていたことがはっきりしたので、すべての者は追放され、彼らの財産は没収された。確かにソロモンの立派な屋敷は皇后《アヴグスタ》に与えられた、しかしその者は持ち前の性格からソロモンの妻を憐れんで、何一つ持ち去ることなく屋敷をそのまま彼女に与えた。【5】確かにソロモンはソゾポリスで牢獄に繋がれた。他方アネマス〔ミハイル〕をはじめとする陰謀の首謀者たちについては、頭髪と顎髭をすっかり剃られた後、広場《アゴラ》[12-46]の中央を引き回し、その後で両眼を潰すよう命じられた。さて見せ物行列を仕切る者たち[12-47]は彼らを受けとると、粗衣を身にまとわせ、額の飾り帯《テェニエ》として牛と羊の腸で頭を飾らせ、牛に跨るのでなく横向けに乗せると、宮殿の中庭中を引き回した。その時彼らの前には棒持ち《ラヴドヒィ》たちが跳びはね、その行列進行《ポムピ》に似合いの、笑いを誘う古びた歌謡を大声で歌いつづけた、その歌謡は日常共通《レクシス》の話し言葉《イディオティス》で作られたもので、意味はつぎのようなものであった。すなわちその民衆歌謡は、すべての者にやって来て、これらの角を生やした反逆者たち《テティランネヴコテス》、皇帝《アフトクラトル》に向かって剣《クシフィ》を研いだあの男たちを見てやるようにはやし立てるものであった。【6】実際あらゆる世代の人々が見世物を見ようと駈け寄ってきたし、皇帝《ヴァシレフス》の娘である私たちもこっそりと見ようと〔階上へ〕[12-48]移動した。ところでミハイルが視線を宮殿《アナクトラ》〔大宮殿〕の方に向け、嘆願者のするように両手を空に向けて差し上げ、身ぶりで両手を肩から、両足を胴体から切り離し、頭そのものも切り取ってくれるよう嘆願している[12-49]のを見て、人々すべては涙と悲嘆に誘われ、もちろん私たち、皇帝《ヴァシレフス》の娘たちも[12-50]ことのほか悲しんだ。実際この私はその男をそのような苦しみから救ってやりたいと思い、皇后《ヴァシリス》である私の母を一度そして二度までもその行列のさまを見に来るように誘った。なぜなら本当のことを言えば、皇帝《アフトクラトル》のために、それらの男たち、あのようにすぐれた兵士《ストラティオテェ》たちを、とりわけきわめて重い判決が言い渡されたミハイルを失わせたくなかったからである。【7】その者がこのような仕打ちにどれほどの屈辱を感じているかを理解して、私は、先に語っていたように、ともかくすでに彼らの身近に迫っている危険〔両眼潰し〕から男たちが救われるように、私自身の母を動かそうとした。事実行列を仕切る者たちは殺害行為を犯そうとした者たちに赦免《シムパシア》の余地があるのではないかとそれを期待して、普通よりもゆっくりとした歩調で進んでいた。〔皇后〕は〔見に〕上がってくるのをためらっていたので（なぜならその者は皇帝《アフトクラトル》のそばに座り、二人が一緒に神の母《セオミトル》の〔イコンの〕前で神《セオス》への祈りをしていたのである）、私は下に降り扉《ピレ》の外でおどおどしながら立っていたが、中に入って行く勇気がなく、頭を動かして皇后《ヴァシリサ》を呼び出そうとした。その者はやっと承知して、行列を見に階上へ登り、そしてミハイルの姿を見て憐憫の情を催し、彼のために熱い涙を流すと、皇帝《アフトクラトル》のもとへとって返し、一度二度三度、さらに何回もくり返して、ミハイルの両眼が許されるよう懇願を続けた。【8】そこでただちに一人の使者が刑吏《ディミィイ》たち〔の刑執行〕を抑えるために送り出される。その者は急ぎ、彼らより先に、そこを通り過ぎてしまえば何人ももはや恐ろしい運命から逃れることはできない両手《ヒレス》[12-51]と呼ばれる場所の中に到着する。なぜならかつて皇帝《ヴァシリス》たちはこれらの青銅の両手をとても高い場所《ペリオピィ》に、空中高くそびえる石製の凱旋門の上に設置したが、その設置はつぎのことを広く人々に知らせることを願ってのことであった、すなわち法により死刑の宣告を受けた者がまだその場所に至っておらず、そこへ向かう途中において皇帝《アフトクラトル》からの慈悲《フィルアンソロピア》の報せが届けば、まさしくこれら両手が示しているように、皇帝《ヴァシレフス》が再びその者たちをしっかりと腕に抱き両手でとらえ、いまだ慈悲の手から見放していないことを示しているものとして、死罪から解き放たれる、しかしその両手の場所を越えていた時には、そのことは確かに皇帝権《ヴァシリオス》力《クラトス》がかれを拒んだことを示す印である。【9】確かに刑罰を課された人々の運命は、運命の女神《ティヒ》の計らい一つにかかっていると言える、しかし私はそれを神《シア》の判決と言いたい、祈って救いを呼びかけねばならないのはそれ「神の判決」に向かってである。あるいは罪の免除《シムバシア》の知らせが両手《ヒレス》にたどり着く手前で到着すれば、不運の下にある者たちは危難から解放されるか、あるいは両手《ヒレス》を通り過ぎておれば、救いから見放されるかである。しかし私はすべてを神《セオス》の摂理《プロニア》に帰する、その時この男から両眼摘出の不運を取り除いたのはまさにそれ「神の摂理」であった。思うに神《セオス》は、その日私たちの心にこの者への憐憫の情を引き起こされたのである。確かに救いの使者《アンゲロス》は青銅の両手が置かれている凱旋門に急いだ、そして罪の免除《シムバシア》の文書《グラマティオン》[12-52]をミハイルを連行している者たちに手渡した後、その場所でその者を受け取り、引き返した。それから「その使者は」「ヴラヘルネの」宮殿《アナクトラ》の近くに建てられていた塔《ピルゴス》へ行き、その者をそこへ閉じこめた。なぜならそうするように命じられていたのである。

第7章

【1】この者「ミハイル＝アネマス」は、つぎにグリゴリオス「タロニティス」がアネマス「と同じ」牢獄《イルクティ》に入ることになるまで、その牢獄《イルクティ》から解放されなかった。これ「牢獄」はヴラヘルネ宮殿《アナクトラ》の近くに位置する都《ポリス》の城壁《ティヒ》の一つの塔《ピルゴス》で、アネマスの塔と呼ばれた、それは最初にアネマスが長期間にわたって鎖に繋がれたまま幽閉されていたのでこの名称を帯びたのである。さて上記のグリゴリオスは第十二エピネミシス「インディクティオン」の間[12-53]にトラペズスのドゥクスに昇進したが、久しい以前から反逆《アポスタシア》の実行を待ち望んでおり、「任地

の」トラペズスに向かう途中でその心に秘めていた計画を白日のもとにさらした。というのはこの者［グリゴリオス］は、ドゥクス《ドゥキキ》職《アルヒ》がタロニティス［グリゴリオス］に移ったのでコンスタンティノープルに帰還する途中のダヴァティノスに出会うと、ただちにその者を縛り、さらにその者だけでなく、著名で有力なトラペズス市民たち、またヴァクヒノスの甥をもティヴェナに閉じこめることになった。鎖と牢獄から解放されそうもなかったので、それらの者たちはすべて互いに力を一つにして、彼らを見張っている謀反人《アポスタティス》の部下たちを力ずくで押さえ込み、城壁《ティヒ》の外へ追い出し、ずっと遠くへ追い払った後、彼ら自身がティヴェナを掌握し保持した。【2】皇帝《アフトクラトル》はしばしば書簡《グラフェ》[12-54]を送り、時には彼を［都へ］呼び寄せようとし、時にはもし赦免《シムパシア》にあずかり、以前の地位に復帰することを望むなら、大それた悪事から手を引くよう忠告もし、また従おうとしないのを知ると脅かすことも何度もあった。しかしその者［グリゴリオス］は彼にとってより良い忠告を行う皇帝《アフトクラトル》に耳を貸そうとしないどころか、長文の書簡《グラフィ》を彼に送りつけ、元老院《シングリトス》と軍隊《ストラトス》の指導者《ロガデス》たちだけでなく、皇帝《アフトクラトル》の血縁者や姻戚関係《ガムヴリィ》者までも非難攻撃するしまつであった。皇帝《アフトクラトル》はこの書簡《グラフィ》からその者が日ごとにますます悪い状態に進み、全くの狂気に陥っているのを見定めて、自分で彼を説得することを完全にあきらめ、しかし他方第十四エピネミシス[12-55]において彼［アレクシオス］自身の甥、つまり彼の長姉《プロトトコス》の息子、父方における反逆者《アポスタシス》の従兄弟であるヨアニス[12-56]を、なによりもまずその者を通じて彼［グリゴリオス］に救済の忠告を与えるために彼のもとへ送り出そうとする、というのは一方で親族関係からくる親しみと、また二人とも同じ血を分け持っていることから、彼［ヨアニス］に従うだろう、しかし他方相手にその気持ちがなければ、［ヨアニスに］多数の軍勢《ディナミス》を率いて陸海から勇敢に立ち向かわせようというのが［皇帝の］考えであった。【3】その者がやって来るとの知らせで、グリゴリオス＝タロニティスはタニスマニス[12-57]の援助を求めようとしてその地［トラペズス］を離れ、コロニアに向かう（ここはことのほか防備の堅い、難攻不落の城塞《ポリフニオン》であった）。ヨアニスは進軍の途中でこのことを知ると、ケルト人と精鋭のローマ人を自身の軍勢《ストラテヴマ》から切り離し、彼らを彼に向けて送り出す、そしてその者たちは彼に追いつき、激しい戦いを交わす。その時二人の勇敢な男が彼と出くわすと、槍《ドラタ》をつかって彼を落馬させ捕らえた。それからヨアニスは［彼らから］彼を受け取ると、生け捕りのままで皇帝《アフトクラトル》のもとへ連行する、その時道中では一切彼と顔を合わすことも、言葉をかけることもなかったと誓ったが、皇帝《アフトクラトル》がわざとその者の両眼を潰す意志のあるところを示してみせると、彼のために熱心に許しを願った。【4】皇帝《アフトクラトル》は彼の嘆願に同意を与え、やっとこれまでの態度が演技であったことを示した後、自分の本心を黙っているようにその者［ヨアニス］に強く言い渡した。さて三日後、頭髪と顎髭がつるつるに剃られた後、［皇帝は］その者を広場《アゴラ》[12-58]の中央を引き回し、それからすでに語られたアネマスの塔《ピルゴス》へ引き立てて行くように命じた。その者は牢獄の中にあっても愚かさはもとのままで、日ごと牢番《デズモフィラケス》たちにむかって狂気のような戯言を発し続けていたが、皇帝《アフトクラトル》からは翻意し後悔の気持ちを示すようにと、長期間にわたって手を尽くした手厚い配慮を受けていた。しかしその者は以前とまったく同じであった、そしてその者は以前私たちと親しくしていたので、しばしば私のケサルを呼び寄せようとした。そのような時には皇帝《アフトクラトル》も彼を極端な無気力から立ち直らせ、よりよい助言を与えるようにと、彼［ケサル］の自由にさせた。しかしその者がより良い方向へ向かう兆候は、なかなか現れなかった。それゆえ牢獄生活は長くつづいたのであった。最後に赦免《シムパシア》を言い渡された時、その者は以前にもまして多くの好意《フィロフロシィニ》と贈物《ドレエ》と栄誉《ティミ》にあずかった、実際そのような場合において私の皇帝《ヴァシレフス》は常にそのようにふるまったのである。

第8章

【1】さてこの者［皇帝］は謀反人たちと反逆者《アポスタティス》グリゴリオス［タロニティス］に関してこのように処理した後、ヴァイムンドスのことも忘れることなく、イサアキオス＝コンドステファノスを呼び寄せると、メガス＝

ドゥクスに任命し、そしてもしヴァイムンドスがイリリコンへ渡海する前に現地に到着しなければ両眼をえぐり取るぞと脅した上で、ディラヒオンに派遣したのである。他方彼［皇帝］の甥でディラヒオンのドゥクスであったアレクシオスにもしばしば書簡《グラマタ》[12-59]を送り、彼を奮起させ、ヴァイムンドスが気づかれずに渡海しないように、その時にはただちに書簡《グラマタ》を通じて知らせるために、常に警戒を怠りなく、また海岸地方を見張っている者たちに同じことを指示するように申しつけた。[2] 皇帝《アフトクラトル》の対応措置は、そのようなものであった。ところでコンドステファノスには、ロンギヴァルディアの海峡《ポルスモス》を細心の注意を払って見張り、もしあらゆる戦争資材をかの地からこちらへ輸送するためにディラヒオンへ向かおうとするヴァイムンドスの船舶《プロポムピイ》[12-60]があればこれを阻止し、とにかく何であれロンギヴァルディアからこちらに送られることを完全に遮断すること、これら以外なにも命じられていなかったが、そのコンドステファノスは［コンスタンティノープルを］出発する時点においては、かの地からイリリコンに渡ろうとする者たちにとってもっとも適した上陸地点を知っていなかった。さらにそれだけでなく、その者は命令されたことを無視して、ロンギヴァルディアの海岸に位置する都市《ポリス》イドルスへ向かって海を渡り始めたのである。この都市《ポリス》は一人の女性が守っていた、ところで言われているところではその者はタグレの母であるが、これまでたびたび語られてきたヴァイムンドス、その者の姉妹であるのかどうかは私には分からない。なぜならタグレのヴァイムンドスとの親族関係は父方においてなのか、母方においてなのか、私は正確に知らないのである。[12-61] [3] そこ［イドルス］に到着すると、その者［コンドステファノス］は船舶《ニエス》を碇泊させ、イドルスの城壁《ティヒ》への攻撃に取りかかり、今にも［都市を］手中にするところまで進んだ。他方城内にいたあの女性は冷静で慎重な判断の持ち主であり、事態をしっかりと見て、［敵］船舶《ニエス》がそこに碇を降ろすや、大急ぎで彼女の息子の一人のもとへ人を送り、呼び寄せることに取りかかった。他方全艦隊《ナフティコン》の方ではすでに都市《ポリス》を手中にしたものと確信し、［艦隊の］すべての者が皇帝《ヴァシレフス》の歓呼《エフフィミア》の声をあげ始めると、困難な状況に置かれたその女性は城内の者たちにも同じように歓呼する指示を与える。また同時にコンドステファノスへ使者《プレスヴィス》を送り、皇帝《アフトクラトル》への服属に同意し、彼［皇帝］と和平の協定《イリニケェスポンデェ》を交わすことを約束し、そして自分は彼［コンドステファノス］のもとへ出かけて行き、［協定の］内容について話し合おう、そうすれば彼を通じてすべてのことが皇帝《アフトクラトル》へ報告されるであろうと告げたのである。これらは、コンドステファノスの判断を一時停止の状態にさせようと彼女によって企てられたことで、もしその間に彼女の息子が到着すれば、悲劇役者について言われるようにさっと仮面を投げ捨て、戦闘に立ち向かおうとの考えであった。【4】人々からそう言われているように、あの女戦士《ストラティオティス》があのような言葉と偽りの約束によってコンドステファノスの［攻撃の］決心を宙ぶらりんの状態にしたことで、内と外に居る者たちの入り交じった［皇帝］歓呼《エフフィミア》の声が起こり、周囲全体にとどろき渡っている間に、待ち望まれていた者［女戦士の息子］が自ら率いる伯《コミテス》たちと共に到着し、ただちにコンドステファノスに立ち向かい、全力をあげて打ち負かすこととなった。実際艦隊《ナフティコン》の者たちすべては陸上戦の経験がなく、海に向かって身を投げたのである。他方スキタイ[12-62]（なぜならかなりの数のスキタイがローマ軍の中にいた）は、戦闘の行われた時、これらの蛮族《バルバロイ》がいつもするように略奪に飛びだして行ったが、彼らのうちの六名がたまたま捕らえられるということが起こった、そしてヴァイムンドスは［自分のもとへ］送られてきたそれらの者たちを見て、思いがけない大きな拾い物とみなし、ただちにそれらを連れてローマに向かったのである。[12-63]【5】さてヴァイムンドスは使徒《アポストリコス》の座《ソロノス》に到着すると、教皇《パパス》と会談し[12-64]、ローマ人に対する［教皇の］怒りを極端なほどにかき立て、またわが《イメダポン》民《エノス》［ローマ人］に対するこれら蛮族《バルバロイ》［ラテン人］の古くからの恨みを煽り立てた後、とりわけ教皇《パパス》の取り巻きのイタリア人を激怒で荒れ狂わせるために、捕らえたスキタイを彼らの前に登場させたのである、なぜなら皇帝《アフトクラトル》アレクシオスはキリスト教徒に対する敵意から、武器《オプロン》をふるい弓《トクソン》を引き絞る、神を知らぬ恐ろしい騎馬の射手《イポトクソテェ》である蛮族《バルバロイ》［スキタイ］をキリスト教徒に向けて送り出していることをあたかも事実そのもので証明しようとしたのである。このようなことが話題となる時はいつもその者［ヴァイムンドス］は、スキタイの衣服を纏い、いつものように蛮族特有の実に恐ろしげな視線で睨みつけるそれらスキタイを教皇《パパス》の面前に並べ、これらの者たちの名称と風采を嘲笑しながら、ラテン人のいつも使う言葉で彼らを繰り返し繰り返し異教徒《パガニ》と呼び続けていたのである。その者は、誰もそう思うように、このキリスト教徒に対する戦いという問題《プラグマ》を実に狡猾に利用しようとしたのである、つまりそれは、自分は正当にもローマ人の敵対行為に向かって戦うべく突き動かされたこと、そして同時に粗野で思慮の欠けた男たち多数を、彼らの自由意志のもとで、集めようとしていることについて教皇《アルヒエラティキィ》の同意を勝ち取るためであった。実際近くにあるいは遠方にいる蛮族《バルバロイ》のうちで、もし教皇《アルヒエラティキィ》の同意が与えられ、この一見いかにももっともらしい大義によってすべての馬とすべての男《アニル》が、そしてすべての兵士《ストラティオティキ》の手《ヒル》が武装されることになれば、私たちに対する戦いに進んで馳せ参じないものがいるだろうか。実際この男の言葉に圧倒されて、教皇《パパス》は彼の考えに賛成し、イリリコンへ渡ることを許したのである。［6］さて話を前の時点へ戻さねばならない。[12-65]［ローマ人の］陸《イピロテェ》兵《ストラティオテェ》たちがこの上なく勇敢に戦い続けていた一方、残りの者たちは海の波に飲み込まれてしまった。だからケルト人は、輝かしい勝利を手に入れようとしていた。しかしきわめて勇敢な兵士《ストラティオテェ》たち、特に高い地位《ティヒ》にある最強の男たち、すなわちあの有名なニキフォロス＝エクサズィノス＝ヤレアス、その従兄弟でドゥカスのあだ名をもつコンスタンディノス＝エクサズィノス、勇敢さでは第一番のアレクサンドロス＝エフフォルヴィノス、そして同じような栄誉と地位《ティヒ》にあり、そして猛々《ソオウリス》しい力《アルキ》を忘れないでいる他の者たち、これらの者たちは反転するや、剣《アキナキス》を鞘から引き抜き、気力と力のすべてをふりしぼり、戦闘のすべてを背負いケルト人と戦いつづけ、ついに彼らをうち破り、輝かしい勝利を勝ちとった。［7］それゆえコンドステファノスはケルト人の攻撃が止んだ機をとらえると、艫綱を解いて全艦隊《ナフティコン》と共にアヴロンへ向かう。それからその者［コンドステファノス］が初めてディラヒオンに到着し、彼の指揮下の戦《ポレミケ》艦《ニエス》をディラヒオンからアヴロンまで、さらにヒマラと呼ばれる所までにわたって分散配置した時、なおアヴロンはディラヒオンから一〇〇スタディア、ヒマラはアヴロンから六〇スタディア[12-66]は離れているが、ヴァイムンドスが急いで海を渡ろうとしているのを知ると、ディラヒオンへの航路よりもアヴロンへの方がより短いところから、[12-67] あの者［ヴァイムンドス］がむしろアヴロンに向けて進んでいく可能性を推測し、それゆえアヴロンの防衛をより強化しなければならないと考え、［コンドステファノスは］［艦隊の］他の司令官《ドゥケス》たち[12-68]と共に出発し、アヴロンの海峡《ポルスモス》を注意深く見張ることにとりかかり、また海域を一望に見渡し船舶［の接近］を見張るためにイアソンと呼ばれる山[12-69]の頂き《アクロロフィア》に監視の兵《スコピィ》を配置した。【8】つい先頃かの地から渡ってきた一人のケルト人がヴァイムンドスの動向について今まさに渡海にかかろうとしていることを人々に請けあった。コンドステファノス兄弟[12-70]はこれを知ると、ヴァイムンドスとの海戦《ナヴマヒア》を前にして怖じ気づき（なぜならその名前だけで怯えてしまった）、病気を装い、そのため浴場《ヴァラニア》[12-71]に行きたいと願い出た。全艦隊《ナフティコン》を指揮していたランドルフォス[12-72]は船による待ち伏せ《ナヴロヒア》と海上戦について長年にわたる豊かな経験《エムピリア》を有していたが、彼ら［コンドステファノス兄弟たち］に向かって、常時気を緩めずに見張り、ヴァイムンドスの攻撃《エフォドス》を待ち受ける態勢でいるよう大いに励ましつづけていた。しかしコンドステファノス兄弟は入浴《ヴァラニオン》のためにヒマラに向かって出発する時、いわゆる艦隊《ストロス》の第二ドルンガリオス［副官］を一隻の一段櫂のエクスクサトンと共に、アヴロンからさほど遠くない地点に位置するグロサ岬に偵察者《スコペフス》として後に残したのである。他方ランドルフォスは相当数の船舶《ニエス》を指揮してアヴロンで待機することになった。

第9章

【1】そのように取りはからった後に、その者たちは入浴するために、あるいはそのように見せかけて出発していった。他方ヴァイムンドスは、彼の指揮下の十二隻の快速《リストリケ》船《ニエス》を、それらすべては二段櫂《ディイリス》で、櫂を絶え間なく海水に差し入れることによって鋭く大きな音を鳴り響かせる多数の漕ぎ手を擁していたが、戦闘隊形に並べ、そしてこの艦隊《ストロス》の周囲にあるいは両側にずんぐりした《スロトンギレ》形の貨物船《ニエス》を配置し、あたかも周壁のようにしてそ

の中に［十二隻の］戦艦《ポレミコス》隊《ストロス》を取り入れたのである。もしあなたが遠くの展望台《スコピア》からそれを見れば、海上を進む遠征軍《ナフストリア》は海に浮かぶ都市《ポリス》であると言ったであろう。[12-73] 確かに幸運《ティヒ》が彼に手を貸しているようであった。事実微風がそよそよと吹き、貨物船《オルカデス》の帆を膨らませ、そのため海面にさざ波が立つ以外、海は静かであった。実際それだけの風でそれらの船［貨物船］は順調に走り、他方櫂で進む船《ニエス》は帆船と一緒にまっすぐに航海を続け、アドリア海の真ん中にあっても、それらのあげる騒音は両岸においても聞くことができた。このように編成されたヴァイムンドスの蛮族《バルバリコス》の艦隊《ストロス》は驚嘆に価する光景であり、コンドステファノス兄弟配下の者たちがそれを目にして恐れおののいたとしても、私は彼らを咎めることも、また臆病と誹ることもしないだろう。そのような形態の艦隊《ストロス》を前にすれば、コンドステファノス兄弟やランドルフォスの配下の者たち、これらと同じような者たちどころか、あの有名なアルゴー船《アルゴナウティコス》の一行《ストロス》[12-74]さえ恐怖におののいたであろう。【2】確かにランドルフォスは、先に詳しく語られたようにヴァイムンドスがトン数の大きい貨物船《オルカデス》と共にあのような恐るべき艦隊編制で海を渡ってくるのを目にすると、そのような大軍と戦うことが不可能であるため、アヴロンへ向かう航路から少し離れ、ヴァイムンドスへ進路を開いたのである。その者［ヴァイムンドス］は幸運《ティヒ》に恵まれ、ヴァリス[12-75]からアヴロンへ渡り、彼の海外《ディアポンディオン》遠征軍《ストラテヴマ》のすべてを対岸に上陸させた後[12-76]、まず海岸地域すべての略奪を開始した、なぜならその者は、フランク人とケルト人の無数の軍勢《ストラテヴマ》、ふだんはローマ人のもとで軍務に服しているが、まさにその時にはなんらかの状況で彼の味方となったスゥリ島出身の者たち[12-77]のすべて、さらに加えて多数のゲルマニアの民《エノス》およびケルトイヴィレスを率いていたのである。そして事実これらの軍勢すべてを糾合し、それらをアドリア海のこちら側のすべての沿岸地域に配置し、つぎつぎとあらゆる地域を略奪させた後、つぎに私たちが今日ディラヒオンと呼んでいるエピダムノスの攻撃に、すなわちまずこの都市《ポリス》を奪い、そうしてから次にコンスタンティヌスの［都］にいたるまでの私たちの土地を略奪する意図をもって、取りかかったのである。[12-78]【3】攻囲《ポリオルキア》にかけては誰よりも巧みで、あのデメトリオス＝ポリオルケテスをも凌いでいたヴァイムンドスはエピダムノスに注意を集中し、工学の生み出した成果のすべてをこの都市《ポリス》に向けて作動させることにとりかかった。そしてまず最初に、その者は自身の軍勢《ストラテヴマ》[12-79]をそのまわりに配置し、またディラヒオン市《ポリス》の近くに、それより少し離れた場所に位置する建造物を攻囲した、そしてその間に、時にはローマ人の軍勢《ストラテヴマタ》は彼と戦いを交わし、時には彼に手向かう者は誰も現れなかった。多数の戦闘と乱戦、殺戮が生じた後、先に語られたようにその者はディラヒオンの都市《ポリス》の攻囲《ポリオルキア》そのものに集中した。【4】しかし反逆者《ティラノス》ヴァイムンドスによるディラヒオンに対するかの有名な戦闘そのものについて語る前に、この都市《ポリス》の位置について語っておかねばならない。それはまさしくアドリア海の岸辺に位置している。その［アドリア海］中央部においては大きく長い海域が広がり、幅はイタリア人の住む対岸にまで延び、長さは東そして北に向かい、やがて曲がり、蛮族《バルバロイ》のウェトネスのもとへ至っており、彼ら［ウェトネス］の対岸に位置するのがアプリアの住民の土地である。要するにアドリア海の大きさはそのようなものである。確かにディラヒオンあるいは古代のギリシア人《アルヘァエリニス》の都市《ポリス》であるエピダムノスは、エリソス［という町］[12-80]の下方［南］、および左側［南西］にあり、従ってエリソスは［ディラヒオンの］上方および右側［北北東］に位置している。【5】このエリソスはその名を大きなドリモン川に流れ込むエリソスと呼ばれる川から取っているのか、この町《ポリフニオン》が単にそう呼ばれていたにすぎないのか、私ははっきりと言うことができない。エリソスは高所にたち、まったく攻略し難い町《ポリフニオン》であり、人の言うところでは平地に位置するディラヒオンを見下ろしており、陸上からも海上からもディラヒオンに多大の援助をすることができるほど安全で信頼できる場所である。以上の理由から皇帝《アフトクラトル》アレクシオスはエピダムノスの都市《ポリス》の援助のためにエリソスの町《ポリフニオン》を十分に利用した、すなわちたまたま航行可能なドリモン川から[12-81]そして陸上から、つまり陸海から必要物資《フリオディ》を、すなわちそこ［ディラヒオン］にいる兵士《ストラティオテェ》や住民《イキトレス》のあらゆる食糧と、武器と戦闘に役立つすべてのものを導き入れることで、ディラヒオンの都市《ポリス》の防備を強化したのであった。【6】このドリモン川の水路について言い足したいと思う、この川は、高所に位置するリフニティス湖《リムニ》から（今日では［この湖は］

蛮族の言葉でアフリスと呼ばれるが、まず最初はブルガリア人の皇帝《ヴァシレフス》であったモクロスから、最終的には共に緋の産室生まれの二人の皇帝《ポルフィロエニティヴァシリ》コンスタンディノスとヴァシリオス[12-82]の時代に「ブルガリアを」統治していたサムイルから、そう呼ばれた）、私たちが溝《エフィレ》と呼んでいる一〇〇もの深い溝《タフリィ》を通して流れ出ていく。すなわちその数一〇〇もの支流は別々の異なる水源から流れ出るかのように、この湖から分かれて流れ続け、やがてつぎにデヴリのそばを流れる川で合流し、そこ「デヴリ」からその川はドリモンと呼ばれるようになるが、[12-83]それら「支流」は一つになることで川幅を大きくし、実に大きな川を形成する。それからダルマティア人との境界地域にそって流れ、やがて北に向きを変え、つぎに南に曲がり、エリソスの麓に達した後、アドリアの湾《コルポス》に流れ込む。**[7]** ディラヒオンとエリソスの位置とそれぞれの場所の堅固さについては以上で十分に記したと思う。さてなお女王の都市《ヴァシレヴウサ》にとどまっている皇帝《ヴァシレフス》はディラヒオンのドゥクス[12-84]からの書簡《グラフェ》を通じてヴァイムンドスの渡海を知ると、急いで出陣しようとしていた。なぜならつねに用心深いディラヒオンのドゥクスは瞳に全くまどろみを許さず、ヴァイムンドスがイリリコンの岸に到着し、船《ナフス》から降りると、ただちに防柵《ハラクス》の陣地を設営したことを確認すると、一人のスキシスを、ことわざの言葉にあるように翼のある伝令官《イポプテロス》として呼び出し、「その者を送って」皇帝《アフトクラトル》にこの者「ヴァイムンドス」の渡海を伝えようとしたのである。その者「伝令官」は皇帝《アフトクラトル》が狩猟からもどってくる姿をとらえると、大急ぎで彼に近づき、頭を地面につけてひれ伏し、大声ではっきりとヴァイムンドスが渡海したと叫んだ。その時その場に居合わせた人々すべては、ただヴァイムンドスの名を聞いただけで茫然自失し、それぞれがいたところに立ちすくんでしまった。他方勇気と気魄にあふれる皇帝《アフトクラトル》は靴ひもを弛めながら言うには「さあ今は食事に向かおう、ヴァイムンドスのことは後でよく考えよう」

第XIII巻

第1章

【1】確かにその時居合わせた私たちすべて[13-1]は、皇帝《アフトクラトル》の堂々とした態度に驚愕した。しかしその場に居る者たちを考えて表面上はそのような報せに全く平然としているように見えたけれども、報せを聞いて心は激しく波打っていたのである。とにかくその者「皇帝」は、再びビザンティオンを離れなければならないと考えた。彼を取り巻く身近な状況が再び彼にとって良くないことを認識していたが、それでも宮殿《アナクトラ》と諸都市の女王《ヴァシリストンポレオン》に関して適切な処置を行い、また艦隊《ストロス》のメガス＝ドルンガリオスにして宦官《エクトミアス》のエフスタシオス＝キミニアノスとデカノスの息子と呼ばれているニキフォロスをそれらの守護者《フィラケス》に定めた後、第一エピネミシス「インディクティオン」の十一月一日[13-2]、その者は少数の血縁者たちと共にビザンティオンを出立し、都の郊外のエラニオンに設営されていた赤く染めた皇帝《ヴァシリキ》の幕舎《スキニ》に到着する。【2】しかしその者は、出立するとき、ヴラヘルネ地区「の聖所」の神の母《セオミトル》がいつもの奇跡《タヴマ》[13-3]を見せなかったことに不安を感じていた。だから四日間その場所「エラニオン」にとどまった後、太陽の沈む時刻、皇后《デスピナ》と共にもと来た道を引き返し、少数の者とともに密かに神の母《セオミトル》の聖《イエロン》所《テメノス》に入り、いつもの讃美歌を歌い、熱心に嘆願《ディシス》した後、いつもの奇跡《タヴマ》が現れたので、大きな希望に胸をふくらませてそこを退出する。【3】その者は翌日にはもうセサロニキへの道にあり、ヒロヴァクヒに着いたとき、ヨアニス＝タロニティスを都督《エパルホス》に任命した。この男は名門の家柄に属し、子供の時から彼「皇帝」に引

き取られ、その後長期にわたって彼の書記補《グラマテェヴィン》として仕えたが、実に頭の回転がことのほか速く、ローマ法に深い知識をもち、勅《ヴァシレオス》令《プロスタグマタ》についてはそれらが皇帝《ヴァシリキ》陛下《メガロフロスニ》にふさわしいものに仕上がっている場合においては、それらを褒め称えた、他方自由にものを言ったが、軽率を咎める時にはあっさりと切り上げ、実際スタギロスの人《スタイエリティス》[13-4]が対話に長けた者であると推奨するような人であった。【4】そこ［ヒロヴァクヒ］を離れるに際して、その者［皇帝］は艦隊《ストロス》のドゥクスのイサアキオス［コンドステファノス］およびその同僚たち、すなわちエクサズィノス＝ドゥカス［コンスタンディノス］とヤレアス［ニキフォロス＝エクサズィノス］に次々と書簡《グラマタ》[13-5]を発送し、常時見張りを怠りなく、ロンギヴァルディアからヴァイムンドスのもとへ渡ってくる者たちを阻止するよう彼らに檄を飛ばした。メストス川[13-6]を渡った時、皇后《アヴグスタ》は宮殿《ヴァシリア》［大宮殿］に引き返すことを願い出たが、しかし皇帝《アフトクラトル》はさらに進むことを強要した。そして二人一緒にエヴロスと呼ばれる川を渡った後、プシロスの辺りで幕舎《スキネ》を設営した。【5】ところで一つの暗殺[13-7]を免れたその者［皇帝］は、もし神の御手《シアヒル》のようなものが殺人者たちにその実行を思いとどまらせなかったなら、もう一つの殺害の罠に危うく陥るところであった。皇帝《アフトクラトル》に敵対する一派の者たちに殺害をかき立てていたのは、嫡出ではないが、両親の一方においてあの有名なアロニオス家につながる者[13-8]であった。その者は、またその秘密の計画を彼自身の兄弟セオドロス［アロニオス］と共有していた。敵対派の他の者たちもこの陰謀に関わっていたのか、私はそれについて言いたくない。とにかくその者たちは殺害の実行者としてディミトリオスと呼ばれる一人の金で買われたスキシスを用意し（その者の主人《デスポティス》がまさしくアロンであった）、計画の実行を皇后《ヴァシリス》の［都への］帰還の時と考え、そのスキシスに好機を摑めば、つまり狭い場所で［皇帝と］出会った時に、あるいは寝ているその者のもとへ忍び込み、剣《クシフォス》で皇帝《ヴァシレフス》の脇腹を突き刺すように命じたのである。【6】さてディミトリオスは血の臭いを発散させながら、刃を研ぎ、いつでも右手を血で濡らす準備をしていた。しかし正義の女神《ディキ》はその時も新奇な趣向をこらすことになる。というのは皇帝《アフトクラトル》が彼女を日一日と引き連れ、そのため皇后《ヴァシリス》はすぐに皇帝《ヴァシレフス》から離れようとせず、彼に同行することを続けていたので、あの殺人鬼たちは皇帝《アフトクラトル》の警戒怠りない見張り人《フィラクス》が、私は皇后《ヴァシリス》のことを言っているが、いつまでもとどまっているのを見て辛抱しきれなくなり、皇帝《アフトクラトル》には先に進むことを、皇后《アヴグスタ》にはビザンティオンへの道につくことを勧告するファムサという文書を書いて皇帝《ヴァシレフス》の幕舎《スキニ》に投げ込むということをしでかしたのである（これらを投じた者はしばらくは全く分からなかった。なおファムサ[13-9]という言葉は文書《リドリマタ》による誹謗《エングラファ》を意味する、そしてこれらの文書に関して法《ノモス》ももっとも厳しい罰でもって臨み、文書そのものは火に投じ、それらをあえて書いた者たちはもっとも恐ろしい刑罰に服させることになっていた）。実にその者たちは的を射ることができず、ファムサを書くという全く馬鹿げたことをしでかしてしまったのである。[7] 皇帝《アフトクラトル》が昼食を済ませ、ほとんどの者が退出した後、ただマニ教徒《マニヘイ》の一人ロマノスと宦官《エクトミアス》のヴァシリオス＝プシロスとアロンの兄弟セオドロスだけが居残っていた時、再び皇帝《ヴァシレフス》の寝椅子の下に投げ込まれていた一通の誹謗文書《ファムソン》が見つかった、それはためを思って皇帝《ヴァシレフス》に従い、早々に女王の都市《ヴァシレヴウサ》へ戻らない皇后《ヴァシリス》を攻撃する内容のものであった。まさしくこれが彼らの目的であり、［皇后がいなければ］何でもできるのである。投げ込んだ者にたしかな心当たりがあった皇帝《アフトクラトル》は、皇后《ヴァシリス》へ顔を向けて、言うには「これを投げ込んだのはこの私か、それともあなたか、あるいはここにいる他のだれかか」なおその文書の末尾には「これらを書いているのは私、すなわち一人の修道士《モナホス》であり、皇帝《ヴァシレフス》よ、あなたは当面私を知ることができないが、しかし夢の中で私を見るだろう」[8] 以前は皇帝《ヴァシレフス》[13-10]の父の従者《セラポン》であったが、その時は皇后《ヴァシリス》に仕え、食《オ》卓《エピ》長《トラペズィス》[13-11]の職にあった宦官《エクトミアス》のコンスタンディノスは、第三《トリティ》夜警《フィラキ》[13-12]時のころ、幕舎《スキニ》の外で、いつもの讃美歌を歌い終えようとしていた時、誰かが「この私はたとえ［皇帝のもとへ］行って、あなた方の計画のすべてを知らせたり、またあなた方によって投げ込まれた誹謗文《ファムサ》について告げ口したりはしないものの、どうか誰も私をあの者たちと一緒にしないでもらいたい」と大声で叫んでいるのを耳にする。その者［食卓長］はただちに自身の召使《イケティス》に命じて叫んでいるものを調べさせに遣った。その者［召使］は出かけていき、相手がアロンの召使《イケティス》のストラティイオスであることに気づき、彼を連れて食卓長《オエピティストラペズィス》のもとへもどる。その者［ストラティイオス］はやって来ると、ただちに知っていることすべてを語る。そこでこの者［食卓長］は彼を連れて皇帝《アフトクラトル》のもとへ出かけた。【9】しかしその時両陛下《ヴァシリス》は睡眠中であった。しかしその者［食卓長］はたまたま宦官《エクトミアス》のヴァシリオス［プシロス］と顔を合わせたので、アロンの召使《アントロポス》のストラティイオスから聞き出したことを［皇帝へ］伝えるよう強く求めた。その者［ヴァシリオス］はただちにストラティイオス自身をも連れて［幕舎の］中に入った。［ストラティイオスは］尋問を受けただけですぐに、ばかげた誹謗《ファムサ》文書の一件すべてと、殺人計画の張本人および皇帝《ヴァシレフス》の殺害を引き受けさせられた者自身をことごとく明らかにした。その者が言うには「私の主人《デスポティス》アロンは、陛下《シィヴァシリア》ご自身全くご存じなくはない者たちと共同で、皇帝《ヴァシレフス》よ、あなたの命を狙う機を窺い、私自身の召使仲間のディミトリオスをあなたに向けて送りだしたのだ、その者［ディミトリオス］は生まれはスキタイで、根っから殺人を好み、腕っ節が強く、何ごとにも平気で立ち向かい、野獣のようできわめて残忍な男である。あの者たち［殺人計画の張本人］はその者に両刃《アムフィケス》の剣《クシフォス》を手渡し、みじんも動ずることのない大胆さで皇帝《ヴァシリキ》に近づき、その者の腹へ剣《クシフォス》を深く刺し込めとの残酷な命令を伝えたのだ」【10】しかし皇帝《ヴァシレフス》は（これらの言葉を容易に信用することができず）言うには「お前の主人《デスポテェ》たちやお前自身の奴隷仲間に対する憎悪からこのような告発を造りあげているのではないか、知っている真実をすべてはきだせ。そうでないなら、嘘をついているとして捕らえられ、お前の告発はお前にとって良くない結果となろう」しかしその者は真実を言っていると反論したので、［皇帝は］その者から馬鹿げた文書を得るためにその者を宦官《エクトミアス》のヴァシリオスに引き渡す。そこでその者は彼［ヴァシリオス］を連れて出かけ、すべての者が寝入っているアロンの幕舎《スキニ》に導き入れる、そこでその者［ストラティイオス］はそのような文書《グラマタ》の一杯詰まっている軍用《ストラティオティキ》の革袋《ピラ》をその場で取り出し、ヴァシリオスに手渡す。陽がすでに輝きだした時には、皇帝《ヴァシレフス》はそれらの文書《グラマタ》に目を通しており、自分に対して企てられた殺害［計画］を見定めると、都《ポリス》の公共の治安に関わる者たちに、アロンの母についてはヒロヴァクヒへ、アロン自身については……

へ、彼の実の兄弟セオドロスについてはアンヒアロスへ追放するよう命じたのであった。とにかくこれらのことによって皇帝《ヴァシレフス》は五日間にわたって足止めを喰らった。

第2章

[1] セサロニキに向かって進む途中、あらゆる方面から兵士の諸集団《タグマタ》が同じ場所［セサロニキ］に集まってきたので、その者［皇帝］は軍隊《シンダクシス》を戦闘隊形《スヒマ ポレムウ》に並べなければならないと考えた。そこで諸戦列《ファランゲス》はただちに部隊《ロヒィ》ごとに整列し、部隊長《ロハイ》は前方に配置され、後衛《ウライ》の指揮官の位置も定められた、そして戦列《ファランクス》の中央を占めている多数の者たちすべては身につけている武具《オプラ》によって燦然と煌めいており（実際その隊列を整えた軍勢《シンタグマ》は恐怖心を引き起こす光景であった）、都市《ポリス》の城壁《ティホス》のように互いにぴったりと組み合わされていた。動くものはただ生身の肉に触れたいかのように小刻みに震える槍だけであり、すべての者は平地でじっと動かないでいたので、人は青銅の像を、青銅で造られた兵士《ストラティオテェ》を見ていると言ったであろう。皇帝《ヴァシレフス》は軍隊《シンダクシス》をこのような形に整えると、実際に軍全体を動かし、兵士たちが右方向へ、あるいは左方向へ上手く動くことができるように彼らに示して見せたのである、そして次に全軍勢《シンダクシス》から新兵《ネイリス ストラティア》を引き離し、それらのうちで彼［皇帝］自身が特別に教え込み、しっかりと兵学《ストラティオティカ》をたたき込んだ者たちを指揮官《アルヒィイ》に任命した。これらの者たちはすべてで三〇〇を数え、すべて若くて背が高く、肉体は強壮で、最近やっと頬に髭が生え始めたばかりであった、とにかくその者たち全員は弓《トフソン》を引き絞ることにことのほか巧みであり、また投槍《ドリ》を投げることにおいてもとても熟達していた。それらの者たちはそれぞれことなる生国から集められたのであったが、皇帝《ヴァシレフス》を軍司令官《ストラティゴス》としてその下に配属され、全ローマ軍《ストラティア》の中で精鋭の一軍《ストラティア》を構成した。事実その者［アレクシオス］は彼らにとって同時に皇帝《ヴァシレフス》であり、軍司令官《ストラティゴス》であり、教官《ディダスカロス》であった。つぎにもう一度彼らのうちからとりわけすぐ

れた者たちを選び出し、各々をシンタグマタルヒス[13-13]に任命し、蛮族の軍勢《バルバリコンストラテヴマ》が通過するに違いない諸渓谷《テンビィ》へ送り出す。他方その者［皇帝］はセサロニキで越冬する準備に取りかかった。【2】すでに語ったように[13-14]、反逆者《ティラノス》ヴァイムンドスは最強の艦隊《ストロス》を率いてかの地から海を渡って私たちの土地に至り、フランク人の全軍《ストラテヴマ》を私たちの平野の各所に向けて放った後、つぎに、できることなら最初の鬨の声でエピダムノスを奪い取るため、それができなければ攻囲《ティホマハ》兵器《ミハニマタ》と投石《ペトロヴォラ》機《オルガナ》を使って都市《ポリス》全体を服従させるため、全軍を一つにまとめると、その地に向かって進軍する。とにかく彼の狙いはそのようなものであった。その者はその上に青銅の騎兵《イポティス》が立っている[13-15]［都市の］東門を正面にして野営し、周辺をくまなく偵察した後に攻囲することに取りかかった。事実その冬中いろいろと計画を錬り、ディラヒオンのどこかに攻撃を受けやすい場所がないかとあらゆる所を調べた、そして春が微笑みだした時[13-16]、最終的に全軍を渡海させ終えたので、ただちに彼の貨物《フォルタゴイ》船《ニエス》と馬匹輸送船《イパゴイ》そしていわゆる兵員輸送船《ストラティオティデス》に火を放った、それは、一つには彼の軍勢《ストラテヴマ》が海の方へ心を向けないようにするために取った戦術上《ストラティイコン》の措置であり、また一つにはローマ艦隊《ストロス》の存在によりそうせざるを得なかったからであった、そしてそうした上でその者は［都市の］攻囲《ポリオルキア》に全力を集中した。【3】［ヴァイムンドスは］まず最初に蛮族の軍勢《バルバリコンストラテヴマ》を［都市の］まわりに配置し、そしてフランク軍《ストラテヴマ》の諸部隊を送りだして前哨戦にとりかかり（他方ローマ軍《ストラテヴマ》の兵士たちは、ある時はディラヒオンの塔の上から、ある時は離れた地点から彼らに向かって矢を射かけ続けた）、そのように相手に対して戦いを挑み、また反撃を受ける状態がつづいた。事実その者［ヴァイムンドス］は確かにペトルラ[13-17]［の城塞］やディアヴォリス川の上流に位置するミロスと呼ばれる町《ポリスマ》、さらにディラヒオン市の周辺にあったその種の町々を奪い取りもし、それらすべてを戦いの法《ポレムゥノモス》において自分のものとしたのである。実際これらの成果はその者が戦い《ポレミキ》の右手《デクシア》によって得たものであった。同時にその者は自ら攻城用《ポレミカ》建造物《ミカニマタ》、すなわち塔をそなえ《ピルゴフォリィ》破城槌《クリオフォリィ》を運ぶ亀《ヘロネ》と、工兵のための防御屋根《オリクティデス》や堀を埋める作業をする者のための防御小屋《ホストリデス》を建設することにとりかかった、それはその冬と夏のすべて[13-18]を使って取り組んだが、彼の威嚇と実際の行動はすでに脅えている［ディラヒオン市の］住民をさらに仰天させていたのである。【4】しかしローマ人の勇気を完全にうち砕くことはできなかった。反対に不運にも彼［ヴァイムンドス］の側に食糧の問題が生じた。なぜならディラヒオン周辺の土地から前に奪い取っていたものは使い尽くされ、峡谷《テムビィ》や山道《エクソディ》、さらに海上そのものまでもすでにローマ軍《ストラテヴマ》の兵士が抑えていたので、それらを通じて手に入れようと期待したものは、彼らには阻まれていた。それゆえやがて突然に飢餓が生じ、馬は飼い葉がなく人は食べ物がなく、馬も人間も共に多くがつぎつぎとその犠牲となった。さらに腸《キリアキ》の《ティス》病気《ディアセシス》[13-19]がこの蛮族《バルバリコン》の軍勢《ストラテヴマ》に突然襲いかかった、それは外見上はある種の良くない食べ物、すなわち黍のせいと思われるが、しかし真実は神《セオス》の怒りがこの数えきれないほど多数の、抗しがたい軍勢《ストラテヴマ》に放たれ、つぎつぎと多くの死を生じさせたのである。

第3章

【1】しかし反逆《ティラニコン》精神《フロニマ》が旺盛で、全土を破壊すると豪語するその男にとってそのような不運はものの数ではなかった。確かにその者は逆境にありながら策を錬り、傷ついた野獣のように獲物に跳びかかろうと身を縮め、すでに語ったように、攻囲《ポリオルキエ》にすべてを集中させていた。まず破城槌を運ぶ《クリオフォロス》亀《ヘロニ》を完成させると、それは名状しがたい怪物であったが、それを都市《ポリス》の東側へ運ばせる。実にそれは目にするだけで恐怖を引き起こさせる代物であった。それは次のようにして建造された。まず長方形の《マクラ》亀《ヘロニ》が造られ、［さらにそれを土台にして］平行四辺形の建造物が構築され、それからその［土台］下に車輪がつけられ、そして［建造物の］すべての側、つまり上部と両側面[13-20]はしっかりと縫い合わされた牛の皮で覆い、実際その建造物《ミハニマ》の屋根と両側面にはホメロスの言葉に従えば牡牛の革七枚[13-21]が重ねられたのである、ついでその建造物の中に［何本かの］破城槌《クリイ》がつり下げられた。【2】このようにしてその攻城用装置《ミハニマ》を用意すると、その者［ヴァイムンドス］はこれを城壁《ティホス》に近づけた、実

際その中に多数の男たちが入り、長い棒を使って前進させ、ディラヒオンの城壁《ティヒ》の近くに運んだのである。城壁に十分に近づき、隔てる距離が適度に達すると、一方では車輪が外され、他方では屋根が［破城槌の］振動で激しく揺れないために、その攻城用装置《ミハニマ》はその周囲に太い木材を打ち立ててしっかりと固定された。それからことのほか強健な男たちが破城槌《クリオス》の両側に立ち、次のようにリズムをつけて［破城槌を］激しく城壁《ティホス》に向かって押し出すことに取りかかった。すなわち一方で男たちが激しい勢いでここぞとばかり破城槌《クリオス》を押し出すと、他方で差し出されたそれ［破城槌］は城壁《ティホス》に激しい衝撃を与え、つぎに跳ね返り、その反動の力を使って再び［城壁に］衝撃を与える。この連続の動きがくり返され、このように前後運動がくり返され、城壁《ティホス》に穴があくまで続けられようとしていた。【3】かつてガディラでそれ［破城槌］を考え出した古い時代の技師たち[13-22]が、互いに角を突きだして向かい合い、力を競い続けるあの私たちの知っている牡羊《クリオス》たちに喩えて、それ［破城槌］をクリオスと名づけたのはもっともなことである。しかし城内の者たちは、蛮族《バルバロイ》によるこの山羊の攻城戦と破城槌を操作する男たちに嘲笑を浴びせ、そしてまた彼らの攻囲《ポリオルキア》がなんらの成果をもたらさないのを知って、破城槌でくり返される攻撃に嘲りの声をあげながら［大胆にも］諸門《ピレ》を開いて中に入ってくるように挑発する始末であった。実際「そのような牡羊《クリオス》で城壁に挑んでも、門《ピリィ》が提供するほどの大きな口などできるものか」と言い放った。とにかく城内の者たちの勇気と皇帝《アフトクラトル》アレクシオスの甥である軍司令官《ストラテゴス》アレクシオスの確信に満ちた沈着ぶりにより、彼らの企てはただちに空しいものであることが明らかとなり、それに応じて敵自身も手を休め、攻囲《ポリオルキア》を止めてしまった。事実蛮族《バルバロイ》に対して諸門《ピレ》を開いてみせ、彼らを怖れていないという城内の者たちの勇敢なふるまいは、敵を怯ませ、攻城用装置《ミハニマ》を放棄させた。このようにして一方では破城槌を運ぶ《クリオフォロス》亀《ヘロニ》は休業状態となり、他方では今語られた理由により休業となり動かないままでいる攻城用装置《ミハニマ》に高所から火が放たれ、それは灰と化してしまったのである。【4】そのためフランク勢《プリソス》はそれらから手を引き、プレトリオンと呼ばれたドゥクス館《カセドラ》に向かい合った［都市の］北の部分へ移動し、いっそうおそろしい別の手段に訴えた。ところでその場所の形状は次のようであった。その地は、丘、すなわち岩ではなく土でできた丘に向かって高まり、まさしくその丘の頂に都市《ポリス》の城壁《ティホス》が建てられていた。上記のようにヴァイムンドスの兵士たちはこれと向かい合う形で位置し、実に正確にこれを目指して［傾斜地を］掘り進み始めた。これは諸都市《ポリス》にとって前のものとは異なる怖ろしい戦術で、以前に都市を屠る者たち《ポリオルキティス》によって考案されていたものであるが、この時［ディラヒオンの］都市《ポリス》に対して彼ら［フランク人］によって巧妙に用いられたのがこの新しい攻撃《ポリオルキティコン》方法《オルガノン》であった。実際その者たちは地下に穴を開けるモグラのように地面の下を掘り進み、あるところでは高所から放たれる石や矢《ヴォレ》の雨を屋根のある建造物で防ぎ、その他では地下の天井を支柱で支え、掘り出された土を常に荷車で運びだしながら、坑道を広く長くしながら、まっすぐに掘り進んでいった。十分遠くまで掘り進めることができた時、［フランク人は］なにか大きなことを成し遂げたかのように喜びあったのである。【5】城内の者たちは手をこまねいていたわけでなく、［内部側の城壁から］一定の距離をおいて土地を掘り、［城壁に沿って］かなりの長さの溝《タフロス》を造った後、その溝《タフロス》の端から端までに各自がそれぞれ腰を下ろし、包囲攻撃側があちらからこちらに向かって掘り進み、どこに穴を開けようとしているのか聞き耳をたてていた。すぐに溝のある地点で、あの者たちが鋤を打ちつけ、土を掘り起こし、城壁《ティホス》の基部を掘り崩しているのに気づき、彼らの存在を確認すると、そこで自分たちの方から彼らの方向目がけて穴を開け、今開いたばかりの内部の割れ目から多数の敵がいるのを目にするや、火《ピル》を放って彼らの顔面を焼けこげにした。【6】この火《ピル》は、つぎのような方法《ミハニマ》ですでに彼らによって用意されていた。松や他の常緑の樹木からよく燃える樹液が取り出される。硫黄《シオン》と一緒に混合されたこれ［樹液］が葦の管に注入され、この管を持つ者によってため込まれた息が強く吹き込まれると、液体は管の先端にある火《ピル》に触れて燃え上がり、向かい合う相手の顔に稲光のように襲いかかる。ディラヒオンの人々はこの火《ピル》を携え、敵と向かい合った時に使用し、彼らの頬髭と顔面を焼き焦がした。実際その時あの者たちは整然として入ってきたまさにその場所から、蜜蜂の群れが煙で追い払われるように、算を乱して退散していくのが見られたのである。[7] 先の試みは骨折り損に終わり、今回の蛮族《バルバルキィ》の企て自体も効果あるものにならなかったので、彼らにとって第三の攻城用装置《ミハニマ》として木製の塔《ピルゴス》が持ちだされたが、この攻城用《ポリオルキティコン》装置《オルガノン》は風評によれば先に用意された装置《オルガナ》の失敗の後に建設に着手されたのでなく、すでにその建設は丸一年前に始められていた。これこそが本命で、上記の装置《オルガナ》は二次的なものにすぎなかった。[8] しかし先に進む前に、ここでディラヒオン市《ポリス》の外観について少し述べておかねばならない。この［都市の］城壁《ティホス》は塔《ピルイ》によって［一定間隔に］区切られている。まわりに配置された諸塔《ピルイ》は城壁の上からさらにおよそ十一ポデス[13-23]の高さにまであり、螺旋階段で登ることができ、上部は胸壁《エパルクシス》によって護られている。以上がこの都市《ポリス》の外形と防御の状態である。城壁《ティホス》の厚さは相当にあり、四人以上の騎兵《イポテェ》が肩を並べて安全に馬を進めることができるほどの幅がある。城壁《ティホス》についての以上の走り書きは、これから語ろうとすることを明確にするためである。[9] ヴァイムンドス配下の蛮族《バルバロイ》たちが亀《ヘロニス》の塔《ピルゴス》として考え出した塔をもつこの攻城用装置《ミハニマ》の建設について正確に述べることは難しく、またそれを目撃した者たちが言っていたように、見るからに恐ろしいもので、事実それが迫って来るのを眼の前にした者たちにとってはなおのこと、この上なく戦慄すべき代物であった。それは次のように造られていた。木製の塔《ピルゴス》が相当大きな正方形の土台[13-24]の上に、都市《ポリス》の塔《ピルイ》よりも五ないし六ピヒス[13-25]高くなるように建設された。なぜならより高所にある跳ね橋《イポヴァスレ》をより低い地点に降ろし、そこから都市《ポリス》の城壁《ティホス》へやすやすと達することができるようにこの塔《モシン》は建設されねばならなかったのである。もし［そのように跳ね橋を使って］抗することができないほどの激しい突撃を行えば、城内の者たちは絶えず後方へ押しもどされるであろう。だからディラヒオンを攻囲する蛮族《バルバロイ》たちは、おそらく光《オプティキィ》に関する知識《エピスティイミ》を十分にもっていたのであろう。実際そのような知識がなければ、城壁《ティヒ》の高さを把握することはできなかった。また光学《オプティキィ》の知識がなかったとしても、測量器具《ディオプトレ》[13-26]を扱う方法は知っていたであろう。

[10] 実際その塔《ピルゴス》は見るも恐ろしいものであったが、動き出すといっそう恐ろしいように見えた。なぜならその土台は多数の車輪で支えられ、中では兵士たちが梃子を使って動かし、外からは動く理由が分からず、あた

かも雲を突き抜けんばかりの巨人《ギガス》が一人で動いているように見えたので、［見る者に］恐怖を引き起こしていたのである。土台から頂上まで周囲はすっかりと［板で］張りめぐらされ、内部は多数の階で区切られ、各階の側面にはあらゆる形の窓が取りつけられ、それらから無数の矢《ヴェリ》が放たれることができた。最上階には完全武装した勇敢な男たちがいて、手に剣《クシフィ》を持ち、防御の態勢を整えていた。【11】このぞっとさせるような代物が城壁《ティホス》に近づいた時、アレクシオス、すなわちディラヒオン市《ポリス》の軍司令官《ストラティゴス》の部下たちは手をこまねいていたわけではない、実は絶対確実に相手を倒す攻城器《エレポリス》としてヴァイムンドスのこの攻城用装置《ミハニマ》が建設されていた時、同時に城壁《ティホス》の内部では別の建造物が彼らによって建設中であった。つまり一人で動くようなこの塔《ピルゴス》がどこまで高くなるのか、車を取り除いた後にそれをどこに固定するのかを見定めた後、（外の）塔《モシン》に向かいあって、方形の基礎から櫓《ピグマトス スヒマ》として立ち上がるように、四本のきわめて長い木材が地面に打ち立てられ、つぎに向かい合った木材の間に幾つかの床を造り、外の木製の塔《ピルゴス》を一ピヒス上まわる高さにした。［この建造物の］すべての側面は空洞になっていた。なぜなら最上階が屋根で覆われていた以外、防御の必要がなかったからである。【12】次に［軍司令官］アレクシオスの兵士《ストラティオテェ》は、遮蔽壁のない木造の塔《クシロピルゴス》の、屋根のついた最上階へ発火性《エニグロン》の液体《ピル》を運び上げ、向かい合う塔《モシン》に向けてそれを発射することにとりかかろうとする。そのように意図され、実行に移されたが、しかし攻城用装置《ミハニマ》を破壊するには至らなかったように思える。実際こちらから発射された火は相手の塔《モシン》にわずかに触れた程度であった。そこで次にどのような工夫が試みられるか。［城内の者たちは］木造の塔と都市《ポリス》の塔《ピルゴス》の間の空間をよく燃えるあらゆる種類の物質で一杯にし、そこへ川のように多量の油を流し込む。燃え木と松明で点火され、火は少しずつ燃え、やがてわずかな風を受けると、激しい火焔となって燃え上がり、さらに発火《ピル》性の《イグロン》液体が大量に注がれ、いっそう火勢を強め、あの恐ろしい代物、多量の木材の使われた装置《ミハニマ》全体は大音響をたてながら燃え上がり、それは眼には恐怖の光景であった。巨大な炎は、十三スタディア離れた四方から眺められた。内部にいる蛮族《バルバロイ》にとって恐怖と動転は凄まじく、想像を絶し、ある者たちは火に攻められて灰と化し、他の者たちは高所から地面に身を投げた。外にいる者たちも大声をあげて応えたので、喚声と混乱ぶりはまさに異常そのものであった。[13-27]

第4章

【1】雲を突き抜くほどの塔《モシン》と、蛮族《バルバロイ》たちによる攻城戦《ティホマヒア》についてはこれまでにしておこう。そこで再び皇帝《ヴァシレフス》に話をもどそう。さて春が来て、[13-28] 皇后《アウグスタ》はセサロニキから女王の都市《ヴァシレヴウサ》への帰途につき、他方皇帝《ヴァシレフス》は進軍を開始し、ペラゴニアを経て、すでに語られた通行不可能な間道の麓に位置するディアヴォリス［の城塞］に到着する。［皇帝は］蛮族《バルバロイ》に対するある新しい対応方法を心に抱いていたので、敵と真っ正面から戦うことを完全に回避しなければならないと考え、それゆえに白兵戦を望まず、通行不可能な渓谷《テムビィ》や出口の無い諸道を両軍《ストラトペディン》を隔てる中間地帯としてそのままにし、他方彼に忠実な者たちすべてにそれぞれ十分な軍勢《ディナミス》を持たせて尾根々々《アクロロフィエ》に配置した後、彼の新しい対応方法《ストラティイア》を考え出したのである、すなわちそれは、こちらからごく容易くヴァイムンドスの方へ近づくことも、また向こうからこちらに手紙《グラマタ》あるいは挨拶を送ることもできないようにすることにあった、実際それらを通じて友好関係の多くが発生するのが常であったからである。実にスタギロスの人が言うように、[13-29] 挨拶の遮断こそ多くの友誼［の発生］をくい止めることになる。【2】［皇帝は］ヴァイムンドスが悪知恵と精力に満ち溢れた男であることを承知の上で、すでに語られたように、その者と正面から四つに組んで戦うことを望んでいたけれども、彼に対しては［戦い］以外のあらゆる方法と術策《ミハニ》で立ち向かうことに考えをめぐらしつづけていた。この皇帝《アフトクラトル》、つまり私の父は危険を好み、実際久しい以前から常に危険と隣り合わせであってみれば、気持ちは戦いへと駆り立てられていたけれども、すべてにおいて理性《ロゴス》を最優先させ、別の手段で何が何でも彼を打ち負かして見せようと意気ごんでいた。【3】思うに軍司令官《ストラティゴス》たるもの常に剣を抜

いて勝利をわが手にすることにかかり切るのではなく、機会と状況が許せば、完全な勝利を手に入れるためには謀に訴えることも辞してはならない。まさに私たちの承知していることだが、ただ剣《クシフィ》と戦闘《マヒ》にたよるだけでなく、協定《スポンデェ》に訴えることも、軍司令官《ストラティイ》たちの行うべき務めである。さらに加えて、そのような機会があれば、敵を騙すことによって打ち負かす場合もありうる。その時皇帝《アフトクラトル》が明らかに目論んだのはそのような手であった。すなわち伯《コミテス》たちとヴァイムンドスの間に不和の種を撒き、密集隊列《シナスピズモス》のような互いの強固な協力関係を揺さぶり、あるいは破壊することを考えて、次のような芝居の演出にとりかかる。[4] 確かに［皇帝は］ナポリ出身の、セヴァストスの爵位をもつマリノス（その者はマイストロミリオス一族[13-30]に属していた。これまで狡猾な言辞や約束で自分［アレクシオス］を欺き、自分に対して行った忠誠の誓《オルコス》いを必ずしも忠実に守っていたわけではなかったが、ヴァイムンドスについてその者の秘密の計画を自分に打ち明けることに関する限り、その者を頼みにした）そして同時にロエリス[13-31]（著名なフランク人の一人）とペトロス＝アリファス[13-32]（戦いにおいて名の通った男で、皇帝《アフトクラトル》へ揺るがぬ忠誠《ピスティス》を保持しつづけた）を呼び出した。そうして彼らをそばに呼び寄せた後、ヴァイムンドスに対してどのように対応し、彼を打ち負かすことができるかについて彼らの意見を求め、さらに特にヴァイムンドスに忠実な者たち、その者［ヴァイムンドス］と心を同じくしている者たちについて尋ねつづけた。彼らからその者たちについて情報を得た後、あらゆる手段を用いてそれらの者を味方にしなければならないと語った。「このことが成就されれば、その者たちを使ってケルト人の集団《キノン》の中に困難な状況を作りだし、彼らの軍勢《ストラテヴマ》の連繋を破壊することができるだろう」このことを上記の者たちに知らせ、そこで彼らの各々から自分たちの特に忠実な従者《セラポンデス》で、黙っていることのできる者の一人を提供するように要請する。その者たちは、進んですぐれた家来《イピコイ》を差し出すことを彼に約束した。[5]［彼らの］家来《アンソロピ》たちがやって来ると、［皇帝は］次のように戯曲の制作にとりかかる。すなわちヴァイムンドスのもっとも親しい味方の何人かに対する返書であるかのような書簡《グラマタ》[13-33]を作成し、すなわちそれらはあたかもその者たちが彼［皇帝］に宛てて書簡を書き、その中で親密な関係の得られることを求め、同時に反逆者《ティラノス》の密かな計画を彼に洩らしたように思わせるものであり、そこで彼らに対する感謝の意を示す言葉を並べ、そしてただちにそれらの男たちの好意を受け入れたことを書いて、［それらの書簡を］彼らに発送する。それらの男たちとは、ヴァイムンドスの実の兄弟《アフタデルフォス》イドス、最も名の知られた者の一人であるコプリシアノス、[13-34] さらにリカルドス、四番目には勇敢で、ヴァイムンドスの軍隊《ストラティア》中で最高の役割を担っていたプリンギパトス、[13-35] さらに他の多くの者たちであった。彼らには［上記の家来たちを介して］それらの偽りの書簡《グラマタ》が送られることになったのである。実際のところは、皇帝《ヴァシレフス》はあちらからそのようなものを、すなわちリカルドスからもその他の者たちからも、好意と忠誠《ピスティス》を伝える文書《グラマティオン》を受けとっていなかった。彼自身が自分の手でそのような書簡《グラマタ》を捏造したのである。[6] この戯曲の制作にはつぎのような意図があった、すなわちもしそれらの男たちの背信が［アレクシオス帝の偽りの書簡を通じて］ヴァイムンドスの耳に入り、つまりそのような者たちが本分から離れ、皇帝《ヴァシリコン》の《ト》側《メロス》に立っていることがわかれば、その者自身はたちまち気が動転し、蛮族《バルバリキィ》の本性にもどり、これらの男たちを酷い目にあわせ、無理にも彼から離れさせてしまい、もとより彼らにはそのようなことは思いもよらぬことであったが、結局はアレクシオスの悪知恵によって彼に対して反旗を翻すことになろう。思うに敵対するいかなる集団《フィロン》も一つに組織され、互いに結びついていれば強力であるが、意見を異にして多くの部分に分裂する時には無力となり、戦う相手にとって御しやすい対象となることを、軍司令官《ストラティゴス》［アレクシオス帝］はよく承知していたのである。これこそが思慮深く入念に仕組まれたものであり、書簡《グラマタ》の隠された策略であった。[7] ともかくアレクシオスは、この謀を次のように進める。まず捏造した書簡《グラマタ》がそれらの男たちに発送される、その際各書簡は［書簡を運ぶ者たちを通じて］受取人一人一人に直接手渡されるように指示された。送られるそれらの文書《ヴィヴリア》には、単に感謝の言葉だけでなく、贈物や皇帝《ヴァシリケ》の下賜品や法外な約束事も書き込まれていた。さらにその中で［皇帝は］その者たちが今後もずっと彼に忠実であり、そしてそのことを実際に示し、また一切隠し事をしないよう強く働きかけていた。それから次に、［皇帝は］

自分に最も忠実な家来の一人《アンソロポス》を彼ら［書簡を運ぶ者たち］の後を密かに追うように送り出す、そしてその際にその者［忠実な一人の家来］に与えた指示は、それらの者たちが［敵の陣地に］近づいたのを知れば、彼らのそばを走り抜け、彼らより先に［陣地の］入り口に達し、そしてヴァイムンドスに会えば、脱走してきたふりをし、皇帝《ヴァシレフス》のそばにとどまることを嫌って、彼のもとへ投降しに来たことを告げ、また反逆者《ティラノス》［ヴァイムンドス］へ友愛を、確かに好意を抱いているかのように装いながら、書簡《グラマタ》が送られた男たちについて露骨に非難すること、つまり誰それと誰それが（いちいち彼らの名前を挙げながら）彼への忠誠の誓い《ピスティス》を破り、すでに皇帝《ヴァシレフス》の友、彼の支持者になり、彼の利益を第一番に考えていること、だからその者たちが前々から計画してきたなにか恐ろしいことを突然彼に向かって実行してこないかどうか、身の安全に心すべきであると［ヴァイムンドスに］告げることであった。【8】しかしヴァイムンドスがこれらの書簡を運ぶ者たち《グラマトコミステェ》になにか恐ろしい仕打ちをしないように、手を打たねばならない。皇帝《ヴァシレフス》が特に留意したことは、一方で自分が送り出したこれらの男たちが無傷ですむように守ってやること、他方でヴァイムンドスの計画を混乱に陥らせることであった。これらは、実行の伴わない単なる言葉でも計画でもなく、実際上記の者は［ヴァイムンドスのもとへ］行き、書簡を運ぶ者たち《グラマトコミステェ》に一切手をかけないとの誓約《オルコス》を取った上で、皇帝《アフトクラトル》から受けた指示に従ってすべてのことを告げたのであった。そこで［ヴァイムンドスから］その者たちは今どこまで来ていると思うかと問われると、その者たちはペトルラ[13-36]を通り越したと応えた。【9】そこでその者［ヴァイムンドス］は人を送って書簡の運搬人《グラマトコミステェ》を捕らえさせ、そして書簡《グラマタ》を開いて見たところ、それらが信憑性のあるものと思い、激しい目眩に襲われ、ほとんどその場に倒れてしまうところであった。そこで捕らえたその者たちを監視させる一方、彼自身は六日間幕舎《スキニ》に閉じこもって外に出ず、頁を繰るように心の中でさまざまな考えをめぐらし、何をすべきか自問自答をつづけた、すなわち指揮官《コノスタヴリィ》たちを出頭させるべきか、彼の兄弟イドスについては彼に対して生じた疑いの気持ちをはっきりと言うべきか、調査してから、あるいはそうせずに彼らを出頭させるべきか、さらに加えて彼らの代わりにいったい誰々を指揮官《コノスタヴリィ》に据えたらよいか。しかしその者たちはあのような勇敢な戦士であったので、解任されれば大きな損失になろうとその者は考え、結局彼らの問題を自分のなしうる最善の方法で片づけると、[13-37] その者は書簡《グラマタ》の隠された意図に気づいたのだと私は思うが、愛想よい顔で彼らと交わり、彼らを信じ、彼らを以前と同じ地位につけたままにすることにしたのであった。[13-38]

第5章

【1】他方皇帝《アフトクラトル》は先手をとってえり抜きの指揮官《エクリティイエモネス》たちとともに十分強力な軍勢《ディナミス》を山間の隘路《クリスレ》のすべてに配置し、それからいわゆる逆茂木《クシロクラシエ》を使ってケルト人に対してすべての間道を遮断した。すなわちただちにアヴロンとイエリホとカニナについては用心深い見張り人《フィラクス》ミハイル＝ケカヴメノスが、他方ペトルラについては混成《シンミクティ》の《ペズィ》歩兵《ストラティオテェ》[13-39]［からなる部隊］を従えたアレクサンドロス＝カヴァシラスが受け持った、後者は最も勇敢な男の一人で、アジアにおいて多くのトルコ人を敗走させたことがある。デヴリについてはレオン＝ニケリティスが十分な軍勢《ディナミス》を率いて護ることになった。さらにまたアルヴァノン[13-40]周辺の諸隘路《クリスレ》はエフスタシオス＝カミツィスに託された。【2】他方ヴァイムンドスは、人の言うようにまず手始めに彼の兄弟イドスとサラキノスと呼ばれる伯《コミス》と［同じく伯の］コンドパガノス［の三人］をカヴァシラスに向けて送りだした。ところでアルヴァノン周辺の幾つかの砦《ポリフニア》がすでにヴァイムンドスの側に立っていたので、アルヴァノン周辺の間道についてこと細かく熟知していたそれらの［砦の］住民が彼［イドス］のもとへやって来て、デヴリの位置について知る限りのすべてを説明し、幾つかの秘密の間道を教えた。そこでイドスは軍勢《ストラテヴマ》を二手に分け、彼自身は正面からカミツィスと戦うことを引き受け、コンドパガノスと、サラキノスと呼ばれる伯には、デヴリの住民の道案内を受けて、後方からカミツィスを襲うように頼んだ。二人がその計画に賛成し、そこで一方でイドスが正

面から戦い、他方で二人の伯《コミテス》が後方からカミツィスの陣地《パレンヴォリ》に襲いかかり、彼にはすべての敵を相手に戦うことができなかったので、敵は彼［カミツィス］の兵士に対して恐ろしい殺戮を成し遂げた、他方［カミツィスは］自身の味方が敗走するのを見て、彼自身も彼らの後に続いた。その時多数のローマ人が戦死する、その中には幼い時期に皇帝《アフトクラトル》によって彼自身の子供たちの中に受け入れられ、一緒に扱われたカラスその人も、また以前東方において著名な軍事指揮者《イエモネス》の一人となり、後に皇帝《ヴァシレフス》のもとへ脱走し、聖なる洗礼《ヴァプティズマ》を受けたトルコ人のスカリアリオスもいたのである。【3】カミツィスの身に降りかかった事態は、以上のようなものであった。他方他の将校《ロガデス》と共にグラヴィニツァの守備についていたアリアティスは、平野部に降りていった。それは戦うためであったのか、あるいはその土地の状況を観察するためであったのか、それは神《セオス》がご存じのことである。さて勇敢な戦士《アンドレス》であるケルト人の重装騎兵《カタフラクティ》は偶然にもそこで彼と遭遇する、その時その者たちは二つの集団に分かれていたが、その一方の者たち（その数は五〇であった）は手綱《ハリニィ》を完全に緩め、猛烈な勢いで正面から彼［アリアティス］に向かって突撃し、残りの者たちは音をたてず背後から彼に向かっていこうとしていた。なぜならその場所は沼沢地であった。他方アリアティスは後方からの敵の接近を知らず、前面の敵に向かって気力と腕力のすべてをあげて戦い、自身を窮地に陥らせたことに気づいていなかった。事実後方から近づいてきた者たちは強烈な勢いで彼に襲いかかり、戦いを始めた。その時コンドパガノスという伯《コミス》の一人が彼と出会うと、槍をふるって彼に打ちかかる。相手［アリアティス］は即座に命を失い、地面に横たわった。その時彼と共にいた少なからぬ者たちも倒れた。【4】皇帝《アフトクラトル》はこれらの事態を聞き知ると、カンダクズィノスを呼び寄せた、なぜならこの者が軍事上《ストラティオティケ》の企て《エンヒリシス》においてことのほか有能であることを知っていたからである。すでに語ったように、[13-41] 実にこの者はラオディキアから呼び戻され、先頃、皇帝《アフトクラトル》へ合流したばかりであった。ヴァイムンドスとの戦いはもうこれ以上先に延ばすことができなかったので、［皇帝は］十分強力な軍勢《ストラトス》を彼と一緒に送り出すことにし、そして彼［カンダクズィノス］を戦いへ奮い立たせるかのように先に送りだし、同時につづいて彼自身も陣営《パレムヴォリ》を後にする。その地の住民によってペトラと呼ばれる山間の隘路《クリスラ》に到着すると、［皇帝は］そこにとどまり、その間に彼［カンダクズィノス］にさまざまの知恵と軍事上《ストラティイカ》の作戦計画《エピヒリマタ》を授け、さらにためになる助言を与えた後、きっと成功するとの希望で彼を勇気づけ、グラヴィニツァに向けて送りだし、その者自身はディアヴォリスに引き返した。カンダクズィノスは行軍をつづけ、ミロスと呼ばれる砦《ポリフニオン》に達すると、ただちにさまざまな攻城器《エレポリス》を用意し、その砦《ポリフニオン》の攻囲に取りかかった。ローマ人は大胆にも城壁《ティヒ》に近づき、ある者たちは城門《ピレ》に向かって火を投げて炎上させようとし、ある者たちは城壁《ティヒ》に取りつき、よじ登ってすみやかに胸壁《エパルクシス》に達しようとした。**[5]** ヴシスと呼ばれる川の対岸に野営していたケルト人は事態に気づくと、ミロスの砦《カステリオン》に向かって駈けだした。カンダクズィノスの斥候《スコピィ》たち（すでに本書《ロゴス》で明らかにしたように[13-42]、その者たちは蛮族《バルバロイ》[13-43]であった）は彼らの姿を目にすると、大慌てに彼のもとへ引き返してきたが、生じた事態をこっそりと報告するのでなく、遠くまで聞こえるように彼らの接近《エフォドス》を叫びだした。兵士《ストラティオテェ》たちはケルト人の接近《エフォドス》を聞き知ると、すでに城壁《ティヒ》をよじ登り、城門《ピレ》に点火し、そこを掌握したも同然であったけれども、それぞれは怯えて自分の馬のもとへ駈け寄っていった。実際恐れて頭が真っ白になり、それぞれは他人の馬に乗ろうとするほどの混乱ぶりであった。**[6]** もちろんカンダクズィノスは懸命に奮闘し、怯える兵士たちのもとへ何度も馬を乗り入れ、あの詩人の言葉[13-44]通りに、「もののふ《アネレス》であれ、あの凄まじい武勇を思い出せ」と叫ぶも、説得できず、しかし賢明にも次のように声をかけて彼らを恐怖から連れもどした。「われわれに向けて使われることになる攻城器《エレポリス》を敵のもとに残してならず、それらに火を投じ、その後で隊形を整えて引き下がろう」とにかく兵士《ストラティオテェ》たちは即座に命じられたことをやり遂げようと進んで取り組み、攻城器《エレポリス》だけでなく、ケルト人がそこからやすやすと対岸に渡れないように、ヴシスの川岸にあった小舟《プリア》にも火をかけて炎上させた。他方彼自身［カンダクズィノス］は少し後退を始め、その途中で右手にハルザニスと呼ばれる川[13-45]が流れ、左手に湿地で、沼沢の多くある平地に出会い、そこでそれらを防壁として使って、そこに防柵の野営《ハラクス》地を設営した。他方川岸にたどり着いた上記のケルト人は小舟《プリア》がすでに燃やされてしまっているのを見て、期待を外され、呆然の体で引き返していった。[7] ヴァイムンドスの兄弟イドスは彼らからことの次第を聞かされ、そこで攻撃の方向を変更し、配下のうちから勇敢な兵士《ストラティオテェ》を［本隊から］切り離し、彼らをイェリホとカニナに向けて送りだした。その者たちはミハイル＝ケカヴメノスによって守られていた山道《テムビィ》に到着すると（皇帝《アフトクラトル》はその地の守りをその者に託していた）、その場所を自分たちにとって有利に利用し、そこで大いに自信を持ち、全力を挙げて戦い、相手を敗走に追い込む。さてケルト人の戦士というものは隘路《ステノポス》において敵と遭遇した時は真に手におえない存在となるが、他方平地においてはまったくやすやすと相手に打ち負かされる。[13-46]

第6章

[1] さてその者たち［ケルト人］は［先の勝利で］勇気づき、再びカンダクズィノスの前に引き返してくる。しかしすでに語られたように、[13-47] カンダクズィノスが先に防柵《ハラクス》の陣地を設営した場所が彼らにとって有利でないのを知ると、怖じ気づき、戦闘を先に延ばした。他方彼らの接近《エフォドス》に気づいた相手［カンダクズィノス］は、一晩中かかって全軍《ストラティア》を川[13-48]の対岸に移動させた。陽が地平線に顔を覗かせる前に、彼自身は鎧に身を固め、次に全軍《ストラテヴマ》を武装させると、戦列《パラタクシス》の中央の先頭に身を置き、トルコ人は左翼《エヴォニモン》を担い、アラン人のロスミキスは彼の同国人を率いて右《デクシオン》翼《ケラス》を指揮することになった。他方スキタイ[13-49]には小競り合い《アクロヴォリスモス》で敵を引きつけ、しきりに矢を射かけて引き下がり、そして再び前進するように命じて、彼らをケルト人に向けて先に送りだした。その者たちは勇んで進んでいったが、しかし命じられたことをやり通すことができなかった、なぜならケルト人は密集隊形を組み、決して戦列《パラタクシス》を崩さず、ゆっくりした歩調で、きわめて慎重に進んだからである。両軍《ストラテヴマタ》が戦闘に入るに適した距離に接近し、そしてケルト人が猛烈な勢いで騎馬で向かってきた

時、スキタイはもはや矢《オイスティ》を放つことができず、たちまちケルト人に背を向けて逃げだしたのである。トルコ人は彼らを援護しようと懸命に攻撃を試みた。しかしケルト人は、彼らの攻撃をまったく意に介さず果敢に戦いつづけた。［2］ カンダクズィノスは味方の者たちが完全に打ち負かされているのを見て、右《デクシオン》翼《ケラス》を指揮しているエクスシオクラトルのロスミキスに彼の配下の者たち（アラン人はことのほか好戦的な男たちであった）とともに、ケルト人と戦うように命じた。しかしこの者も、ライオンのように彼らに向かって恐ろしい叫び声をあげて攻撃にでたが、すぐに敵に背を向けるのが目撃された。実際この者も打ち倒されそうになるのを見て、カンダクズィノスは何かに突き動かされたように自らを奮いたたせ、ケルト人の戦列《パラタクシス》の前面に向かって突撃し、一つにまとまった軍勢《ストラテヴマ》を多くの部分に分断し、ケルト人を敗走に陥らせると同時に全力をあげてミロスと呼ばれる砦《ポリフニオン》まで追跡した、そしてその間に下級のおよび上級の多数の兵士を殺害し、またウヴォスやウヴォスの兄弟でリツァルドスと呼ばれる者そしてコンドパガノス、これらの傑出した伯《コミテス》たちを生け捕りにした後、勝利者《ニキティス》として帰還の途についた。ところでその者は勝利をより正確に皇帝《ヴァシレフス》に示そうとの思いで、多数のケルト人の首を槍《ドラタ》に串刺しにし、それらと共に、捕らえた者のうちで大物のウヴォスとコンドパガノスと呼ばれる者とを即刻［皇帝のもとへ］送りとどけた。［3］ ランプに火を灯す時刻までペンを走らせ、ここまで書いてきたわけだが、書きながら少しうとうとしてしまい、叙述のつながりが失われてしまうことに気づくしまつである。どうしても蛮族《バルバリカ》の名前を書き並べ、またつぎつぎと起こる事件を叙述しなければならないことから、歴史《イストリア》叙述の一体性と叙述の連続性が断ち切られてしまうように思われる。好意的にこの著述を読もうとする読者にはどうか私に腹を立てないでもらいたい。［4］ この上なく好戦的なヴァイムンドスは、海と陸から攻撃にさらされ自分の立場がきわめて厳しいこと、実際必要物資《フリオディ》が尽きまったく八方塞がりの状態であることを自覚し、そこで有力な部隊《ストラテヴマ》を本隊から切り離し、アヴロン・イェリホ・カニナの近くに位置するすべての町々《ポリス》へ、略奪を目的に送りだした。しかしカンダクズィノスは警戒を怠ることなく、詩人の言葉にしたがえば快い眠りもその男をとらえることはなく、[13-50] すみやかにヴェロイティスを十分強力な軍勢《ストラティア》とともにそれらケルト人に向けて送りだした。事実この者は彼らに追いつくや、たちまちのうちに打ち負かし、また当然の結果として帰還に際してヴァイムンドスの船舶《ニエス》を完全に焼き払ってしまった。[13-51] 【5】この上なく反逆者精神《ティラニコス》に溢れるヴァイムンドスは送りだした者たちの敗北を知らされた時、軍勢《ストラテヴマ》のうち一兵も失わなかったかのように、決して意気消沈することはなかった。むしろいっそう大胆になったように見え、事実六千を数える戦闘に果敢な歩兵《ペズィ》と騎兵《イピス》を再び選び出し、今度こそ最初の攻撃でローマ軍《ストラテヴマ》と共にカンダクズィノス自身をもうち負かすことができると考え、カンダクズィノスに向けて送りだした。しかし相手はケルト人の大軍《プリシィ》を見張る斥候《スコピィ》を常に放っており、その時彼らの接近を知ると、夜のうちに自身［カンダクズィノス］は完全《ストラティオティキ》装備《パノプリア》で身を固め、また夜明けとともに彼らに襲いかかろうと駆りたてられながら、兵士《ストラティオテェ》を武装させることにとりかかった。他方ケルト人は疲れてヴシス川の岸辺で短い休息を取るべく横になっていたが、陽が微笑みだしたその時、［カンダクズィノスは］彼らのもとへ到達するや、たちまちのうちに、一方では多くの者を生け捕りにし、他方ではそれ以上の多数を殺害する。残りの者たちは川の渦に運び去られ溺れ死んだ、つまり狼から逃れようとして、結局ライオンに出くわしたわけである。[13-52] 【6】さてその者は［捕らえた］伯《コミテス》のすべてを皇帝《アフトクラトル》のもとへ送り、それから自身はティモロスにもどる。[13-53] ここは沼沢地で、通行困難な場所である。そこで一週間とどまるが、その間にヴァイムンドスの動静をしっかりと観察し、情報提供者《グロタ》［として捕虜］[13-54] を自分のもとへ連れ戻るように一定数の斥候《スコピィ》を異なる場所に派遣した、そうすることでヴァイムンドスの動きを聞き知り、より正確に判断して行動しようとしたのである。ところで派遣されたそれらの者たちは偶然にも一〇〇名ほどのケルト人に遭遇する、その時その者たち［ケルト人］は、それらを使って川を渡り、対岸に位置するある小さな町《ポリフニオン》を奪い取る目的で、筏を用意していたのである。そこで彼ら［ケルト人］に向かって急襲にでて、ほとんどすべてを生け捕りにする、その中には背丈は一〇ポデス[13-55]もあろうかと思える、また第二のヘラクレスのように肩幅の広い、ヴァイムンドスの従兄弟自身も含まれていた。その時そこに居合わせた者には、そのあまりにも大きな巨人、化け物のような者が小人のようなスキシスによって縄をかけられているという前代未聞の光景を目にすることができたであろう。実はカンダクズィノスは捕縛された者たちを送りだすにあたって、おそらく皇帝《アフトクラトル》へ座輿に供するつもりで、その小人のような一人のスキシディオン［スキシス］にその巨大な化け物を皇帝《アフトクラトル》のもとへ引き連れていくよう指示を与えたのである。皇帝《ヴァシレフス》はその者たちが到着したのを知ると、帝《ヴァシリコス》座《ソロノス》につき、縛られた者たちを引き出すように命じた。その巨人のようなケルト人の臀部にもとどかないそのスキシスも縛られたその者を引き連れ登場する。そこでたちまちすべての者から大きな笑い声がわき起こった。他の伯《コミテス》たちについては牢屋《フルゥラ》に収容された……。[13-56]

第7章

【1】皇帝《アフトクラトル》がカンダクズィノスの成功へ微笑みかける時間的余裕もほとんどないうちに、カミツィスとカヴァシラスの率いるローマ人の諸隊《タグマタ》[13-57]の言語を絶する殺戮を知らせる別の不吉な報せが届いたのである。とにかくその報せに皇帝《アフトクラトル》は決して打ちのめされることはなかったが、しかし心を深く傷つけられ、倒れた者たちを嘆いて苦しみ、一人一人のことを思って涙を流すことさえあった。しかしそれでも［皇帝は］、アレスの愛でし者《アリィフィロス》であり火のように敵に向かっていく男、コンスタンディノス＝ガヴラスを呼び寄せ、ケルト人がどこから峡谷《テムビィ》へ入り込み、あのような殺戮を働いたかを詳しく調べ、今後再び彼らに通行を許さないために、ペトルラと呼ばれる場所へ送りだそうとした。しかしガヴラスは嫌がり、そのような任務を不当なものと考えたので（なぜならその者は実にうぬぼれ屋で、大きな仕事に関わることを望んでいた）、そこで［皇帝は］ただちにマリアノス＝マヴロカタカロンを多数の、この上なく勇敢な男たちと共に送りだすことにした、この

者は私のケサル［ニキフォロス＝ヴリエニオス］の姉妹の夫《ガムヴロス》、戦闘には熱狂的に取り組む勇士であり、すでに多くの勇敢な行為によってそのことを証明しており、そして皇帝《アフトクラトル》にはことのほか好まれていた。［皇帝は］これらの軍勢に、緋の産室生まれの者たち《ポルフィロエニティ》[13-58]と私のケサルに精一杯仕え、また戦闘に加わりたくてうずうずしている多くの者をさらに加え、それらの者たちをも送り出すことにした。確かにこの者［マリアノス］もこの企てに危惧の念を抱いていたが、それでも計画を錬るために自身の幕舎《スキニ》に引きさがった。【2】さて夜警時《ミシィ》の中頃《フィラキ》［真夜中］、その時期サラソクラトルのイサアキオス＝コンドステファノスと一緒に勤務についていたランドルフォスの書簡《グラマタ》が［皇帝のもとへ］持ち込まれた、それは、コンドステファノス一族の者たち、すなわち［上記の］イサアキオスとその実の兄弟ステファノス、それにエフフォルヴィノス［アレクサンドロス］を、ロンギヴァルディア海峡《ポルスモス》の警戒を怠り、しばしば気晴らしに陸上に上がっていると罵倒する内容のものであり、書簡《グラマタ》の最後には次のように書き加えられていた、すなわち「皇帝《ヴァシレフス》よ、もし陛下であれば身も心もすべてささげてケルト人の糧食徴発や出撃を阻止されるであろうが、その者たちは尻込みし、その上ロンギヴァルディア海峡《ポルスモス》の見張りを放棄して眠り込んでいる始末であり、そのため当然のことながら、海を渡ってヴァイムンドスのもとへ行き、必要物資を彼に届けようとする者たちにそうする機会を与えている。事実ごく最近その者たちは順風を待ち、ヴァイムンドスのもとへ航海に乗りだし（まさしく強く吹く南の風はロンギヴァルディアからイリリコンへ渡ろうとする者には好都合な追い風であり、北風はその逆である）、あたかも船《ニエス》の帆に翼をつけたかのように大胆にもイリリコンへ向かって海を渡ったのである。しかしその時の激しい南風はディラヒオンに停泊することを許さず、ディラヒオンの海岸に沿って進み、アヴロンに至る航海を［彼らに］強いたのであった。その者たちはそこへトン数の大きい貨物船《オルカデス》を停泊させ、積んできた騎兵《イピス》と歩兵《ペズィ》からなる大軍勢《ディナミス》とあらゆる種類の食糧物資をヴァイムンドスのもとへ運んだ。それから次に多数の市《パニイリス》が開かれ、ケルト人は生活に必要な物資を多量に買うことができたのである」【3】皇帝《ヴァシレフス》は心を怒りで一杯にし、イサアキオスを激しくとがめ、もし態度を改めなければと脅しもして、しっかりと見張りに専念するようにさせた。しかしコンドステファノス［イサアキオス］の判断による試みはなんの成果もあげないままであった（実際一度二度と、かの地からイリリコンへ渡ろうする者たちを阻止しようと企てたが、失敗に終わっていた。というのはその者が海峡《ポルスモス》の真ん中に達し、その時にケルト人が順風にのって進み、帆を大きく開いて勢いよく航海していくのを目にしても、それらケルト人と、同時に舳先に向かって吹き寄せる逆風に戦いを挑むことはできないでいたのである。確かに人の言うように、ヘラクレスも同時に二人に向かって戦うことはできない。さらに風の力で後方へ押しもどされる始末であったのである）、他方皇帝《アフトクラトル》は彼の不首尾を知って、地団駄を踏んでいた。【4】コンドステファノスがローマ艦隊《ストロス》をしかるべき所へ待機させず、そのために南風が彼を拒み、ケルト人にはむしろ有利な航海を可能にさせていることを［皇帝は］見抜いて、ロンギヴァルディアとイリリコンの［両］海岸と、両岸にそれぞれ位置する港《リメネス》について略図を描き、それらを書簡《グラマタ》と共に送り[13-59]、同時にどこに船舶《ニエス》を待機させておくべきか、そして［自分たちとって］順風を受ければそこから、航海を続けているケルト人に向かって出航するように指示を与えた。そのようにして再びコンドステファノスに気力を回復させ、行動にとりかかるよう説得した。事実イサアキオス［コンドステファノス］は奮起し、皇帝《アフトクラトル》が彼に教えた場所に到着すると、船舶《ニエス》を着岸させた。好機を待ち、そしてロンギヴァルディアの男たちが大量の物資を積んでイリリコンに向かって航海に乗りだした時、まさにその時、有利な追い風が吹いたので出航し、海峡《ポルスモス》の真ん中で彼らを迎え撃ち、快速《リストリカ》艇《プリア》の多数に火を放って炎上させ、さらにより多くの船舶を人もろとも海底へ沈めた[13-60]。【5】皇帝《ヴァシレフス》はこれら［の勝利］をまだ知らず、そのためランドルフォスとディラヒオンのドゥクス自身からの文書《グラフェンダ》にいたく心を悩まされ、そこで考えを変え、すでに語られた[13-61]マリアノス＝マヴロカタカロンをただちに任地先から呼び戻し、その者を艦隊《ストロス》のドゥクスに任命し、ペトルラにおける任務を別の者に任せることにした。さてこの者［マリアノス］は出帆するが、偶然にもすぐにロンギヴァルディアからヴァイムンドスのもとへ渡ろうとする快速艇《リストリケ》と貨物《フォルティイ》船《ニエス》に遭遇し、あらゆる食糧物資を満載したそれらすべて［の船舶］を拿捕した。そしてその後も、その者はロンギヴァルディアとイリリコンの間の海峡《ポルスモス》の用心深い見張り番の役目を立派につとめ、ケルト人にディラヒオンへの航海を一切許さないでいた。

第8章

【1】他方皇帝《アフトクラトル》は山間の隘路《クリスレ》の麓、ディアヴォリスの近くに野営し、[13-62] 一方ではヴァイムンドスへ投降しようと企てる者たちを抑えることにつとめ、他方では隘路《クリスレ》を見張る者たちのもとへ無数の雪片のように伝令を送り、それら各々へつぎのような指示を与えた、すなわちヴァイムンドスと戦う時にはディラヒオンの平野へどれほどの数の兵士を送り出し、平野部へ降りていく者たちを戦闘に際してどのような戦闘隊形《スヒマ ポレムウ》に組むべきかについてであり、そしてほとんどの場合行われるべきことはまず馬で突撃し、それから引き返す、これを何度も繰り返しながら弓矢《トクシア》で戦う、他方槍《ドラタ》を担う者たちは、射手《トクソテ》が必要以上に後方へ追いやられるような場合には、彼らを受けとめ、同時におそらく彼らの手の届く範囲にまで近づいてくるケルト人を攻撃するため、彼ら［射手］の後ろからゆっくりした歩調で前進して行くことであった。［皇帝は］また彼ら［射手］には十分な矢《ヴェリィ》を支給し、決して矢を惜しまず、そしてケルト人よりむしろ馬をめがけて矢を射かけるように指示する。なぜなら［皇帝は］、胸甲《ソラケス》と鉄《シディリ》の下着《ヒトネス》で身を包んでいる限り［ケルト人は］傷つくことはなく、むしろ完全に不死身にちかいことを知っていたからである。実際彼らに向かっていたずらに矢を射かけることは、全く愚かであると思われたのである。【2】事実ケルト人の防具《オプロン》の一つは互いにしっかりとつなぎ合わされた鉄の輪でできた下着《ヒトン》であり、その鉄は良質のため、矢《ヴェロス》をはじき、兵士《ストラティオティス》の身体を守ることができる。さらに他の防具として円形の盾《アスピス》ではなく、上部が幅広で下端が尖っている縦長の盾《シレオス》があり、それは内側がわずかに窪み、表面はなめ

らかできらきらと輝き、中央には煌めく青銅製の突起部がある。投槍《ヴェロス》はスキタイのものであれ、ペルシア人のものであれ、また巨人たちの腕から投げられたものであっても、［盾に当たれば］弾かれ、投げつけた者に向かって跳ね返ってくる。【3】思うにケルト人の武具《オプラ》と私たちの飛び道具《トクセヴマタ》について熟知している皇帝《ヴァシレフス》が、矢を放つ者たちに男たちよりもまず馬を攻撃するよう指示し、弓矢《トクセヴマタ》を使って馬に羽根を喰らわせるように鼓舞したのはこの理由からであり、また同時に馬から降りた者たちがまったく御しやすい対象となるためであった。実際馬に乗ったケルト人は全く御しがたく、バビロンの城壁《ティホス》[13-63]をも貫く勢いであるが、馬から降りてしまえば誰にも容易に処理されるおもちゃ［の兵士の］ようになってしまう。【4】これまでもたびたび語られたように、[13-64]［皇帝］自身はヴァイムンドスとの戦闘を真正面から受けて立つことに駆り立てられていたけれども、彼の随行者たちのよこしまな性質を知っていたので、隘路《クリスレ》を越えて行こうとはしなかった。実際その者は戦闘に関してはどんな剣《クシフォス》より鋭利であり、大胆な精神の持ち主、まったく動ずることのない男であった。しかし最近彼の身に起こった出来事[13-65]は恐ろしいほどに彼の心を締めつけ、そのような企てを思い止まらせていたのである。[13-66]【5】ところでヴァイムンドスは陸から、また海から攻め立てられ（事実一方では皇帝《アフトクラトル》がイリリコンの平野で展開する出来事を観察者のように腰を据えて眺めていた、もとより精神と知力のすべてを駆使することにおいては戦っている者たちと一緒に戦い、彼らと同じ汗と苦労を分け合っていたのである、実際山間の隘路《クリスレ》の頂《アクロフィエ》に配置した将校《イエモネス》たちには局地戦や戦闘にむけて奮起させ、いかにしてケルト人を攻撃すべきか指示を与えつづけていた限り、おそらく人は、その苦労は［実際に戦っている］その者たち以上であったというだろう。また他方ではロンギヴァルディアとイリリコンの海峡《ポルスモス》の海路を見張るマリアノスがかの地からイリリコンへ渡ろうとする者たちに行く手を遮り、三枚帆《トリアルメノス》の船であれトン数の大きい《ミリオフォロス》貨物船《オルカス》であれ一段櫂《ミオパロン》の軽装の船《ディコポス》であれ、ヴァイムンドスのもとへ達することを全く許さなかった）、それゆえ海上から持ち込まれていた食糧そのものも陸上で獲得されていたそれらも手に入らず（［ヴァイムンドスは］敵が長年にわたる経験《エムピリア》を生かして戦闘を順調に進めているのを見て取っていた。事実もし誰かが糧秣《ホルタゴイア》の確保にあるいは他の必要物資の調達に防柵《ハラクス》の陣地から出ていけば、あるいは水を飲ませに馬を連れ出せば、ローマ人は彼らに襲いかかり、彼らのほとんどを殺していた、そのため彼の軍勢《ストラテヴマ》は少しずつ数を減らしていたのである）、そこでディラヒオンのドゥクスのアレクシオスに使者を送り、和平《イリニ》について打診することに取りかかった。[13-67]【6】そしてまたヴァイムンドス側の伯《コミテス》の一人で、血筋の良い《エヴェニス》エリエルモス＝クラレリスは、ケルト人の全軍《ストラテヴマ》が飢えと病気《ノソス》（なにか恐ろしい病気が天上から彼らに降りかかったのである）により全滅してしまうと見て取り、自身の身の安全を確保しようとして五〇名の騎士《イピス》と共に皇帝《アフトクラトル》のもとへ脱走をはかる。皇帝《ヴァシレフス》はその者を迎え入れ、ヴァイムンドスの現状を問い尋ね、その結果軍隊《ストラテヴマ》が飢えに陥り、彼らの立場がきわめて苦しい状況へ突き進んでいることを確認すると、一方でただちに彼にノヴェリシモスの爵位《アクシオマ》を与えて敬意を示し、また多くの贈物《ドレエ》と栄誉で報いた。[13-68]そして他方で［ドゥクスの］アレクシオスからの書簡《グラマタ》を通じてヴァイムンドスが和平《イリニ》について彼に使者を送ったことを知った時、［皇帝には］彼のまわりの者たちが常に自分に対してよからぬ謀に心を注ぎ、いつでも立ち向かおうとしていることを、外の敵よりもむしろ内部の敵の攻撃の的にされていることを考え、とにかく彼には二つの腕で同時に二つの敵に向かって互角以上に戦いを進めていくことは不可能である思われたので、以前誰かが言ったように、禍を福に変えようと、ケルト人との和平《イリニ》を受け入れ、ヴァイムンドスの要求を拒否しないことが次善の策であると判断したのであり、また上述の理由からさらに積極的に前に突き進むことには危惧を感じていたのである。【7】このゆえに彼自身は一方で［外と内の］二つの敵と向かい合いながらその場にとどまり、他方でディラヒオンのドゥクスへヴァイムンドスに対して次のように書き送るよう書簡《グラマタ》[13-69]を通じて指示をだした。「私はあなたの誓約《オルキィ》や言葉を信じるたびごとにことごとく騙されたことを、あなたはそのことをよくご存じである。実際もし福音《エヴァンゲリオン》の聖なる定め《ノモス》[13-70]がキリスト教徒においてはすべてにおいて互いに許し合うことを教えていなかったなら、あなたの言葉に耳をかさなかったであろう。しかし私としては神《セオス》に逆らい、聖なる定め《ノミィ》を破るよりもむしろ欺かれるほうがよい。確かにこのゆえに、あなたの要求をさけることはしない。もしあなた自身が心から和平《イリニ》を望み、あなたが始めた異常で、達成できない企てを忌み嫌い、あなた自身の故国のためでも、キリスト教徒のためでもなく、ただあなた自身の欲望のために、キリスト教徒の血の流れるのを見て喜ぶ、そのようなことをもはや望もうとしないのなら、われわれを隔てる距離は大きくないので、あなたの望むだけ多数の者を連れて、あなた自身が［私のもとへ］やって来なさい。あなた方自身とわれわれの考えが一致をみて、和解が生まれるにせよ、あるいはそうならないにせよ、とにかくここに述べられている通りにあなたは無傷であなた自身の陣営《パレムヴォリ》にもどることになろう」

第9章

［1］ヴァイムンドスはこれらのことを聞き知ると、次の条件で名だたる者の中から人質《オミリ》が与えられることを要求した、すなわちその者たち［人質］は伯たち《コミテス》からなんら拘束されることなく、ただ彼自身が戻ってくるまで彼の陣営《パレムヴォリ》にひきとめられる。この［人質の］要求がかなえられなければ、皇帝《アフトクラトル》のもとへ行くつもりはないということであった。そこで皇帝《ヴァシレフス》は、ナポリ人マリノスとその勇気において遍く知れわたったフランク人のロエリス、[13-71]これら二人は沈着冷静でラテン人の習慣について長い経験を有していた、そしてさらにコンスタンディノス＝エフフォルヴィノス［カタカロン］（この者は心身ともに勇敢で、いまだかつて皇帝《ヴァシレフス》から命じられたことでやり損ねたことはない）とケルト人の言葉に通暁しているアドラレストスという者を呼び寄せ、これらの者に次のような指示を与えてからヴァイムンドスのもとへ送り出した、すなわち［ヴァイムンドス］自身の望むところを［皇帝へ］伝え彼［皇帝］からそれを求めるために、自ら進んで皇帝《アフトクラトル》のもとへ行くように、あらゆる手段を駆使し説得にあたること、そしてもし皇帝《アフトクラトル》にとってそれが同意できると思えたら、当然要求は

かなえられる、もしそうでない場合は一切害を受けることなく自身の陣営《パレムヴォリ》に戻ることができることを伝えることであった。【2】皇帝《ヴァシレフス》はこれらの指示を与えた後、その者たちをその場から去らせた。他方その者たちは、ヴァイムンドスのもとへ通じる道を進んだ。その者は彼らの到着を知ると、その者たちが彼の軍隊《ストラテヴマ》の酷い状況を見て、皇帝《ヴァシレフス》にそれらを報告するのではないかと怖れ、自ら馬に乗り陣地《パレンヴォリ》から離れた所で彼らを出迎えた。その者たちは、皇帝《アフトクラトル》の伝言を口頭で彼に次のように語った。「あなただけでなく、あの時［帝国を］通過して行った伯《コミテス》のすべてが行った約束と忠誠の誓い《オルキイ》を[13-72]皇帝《ヴァシレフス》は決して忘れていない。あの忠誠の誓い《オルキイ》の違反行為があなたに悪い結果となったことをあなたもしかとご承知だ」これらを耳にしたヴァイムンドスが言うには「それらはそれで十分だ、皇帝《ヴァシレフス》が私に他に何か言っているのなら、それを聞きたい」【3】そこで使節たち《プレスヴィス》が彼に応えて言うには「皇帝《ヴァシレフス》はあなたとあなたの指揮下にある軍勢《ストラテヴマ》の安全を願い、われわれを通じてあなたに単刀直入にこう言われている。すなわち多くの苦しみを味わったにもかかわらず、ディラヒオンの都市《ポリス》を掌握することもできなかったし、あなた自身とあなたの味方の者たちになにか良いことをもたらしもしなかったこと、これらのことをあなたはしかと承知している。だからもしあなた自身とあなたの指揮下の人々の完全な破滅の出来を望まないのであれば、あなたの望むところをすべて申し述べ、次にわれわれの考えるところに耳を傾けるために、安心してこの私、皇帝陛下《ヴァシリア ムゥ》のもとへ来るようにしなさい。両者の考えが一致すれば、神《セオス》に感謝しよう。さもなければ、あなたを再びあなた自身の陣営《パレムヴォリ》へ無事に送りとどけよう。あなたの人々のうちで聖《アイオス》墳墓《タフォス》の崇拝《プロスキニシス》に行きたいと願う者すべては私によってそこへ導かれよう、彼らの故国への帰還を選ぶ者たちについては、私から十分な贈物《ドレエ》を受け取った後、それぞれの国へ去らせよう」【4】その者が彼らに応えて言うには「しっかり意見を述べ、また人の意見に耳を傾けることのできる男たちが皇帝《ヴァシレフス》から送られてきたことを、私は今本当に理解することができた。そこで私が皇帝《アフトクラトル》からつぎのように名誉をもって迎えられる確かな確約をあなた方から受けとることを求める、すなわち彼の血縁者のうちでももっとも近親の者たちが［皇帝のもとから］六スタディア離れた所で私を出迎えること、私が皇帝の幕舎《ヴァシリキスキニ》に近づき、中に入ろうとする時、彼自身が帝《ヴァシリキ》座《ペリオピ》から立ち上がり敬意をもって私を迎えること、私と以前に交わされた諸協約《シムフォニエ》に関して一切言及されないこと、あるいはまたこの件に関して決して私が裁かれないこと、むしろ私の思い通りに私の欲することをすべて自由に発言できること。これらに加えてさらに皇帝《ヴァシレフス》は私の手をとって帝座の近くの席に私を座らせること、［他方私に関しては］二人の騎士《フィラミデス》[13-73]と共に中に入った後、崇拝《プロスキニシス》のために皇帝《アフトクラトル》に向かって膝を曲げることも、あるいは首を傾けることも決してしないこと」【5】これらを耳にした上記の使節《プレスヴィス》たちはその者［皇帝］が帝《ヴァシリコス》座《ソロノス》から立ち上がることは受け入れられないとし、それは前例のない要求として退けた。さらにそれだけでなく、膝を曲げ、あるいは首をかたむけて皇帝《ヴァシレフス》への崇拝《プロスキニシス》の態度を示さないとの要求も認めなかった。しかし皇帝《ヴァシレフス》の御前に来るまで、彼に対して礼を尽くし《イコノミィア》、好意のこもった応接にあたるために、［皇帝の］親族の者たちが相当の距離まで彼を出迎えに行くこと、二人の騎士《フラィミデス》と共に［幕舎の］中へ入り、その時皇帝《ヴァシレフス》が彼の腕をとり、帝《ヴァシリコス》座《スキムプス》の近くに座らせること、これらについては拒否しなかった。【6】これらの言葉のやり取りの後、使節《プレスヴィス》たちは退出し、彼らの宿舎が用意されている場所に向かった、なおその者たちは、夜中に外に出かけ軍隊《ストラテヴマ》の状況を偵察し、その結果彼［ヴァイムンドス］をいっそう軽んずるようにならないために、一〇〇名の歩兵《セルエンディイ》に監視されることになっていた。翌日その者は三〇〇名の騎兵《イピス》とすべての伯《コミテス》を率いて、前日上記の男たちと話しを交わした場所に到着し、次に自分が戻ってくるまで待つように残りの者たちをそこに残して、六人の選り抜きの者《エクリティ》たちを連れて使節《プレスヴィス》たちのもとへ向かう。【7】とにかく前日に取りあげられた問題について両者は再び検討したが、ヴァイムンドスが執拗に自分の主張をくり返したので、ウヴォス[13-74]の呼び名をもつことのほか身分の高い一人の伯《コミス》がヴァイムンドスに向かって言うには「皇帝《ヴァシレフス》と戦いをしようとしてやって来たわれわれのうち、誰一人まだその槍《ドリ》で相手に打ち込んだものはいない。だからながながと言い合うのはやめにしよう。戦争の代わりに論じなければならないのは和平《イリニ》である」とにかく多くの論議が両者から出され、しかしヴァイムンドスは先に使節《プレスヴィス》たちに求めた要求のすべてが通らなければ、それは自分が軽くあつかわれているのだと考え、激しい態度を続けていた。【8】その者たち［使節］はある要求については同意し、しかし他のものについては拒み続ける、そこでヴァイムンドスは、人の言うように意に添わぬことでもそれを福に変えようと、13-75 結局相手の主張に従い、とにかく名誉をもって扱われ、そして彼の考えに皇帝《アフトクラトル》が同意しない場合には、なんらの害も受けることなく自身の陣地《パレンヴォリ》に送り返されるよう、誓い《オルコス》による保証を彼らから受けとることを求める。そこで聖なる福音書《エヴァンゲリア》が持ちだされた上で、その者は人質《オミリ》を彼の兄弟イドスに引き渡し、自分が帰還するまで彼［イドス］の監視下におかれることを要求する。使節《プレスヴィス》たちはこれに同意し、つぎに彼ら自身も当然の権利として人質《オミリ》の安全に関する誓約《オルキィ》を要求する。ヴァイムンドスはこれに同意し誓約《オルキィ》を行い、そして人質《オミリ》としてセヴァストスのマリノス、アドラレストスと呼ばれる者、フランク人のロエリスを受け取り、皇帝《ヴァシレフス》と和平《イリニケ》協定《スポンデェ》を交わした後、あるいはそれができなかった後、その者たちを誓約《オルキィ》そのものに従って無傷で皇帝《アフトクラトル》のもとへ送り返すという条件で、彼の兄弟イドスに引き渡す。

第10章

【1】ところでその者［ヴァイムンドス］がコンスタンディノス＝エフフォルヴィノス＝カタカロンと共に皇帝《ヴァシレフス》のもとへ通じる道に乗り出そうとした時、彼の軍隊《ストラテヴマ》が長期間にわたって同じ場所にとどまっていたため、酷い悪臭を放っており、そこで軍隊《ストラテヴマ》を移動しようと考えたが、彼ら［使者たち］と相談することなしにはそうしたくないと語った。実際そのようにこのケルトの民《エノス》というものは気が変わりやすく、一瞬のうちに極端から極端へ変化する。同一人物がある時には全世界をひっくり返してやると豪語するかと思えば、ある時には土塊にさえ頭をさげ、とりわけ強い意志の持ち主の前では言うまでもない。その者［使者］たちは、十二スタ

ディア以内なら軍隊《ストラテヴマ》を移動することに同意した。そしてヴァイムンドスに向かって言うには「もしあなたが望むなら、われわれもその場所を見るために一緒に行こう」ヴァイムンドスがこのことに同意したので、その者たちはただちに書簡《グラマタ》を通じて隘路《クリスレ》を守備している者たちに攻撃にでて彼らを傷つけないように伝えた。【2】今度はコンスタンディノス＝エフフォルヴィノス＝カタカロンがディラヒオンへ出向くことを許すよう、ヴァイムンドスに願い出た。ヴァイムンドスが同意したので、カタカロンはすぐさまディラヒオンへ向かい、都市《ポリス》を守備する者、すなわちセヴァストクラトルのイサアキオスの息子アレクシオスを探し出し、皇帝《アフトクラトル》からの伝言を彼と、彼と共にその地に来た兵士《ストラティオテェ》の指揮官《ロガデス》たちに伝えた。ところで城壁《ティホス》から身を乗りだして外を覗く者はいなかった、なぜならディラヒオンの胸壁《クリデムナ》上にはすでに皇帝《アフトクラトル》の指示により工夫が施されていたからである。すなわちまさしくこのために用意された、釘で固定されていない板が要塞都市《カストロン》の胸壁上に巧妙に並べられ、すでに語られてもいるように、[13-76] おそらく梯子を使ってよじ登ってくるであろうラテン人は胸壁上に達した時、しっかりと立つことができず、たちまち板と共に足を滑らし［城壁の］内側に落下することになろう。さてエフフォルヴィノスは彼らと言葉を交わし、皇帝《ヴァシレフス》の伝言を伝えて、彼らの心を勇気で一杯にした後、要塞都市《カストロン》の現状を尋ね、彼らには必要物資が十分あり、ヴァイムンドスの企てを全く意に介していないことから、彼らに関わることがことのほか上手に処理《イコノミア》されていることを見定めると、予告した場所に溝をめぐらした陣地《タフリア》を設営したヴァイムンドスのもとへ向かい、その者と合流すると、皇帝《ヴァシレフス》のもとへ通じる道を［その者と共に］進むことになった。残りの使者《プレスヴィス》たちは、先に交わされた約束に従ってイドスの部下たちのもとにとどまったのである。【3】その者［エフフォルヴィノス＝カタカロン］は彼の従者《セラポンデス》のうちでもっとも頼もしく、かつもっとも忠実なマヌイル＝モディノスをヴァイムンドスの到来を告げる使者として皇帝《ヴァシレフス》のもとへ先に送った。その者［ヴァイムンドス］が皇帝の幕舎《ヴァシリキスキニ》へ近づいたとき、使者《プレスヴィス》たちが彼と申し合わせたとおりに、すでに彼を出迎える準備は整えられていた。その者が［幕舎の］中へ入ると、皇帝《ヴァシレフス》は手を差しのべ、彼の手を取り、皇帝たち《ヴァシリス》がいつもするような歓迎の言葉をかけ、それから彼を帝《ヴァシリコス》座《ソロノス》のそば近くに座らせた。【4】この者［ヴァイムンドス］について一言で言えば、蛮族《バルバロス》であれギリシア人《エリン》であれ、ローマ人の《トン ロメオン》国《イエ》において誰もその者に似たものを一人も見いだすことがなかったということである。まさにその者は、眼を合わせただけで驚嘆を、名を耳にするだけで恐怖を引き起こした。この蛮族《バルバロス》の外見の特徴を順を追って語れば、まず背丈はもっとも長身の男たちをほとんど一ピヒスも上まわるほどの大きさであり、腹部と脇腹は引き締まり、肩と胸は幅広く、両腕はたくましく、身体全体は痩せても太ってもおらず、この上なく調和がとれて、いわばポリュクレイトスの基準《カノン》[13-77]に一致していた。それにいかにも強力そうな両手、力強くたくましい足取り、がっしりした首筋と背中が備わっていた。他方事細かに観察する者には、その者はわずかに前屈みであるように思われたが、それは脊柱の椎骨に何か欠陥があるからでなく、思うに生まれた時からそのように少し曲がった状態であったのである。皮膚は身体全体にわたってことのほか白いが、顔は白さに赤みがさしていた。頭髪は薄茶色であったが、他の蛮族《バルバリィ》たちのように肩の辺りまで垂れ下がっていなかった[13-78]。実際その男は頭髪をことさら手入れすることをせず、耳のあたりまでの短髪にしていた。顎髭は赤みを帯びていたのか、違う色であったのか、私には言えない。剃刀があてられ、どのような石灰《ティタノス》[13-79]を使うよりもすべすべにされていたからである。しかしそれ［顎髭］もまた［頭髪のように］薄茶色であったように思われる。青みがかった眼差しは、同時に気力と威厳を感じさせていた。鼻と鼻孔で盛んに息をしていた。胸部からどっとあふれ出る息はその［みごとな］鼻孔によって外に出され、また鼻孔を通じて入ってくる息はその広い胸で受けとめられていた。確かに造化《フィシス》［の妙］は、心臓から激しく吹き出る息に鼻を通じて出口を提供していたのである。【5】この男には何か愛すべきものも見られたが、しかし他方人に恐怖心を引き起こさせる何ものかにより、それはほとんどあらゆる機会において失われていた。なぜなら身体全体を通じて、また背丈の大きさからも眼差しからも、その者はまさしく冷酷で残忍そのものであった。実際彼の笑い声さえ他の人々には獣のうなり声[13-80]のように聞こえたと私には思える。怒りも愛も彼のうちにおいて鎧を身にまとい、ともに戦いに向かって突き進むように、そのように精神と肉体はつくられていた。またあらゆる方向に頭は回転し、抜け目はなく、あらゆる網をかいくぐった。実際彼の会話は入念で隙がなく、返事は相手にとってどっちつかずのつかまえどころのないものであった。それほどまでに優れたこの者も、幸運《ティヒ》と雄弁と他の天与の才能に関しては皇帝《アフトクラトル》だけには及ばなかったのである。

第11章

[1] さて皇帝《アフトクラトル》は、過去の出来事についてはわずかに彼に思い出させ、核心にはふれずに、ただ彼の心に留めさせるだけにして、別の話題に移った。他方その者は良心が責め立てたのか、彼の言葉に対する返答を上手く避け、ただ次のように言っただけである。「これらのことについて言い争うためにここに来たのではない。実際私自身にも言うべきことがたくさんある。しかし神《セオス》が私をこのような状態に陥らせたのであるからには、今後のことはすべて陛下《ソンクラトス》に委ねよう」皇帝《ヴァシレフス》はこれに応えて彼に言うには「それなら過去のことは問わないことにしよう、さてそこでもしあなたがわれわれと協定を結ぶ意志があるのであれば、あなたはまず朕の臣下の一人《イストンイポトエモンクラトス》となり、次にこのことをあなたの甥のタグレに伝え、私の方から派遣された者たちに、当初にわれわれの間で行われた協定《シムフォニア》に従ってアンティオキア[13-81]を引き渡すように彼に命じ、最後にあの時われわれの間で結ばれた他の一切をもあなたは今後遵守しなければならない」[2] 皇帝《ヴァシレフス》はこれらのこと、さらにそれ以上の多くのことをも彼に向かって語り、また相手の返事に耳を傾けたが、その者はこれまでと同じヴァイムンドスであり、変わっておらず、「そのような約束をすることは私にはできないことだ」と言ったのである。皇帝《ヴァシレフス》からさらに別のことが求められたので、その者は、使節《プレスヴィス》たちと交わされた取り決め《シムフォニア》に従って自身の軍隊《ストラテヴマ》への帰還を求めた。そこで皇帝《ヴァシレフス》が彼に向かって言うには「私以上にあなたを安全に送り届けることの

できるものはいない」そしてそう言うと同時に、軍隊《ストラティア》の指揮官《イエモネス》たちに淡々とディラヒオンへの道を進むためにそれぞれの馬を用意するように命じた。それを耳にしたヴァイムンドスはその場を離れて、自分のために特別に用意されていた幕舎《スキニ》へ行こうとした時、私のケサル、その時期にはパンイペルセヴァストスの爵位《アクシオマ》を与えられていたニキフォロス＝ヴリエニオスに会いたいと願い出た。そこでその者は早速出かけていく、そしてあらゆる説得の言葉を尽くし、実際集会での演説と討論において彼の右に出るものがいなかったので、皇帝《ヴァシレフス》の口からでたほとんどすべての要求にヴァイムンドスが同意するよう説得する。それから彼の手をとって皇帝《ヴァシレフス》のもとへ導く。翌日その者は、自分にとってそれがよかれと思われたので、自らの意志で誓約《シンフォニア》を行った[13-82]。同意された諸条項《シムベフォニメナ》の内容は次のようなものであった。

第12章

【1】「先の協定《シムフォニア》、すなわち以前、私があの無数のフランク人の軍勢《ストラティア》と共にイエルサレムの解放のためにヨーロッパからアジアに向かう途中、女王《ヴァシリス》の都市《ポリス》にやって来た時に、神から帝冠を授かった《セオステフェス》陛《クラトス》下《スゥ》と交わした協定[13-83]は、事態の急変により破棄されたので、現在では無いものであり、有効とは見なされない、いわば外部的な事情により役に立たないものとして運び去られたものに等しい。したがってあの協定にもとづいて、皇帝《ヴァシリア》陛下《スゥ》は私に対してなんら正当な権利を持たないし、またその中で互いに約束され、書き込まれた諸事項にもとづいて何も主張することはできない。なぜなら私は神によって選ばれた《セオプロヴリトン》陛《ソン》下《クラトス》に対して戦いを始め、交わされた約束《シムベフォニメナ》を破ったのであるから、それらのことにより［先の協定に基づく］陛《ソン》下《クラトス》の私に対する弾劾も無効となった。しかしながら現在、私はいわば［魚に］刺され、それにより正気を取りもどした漁夫[13-84]のように後悔し、また実際上ただあなたの槍《ドリ》を突きつけられることによってやっと分別を与えられ、そして今回の敗北とこれまでの戦い[13-85]に

思いを致すことで、この新しい協定《シムフォニア》を陛《クラトス》下《スゥ》と取り交わす考えに至った、そしてこれにより私は陛《スキプトロン》下《スゥ》の家《リズィオス》臣《アンソロポス》[13-86]、より明確により直截にいえば召使《イケティス》・従者《イポヒリオス》となる、なぜならあなたも私をあなたの右手に引き寄せることを望まれ、あなたの家《リズィオス》臣《アンソロポス》にされようとしているからである。【2】それゆえ私は、永久に遵守することを望むこの第二の協定《シムフォニア》に従って、今後にわたって皇《シィ》帝陛下《ヴァシリア》と、あなたの最愛の息子、皇帝《ヴァシレフス》にして主人《キル》、緋の産室生まれ《ポルフィロエニトス》のヨアニス[13-87]の忠実な臣下《アンソロポス》となるであろう、そして私はこのことを、この協定が作成され読み上げられるさいの証人《マルティレス》である神《セオス》とそのすべての聖者《アイィ》にかけて誓うものである。そしてまた私は、陛《クラトス》下《スゥ》に立ち向かう者すべて、すなわち手向かう者がキリスト教徒の民《エノス》であれ、われわれの宗教《アヴゥリ》と異なる者《アロトリオス》、われわれが異教徒《パガニ》と呼ぶ者たちの一人であれ、それらすべての者にたいして右手に武器を握って戦う。だから先で述べられた協定《シムフォノン》に含まれ、われわれ双方、すなわち両陛《ヴァシリア》下《イモン》と私を同時に満足させたまさにこの一条項、これだけは、他のすべてが破棄されてしまったが、私は引き戻して頑強に守り抜きます、すなわち［その一条項とは］いわば破棄されたものを更新するものであり、私が両陛《ヴァシリア》下《アンフォテロン》の僕《ドゥロス》、臣《リズィオス》下《アンソロポス》であるということです。たとえ何が起ころうとも、私はこれを破るつもりはない。そしてまた、見えて明らかなものであれ、隠れているものであれ、私には［この第二の］協定《シンシケェ》と今約束された諸《シムベフォニメナ》条項の違反者になるような動機あるいは手段は存在しない。【3】さて私は、東方《アナトリ》の地に位置し、後にここ［この文書］にはっきりと明示される土地《ホラ》を、皇帝《ヴァシリア》陛下《スゥ》の金印《フリソヴロス》文書《ロゴス》を通じて、それには陛《クラトス》下《トソン》ご自身が赤インクで署名され、そしてその金印《フリソヴロス》文書《ロゴス》の写しが私に手渡されたのであるが、受けとるのであるから、一方では与えられたそれらの土地《ホレ》を両陛《ヴァシリア》下《イモン》から下賜されたものとして受けとり、なお下賜の有効性は金印《フリソヴロス》文書《グラフィ》に存するが、他方では私は、それらの土地《ホレ》と都市《ポリス》と引きかえに《アンティドシス》、両陛《ヴァシリア》下《イモン》、すなわち陛下、主《メガス》皇帝《アフトクラトル》[13-88]にして主人《キル》たるアレクシオス＝コムニノスと、あなたの最愛の子息、皇帝《ヴァシレフス》にして主人《キル》たるポルフィロエニトスのヨアニスに対して、私自身の忠誠《ピスティス》を捧げる、なおそれは強固な錨のようにびくともせず、揺らぐことのないものとして守りぬくことを約束する。【4】そしてこの私の言葉をより明確な形でくり返し、また文書[13-89]でしたためられた一致事項《イディオティス》の《トン》正確な表現《シムフォノンドン》[13-90]をしっかりとここに保存するために、さあ見てもらおう、私、ロベルトス＝ギスカルドスの息子ヴァイムンドスは、両陛《クラトス》下《イモン》と契約を結び、両陛《ヴァシリア》下《イモン》、すなわちあなた、ローマ人の皇帝《アフトクラトル》にして主人《キル》たるアレクシオスと、皇帝《ヴァシレフス》にしてあなたの息子たるポルフィロエニトスに対してこの協定《シムフォニア》を犯すべからざるものとして守ることに、そしてまたこの私が息をし生者のうちに数えられているかぎり、忠実で正真正銘の家《リズィオス》臣《アンソロポス》でありつづけることに同意する。そしてこの時から、あなた方、すなわち両陛《ヴァシリア イ》下《イメテラ》、ローマ人の帝国《イエモニア》の永久に尊く《アイセヴァスティ》、尊厳なる《セヴァスティ》皇帝《ヴァシリス》の敵に対して、私は手に武器を取って戦うであろう。【5】そしてあなた方に命ぜられれば、私はためらうことなく手もとにある全軍《ストラティア》を率いてどこへでもはせ参じ、その時の差し迫った必要に応じて、あなた方のために尽力するであろう。そしてもしある者たちが両陛《イメテロン》下《クラトス》に対して敵意を示すならば、その者たちが不死の天使《アンゲロス》のようなものでなければ、あるいはわれわれの槍《ドラタ》に対して不死身であるような、あるいは何か鉄のような身体をしているものでなければ、両陛《ヴァシリア》下《イモン》のためにそれらすべての者を相手に進んで戦うであろう。私の身体が健康で、蛮族《バルバリコス》およびトルコ人との戦いから解放されておれば、私自身が自らの身体で私に従う軍勢《ストラテヴマ》を引き連れあなた方のために戦いにははせ参じる。もし重い病《ノソス》で動けない場合、このようなことは人間にはしばしば起こることであるが、あるいは私自身に迫る戦いが私を必要とする場合、そのような場合には私のもとにいる勇敢な男たちを通じて、その者たちが私の代わりをつとめる者として、私の強力な援軍を送り出すことを約束する。なぜなら今日私が両陛《ヴァシリア》下《イモン》に対して誓う真の忠誠《ピスティス》は、すなわち私自身を介してであれ、あるいは今述べたように他の者を介してであれ、協定《シムフォニア》の諸条項を一切損なうことなく守り通すことにあるからである。

【6】私は、〔協定の〕全体においてもまた個々においても、あなた方《イメテロン》の権力《クラトス》とあなた方《イメテラ》の生命《ゾイ》に関して、私はこの地上における生命のことを言っているが、真の忠誠《ピスティス》を遵守することを誓う。事実このあなた方の生命のために、私は武器を手にして、あたかも槌で叩かれて造られた鉄の彫像のようにして控えていよう。さらに

忠誠の誓い《オルコス》を広げてあなた方の名誉《ティミ イ イメテラ》にまで、両陛下《ヴァシリカ》の身体《イマメリ》にまで含めよう、すなわちそれらに対して誰か罪ある敵によって悪事が仕組まれただけでも、私はその者たちを打ち倒し、そのような悪事の企てを阻止するであろう。さらにこのことは、あなた方のもとにあるすべての地域《ホラ》、小さなものであれより大きなものであれ、すべての都市《ポリス》とさらに島々にも適用される、要するにそれはアドリア海そのものから全東方《アナトリ》まで、大アジアの領域を含めて、ローマ人の国境《オリスマタ》内にある、あなた方《イメテラ》の権力《スキプトラ》下のすべての土地と海に関してである。【7】さらに加えて私はつぎのことも同意する、神《セオス》がこの合　意《シムペフォニメノン》の証人《マルティス》・聞き手になられるよう、すなわち今日あなた方《イメテラ》の権力《スキプトラ》下にある、あるいはあった土地《ホラ》についても、また都市《ポリス》あるいは島についても一切、要するにコンスタンティノープルの帝国《ヴァシリア》が東と西においてかつて支配した、あるいは現在支配しているすべてに関して、奪い取り、自分のものとして取り込むことは決してしないことである、もっとも神によって選ばれた《セオプロヴリトン》両　陛　下《クラトス　イモン》からはっきりと私に授与されたもの、ここにある文　書《エングラフォン》において[13-91]一つ一つ名をあげて呼ばれるであろうものについてはこの限りではない。【8】他方以前にこの帝国《ヴァシリア》に属していた土地《ホラ》すべてに関して、私がある土地《ホラ》を握っている者たちを追放してそこを掌握することができるとしても、その土地の統　治《イコノミィア》についてはあなた方の判断に委ねねばならない。そしてもし取り返されたその土地《ホラ》を私があなた方の《イメテロス》臣　下《リズィオス　アンソロポス》、忠実な　僕《ピストス　ドゥロス》として管理することを［あなた方が］望まれるとしても、同じことである［あなた方の指示にしたがう］。そう望まれない場合は、一切言葉を挟まず、両　陛　下《ヴァシリア　イモン》[13-92]が望まれる者へ引き渡すであろう。他の誰かから土地《ホラ》があるいは都市《ポリス》があるいは小さな町《ポリフニオン》が私に引き渡されようとしても、それが以前において帝国《ヴァシリア》の権威《エクスシア》下にあったのであれば、自分に属するものとして受けとることもしない。さらに攻　囲《ポリオルキア》によって奪い取られるものも、また攻囲によることなく得られるものも、それらが以前あなた方のものであれば、再びあなた方のものとなろう、私はどのような形であれそれらについて抗議しない。【9】私はキリスト教徒の誰からも忠誠の誓い《オルコス》を受けることも、また他者に［忠誠の誓いを］行うことも、またあなた方に対して損害を、あるいはあなた方とあなた方の帝国《ヴァシリア》に侵害を目論むいかなる協定《シムフォニア》を取り結ぶこともない。また両陛下《クラトス ト イメテロン》の同意なしに他者の、あるいは大なるものであれ小なるものであれ他の権力《アルヒィ》の、家臣《アンソロポス》になることはない。私が仕えることを約束する唯一の大権《キリオティス》は、あなたとあなたの最愛の息子の帝権《ヴァシリア》である。【10】陛下《ヴァシリア スゥ》の家臣《アンソロピィ》で、あなたの権力《クラトス ト ソン》に反逆し私に従うことを望んで、私に近づこうとする者たちを、私は憎みもし、また追い払いもするが、しかしむしろ彼らに対して武器を取って戦う。私の槍《ドリ》の下に馳せ参じることを望む他の蛮族《バルバロイ》に関して、私は彼らを受け入れるが、それは私自身の名においてではない。私は、あなたとあなたの最愛の息子に向かって彼らに忠誠《オルキウン》を誓わせ、両陛下《ヴァシリア イ イメテラ》の名《ディケオン》において彼らから領土《ホレ》を受け取り、それからそれらの領土に関して命じられたことを粛々と実行することを約束する。【11】以上は、ローマ人の運命の女神《ティヒ》の支配《スキプトロン》[13-93]下にあるすべての都市《ポリス》と土地《ホレ》に関してのことである。他方いまだローマ帝国《ロマニア》の支配に服していないそれらに関しては、私は誓って次のことを確約する、すなわち戦争《ポレモス》によることなしに、あるいは戦争《ポレモス》と戦闘《マヒ》を通じて私に降服したそれらすべての土地《ホレ》は、それらがトルコ人《トルキケ》のものであれ、アルメニア人のものであれ、われわれの言葉に通じている者の誰かが言うところに従えば異教徒《パガニケ》のものであれキリスト教徒のものであれ、両陛下《ヴァシリア イメテラ》から下賜されたものと見なす、またこれらの民《エスニ》のうち、私のもとへ来て私に仕えることを望む者たちについては、彼らもまた両陛下《ヴァシリア イモン》の家臣《アンソロピィ》になるものとして私は彼らを受け入れる。これらの者たちに対してもまた、陛下《ヴァシリア スゥ》の大権《クラトス》と交わした私の協定《シムフォニア》および確認された忠誠の誓《オルキイ》いは及ぶと考えられるからである。［私に仕えることを望む］これらの者たち自身のうちで、あなた方、すなわち永久に尊厳なる《アイセヴァスティ》皇帝《ヴァシリス》が私のもとに置くことを望まれる者たちについてはそのように定められるであろう、他方あなた方がご自身方《イメテロン》の権力《クラトス》のもとへ送ることを望まれる者たちについて、その者たちがそれを望めば、私は送りとどける、しかしそれを望まず、あなた方に仕えることを拒否する場合は私もその者たちを受け入れることはない。【12】もちろん私の甥であるタグレについて、両陛下《ヴァシリア イモン》に対する敵対行為をやめることを望まず、両陛下《ヴァシリア イミテラ》の諸都市《ポリス》を手放そうとしない限り、私は徹底的に彼と戦う。その者が進んでそうするにせよそうしないにせよ、それらの都市《ポリス》が解放される時には、一方で私自身は両陛《クラトス》下《イモン》の許可のもと、金印《フリソヴロス》文書《ロゴス》を通じて下賜された、そしてここ［この文書］にはっきりと名をあげて示されることになるそれらの［都市の］主人となるだろう。他方で私に与えられたもの以外のすべての都市《ポリス》は、シリアのラオディキアを含めて、あなた方の権力《スキプトロン》下にしっかりと置かれることになる。両陛《ヴァシリア》下《イモン》[13-94]のもとからの脱走者たちについて、私はそれらの者を迎え入れることはせず、引き返すように仕向け、両陛《ヴァシリア》下《イモン》のもとへ帰還すべく強要する。[13] さらに上記の約束に加えて、これらの協定の諸条項《シムフォニエ》をより強固なものにするために、私はつぎのことを明言する。すなわちこれら［の諸条項］が不滅なものとして、永久に揺るぎないものとしてとどまるように、陛《ヴァシリア》下《スゥ》によって私に下賜された土地《ホラ》および［後ほど］名をあげて列挙される都市《ポリス》と城塞《ポリフニア》を私の名において管理することになっている私の家来たち《アンソロピィ》をこれらの協定の諸条項《シムオニエ》の保証人として設定することに、私は同意する。事実これらの者も両《イメテロン》陛下《クラトス》に対して、ローマ人の法《セズモス》が命ずるところに従って忠誠《ピスティス》の誓いを忠実に遵守し、この協定《シムフォニア》［文書］に書き込まれている条項すべてにおいて一言一句完全に従うことを、この上なく畏れ多い誓いでもって約束するように、私は仕向けるであろう。そしてまた私は、彼らに天上の諸力《ディナミス》と、神《セオス》の避けることのできない怒りにかけて次のことを誓わせよう、すなわちもし私が両陛《ヴァシリア》下《イモン》に対して反逆を企てるようなことが起これば、そのようなことが起こらないでほしい、おお、救世主《ソティル》よ！、おお、神《セオス》の正義よ！ 起こらないように、その者たちはあらゆる方法で、まず四〇日間[13-95]にわたって、完全に思い上がった私を両陛《ヴァシリア》下《イモン》に対する忠誠《ピスティス》に連れもどすよう懸命の努力を行う。もし将来にそのようなことがおこるなら、つまり狂気と精神異常が完全に私をとらえ、あるいは明らかに私が正気を失った場合に、そのようなことが行われるであろう。そして私が愚かな状態のまま、彼らの忠告を頑として受けつけず、私の中で狂気が激しく猛進していく時には、その時にはその者たちは私を見捨て、あらゆる方法で退け、身も心も両陛《クラトス》下《イメテロン》に向け、私の名において掌握している土地《ホレ》を私の権力《エクスシア》から奪い取り、あなた方自身とあなた方の側《メロス》に引き渡すであろう。[14] この者たちは以上のことを誓いを立てて実行するよう義務づけられ、また私が約束したと同じ忠誠・忠勤《ドゥリア》・献身をあなた方に対して遵守し、あなた方の生命とこの世における名誉《ティミ》のために、またいかなる敵からも危害を受けないように両陛下《イメテラ ヴァシリカ》の身体の一部《メリ》と四肢《メリ》のために武器《オプラ》をとり、陰謀と危険を察知する限り、進んで戦いつづけることを止めないであろう。私は恐ろしい《フリカレィ》誓い《オルキィ》で彼らを縛り、これらのことをあらん限りの力で関わり実現するよう彼らに強制することについて、神《セオス》と人々《アンソロピィ》、天上の天使《アンゲリィ》たちを証人に立てて誓うものである。あなた方の支配下にある城塞《カストラ》・都市《ポリス》・土地《ホレ》、要するに西方で保持され、東方で掌握されている両陛下《ヴァシリア イモン》のすべての地域に関して、この者たちは私があなた方に対して約束したと同じことを誓い立てて約束するであろう。この者たちは、私の生存中も私の死んだ後もこれらをなすであろう。両陛下《クラトス イモン》はこれらの者を手中にある《イポヒリィ》家臣《アンソロピィ》として手にされ、忠実な家来《ピスティ イピレテェ》として使われるだろう。［15］そして私と共にここへやって来ている者たちすべてについては、尊厳《セヴァスティ》なるあなた方、すなわち主人《キル》たるアレクシオスにしてローマ人の皇帝《アフトクラトル》と、皇帝《ヴァシレフス》にしてポルフィロエニトスなるあなたの息子に対して、この場でただちに誓いを伴う忠誠《ピスティス》を行い、［同じこれらの］協定《シムフォニエ》を取り結ぶであろう。ここにいない私の騎兵《イピス》と重装備の戦士《オプリテェ》、後者はわれわれにおいては騎士《カヴァラリィ》[13-96]と呼ぶのが習いであるが、これらの者については、陛下《ヴァシリア スゥ》が一人の家来《アンソロポス》をアンティオコスの都市《ポリス》へ派遣すれば、一方でその陛下《ヴァシリア スゥ》の家来《アンソロポス》がその者たちに誓わせるようにし、他方で、私はこのことを誓って言うが、私も男たち《アンドレス》に誓いをし全く同じことをそのまま約束するように仕向ければ、それらの者たちもその地［アンティオキア］において同じ忠誠の誓い《オルキィ》を実行するだろう。その上私は次のことに同意し誓う、すなわちかつてコンスタンティノープルの帝国《ヴァシリア》の支配下にあった都市《ポリス》や地域《ホレ》を握っている者たちに対して、もし両陛下《ヴァシリア イモン》が手をふりあげ、戦いを起こすことを望まれるなら、私もこれを実行し、彼らに向かって武器を揮おう、しかし彼らに対して軍隊《ストラトス》を動かすことがあなた方［両陛下］にとって好ましくないのであれば、われわれ自身も彼らに向かって出陣することはないであろう。なぜならわれわれはすべてにわたって両陛下《クラトス イメテロン》に仕え、われわれのすべての行為と意図をあなた方の意志に従わせることを望んでいるからである。[16] 自由意志で陛《ヴァシリア》下《スゥ》のもとへ一緒になって流れ込み、自分たちの都市《ポリス》を引き渡そうとするサラセン人やイスマイルの子孫たちについて、私は彼ら［の行動］を妨げることも、また彼らを自分の味方に取り込もうと懸命になることもしない、だがしかし、この種の集団が私の槍《ドリ》に追い立てられ、あらゆる方向から圧迫され、そこで危険を感じ、あなたに近づいてなんとか自身の安全を図ろうと、陛《クラトス》下《トソン》の方に目を向ける場合はこの限りではない。上記の者たちすべて、さらにフランク人の剣《クシフォス》を恐れ、差し迫った死を回避しようとして、尊厳《セヴァスティ》なる［両］陛下《ヴァシリス》へ援助を求めようとする者たちすべてに関しては、あなた方は、まさしくこの理由により、われわれ《イメテェリィ》の戦争捕虜《ドリアロティ》[13-97]を要求する権利はなく、当然のこととしてそうする権利があるのは、われわれの戦いと労苦に関係なく、進んであなた方へ仕えようとする者たちについてである。

[17] 以上に加えて私はつぎのことにも同意する、すなわち私と一緒にロンギヴァルディアからアドリア海を渡ろうとする兵士《ストラティオテェ》たちに関して、もちろんその者たち自身も宣誓し、陛《ヴァシリア》下《スゥ》に仕えることに同意することである、そして当然その者たちすべての誓いは、あなた方自身が正しくこの目的のためにアドリア海の対岸［ロンギヴァルディア］に向けて派遣する両陛《クラトス》下《イメテロン》の家臣《アンソロポス》によって実行させられる。もし忠誠の誓い《オルコス》を拒む者がおれば、われわれと心を一つにすることを拒否するものとしてその者は海を渡ることが許されない。[18] さて神によって選ばれた《セオプロヴリトン》両陛《クラトス》下《イモン》によって金印《フリソヴロス》文書《ロゴス》を通じて私に与えられた土地《ホレ》と都市《ポリス》をこの現文書《シングラマ》に列記されなければならない。窪《キリ》んだシリア《シリア》に位置するアンティオコスの都市《ポリス》[13-98]と、その周辺地方および海辺に位置するスゥエティオン自身を含む［アンティオキアの］属領《ディアクラティシス》。ドゥクス[13-99]とその周辺の、カフカス[13-100]の地域を含めたすべての地域、ルゥロン[13-101]と呼ばれる領域、すばらしい《サヴマストン》山《オロス》の領域、フェルシアとそれに属するすべての地域。アイオス＝イリアスの軍事区域《ストラティイス》[13-102]とそれに属する諸城塞《ポリフニア》。ヴォルゼの軍事区域《ストラティイス》とそれに属する諸城塞《ポリフニア》。ギリシア人《エリネス》がラリサと呼んでいるセゼルの軍事区域《ストラティイス》に属するすべての地域《ホラ》。アルタフとテルフの軍事区域《ストラティイデス》とそれぞれの周辺地域。エルマニキアとそれに属する諸城塞《ポリフニア》。マヴロン山《オロス》とそこに位置するすべての城塞《カストラ》および麓のすべての平

地、もちろんルペニオス一族に属するアルメニア人のレオンとセオドロスの領地《ディアクラティシス》は除く、その者たちは現在両陛《クラトス》下《イモン》の臣下《アンソロピィ》になっているからである。[19] 上に記されたものにさらに、パグラスの軍事地区《ストラティガトン》・パラツァの軍事地区《ストラティガトン》・ズメの地方《セマ》、それらに属するすべての城塞《カストラ》と砦《ポリフニア》、それぞれに関わる地域《ホレ》が加わる。以上すべては、両陛《ヴァシリア》下《イモン》の金印《フリソヴロス》文書《ロゴス》においても、神授《シオン》の帝権《クラトス》によって私の命の尽きるまで次の条件において私に与えられたものとして（私の死後には新ローマにして諸都市の女王《ヴァシリス トン ポレオン》であるコンスタンティノープルの帝国《ヴァシリア》へ再びもどるべきものとして）書き込まれる、そして条件とは、私があなた方、すなわち永久に尊《アイセヴァスティ》く、尊厳《セヴァスティ》なる両《イミス》陛《ヴァシリス》下を介して行うその［新ローマの］帝国《ヴァシリア》に対する紛れもなく清純な忠誠《ピスティス》と心からの献身を保持し、その帝座《ソロノス》と帝《ヴァシリキ》笏《ラヴドス》に仕える僕《ドウロス》であり手中《イポヒリオス》にある臣下《リズィオス》でありつづけることである。[20] 私は次のことに同意し、アンティオキアの教会《エクリシア》においてことのほか崇拝されている神《セオス》にかけて誓う、すなわちアンティオキアの総主教《パトリアルヒス》はわれわれの民《エソノス》に属する者ではなく、両陛《ヴァシリア》下《イモン》がコンスタンティノープルの大《メガリ》教会《エクリシア》の羊群《スレマタ》［主教たち］の中から指名する者である。実際このような者こそがアンティオキアにおけるその座《ソロノス》に登るべきであり、この座《ソロノス》の特権に従って聖職授与《ヒロトニエ》とその他の教会上の業務において高位聖職者《アルヒエラティコス》として万般をことごとく取り仕切ることになるだろう。[21] さらにそれらをことごとく［帝国へ］帰属させることを望まれていたゆえに、両陛《ヴァシリア》下《イモン》によってアンティオコスの都市《ポリス》のドゥクス職から切り離された部分がある。すなわちポダンドン地方《セマ》、これに加えてタルソス市《ポリス》の軍事地区《ストラティガトン》・アダナ市《ポリス》・モプソスの都市《エスティエ》・アナヴァルザ、要するに［東西において］キドノス川とエルモン川が境をなしているキリキアの全土《ホラ》[13-103]である。またシリアのラオディキアの軍事地区《ストラティイス》、蛮族の発音で言えばゼヴェルとも呼ばれるガヴァラの軍事地区《ストラティガトン》、ヴァラネフスとマラケフスの［二つの］軍事地区《ストラティガタ》、アンダルトと共にアンダラドス。最後の二つも軍事地区《ストラティイデス》である。以上すべては、両陛《ヴァシリア》下《イモン》がアンティオキアのドゥクス職から切り離して、そこから取り上げ、帝国権力《クラトス》の範囲《キクロス》に移したものである。[22] 私に与えられたものについて私は満足し、また私から取り去られたものについても同様に同意し異議を唱えることはない。私はあなた方から受けとった権利と特権《プロノミア》をしっかりと保持し、他方受けとらなかったものについて請求するようなことはしない。自分の領域《オリイ》を越えて出ることはなく、与えられた領域内にとどまり、先に明らかにされたように生きている限りそれらを治め、それらから利益をえることにつとめる。このこともすでに記されているように、私の死後、それらの土地はそこから私の権限下に移されたところの本来の国家機関《アルケェ》にもどされる。事実私は、私の管理人《エピトロピィ》と家来《アントロピィ》へ私の遺言に従って上記のすべての土地《ホレ》を、引き渡しに抵抗したり異議を唱えたりせずに、ローマ人の帝国《アルヒ》の帝笏《スキプトロン》へ引き渡すように命じるであろう。[23] そして私は以上のことも誓い、そしてまたその者たちがただちにいささかの曖昧さもなしに命じられたことを実行するというこの協定《シムフォニア》事項も再確認する。しかしこのことも、すなわち両陛下《クラトス イモン》によってアンティオキアの管轄領域《アルヒ》と当該都市のドゥクス領《ドゥカトン》から取り除かれたものに関して、私は両陛下《スロノス イメテロス》に代償を懇願し、また加えて巡礼《ペレグリニ》たち[13-104]も両陛下《ヴァシリア イメテラ》にそれを懇願した結果、そしてそれらに対して両陛下《クラトス イモン》が東方に存在する地域《テマタ》・土地《ホレ》・都市《ポリス》を埋め合わせとして私に与えることに同意したことを協定《シムフォニエ》［文］の中に書き加えよう。[24] そこで両陛下《ヴァシリア イモン》がいかなる点についても疑いを持たず、また私も必要に迫られて再要求したい時にそれができるように、ここでそれらは名をあげて列記されねばならない。すなわちその主都《ミトロポリス》がヴェリアで、蛮族《バルバロイ》の言葉ではハレプと呼ばれているが、全カシオティス地域《ホラ》[13-105]からなる地方《セマ》、ラパラの地方《セマ》とそれに属するすべての城塞《ポリフニア》、すなわちプラスタ、ホニオンの城塞《カストロン》、ロマイナ、アラミソスの城塞《ポリフニオン》、アミラスのそれ［城塞］、サルヴァノンの城塞《カストロン》、テルハムプソンの砦《フルリオン》、さらに三つ《トリア》のティリア［城塞］、すなわちスラヴォティリンと他の二つ、スエニンの砦《フルリオン》とカルツィエリンの城塞《カストロン》。さらに加えて、以下の城塞《ポリフニア》、すなわちコメルモエリ、カスィズマティンと呼ばれる所、サルサピン、ネクラの小さな町《ポリスマティオン》。以上は、シリアのこちら側[13-106]に位置している。その他のものは両河の中間《メシィ ドン ポタモン》地帯に、エデサの都市《ポリス》の近くに位置する諸地方《セマタ》、すなわちリムニアの地方《セマ》とアエトスの地方《セマ》、およびそれぞれに属する領域である。[25] エデサに関することについても、また神《セオ》によって守られたる《フルリトン》両陛下《クラトス イモン》によって定められた、私への毎年授与されるタランダ[13-107]についても、私はミハイル帝の肖像貨幣《ミハイラトゥハライ》の二〇〇リトレのことを言っているが、言及されないままにしておいてはならない。なぜなら両陛《ヴァシリア》下《イモン》のこの神聖《エフセヴィス》な金印《フリソヴロス》文書《ロゴス》を通じて［エデサの］ドゥクス領《ドゥカトン》もそれに属するすべての砦《フルリア》と土地《ホレ》と共にそっくり私に与えられており、そしてこのドゥクス職は単に私個人だけに限るのでなく、神聖《エフセヴィス》な金印《フリソヴロス》文書《ロゴス》により私自身が望む者にそれ［ドゥクス職］を委ねることが私に許されている、その場合はもちろんその者も両陛《ヴァシリア》下《イモン》の命令《プロスタグマタ》と意思に従わねばならない、すなわちその者は同じ権力《クラトス》および同じ帝国《ヴァシリア》の臣《アンソロポス》下《リズィオス》となり、あなた方に対して私が行ったと同じこと［協約］を望み、とり結ぶこととなる。**26** さて私は最終的にあなた方の臣下《アンソロポス》、あなた方の権力《クラトス》の範囲《キクロス》内にある者となったからには、今後先の皇帝《プロヴェヴァシレフコス》であり、主人《キル》たるミハイルの肖像を刻んだ良質の貨幣二〇〇タランダを年金授与として帝国《ヴァシリキ》金庫《シサヴリィ》から受けとることになる、そしてこれらを私の名において受けとるために、私の一人の使者《アポストレフス》があなた方へ私の書簡《グラマタ》を携えてシリアから女王《ヴァシリス》の都市《ポリス》へ派遣される。**27** 一方であなた方、すなわちローマ人の帝国《イエモニア》の、永久に尊く《アイセヴァスティ》、尊厳《セヴァスティ》にして神聖なる《アヴグスティ》［両］皇帝《ヴァシリス》に関しては、敬虔《エフセヴィス》なる両陛《ヴァシリア》下《イモン》の金印《フリソヴロス》文書《ロゴス》に書き込まれた《エンゲグラメナ》協約条項を今後にわたって必ずや大切にし、約束されたことどもを遵守されるだろう。他方で私に関しては、今ここで行う誓い《オルコス》を通じてあなた方に対して私から約束された《シムペフォニメナ》諸条項がたしかなものであることを確約する。すなわち苦痛を感じることのない《アパシス》[13-108]救世主《ソティル》キリストの受難にかけて、全人類の救済のために［主が］担ったあの無敵の十字架《スタヴロス》にかけて、今目の前に置かれている、全世界《イクメニィ》を救いの網でとらえた最も聖なる福音書《エヴァンゲリア》にかけて、私は誓う。これら［福音書］に手を置き、さらにこの上ない崇拝の対象であるキリストの十字架《スタヴロス》・茨の冠《ステファノス》・釘《イリィ》、主の、生命を与える脇腹を貫いたあの槍先《ロンギ》[13-109]をしっかりと心にうけとめ、あなた、すなわち最強にして聖なる陛《ヴァシレフス》下《イモン》、主人《キル》たるアレクシオス＝コムニノスと、あなたの共同統治者、あなたの最愛の息子、主人《キル》にして緋の産室生まれ《ポルフィロエニトス》のヨアニスに対して次のことを誓う、すなわち約束された《シムペフォニメナ》諸条項、私の口から発せられたそれらすべての言葉を遵守し、永遠に変わることのないものとして守り続けること、そして今も両陛下《クラトスイモン》のためになることについて思いめぐらしているように、今後も思い続けること、そしてまたただ考えるだけであってもあなた方に対して悪意ある、あるいは不実な考えを抱く者として自分を曝すことはなく、むしろ自分の行った約束の諸条項《シムベフォニメナ》に忠実であり続け、どのような形であれあなた方に対して誓いを破ることも、約束の諸条項《イペスヒメナ》を破棄することも、なんらかの協定破棄《アスポンドン》の行動《ティ》を企てるようなこともしないことを、そして以上は私自身も、そしてまた私と共にいるすべての者、私の権力《エクスシア》に属し、私の兵士《ストラティオテェ》の集団《ホロス》をなすすべての者も関わることであることを。それどころか、われわれはあなた方の敵に対しては武装し、武器《オプラ》と槍《ドラタ》をとり、あなた方の味方には右手を差しだそう。ローマ人の帝国《アルヒイ》の援助と栄誉《ティミ》のためならあらゆることを考え、実行しよう。それゆえ神《セオス》の助け、十字架《スタヴロス》と聖なる福音書《エヴァンゲリア》の助けをこい願う」[13-110] [28] 以上は文字に書きとどめられ、そして六六一七年第二エピネミシス［インディクティオン］の九月[13-111]、下に署名した証人《マルティレス》たちの面前で宣誓《オルキィ》がとり行われた。これら［協約］がとり交わされたその場に確かに立ち会い、署名をした証人《マルティレス》たちは以下のとおりである。この上なく神に愛された司教《エピスコピィ》たち、すなわちアマルフィのマヴロスとテレンドスのレナルドス、そして後者に従った聖職者たち。ロンギヴァルディアはヴレンディシオンの島の、聖アンドレアスのことのほか崇拝の対象とされている修道院《モニィ》のこの上なく篤信の修道院長《カシグメノス》とそこ［修道院］の二人の修道士《モナヒィ》。巡礼《ペレグリニィ》の指導者《アルホンデス》たち、これらの者たちは彼ら自身の手で署名の印《シグナ》を記し、そして彼らの名前は、教皇《パパス》[13-112]の使節《プレスヴィス》として皇帝《アフトクラトル》のもとへ来ていたこの上なく神に愛されたアマルフィの司教《エピスコポス》［マヴロス］の手によってそれらの署名の印《シグナ》に並べて書き加えられた。皇帝の宮廷《ヴァシリオスアヴリ》からの者たち、すなわちセヴァストスのマリノス・タクペルトスの息子ロエリス・ペトロス＝アリファス・エリエルモス＝ガンズィス・リツァルドス＝プリンヅィタス・イオスフレ＝マリス・グラウルの息子ウムベルトス・パヴロス＝ロメオス、さらにクラリス[13-113]、すなわち皇帝《ヴァシリア》［ヨアニス二世］の義父によってダキア人のもとから派遣されてやって来た使節《アポクリシアリィイ》、すなわちズパノスのペリスとシモン、またリスカルドス＝シニスカルドスの使者《アポクリシアリィイ》、すなわちノヴェリシモスの爵位をもった宦官《エヴヌコス》のヴァシリオスと書記官《ノタリオス》のコンスタンディノス。[13-114] 一方で皇帝《アフトクラトル》は文字で記された《エングラフォン》この誓約《オルコス》［文書］をヴァイムンドスから受け取り、他方で慣例に従い皇帝《ヴァシリキ》の右手で朱墨《キンナヴァリ》で署名された上述の金印《フリソヴロス》文書《ロゴス》［の写し］[13-115]を彼に与えたのであった。

第XIV巻

第1章

【1】さて皇帝《アフトクラトル》においてはついに所期の目的が果たされ、他方ヴァイムンドスは、目の前に置かれた聖なる福音書《エヴァンゲリア》と、神を知らぬ者たちがわたしたちの救世主《ソティル》の脇腹を突き刺した槍先《ロンギィ》にかけて誓った上記の協約《シムフォニア》を提出し終えた後、生まれ故郷への帰還を願い出た、そしてその際彼の配下のすべての者を皇帝《アフトクラトル》の権力《エクスシア》と意志《グノミィ》に委ね、同時にその者たちが必要物資《フリオディ》を十分に与えられてローマ人の帝国領《エピクラティア》内で越冬し、そして冬がすぎ、その者たちが多くの労苦から立ち直った後、それぞれが望む所へ立ち去ることが許されることを要求した。[14-1] これらのことが願い出されると、皇帝《アフトクラトル》も即座に彼の要求に同意したのであった。とにかくその者はセヴァストスの爵位《アクシオマ》の授与にあずかり、多額の財貨《フリマタ》を受けとった後、自身の軍隊《ストラテヴマ》のもとへ戻ることになった。その時カタカロンの呼び名をもつコンスタンディノス＝エフフォルヴィノスが、その途中で私たちの軍勢《タグマタ》の兵士《ストラティオテェ》の一部からなにか酷い仕打ちが彼に加えられないように、またとりわけ彼の陣営《ストラトペドン》が適切で安全な場所に置かれる際にはより良く処置し、また彼の兵士たちの願いを出来る限りかなえるために、彼と同行することになった。さてその者は彼自身の陣地《パレムヴォリ》に戻り、そしてまさにそのために皇帝《アフトクラトル》から派遣された者たちに軍勢《ストラテヴマ》を引き渡した後、一隻の一段櫂船《モニレス》に乗りこみ、ロンギヴァルディアに向かったのであった。[14-2] しかし六ヶ月を越えることなく、その者はすべての者が負っている共通の負債《キノンフレオス》を支払った。[14-3] 【2】皇帝《アフトクラトル》は、なおしばらくケルト人のこと

に関わりつづけていた。ビザンティオンへの帰途の道についたのは、彼らの今後のことについてしっかりと処理した後であった。帰還してからもゆっくりと身体を休めることはまったくなく、続いて蛮族《バルバロイ》[14-4]がスミルナから実にアタリアまでの沿岸地帯を完全に破壊したことに考えをめぐらし、これらの都市《ポリス》を再びもとの状態に引き戻し、以前の繁栄に復帰させ、あらゆる所へ離散させられた住民をそれぞれの都市へ連れもどさない限りはと、無念の思いに激しく駆られていた。本当にアタロスの［都市］についてのことが念頭から一時も離れることはなく、その都市についてさまざまに思案をめぐらしていたのである。【3】さてエヴマシオス＝フィロカリスという者がいたが（この者はことのほか思慮に富み、単に家柄において著名であるだけでなく、知力においても多くの者に優り、精神においても行動においても公明正大で、神《セオス》と友人に対して誠実で、とりわけ主人《デスポテ》に対しては人一倍忠実であった、しかし軍事《ストラティオティキ》教育《ペディア》を受けたことが全くなく、実際弓《トクソン》を構え、弓弦《ネヴラ》を胸まで引き絞ることも、長盾《シレオス》で身を守る術も知らなかった。しかし他の点、たとえば伏兵《ロヒィ》を配置し、あらゆる策を弄して敵を打ち倒すことにおいてことのほか長じていた）、この者が皇帝《アフトクラトル》のもとへ来て、アタリアの守備《フルゥラ》の役目を自分に任せるように熱心に願い出た。実際彼の着想の才と機先を制することにおける巧みさ、それに、それが一体何者であれ、また［その言葉の］意味がなんであれ、彼につき従う幸運（事実どのようなことに挑戦しても、これまで的をはずすことはなかった）を皇帝《アフトクラトル》は知っており、これらのゆえに納得して彼に十分な軍勢《ディナミス》を与え、同時に多くの助言を行い、またすべてにおいて企ては慎重であるように命じたのである。【4】そこでその者はその間に横たわる海峡《ポルスモス》を渡るとすぐにアヴィドスに到着し、ついでそこからアトラミティオンに向かった。[14-5]ここは以前は人口稠密な都市《ポリス》であったが、ツァハスがスミルナ周辺を荒らしていた時、[14-6]ここも徹底的に破壊し跡形もない状態にした。その者［エヴマシオス］は、かつてここには誰も住んだことのないように思えるほどにこの都市《ポリス》の完全な消滅ぶりを見て、ただちに再建に乗りだし、元の状態に復旧し、またあらゆるところから、その地方の者で生き残っていた者たちすべてを呼び寄せ再植民させた、そしてさらに別の地方からも人々を呼び集めて住まわせ、以前の繁栄を取りもどさせた。それからトルコ人の動きについて聞き尋ね、その者たち［トルコ人］がその時にラムビにとどまっていることを知ると、彼の指揮下の軍勢《ディナミス》の一部を切り離し、彼らに向けて送りだした。その者たち［ローマ兵］は彼らのもとに到ると、彼らと激しい戦いを交え、たちまちのうちに勝利をえた。しかしトルコ人に対して赤子を煮えかえる大鍋に投げ入れるというほどに残酷な仕打ちがとられた。一方でその者たち［ローマ兵］はトルコ人の多くを殺害し、他方で捕らえた者たちを引き連れ、喜び勇んでエヴマシオスのもとへ引き上げていった。他方生き残ったトルコ人は自ら黒染めの衣服を身にまとい、自分たちの不運をそれらの衣服そのもので同族の者たちに伝えようとの考えで、トルコ人の掌握している地方をことごとく歩き回り、大声をあげて悲しみを告げ、彼らの身に降りかかった恐ろしい災難を語り、またそれらの衣服ですべての者に憐憫の情をかき立て、復讐に駆り立てようとしたのである。【5】他方エヴマシオスはフィラデルフィアに到着し、彼の企ての成功に喜びを感じていた。しかしアサン[14-7]の名で呼ばれていた一人の大《アルヒ》サトラピスはカパドキアを掌握し、その地の住民を金で買った奴隷のように扱っていたが、上記のトルコ人に降りかかった事態を知ると、自身の軍勢《ディナミス》を召集し、またいろいろの地方から多数の兵士を呼び寄せ、およそ二万四千にのぼる軍隊《ストラテヴマ》を指揮下に置き、彼に向かって出陣する。他方すでに語られたように賢明なエヴマシオスはフィラデルフィアで無為に過ごすことも、また怯んで都市の城壁《ティヒ》の中に閉じこもることもなく、あらゆる方面へ偵察兵《スコピィ》を送り出し、おまけにその者たちが役目を怠らないように彼らに続いて別の者たちも送り出し、しっかりと眼を開いているように駆り立てたので、その者たち［偵察兵］は夜通し見張りを続け、油断なく諸道や諸平野を見回していたのである。【6】事実彼ら［偵察兵］のうちの一人が遠くにトルコ人の軍勢《ストラテヴマ》を目にする、そして全速力で彼［エヴマシオス］のもとへ駈けつけ通報する。その者［エヴマシオス］は用心深く、そしてやるべきことを見抜いて瞬時に決断を下すことに俊敏であったので、敵の大軍に対して十分な兵力《ディナミス》を有していないことを考え、ただちに都市《ポリス》のすべての城門《ピレ》を閉じるように命じ、誰一人も城壁《ティホス》の上に登らせないように、また絶対に大声をあげたり、笛や竪琴を鳴らさないようにさせた。要するに都市《ポリス》を、そばを通る者にここが全く無人であるような状態に見せようとしたのである。他方アサンはフィラデルフィアに到着すると、自身の軍隊《ストラテヴマ》で城壁《ティヒ》を包囲し、三日間そこにとどまった。姿を現し、城壁の上から顔を覗かせるものは誰もなく、他方城門《ピレ》は強固に閉じられていた、しかし攻城器《エレポリス》も投石《ペトロヴォラ》機《オルガナ》も手もとになかったので、［アサンは］とにかくエヴマシオスの軍勢《ストラテヴマ》は少数で、それゆえにあえて打って出てこないのだと考え、また内部の者たちを根っからの臆病と断定し、そこで彼［エヴマシオス］については全く無視して、別の目標《アトラポス》に切り替えようとした。そこでまず彼の軍勢《ストラテヴマ》から一万人を切り離し、ケルヴィアノンへ、さらに別の……をスミルナとニムフェオンへ、残りの者たちをフリアラとペルガモスへ向けて送りだした。これらすべてを略奪《プロノメ》に送りだした後、彼自身も……に向かって出発した者たちの後を追った。【7】もちろんフィロカリス［エヴマシオス］はアサンの計画を知っていて、彼の配下の全軍勢《ディナミス》をトルコ人に向けて送りだした。これらの者たちはケルヴィアノンに向かって出発したトルコ人を追跡し、警戒せずに眠っている彼らのもとへ達し、日が輝き出すのを待って、突然に彼らに襲いかかり容赦なく多数を殺害し、他方彼らによって捕らえられていた捕虜《ドリアロティ》のすべてを解放した。それから次にスミルナとニムフェオンに向かったトルコ人の追跡に取りかかった。前《メロス》衛《エムブロスセン》と両《エカテラ》翼《ケラタ》の一部の者たちはいちはやく前方へ駈けだし、敵に戦いを試み、全力を尽くして勝利した。実際一方で多くの者を殺害し、他方で多数を生け捕りにして連行する。ごく少数の生き残った者たちは逃走中にメアンドロス川[14-8]の激しい流れに落ちこみ、たちまちのうちに溺れ死んだ。これはフリイア地方を流れる川の一つで、湾曲が最も多く、次々と曲がりくねりながら流れている。［ローマ人は］さらにこの第二の勝利に勇気づき、残りの者たちの追跡に乗りだした。しかしトルコ人は彼らより先に相当遠くまで進んでいたので、これ以上の成果はなにも得られなかった。そこでその者たちは、いそいでフィラデルフィアに引き返していった。エヴマシオスは彼らの到着に立ち会い、その者たちが敵の誰一人も彼らの手から逃さないようにと急行し、勇敢に戦ったことを知り、彼らに気前よく褒賞を与え、また後

に多くの栄誉を約束したのであった。[14-9]

第2章

【1】ヴァイムンドスの死後、タグレはアンティオキアにしがみつき、そこを自分に属するものと見なしてこれを完全に皇帝《アフトクラトル》から遠ざけていたので、[14-10] 皇帝《ヴァシレフス》の脳裏にはっきりと浮かぶのは、この都市《ポリス》に関して破られた、これら蛮族《バルバロイ》のフランク人の忠誠の誓い《オルキイ》のこと、彼自身が一方で多くの財貨《フリマタ》を消費し、他方で彼らの多数の軍勢《ストラテヴマ》を西方からアジアに輸送するに際してこうむった多くの苦しみ、更にまた常にこの上なく傲慢で、実に辛辣な男たちに出会ったこと、彼らと共に多数のローマ人の軍勢《ストラテヴマタ》をトルコ人に向けて送りだしたことなどであった、そして最後のことについては二つの理由から行われた、すなわち一つはあの者たち［フランク人］がトルコ人の剣《マヘレ》の犠牲にならないためであり（その者［アレクシオス］はあの者たちがキリスト教徒であるゆえに彼らのことをたいそう案じていた）、一つはあの者たちがわれわれと力を合わせて、一方でイスマイリテェのある都市《ポリス》々を破壊し、他方で［奪い取った］他の都市々を協定《イポスポンディ》により返還されるものとしてローマ人の皇帝《ヴァシリス》へ引き渡し、そうすることでローマ人の領土を広げさせるためであった、しかしながらこのような大きな骨折りと辛苦、与えられた贈物《ドレエ》からローマ人の帝国《イエモニア》にとって有益なものは何一つ得られず、むしろあの者たちはアンティオコスの都市《ポリス》とさらに他の町々《ポリスマタ》をしっかりと掌握し、われわれに返そうとしないでいる、実際その者はこのような状態をこのまま耐え続けることはできなかったし、またより厳しい仕返しをしないでおくこと、このような彼らの非道な仕打ちに報復しないでおくことも彼には全くできなかった。【2】なぜなら一方であのような言い表せないほどの多量の贈物《ドレエ》と黄金の山、彼ら［フランク人］のために払った並々ならぬ配慮、彼らの協力者として彼によって派遣された多数の軍勢《ストラテヴマタ》、これらがその者［タグレ］の益するところとなり、しかし他

方でローマ人の帝国《ヴァシリア》はそのようなことからなんらの利益も得ることがなく、むしろフランク人は彼［アレクシオス］と取り交わした協定《シンシケェ》と忠誠の誓い《オルキイ》を一顧だにすることなく破棄し、手にした勝利を自分たち自身のものと見なしたのであり、まさにこれらの事実は彼の心を千々に乱し、その者はこのような恥辱にとても耐えることができない状態にあった。【3】そこでその者［皇帝］は不正と忠誠の誓い《オルキイ》の違反行為を非難し、また自分が侮られたままでいることには耐えられず、ローマ人に対する忘恩行為に復讐するであろうと告げるべく、アンティオキアの支配者《アルホン》タグレ[14-11]に使者を派遣する。実際シリア全土とアンティオキアそのもののために、数え切れないほどの財貨《フリマタ》を使い、ローマ人の軍勢《シンタグマタ》の名高い精鋭を彼ら［フランク人］と一緒に送り出したのに、ローマ人の帝国《アルヒィ》の国境《オリア》を拡げるために全身全霊を打ち込んだのに、自分の財貨《フリマタ》と労苦を享受するのがタグレだけであるというのは、ただ恐ろしい事態だと言って済まされることではなかった。【4】皇帝《アフトクラトル》が使者を送ってこれらのことを伝えると、猛り狂い、神に打たれて正気を失った《セオプリクス》あの蛮族《バルバロス》はこれらの言葉の真実と使者たち《プレスヴィス》の歯に衣着せぬ物言いに耳を貸すことなど全くできず、いきなりこの民《エノス》のやり方で反応し、虚栄心を一杯に大いにおごり高ぶり、自分の座を星々よりも高くもちあげようと大法螺を吹き、また槍先《ドリ》でバビロンの城壁《ティヒ》を突き通してみせると脅し、更にあからさまに、悲劇口調で誇張して、自分の軍勢《ディナミス》は勇敢で突撃においては無敵であると語り、たとえ何が起ころうと、自分に向かって戦おうとする者たちが火で鍛えた鉄の手をもっていても、断じてアンティオキアを手放さないと言い放った。実際その者は、自分をアッシリア人のニノス大王であり、大地《アフソス》の重荷《アルゥリス》[14-12]のように地面にしっかりと立ち、無敵の大巨人《ギガス》であると見なし、他方ローマ人をことごとく蟻、生き物のうちでもっとも弱いものと考えていたのである。【5】使者たち《プレスヴィス》がかの地から帰還し、あのケルト人の狂気じみた言動を報告すると、皇帝《ヴァシレフス》は胸を怒りで一杯にし、もはや誰も静めることのできないほどで、今すぐにでもアンティオコスの都市への道に取りかかりたい様子であった。そこで軍人《ストラティオティコス》身分《カタロゴス》のうちでもっとも際だった者たちと元老《シングリトス》院《ヴリ》のすべての議員を呼び出し、彼らのすべてから意見を求めることに取りかかった。

すべての者は即座につぎのように言ってタグレに対する皇帝《アフトクラトル》の遠征に反対した、すなわちなによりもまずアンティオコスの都市《ポリス》の周辺に居を定める有力な他の伯たち《コミテス》、およびイエルサレムの王《リクス》ヴァルドイノス自身を味方につけねばならず、[14-13]そのためその者たちがアンティオコスの都市に向けて出陣する彼［皇帝］に援助する気があるかどうか彼らの考えに探りを入れ、もしタグレに敵意を抱いていることを確かめれば、彼に向かって出陣を敢行する、もし彼らにその気がなければ、アンティオコスの都市の問題は別の方法でやりぬくべきである。

［6］ 皇帝《アフトクラトル》はその考えをよしとし、ただちにマヌイル＝ヴトミティスともう一人、ラテン語《ディアレクトス》に堪能な者を呼び出し、伯たち《コミテス》とイエルサレム王《リクス》のもとへ送り出した、[14-14]そして同時にその時、彼ら［伯たち］およびイエルサレム王《リクス》ヴァルドイノスとやり取りするべき議題について多くの助言を与えた。さらに金に汚いラテン人のゆえに、目的達成には彼らのもとへ財貨《フリマタ》の送付《アポストリ》がぜひ必要であったので、当時キプロスのドゥクスであったエヴマシオス＝フィロカリスに、必要とするだけの船舶《プリア》を彼ら［ヴトミティスたち］に与えることを伝える命令書《プロスタグマタ》[14-15]をヴトミトスに手渡し、同時にその中で、伯たち《コミティス》への贈物として多額の財貨《フリマタ》、すなわちあらゆる形の、刻印されたさまざまの単位のあらゆる種類の貨幣[14-16]を用意するよう彼［ドゥクス］に指示していた。他方上記の者たち、とくにマヌイル＝ヴトミティスにはつぎのような指示を与えた、すなわちフィロカリスからそのような財貨《フリマタ》を受けとれば、トリポリスへ向かい、そこへ自分たちの船舶《ニエス》を碇泊させ、それからこれまで本書《ロゴス》でしばしば言及されたイサンゲリス、その息子のペルクトラノス伯《コミス》と会い、皇帝《アフトクラトル》に対して守り通した彼の父の忠誠《ピスティス》を思い出させ、同時に彼に皇帝《ヴァシリケ》の書簡《グラフェ》[14-17]を手渡し、そして次の伝言を彼に伝えることであった。「あなた自身の父に劣るようであってはならず、あなた自身もわれわれに対する忠誠《ピスティス》を［父と］同じように守らなければならない。まことに怖ろしい《フリクティ》誓約《オルキィ》[14-18]を神《セオス》に対してもまた私に対しても守らなかった者［タグレ］に復讐を加えるため、私自身すでにアンティオキアに向かっていることを承知あれ。あなたに関しては決して彼に手を貸すようなことをしてはならず、伯たち《コミテス》に関してはどのような仕方であれタグレを援助するようなことがないよう、彼らをしっ

かりとわれわれへの忠誠《ピスティス》に引き寄せるよう尽力されたい」【7】そこでキプロスに到着すると、それらの者たちはその場で財貨《フリマタ》と彼らの望んだ船舶《ニィエス》のすべてを受けとり、ただちにトリポリスに向かって出航する。船舶《ニィエス》を同市の港《リミン》に碇泊させ、下船してからペルクトラノスと出会い、皇帝《ヴァシレフス》から申し渡されたすべてを口頭で伝えた。その者が皇帝《アフトクラトル》の考えのすべてに従い、進んで実行する覚悟であることを知り、また必要とあらば彼［皇帝］のために進んで死を選ぶことを、そして［皇帝が］アンティオキアの近くに来たときには彼にひれ伏して崇める《プロスキニシス》ために出迎えに行くことをはっきりと申し述べたので、その者たちは彼の同意を得ると、皇帝《アフトクラトル》の指示通りに自分たちが持参した財貨《フリマタ》をトリポリスの司教館《エピスコピィ》に預けたのであった。なぜなら、その者たちが財貨《フリマタ》を持参していることを知ってしまえば、伯《コミテス》たちがそれらを取りあげ、その者たちを何もなし得ないままに追い返し、財貨《フリマタ》を彼ら自身のために、またタグレのために使うのではないかと、［皇帝は］怖れたのであった。実際［皇帝の］考えは、まずそれらの者たちが手ぶらで出かけ、皇帝《アフトクラトル》からの伝言を彼らに伝えながら同時に彼らの意向を探り、次に財貨《フリマタ》の贈物を約束し、そこで［伯たちが］皇帝《アフトクラトル》の意思に従う気があるのかどうかを確かめ、彼らから忠誠の誓い《オルコス》を求める、彼らに財貨《フリマタ》を手渡すのはそれからでなければならない、ということであった。そういう理由から上記のようにヴトミティスの一行は財貨《フリマタ》をトリポリスの司教館《エピスコピィ》に預けたのであった。【8】ヴァルドイノスはこれらの使者《プレスヴィス》の［トリポリス］到着を聞き知り、金欲しさからそれらの者らが直接こちらに来る前に先に呼び寄せようとして自身の姪の息子シムンドスを派遣した。［使者の一行は］ペルクトラノスの同意をえてその地に財貨《フリマタ》を残すと、イエルサレムから派遣されてきたシムンドスの後に従い、ティロスを攻囲中のヴァルドイノスのもとへ到着した。その者は彼らを喜んで迎え入れ、あらゆる種類の好意の印を示し、そして一行がちょうど四旬節《アポクレオス》に入った時[14-19]に彼のもとに来たので、すでに語られたようにティロスを攻囲しながら、まるまる四旬節《テサラコスティ》の間[14-20]ずっと彼らをその地に留めたのである。[14-21]この都市《ポリス》は、難攻不落の城壁《ティヒ》と、さらに加えて都市をぐるりと取り巻く三重の外壁《プロティヒスマタ》によって守られていた。一番外側の周壁《キクロス》は二番目のものを、後者は一番内側、三番目のものを取り囲んでいる。それらは同心円をなし、同時にそれらが都市《ポリス》を取り巻いている。[9] ヴァルドイノスはまず最初にこれらの外壁《プロティヒスマタ》を掌握し、それから後に都市《ポリス》を奪い取ることができると考えた。事実それら［の外壁］はいわばティロスの身を守る胸甲《ソラキア》のようなもので、攻囲の障壁となっていた。しかしその者はすでに破壊工具《ミハニマタポルシティカ》を用いて第一の防壁帯《ゾニ》と第二のそれを破壊し、第三のそれの攻撃に取りかかった。そして確かにその［第三の防壁帯の］胸壁《エパルクシス》をも破壊してしまったが、次に作業を中断してしまったのである。実際破壊作業をつづけて懸命に取り組ませていたなら、それ［第三の防壁帯］をも奪い取ることができたであろう。その者はこの後梯子をかけて都市《ポリス》に乗りこみさえすれば、都市はすでに手中にしたも同然と考え、ただちに包囲攻撃《ポリオルキア》に取りかかることから手を引いたのである。このことは、サラセン人に救いの手を貸し与えた。もう少しで勝利を手にしようとした者は結局完全に撃退されてしまうことになり、他方網の中に捕らわれようとした者たちは網の目から飛び出てしまうことになった。なぜならヴァルドイノスがもたもたしている間に、相手の息抜きを利用してその者たちは勢いづいたのである。[10] その者たちは、つぎのような奸計に取りかかる。いかにも真剣に和平協定《イリニケスポンデェ》を求めようとして、彼のもとへ和平《イリニ》の使者を送るが、しかし実際は和平《イリニ》の条件について論議する間に、その者を和平の期待で宙ぶらりんの状態にしておく一方、彼ら自身は彼に対する策略《ミハネ》をいろいろめぐらし、防衛のための準備に取りかかっていたのである。事実その者たちは相手側における戦闘行動の著しい減退と城外にいる兵士《ストラティオテェ》たちの意気喪失を見抜いて、ある夜に液体ピッチを一杯詰めた多数の土製の壺を都市《ポリス》の前面に配置された攻城用装置《ミハニマタ》に投げつける行動にでる。当然それらの壺は木製の骨組みに当たって砕け、まわりに液体をふりかけた。さらにそれらに目がけて火のついた松明が、さらにつづいて多量の石油《ナフサ》[14-22]の詰まった別の壺が投げつけられ、石油《ナフサ》は火に触れるとたちまち火焔となって空中に燃え上がり、彼らの攻城用装置《ミハネ》を灰燼にしてしまった。事実陽《イメラ》が輝き始めると同時に、木製の亀《ヘロネ》[14-23]からも火が輝き始め、空高く燃え上がったのである。

[11] ヴァルドイノス側の者たちは迂闊にも身をゆだねてしまった無為のつけを支払わされ、無念の思いでい

た。事実煙と炎が生じた事態の深刻さを彼らに知らせたのである。また亀《ヘロネ》の近くいたものたちのうちで、その数六人の兵士《ストラティオテェ》が捕らえられ、その者たちを見たティロス人の指揮者《アルヒゴス》は彼らの首を刎ねさせ、投石《ペトロヴォラ》機《オルガナ》を使ってヴァルドイノスの兵士《ストラティオテェ》たちの中に投げ落とした。全軍《ストラテヴマ》の眼に炎と首が曝され、［兵士たちは］驚愕し、それらの首に度肝を抜かれたかのように馬に乗って逃走することにとりかかった。ヴァルドイノスはあらゆる方向へ馬を駈けさせ、逃亡する者を呼び戻し、奮起させようとしたが、馬の耳に念仏であった。実際それらの者たちは一度逃走に身を任せると、どうすることもできない状態となり、そのあわてて逃走するさまは羽根をもつものより速いように思われた。彼らの逃げていく先は、その地方の住民によってアケと呼ばれた城塞《フルリオン》であった。なぜならそこは、臆病にも逃走するその者たちにとって避難所となっていた。他方ヴァルドイノスは疲労困憊し、なす術もなく、そこで意に反することであったが、逃げていく者たちの後を追い、この者も上記の城塞《ポリス》に逃げ込んだのである。[14-24] **[12]** 他方ヴトミティスはキプロスの三段櫂船《トリイリス》（総数は十二隻であった）に乗りこみ、アケに至る沿岸に沿って航行し、そこ［アケ］でヴァルドイノスと会い、その場ですぐに皇帝《アフトクラトル》が彼に伝えるように指示したことすべてを告げた。その時その者［ヴトミティス］は、以上の伝言に加えて、皇帝《ヴァシレフス》がセレフキアにまで来ていると語った。しかしそれは真実ではなく、その蛮族《バルバロス》［ヴァルドイノス］を脅えさせ、そこ［アケ］からすみやかに彼を立ち退かせるための策《イコノミィア》であった。しかしそのいつわり言はヴァルドイノスに気づかれずにいられるはずはなく、その者は嘘をついていると彼を激しく咎めた。なぜならある者から[14-25]皇帝《アフトクラトル》の動きについて、すなわち［皇帝は］長く延びる海岸に沿って航海し、沿岸地方を略奪していた海賊《リストリケ》船《ニエス》を捕獲したが、やがて本書《ロゴス》ではっきりと説明されるように、病気にかかり、そこから引き返してしまったことを前もって知らされていたのである、ヴァルドイノスはこれらのことをヴトミティスに問い返し、嘘を言っていると非難して次のように言い放った。「私と一緒に聖《アイオス》墳墓《タフォス》に行かねばならない、そこからわれわれの決定が私の使節《プレスヴィス》を通じて皇帝《アフトクラトル》に知らされるであろう」**[13]** さて聖《アイア》都《ポリス》に到着すると同時に、その者［ヴァルドイノス］は、皇帝《ヴァシレフス》から自分に送られた財貨《フリマタ》を彼らから受けとることを求めた。しかしそれに対するヴトミティスの返答は、「もしあなた方がかつて［コンスタンティノープルを］通過する時に彼［皇帝］に対して行った忠誠の誓い《オルコス》を守り、あなた方自身が対タグレ戦において皇帝《アフトクラトル》を援助することを表明するのであれば、その時にはあなた方のために送られている財貨《フリマタ》を手にすることになろう」であった。その者はどうしても財貨《フリマタ》を手に入れたかった、しかし懸命に援助したい相手は皇帝《ヴァシレフス》ではなく、タグレであったので、財貨《フリマタ》を手にすることができず、無念やるかたない思いでいた。実際贈物《ドレエ》と財貨《フリマタ》に向かって大きく口を開けながら、他方財貨《フリマタ》が与えられる代償にはまったく関わりたくないのが、蛮族《バルバロン》すべての習いであった。とにかくその者は中身のないただの文書《グラフェ》を彼［ヴトミティス］に手渡して、その者を追い払った。他方使者《プレスヴィス》たちは偶然に救世主《アナスタシモス》復活《トゥ ソティロス》の主日《イメラ》、[14-26]聖《アイオス》墳墓《タフォス》への崇拝《プロスキニシス》に来ていたヤズリノス伯《コミス》と出会い、彼と然るべき会話を交わしたが、その者もヴァルドイノスと同じ考えを語るのを知って、結局なにも得ることなくその地から立ち去ることになった。【14】その者たち［使者の一行］はペルクトラノスがすでに生者の一人でないことを知ると、司教館《エピスコピィ》に預けた財貨《フリマタ》を引き取ることを要求した。しかしその者の息子[14-27]とトリポリスの司教《エピスコポス》は、当面財貨《フリマタ》の引き渡しを延期しようとした。そこでその者たちは彼らを脅して言うには「財貨《フリマタ》を私たちに返さないのであれば、あなた方はもう皇帝《ヴァシレフス》の本当の僕《ドゥリィ》でもなく、またペルクトラノスとその父イサンゲリスのように彼に対して誠実《ピスティス》であるとも見なされない。今後キプロスから多量の必要物資《フリオディ》を受けとることもできないし、またキプロスのドゥクスがあなた方を助けに来ることもかなわない、だからあなた方は最後に飢えの犠牲になってしまうだろう」一方では穏やかな言葉で、他方では脅しをかけて力を尽くして財貨《フリマタ》を取りもどそうと試みるが、説得することができず、そこでペルクトラノスの息子に皇帝《アフトクラトル》への厳粛な忠誠の誓い《ピスティス》を行わせるには、まず彼の父のためのみに用意されている、金銀の貨幣とさまざまの布地の贈物《ドレア》を彼に与えざるを得ないと考えるに至った。そこでその者［ペルクトラノスの息子］はそれらの贈物を受けとった後、皇帝《アフトクラトル》に対して厳粛な忠誠の誓い《ピスティス》を行ったのである。その者たち［使者の一行」は残りの財貨《フリマタ》をエヴマシオスのもとへ持ち帰った後、それらでダマスコス産とエデサ産、さらにはアラビア産の馬を購入した。それからその者たちはシリア《シリアコン》の海《ペラゴス》とパムフィリア《パムフィリオス》の湾《コルポス》を航海した後、海上よりも陸地がより安全であると判断して海を行くのを止め、その時皇帝《アフトクラトル》が滞在していたヘロニソスに向かって陸を進み、エリスポンドスを［ヨーロッパ側へ］渡り、皇帝《ヴァシレフス》のもとへたどり着いた。

第3章

[1] 雪嵐のように次々と困難事が彼［皇帝］に降りかかってきた、事実海上からはピサ・ジェノア・ロンギヴァルディアの司令官たち《イエモネス》が艦隊《ストロス》[14-28]を率いて沿岸地帯のすべてを荒廃させようと準備を進め、他方陸上ではアミルのサイサン[14-29]が東方から現れ、すでにフィラデルフィアと海岸地方に達しようとしていた、そのため彼［皇帝］自身も女王の都市《ヴァシレヴウサ》から出立し、同時に両方面［海上と陸上の敵］に対して戦うことのできる地点に出向かなければならないと判断したのであった。そこでヘロニソスに至り[14-30]、つぎにあらゆる所から、陸を通じて海を通じて軍勢《ディナミス》を呼び集めた後、有力な遠征軍《ストラテヴマ》を選び出し、それらをスカマンドロス川の彼方［南］、アトラミティオンへ、さらにはトラキシオン地方にまでも配置した。フィラデルフィアには軍司令官《ストラティゴス》としてコンスタンディノス＝ガヴラスとこの守備《フルウラ》のための十分多数の兵士《ラオス》が、他方ペルガモスとフリアラ、そしてそれらの周辺に位置する諸城塞《ポリフニア》には、これまで本書《ロゴス》で幾度も言及された半蛮族《ミクソバルバロス》のモナストラスが、また沿岸地域の他の諸城塞《ポリス》には勇気と軍司令官としての経験《ストラティイキピラ》に抜きんでた幾人もが配置されていた。皇帝《アフトクラトル》は、これらの者に常に警戒を怠らず、蛮族《バルバロイ》の動きを見張らせ、あらゆる機会に情報を彼らのもとへ伝えさせるべくあらゆる方向へ斥候《スコピィ》を放つようたびたび命令を発した。**[2]**［小］アジア側についてはこのような対応を取った後、つぎに海上での戦いに関心を向け、船乗り《ナフティキィ》のうち、まずその一部の者たちにはマディトスとキラの港《リメネス》[14-31]に船を碇泊させ、快速《ドロマデェ》の軽い

船舶《ニエス》で遊弋して［アジアとヨーロッパ間の］海峡《ポルスモス》[14-32]を用心深く監視し、フランク人の艦隊《ストロス》の出現を待ちかまえながら海《ケレフシ》の《ティス》道《サラティス》[14-33]を警戒怠りなく見張るよう、他の一部の者たちには島々の周囲を航行してそれらを守り、またペロポネソスの方向にも油断せず注意を向け、その沿岸に対して監視をおこなうよう命じたのである。［皇帝自身は］その地域［ヘロニソス］にしばらくとどまる考えで、適切な場所に急場しのぎの建物《イキマタ》を建設させ、そこで越冬することに取りかかった。[14-34] **[3]** ロンギヴァルディアおよび他の諸地域からの［船舶で構成された］艦隊《ストロス》は準備が整った後、艫綱が解かれ航海を始めたが、諸艦隊の総司令官《アルヒィゴス》は五隻の二段櫂船《ディイリス》を切り離し、捕虜をえて皇帝《ヴァシレフス》の動きを探るために、それらを送りだした。［五隻の］一行がアヴィドスに到着したとき、残りの船は水夫ともども捕らえられたが、一隻だけが送りだした者のもとへ戻ってくるということになった。上記の諸艦隊《ストリィ》の提督《アルヒィイ》たちはその一隻から皇帝《アフトクラトル》の動き、すなわち陸海共にしっかりと守りを固め、すべての兵士を勇気づけるためにヘロニソスで越冬していることを知り、皇帝《アフトクラトル》の対抗策に対して徹底抗戦することができないため、舵柄を握ると進路を別方向へとった。**[4]** さてこれらの提督《アルヒィイ》たちの部下である一人のケルト人が自身のことのほか船足の速い一段櫂船《ナフスモニリス》を他から切り離して乗りこみ、ティロスを攻囲中のヴァルドイノスのもとへ向かって出発し、彼を見つけると、すでに先に本書《ロゴス》で説明したように、[14-35]皇帝《アフトクラトル》についての情報のすべてを、私は提督《アルヒィイ》たちの指示を受けてその者は出立したと思うが、またすでに語られたように先に待ちかまえていたローマ艦隊《ストロス》がどのようにして斥候《カタスコピィ》として送り出された快速《ドロマデェ》の船舶《ニエス》を捕らえたかを明らかにしたのであった。さらにケルト艦隊《ストロス》の司令官《イエモネス》たちは皇帝《アフトクラトル》が彼らに対してあのように対策を講じていたことを知って、ローマ艦隊《ストロス》と戦って打ち負かされるよりも何も成果をあげなくても退却するほうがより良いと考えて引き下がったことを、恥じ入ることなくうち明けた。実際そのケルト人は身を震わせ、まだローマ艦隊《ストロス》に怯えているかのようにこれらのことをヴァルドイノスに語ったのである。**[5]** 確かに海上においてケルト人の身に生じた事態はそのようなものであった。しかし皇帝《アフトクラトル》にとっては陸上においても嵐なしに、不安なしに済むものではなかった。というのはアマストリスの出身で、アクルノスの守りを担っていたミハイルという者が反乱《アポスタシア》を起こし、そこ［アクルノス］を掌握し、その周辺地方を恐ろしいほどに荒らしていた。このことを知った皇帝《アフトクラトル》は、デカノスの息子エオルイオスを十分な軍勢《ディナミス》と共に彼に向けて送りだした。その者［エオルイオス］は三ヶ月にわたって攻囲したのち、この町《ポリス》［アクルノス］を掌握し、ただちにその謀反人《アポスタティス》を皇帝《アフトクラトル》のもとへ送りとどけた。皇帝《アフトクラトル》はその町《カストロン》の守り《フルゥラ》を他の者に託す一方、眉を寄せてその者を睨みつけると、長々と脅し文句を並べた末、外見上ははっきりと彼に死刑を言い渡し、その者を激しい恐怖に陥れたが、しかしすぐにその兵士《ストラティオティス》から恐怖を取り除いてやった。実際陽がまだ地平線に隠れないうちに、その縛られた者は自由の身となり、また同時に死刑の代わりにどっさりと贈物《ドレエ》を手にしたのである。【6】私の父、皇帝《ヴァシレフス》はいつもこのように振る舞ったように思える、もっとも後になってすべての者から多くの不実な仕打ちを受けたのであり、それはかつて全人類の恩人である主《キリオス》が経験されたことと同じであった、事実［主は］荒野で人々にパン《マナ》を降らせ、山々で食物を与え、足を濡らさないで海を渡らせたのに、後には裏切られ、辱めを受け、打たれ、最後には不正な者たちによって十字架《スタヴロス》刑を言い渡された。ここまで書いてきて、どっと涙があふれ出て、続く言葉をさえぎる、私はこれらの者たちについて調べ、恩知らずの者たちの名簿を作成したい気持ちに激しく駆られる、しかし舌と波立つ心を抑え、あの詩人《ピィイティス》の言葉を幾度も幾度も私自身に投げかけよう。「わが心よ、堪えよ。お前はもっと酷い仕打ちを耐えたことがあるではないか」[14-36]【7】その恩知らずの兵士《ストラティオティス》のことは以上で十分であろう。さてスルタンのサイサンによってホロサン[14-37]から送りだされた軍勢のうち、一部はシナオス[14-38]を通って進み、他の一部は正しくアシア[14-39]と呼ばれる地域を経て前進してきた。当時フィラデルフィアの守りを託されていたコンスタンディノス＝ガヴラスはこれを知ると、彼の指揮下の軍勢《ディナミス》を率いて出発し、ケルヴィアノンで彼らを見いだすと、他の者たちにも後に続くように奮起させると同時に、彼自身まっ先に手綱《ハリノス》を完全にゆるめて全速力で彼らに向かって突進し、蛮族《バルバロイ》を打ち負かした。これらの者を送りだしたスルタンはそのような大軍勢の敗北を知ると、和平《イリニ》提案を知らせた後、皇帝《アフトクラトル》へ使節を派遣し、同時にずっと以前からムスリムとローマ人との間に平和《イリニ》が行き渡るのを眺めることを強く望んでいたと告げたのである。なぜならあらゆる敵に対する皇帝《アフトクラトル》の輝かしい働きを遠くから聞き知り、今回はいわば自ら試してみて、その端から織物［の値打ち］を、その爪からライオン［の力］を識別したからには、不本意ではあるがすでに和平《イリニケ》協定《スポンデェ》を結ぶ考えに傾いたのであった。【8】さてペルシアからの[14-40]使節《プレスヴィス》が到着した時、皇帝《ヴァシレフス》は厳めしい形相で座についており、他方儀式担当の役人《イ　エピ　ティス　タクセオス》たちはあらゆる《パサ》国《グロタ》[14-41]から集められた兵士《ストラティオテェ》と斧を担ぐ《ペレコフォリィ》蛮族《バルバロイ》たちを秩序よく整列させ、それから使節《プレスヴィス》を皇帝《ヴァシリコン》の座所《ヴィマ》に導いた。その者［皇帝］はまずスルタンについておきまりの問いかけを彼らに行い、そして彼らから［スルタンの］伝言を聞いた後、自分はすべての者との和平《イリニ》を歓迎し、それを望むものであることに同意する一方、改めてスルタンの考えを問い尋ね、彼らによって示された［スルタンの］要求すべてが必ずしもローマ人の帝国《アルヒィ》の利害に一致しないことを見定めると、自身の言葉に強い説得力を持たせ、この上もなくみごとに自身の考えを擁護し、多くの言葉を使ってなんとか彼らを自分の考えに同意させようと説得につとめる。つぎにその者たちにそれらの言葉を十分に検討するように命じ、もし心から全面的にそれらに同意できるのであれば、翌日両者間において最終的に協定《シムフォニア》が成立するであろうと述べ、その者たちに用意された幕舎《スキニ》に引き下がらせた。その者たちは皇帝《アフトクラトル》からの提案を進んで受け入れる様子であったので、事実翌日協定《シムフォニア》は成立する。[14-42]【9】［協定の取り決めにおいて皇帝が］心を砕いたのは彼自身のためだけではなく、ローマ人の帝国《ヴァシリア》そのもののためであった。なぜならその者は自身のことよりもむしろ公共の福祉《コスミカ》を重んずることから、あらゆる手段を駆使してすべての条項がローマ人の帝国《スキプトラ》のためになるよう努力したのであり、そしてまた、たとえその意図は達せられなかったにせよ、合意された協定《シムベフォニメナ》が自分の死後においても長きにわたって守られていくことを願ってのことであった。［意図に反することになったのは］事態が、彼の死後、違った状態となり、混乱に陥ったからである。それでも当座はこれまでの不安定な状態は治まり、全体的な平和に向かい、事実私たちはこの時からその者の亡くなるまで平和に暮らすことができた。しかしすべてのより良いものは皇帝《ヴァシレフス》と共に沈んでしまい、彼の死後その者の労苦は帝笏《スキプトラ》を引き継いだ者たちの愚かさにより無に帰してしまったのである。[14-43]

第4章

【1】すでに語られたように、[14-44]フランク艦隊《ストロス》の提督《イエモネス》たちは五隻の快速《ドロマデェ》船《ニエス》の生き残りの者たちからローマ艦隊《ストロス》の動向について、すなわち皇帝《ヴァシレフス》が艦隊《ストロス》を用意し、彼らの出撃《エフォドス》をヘロニソスで待ちかまえていることを確認すると、最初の計画を放棄し、ローマ帝国《ロマニア》領へ全く近づこうとしなかった。事実皇帝《ヴァシレフス》はカリウポリスで皇后《ヴァシリス》と冬を過ごした後[14-45]（なぜならすでに幾度も語られたように、その者［皇后］は彼の足の痛みのゆえに彼に同行していたのである）、ラテン人の艦隊《ストロス》がいつものように帆をあげて出航する時期まで待ってから、[14-46]女王の都市《ヴァシレヴウサ》へ帰還した。[14-47]それからほどなくして東方《アナトリ》の全域、さらにホロサンそのものから五万にのぼるトルコ人の出撃《エフォドス》の報が入る。事実全治世《アフトクラトリア》を通じてつぎつぎと敵が絶え間なく出現し、その者［アレクシオス］は一時の休息も得ることができなかった。そこであらゆる地域から兵士を呼び集めて全軍《オプリティコン》を整え、蛮族《バルバロイ》がキリスト教徒に対して出撃を行ういつもの時期を見定めて、ビザンティオンとダマリスの間に横たわる海《ポルスモス》を渡る。【2】その時生じた彼の足の激痛もこの企てを中止に追い込むことはなかった。そのような病はこれまで彼の先祖の誰にも生じたことはなく、だから彼に起こった病《ノソス》が一族に因るものとも、また節制のない生活をし、快楽を好む者たちに常に見られる贅沢な食生活に因るものとも考えられない。そこでこのような足の患いがどうして彼をおそうようになったのかを述べることにしよう。ある日その者は運動のために、これまでしばしば語られたタティキオスを相手にポロに興じていた。ところがその相手が馬の扱いを誤り、皇帝《ヴァシレフス》に身体をぶち当ててしまった。重い身体の衝撃でその時膝頭と足全体に苦痛を感じたが、その者［皇帝］はことのほか我慢強い男であったの

で、痛さを表そうとしなかった、それでも軽い手当を受け、間もなく痛みを感じなくなったので普段の生活にもどったのである。このことが皇帝《ヴァシレフス》の足の病のそもそもの原因であった。なぜならその後これらの局所的な痛さは、患部においてリューマチ性の症状《レヴマタ》をまねき寄せてしまったからである。【3】しかしこの痛みを引き起こした第二の、よりはっきりした原因があった。ところでケルト人があらゆる所から自身の生国を出発し、私たちの土地に向かって進んできたが、女王の都市《ヴァシリスポリス》へ到着した彼らの数えきれないほどの大群《プリシィ》について知らない者がいるだろうか。[14-48]その時その者はとてつもない不安の大海へ落ちこんだのである、事実久しい以前からそれらの者たちがローマ人の帝国《ヴァシリア》を奪おうと夢みていることを見抜き、そして彼らの軍勢《プリシス》が浜の真砂や天の星辰よりも多いことをよく理解していた、実際ローマの《ロマイケ》全軍《ディナミス》はたとえ一箇所に集められたとしても、彼らの兵力の何分の一にも達するものではなかった、さらに現実にはローマ軍の大部分は広い範囲に分散しており、ある者たちはセルビアとダルマティア[14-49]の峡谷《テムビィ》を見張り、他の者たちはコマニやダケスの攻撃《エフォドス》に備えてイストロス地方の守備についており、また他の多くの者はディラヒオンが再びケルト人に奪われないようにその守り《フルウラ》を託されていたのである、だから皇帝《アフトクラトル》はこれらのことを十分理解し、他のすべてのことは後回しにして何よりもケルト人に関して最優先に対処しようとしていた。【4】その者［皇帝］は、国境周辺をこそこそ動いてはいるが、いまだ敵対的行為をあらわにしていない蛮族《バルバリコン》を爵位《アクシオマタ》と贈物《ドレエ》を与えて静かにさせる一方、他方でケルト人の下心をあらゆる手段を使って押し止め、また帝国内部の者たちの動きに対しては外部の者たちに対すると劣らず、いやそれ以上に疑いの目を向けて用心し、巧妙に彼らの謀を阻止しながら、あらゆる方法を駆使してなんとか自身の身を守ることに懸命になっていた。一体彼の飲み込んだ数々の悪事の飲み物を語り尽くすことのできる者がいるだろうか。とにかくその者は、あらゆる手段を駆使してすべての者一人一人に対応し、さまざまの状況に出来る限り自らを適応させ、医者《ヤトリィ》のうちでも名医のように医術《テフニィ》の指針に従って緊急の事態にその都度立ち向かっていたのである。【5】さて夜明けと同時に陽が東の地平線に跳びだしてくるや否や、その者［皇帝」はすでに帝《ヴァシリコス》座《ソロノス》にあった、なぜならケルト人のすべてに毎日自由にやって来るように呼びかけていたからであり、それは、まずその者たちが自ら自分たちの要求を伝えることを望んでいたからであり、第二にあらゆる言葉を駆使して自分の考えに彼らを誘い込もうとしていたからであった。しかしケルト人の伯《コミテス》たちは生来図々しく気性が荒く、根っからの守銭奴で、自分たちの欲しいものにはなんでも見境なく飛びつき、また他のあらゆる民《エノス》に優って饒舌であり、さらに皇帝《アフトクラトル》のもとを訪れるに際して節度というものを知らず、伯《コミテス》たちそれぞれは自分の望むだけ多くの仲間を連れてやって来る。しかも一人に続いて他の一人と、入れ代わり立ち代わりの状態であった。やって来たその者たちは、かつて弁論家《リトレス》たちに示されたように水時計の水で話の時間を限るのではなく、それぞれは、たとえ並はずれた人物でなくても、望むだけの時間を皇帝《アフトクラトル》と言葉を交わしていたのである。そのような性格の、そして異常なほど長話をするこれらの男たちは、皇帝《アフトクラトル》を思いやることも、時の過ぎるのを気にすることも、そばで見ている［皇帝の］側近の者たちの怒りを気にすることもしない、またそれぞれは後からやって来る者に会話の機会を譲らず、長々と話し、要求を続けるのである。これらの者たちの話し好き、話題を執拗に追求し、また全く些末なことをほじくる癖については、人間の性格を調べようとする者すべてには先刻承知のことであるが、その時そこに居合わせた者にとって実際の経験からそれらの特徴をより正確に学ぶことができたのである。【6】夕方となり、日中なにも食べないでいたその者が帝座《ソロノス》から立ち上がり皇帝《ヴァシリコス》の私室《キトニコス》へ引き下がろうとしても、まだすぐにはケルト人のしつこい要求から放免されないでいた。なぜならなお次々に面前にやってくる、それは日中に話のできなかった者たちだけでなく、一度引き下がった者たちも戻ってきて、つぎつぎと要求を投げつけるのであり、しかしその者はケルト人に囲まれながら、しっかりと立ち、かれらの饒舌に耐えていた。その時すべての者それぞれの要求に対してその者一人が決然と返答している姿を目にすることができたであろう。これらの者たちの時ならぬ長話に限度というものはなかった。宮廷で仕える高官《メサゾンテス》[14-50]の一人が彼らの話を制止させようとしたら、皇帝《ヴァシレフス》に押し止められた。なぜならフランク人の怒りっぽい性格を良く知っていたその者は、些細なことから憤慨の大きな火の粉が燃え上がり、そのことからローマ人の帝国《アルヒィ》に大きな禍の生じることを怖れていたのである。[7] 真実それは驚愕を越えるような光景であった。おそらく熱を使わずに鎚でたたいて造られた青銅の、あるいは鉄の彫像のように、しばしば夜通し、つまり夕方から真夜中まで、またしばしば第三《トリティ》夜警時《アレクトロフォニア》まで、そして時には陽の光がはっきりと輝き出すころまで、じっと立ちつくしていたのである。〔皇帝に従う〕すべての者は疲れ切って、しばしば座を外して休息をとり、再び不機嫌な顔をして戻ってきていた。さらに彼〔皇帝〕と一緒にいる者たちの誰一人、そのようにしっかりと立っていることができず、すべての者はそれぞれ体重を一方の足から他方の足へ何度も移し替え、またある者はその場に座り込み、ある者は頭を横に向けて何かに支えさせ、またある者は壁に身体をもたせかけていた。ただ一人そのような苦痛にも平然と耐え続けていたのは皇帝《ヴァレフス》であった。実際その者の忍耐強さを正確に伝える言葉があるだろうか。無数の言葉の渦巻く中、各人は言いたい限りを話し、ホメロスに従えば勝手気ままに怒鳴り散らしていた。[14-51] 一人の者がその場を離れて他の者に話す機会を与え、そしてその者が別の者を呼び寄せる。つぎに再びこの者が別の者に話を譲る。これらの者たちが立っているのはその間だけである一方、その者は際限なく、第一あるいは第二夜警時《アレクトロフォニア》まで立ったままでいた。しばらく休んだ後、陽が再び登ると、座《ソロノス》につき、再び別の、倍にのぼる労苦と苦痛が夜間のそれらに続くのであった。[8] まさにこのことが原因で皇帝《アフトクラトル》の両足の痛みが生じることになる。その時から死ぬまで、激しい痛みをもたらすリューマチ性疾患が一定の間隔をおいて襲い続けたのである。しかしその者はそのような苦痛に耐え続け、一度も弱音を吐いたことはなく、出てくる言葉は、「私はそのような苦痛を受けるにふさわしい存在だ。私の犯した多くの罪のゆえにこれらが私に生じるのは当然である」であった。たまたま彼の唇から愚痴の言葉が飛びだした時には、すぐさま十字《スタヴロス》を切って邪悪な悪鬼《デモン》に向かって「私から立ち去れ、よこしまな者よ。お前と、キリスト教徒に対するお前の企みに災いあれ」[14-52] と言ったものである。[9] 以上で両足の痛みについては十分に語ったことにしよう。

しかしこの病《ノソス》に手を貸し、また彼に向けて調合された苦汁の一杯詰まった容器で、私はすべてを語らず、このようにほんの数語でそれとなく示したのだが、苦痛をさらに大きくさせた者がいたとすれば、たとえ皇后《ヴァシリス》が容器の縁に蜂蜜を塗りつけて［苦痛を和らげ］、また皇帝《アフトクラトル》の用心怠らぬ番人として陰謀のほとんどをかわすべく尽力したとしても、その者の[14-53]存在は書きとどめられるべきであり、実にその者こそは皇帝《ヴァシレフス》の病《ノソス》の第三の原因、つまり医《ペデス》学《トン》生《ヤトロン》［の専門用語］に従えば、単に誘因ではなく、もっとも本質的原因であったと見なされるべきである。なぜならその者はこれを最後と攻撃を行って、そのまま立ち去ったのではなく、身体中の最も悪質な体液のように彼［アレクシオス］の中に同居し、常につきまとっていたからである。いやむしろ事の本質をよく観察すれば、その者は単に苦痛《ノシマ》の原因だけでなく、正しく病《ノシマ》そのもの、もっとも大きな厄難であった。私はこの上なく極悪非道な者たちに向かって跳びかかって行きたいのはやまやまであるが、ここは口をとじ、［歴史の］本道《レオフォロス》を踏み外してしまわないために、述べることを控えねばならない。この件については然るべき時に取っておこう[14-54]。

第5章

【1】ケルト人についての記述はこれで終えよう。さて皇帝《アフトクラトル》は対岸のダマリスで野営している。本書《ロゴス》は、海を渡ったその者をそこに置いたままにしていた[14-55]。全員の到着をその地で今か今かと待ち望み、同時に激痛の和らぐのを祈っている彼のもとへ、すべての者が海峡を渡り、吹雪のように群がり集まってきた。すでに満月となっている月を見て、皇帝《ヴァシレフス》は、彼のそばで足の痛みの看護をし、あらゆる手当で痛みの軽減に取り組んでいる皇后《アヴグスタ》に向かって、「もしトルコ人が略奪に取りかかろうと考えるならすでに好機が来ている、この絶好の時期を無駄にしてしまって残念でたまらない」と言い放った。こう言ったのは夕方であったが、夜明けに皇帝《ヴァシリス》の

寝所の係《オペリトンキトナ》[14-56]の宦官《エクトミアス》が入ってきて、トルコ人のニケア攻撃《エフォドス》を知らせ、同時に当時その地を守っていたエフスタシオス＝カミツィスの、彼らの動きを詳細に述べた書簡《グラフィ》をさしだした。[2] さて皇帝《アフトクラトル》は時を移さず、いささかのためらいもなく、彼を苦しめている痛みを忘れたかのように、鞭を右手に握り馬車《アルママクサ》に乗ってニケアに通じる道に乗りだした。同時に兵士《ストラティオテ》たちは槍《ドラタ》を携えそれぞれ騎兵部隊《イレエ》ごとにまとまって彼の周囲を取り囲み、ある者たちは彼と並び、ある者たちは彼の先を、またある者たちは後ろから駈け進み、蛮族《バルバロイ》に向かって進撃する彼と共にあることを喜んでいた、しかしまた彼が苦痛で騎乗することのできないのを悲しんでもいた。他方その者は彼らに満足げに笑いかけ、また話しかけながら、身ぶりと言葉で彼らすべてに勇気をもつよう励まし続けていた。三日後そこからキヴォトスに渡るつもりでエイアリと呼ばれる所へ到着した。[14-57] この者が急いで対岸に渡ろうとしているのを知ると、皇后《アヴグスタ》は彼に別れを告げ、女王の都市《ヴァシレヴウサ》へ戻っていった。[3] 皇帝《アフトクラトル》がキヴォトスに到着すると、ある一人の者が彼のもとへ来て報告する、すなわち四万［の軍勢］を従えた精鋭《エクリティ》のサトラピス《サトラペェ》たちはそれぞれ分かれ、ある者たちはニケアとその周辺の地域《ホレ》を略奪しに行き、モノリコスと[14-58]……は海岸地域を略奪したこと。またニケア湖《リムニ》に隣接する地域とプルサ、さらにアポロニアスをも荒らした者たちはその［アポロニアス］近くに野営し、そこにすべての戦利品《リア》を集め、それから一団となって前進し、ロパディオンとその近隣の地域のすべてを荒らしたこと、さらに上記の報告者によればキズィコスに達した後、海岸の方面からの攻撃《エフォドス》で、そこの守りの役目の者はなんらの抵抗も示さず、不名誉にも逃走してしまったので、そこをも奪い取ったこと。次に共に選り抜きのアルヒサトラペェであったコンドグミスとアミルのムゥフゥメトが、多量の戦利品《リア》と、剣《シディロス》を免れたきわめて多数の男・女・子供、つまり槍で捕らえられた者たち［戦争捕虜］を引き連れ、レンディアナを経てピマニノン[14-59]への道を進んだこと。他方モノリコスは、その地の住民によってヴァリノス[14-60]と呼ばれるある川を、この川はイヴィス[14-61]と呼ばれる山から流れ出ており、他の多くの川、すなわちスカマンドロス・アンゲロコミティス・エムビロスもその山を源流としているが[14-62]、そこ［ヴァリノス川］を渡河した後、パレオンとさらにエリスポンドスの岸辺のアヴィドスに向かって進み、それから多数の捕虜《エフロマティ》を連れ、血をながすことも戦いを交えることもなく、アトラミティオンとフリアラを通過していったこと。[4] 以上の報告を受けて皇帝《アフトクラトル》は、その時ニケアのドゥクスを務めていたカミツィス［エフスタシオス］に書簡《グラマタ》[14-63]を通じて次のような指示を与えた、すなわち五〇〇人の兵士《ストラティオテェ》を連れて蛮族《バルバロイ》の後を追い、彼らの動きを文書《グラマタ》でこちらに知らせ、他方彼らとの戦闘は控えることであった。そこでその者はニケアを出立し、アオラタと呼ばれる所でコンドグミスとアミルのムゥフゥメトとその他の者たちに追いつくと、皇帝《アフトクラトル》の命令を忘れているかのように、ただちに彼らに向かって突撃を敢行する。他方その者たち［トルコ人］は皇帝《アフトクラトル》がやってくると考えていたが、実際自分たちに襲いかかってきた者がその者［皇帝］であると見なし、怯え、敵に背を向ける。しかし［逃走中に］一人のスキシスを捕らえ、その者から聞き出して、あの者がカミツィスであることを知ると、元気を取りもどし、丘々を駈け回り、太鼓と叫び声で四方に散ってしまった仲間の者たちを呼び戻すことに取りかかった。この召集の合図《シンシマ》に気づいて、すべての者は集まり始めた。事実アオラタと呼ばれる所近くに広がる平地に戻ってきて、その者たちは再び一つに集結した。[5] 他方カミツィスは敵からすべての戦利品《リア》を奪い取った後、そこに行けば安全であったろうが、ピマニノンには向かおうとせず（ここはことのほか防備の堅固な町《ポリフニオン》であった）、自らに不運をもたらすことをしていることに気づかず、アオラタの辺りでぐずぐず時を過ごしていた。なぜなら危険を脱した蛮族《バルバロイ》は、カミツィスのことを忘れてしまうどころか、絶えず彼に対して罠をしかけることに取りかかっていたのである。その者がなおアオラタですべての戦利品《リア》と戦争捕虜《ドリアロティ》の分配に取りかかっているのを知ると、［蛮族は］彼らの軍勢《ディナミス》をただちに騎兵部隊《イレ》ごとに整列させ、正午過ぎに彼に向かって襲いかかる。確かにカミツィスの軍勢《ストラテヴマ》の大部分の者は蛮族《バルバロイ》のこの上ない大軍《プリシス》が彼らに向かって攻め寄せてくるのを目にすると、助かる方法は逃走であると考えた。他方彼［カミツィス］自身はスキタイとケルト人[14-64]、それにローマ人のうちで勇敢な者たちすべてと共に果敢に戦い続けた。この時彼らの大部分がたおれる。[6] 取り残されたカミツィスは、それでもごく少数の者たちと共になおも執拗に戦いつづけた。しかしその者の乗っていた馬が致命傷を受け、その者は地面に投げだされた。だがカタロドンと呼ばれる彼の甥が馬からおり、自分の馬を彼に差し出そうとする。しかしその者はことのほか背丈が大きく重かったので、容易に馬に跨ることができなかった。そこで少し後退し、オークの樹木を背にし背後を固め、剣《アキナキス》の鞘を払い、すでに助かる希望を捨てていたが、彼に激しく立ち向かってくる蛮族《バルバロイ》の誰であれ、その兜《コリス》や肩、さらにその腕そのものを目がけて打ち込み、降服しようとはしなかった。実際蛮族《バルバロイ》たちは、その者が抗戦をつづけ、多くの敵を殺し、また多くを傷つけているのを見て、その男の豪胆さを称讃し、その泰然のさまに驚愕し、これらゆえになんとかこの者の命を助けてやろうと願った。ムゥフゥメトの呼び名をもつ大サトラピス《アルヒサトラピス》は以前からその者を知っていたが、今その者を見分けると、彼と戦い交えている者たちを強く押し止め、他の者たちと一緒に馬からおりると、進み出て言うには「自分の命より死を優先させるのをやめよ。私に手を差しのべ、助かるようにせよ」その者は大勢に取り巻かれ、もはや多勢に向かって抗することのできないのを悟って、ムゥフゥメトに手を差し出す。その者［ムゥフゥメト］は彼を馬に乗せると、容易く逃れられないように足を縛らせた。【7】エフスタシオス［カミツィス］の身に生じた事態は、そのようなものであった。他方皇帝《アフトクラトル》は［トルコ人が］きっと通過するであろう通路を推測し、それとは別の道《アトラポス》に向かい、ニケアとマライナ、さらにヴァシリカと呼ばれる所（ここはオリムボス山の頂《アクロロフィエ》に位置する高所の渓谷《テンビィ》と通行困難な隘路からなっている）を通過し、さらにアリシナに向かって下り、そこからトルコ人の機先を制して先にそこを握り、彼らと敢然と戦いを交えようとの決意で、急いでアクロコスに向かった。他方相手の者たち［トルコ人］はローマ軍について全く心になく、テピ
14-65 アという葦の茂った場所に達すると、そこに群がり集まり、警戒することなしに休んでいた。彼らに向かって進軍をつづける皇帝《アフトクラトル》のもとへ、蛮族《バルバリ》がテピアの平地に到着したという報せがもたらされると、彼らと十分距離をおいた地点で軍勢《ストラテヴマ》を戦闘《ティポス》隊形《ポレムゥ》に並べ、戦列に配置した、すなわちコンスタンディノス＝ガヴラスとモナ

ストラスを前面に据え、両翼には軍勢《ストラテヴマ》を戦闘部隊《イラドン》ごとに並べ、後衛《ウライア》は長年にわたる豊富な戦争経験を有するツィプレリスとアベラスに託した。彼自身は中央の戦列《パラタクシス》を指揮し、すべての戦列《ファランゲス》に命令を発することにし、このように態勢を整えると雷電のような勢いでトルコ人に襲いかかり、彼らと激しい戦いを交わした。[8] 接近戦となり一方で蛮族《バルバロイ》の多くが殺され、他方で多くが捕らえられ、連行される。また葦の茂みに隠れた者たちはしばらくの間身を保った。しかし皇帝《アフトクラトル》は彼らに対して輝かしい勝利をあげた後、葦原に注意を向け、彼らを何とかそこから追い出そうとした。しかし兵士《ストラティオテェ》たちは、沼が多く葦が生い茂っているため、中に入っていくことができず、立ち往生の状態でいた。そこでその者は兵士《ストラティオテェ》に葦原を取り巻かせ、葦原の一方の端に火を投ずるように命じた。命令は実行され、炎が高く燃え上がった。中にいた者たちは炎から逃げ出そうとする時、兵士《ストラティオテェ》の手中におちた。彼らのある者たちは剣《クシフォス》の餌食になり、ある者たちは捕らえられ皇帝《アフトクラトル》のもとへ連行されたのである。

第6章

[1] カルメ[14-66]からくだってきた蛮族《バルバロイ》のこうむった事態は、そのようなものであった。アミルのムゥフゥメトはカルメのムスリムの受けた不運を知ると、アシア[14-67]に居住するトゥルコマニィ[14-68]やその他の者たちと合流した後、ただちに皇帝《ヴァシレフス》の後を追跡することに乗りだした、その結果その者（皇帝）は追い、追われる者となった。なぜならムゥフゥメト麾下の蛮族《バルバロイ》は皇帝《アフトクラトル》の足跡を辿って追跡をはじめ、他方その者［皇帝］はカルメの者たちを追いつづけ、そのため二つの集団の間に挟まれる形となった。一方の者たちは［皇帝が］先に打ち負かした者たちであり、追跡に乗りだしたのはまだ無傷の状態の者たちであった。ムゥフゥメトが皇帝《アフトクラトル》の後衛《ウライア》に突然襲いかかった時、その者［ムゥフゥメト］が最初に立ち向かうことになったのはアベラスであった。この者はとも

かく向こう見ずな男であったが、その時皇帝《アフトクラトル》の眼を意識していっそう大胆になり、戦闘隊形を整えてトルコ人との戦闘に立ち向かおうとする味方の者たちを一時も待とうとせず、ムゥフゥメト目指して突撃し、そしてツィプレリスもその後に続いたのである。【2】彼らの指揮下の兵士《ストラティオテェ》たちが彼らに追いつく前に、二人がある古い砦に至った時、まったく動じることのないムゥフゥメトは騎手《イポティス》のアベラスではなく、彼の馬に向かって矢《ヴェロス》を放ち、その者を地面へ落馬させる。その時たまたま徒《かち》であったトルコ人たちがこれを見て、その者を殺害する。つぎに無分別にもツィプレリスが自分たち［徒のトルコ人］に向かって突撃してくるのを目撃すると、その者たちは矢《ヴェリ》を放っていわば馬に羽根を植えつけ、その者を落馬させ、即座に剣《マヘレ》で殺害した。他方後衛《ウライア》を担っていた兵士《ストラティオテェ》たちは、彼らの任務は軍用行李《スケヴェ》を見守る兵士《ストラティオテェ》のうちで疲れた者たちと馬を守り、彼らに向かってくる敵を全力を尽くして追い払うことであったが、トルコ人が迫ってくるのを目にすると、彼らに向かって突撃し完全に敗走させる。【3】さてカミツィスはその時囚われのままトルコ人のもとにいたが、戦闘に伴って生じた混乱を目にし、ある者たちは逃走し、他の者たちは追跡しているのを見分けると、沈着で敏捷な男であったので逃走を計画し、実行に取りかかった。その途中一人のケルト人の重装騎兵《カタフラクトス》が彼に出会い、馬を提供する。その者［カミツィス］は、フィラデルフィアとアクロコスの間に位置する、一軍だけでなく多数の軍《ストラテヴマタ》にとって十分の広さのテピアの平地で野営している皇帝《アフトクラトル》のもとへたどり着く。その者はカミツィスを目にすると大いに喜んで彼を迎え入れ、彼を守ってくれた神《セオス》へ感謝の捧げ物をした後、彼を女王の都市《ヴァシレヴウサ》へ送り出す。その時彼に言い渡した言葉は「国の人々へ、あなたが受けた苦難と目にしたことのすべてを語り、神《セオス》の助けによりわれわれの生命が無事であることを伝えよ」であった。【4】しかし皇帝《アフトクラトル》はアベラスとツィプレリスの殺されたことを知ると、彼らの死を思ってことのほか激しく心を痛め、「われわれは二人をさしだし、一人を手に入れた」と言ったものである。実際戦いに勝利した時でも、兵士《ストラティオテェ》のうちで敵に捕らえられた者はいないか、敵の手にかかって倒れた者はいないかと、調べるのが彼の常であった。たとえ敵のすべての軍勢《ファランゲス》を敗走させ、それらに対して勝利を獲得しても、最も階級の低い兵士《ストラティオテェ》の一人でも殺されるということになれば、その勝利についてはまったくの無駄と思い、実際その勝利をカドモス《カドミア》の勝利《ニキ》[14-69]、得点の代わりに失点と見なしていたのである。さて自身の配下の兵士《ストラティオテェ》と共に幾人かの軍司令官《イエモネス》、すなわちエオルイオス＝レヴニスやその他の者たちにその地方の守りを託して、彼自身は勝利者《ニキティス》として女王の都市《ヴァシレヴウサ》への帰還の途についた[14-70]。[5] 一方［皇帝より先に都に向かった］カミツィスはダマリンに到着し、夜警時の中ごろ《メシィフィラキティスニクトス》軽い小さな船《アムフィリコス》に乗りこみ、皇后《ヴァシリス》が宮殿［大宮殿］の高所[14-71]にいることを知っていたので、そこへ向かい、海岸側の城門《ピリ》をたたく。何者かと問われたが自身の名を明かしたくなかったので、名を告げないまま城門《ピレ》を開けるように願い出た。しかし結局は名を明かすことでやっと中に入ることが許される[14-72]。[6] 皇后《アヴグスタ》はことのほかの喜びようで、寝所《キトン》の扉の外で彼を出迎え（ここは以前はアリスティリオンと呼ばれていた）、トルコ人の衣服を身にまとい、戦闘の時に打たれたため足を引きずっているその者を見ると、まず皇帝《アフトクラトル》のことについて質問を発すると同時に、彼に椅子に座るよう命じた。ついですべてについて問い尋ね、皇帝《アフトクラトル》による思いもよらぬ新たな勝利を聞き、またその者が囚われの身《ドリアロトス》から自由になったことを知り、喜びでどうふるまっていいのか分からないありさまであった。とにかくその者に、夜明けまで休み、それから出かけてすべての者に出来事を伝えるように命じた。そこでその者は朝になると立ち上がり、奇跡的に囚人の状態《エフマロシア》から解き放たれて戻ってきた時の衣服のままで馬に乗り、コンスタンティヌスの広場《フォロス》へ出かけた。たちまち都《ポリス》中が彼のもとに駆け集まり、一方ではすぐにでも彼についてのことを知ろうと苛立ち、他方ではより以上に皇帝《アフトクラトル》のことについて聞き出すことを熱望した。騎乗の、また徒歩の者たち多数が彼を取り囲む中、彼自身は声を張り上げて、戦闘について、つまりローマ軍《ストラテヴマ》の遭遇した事態のすべて、蛮族《バルバロイ》に対して皇帝《ヴァシレフス》が行った作戦のすべて、何倍もの復讐を果たした輝かしい勝利の獲得、そして最後に自らが蛮族《バルバロイ》のもとから奇跡的な逃走をやり遂げたことについて詳しく語り伝えたのである。群衆のすべてはこれらの言葉に頷き喝采し、称讃のどよめきは空高くまで達するほどであった。

第7章

【1】このようなことが生じた後、コンスタンティヌスの［都］は皇帝《ヴァシレフス》の成功の話で持ちきりであった。なぜなら真実その者は、不運《ティヒ》にも彼自身とローマ人の国家《プラグマタ》の前に立ちふさがるどれほど多くの困難事の中にあっても、また実際に数知れぬ多数の逆境に取り囲まれても、その持てる才能《アレティ》と警戒心と活力をもってあらゆる苦難に立ち向かい、戦っていたのである。これまでの皇帝《ヴァシリス》のうちで今日まで、この皇帝《アフトクラトル》の治世に見いだされたような、あのような事態の複雑さと国の内外のあらゆる種類の人間たちの邪悪な行為に関わった者は一人もいない。実際ローマ人の国家が多くの苦難の下にあえがねばならなかったのは神《セオス》のご意志によるものであれ（私はその当時の私たちの状況を星々の動きに結びつけて考えたくない）[14-73]、あるいはローマ人の権力《ディナスティア》がこのようなありさまになってしまったのはこれまで帝国を統治してきた者たち《プロヴェヴァシレフコテス》の愚かさによるものであれ、私の父が帝位《ヴァシリア》についた時期に、すでにこの上なく多くの困難事と荒れ狂う混乱が一緒になって押し寄せていたのである。【2】確かに同じ時期同時に、北方ではスキタイが、西方ではケルト人が、東方ではイスマイル[14-74]が荒れ狂った、加えて海上からの危険も言うまでもない、すなわち海を牛耳っていた蛮族《バルバロイ》[14-75]、そしてさらにサラセン人[14-76]の憤怒が作り出し、またウエトネスの貪欲とローマ《ロマイキ》帝国《ヴァシリア》に対する彼らの敵意が一緒になって生み出した数えきれないほどの海賊《ピラティケ》船《ニエス》。なぜならそれらすべての者は、帝国に嫉妬深い視線を投げかけている。当然のこととしてローマ人の帝国《ヴァシリア》は他のすべての民《エスニ》の主人《デスポティス》であったので、敵意を抱く臣民《ドウロン》を抱えており、その者たちは好機を摑むと、それぞれが別々の方向から、陸上からも海上からも攻撃をしかけてくるのである。しかし以前、私たちより前の時期においては帝国《ヴァシリア》の状態はとりわけ穏やかで順調であった。しかし私の父の時代、その者が帝国《ヴァシリコン》という戦車《アルマ》の手綱を握ると同時に、ただちにあらゆる恐ろしい危険があらゆる方向から溢れでてきたのである。ケルト人は槍《ドリ》をしごいて槍先を突きつけ、イスマイルは弓《トクソン》を引き絞り、遊牧《ノマディコン》の民《エスノス》すべてとスキタイのすべては数えきれぬ数の馬車に乗って、激しく襲いかかってきたのである。【3】本書《ロゴス》をここまで読まれて、

この一文に出会う読者はおそらく私の舌が自然の秩序《フィシス》［肉親の情愛］で狂わされてしまっていると言うだろう。しかし私としてはローマ人の幸福のために立ち向かった皇帝《ヴァシレフス》のかずかずの危険に誓って、否、キリスト教徒のために味わった父の苦闘と逆境に誓って、否であると応えよう、この私は父を喜ばそうとこれらのことを語り、書いているのではない。父が誤りを犯したことを見つけた場合はかならず、躊躇することなく自然の法《ノモス オ フィシコス》［肉親の情愛］に逆らい、あくまで真実《アリシア》にしがみつく、なぜなら一方でこの者を愛しいと思うが、他方で真実《アリシア》をより大切にしようと思うからである。確かにある哲学者《フィロソフォス》がどこかで言っているように、二つのうちどちらも大切であれば、もっとも大切にしなければならないのは真実《アリシア》である。[14-77] 私は、私自身の手で何かをつけ加えることも取り除くこともせずに、事実《プラグマタ》そのものに従い、語り書いているのである。［4］ それに証拠は手近なところにある。私は一万年も前の出来事を書いているのではなく、私の父を知り、彼のことを詳しく語る者たちが今なお生きているのであり、実にこの歴史《イストリア》の少なからぬ部分は彼らから取材されたものである、事実その者たちはそれぞれ別々のことを話してくれるし、また各人がその場に居合わせた時のことを忘れないでいる場合、「そこに居た」すべての者には意見の食い違いは見いだされない。また私たちもその時期のほとんどを父と一緒に過ごし、母に付き添っていた。[14-78] 事実私の生活は家の中で見守られ、心地よい日陰の中で、贅沢な暮らしで明け暮れていたのではなかった。なぜなら産着で包まれた時から、私の神《セオス》と神の母に誓って言う、悲しみと苦難、絶えることのない不幸が私をとらえて離さず、それらのあるものは外部から、他のものは内部から襲ってきたのであった。私の身体的苦痛はどのようなものであったのか、私は自分で言うことはできない、それらについては婦人部屋《イネコニティス》に仕える者たちに語らせ、特徴を列挙させせよう。しかし私が外部からこうむったもの、すなわちまだ八歳にも達していなかった時、[14-79] 私の身に降りかかった多くの不幸について、また私に対する人々の悪意により、新芽の吹き出るように吹き出てきた多数の敵について語るには、イソクラテスのセイレーン、ピンダロスの力強い言葉、ポレモンの激しい口調、ホメロスのカリオペ、サッポーの竪琴、あるいはこれらとは異なる他の大きな力を必要とするであろう。小さなものであれ大きなものであれ、近くからのものであれ遠くからのものであれ、恐ろしい苦痛のうちで、ただちに私に重くのしかかってこなかったものは一つもない。確かに大波が押し寄せてきたのである、それ以来今日まで、今この書物《シングラマ》を書いているこの時までも、不運の大海が私に向かってうなり声をあげ、次々と波濤が打ち寄せる。うっかりと私自身の不運に引きずり込まれていた。さあ正気を取りもどした上は、いわば流れに逆らって泳ぎ、もとの主題に立ち戻ることにしよう。【5】さてすでに語ったように事実の一部は私自身の目を通して知っているものであり、他の一部は皇帝《アフトクラトル》と一緒に出陣した人たちから得たものであり、つまりそれらについてはさまざまな方法で、戦いにおいて生じた出来事を私のもとへもたらす伝達者を通じて知ったのであり、とりわけ私自身が自分の耳でそれらの出来事について皇帝《アフトクラトル》とエオルイオス゠パレオロゴスがしばしば詳しく語り合っているのを聞いたこともある。そのようにして私は事実の多くを集めたのであり、特にそれらは、私の父の後、三代目が[14-80]帝笏《スキプトラ ティス ヴァシリアス》を握っていた時期に集められたものである、つまりその時期には彼の祖父への追従や絵空事はすべて無くなり、すべての者は帝座《ソロノス》についている者に媚びへつらう一方、すでに亡くなった者に対して一切の追従を示さず、当時の事実をありのままに述べ、それらをそうであったようにそのままに語るものである。【6】現在この私は一方において自分自身の不運を嘆き、他方において三人の皇帝《ヴァシリス》、すなわち私の父である皇帝《アフトクラトル》、私の女主人《デスポティス》である母の皇后《ヴァシリス》、ああ悲しいかな、私の伴侶であるケサル[14-81]の死を悼みながら、片隅に隠れ住み《エンゴニアゾ》、[14-82]時間のほとんどすべてを書物《ヴィヴリア》と神《セオス》に捧げている。人々のうちでまったく無名の人たちでさえ私たちのもとを訪れることが許されていないし、もちろん他の人々から聞き知った情報を私たちに伝えることのできる人々、および父と親しかった人々については論外のことである。もっとも恵まれた皇帝《アフトクラトレス》たちの魂にかけて私は誓う、三〇年このかた父の友人の一人に会うことも、見ることも、話し合うこともなかった、これは一つには彼らの多くが亡くなってしまったからであり、また一つには彼らの多くが私たちの逆境のゆえに恐怖を抱いて近づこうとしないからである。なぜなら時の権力者《クラトンデス》たちは、私たちをほとんどすべての者にとって会うことに値しないだけでなく、忌まわしい存在そのものであるという、そのような不条理な状態に陥れたからである。【7】私が拾い集めた歴史《イストリア》の材料は、神《セオス》よ照覧あれ、天上の《イペルコズミオス》、神の母、私の主人《デスポティス》［神の母］よ、照覧あれ、幾つかの素朴で、功名を得ようとの意識のまったく見られない覚書《シングラマタ》から、また昔私の父がローマ人の帝笏《スキプトラ》を握っていた時代に軍務に服したが、しかし不運に見舞われ、世の喧噪から離れて静かな修道士《モナヒィ》たちの生活に移った年老いた人たちから得たものである。私の手に入った覚書《シングラマタ》は、裏表のない、表現に技巧のない、ただ真実だけを心に留めて書かれているものであり、文体の洗練さを見せびらかし、弁論の荘重さを引きずるような点は一切ない。老人たちによって語られた話は、言葉遣いと意見においてそれらの覚書《シングラマタ》と同じである。私の歴史《イストリア》の真実さはそれら［覚書と老人たちの話］に由来すると、私は思う、実際私は私自身で調べて知った事実をその者たちの語ったことと、また彼らの語ったことを、私自身が自分の耳で、私の父その者から、また私の父方および母方のおじたちからしばしば聞き知ったことと突き合わせ、比較検討したのである。これらすべてから真実の全体が組み立てられているのである。【8】さて上で語った所へ、すなわち蛮族《バルバロイ》のもとからのカミツィスの逃走と、市民《ポリテエ》たちに向かっての彼の演説へ話を戻そう。事実その者は、すでに語られたように生じた出来事と、皇帝《ヴァシレフス》がイスマイリテエに対して巧みにやってのけた策略のすべてについて詳しく語った。コンスタンティヌスの［都］の住民《イキトレス》は、一つの声、一つの口となって声高に叫び、皇帝《アフトクラトル》を讃美し、崇め、その将軍《ストラティイア》ぶりを祝福し、彼によせる喜びの気持ちを制御できないでいた。カミツィスを彼の家に送りとどけて数日後、人々は、今度は皇帝《アフトクラトル》を月桂樹を戴く《トロペウホス》勝利者《ニキティス》として、無敵《アニキトス》の将軍《ストラティゴス》として、不敗《アイティトス》の皇帝《ヴァシレフス》として、尊厳なる皇帝《セヴァストスアフトクラトル》[14-83]として、出迎えることになる。その者たちはそのような彼を出迎える一方、その者は宮殿《ヴァシリア》［大宮殿］に入り、神《セオス》と神の母《セオミトル》へ感謝の捧げ物を行った後、普段の仕事についた。【9】なぜなら外部における戦いを鎮め、反逆者《ティラニィ》たちの動きを撃退したことで、彼の関心は法廷と法《ノミィ》の問題に向けられた。事実その者は、それぞれの事情に応じて同時に平和《イリニ》と戦い《マヒ》の最も有能な管理者であった。孤児の問題を考え、寡婦のために正当なことを要求し、[14-84]あらゆる不正に対してもっとも厳しく取り組み、狩猟と息抜きで身体を休める時間はほんのわずかであった。このような場合でも、他の場合におけるように肉体を制御し、肉体を自身の意志に従順に従わせるために理性的判断にもとづいて身を処していた。日中のほとんどすべてを政務に身体を捧げ、それから政務から自らを解放していた。しかし彼の息抜きの時間も第二の仕事、すなわち書《ヴィヴリア》を読み、探求することに使われ、「聖書を調べよ」[14-85]との命令に熱心に取り組んだのである。狩猟とポロ競技での気晴らしは私の父にとって二次的三次的な事柄に属し、このことは、まだ若かったころでも、すなわちあの化け物、とぐろを巻く蛇のように彼にからみついた両足の病《ディアセシス》が、あの呪いの言葉そのもののように彼の踵に噛みつく[14-86]ことになる前においても変わらなかった。しかし病《ノシマ》が始まり大きく悪化してしまった時から、医術の知識《エピスティミ》から教示を得て、身体の運動と乗馬、その他の競技にうちこむようになったが、それは常に乗馬して［足に］下がってくる悪質の体液《イリ》をまき散らし、苦しい重圧を取り除こうとするためであった。すでに前に語られたように私の父はこの苦しい病《パソス》の原因をローマ人の栄光のために耐えた骨折りと辛苦以外に求めなかった。

第8章

【1】まだ一年が経たぬうちに、再びコマニがイストロスを渡ったという噂を耳にすると、その者［皇帝］は、第八エピネミシス［インディクティオン］の初め、[14-87]秋は十一月に諸都市《ヴァシリス》の《トン》女王《ポレオン》を離れ、それから全軍勢《ディナミス》を呼び集めた後、［それらを分け］フィリップポリスに、ペトリツォスと呼ばれる所とトリアディツァに、およびイストロスの岸辺に位置するヴラニツォヴァまでのニソスの地方《セマ》に配置し、その際兵士には彼らの馬についてよく肥って戦闘時に乗り手をしっかりと乗せることのできるよう十分に世話をすることを指示し、彼自身はフィリップポ

リスにとどまることにした。ところでこの都市《ポリス》はトラキアの中央に位置している。北風の吹く側に位置することの都市《ポリス》のそばをエヴロス川が流れている。この川はロドピの一方の端から流れ落ち、湾曲や方向転換を多数くり返しながらアドリアノスの都市のそばを通過していく。他の多くの川がこれに合流した後、エノスの都市《ポリス》の近くで［エーゲ］海へ流れ込む。**[2]** ところで私がフィリポスの名をあげるとき、それはマケドニア人でアミュンタスの息子のことではなく（というのはその都市《ポリス》［フィリプポリス］はこのフィリポスよりも新しい）、このほか背が高く腕力《イスヒス》と身体において無敵であったあのローマ人のフィリポス[14-88]のことを言っている。ここは最初小さな町《ポリフニオン》であり、フィリポス以前においてはクレニデス、あるいは他の人々からトリムゥス[14-89]とも呼ばれていた。その途方もなく大きな身体のフィリポスは、その都市《ポリス》を大きくし、城壁《ティヒ》で取り囲み、内部に大きな競馬場《イピカ》とその他の注目に値する建造物を建設し、トラキアの都市《ポリス》の中でも有名なものとした、なお私自身もある必要から皇帝《アフトクラトル》と共にその都市《ポリス》に滞在した時に、それらの遺跡を見たことがある。**[3]** 都市《ポリス》は三つの丘からなり、それぞれの丘は長く高い城壁《ティヒ》で囲まれている。斜面を［北に向かって］降り、平地に達するところ、エヴロス川のそば近くに堀《タフロス》があり、その堀が都市を取り囲んでいる。おそらくかつての都市《ポリス》は、実際大きく美しい都市《ポリス》であったと思われる。しかし昔タヴリィとスキタイ[14-90]がこの都市《ポリス》を従属させてから、私の父の治世においてわたしたちが目にするような状態になってしまった、しかしこの都市《ポリス》が実際大きな都市《メガロポリス》であったことは推測することができた。また多数の不信の徒《アセヴィス》が住み着いたことも、とりわけ都市にとって不幸であった。事実アルメニア人[14-91]やいわゆるヴォゴミリィ[14-92]がこの都市を掌握した、なお後者の者たちと彼らの異端《エレシス》については後ほど、然るべきところで調べることにする[14-93]、そしてさらにこの上なく邪悪なパヴリキアニィ[14-94]がやってきた、この者たちはマニの異端の一派で、その名が語るようにパヴロスとヨアニス[14-95]の信奉者となっていた、そして実際この二人はマニス［マニ］の不信《アセヴィア》の教えにすっかり心をとらえられ、その教えを生のままで彼らの弟子たちに飲ませた者たちであった。**[4]** さて私はマニ教徒《マニヘイ》の教義《ドグマ》のあらましを述べ、ごく簡単に解説し、さらに加えてこれらのきわめて不敬な《アセオタタ》教説《ドグマタ》の反駁に取りかかろうと考えていた。しかしマニ教徒《マニヘイ》の異端《エレシス》がすべての人にとってすでに馬鹿げたものであることを私自身が知っており、また同時に早く歴史《イストリア》の本題に取り組みたいので、それらについての論駁は省くことにする。とりわけ私たちの教会《アヴリ》の人々だけでなく、私たち［の考え］に激しく対立する立場のポルフィリオス自身もまた多くの論文においてマニ教徒《マニヘイ》のたわごとにすぎない教義《ドグマ》をまったく理屈に合わないものとして断罪していることを、私は承知している、実際その者は［マニスの教義の］二つの原理《アルヘェ》についてきわめて学問的に検討しているのである、しかし彼［ポルフィリオス］の唯一最高の存在《モナルヒア》[14-96]は彼の読者を無理やりプラトンの一であること《エナス》、あるいは一なるもの《トヘン》へ誘い込もうとするものである。事実私たちは一神《モナルヒア》を崇拝する、しかし一つ《エン》の位格《プロソポン》しか持たない一神ではない、そしてまたプラトンの一なるもの《トヘン》も受け入れることはできない、これはすなわちギリシア人《エリネス》における言い表せないもの《アリトン》、カルディア人における秘められたもの《アポリトン》である。なぜならその者たちは[14-97]、地上世界《エンゴスミィイ》の、また天上世界《イペルコスミィイ》の他の多くの諸力《アルヘェ》をそれ［モナルヒア］に結びつけるからである。[14-98]【5】さてマニス［マニ］およびカリニキの息子パヴロスとヨアニスの信奉者たちは性質上この上なく野蛮で残酷、あらゆる危険を冒してでも血を求めようとする者たちであったが、皇帝《ヴァシリス》のうちでもあの嘆賞すべきヨアニス＝ツィミスキスは戦いで彼らに勝利し、彼らを奴隷としてアジアの地から、つまりカリュベス人とアルメニア人の土地からトラキアへ移し、そしてフィリプポリスの周辺に強制的に住まわせた、なぜならそれは一方でその者たちが［アジアにおいて］横暴に占拠していた要害堅固な都市《ポリス》や城塞《フルリア》からその者たちを退去させ、同時に他方であのスキタイの攻撃に対する確実な番人としてそこ［フィリプポリス周辺地域］に配置するためであった、実際トラキアの地はそれら蛮族《バルバロイ》［スキタイ］によってしばしば侵略の被害を受けていた。なぜならその者たちはエモス[14-100]の隘路《テムビィ》を越え、その下［南］に広がる平地へ駈け下りてきていたのであった。【6】このエモスはことのほか長い山脈で、［その一部において］ロドピ山脈と平行している。［エモス］山脈は一方において黒海から始まり、急流[14-101]のそばを通り過ぎ、そしてイリリコンの地方にまでも達する。これはアドリア海によって中断されるが、対岸において再び現れ、ヘルキュニイの森にまで及んでいる、と私は思う。山脈の両斜面には多くのことのほか富んだ民《エスニ》が住んでおり、すなわち北側ではダキア人とトラキア人、南側では同じくトラキア人とマケドニア人である。[14-102] かつてアレクシオスの槍《ドリ》と幾度もの戦いによって絶滅させられる以前、遊牧《ノマデス》のスキタイはこのエモスの山々を越え、全軍をあげてローマ人の領土《イエモニア》、とりわけ山々にごく近い諸都市《ポリス》に危害を加えていた、そしてそれらの都市のうちでもっとも重要なのが古くからよく名の知られたフィリプポリスであった。

[7] ところでヨアニス＝ツィミスキスはわれわれと対立する立場のマニスの異端《エレシス》の徒をわれわれの同盟者《シムマヒ》となし、武器《オプラ》をもたせ十分強力な軍勢《ディナミス》としてこれらの遊牧《ノマデス》のスキタイに立ち向かわせた。その時から諸都市《ポリス》は彼ら［スキタイ］の頻繁な襲撃から解放され、息を吹き返すことができる状態となった。しかしながら性質上自由気ままで、不従順なマニ教徒《マニヘイ》は自分たちのやり方で行動するようになり、本来の姿に戻っていった。フィリプポリスの住民のすべては、少数の者を除いてマニ教徒《マニヘイ》であったので、そこにいるキリスト教徒を好き放題に扱い、彼らから持ち物を奪い取っており、皇帝《ヴァシレフス》から派遣された役人にたいしてほとんど、あるいは全く意に介することはなかった。それゆえその数は増え続け、その結果フィリプポリスの周辺のすべての住民も異端の徒《エレティキ》となっていた。またアルメニア人の塩辛い別の流れが彼らに合流し、さらにヤコヴォスのもっとも汚い泉からわき出た別の流れも加わった。確かにここはいわばあらゆる悪徳の合流点であった。彼らの教義《ドグマタ》は一致していなかったが、反逆《アポスタシィエ》においては他の者たちもマニ教徒《マニヘイ》と力を合わせたのであった。**[8]** それにもかかわらず、私の父、皇帝《アフトクラトル》はこれらの者たちに対しても長年にわたる軍事上の経験をもって立ち向かい、ある者たちに対しては戦わずに従わせ、ある者たちに対しては戦闘で隷属させた。この屈強な男は実際偉大でこの上なく使徒的といえる働きをどれほど多くやり遂げ、また耐え抜いてきたことか。どうしてその者を称讃し得ない者がいるだろうか。あるいはその者は遠征《ストラティイエ》［の務め］を疎かにしていたというのか。このことについても確かに、その者は東方《アナトリ》も西方もかずかずの遠征《ストラティイマタ》で満たした。あるいは学問研究《ロイ》を等閑にしていたというのか。このこ

とについても確かに、異端者《エレティキ》たちとの論争に備えて舌を鋭くするため、その者以上に聖《シア》書《グラフィ》に真剣に取り組んでいた者は他にいなかったのである。この者だけが武器《オプラ》と言葉《ロイ》の両刀を使い、一方では武器《オプラ》をもって蛮族《バルバロイ》を打ち破り、他方では戦術《ストラティイキィ》の行使《アゴニア》の代わりに使徒《アポストリキィ》としての働きを引き受け、マニ教徒《マニヘイ》に対してたちむかった時のように言葉でもって神の敵を屈服させようとした。私としてはこの者を十三番目の使徒《アポストロス》と呼びたい。実際この栄誉をコンスタンティヌス大帝に与えている者たちがいるが、しかし私にはこの者をコンスタンティヌス帝《アフトクラトル》と並べるのが良いと思われる、あるいはこれに異を唱える者がいるならば、アレクシオスは使徒《アポストロス》であると同時に皇帝《ヴァシレフス》としてコンスタンティヌスに次ぐ存在としよう。【9】すでに先に語られたようにその者［皇帝］は上記の理由によりフィリポスの都市に到着したが、まだコマニが姿を現していなかったので、むしろ本来の仕事よりも重要な第二の仕事を始め、マニ教徒《マニヘイ》を彼らの塩辛い教義《スリスキア》から引き離し、甘い教義《ドグマ》を彼らに注ぎ込むことに取りかかった。実際朝早くから正午過ぎ、あるいは夕方まで、時には第二・第三夜《フィラキィ》警《ティス》時《ニクトス》になるまで彼らを呼び寄せた上で正《オルソトモス》統《》信《ピスティス》仰を教え込み、彼らの異端《エレシス》の歪みを論破することに関わった。その時彼のそばに居合わせていた者はニケアの大主教《プロエドロス》のエフストラティオスとフィリプポリスの府主教の座《アルヒエラティコスソロノス》にあった者であり、前者は聖俗界の学識に明るく、討論においてストアとアカデミアに関わる者たちより優っていると広言していた。さらにそれら二人に加え、そして誰よりも先に皇帝《アフトクラトル》が協力させていたのは私のケサル、ニキフォロスであり、事実その者［皇帝］はすでに聖《シア》書《ヴィヴリア》の研究において彼を鍛え上げていたのである。さてその時マニ教徒《マニヘイ》の多くの者が全く躊躇することなく司祭《イエリス》たちのもとへ向かい、彼ら自身の罪を告白し、聖なる洗礼《フォティスマ》にあずかろうとした。他方また同時にその時、あのマカベオス家の者たち[14-103]以上に彼ら自身の教義《スリスキア》にしがみついていた多くの者も見られたのであり、彼ら自身の唾棄すべき教義《ドグマ》を強化するつもりで、聖《シエ》書《グラフェ》から引用して、それらを証拠として持ちだすことにつとめた。しかし皇帝《アフトクラトル》の忍耐強い会話と長時間にわたる忠告によってかれらのほとんどは納得し、それぞれ聖なる洗礼《ヴァプティズマ》にあずかることとなった。実際東に陽の光が輝き始めてから夜の更けるまで討論に努めたのはしばしばのことであり、ほとんど食事も取らずこの討論集会から離れることなく持ちこたえ、夏の最中、[14-104] 城外の幕舎《スキニ》の中で頑張り通していたのである。

第9章

［1］ さてこれらのことが続けられ、マニ教徒《マニヘイ》との知的な激しい討論が交わされている間に、イストロス方面から一人の使者が到着しコマニの渡河を報告した。そこで皇帝《ヴァシレフス》は一刻の猶予もおかず、手もとの兵士《ストラティオテェ》を率いてダヌヴィス[14-105]に向かって突き進んだ。ヴィディニに到着したが、蛮族《バルバロイ》を見いだすことができず（なぜならその者たちは皇帝《アフトクラトル》の来るのを先に知って、再び川の向こう岸に渡ってしまっていた）、そこでただちに勇敢な兵士《ストラティオテェ》たちを［本隊から］切り離し、蛮族《バルバロイ》の追跡を命じた。その者たちはただちにイストロス［ダヌヴィス］を渡り、彼らの追跡に乗りだした。三日三晩にわたって追跡したが、コマニがダヌヴィスを越えた地点を流れるある川[14-106]を用意していた筏を使って渡ったことを知って、何も果たさず皇帝《アフトクラトル》のもとへ戻った。**［2］** 皇帝《ヴァシレフス》は軍隊《ストラテヴマタ》が蛮族《バルバロイ》に追いつくことのできなかったことを大いに悔やんだ、しかしながら自分の名を耳に聞かせただけで蛮族《バルバロイ》を追い返し、そして多くの者をマニス［マニ］の異端《エレシス》から私たちの信仰《ピスティス》へ引き戻したことで、これも一種の勝利と見なすことができた、実際蛮族《バルバリィ》に対しては武器《オプラ》によって、異端者《エレティキ》に対しては誠に篤信に満ちた言葉によって、二重の戦勝碑《トロペオン》を打ち立てたのである。それゆえ再びフィリプポリスに戻り、ほんの一休みをした後、再び［マニ教徒との］討論の仕事に取りかかった。**［3］** なぜならマニスの異端《エレシス》の指導者《プロスタテェ》にクレオン[14-107]とクシノス、さらにフォロスという者たちがいたが、その者［皇帝］は彼らを毎日呼び出し彼らと論議を戦わすことになった、その者たちといえば、他のことについては他のマニ教徒《マニヘイ》と異ならないが、恐ろしいほどに彼ら自身の異端の考え《カコドクシア》に固執し、言葉による説得に対して鋼鉄のようにびくともせず、神《シオン》の言葉《ロイオン》をばらばらに引

き裂き、それを極端なほどにねじ曲げてしまうことに巧みであった。そこでは二重の討論を見ることができたといえよう、すなわち一方では皇帝《ヴァシレフス》が彼らを救い出そうとして、ありったけの力で奮闘し、他方では相手がいわゆるカドモスの勝利を得ようとして激しく反論し続けた。事実三人は、皇帝《アフトクラトル》の論議《ロイ》を切り裂こうとの考えを抱いて、その場に立ち、それぞれが猪のように牙を研いでいたのである。クシノスが反論できなくなると、クレオンが代わってそれを引き受け、クレオンが窮地に陥ると、ただちにフォロスが割り込んだ、あるいは大きな波の後につづいてより大きな波が押し寄せるように三人がつぎつぎと入れ替わって皇帝の論証と反駁に集中砲火を浴びせていたとも言えよう。しかし皇帝《アフトクラトル》は蜘蛛の巣を取り払うように、彼らの反論をことごとく一掃し、ただちに汚れた者たちの口を塞いでしまう。しかし決して彼らを納得させることができなかったので、これらの男たちの愚鈍さを前にしてついに断念し、彼らを女王《ヴァシリス》の都市《ポリス》へ送り、大《メガ》宮殿《パラティオン》の円形の柱廊《ストエ》[14-108]を住居として彼らに与えることにした。その者［皇帝］はその時はこれらの指導者《アルヒィ》を言葉でもってとらえることができなかったとはいえ、いわば狩りの獲物がまったくなかったわけでなく、毎日、ある時は一〇〇名を、ある時は一〇〇以上の［異端の］者を神《セオス》のもとへ導いたのであり、以前にとらえた者たち、今回彼の言葉で新たにとらえた者たちを総計すると、数千・数万という多数に及んだのである。【4】しかし何ゆえ私は、世界中のすべての人々が知っており、東も西もそれらの証人《マルティレス》であることについて長々と語らねばならないのか。なぜならあらゆる種類の異端《エレシス》に汚されていたすべての都市《ポリス》と地方《ホレ》はさまざまの方法で、［あの者によって］私たちの正統《オルソドクソス》信仰《ピスティス》へ引き戻されたのであった。彼らのうちで高い地位にある者たちは彼によって大きな贈物《ドレエ》を与えられ、兵士《ストラティオテェ》の指揮官《ロガデス》に任命された。一般の者たちのすべて、すなわち鋤と牛を使って働く農夫たちについては、その者は彼らを一つに集め、彼らの子供と妻と一緒に、その者が彼らのためにフィリプポリスの近く、エヴロス川の対岸に建設した町《ポリス》へ連れて行き、そこへ定住させた、なおその町はアレクシウポリス、あるいはより一般的にはネオカストロンと呼ばれたが、その際これらの者たちすべてに耕地・ブドウ畑・家屋、その他の不動産を与えたのである。彼らに与えられたものは、今日は花を咲かせているが、明日は枯れてしまうアドニスの園[14-109]のようなものではないばかりか、彼らへの贈物《ドレエ》は金印文書《フリソヴリィロイ》[14-110]によって確かなものとして保証され、さらに与えられたこれらの恩恵は彼らだけに限ったものでなく、彼らの息子そして孫が相続者とされ、そしてそれらの［男の］相続者が死に絶えても、女たちがただちにそれらの贈物を引き継いだ。その者はそれほど大きく恩恵を拡げたのである。【5】より多くのことが省略されたが、以上で語るべきものは語られた。さあそこで、私の記述《シングラフェ》があたかも歪められているとして、［私の］歴史《イストリア》を批判しないでもらいたい。なぜならまだ生きている者たちの多くが語られたことの証人《マルティレス》であり、嘘をついていると断定されることはないだろう。さて皇帝《アフトクラトル》はするべきことのすべてを成し終えると、その地［フィリプポリス］を離れ、女王《ヴァシリス》の都市《ポリス》へ帰還した。そして再び皇帝《アフトクラトル》と、クレオンやクシノスそして彼らの支持者たちとの間でこれまでと同じ論議《アゴネス》と絶え間なしの論争が続けられた。クレオンは［皇帝の網に］とらえられた、なぜならその者がより賢く、訴えの言葉の真理をしっかりと聞き取ることができたからだ、と私は思う、そして私たちの羊の群の中でもっともおとなしい羊となった。他方クシノスとフォロスは凶暴となり、皇帝《アフトクラトル》の長時間にわたる訓戒によって鉄を打つように激しく責め立てられたが、それにもかかわらず鉄のように頑として動かず、彼に従うことに抵抗を続けた。それゆえすべてのマニ教徒《マニヘイ》のうちでもっとも瀆神の徒となり、完全に明らかな憂鬱症《メランゴリア》[14-111]に落ちこんでしまった二人を、［皇帝は］象牙《エレファンディニ》の牢獄《フルウラ》と呼ばれるところに[14-112]送り込み、必要な物すべてを十分に与えながら、彼ら自身の罪をせおって孤独に死んでいくにまかせた。

第XV巻

第1章

【1】フィリップポリスにおいて行われた、またマニ教徒《マニヘイ》に対して取られた皇帝《アフトクラトル》の働きは、そのようなものであった。その後再び別の一人の蛮族《バルバロス》が奮いたち、彼に対して戦いの準備をはじめた。事実スルタンのソリマス[15-1]は再びアシア［小アジア西部］を略奪することを計画し、皇帝《アフトクラトル》に対して華々しく立ち向かうことができるだろうとの思いで、ホロサン[15-2]とハレプから軍勢《ディナミス》を呼び寄せることに取りかかった。スルタンのソリマスの企てすべてが彼［皇帝］にはっきりと知らされると、彼自身もイコニオンまで突き進み、敢然と彼と戦うことを決心していた。事実クリツィアススランのスルタン宮殿《スルタニキオン》は、その地［イコニオン］に置かれていた。[15-3]それゆえその者［アレクシオス］は異国人からなる軍勢《ディナミス》と多数の傭兵《ミスソフォリコン》を呼び集め、また至る所から自国民の軍勢《ストラテヴマ》を召集することに取りかかった。ところで両将軍《ストラティイ》［スルタンと皇帝］がそれぞれ相手に向かって作戦計画を立てている間に、いつもの足の苦痛が皇帝《アフトクラトル》を襲った。［皇帝の］軍勢《ディナミス》はあらゆる所から群がり集まってきていたが、彼ら［兵士］のそれぞれの生国が遠く離れた所にあったので、少しずつ徐々に集まり、一つにまとまってやって来たわけではなかった。しかし苦痛は、彼の目前の目標に取りかかることだけでなく、まったく歩くことすら彼に許さなかった。床にふしている彼にとって蛮族《バルバロイ》に対する遠征計画の延期ほどには、足の極度の痛みは我慢できないものではなかった。これらのことはあの蛮族《バルバロス》のクリツィアススラン[15-4]に知られるところとなり、それゆえそ

の者は悠々とこれまで幾度にもわたってキリスト教徒に対して出撃をくり返し、全アジア［小アジア］を荒らし回っていたのである。【2】痛みがそれほどまでに激しく皇帝《アフトクラトル》を苦しめたことは、これまで決してなかった。なぜなら以前までは長い間隔をおいて彼に生じていた痛《ノソス》みは、今回は周期的に現れるのでなく、絶えず次々と連続して襲いかかってきた。しかしこの苦しみは、クリツィアススランの側近の者たちには病気《ノシマ》のように見せかけているように思われた、すなわちもちろん病気《ノシマ》などではなく、見かけ上痛風《ポダルイア》と偽った尻込みと怠惰にすぎない。それゆえ酒宴でも宴会でもしばしば彼を大いに嘲笑の対象にしていた。もって生まれた雄弁作家《リトレス》よろしく、蛮族《バルバロイ》たちは皇帝《アフトクラトル》の足の痛みの状況を描写し、足の痛みを喜劇の主題としていたのである。事実医者《ヤトリィ》や、皇帝《アフトクラトル》を介護する者たちのふりを演じ、もちろん皇帝《ヴァシレフス》その者をも舞台の真ん中に登場させ、その者を寝台に寝かしつけるなどして戯れていたように思われる、そしてこのような児戯において蛮族《バルバロイ》たちの間には盛んに嘲笑が飛び交っていたのである。【3】確かにこれらのことは皇帝《アフトクラトル》の耳に入り、沸き立つ怒りは、これまで以上に彼らに対する戦いに彼を駆り立てた。間もなく痛みが和らいだので、その者［皇帝］は予定の遠征の道に乗りだした。まずダマリスに渡り、つぎにエイアリとキヴォトスの間の海《ポルスモス》を越えてキヴォトスに到着し、そこからロパディオンに向かい、そこで諸軍《タグマタ》と、呼び寄せていた傭兵《ミスソフォリコン》のすべての到着を待つことにした。すべてが集まると、全軍《ディナミス》と共にそこを発ち、ニケアのそばにある湖《リムニ》の近くに位置するエオルイオス様《キル》の砦《フルリオン》[15-5]に達し、そこからニケアに向かう。それから三日後そこ［ニケア］から引き返し、ロパディオンの橋まで行き、カリケフスの泉と呼ばれる場所の近くに野営しようとする、そしてその時その者［皇帝］には、まず最初に一軍《ストラテヴマ》に橋を渡らせ、適当な場所に幕舎《スキネ》を張らせ、次に皇帝《アフトクラトル》自身が残りの軍隊《ストラテヴマ》すべてと一緒に同じ橋を渡った後、皇帝の幕舎《ヴァシリキスキニ》を設営することが良いと判断されたのである。【4】ことのほか創意工夫に富むトルコ人はレンディアナの麓およびいわゆるコティレキアの麓に位置する平地の略奪にとりかかっていたが、皇帝《アフトクラトル》が彼らに対して出撃してくることを知って怯え、きっとそれらを見た者には大軍《ストラティア》のいるように思わせるため、ただちに無数の篝火に火をつけた。篝火は天空を赤く染め、初めて目にする者の多くを怖がらせていたが、もちろん皇帝《アフトクラトル》にいかなる作用も及ぼさなかった。【5】その者たち［トルコ人］はすべての戦利品《リア》を携えて、そこから立ち去りはじめた。他方［皇帝］自身はその者たちに追いつこうと、［彼らのいた］あの平地に急いだ。しかし獲物を取り逃がしてしまい、反対にそこでまだ息をしている多数のローマ人を見いだし、また多数の死体に出くわし、当然激しい怒りを覚えた。獲物のすべてを取り逃がさないために追跡を考えたが、全軍が素速く逃走者に追いつくことは不可能であったので、ピマニノン[15-6]のそばに防柵の陣地《ハラクス》を設営すると、ただちに軽装備の勇敢な兵士《ストラティオテェ》を選び出し、どのようにしてあの極悪人たちに追いつくべきかについて彼らに指示を与えると同時に、それら蛮族《バルバロイ》の追跡を命じた。追跡者は、その地方の住民によってケリアと呼ばれているある場所で、すべての戦利品《リア》と捕虜《ドリアロティ》を引き連れた彼らに追いつくと、火のように彼らに襲いかかり、たちまちのうちに彼らのほとんどを剣《マヘレ》の餌食にし、またかなりの数の者を生け捕りにし、戦利品《リア》のすべてを取りあげ、赫々たる勝利をあげて皇帝《アフトクラトル》のもとへ引き上げてきた。その者［皇帝］はこれらの者たちを迎え入れ、敵の完全な破滅を知ると、ロパディオンへ引き返す。そこへ到着した後、その地でまる三ヶ月の間とどまった、その理由の一つはこれから突き抜けていこうとする地方の水不足であり（夏の季節で[15-7]、暑さは耐え難いものであった）、また一つはいまだ到着していない傭兵《ミスソフォリコン》軍《ストラテヴマ》を待つためであった。そこにすべてが集まるとすぐに、その者［皇帝］は軍《オブリティコン》すべてを移動させ、オリムボスの頂《アクロロフィエ》に配置し、彼自身はマライナと呼ばれる場所からアイルに向かった。【6】皇后《ヴァシリス》はロパディオンに引き返した皇帝《アフトクラトル》についての動向をごく容易く知りうることからプリンギポス島にとどまっていたが、皇帝《ヴァシレフス》はアイルに着くと同時に、皇帝用の《ヴァシリコン》一段櫂船《モニレス》で彼女を呼び寄せようとする、一つには常にいつ起こるかわからない足の苦痛を心配しており、また一つには内部の敵で彼に同行している者たちを怖れ、彼女のこの上なく親身な看護と、用心深い監視の目を願っていたのである。

第2章

【1】まだ三日も過ぎないうちに、皇帝《ヴァシリコス》の寝所《キトニスコス》の係が夜明けと共にやって来て、皇帝《ヴァシリコス》の寝台《スキムブス》の近くに立った。皇后《ヴァシリサ》は目覚め、その男を目にすると、「トルコ人の出撃《エフォドス》を私たちに報せにきたのか」と言った。そこでその者がエオルイオス様の砦《フルリオン》と呼ばれる所にまでやって来ていると言ったので、皇后《ヴァシリス》は皇帝《アフトクラトル》を起こさないために手で合図してその男を黙らせた。会話を耳にしたその者［皇帝］は、同じ姿勢のままでしばらく動かないでいた。陽が昇ると、その者は、この事態にいかに立ち向かうか、そのことしか頭になかったが、いつもの仕事に取りかかった。しかしまだ第三時が過ぎない前に、第二の使者が到着し、蛮族《バルバロイ》がすでに近くまできていると告げた。皇后《アフトクラトリサ》はなお皇帝《アフトクラトル》のそばにおり、当然のことながら怯えながら、その者の決断を待っていた。両陛下《ヴァシリス》が食卓へ急ごうとしていた時、第三の使者が衣服に血糊をつけて現れ、皇帝《アフトクラトル》の足下に身を投げだし、蛮族《バルバロイ》がすぐ近くまで押し寄せてきていたので、危険が目の前に来ていると断言した。【2】そこで皇帝《アフトクラトル》は、ただちにビザンティオンへ帰還するよう皇后《アフトクラトリサ》に命じた。その者［皇后］は怯えていたけれども、それでも恐れを心の奥にしまい、それを言葉にも表情にもあらわさなかった。事実その者は、ソロモンによって箴言《パリミエ》の中で讃えられた女性[15-8]のように勇敢で、肝が据わっており、何か恐ろしいことを耳にすれば、しばしば女たちにおいて目にするような女々しさや動転のさまを示さなかった。そのような女たちの顔色自体が小心を示しており、そして女たちは、あたかも恐ろしいことが自分たちの間近に迫っているかのようにしばしば金切り声で泣きさけぶのである。しかしこの皇后《ヴァシリス》は怖れていたとしても、なにか不測の事態が生じるのではないかと皇帝《アフトクラトル》の身を案じてのことであり、自分自身について案ずるのは二の次のことであった。だからこの時その者は自分自身の高潔な心に値しない態度は取らず、言うことに従い、皇帝《アフトクラトル》のもとから離れることにした、それでもしばしば彼の方へふり返り、何度も何度も視線を向けていたのであり、もちろん強く自分に言い聞かせ、いわば挫けまいと足を踏ん張り、辛うじて皇帝《ヴァシレフス》のもとから立ち去ったのである。その者は海岸へ向かって下り、それ

から皇后《ヴァシリデス》のために用意されている一段櫂船《モニレス》に乗りこむと、ヴィシニア人の海岸に沿って航行し、しかし大波に襲われ、そのためエレヌポリスの海岸に船《ナフス》を碇泊させ、そこでしばらくとどまることになる。［3］皇后《アヴグスタ》についてはこれまでにしておこう。皇帝《アフトクラトル》が同行してきた兵士《ストラティオテェ》と親族たちと共にただちに武器《オプラ》を握ると、これらすべての者は馬にまたがりニケアへの道を進んだ。他方蛮族《バルバロイ》は一人のアラン人を捕らえると、その者から皇帝《ヴァシレフス》が自分たちに向かって進軍してくることを聞き知り、来た道を逃走者として引き返していった。さて［皇帝軍の中に］ストラヴォヴァシリオスとミハイル＝スティピオティスというものがいて（読者はスティピオティスの名を聞いて、あの蛮族の血が半分入った《ミクソバルバロス》人物を考えないでほしい、なぜなら金で買われたあの者は今問題にしている人物の奴隷《ドゥロス》となり、後にこの者から皇帝《ヴァシレフス》へ贈物《ドロン》として与えられたのであり、その者と違ってこの者はきわめて高い地位《ティヒ》にある者たちのひとりである）、これらの二人はきわめて好戦的で、久しい以前から名を知られていたが、イエルミアの丘[15-9]にとどまり、蛮族《バルバロイ》が野獣のように彼らの網に落ちこみ、彼ら［蛮族］を捕らえることができないかと諸道を見回していた時、その者たち［トルコ人］の近づいてくるのを見かけ、……と呼ばれる平地の方へ下り、彼らと向かい合うと、激しい戦闘を展開し、全力を尽くして彼らを打ち負かした。［4］他方皇帝《アフトクラトル》はまずこれまでたびたび語られたエオルイオス様の砦《フルリオン》に向かい、つぎにそこからその地方の住民によってサグダウス[15-10]と呼ばれている小さな町《コモポリス》に至った、しかしトルコ人を見いだせなかったが、すでに語られた勇敢な男たち、すなわちスティピオティスとストラヴォヴァシリオスの手によって彼ら［トルコ人］に生じた事態を知ると、まさに劈頭第一において示されたローマ人の豪胆さと勇気を称讃し、ただちに彼自身はこの砦《カステリオン》［サグダウス］のそばに防柵《ハラクス》の陣地を設営する。翌日その者［皇帝］はエレヌポリスに下って行った時、［大波で］航行不能のためそこにとどまっていた皇后《ヴァシリス》と出会った。そこでトルコ人の身に生じた事態を、すなわち勝利を得ようとしていたその者たちがどのようにして不運に遭遇したか、打ち勝つつもりでいながらむしろ打ち負かされ、予想していたこととは逆の事態を見る羽目にいたったかを語って聞かせ、彼女を激しい落胆から立ち直らせた後、自身はニケアに向かって立ち去る。【5】その者［皇帝］はそこでトルコ人の新たな出撃《エフォドス》を知ったので、ロパディオンに向かう。そこで少しとどまっている間に、トルコ人の大軍《ストラテヴマ》がニケアに向かっているのを知らされると、諸軍《ディナミス》を率い、キオスの方向へ進み、その間にあの者たち［トルコ人］が夜を通してニケアに近づいていることを知ると、すぐにそこ［キオス］を離れ、ニケアを通り越してミスクラ［の町］へ向かう。さてその地においてその者［皇帝］は、トルコ人の全軍《ストラテヴマ》がまだ到着せず、モノリコスによって送り出された少数の者たちが彼［皇帝］の出撃《エフォドス》を偵察し、彼についての情報を絶え間なくモノリコスに送るためにドリロン［ドリレオン］とニケアの周辺にとどまっていることを確認したので、レオン＝ニケリティスに、一時も手を抜かず、諸道を見張り、トルコ人の動静について知り得たすべてを文書《グラフェ》で彼に知らせるよう指示を与えた後、彼の指揮下の多数の兵士《ディナミス》と共に彼をロパディオンに送りだした。【6】他方その者［皇帝］は残りの軍勢《ストラテヴマ》については重要な諸地点に配置した後、次のように推測して、今はスルタンを追ってさらに進撃しない方が良策であると判断した、すなわち生き残った蛮族《バルバロイ》たちは彼らに対する攻撃について全アジア［小アジア］のトルコ人に知らせ、自分たちがさまざまの地点でローマ人と遭遇し、相手に向かって攻撃を加え、激しく戦ったこと、しかし打ち負かされ、ある者たちは捕らえられ、またある者たちは殺され、少数の者が傷つきながらも逃げのびたこと、これらの次第を語るであろう、そしてそのことから彼［皇帝］の接近を悟り、蛮族《バルバロイ》はイコニオンよりも更に遠くへ行ってしまうことになり、その結果これまでの［皇帝の］懸命の努力は無駄になるであろう。そこでその者［皇帝］が手綱《ハリニィ》を引いて馬首を回し、ヴィシニア人の土地を通ってニコミディアに向かったのはこれらの理由からであった、なぜなら［ニコミディアに引き下がれば］彼ら［トルコ人］に向かっての［皇帝の］攻撃はもはやないと思い、［トルコ人の］各人はそれぞれが以前に住んでいた家に戻って行くであろう。しかしこれがトルコ人の習性であるが、その者たちは元気を取りもどすと、再び散開して略奪にとりかかるであろうし、スルタン自身も最初の計画を再開するだろう、その時［皇帝］自身も、しばし休息を取った兵士《ストラティオテェ》たちと一緒に、その間に肥え太った馬と駄獣を率い、時を移さずこれまで以上の意気ごみで彼らとの戦いを始め、全力を尽くして戦い抜くことになろう。【7】上述のようにそれらの理由でその者〔皇帝〕はニコミディアを目指したのであり、彼と同行する兵士《ストラティオテェ》のすべてと共にその地に至ると、馬と駄獣に十分に飼料が与えられるよう近辺の村々《コモポリス》に〔兵士を〕宿営させた、実際ヴィシニア人の土地には豊富に牧草があり、また兵士《ストラティオテェ》たち自身も確かに、近くに位置する〔ニコミディアの〕湾を通じてビザンディスから、また周辺の地域から彼らの必要物資をやすやすと十分に取りいれることができたのであり、そこで彼ら〔兵士〕に馬や物資運搬用の駄獣に十分注意を払い大切に世話するように、決して狩猟にもその他の目的にも馬を乗り回さないよう指示をあたえた、なぜならいざという時に馬が十分に肥っておれば、騎手をやすやすと乗せ、敵に向かっての騎馬突撃《イパシア》に大いに力を発揮するからである。

第3章

【1】まさにそのような理由からその者はそのような処置をとり、つづいてあらゆる通路に見張りを配置し、自分はあたかも監督のように離れた所に腰を据えていた。さてその者はその地にかなりの日数にわたって滞在するつもりでいたので、蛮族《バルバロイ》の攻撃《エフォディ》を耳にしてその地から出撃するまでの間、彼のそばに留めようとの考えで、これまでしばしば語った理由から皇后《アヴグスタ》を呼び寄せることにした。その者〔皇后〕はすぐにニコミディアにやって来た。しかしその者〔皇后〕がそこで知ったことは、敵意を抱く者たちが皇帝《ヴァシレフス》の何もなさなかったことについて、あたかも勝ち誇ったようにふるまい、至る所で皇帝《ヴァシレフス》を罵倒し、蛮族《バルバロイ》に対してあのような大準備を行い、多数の軍勢《ディナミス》を集めておきながらまったく何の成果もあげず、ニコミディアに引き上げてきたとぶつぶつ不平を並べ、しかもそのような非難の声を街の角だけではなく、広場で大通りで三叉路で臆面もなくあげ

ていたことであり、そのために悲しみ、また憤慨していた。他方皇帝《アフトクラトル》は敵〔トルコ人〕に対する自分の攻撃が結局上首尾の結果をもたらすだろうと予測していたので、実際その者はそのような予測の技にすぐれていたが、彼らの酷評や怒りを少しも意に介せず、児戯に等しいとして全く無視し、彼らの子供じみた考えを嘲笑していた。しかしその者は、皇后《アヴグスタ》にはあの者たちがくさしているそのこと自体〔皇帝の一見無策な行為〕が実は大きな勝利を引き起こす根拠であると断言するなど、説得的な言葉で彼女を元気づけようとした。【2】人が賢明な判断で勝利を手に入れる時、そこには（真の）勇気《アンドリア》があると、私は思う。つまり思慮の欠けた豪胆さと勢いは非難されるべきものとなり、勇気とは別物の無謀《スラソス》である。なぜなら私たちは太刀打ちできる敵に対しては武器に頼ることができ、しかし太刀打ちできない敵に対しては無謀な行動に陥る、だから危険が私たちを取り巻いている時には、真っ正面から立ち向かう代わりに、戦いには別のやり方で対応し、戦わずに敵に勝利することに努める。実に将軍《ストラティイ》の徳の第一は、危険を伴わずに勝利を得る才知《ソフィア》である。ホメロスが言うように、御者《イニオホス》が相手の御者《イニオホス》に打ち勝つのは実に術策《テフニィ》によってである[15-11]。事実危険を伴った勝利は、カドモスの諺も貶めている。もし軍勢《ストラテヴマ》が敵の力より劣る場合は、まさに戦闘の最中においてもなにか抜け目ない、戦略的《ストラティイコン》な工夫を考え出すことが最良であると私には思われる。確かに望む者は歴史《イストリア》からその事例の数々を知り得るように、勝利は一つの方法によるものでも、一つの手段によるものでもなく、昔から今日までさまざまに異なる試みによって得られていること、だから勝利は一つであるが、将軍《ストラティイ》たちによって勝利が獲得される方法は性質上多種多様であることである。とにかく古代の名高い将軍《ストラティイ》のある者たちは、力によるのでなく策略《トロポス》を使って敵に勝利したように思えるし、他の者たちはしばしばまた別の策略を用いて勝利してきたのである。【3】さて私の父、すなわち皇帝《ヴァシレフス》はある時は勇気を奮い起こし、またある時は奸計をめぐらして立ち向かう敵に打ち勝ち、また時には戦闘の最中に素速く機転を利かし、あえて大胆な行動に出てたちまちにして勝利を握った。またある場合は術《ストラティイコン》策《ミハニマ》を用い、またある場合は力ずくの白兵戦で、しばしば思いもよらぬ戦勝碑《トロペア》を打ち立てた。他にそのような者がいたとしても、この男もまた危険を好んだ、そして事実つぎつぎと危険が彼の前に立ち現れてくるのが見られたのであり、時には兜を被らないままで敢然と危険の中へ飛び込み、蛮族《バルバロイ》と戦いを交え、また時には危機が命じ、状況が求めた時には、屈したふりをし、怯える演技をしたのである。要するにその者は逃げる時でも相手に打ち勝ち、追跡する時でも打ち倒し、ちょうど鉄菱《トリヴォリィ》がどのように播かれてもまっすぐにたっているように、その者は倒れても、躓いてもしっかりと立っていた。[4] ここにおいて私は再び、私が［父のことで］自慢しているとの誹りに反論しよう。事実これまでしばしばこれらの記述は父への愛情からではなく、事実《プラグマタ》そのものの性質《フィシス》から行われたと弁明してきた。こと真実《アリシア》そのものに関して、自分の父を愛し《フィロパトル》同時に真実を愛することを妨げるものが一体あるだろうか。なぜなら私は真実を書くこと、一人のすぐれた男についても真実を書きとどめることを決心した。その者がたまたま歴史家《シングラフェフス》の父であるなら、父という言葉はそこ［著作］に投げ込まれてしかるべきであり、必要以上にならないようにすればよい。しかし当然その著作《シングラマ》は真実《アリシア》に基づくものでなければならない。実際私は他の機会に父への献身を示したことがあり、そのために、私のこれまでの生涯についてよく知っているすべての人には承知のことだが、私自身に敵意を抱いている者たちの槍《ドラタ》の穂先を鋭くし、剣《クシフィ》の刃を研がせる結果となった。しかし私は決して歴史《イストリア》を装って真実を歪めるようなことはしない。なぜなら父への献身を示す機会はあり、事実私たちは勇気を奮ってそれを示した、また真実を伝える機会があり、それが目の前に来ているので疎かにしないようにしよう。すでに語ったようにもしこの機会が同時に私の父に抱いている愛情を示す機会をも一緒に与えるのであれば、そのこと［父への愛情を語ること］で真実を覆い隠していると人から不平を言われることはない。[5] さあ話を急いでもとの所へもどそう。皇帝《アフトクラトル》はその［ニコミディア］近くで幕舎を張っているかぎり、新兵《ネオレクティ》を全軍《ストラテヴマ》へ登録し、どのようにして弓《トクソン》を引き、槍《ドリ》をしごき、馬を駆けさせるか、どのようにしてさまざまな戦闘隊形《シンダクシス》を組まねばならないかを入念に教えること以外にする仕事はなかった、そしてまたその時彼自身が考え出した、これまでにない戦列《パラタクシス》の形を兵士《ストラティオテ》たちに教え、時には彼らと共に自らも馬に乗り、戦列《ファランゲス》のそばを駈け、必要なすべての指示を与えていた。太陽は今や大きな円軌道を離れ、秋分点を過ぎ、[15-12]すでにより南の軌道に傾いていた、実にこの時期は遠征《エクストラティエ》を行うにふさわしかったので、その者〔皇帝〕は最初に示した計画に従い、まっすぐイコニオンを目指して突き進むこととなった。【6】そしてニケアに至ると、その者〔皇帝〕は、まず最初に経験を積んだ指揮官たち《イエモニス》に率いられた軽装備の兵士《ストラティオテェ》を略奪《プロノミィ》を目的にトルコ人に向かって出撃するために本隊《ストラテヴマ》から切り離し、同時に彼らに小集団ごとに分かれて攻撃するように指示した。そしてさらにもし神の助けによって《セオセン》その者たちが勝利を得て、敵を敗走させることになれば、深追いすることはせず、与えられた成果だけで満足し、隊列を整えて引き返してくることを命じた。さてそれらの者たちは皇帝《アフトクラトル》と共に土地の住民によってガイタと呼ばれ、……に位置するある場所に至ると、ただちに〔攻撃に〕出発し、他方その者〔皇帝〕は残りの軍勢《ディナミス》すべてと共にそこを離れ、ピシィカスのそばに位置する橋に至る。[15-13]それから三日後、アルメノカストロンおよびレフケと呼ばれる所を経て、ドリレオンの平地に達する。その者〔皇帝〕は、この平地が軍勢のすべてを整列行進《パラタクシス》させるのに十分な広さであることを知ってその平地に野営することにした、なぜならそこで軍隊のすべてをしっかりと観察し、全重装兵士《オプリティコン》の力をしっかりと把握することを願い、また同時にこれまでずっと想を錬り、戦列《パラタクシス》の概略を考えながら、しばしば羊皮紙に描き込んだ戦闘《ポレミキ》隊形《シンダクシス》を（なぜならこの者はアイリアノスの戦術書《タクティケ》に無知ではなかった）、このまたとない機会を利用して実際に試みてみようとしたのであった。【7】事実この者は、実に長年にわたる経験《エムピリア》からトルコ人の戦闘集団《パラタクシス》が他の諸民族《エスニ》の戦闘集団《パラタクシス》と異なっていることを学んでいた、すなわちホメロスのいうように盾《アスピス》は盾《アスピス》と、兜は兜と、人は人と互いに接して敵と立ち向かうのではなく、[15-14]トルコ人の右《デクシオン》翼《ケラス》も左翼《エヴォニモン》も中央の部分も互いに離れて位置し、それぞれの戦闘部隊《ファランゲス》はいわば切り離された状態にあり、もし敵が右翼《デクシオン》あるいは左《エヴォニモン》翼《ケラス》に向かって襲ってくれば、中央の部分とその背後にいる全戦闘集団《パラタクシス》の残りの部分は敵に向かって突進し、攻め寄せる敵の集団をあたかも暴風のように混乱に陥れる。彼らの使う武《ポレミカ》器《オルガナ》については、いわゆるケルト人とは違ってほとんど槍《ドラタ》を用いず、敵を完全に包囲すると矢《トクサ》を放ち、自分たちは一定の距離にあって身を守る。追跡する時は、弓《トクソン》で相手をとらえ、追跡される時は矢《ヴェリ》を使って逃げ切る、矢《ヴェロス》を射れば、放たれた矢《ヴェロス》は馬あるいは乗り手に命中し、ことのほか強力な腕から放たれれば身体を貫通する。それほどに彼らの弓さばき《トクシコタティ》は長けている。【8】長年にわたって経験を重ねた皇帝《ヴァシレフス》はこのことを認識して、自身のとるべき戦闘隊形《パラタクシス》を考え出し、各戦列《ファランゲス》をつぎのようになるように、すなわち相手が右側から、盾《アスピデス》で守られている側へ向かって［矢を放ち］、他方わたしたちの兵士が左側から、［相手の］身体が無防備である所へ向かって矢を発射できるように、配置した。[15-15] 彼自身はそのような戦列《パラタクシス》が鉄壁であることを理解し、その威力に驚嘆した。これはまさに神《セオス》の戦闘隊形《シンダクシス》、この戦列《パラタクシス》は天使《アンゲリィ》たちの軍勢《パレムヴォリ》であると、彼には信じられた。すべての者も、皇帝《アフトクラトル》の工夫に確信を抱き、驚嘆し喜んでいた。その者は同時にこれらの軍勢《ディナミス》と、これから通り抜ける平野について考えをめぐらし、戦闘隊形《パラタクシス》の堅固さを心に描き、それが決して崩れることのないことを考え、それゆえすばらしい成果の期待を胸にとどめ、それらが実現されることを神《セオス》に祈っていたのである。

第4章

【1】さてその者［皇帝］はこのように隊形を組んでサンダヴァリスに至った、そしてそこでこの軍勢《シンダグシス》の指揮官《イエモネス》のすべてをそれぞれの任務へつけた後、カミツィス［エフスタシオス］についてはポリヴォトンとケドロス（ここ［ケドロス］はことのほか防備の堅固な城塞《ポリフニオン》で、プヘアスと呼ばれるサトラピスによって掌握されていた）に向けて送りだし、スティピオティス［ミハイル］についてはアモリオンの蛮族《バルバロイ》に向かって進撃するよう命じた。ところがこの計画を聞き知った二人のスキタイ［パツィナキ］が脱走し、プヘアスのもとへ来て、カミツィスの進撃《エフォドス》と同時に皇帝《アフトクラトル》の接近をはっきりと知らせた。その時激しい恐怖にとらえられたその者は真

夜中に同族の者たちと一緒にその地を離れ、立ち去っていった。すでに陽が輝きだしたころ、そこに到着したカミツィスは、プヘアスはもちろん、他のトルコ人も誰一人見いださなかった。その城塞《ポリフニオン》、すなわちケドレア[15-16]は戦利品《ラフィラ》で一杯であるのを知ったが、その者はそれらには一切関わろうとせず、ほとんど掌中にした獲物を取り逃がした狩人のように悔しがったが、もたもたせずただちに手綱《イニエ》を引いて馬首をめぐらし、ポリヴォトンに向けて出発する。そしてその地の者たちに対して急襲をかけ、数えきれないほど多くの蛮族《バルバロイ》を殺害し、すべての戦利品《リア》と捕虜《ドリアロティ》を取りあげた後、その近くに野営して皇帝《アフトクラトル》の到着を待つことにした。ステイピオティスもピマニノン[15-17]に着くと、同じことを行い、その後皇帝《ヴァシレフス》のもとへ立ち戻った。【2】皇帝《アフトクラトル》も日没のころケドレアに到着する。その時すぐに兵士《ストラティオテェ》の一部が彼のもとに来て、蛮族《バルバロイ》の無数の大軍《プリシス》がここから近くに位置する、かつて名を馳せたヴルツィスの所領であった小さな町《ポリフニア》々にいることを告げた。皇帝《アフトクラトル》はそれを聞くと、ただちに行動に出ることにとりかかった。事実あのヴルツィスの子孫《アポゴノス》[15-18]、すなわちヴァルダス［ヴルツィス］と呼ばれる者、それにエオルイオス＝レヴニス、さらにスキタイの言葉でピティカスと呼ばれるスキシスを、彼らの指揮下の部下とともに、十分強力な軍勢《ディナミス》に仕立てて、即座に彼らに向けて送りだした、その際彼らにはその場所に到着すれば、近くに位置する村々《コモポリス》に向けて略奪者《プロノミス》を送り出し、すべての村々を破壊し、その地にもともとからいた土地の住民を連れだし、自分のもとへ連れ帰るよう指示を与えた。【3】そこでそれらの者たちは命じられた道に乗りだし、他方皇帝《アフトクラトル》は最初の計画から離れようとせず、何とか急いでポリヴォトンに達し、そこから一気にイコニオンまで突き進もうと考えていた。これらのことに思いを馳せ、今や実行に取りかかろうとしていた矢先、蛮族《バルバロイ》たちとそしてスルタンのソリマス[15-19]自身も彼［皇帝］の出撃《エフォドス》を知り、アジア[15-20]のすべての畑と平野に火を放ち、その結果人間の食物も馬の飼料も完全になくなってしまうという知らせが届いたのであり、さらにより北方にいる蛮族《バルバロイ》[15-21]による別の攻撃《エフォドス》［の計画］が知らされ、その噂自体も飛ぶように速く全アジアを駈けめぐっていた。そのためその者は、一方ではこのままイコニオンに向けて出発しその途中で全軍《ストラテヴマ》が食糧不足のために飢えの犠牲になってしまわないかと恐れ、他方では予想される蛮族〔の攻撃〕を考え、いかにすべきか思い悩んだ。【4】そこでその者は賢明かつ大胆な考えを試みる、すなわちイコニオンへの道をとるべきか、あるいはフィロミリンにいる蛮族《バルバロイ》に向かって進軍すべきであるかを神《セオス》に問うてみることである。実際これらの問いが二枚の紙切れ《ハルティア》に書かれ、聖なる祭壇に置かれた後、夜を通しての讃美歌と熱心な執り成しの祈りが行われた。[15-22] 夜明けに一人の司祭《イエレフス》が入ってきて、二枚の紙切れ《ハルティア》のうち一方を取りあげ、すべての見ている前で封を開き、皇帝《アフトクラトル》へフィロミリンへの道を取るべきことを勧告しているものを声をあげて読み上げた。【5】さて皇帝《アフトクラトル》についてはひとまずおいて、話をヴァルダス＝ヴルツィスにもどそう、その者はすでに語られた道を進んでいる途中、〔敵の〕大軍《ストラテヴマ》がゾムビスの橋[15-23]を渡ってモノリコスに合流しようと急いでいるのを目撃すると、即座に武器を取り、アモリオンの平野で彼らと戦いを交え、全力を尽くして勝利する。しかし東方の地からやって来ていた別のトルコ人が、その者たちもモノリコスのもとへ急いでいたのだが、ヴルツィス〔ヴァルダス〕その者がまだ帰還する前に彼の陣営《パレムヴォリ》にたまたま出くわし、そこにあった駄獣と兵士たち《ストラティオテ》の軍用行李《パラスケヴェ》を奪ってしまう。他方ヴルツィスは勝利者《ニキティス》として多数の戦利品《リア》を携えてそこ〔陣営〕へ帰還する途中、そこからやって来た者たちの一人に出会い、トルコ人が彼の陣営《パレムヴォリ》のすべての持ち物と多数の戦利品《リア》を奪い取り立ち去って行ったことを知り、いかに行動すべきか考えをめぐらした。蛮族《バルバロイ》が素速く立ち去っていったので、彼自身も彼らの後を追跡しようと考えた、しかし馬が疲れ切っていたのでただちにそれを行うことは不可能であった。またなにかより厳しいことが身に降りかかるのではないかと恐れ、結局追跡を断念し、そこで〔隊列を〕整え、ゆっくりした速度で前進を続け、夜明けには、すでに語られたあの〔先祖の〕ヴルツィスの小さな町々《ポリフニア》に到着し、それらの町々すべてから住民を立ち退かせることにとりかかった。それから戦争捕虜《ドリアロティ》[15-24]を連れだし、また蛮族《バルバロイ》たちの手にしていたすべてを握り、そして適当な場所まで行き、そこでしばらくの間彼自身と疲れているすべての者の回復を待ち、陽が昇るころ、皇帝《アフトクラトル》のもとへ通じる道を進み始めた。【6】しかしトルコ人の別の軍勢《ディナミス》が行進中の彼にたまたま遭遇し、たちまち彼らの間で衝突がおこり、その結果大きな戦闘となった。相手［トルコ人］は長時間にわたって戦い続けた後、戦争捕虜《ドリアロティ》と自分たちの奪われた戦利品《ラフィラ》の返還を求め、もしそれらの要求がかなえられれば、もはや今後ローマ人を攻撃することはせず、必ず自分たちの故国へ立ち去ると言い出した。しかしヴルツィス［ヴァルダス］は決して蛮族《バルバロイ》の願いを聞き入れようとせず、勇敢に戦い、全力を尽くして戦い通そうとした。［ヴルツィスの］兵士たちは戦い続け、前日から一滴の水も飲んでいなかったので、ある川の辺に到着するや、激しい乾きを癒し、再び交替で戦いを続けた。つまり一方の者たちは再び戦闘にもどり、これまで戦っていた者たちは水を飲んで気力を回復するというふうにしていたのである。【7】ヴルツィスは蛮族《バルバロイ》の並はずれて大きな勇気を知り、また途方もない大軍《プリソス》に立ち向かってへとへとに疲れ、どうしようもない窮状の中、この状況を知らせる者として兵士《ストラティオテェ》からでなく、すでに語られたエオルイオス＝レヴニスを皇帝《ヴァシレフス》のもとへ送りだす。その者はどこもトルコ人の大軍《プリソス》でうずまり出口《アトラポス》を見いだせなかったが、向こう見ずにも敵の真ん中に身を躍らせ、突き抜け、無事に皇帝《ヴァシレフス》の所までたどり着いた。その者［皇帝］はヴルツィスの置かれた状況を聞き知り、トルコ人の多さと、ヴルツィスにとってどれほど多くの兵士と武器《ディナミス》が必要であるかを見定めると、彼自身ただちに武器《オプラ》で身を固め、軍勢《ストラテヴマ》をも完全武装させることに取りかかった。そしてすぐに軍隊《オプリティコン》を戦闘集団《ファランゲス》ごとに整え、整然とした隊形で蛮族《バルバロイ》に向かって出発した。【8】皇帝《ヴァシレフス》は前衛を、ヴリエニオス[15-25]は右翼《デクシオン》を、ガヴラス［コンスタンディノス］は左翼《アリステロン》を、ケカヴメノス［ミハイル］は後衛《ウライア》を指揮することになった。トルコ人が遠くから彼らを待ちかまえていた時、皇后《ヴァシリス》の甥のニキフォロス[15-26]、若く、戦闘にはやり立つその者自身は、幾人かのアレスの従者《イパスピステェ》を後に従え、戦列《パラタクシス》から跳びだし、彼に向かって突進してきた最初の幾人かの敵と渡り合い、自分の膝を打たれる一方、打ちかかる敵の一人の胸を打ちすえる。その者は即座に馬からふり落とされ、声もなく地面に横たわった。背後にいた蛮族《バルバロイ》たちはそのさまを目にし、たちどころにローマ人に背を向ける。皇帝《ヴァシレフス》はその若者の英雄的な活躍を聞き知るとその場で喜びを表し、そしてその者を大いに称讃してから、フィロミリオン[15-27]への道を突き進んだ。【9】その者［皇帝］は四〇人殉教者の湖《リムニ トン テサラコンタ マルティロン》に到着し、そして翌日にはメサナクタ[15-28]と呼ばれる所へ達した。さらにそこを立ち、フィロミリオンへ急襲《エクス エフォドゥ》をかけてそこを奪い取った。[15-29]次に全軍《ストラテヴマ》から幾つかの派遣部隊を切り離し、それぞれ勇敢な指揮官《イエモネス》の下に、イコニオン周辺のすべての村々《コモポリス》に向けて送りだした、それは村々を破壊し、彼ら［蛮族］の手から戦争捕虜《ドリアロティ》を解放するためであった。その者たちそれぞれは野獣のように群れをなして至る所に散開し、そして彼ら［蛮族］すべてを奴隷の身分にした後、蛮族《バルバロイ》から解放した戦争捕虜《ドリアロティ》を彼ら［蛮族］の軍用行李《スケヴィ》と共に引き連れ、皇帝《ヴァシレフス》のもとへ引き返して行った。他方これらの地方《ホレ》に元々から居住し、蛮族《バルバロイ》の手から逃れていたローマ人も自ら進んで彼らの後を追ってきた、実際赤子を抱いた女たち、また男たちや子供たちさえもが、あたかも避難所へ行くように皇帝《アフトクラトル》のもとへ逃れてきたのである。そこでその者［皇帝］は戦列《パラタクシス》を新しく組み直し、その中央に女や子供と共に［解放した］すべての戦争捕虜《ドリアロティ》を導き入れ、進んできた道と同じ道を引き返し、[15-30]近づく場所にはそれぞれ十分用心しながら進み続けた。先ほど語ったような新しい[15-31]隊形《シンダクシス》で進む姿を目にすれば、あなたは、それは塔で守りを固めた、生きて動く都市《ポリス》と言うだろう。

第5章

【1】その者［皇帝］は行進を続けたが、蛮族《バルバロイ》はその姿を見せない、しかしモノリコスは［敵の隊列の］両側に伏兵《ロヒィ》をしのばせ、十分な兵力《ディナミス》を率いて［敵の］軍勢《ストラテヴマ》の後ろからついてきていた。［ローマ軍が］ポリヴォトンと先に語られたあの湖《リムニ》［四〇人聖者の湖］の間に横たわる平地を進んでいた時、蛮族《バルバリコン》軍《タグマ》の一部、すなわちすべて背嚢をもたず、軽装備の大胆な兵士たちが、これまで［敵］軍《ストラトペドン》の両側に伏せていたが、突然に丘の上に姿を見せた。齢を重ね、多数の戦闘と数々の戦闘隊形《タグマタ》を経験してきたアルヒサトラピスのモノリコ

スはその時初めてその新しい戦列《パラタクシス》を目にし、その新しい軍集団《シンタグマ》の構成に感嘆し同時に愕然となり、一体誰が軍の指揮者《シンタグマタクキス》であるのか知りたいとの気持ちにとらわれる。そして諸軍《タグマタ》とあの新しい戦列《パラタクシス》の指揮者《イエモン》は皇帝《アフトクラトル》アレクシオスであり、他の何者でもないと推測した。その者は攻撃にでたかったが、それはできないでいた。それでも戦闘を告げる鬨の声をあげるよう命令したのである。さらにローマ人に大軍《ストラテヴマ》であるかのように見せかけようと考え、一つにまとまらず、すでに語ったようにこれが彼らのやり方《パラタクシス》であるが、ばらばらに、所かまわず駈け回るように命じた、そうすれば彼らの突然の出現により、また馬の疾走でローマ人の耳をつんざき、ローマ人の軍勢《ディナミス》を怯えさせるだろう。【2】しかし皇帝《アフトクラトル》はといえば、あたかも塔《ピルゴス》、あるいは火柱、あるいは何か神的な、天上界の存在《オプシス》のごとく、戦列《パラタクシス》の前に出て進み、諸隊《ファランゲス》に勇気を喚起し、同じ隊列で進むことを命じ、怖れることのないよう励まし続け、さらにこのような労苦を自分が引き受けているのは自分自身の安全を考えてのことでなく、ローマ人の栄誉と栄光のため、それらに加えてすべての者のためには死ぬ覚悟でいることを語りかけていた。それゆえすべての者は安心し、それぞれは各自の持ち場を守り、蛮族《バルバロイ》には動いていないように見えたほどに、まったく粛々と歩み続けた。［蛮族は］日中にわたってローマ軍《ストラテヴマ》に［攻撃するかのように］接近をくり返したが、ローマ軍の隊列《シンダグマ》の全体をも、またその一部をも混乱に陥れることができず、何もできずに再び丘の上に引き上げることになり、そしてそこでおびただしい松明に火をつけると、夜通し狼のように咆吼をつづけ、またあちこちでローマ人に向かってあざけりの声をもあげていた。なぜなら彼らの中にギリシア語を話す半蛮族《ミクソバルバロイ》の者たちがいくらかはいたのである。陽が輝き始めると、モノリコスは前と同じことを繰り返すようトルコ人に命じた。【3】その間にスルタンのクリツィアススラン[15-32]自身も到着し、［敵］軍《ストラトペドン》の整然とした隊形を見て驚嘆する一方、若者の常にするように、皇帝《アフトクラトル》との戦闘を引き延ばしていることを理由に、年老いたモノリコスに向かって嘲りの言葉を投げかけた。これに対して、その者が言うには「私は老齢で勇気に欠ける、だから今まで彼と真っ正面から組み討ちすることを延ばしてきた。自信がおありなら、さあご自身も試されよ。事実が教えるだろう」そこでその者自身はただちに後衛《ウライア》にいる敵を攻撃することにし、他のサトラピスたちには皇帝《アフトクラトル》の正面を攻撃するように命じ、他の残りのサトラピスたちには［敵］戦列の両側面のそれぞれへの戦闘を課した。さて右《デクシオン》翼《ケラス》を指揮していたケサルのニキフォロス＝ヴリエニオスは後衛《ウライア》で戦闘の起こっていることに気づき、後方の者たちを支援しに行くことにかき立てられたが、未熟さあるいは若気の過ちを曝したくなく、蛮族《バルバロイ》に対する湧き上がる怒りを抑え、整然と同じ隊形《スヒマ》で進んでいくことに努めた。

【4】蛮族《バルバロイ》たちが激しい勢いで戦っていたが、その時、兄弟の中で私の一番愛しいと思うポルフィロエニトスのアンドロニコスは左《アリステロン》翼《ケラス》を指揮していた、そしてその時手綱《イニエ》を引き馬首をめぐらすと、彼自身の軍勢《ファランクス》を率い激しい勢いで蛮族《バルバロイ》目がけて突撃を敢行したのであった。この者は当時人生のうちでもっともすばらしい時期を迎えたばかりであったが、戦闘においては思慮ある勇気と敏捷な行動、並はずれた知力を示した、しかしその者はあまりにも早くいなくなった、それはだれも予想だにしなかったことであり、私たちの前から立ち去り、姿を隠してしまったのである。[15-33] あの若さ、肉体の真っ盛り、すばやく馬に跨ったあの者、一体どこへ行ってしまったのか。この者を襲った不幸は私を駆り立てて挽歌へ誘う、しかし歴史《イストリア》の法則は今回もそれを阻むのである。しかしそれにしても、昔におけると同じように現在でも、それが神話《ミソス》であれあるいは本当の話《ロゴス》であれ、人がこの上ない大きな不幸の下にその本性を変えて、石にあるいは鳥にあるいは樹木にあるいは生命のない何物かにならないのは不思議の限りである。おそらくそのような激しい苦しみを感じとるよりも、むしろその本性がまったく何も感じない物に変質するほうがより良いであろう。それが可能であったなら、私の身に降りかかった恐ろしい災いは即座に私を石に変えたであろう。

第6章

【1】他方ニキフォロス［ヴリエニオス］はすでに戦闘が激しい白兵戦となっているのを見ると、敗北するのを恐れ、手綱《イニエ》を引いて旋回し、自身の軍勢《パラタクシス》すべてを率いて、救援に急行する。それに対し蛮族《バルバロイ》たちは背を向け、スルタンのクリツィアススラン自身と共に全力疾走で逃走し、丘の上に駆け上がろうとした。その時多くの者が戦って倒れ、またそれ以上の者が捕らえられもした。命拾いをしたすべての者が四散するなか、スルタン自身もこのままでは助かる見込みがないと考え、彼に従う酌取り《イノホオス》ただ一人を伴って逃走したが、彼を後ろから追いかける三人のスキタイとウザス[15-34]の息子によって激しく追撃された結果、その周囲は天まで届くような糸杉が密集している丘の上に建てられた聖堂《テメノス》へ駈け上った。［スルタンは］二つのうちの一方の道にわずかにそれ、そのため追跡者たちの眼にとまらず、彼自身は助かったが、他方酌取り《イノホオス》は捕らえられ、立派な贈物《ドロン》として皇帝《アフトクラトル》のもとへ連行される羽目となった。ところで皇帝《ヴァシレフス》は敵に打ち勝ちそのような大勝利を喜んだが、手中にできるはずのスルタンを捕らえることができず、人が言うように間一髪で逃がしてしまったことを知ってたいそう悔しがった。【2】すでに夕暮れとなっていたので、その者［皇帝］はその場で野営した、他方生き残った蛮族《バルバロイ》たちは再び丘の上に登り、おびただしい数の松明に火を灯し、夜通しローマ人にむかって犬のように吼え続けていた。ところで一人のスキシスがローマ軍《ストラテヴマ》から逃げだし、スルタンのもとへ来て言うには「日中は決して皇帝《アフトクラトル》に戦いを挑んではならない。なぜならあなたにとって良い結果にならない。［敵は］広くない平地に幕舎《スキネ》をくっつけて張っているから、軽装の弓兵《トクソテェ》を山の麓におろし、一晩中矢《ヴェリ》の雨を彼らに向かって降らせるようにさせよ、そうすれば甚大な被害をローマ軍《ストラテヴマ》に与えるだろう」【3】続いて今度は蛮族の血が半分入った一人《ミクソバルバロス》の者がトルコ人の眼を逃れて皇帝《ヴァシレフス》のもとを訪れ、スルタンのもとへ来たあのスキシスが［スルタンに］教えたことすべてを告げ、さらにローマ軍《ストラテヴマ》に対する彼らの計画のすべてをこと細かくはっきりと語った。これを聞き知った皇帝《アフトクラトル》は軍勢《ストラテヴマ》を二手に分け、陣地《パレンヴォリ》の中にとどまる者たちには警戒

怠りなく、沈着でいるように、残りの者たちには武装して陣地《パレンヴォリ》を離れ、彼らに向かってやって来るトルコ人の前へ進み出て彼らと戦いを交えるように命じた。他方蛮族《バルバロイ》は夜通し［ローマ人の］軍勢《ストラテヴマ》をぐるりと取り巻き、また山の麓あたりにおいて何度も突撃を繰り返しながら、無数の矢《オイスティ》を軍勢《ストラテヴマ》めがけて降り注いだ。しかしローマ人は皇帝《アフトクラトル》の指示通りに行動し、隊列《パラタクシス》を崩すことなく自身の身を守り続けた。陽が輝き始めると、［ローマ人の］すべては同じ隊列で動き始め、戦利品《リア》とすべての軍用行李《スケヴェ》、女・子供と共に戦争捕虜《ドリアロティ》たち自身を再び隊列《パラタクシス》の中央へ導き入れ、アムブスへの道を進みだした。しかしそこで彼らを待ち受けていたのは、激しく恐ろしい戦闘であった。なぜならスルタンは再び軍勢を集め、［ローマ］軍《ストラテヴマ》を取り囲み、あらゆる方向から猛然と襲いかかったのである、しかしそれにもかかわらずローマ人のしっかりと一つに固まった密集隊列《シナスピズモス》を決して粉砕することができず、あたかも鉄壁に立ち向かうようになんらの成果もあげず、追い払われてしまった。［スルタンは］その夜を悶々として過ごし、ついに［勝利を］絶望し、モノリコスと残りのサトラピィに相談を持ちかけ、結局そのことがすべての蛮族《バルバロイ》の同意するところであったので、夜が明けると皇帝《アフトクラトル》へ和平《イリニ》の条件を求めることとなった。【4】皇帝《アフトクラトル》はこの［スルタンの］嘆願を拒絶せず、むしろ進んで受けいれ、その場でただちに行軍停止の合図をひびかせることを命じた。そしてすべての者にその場で静かにとどまり、馬から降りることも、駄獣から積荷を下ろすこともせず、またそれぞれはこれまで進んできた時と全く同じように盾《アスピス》・兜《キネイ》・槍《ドリ》で身を固め、同じ隊形《スヒマ》でいるよう指示を与えた。皇帝《アフトクラトル》の取ったこれらの処置には、混乱が起これば、しばしば戦列《パラタクシス》の形が崩れ、そうなってすべての者がやすやすと敵の餌食になってしまうことを避ける以外の理由はなかった。なぜならトルコ人がこの上ない大軍《プリソス》であるのを知って、あらゆる方向からローマ軍《ストラテヴマ》に襲いかかってくることを怖れていたのである。さて皇帝《アフトクラトル》は適当な場所にとどまり、彼の親族のすべてと相当数の兵士《ストラティオテェ》を自分の両側に並べ、彼自身は彼らの先頭に身を置いた、つまり［皇帝の］右手と左手には血縁および姻戚関係《アンヒスティア》において彼と結びついている者たちが、そして彼らの背後には諸軍よりの精鋭《エクリティ》の兵士《ストラティオテェ》たちがすべて甲冑《カタフラクティ》を身にまとって立っていたのである。彼らの武具《オプラ》から放たれる光は、陽の光線にまして周囲を輝かしていた。［5］やがてスルタンも彼のサトラピィを伴って近づき、その時彼らの先頭に立って進んでいたのは齢・経験・勇気においてアジアのトルコ人すべてを凌いだモノリコスであったが、アヴグストポリスとアクロニオスの間に位置する平野にいる皇帝《ヴァシレフス》のもとへ到着する。サトラピィは少し離れた地点から皇帝《アフトクラトル》の姿を目にすると、馬から降り、皇帝《ヴァシリス》に対していつもする崇拝の儀礼《プロスキニシス》を行う。スルタンは何度も馬から降りようとするが、皇帝《アフトクラトル》はそれを許そうとしなかった。しかしその者はすばやく降りて歩いて進み、彼の足に接吻した。［皇帝は］彼の手を取り、選り抜き《エクリティ》の馬の一頭に乗るよう呼びかけた。その者が馬に乗り、皇帝《アフトクラトル》のそばに近づいた時、［皇帝は］自分の羽織っていたマントを脱いで、その者の肩に掛けてやった。それから少し間をおいてから、次のように言って、自分の考えていたことをはっきりと彼に告げたのである。「もしあなたがローマ人の帝国《ヴァシリア》に従い、キリスト教徒に対する攻撃をやめる意志があるなら、特典と名誉《ティミ》を享受し、今後はあなたのために定められた領地《ホレ》、すなわちロマノス＝ディオエニスが帝国《ヴァシリア》の手綱《イニエ》を握り、しかし不運にもスルタンと戦いを起こし、あのような敗北を喫して彼［スルタン］によって捕らえられる以前に、あなた方が暮らしていた土地で自由に過ごすことができるであろう。[15-35] だから自分自身のために戦いよりも和平《イリニ》を選び、自分自身のものに満足してローマ人の帝国《アルヒィ》の国境《オリア》に手を触れないようにしなければならない。あなたのためにより良い助言を行っている私の言葉に納得して従うなら、けっして後悔することはなく、多くの贈物《ドリマタ》を手に入れるだろう。しかし従わなければ、私はあなたの民《エノス》を根絶する者になることを心得られよ」［6］スルタンと彼のサトラピィは、次のように言って、進んでこれらの提案に同意した。[15-36]「もし陛《ヴァシリア》下《シィ》との和平《イリニィ》を喜んで受け入れることを申し出なかったならば、われわれは自ら進んでここにやって来ていない」これらの言葉が語られた後、［皇帝は］明日に協定《シンシケェ》を批准することを約束して、その者たちに用意された幕舎《スキネ》に下がらせた。翌日皇帝《ヴァシレフス》はサイサン[15-37]と呼ばれるそのスルタンと再び会見し、通常の形式で彼との協定《シンシケェ》[15-38]を完成させ、次いで彼にはもっとも多額の財貨《フリマタ》を与え、また彼のサトラピィにも十分な贈物を与えてから、喜ぶその者たちを下がらせた。**[7]** その間に皇帝《アフトクラトル》は、彼［スルタン］の庶出の兄弟マスゥト[15-39]が、このようなことは常によく起こることであるが、幾人かのサトラピィが彼にそうするよう働きかけた結果、彼［サイサン］の権力《アルヒィ》を握ろうとの考えからサイサンの殺害を謀ろうとしているのを知って、彼に対する謀［の事実］がはっきりとするまで、しばらくとどまり、そのようにして事実を掌握した後、慎重に警戒して立ち去るように忠告した。しかしその者は皇帝《アフトクラトル》の忠告にまったく耳を貸さず、自分を信じ切って自分の考え通りにことを運ぼうとした。とにかく皇帝《アフトクラトル》は自分の意志でやって来たスルタンを無理に引き止めると思われたくもなく、またそのために自分が非難されないように、つぎのように言って、後はその蛮族《バルバロス》の判断に任せることにした。「しばらく待つほうがよいと思われる。しかしそれがあなたにとって望ましいのであればそうされ、その際人が言うように次善の策、すなわちあなたを無事にイコニオンまで護送する多数の重装備《カタフラクティ》のローマ人をわれわれから受けとるようにしなさい」しかしその蛮族《バルバロス》はこの配慮にも従おうとしなかった、実際蛮族《バルバロイ》たちの傲岸不遜な性質はそのようなものであり、自分たちはほとんど雲の上にまで登ることができると考えているのである。そこでその者は皇帝《アフトクラトル》に別れの挨拶を告げると、多額の財貨《フリマタ》を受けとって帰途についたのである。**[8]** さてある夜その者［サイサン］は夢を見た、それは人を騙すようなものでも、ゼウスによって遣わされたものでも、また心地よい詩が語るように[15-40]、確かにネレウスの息子の姿となってその蛮族《バルバロス》を戦いに向けて奮いたたせるようなものでもなく、その蛮族《バルバロス》に真実を告げるものであった。その夢は、食事をしている時、突然にネズミの群が彼のまわりに集まり、自分が食べているパンを手からすばやく奪い取ろうとするようなものであった。煩わしく手で追い払おうとした時、突然それらは何頭ものライオンに変身し、彼を威嚇したのである。眠りから覚めると、彼に同行してきている皇帝《アフトクラトル》の一人の兵士《ストラティオティス》に夢の内容を詳しく語り、それが何を意味しているのか問い尋ねた。その者はネズミとライオンは敵であると判じたが、［スルタン］自身は信用しようとせず、警戒もせず先を急いだ。ところで［スルタンは］敵が略奪を目的に出撃してこないかを調べるために、すでに斥候《スコピィ》を放っていた。斥候《スコピィ》たちは大軍《ストラティア》を率いてすぐ近くまできていたマスゥト自身と偶然出会い、そして彼と話し合った結果、サイサンに対する彼の計画に同意し、帰還すると、誰も見なかったと断言した。サイサンがその言葉を確か《ピストス》であると信じ、呑気に行進をつづけている時、マスゥトの蛮族《バルバリケ》の軍勢《ディナミス》がその者の前面に現れる。【9】スルタンのサイサンが以前に殺害したアサン＝カトゥフと呼ばれるサトラピスの息子、ガズィス[15-41]という者が戦列《ファランゲス》の前に跳びだし、槍《ドリ》をその者「サイサン」にむけて突きだす。その者はすばやく身体をかわし、「今や女どもまでが槍《ドラタ》をとってわれわれにむかってくるとはこの私も知らなかった」と言うなり、ガズィスの手から槍《ドリ》を奪い取る。そしてただちに逃走に移り、皇帝《ヴァシレフス》のもとへ通じる道を進んだ。しかし彼についてきたプヘアスに押し止められる、すでにマスゥトの味方になっていたその者はうわべは彼に対して友人のような態度をとり、よりよいと思えるような提案をしたのである。しかし真実は彼に罠を仕掛け、陥れる穴を掘り、そこで皇帝《ヴァシレフス》のもとへ戻らずに、街道から少しそれた所にあるティライオンへ行くように勧めた。そこはフィロミリオンのごく近くに位置する城塞《ポリフニオン》であった。愚かなサイサンはプヘアスの言葉に納得し、ティライオンに着くと、皇帝《ヴァシレフス》の彼に対する好意を知っていたローマ人の住民から友好的に迎えられた。しかし蛮族《バルバロイ》とマスゥト自身が到着し、城壁《ティヒ》を取り囲み、攻囲《ポリオルキア》に取りかかった。他方その者「サイサン」は城壁上に姿を現し、彼と同族の蛮族《バルバロイ》に向かって、もうすぐ皇帝《アフトクラトル》のローマ軍《ディナミス》がお前たちのもとへ到着する、敵対行為を止めなければ、この上なく大きな処罰をこうむることになろうと大声で脅しつづけた。また城内のローマ人も勇敢にトルコ人に立ち向かった。【10】さてプヘアスは芝居を打ちきり、皮の下に隠していた狼の本性を公然とあらわにし、一方では城内の住民をいっそう勇敢に戦わせるため彼らを勇気づけるとサイサンに告げて、城壁《ティヒ》の下へ降りて行き、他方では彼ら住民を脅し、大軍《ディナミス》がホロサンそのものからさえもすでにここに到着しようとしている今、蛮族《バルバリキ》の手にかかりたくなければ、トルコ人に身を託して、彼らに城門《ピレ》を開くように勧めた。住民は一方では蛮族《バルバロイ》の大軍《プリソス》に怯え、他方ではプヘアスの勧告に納得し、トルコ人に入城を許す。その者たち［城内へ入ったトルコ人］はスルタンのサイサンを捕らえ、その視力を奪おうとする。しかしそれに必要な道具がなかったので、皇帝《アフトクラトル》からサイサンに贈られた燭台がその代わりに使われたのである。その時光をもたらす器具がどのようにして視力を奪い暗闇をもたらす道具となったかを目撃することができた。しかしその者はまだかすかに光を見ることができ、手を取られてイコニオンに連れて行かれた時、このことを彼の乳母に、そして自身の妻に告げた。このようにしてとうとうその言葉はマスゥトその者の耳に達するに至り、その蛮族《バルバロス》の心をひどく動揺させた。怒りを胸一杯にしたその者は、エレグモス（このサトラピスは名の知られた一人であった）に弓弦《ネヴラ》で彼を絞殺するように命じた。愚かにも皇帝《アフトクラトル》の忠告を無視したスルタンのサイサンの最後は、このようなものであった。他方皇帝《アフトクラトル》は、戦列《パラタクシス》を最後まで同じ整然とした形に保ちながら、女王の都市《ヴァシレヴウサ》への道を進み続けたのである。

第7章

【1】軍の隊形《パラタクシス》・戦闘集団《ファランゲス》、[15-42] さらに戦争捕虜《ドリアロティ》・戦利品《ラフィラ》、また軍司令官《ストラティゴス》・軍団長《シンタグマタルヘェ》、これらの言葉を耳にする者は誰であれ、すべての歴史家《イストリコス》や詩人がそれらについて記述しているので、それらがどのようなものかを理解していると思うであろう。しかしこの［アレクシオス帝の］軍の隊形《パラタクシス》は、すべての者にとってまったく新しい、思いもよらないようなものに見えた、[15-43] 実際そのようなものをこれまで誰も見たこともなく、また誰も調べて後世の人々に書き残さなかった。なぜならイコニオンへ向かう途中、その者［皇帝］は隊列を秩序良く整え、軍《シンダグマ》全体の動きを軍楽器に合わせて行わせた。その隊列《ファランクス》を整えた軍勢全体をあなたが見れば、動いている時は動かないで止まっていると、止まっている時は進んでいると言ったであろう。実際盾と盾を隙間なく列ね《シナスピズモス》、互いに一つに繋がっている軍の隊形《パラタクシス》により、それは一方では不動の山々《オリィ》のようであり、他方では方向転換する

時には、一頭の巨大な動物のように軍勢《ファランクス》全体は一つの心に従うように動き、方向を変えたのである。フィロミリオンに到着すると、すでに前に語られたように、[15-44] いたる所で蛮族《バルバロイ》の手から救い出された人々、すなわち戦争捕虜《ドリアロティ》や女たち自身もそして子供たちも、それにすべての戦利品《リア》が戦列《パラタクシス》の真ん中に導き入れられた後、帰途は穏やかに進み、それはいわば蟻のようなゆっくりとした速度であった。【2】女たちの多くが妊娠しており、また多くの男たちが病《ノシ》で苦しんでいたが、一人の女が産気づいた時には、皇帝《アフトクラトル》の指示で喇叭がただちに鳴り響き、すべての者を立ち止まらせ、隊列を整えた軍勢《シンタグマ》全体をその場にぴたりと停止させた。子供を産み落としたことが知れると、いつものとは異なる別の音、行動開始の合図が鳴り響き、すべての者に行軍を告げるのであった。もし誰かが死にそうになると、再び同じことがくり返され、皇帝《アフトクラトル》は死を迎えようとしているその者の所へ来て司祭《イエリス》たちを呼び寄せた、それは、死を前にして最後の讃美歌を歌い、臨終の際にある者に最後の聖なる儀式を執り行うためであった。このように生を終えようとする者たちに対する儀式のすべてが法に従って執り行われるまでは、死者が土に埋められ葬送の礼をもって送られるまでは、隊列《パラタクシス》には一歩も前へ進むことは許されなかった。食事をとる時には、その者は、病気《ノシ》であるいは高齢で弱っているすべての女と男へ［自分の］食べ物のほとんどを与え、彼と陪食する者たちにも同じことをするよう促していた。実に食卓は何一つ欠けるところのない完璧な神の宴席のようなものであり、楽器も笛も太鼓もそばになく、食事の邪魔になる音楽も一切なかった。[15-45] 実際このようにその者は自ら彼らの必要なものを与えながら［旅をつづけ］、ダマリオンにたどり着いた時には（時刻は夕方であった）、彼のための都《ポリス》への盛大な入城行事も望まなかったし、皇帝《ヴァシリキ》の凱旋行列《ポムビ》も大がかりな準備も行われないことを求めた、これまではそのようなことが必要とされたが、そのためには渡海を翌日まで待たなければならなかったからである。実際その者はただちに一段櫂船《モニレス》に乗りこみ、燭台に火を灯す時刻に宮殿《アナクトラ》［大宮殿］に入った。[15-46] 【3】翌日のすべてを、その者［皇帝］は、戦争捕虜《ドリアロティ》と［都は］初めての者たちの世話にかかり切った。それから両親を奪われ、孤児というひどい不幸に苦しむ子供たちすべてを、［皇帝の］親族の者たちと、尊敬に値する生活をしているとその者［皇帝］の認めた他の者たち、さらに聖なる修道院《フロンディスティリア》の大院長《カシグメニィ》たちにそれぞれ分けて託し、その際には子供たちを奴隷の子供としてではなく自由人の子供としてあらゆる教育を施し、聖《イエラ》書《グラマタ》を十分に教えて育て上げるよう指示を下した。一部の子供たちについては彼自身が創設した孤児院《オルファノトロフィオン》[15-47]に入れ、学習を望む者たちのためにその施設をむしろ学校《ペデフティリオン》に作り直し、指導者たちに一般《エンギクリオス》教育《ペディア》[15-48]を十分に施すことを託したのである。[4]というのは海《ポンドス》の口が開いているところのアクロポリス[15-49]の敷地に、その者［皇帝］は使徒のうちでも偉大なパウロに捧げられたきわめて大きい聖堂《ナオス》を見いだし、そこに女王《ヴァシリス》の都市《ポリス》の中に第二の都市《ポリス》を建設した。その聖堂《ナオス》そのものはこの都《ポリス》［コンスタンティノープル］の中でももっとも高い場所に位置し、あたかも砦《アクロポリス》のようにそびえ立っていた。この新都市《ポリス》は幅と長さとも数スタディアに及び、それぞれ何スタディアあるかは知られていた。都市の中には円の形で建物が隙間なく多数建っており、それらは貧しい者たちの住居《カティキエ》であり、そして（まさしくこれこそ［皇帝の］仁愛《フィルアンソロポテロン》の心をより大きく示すものであったが）手足の不自由な者たちの建物《エンディエティマタ》であった。実際それらの者たちが一人一人やって来るのを目にすることができ、ある場合はそれは眼の見えない者であり、ある場合は不具の者であり、またある場合は他の障害をもった者であった。それを見る者は、身体の一部、または全体に障害を持った者たちで溢れたソロモンの柱廊《ストア》であると言ったであろう。[15-50] [5] 建物群で構成された円は二重で、二階建てである。なぜならこれらの身体に障害のある男女のある者たちは上の階で住み、地上階に住む別の者たちは足を引きずって歩いている。円の大きさについて、もしその者たちに面会したいと望む者がおれば、朝にはじめて夕方になってやっとすべて回り終えるほどであった。都市《ポリス》はそのようなものであり、この都市《ポリス》の住民はそのような者たちであった。彼らには耕地もブドウ園も、また私たちが目にするように、人間が従事しているその他の生活手段もなかったが、しかしヨブの場合のように[15-51]、男も女もそれぞれ彼らのために建てられた家屋に住み、衣食に関するすべては何もすることなく皇帝《ヴァシリキ》の手から支給されていた。というのはこれがもっとも驚くべきことだが、これらの何も持たない貧しい者たちは所領《クティマタ》とありとあらゆる富をもつ領主《デスポテェ》のように、皇帝《アフトクラトル》自身と皇帝《アフトクラトル》の熱心に働く側近たちを彼らの執事《フロンディステェ》、彼らの生活の世話役としていたのである。なぜならその者［皇帝］は、どこかによい状態の土地の物件があれば、そしてそれが近くにあれば、それらを手に入れ、これらの兄弟たちに分け与えた、だからこれらの地所からブドウ酒やパン、人がパンと一緒に食べるあらゆる食べ物が川の流れのように彼らにふんだんに提供されていた。これらの食事をする人々の数は、数えきれないほどであった。思いきって言うなら、皇帝《アフトクラトル》の行為をわが救世主《ソティル》の奇跡、すなわち七千人と五千人の食事[15-52]にたとえられるだろう。そこでは確かに数千の人々がパン五つで満腹した、これは神《セオス》が奇跡を行われたからである。ここでは［皇帝の］仁愛《フィラントロピア》の行いは神の命令《シアエンドリ》の結果である。しかしこれもまた一つの驚嘆すべきものであり、ここでは皇帝の施し《ヴァシリキ》が兄弟たちに確実な生活の糧を与えている。【6】老婆が若い女に支えられ、眼の不自由な男が眼の見える男に手を引かれ、足を失った男が自分のものでない、他人の足で運ばれ、手のない人が他人の手で導かれ、赤子が養母から乳を与えられ、中風の者が屈強な男たちによって面倒をみられているのを、私自身がこの目で見たことがある。全体としてここで養われている人々の数は倍となる、つまり一方で世話を受ける人々に加えて、他方で世話をする人々を数えなければならないからである。皇帝《アフトクラトル》には中風を患っている者に「立って歩き回れ[15-53]」と言うことも、また眼の見えない者に、見よ、と命令することも[15-54]、足のない者に、歩き回れ[15-55]、と命ずることもできなかった。これらは、私たちのために人《アンソロポス》となり、人々《アンソロピィ》のためにこの世界で暮らすことになった独り子《モノエニス》のできることであった。その者［皇帝］に属すること、それらをその者は行う、すなわち身体に障害のある者たちそれぞれに召使《イピレテェ》を与え、健康な人に対すると同じ配慮《プロニア》を施すことである。だからもし私の父がその土台から築いたこの新しい都市《ポリス》をつぶさに調べようと思えば、都市《ポリス》には地上階の人々、階上の人々、それら二つの階の人々に仕える人々がいるので、四倍の大きさ、きわめて多重なものであることを知るだろう。

【7】さてここで毎日食事する人々の数、毎日の経費、一人一人に示される配慮《プロニア》を正確に数え上げることのでき

る者がいるであろうか。あの者［皇帝］の死後も、これらのことが行われているのはあの者のおかげである、と私は考える。あの者は、彼らのために陸と海の幸《プロニエ》を前もって用意していた。その者たちが出来る限り安楽に暮らせるようにしたのはあの者である。なぜならことのほか立派な人のうちの一人が管理者《フロンティスティス》として無数の住民をかかえるこの都市《ポリス》を統括している。この都市の名前は孤児の家《オルファノトロフィオン》である。孤児《オファニィ》や身寄りのない《アプロスタテフティ》者たちへの皇帝《アフトクラトル》の仁愛《フィランソロピア》から、孤児の家《オルファノトロフィオン》と呼ばれているのである。つまり孤児への特別の配慮からこの名が他を制したのである。ここにおけるすべての問題について幾つもの事務機関《セクレタ》があり、これら貧しい者たちの所領《クティマタ》に関わる者たちから会計報告がなされ、そして金印《フリソヴリィ》文書《ロイ》[15-56]によってここで扶養されている人々の諸権利は取り去ることのできないものとして保障されている。［8］偉大な告知者《メガロキリクス》、聖パウロの聖堂《ナオス》のために、重要で数的に多数の聖職者《クリロス》［団］と多額の灯明代があてがわれた。この聖堂《ナオス》の中へ入ってみれば、二つの聖歌隊《ホリィ》が向かい合い交互に歌っているのを目にするだろう。その者［皇帝］はソロモンの例に従って、使徒《アポストリィ》[15-57]の聖堂《ナオス》に男性聖歌隊員と女性聖歌隊員を配置したのである。[15-58] また［教会の］女性世話人《ディアコニセ》の任務についても配慮した。さらに以前コンスタンティヌスの［都］へやって来たときには門口から門口へ物貰いして過ごしていたイヴィリア人修道女たちについても大きな関心を払った。実際私の父の配慮により、これらの女性に食事とふさわしい衣服が提供されると同時に、彼女らのために大きな修道院《フロンディスティリオン》が建設された。かの有名なマケドニア人アレクサンドロスにはエジプトのアレクサンドリア、メディア人の土地のブケファアレ、エチオピアのリュシマキア[15-59]を自慢させよう。しかし皇帝《アフトクラトル》アレクシオスは、彼自身によって建設された都市《ポリス》[15-60]については、私たちは至る所に彼によって建設されたそれらを知っているが、この都市《ポリス》について大いに自慢するほどにはそれらをそれほどに誇りにしていない。

［9］［この都市の］中に入れば、あなたは左手に幾つもの聖堂《テメニィ》や聖なる修道院《フロンディスティリア》に出会うだろう。［聖パウロの］大聖堂《テメノス》の右手にはあらゆる民《エノス》から集められた孤児《オルファニィ》すべてのための文法学校《ペデフティリオン トン グラマティコン》が建っており、そこでは一人の教師《ペデフティス》がすべてを仕切り、子供たちは彼のまわりに座り、一方では文法上の諸問題に一心不乱に取

り組んでいる者たちがおり、他方ではいわゆる文章の分析演習板《スヘディ》に[15-61]書き込んでいる者たちがいる。またそこでは、訓練を受けているラテン人、ギリシア語の会話に挑んでいるスキシス、［古代］ギリシア人《エリネス》の作品《シングラマタ》に取り組んでいるローマ人《ロメオス》、正確にギリシア語を話そうとしている読み書きのできないギリシア人《エリン》[15-62]を見いだすこともできる。これらは、アレクシオスが知的《ロイキ》教育《ペデフシス》[15-63]にいかに熱心であったかを示すものである。なお文の分析《スヘドス》の技法《テフニィ》は、最近の、私たちの世代の発案にかかわるものである。スティリアノスの一派、いわゆるロンギヴァルドスの一派、あらゆる種類の言葉の収集を専門とするすべての人々、アティコスの一派、彼らの名前は省くが、私たちの大《メガリ》教会《エクリシア》［聖ソフィア教会］の聖《イエロス》職団《カタロゴス》に属する人々、これらの人々についてこれ以上述べることは省く。[15-64]ところで今日、すぐれた教師《メテオリィ》たちや詩人たち、さらには歴史家《シングラフィス》たちについての研究は、そして彼らから引き出される知識と共に、二次的な重要性さえ与えられていない。他方人々の熱中しているのは盤上のゲームであり、加えて法で禁じられているものである。私がこれらのことを言うのは、一般《エンギクリオス》教育《ペデフシス》がまったくなおざりにされていることに我慢できなかったからである。実際これらの学習に多くの時間を捧げてきた私にとって、心中穏やかではない、なぜなら私がこれらを修めて子供の学業から解放された後、修辞学《リトリキィ》へ進み、哲学《フィロソフィア》に取り組み、これらの知識《エピスティメ》をしっかりと身につける間に、詩人と歴史家《シングラフィス》に強い関心を払い、そして自分の文章のまずさを克服したのである、そして次に文章分析演習《スヘドグラフィア》の作業の複雑な手法については、修辞学《リトリキィ》に助けられて、これは非難されるべきであると判断するに至った。もちろんこれらのことは、余談に属するものとしてではなく、重要課題にふさわしいために付言されてしかるべきである。

第8章

【1】そののち彼の治世……年[15-65]に、大きな雲の塊のような異端者《エレティキ》の群が現れる、この異端《エレシス》の形態は新しいも

ので、これまで教会《エクリシア》には知られていなかった。というのは以前に知られていたことのほか邪悪で、全く愚かな二つの教義《ドグマタ》、すなわち誰もが言うであろうように、マニ教徒《マニヘイ》の不敬虔《ディセヴィア》、これ［不敬虔な教義］について私たちはパヴリキアニィの異端《エレシス》とも言っているが、そしてマサリアニィ[15-66]の破廉恥、それら二つが一つに合体したのである。これがヴォゴミリィの教義《ドグマ》で、マサリアニィとマニ教徒《マニヘイ》から生み出されたのである。おそらくそれは私の父より以前の時期に存在していたが、気づかれないでいたのであった[15-67]。なぜならヴォゴミリィという人種《エノス》は、徳を装うことにおいてことのほか巧みであったからである。あなたは、ヴォゴミロスで世俗の人間の髪型をした者を見ることはないであろうし、またその邪悪さは羊毛のマントと頭巾の下に覆い隠されている[15-68]。ヴォゴミロスはいつも仏頂面をし、鼻まで顔を覆い、前屈みになって歩き、口の中でぶつぶつ呟いている、しかし中身は手に負えない狼である。［2］この人種《エスノス》は穴の中に隠れ潜む蛇のような、もっとも悲しむべき存在であるが、私の父は、妙なる調べの神秘的魔力によって誘い込み、白日のもとへ連れ出したのである。その者［父］はちょうど東西の困難事からほとんど解放されたばかりであったので、魂の問題に取り組むこととなったのである。実際その者は、あらゆることにおいてすべての人に優っていた。すなわち人々を教え導く演説においては弁論《ロゴス》を専門とする人々に優り、戦闘《マヘ》と戦術《ストラティイエ》においてはその道《オプラ》で嘆賞されるすべての人々を凌いでいた。［3］ヴォゴミリィの評判はすでに至る所へ広がり（なぜならヴァシリオス[15-69]という名の、ヴォゴミリィの不敬虔《アセヴィア》［神を認めぬ教義］をとても抜け目なく広める修道士《モナホス》がいて、自ら使徒《アポストリィ》と呼んでいた十二人の弟子《マシテェ》をもち、また幾人もの女弟子《マシトリエ》、性悪でまったく邪悪な女たちをも連れ歩き、その悪の病原菌《カキア》を至る所にまき散らしていた）、その邪悪な教義は焼き尽くす火のように多くの魂を食い尽くしたので[15-70]、皇帝《ヴァシレフス》は心底からこれを我慢することができず、その異端《エレシス》の精査に取りかかった。そこで幾人かのヴォゴミリィが宮殿《アナクトラ》［大宮殿］に連行されることとなり、そしてそれらすべての者は、ヴァシリオスという者が彼らの教師《ディダスカロス》、ヴォゴミリィの異端《エレシス》の最高《コリフェオス》の指導者《プロトスタティス》であることを告げた。彼ら［ヴォゴミリィ］のうちでディヴラティオスという者も捕らえられ、しかし尋問されても事実を認めようとしなかったが、拷問にかけられるとすぐに、上記のヴァシリオスとその者の選んだ使徒《アポストリィ》たちを認め始めた。そこで皇帝《アフトクラトル》は、多くの者にこの者［ヴァシリオス］の探索を命じた。事実このようにして悪魔《サタナイル》[15-71]に仕える大サトラピス、すなわち修道士《モナホス》の衣をまとい、厳めしい顔つきをした、髭のない、大きな背丈の、まことに抜け目なく不敬虔《アセヴィア》（の教義）を実践するヴァシリオスが明るみに出てくることになった。【4】そこで皇帝《アフトクラトル》はただちに彼の最深部に潜んでいるものを、説得の形をとりながら無理にでも引きずり出そうと、相手を敬うふりをしてその男を自分のもとへ呼び寄せる。実際その者が現れると座っている場所から立ち上がり、自分と同じテーブルの席《カセドレ》を与え、この大食の海の怪物が急いで食いつきそうなあらゆる種類の餌を釣り針につけ、釣り糸すべてを彼の前に投げ入れ、またこの修道士《モナホス》に、彼の邪悪な行為はさまざまの形で行われたが、［アレクシオス自身が］調合した魔薬《ファルマコン》のすべてを飲み込ませようとした、そのためにおそらく彼自身だけでなく彼の兄弟セヴァストクラトルのイサアキオスも加わったが、実はその者の弟子《マシティス》になりたい、彼によって語られた言葉を神《シア》の声《オムフィ》と見なし、この最悪のヴァシリオス、もしこの者が自分の魂の救済に手を貸してくれさえすれば、すべてのことにおいて彼に従いたいと偽りの態度をつづけた。なんと、「おお至尊の教父《パティル》よ」と呼びかけ（なぜなら皇帝《ヴァシレフス》は杯の縁に蜂蜜のような甘味を塗りつけ、この悪鬼《デモニオン》に憑かれている者に黒胆汁《メランゴリア》[15-72]を吐き出させようとしたからである）、続けて「この私もその徳ゆえにあなたを称讃する。尊師のお教えの一部を教わることを望む者であり、それは、われわれの教会の者たちはほとんど無力に等しく有徳《アレティ》に導くことができないからである」と言ったのである。その者は最初のうちは無関心を装い、実際はロバにすぎなかったが、ライオンの皮で全身を守り、内心では誉め言葉に満悦していながら、それらの言葉をはねつけるような態度でいた。しかし［皇帝は］その者と会食さえした。皇帝《ヴァシレフス》の実の兄弟、セヴァストクラトルもいつもこの者［皇帝］と一緒にいて、演技を続けていた。【5】そしてとうとうその者は、異端《エレシス》の教義《ドグマタ》を吐き出した。その次第はどうであったか。皇帝《ヴァシリス》[15-73]たちがこの胸の悪くなるような男と一緒にいた場所は婦人部屋《イネコニティス》とカーテンで完全に遮られており、その時その者は［その場所で］これまで心の奥にしまっていたすべてを吐き出し、公然と語り出したのである。そしてカーテンの下ろされた反対の部屋では記録係《グラマテフス》が語られる言葉を書き取っていた。その愚かしい男はその場を見る者には先生《ディダスカロス》であり、他方皇帝《ヴァシレフス》は教えを受けているように装い、［隠れている］書記補《イポグラマテフス》は教えの言葉を記録していた。神に打ちすえられた《セオプリィス》その男は口に出すことの許されていることも、禁じられていることもすべて一緒に並べ立て、神を憎む《セオミシス》［悪魔の］教説《ドグマ》もなんらお構いなく口にするだけでなく、私たちの神についての教え《セオロィア》［神学］も見下し、［キリストの］受肉《イコノミィア》そのものを幻想の所産と見なし、[15-74]教会堂《ナイ》、お恐ろしいことに、聖なる教会堂《イエリィナイ》をなんと悪鬼《デモネス》の神殿《ナイ》とまで言ってのけ、私たちにおいて執り行われる、最初の大祭司《アルヒエレフス》にして犠牲者《ティマ》の肉と血［の儀式］に関して、それを判断して馬鹿げた行為と見なしたのである。[15-75] [6]

さて次にどのようなことが起こったか。皇帝《ヴァシレフス》は仮面を外し、カーテンを開け放つ。そして元老院議員団《シングリティコン》のすべてが集まり、［高位の］軍人《ストラティオティコン》階級《シンタグマ》のすべてが集合し、教会《エクリシア》の長老たちもすでにその場にいた。その時期に女王《ヴァシリス》の都市《ポリス》の［総主教］座《ソロノス》を占めていたのは、総主教《パトリアルヘ》のうちでももっとも祝福されたニコラオス＝グラマティコス様《キル》であった。さて神を憎む《セオスティイ》教義《ドグマタ》は読み上げられ、［異端の］証拠は異議をはさむ余地のないものであった。事実その者は告発の言葉を否定しようともせず、怖れることなく、ただちに敵意をむき出しにして、自分は火も鞭打ちも一千の死をも物ともせず立ち向かうと断言した。なぜならこれらヴォゴミリィは、天使たち《アンゲリィ》が確実に薪の山そのものから救い出してくれるから、あらゆる処罰もやすやすと耐えることができると、愚かにも信じ切っていたのである。そこに居合わせたすべての者たちのほとんどは、さらに［以前には］破滅のもとである彼の教義を彼と分け持っていた者たちでさえ、その不敬虔《アセヴィア》［の教義］のゆえに彼を激しく咎めたが、しかしその者はもとの同じヴァシリオスであり、頑なに変わろうとせず、正真正銘のヴォゴミロスのままであった。事実薪の山と他の虐待で脅迫されたが、その者は悪鬼《デモン》から離れようとせず、自分の［主人の］悪魔《サタナイル》にしがみついていた。投獄された後、しばしば皇帝《ヴァシレフス》のもとへ呼び出され、不敬虔《アセヴィア》［の教義］を誓って捨てるように促された、しかしこれまでと全く同じように皇帝《ヴァシレフス》の勧告に耳を貸そうとしなかった。【7】ところでこの者の身に降りかかった不思議な出来事に触れないですますことはできない。皇帝《ヴァシレフス》がこの者に対して厳しい態度を見せる前のこと、不敬虔《アセヴィア》［の教義］を吐き出した後、この者は、宮殿《ヴァシリカ イキマタ》の近くに位置し、まさに彼のために用意された住居にしばらく引きこもることとなった。日没のころ雲のない空には星がきらめき、月が煌々と照っていたあの教会会議《シノドス》の終わった夜のことであった。くだんの修道士《モナホス》は真夜中ごろ自分の部屋に入った時、突然に石がひとりでに霰のように部屋の屋根に降り落ちてきた、しかしそれらの石を投げる手も、この悪鬼《デモニオディス》のようなお父様《アヴァス》[15-76]を石で打ち殺そうとする人の姿も見えなかった。これはおそらく、その者が皇帝《ヴァシレフス》に対して秘密を漏らし、自分たちの信仰の誤りに対する激しい追跡を引き起こさせたことに憤慨し、怒り狂った悪魔《サタナイル》の取り巻きの悪鬼《デモネス》たちによるものであったろう。しかもパラスケヴィオティスと呼ばれる者が、あの悪鬼のような年寄りが誰かと話を交わし、彼の身につけた汚物を話を交わした相手に移さないように、その者の見張りを命じられていたが、なんと次のような現象をその眼で見、耳で聞いたとこの上なく恐ろしいことを誓言しだしたのである。すなわち一方では地面にも屋根瓦にも投げつけられる石の大きな音を聞き、他方では連続して次々と落ちてくる石を見、しかしそれらを投げつける者を誰一人目にしなかったこと。実際この石の雨に突然に地震《シズモス》が加わり、地面は激しく揺らぎ、屋根瓦は高く鋭い音をあげた。確かにパラスケヴィオティスはそれが悪鬼の仕業ではないかと疑ってみる前は、その者の断言するところでは、なんら怖れることなく落ち着いていたが、しかし石が天からいわば雨のように降り、あの異端の始祖《エレシアルヒコン》のおいぼれも自分の部屋に入り閉じこもってしまったのを見て、これは悪鬼《デモネス》たちの仕業であると思うと、これから一体何が起こるのか考えおよばないでいた。

第9章

【1】この不思議な現象についてはこれぐらいにしておこう。私は、ヴォゴミリィの異端《エレシス》のすべてについて詳細に語るつもりでいた。しかしあのすてきなサッポーがどこかで言っているように、慎みがそうさせない[15-77]、実際この私は歴史家《シングラフェフス》であるが、女性、それも緋の産室《ポルフィラ》で生まれ、アレクシオスの子供たちの中でもっとも名誉ある初子《ヴラスティマ》である、それに多くの人々の耳に達していることについては沈黙に限る。ヴォゴミリィの異端《エレシス》について徹底的に書きたいと思うが、私自身の舌を汚さないために、これらは省こう。そしてヴォゴミリィの異端《エレシス》のすべてを見定めたいと思う人には私の父の命令によって作成された教義《ドグマティキィ》大全《パノプリア》[15-78]と呼ばれる書物《ヴィヴリオン》を読んでもらうことにしよう。というのは母方の私の祖母であり女主人《デスピナ》でもあるお方にも、聖職者《イエラティコス》団《カタロゴス》のすべてにも知られたズィガディノスと呼ばれる修道士《モナホス》がいたが、文法《グラマティキィ》[15-79]についてはその頂点をきわめ、修辞学《リトリキィ》にも精通し、教義《ドグマ》［の知識］については彼と並ぶ者がいないほどであったが、この者を皇帝《アフトクラトル》は呼びだし、異端《エレシス》のすべてに関して、それら一つ一つを別個に説明し、あの不敬《アセヴィス》なヴァシリオスがうち明けたヴォゴミリィ自身の異端《エレシス》も含めて、それら各々についての聖なる教父《パテレス》たちの完全な反駁を書き込むように命じたのである。皇帝《アフトクラトル》は、この書物《ヴィヴロス》を教義《ドグマティキィ》大全《パノプリア》[15-80]と名づけた。この書物《ヴィヴリア》は、今日までそのように呼ばれている。【2】さて話をヴァシリオスの最後に急いでもどそう。実際皇帝《アフトクラトル》はあらゆる地方からヴァシリオスの弟子《マシテェ》と仲間たち、とりわけ十二人の弟子《マシテェ》と呼ばれている者たちを呼び寄せ、彼らの考えを質してみることにとりかかった。それらの者たちは、完全にヴァシリオスの弟子《マシテェ》であった。事実災い《カコン》はもっとも大きな屋敷の中にまでも深く入り込み、多くの人々がこの恐ろしい教えに影響されていた。そこでその者［皇帝］はこれら異端者《アロトリイ》たち、すなわち指揮者《コリフェオス》とその彼に合わせて歌う一群《ホロス》の者たちに対してきっぱりと火あぶりの刑を下した。そこで探し出されたヴォゴミリィは一ヶ所に集められたが、ある者たちは自分たちの異端《エレシス》を進んで認め、他の者たちは完全に否認し、自分たちを告発した者たちに激しく抗議し、ヴォゴミリィの異端《エレシス》に唾を吐きかけようとしたので、皇帝《アフトクラトル》

はもちろん進んで彼らの言葉を信じようとしなかったが、もしもヴォゴミリィの中に交じっているキリスト教徒が一人のヴォゴミロスとして見なされないように、あるいはヴォゴミロスがキリスト教徒として上手く逃げおおせないように、そのことによって確実にキリスト教徒であることの証明されるある新しい方法を考え出す。【3】さて翌日その者［皇帝］は、すでに帝《ヴァシリコス》座《ソロノス》についていた。同時に元老院《シングリトス》と聖《イエラ》会議《シノドス》に属する多くの者たち、それに修道士《ナズィレイ》のうちでも、それぞれ優れた学識を共有する限りでは選り抜きの者たち《ロガデス》がその場に居合わせた。ヴォゴミリィの異端《エレシス》の廉で告発されたすべての者が一緒に中央に引き出されると、皇帝《アフトクラトル》は再び彼ら一人一人が尋問されるよう命じた。ある者たちはヴォゴミリィであることを認め、自分たちの異端《エレシス》を力強く主張し、他の者たちは自分たちをキリスト教徒と呼び、［ヴォゴミリィであることを］全く否認し、他者から問いただされても決して認めようとしなかったので、その者［皇帝］は彼らに厳しい視線を放って、次のように語った。「今日二つの薪の山に火がつけられよう、それらのうちの一つのそばに、地面そのものに木製の十字架《スタヴロス》が打ち立てられる、次にすべての者はこれら二つのうちの一つを選択しなければならない、今日キリスト教徒の信仰《ピスティス》に殉じようとする者は他の者たちから離れて、木製の十字架《スタヴロス》の立っている薪の山の所へ進み、ヴォゴミリィの異端《エレシス》にしがみついている者たちはもう一つの薪の山へ投げ込まれよう。なぜならヴォゴミリィとして責め立てられ、多くの者の心を煩わせて生きていくよりも、まさしくキリスト教徒として死ぬ方がより良い。両者ともども、さあ行け、一人一人が望むところへ進め」[15-81]【4】皇帝《ヴァシレフス》はヴォゴミリィ［として有罪宣告された者たち］に向かってこれらの判断を下した後、これですべてを解決したという態度であった。実際ただちにこれらの者たちは捕らえられ、連行されて行き、他方では至る所から群がり集まった多数の群衆が並んで立っていた。まもなく二つの薪の山はツイカニスティリンと呼ばれる場所において、聖歌作者《メロドス》[15-82]の言葉に従えば七倍の強さで燃え上がった。炎は空まで達していた。一方の薪の山のそばには木製の十字架《スタヴロス》が立っていた。有罪を宣告された者には、そこですべての者が焼き尽くされることになるが、それぞれが望む場所に行く選択が許されていた。

そこで避けがたい事態を知ると、彼らのうちで正統信仰《オルソドクシィ》の者たちはすべて本当に殉教に臨もうとして、十字架のある薪の山に近づいていった。忌まわしい異端《エレシス》にしがみついている実に不敬な者たち《アセオタティ》は、もう一方の山へ向かった。【5】ちょうどこれらの者たちが同時に薪の山へ投げ込まれようとした時、彼らを目の前にしたすべての人々は今にも焼き尽くされようとするキリスト教徒のために苦痛を感じ、皇帝《ヴァシレフス》に対して、彼の考えていることを知らずにいたので、怒りの表情をあらわにしていた。しかしその時、処刑吏《ディミィイ》が行動に移る前に、皇帝《ヴァシリキ》の命令《プロスタクシス》[15-83]が届き、刑の執行を中止させたのである。実際このようにして皇帝《アフトクラトル》は誰がヴォゴミリィであるかを確実に理解し、誤って告訴されたキリスト教徒には大いに元気づけてから解放し、他方あの者たち［ヴォゴミリィ］に関しては、まずあの不敬な《アセヴィス》ヴァシリオスの使徒たち《アポストリィ》を他の者たちから切り離した後、再び幾つかの牢《イルクテェ》へ分けて閉じこめた。それからその者［皇帝］は彼らの一人一人を呼び寄せ、いろいろなことを自ら教え、穢れた教義《スリスキア》から離れるよう忠告し、他方では教会《エクレシア》の聖なる団体《シンタグマ》の幾人もの指導者たち《ロガデス》に、毎日彼らのもとを訪れ、彼らに正統《オルソドクソス》信仰《ピスティス》をしっかりと教え込み、ヴォゴミリィの異端《エレシス》から手を引くことを勧めるよう依頼した。そこで彼らのうちのある者たちはより良い方向へ変わり、牢獄《フルゥレ》から解き放たれた、他方別の者たちはそれぞれの牢に繋がれたまま、彼らの異端《エレシス》を抱いて死んでいった、なおその間においで彼らにはもちろん食事と衣服は潤沢に与えられていた。

第10章

【1】ヴァシリオスはどうかと言えば、真実異端の始祖《エレシアルヒス》であり、全く頑なであったので、聖《イエラ》会議《シィノドス》のすべての者、修道士《ナズィレイ》の指導者たち《ロガデス》、それにその時期総主教《パトリアルヒス》であったニコラオス自身も火刑に値すると判断した。皇帝《アフトクラトル》も彼らと同じ意見であり、実際これまで何度も彼と話し合い、その男が有害な存在であり、異端《エレシス》

から離れようとしないことを見定めていたのである。そこで競馬場《イポドロモス》に巨大な薪の塊《ピルカイア》が用意された。大きな溝が掘られ、すべてがこの上なく長い、多数の丸太が組み合わされ、それは合成されて山のようであった。つぎに積薪《ピラ》に火がつけられると、徐々にこの上なく多数の者が競馬場《イピコン》の地面に、［観覧席の］階段に群がり始め、すべての者はこれから何が起こるか見守っていた。一方の側に木製の十字架《スタヴロス》が突き立てられ、選択の機会がその不敬な者《アセヴィス》に与えられていたのである、つまりもしかして炎を見て怯え、考えを変えて木製の十字架《スタヴロス》に向かって進めば、薪の山から逃れることになろう。【2】その場に多数の異端者《エレティキ》もおり、指導者《コリフェオス》のヴァシリオスを見ていた。その者はいかなる処罰も脅迫ももとのともせず平然としているように見え、少し離れた所にいて薪の山《ピルカイア》を嘲笑い、天使たち《アンゲリィ》が自分を火の中から取りあげるなどと呟きながら、訳のわからないことをしゃべりだし、実際あのダビデの詩篇の言葉[15-84]、「あなたに近づくことはない。ただあなたの目がそれをとらえるだけだ」を歌い始めたのである。しかし群衆《プリソス》が彼から遠ざかり、薪の山《ピルカイア》の戦慄すべき光景をしっかりと彼に識別させようとした時（実際その者は十分離れた距離からも炎の熱さを感じ、燃え上がった炎がいわば雷の鳴るように音をたて、火の粉を散らし、それらが競馬場《イピコン》の中央に立っている石のオベリスク《ピラミス》[15-85]の頂きにまで舞いあがっているを見ていた）、さしも大胆なその者も炎に怯み、動揺しているように見えた。事実視線をしばしば変え、両手をうち鳴らし、いわば進退きわまったかのように両腿を打ち叩いていた。【3】そのような反応を示していたけれども、一見したところからはその者は鋼のようであった。なぜなら炎も彼の鉄のような心を柔らかにせず、皇帝《アフトクラトル》から彼に向けて送られた伝言も彼の頑なな態度を打ち破らず、あるいは目の前に迫る苦痛と逆境のゆえにとてつもなく大きな絶望が彼を捉え、判断に窮し、生起する事態に対応する術を見いだすことができないでいたのか、あるいはこの方がより考えられそうであるが、彼の心をしっかりととらえていた悪魔《ディアヴォロス》が彼を暗い暗い闇にすっかり包んでしまったのか、とにかくあの唾棄すべきヴァシリオスはあらゆる脅迫とあらゆる恐怖を前にして、口を大きく開け、どうしようもできない状態で立ちすくみ、今は薪の山《ピルカイア》に視線を向けているかと思えば、次には見物人たちの方へ移していた。すべての者にはその者は真実狂ってしまっているように見えた、事実薪の山《ピルカイア》に向かって進んで行くでもなし、後ずさりするのでもまったくなく、最初にとどまった所に張りついて動かないでいた。他方彼について多くのことが語られ、多くの人々の口を通じて彼による荒唐無稽な話がもちだされていたので、処刑吏《ディミィイ》たちはあることを試してみようと考えた、というのはヴァシリオスを取り巻いている悪鬼《デモネス》たちが、神《セオス》の許しを得て、何か異常なことをやってのけるのでは、［たとえば］人々の見ている前であの極悪者がこの恐ろしい猛火の中から無傷で救いだされ、人々の多く集まる公けの場に姿を現す、そうなれば最初よりもよくない最悪の事態が生じるの[15-86]ではないかと恐れたからである。【4】さてその者が信じられないようなことを語り、自分は無傷で炎の中から救い出されるのが見られるだろうと広言している時、その者たち［処刑吏］は彼の羊毛のマントを取りあげると、「さあ炎がお前の衣服に及ぶかどうか見てやろう」と言ったのである。そして即座にそれは燃える薪の山《カミノス》に投げ込まれた。ヴァシリオスはその時とっさに「お前たち良く見よ、羊毛のマントが空中に飛び去っていくのを」と口走ったほどに、彼をまんまと欺いている悪鬼《デモン》によっておだて上げられていたのである。縁から布地を識別した［真実を見抜いたその瞬間に］その者たちは、彼を持ち上げると、衣服とサンダルごと彼を燃え上がる薪の山《カミノス》へ投げ込んだ。炎はあたかも彼に対して激しい怒りを示すかのように、肉の焼ける臭いも煙の異常な現象も生ぜず、ただ火焔の中から一筋の細い煙が立ちのぼるのが見られたほどにまで、神に背いた《アセヴィス》その者を完全に飲み込んでしまった。[15-87]なぜなら自然の諸力《アスティキア》も神に背いた《アセヴィス》者たちには容赦なく立ち向かう。しかし実を言えば、かつてバビロンにおいてあの神に愛された《セオフィリス》若者たち[15-88]を前にしては炎は頭を下げて引き下がり、黄金《フリソイディス》の部屋《サラモス》のように彼らをぐるっと取り巻いていたように、［自然の諸力は］神に愛された《セオフィリス》者たちを助けるものなのである。しかしここでは、この極悪人のヴァシリオスについては、あの者たち［処刑吏］が抱え上げ、次の動作に移ろうとするその直前に炎は迫り来て、その不敬な者《ディスセヴィス》を摑みとってしまったかのように見えたのである。ヴァシリオスの邪悪を共有する残りの多数の者たちに関して、その場にいた群衆《ラオス》は怒りに駆り立てられ、強引に彼らをも火の中に投げ込もうとした時、皇帝《アフトクラトル》はこれを許さず、彼らを大《メガ》宮殿《アナクトラ》の柱廊《ストエ》[15-89]と回廊《ペリドロミィ》へ閉じこめることを命じた。これがなされると、観衆は解散した。そしてその後これらの神を認めない者たち《アセイ》は別の特別に厳重な牢獄《フルウラ》に移され、投げ込まれたその牢で長年にわたって過ごし、不信仰な状態《アセヴィア》のまま死んでいった。【5】ところでこの一件は、皇帝《アフトクラトル》の長年にわたる一連の労苦と成功における最後の働きであり成果《アスロン》であり、そして全く新しい手法と誰もまねのできない豪胆さを示すものであった。そして［彼のその治世に関して］私の思うには、その当時の人、あるいはその者の身近にいた人は今でもなお驚嘆の念にとらわれており、あの時目にしたものは現実とは考えられず、その者には夢または幻影と思えた。なぜならディオエニス［ロマノス］の皇帝歓呼《アナリシス》につづいて、その者［ディオエニス］が、人が言うようにその最初において不幸であった蛮族《バルバロイ》に対する遠征[15-90]に乗り出した後、蛮族《バルバロイ》がローマ人の帝国《アルヒィ》の国境《オリア》を侵入しはじめた時から私の父の治世《アフトクラトリア》に至るまで、蛮族《バルバリキ》の力はうち砕かれず、むしろ彼らの剣《クシフィ》と槍《ドラタ》はキリスト教徒に向けて研ぎすまされ、戦闘《マヘ》と戦争《ポレミ》、殺戮がくり広げられた。一方で諸都市《ポリス》は姿を消し、他方で諸地方《ホレ》は略奪され、ローマ人の土地はことごとくキリスト教徒の血で汚され続けた。事実ある者たちは矢《ヴェリ》と槍《ドラタ》の犠牲となって痛ましい死を遂げ、ある者たちは彼ら自身の故郷から追い出され、戦争捕虜《ドリアロティ》としてペルシアの諸都市《ポリス》へ連れ去られた。大きな恐怖がすべての者をとらえ、襲いかかる危険から身を隠すために洞窟《アンドラ》や森に、山岳、丘の頂きに急いで逃れようとした。彼らのうちのある者たちはペルシアに連れ去られて行く途中、そこで陥る不幸を思って恐怖の叫び声をあげ、他方生き残り、なんとかしてローマ人の国境《オリア》内にとどまっている者たちは深くため息をついて悲しんだ、すなわちある者は息子を、ある者は娘を、そしてまたある者は兄弟を思って悲しみの声をあげ、さらにある者は早世した甥を悼んだ、事実それらの者たちは女性のように熱い涙を滴らしていた。当時人が涙なしに深いため息なしに過ごすことなどまったくあり得ないことであった。わずかの例外を除いて、つまりツィミスキス［ヨアニス］やヴァシリオス［二世］のような者たちを除いて、その時期から私の父の時代までアジアの地にあえて深く踏み込む勇気をもつ皇帝《ヴァシレフス》は一人もいなかったのである。

第11章

[1] しかし何のために私はこれらのことにかかわり続けているのであろう。なぜなら私自身いわば本道《レオフォロス》から逸れることになるのを承知している、事実設定された主題は、皇帝《アフトクラトル》の身に降りかかったことを記録すると同時に悲劇の形で示すこと、すなわち一方において彼の労苦《アゴネス》を歴史的に語り、他方において心を[15-91]激しく締め上げたことすべてを挽歌《モノディア》の形に仕上げるという二重の著述作業《アゴン トゥ ロゴゥ》を私に課しているからである。さて後者に関して、私はこれから彼の死と地上における一切の幸運の消滅について語りたい。それにしても、事実私は歴史《イストリア》を棚上げにしてまで、慟哭と嘆きの叫びを綴ることを誘う父の言葉を思い出す。なぜなら私はその者の口からしばしばそれを聞いたことがあり、また母である皇后《ヴァシリス》が歴史《イストリア》を通じてその者の労苦、数々の戦いと試練《スカマタ》を後世の人々に伝えるように博識者たちに命じるのをその者が止めようとするのを聞いたことがある、実は彼にはむしろ自分について［人々が］挽歌を歌い、自分の身に降りかかった恐ろしい出来事を嘆いてほしかったのである。

[2] 皇帝《アフトクラトル》が遠征《エクストラティア》から帰還[15-92]してからまだ一年と半年も過ぎないうちに、彼を襲った別の恐ろしい病気《ノソス》は彼に死の縄をかけた、もし真実を言わなければならないなら、それはその者の一切の終わり、消滅を意味した。扱う対象の大きさが（いわば揺りかごのころから私は同時に父を愛し、母を愛してきたゆえに）私に歴史《イストリア》の諸法《セズミィ》を踏み越えさせ、そのようなことは私の望む所ではまったくないが、しかし私はこれから皇帝《アフトクラトル》の死の次第を記述することにする。競馬《イポドロミア》が行われた時のことである、その日強い風が吹いたため体液《レヴマ》が激しく動き、手足から離れ、両肩の一方へ流れ込んでしまった。その時医者《ヤトリィ》の多くは、私たちを襲った大きな恐れ［の原因］について全く解らない状態であった。しかしニコラオス＝カリクリスは（この者はこのように呼ばれていたが）、

私たちにこれは実にひどい病気であることを予告し、手足から離れた体液が別の所へ達し、病人に手の施しようのない危険を引き起こすのではないかと恐れていると告げた。私たちはそれを信じようとしなかった、なぜならそう思いたくなかったからである。【3】さてその時なんらかの下剤を使って［体液の］減少に取り組もうとする者は、カリクリスを除いて誰一人いなかった。実際［皇帝の］身体は下剤を受け入れることに慣れているどころか、薬を飲んだ経験がまったくなかった。このことから［医者の］ほとんどと、とりわけ一緒に関わることになったミハイル＝パンデフニスは下剤の適用を完全に退けた。しかしカリクリスはこれから生じることを推測し、彼らに向かって激しい口調で言うには「今［病原性の］物質《イリ》は手足から離れ、肩と首を攻撃している。次に下剤で取り除かなければ、それは身体のもっとも重要な部分、あるいは心臓そのものに達し、取り返しのつかない事態を引き起こすであろう」私自身も私の女主人《デスピナ》［皇后イリニ］の言いつけで、医者たち《ヤトリィ》の診断の言葉をしっかりと吟味するために彼らのそばにいて、彼らの言葉を聞いていた、そして私としてはカリクリスの意見に賛成であった。しかしながら大多数の判断が通った。実際やがて皇帝《ヴァシリコン》の身体の体液《レヴマ》は一定期間にわたって暴れた後、治まり、病人は健康状態になった。【4】それからまだ六ヶ月も過ぎないうちにその者に死《オレスリオン》の病《ノシマ》が襲った、[15-93] それはおそらく毎日彼に課される業務に関わる大きな心痛や公的な仕事への気配りの集積から引き起こされたものであったろう。実際私は、その者がしばしば皇后《ヴァシリス》に向かって細かく語っているのを聞いたことがあり、その際あたかもその病気《ノシマ》について彼女に不平を言っているかのようであった。「いったいどうして、深く息をする時、苦痛が生じるのか。私は深く大きく息をしたい、そうすればどれほど胸の中でおきる苦痛を和らげることができるだろう。しばしばそうしようと試みるが、締めつける重荷の何分の一をも軽減することは一度もできない。その後は重い重い石のように私の心臓にのしかかり、その間に息が止まる、私にはその原因が解らないし、この苦痛がどこから来るのかも理解できない。さらにもう一つつけ加えて言おう、私の苦痛について考えを教えてほしい。つまりあくびがしばしば生じ、その間息を吸うことを妨げ、激しい苦痛を引き起こすのだ。私をとらえたこの異様で恐ろしい存在は一体なんなのだ、知っておれば説明してほしい」[5] 皇后《ヴァシリス》はこれらの言葉を耳にし、その者の口から直接に身に受けている苦しみを理解すると、それが彼女自身の苦しみであるように思われ、あたかも彼女自身が息切れして息ができなくなるほどであり、このように皇帝《アフトクラトル》の言葉にそれほどまでに深い衝撃を受けていたのである。そこでその者［皇后］はその道のすぐれた医者《ヤトリィ》たちをしばしば呼び寄せ、病気《ノシマ》の特徴を詳しく調査することを強く求め、直接的間接的な諸原因を究明するように依頼した。その者たちは手を取って脈をとり、脈拍からさまざまな種類の異常のあらわれを見いだしたことで一致した、しかしどのようにして起こるのかその原因を見抜くことはできないままであった。[15-94] 他方皇帝《ヴァシレフス》の食生活は豪華でなく、まったくきわめて控えめで質素であること、一般に運動選手や兵士《ストラティオティキィ》の食するものであることは、すでにそれらの者たちの知るところであった。そこでその者たちは、［病原性の］物質《イレ》が十分すぎる食物の摂取から起こるという考えを捨て、呼吸困難を別の原因に帰し、この病気《ノソス》のそもそもの原因は気苦労から生じる極度の緊張と絶え間なく激しい重圧以外のなにものでもなく、それらのために彼の心臓は燃え上がり、異常な要素のすべてを身体中からそこ［心臓］へ引き寄せている、と言っていたのである。[6] 皇帝《アフトクラトル》を襲った恐ろしい病気《ノソス》は、その後まったく休むことなく、輪差のように彼を今にも絞殺しようと脅し続けた。実際病状《ノソス》は日ごとに悪化し、もはや間隔を置くことなく、休みなく連続して彼を苦しめ、皇帝《アフトクラトル》は肩の一方を下にして横向きになって寝ることも、極度の努力をもってしか深く息を吸うこともできないほどの状態になった。そこですべての医者《ヤトロス》が呼び出され、皇帝《アフトクラトル》の病気《ノソス》の診断が託された。しかし彼らの間で意見が分かれ、一致せず、それぞれが別の診断を行い、それぞれの診断結果に従って治療を施すことを試みた。あれこれと試みられたが、しかし皇帝《アフトクラトル》の容態は厳しいままであった。実際一瞬の間も自由に息をすることができなかった。呼吸をするには、つねに上半身を起こしたままの状態を強いられた。もし仰向けに、あるいは片方の肩を下に横向きに寝ると、ああ悲しいことに、絞首索が食い込むのである。なぜなら息を吸いまた吐くという行為において、ほんのわずかな外気の流れも流れ込み、流れ出ることもできなかった。たとえ彼を憐れんで眠りが彼をとらえた時でも、その時でさえ息を詰まらせる危険が伴った。だから起きている時でもうとうとしている時でも、四六時中、輪差《アンホニィ》のしまる危険な状態に置かれていた。[7] しかし瀉血《プレヴォトミア》は下剤の使用は許されていなかったので、瀉血《フレヴォトミア》へ関心が向けられ、肘の一部が切開された。しかし瀉血《プレヴォトミア》は効き目がなく、まったく元のままであり、常に息の切れる状態で、わずかに息をしているが、私たちの腕の中で命を吐き出してしまう危険が常にあった。しかし胡椒でつくられた解毒剤《アンディドトス》が投与されると、容態が軽くなった。私たちは喜び、その嬉しさをどう表現したらよいかわからず、ただ神《セオス》に感謝の祈りを捧げていた。しかしそれはなんと全くの思い違いであった。三日あるいは四日過ぎると、ただちに再び同じ輪差が皇帝《ヴァシレフス》を苦しめ、肺を強く圧迫した。私はあの飲み薬でいっそう悪くなったのではないかと思う、つまりそれはあの［悪質の］物質《イレ》を拡散させはしたが、それらを押さえ込むことはできず、血管の窪みへ導き入れ、容態を悪化させたのである。[8] その後病《ノソス》は最悪の状態に達していたので、その者が楽に横たわることのできる方法を見いだすことは誰にもできなかった。実際皇帝《ヴァシレフス》は夕方から夜明けまで眠れないまま夜を過ごし、自由に食事をとることもできず、また彼の身体に益するようなものも何であれ一切うけつけない状態であった。実際私は、しばしば、いやむしろいつも母が皇帝《ヴァシレフス》のそばにあって徹夜し、彼の寝台の後ろから両手で彼の上半身を支え、なんとか息ができるように努めているのを目にしていた。確かに彼女の両眼からナイルの水にまさる涙が流れていた。昼夜休まずに彼のためにどれほど懸命につとめたか、彼の看護でくたくたになりながら、横になっている彼の身体の位置を幾度も幾度も変えたり、楽にするためにできうる限りさまざまに姿勢を工夫しながら、どれほどの苦労を尽くしたか、これらは言葉で言い尽くせるものではない。しかし誰にも彼を楽にさせることは全くできなかった。なぜならいわばあの輪差が皇帝《アフトクラトル》につきまとい、むしろ同伴して締め続けていたからである。[9] 病気《ノソス》の治療法はまったく見いだせないまま、皇帝《ヴァシレフス》は南に向かって建っている宮殿《アナクトラ》[15-95]へ移された。息を圧迫されながらも、その者は動かされることに一種の気晴らしを見いだしていた、そこで皇后《ヴァシリス》はこれがいつも行われるように工夫した。つまり皇帝《ヴァシリスコス》の寝台《スキムブス》の頭と足の部分に横木を固定し、男たちに寝台を高く持ち上げ運ぶように命じた、それらの者は皇帝《アフトクラトル》のためにこの作業を互いに交替しながら行ったのである。そのようにしてその者は大宮殿《メガパラティオン》からマンガナ［宮殿］へ移されたのである。これらのことが行われても、皇帝《ヴァシレフス》の救いになんら寄与することはなかった。皇后《ヴァシリス》は病気《ノソス》がさらに悪化しているのを知って、人間に救済を求めることを完全に諦め、これまで以上に熱心に彼のことを神《セオス》に祈り続け、すべての聖堂《テメノス》へ物惜しみせずたくさんの灯明を灯らせ、止むことなく何時も讃美歌を歌わせ、内陸部や浜辺のあらゆる所に住んでいる人々に施しのお金を与え、また一方で山々や洞窟の中で暮らすすべての修道士《モナヒィ》へ、さらに隠遁生活をしている者たちへ熱心に執り成しの祈り《ディシス》をするよう奮起させ、他方で病んでいる、あるいは牢獄に繋がれている、生活に疲れ果てている者たちすべてへ贈物を与えて富裕にし、同時に皇帝《アフトクラトル》のために祈るよう呼びかけていたのである。[10] しかし皇帝《アフトクラトル》の腹部は異常なほどにまで大きく膨らみ、両足も腫れあがり、また皇帝の身体《ヴァシリコン》は熱を帯びた、そこで医者《ヤトリィ》のある者たちは熱にはあまり注意を払わず、焼灼《カフティレス》に頼った。しかしあらゆる治療も役に立たず、無駄であった。事実焼灼《カフティル》も効果を発揮せず、腹部も前のままであり、息づかいもきわめて厳しい状態であった。体液《レヴマ》はあたかも別の原因から発したかのように口蓋垂《ガルガレオン》を襲い、つまりアスクレピオスの生徒《アスクリピアデェ》の言う口蓋《ウラニィ》にとりつき、さらに歯茎も炎症《フレグモニィ》を起こし、喉頭も膨らみ、舌も腫れあがったので、そのため食物が通過する食道は両側から内に向かって狭まり、まったく食事のとれないという恐ろしい絶食状態が私たちを脅かした。しかし神《セオス》はご存じである、この私は食事について細心の注意を払い、食べ物を粥状のものに作りかえることを自らに強いて、毎日私自身の手で食事を彼のもとへ運んでいたのである。[11][15-96] とにかく炎症《フレグモニィ》の治療にあらゆることが試みられたが、結果は空しいものであり、あらゆる努力、私たちのそれも医者《ヤトリィ》たちのそれも無益なままであった。彼の病気《ノシマ》は最終段階に入り、十一日間にわたって猛威をふるい、彼の生命の危険をもたらし、彼の状況は極端に悪くなった、そして下痢の症状が生じた。このようにこの時期に次々と惨い事態が私たちに押し寄せてきたのである。どちらからも、つまり皇帝《アフトクラトル》のために共に全力を尽くそうと懸命になっているアスクレピオスの生徒《アスクリピアデェ》にも、また私たちにも手を差しのべる術がなく、病人自身だけでなく、すべてが死を予告しているように見えた。【12】その後において私たちは地震と大波の中にいるようなものであり、いつもの落ち着いた生活は掻き乱され、頭は恐怖と不安で一杯になっていた。しかしこれらの危険を前にしても、皇后《アヴグスタ》は常に凛とした態度を保持し、とりわけ男のように雄々しく振る舞ったのはこの時であり、深い悲しみに激しく揺り動かされたけれども、オリンピアの勝利者のようにそのような激しい苦痛に立ち向かっていた。なぜならこのような状態の皇帝《アフトクラトル》を目の前にして、魂を傷つけられ、心を大きく揺さぶられながら、しかし気を強く引き締め、恐ろしい事態に耐え続けていた。〔皇后は〕一方で致命的な傷を受け、まさしく傷は骨髄にまで達したが、他方でそれでもそれらに耐えていた。だがしかし涙は溢れ流れ出て、彼女の美しい顔を台無しにし、魂はすでに鼻先にぶら下がっていた。[15-97]【13】八月十五日[15-98]（その週の第五日〔木曜日〕であった）、私たちの至純の女主人《デスピニス》にして神の母《セオミトル》の永眠《キミシス》が祝われる日であったが、アスクレピオスの生徒《アスクリピアデェ》の幾人かが早朝に彼らにとって良かれと思われるものは何でも皇帝《アフトクラトル》の頭に塗りつけると、理由もなく、また彼らに差し迫った必要からでもなく自宅に引き下がった、実は間もなく皇帝《アフトクラトル》に迫る危機に気づいていたからであった。ところでその時医者《ヤトリィ》たちのうちで主だった者は三人であった、すなわち並はずれた才能をもつニコラオス＝カリクリス、次に通り名を彼の一族に因るミハイル＝パンデフニス、最後に宦官《エクトミアス》で、リプス修道院に所属するミハイルであった。他方皇后《ヴァシリス》はどうかと言えば、長い間何も口に入れていないのでなにか食べ物を取るように、また皇帝《ヴァシレフス》の看護のために幾夜も幾夜も徹夜を続けているので少しでも睡眠を取るように、親族のすべての者が彼女を取り巻いて強く迫ったが、頑として聞き入れようとせず、反対に皇帝《アフトクラトル》が最後の意識喪失に陥ると、再び目をこすってしっかりと目を開いていたのである。そして皇帝《ヴァシレフス》の命が消えるのではないかと思い、身を地面へ投げだすと、絶え間なく哀哭し、身に生じた不幸のゆえに頭を打ち続けていた。実際その者はその場で死んでしまいたかったが、しかしそれはできないことであった。[14] 皇帝《ヴァシレフス》は死を間近にし、病《ノシマ》そのものが彼を打ちのめしていたけれども、死よりも強い存在であるかのように奮いたち、皇后《ヴァシリサ》のことを気遣い、娘の一人とともにこのような大きな彼女の苦しみを鎮めようとした。その者は、三番目の娘、緋の産室生まれ《ポルフィロエニトス》のエヴドキアであった。なぜなら［娘の］マリアは、あのもう一人のマリアのように世話にはげみ、もっともその時はあのマリアがかつてそうしたように私の主《デスポティス》［キリスト］の足下に座って[15-99]いるのではなく、彼［アレクシオス］の枕元で、口蓋と舌そのものも、そして喉頭も炎症を起こしていたので、いくど試みても飲み下せないことのないように底の浅い盃からではなく、脚つきの杯から懸命に彼に水を与えることに努め、そうすればきっと元気づくだろうと願っていた。他方その者はその時、それが最後の言葉であったが、しっかりした、男らしい忠告を与えたのであった。「どうしてあなたは、性急にも私の死にそれほどまでに深くあなた自身を苦しめ、そうでなくても死がそばまできているのに、無理にも私を死に急がせるのか。実際あなた自身のこと、目前の［起こりうる］恐ろしい事態[15-100]に目を向けないで、［私の死を先取りして］あなたのもとに押し寄せる苦悩の海水へあなた自身を沈めようとするのか」その者は彼女にこのように語ったが、しかしそれらの言葉は、皇后《ヴァシリス》にとってむしろ苦悩の傷口をいっそう大きくしたにすぎなかった。

[15] 私自身はどうかと言えば、心は千々に乱れており、まだ生きている友人たちや、将来この書物《シングラマ》をひもといてくれる人々に、その時私は狂人以下の存在であり、激しい悲しみに完全に打ちひしがれていたと、万能の神《セオス》にかけて断言しよう。事実その時、私には世俗的および霊的な哲学《フィロソフィア》も理性《ロゴス》も無用の存在であり、一方で父のことに、彼の介抱にくたくたになるほどかかり切り、脈拍を測り、皇帝《アフトクラトル》の息づかいを必死にうかがい、他方で母の方へちらちらと視線を投げかけ、彼女を元気づけることにつとめていた。しかしどちらも［父も母も］完全に力を失い、まったく手の施しようもない状態であった。なぜなら皇帝《アフトクラトル》は先の喪心から意識を回復することができないままであり、また皇后《アヴグスタ》の魂も皇帝《アフトクラトル》と一緒に急いで身体から離れ去ろうとしていたからである。[16] 実際私たちの状態はそのようなものであり、真実詩篇《プサロメノン》の言葉にあるように、死の苦しみがその時私た

ちを取り囲んだのである。[15-101] その時私自身が正気を失っているのに気づいていた。なぜなら皇后《ヴァシリス》が不幸の海に投げ込まれ、皇帝《アフトクラトル》が無意識状態のまま命のきわに運ばれて行くのを目にしながら、私は気が狂い、自分がどうなっているのか、どこへ向かおうとしているのか解らない状態であった。しかし私の最も愛しいと思う姉妹のマリアによって冷水とバラのエキスがふりかけられると、その者は再び二度目の喪心から意識を取りもどすことができ、そして同じことを皇后《ヴァシリス》にもするように頼み込んでいた。しかし皇帝《ヴァシレフス》は三度目の喪心に陥った、そこで彼の身体のまわりにいて看護に携わっている者たちには皇帝の《ヴァシリキィ》寝台を移動させるのが良いと思われたので、私たちは移動することになり、より自由に空気を吸って昏睡状態から立ち直ることを期待して寝台に寝たままの皇帝《アフトクラトル》を五階建ての建物の別の一室に移した。建物のその場所は北に面しており、諸門《シレ》の前に立ちはだかる建物は一切なかった。【17】しかし帝国《ヴァシリア》の後継者《ディアドホス》[15-102]は皇帝《ヴァシレフス》の死が夜の間におこるのではないかと気づき、すでに自分にあてがわれた部屋《イキマ》へ引き取っており、そして慌ただしく部屋を出ていくと、急いで大《メガ》宮殿《パラティオン》に向かったのである。都《ポリス》全体がその時混乱に陥る気配にあった。事実動揺していた、しかしもちろん完全な混乱状態ではなかった。[5-103] しかしその時、皇后《ヴァシリス》は大きな悲嘆の声と同時に、「すべてを、そう、冠《ディアディマ》と帝位《ヴァシリア》、権威《エクスシア》、すべての権力《クラトス》、帝座《ソロニ》、支配権《アルヘェ》を捨てましょう」と告げ、悲しげに哀悼を捧げ始めた。私も他のすべてのことに眼もくれず彼女と一緒に悲しみの声をあげ、そして私の姉妹たちも共に嘆き、身体を痙攣させ、大声で泣き叫んでいた、しかし再び私たちは彼女［皇后］を正気にもどすことに取りかかった。なぜならその時皇帝《ヴァシレフス》はいまわの際にあり、人がそう言っていたように、まさに息絶えようとしていたからである。【18】その時皇后《ヴァシリス》はまだ赤紫色の衣服と緋色のサンダルをつけたまま、彼の枕元の近くの地面に身を投げだした、その時彼女の魂は激しく大きく揺らぎ、精神は深く傷つけられて、燃えるような心の苦痛を抑える術は彼女の知るところではなかった。そこへ医者《ヤトリィ》の弟子たちが[15-104]再びもどってきて、しばらく皇帝の《ヴァシリコス》手首に触れていたが、脈の動きのあるのに気づき……、しかし肝心なことを明らかにせず、見た目に反して良くなる希望を私たちに伝えたのである。その者たちは故意にそのように言ったのであり、なぜなら皇帝《ヴァシレフス》の命の終わりと同時に、皇后《ヴァシリス》も魂を吐き出してしまうだろうことを知っていたからである。しかし聡明な皇后《ヴァシリサ》は彼らを信じることも疑うこともできなかった。一方で彼らを以前から知り、医術に長じた者たち《テフニィテェ》であることを理解していたが、他方で皇帝《アフトクラトル》の命が剃刀の刃の上にのっていることを承知していたので、彼らに全幅の信頼を寄せることができなかった。あたかも天秤の前に立ってどちらに傾くかを見るように、しばしば私に視線を向け、これまで自分の身に降りかかった重大事に際してそうしていたように、私のいわば託宣のような言葉を待ち、私が彼女にどのような言葉を発するかを今か今かと待ちかまえていたのである。私の最高の人《デスピナ》、姉妹たちのうちで最も愛しい人、私たちの一族の誇り、動じることのない女性、あらゆる徳の住処《カタゴイオン》であるマリアは、その時皇后《ヴァシリス》と皇帝《アフトクラトル》の間に立ち、彼女の長いゆったりした袖で［皇后が］正面から皇帝《アフトクラトル》を見るのを時々妨げていた。[19] 私は再び右手を彼の手首に当て、脈の動きを注意深く探った、その間に［皇后は］被り物《カリプトラ》を外そうとしばしば両手を頭にもっていこうとしたが（実際そのような場合［皇帝がみまかった場合］、そうするのがふさわしいように、皇后《ヴァシリキィ》の衣服も別のものと取り替えねばならなかった）、［私は彼の］脈の力を感じていたので、いくどもその行為を押しとどめていた。しかし私は思い違いをしていた。なぜならあるように思えた脈の力はそのままの状態で続かず、呼吸の仕方が大きく後退すると同時に、肺の動きも遠ざかった。私は皇帝《アフトクラトル》の手を放し、皇后《ヴァシリス》の方へ視線を移し、それから再び右手を［皇帝の］手首に置いた。［皇后は］私に脈の動きの説明を望んで、しきりに私に強い視線を投げかけていた。私が再び手首に触れ、残った力のすべてがなくなり、ついに脈の動きが止まったのを知った時、この私は、頭を別の方向へ向け、身体を震わせ、ぐったりとなり、叫び声を発せず、じっと地面を見ていた、それから両手で両眼をおおい、後ずさりしてから、初めて悲しみの声をあげ始めた。［皇后は］事態に気づき、絶望のあまり、突然遠くまで聞こえる大きな声で泣き出した。[20] 実際世界《イクメニィ》をとらえたこの全くの不幸をどう表現すればいいのだろう、私自身の悲しみをどのように悲しめばいいのだろう。その時［皇后は］皇后用《ヴァシリキィ》の被り物《カリプトラ》を取り除き、剃刀を手にしてあの美しい髪の毛を根本から切り離し、つぎに緋色のサンダルを足から外し、近くにあった黒い普通の履き物を履いた。緋色の衣服も暗い色のそれに代えたいと思ったが、手もとにはそのような衣服はなかった。しかし私の姉妹の三番目の者[15-105]はずっと以前から寡婦の悲しい境遇にあり、その時と場所にふさわしい衣装を身につけていた、そこで皇后《ヴァシリス》はそれらを受け取って身につけ、また飾り気のない、暗い色の被り物を頭に載せた。そしてその間に皇帝《アフトクラトル》はその聖なる魂を神《セオス》に委ねた、私の太陽は沈んでしまった。[15-106]またその間には、激しい苦しみに完全に打ちのめされていない人々も悲しみの声をあげ、頭や胸をうち、悲しさで大声をあげ、それらの声を天にまで届けていた、なぜなら彼らにすべてのものを許し与えた皇帝《ヴァシレフス》、恩人《エヴェルエティス》を悼んで大声で泣いていたからである。[21] この私は、今日でもなお生きて、このように皇帝《アフトクラトル》の死について書き、語っていることに信じられない気持ちである、そしてしばしば眼に軽く触れ、今私の語っていることは決して現実のものでなく、夢ではないか、夢でなければ幻覚・錯乱、不可解で不自然な現象ではないかと思う。なぜならあの者が消え失せたというのに、どうして私はもとのままで生者の中に並べられ、生者の一人に数えられているのか、あるいはどうして私も魂を投げ捨てなかったのか、どうしてあの者が息を引き取ると同時に、私も一緒に息を引き取り、何もわからないままに消えてしまわなかったのか。もしそれが適わなかったのであれば、どうして高みから、どこかそびえ立つ高所から身を投げなかったのか、あるいは海の波濤へ身を躍らさなかったのか。私は、これまでの人生における大きな不幸について記した。しかし悲劇の言葉[15-107]にあるように、神から命じられた苦しみと不幸のうちで、この私がその重荷に耐えることのできなかったものはなかった。実際そのように、神《セオス》は私を大きな不幸の集まる宿《カタゴイオン》にしたのであった。私たちは、世界を照らす大きな光、偉大なアレクシオスを失った。だがしかし、［私の］魂はみじめな肉体に取りついて離れないでいた。[22] もう一つの大きな光、むしろあの明るく輝く月光と言った方がいいだろう、すなわち名実ともに東と西の偉大な存在、皇后《ヴァシリス》イリニも消えてしまった[15-108]、それでも私たちはなお生き、息をしている。それからは次々と不幸が生じ、とてつもなく大きな嵐が私たちを襲ってきた、そして実に最大の不幸、すなわちケサルの死に立ち会わされる羽目となった、そのように私たちは数々の大きな不幸を潜りぬけてきたのであった。［ケサルを襲った］病《カコン》は数日間猛威をふるい、しかし医術《テフニィ》は敗北した、私は身を深い絶望の大海に投げ入れた、私の魂がなおも肉体にとどまっていることを全く腹立たしく思うだけとなっていた。私はその時、何か鋼のようなとてつもなく堅いもの、あるいは何か他の材料からできた不可解で異常な存在のようなものであったと思われる、もしそうでなかったなら、私はその場でただちに息を引き取っていたであろう。[23] しかし私は生きながら、千もの死を経験した。私たちは、ニオベについて子供たちの不幸［な死］のゆえに石の姿に変わり[15-109]、そしてもちろん痛みを寄せつけない命のない石に代わった後も、感覚のない物質のゆえに不死でありつづけたという不思議な物語が語られるのを聞き知っている。しかしこの私について言えば、彼女よりなおいっそう惨めな状態でさえある、なぜなら最大で最後の不幸の後でも、感覚をもつ存在として生きつづけている。それゆえいっそ生命のない石に変えられて、川の流れのような涙を流し続けていた方が良かったであろう[15-110]、しかし感覚をもつ存在として不幸に耐えていかねばならなかった。それほど多くの耐えるべき不幸がもたらされ、さらに今日においてさえ人々によって私に向けて引き起こされるその他の耐え難き苦痛が加わることになり、それゆえにまさに私の不幸はニオベのそれよりもいっそうはるかに大きい。なぜなら彼女の恐ろしい不幸はここまで達した［石に変わった］時点で、終わったのである。[24] 両陛下《ヴァシリ》につづいてケサルの不運《シムフォラ》［死］、そしてあのような数々の苦しみは、私の身も心も完全にくたくたにさせてしまうに十分であったろう。さて、ちょうど高い山々から流れ落ちる幾つもの川が湧き立って凄まじい音をたてていくように、私の幾筋もの不運の流れは一つの奔流となり、同時に私の住処《イキア》を水浸しにしてしまおうとする。苦しみをもたらすことどもを書き連ねて、これ以上に苦しい思いをしないように、歴史《ロゴス》はこれで終えることにしよう。

訳者あとがき

確たる動機は忘れてしまったが、E. R. A. Sewter 訳『アレクシアード』を通読してみようと思い立ったのは、兵庫県立高等学校の退職を二、三年後に控えたころであった。正確に読む目的から、私は二人の方に声をかけた。一人は長年にわたってイスラム側から十字軍を研究されており、一人は大学で英語を教え、当時ヨーロッパの人名について調査されていた。まず序文を含めて最初のV巻までが私の分担箇所となり読書会は始まったと思うが、結局、ほぼ一年がかりでワープロに打ち込んだ私の訳文（全巻）がたたき台となった。この輪読会は第Ⅶ巻の途中、二〇一六年六月で解散となったが、十八年つづいたことになる。

ある日の読書会において一人が発したつぶやきは今なお覚えている。第V巻1章1節の最初のところ、一〇八一年十月十八日、ディラヒオン郊外で行われたローマ軍とノルマン軍の戦いに勝利したロベール＝ギスカールは皇帝の幕舎とともにすべての戦利品を奪い取った後、ディラヒオンを包囲攻撃する時に野営していた平地にもどる。Sewter 訳ではつづいて「彼（ロベール）はそこでしばらく休むと、これからどうすべきか再び検討を始めた。ディラヒオンの城壁への攻撃を再開すべきか、あるいは攻撃は翌年に延ばし、まずグラヴィニツァとヨアニナを占領し、ディラヒオンの平野を見下ろす谷に配置された全軍と共にそこで越冬すべきかどうか」(*The Alexiad of Anna Comnena*, p.155) とある。「ところでディラヒオンからヨアニナまでの距離はどうなのだろう」このつぶやきがどういう意図から発せられたのか覚えていないが、私は真剣に受けとめた。ヨアニナはギリシア西北部の都市でグラヴィニツァ（アルバニア）のさらに東南の方向にあり、ディラヒオンからの直線距離は約二四七km、今日の自動車道路で二七八kmである (Google Earth)。「全軍 his whole army」には多数の歩兵が含まれるであろう。来春の攻撃を控えて、なぜ歩兵をアルバニア南部の山岳地域を越えさらにヨアニナにまで移動させねばならないのか、理解に苦しむところである。私は原典を開いてみることにした。結果は訳本文を見ていただきたいが、ここでは参照した Ljubarskij と Reinsch のそれぞれの訳を紹介しておくことにする。前者においては「……彼は、ディラヒオンの平野を見下ろす山間の谷に全軍（все войско）を配置した後、グラヴィニツァとヨアニナに行きそこで越冬すべきかどうか……」(*Aleksiada*, p.156) であり、後者は「彼は、ディラヒオンの平地を見下ろす山間の谷に歩兵すべて seine gesamte Infanterie を収容した後に、さしあたりグラヴィニツァとヨアニナへ移動し、そこで越冬すべきかどうか……」(*Alexias*, p.164) となっている。三者がそれぞれ army, войско, Infanterie の語をあてているもとのギリシア語 τὸ ὁπλιτικόν (the soldiery = οἱ ὁπλῖται in *GEL*) を私は歩兵（隊）とし、ロベールはすべての歩兵をディラヒオンを見下ろす谷間の安全な場所にとどめ、自身は騎兵を率いて、おそらくそれらを占領すべくグラヴィニツァとヨアニナへ向かい、そしてそれぞれ別れてそれらの都市で越冬しようと考えた、と解釈したのである。

原典にあたる必要をつよく感じたのは、この時が初めてでなく、『アレクシアード』の輪読の始まりとほぼ同時であった。そこで天理大学付属天理図書館において Leib 版を数回にわけて複写していただいたのである。

『アレクシアード』の輪読は遅々として進まなかった、しかしその間に、Leib 版の対訳である仏訳を、またSewter訳のプセロスの『年代記』を読み進めた。そしてまたアンナの夫ニキフォロス＝ヴリエニオスの『歴史』に挑戦し、この前半部は退職一年前、学校の紀要に「十一世紀後半のビザンツ政治世界（Ⅰ）――Nikephoros Bryennios『歴史材料 Hyle historias』試訳――」（兵庫県立尼崎稲園高等学校『稲園紀要』第十九号、二〇〇一年）として発表することができた。

　後半部は退職して五年経ったころに再開し一応訳し終えた（未発表）。二十年以上つづき、私を含めた世話人すべてが退職して終刊となったある同人誌の同人、国語の先生で元同僚から「小冊子でいいから小品を発表する場がほしい」との要請を受けたのはそのころである。二つ返事で承諾した。私はこれを機会に原典『アレクシアス』への挑戦を決意したのである。新しい同人誌に試訳を発表していくのではなく、訳の進捗状況をそのつど身辺雑記風に綴っていこうと考えたのである。

　この新しい同人誌『草あそび』は二〇〇九年六月に第一号を発行し、二〇一七年十月に第十八号を出している（春・秋の二回）。その第六号（二〇一一年十一月発行）の拙文「マラズギルドの古戦場に立つ」に、「『アレクシアス』原典訳の再検討の作業は……七月末までにとにかく第XIII巻11章の終わりまで進め、旅にでることになった」と書いているので、この時（二〇一一年七月）までにすでに一通り訳し、二回目の検討を進めていたことになる。私のメモによると、悠書館に訳原稿を送付したのは二〇一六年十月、その十月までに私は少なくとも九回にわたってテキストと照合しながら訳文の点検を行っている。これらの作業に八年かかわったことになる。

　さて今回の拙訳『アレクシアス』の生みの親は、関西学院大学教授中谷功治氏であるといえよう。まず最初に氏に深く感謝を申し上げたい。中谷氏へは『草あそび』第一号から欠かすことなく拙文の抜刷をお送りしてきた。ご多忙にもかかわらず、丁寧に読んでくださり、時には邦訳『アレクシアス』の出版を期待しているとの言葉を何度も頂いていた。私としては励ましの言葉として軽く受け取っていたが、しかし二〇一六年六月、抜刷送付の礼状に、『アレクシアス』の出版を考えられませんか、出版社の候補として勤務校――私の母校でもある――の出版会もあります、とごく具体的な内容の言葉があった。私の生存中に邦訳がでれば、それについての感想文をおそらく少し長文になるだろうが、書いてみようとの想いはあった。しかし私自身、この大部の著作の出版など夢にも考えていなかった。中谷氏の勧めに私ごときがと躊躇したが、勇を鼓して大学出版会への紹介をお願いすることにした。中谷氏はその後関西のビザンツ研究者たちと相談されたらしく、返事に、東京の出版社から出されてはどうか、東京の研究者を介して出版社にコンタクトを取ってもらおうと考えている、いかがですか、とあった。一も二も無くお願いした。事実、幾人もの方が出版社へのコンタクトの労をとってくださったようであるが、結局、立教大学教授の小澤実氏の紹介にかかわる悠書館から出版することとなった。氏に篤くお礼を申し上げたい。それにこれも中谷氏から、訳文の序文を著名人にお願いし、それには長年アレクシオス一世研究に携わってこられた井上浩一先生が最適ではないかとのお話を頂いた。この勧めも二つ返事でお願いした。中谷氏の依頼により井上氏から序文執筆の快諾が得られた。中谷氏をはじめ上記の二名の先生方のお力添えがなければ、今回の『アレクシアス』の出版は実現しなかったであろう。三先生に衷心より篤く感謝とお礼を申し述べたい。

長文と語の多義性がギリシア語の特徴とされる。語の多義性について、例えば polis の語はコンスタンティノープルから大小の多数の都市、さらに町や村、アクロポリスの同意語としての内城、砦にまで使われる。私は『アレクシアス』を訳しながらこのことを実感し、早い段階から注意すべき言葉を拾い上げ、書き留めていった。これらの採録した言葉が索引の基礎データの一部となっている。そのため、煩瑣と思われるほど多数の言葉にルビをうっている。私は最初ギリシア文字は使えなく、従ってルビの多くは削除しなければならないと思っていた。事実このことを先取りして、訳註にはギリシア文字は使わずラテン文字表記にしている。しかし悠書館の店主であり編集者でもある長岡正博氏は、『アレクシアス』は読み物であると同時に第一級の史料である、ギリシア文字は使い、ルビを生かしましょうといってくださった。これには頭がさがった。多数のルビの関係で、索引の作成にたいへん時間がかかり、苦労した。索引作成は編集者との共同作業によるものであり、このことに関しても長岡氏に深く感謝しなければならない。そして、もちろん上記の先生方の紹介・推薦の言葉があってのことと思われるが、無名の一退職者の、しかも大部の訳文を取り上げ、上梓することを決断された悠書館の店主に万謝の念しきりであることを記しておきたい。

　本訳書には多くの誤りと欠陥があるにちがいない、近い将来、すべてにおいてより優れた新訳の出現を促す一助になれば幸いである。

二〇一九年十月二十二日

索引 I（人名・地名・民族・住民・家族名など）

索引 I 、Ⅱの項目はともに、『アレクシアス』本文ならびに訳註から立項した。本文から選んだ項目は［X, 8, 9］のように［巻 , 章 , 節］で当該語句の所在を示した。訳註から選定した項目は［3-26］のように、［巻 - 註の通し番号］で語句の所在を示した。この場合に限り、巻の表示はアラビア数字を用いた。なお、0（ゼロ）は序文を示す。
最初のギリシア語文字列は新校訂版（Reinsch et Kambylis）のもの、〈　〉内のそれは Leib 版のもの。(　) のギリシア語とカタカナは複数形。索引の作成において Alexias, Pars Altera（Indices）を参考にした。

ア

アイアス Αἴας［ホメロスの英雄→（両）アイアス)］
(両) アイアス Αἴαντες［ホメロスの二人の英雄、大アイアス（テラモンの息子）と小アイアス（オイレウスの息子）X, 8, 9］
アイオス = イリアス Ἄιος Ἠλίας［聖シメオン港の北に位置する軍事区域（アイオス = イリアス自体はオロンテス河口の都市）XIII, 12, 18］
アイスキネス Αἰσχίνης［前 4 世紀のアテネの弁論家 II, 6, 6］
アイトス Aytos **の峠**（東バルカン山脈の一つ）10-20
アイリアノス Αἰλιανός［戦術書のギリシア人著作家（1 世紀末 2 世紀初頭）XV, 3, 6］
アイル Ἀήρ［イズニク湾の南岸の港、ニコメディア（イズニク）の南、およそ 16km XV, 1, 5 ; 6］
アイワルク Ayvalik（小アジア西部の海岸の都市）9-7
アヴィドス Ἄβυδος［エリスポンドス（ダーダネルス海峡）に臨むアジア側の町 IX, 3, 3 ; 4 ; XI, 5, 3 ; XIV, 1, 4 ; 3, 3 ; 5, 3］
アヴェルサ Aversa（南イタリアの都市）1-87, 5-49
アウグスティオン広場 Augusteion（聖ソフィア寺院前の広場）2-101
アヴグストポリス Αὐγουστόπολις［アクロニオスの近くに位置するフリイアの町あるいはケサリア（カイセリ）の南西に位置するカパドキアの町 XI, 3, 6 ; XV, 6, 5］
アヴリレヴォ Ἀβριλεβῶ［アドリアヌポリスの少し北に位置する場所 X, 4, 10］
アヴロン Αὐλών［イピロス Ipiros（エピロス）の海港、今日のヴロラ Vlora（アルバニア）、イピロスは現在ギリシアとアルバニアにまたがるイオニア海沿岸地方 I, 14, 1 ; 4］
アエトス Ἀετός［メソポタミアの一地方（セマ）、正確な位置は不明 XIII, 12, 24］
アエミリウス Αἰμίλιος［共和制ローマの軍人・政治家、マケドニア王国と戦いで活躍、ルキウス = アエミリウス = パウルス Lucius Aemilius Paullus I, 1, 3］
アオラタ Ἀόρατα［小アジア西部の場所、ピマニノンの近くのリンダコス Rhyndakos 渓谷に位置する所 XIV, 5, 4 ; 5］
アカイア人 Ἀχαιοί［ホメロスによって語られる古代ギリシア人 VII, 2, 6］
アガソニキ Ἀγαθονίκη［アドリアヌポリスの近くに位置する場所 X, 4, 10］
アガリニィ Ἀγαρηνοί［Ἄγαρ（Hagar）の子孫の意、ムスリムを意味する。アガルはアブラハムの妻サラの侍女で、アブラハムとの間に息子イシュマエル（イスマイル）をもうける。イシュマエルはアラブ人の祖とされる II, 4, 2 ; III, 3, 5 ; X, 5, 5 ; XI, 4, 3 ; 6, 2 ; 4 ; 5 ; 7, 1］
アキレウス Ἀχιλλεύς［ホメロスの讃える英雄 I, 10, 4 ; VII, 2, 6］

アクルノス Ἀκρουνός［フリイアの町、現アフヨンカラヒサル Afyonkarahisari XIV, 3, 5］
アクロコス Ἀκροκός［コティアイオン（現キュターヤ Kütahya）の近くに位置する場所 XIV, 5, 7 ; 6, 3］
アクロニオス Ἀκρόνιος［→アクルノス］
アケ Ἄκε［シリアの海港、現アクル Acre XIV, 2, 11 ; 12 ］
アゲラオス Ἀγέλαος［ホメロスの英雄の一人 IV, 8, 1］
アザラス Ἀζαλᾶς［ニケアの南に位置する丘 XI, 2, 8］
アサン Ἀσάν［①ヴァイムンドスの軍勢と戦ったトルコ人の軍司令官 XI, 3, 5・②カパドキアの大サトラピス XIV, 1, 5 ; 6 ; 7・③カトゥフ Κατούχ、スルタンのサイサン（マリク＝シャー）に殺されたサトラピス XV, 6, 9］
アジア Ἀσία［①小アジア II, 1, 1 ; II, 8, 2 ; III, 3, 5 ; V, 2, 2 ; VI, 9, 1 ; 10, 1 ; VI, 12, 1 ; VII, 8, 7 ; X, 5, 4 ; 5 ; XII, 1, 3 ; 4, 3 ; XIII, 5, 1 ; 12, 1 ; XIV, 2, 1 ; 3, 2 ; 8, 5 ; XV, 2, 6 ; 4, 3 ; 6, 5・②アジア（大《メガリ》）（小アジア）XIII, 12, 6・③アシア［小アジア西部の地域 XIV, 3, 7 ; 6, 1 ; 8, 5 ; XV, 1, 1］
アジアの Ἀσιᾶτις［地 χώρα］［小アジア XV, 10, 5］
アシラス Ἀθύρας［マルマラ海北岸の城塞、現ビュユク＝チェクメジェ Büyük Çekmece II, 6, 10 ; X, 9, 2］
アシル Ἀθήρ［ケファリニア島の北岸の岬 VI, 6, 1 ; 2］
アスカニア Ascania（イズニク İznik）湖 11-3
アスカロン Ascalon（地中海に臨むイスラエルの都市）11-76
アスコリィ Ascoli（南イタリア、プーリア Puglia の都市）5-37
アスピエティス Ἀσπιέτης［アレクシオス帝に仕えるアルメニア人貴族、ディラヒオン郊外の戦いで死んだとされるが、後にまた登場する IV, 6, 7 ; XII, 2, 1 ; 2 ; 3 ; 6 ; 7］
アスプレ＝エクリシエ Ἄσπραι Ἐκκλησίαι［ヴァルダル Vardar 河畔に位置する場所 V, 5, 1］
アスプロン Ἄσπρον［トラキアの村 VII, 9, 7］
アソン Ἄσων［イピロスの海岸に位置する場所。イピロスについてはアヴロンを見よ X, 8, 3］
アダナ Ἄδανα［キリキア Cilicia の都市、タルソスの東 37km に位置する XI, 11, 7 ; XIII, 12, 21］
アタナソヴスコ湖 Atanasovsko lake（黒海西岸のアンヒアロスに西に位置する）10-21
アタパカス Ἀταπάκας［ダマスコスのトルコ人支配者 XI, 7, 4］
アタリア Ἀττάλεια［小アジアの南岸、パムフィリアの海港都市（紀元前 150 年ペルガモン王アッタロス２世により建設）、現アンタルヤ Antalya XIV, 1, 2 ; 3 ］
アタロスの都市 ἡ Ἀττάλου［小アジア南岸のアタリア XI, 9, 3 ; XIV, 1, 2］
アッシリア人 Ἀσσύριοι［古代オリエントの民族 XIV, 2, 4・シリア人の古風な表現 III, 3, 3 ; XII, 6, 1］
アティコス Ἀττικός［スヘドスの考案者、しかし名前だけしか知られていない XV, 7, 9］
アテナ Ἀθηνᾶ / アテネ Ἀθήνη［都市アテネの守護神（女神）III, 3, 4 ; IV, 6, 5 ; XII, 3, 8］
アテネ Ἀθῆναι(αἱ)［古代ギリシアの都市国家の一つ VI, 10, 11・アンナの時代の都市（アシネ）VI, 7, 5］
アテネ人 Ἀθηναῖοι［古代アテネの市民 VI, 10, 11］
アデマール Adhemar（ピュイの司教）10-86, 11-66
アドメトス Ἄδμητος［神話上の人物 I, 3, 3］
アトラミティオン Ἀτραμύτιον［小アジア北西部の町、レスヴォス島（Lesbos）の対岸に位置する、現エドレミト Edremit XIV, 1, 4 ; 3, 1 ; 5, 3］

アドラレストス ʼΑδράλεστος［アレクシオス帝によって使者および人質としてヴァイムンドスのもとへ送られた人物 XIII, 9, 1 ; 8］

アトランディコン＝ペラゴス ʼΑτλαντικὸν Πέλαγος〈πέλαγος〉［大西洋 序文 , 4, 2］

アドリア海 ʼΑδρίας Πόντος ; ʼΑδρίας ; ʼΑδριαντικὸν Πέλαγος〈 ʼΑδριαντικὸν πέλαγος〉［イタリア半島とバルカン半島との間の支湾 序文 , 4, 2 ; I, 16, 1 ; VI, 11, 3 ; VIII, 6, 5 ; X, 2, 1 ; 5, 4 ; XII, 9, 1 ; 2 ; 4 ; 6 ; 12, 6 ; 17 ; XIII, 12, 6 ; XIV, 8, 1 ; 6］

アドリアヌポリス ʼΑδριανούπολις［アドリアノープル、現エディルネ Edirne V, 5, 7 ; VI, 14, 4 ; 7 ; VII, 2, 1 ; 6, 1 ; X, 2, 7 ; 3, 3 ; 4 ; 5 ; 6 ; 4, 1 ; 2 ; 9 ; 10］

アドリアヌポリスの市民 ʼΑδριανουπολῖται X, 2, 7.

アドリアノス ʼΑδριανός［①ダラシノス Δαλασσηνός、アレクシオス 1 世の母アンナ＝ダラシニの、母方における祖父 III, 8, 1. ②コムニノス Κομνηνός、アレクシオス帝の 3 歳ばかり年下の実弟 III, 4, 2 ; VII, 1, 2 ; 3, 6 ; 8 ; VIII, 4, 4 ; 8, 3 ; IX, 7, 3］

アドリアノスの都市 ἡ ʼΑδιανοῦ πόλις［アドリアノープル、現エディルネ VI, 11, 3 ; XIV, 8, 1］

アトレウス ʼΑτρεύς［アガメムノン王の父 VII, 3, 1］

アナヴァルザ ʼΑνάβαρζα［キリキアの町、現アナヴァルザ＝カレシィ Anavarza Kalesi XIII, 12, 21］

アナスタシオス＝ディコロス ʼΑναστάσιος ὁ Δίκορος〈ʼΑναστάσιος ὁ Δίκουρος〉［ローマ皇帝アナスタシウス 1 世（在位 491-518 年）X, 5, 2］

アナトリコン ʼΑνατολικόν（τό）〈ἀνατολικόν〉［小アジアに位置する帝国行政区 XI, 8, 2］

アネマス ʼΑνεμᾶς［→レオン 2・ミハイル 8］

アネマス兄弟 ʼΑνεμάδες［アレクシオス帝に陰謀を企てた 4 人の兄弟 XII, 5, 4 ; 5 ; 6］

アフヨンカラヒサル Afyonkarahisari（トルコ中西部の都市）11-55

アプリア / アプリイア ʼΑπουληΐα［南イタリアの地域、現プーリア Puglia I, 14, 1 ; 3 ; 16, 1 ; 2 ; III, 12, 8 ; IV, 1, 2 ; 4 ; VI, 6, 3］

アプリアの住民 ʼΑπουλήιοι［南イタリアのアプリアの住民 XII, 9, 4］

アフリス ʼΑχρίς［マケドニアのオフリド Ohrid（都市）IV, 8, 4 ; V, 1, 4・マケドニアの湖 XII, 9, 6］

アフリデス ʼΑχρίδες（αἱ）［アフリスに同じ V, 4, 4 ; 5, 1］

アフリド ʼΑχριδῶ［ロドピ山脈付近、トラキアの一地方 IV, 4, 3］

アプロス ʼΆπρως［トラキアの町、コンスタンティノープルの西、直線距離でおよそ 156km、現ケルメヤン Kermeyan VII, 7, 3 ; X, 11, 1 ］

アベラス ʼΑμπελᾶς［アレクシオス帝に仕える軍人 XIV, 5, 7 ; 6, 1 ; 2 ; 4］

アペルハシム ʼΑπελχασήμ［トルコ人のアミール、アブル＝カシム Abul-Kasim VI, 9, 1 ; 2 ; 10, 1 ; 2 ; 4 ; 5 ; 6 ; 7 ; 8 ; 9 ; 10 ; 11, 1 ; 2 ; 4 ; 12, 1 ; 2 ; 3 ; 4 ; 8 ; VII, 7, 4］

アペレス ʼΑπελλῆς［前 4 世紀のギリシアの画家 III, 2, 4］

アヘロン川 Acheron（ギリシア北西部の川）4-24

アポロニアス ʼΑπολλωνιάς［小アジア北西部、ミシアの町（Ryndax 河畔に位置する、現アポリオント Abulyont）VI, 13, 1 ; 3 ; XIV, 5, 3］

アマシア ʼΑμάσεια［ポンドス地方の町、現アマシヤ Amasya I, 2, 3 ; 4 ; 7 ; XI, 8, 2］

アマシアの住民 ʼΑμασειανοί I, 2, 6 ; 7.

アマストリアヌム広場 Forum Amastrianum（コンスタンティノープル）12-51

アマストリス ʼΆμαστρις［パフラゴニアの町、現アマスラ Amasra XIV, 3, 5］

アマルフィ ʼΑμάλφη［カンパニアの都市 XIII, 12, 28］

アマルフィ人 'Αμαλφηνοί VI, 6, 4

アミケティス 'Αμικέτης［ジョヴィナッソ Giovinazzo（バリの西）のノルマン人伯 IV, 6, 8］

アミュンタス 'Αμύντας［マケドニア王フィリポス２世の父（Amyntas）XIV, 8, 2］

アミラス 'Αμηρᾶς［ラパラのセマに属する城塞 XIII, 12, 24］

アムフィオン 'Αμφίων［ゼトスと共に古代テーベの伝説上の建設者 III, 12, 8］

アムフィポリス 'Αμφίπολις［ストリモン Styrmon 河口近くにあったマケドニアの町、エグナティア街道 Via Egnatia の宿駅の一つ I, 9, 5］

アムブス 'Αμποῦς［アクロニオス Akronios（アフィヨンカラヒサル）の近くに位置する場所 XV, 6, 3］

アメリムニス 'Αμεριμνής［エジプトのスルタン、アル＝アーミル al-Amir（在位 1101-1130 年）XI, 7, 1 ; 3］

アモリオン 'Αμόριον［アンカラの南南西、ケドレアの北東約 40km に位置する城塞、現ヒサルキョイ Hisarköy XV, 4, 1 ; 5］

アライ 'Αλλαγή［ラリサ（ギリシア）の近くの場所、正確な位置は解らない V, 5, 8］

アラカセフス 'Αλακασεύς［アンヒアロスの住民、奸計を用いて偽ディオエニスを捕らえる X, 4, 1 ; 2 ; 3 ; 4 ; 6 ; 7］

アラビア 'Αραβία / 'Αρραβία［西アジアの地方名 XIV, 2, 14］

アラブ人 Ἄρραβες［エジプトのアメリムニスの兵士たち XI, 7, 1］

アラマニア 'Αλαμανία［ドイツ王ハインリヒ４世の領土 I, 13, 2 ; 8 ; III, 10, 2 ; V, 3, 1 ; 3 ; 4 ; 6 ; 7］

アラマニィ Alamanoi（ドイツ人）2-74

アラミソス 'Αραμισός［プラスタ（エルビスタン Elbistan）の西約 25km に位置する城塞、現アフシュイン Afsin XIII, 12, 24］

アラン人 'Αλανός［コーカサスの民族、なお帝国の著述家はアラン人を同じコーカサスの住民であるアヴァスイア人 Abasgians やグルジア人 Georgians と明確に区別していない I, 16, 3 ; II, 4, 5 ; VIII, 9, 2 ; XIII, 6, 1 ; 2 ; XV, 2, 3 ］

アリアティス 'Αλυάτης［グラヴィニツアの指揮官、対ヴァイムンドス戦で戦死（1108 年）XIII, 5, 3］

アリエヴィス 'Αριέβης［アルメニア人でアフリデス / アフリス（オフリド）の司令官、後アレクシオス帝に対して陰謀をはかる V, 5, 1 ; VIII, 7, 1］

アリケ 'Αλυκαί［ヴィシニアのある場所、キパリシオスとも呼ばれる VI, 10, 6］

アリシナ 'Αληθινά［フリイア地方にある場所（砦？）、おそらくドリレオンとコティアイオンの間に位置する XIV, 5, 7］

アリス Ἅλυς［小アジア中部の川、現クズル＝ウルマク Kızıl Irmak XI, 8, 2］

アリストテレス 'Αριστοτέλης［古代アテネの哲学者 序文, 1, 2 ; V, 8, 5 ; 9, 4 ; XII, 5, 4］

アリストファネス 'Αριστοφάνης［古代ギリシアの喜劇作家 I, 8, 2］

アリファス［→ペトロス 3］

アル＝アフダル al-Afdal（カイロのカリフ、アル＝アーミルの宰相）11-74, 12-7, 12-9, 12-10

アルイラ＝リムニ 'Αργυρὰ Λίμνη［銀の湖の意、コンスタンティノープルの城壁の近く、おそらく金角湾の奥まった所に位置した湖 X, 9, 3］

アルイロカストロン 'Αργυρόκαστρον［シリアの海岸に位置する城塞、字義は銀の城で、騎士の城 Krak des Chevaliers とトルトサ（アンダラドス）の間、海岸からおよそ 30km 内陸に入ったところに位置した XI, 11, 4］

アルイロス＝カラツァス 'Αργυρὸς ὁ Καρατζᾶς［ウズィ出身でアレクシオス帝に仕える軍人、メガス＝エテリアルヒス職の保有者、アンナはスキタイとも言っている VII, 3, 6 ; VIII, 7, 4 ; 5 ; X,

4, 10］

アルヴァナ Ἄρβανα［ドリモン（Drin 川）流域の山岳地域（現アルバニア）IV, 8, 4］

アルヴァニテェ Ἀρβανῖται［エピロス（イピロス）の住民、アルバニア人 VI, 7, 7］

アルヴァノン Ἄρβανον［アルヴァナに同じ XIII, 5, 1 ; 2］

アルヴェルティス Ἀλβέρτης［コンスタンティノープルに派遣されたハインリヒ４世の使節の一人 III, 10, 5］

アルキビアデス Ἀλκιβιάδης［古代アテネの政治家 VI, 10, 11］

アルケスティス Ἄλκηστις［神話上の人物、アドメトスの妻 I, 3, 3］

アルゴストリィ Argostoli（ケファロニア島 Cefalonia の都市）6-64

アルゴー船の一行 ἀργοναυτικὸς〈Ἀργοναυτικὸς〉στόλος［アルゴー船で金の羊毛を求めてコルキスに赴いた英雄たち（アルゴナウタイ Ἀργοναῦται）XII, 9, 1］

アルサキス Ἀρσάκης［異端者ニロスと交わったアルメニア人 X, 1, 4］

アルサキデェ Ἀρσακίδαι［古いアルメニア王家、アルサキド王朝 Arsacid（後 54-428 年）XII, 2, 6］

アルタフ Ἀρτάχ［アンティオキアの北東の城塞 XIII, 12, 18］

アルバニア Albania（イピロス Ipiros）2-84, 4-66, 6-50

アルベラーダ Alberada（ロベール＝ギスカールの最初の妻）1-75, 1-115

アルミロス Ἁλμυρός［東トラキアの川、現カリヴリ Kalivri I, 4, 5］

アルメニア Ἀρμενία［小アジア東部の地域名、フィラレトスの出身地 VI, 9, 2］

アルメニアコン Ἀρμενιακόν（τό）［シノプの東および南の地域に位置する行政区（セマ）I, 2, 5 ; XI, 8, 2 ; 4 ］

アルメニアコン＝セマ Ἀρμενιακὸν θέμμα［小アジアの行政区 XI, 12, 5］

アルメニア人 Ἀρμένιος（Ἀρμένιοι）［①パクリアノス II, 4, 6・②アリエヴィス VIII, 7, 1・③アレクシオス帝を剣で殺害しようとした人物 IX, 7, 5・④大都に住む多数のアルメニア人 X, 1, 4 ; 5・⑤アンティオキアの攻囲においてボエモンに手を貸したアルメニア人 XI, 4, 2 ; 4 ; 5・⑥カリフのアメリムニスの軍隊内の兵士 XI, 9, 4・⑦アスピエティス XII, 2, 1 ; 3・⑧タングレの軍隊内の兵士 XI, 9, 4 ; XII, 2, 2・⑨レオンとセオドロス XIII, 12, 18・⑩フィリプポリスの住民 XIV, 8, 3 ; 7］

アルメノカストロン Ἀρμενόκαστρον［ヴィシニアにある城塞 XV, 3, 6］

アレクサンドリア Ἀλεξάνδρεια［エジプトの都市 VII, 5, 3 ; XV, 7, 8・インドの都市 VII, 5, 3］

アレクサンドリア出身の人 / アレクサンドリア人 Ἀλεξανδρεύς［エジプト人の占星術師 VI, 7, 4］

アレクサンドロス Ἀλέξανδρος［①トロイアの王プリアモスの息子、パリスの別名 I, 8, 4・②古代マケドニアの王、大王と称される 序文 , 4, 1 ; VII, 5, 3 ; IX, 5, 1 ; XV, 7, 8・③エフフォルヴィノス Εὐφορβηνός、ローマ帝国の軍人で、トルコ人アミールのエルハニスとの戦い、ツァハスへの人質、ヴァイムンドスとの戦い、ディラヒオンの海峡の守りに関して何度も言及される VI, 13, 1 ; 2 ; IX, 1, 7 ; XII, 8, 6 ; XIII, 7, 2・④カヴァリカス Καβάλικας、若き日のツァハス（トルコ人アミール）を捕らえたローマ帝国軍人 VII, 8, 7・⑤カヴァシラス Καβάσιλας、ロベルトス＝ギスカルドス（ロベール＝ギスカール Robert Guiscard）との戦いにおけるテサリア人の軍勢の指揮官、ボヘモンとの戦いにおいてペトルラの城塞を守備する、同じくボヘモンによって打ちまかされる IV, 4, 3 ; XIII, 5, 1 ; 2 ; 7, 1］

アレクシウポリス Ἀλεξιούποις［アレクシオス帝がフィリプポリスの近くに建設した町 XIV, 9, 4］

アレクシオス Ἀλέξιος［①アレクシオス＝コムニノス（皇帝在位 1081-1118 年）序文 , 1, 2 ; 2, 2 ; 3, 2 ; I, 1, 1 以下随所に・②アレクシオス帝の兄弟イサアキオスの息子 XII, 4, 3 ; 8, 1 ; XIII, 3, 3

; 11 ; 12 ; 8, 5 ; 6 ; 10 , 2・③アレクシオス帝の息子ヨアニスの長男 XII, 4, 4・④ケルキラ（コルフ）のドゥクス XI, 12, 5 ; XII, 1, 2]

アレッポ Aleppo（シリア北西部の都市）6-110, 6-151, 10-63, 11-42, 11-99, 13-101

アレテ Ἀρεταί［場所は確定できないが、おそらくコンスタンティノープルの陸の城壁から西およそ 4 km の地点に位置する今日のバクルキョイ Bakirköy の丘であろう II, 8, 5]

アロニオス Ἀρώνιος［→セオドロス 2]

アロニオス家 Ἀρώνιοι［西マケドニア王国の最後の王イヴァン＝ヴラディスラフ John Vladislav(在位 1015-1018 年) から発する名門一族 XIII, 1, 5]

アロポス Ἀλωπός［ミティリニ（レスヴォス）島の統治官 VII, 8, 1]

アロン Ἀαρών［①預言者モーゼの兄 X, 8, 8・②アロニオス家の一人、アレクシオス帝の殺害を謀る XIII, 1, 5 ; 7 ; 8 ; 9 ; 10]

アンキラ Ἄγκυρα［ガラティアの町、現アンカラ Ankara XI, 8, 2]

アンゲロコミティス Ἀγγελοκωμίτης［イダ山地から発する小アジア北西部の川 XIV, 5, 3]

アンダラドス Ἀντάραδος［シリアの町、別名トルトサ Tortosa XI, 7, 4]

アンダラドスの軍事地区 ἡ στρατηγὶς 'Ανταράδου［アンダラドスの名を冠した軍事地区 XIII, 12, 21]

アンダルト 'Ανταρτῶ［アンダラドスの沖合の島、現アラドス Arados XIII, 12, 21]

アンダルトの軍事地区 ἡ στρατηγὶς Ἀνταρτοῦς［アンダルトの名を冠した軍事地区 XIII, 12, 21]

アンティオキア 'Αντιόχεια［北シリアの都市 VI, 9, 2 ; 3 ; 10, 1 ; 12, 1 ; X, 2, 2 ; 3, 4 ; XI, 3, 1 ; 3 ; 4, 1 ; 3 ; 4 ; 7 ; 5, 1 ; 6, 1 ; 2 ; 4 ; 9, 1 ; 2 ; 10, 2 ; 12, 2 ; XII, 2, 4 ; XIII, 11, 1 ; 12, 20 ; 21 ; XIV, 2, 1 ; 3 ; 4 ; 6, 7]

アンティオキアの住民 Ἀντιοχεῖς XI, 4, 1 ; 9, 1

アンディオホス Ἀντίοχος［アンディオホス一族 Ἀντίοχοι の一人、ディラヒオンの戦いにおけるアレクシオス軍の指揮者の一人（1081 年）、ペチェネグ遠征にも参加（1091 年）IV, 4, 3 ; VIII, 4, 4]

アンディオホス一族 Ἀντίοχοι［アネマス一族の陰謀に加担した者たち XII, 5, 4 ; 6, 1]

アンティ＝タウルス（アンティ＝トロス）**山脈** Anti-Taurus（トロス Toros / タウロス Taurus 山脈の東の部分）11-39

アンティレバノン Anti-Lebanon（レバノンとシリアの国境となっている山脈）12-12

アンドレアス Ἀνδρέας［使徒の一人アンドレアス、ヴレンディシオンの島にこの聖人の名を冠する修道院がある XIII, 12, 28]

アンドロニア Ἀνδρονία［ラリサ（ギリシア）近くの場所 V, 5, 3]

アンドロニコス Ἀνδρόνικος［①ドゥカス Δούκας、イリニ＝ドゥケナの先祖 III, 3, 3・②ドゥカス、イリニ＝ドゥケナの父 III, 3, 3・③コムニノス Κομνηνός、アンナ＝コムニニの兄弟 XV, 5, 4・④ツィンディルキス Τζιντζιλούκης、ラオディキア（シリアの港）の長官 XI, 7, 7]

アンナ Ἄννα［①ダラシニ Δαλασσηνή、アレクシオス（1 世）の母、1025 年頃生まれ、1040 年頃ヨアニス＝コムニノスと結婚 II, 5, 1 ; 3 ; 5 ; VI, 7, 5・②ドゥケナ Δούκαινα、エオルイオス＝パレオロゴスの妻 II, 6, 3・③コムニニ Κομνηνή、アレクシオス 1 世の長女、『アレクシアス』の著者 序文 , 1, 2 ; VI, 8, 3]

アンヒアロス Ἀγχίαλος［黒海西岸の都市、現ポモリエ Pomorie（ブルガリア）VI, 9, 6 ; 12, 1 ; X, 2, 6 ; 3, 1 ; 3 ; 4, 1 ; 6 ; XIII, 1, 10]

イ

イアシティス Ἰασίτης［ヨアニス = イタロスの弟子 V, 9, 2］

イアソン Ἰάσων［アヴロン湾を一望できる丘 XII, 8, 7］

イアピイア Ἰαπυγία［ギリシア人の植民したアプリアの古代名 I, 15, 1］

イアムヴリホス Ἰαμβλίχος［魔術に関心を抱いた、３世紀の哲学者 V, 9, 1］

イヴァン = ヴラディスラフ John Vladislav（ブルガリアの最後の王）7-29, 8-24, 13-8

イヴィス Ἴβις［小アジア北西部にある山 XIV, 5, 3］

イヴィリア人 Ἴβηρες［コーカサス南部地域グルジア Gruziya の住民 VI, 9, 4］

イヴィリア人女性 Ἰβηρίδες［グルジア出身の女性たち XV, 7, 8］

イヴィリツィス Ἰβηρίτζης［この名の人物の屋敷がコンスタンティノープルのアクロポリスの近くにあった II, 12, 1］

イェテェ Γέται［ウズィ（トルコ系遊牧民）の古風な名称、ヘロドトスではゲタイ人 Getai と表記されている（『歴史』IV, 93, 96, 118 ; V, 3, 4）III, 8, 6］

イエラ = リムニ Ἱερὰ Λίμνη［聖なる湖（トラキアに位置する）X, 2, 6］

イェリホ Ἱεριχώ［イピロスの町（アルバニア）、古代のオリクム Oricum、アヴロンの南約 8km、現オリクム Orikum I, 14, 4 ; IV, 3, 2 ; XIII, 5, 1 ; 7 ; 6, 4］

イエルサレム Ἱεροσόλυμα(τά)［パレスティナの都市、現イエルサレム VI, 9, 3 ; VII, 6, 1 ; X, 5, 5 ; 9, 1 ; XI, 6, 9 ; 7, 3 ; 8, 1 ; 2 ; 5 ; 10, 1 ; XIII, 12, 1 ; XIV, 2, 5 ; 6 ; 8］

イェルサレム Ἱερουσαλήμ［イサキ（イタケ）島の都市 VI, 6, 1 ; 2］

イエルマニィ Germanoi（ドイツ人の意）2-74

イエルミア Γέρμια［ガラティアの都市 XV, 2, 3］

イエロン Ἱερόν(τό)［ヴォスポロス海峡の別称 X, 10, 4］

イオスフレ = マリス Ἰοσφρὲ Μαλής［ヴァイムンドスの誓約文書に署名した皇帝側の一人 XIII, 12, 28］

イグメニツァ Igoumenitsa（ギリシア北西部の都市）4-24

イコニオン Ἰκόνιον［小アジア南西部の都市、現コンヤ Konya XV, 1, 1 ; 2, 6 ; 3, 5 ; 4, 3 ; 4 ; 9 ; 6, 7 ; 10 ; 7, 1］

イサアキオス Ἰσαάκιος［①コムニノス、ローマ皇帝（在位 1057-59 年）、アレクシオス帝の父ヨアニスの兄弟 I, 3, 4 ; III, 8, 5 ; 7 ; XI, 1, 6・②コムニノス、アレクシオス = コムニノスの兄弟 II, 1, 1 ; 2 ; 4 ; 5 ; 2, 2 ; 3, 1 ; 2 ; 4 ; 7, 1 ; 3 ; 4 ; 6 ; 7 ; III, 2, 2 ; 3, 5 ; 4, 1 ; 7 ; IV, 4, 1 ; V, 2, 3 ; 4 ; 9, 5 ; VIII, 8, 1 ; 4 ; 9, 2 ; X, 2, 2 ; 7, 2 ; XII, 4, 3 ; 6, 3 ; XIII, 10, 2 ; XV, 8, 4・③コンドステファノス Κοντοστέφανος、艦隊のメガス = ドゥクス XII, 8, 1 ; 2 ; 3 ; 4 ; 7 ; XIII, 1, 4 ; 7, 2 ; 3 ; 4］

イサキ Ἰθάκη［イオニア海の小島、オデュッセウスの故郷イタケとして知られる VI, 6, 1］

イサンゲリス Ἰσαγγέλης［トゥルーズ伯レイモン = ド = サンジル Raimund de Saint Gilles（在位 1094-1105 年）、アンナは単にイサンゲリス（サン = ジル）という X, 11, 9 ; XI, 1, 1 ; 3 ; 6 ; 7 ; 6, 8 ; 7, 4 ; 5 ; 6 ; 7 ; 8, 1 ; 2 ; 4 ; 5 ; 11, 6 ; XII, 11, 9 ; XIV, 2, 6 ; 14］

イストロス Ἴστρος［ダニューブ川の下流の呼び名 III, 8, 6 ; VII, 2, 1 ; 7 ; 3, 2 ; 3 ; 4 ; 5, 1 ; 6, 2 ; XIV, 4, 3 ; 8, 1 ; 9, 1］

イスファハン Isfahan（イラン中部の都市）6-102, 6-110, 6-144, 11-42

イスマイリテェ Ἰσμαηλῖται［ムスリム（イスラム教徒）X, 5, 7 ; XIV, 2, 1 ; 7, 8］

イスマイル Ἰσμαήλ［①アブラハムの子、母のアガル（ハガル）と共に砂漠に追放される。アラブ人の祖とされる X, 5, 2 ; XIII, 12, 16・②イスラム教徒 XIV, 7, 2・③スルタンのマリク =

シャの息子パルイアルフ（バルキヤールク）XI, 6, 2 ; 6・④スルタンのパルイアルフのおじ Ismail ben Yakuti XI, 6, 2 →訳註 11-59］

イスマイル（イシュマエル）**の息子たち** οἱ τοῦ Ἰσμαήλ［ムスリム・トルコ人・→アガリニィ・→イスマイル］

イソクラテス Ἰσοκράτης［古代アテネの弁論家 XIV, 7, 4］

イタケ島民 Ἰθακήσιος［オデュセウス II, 11, 6］

イダ山 İda（カズ山 Kaz Daği）（トルコ西部の山）14-61

イタリア Ἰταλία［ヨアニス＝イタロスの故郷 V, 8, 1 ; 5］

イタリア人 Ἰταλοί I, 5, 2 ; V, 8, 1 ; 5 ; XII, 8, 5 ; 9, 4.

イタロス（→ヨアニス 7）

イドス Γίδος[ロベルトスの息子ギィ(Gui)、ヴァイムンドスの異母兄弟 VI, 5, 2 ; 9 ; XIII, 4, 5 ; 9 ; 5, 2 ; 7 ; 9, 8 ; 10, 2]

イドルス Ἰδροῦς〈Ὑδροῦς〉［南イタリアの港、今日のオトラント Otranto I, 14, 3 ; 15, 1 ; 16, 1 ; III, 12, 2 ; VI, 5, 3 ; XII, 8, 2 ; 3］

イバル Ibar **川**（コソボ Kosovo の川）9-27

イラクリア Ἡράκλεια（ポンドスの）［黒海南岸に位置する都市 III, 9, 3］

イラクリア Héraclée（マルマラ Marmara 海北岸の）1-37

イリアス Ἡλιας［ウヴォス（ユーグ）の家来 X, 7, 3］

イリニ（ドゥケナ）Εἰρήνη［Δούκαινα］［アレクシオスの妻、アンナ＝コムニニの母 序文, 1, 2 ; II, 7, 7 ; III, 2, 1 ; 7 ; 3, 1 ; 3 ; 4 ; VII, 2, 6 ; XII, 3, 8 ; XV, 11, 22］

イリリアの地 ἰλλυρίς χώρα［イリリコン I, 16, 3］

イリリコン Ἰλλυρικόν(τό)[ディラヒオンを中心都市とする地方 I, 7, 2 ; 16, 2 ; III, 10, 1 ; IV, 1, 4 ; V, 3, 1 ; 3 ; 4 ; VI, 5, 2 ; 3 ; 7, 1 ; 9, 1 ; 12, 1 ; VIII, 7, 4 ; X, 7, 4 ; XII, 1, 1 ; 4, 3 ; 8, 1 ; 2 ; 5 ; XIII, 7, 2 ; 3 ; 4 ; 5 ; 8, 5 ; XIV, 8, 6]

イリリコンの都市 ἰλλυρικὴ πόλις［ディラヒオン III, 9, 4］

イリリコンの平地 ἰλλυρικὸν πεδίον［ディラヒオンを取り巻く平地 III, 12, 7 ; IV, 1, 2］

イルプラクトス Γιλπράκτος［コンスタンティノープルの城壁の一つの塔を守るネミツィ（ドイツ人）の指揮者 II, 10, 2 ; 3］

インド人 Ἰνδοι［彼らの土地にアレクサンドリアの町が存在する VII, 5, 3］

ウ

ヴァアニ Βαάνη［ヴィシニアの湖、ニコミディア（イズミット）の東に位置する大きな湖、現サパンジャ Sapanca 湖 X, 5, 2］

ヴァイムンドス Βαϊμοῦντος［ロベール＝ギスカールの息子（ボエモン Bohémond）I, 14, 4 ; 15, 5 ; III, 12, 3 ; IV, 2, 3 ; 4 ; 6, 1 ; V, 3, 3 ; 5 ; 6 ; 4, 1 ; 2 ; 3 ; 5 ; 6 ; 7 ; 8 ; 5, 1 ; 2 ; 3 ; 6, 1 ; 2 ; 3 ; 4 ; 7, 2 ; 3 ; 4 ; 5 ; VI, 9, 1 ; X, 5, 10 ; 6, 7 ; 8, 1 ; 2 ; 9, 1 ; 2 ; 10, 5 ; 11, 1 ; 4 ; 5 ; 6 ; 7 ; 8 ; 9 ; XI, 1, 1 ; 3 ; 3, 1 ; 2 ; 4 ; 5 ; 4, 2 ; 3 ; 4 ; 5 ; 6 ; 7 ; 6, 9 ; 7, 7 ; 9, 1 ; 2 ; 10, 5 ; 6 ; 7 ; 8 ; 9 ; 10 ; 11, 3 ; 5 ; 6 ; 7 ; 12, 1 ; 2 ; 3 ; 5 ; XII, 1, 1 ; 2 ; 5 ; 6 ; 2, 1 ; 3, 8 ; 9 ; 4, 3 ; 4 ; 5, 3 ; 8, 1 ; 2 ; 4 ; 5 ; 7 ; 8 ; 9, 1 ; 2 ; 3 ; 4 ; 7 ; XIII, 1, 4 ; 2, 2 ; 3 ; 3, 2 ; 4 ; 9 ; 11 ; 4, 1 ; 2 ; 3 ; 4 ; 5 ; 6 ; 7 ; 8 ; 9 ; 5, 2 ; 4 ; 7 ; 6, 4 ; 5 ; 6 ; 7, 2 ; 5 ; 8, 1 ; 4 ; 5 ; 6 ; 7 ; 9, 1 ; 2 ; 7 ; 8 ; 10, 1 ; 2 ; 3 ; 4 ; 11, 2 ; 12, 4 ; 28 ; XIV, 1, 1 ; 2, 1］

ヴァヴァゴラ Βαβαγορά［イピロスの山間の隘路、オフリド湖の西の山岳地域、baba（老婦人・祖母）

と gora（山・森林）からなるスラヴ語の地名 IV, 8, 4］
ヴァエニティア Βαγενητία［ケルキラ（コルフ）島と向かい合ったエピロス（イピロス）の海岸地方（ヒマラからグリキス Glykys 川までの地域）V, 4, 1］
ヴァエラルドス Βαγελάρδος［ドイツ王ハインリヒ４世の忠臣、アプリアのアベラール Abélard、ロベルトスの甥、エルマノス（エルマン）の兄弟、1081 年９月コンスタンティノープルへ亡命 III, 10, 4］
ヴァクヒノス Βακχηνός［トラペズスの有力な市民、彼の甥が他のトラペズスの有力な市民たちと共にグリゴリオス＝タロニティスによって捕らえられた XII, 7, 1］
ヴァシス＝リアクス Βαθὺς ῾Ρύαξ［コンスタンティノープルの陸の城壁近くに位置する村、底の深い小川の意 VIII, 3, 1］
ヴァシラキオス Βασιλάκιος［→エオルイオス２・マヌイル１・ニキフォロス 1］
ヴァシリア Βασίλεια［ヴィシニアの町 VI, 10, 3］
ヴァシリオス Βασίλειος［①ローマ皇帝ヴァシリオス２世（在位 963、976-1025 年）V, 8, 2 ; XI, 1, 6 ; XII, 9, 6 ; XV, 10, 5・②アレクシオス帝への忠誠心の強いビザンティオンの都督（都長官）XII, 4, 2・③ヴァイムンドスの誓約文書に署名したリスカルドス＝シニスカルドスの使者 XIII, 12, 28・④異端ヴォゴミリィの首領 XV, 8, 3 ; 4 ; 6 ; 9, 1 ; 2 ; 5 ; 10, 1 ; 2 ; 3 ; 4・⑤クルティキオス Κουρτίκιος、アレクシオス１世に仕える軍人で、アドリアノープルの出身、家族はおそらくアルメニア人の出であろう I, 9, 2 ; V, 5, 7 ; VI, 12, 4 →ヨアナキス・⑥宦官のプシロス Ψύλλος、アレクシオス帝に対するアロンの陰謀を暴露する XIII, 1, 7 ; 9 ; 10］
ヴァシリカ Βασιλικά［マライナからドリレイオンへ至る街道上、オリムボス山南東の外れの丘に位置する峡谷 XIV, 5, 7］
ヴァラヴィスタ Βαλαβίστα［マケドニア（ギリシア）の町、セレス Serres（セレ）の西北直線距離でおよそ 21km、現シディロカストロ Sidirokastro XII, 4, 4］
ヴァラネフス Βαλανεύς［シリアの城塞都市（港）、ラオディキアの南、現バニヤース Baniyas XI, 7, 4 ; XIII, 12, 21］
ヴァラネフスの軍事地区 τὸ [στρατηγάτον] Βαλανέως［ヴァラネフスを拠点とする軍事地区 XIII, 12, 21］
ヴァリス Βάρις［アプリアの海岸都市、現バリ Bari III, 12, 8 ; X, 7, 4 ; XII, 9, 2］
ヴァリノス Βαρηνός［小アジア西部の川。おそらくグラニコス Granikos 川 XIV, 5, 3］
ヴァルダス Βάρδας［①アレクシオス帝によってヴトミティスと共にキリキアに派遣された者の一人 XI, 9, 2 ; 3 ; 4・②ヴルツィス、アモリオンの平地でトルコ人と戦い、勝利する（1116 年）XV, 4, 2 ; 5 ; 6 ; 7・③スクリロス Σκληρός、アレクシオス帝に対する反逆者 XI, 1, 6］
ヴァルダリス Βαρδαλῆς［エジプトのスルタンへのアレクシオス帝の使節 XI, 7, 3］
ヴァルダリス Βαρδάρης〈ヴァルダリオス Βαρδάριος〉［ヴァルダル川、マケドニア共和国のスコピエの西から始まりスコピエを経て南東流してギリシアに入り、エーゲ海のセルマイコス湾へ流れ込む。ギリシアではアクシオス川 Axios I, 7, 3 ; V, 4, 4 ; 5, 1］
ヴァルドイノス Βαλδουῖνος［ボドゥワン Baudoin、すなわちゴドフレ（ゴドフロワ＝ド＝ヴイヨン）の兄弟で、エデサ伯、初代のイェルサレム王（在位 1100-1118 年）X, 10, 6 ; XI, 7, 2 ; 3 ; 8, 1 ; XIV, 2, 5 ; 6 ; 8 ; 9 ; 11 ; 12 ; 13 ; 3, 4)］
ヴァルナ Varna（黒海西岸の港湾都市）6-169
ヴィグラ Βίγλα［コンスタンティノープル市内の金角湾近くの街区 VI, 5, 10］
ヴィザンディオス Βυζάντιος［ケサルのヨアニス＝ドゥカスに騙された収税吏の名前 II, 6, 6 ; 7］

ヴィシニア Βιθυνία［小アジア西北部の地域名 序文 , 3, 4 ; III, 11, 1 ; 4 ; VI, 9, 1 ; 10, 9 ; X, 5, 1］

ヴィシニア人 Βιθυνοί［ヴィシニアの住民 III, 11, 5 ; VI, 10, 1 ; 4 ; 5 ; XI, 1, 1 ; XV, 2, 2 ; 6 ; 7］

ヴィツィナ Βιτζίνα［①ダニューブ下流域に位置する町 VI, 14, 1・②ブルガリアの川の一つ（ティチャ Ticha/Kamchiya/Kamtchyk）VII, 3, 1］

ヴィディニ Βιδύνη［ブルガリアのダニューブ河畔に位置する町、現ビディン Vidin XIV, 9, 1］

ウヴォス Οὖβος［①ヴェルマンドワ伯ユーグ Huge, comte de Vermmandois、フランス王フィリップ１世の兄弟 X, 7, 1 ; 2 ; 3 ; 4 ; 5 ; 8, 1 ; 9, 10・②カンダクズィノスに捕らえられたノルマン人伯 XIII, 6, 2 ; 9, 7］

ウエトネス Οὐέτονες［ダルマティアの沿岸のスラヴ人海賊、ナレンターニ Narentani として知られる XII, 9, 4 ; XIV, 7, 2］

ヴェトリノン Βέτρινον［ドリストラ（シリストラ）の西、20km 以内に位置する城塞、現ヴェトレン Vetren VII, 3, 6］

ヴェヌシア Venusia（イタリア南部の都市ベノーザ Venosa）6-73

ヴェヌシオン Βενούσιον［南イタリアの都市、現ベノーザ Venosa VI, 6, 3］

ヴェネヴェント Βενεβενδός［南イタリアはカンパニアの都市（Benevento）I, 13, 6］

ヴェネツィア Βενετία［ヴェネツィア共和国 IV, 2, 6 ; V, 1, 1 ; VI, 5, 6 ; 10 ; XII, 1, 2 ］

ヴェネツィア人 Βενέτικος（Βενέτικοι）［ヴェネツィアの住民 IV, 2, 2 ; 4 ; 5 ; 6 ; 3, 1 ; 8, 4 ; VI, 5, 4 ; 5 ; 6 ; 7 ; 9 ; 10 ; 6, 4］

ヴェネツィア人地区 Venetian quarter 6-61

ヴェムベツィオティス Βεμπετζιώτης［アレクシオス帝に使える軍人 VII, 1, 1］

ヴェリア Βέρροια［①ヴォディナ（エデサ）の南に位置するマケドニアの町 I, 7, 3 ; V, 5, 1・②シリアの町、アレッポ Aleppo、現ハレプ Halep XIII, 12, 24］

ヴェリアトヴァ Βελιάτοβα［フィリプポリスの北、バルカン山脈の南麓に位置する砦 VI, 4, 3 ; 14, 2 ; 3 ; 6］

ウエルフォス Οὐέλφος〈ウエルコス Οὐέλκος〉［バイエルンの公、ヴェルフ Welf 4 世 I, 13, 7］

ヴェロイ Βερόη［トラキアの町、現スタラ = ザゴラ Stara Zagora（ブルガリア）VII, 3, 12 ; 4, 4 ; 6, 1 ; X, 2, 6］

ヴェロイティス Βεροΐτης［アレクシオス帝の軍司令官 XIII, 6, 4］

ヴォウサ Βοοῦσα［イピロスの川、現ヴィヨサ Vjosa 川（アルバニア）、ヴシスとも X, 8, 1］

ヴォスポロス Βόσπορος（ἡ）［ヴォスポロス海峡のアジア側に位置する町、ダマリス III, 11, 1 ; 4 ; VI, 9, 1］

ヴォスポロス Βόσπορος（ὁ）［マルマラ海と黒海を結ぶ海峡 VI, 11, 3］

ヴォスレンドン Βοθρεντόν［エピルス海岸の町、現ブトリント Butrinto（アルバニア）III, 12, 3 ; VI, 5, 2 ; 3 ; 9］

ヴォタニアティス Βοτανειάτης［①ニキフォロス２・②おそらく前者の孫、アレクシオスの長兄マヌイルの娘と婚約していた II, 5, 2 ; 3］

ヴォディナ Βοδινά［マケドニアの町、現エデサ Edessa V, 5, 1］

ヴォディノス Βοδῖνος［セルビア人の支配者 Konstantin Bodin（王在位 1081-1101 年頃）I, 16, 8 ; III, 12, 1 ; IV, 5, 3 ; 6, 9 ; VI, 7, 7 ; VIII, 7, 2］

ヴォリソス Βολισσός［ヒオス島（小アジア西岸）のある岬に位置する砦 VII, 8, 6 ; 10］

ヴォリティラス Βοριτύλας［アンナはロベルトスの兄弟としているが、実際は甥で、ロリテェッロ Loritello 伯 I, 14, 3］

ヴォリロス Βορῖλος［スキタイで皇帝ヴォタニアティスのお気に入りの一人 I, 7, 1 ; 16, 2 ; 3 ; 4 ; II, 1, 3 ; 4, 3 ; 4 ; 12, 4 ; 6 ; VII, 2, 5］
ヴォルカノス Βολκάνος［東セルビア人（ラシュカ Raška の住民）の支配者（ジュパン Župan）VII, 8, 9 ; VIII, 7, 4 ; 5 ; IX, 4, 1 ; 2 ; 3 ; 4 ; 5 ; 6 ; 10, 1 ; XII, 4, 4］
ヴォルゼ Βορζέ［ラオディキアの東に位置する城塞（ラタキア Lattakia の西 40km 余りに、十字軍士によって建設された小さな城塞）XIII, 12, 18］
ヴォンディツァ Βόντιτζα［アルタ Arta（アンブラキア）湾南岸の港、今日のヴォニツァ（ギリシア）VI, 6, 1］
ヴコレオン Βουκολέων［①コンスタンティノープルの宮殿の一つ III, 1, 5・②ヴコレオン港 III, 1, 5］
ウザス Οὐζᾶς［アレクシオスに仕えるウズィ（トルコ系民族）の一人 V, 7, 3 ; VII, 3, 6 ; 9, 7 ; 10, 2 ; VIII, 5, 5 ; X, 4, 10 ; XV, 6, 1］
ウズィ Οὗζοι［フン系あるいはトルコ系あるいはスキタイ系（パツィナキ）VII, 5, 2］
ヴシス Βούσης［ヴォウサに同じ（イピロスの川）XIII, 5, 5 ; 6, 5］
ウシャク Uşak（小アジア西部の町）11-55
ウゾリムニ Οὐζολίμνη［オゾリムニ（湖）のこと VII, 5, 2］
ヴトミティス Βουτουμίτης［→マヌイル 2］
ウニィ Οὗννοι［フン族（ハンガリア人）VII, 5, 2］
ウムベルトス（グラウルの息子）Οὐμπέρτος ὁ υἱος τοῦ Γραούλ［ヴァイムンドスの誓約文書に署名した皇帝側の一人 XIII, 12, 28］
ウムベルトプロス Οὐμπερτόπουλος［→コンスタンディノス 14］
ヴラナス Βρανᾶς［→ニコラオス 4］
ヴラニツォヴァ Βουρανίτζοβα［セルビアの町、ベオグラードの東、現ブラニチェヴォ Branicevo XIV, 8, 1］
ヴラネア Βρανέα［モラヴァ Morava 川（セルビア）の上流に位置する町、現ブラーニェ Vranje（スコピエの北、プリシュティナ Pritina の近く）IX, 4, 6］
ヴラヒ Βλάχοι［テサリア Thessalia（セタリア）の山岳地域やバルカン半島北部にいた民族集団 VIII, 3, 4 ; X, 2, 6 ; 3, 1］
ヴラヘノン Βραχενών［バルセロナ伯、レーモン＝ベレンゲル Raimund Berengar II（在位 1035-1076 年）I, 12, 11］
ヴラヘルニティス Βλαχερνίτης［ニロスと同じ時期に破門された聖職者 X, 1, 6］
ヴラヘルネ Βλαχέρναι［コンスタンティノープルの北西隅の地区名、この地区に聖マリア教会とヴラヘルネ宮殿があった II, 5, 2 ; 8 ; 6, 1 ; 3 ; VI, 3, 2 ; XII, 7, 1 ; XIII, 1, 2］
ヴリエニオス Βρυέννιος［→ヨアニス 4・ニキフォロス 3・ニキフォロス 4・ニキフォロス 5・ボエモンに仕えるノルマン人伯 V, 6, 1 ; 2 ; 7, 1 ; 5 ; 8, 1 ; VI, 1, 1 ; 4 ; 5, 1 ; 8, 1］
ヴリスノス Βλίσνος［トラキアの町、サリノス Σαλίνος の別名 VI, 14, 5］
ヴルガロフィゴン Βουλγαρόφυγον［トラキアの城塞、アドリアヌポリス（エディルネ）の南東約 50km、現ババエスキ Babaeski VII, 7, 1 ; 11, 6］
ウルセリオス Οὐρσέλιος［帝国で勤務したフランク人傭兵の隊長、ウルセル＝ド＝バイユール Oursel（Roussel）de Bailleul I, 1, 1 ; 3 ; 2, 1 ; 2 ; 3 ; 6 ; 3, 1 ; 2 ; 3 ; 4 ; 10, 1 ; II, 1, 1 ; 2］
ウルソ Urso（バリの大司教）3-102
ヴルツィス Βούρτζης［(①ミハイル、カパドキアとホマのトパルヒス III, 9, 3・②ミハイル、ヴァルダス＝ヴルツィスの先祖、彼の城塞がアモリオンの近くにあった XV, 4, 2 ; 5・③ヴァル

ダス２　XV, 4, 2 ; 5 ; 6 ; 7]

ウルバヌス Urbanus **2 世** 8-26, 10-65, 10-66, 12-64

ヴルハルドス Βουλχάρδος［ドイツ王（ハインリヒ４世）のアレクシオス帝への使節、赤ら顔のブルハルド Burchard der Rote、後(1098 年)にミュンスター Münster の司教になる III, 10, 4 ; 6]

ウレシス Οὔρεσις［セルビアのヴォルカノスの甥、ウロシュ Uro IX, 10, 1]

ヴレフティリオン Βουλευτήριον［ブルガリアの丘にあったスキタイの集会場 VII, 3, 1]

ヴレンディシオン Βρεντήσιον［アプリアの港、現ブリンディジ Brindisi I, 15, 1 ; 2 ; 16, 1 ; III, 12, 2 ; 7 ; VI, 5, 3 ; XII, 8, 3 ; XIII, 12, 28]

ウロシュ Uroš **1 世**（ラシュカ Raška のジュパン Župan） 9-62

ウングリア Οὐγγρία［ハンガリア V, 7, 4 ; X, 5, 10]

エ

エイアリ Αἰγιαλοί［ニコメディア湾の北岸に位置する場所 XIV, 5, 2 ; XV, 1, 3]

エイヌポリス Αἰγινούπολις［黒海南岸の都市、ヴォスポロス海峡の入り口からトラペズスへ最初の３分の１の地点、現イネボル Inebolu VIII, 9, 5]

エヴヴロス Εὔβουλος［シャンパーニュはルシー Roucy の伯、エブル Ebles（Ebalus）I, 12, 11]

エヴドキア Εὐδοκία［①マクレムヴォリティサ Μακρεμβολῖτισσα、コンスタンディノス＝ドゥカス帝の、つづいてロマノス＝ディオエニス帝の皇后 III, 2, 5 ; IX, 6, 1 ; 3・②コムニニ Κομνηνή、アレクシオス帝の三番目の娘、臨終の父をみとる XV, 11, 14]

エウドクソス Εὔδοξος［紀元前４世紀の古代ギリシアの数学者・天文学者・医者、プラトンの弟子 VI, 7, 2]

エヴドモン Ἕβδομον［コンスタンティノープルの金門の西に位置した練兵場 III, 4, 4]

エヴマシオス＝フィロカリス Εὐμάθιος Φιλοκάλης［キプロス島のドゥクス IX, 2, 4 ; XI, 7, 4 ; 6 ; 10, 6 ; XIV, 1, 3 ; 4 ; 5 ; 6 ; 7 ; 2, 6 ; 14]

エヴライキ Ἑβραϊκή［イコニオンの東南東 137km に位置するイラクリア、現エレーリ Eregli XI, 3, 5]

エヴリポス Εὐρίπος［エヴィア（エボイア）島とギリシア本土との間の海峡で潮流は激しく、一日のうちに幾度も潮の満ち引きが起こり、その都度流れが変わる II, 3, 4 ; XI, 2, 2]

エヴロス川 Εὖρος［トラキアの川、現マリツァ Maritza II, 6, 8 ; VI, 14, 7 ; XIII, 1, 4 ; XIV, 8, 1 ; 3 ; 9, 4]

エオルイオス Γεώργιος［①騎士および竜退治の英雄として描かれる聖人、カパドキア出身、ディオクレティアヌス帝の時に殉教 II, 12, 1 ; III, 4, 7 ; V, 5, 2 ; VI, 1, 4 ; 11, 4 ; XI, 2, 1 ; 4 ; 5 ; 7, 1 ; XIII, 5, 3 ; XV, 1, 3 ; 2, 1 ; 4・②ヴァシラキオス Βασιλάκιος、アネマス一族の陰謀に加担 XII, 5, 4 ; 6, 3・③デカノス Δεκανός の息子、アレクシオス帝の側近。グリゴリオス＝ガヴラスの逃走計画に関わる VIII, 9, 6 ; 7 ; XIV, 3, 5・④エフフォルヴィノス Εὐφορβηνός、アレクシオス帝に使える軍人、1087 年のスキタイ遠征の時、海路でドリストラに向かった VII, 2, 1 ; 7 ; X, 2, 6・⑤クツォミティス Κουτζομύτης、アレクシオス帝の家来 VII, 3, 6・⑥レヴニス Λεβούνης、アレクシオス帝に仕える軍人 XIV, 6, 4 ; XV, 4, 2 ; 7・⑦マンガニス Μαγγάνης、メリシノスの使節の世話係 II, 8, 4 ; 10, 1・⑧マニアキス Μανιάκης、シチリア遠征など 11 世紀前半に活躍した著名な帝国軍人 I, 5, 2 ; V, 8, 2・⑨メソポタミティス Μεσοποταμίτης、フィリプポリスのドゥクス VIII, 9, 7・⑩モノマハトス Μονομαχάτος、イリリコンのドゥクス I,

16, 2 ; 3 ; 4 ; 5 ; 7 ; III, 9, 4 ; 12, 1・⑪パレオロゴス Παλαιολόγος、ローマ帝国の軍人、アレクシオスの妻イリニの姉妹の夫 II, 6, 1 ; 2 ; 3 ; 7, 1 ; 10, 2 ; 3 ; 11, 2 ; 3 ; 4 ; III, 2, 1 ; 9, 4 ; 12, 1 ; 2 ; IV, 1, 1 ; 3 ; 2, 1 ; 5 ; 6 ; 4, 4 ; 5 ; 6 ; 7 ; 8 ; 5, 2 ; 6, 7 ; 8, 4 ; VI, 1, 2 ; 3 ; 4 ; VII, 4, 1 ; 2 ; 3 ; 4 ; VIII, 2, 2 ; 4 ; 5 ; 5, 5 ; X, 2, 6 ; XI, 3, 2 ; XIV, 7, 5・⑫ピロス Πυρρός、弓の技で知られたアレクシオス帝の将校 V, 6, 2 , VII, 9, 6]

エカトン＝ヴーニィ Ἑκατὸν Βουνοί ［100の丘、ドブルジア地方に位置するとされる VII, 5, 2］

エグナティア街道 Via Egnatia（ディラヒオンからコンスタンティノープルに至るバルカン半島の横断道路）2-101, 4-38, 5-7, 5-58, 7-82, 8-5, 10-74, 10-125

エーゲ海 Αἰγαῖον Πέλαγος ［東地中海の海域 I, 4, 4］

エジプト Αἴγυπτος(ἡ)［古代のエジプト V, 6, 3 ; VII, 5, 3 ; XV, 7, 8・当時のエジプト VI, 11, 3 ; 13, 4］

エジプト人 Αἰγύπτιος［アレクサンドリア出身の占星術師 VI, 7, 4・占星術師のエレフセリオス VI, 7, 5］

エジプトの海 Αἰγύπτιον Πέλαγος 〈πέλαγος〉［東地中海（キリキアの南の海域）I, 4, 4］

エゼヴァン Ἐζεβάν 〈エクセヴァン Ἐξεβάν〉［ラリサの近くに位置するヴラヒ人の村 V, 5, 3］

エチオピア Αἰθιοπία ［都市リュシマキアがあったとされる王国 XV, 7, 8］

エチオピア人 Αἰθίοψ ［聖書に登場する人々 IX, 6, 4］

エディス Ἅιδης ［トラキアのポリヴォトンの近くのある場所 VII, 9, 2］

エデサ Ἔδεσα ［メソポタミアの町、現ウルファ Urfa XI, 7, 3 ; 8, 1 ; XIII, 12, 24 ; 25 ; XIV, 2, 14］

エネシオス Γενέσιος ［→グリゴリオス 2］

エネリホス Ἐνέριχος ［ドイツ王、ハインリヒ Heinrich 4世（在位 1056-1106年）I, 13, 1 ; 2 ; 8 ; 9 ; 10 ; 14, 3］

エノス Αἶνος ［エヴロス（マリツァ）川の河口左岸に位置する町、現エネズ Enez VIII, 3, 4 ; 5 ; 4, 1 ; XIV, 8, 1］

エピダムノス Ἐπίδαμνος ［ディラヒオンの前身、前627年コリントとケルキラ（コルフ）によって建設された都市 I, 7, 2 ; 16, 1 ; 3 ; III, 12, 8 ; V, 8, 5 ; VI, 6, 4 ; VII, 8, 9 ; IX, 1, 3 ; X, 7, 5 ; 8, 4 ; XII, 9, 2 ; 3 ; 4 ; 5 ; XIII, 2, 2］

エフェソスの住民 Ἐφέσιοι ［エフェソスは小アジア西部の都市 XI, 5, 1 ; 5］

エフクシノス＝ポンドス Εὔξεινος Πόντος 〈πόντος〉［黒海 I, 4, 4 ; VII, 2, 7 ; XIV, 8, 6 ］

エフスタシオス Εὐστάθιος ［①カミツィス Καμύτζης、アレクシオス帝に仕える帝国軍人、グレゴリオス＝ガヴィラスの陰謀に関わる VIII, 9, 6 ; 7 ; XI, 5, 6 ; XIII, 5, 1 ; 2 ; 3 ; 7, 1 ; XIV, 5, 1 ; 4 ; 5 ; 6 ; 7 ; 6, 3 ; 5 ; 7, 8 ; XV, 4, 1・②キミニアノス Κυμινειανός、宦官で皇帝のインク壺係、艦隊の大ドルンガリオスに任命される VI, 10, 9 ; X, 4, 5 ; XI, 10, 9 ; XIII, 1, 1］

エフストラティオス Εὐστράτιος ［①ニケアの大主教、フィリプポリスにおいてアレクシオス帝と共にマニ教徒の改宗にかかわる XIV, 8, 9・②ガリダス Γαριδᾶς、コンスタンティノープルの総主教（在位 1081-1084年）III, 2, 7 ; 4, 4 ; V, 9, 5］

エフフィミアノス Εὐφημιανός ［ヴォタニアティス帝の側近の一人 II, 5, 5］

エフフォルヴィノス ［→アレクサンドロス 3・エオルイオス 4・コンスタンディノス 13・ニキフォロス 8］

エペイロテス Ἠπειρώτης ［エペイロス（イピロス）の人（ピュロス王）III, 12, 8］

エマ Emma（タングレード / タグレの母） 11-130, 12-61

エムビロス Ἔμπηλος ［イダ山地に発する小アジア北西部の川 XIV, 5, 3］

エモス Αἶμος ［バルカン山脈（ブルガリア中央部を東西に連なる 600km のスターラ＝プラニナ

Stara Planina） VII, 2, 3 ; 5 ; XIV, 8, 5 ; 6］

エラニオン Γεράνιον［コンスタンティノープルの西の郊外地、正確な場所はわからない XIII, 1, 1］

エリエルモス Γελιέλμος［①ノルマン人の伯、アレクシオス帝のもとへ逃亡を試みる V, 5, 1・②イサンゲリス（サン＝ジル）の甥 XI, 8, 5・③ガンズィス Γανζής〈ガンズィ Γανζῆ〉、ヴァイムンドスの誓約文書に署名した皇帝側の一人（1108 年）、Guillaume de Gant XIII, 12, 28・④グランデマニス Γραντεμανής（ギョーム＝ド＝グランメニル Guillaume de Grandmesnil/ Guillaume Grantemanè）、カラブリアのノルマン人領主、ボエモンの姉妹と結婚 XI, 6, 1・⑤クラレリス Κλαρέλης［Guillaume Claret］、名門の伯、ヴァイムンドスを裏切り、アレクシオス帝に従う（1108 年） XIII, 8, 6・⑥マスカヴェリス Μασκαβέλης、南イタリアに大所領と有力な軍勢をもった侯、ロベルトスの義父であるが、Reinsch によれば歴史上の人物ではない I, 11, 2 ; 4 ; 5 ; 6 ; 7 ; 8］

エリスポンドス Ἑλλήσποντος［ダーダネルス海峡 I, 4, 4 ; XIV, 2, 14 ; 5, 3］

エリソス Ἐλισσός［①ドリン Drin 川に流れ込む川、今日のレシュ Lesh（アルバニア北部） XII, 9, 5・②ディラヒオンの北、直線距離で約 55km に位置する町、今日のレシュ（レジャ Lezhë） XII, 9, 4 ; 5, 6, 7］

エリン／ヘレン Ἕλλην（エリネス／ヘレネス Ἕλληες）［①古代のギリシア人 I, 12, 3 ; III, 12, 8 ; V, 8, 3 ; 8 ; X, 8, 6 ; 9, 8 ; XIII, 12, 18 ; XIV, 8, 4 ; XV, 7, 9・②バルバロスとの比 XI, 12, 3 ; XIII, 10, 4・③同時代のギリシア人 XV, 7, 9］

エルヴィオス Ἕρβιος［カプアの大司教、ヘルヴェウス Herveus III, 10, 1］

エルゲネ Ergene（トラキアの川） 8-25

エルバサン Elbasan（アルバニア中部の都市） 13-17

エルハニス Ἐλχάνης［①大サトラピス、小アジア西部の海岸の都市を奪うが、後にアレクシオス帝に降服する VI, 13, 1 ; 2・②ノルマン人と戦うべくクルチ＝アルスランによって派遣されるトルコ人の軍司令官 X, 6, 3］

エルマニキア Γερμανίκεια［マラシン、現マラシュ Maraş XIII, 12, 18 →マラシン］

エルマノス Γερμανός［蛮族で、皇帝ヴォタニアティスのお気に入り I, 16, 2 ; 3 ; 4 ; II, 1, 3 ; 3, 1 ; 4, 3 ; 4 ; 5, 5 ; III, 1, 1 ; 5, 3］

エルマノス Ἑρμάνος［ロンギヴァルディアの侯、ロベール＝ギスカールの甥、エルマン Hermann III, 10, 1］

エルミア Γέρμια［アンキラ（アンカラ）の南東およそ 100km に位置する都市、現ギュミュシュコナク Gümüskonak XV, 2, 3］

エルモン Ἕρμων［キリキアの川、現ゼイハン Ceyhan XIII, 12, 21］

エレイモン Ἐλεήμων［ローマ艦隊のコミス（海軍将校） XI, 10, 4］

エレグモス Ἐλεγμός［サイサン（マリク＝シャー）を絞殺したトルコ人サトラピス XV, 6, 10］

エレニ Ἑλένη［①コンスタンティヌス大帝の母、聖ヘレナ VI, 13, 2・②ロベール＝ギスカールの娘、ミハイル 7 世の息子コンスタンディノスの婚約者 I, 12, 2 ; 4 ; 7 ; 15, 4 ; IV, 5, 5］

エレヌポリス Ἑλενούπολις［ヴィシニアの町、ドラコン Drakon の河口に位置する。コンスタンティヌス大帝の母ヘレナに因んで名づけられた X, 6, 1 ; 2 ; 5 ; XI, 6, 7 ; XV, 2, 2 ; 4］

エレフセリオス Ἐλευθέριος［アレクサンドリア出身のエジプト人の占星術師 VI, 7, 5］

オ

雄牛の広場 Forum of the Bull（コンスタンティノープル）2-82

大通り Mesê（コンスタンティノープル）2-32, 2-82, 2-101, 12-32, 12-51

オクシス゠ドロモス Ὀξὺς Δρόμος［アンティオキアに至る急行の街道 XI, 4, 1］

オストロヴォス Ὀστροβός［ヴォディナ（エデサ）の西、現アルニサ Arnissa（ギリシア）V, 5, 1］

オゾリムニ Ὀζολίμνη［ドブルジア Dobruja に位置する大きな湖の一つらしい（ルーマニア）VII, 5, 1 ; 2 ; 3］

オデュセウス Ὀδυσσεύς［トロイ戦争のギリシア側英雄 II, 11, 6］

オトラント Otranto（南イタリアの港町）1-125, 1-128, 5-37, 6-44, 6-46

オーブレェ Auberée / Alberada（ロベール＝ギスカールの最初の妻） 1-110

オポス［→コンスタンディノス 16］

オリクム Oricum（アルバニアの町、オリクム Orikum）1-128

オリムボス Ὄλυμπος［プルサ（ブルサ）を北に見下ろす山、現ウル山 Uludağ XIV, 5, 7 ; XV, 1, 5］

オリンピアス Olympias（ロベール＝ギスカールの娘） 1-76

オルフェウス Ὀρφεύς［伝説的なトラキアの詩人 序文, IV, 1］

オレステス Ὀρέστης［アガメムノンとクリュタイムネストラの子 II, 1, 4］

オレスティアス Ὀρεστιάς［アドリアヌポリス・アドリアヌポリス地方 II, 6, 10 ; IV, 4, 1 ; X, 3, 5 ; 6］

オロンテス Orontes **川**（アンティオキアのそばを流れる川）10-47, 11-129, 13-100

オンフロワ Onfroi（ロベール＝ギスカールの兄） 3-70, 6-73,

カ

ガイタ Γαΐτα［ロベルトスの二度目の妻、サレルノ公グアイマル 4 世 Guaimar（在位 1027-1052 年）の娘、シケルガイタ Sichelgaita ともいう I, 12, 8 ; 15, 1 ; IV, 6, 5 ; VI, 6, 3］

ガイタ Γάιτα〈Γαΐτα〉［ニケアからドリレオンに至る軍道に沿って位置する村（Reinsch, *Alexias*, p.521, n.37）XV, 3, 6］

カヴァシラス［→アレクサンドロス 5］

ガヴァラ Γάβαλα［シリアにある城塞、ラオディキアの南約 30km、現ジェベル Jebel（ジャブラ Jablah）XI, 11, 4・ガヴァラの名を冠した軍事地区 XIII, 12, 21］

カヴァラ Kavalla（ギリシア北部の港湾都市）1-72, 14-89

カヴァリオン Καβαλίων［イピロスの町、正確な位置はわからない X, 8, 1 ; 3］

カヴァリカス［→アレクサンドロス 4］

ガヴラス Γαβρᾶς［→グリゴリオス 1・セオドロス 3・コンスタンディノス 8］

カキ゠プレヴラ Κακὴ Πλευρά［「きつい斜面」とでも訳せるだろうか。場所はイピロス（現アルバニア）のハルザニス流域のある地点 IV, 7, 1］

カサリン Catherine（イヴァン＝ヴラディスラフ王の娘） 13-8

ガージ Ghazi III（ガージ＝イブン＝ダニシュメンドの息子） 15-39

ガージ゠イブン゠ダニシュメンド Danisšmend（ダニシュメンド朝の創設者） 11-35, 37

カシオティス地方 κασιώτις　χώρα〈Κασιώτις χώρα〉［ヴェリア（アレッポ）を主都とするシリアの地方 XIII, 12, 24］

ガズィス Γαζής［サトラピスのアサン゠カトゥクの息子 XV, 6, 9］

カスィズマティン Καθισμάτιν［エルビスタンの南 4 km にあった城塞あるいは町、現タシュブル

ン Taşburun XIII, 12, 24]
カスタモニティス [→ニキタス 1]
カスタモン Kastamon（黒海南岸のシノプ Sinop の西南に位置する町）1-19, 1-20
カストリア Καστορία [マケドニア（北ギリシア）の都市 V, 5, 1 ; 2 ; 7, 5 ; 8, 1 ; VI, 1, 1]
カスパクス Κάσπαξ [帝国軍人、艦隊のタラソクラトル、スミルナの総督（ドゥクス）XI, 5, 3 ; 4]
カソピィ Κασσόπη [コルフ（ケルキラ）島の北東岸に位置する都市および港、現カシオピィ Kassiopi VI, 5, 5]
カタカロン Κατακαλών [①→コンスタンディノス 13・②ケカヴメノス Κεκαυμένος、ローマ帝国の軍人、ニキフォロス＝ディオエニスの皇帝暗殺計画に加担 IX, 8, 4 ; 9, 6・③タルハニオティス Ταρχανειώτης、ニキフォロス＝ヴリエニオスの反乱軍の指揮者の一人、のちアレクシオス１世に仕える I, 5, 2 ; X, 2, 7]
カタナンギス Κατανάγκης [アレクシオス帝時代のアテネ出身の占星術師 VI, 7, 5]
カタロドン Καταρόδων [エフスタシオス＝カミツィスの甥 XIV, 5, 6]
ガディラ Γάδειρα [ヒスパニアの町、現カディス Cádiz XIII, 3, 3]
カトゥフ [→アサン 3]
カトティカ Κατωτικά ⟨κατωτικά⟩ [ペロポネソス半島の南岸 XI, 11, 1 ; 2]
カトラニス Κατράνης [→タトラニス]
カニナ Κάνινα[イピロスの町(アルバニア)、アヴロンの南約 6km、現カニナ Kaninë I, 14, 4 ; XIII, 5, 1 ; 7 ; 6, 4]
カノーザ Cathdral of Canosa **の大聖堂**（カノーザはプーリアの都市）14-3
カパドキア Καππαδοκία [小アジアの地方名 III, 9, 3 ; VI, 10, 1 ; XIV, 1, 5]
カパドキアの人 Καππαδόκης [グリス I, 8, 4]
カプア Καπύη [カンパニアの都市（Capua）III, 10, 1]
カフカス Καυκᾶς [アンティオキアの北に位置する山地 XIII, 12, 18]
カマティロス→グリゴリオス 3]
カミツィス [→エフスタシオス 1]
カミリス Καμύρης [①ニケアのスルタンからアレクシオス１世へ派遣されたトルコ人援軍の軍司令官 V, 5, 2.・②偽ディオエニスの視力を奪ったトルコ人 X, 4, 5]
カムチャヤ Kamtschyk [Kamchia]（ブルガリア西部の川）6-169, 7-24
カライ Karaj（ハランのアミール） 11-99
ガラヴァツィス Γαλαβάτζης [スミルナの支配者ツァハスの甥、ツァハスからミティリニの守護を託された IX, 1, 4]
カラヴリア Calabria（イタリア半島のつま先の部分）1-87, 1-92, 1-114, 1-126, 10-1
カラヴリィ Καλαυρή [シリムヴリア Silimbria/Silibria（Selymbria）の北西、東トラキアに位置する場所 I, 5, 2]
カラサデス Καλαθάδες [アドリアヌポリスの一つの街区 X, 3, 5]
カラス Καρᾶς [幼い頃からアレクシオス帝に育てられた帝国軍人、ヴァイムンドスとの戦いで戦死（1108 年）XIII, 5, 2]
カラツァス [→アルイロス]
カラ＝デンドラ Καλὰ Δένδρα [ヒリニ（トラキアの城塞）から 18 スタディア離れた所に位置する場所（アンナの説明)、語の意味は美しい樹木 VIII, 6, 3 ; 4]
カラムヴィス Κάραμβις[パフラゴニアの海岸にある都市、現ケレムペ＝ブヌ Kerempe Burnu VIII, 9,

5］
カリウポリス Καλλιούπολις［エリスポンドス（ダーダネルス海峡）のヨーロッパ側の町、現ゲリボル Gelibolu XIV, 4, 1］
カリキス Καρύκης［反逆を行ったクレタ島のドゥクス IX, 2, 1］
カリクリス［→ニコラオス 5］
カリケフスの泉 βρύσις τοῦ Καρυκέως〈Βρύσις τοῦ Καρυκέως〉［ヴィシニアにある泉 XV, 1, 3］
ガリダス［→エフストラティオス 2］
カリニキ Καλλινίκη［異端者のパヴロスとヨアニスの母 XIV, 8, 5］
カリパリオス Καλλιπάριος〈Καλλιππάριος〉［キプロス島の帝国役人 IX, 2, 4］
カリュベス Χάλυβες［アナトリアは主として黒海南岸に住んでいた古代の民族（ヘロドトス『歴史』I, 28）XIV, 8, 5］
カルキドン / カルケドン Χαλκηδών［コンスタンティノープルの対岸に位置する町 I, 13, 4 ; V, 2, 4 ; 6 ; VII, 4, 1］
カルタゴ人 Καρχηδόνιος［北アフリカの都市カルタゴの人（ハンニバル）I, 13, 3］
カルツィエリン Καλτζιέριν［カパドキアの城塞 XIII, 12, 24］
カルディア人 Χαλδαῖοι［バビロニア人、その占星術などは古代において有名であった XIV, 8, 4］
カルノバト Karnobat（リシュキ峠 Rishki prohod を下った地点にある町）6-178
カルパソス島 Κάρπαθος［クレタ島東北端から北東方向およそ 78km に位置する島 IX, 2, 1］
カルピアノス市区 τὰ Καρπιανοῦ［コンスタンティノープルの金角湾岸の地区 II, 7, 4］
カールマーン Kaloman（ハンガリーの王ラディスラスの後継者）13-113
カルメ Καρμέ［小アジア西部の場所 XIV, 6, 1］
カロヴリィイ川 Kalovryê 1-36, 37
ガロス川 Gallos（ニケア Nicaea の南を流れる川）11-22, 15-13
カロン / ハロン Χάρων［アレクシオス 1 世の母アンナ＝ダラシニの父アレクシオス＝カロン III, 8, 1］
ガンズィス［→エリエルモス 3］
カンズス Καντζούς［アレクシオス 1 世に使えた軍人、ブルガリア人貴族 VII, 9, 1］
カンダクズィノス Καντακουζηνός［アレクシオス帝に仕える有能な将校 X, 2, 6 ; XI, 9, 3 ; 11, 1 ; 2 ; 3 ; 5 ; 6 ; 7 ; XII, 2, 1 ; XIII, 5, 4 ; 5 ; 6 ; 6, 1 ; 2 ; 4 ; 5 ; 6 ; 7, 1］
カンナエ Cannes（イタリア南東部に位置する村）3-70

キ
キヴォトス Κιβωτός［ニコミディア湾南岸の城塞で、エリヌポリスのごく近く（ラテン史料ではチヴィート Cyvito）XI, 1, 1 ; 8, 2 ; XIV, 5, 2 ; 3 ; XV, 1, 3］
キオス Κίος［イズニク湖から流れ出る川がイズニク湾に流れ込む河口近くにある町、現ゲムリク Gemlik VI, 10, 5 ; XI, 2, 3 ; XV, 2, 5］
キクラデス諸島 Κυκλάδες Νῆσοι［クレタ島の北、エーゲ海の中央部に広がる諸島 XII, 4, 3］
キサヴォス Κίσσαβος［テサリアの山、現オサ Ossa 山 V, 5, 3］
キズィコス Κύζικος［マルマラ海南岸、小アジア北西部の町 II, 3, 1 ; 2 ; 3 ; 4, 2 ; VI, 13, 1 ; 3 ; 14, 4 ; XIV, 5, 3］
ギスカルドス Γισκάρδοσ［ロベルトスの通称→ロベルトス］

キツィス Κιτζής［コマニ軍の指導者の一人 X, 4, 6］
キドクトス Κήδοκτος［トラキアの小さな平野の名、シリムヴリアとイラクリアの間に位置する I, 4, 5］
キドニアティス［→レオン 5］
キドノス Κύδνος［キリキアの川、現タルスス＝チャユ Tarsus Çayu（サロン（セイハン）河口の直ぐ東で地中海に注ぐ）XIII, 12, 21］
キパリシオス Κυπαρίσσιος［アリケとも呼ばれるヴィシニアのある場所 VI, 10, 6］
キプセラ Κύψελλα［トラキアの町、現イプサラ Ipsala VII, 6, 4 ; 6］
キプロス島 Κύπρος［東地中海の島 IX, 2, 1 ; 4 ; 3, 1 ; XI, 4, 3 ; 7, 4 ; 7 ; 9, 3 ; 10, 8 ; 9 ; XIV, 2, 7 ; 14］
キミニアノス［→エフスタシオス 2］
キュロス / キロス Κῦρος［①キュロス、古代ペルシアの王 X, 4, 1・②コンスタンティノープルの都市長官（6 世紀）V, 8, 3］
ギョーム（鉄腕） Guillaume Bras de Fer（ロベール＝ギスカールの異母兄の一人）1-87, 6-73
キラ Κοῖλα［エリスポンドス（ダーダネルス海峡）のヨーロッパ側の港 XIV, 3, 2］
ギラール Girard（ロベール＝ギスカールの信頼あついブオナルベルゴ Buonalbergo 伯）1-114
キリキア Κιλικία［小アジア南東部の地域、軍事上の重要な地域でシリアへの出入り口であった XI, 9, 2 ; 3 ; 4 ; 11, 7 ; XII, 2, 2 ; 3 ; 7 ; XIII, 12, 21］
キリキア人 Κίλικες［キリキアの住民 序文 , 3, 4 ; I, 4, 4］
キリ＝シリア Κοίλη Συρία［窪んだシリア（オロンテス・ヨルダン両川それぞれの上流地方、レバノン地溝）XII, 2, 1 ; XIII, 12, 18］
キリニ Κυρήνη［キプロス島北岸の町、現ギルネ Girne IX, 2, 1］
キリニア Κυρήνεια［キリニに同じ XI, 9, 3］
金角湾 Golden Horn 2-87

ク

グアイマル Guaimar **4 世**（サレルノ公）1-75
ククペトロス［→ペトロス 2］
クサンダス Ξαντᾶς［アレクシオス帝軍のマニ教徒兵の指揮者 IV, 4, 3 ; V, 3, 2］
クシノス Κούσινος［マニ教徒の指導者の一人 XIV, 9, 3 ; 5］
クシフィリノス［→ヨアニス 11］
クシロイプソス Ξηρόγυψος［ツゥルロスの近くを流れるトラキアの川 VII, 11, 1］
クシロス Ξηρός［アネマス一族の陰謀への加担者、コンスタンティノープルの都督 XII, 5, 5］
クセリゴルドス Ξερίγορδος［ニケアの南に位置する町 X, 6, 2 ; 3］
クータンス Coutances（ノルマンディーの町）1-75
クツォミティス［→エオルイオス 5］
クニドス Κνίδος［小アジアの西南端、カリア Caria の町 XI, 10, 3］
グラヴィニツァ Γλαβινίτζα［①イピロス（エピルス）の町（おそらくイェリホの南）III, 12, 7 ; V, 1, 1 ; XIII, 5, 3 ; 4・②ダニューブ沿岸のドリストラの近くに位置する町 VI, 4, 4］
グラウル Γραούλ［ヴァイムンドスの誓約文書に署名したウムベルトスの父 XIII, 12, 28］
グラニコス Granikos **川**（小アジア西部の川）14-60

グラマティコス [→ニコラオス 2]
クラレリス [→エリエルモス 5]
グランデマニス [→エリエルモス 4]
グリキス Γλυκύς [イピロスの川、現アヘロン Acheron（ギリシア西部）IV, 3, 2 ; 3]
グリゴリオス Γρηγόριος [①ガヴラス Γαβρᾶς、セオドロス = ガヴラスの息子 VIII, 9, 2 ; 6 ; 7 ; IX, 1, 1.·②エネシオス Γενέσιος、アレクシオスの母アンナ = ダラシニの書記官 III, 8, 4.·③カマティロス Καματηρός、アレクシオス帝に仕える書記補、後にはロゴセティス = トン = セクレトンに任命される IX, 8, 1.・④マヴロカタカロン Μαυροκατακαλών、ローマ帝国の軍人、1087 年のスキタイ遠征にアレクシオス帝に同行 VII, 2, 3 ; 3, 4 ; 5・⑤パクリアノス Πακουριάνος、コムニノス一族の反乱に参加し、後アレクシオス帝によって西方軍総司令官に任命された、スキタイとの戦いで戦死 II, 4, 6 ; 7 ; IV, 4, 1 ; 6, 2 ; V, 3, 2 ; VI, 14, 3.・⑥タロニティス Ταρωνίτης、アレクシオス帝の姉妹マリアの息子、トラペズスのドゥクス、アレクシオス帝に対する反逆でアネマスの塔に投獄される XII, 7, 1 ; 3 ; 8, 1]
クリコン Κούρικον [キリキアの港、現コリコス Corycus XI, 10, 9 ; 10 ; 11, 1]
グリス Γουλής [アレクシオス帝が父から受け継いだ従者 I, 8, 4 ; V, 4, 8 ; VII, 3, 6]
クリス Κούλης [トラキアに位置する要塞 VII, 1, 1 ; 2]
クリセェ Κριθαί 〈κριθαί〉 [ヘロニソス半島に位置する場所 VIII, 3, 2]
クリゾメネ Κλυζομεναί [スミルナ（イズミール）湾の南岸に位置する都市、普通はクラゾメネ Κλαζομεναί と呼ばれる。現ウルラ Urla に遺跡が残る VII, 8, 1]
クリツィアススラン Κλιτζιασθλάν [①ルム = セルジュク朝、ニケアのスルタン、クルチ = アルスラン Kiliç Arslan（在位 1092-1107 年）VI, 12, 8 ; IX, 3, 2 ; 3 ; 4 ; XI, 3, 5·②ルム = セルジュク朝、イコニオンのスルタン、シャーヒンシャー Sahinsah あるいはマリク = シャー Malik Sah（在位 1107-1116 年）XV, 1, 1 ; 2 ; 5, 3 ; 6, 1]
グルジア Gruziya（コーカサス西南部の地域）1-25
クルティキオス Κουρτίκιος [①ヨアナキスとも呼ばれるヴァシリオス 5・②アネマス一族の陰謀に加担した人物 XII, 5, 4]
クルパガン Κουρπαγάν [モスル Mossoul のアミール、ケルボガ Kerbogha XI, 4, 3 ; 4 ; 6 ; 6, 2 ; 8]
クレオン Κουλέων [アレクシオス帝軍のマニ教徒兵士の指揮者の一人、アレクシオス帝と論争する IV, 4, 3 ; XIV, 9, 3 ; 5]
グレゴリウス Gregorius 7 世 1-92, 1-100, 1-106, 3-71, 3-72, 5-35, 5-37
クレタ島 Κρήτη [東地中海の島 IX, 2, 1 ; 3, 1 ; 6, 3]
クレタ島の住民 Κρῆτες IX, 2, 1
クレニデス Κρηνίδες [アンナによればフィリプポリスの前名、しかし実際はフィリピィ（マケドニア王フィリポス２世の建設）の別名 XIV, 8, 2]
クレメンス Clement **3 世**（グレゴリウス７世の対立教皇） 5-37
クロイソス Κροῖσος [莫大な富で知られるリュディアの王（前６世紀）II, 4, 8]
グロサ Γλῶσσα [グロサは舌の意。ヴロラ湾（アルバニア）の西、アドリア海に突き出た舌の形をした岬、古代のアクロケラウニア Acroceraunia 岬 III, 12, 4 ; XII, 8, 8]

ケ

ケカヴメノス [→カタカロン 2・ミハイル 14]

ケサリア（カエサレア）Caesarea（カパドキア Cappadocia の都市）3-27, 11-38, 11-39

ケサロポリス Καισαρόπολις［マケドニアの町、セレ（セレス）の南東 IX, 8, 4］

ケドレア Κεδρέα［アモリオンの西およそ 30km に位置するフリィイアの城塞 XV, 4, 1 ; 2］

ケドロス Κέδρος［ケドレアに同じ XV, 4, 1］

ケファラス Κεφαλᾶς［→レオン 4］

ケファリニア Κεφαληνία［イオニア海の大きな島 VI, 6, 1 ; XI, 10, 1］

ケリア Κελλία［①ラリサの近くに位置する山 V, 5, 3・②ヴィシニアに位置する場所 XV, 1, 5］

ケルヴィアノン Κερβιανόν［メアンドロス川の北を流れるカイストロス Kaystros 川（クチュク＝メンデレス Küçük Menderes）の上流地方に位置する平地 XIV, 1, 6 ; 7 ; 3, 7］

ケルトイヴィレス Κελτίβηρες［ヒスパニア（スペイン）の住民 XII, 9, 2］

ケルト人 Κελτός（Κελτοί）［フランク人・ラテン人・ノルマン人、一般に西方人を意味する I, 1, 2 ; 以下随所に］

ゲルマニアの民 γερμανικὸν γένος［ゲルマン人 XII, 9, 2］

ゲルマニア人 Γερμανοί［ゲルマニアの住民 XI, 12, 6］

コ

コクソン Coxon（トルコ東部の町）11-39

コス Κῶς［ロドス島の西北に位置する島 XI, 10, 3］

コスマス Κοσμᾶς［①聖コスマス III, 2, 7・②コンスタンティノープルの総主教（在位 1075-81 年）III, 2, 3 ; 6 ; 7 ; 4, 4 ; 5, 4］

コスミディオン Κοσμίδιον［コンスタンティノープルの陸の城壁外の金角湾岸の地区の一角に位置する現エユップ Eyüp で、かつて聖コスマス Kosmas- 聖ダミアノス Damianos の修道院があった II, 6, 1 ; X, 9, 1 ; 10, 4 ; 11, 3］

コティレキア Κοτοιραικία［小アジア北西部にある山 XV, 1, 4］

ゴドフレ Γοντοφρε［ゴドフロワ＝ド＝ブイヨン Godfroi de Bouillon, 下ロレーネの公 X, 5, 10 ; 9, 1 ; 2 ; 3 ; 10 ; 11 ; 10, 1 ; 2 ; 5 ; 11, 1 ; XI, 1, 1 ; 6, 9 ; 7, 1 ; 3 ; 8, 1］

コトロニ Κοτρώνη［カラブリアの東海岸の町（ギリシア正教における修道院制度の中心地の一つ）、現クロトネ Crotone I, 12, 8］

コプリシアノス Κοπρισίανος［ヴァイムンドスに従う伯の一人 XIII, 4, 5］

コマノス Κόμανος（コマニ Κόμανοι）［ロシア語史料ではポロヴェツ Polovtzes。ウラル地方からきたトルコ系の種族。アンナはパツィナキと共にスキタイとも言う VII, 3, 3 ; 5, 1 ; 3 ; 6, 2 ; 3 ; VIII, 4, 2 ; 3 ; 4 ; 6 ; 5, 1 ; 2 ; 5 ; 6 ; 6, 1 ; 3 ; 4 ; 7, 2 ; X, 2, 3 ; 4 ; 5 ; 6 ; 7 ; 3, 1 ; 2 ; 4 ; 5 ; 6 ; 4, 1 ; 2 ; 3 ; 4 ; 5 ; 6 ; 7 ; 9 ; 10 ; 11 ; XIV, 4, 3 ; 8, 1 ; 9 ; 9, 1］

コミスコルティス Κομισκόρτης［アルバニア人で、アレクシオス 1 世よりディラヒオンを託される IV, 8, 4］

コムニニ［→アンナ 3・エヴドキア 2・セオドラ・マリア 3］

コムニニィ Κομνηνοί［コムニノス家の者たち・コムニノス兄弟（イサアキオスとアレクシオス）随所に］

コムニノス［→アドリアノス 2・アレクシオス 1・アレクシオス 2・アンドロニコス 3・イサアキオス 1・イサアキオス 2・ヨアニス 8・ヨアニス 9・ヨアニス 10・マヌイル 3・マヌイル 4・ニキフォロス 9］

コメルモエリ Κομμερμοέρι［カパドキアの城塞あるいは町 XIII, 12, 24］

コルフ Κορυφώ［イオニア海の大きな島･同名の都市（現ケルキラ Kerkira）I, 16, 2 ; III, 12, 4 ; VI, 5, 3 ; 6 ; XI, 10, 1 ; 12, 4 ; 6 ; XII, 1, 1］

ゴロイ Γολόη［トラキアの町あるいは城塞 VII, 2, 1 ; 9 ; 3, 12 ; 6, 2 ; X, 3, 1 ; 4, 11］

コロニ Κορώνη［ペロポネソスの南端、メッシニア湾の西岸に位置する港 XI, 11, 2］

コロニア Κολώνεια［トラペズスの南西約 135km、セヴァスティア Sebasteia 北東約 135km に位置する町、現シェビン＝カラヒサル Sebin Karahisar XII, 7, 3］

コンスタンディオス Κωνστάντιος［コンスタンディノス 10 世ドゥカスの息子、ミハイル 7 世の兄弟 IV, 5, 3 ; 6, 7］

コンスタンティヌスの広場 Κωνσταντίνιος Φόρος〈φόρος〉［中央大通りにある広場の一つ II, 5, 2 ; 12, 4 ; XII, 4, 5 ; XIV, 6, 6］

コンスタンティヌスの都 ἡ Κωνσταντίνου [πόλις]［コンスタンティノープル III, 9, 3 ; IV, 4, 1 ; V, 4, 2 ; 5, 3 ; 8, 2 ; 5 ; 9, 6 ; VI, 3, 4 ; 10, 4 ; VII, 2, 9 ; 9, 1 ; VIII, 7, 4 ; IX, 5, 1 ; X, 10, 3 ; XI, 6, 4 ; 6 ; 9, 3 ; XII, 4, 5 ; 5, 5 ; 9, 2 ; XIV, 7, 1 ; 8 ; XV, 7, 8］

コンスタンディノス Κωνσταντῖνος［①コンスタンティヌス大帝（在位 324-337 年）VI, 10, 10 ; 13, 2 ; XII, 4, 5 ; XIV, 8, 8・②緋の産室生まれの皇帝コンスタンディノス 8 世（在位 1025-1028 年）XII, 9, 6･③モノマホス Μονομάχος（ローマ皇帝、在位 1042-1055 年）III, 4, 7 ; 8, 2 ; V, 8, 2・④ドゥカス Δούκας（ローマ皇帝、在位 1059-1067 年）III, 2, 6 ; IV, 6, 7・⑤アレクシオス帝の鷹の飼育係 VII, 9, 2・⑥ヴァイムンドスの誓約文書に署名したリスカルドス＝シニスカルドスの使者 XIII, 12, 28・⑦宦官で食卓長、1107 年当時皇后に仕えていた XIII, 1, 8・⑧ガヴラス Γαβρᾶς、アレクシオス帝に仕える軍人で、セオドロス＝ガヴラスの血縁者 XIII, 7, 1 ; XIV, 3, 1 ; 7 ; 5, 7 ; XV, 4, 8・⑨ダラシノス Δαλασσηνός、母との関係でアレクシオス帝と親類関係にある高位の軍人、シノピのドゥクス、艦隊のドゥクス VI, 9, 6 ; VII, 8, 3 ; 4 ; 5 ; 6 ; 8 ; 10 ; VIII, 5, 5 ; IX, 1, 3 ; 8 ; 9 ; 3, 1 ; 3・⑩ドゥカス、ドゥカス家の先祖 III, 3, 3・⑪ドゥカス Δούκας、緋の産室生まれの皇子、皇帝ミハイル 7 世の息子 I, 10, 2 ; 12, 2 ; 7 ; 15, 2 ; 3 ; II, 2, 1 ; 3 ; III, 1, 2 ; 4, 5 ; VI, 8, 3 ; IX, 5, 4 ; 6 ; 7, 2 ; 8, 2・⑫エクサズィノス＝ドゥカス Ἐξαζηνὸς Δούκας、著名なエクサズィノス家の一員で、ニキフォロス＝エクサズィノス＝ヤレアスの従兄弟 XII, 8, 6・⑬エフフォルヴィノス＝カタカロン Εὐφροβηνὸς ὁ Κατακαλών、アレクシオス帝によって高く評価された軍人、キプロス島のドゥクス職もつとめる I, 5, 3 ; 6 ; X, 2, 7 ; 3, 1 ; 5 ; 4, 5 ; 6, 5 ; XI, 9, 3 ; XIII, 9, 1 ; 10, 1 ; 2 ; XIV, 1, 1・⑭ウムベルトプロス Οὐμπερτόπουλος、アレクシオス帝に仕えた軍人、ロベール＝ギスカールの兄弟ウムベール Humbert の息子 II, 4, 7 ; 4, 3 ; VI, 14, 4 ; VIII, 5, 5 ; 7, 1 ; X, 2, 6・⑮ヒロスファクティス Χοιροσφάκτης、ハインリヒ 4 世へ派遣したアレクシオス帝の使者 III, 10, 2 ; 4 ; 5・⑯オポス Ὦπος、アレクシオス帝に仕えた軍人 IV, 4, 3 ; VI, 13, 3 ; 4 ; VII, 8, 3 ; 4 ; 5 ; X, 10, 1］

コンスタンディノス Constantinos（ロマノス＝ディオエニスの息子） 9-37

コンスタンティノープル Κωνσταντινούπολις［帝国の首都、現イスタンブル I, 13, 4 ; VI, 5, 10 ; VIII, 8, 1 ; XII, 7, 1 ; XIII, 12, 7 ; 15 ; 19 ; 20］

コンダリノス［→ペトロス 4］

コンドグミス Κοντογμής［大サトラップの一人 XIV, 5, 3］

コンドステファノス Κοντοστέφανος［→イサアキオス 3・ステファノス 3］

コンドステファノス兄弟 Κοντοστέφανοι［イサアキオス 3・ステファノス 3］

コンドパガノス Κοντοπαγάνος［ヴァイムンドス陣営の伯 XIII, 5, 2 ; 6, 2］

サ

サイサン Σαϊσαν［イコニオンのスルタン、マリク＝シャー（在位 1107-1116 年)、クルチ＝アルスラン Kilij Arslan の長子 XIV, 3, 1 ; 7 ; XV, 6, 6 ; 7 ; 8 ; 9 ; 10］［→クリツィアススラン 2 とソリマス 2］

サヴマストン＝オロス Θαυμαστὸν"Ορος［すばらしい山。Mons Admirabilis（Lat.)（スゥエティオン港の北、オロンテスの下流右岸、アンティオキアに向き合って位置する山）XIII, 12, 18］

サウル Σαούλ［ユダヤ人の王 III, 5, 1］

サヴロマテェ Σαυρομάται［以前ミシィと呼ばれた種族、すなわちパツィナキ III, 8, 6 ; V, 7, 2 ; VI, 14, 1 ; VII, 1, 1 ; 3, 6 ; X, 4, 10］

ザキンソス Ζάκυνθος［ペロポネソス半島北西岸沖に位置する島 XI, 10, 1］

ザクセン人 Σάξονες［ゲルマン人の一部族 I, 13, 7 ; 9］

サグダウス Σαγουδάους［小アジア北西部の町、ニケアからドリレオンへ至る軍道上に位置するマライナの南、現在のソーユト Sögüt XV, 2, 4］

サツァス Σατζᾶς［ダニューブ地方の住民の頭の一人 VI, 14, 1］

サッポー Σαπφώ［レスヴォス島出身の著名な女性抒情詩人 XV, 9, 1］

サニスコス Σανίσκος［ロベルトスの息子ヴァイムンドス（ボエモン）の綽名 IV, 6, 1 ; V, 3, 3］

ザハリアス Ζαχαρίας［アレクシオス帝の戦士、ディラヒオンの戦いで戦死 IV, 6, 7］

サムイル Σαμουήλ［ブルガリア人の王（在位 997-1014 年）VII, 3, 4 ; XII, 9, 6］

サモス島 Σάμος［エーゲ海南東部ドデカニソス諸島の一つ IX, 1, 9 ; XI, 10, 3］

サラヴリアス Σαλαβρίας［セタリア（テサリア）の川、現ピニオス Pinios V, 5, 3 ; 6, 3 ; 7, 3］

サラキノス Σαρακηνός［①ヴァイムンドスに仕える伯の一人（1082 年ヴァイムンドスの命により防御のためにモグレナにとどまるが､後グリゴリオス＝パクリアノスに殺される）V, 5, 1.･②ヴァイムンドスに仕える伯の一人（1108 年ヴァイムンドスの兄弟イドスらとともにカミツィスと戦う）XIII, 5, 2］

サラセン人 Σαρακηνός (Σαρακηνοί)［ムスリム（アラブ人･トルコ人）IV, 4, 3 ; X, 5, 5 ; XI, 5, 4 ; 6, 9 ; 7, 1 ; 11, 4 ; XIII, 12, 16 ; XIV, 2, 9 ; 7, 2］

サリノス Σαλίνος〈ヴリスノス Βλίσνος〉［トラキアの町（ヴリスノスの別名）VI, 14, 5］

サルヴァノン Σάρβανον［カパドキアの城塞、おそらくエルビスタンの南に位置する山脈サルワン＝ダー Sarwan Dağ に関係する地点 XIII, 12, 24］

サルサピン Σαρσάπιν［エルビスタンの北 9 km にあった城塞、現キュチュクヤパラク Küçükyapalak XIII, 12, 24］

サルディス Σάρδεις［リディアの町、現サルト Sart XI, 5, 6］

サレルノ Σαλερηνόν / Σάλερνος［南イタリアの都市 I, 12, 11 ; 13, 6 ; 14, 3 ; 15, 2］

サロン / サロス Σάρων / Σάρος［キリキアの川、現セイハン Seyhan I, 4, 4 ; XII, 2, 4］

サンガリス Σάγγαρις **川**［小アジア北西部の大きな川、現サカリヤ Sakarya、アフヨンカラヒサルの北北東あたりに発し、まず北流し、ついで西流し、さらに北流し、ボスポラス海峡の東 136km に位置するカラス Karasu で黒海に注ぐ X, 5, 2］

サンダヴァリス Σαντάβαρις［フリイアの町、ドリレオンの南東およそ 50km に位置する XV, 4, 1］

サンタンジェロ城 Castel Sant' Angelo（ローマ市）5-37

シ

シアウス Σιαούς［スルタンのマリク＝シャーのアレクシオス帝への使節 VI, 9, 4 ; 5 ; 6 ; 12, 1］

ジェノヴァ（ジェノア）Γένουα［イタリアの都市 XII, 1, 2 ; XIV, 3, 1］

ジェノヴァ（ジェノア）**人** Γενούσιοι XI, 11, 1 ; 2 ; 3.

シキ Συκῆ［キリキアの港 XI, 10, 8］

シケオティス Συκεώτης［大殉教者エオルイオスの異名→エオルイオス 1］

シケリア Σικελία［地中海の島（シチリア）V, 8, 1 ; 2］

シケリアの住民 Σικελοι V, 8, 1.

シス Σήθ［ロベルトス＝ギスカルドスの死を予言した星占い師（シメオン Symeon）VI, 7, 1 ; 4］

シディラ Σιδηρᾶ［①鉄門（コンスタンティノープル市内の門の一つ）II, 5, 8・②バルカン山脈の隘路 VI, 14, 7 ; VII, 3, 1・③アレクシオス帝の建設したヴィシニアの城塞 X, 5, 3］

シディラ＝クリスラ Σιδηρᾶ Κλεισοῦρα［東バルカン山脈の隘路の一つ、現リシュ Rish 峠 / ドブロル Dobrol 峠 X, 4, 10 ; 11（上記のシディラ VI, 14, 7 ; VII, 3, 1）］

シトニツァ Sitnica **川**（コソボの川）9-27, 9-30

シプカ Shipka **峠**（1328m）（バルカン山脈の峠の一つ）14-100

シナオス Σίναος［小アジア北西部の場所、現シマウ Simav XIV, 3, 7］

シナディノス Συναδηνός［①ニキフォロス 13・②ヴォタニアティス帝が自身の後継者にしようとした人物（ニキフォロス）II, 2, 1］

シニア Θυνία［小アジア北西、黒海とマルマラ海の間に位置する半島状の地域 III, 11, 1 ; 4］

シニスカルドス［→リスカルドス］

シネシオス Συνέσιος［アレクシオス帝に仕える将校、スキタイへの使節となる（1088 年）VII, 6, 2 ; 3 ; 4 ; 9, 7 ; VIII, 6, 1 ; 2］

シノピ Σινώπη［黒海南岸の都市、現シノプ Sinop VI, 9, 3 ; 5 ; 6 ; 12, 1］

シプカ Shipka **峠**（1328m）（バルカン山脈の峠の一つ）14-100

シムンドス Σιμοῦντος［イェルサレム王ヴァルドイノスの姪の息子シモン Simon XIV, 2, 8］

シメオン Συμεών［→シス］

シメオンの丘 ἀκρολοφία τοῦ Συμεῶνος［プリスコヴァの近くに位置すると思われるブルガリアの丘 VII, 3, 1］

シモン Σίμων［ヴァイムンドスの誓約文書に署名したハンガリア王の使節の一人 XIII, 12, 28］

シャムス＝アド＝ダウラ Shams ad-Daula（アンティオキアの支配者ヤギ＝シャン Yaghi Siyan の息子）11-49

ジュー Jiu **川**（ダニューブに流れ込むルーマニアの川）14-106

シュクビン Shkumbin **川**（アルバニアの川）4-65

シューメン Shumen（ブルガリア西部の都市）6-178, 7-24, 7-27

巡礼山 Mons Peregrinorum（シリアのトリポリス）11-86, 11-102

シリア Συρία［地中海東岸地域 序文, 3, 4 ; IX, 2, 3 ; X, 8, 4 ; XI, 10, 1 ; 12, 5 ; XII, 2, 2 ; XIII, 12, 12 ; 21 ; 24 ; 26 ; XIV, 2, 3］

シリア人 Σύρος（Σύροι）［シリアの住民 序文, 3, 2 ; 4 ; XI, 5, 4］

シリアの海 Συριακὸν Πέλαγος〈πέλαγος〉［イスケンデルン湾 Iskenderun Körfezi I, 4, 4 ; XII, 2, 4 ; XIV, 2, 14］

シリンヴリア Silivri / Silivria（マルマラ海北岸の都市）1-37

シルヴェストロス Σίλβεστρος［アドリアヌポリスの住民、アレクシオス帝に屋敷を提供する X, 4,

9]

ス

ズィガディノス Ζυγαδηνός ⟨Ζυγαβηνός⟩［アレクシオス帝から教義大全を書くよう命じられた修道士 XV, 9, 1］

ズィゴス Ζυγός［①バルカン（エモス）山脈 VIII, 6, 4 ; X, 2, 6 ; 3, 1 ; 4, 10・②ダルマティアと帝国領の間に位置する山岳地域 IX, 1, 1 ; 4, 2 ; 3 ; 4 ; 5］

スゥエティオン Σουέτιον［スゥデェイに同じ XIII, 12, 18］

スゥデェイ Σουδεΐ, Σουδί, Σούδι［アンティオキア市の港、聖シメオン港（セレフキア）、今日のサマンダー Samandağ XI, 4, 3 ; 12, 2］

スゥリ Θούλη［ブリタニア島（ヴァランギィの故郷）II, 9, 4 ; 11, 7 ; VI, 11, 3 ; XII, 9, 2］

スエニン Σγένιν［ラパラ（リカンドス Lycandus）の北約 6 km に位置する砦、現ウズグン Izgın XIII, 12, 24］

スカマンドロス Σκάμανδρος［小アジア北西部はトロイアの平野を流れる川 XIV, 3, 1 ; 5, 3］

スカリアリオス Σκαλιάριος［セルジュク朝のアミール（il khan)、後にアレクシオス帝に仕える、ヴァイムンドスとの戦いで戦死（1108 年）VI, 13, 4 ; X, 2, 6 ; XIII, 5, 2］

スキシス Σκύθης［スキタイの単数形 VII, 3, 9 ; 11 ; 12 ; 10, 1 ; XIII, 6, 6 ; XV, 6, 2 ; 3 ; 7, 9］

スキシス（女の）Σκυθίς（スキシデス Σκυθίδες）III, 3, 3 ; VII, 6, 6.

スキシディオン Σκυθίδιον［背の低いスキシス（カンタクズィノスに従う兵士）XIII, 6, 6］

スキタイ Σκύθαι［①バルカン半島のトルコ系遊牧民族（パツィナキ）I, 5, 2 ; 以下随所に・②セルジュクトルコ VI, 13, 4・③コマニ X, 3, 5 ; 4, 7］

スキタイ Σκυθικόν(τό) XIII, 6, 6

スキピオ Σκηπίων［共和制ローマの将軍、ザマの戦いでカルタゴのハンニバルを破る、ププリウス＝コルネリウス＝スキピオ P. Cornelius Scipio I, 1, 3］

スクタリオン Σκουτάριον［アドリアヌポリスの北西 23km に位置する城塞、現シュティット Štit（トルコとの国境近くのブルガリア領）X, 4, 10］

スクリロス Σκληρός［①皇帝ヴァシリオスへの反逆者、ヴァルダス Βάρδας XI,1, 6・②アネマス一族の陰謀への加担者 XII, 5, 5］

スクレレナ Skleraina（コンスタンディノス 9 世の二番目の妻）3-53

スコティノス Σκοτεινός［特定することのできないトラキアに位置する場所 VII, 1, 1 ; 2］

スコピア Σκόπια［マケドニアの都市、現スコピエ Skopje V, 5, 1 ; IX, 4, 3 ; 6］

ススラヴォティリン Σθλαβοτίλιν［パラスタ（エルビスタン）の東南東約 12km に位置するカパドキアの城塞 XIII, 12, 24］

ススラニツァ Σθλάνιτζα［西マケドニア、おそらくエデサとイアニツァ Giannitsa（エデサの東およそ 31km）の間に位置した城塞 XII, 3, 1］

スタギロスの人 Σταγειρίτης［アリストテレス、スタギロス Στάγιρος はマケドニアの町、アリストテレスの出身地 XIII, 1, 3 ; 4, 1］

スティピオティス［①ミハイル 18・②主人ミハイル＝スティピオティスと同名の奴隷 XV, 2, 3］

スティリアノス Στυλιανός［スヘドスを考案した一人、名前だけしか知られていない XV, 7, 9］

ステファノス Στέφανος［①ブロワ伯エティエンヌ Étienne de Blois XI, 6, 1・②セルビア人の支配者ヴォルカノスの甥ステファノス＝ヴォルカノス Stephan Valkan IX, 10, 1・③コンドステファ

ノス、イサアキオス＝コンドステファノスの兄弟 XIII, 7, 2］
ストラヴォヴァシリオス Στραβοβασίλειος［アレクシオス帝に仕える軍人 XV, 2, 3 ; 4］
ストラヴォロマノス Στραβορωμανός［メガス＝エテリアルヒスの職にあったヴォタニアティス帝の側近、同帝によりコムニノス家の母を宮殿へ呼び出すために送り出された使者の一人 II, 5, 5 ; 7］
ストラティイオス Στρατήγιος［①ストラヴォス Στραβός、アレクシオス帝によってセレヴキアのドゥクスに任命される XI, 10, 9 ; 10・②アロンの召使い XIII, 1, 8 ; 9］
ストルゥエ Στρουγαί［オフリド湖北岸の町、現ストルガ Struga V, 4, 4］
ストルムビツァ Στρούμπιτζα(ἡ)［セサロニキの北北西 100km ほどに位置するマケドニアの城塞、現マケドニア共和国のストルミツァ Strumica XII, 4, 4］
スパハ Σπαχᾶ［ペルシアの都市、イスファハン Isfahan VI, 12, 2］
スパルタ Σπάρτα［ラケダイモン IX, 6, 4］
スパレトラ Σπαρέθρα［マッサゲティスではなく、カスピ海地方のスキタイの王アモルゲス Amorges の妻、夫に代わってペルシアの王キュロスと戦った XII, 3, 8］
スヒザ Σχιζά［トラキアに位置する村、現ヤルム＝ブルガス Yarim Burgaz II, 6, 10］
スフェンザニオン Σφεντζάνιον［マケドニアの砦（現コソボ州の北部のズヴェシャン Zvečan）IX, 4, 3 ; 4 ; 5］
スミルナ Σμύρνη［小アジア西部の都市、現イズミル İzmir VII, 8, 3 ; 10 ; IX, 1, 2 ; 3 ; 7 ; 8 ; 9 ; 3, 1 ; XI, 5, 1 ; 3 ; 4 ; 5 ; XIV, 1, 2 ; 4 ; 6 ; 7］
スミルナ人 Σμυρναῖος［スミルナの住民 VII, 8, 1 ; XI, 5, 4］
ズメ Ζοῦμε［アンティオキアの東北に位置するドゥーマー Djouma（Dier Djama）（アレッポの北 75km）XIII, 12, 19］
スラヴ人 Σθλαβογενεῖς［東ヨーロッパの民族の一つ VII, 3, 4］
スラキシオン / トラキシオン Θρᾳκήσιον〈Θρακησίον〉［小アジア西南部、フィラデルフィアに軍司令官の司令部の置かれた地方（セマ）XIV, 3, 1］
スロピモス Σλόπιμος［マケドニアはストルムビツァの北に位置する場所、正確な位置はわからない XII, 4, 4］

セ

セヴァスティア Sebasteia（トルコ東部の都市）2-32, 11-95, 11-99, 12-57
ゼヴェル Ζέβελ［ガヴァラの蛮族名 XIII, 12, 21］
セオドラ Θεοδώρα［コムニニ、アレクシオス帝の姉妹、コンスタンディノス＝ディオエニスの妻 X, 2, 3］
セオドトス Θεόδοτος［子供の頃からアレクシオスに仕えた兵士 I, 5, 5］
セオドロス Θεόδωρος［①ポンドスのイラクリア出身の殉教者（3-4 世紀）IV, 6, 1 ; VIII, 3, 1 ; IX, 7, 3・②アロニオス家の一員で、兄弟のアロンとともにアレクシオス 1 世の殺害を謀る XIII, 1, 5 ; 7 ; 10・③ガヴラス Γαβρᾶς、トラペズスのドゥクス VIII, 9, 1 ; 2 ; 3 ; 4 ; 5 ; XI, 6, 6・④ドキアノス Δοκειανός、アレクシオス＝コムニノスの従兄弟 I, 3, 4・⑤ルペニオス家 Ρουπένιοι の一員で、小アルメニアの支配者 XIII, 12, 18］
セシール Cécile（タグレに嫁いだフランス王フィリップ 1 世の娘）12-4
セススラヴォス Σεσθλάβος［ダニューブ地方の住民の頭の一人 VI, 14, 1］

セサロニキ Θεσσαλονίκη［エーゲ海のセルマイコス湾に面する帝国第二の都市 I, 7, 3 ; 9, 3 ; 5 ; IV, 4, 5 ; V, 1, 4 ; 5, 6 ; 7, 4 ; X, 7, 3 ; XII, 4, 1 ; XIII, 1, 3 ; 2, 1 ; 4, 1］
セサロニキの住民 Θεσσαλονικεῖς I, 9, 3］
セゼル Σέζερ［ハマ Hama の北西、オロンテス河畔の町、シザラ Sizara（Sheizar シャイザル）、ラリサとも呼ばれる XIII, 12, 18］
セタリア Θετταλία［ギリシア中東部の地方名（テサリア）I, 5, 2］
セタリア人 Θετταλοί［セタリアの住民 I, 7, 2 ; IV, 4, 3］
セデキアス Σεδεκίας［ユダ王国最後の王（在位前 597-586 年）VII, 3, 4］
ゼトス Ζῆθος［神話上におけるデュラキオン（ディラキオン）の建設者 III, 12, 8］
セフトロス Σεῦτλος［ロドス島の近くに位置する小島 XI, 10, 5］
セマン Seman / Semani **川**（アルバニアの川）5-1
セルヴィア Σέρβια［マケドニアのヴェリア近くの城塞 V, 5, 1］
セルヴリアス Σερβλίας［ヨアニス＝イタロスの弟子 V, 9, 2］
セルビア Σερβία［セルビア人の土地 IX, 4, 3 ; XIV, 4, 3］
セルビア人 Σέρβοι［ダルマティア人 IX, 4, 2］
セルマ Θερμά［アンヒアロスの北西およそ 20km に位置する温泉のでる場所、現バネヴォ Banevo X, 2, 6］
セレ Σέρραι［マケドニアの町、現ギリシアのマケドニア州のセレス Serres IX, 5, 4 ; 7, 3］
セレフキア Σελεύκεια［キリキアの都市、現シリフケ Silifke XI, 10, 9 ; 10 ; XIV, 2, 12］

ソ

ゾイ Ζωή［①コンスタンディノス８世（在位 1025-28 年）の娘、皇后であり女帝 VI, 3, 3・②皇后エヴドキアの、緋の産室生まれの娘、アレクシオスの弟アドリアノスの妻となる III, 2, 5］
ソスコス Σοσκός［マケドニアの町、正確な位置は解らない V, 5, 1］
ソスセニオン Σωσθένιον［ヴォスポロス海峡の入り口からおよそ北へ 14km、ヨーロッパ側の岸に位置する場所、現イスティニェ Istinye VIII, 9, 4 ; X, 10 , 1］
ソゾポリス Σωζόπολις［黒海西岸の町、現ソゾポル Sozopol V, 2, 6 ; XII, 6, 5］
ゾピュロス Ζώπυρος［ペルシアの王キュロス２世治世のサトラップの一人 X, 4, 1］
ゾムピス Ζόμπης［アモリオンの近く、サンガリス川にかかる橋の名 XV, 4, 5］
ソリマス Σολυμᾶς［①ニケアのスルタン、スレイマン Suleiman（在位 1077-1086 年）III, 11, 1 ; VI, 9, 1 ; 2 ; 3 ; 10, 1 ; 12, 1 ; 5 ; 8・②イコニオンのスルタン、マリク＝シャー（シャヒンシャー）（在位 1107-1116 年）XV, 1, 1 ; 4, 3］
ソロモン Σολομών［①ユダヤ人の王 XII, 3, 8 ; XV, 2, 2 ; 7, 4 ; 8・②廃位されたハンガリアの王（在位 1063-74 年）VII, 1, 1・③ヨアニス 12］

タ

ダヴァティノス Δαβατηνός［黒海南岸のイラクリアとパフラゴニアの長官、トラペズスのドゥクス、アレクシオス帝のコマニ遠征に従軍 III, 9, 3 ; X, 2, 6 ; XII, 7, 1］
タヴリィとスキタイ Ταῦροι καὶ Σκύθαι［コマニの古風な表現 XIV, 8, 3］
タヴロコモス Ταυρόκομος［アドリアヌポリスの近くに位置する町 VII, 6, 6 ; X, 4, 6］

タヴロス Ταῦρος[小アジア南岸を800km にわたって東西に連なる山脈、現トロス Toros 山脈 XII, 2, 4]
ダキア人 Δάκες［ハンガリア人 III, 8, 6 ; X, 5, 6 ; XIII, 12, 28 ; XIV, 4, 3 ; 8, 6］
タクペルトス Τακουπέρτος［この者の息子ロエリス（ノルマン人伯ラウルの兄弟）は皇帝側の署名人としてヴァイムンドスの文書に名を連ねる XIII, 12, 28］
タグリス Ταγγρής / Ταγγρέ タグレ〈Ταγγγρῆς〉［ヴァイムンドスの姉妹の息子、タンクレード Tancrède XI, 3, 2 ; 4, 5 ; 7, 7 ; 9, 1 ; 4 ; 11, 6 ; 12, 1 ; 6 ; XII, 1, 1 ; 2, 2 ; 3 ; 4 ; 5 ; 7 ; 8, 2 ; XIII, 11, 1 ; 12, 12 ; XIV, 2, 1 ; 5 ; 6 ; 7 ; 13］
タグリペルミス Ταγγριπερμῆς［トルコ人の軍司令官、エフェソスのアミール XI, 5, 1 ; 5］
ダゴベルト Dagobert（ダイムベルト Daimbert）（ピサの大司教） 11-109, 11-111
ダーダネルス Dardanelles **海峡** 8-12, 14-5, 14-31, 14-32
タティキオス Τατίκιος［アレクシオス帝の腹心の、もっとも重要な軍人の一人 IV, 4, 3 ; VI, 10, 2 ; 3 ; 4 ; 5 ; 7 ; 11, 1 ; 14, 4 ; 6 ; 7 ; VII, 3, 6 ; 7, 3 ; IX, 5, 5 ; 7, 1 ; 9, 3 ; X, 2, 6 ; XI, 2, 4 ; 5 ; 3, 3 ; 4 ; 4, 3 ; 9, 1 ; 10, 2 ; 8 ; XIV, 4, 2］
タトゥ Τατού［ダニューブ地方の住民の頭の一人 VI, 14, 1 ; VII, 3, 3 ; 5, 1］
タトラニス Τατράνης［アレクシオス帝に忠実に仕えるスキシスの脱走兵 VII, 9, 1 ; 10, 1 ; 2］
タニスマニス Τανισμάνης［セルジュク族の地方政権ダニシュメンド朝の一員、1105/06 年グリゴリオス＝タロニティスから救援を要請される XII, 7, 3］
タニスマン Τανισμάν［セルジュク族の地方政権ダニシュメンド朝 Danishmends の創始者ガージ＝イブン＝ダニシュメンド Ghazi ibn-Danishmend XII, 7, 3］
ダヌヴィス Δάνουβις［ヨーロッパの大河川（ダニューブ）— アンナはドナウ川を、上流と水源近くではダヌヴィスの名で、下流と河口近くではイストロスの名で区別している VI, 14, 1 ; VII, 1, 1 ; 2, 7 ; VIII, 6, 3 ; 4 ; 9, 7 ; X, 2, 6 ; XIV, 9, 1］
タパリス Ταπάρης［大セルジュク朝第３代のスルタン、マリク＝シャーの別名 VI, 12, 7］
ダビデ Δαβίδ / Δαυίδ［イスラエル王国の王 VI, 3, 4 ; XII, 3, 10］
ダフヌティオン Δαφνούτιον［トラキアの町（マルマラ海北岸）、エグナティア街道上にあったレギオン Rhegion（現キュチュキ＝チェキメジェ Küçük Çekmece）の近くに位置した IX, 5, 1］
ダマスコス Δαμασκός［シリアの町 XI, 7, 4 ; XIV, 2, 14］
ダマリオン Δαμάλιον［ダマリスに同じ X, 11, 9 ; XV, 7, 2］
ダマリス Δάμαλις［コンスタンティノープルの対岸の町、現ユスキュダル Üsküdar II, 8, 1 ; 2 ; 9, 1 ; 11, 1 ; III, 2, 5 ; 11, 1 ; 5 ; VI, 12, 1 ; XIV, 4, 1 ; 5, 1 ; XV, 1, 3］
ダマリン Δαμάλιν［ダマリスに同じ XIV, 6, 5］
ダムポリス Δάμπολις［エディルネの西北、約 90km に位置する、トンジャ Tunja 河畔の町、現ヤンボル Yambol VII, 2, 1 ; 6, 2 ; X, 3, 1］
ダラシニ［→アンナ 1］
ダラシノス［→アドリアノス 1・コンスタンディノス 9・カロン］
タルソス Ταρσός［キリキアの中心都市、トロス山脈を越えるキリキアの関門を占める、現タルスス Tarsus XI, 6, 1 ; 11, 7 ; XII, 2, 1 ; XIII, 12, 21］
タルハニオティス［→カタカロン 3］
ダルマティア Δαλματία［セルビア人の支配者ヴォディノスの掌握する地方（ゼタ Zeta、今日のモンテネグロ）I, 16, 8 ; IV, 5, 2 ; VI, 7, 7 ; VII, 8, 9 ; VIII, 7, 4 ; IX, 1, 1 ; 4, 2 ; 3 ; 5, 1 ; 10, 1 ; XIV, 4, 3］

ダルマティア人 Δαλμάται［セルビア人 I, 16, 8 ; IV, 5, 3 ; VII, 8, 9 ; VIII, 7, 2 ; 5 ; IX, 4, 1 ; 10, 1 ; XII, 4, 4 ; 9, 6］
タレントゥムの住民 Ταραντῖνοι［古代タレントゥムの住民 III, 12, 8］
タロニティス Ταρωνίτης［→グリゴリオス 6・ヨアニス 13・ヨアニス 14・ミハイル 20］
タンクレード＝ド＝オートヴィル Tancrède de Hauteville（ノルマンディー Normandy はクータンスの領主、ロベール＝ギスカールの父）1-75

チ

チェプラーノ Ceprano（カンパニアの都市）1-105
チョルフ Choruh **川**（アルメニアの町バイブルト Bayburt のそばを流れる川）11-63

ツ

ツァハス Τζαχᾶς［トルコ語でチャカン Çakan、セルジュク＝トルコのアミール VII, 8, 1 ; 2 ; 3 ; 4 ; 5 ; 6 ; 7 ; 9 ; 10 ; 9, 1 ; VIII, 3, 2 ; IX, 1, 2 ; 3 ; 4 ; 5 ; 6 ; 7 ; 8 ; 9 ; 3, 1 ; 2 ; 3 ; 4 ; XI, 2, 5 ; 5, 1 ; 2 ; 3 ; XIV, 1, 4］
ツィヴィスコス Τζίβισκος［テサリアの城塞、場所は特定できない V, 5, 2］
ツィタス Τζίτας［アレクシオス帝に仕える将校 XI, 2, 4 ; 8, 2 ; 4 ; 5］
ツィミスキス［→ヨアニス 15］
ツィプレリス Τζιπουρέλης［アレクシオス帝に仕える軍人 XIV, 5, 7 ; 6, 1 ; 2 ; 4］
ツィンディルキス［→アンドロニコス 4］
ツゥルロス Τζουρουλός［トラキアの小さな町（あるいは城塞）、現チョルル Çorlu II, 4, 6 ; 6, 3 ; VII, 11, 1 ; 2 ; X, 4, 5］
ツェルグゥ Τζελγού［スキタイの首領 VII, 1, 1 ; 2］
ツェルペンディリオス Τζερπεντήριος［ギョーム＝ド＝ムラン Guillaume de Melun たくましい体格から Charpentier（大工）の綽名をもつ。ムランはセーヌ中流右岸に位置する都市 X, 7, 3］

テ

テアノ Θεανώ［女性哲学者、ピタゴラスの妻あるいは弟子 XII, 3, 3］
ディアヴォリス Δίαβολις［①オフリド湖の近くに位置する城塞、正確な位置はわからない V, 1, 4 ; XIII, 4, 1 ; 5, 4 ; 8, 1・②今日のアルバニアのデヴォリィ川 Devolli / デヴォル Devol / Devoll、下流域はセマン川 Semeni XIII, 2, 3］
ディアケカヴメニィ διακεκαυμένη［ギィ γῆ］［酷熱地帯（かつてのローマ帝国領の南の地域）VI, 11, 3］
ディアムボリス Διάμπολις［→ダムボリス］
ティヴェナ Τήβεννα［アマシアとセヴァスティアの間に位置するポンドス地方の城塞 XII, 7, 1］
ディヴラティオス Διβλάτιος［ヴォゴミリィの一人、拷問にかけられてその一派の指導者たちの名を明かした XV, 8, 3］
ディオエニス Διογένης［①アレクシオスの姉妹セオドラの夫（コンスタンディノス）X, 2, 2 ; 3・②ローマ皇帝、ロマノス 4・③偽ディオエニス、ロマノス＝ディオエニス帝の息子を称する X,

2, 2 ; 3, 1 ; 4, 2 ; 4]
ディオ = ポリス δύο πόλεις［二つの都市（モプソスのポリス）XII, 2, 4]
ディオ = ポロヴィ Δύο Πόλοβοι［マケドニア共和国北西部、ヴァルダル Vardar 川源流の地域、現ポログ渓谷 Polog で Upper と Lower の二つの Polog に分かれ、この地域でもっとも人口稠密な都市はテトボ Tetovo とゴスティバル Gostivar V, 5, 1 →ポロヴィ Πόλοβοι]
ティクラニス Τικράνης［異端者ニロスと交わったアルメニア人 X, 1, 4]
ティグリス川 Τίγρης［メソポタミアの河川 VI, 11, 3]
ディディエ Didier（モンテカシノ修道院長）5-37
ディディモス（ディドュモス）Δίδυμος［アレクサンドリアの教会博士（313 年頃 -398 年頃）、彼の教えはオリゲネスの信奉者のそれとして 553 年のコンスタンティノープルの宗教会議で断罪された IX, 10, 2]
ディミトリオス Δημήτριος［①殉教者でセサロニキの守護聖人 II, 8, 3 ; V, 5, 6 ; XII, 4, 4 ; 6, 2・②ポリオルキティス Πολιορκητής（攻城者）のあだ名をもつ古代マケドニアの王 XII, 9, 3・③アロンのスキタイ奴隷で、アレクシオス 1 世を殺害しようとする XIII, 1, 5 ; 6 ; 9]
ディミリア Διμυλία［コンスタンティノープルとヒロヴァクヒとの間に位置する平地、言葉の意味は二つの風車小屋 VIII, 2, 2]
ティモテオス Τιμόθεος［笛の演奏で若いアレクサンドロス（大王）を感動させた音楽家序文 , 4, 1 ; IX, 5, 1]
ティモロス Τίμορος［イピロスの城塞、カニナの近くに位置する XIII, 6, 6]
ディヤルバクル Diyarbakır（アミダ Amida）14-37, 15-4
ティライオン Τυράγιον［フィロミリオンとイコニオンの間に位置する町、現ウルグン Ilgın XV, 6, 9]
ディラヒオン Δυρράχιον［アドリア海に面するイリリアの都市、現ドゥラス Durrës I, 4, 2 ; 16, 1 ; 2 ; 3 ; 4 ; 5 ; 8 ; III, 9, 4 ; 12, 1 ; 2 ; 3 ; 4 ; 8 ; IV, 1, 1 ; 2 ; 3 ; 2, 2 ; 3 ; 5 ; 3, 2 ; 4, 4 ; 5 ; 5, 1 ; 2 ; 6, 3 ; 8, 4 ; V, 1, 1 ; 3, 4 ; VI, 5, 10 ; 6, 4 ; VII, 8, 9 ; VIII, 7, 3 ; 5 ; 8, 2 ; 4 ; X, 5, 9 ; 7, 2 ; 4 ; 5 ; 11, 2 ; XII, 4, 3 ; 8, 1 ; 2 ; 7 ; 9, 2 ; 3 ; 4 ; 5 ; 7 ; XIII, 2, 2 ; 3 ; 4 ; 3, 2 ; 6 ; 8 ; 9 ; 11 ; 7, 2 ; 5 ; 8, 1 ; 5 ; 7 ; 9, 3 ; 10, 2 ; 11, 2 ; XIV, 4, 3]
ディラヒオンの住民 Δυρραχίται VIII, 7, 5.
ティラフ Tyrach（ペチェネグの首領） 3-57
ティリア Τίλια［カパドキアに位置する 3 つの城塞（τὰ τρία Τίλια)XIII, 12, 24]
ティロス Τύρος［シリアの都市、現ティール Tyre（スール Sur）XII, 1, 3 ; XIV, 2, 8 ; 9 ; 3, 4]
デヴォル Devoll **川**（ディアヴォリス Diabolis）4-65, 5-1
デヴォル Devol（**要塞**）（エグナティア街道上の要塞、上記のデヴォル河畔にあったと思われる）5-7
テウクロス Τεῦκρος［すぐれた射手で知られるホメロスの英雄（大アイアスの異母弟）X, 9, 8]
デヴリ Δεύρη［黒ドリン河畔に位置するマケドニアの町、現デバル Debar、オフリド湖から北およそ 50km に位置する XII, 9, 6 ; XIII, 5, 1 ; 2]
デヴリの住民 Δευριῶται XIII, 5, 2
テオフィラクトス Theophylaktos（オフリドの大主教）8-44
デカトン Δέκατον［コンスタンティノープルから西 15km ほどの、エグナティア街道上に位置する城塞 VIII, 1, 3]
デカノス［→エオルイオス 3・ニキフォロス 6]

テクラ Θέκλα［聖パウロの弟子とされる聖女 III, 8, 8 ; 10］
テッタロスの都市 ἡ Θετταλοῦ πόλις［セサロニキ、テッタロス（テッサロス）は古代の英雄ヘラクレスの息子 II, 8, 3 ; XII, 1, 6 ; 3, 1］
テピア Τέπεια〈テビア τέμπεια〉［フィリイアのある場所 XIV, 5, 7 ; 6, 3］
デメトリウス゠ズヴォニミール Demetr Zvornimir（クロアティアとダルマティアの王） 3-100
デモステネス Δημοσθένης［古代アテネの雄弁家 II, 6, 6 ; III, 3, 2 ; VIII, 6, 5 ; X, 2, 1］
テル゠アル‐スルターン Tel al-Sultan（アレッポ Aleppo から 1 日行程に位置する平野）6-151
テルハムプソン Τελχαμψών［シリアの城塞、場所は特定出来ない XIII, 12, 24］
テルフ Τελούχ［サモサタの西南に位置する軍事区域 XIII, 12, 18］
デルフィナス Δελφινᾶς［トリカラの近くの果樹園の名 V, 5, 3］
テレマコス Τηλέμαχος［トロイア戦争の英雄オデュセウスの息子 II, 11, 6］
テレンドス Τερεντός［南イタリアの都市タレントゥム Tarentum、現タラント Taranto XIII, 12, 28］

ト

ドゥカク Duqaq（ダマスクスのアミール） 11-42, 11-82
ドゥカス［→アンドロニコス 1・アンドロニコス 2・ヨアニス 5・ヨアニス 6・コンスタンディノス 4・コンスタンディノス 10（ドゥカス家の先祖）・コンスタンディノス 11（皇帝ミハイル 7 世の息子）・コンスタンディノス 12・コンスタンディオス・ミハイル 11・ミハイル 13］
ドゥカス家の者たち Δοῦκαι II, 7, 2 ; 3 ; 7 ; III, 2, 1 ; 7 ; V, 8, 4.
ドゥキア Dukja（モンテネグロ Montenegro 東南部）1-134
ドゥクス Δούξ［スゥエティオン（スゥデェイ）の近くの肥沃な平野部 XIII, 12, 18］
トゥグテキン Tuğhtakin（トーテキン Toğhtekin）（ダマスクスのドゥカク Duqaq のアタベク。アタベク atabek はセルジューク朝時代に君主の子息の養育にあたった者の称号（『イスラム事典』平凡社、1982 年、46 頁）」11-82, 14-21
ドゥケナ［→アンナ 2・イリニ］
トゥタフ Τουτάχ［セルジュク゠トルコの軍事指揮者（アミール）I, 2, 1 ; 2 ; 3 ; 4 ; 5］
トゥトゥシス Τουτούσης［大セルジュク朝のスルタン、マリク゠シャーの兄弟（トゥトゥシュ Tutuş)、シリア゠セルジュク朝の支配者 VI, 9, 1 ; 3 ; 4 ; 12, 5 ; 6 ; 7］
トゥルコマニィ Τουρκομάνοι［トルコ系の民族 XIV, 6, 1］
トゥンジャ Toundja **川**（トラキアの川）6-173
ドキアノス［→セオドロス 4］
トゴルタク Τογορτάκ［コマニの第一の首領 VIII, 4, 2 ; X, 3, 6］
ドブルジア Dobruja（ドナウ下流の地域）7-41, 7-42
ドブロル峠 le col de Dobrol（東バルカン山脈の一つ）6-178
トミュリス Τόμυρις［マッサゲタイ人の女王、自国内に侵入してきたペルシアの王キュロスを破って戦死させた（ヘロドトス『歴史』第 1 巻 , 205-214）XII, 3, 8］
ドメニコ Domenico（ディラヒオンをロベール゠ギスカールにひき渡したヴェネツィア人貴族） 5-4
ドメニコ゠シルヴォ Domenico Silvo（ヴェネツィアの元首）4-13, 4-19, 6-59（シルヴィオ Domenico Silvio 4-13, 6-59）
ドメニコスの宮殿 Δομενίκου Παλάτιον［ラリサの近くに位置する隘路《クリスラ》あるいはそう名づけられ

た平野 V, 7, 1]

トライヤン Траян（Troian）（ブルガリア王国の最後の王イヴァン＝ヴラディスラフの息子） 8-24

トラヴロス Τραυλός［アレクシオスのマニ教徒の召使、ある事件を契機にアレクシオス１世に反抗しスキタイを煽る VI, 4, 2 ; 3 ; 4 ; 14, 2]

トラキア Θράκη［今日の北ギリシア・ブルガリア・トルコのヨーロッパ部分からなる地方 I, 4, 5 ; II, 4, 6 ; XIV, 8, 1 ; 2 ; 5]

トラキア人 Θρᾷκες［トラキアの住民 I, 5, 2 ; XIV, 8, 6]

ドラコン Δράκων［ヴィシニアの川、エレヌポリスの近くでマルマラ海に注ぐ III, 11, 5 ; X, 6, 4]

トラペズス Τραπεζοῦς［黒海南岸の都市、現トラブゾン Trabzon VIII, 9, 1 ; XII, 7, 1]

トラペズスの市民 Τραπεζούντιοι XII, 7, 1.

トリアディツァ Τρίαδιτζα［ブルガリアの都市、現ソフィア Sophia III, 8, 7 ; XIV, 8, 1]

トリカラ Τρίκαλα［セタリア / テサリア平原の都市 V, 5, 2 ; 3 ; 7, 3]

ドリストラ Δρίστρα［ダニューブ南岸の町、現在のシリストラ Silistra（ブルガリア）VI, 4, 4 ; 14, 1 ; VII, 2, 1 ; 3, 2 ; 12 ; VIII, 5, 9]

トリポリス Τρίπολις［シリアの町、現トリポリ Tripoli XI, 7, 5 ; 6 ; 7 ; 8, 1 ; 5 ; 11, 4 ; XIV, 2, 6 ; 7 ; 8 ; 14]

トリムゥス Τριμοῦς［フィリプポリスのラテン名（Trimontium）XIV, 8, 2]

ドリモン Δρυμών［現ドリン Drin 川、アルバニア北部の川でコソボから南流する白ドリンとオフリト湖から北流する黒ドリンがククス Kukës で合流し、南西に流れてアドリア海のドリン湾に注ぐ XII, 9, 5 ; 6]

ドリレオン Δορύλαιον/Δορύλεον［ニケアの東南およそ 98km、現エスキシェヒル Eskişehir（都市の中に Dorylaion の遺跡がある）XI, 3, 4 ; XV, 3, 6]

ドリロン Δολύλον［ドリレオンに同じ XV, 2, 5]

ドルー Dreux（ロベール＝ギスカールの異母兄） 6-73

トルコ人 Τοῦρκος（Τοῦρκοι）［帝国ではたらくトルコ人兵士（援軍・同盟兵）I, 4, 4 ; 5, 3 ; 6, 1 ; 2 ; 3 ; 4 ; 6 ; II, 6, 8 ; 9 ; IV, 2, 1 ; 4, 3 ; 6, 9 ; V, 6, 4 ; 7, 2 ; VIII, 3, 2 ; X, 4, 5 ; 6 ; XIII, 5, 2 ; 6, 1・ローマ帝国および十字軍と戦うトルコ人 I, 1, 1 ; 2, 2 ; 4, 4 ; II, 3, 1 ; III, 9, 1 ; 3 ; 11, 5 ; VI, 9, 1 ; 2 ; 4 ; 10, 2 ; 3 ; 7 ; 9 ; 11, 2 ; 4 ; 13, 2 ; VII, 7, 4 ; 8, 3 ; 4 ; 8 ; IX, 1, 9 ; 7, 5 ; X, 2, 2 ; 5, 1 ; 5 ; 6, 1 ; 4 ; 5 ; 7 ; 10, 7 ; 11, 8 ; 10 ; XI, 1, 2 ; 3 ; 4 ; 5 ; 2, 2 ; 7 ; 9 ; 10 ; 3, 4 ; 5 ; 6 ; 4, 1 ; 2 ; 5 ; 6 ; 5, 1 ; 2 ; 5 ; 6 ; 6, 1 ; 2 ; 4 ; 5 ; 8 ; 9 ; 7, 5 ; 8, 3 ; 4 ; 5 ; XII, 2, 2 ; XIII, 5, 1 ; 12, 5 ; 11 ; XIV, 1, 4 ; 5 ; 6 ; 7 ; 2, 1 ; 4, 1 ; 5, 1 ; 7 ; 6, 1 ; 2 ; 3 ; XV, 1, 4 ; 2, 1 ; 3 ; 4 ; 5 ; 6 ; 3, 6 ; 7 ; 4, 1 ; 5 ; 6 ; 7 ; 8 ; 5, 2 ; 6, 3 ; 4 ; 5 ; 9 ; 10]

トルトサ Tortosa（シリアの街、アンダラドス）11-83, 11-84, 11-101

トルニキオス［→ペトロス 5]

トロス Thoros（エデサのアルメニア人支配者）11-79

トロードス Troodos **山地**（キプロスの山地）9-14

トロヤン Trojan **峠**（1520m）（バルカン山脈の峠の一つ）14-100

ナ 1

ナヴァトス Ναυάτος［諺になるほど高慢な異端の開祖（ノヴァティアヌス派、ラテン語で

Novatus）VI, 12, 7 ; X, 7, 1]

ナビティス Ναμπίτης［ヴァランギィ隊の指揮官、おそらく高い身分のアイスランド人かノルウェー人 IV, 5, 3 ; 6, 2 ; 4 ; 6, 6 ; VII, 3, 6 ］

ナフパクトス Ναύπακτος［ギリシア中西部、コリント湾北岸の都市 I, 16, 1]

ナポリ Νεάπολις［南イタリアの都市 XIII, 4, 4]

ナポリの人 Νεαπολίτης［マリノス XIII, 9, 1]

ニ

ニオベ Νιόβη［神話上の人物（タンタロスの娘）XV, 11, 23]

ニキタス Νικήτας［①カスタモニティス Κασταμονίτης、アレクシオス帝に仕える将校、アネマス一族の陰謀に加担 VII, 3, 6 ; 8, 2 ; 3 ; XII, 5, 4・②パヌコミティス Πανουκωμίτης、ローマ帝国軍人、アレクシオス帝によりカイロのスルタンへの使節に命じられる IV, 4, 3 ; XII, 1, 3・③ハリンディス Χαλίντζης、イサンゲリス（サン゠ジル）の甥エリエルモス（ギヨーム）へのアレクシオス帝の使者 XI, 8, 5]

ニキフォロス Νικηφόρος［①ヴァシラキオス Βασιλάκιος、ヴォタニアティス帝への反逆者、アレクシオスに打ち負かされる I, 7, 1 ; 3 ; 4 ; 5 ; 8, 1 ; 2 ; 3 ; 4 ; 5 ; 9, 1 ; 2 ; 3 ; 4 ; 5 ; 10, 1・②ヴォタニアティス Βοτανειάτης、ローマ皇帝（在位 1078-1081 年）序文 , 3, 3 ; I, 4, 1 ; 2 ; 3 ; 6, 7 ; 7, 1 ; 12, 4 ; 6 ; 7 ; 9 ; 15, 2 ; 3 ; 4 ; 16, 2 ; 6 ; 7 ; II, 1, 1 ; 2 ; 5, 1 ; 6, 10 ; 9, 1 ; 11, 1 ; 2 ; 3 ; 5 ; 7 ; 12, 5 ; III, 1, 1 ; 4 ; 2, 3 ; 5 ; 4, 5 ; 9, 4 ; IV, 5, 5 ; 7, 2 ; V, 1, 4 ; VI, 4, 2 ; VII, 2, 5 ; 8, 7・③ヴリエニオス Βρυέννιος、セオドラの治世に反乱を起こす（1055 年）、アンナは姓しか記していない X, 2, 7・④ヴリエニオス、ミハイル 7 世に対する反逆者、アンナの夫の同名の祖父 I, 4, 1 ; 2 ; 4 ; 5 ; 5, 1 ; 2 ; 3 ; 4 ; 5 ; 7 ; 9 ; 6, 1 ; 3 ; 4 ; 5 ; 6 ; 7 ; 9 ; 7, 1 ; 9, 2 ; II, 6, 10 ; IV, 7, 2 ; VII, 2, 3 ; 5 ; 6 ; X, 2, 7 ; 3, 3 ; 4 ; 6・⑤ヴリエニオス、アンナの夫、ケサルが通称 序文 , 3, 1 ; X, 9, 6 ; XIII, 11, 2 ; XIV, 8, 9 ; XV, 4, 8 ; 5, 3 ; 6, 1・⑥デカノス Δεκανός の息子 XIII, 1, 1・⑦ディオエニス Διογένης、皇帝ロマノス゠ディオエニスの息子 IV, 5, 3 ; VII, 2, 3 ; 3, 5 ; 9 ; 11 ; IX, 5, 2 ; 3; 4 ; 5 ; 6, 1 ; 3 ; 4 ; 5 ; 7, 1 ; 2 ; 3 ; 4 ; 7 ; 8, 1 ; 2 ; 3 ; 4 ; 9, 1 ; 2 ; 4 ; 6 ; 10, 1 ; 2 ; 3・⑧カタカロン Κατακαλών、コンスタンディノス゠エフフォルヴィノス゠カタカロンの息子 X, 3, 5・⑨コムニノス、アレクシオスの兄弟 III, 4, 2・⑩メリシノス Μελισσηνός、小アジアの有力軍人、アレクシオスの姉妹エヴドキアの夫 II, 8, 1 ; 2 ; 3 ; 9, 1 ; 10, 1 ; 11, 1 ; 2 ; 5 ; III, 4, 1 ; IV, 6, 2 ; V, 5, 7 ; VII, 3, 6 ; 4, 2 ; VIII, 3, 1 ; 4 ; 4, 5 ; 6, 3 ; 8, 3 ; X, 2, 6・⑪パレオロゴス Παλαιολόγος、アレクシオスの義兄弟エオルイオス゠パレオロゴスの父 II, 11, 7 ; 12, 1 ; 3 ; IV, 6, 7・⑫パレオロゴス、皇后イリニの姉妹アンナとエオルイオス゠パレオロゴスの息子 XV, 4, 8・⑬シナディノス Συναδηνός(ヴォタニアティス帝の血縁者、1081 年 10 月のノルマン戦で戦死）IV, 5, 3 ; 6, 7・⑭ヤレアス Ὑαλέας、通称エクサズィノス Ἐξαζηνός、スミルナのドゥクス、アネマス一族の陰謀に加担 XI, 5, 4 ; XII, 5, 4 ; 6 ; 8, 6 ; XIII, 1, 4]

ニケア Νίκαια［小アジア西部の都市、現イズニク İznik（トルコ人の手中にある都市として III, 11, 1 ; VI, 9, 1 ; 2 ; 10, 1 ; 2 ; 3 ; 7 ; 8 ; 9 ; 11, 1 ; 4 ; 12, 2 ; 3 ; 8 ; VII, 7, 4・十字軍士による攻囲・陥落 X, 6, 1 ; 3 ; 4 ; 11, 10 ; XI, 1, 1 ; 2, 10 ; 3, 3 ; 5, 3・トルコ人によるニケア攻撃 XI, 5, 1 ; 2 ; 3 ; XIV, 5, 1 ; 2 ; 3 ; 4・アレクシオス帝の反撃 XIV, 5, 7 ; XV, 1, 3 ; 2, 3 ; 4 ; 5 ; 3, 6・ニケアの大主教エフストラティオス XIV, 8, 9・ニケアの湖の近くのエオルイオス様の砦 XV, 1, 3・トルコ人のニケアへの進撃 XV, 2, 5]

ニケア湖 ἡ περὶ τὴν Νίκαιαν λίμνη［今日のイズニク湖 XIV, 5, 3］
ニケア＝ミクラ Νίκαια ἡ Μικρά［ミクラ＝ニケア VII, 2, 9 ; 11, 6 ; X, 4, 6 ; 9］
ニケフォリツィス Nicephoritzes（ミハイル７世のお気に入りの宦官）1-78
ニケリティス［→レオン 6］
ニコポリス Νικοπόλεις［ギリシア北西部、イピロス南部の都市 I, 16, 1］
ニコミディア Νικομήδεια［ヴィシニアの都市、現イズミット İzmit VIII, 3, 5 ; X, 5, 3 ; XI, 1, 1 ; XV, 2, 6 ; 7 ; 3, 1］
ニコメデスの都市 ἡ Νικομήδους [πόλις]［ニコメディア（ニコミディア）、ニコメデスは古代ビティニアの王 III, 11, 4 ; VI, 10, 3 ; 9 ; VII, 7, 4 ; X, 5, 2］
ニコラオス Νικόλαος［①小アジアのミラの主教、聖人、祝祭日は 12 月 6 日 IV, 7, 1・②グラマティコス Γραμματικός、コンスタンティノープルの総主教（在位 1084-1111 年）X, 1, 5 ; 2, 5 ; XV, 8, 6 ; 10, 1・③アレクシオス帝の書記補（アレクシオス帝に日食の起こるのを告げる — 1087 年８月１日）VII, 2, 8・④ヴラナス Βρανᾶς、アレクシオスに仕える将校、スキタイとの戦いで戦死 IV, 4, 1 ; VI, 14, 3・⑤カリクリス Καλλικλῆς、12 世紀の有名な医者でアレクシオス帝を診察した医者の一人 XV, 11, 2 ; 3 ; 13・⑥マヴロカタカロン Μαυροκατακαλῶν、アレクシオス帝に仕える将校、艦隊のドゥクス VII, 1, 1 ; 2 ; 2, 3 ; 3, 6 ; 11, 6 ; X, 4, 10 ; 7, 2 ; 8, 3 ; 4］
ニコラス Nicolas **２世**（メルフィ会議 Melfi を招集した教皇）1-87
ニザーム＝アルムルク Nizam al-Mulk（暗殺されたイラン人宰相）6-150
ニソス Νίσος［セルビアの都市、現ニシュ Niš XIV, 8, 1］
ニノス〈Νίνος〉［古代ギリシア人の伝承によればアッシリアとその首都ニネヴェの建設者、バビロンの女王セミラミス Semiramis の夫 XIV, 2, 4（新校訂版ではニノス大王はなく単に「あのアッシリア人」となっている）］
ニムフェオン Νύμφαιον［スミルナの東 30km に位置する町 XIV, 1, 6 ; 7］
ニロス Νεῖλος［異端の修道士 X, 1, 1 ; 4 ; 5］

ネ

ネアポリス Νεάπολις［→ナポリ］
ネアポリティス Νεαπολίτης［→ナポリの人（マリノス）］
ネア＝ロミィ Νέα ʽΡώμη〈νέα ʽΡώμη〉［新ローマ（コンスタンティノープル）XIII, 12, 19］
ネアンディス Νεάντζης［アレクシオス帝の許へ逃れてきたパツィナキ（スキタイ）の一人 VII, 6, 5 ; 9, 1 ; 3 ; 4 ; 5 ; VIII, 4, 6］
ネオカストロン Νεόκαστρον［アレクシオス帝がフィリプポリスの近くに建設した町、アレクシウポリスの別名 XIV, 9, 4］
ネクラ Νέκρα〈メクラン Μέκραν〉［カパドキアの小さな町あるいは城塞 XIII, 12, 24］
ネストス Nestos **川**（トラキアの川）8-25
ネミツィ Νέμιτζοι［蛮族（ドイツ人）II, 9, 4 ; 5 ; 10, 2］
ネメソス Νεμεσός［キプロス島南岸の町、現リマソル Limassol / レメソス Lemesos IX, 2, 3］
ネレウスの息子 Νηλήιος υἱός［ネレウス Νηλεύς はピュロスの王、その息子はトロイ戦争に参加したネストル XV, 6, 8］

ノ

ノア Nῶε［旧約聖書上の人物 序文, 2, 2］
ノティア＝サラサ νοτία θάλασσα［南の海（エーゲ海）I, 7, 3］
ノルマニア Νορμανία［ロベルトス（ロベール＝ギスカール）の故郷ノルマンディー I, 10, 1 ; 11, 1］
ノルマン人 Νορμάνος（Νορμάνοι）［ロベール＝ギスカールの属する民族 I, 10, 2 ; 4 ; X, 3, 5 ; 6, 1 ; 2 ; 3 ; XI, 8, 1 ; 3］

ハ

パイアニエウス Παιανιεύς［パイアニア区の住民（Παιανία は古代アテネの区の一つ）VI, 10, 11］
パイペルト Παΐπερτ［アルメニアの町、現トラブゾン南南東 90km ほどのバイブルト Bayburt XI, 6, 6］
ハイモス Haimos **山脈**（エモス）14-100
パヴライ Παυράη［パフラゴニアの町、現バフラ Bafra（サムスン Samusun の西北約 45km）XI, 8, 4］
パウロ Παῦλος［使徒パウロ I, 13, 7 ; XV, 7, 4 ; 8］
パヴロス Παῦλος［マニ教の流れを引くキリスト教の異端の創設者 XIV, 8, 3 ; 5］
パヴロス＝ロメオス Παῦλος ὁ Ῥωμαῖος［ヴァイムンドスの誓約文書に署名した皇帝側の一人 XIII, 12, 28］
バクダード Βαγδᾶ［メソポタミアの都市（Bagdad）VI, 9, 3］
パグラス Παγρᾶς［アレクサンドレッタ Alexandretta（現イスケンデルン Iskenderun）の東南約 20km にある城塞 XIII, 12, 19］
バグラト Bagrat **4 世**（グルジアの王）1-25
パクリアノス［→グリゴリオス 5］
パサラ Πάσαρα［コルフ島の北岸あるいは東岸あるいはコルフ島と向かい合ったイピロス（エピルス）の海岸に位置する港 VI, 5, 5］
パスカリス Paschalis **2 世**（ボエモン Bohémond のギリシア遠征を承認した教皇） 12-6, 12-64, 13-112
パタラ Πάταρα［リキアの港、現パタラ Patara XI, 10, 3］
パツィナキ Πατζινάκοι［バルカン半島のトルコ系遊牧系民族、ロシア史料ではペチェネグ Pecheneges VII, 3, 4 ; 12 ; 4, 2 ; 3 ; 6, 6 ; 7, 3 ; VIII, 1, 1 ; 4, 3 ; 5, 1 ; 2］
パトロクロス Πάτροκλος［ホメロスの英雄アキレウスの親友 III, 2, 3 ; 9, 1 ; X, 2, 4］
パヌコミティス［→ニキタス 2］
バビロン Βαβυλών［①エジプトのカイロ XI, 7, 1 ; 2 ; 3・②ユーフラテス河畔の古代バビロニア王国の首都 XIII, 8, 3 ; XIV, 2, 4 ; XV, 10, 4］
バビロン人 Βαβυλώνιος［カイロのスルタン、アメリムニス（al-Amir）XII, 1, 3］
バビロン人 Βαβυλώνιοι［スルタンのアメリムニスの兵士 XI, 7, 2］
パフラゴニア Παφλαγονία［小アジア北部の地域 III, 9, 3］
ハム Χάμ［聖書上の人物 序文, 2, 2］
パムフィリア Παμφυλία［小アジアの南岸地域 I, 4, 4］
パムフィリアの住民 Παμφύλιοι 序文, 3, 4.
パムフィリアの湾 Παμφύλιος Κόλπος XIV, 2, 14.

パムフィロン Πάμφυλον［ディディモティコン（ディディモティコ）とレデストスの間に位置するトラキアの町 VII, 1, 1］

パライア＝エヴライキ＝スカラ Παλαιὰ Ἑβραϊκη Σκάλα［コンスタンティノープルの古いヘブライ人の波止場 VI, 5, 10］

ハラキノス Χαρακηνός〈χαρακηνός〉［ハラクス Χάραξ の住民 X, 2, 3］

ハラクス Χάραξ〈χάραξ〉［フリイアの町 X, 2, 2］

パラスケヴィイオティス Παρασκευιώτης［ヴォゴミリィの指導者ヴァシリオスの監視人 XV, 8, 7］

パラツァ Παλατζά［おそらくラオディケアの東に位置するバラトノス Balatonos の城塞 XIII, 12, 19］

ハラティキス Χαρατικής［セルジュク＝トルコのアミール VI, 9, 3 ; 5 ; 12, 1］

パラドナヴォン Παραδούναβον［ダニューブ中下流南岸地方の行政区、パリストリオンの異名 VIII, 9, 7］

パリア Παλλία［ディラヒオンの北 20km に位置する岬、パロスに同じ IV, 2, 3］

ハリウポリス Χαριούπολις［トラキアの町、エディルネの東南 70km 強、現ハイラボル Hayrabolu VII, 1, 1 ; 7, 1 ; 3］

ハリス Χαλής［タトゥと同人 VI, 14, 1］

パリストリオン Παρίστριον［ダニューブの中下流南岸地域をさす名称 VI, 4, 4 ; VII, 2, 3 ; X, 2, 4］

ハリンディス［→ニキタス 3］

パルイアルフ Παργιαρούχ［大セルジュク朝のスルタン（在位 1092-1105 年）、バルキヤールク Barkyaruk、→イスマイル 3］

バルカン山脈 Balkan Mountains（ブルガリアの中央部を東西に走る山脈）6-173, 6-178, 8-39, 10-42, 14-100, 14-101

ハルコプラティア Χαλκοπρατία［聖ソフィア寺院の近くの市区（ハルコプラティア＝銅製品市場）にあった神の母に捧げられた教会 V, 2, 4 ; VI, 3, 5］

ハルザニス Χαρζάνης［ティラナの南東に発し、ディラヒオンの北を西に向かって流れてアドリア海に注ぐ川、現エルゼン Erzen IV, 5, 1 ; 7, 1 ; 8, 4 ; XIII, 5, 6］

ハルディア Χαλδία〈ハルデア Χαλδαία〉［トラペズスを主都とする小アジア西北部の行政地区 VIII, 9, 1］

バルバロス βάρβαρος（ὁ）（バルバロイ βάρβαροι）［蛮族①集団（一般的意味 序文, 3, 2 ; II, 10, 4 ; III, 7, 1 ; XII, 3, 4 ; 5, 1 ; 2 ; 3 ; XIII, 10, 4 ; 12, 10・海を牛耳っている人々（ジェノアやピサやヴェネツィア）XIV, 7, 2・エジプトなどの住民 VI, 13, 4・ケルト人 X, 6, 4・コマニ X, 2, 4 ; 3, 3 ; 4 ; 3, 6 ; 4, 7 ; XIV, 9, 1 ; 2・フランク人 XIV, 2, 1・ラテン人 IV, 6, 6 ; 7, 2 ; 5 ; 8, 3 ; X, 5, 4 ; 8, 8 ; 9, 8 ; 10, 1 ; XI, 2, 9 ; 12, 2 ; 3 ; XII, 2, 7 ; 3, 9 ; 8, 5 ; XIII, 10, 4・リビアの住民 VI, 13, 4・ムスリム X, 5, 7 ; 8 ; XIV, 3, 7・ノルマン人 I, 12, 10 ; X, 6, 4 ; XIII, 3, 3 ; 9 ; 12 ; 4, 1・パツィナキ（スキタイ）I, 16, 2 ; VI, 14, 5 ; 6 ; 7 ; VII, 1, 2 ; 2, 2 ; 9 ; 3, 2 ; 11, 1 ; 3 ; 4 ; VIII, 2, 5 ; XII, 8, 4 ; 5 ; XIII, 5, 5・セルジュク＝トルコ 随所に・ウェトネス XII, 9, 4・ヴァランギィ II, 9, 4 ; 11, 7 ; III, 9, 1 ; XII, 6, 3 ; XIV, 3, 8）・②個人（アペルハシム（アブル＝カシム）VI, 10, 11・カイロのスルタン XII, 1, 4・ヴァルドイノス XIV, 2, 12・ボエモン V, 5, 3 ; XI, 12, 6 ; XII, 5, 3 ; XIII, 10, 4・ヴォルカノス IX, 10, 1・ヴォリロス I, 7, 1 ; 16, 2 ; II, 1, 3 ; 2, 4 ; 3, 4 ; 4, 9・エルマノス I, 16, 2 ; II, 1, 3 ; 2, 4 ; 3, 4 ; 4, 9・教皇グレゴリウス 7 世 I, 13, 3 ; 6・マスゥト XV, 6, 10・ネアンディス VII, 9, 4・ウルセリオス I, 1, 3 ; 2, 2 ; 5 ; 7・（大セルジュクのスルタン）マリク＝シャー VI, 12, 4・アルメニア人とトルコ人の血をひく一人の蛮族 IX, 7, 5・アレクシ

オス帝に倒されたノルマン人貴族IV, 7, 5・ロベール＝ギスカールI, 10, 2 ; 12, 7 ; 8 ; 13, 1 ; 6 ; 15, 6 ; 16, 7 ; IV, 1, 4・サイサン（マリク＝シャー）XV, 6, 7 ; 8・タンクレードXIV, 2, 4・ツァハスVII, 8, 7・トゥタフI, 2, 1 ; 2)]
バルバロン βάρβαρον（τό）［蛮族（ラテン人）IV, 6, 6・(パツィナキ）VII, 6, 3 ; 11, 2］
パレオロゴス［→エオルイオス11・ニキフォロス11・ニキフォロス12］
パレオン Πάρεον〈パリオン Πάριον〉［マルマラ海南岸の都市XIV, 5, 3］
ハレプ Χάλεπ［シリアの都市、現アレッポ Aleppo VI, 9, 3 ; XIII, 12, 24 ; XV, 1, 1］
パロス Πάλος［ディラヒオンの北にある岬、パリアに同じX, 7, 4］
パンデフニス［→ミハイル16］
ハンニバル 'Αννίβας［ローマと戦ったカルタゴの将軍、ハンニバル Hannibal I, 1, 3］

ヒ

ピィイ Πηγή［πηγήは泉の意。コンスタンティノープルの陸の城壁のシルブリ門の外、高所に位置する場所、「生命の泉」のあるところで、神の母の聖堂および修道院があったI, 16, 4 ; V, 8, 5］
ピエール＝バルテルミー Pierre Barthélemy（聖槍の場所を告げた聖職者）11-66
ヒオス Χίος［①小アジア西岸近くの島VII, 8, 2 ; 4 ; XI, 5, 1・②ヒオス島Chiosの同名の主都VII, 8, 3 ; 5］
ピガシオス Πηγάσιος［アレクシオス帝に仕える将校X, 10, 2］
ピサ Πίσσα［イタリアの都市XI, 10, 1 ; XII, 1, 2 ; XIV, 3, 1］
ピサ人 Πισσαῖοι XI, 10, 2 ; 3 ; 4.
ビザンツ Byzantine（人・帝国・皇帝）0-4, 0-12, 1-41, 1-100, 1-101, 3-6, 4-15, 5-96, 10-50, 10-85, 12-71, 15-97
ビザンティオン Βυζάντιον［コンスタンティノープルI, 15, 3 ; II, 8, 5 ; III, 2, 2 ; V, 8, 5 ; VI, 1, 4 ; 2, 2 ; 12, 4 ; VII, 11, 6 ; VIII, 2, 2 ; 3, 1 ; 5, 9 ; 6, 5 ; 8, 2 ; 4 ; 9, 4 ; IX, 1, 2 ; XI, 12, 6 ; XII, 3, 1 ; 4, 2 ; XIII, 1, 1 ; 6 ; XIV, 1, 2 ; 4, 1 ; XV, 2, 2］
ビザンティオンの人々 Βυζάντιοι［都の住民III, 11, 1 ; VIII, 3, 1 ; 5, 8 ; X, 9, 4］
ビザンディス Βυζαντίς［ビザンティオン（コンスタンティノープル）I, 16, 4 ; II, 6, 7 ; VI, 11, 3 ; VIII, 3, 5 ; 7, 5 ; X, 9, 3 ; XV, 2, 7］
ピシィカス Πιθηκᾶς［ニケアとマライナの間、マライナよりに位置する城塞XV, 3, 6］
ピティカス Πιτικᾶς［アレクシオス1世に仕えるスキタイ軍の指揮官XV, 4, 2］
ビトラ Bitola（マケドニアのペラゴニア地方の中心都市）4-38, 5-54
ピマニノン Ποιμανηνόν［①小アジア北西部（Mysia）の町（キズィコスの南）VI, 13, 3 ; XIV, 5, 3 ; 5 ; XV, 1, 5・②フリイアに位置する町oppidium、おそらくサンダヴァリスとアモリオンの間に位置するXV, 4, 1］
ヒマラ Χιμάρα［イピロスの港、現ヒマラ Himarë（ヴロラの東南およそ43km — アルバニア）X, 8, 2 ; XII, 8, 7 ; 8］
ピュラデス Πυλάδης［オレステスの友人II, 1, 4］
ピュロス Πύρρος［前3世紀ローマと戦ったエペイロス（イピロス）の王III, 12, 8］
ピラモス Pyramos **川**（トルコ東南部の川、ゼイハン Ceyhan）12-14, 12-15
ヒリ Χηλῆ［黒海西南岸の地点、アポロニア島（現Kirpe）とサカリヤ河口の間の海岸に位置するシニア Thyniaの村X, 5, 2］

ピリスカ Piriska / **ピロシュカ** Piroška（ハンガリア王ラディスラス Ladislas の娘、ヨアニス２世の妻、アヤソフィア博物館に彼女のモザイクが残っている） 12-35, 13-113
ヒリニ Χοιρηνοί［マリツァ川下流の右岸に位置する小さな町あるいは城塞 VIII, 3, 5 ; 4, 1 ; 6, 3］
ヒレス Χεῖρες ⟨χεῖρες⟩［両手と呼ばれた場所（青銅の両手がコンスタンティノープルのアマストリアヌム広場に置かれていた）XII, 6, 8 ; 9］
ヒロヴァクヒ Χοιροβάκχοι［トラキアの城塞、町、イスタンブルの西、アシラス（Büyükçekmece）VIII, 1, 1 ; 2 ; 3 ; 4 ; XIII, 1, 3 ; 10］
ピロス［→エオルイオス 12］
ピロス = オフソス Πυρρός Ὄχθος ⟨エヴロスの岸辺 Εὔρου ὄχθος⟩［マリツァ川流域の赤い岸辺と呼ばれた場所 VI, 14, 5］
ヒロスファクティス［→コンスタンディノス 15］

フ

ファロス Φάρος［ヴォスポロス海峡の黒海への出口に位置するヨーロッパ側の灯台 VIII, 9, 4］
フィスカルド Fisardo（ケファロニア島北端の町）6-67
フィディアス Φειδίας［前５世紀のアテネの著名な彫刻家 XII, 4, 5］
フィラデルフィア Φιλαδέλφεια［小アジアはリディア Lydia にある町、スラキシオン = セマの本部が置かれた。現アラシェヒル Alaşehir XI, 5, 6 ; XIV, 1, 5 ; 6 ; 7 ; 3, 1 ; 7 ; 6, 3］
フィラデルフィオン Philadelphion（コンスタンティノープルの地区名の一つ）2-82
フィラレトス Φιλάρετος［アンティオキアを掌握したアルメニア人反逆者 VI, 9, 2］
フィリップ Philipp **1 世**（ボエモンに娘を与えたフランス王）12-4
フィリピ Philippi（ギリシア北部の都市、カヴァラ）14-89
フィリピィ Φίλιπποι［ネアポリス（カバラ）の北北西 14km に位置する都市、マケドニア王フィリポス２世の建設 I, 9, 5］
フィリプポリス Φιλιππούπολις［トラキアの都市、現プロフディフ Plovdiv VI, 14, 5 ; VII, 2, 1 ; 6, 4 ; VIII, 7, 3 ; 8, 1 ; 2 ; 9, 7 ; IX, 1, 1 ; X, 7, 5 ; XIV, 8, 1 ; 5 ; 6 ; 7 ; 9 ; 9, 2 ; 4 ; XV, 1, 1］
フィリポス Φίλιππος［①ローマ皇帝フィリップス１世 Philippus（在位 244-49 年）XIV, 8, 2・②古代マケドニアの王 XIV, 8, 2］
フィリポスの都市 πόλις Φιλίππου［フィリプポリス（プロフディフ）VI, 4, 3 ; XIV, 8, 9］
フィルーズ Firûz（ボエモンにアンティオキアへの入城を手引きしたアルメニア人）11-44
フィレアス Φιλέας［黒海西南岸、デルコス湾に位置する場所 X, 9, 2］
フィロカリス［→エヴマシオス = フィロカリス］
フィロカリス Φιλοκάλης［マリツァ Maritsa 川の河口近くにある浅瀬の名 VIII, 4, 6］
フィロパティオン Philopation（コンスタンティノープルの陸の城壁の近くの地名）1-58, 15-102への補記
フィロミリオン Φιλομήλιον［フリイアの町、現アクシェヒル Akşehir で、アフヨン = カラヒサル Afyon Karahisar からイコニオンへの軍道上に位置する XI, 6, 1 ; 4 ; XV, 4, 4 ; 8 ; 9 ; 6, 9 ; 7, 1］
プゥルハシス Πουλχάσης［トルコ人、アペルハシムの兄弟 VI, 10, 1 ; 12, 8］
フェルシア Φέρσια［シリアの城塞 XIII, 12, 18］
フォカス Φωκᾶς［２世紀のシノピの主教、大殉教者 VIII, 9, 4］
フォケア Φώκαια［スミルナの近くに位置する町、今日のフォチャ Foça VII, 8, 1］

フォロス Φῶλος［マニ教徒の指導者の一人 XIV, 9, 3 ; 5］

ブケファレ Βουκεφάλη［インダス川上流の町、アレクサンドロス大王の名馬ブケファラス Bukephalas から命名 XV, 7, 8］

プザノス Πουζάνος［トルコ人のアミール、エデサの支配者 VI, 9, 1 ; 12, 1 ; 2 ; 3 ; 7］

プシロス［→ヴァシリオス 6］

プシロス Ψύλλος［トラキアの知られていない場所 XIII, 1, 4］

プセロス［→ミハイル 21］

プツァ Πούτζα［アドリアヌポリスの近くに位置する砦 X, 4, 2 ; 4］

プディロス Πούδιλος［ヴラヒの首領の一人 X, 2, 6］

プヘアス Πουχέας［ケドレア（ケドロス）の城塞を握るトルコ人のサトラピス XV, 4, 1 ; 6, 9 ; 10］

プラヴィツァ Πλαβίτζα［テサリアの町（正確な位置はわからない）V, 5, 3］

プラスタ Πλαστά［ラパラ（リカンドス）の南の平野部に位置する城塞、今日のエルビスタン Elbistan XIII, 12, 24］

プラトン Πλάτων［古代アテネの哲学者 序文 , 1, 1 ; V, 9, 1 ; VI, 7, 2 ; X, 2, 1 ; XIV, 8, 4］

フランギア Φραγγία［ラテン人の土地 X, 5, 5・フランス X, 7, 1 ; XI, 6, 1 ; XII, 1, 1］

フランク人 Φράγγος（Φράγγοι）［西方人（イタリア人・ノルマン人・フランス人など）I, 6, 1 ; IV, 2, 3 ; 4, 3 ; V, 5, 5 ; X, 5, 4 ; 10, 7 ; 11, 9 ; XI, 2, 4 ; 6, 2 ; 7, 2 ; 8, 2 ; 10, 1 ; 11, 1 ; 7 ; 12, 6 ; XII, 9, 2 ; XIII, 2, 2 ; 3, 4 ; 4, 4 ; 9, 1 ; 8 ; 12, 1 ; XIV, 2, 1 ; 2 ; 4, 6］

フランドラス Φλάντρας［①フランドル伯 Robertus Frisius（フリースラントのロベール1世）VII, 6, 1 ; 7, 4 ; VIII, 3, 5・②フランドル伯、ロベール2世 XI, 6, 8・③北イタリアの町ビアンドラーテ Biandrate の二人の兄弟、ビアンドラーテ伯アルベルト Alberto とその兄弟グイド Guido は共にこの名で呼ばれる XI, 8, 1］

フリアラ Χλιαρά［ペルガモス（ベルガマ）の東約50kmに位置する町、現クルカーチ Kırkagaç XIV, 1, 6 ; 3, 1 ; 5, 3］

フリイア Φρυγία［小アジア中西部の地域（フリギア Phyrygia）、メアンドロス川はこの地域を流れる XIV, 1, 7］

プリスコヴァ Πλίσκοβα［ブルガリアの町、ブルガイアの最初の首都プリスカ Pliska VII, 3, 1］

プリススラヴァ Πρισθλαβα［→メガリ＝プリススラヴァ］

フリストポリス Χριστούπολις［マケドニアの町、現カヴァラ Kavala IX, 5, 5 ; 7, 2］

プリンギパトス Πριγκιπάτος［ノルマン人の伯、リシャール＝ド＝プリンツィパート Richard de Principat XIII, 4, 5］

プリンギポス Πρίγκιπος［マルマラ海のプリンギポス諸島で一番大きな島 XV, 1, 6］

プリンヅィタス［→リツァルドス 2］

ブルガリア Βουλγαρία［この地方の大主教がアレクシオス帝に書簡を送付 VIII, 7, 3］

ブルガリア王国 βουλγαρικὴ δυναστεία［アンナはサムイルがブルガリア王国の最後の王と言う VII, 3, 4］

ブルガリア人 Βούλγαριοι II, 6, 3 ; VII, 3, 4 ; VIII, 3, 4 ; 4, 5 ; XII, 9, 6

プルサ Προῦσα［ヴィシニアの町、現ブルサ Bursa XIV, 5, 3］

ブルーノ Bruno（ボエモンに同行した教皇特使）12-6

プルハシス Πουλχάσης［アペルハシムの兄弟、カパドキアのサトラピス VI, 10, 1 ; 12, 8］

プレヴェンザス Πρεβέντζας［ノルマン人の伯、多分リシャール＝ド＝プリンツィパート Richard

de Principat と思われる X, 8, 2 ; 4 ; 10]

プレスヴィタティ＝ロミィ πρεσβυτάτη῾Ρώμη［古ローマ I, 13, 10 →ローマ］

プレスラフ Preslav（ブルガリア東部の都市）7-27

プレネトス Πρένετος［ニコミディア（イズミット）湾南岸、エレヌポリスの北 10km に位置する町 VI, 10, 4］

フレビナ Χλεμπίνα［カヴァラ Kavala の北西数キロに位置する小さな村（Nicéphore Bryennios, *Histoire*, p.296, n.5)。フィリピィとアムフィポリスの間に位置する I, 9, 5］

プロクロス Πρόκλος［紀元後５世紀の新プラトン主義哲学者、プラトンの後継者と見なされた V, 9, 1］

プロスク Προσούχ［バルイアルク（スルタン）によってヴィシニアに派遣された軍の司令官 VI, 10, 3 ; 8 ; 11, 1］

プロスフィイオン Προσφύγιον［避難所（コンスタンティノープルの聖ニコラオス教会の通称）II, 5, 4］

プロティノス Plotinos（新プラトン主義の創設者）0-4, 14-96

プロポンディス Προποντίς［①マルマラ海 III, 11, 1 ; VI, 9, 1 ; 10, 1 ; VIII, 9, 4・②ヴォスポロス海峡 X, 9, 1 ; 11, 9 ; X, 10, 1 ; 11, 9］

フン族 Οὖννοι［Hunni、ウズィ Οὖζοι とも呼ばれる VII, 5, 2］

プンデェシス Πουντέσης［ヴァイムンドスの部将 V, 5, 1］

へ

ヘヴドモン Hebdmon（コンスタンティノープルの西にあった練兵場）8-5

ヘクトル Ἕκτωρ［ホメロスの讃える英雄 X, 8, 9］

ペツェアス Πετζέας［エフェソスのドゥクス、後にラオディキアの守護を任される XI, 5, 5 ; XII, 2, 1］

ペトラ Πέτρα［イピロスの山間の隘路、正確な場所は知られていない XIII, 5, 4］

ペトラ（ディラヒオンの） Petra（こう呼ばれるディラヒオン近くの場所）4-40

ペトリア Πετρία［コンスタンティノープルの、金角湾側にある市区名でそこに女子修道院があった II, 5, 8］

ペトリツォス Πετριτζός［ブルガリアの南西端、ギリシアとの国境に近い町、現ペトリチ Petrich IX, 5, 5 ; XIV, 8, 1］

ペトルラ Πετρούλα［イピロスに位置する城塞 XIII, 2, 3 ; 4, 8 ; 5, 1 ; 7, 1 ; 5］

ペトロス Πέτρος［①使徒の一人、聖ペトロ X, 7, 3・②ククペトロス Κουκούτετρος の綽名を持つ隠者、巡礼団を組織し聖地に向かう X, 5, 5 ; 10 ; 6, 1 ; 3 ; 4 ; 5 ; 7 ; 9, 1 ; XI, 6, 7・③アリファス Ἀλίφας の息子（Πέτρος ὁ τοῦ Ἀλίφα)、ボヘモンの部将で後にアレクシオス１世に仕える IV, 6, 8 ; V, 5, 1 ; 7, 5 ; XI, 6, 1 ; XIII, 4, 4 ; 12, 28・④コンダリノス Κονταρῖνος、ロベルトスの許へ逃亡したヴェネツィア人、ヴェネツィアの有力貴族の一門に属する VI, 5, 6・⑤トルニキオス Τορνίκιος の綽名をもつマケドニア人、アレクシオス配下の軍人として反逆者ヴァシラキオスと戦う I, 8, 5］

ペトロス＝アリファス Πέτρος Ἀλίφας［→ペトロス３ アリファスの息子ペトロスに同じ］

ペネロペ Πηνελόπη［トロイ戦争の英雄オデッセウスの妻、ペネロペイアとも II, 11, 6］

ヘブライ人 Ἑβραῖοι［当時のイエルサレムの住民の一部、十字軍士によって殺戮された XI, 6, 9］

ヘラクレア（イラクリア）Heraclea（小アジア東南部の都市）11-34, 11-38, 11-39
ヘラクレス Ἡρακλῆς［神話上の英雄 I, 3, 3 ; 9, 6 ; III, 11, 5 ; VI, 11, 3 ; X, 9, 8 ; XIII, 6, 6 ; 7, 3］
ヘラクレスの柱 Ἡράκλειαι Στῆλαι〈στῆλαι〉［ジブラルタル海峡のこと、神話によればヘラクレスはこの世界の西の果てまで突き進んだ X, 5, 4］
ペラゴニア Πελαγονία［マケドニア共和国の南西に位置する地方の名、アンナの言うペラゴニアはこの地方の中心都市ビトラ Bitola を意味する V, 5, 2 ; XIII, 4, 1］
ペリクレス Περικλῆς［古代アテネの政治家 VI, 3, 3］
ペリス Περής［ヴァイムンドスの誓約文書に署名したハンガリア王の使節でズパノス（部族長）XIII, 12, 28］
ペリヒティス Περιχύτης［ペロポネソス出身のコミス（海軍将校）XI, 10, 3］
ペルガモス Πέργαμος［小アジア北西部の町（ペルガモンとも）、現ベルガマ Bergama XIV, 1, 6 ; 3, 1］
ペルクトラノス Πελκτράνος［イサンゲリス（サン＝ジル）の息子で、トリポリスの伯ベルトラン Bertrand XIV, 2, 6 ; 7 ; 8 ; 14］
ヘルキュニイの森 Ἑρκύνιοι Δρυμοί〈Ἑρκύνιοι δρυμοί〉［古代の作家に知られていた北西ヨーロッパの巨大な森 XIV, 8, 6］
ペルシア Περσίς［トルコ人の領土 I, 2, 2 ; VI, 12, 4 ; 13, 4 ; XIV, 3, 8 ; 10, 5］
ペルシア人 Πέρσαι［①古代ペルシア人 VI, 10, 11 ; VII, 7, 4・②セルジュク＝トルコ人 I, 1, 1 ; VI, 3, 3 ; 9, 1 ; 12, 2］
ヘルソン Χερσών［クリミア半島の町、現セヴァストポリ Sevastopol X, 2, 3］
ペルニコス Πέρνικος［ブルガリアのソフィア南西 30km に位置する町、現ペルニク Pernik IX, 5, 5］
ペレカノス Πελεκάνος［ニコミディア湾の北岸に位置する城塞、現ヘレケ Hereke の近傍 X, 9, 11 ; 10, 5 ; 11, 10 ; XI, 1, 1 ; 2, 1 ; 10 ; 3, 1］
ヘレナ（聖）［→エレニ 1］
ヘレニコン Ἑλληνικόν〈ἑλληνικόν〉［ホメロスの讃える古代のギリシア人 X, 10, 5］
ヘレネス→エリン
ヘロデ Ἡρώδης［ユダヤの王 I, 14, 1 ; 2］
ヘロニソス Χερρόνησος［ダーダネルス海峡のゲリボル（ガリポリ）半島 VIII, 3, 2 ; XIV, 2, 14 ; 3, 3 ; 4, 1］
ペロポネソス Πελοπόννησος［ギリシア南端に位置する半島 XIV, 3, 2］
ペロポネソス出身の人 Πελοποννήσιος〈πελοποννήσιος〉［海軍将校のペリヒティス XI, 10, 3］
ペンディゴスティス Πεντήγοστις［マケドニアにあるコンスタンディノス＝ドゥカス（ミハイル 7 世の息子）の農園の名 IX, 5, 4］
ヘンリー Henry **1 世**（ボエモンと会談したイングランド王）12-6

ホ

ボイオティアの人々 Βοιωτοί［古代中部ギリシアの住民 X, 8, 1］
ポダンドン地方 Ποδανδόν［θέμα］［アダナ Adana の北東、カパドキアの地方。ポダンドン自体はタルソスの北に位置する隘路を抑える城塞 XIII, 12, 21］
ホニオン Χωνεῖον〈Χωνίον〉［プラスタ（エルビスタン）の北西約 40km に位置する城塞 XIII, 12, 24］
ホマ Χῶμα［フリイアの地方あるいは同地方のアパミア Apameia の北西に位置する現シブリア

Siblia 村 I, 4, 4 ; II, 12, 4 ; III, 1, 1 ; 9, 1 ; 3 ; 11, 2 , XI, 5, 6]

ホメロス῞Ομερος［古代ギリシアの叙事詩人 序文 , 2, 2 ; I, 10, 4 ; II, 10, 2 ; V, 7, 3 ; VI, 5, 2 ; VII, 2, 6 , 11, 1 ; X, 1, 1 ; 10, 3 ; XII, 3, 7 ; XIII, 3, 1 ; XIV, 4, 7 ; XV, 3, 2 ; 7]

ポリヴォトン Πολυβοτόν［①ルシオンの近くに位置するトラキアの町 VII, 9, 1 ; 2・②フリイアの町、アモリオンの西南に位置し、現ボルワディン Bolvadin XI, 5, 5 ; 6 ; XV, 4, 1 ; 3 ; 5, 1]

ポリュクレイトス Πολύκλειτος［前５世紀のギリシアの彫刻家 III, 10, 4]

ホルタレア Χορταρέα［バルカン山脈の隘路（クリスレ）の一つ X, 2, 6]

ポルフュリオス Πορφύριος［３世紀の新プラトン主義哲学者 V, 9, 1 ; XIV, 8, 4]

ポレモン Πολέμων［ラオディケア出身の雄弁で著名なソフィスト（紀元1-2 世紀）X, 2, 1 ; XIV, 7, 4]

ポロヴィ Πόλοβοι［ポロヴォスに同じ V, 5, 1 ; 7, 5]

ポロヴォス Πόλοβος［ヴァルダリス（バルダル）川の水源地帯、ディア＝ポロヴィに同じ IX, 4, 6]

ホロサン Χοροσάν［主としてイラクの地域 VI, 12, 4 ; 7 ; XI, 4, 1 ; 3 ; 6, 2 ; 7, 6 ; 8, 2 ; 4 ; 9, 1 ; XIV, 3, 7 ; 4, 1 ; XV, 1, 1 ; 6, 10]

ポンス Pons（二代目のトリポリスの伯）14-27

ポンディラ＝サラサ Ποντηρὰ Θάλασσα［黒海 X, 3, 3]

ポンドス Πόντος［黒海 III, 9, 3 ; V, 2, 6 ; VIII, 9, 4 ; X, 9, 2 ; XV, 7, 4]

ポンペイウス Pompeius（ローマの将軍） 4-40

マ

マイストロミリオス一族 Μαϊστρομίλιοι［ナポリの有力一族 XIII, 4, 4]

マカベオス家の者たち Μακαβαῖοι［セレウコス朝シリア王国と戦った有力一族 XIV, 8, 9]

マヴリクス Μαύριξ［対ロベルトス戦においてローマ艦隊を指揮する人物（→ミハイル 15)]

マヴロカタカロン［→グリゴリオス 4・マリアノス・ニコラオス 6]

マヴロス Μαῦρος［アマルフィの司教、ディアヴォリスの誓約文書に署名した一人 XIII, 12, 28]

マヴロポタモス Μαυροπόταμος［マリツァ川の支流、エルゲネ Ergene VIII, 5, 1]

マヴロン＝オロス Μαῦρον ῎Ορος［マラシュとアンティオキアの間に位置する山、現アマノス Amanos 山地 XIII, 12, 18]

マクシモス Μάξιμος［６／７世紀の神学者・修道士・聖証者 V, 9, 3]

マケドニア Μακεδονία［地域名、トラキア VII, 2, 1]

マケドニア人 Μακεδών（Μακεδόνες）［①古代のマケドニア人 序文, 4, 1 ; VII, 5, 3 ; XIV, 8, 2 ; XV, 7, 8・②アンナの時代のマケドニア（トラキア）の住民 I, 5, 2 ; 8, 5 ; IV, 4, 3 ; XIV, 8, 6]

マスゥト Μασούτ［マリク＝シャー（サイサン）の庶出の兄弟、マスウード Masud（スルタン在位 1116-55 年）XV, 6, 7 ; 8 ; 9 ; 10]

マスカヴェリス［→エリエルモス 6]

マッサゲティス Μασσαγέτις［マッサゲタイ Massagetai の女性単数形→スパレトラ。マッサゲタイはヘロドトスによればコーカサス山脈の東に広がる平原に居住 XII, 3, 8]

マディトス Μάδυτος［エリスポンドス（ダーダネルス海峡）のヨーロッパ側の港 XIV, 3, 2]

マニアキス［→エオルイオス 8]

マニアク Μανιάκ［コマニの首領の一人 VIII, 4, 2 ; 3]

マニウス＝クリウス＝デンタートス Manius Crius Dentatus（ローマの将軍）3-104

マニス Μάνης［マニ教の創始者（紀元３世紀）、一般にはマニ Mani と呼ばれている XIV, 8, 3 ; 5]

マヌイル Μανουήλ［①ヴァシラキオス Βασιλάκιος、反逆者ニキフォロス＝ヴァシラキオスの兄弟 I, 9, 2・②ヴトミティス Βουτουμίτης、アレクシオス帝に仕える重要な軍人 VI, 10, 5 ; 6 ; 7 ; X, 1, 7 ; 2, 2 ; 3 ; 4 ; X, 7, 5 ;11, 10 ; XI, 1, 2 ; 3 ; 2, 3 ; 5 ; 6 ; 7 ; 10 ; 3, 1 ; 3 ; 9, 2 ; 3 ; 4 ; 10, 7 ; XIV, 2, 6 ; 7 ; 12 ; 13・③コムニノス、イサアキオス（後の皇帝）とヨアニス（アレクシオスの父）兄弟の父 XI, 1, 6・④コムニノス、アレクシオスの長兄、1071 年の春、遠征途中で死去 I, 1, 1 ; II, 1, 1 ; 5, 1・⑤モディノス Μοδηνός、コンスタンディノス＝エフフォルヴィノス＝カタカロンのもっとも忠実な従者 XIII, 10, 3・⑥フィロカリス Φιλοκάλης、アレクシオス帝に仕える将校 IX, 5, 2］

マヌイル Manuel **1 世**（ヨアニス 2 世の息子で後継者）14-43, 14-73, 14-80, 14-82

マネトン Μανέθων［紀元前 3 世紀のエジプトの歴史家（『エジプト誌』など）、占星術に関する著作 *Apotelesmatika* は間違って彼の著作とされている（ラテン名マネト Manetho）VI, 7, 2］

マミスタ Μάμιστα［キリキアの都市、アダナの東に位置するモプスエスティア Mopsuestia XI, 11, 7. Index nominum in Pars Altera では Μάμιστρα。Cf. Mopsouestia in Ramsay, *Historical Geography of Asia Minor*, p.385.］

マライナ Μαλάγινα［ニケアの南東、ドリレイオンへの本街道上に位置する城塞、軍隊の集合地点 XIV, 5, 7 ; XV, 1, 5］

マラキス Μαράκης［トルコ人の軍事指揮官、エフェソスのサトラピス XI, 5, 5］

マラケフス Μαρακεύς［シリアの城塞都市（港）、ラオディキアとアンダラドス Antarados（トルトサ）の間に位置し、またヴァラネフスの南 XI, 7, 4］

マラケフスの軍事地区 τὸ [στρατηγάτον] Μαρακέως［マラケフスを拠点とする軍事地区 XIII, 12, 21］

マラシン Μαράσιν［カパドキアの町エルマニキア Γερμανίκεια、現マラシュ Maraş XI, 9, 4］

マリア Μαρία［①聖書中の人物、ラザロの姉妹（マグダラのマリア）XV, 11, 14・②皇帝ミハイル 7 世ドゥカス、ついで皇帝ロマノス＝ディオエニスの皇后、グルジア王バグラト Bagrat 4 世の娘、アラニアのマリアとも呼ばれる（アラニア Ἀλανία とはアラン人の土地の意）I, 4, 1 ; 12, 7 ; 16, 1 ; II, 3, 4 ; III, 1, 2 ; 2, 1 ; 3 ; 6 ; 4, 5 ; 6 ; 5, 1 ; IX, 5, 5 ; 8, 2・③コムニニ、アンナ＝コムニニの姉妹の一人 X, 3, 5 ; XV, 11, 14 ; 16 ; 18・④ヨアニス＝ドゥカス（ケサル）の息子アンドロニコスの妻、アンナ＝コムニニの母方の祖母、ブルガリアのマリアと呼ばれる II, 6, 3］

マリアノス＝マヴロカタカロン Μαριανὸς ὁ Μαυροκατακαλών［ローマ帝国の軍人、ニコラオス＝マヴロカタカロンの息子 X, 3, 6 ; 8, 5 ; 7 ; 9 ; 10 ; XIII, 7, 1 ; 8, 5］

マリアンディニ Μαρυανδηνοί［クラウディオポリス（黒海南岸のイラクリア Hêrakleia の南約 64km）を中心とする地方に住む人々。この住民の名はマリアンデュノイ人としてヘロドトスに登場する（『歴史』I, 28 ; III, 90 ; VII, 72）X, 5, 2］

マリク＝ガージー＝ギュミュシュテキン Malik Ghazi Gümüshtekin（ボエモンを捕らえたダニシュメンド朝の支配者）11-95

マリツァ Maritza **川**（バルカン半島の大きな川）6-173, 6-175, 6-176, 8-19, 8-23, 8-25

マリノス Μαρῖνος［ナポリの出身者、アレクシオス 1 世に仕え、ヴァイムンドスへの人質となる。ヴァイムンドスの誓約文書に署名した一人 XIII, 4, 4 ; 9, 1 ; 8 ; 12, 28］

マルケシス Μαρκέσης［ユード Eudo 侯、タグレ（タングレード）の父 XI, 12, 1］

マルケラ Μαρκέλλα［トラキアの城塞、ブルガス Burgas（黒海西岸の都市）の北西およそ 50km に位置する、現カルノバト Karnobat VII, 6, 2 ; 3］

マルコ Μᾶρκος［福音書記者で使徒 VI, 5, 10］
マルハピン Μαρχάπιν［シリアの海岸近くの城塞、トルトサの北、ヴァラニアの近くの丘の上にあり、十字軍士によってマルガット城 Margat と呼ばれた XI, 11, 4］
マレアス Μαλέας［ペロポネソス東南端の岬 XI, 11, 2］
マンガナ Μάγγανα［大宮殿の北、アクロポリスの東斜面に位置する地区名、ここには宮殿·修道院·病院などの建物が建っていた III, 4, 7 ; XV, 11, 9］
マンガニス［→エオルイオス 7］

ミ

ミイディノス Μιγιδηνός［ローマ軍のトルコ人部隊の指揮官 V, 6, 4 ; VII, 6, 6］
ミクラ＝ニケア Μικρὰ Νίκαια 〈μικρὰ Νίκαια〉［トラキアの町、エディルネの南東約 25km、現ハウサ Havsa VII, 2, 9 ; 11, 6 ; X, 4, 6 ; 9］
ミクソバルバロス μιξοβάρβαρος［半蛮族（モナストラス X, 4, 10 ; XI, 2, 7 ; 9 : 9, 4 ; XIV, 3, 1 ; X, 2, 7・ミハイル＝スティピオティスの奴隷 XV, 2, 3・ローマ帝国軍につとめ、スキタイの言葉を理解する一人の者 VII, 9, 3・トルコ軍の中でギリシア語のわかる者たち XV, 5, 2・トルコ人のもとから逃亡し、彼らの計画をアレクシオス帝に伝えた者 XV, 6, 3)］
ミシア Μυσία［モエシア Moesia（ブルガリア）I, 7, 3］
ミシア Mysia（小アジア北西部の地域）14-58
ミシィ Μυσοί［サヴロマテェすなわちパツィナキ（ペチェネグ）III, 8, 6］
ミシムナ Μήθυμνα［レスヴォス（ミティリニ）島の北岸の町 VII, 8, 2］
ミスクラ Μίσκουρα［ヴィシニアの町、場所は同定できない XV, 2, 5］
ミダス Μίδας［フリュギアの伝説的な王、ディオニュソスから触れればすべて黄金に変わるという力を与えられたことで知られる II, 4, 8］
ミティリニ Μιτυλήνη［①レスヴォス島 VII, 8, 1 ; 10・②レスヴォス島の主都 IX, 1, 3 ; 4 ; 9］
ミティリニの住民 Μιτυληναῖοι［レスヴォス島のミシムナの住民 IX, 1, 7 ; 8］
ミトロヴィツァ Mitorovica（コソボ州の都市）9-27
ミ**ハイラス** Μιχαηλᾶς［セルビア人の支配者で、ヴォディノスの父 I, 16, 8 ; III, 12, 1］
ミハイル Μιχαήλ［①大天使 ἀρχιστράτηγος 聖ミハイル、その教会がディラヒオンの近くにあった）IV, 6, 6・②アクルノス（フリイアの城塞）の守り手 XIV, 3, 5・③酌取り頭、アレクシオス帝の子飼いの兵士 XI, 9, 2 ; 3 ; 4・④イサアキオス＝コムニノスとアレクシオス兄弟の姉の娘の夫、ロゴセティス＝トン＝セクレトンの職にあった III, 1, 1・⑤宦官でグリゴリオス＝ガヴラスの教育係 VIII, 9, 6・⑥酌取り、おそらく③の人物 VIII, 9, 6・⑦宦官で医者 XV, 11, 13・⑧アネマス'Ανεμᾶς、アレクシオス帝に対するアネマス一族による陰謀の首謀者 X, 2, 7 ; XII, 5, 4 ; 6 ; 6, 4 ; 5 ; 6 ; 7 ; 9 ; 7, 1 ; 4・⑨ヴルツィス 1・⑩ヴルツィス 2・⑪皇帝ミハイル 7 世ドゥカス（在位 1071-1078 年）I, 1, 1 ; 3 ; 3, 4 ; 4, 1 ; 2 ; 10, 2 ; 12, 2 ; 6 ; 15, 2 ; 3 ; II, 1, 1 ; III, 1, 2 ; 2, 3 ; 6 ; 4, 5 ; IV, 1, 3 ; 4 ; 2, 1 ; 3 ; V, 8, 4 ; VI, 8, 3 ; IX, 5, 5 ; 6, 1・⑫偽ミハイル（修道士レクトル'Ραίκτωρ）I, 12, 8 ; 9 ; 10 ; 15, 3 ; 5 ; III, 9, 1 ; IV, 1, 3・⑬ドゥカス、カエサルのヨアニス＝ドゥカスの孫 II, 7, 1 ; V, 7, 1 ; 2 ; VII, 3, 9 ; VIII, 4, 4・⑭ケカヴメノス Κεκαυμένος、サルディスとフィラデルフィアの統治官など高位の軍事・行政の役職を歴任 XI, 5, 6 ; XIII, 5, 1 ; 7 ; XV, 4, 8・⑮マヴリクス Μαύριξ IV, 3, 1・⑯パンデフニス Παντεχνής の通り名をもち、アレクシオス帝の治療に関わった医師 XV, 11, 3 ; 13・⑰皇帝ミハイル 4

世（パフラゴン Παφκαγών）（在位 1034-1042 年）XIII, 7, 25 ; 12, 26・⑱スティピオティス Στυπειώτηςの呼び名を持つアレクシオス帝に仕える軍人 XV, 2, 3 ; 4・⑲スピティオティス、ミハイル 18 の同名の奴隷 XV, 2, 3・⑳タロニティス Ταρωνίτης、アレクシオス帝の姉妹の夫、ニキフォロス = ディオエニスの皇帝殺害計画に加担 III, 4, 2 ; IX, 6, 5 ; 8, 4・㉑プセロス Ψελλός、帝国の大学者、イタロスの教師 V, 8, 3 ; 4 ; 5]
ミハイル Michael **4 世**（この皇帝の肖像の刻まれた貨幣は純度が保たれていた）13-107
ミロス Μῦλος［ヴィヨサ川の近くにあったと思われるイピロスの町あるいは砦 XIII, 2, 3 ; 5, 4 ; 5 ; 6, 2]

ム

ムゥフゥメト Μουχοῦμετ［トルコ人のアミール、ニケアの大サトラピスとしてクリツィアススランによりニケアを託される VI, 12, 8 ; XIV, 5, 3 ; 4 ; 6 ; 6, 1 ; 2]
ムザキス Μουζάκης［アレクシオス帝からニキフォロス = ディオエニスの監視を命じられた者 IX, 8, 1 ; 2]

メ

メアンドロス Μαίανδρος［トルコ西部（カリア）の川、現ブュユク = メンデレス Büyük Menderes XI, 5, 5 ; 6 ; XIV, 1, 7]
メガリ = プリススラヴァ Μεγάλη Πρισθλάβα〈μεγάλη Περισθλάβα〉［ブルガリアの都市プレスラフ Preslav で、プリスカ Pliska につぐ王宮の所在地、シューメン Shumen の南、カムチャヤ河畔に位置する VII, 3, 4]
メガリ = ポリス μεγάλη πόλις［大いなる都市、大《メガリ》プリススラヴァ（プレスラフ）のかつての名称 VII, 3, 4]
メサナクタ Μεσάνακτα［フリイアに位置する城塞 XV, 4, 9]
メサムベラ Μεσάμπελα［ペレカノスの近くに位置するヴィシニアの町 XI, 2, 1]
メシィ［= ホラ］= トン = ポタモン μέση［χώρα］τῶν ποταμῶν［両河の中間地帯（メソポタミア）XIII, 12, 24]
メストス Μέστος［カヴァラの西でエーゲ海に流れ込むトラキアの川、現ネストス Nestos XIII, 1, 4]
メソポタミア Μεσοποταμία［ティグリス・ユーフラテス両川地域の地方名 VI, 9, 3]
メソポタミティス［→エオルイオス 9]
メタクサス Μεταξᾶς［聖ソフィア教会の教会会議でイサアキオス＝コムニノスの教会奉納物の処分に関する提案に反対した聖職者 V, 2, 4]
メディア人 Μῆδοι［古代のメディア Media 人 XV, 7, 8]
メネレオス Μενέλεως［ホメロスの英雄の一人でスパルタの王、メネラオス Μενέλαος とも I, 8, 4 ; III, 1, 2]
メラス Melas **川**（トラキアの川）8-7
メリシノス［→ニキフォロス 10]
メリティニ Μελιτηνή［カパドキアの都市、現マラティヤ Malatya VI, 12, 8]
メルフィ Μέλφη［カンパニアの都市アマルフィ I, 12, 11 ; V, 1, 1 ; 2 ; VI, 5, 10]
メルフィ Melfi（ルカニアの都市）1-87, 1-99, 5-3, 5-37

メロエ Μερόη［スーダン北部の古代都市 VI, 11, 3］

モ

モアメド Μωάμεδ〈Μωάμεθ〉［預言者ムハンマド VI, 13, 4］
モグレナ Μόγλενα［エデサの北に位置する町、現フリシィ Χρυσή/Khrisi V, 5, 1］
モクロス Μόκρος［ブルガリア人の王クルモス Krumos（クルム Krum、在位 803-814 年）VII, 3, 4 ; XII, 9, 6］
モシヌポリス Μοσυνούπολις［現コモティニ Komotini（ギリシア）の近くに位置するエグナティア街道上のトラキアの町 VI, 2, 3］
モスル Mossoul（イラク北部の都市）6-105, 11-45, 14-37, 15-4
モーゼ Μωσῆς［旧約聖書中の預言者 X, 8, 8］
モディノス［→マヌイル 5］
モナストラス Μοναστρᾶς［アレクシオス帝に仕える半蛮族の軍人 VII, 9, 7 ; 10, 2 ; VIII, 5, 5 ; X, 2, 7 ; 4, 10 ; XI, 2, 7 ; 9 ; 10 ; 9, 4 ; 11, 5 ; 7 ; XII, 2, 1 ; XIV, 3, 1 ; 5, 7］
モノマハトス［→エオルイオス 10］
モノマホス［→コンスタンディノス 3］
モノリコス Μονόλυκος［トルコ人のアミール XIV, 5, 3 ; XV, 2, 5 ; 4, 5 ; 5, 1 ; 3 ; 6, 3 ; 5］
モプソスの都市 Μόψου πόλεις, Μόψουέστίαι［キリキアの都市、モプスエスティア Mopsuestia（マミスタ Mamista）、現ヤカプナル Yakapınar XIII, 12, 21］
モリスコス Μολισκός［カストリア湖岸のある場所 VI, 1, 2］
モロヴンドス Μωροβούνδος［エヴロス川の西に位置するトラキアの地、そこにケサルのヨアニス＝ドゥカスの所領があった（Reinsch, *Alexias*, p.86, n.68）II, 6, 4］

ヤ

ヤギ＝シャン Yaghi Siyan（アンティオキアのトルコ人アミール）6-110, 11-42, 11-44, 11-49
ヤコヴォス Ἰάκωβος［6 世紀のエデサの主教で単性説派を率いた人物、彼の教会の信奉者たちはヤコブ派と呼ばれた XIV, 8, 7］
ヤズリノス Ἰατζουλίνος［ラテン人の伯、ジョスリン＝ド＝クルトネー Jocelin de Courtenay、イェルサレム王ボドゥワンのいとこ、エデサの支配者 XIV, 2, 13］
ヤッファ Ἰάφα［イェルサレムの外港、現ヤッファ Jaffa XI, 7, 1 ; 2］
ヤレアス［→ニキフォロス 14］

ユ

ユーグ＝ド＝クリュニー Hugues de Cluny（グリゴリウス 7 世へドイツ王ハインリヒ 4 世との和解を勧めた聖職者の一人）5-37
ユダヤ人 Ἰουδαῖοι［古代のユダヤ人 VII, 3, 4］
ユード Eude **侯**（オド Odo）（タングレード / タグレの父）11-130
ユーフラテス川 Εὐφράτης［メソポタミアの河川 VI, 11, 3］

ヨ

ヨアナキス Ἰωαννάκης（ヴァシリオス＝クルティキオス Βασίλειος Κουρτίκιος）［アレクシオス１世の信任あつい軍司令官 V, 5, 7 ; VII, 1, 2 ; 3, 6 ; 11, 6 ; VIII, 6, 4 ］

ヨアニキオス Ἰωαννίκιος［修道士で、アレクシオスの腹心の一人 I, 7, 5 ; 8, 2］

ヨアニス Ἰωαννης［①使徒にして福音書記者 II, 7, 6 ; III, 4, 4 ; XI, 5, 1 ; XII, 4, 2・②マニ教の流れを引く異端の創設者パヴロスの兄弟 XIV, 8, 3 ; 5・③アラン人で、モノマハトスの友人 I, 16, 3・④反逆者ニキフォロス＝ヴリエニオス（1078 年）の弟 I, 5, 2 ; 4・⑤ドゥカス、皇帝ミハイル７世ドゥカスの叔父（通称ケサル）I, 12, 6 ; II, 5, 8 ; 6, 4 ; 7, 1 ; 2 ; III, 2, 3 ; 6・⑥ドゥカス、ケサルのヨアニス＝ドゥカスの孫、皇后イリニの兄弟 II, 6, 4 ; 7, 1 ; VII, 8, 8 ; 9 ; 10 ; IX, 1, 3 ; 4 ; 5 ; 6 ; 7 ; 8 ; 9 ; 2, 1 ; 2 ; 3 ; 4 ; XI, 5, 2 ; 3 ; 4 ; 5・⑦イタロス Ἰταλός、イタリアの出身者で哲学者の長となり、教会を混乱させる V, 8, 1 ; 2 ; 3 ; 4 ; 5 ; 9, 3 ; 4 ; 5 ; 6 ; 7 ; X, 1, 1・⑧コムニノス、アレクシオス１世の父 II, 1, 6 ; IV, 4, 3 ; XI, 1, 6・⑨コムニノス、アンナ＝コムニニの弟、ヨアニス２世（在位 1118-1143 年）序文 , 3, 2 ; XII, 4, 4 ; XIII, 12, 2 ; 3 ; 27・⑩コムニノス、アレクシオス帝の兄弟イサアキオスの息子、ディラヒオンの統治官となる VIII, 7, 3 ; 4 ; 5 ; VIII, 8, 2 ; 3 ; 4 ; IX, 1, 1 ; 4, 4 ; 5 ; 6 ; X, 7, 2 ; XII, 4, 4・⑪クシフィリノス Ξιφιλῖνος、コンスタンティノープルの総主教（在位 1064-75 年）III, 2, 6・⑫ソロモン Σολομῶν、イタロスの弟子で、またアネマス一族の陰謀に加担した元老院議員 V, 9, 2 ; XII, 5, 4 ; 5 ; 6 ; 6, 3 ; 4 ; 5・⑬タロニティス Ταρονίτης、アレクシオス帝の姉妹マリアとミハイル＝タロニティスの息子 X, 2, 6 ; XII, 7, 2 ; 3・⑭タロニティス、法律家、コンスタンティノープルの都督 XIII, 1, 3・⑮ツィミスキス Τζιμισκῆς、ローマ皇帝（在位 969-76 年）XIV, 8, 5 ; 7 ; XV, 10, 5］

ヨアニナ Ἰωαννίνα［エピルスの町、現ヨアニナ Ioannina 県の県都 V, 1, 1 ; 4, 1 ; 2］

ヨブ Ἰώβ［旧約「ヨブ記」の主人公 XV, 7, 5］

ヨーロッパ Εὐρώπη X, 5, 4 ; XII, 4, 3 ; XIII, 12, 1.

ラ

ライムンドス Ῥαϊμοῦντος［バルセロナの伯ヴラヘノンの息子 Raimund　Berengar（在位 1076-1082 年）I, 12, 11］

ラウル Ῥαούλ［①ノルマン人の伯、ロベルトスによって皇帝ヴォタニアティスへ使節として派遣される I, 15, 2 ; 3 ; 4 ; 5 ; 6・②イェルサレムに向かう武装の巡礼者集団（十字軍士）の指導者の一人、しかし十字軍士の誰であるのかまだ知られていない X, 10, 1］

ラオディキア Λαοδίκεια［①フリイアの町、古代にヒエラポリス Hierapolis として知られる（現パムッカレ Pamukkale）XI, 5, 6・②シリアの港、現ラタキア Lattakia XI, 7, 4 ; 7 ; 9, 1 ; XI, 10, 6 ; 7 ; 11, 3 ; 4 ; 5 ; 6 ; XII, 2, 1 ; XIII, 5, 4 ; 12, 12 ; 21］

ラグーサ Ragusa **人**（ラグーサは現クロアチアのドゥブロブニク Dubrivnik）3-100, 4-2

ラケダイモン Λακεδαίμων［古代スパルタ VI, 10, 11］

ラケダイモン人 Λακεδαιμόνιοι［古代スパルタ人 VI, 10, 11］

ラコニアの人々 Λάκωνες［古代スパルタ人 VII, 7, 1］

ラシュカ Raška（現コソボの北に位置する郡）9-27, 9-29, 9-62

ラタキア Lattakia（シリア西部の港湾都市）11-83, 11-90, 11-116, 11-121

ラディスラス Ladislas / **ラディスラウス** Ladislaus（ハンガリア王）12-35, 13-113

ラディノス Ῥαδηνός［都長官職にあった人物で、ミハイルと共にヴォタニアティス帝をペリヴレ

プトス修道院に送り、剃髪させた III, 1, 1]
ラテラノ聖堂 Basilica of Laterano（ローマ市）5-37
ラテン人 Λατῖνος［西方人（ケルト人・ノルマン人・フランク人など）I, 13, 4 ; III, 9, 5 ; 12, 8 ; IV, 1, 3 ; 6, 6 ; 8 ; 9 ; V, 4, 2 ; 5 ; 6 ; 5, 5 ; 7 ; 6, 1 ; 3 ; 7, 2 ; 3 ; 8, 5 ; 8 ; VI, 1, 2 ; 3 ; 6, 4 ; 8, 1 ; 10, 7 ; 12, 1 ; 14, 4 ; 7 ; VII, 3, 6 ; 8 ; 6, 1 ; 7, 3 ; 8, 5 ; 9, 2 ; X, 5, 5 ; 6, 4 ; 6 ; 7 ; 8, 2 ; 5 ; 7 ; 8 ; 9 ; 9, 3 ; 4 ; 5 ; 6 ; 7 ; 9 ; 10 ; 10, 6 ; 7 ; 11, 6 ; 9 ; XI, 1, 5 ; 2, 1 ; 2 ; 3 ; 3, 4 ; 6 ; 4, 1 ; 5 ; 6, 7 ; 7, 2 ; 3 ; 5 ; 8, 1 ; 2 ; 11, 7 ; 12, 6 ; XII, 8, 5 ; XIII, 9, 1 ; 10, 2 ; XIV, 2, 6 ; 4, 1 ; XV, 7, 9]
ラパラ Λαπάρα［エルマニキア（マラシュ）の北に位置するリカンドス Lykandos（町）XIII, 12, 24]
ラプソマティス Ῥαψομάτης［キプロス島の統治官、アレクシオス帝に反逆する IX, 2, 1 ; 2 ; 3 ; 4]
ラムビ Λάμπη［フリイアの町（おそらくメアンドロス川上流に位置するラオディキアの東）VI, 12, 2 ; XI, 5, 6 ; XIV, 1, 4]
ラメル Ῥάμελ［ヤッファの南に位置する城塞、現ラムラ Ramla XI, 7, 1 ; 2 ; 3]
ラリサ Λάρισσα［①テサリアの都市 V, 5, 1 ; 2 ; 3 ; 8 ; 6, 4 ; 7, 1 ; 4 ; X, 9, 1 ; 11, 2・②セゼルとも呼ばれるシリアの軍事区域 XIII, 12, 18]
ラリサの人 Λαρισσαῖος［アレクシオス帝に地理的情報を与えた老人 V, 5, 5]
ラルデェアス Λαρδέας［トラキアの町、ダムボリス（ヤンボル）の北東、スリヴェン Sliven の東 VII, 2, 1]
ランドルフォス Λαντοῦλφος［①シュワーベンの公、ルドルフ Rudolf I, 13, 7 ; 9・②アレクシオス帝に仕えたメガス＝ドゥクス（大提督）XI, 10, 2 ; 4 ; 7 ; 11, 1 ; 2 ; XII, 8, 8 ; 9, 1 ; 2 ; XIII, 7, 2 ; 5]

リ

リヴォタニオン Λιβοτάνιον［ラリサの近くに位置する隘路、正確な位置は解らない V, 5, 8]
リカルドス Ῥικάρδος［ノルマン人の伯でヴァイムンドスのお供の一人 XIII, 4, 5]
リクゥ＝ストマ λύκου στόμα［狼の口（サラヴリアス川の渓谷）V, 6, 3]
リコストミオン Λυκοστόμιον［語義は狼の口（λύκος ＋ στόμιον）、ラリサの北北東に位置するサラヴリアス川の渓谷で古代から現在に至るもテムビィ Τέμπη（テムビィ流域）と呼ばれている V, 5, 7 ; 6, 3 ; 7, 3]
リシャール Richard（ロベール＝ギスカールと共に南イタリアの征服に従事したノルマン人の指導者の一人）1-87
リシュキ（リシュ）峠 Rishki prohod（東バルカン山脈の峠の一つ）6-178, 7-52, 10-42, 14-100
リスカルドス＝シニスカルドス Ῥισκάρδος Σινισκάρδος［アプリア侯ドロゴ Drogo（タンクレード＝ド＝オートヴィルの息子）の息子、したがってロベール＝ギスカールの甥 XIII, 12, 28]
リツァルドス Ῥιτζάρδος［①カンダクズィノスに捕らえられたノルマン人伯 XIII, 6, 2・②プリンヅィタス Πριντζίτας、ヴァイムンドスの誓約文書に署名した皇帝側の一人（1108 年）XIII, 12, 28]
リディア Λυδία［小アジア西部の地域 序文, 3, 4]
リディア人 Λυδοί［リディアの住民 序文, 3, 4]
リドヴァン Ridwan（アレッポのアミール）11-42, 11-99
リビア Λιβύη［北アフリカ VI, 13, 4]

リフニティス Λυχνῖτις［マケドニアの湖の名称、現オフリド Ohrid 湖 XII, 9, 6］
リペニオン Λιπένιον［コソボの町、シトニツァ河畔の現リプリャン Lipljan / Lipjan IX, 4, 1 ; 2 ; 10, 1 ; IX, 4, 4 ; 6］
リムニア Λίμνια［メソポタミアの一地方（セマ）、正確な位置は不明 XIII, 12, 24］
リムニ゠トン゠テサラコンダ゠マルティロン λίμνη τῶν Τεσσαράκοντα Μαρτύρων〈λίμνη τῶν τεσσαράκοντα μαρτύρων〉［四〇人殉教者の湖（今日は離れている Eber 湖と Aksehir 湖を合わせた湖）、それらはアフヨンカラヒサルの東に位置する XV, 4, 9 ; 5, 1］
リュシマキア Λυσιμάχεια〈Λυσιμαχία〉［アレクサンドロス大王の部将のリュシマコスからそう呼ばれた都市で、エリスポンドスに位置する VII, 5, 3 ; XV, 7, 8］
リュシマコス Λυσίμαχος［アレクサンドロス大王の部将の一人 VII, 5, 3］
リュンダコス Rhyndakos（Rhyndac）**川**（小アジア北部ウルバト湖から流れ出る川）6-161

ル

ルゥロン Λουλόν［おそらくアンティオキアとアレッポ Aleppo の間に位置する山地 XIII, 12, 18］
ルシオン Ῥούσιον［キプセラ（イプサラ）の東南およそ 22km に位置するトラキアの町、現ケシャン Keşan VII, 9, 1 ; 6 ; 7］
ルシオンの住民 Ῥουσιώτης VII, 9, 6
ルペニオス［→セオドロス 5・レオン 7］
ルペニオス一族 ῾Ρουπενίοι［小アルメニアの有力一族→セオドロス 5・レオン 7］

レ

レイヌルフ Rainulf（アヴェルサ Aversa を拠点としたノルマン人指導者の一人）1-87
レヴェニコス ῾Ρεβένικος［ラリサの近くを流れる川 V, 5, 8］
レヴニオン Λεβούνιον［トラキアの丘、エノスとルシオンの間のエノスよりに位置する VIII, 5, 5］
レヴニス［→エオルイオス 6］
レヴニス Λεβούνης［トラキアに位置する丘、レヴニオンに同じ VIII, 4, 6］
レオの都市 la cité Léonine（ローマ市）5-37
レオン Λέων［①カルキドンの府主教 V, 2, 4・②陰謀者アネマス一族の一人 XII, 5, 4・③皇帝ロマノス゠ディオエニスの息子の一人 IV, 5, 3 ; VII, 2, 3 ; 3, 5 ; VII, 3, 8 ; IX, 6, 1 ; 4 ; 9, 4 ; X, 2, 2・④ケファラス、元アレクシオスの父の従者の息子、ラリサ（北ギリシア）の指揮官 V, 5, 3 ; 4・⑤キドニアティス Κυδονιάτης、皇后エヴドキアの従者の一人 III, 2, 5・⑥ニケリティス Νκικερίτης、アレクシオス帝に仕えた宦官 VII, 2, 9 ; VIII, 9, 7 ; XIII, 5, 1 ; XV, 2, 5・⑦ルピニオス ῾Ρουπένιος、小アルメニアのルピニオス一族の一員 XIII, 12, 18］
レギオン Rhegion（マルマラ海北岸の都市）8-5
レクトル ῾Ραίκτωρ［ミハイル７世を騙った修道士 I, 12, 6 ; 7 ; 8 ; 15, 5 ; 6］
レデストス ῾Ραιδεστός［マルマラ海北岸の町、今日のテキルダー Tekirdağ VI, 7, 4］
レナルドス ῾Ρενάλδος［ノルマン人の伯 V, 5, 1］
レナルドス ῾Ρενάρδος［テレンドス（タレントゥム）の司教、ヴァイムンドスの誓約文書に署名した一人 XIV, 13, 28］
レバノン Λίβανος［レバノン中部、地中海に沿って南北に連なる山脈 XI, 7, 6］

レフカス Λευκάς［イオニア海の島の一つ XI, 10, 1］
レフクシア Λευκουσία［キプロス島の中北部に位置する町、現ニコシア Nicosia IX, 2, 1 ; 3］
レフケ Λεῦκαι［ヴィシニアの町、ニケアの東、マライナの近くに位置する現レフケ Lefke XI, 3, 4］
レーモン Raymond（ヨアニス２世に下ったアンティオキア公）0-10
レーモン伯 Raymond（サン＝ジル）（十字軍の指導者の一人）10-55
レンディアナ Λεντιανά［ロパディオンの南西に位置する山 XIV, 5, 3 ; XV, 1, 4］

ロ

ロヴィツォス Λοβιτζός［今日のブルガリアの都市プレベン Pleven の南に位置する山地 III, 8, 8］
ロエリス ῾Ρογέρης［①ロベルトスの息子（ロジェール Roger）I, 14, 3 ; 16, 1 ; III, 12, 2 ; V, 3, 3 ; 4 ; 5 ; VI, 5, 2・②タクペルトスの息子でノルマン人伯ラウルの兄弟、アレクシオス帝に仕える。ヴァイムンドスの誓約文書に署名した一人 I, 15, 5 ; 6 ; XIII, 4, 4 ; 9, 1 ; 8 ; 12, 28］
ロシア人 Russen 2-73, 10-40, 14-90
ロスミキス ῾Ρωσμίκης［アレクシオス帝に仕えたアラン人の軍事指揮者 XIII, 6, 1 ; 2］
ロドス ῾Ρόδος［エーゲ海南東端の島 XI, 5, 1 ; 10, 3 ; 5］
ロドピ ῾Ροδόπη［ブルガリアの南西部、ギリシアとの国境に近い山脈 XIV, 8, 1 ; 6］
ロドミロス ῾Ροδομηρός［ブルガリア人でイリニ＝ドゥケナの身内、アレクシオス帝に仕える将校 VIII, 4, 5 ; XI, 2, 7 ; 9 ; 10］
ロパディオン Λοπάδιον［フリイアの町、現ウルバト Ulubad / Ulubat XIV, 5, 3 ; XV, 1, 3 ; 5 ; 6 ; 2, 5］
ロベール（パリの） Robert（アレクシオス帝へ無礼な態度におよんだ十字軍士）10-123
ロベール Robert **伯**（ロリテェッロ Loritello の）（ロベール＝ギスカールの甥）1-114
ロベール Robert **1 世**（フランドル伯、聖地からの帰途ヴェロイでアレクシオス帝と会談）7-48
ロベール Robert **2 世**（ロベール＝ギスカールの２度目のギリシア遠征に参加した息子の一人）6-42
ロベルトス＝ギスカルドス ῾Ρομπέρτος Γισκάρδος［南イタリアのノルマン人征服者（ロベール＝ギスカール）I, 10, 1 ; 3 ; 4 ; 11, 2 ; 4 ; 5 ; 6 ; 7 ; 8 ; 12, 2 ; 4 ; 5 ; 6 ; 7 ; 8 ; 9 ; 10 ; 11 ; 13, 1 ; 6 ; 7 ; 10 ; 14, 1 ; 3 ; 4 ; 15, 5 ; 6 ; 16, 1 ; 5 ; 7 ; 8 ; 9 ; III, 6, 3 ; 9, 1 ; 4 ; 5 ; 10, 1 ; 2 ; 4 ; 11, 5 ; 12, 2 ; 3 ; 4 ; 5 ; 6 ; 8 ; IV, 1, 1 ; 2 ; 3 ; 4 ; 2, 1 ; 2 ; 3 ; 5 ; 3, 1 ; 2 ; 3 ; 4, 1 ; 4 ; 5 ; 6 ; 7 ; 5, 1 ; 3 ; 4 ; 6 ; 6, 1 ; 2 ; 3 ; 4 ; 5 ; 6 ; 7 ; 7, 1 ; 4 ; 5 ; 8, 2 ; 3 ; V, 1, 1 ; 2 ; 3 ; 4 ; 2, 2 ; 4 ; 3, 1 ; 3 ; 6 ; 7 ; 4, 1 ; 2 ; 5, 1 ; 7, 4 ; VI, 5, 1 ; 3 ; 4 ; 5 ; 6 ; 8 ; 9 ; 6, 1 ; 2 ; 3 ; 4 ; 7, 1 ; 6 ; 7 ; 8, 2 ; 9, 1 ; XI, 12, 5 ; XII, 2, 7 ; XIII, 12, 4］
ローマ ῾Ρώμη［①古ローマ（イタリア）I, 12, 8 ; 13, 1 ; 6 ; 9 ; 10 ; 14, 3 ; III, 10, 1 ; V, 3, 6 ; 7 ; 8, 5 ; VII, 2, 4 ; VIII, 5, 1 ; X, 7, 4 ; XI, 12, 2 ; XII, 8, 4・②新ローマ→ネア＝ロミィ］
ローマ人 ῾Ρωμαῖος（ロメイ ῾Ρωμαῖοι）［古代のローマ人（アエミリウス I, 1, 3・エペイロスの王ピュロスと戦ったローマ人 III, 12, 8・フィリポス王 XIV, 8, 2）・中世ローマ帝国人（I, 1, 3 ; 2, 2 ; 12, 2 ; 5 ; 7 ; 8 ; 13, 6 ; 10 ; 15, 5 ; 6 ; III, 8, 6 ; 11, 2 ; V, 2, 2 ; 4, 5 ; 8, 2 ; 5 ; VI, 10, 6 ; VII, 3, 8 ; 8, 3 ; 5 ; 6 ; 7 ; 9, 1 ; 11, 5 ; VIII, 2, 1 ; 5, 5 ; 6 ; 9 ; 7, 4 ; IX, 1, 6 ; 4, 4 ; X, 3, 5 ; 6 ; 9, 7 ; XI, 2, 9 ; 8, 2 ; 9, 2 ; XII, 8, 5 ; 9, 2 ; XIII, 5, 2 ; 4 ; 8, 5 ; XIV, 2, 3 ; 4 ; 3, 7 ; 5, 5 ; XV, 1, 5 ; 2, 4 ; 6 ; 4, 6 ; 8 ; 9 ; 5, 1 ; 2 ; 6, 2 ; 3 ; 7 ; 9 ; 7, 9・ローマ人の帝国・権力 ἡ（τῶν）῾Ρωμαίων ἀρχή I, 1, 1 ; III, 7, 2 ; 9, 1 ; 11, 4 ; IV, 2, 2 ; 5, 4 ; V, 8, 1 ; VI, 11, 2 ; 14, 1 ; VII, 7, 1 ; VIII, 7, 4 ; X, 6, 7 ; XI, 10, 2 ; 11, 1 ; XIII, 12, 27 ; XIV, 3, 8 ; 4, 6・ローマ人の帝国・都 ἡ（τῶν）῾Ρωμαίων［ἀρχή / χώρα / γῆ / πολίς］I,

10, 2 ; 12, 10 ; 13, 6 ; X, 2, 4 ; XI, 11, 4 ; 12, 5・ローマ人の帝国 ἡ ὑπὸ ῾Ρωμαίους V, 1, 4・ローマ人の法 ὁ τῶν ῾Ρωμαίων θεσμός XIII, 12, 13・ローマ人の皇帝 ὁ αὐτοκράτωρ (τῶν) ῾Ρωμαίων 序文, 3, 2 ; I, 12, 5 ; XIII, 12, 4 ; 15・ローマ人の帝国・帝位 ἡ βασιλεία ῾Ρωμαίων / ἡ (τῶν) ῾Ρωμαίων βασιλεία I, 1, 1 ; 2 ; 4, 4 ; 12, 2 ; II, 9, 4 ; III, 9, 1 ; 5 ; IV, 1, 2 ; VI, 8, 5 ; 11, 3 ; IX, 3, 2 ; X, 9, 11 ; 11, 7 ; XI, 9, 1 ; XII, 5, 3 ; 6 ; XIV, 2, 2 ; 3, 9 ; 4, 3 ; 7, 2 ; XV, 6, 5・ローマ人の宮殿 τὰ τῶν ῾Ρωμαίων βασίλεια XII, 5, 2・ローマ人の皇帝 ὁ βασιλεύς ; οἱ βασιλεῖς ῾Ρωμαίων I, 4, 1 ; IV, 5, 4 ; V, 3, 5 ; X, 10, 6 ; XIV, 2, 1・ローマ人の国・土地 ἡ (τῶν) ῾Ρωμαίων γῆ XIII, 10, 4 ; XV, 10, 5・ローマ人の栄光 ἡ τῶν ῾Ρωμαίων δόξα XIV, 7, 9・ローマ人の軍勢 αἱ τῶν ῾Ρωμαίων δυνάμεις XV, 5, 1・ローマ人の帝国領 ἡ τῶν ῾Ρωμαίων ἐπικράτεια XIV, 1, 1・ローマ人の支配 ἡ ἐξουσία ῾Ρωμαίων VI, 5, 10・ローマ人の幸福 ἡ τῶν ῾Ρωμαίων εὐδαιμονία XIV, 7, 3・ローマ人の覇権・帝国・舵柄・領土 ἡ (τῶν) ῾Ρωμαίων ἡγεμονία I, 1, 2 ; 16, 2 ; II, 4, 3 ; III, 2, 2 ; 8, 6 ; VI, 11, 2 ; 3 ; XI, 12, 3 ; XII, 5, 2 ; XIII, 12, 4 ; 27 ; XIV, 2, 1 ; 8, 6・ローマ人の惨めな状態 ἡ (τῶν) ῾Ρωμαίων κακότης I, 10, 1・ローマ人の精鋭の戦士・精鋭のローマ人 οἱ τῶν ῾Ρωμαίων λογάδες / λογάδες ῾Ρωμαῖοι I, 1, 3 ; XII, 7, 3・ローマ人の領土 ἡ μερὶς ῾Ρωμαίων I, 2, 2・ローマ人の帝国の国境 τὰ ὅρια τῆς ῾Ρωμαίων ἀρχῆς / τὰ ὅρια τῆς βασιλείας ῾Ρωμαίων / τὰ ὑπὸ τὴν ῾Ρωμαίων ἀρχὴν ὅρια IX, 3, 2 ; XI, 9, 2 ; XIV, 2, 3 ; XV, 6, 5 ; 10, 5・ローマ人の国境 τὰ τῶν ῾Ρωμαίων ὁρισματα XIII, 12, 6・ローマ人の領土・帝国・国家 τὰ τῶν ῾Ρωμαίων πράγματα / τὰ τῶν ῾Ρωμαίων [πράγματα] I, 2, 1 ; III, 9, 1 ; VII, 2, 2 ; XIV, 7, 1・ローマ人の軍事指揮者 οἱ σατράπαι τῶν ῾Ρωμαίων IX, 4, 3・ローマ人の帝笏・支配権・ローマ人の帝国の帝笏 τὰ ῾Ρωμαίων σκῆπτρα / τὰ σκῆπτρα τῶν ῾Ρωμαίων / τὸ σκῆπτρον τῆς τῶν ῾Ρωμαίων ἀρχῆς I, 4, 1 ; 6, 9 ; 12, 6 ; V, 8, 2 ; VI, 10, 5 ; VII, 2, 6 ; XII, 1, 1 ; 5, 3 ; XIII, 12, 22 ; XIV, 3, 9 ; 7, 7・ローマ人の軍隊 ἡ στρατιὰ ῾Ρωμαίων I, 1, 2・ローマ人の兵士と指揮官 ῾Ρωμαίων στρατιῶται καὶ ἡγεμόνες V, 4, 1・ローマ軍 τὰ τῶν ῾Ρωμαίων τάγματα V, 6, 1・ローマ人の運・運命の女神 ἡ (τῶν) ῾Ρωμαίων τύχη I, 1, 2 ; X, 2, 2 ; XIII, 12, 11・ローマ人の土地 ἡ ῾Ρωμαίων χώρα VI, 14, 2]

ロマイナ ῾Ρωμάινα〈ロマイナ ῾Ρωμαῒνα〉[ホニオンの北約 20km に位置する城塞 XIII, 12, 24]

ロマニア ῾Ρωμανία [ロー帝国（領）・ローマ人の世界 III, 6, 5 ; XI, 12, 6 ; XIII, 12, 11 ; XIV, 4, 1]

ロマノス ῾Ρωμανός [①聖ロマノス（コンスタンティノープルの陸の城壁の門の一つにこの聖者の名を冠する門がある）X, 9, 7・②アレクシオス軍に勤務するマニ教徒 XIII, 1, 7・③アルイロス帝（在位 1028-1034））III, 10, 4・④ディオエニス（皇帝在位 1068-1071）序文 , 3, 2 ; I, 1, 1 ; 12, 6 ; II, 1, 1 ; 8, 5 ; IV, 5, 3 ; VII, 2, 3 ; 3, 5 ; 6 ; 8 ; 9 ; IX, 6, 1 ; X, 2, 2 ; 3 ; 3, 3 ; 4 ; XV, 6, 5 ; 10, 5・⑤→ストラヴォロマノス]

ロンギヴァルディア Λογγιβαρδία [南イタリア（南イタリアのランゴバルド人諸侯国の領土、カラヴリアとアプリアにおける元ローマ帝国領）I, 11, 1 ; 2 ; 12, 1 ; 11 ; 13, 7 ; 14, 1 ; 2 ; 3 ; 16, 2 ; III, 10, 1 ; 4 ; 11, 5 ; 12, 2 ; IV, 1, 4 ; 3, 1 ; 5, 4 ; V, 3, 1 ; 3 ; 6 ; 7 ; 5, 1 ; 8, 2 ; 5 ; VI, 3, 3 ; 5, 1 ; X, 5, 8 ; 9 ; 10 ; 7, 3 ; 4 ; 8, 2 ; 3 ; XI, 10, 9 ; XII, 1, 1 ; 5 ; 6 ; 4, 4 ; 8, 2 ; XIII, 1, 4 ; 2 ; 7, 2 ; 4 ; 5 ; 8, 5 ; 12, 17 ; 28 ; XIV, 1, 1 ; 3 ; 3, 1 ; 3]

ロンギヴァルディア人 Λογγίβαρδοι [ロンギヴァルディアの住民 XI, 12, 6]

ロンギヴァルディアの海峡 ὁ τῆς Λογγίαρδίας πορθμός [南イタリアとイピロス（アルバニア）の間のオトラント海峡 X, 5, 8 ; 9 ; 10 ; 8, 2 ; 3 ; XII, 8, 2 ; XIII, 7, 2 ; 3 ; 4]

ロンギヴァルディアとイリリコンの間の海峡 ὁ ἀναμεταξὺ Λογγίβαρδίας καὶ ᾿Ιλλυρικοῦ XIII, 7, 5 ; 8, 5.

ロンギヴァルドス Λογγίβαρδος [語学者、スヘドスの考案者 XV, 7, 9]

索引Ⅱ（称号・爵位・役職・身分・地位・呼称、軍事用語・建物、その他の言葉）

ア

アイア＝ソフィア Ἁγία Σοφία［聖ソフィア教会（コンスタンティノープルの）→エクリシア］
アイア＝トリアス Ἁγία Τριάς［聖三位一体（ヴェヌシオンの修道院）VI, 6, 3］
アイア＝ポリス Ἁγία Πόλις〈ἁγία πόλις〉［聖都（イェルサレム）XIV, 2, 13］
アイイ＝テサラコンダ Ἅγιοι Τεσσαράκοντα［四〇人聖者→テサラコンダ］
アイオス ἅγιος（アイイ ἅγιοι）［聖者（一般的な意味 III, 10, 7 ; V, 9, 7 ; X, 1, 1 ; 2 ; 5 ; XIII, 12, 2・聖アンドレアス XIII, 12, 28・聖ヘレナ VI, 13, 2・偉大なセオドロス VIII, 3, 1・聖者ヨアニス XII, 4, 2・聖ニコラオス IV, 7, 1・聖ペトロス X, 7, 3・聖ロマノス X, 9, 7・四〇人聖者 II, 5, 3・聖フォカス X, 9, 1］
アイオス ἅγιος［聖なる（洗礼（ヴァプティズマ）XIII, 5, 2・陛下（アレクシオス帝）XIII, 12, 27・週 X, 9, 5・像（イコネス）V, 2, 5・教会 II, 5, 1 ; 3 ; 8 ; V, 2, 2 ; 6・福音書 XIII, 9, 8・釘 VIII, 9, 6 ; 7・扉 II, 5, 6・母（アンナ＝ダラシニ）III, 6, 7・教父たち V, 9, 3 ; X, 1, 4 ; XV, 9, 1・墳墓 X, 5, 5 ; 6, 6 ; 7 ; 7, 1 ; 11, 7 ; XIII, 9, 3 ; XIV, 2, 12 ; 13・洗礼（フォティスマ）VI, 13, 4］
アイオス＝タフォス Ἅγιος Τάφος〈ἅγιος τάφος〉［聖墳墓（キリストの）X, 5, 5 ; 6, 6 ; 7 ; 7, 1 ; 9, 1 ; 11, 7 ; XIII, 9, 3 ; XIV, 2, 12 ; 13］
アイオス＝ペトロスの Ἁγίου Πέτρου［聖ペトロスの（旗）XI, 8, 2］
アイセヴァストス ἀεισέβαστος（アイセヴァスティ ἀεισέβαστοι）［永久に尊厳なる XIII, 12, 4 ; 11 ; 19 ; 27］
アイティトス＝ヴァシレフス ἀήττητος βασιλεύς［不敗の皇帝（凱旋皇帝への呼称の一つ）XIV, 7, 8］
アヴァス ἀββᾶς［お父様（修道士の敬称、アラム語からの借用語）（ヨアニス＝ドゥカス II, 9, 3・ヴォゴミロスのヴァシリオス XV, 8, 7）］
アヴグスタ αὐγούστα［皇后（イリニ＝ドゥケナ）VII, 3, 9 ; VIII, 4, 5 ; XII, 3, 2 ; 6, 4 ; XIII, 1, 4 ; 6 ; 4, 1 ; XIV, 5, 1 ; 2 ; 6, 6 ; XV, 2, 3 ; 3, 1 ; 11, 12 ; 15］
アヴグストス αὔγουστος（アヴグスティ αὔγουστοι）［尊厳なる人（アレクシオスとヨアニス父子）XIII, 12, 27］
アヴリ αὐλή［（キリスト教徒の）信仰 序文, 4, 1・宗教 XIII, 12, 2・教会 XIV, 8, 4・宮殿・宮廷 VIII, 9, 6・XIII, 12, 28］
アヴロン αὐλών［地峡（カストリアの）VI, 1, 4］
アカティオン ἀκάτιον（アカティア ἀκάτια）［小さな帆船 III, 1, 1・小舟 III, 11, 2 ; IV, 2, 3 ; VI, 1, 2 ; 13, 1 ; XI, 2, 3・小型の船 II, 11, 2 ; IX, 1, 9］
アカデミア Ἀκαδημία〈ἀκαδημία〉［古代の哲学者の学派（プラトンが開いた学園）VIII, 6, 5 ; X, 2, 1 ; XIV, 8, 9］
アキナキス ἀκινάκης（アキナキス ἀκινάκεις）［短剣 I, 11, 5 ; IX, 5, 5・剣 II, 11, 2 ; 5 ; VII, 3, 5 ; 9 ; VIII, 6, 1 ; XII, 8, 6 ; XIV, 5, 6］
アクシア ἀξία［位・爵位・称号・役職①ドメスティコス（アレクシオス＝コムニノス VI, 4, 2・グリゴリオス＝パクリアノス II, 4, 7）・②ドゥクス（ロンギヴァルディアの V, 3, 6）・③エパルホス（ヴァシリオス XII, 4, 2）・④ケサル（ニキフォロス＝メリシノス II, 10, 1 ; III, 4, 1）・⑤カニクリオス（エフタシオス＝キミニアノス XI, 10, 9）・⑥マイストロス（アラン人某 II,

4, 5)・⑦プロトノヴェリシモス（ツァハス VII, 8, 7）・⑧リクス（ローマ教皇によってロベール＝ギスカールに約束された称号 I, 13, 6）・⑨セヴァストス（アレクシオス＝コムニノス I, 9, 6・アレクシオス帝が一般的なものとした爵位 III, 4, 3）・⑩スルタン（ニケアのスレイマンの称号 VI, 9, 2・ニケアのアブル＝カシムはその称号を帯びようと考えた VI, 10, 1]

アクシオマ ἀξίωμα（アクシオマタ ἀξιώματα）[爵位・称号・役職（カテパノ＝トン＝アクシオマトン（コンスタンディノス＝ヒロスファクティス III, 10, 4）・ケサル（ニキフォロス＝メリシノス II, 8, 3 ; III, 4, 1）・スルタン／スルタノス（マリク＝シャー IX, 3, 2）・セヴァストス（アペルハシム VI, 10, 10・ボエモン XIV, 1, 1）・ノヴェリシモス（コンスタンディノス＝エフフォルヴィノス＝カタカロン X, 3, 1・エリエルモス＝クラレリス XIII, 8, 6）・パンイペルセヴァストス（ミハイル＝タロニティス IX, 6, 5・ニキフォロス＝ヴリエニオス XIII, 11, 2）・プロエドロス（アレクシオス＝コムニノス II, 1, 3）・プロトヴェスティアリア（ブルガリアのマリア VI, 5, 10）・アクシオマの言及のみ III, 4, 1 ; 6, 7 ; 10, 4・栄誉 XI, 2, 5 ; XII, 5, 6 ; XIV, 4, 4・アレクシオス帝の創設による爵位 III, 4, 3]

アグラリオン ἀγράριον（アグラリア ἀγράρια）[小船 VI, 13, 2]

アグラリア＝スケパスタ ἀγράρια σκεπαστά [屋根を備えた小船 VII, 8, 1]

アクリス ἀκρίς（アクリデス ἀκρίδες）[イナゴ・バッタ I, 14, 4 ; X, 5, 7 ; 8 ; XII, 4, 1]

アクロヴォリズモス ἀκροβολισμός（アクロヴォリズミィ ἀκροβολισμοί）[小競り合い II, 8, 3 ; IV, 5, 3 ; V, 4, 2 ; 5, 7 ; VII, 3, 5 ; 6, 4 ; VIII, 4, 4 ; X, 5, 9 ; XIII, 6, 1]

アクロポリス ἀκρόπολις（アクロポリス ἀκροπόλεις）[一般的な意味（砦）XV, 7, 4・アンティオキアの城塞（内城）XI, 4, 6 ; 7・アポロニアスの城塞 VI, 13, 1・イスタンブルの東北端の場所 II, 11, 5 ; XV, 7, 4・ドリストラの城塞 VII, 3, 3・ディラヒオンの城塞 IV, 8, 4・ヨアニナの城塞 V, 4, 1・ラオディキアの城塞 XI, 11, 5 ; 6 ; 7・フィリプポリスの城塞 VI, 2, 4 ; VIII, 9, 7・セサロニキの城塞 I, 9, 4]

アゴラ ἀγορά [広場（コンスタンティノープルの）XII, 6, 5 ; 7, 4]

アゴン ἀγών（アゴネス ἀγῶνες）[競馬 VI, 10, 10]

アサナトス 'Αθάνατος（アサナティ 'Αθάνατοι）[不死部隊の兵士（不死兵）I, 4, 4 ; 5, 3 ; 4 ; 6, 3 ; II, 9, 4 ; IX, 2, 4]

アスクリピアデェ 'Ασκληπιάδαι [アスクレピオスの学徒たち XV, 11, 10 ; 11 ; 13]

アスタルティ 'Αστάρτη [シリア‐フェニキアの愛・豊饒の女神アシュタルト Atart のこと、ヒッタイト‐フルリ人においてはイシュタル Itar と呼ばれた X, 5, 7]

アスタロフ 'Ασταρώθ [アスタルティと同じ X, 5, 7]

アスティル ἀστήρ（アステレス ἀστέρες）[彗星 XII, 4, 1]

アストロノミコタトス ἀστρονομικώτατος [天文学を極めた（人）VI, 7, 2]

アストロペレキン ἀστροπέλεκιν [雷をかたどったアクセサリー（星 ἄστρο と斧 πελέκι の合成語）III, 10, 7]

アストロラヴォス ἀστρολάβος [天体観測器 VI, 7, 4]

アストロロイア ἀστρολογία [占星術 VI, 7, 1 ; 3 ; 4 ; 6]

アストロロゴス ἀστρολόγος（アストロロイ ἀστρολόγοι）[占星術師 VI, 7, 4]

アストロン ἄστρον [星（あけの明星、アフロディテェの添え名）X, 5, 7]

アスピス ἀσπίς（アスピデス ἀσπίδες）[盾 I, 5, 2 ; 9, 3 ; 11, 5 ; 7 ; 14, 1 ; II, 10, 3 ; 11, 2 ; 5 ; III, 11, 2 ; V, 7, 2 ; VI, 9, 3 ; X, 3, 5 ; 8, 6 ; 7 ; 8 ; XV, 3, 7 ; 8 ; 6, 4・長盾 V, 6, 2・丸盾 III, 11, 2 ; X, 8, 9 ; 9, 8]

アスマティオン ᾀσμάτιον［民衆の小歌謡 II, 4, 9］

アセヴィア ἀσέβεια［偽りの教え・不敬虔（アルメニア人の X, 1, 4・ヴォゴミル派の XV, 8, 3 ; 6 ; 7 ; 10, 4・マニ教徒の XIV, 8, 3］

アセヴィス ἀσεβής（アセヴィス ἀσέβεῖς）［異端（ἀσεβῆ）（ヴラヘルニティスの考え X, 1, 6）・不信の徒（アルメニア人とヴォゴミル派 XIV, 8, 3）・不敬な（ヴォゴミロスのヴァシリオス XV, 9, 1 ; 5; 10, 1）・神に背いた者（ヴァシリオス XV, 10, 4)］

アセオス ἄθεος（アセイ ἄθεοι）［この上なく不信の・神を信じない（トルコ人 III, 11, 1 ; 2 ; XI, 2, 2）・きわめて不敬な教説をもつ（マニ教徒 XIV, 8, 4）・実に不敬な・神を認めない（ヴォゴミル派 XV, 9, 4 ; 10, 4)］

アドニスの園 κῆπος Ἀδώνιδος［アドニスは神話上の人物 XIV, 9, 4］

アナクトラ ἀνάκτορα［宮殿（大宮殿 II, 11, 7 ; 12, 2 ; VI, 8, 2 ; VII, 2, 4 ; VIII, 7, 1 ; 9, 6 ; XII, 3, 1 ; 4 ; 6, 2 ; 3 ; 6 ; XIV, 6, 5 ; XV, 7, 2 ; 8, 3 ; 10, 4・ヴラヘルニ地区の VI, 3, 2 ; XII, 6, 9 ; 7, 1・マンガナ地区の XV, 11, 9・ニコラオスの聖堂の近く（首都の城壁の近く）に位置する X, 9, 3・宮殿に関する問題 XIII, 1, 1)］

アナスタシモス［=イメラ］ ἀναστάσιμος［復活日 X, 9, 5 ; XIV, 2, 13］

アナセマ ἀνάθεμα［破門・追放・呪い V, 9, 6 ; 7 ; X, 1, 5 ; 6］

アナセマティセ ἀναθεματίσαι〈ἀναθεματίζω［呪いを唱えること V, 9, 6］

アナセマティズモス ἀναθεματισμός［呪いの宣告 V, 9, 7］

アナリシス ἀνάρρησις（アナリシス ἀναρρήσεις）［皇帝宣言 III, 2, 7 ; 4, 6 ;・歓呼 II, 4, 8 ; IX, 7, 1 ; XV, 10, 5］

アナリシス ἀνάρρυσις［（捕虜の）解放 V, 2, 2］

アナロマ ἀνάλωμα（アナロマタ ἀναλώματα）［財政支出 III, 7, 1］

アナンギ ἀνάγκη［運命 XI, 4, 1・必要 XII, 3, 3・理由 XII, 5, 2・必然 V, 5, 4］

アニキトス=ストラティゴス ἀνίκητος σταρατηγός［無敵の将軍（凱旋皇帝への正式な呼称の一つ）XIV, 7, 8］

アパシス ἀπαθής［苦痛を感じない（復活後のキリスト）XIII, 12, 27］

アフクシィシス=ロゴン ἀυξήσεις ῥογῶν［給与の引き上げ III, 6, 7］

アフトクラトリア αὐτοκρατορία［治世（ヴァシリオスの V, 8, 2・アレクシオスの XIV, 4, 1 ; XV, 10, 5)］

アフトクラトリサ αὐτοκρατόρισσα［皇后（イリニ=ドゥケナ）XV, 2, 1］

アフトクラトル αὐτοκράτωρ（アフトクラトレス αὐτοκράτορες）［皇帝（主帝）（一般的意味 I, 12, 5 ; II, 9, 4 ; III, 4, 1 ; V, 3, 5 ; XII, 6, 8）・アレクシオス=コムニノス、随所に・アレクシオス=コムニノスとイリニ=ドゥケナ III, 3, 1 ; XIV, 7, 6・アナスタシオス=ディコロス X, 5, 2・イサアキオス=コムニノス III, 8, 5・ヨアニス=ドゥカス 序文, 3, 2・コンスタンティヌス大帝 XIV, 8, 8・コンスタンディノス=ドゥカス III, 2, 6・ミハイル=ドゥカス I, 2, 2 ; 4, 1 ; 10, 2 ; 12, 2 ; 15, 2 ; 3 ; V, 8, 4・偽ミハイル=ドゥカス IV, 1, 4・ニキフォロス=ヴォタニアティス 序文, 3, 3 ; I, 4, 1 ; 9, 6 ; 16, 2 ; II, 2, 3 ; 3, 1 ; 3 ; 4, 1 ; 5, 5 ; 12, 3 ; VII, 2, 5 ; 8, 7・ロマノス=ディオエニス 序文, 3, 2 ; I, 1, 1 ; II, 8, 5 ; VII, 2, 3］

アフトクラトル αὐτοκράτωρ［皇帝の］

アフトクラトル=アルヒィ αὐτοκράτωρ ἀρχή［皇帝権力 II, 11, 3 ; 12, 3］

アフトクラトル=エクスシア αὐτοκράτωρ ἐξουσία［皇帝権 II, 2, 1］

アフトクラトル=ディイキシス αὐτοκράτωρ διοίκησις［皇帝の統治権 III, 6, 3］

アフトクラトル=ペリオピィ αὐτοκράτωρ περιωπή［皇帝の権限 III, 8, 1・高み III, 9, 3・位 VI, 8, 5］
アフランダ=ケ=シア=ミスティリア ἄχραντα καὶ θεῖα μυστήρια［清純で神聖な秘儀（聖餐式）IV, 6, 1］
アプリクトン ἀπλῆκτον［陣営（民衆歌謡における語）VII, 3, 12］
アフロディテェ ’Αφροδίτη［古代ギリシアの女神 X, 5, 7］
アポクリシアリオス ἀποκρισιάριος（アポクリシアリィイ ἀποκρισιάριοι）［使節・使者 XIII, 12, 28］
アポクレオス ’Απόκρεως［ἑβδομάς］〈ἀπόκρεως〉［肉を断つ週 Woche der Fleischabstinenz — Reinsch, *Alexias*, p. 267. VIII, 1, 1 ; 2, 2 ; 4 ; XIV, 2, 8］
アポゴノス ἀπόγονος［子孫（ヴルツィスの、ヴァルダス）XV, 4, 2・後裔（反逆者ニキフォロス=ヴリエニオスの、同名のニキフォロス=ヴリエニオス）VII, 2, 6］
アポスタシア ἀποστασία（アポスタシィエ ἀποστασίαι）［反逆・反乱（コムニノス兄弟の II, 4, 2 ; 6, 2 ; 4 ; 7 ; 9, 1 ; III, 4, 6 ; 5, 3 ; 5 ; 12, 1・クレタ島におけるカリキスの IX, 2, 1・エオルイオス=モノマハトスの I, 16, 7・グレゴリオス=タロニティスの XII, 7, 1・ヨアニス=コムニノスの VIII, 7, 3・アマストリス出身のミハイルの XIV, 3, 5・ニキフォロス=ヴリエニオスの I, 4, 2 ; VII, 2, 5・ニキフォロス=ディオエニスの IX, 8, 2・アルメニア人フィラレトスの VI, 9, 2・ローマ帝国の住民の I, 15, 6・ローマ帝国東部の III, 8, 10・異端者たちの XIV, 8, 7）・暴動（アマシアの住民の）I, 2, 6］
アポスタティス ἀποστάτης（アポスタテェ ἀποστάται）［反逆者（アレクシオス=コムニノス II, 8, 4・アレクシオスとイサアキオス兄弟 II, 5, 5 ; 6, 1・アマストリス出身のミハイル XIV, 3, 5）・謀反人（アレクシオスに捕らえられた者たち II, 1, 3 ; IV, 5, 7 ; V, 3, 5）・謀反人・反逆者（グリゴリオス=タロニティス XII, 7, 1 ; 2 ; 8, 1）・離反者（パヴリキアニィ VI, 2, 1）］
アポストリ ἀποστολή（アポストレ ἀποστολαί）［送付（財貨の）XIV, 2, 6・軍の部隊 V, 4, 2・（艦隊の）一部 I, 16, 2・命令 I, 16, 2］
アポストリィ ’Απόστολοι の聖堂［使徒の聖堂－正確にはコンスタンティノープルの聖パウロの聖堂 XV, 7, 8］
アポストリコス ἀποστολικός［使徒の］
アポストリコス=ソロノス ἀποστολικὸς θρόνος［使徒の座（ローマ教皇の）I, 13, 2 ; XII, 8, 5 ］
アポストリコス［=オピオス］ ἀποστολικὸς［ὁποῖος］［使徒の（役割）（アレクシオス帝の）V, 8, 1 ;VI, 13, 4 ］
アポストリコン ἀποστολικόν（τό）［使徒の言葉（パウロの）II, 2, 3］
アポストレフス ἀποστολεύς（アポストリス ἀποστολεῖς）［使者 VIII, 1, 1 ; XIII, 12, 26］
アポストロス ἀπόστολος（アポストリィ ἀπόστολοι）［使徒（アレクシオス帝 XIV, 8, 8・ヴォゴミルのヴァシリオスの弟子 XV, 8, 3 ; 9, 5・神学者ヨアニス XI, 5, 1 ; XII, 4, 2・マルコ VI, 5, 10・パウロ XV, 7, 4・ペトロ I, 12, 8・ペトロとマルコ IX, 9, 6）］
アポスヒデヴモス ἀποσχιδευμός（アポスヒデヴミィ ἀποσχιδευμοί）［税の免除 III, 6, 7］
アポ=ティス=テフニス=イスヒス ἀπὸ τῆς τέχνης ἰσχύς［技量による力（アレクシオス帝の）I, 5, 1］
アポテレズマティコス ἀποτελεσματικος［運命に及ぼす星辰の作用の主張者 VI, 7, 2］
アポリトン ἀπόρρητον（τό）［秘められたもの（プラトンの一者に関連）XIV, 8, 4・秘密（神の摂理の）VII, 4, 1］

アポロン ’Απόλλων［オリンポス 12 神の一つ］

アミラス ἀμηρᾶς［アミル（アミール）に同じ VII, 7, 4］

アミル ἀμήρ［司令官（アペルハシム VI, 12, 1・ムゥフゥメト XIV, 5, 3 ; 4 ; 6, 1・プザノス VI, 12, 3・サイサン XIV, 3, 1・ソリマス VI, 9, 1 ; 2 ; 3 ; 10, 1 ; 12, 5)］

アムヴォン ἄμβων［(聖ソフィア教会の) 説教壇 V, 9, 6］

アムフィケス = クシフォス ἄμφηκες ξίφος［両刃の剣 XIII, 1, 9］

アムフィリコス ἀμφίρυκος［軽い船］VIII, 3, 5 ; XIV, 6, 5］

アムフィリコン ἀμφίρυκον［プリオン πλοῖον］［小型の船 VIII, 4, 1］

アムフォテレ = ポリス ἀμφότεραι πόλεις［二つの都市（モプソスの都市）XII, 2, 4］

アラゾン ἀλαζών［ほら吹き（ロベルトス）I, 10, 1］

アリケ ἁλυκαί［塩分の多い湿地 IV, 6, 1 ; 3］

アリスティリオン ’Αριστήριον［談話室（大宮殿の）XIV, 6, 6］

アリステロン ἀριστερόν［ケラス κέρας］［左翼（隊列の）VII, 3, 6 ; XV, 4, 8 ; 5, 4］

アリストクラティア ἀριστοκρατία［最善の統治（アンナ = ダラシニによる）III, 6, 5］

アリトン ἄρρητον（τό）［言葉に言い表せないもの（プラトンの一者に関連）XIV, 8, 4］

アルイロイラ = スキプトラ ἀργυρόηλα σκῆπτρα［銀の鋲で飾られた槍 VI, 11, 1］

アルイロイラ = ドラタ ἀργυρόηλα δόρατα［銀の鋲で飾られた槍 V, 6, 1］

アルヒィ ἀρχή（アルヘェ ἀρχαί）［権力・地位・領土・帝国・統治権（一般的な意味 IV, 1, 4 ; XIII, 12, 9・アンティオキアの VI, 9, 3 ; XI, 4, 6 ; アンティオキアのドゥクス職 XIII, 12, 21・イエルサレムの XI, 8, 1・クレタ島の IX, 6, 3・ダルマティア人の IX, 4, 1・ボエモンの目標 X, 7, 2・ローマ人の I, 1, 1 ; VI, 12, 1 以下随所に・ローマ教皇の・ロベール = ギスカールの I, 13, 1・役職・支配権（一般的な意味 XV, 11, 17・エデサのドゥクスの XIII, 12, 25・キプロスのドゥクスの XI, 9, 3・全東方の軍司令官の XII, 2, 6・トラペズスのドゥクスの XII, 7, 1・ニケアのアルヒサトラピスの VI, 12, 2 ; 8)・原理（マニスの教義の XIV, 8, 4)］

アルヒィイノホオス ἀρχιοινοχόος［酌取り頭（ミハイル）XI, 9, 2 ; 3 ; 4］

アルヒイェティス ἀρχηγέτης（アルヒイェテェ ἀρχηγέται）［族長（ダキア人の）III, 8, 6］

アルヒィゴス ἀρχηγός（アルヒィイ ἀρχηγοί）［指揮者・将軍 I, 2, 3 ; III, 11, 5 ; IV, 5, 3 ; 6, 2 ; 6 ; V, 1, 5 ; X, 4, 10 ; 5, 9 ; 7, 3 ; 9, 11 ; XI, 8, 5 ; XIII, 2, 1・(艦隊の司令官) XIV, 3, 3 ; 4・侯（ケルト人の）III, 10, 1・族長（ダルマティアの）IV, 5, 3・侯（ロンギヴァルディアの）III, 10, 1・王侯（西方の）I, 13, 1・指揮者（ティロス人の）XIV, 2, 11］

アルヒエピスコポス ἀρχιεπίσκοπος［大司教（カプアの III, 10, 1)・大主教（ブルガリアの VIII, 7, 3)］

アルヒエラティコス ἀρχιερατικός［府主教の I, 4, 1; 12, 6; XIV, 8, 9・総主教の III, 2, 7 ; 4, 4・教皇の XII, 8, 5］

アルヒエラティコス ἀρχιερατικῶς［高位聖職者として V, 2, 5 ; XIII, 12, 20］

アルヒエレフス ἀρχιερεύς（アルヒエリス ἀρχιερεῖς）［高僧のような姿 VII, 4, 1・教皇 I, 13, 3 ; 4 ; 10・総主教 II, 12, 6 ; III, 2, 7・府主教 V, 2, 4 ; 5; VII, 4, 1 ; 高位聖職者 VI, 13, 4 ; XI, 6, 7 ・主教 X, 1, 5・大祭司 X, 8, 8 ; XV, 8, 5］

アルヒエロシニ ἀρχιερωσύνη［司教職 I, 13, 2・総主教職 III, 4, 4］

アルヒサトラピス ἀρχισατράπης［大サトラピスの意（アペルハシム VI, 10, 1・アサン XIV, 1, 5・エルハニス VI, 13, 1・イスマイル XI, 6, 6・コンドグミス XIV, 5, 3・モノリコス XV, 5, 1・ムゥフゥメト VI, 12, 8 ; XIV, 5, 3 ; 6・スカリアリオスなど VI, 13, 4・ヴォゴミロスのヴァシリオス XV, 8, 3)］

アルヒストラティゴス ἀρχιστράτηγος［総司令官（アレクシオス＝コムニノス）I, 6, 1・天使ミハイルの呼び名 IV, 6, 6］

アルヘア ἀρχαία［ポリス πόλις］［古代の（都市）（エピダムノス）XII, 9, 4］

アルヘレシア ἀρχαιρεσία（アルヘレシエ ἀρχαιρεσίαι）［行政官の任命 III, 8, 2 ; 4］

アルホン ἄρχων（アルホンデス ἄρχοντες）［気高い男たち VII, 7, 1・高官（ヴェネツィアの）IV, 2, 6・指揮官（ヴァランギ隊の）VII, 3, 6・指導者（巡礼の）XIII, 12, 28・支配者（アンティオキアの）XIV, 2, 3・（アプリアの）I, 14, 3］

アルホンディコン ἀρχοντικόν（τό）［貴族 I, 5, 2］

アルホンドポリ 'Αρχοντόπωλοι〈ἀρχοντόπουλοι〉［アルホンデス ἄρχοντες（気高い兵士たち）の息子（アレクシオス帝の創設した精鋭部隊）VII, 7, 1 ; 2］

アルマ ἅρμα（アルマタ ἅρματα）［戦車（リュディアの VI, 14, 7・帝国という III, 6, 2 ; 7, 1 ; XIV, 7, 2)］

アルママクサ ἁρμάμαξα（アルママクセ ἁρμαμαξαι）［覆いのついた馬車（スキタイの）VII, 3, 7 ; 8 ; 10, 4 ; VIII, 5, 5・馬車（アレクシオス帝の）XIV, 5, 2］

アルメニア教会 Armenian church 10-8, 14-91

アルメニア人の土地 ἀρμενιακοί τοποί (アルメニアコン＝セマ内の)XIV, 8, 5

アルメニア人の土地 ἀρμενικαὶ χῶραι（アルメニア内の）XIII, 12, 11

アレクトロフォニア ἀλεκτροφωνία［鶏の鳴く時刻（→デフテラ＝アレクトロフォニア)］

アレス῎Αρης［古代ギリシアの軍神 II, 7, 2 ; 10, 2 ; V, 4, 1 ; 4 ; VII, 9, 7 ; XI, 9, 2 ; 12, 6 ; XII, 2, 3 ; XIII, 7, 1 ; XV, 4, 8］

アロダポス ἀλλοδαπός（アロダピィ ἀλλοδαποί）［異国の民（ローマ人にとって）XII, 5, 3］

アロトリオス ἀλλότριος（アロトリイ ἀλλότριοι）［異国の（地）III, 1, 2・異国の（民）XII, 5, 3・異国人 X, 9, 10・異教徒 XIII, 12, 2・異端者 XV, 9, 2］

アンイリオス 'Ανήλιος［コンスタンティノープルのコンスタンティヌスの広場に建つ石柱上の像の呼称 XII, 4, 5］

アンゲリコン ἀγγελικὸν［スヒマ σχῆμα］［天使の（修道士の）（衣服）III, 1, 1］

アンゲロス ἄγγελος（アンゲリィ ἄγγελοι）［使者 XII, 4, 1 ; 6, 9・天使 III, 8, 3 ; XIII, 12, 5 ; 14 ; XV, 3, 8 ; 8, 6 ; 10, 2］

アンシリオス 'Ανθήλιος［太陽の方を向いている（者・像）XII, 4, 5］

アンソロポス ἄνθρωπος（アンソロピィ ἄνθρωποι）［家来 XIII, 4, 5 ; 7・家臣・臣下（homme lige）X, 7, 5 ; XIII, 12, 1 ; 2 ; 4 ; 8 ; 9 ; 10 ; 11 ; 13 ; 14 ; 15 ; 17 ; 18 ; 22 ; 25 ; 26 ］

アンティオコスの都市 πόλις' Αντιόχου［アンティオキア 序文 , 3, 2 ; II, 1, 1 ; VI, 9, 2 ; 3 ; XI, 4, 5 ; 6 ; 9 ; 7, 1 ; 9, 1 ; 11, 7 ; 12, 1 ; 2 ; 5 ; 6 ; XII, 1, 1 ; 3 ; 2, 2 ; XIII, 12, 15 ; 18 ; 21 ; XIV, 2, 1 ; 5］

アンティドシス ἀντίδοσις［交換（アレクシオス帝から与えられた土地・都市に対するボエモンの忠誠誓約）XIII, 12, 3・相互関係（キリストの両性の）X, 1, 3］

アンディドトス ἀντίδοτος［解毒剤（アレクシオス帝ための XV, 11, 7・比喩としてのイリニ XII, 3, 6)］

アンディフォニティス'Αντιφωνητής［コンスタンティノープルにあった、保証人としてのキリストに捧げられた教会 VI, 3, 5］

アンドレス＝トン＝オリノテロン＝メロン τῶν ὀρεινοτέρων μερῶν ἄνδρες［険しい山岳地域の男たち）VIII, 5, 2］

アンヒスティア ἀγχιστεία［親族関係 I, 12, 11・親戚関係 II, 3, 4 ; 7, 1 ; III, 1, 5・姻戚関係 II, 8, 2 ; 12, 4 ; VII, 3, 6 ; VIII, 1, 1 ; 6, 2 ; 8, 3 ; IX, 9, 1 ; 2 ; X, 2, 4 ; XV, 6, 4］

イ

イアコストロフォス οἰακοστρόφος［舵取り II, 7, 1 ; III, 6, 1］

イヴリス ὕβρις［陵辱行為（教皇グレゴリウスの）I, 13, 2 ; 3 ; 5］

イ＝エピ＝ティス＝タクセオス οἱ ἐπὶ τῆς τάξεως［儀式担当の役人たち XIV, 3, 8］

イエモニア ἡγεμονία［覇権・帝国・舵柄・領土（ローマ人の I, 1, 2 ; 16, 2 ; II, 4, 3 ; III, 2, 2 ; 8, 6 ; VI, 3, 3 ; 11, 2 ; 3 ; XI, 12, 3 ; XII, 5, 2 ; XIII, 12, 4 ; 27 ; XIV, 2, 1 ; 8, 6）・指揮（アドリアノスに託されたラテン人兵士の VII, 3, 8）・指揮（エフフォルヴィノスに託された船舶の VI, 13, 1）・指揮権（ダラシノスに託された艦隊の IX, 1, 3）・指揮（ニケアのサトラピスたちに対するムゥフゥメトの VI, 12, 8）］

イエモン ἡγεμών（イエモネス ἡγέμονες）［一般的な意味（指揮官・総督 II, 7, 2 ; IV, 8, 4 ; V, 1, 3 ; 3, 4 ; XI, 5, 6）・名の知られていない将校・指揮官（ローマ人の軍隊の II, 4, 2 ; IV, 4, 2 ; V, 5, 7 ; 8 ; VIII, 5, 1 ; IX, 6, 5 ; X, 2, 6 ; 4, 1 ; 10 ; 9, 2 ; 4 ; 7 ; 10 ; XI, 9, 4 ; XII, 3, 1 ; XIII, 5, 1 ; 8, 5 ; 11, 2 ; XV, 3, 6 ; 4, 1 ; 9 ; ローマ軍におけるトルコ人部隊の V, 5, 2 ; ローマとヴェネツィア艦隊の提督 VI, 5, 5）・指揮者（コマニ軍の VIII, 4, 2 ; 3）・指揮者（ラテン軍の X, 10, 3 ; 4 ; 6 ; XI, 6, 3 ・司令官（ケルト艦隊の XIV, 3, 4 ・ピサとジェノアとロンギヴァルディアの艦隊の XIV, 3, 1）・首領・指導者（スキタイの VI, 4, 4 ; VII, 5, 1 ; 10, 1 ; VIII, 1, 1 ; 5, 6 ）・指導者（トルコ人集団の II, 6, 8）・長官（ローマ帝国の海岸地域の町々の III, 9, 5）・指揮官（ロベール＝ギスカールに占領された地方や都市の V, 4, 1）・名の知られている指揮者（官）・指導者・頭（アレクシオス帝 XV, 5, 1・フランドラス兄弟 XI, 8, 1・イサンゲリスの甥エリエルモス XI, 8, 5・エオルイオス＝エフフォルヴィノス VII, 2, 1 ; X, 2, 6）・ドイツ人イルプラクトス II, 9, 5 ; 10, 2・ダヴァティノスとエオルイオス＝エフフォルヴィノス、コンスタンディノス＝ウムベルトプロス X, 2, 6・ヨアナキスとニコラオス＝マヴロカタカロン VII, 11, 6・コマニのキツィス X, 4, 6・コマニのクレオンとクサンタス IV, 4, 3・トルコ人のクルパガン XI, 4, 3 ; 6, 2・ザクセン人のランドルフォスとウエルフォス I, 13, 7・マヌイル＝ヴトミティス XI, 2, 3・ナビティス IV, 5, 3・ニキタス＝カスタモニティス VII, 3, 6 ; 8, 2・タティキオス VII, 3, 6・ニキフォロス＝ヴリエニオス I, 5, 4・ニコラオス＝マヴロカタカロンとヨアナキス VII, 11, 6・ロベール＝ギスカール VI, 7, 6・ツェルグゥ VII, 1, 1・トゴルタク X, 3, 6・オポス VII, 8, 4）・地方あるいは都市の総督・総司令官・支配者・司令官（アレクシオス帝の甥アレクシオス XII, 4, 3・ニケアのアペルハシム VI, 9, 2・エリエルモス＝マスカヴェリス I, 11, 2・エオルイオス＝レヴニス XIV, 6, 4・スミルナのカスパクス XI, 5, 3・カパドキアのモナストラス XI, 9, 4）］

イエラ ἱερά（τά）［奉納物 V, 2, 2 ; 3 ; 5 ; 6 ; VI, 3, 4］

イエラ＝アディタ ἱερὰ ἄδυτα［至聖所 II, 10, 4］

イエラ＝グラマタ ἱερὰ γράμματα［聖書 XV, 7, 3］

イエラ＝シノドス ἱερὰ συνόδος［聖会議 XV, 9, 3］

イエラティコス＝カタロゴス ἱερατικὸς κατάλογος［聖職者団 VI, 3, 2 ; X, 2, 5 ; XV, 9, 1］

イエラテヴオン ἱερατεύων〈ἱερατεύω［司祭 X, 8, 9］

イエラ＝テメニィ ἱερὰ τεμένη［聖所 II, 5, 1 ; XI, 2, 10］

イエラ＝トラペザ ἱερὰ τράπεζα［祭壇 X, 2, 5］

イエラルヒス ἱεράρχης（イエラルヘ ἱεράρχαι）［主教 II, 5, 4 ; IV, 5, 2 ; X, 8, 5 ; 9, 3・高僧 III, 4, 4］

イエレ＝ヴィヴリ ἱεραὶ βίβλοι［聖書 X, 1, 1 ］

イエレフス ἱερεύς（イエリス ἱερεῖς）［聖職者 III, 8, 3・司祭 II, 7, 5 ; X, 8, 7 ; 8, 8 ; 9 ; 10 ; XI, 8, 2

; XIV, 8, 9 ; XV, 4, 4 ; 7, 2]
イエロス ἱερός [聖者 III, 2, 7]
イエロス＝カタロゴス ἱερὸς κατάλογος [聖職団 XV, 7, 9]
イエロス＝ロホス ἱερὸς λόχος [不可侵部隊（古代スパルタの）VII, 7, 1]
イエロテレスティア ἱεροτελεστία [聖なる儀式 III, 4, 4 ; X, 8, 9]
イエロプレピス ἱεροπρεπής [聖人のような II, 7, 6 ; 12, 5 ; VII, 4, 1・尊い III, 2, 6・聖人 III, 4, 4]
イエロメノス ἱερώμενος（イエロメニィ ἱερώμενοι）[イエレフス（司祭）に同じ X, 1, 6 ; X, 8, 8]
イエロン ἱερον（τό）[聖域（教会 II, 5, 8 ; III, 5, 2)]
イエロン＝ゼヴゴス ἱερὸν ζεῦγος [一組の夫婦（アレクシオスとイリニ）V, 9, 3]
イエロン＝テメノス ἱερὸν τέμενος[聖所 XI, 2, 10 ; XIII, 1, 2・聖堂(教会)III, 8, 5 ; 10 ; 11, 1; V, 5, 6]
イオノス υἱωνός [孫 II, 6, 4]
イキオス οἰκεῖος（イキイ οἰκεῖοι）[親衛兵・近親者 I, 16, 4・もっとも身近に仕える者 II, 4, 5]
イキオテリィ οἰκειότεροι [ごく親しく仕える兵士集団（親衛隊）IV, 4, 3]
イキスコス οἰκίσκος [部屋 I, 3, 4 ; X, 11, 5 ; XII, 6, 3・輿 XII, 3, 6]
イキトル οἰκήτωρ（イキトレス οἰκήτορες）[住民（コンスタンティノープルの XII, 4, 5 ; XIV, 7, 8・ディラヒオンの IV, 1, 3)]
イキマ οἴκημα（イキマタ οἰκήματα）[攻城用の小屋 XI, 1, 7・建物（マンガナ地区のエオルイオスの修道院にそばに建てられた III, 4, 7)・部屋（コンスタンティノープルの宮殿の XV, 11, 16・皇后の分娩室の VI, 8, 1 ; VII, 2, 4)・ヨアニス＝コムニノスに用意された大宮殿内の XV, 11, 17]
イクメニィ οἰκουμένη[世界 序文, 4, 3 ; I, 13, 4 ; X, 2, 1 ; XIII, 12, 27 ; XV, 11, 20・国土全体 VI, 3, 4]
イグラ＝ケレフソス ὑγρὰ κέλευθος [海の道（ホメロスの言葉）XI, 10, 8]
イケティス οἰκέτης [家臣 XI, 9, 1;・召使 XIII, 1, 8 ; 12, 1]
イコノミィア οἰκονομία(イコノミィエ οἰκονομίαι)[管理 III, 7, 3 ; VI, 4, 2・計画 X, 2, 6・権限 XI, 5, 3・処置 III, 7, 2 ; IX, 1, 2 ; 4, 1 ; XIII, 10, 2・世話 VIII, 6, 4・道具 I, 15, 6・統治 XIII, 12, 8・役目 VI, 2, 4・やむを得ぬ公的必要 V, 2, 4・礼を尽くすこと XIII, 9, 5・策 XIV, 2, 12・旅に必要なもの XII, 1, 5・(キリストの) 受肉 XV, 8, 5])
イコン εἰκών（イコネス εἰκῶνες）[（聖）像（一般的意味 V, 2, 5 ; 6 ; 9, 7・大殉教者ディミトリオスの V, 5, 6]
イスティオン ἱστίον(イスティア ἱστία) [帆桁 IV, 2, 3]
イス＝デオン εἰς δέον[必要目的のために(古代のアテネの政治家ペリクレスに関連して)VI, 3, 3]
イストリア ἱστορία [歴史（一般的な意味 随所に・アンナ＝コムニニの 序文, 4, 3 ; I, 1, 3 ; VI, 7, 2 ; VII, 2, 6 ; XII, 5, 1 ; XIV, 8, 4・ニキフォロス＝ヴリエニオスの I, 1, 3 ; 4, 2)]
イストリオグラフィ ἱστοριογράφοι [歴史家（皇帝ロマノス＝ディオエニスの事績について語った歴史家たち）IX, 6, 1]
イストリコス ἱστορικός [歴史の]
イストリケェ＝ディイエシス ἱστορικαὶ διηγέσεις [歴史記述 I, 12, 3]
イストリコテロス ἱστορικώτερος [より歴史的 序文, 4, 3]
イストリコス ἱστορικός [歴史家 XV, 7, 1]
イス＝トン＝イポ＝ト＝エモン＝クラトス εἷς τῶν ὑπὸ τὸ ἐμὸν κράτος[朕の臣下の一人 XIII, 11, 1]
イス＝ハリノス εἷς χαλινός [馬の一跳駆 VII, 3, 7]
イスヒス ἰσχύς [力 I, 5, 1 ; III, 10, 8 ; VIII, 2, 5 ; XIV, 8, 2]

イスフォラ εἰσφορά（イスフォレ εἰσφοραί）［税の収入 III, 7, 1］
イスマイルの剣 ἰσμαηλιτικὴ μάχαιρα　X, 6, 4
イデア ἰδέα（イデエ ἰδέαι）［イデア論（プラトンの）V, 9, 2 ; 7・貨幣の種類 XIV, 2, 6・容姿（アレクシオスとイリニの）III, 3, 4］
イディオティス ἰδιώτης（イディオテエ ἰδιῶται）［平民 I, 4, 3・俗人 VI, 3, 4・私人 IX, 6, 1］
イディオティス＝グロタ ἰδιῶτης γλῶττα［日常語 II, 4, 9 ; VII, 5, 2 ; X, 2, 4］
イ＝トン＝スロノン＝アルヒエラティキィ＝タクシス ἡ τῶν θρόνων ἀρχιερατικὴ τάξις［主教座中の第一の地位（コンスタンティノープルの地位）I, 13, 4］
イニア ἡνία（イニエ ἡνίαι）［手綱 I, 9, 2 ; III, 7, 1 ; IV, 7, 4 ; V, 3, 7 ; VI, 10, 4 ; VII, 2, 6 ; 8, 7 ; 9, 6 ; VIII, 5, 5 ; 6 ; IX, 2, 2 ; 3 ; X, 3, 6 ; 4, 7 ; 9, 7 ; XI, 2, 9 ; XII, 3, 1 ; XV, 4, 1 ; 5, 4 ; 6, 1 ; 5］
イニオホス ἡνίοχος［御者（ホメロスの語る）XV, 3, 2］
イネコニティス γυναικωνῖτις［（宮殿の）女性部屋（皇帝ニキフォロス＝ヴォタニアティスの II, 1, 4 ; 5・アレクシオス帝の III, 7, 2 ; 8, 2 ; XIV, 7, 4 ; XV, 8, 5］
イノホオス οἰνοχόος［酌取り IV, 1, 4 ; VIII, 9, 6 ; XI, 9, 2 ; 3 ; 4 ; XV, 6, 1］
イパゴイ［ニエス］ ἱππαγωγοὶ［νῆες］［馬匹輸送船 XIII, 2, 2］
イパシア ἱππασία［騎馬による突撃 III, 11, 4 ; IV, 6, 3 ; V, 4, 2 ; 4 ; 5 ; 7, 2 ; VI, 10, 4 ; 6 ; 14, 3 ; VII, 4, 2 ; 9, 6 ; IX, 6, 5 ; X, 4, 6 ; XV, 2, 7］
イパスピスティス ὑπασπιστης（イパスピステエ ὑπασπισταί）［親衛隊の兵士 IX, 9, 2・従者 V, 4, 4 ; XI, 9, 2 ; 3］
イパトス＝トン＝フィフィロソフォン ὕπατος τῶν φιλοσόφων［哲学者の頭 V, 8, 5］
イピィケ＝ディナミス ἱππικαὶ δυνάμεις［騎兵の軍勢 IV, 3, 2］
イピケェ＝アミレェ ἱππικαὶ ἅμιλλαι［競馬 IV, 2, 2］
イピコオス ὑπήκοος（イピコイ ὑπήκοοι）［臣民 II, 5, 4・家来 XIII, 4, 4］
イピコオン ὑπήκοον（τό）［臣下 VI, 8, 4］
イピコス＝アゴン ἱππικὸς ἀγών［競馬 VI, 10, 10］
イピコン ἱππικόν（イピカ ἱππικά）［騎兵隊 VI, 5, 2・競馬場 XIV, 10, 1 ; 2 ; XIV, 8, 2］
イピコン＝フォサトン ἱππικὸν φοσσάτον［騎兵隊 XI, 11, 7］
イピラシア ἱππηλασία（イピラシエ ἱππηλασίαι）［乗馬 VI, 10, 10］
イピラシオン ἱππηλάσιον［大宮殿内の馬場 IX, 7, 5］
イピレティス ὑπηρέτης（イピレテェ ὑπηρέται）［従者 II, 3, 2・奉公人 X, 5, 3 ; XV, 7, 6・家来 XIII, 12, 14］
イプシストス Ὕψιστος［いと高き所にまします主（キリスト教徒の神）IX, 10, 1］
イプシロテロス＝ヴィオス ὑψηλότερος βίος［より高次の生活（アレクシオスの母の願っていた修道女の生活）III, 6, 1 ; 2］
イペフス ἱππεύς（イピス ἱππεῖς）［騎兵・騎士（ロベール＝ギスカールに関して I, 11, 1 ; 3 ; 5 ; 7 ; 8 ; III, 12, 2 ; 7 ; IV, 1, 1 ; 3, 2 ; 4, 7 ; 6, 4 ; VI, 5, 2・ボエモン XIII, 6, 5 ; 7, 2 ; 8, 6 ; 12, 15・ラテン人 VII, 6, 1 ; 7, 4 ; X, 5, 10 ; 9, 1 ; 9 ; 10, 1 ; XI, 7, 2 ; 8, 2 ; 5 ; 11, 5・エリエルモス＝マスカヴェリス I, 11, 8・反逆者ニキフォロス＝ヴリエニオス I, 5, 2・反逆者ニキフォロス＝ヴァシラキオス I, 8, 1・アレクシオス帝 II, 10, 3 ; VII, 3, 9 ; 10, 2 ; VIII, 3, 4 ; 4, 4・スキタイ VII, 2, 7 ; 3, 4)］
イペルキメナ＝トン＝アナクトロン ὑπερκείμενα τῶν ἀνακτόρων［宮殿（大宮殿）の高所 XIV, 6, 5］
イペルキメノン＝パラティオン ὑπερκείμενον παλάτιον［上の宮殿（大宮殿）III, 1, 5］

イペルコズミオス ὑπερκόσμιος(イペルコズミィイ ὑπερκοσμίοι)［天上の（神の母）XIV, 7, 7・天上界の（諸力）（新プラトン主義に関連）XIV, 8, 4］
イペルティモス ὑπέρτιμος［宮廷人に与えられる尊称、「この上なく栄誉ある」の意 VI, 5, 10］
イペルペリラムブロス ὑπερπερίλαμπρος［宮廷における名誉称号の一つ VI, 13, 4］
イポヴァスラ ὑποβάθρα（イポヴァスレ ὑποβάθραι）［跳ね橋（移動式の攻城用の塔の）XIII, 3, 9］
イポグラフェフス ὑπογραφεύς［書記役（エオルイオス＝マンガニス）II, 8, 4］
イポグラマテフス ὑπογραμματεύς［書記補 XV, 8, 5］
イポクリティス ὑποκριτής［役者（ロマノス帝の息子と騙る者）X, 3, 4］
イポコモス ἱπποκόμος（イポコミィ ἱπποκόμοι）［馬丁 I, 5, 7 ; II, 6, 5 ］
イポスタシス ὑπόστασις［位格（Persona）X, 1, 2 ; 3 ; 4 ; 5］
イポスタスモス ἱππόσταθμος（イポスタスミ ἱππόσταθμοι）［厩舎 II, 5, 1 ; 6, 1］
イポストラティイン ὑποστρατηγεῖν〈ὑποστρατηγῶ［副官として務める I, 1, 3］
イポストラティゴス ὑποστράτηγος［副官（ニコラオス＝ヴラナス）IV, 4, 1］
イポストロマ ὑπόστρωμα［鞍の下の敷物 IV, 7, 1］
イポスポンドス ὑπόσπονδος（イポスポンディ ὑπόσπονδοι）［協定に従う者 VI, 5, 1・同盟者 VII, 6, 3 ; 8, 3・協約によって確保される（都市）XIV, 2, 1］
イポティス ἱππότης（イポテェ ἱππόται）［騎兵 I, 11, 8 ; IV, 8, 3 ; VII, 11, 4 ; VIII, 4, 4 ; IX, 2, 4 ; X, 3, 3 ; 4, 7 ; XIII, 2, 2 ; 3, 8・騎士 IV, 6, 7］
イポディマ ὑπόδημα（イポディマタ ὑποδήματα）［サンダル XV, 10, 4・（赤い）靴 III, 4, 5・（緋色の）靴 II, 7, 7 ; III, 4, 6］
イポトクソティス ἱπποτοξότης（イポトクソテェ ἱπποτοξόται）［騎馬の射手（スキタイ）XII, 8, 5］
イポドロミア ἱπποδρομία（イポドロミエ ἱπποδρομίαι）［競馬 VI, 10, 11 ; XV, 11, 2］
イポドロモス ἱππόδρομος［競馬場（コンスタンティノープルの）XV, 10, 1］
イポヒリオス ὑποχείριος［従者 XIII, 12, 1・手中にある者（臣下）XIII, 12, 14 ; 19］
イポプテロス ὑπόπτερος［翼のある使者（急使）X, 4, 10］
イミオノス ἡμίονος［ラバ VI, 12, 2 ; VIII, 4, 4 ; 5, 8 ; 6, 4 ; XI, 2, 4 ; 11, 6 ; XII, 3, 6・（ドイツ王ハインリヒ4世の隠喩）I, 13, 5］
イミセオス ἡμίθεος)［半神（教皇グレゴリウスの隠喩）I, 13, 5］
イミロヒティス ἡμιλοχίτης（イミロヒテェ ἡμιλοχῖται）［五〇人隊の隊長 X, 10, 7］
イムニキィ＝ディエタ γυμνικὴ δίαιτα［運動選手の食生活 XV, 11, 5］
イメダピィ ἡμεδαποί（οἱ）［わが兵士たち VIII, 2, 3］
イメダピィ ἡμεδαπή［ギィ γῆ］［私たちの（領土）VIII, 7, 2 ; 5 ; IX, 1, 1 ; XII, 1, 6］
イメダピィ＝パラタクシス ἡμεδαπὴ παράταξις［わが戦列 VII, 11, 4］
イメダポン＝エノス ἡμεδαπὸν γένος［わが民（ローマ帝国民）XII, 8, 5］
イメテラ＝ヴァシリア ἡμετέρα βασιλεία［朕（皇帝陛下）III, 10, 3 ; 4 ］
イメテラ＝ヴァシリカ＝メリ＝ケ＝メリ ὑμετέρα βασιλικὰ μέρη καὶ μέλη［両陛下の身体の一部と四肢 XIII, 12, 14］
イメテラ＝ゾイ ὑμετέρα ζωή［あなた方の生命（アレクシオスとヨアニス父子）XIII, 12, 6］
イメテラ＝スキプトラ ὑμέτερα σκῆπτρα［あなた方の権力 XIII, 12, 6］
イメテロン＝クラトス ὑμέτερον κράτος［両陛下 XIII, 12, 5 ; 9 ; 13 ; 17・朕 III, 10, 5・あなた方の権力（帝国）XIII, 12, 6］
イラドン ἰλαδόν［戦闘部隊ごとに II, 10, 2 ; III, 12, 8 ; V, 7, 2 ; VII, 3, 7 ; VIII, 5, 5 ; IX, 9, 2 ; X, 3, 2

; XIV, 5, 7・密集隊形で X, 6, 4 ; XI, 3, 5 ; 6, 8]

イリ ἴλη（イレェ ἴλαι）[騎兵部隊 I, 6, 3 ; VII, 3, 7 ; VIII, 5, 5 ; XIV, 5, 2 ; 5]

イリ ὕλη（イレ ὕλαι）[実体 序文, 4, 2・（病原性の）物質 XV, 11, 3・悪質の体液 XIV, 7, 9]

イリニ εἰρήνη[講和 VI, 10, 8・和平 I, 9, 3 ; 11, 5 ; 13, 6 ; II, 11, 7 ; III, 11, 4 ; 5 ; VI, 5, 8 ; 12, 4 ; VII, 2, 7 ; 8 ; 6, 5 ; 6 ; 8, 6 ; 8 ; VIII, 5, 1 ; IX, 1, 7 ; 3, 2 ; 4 ; 4, 3 ; 4 ; 10, 1 ; X, 4, 9 ; 8, 9 ; XI, 1, 6 ; 5, 3 ; 10, 7 ; XII, 4, 4 ; XIII, 8, 5 ; 6 ; 7 ; 9, 7 ; XIV, 2, 10 ; 3, 7 ; 8 ; XV, 6, 3 ; 5 ; 6]

イリニケ = スポンデェ εἰρηνικαὶ σπονδαί [和平協定 III, 11, 5 ; VI, 9, 1 ; 10, 2 ; 8 ; VII, 6, 5 ; XIII, 9, 8 ; XIV, 2, 10 ; 3, 7]

イリニコス εἰρηνικός[平和を愛する人（教皇グレゴリウス）I, 13, 7・（イリニ = ドゥケナ）XII, 3, 8]

イルクティ εἰρκτή(イルクテェ εἰρκταί)[牢(アネマスの塔)XII, 7, 1・牢(ヴォゴミリィの)XV, 9, 5]

イロス ἧλος（イリィ ἧλοι）[聖なる釘（キリストの）VIII, 9, 6 ; 7 ; X, 9, 5 ; XI, 6, 7 ; 8 ; XIII, 12, 27]

インドリオメニ = トン = アグロン Ἠνδρειωμένοι τῶν Ἀγούρων 〈ἠνδρειωμένοι τῶν ἀγούρων〉[若い勇敢な者たち VII, 7, 3]

ウ

ヴァシリ βασιλῆ（τώ）[二人の皇帝 XII, 9, 6・両陛下 III, 3, 1]

ヴァシリア βασιλεία（ἡ）[一般的な意味（帝国）III, 2, 2 ; 7, 2・ローマ帝国 I, 1, 1 ; 2 ; 3, 3 ; 4, 1 ; 3 ; 4 ; 12, 2 ; 6 ; II, 8, 2 ; 9, 4 ; 12, 3 ; III, 4, 3 ; 5, 4 ; 6 ; 6, 1 ; 2 ; 7, 1 ; 2 ; 9, 1 ; 2 ; 5 ; IV, 1, 2 ; 5, 7 ; V, 1, 5 ; VI, 1, 4 ; 3, 3 ; 8, 5 ; 11, 3 ; VII, 2, 6 ; 8, 7 ; IX, 3, 2 ; 9, 4 ; X, 2, 1 ; 9, 11 ; 11, 7 ; XI, 9, 1 ; 2 ; 12, 5 ; XII, 3, 1 ; 5, 3 ; XIII, 12, 7 ; 15 ; 19 ; 25 ; XIV, 2, 2 ; 3, 9 ; 4, 3 ; 7, 2 ; 5 ; XV, 6, 5 ; 11, 17・帝権 I, 12, 10 ; 15, 3 ; 6 ; 16, 6 ; III, 2, 1 ; 7 ; 7, 4 ; 9, 4・帝座 I, 12, 8 ; 15, 6 ; III, 1, 4 ; IV, 1, 3 ; V, 9, 4 ; VII, 2, 3 ; IX, 1, 2 ; XII, 5, 5・皇帝 I, 7, 1 ; II, 12, 2 ; III, 7, 1 ; 5 ; V, 5, 7・帝位 I, 4, 3 ; 12, 4 ; 15, 2 ; II, 2, 1 ; 3 ; 7, 3 ; 9, 1 ; 10, 1 ; III, 2, 3 ; 5, 2 ; 6, 4 ; 9, 4 ; IV, 5, 5 ; IX, 6, 1 ; 9, 4 ; XII, 5, 6 ; XV, 11, 17・帝国統治 III, 4, 3・治世（アレクシオス帝の 序文, 3, 2 ; 4, 3 ; I, 9, 6 ; 16, 9 ; III, 8, 1 ; 2 ; XIV, 7, 1 ; XV, 8, 1・コンスタンディノス = モノマホスの V, 8, 2・ミカイル = ドゥカスの III, 2, 6)・王国（サウルの III, 5, 1・マリク = シャーの VI, 12, 4)]

ヴァシリア βασίλεια（ἡ）[皇后 III, 2, 5 ; 6 ; XII, 3, 8]

ヴァシリア = イ = イメテラ βασιλεία ἡ ὑμετέρα [両陛下 XIII, 12, 4 ; 10 ; 11; 12 ; 14 ; 23]

ヴァシリア = イ = シィ βασιλεία ἡ σή [皇帝陛下 II, 5, 5 ; V, 5, 4 ; VI, 1, 4 ; XIII, 12, 2]

ヴァシリア = イモン βασιλεία ὑμῶν [両陛下 XIII, 12, 2 ; 3 ; 4 ; 5 ; 8 ; 11 ; 12 ; 13 ; 14 ; 19 ; 20 ; 21 ; 23 ; 24 ; 25 ; 27]

ヴァシリア = シィ βασίλεια σή [皇后陛下 II, 2, 3]

ヴァシリア = スゥ βασιλεία σου [皇帝陛下 II, 5, 5 ; XIII, 12, 1 ; 3]

ヴァシリア = ムゥ βασιλεία μου [皇帝陛下・朕・余 III, 6, 4 ; 5 ; 6 ; 7 ; XIII, 9, 3]

ヴァシリアン βασιλειᾶν 〈βασιλειάω [帝位を渇望する I, 4, 2 ; II, 4, 4 ; X, 2, 2]

ヴァシリオス βασίλειος [皇帝の]

- **ヴァシリオス = グノミィ** βασίλειος γνώμη [皇帝の器量 III, 6, 2]
- **ヴァシリオス = クラトス** βασίλειος κράτος [皇帝権力 XII, 6, 8]
- **ヴァシリオス = ソロノス** βασίλειος θρόνος [帝座 I, 4, 1 ; II, 4, 7 ; 12, 5 ; III, 3, 2 ; 7, 3 ; VI, 3, 2 ; X, 9, 4]

ヴァシリオン βασίλειον（ヴァシリア βασίλεια）［宮殿 I, 15, 3 ; II, 1, 5 ; 2, 4 ; 3, 4 ; 5, 2 ; 3 ; 6, 7 ; 7, 4 ; 11, 1 ; 3 ; 12, 1 ; 2 ; 3 ; III, 1, 1 ; 2 ; 4 ; 5 ; 2, 1 ; 2 ; 3 ; 6 ; 4, 7 ; 5, 6 ; 6, 1 ; 8, 2 ; 10 ; 9, 1 ; 11, 1 ; 12, 1 ; IV, 4, 1 ; V, 9, 2 ; VI, 2, 1 ; 8, 4 ; VIII, 1, 1 ; IX, 1, 2 ; X, 4, 5 ; 11 ; 9, 4 ; 11, 5 ; XII, 3, 4 ; 5, 2 ; XIII, 1, 4 ; XIV, 7, 8］

ヴァシリコス βασιλικός［皇帝の］

ヴァシリカ＝イキマタ βασιλικὰ οἰκήματα［宮殿 XV, 8, 7］

ヴァシリカ＝イマ＝メリ βασιλικὰ ὑμὰ μέλη［両陛下の四肢 XIII, 12, 6］

ヴァシリキ＝アヴリ βασιλικὴ αὐλή［宮殿 VIII, 9, 6］

ヴァシリキ＝エピスティミィ βασιλικὴ ἐπιστήμη［帝王学 III, 7, 5］

ヴァシリキ＝イエラケス βασιλικοὶ ἱεράκες［皇帝の鷹 VII, 9, 2］

ヴァシリキ＝シサヴリィ βασιλικοὶ θησαυροί［帝国金庫 XIII, 12, 26］

ヴァシリキ＝プロスタクシス βασιλικὴ πρόσταξις［皇帝の命令 XV, 9, 5］

ヴァシリキ＝ペリオピ βασιλικὴ περιωπή［皇帝権 II, 7, 1・帝座 XIII, 9, 4・帝位の高み IX, 6, 1］

ヴァシリキ＝ポムピ βασιλικὴ πομπή［皇帝の凱旋行列 XV, 7, 2］

ヴァシリキ＝メガロフロシニ βασιλικὴ μεγαλοφροσύνη［皇帝陛下 XIII, 1, 3］

ヴァシリキ＝ラヴドス βασιλικὴ ῥάβδος［帝笏 XIII, 12, 19］

ヴァシリケ＝エンガラフィ＝プロスタクシス βασιλικαὶ ἔγγραφοι προστάξεις［皇帝の命令文書 I, 9, 5］

ヴァシリコス＝キトニスコス βασιλικὸς κοιτωνίσκος［皇帝の寝室 XII, 6, 1 ; 2 ; XIV, 4, 6 ; XV, 2, 1］

ヴァシリコス＝ソロノス βασιλικὸς θρόνος（ヴァシリキ＝ソロニ βασιλικοὶ θρόνοι）［帝座 I, 12, 7 ; VI, 3, 2 ; IX, 9, 2 ; X, 9, 4 ; 6 ; 11, 8 ; XII, 5, 5 ; XIII, 6, 6 ; 9, 5 ; 10, 3 ; XIV, 4, 5 ; XV, 9, 3］

ヴァシリコス＝ハラクティル βασιλικὸς χαρακτήρ［皇帝の品位（尊厳）XII, 5, 2］

ヴァシリコン＝アルマ βασιλικὸν ἅρμα［帝国という戦車 XIV, 7, 2］

ヴァシリコン＝ストラテヴマ βασιλικὸν στράτευμα［帝国軍 IX, 2, 1 ; XII, 2, 5］

ヴァシリコン＝ト＝メロス βασιλικὸν τὸ μέρος［皇帝（アレクシオス）の側（味方）XIII, 4, 6］

ヴァシリコス βασιλικῶς［皇帝のごとくに III, 6, 7 ; IX, 9, 2 ; X, 3, 6］

ヴァシリサ βασίλισσα（ヴァシリセ βασίλισσαι）［皇后（一般的意味 IX, 6, 3・イリニ＝ドゥケナ XII, 6, 7 ; XV, 2, 1 ; 11, 14 ; 18・エヴドキア IX, 6, 1)］

ヴァシリス βασιλίς（ヴァシリデス βασιλίδες）［皇后（一般的意味 VI, 8, 1 ; XV, 2, 2・イリニ＝ドゥケナ 序文, 3, 2 ; III, 2, 7 ; 3, 3 ; 4 ; V, 2, 1 ; 9, 3 ; VI, 4, 2 ; 8, 1 ; 2 ; 3 ; VII, 2, 6 ; VIII, 9, 6 ; IX, 5, 3 ; XII, 3, 2 ; 3 ; 5 ; 6 ; 8 ; 9 ; 10 ; 6, 6 ; XIII, 1, 5 ; 6 ; 7 ; 8 ; XIV, 4, 1 ; 9 ; 6, 5 ; 7, 6 ; XV, 1, 6 ; 2, 1 ; 2 ; 4 ; 4, 8 ; 11, 1 ; 4 ; 5 ; 9 ; 13 ; 14 ; 16 ; 17 ; 18 ; 19 ; 20 ; 22・エヴドキア III, 2, 5・ゾイ VI, 3, 3 ; 5・マリア I, 4, 1 ; 12, 7 ; 16, 2 ; II, 1, 4 ; 5 ; 6 ; 2, 1 ; 3 ; 4 ; 4, 5 ; III, 1, 2 ; 4 ; 5 ; 2, 1 ; 3 ; 4, 5 ; 6 ; 5, 1 ; 8, 5 ; IX, 5, 5 ; 6 ; 8, 2・女帝（アンナ＝ダラシニ III, 8, 10 ; VI, 7, 5)］

ヴァシリス＝ポリス βασιλὶς πόλις［女王の都市（コンスタンティノープル）I, 3, 3 ; 13, 4 ; 15, 3 ; 16, 3 ; V, 2, 4 ; VI, 3, 2 ; 10, 11 ; VIII, 1, 4 ; XIII, 12, 1 ; 26 ; XIV, 4, 3 ; 8, 1 ; 9, 3 ; 5 ; XV, 7, 4 ; 8, 6］

ヴァシリス＝トン＝ポレオン βασιλίς τῶν πόλεων［諸都市の女王（コンスタンティノープル）序文, 3, 4 ; I, 4, 5 ; 12, 11 ; III, 5, 2 ; 11, 1 ; V, 7, 5 ; VI, 3, 1 ; VII, 2, 9 ; 4, 4 ; 6, 5 ; VIII, 1, 3 ; 3, 1 ; 9, 3

; XIII, 1, 1 ; 12, 19 ; XIV, 8, 1]

ヴァシレヴウサ βασιλεύουσα［女王の都市（コンスタンティノープル）II, 6, 9 ; V, 2, 4 ; 3, 2 ; 4, 8 ; 8, 3 ; VI, 9, 5 ; 10, 3 ; 4 ; 8 ; 9 ; 11, 4 ; 14, 7 ; VII, 8, 1 ; 11, 6 ; VIII, 8, 4 ; 9, 1 ; IX, 1, 9 ; 2, 4 ; 4, 3 ; 6 ; 10, 1 ; X, 3, 3 ; 4, 3 ; 5 ; 5, 10 ; 11, 1 ; XI, 6, 5 ; 6 ; 8, 5 ; 9, 4 ; 10, 2 ; XII, 9, 7 ; XIII, 1, 7 ; 4, 1 ; XIV, 3, 1 ; 4, 1 ; 5, 2 ; 6, 3 ; 4 ; XV, 6, 10]

ヴァシレヴウサ = ポリス βασιλεύουσα πόλις［女王の都市 I, 16, 4 ; II, 4, 3 ; 5, 2]

ヴァシレフス βασιλεύς（ヴァシリス βασιλεῖς）［皇帝・皇族・王（一般的意味 I, 5, 7 ; 13, 4 ; 16, 6 ; II, 1, 5 ; 8, 2 ; 5 ; 12, 6 ; III, 1, 2 ; 4, 1 ; VI, 8, 3 ; IX, 1, 2 ; X, 7, 1 ; 10, 6 ; XII, 3, 1 ; 8 ; 4, 5 ; 6, 8 ; XIII, 10, 3 ; XIV, 2, 1 ; 7, 1 ; 8, 5 ; XV, 6, 5 ; 11, 24 ·古代のローマ皇帝 II, 5, 4 ; III, 4, 3 ; VII, 2, 4 ; アレクシオス帝以前のある一人の皇帝 X, 9, 3・マケドニア人の王アレクサンドロス VII, 5, 3・アレクシオス帝 随所に・アレクシオス = コムニノスとイリニ = ドゥケナ 序文 , 1, 2 ; III, 3, 1 ; V, 9, 3 ; VI, 8, 4 ; IX, 5, 3 ; XII, 6, 2 ; XIII, 1, 9 ; XIV, 5, 1 ; XV, 2, 1 ; 8, 5 ; 11, 24・３人の皇帝（アレクシオスとイリニとニキフォロス = ヴリエニオス）XIV, 7, 6・アレクシオス帝と兄イサアキオス V, 2, 1 ; 4 ; 2, 6 ; XV, 8, 5・アレクシオス帝と息子ヨアニス XIII, 12, 4 ; 11, 16 ; 19 ; 27・ヴァシリオス帝 XV, 10, 5・ユダヤ人の王ダビデ VI, 3, 4・イサアキオス = コムニノス III, 8, 7 ; 9 ; 10・イサアキオス = コムニノス（アレクシオス帝の兄）III, 4, 1 ; V, 2, 4 ; ヨアニス = コムニノス XII, 4, 4 ; XIII, 12, 2 ; 3 ; 4 ; 15・ヨアニス = ソロモン XII, 5, 4・コンスタンティヌス大帝 XII, 4, 5・コンスタンディノス = モノマホス III, 4, 7 ・コンスタンディノス = ドゥカス I, 15, 2 ; III, 4, 6 ; IX, 8, 2・レオンとニキフォロス IX, 6, 1・ミハイル = ドゥカスとニキフォロス = ヴォタニアティス 序文 , 1, 2・ミハイル = ドゥカス I, 1, 1 ; 3 ; 3, 4 ; 4, 1 ; 2 ; 10, 2 ; 12, 2 ; 6 ; 15, 3 ; II, 1, 1 ; III, 1, 2 ; 2, 3 ; 6 ; 4, 5 ; IV, 1, 4 ; V, 8, 4 ; VI, 8, 3 ; IX, 5, 5 ; 6, 1・偽ミハイル = ドゥカス I, 12, 9 ; 10 ; 15, 5 ; 6 ; IV, 2, 1・ブルガリア人の王モクロス VII, 3, 4 ; XII, 9, 6・ニキフォロス = ヴァシラキオス I, 7, 2・ニキフォロス = ヴォタニアティス I, 4, 4 ; 6, 7 ; 9 ; 9, 5 ; 12, 4 ; 15, 2 ; 16, 2 ; 3 ; 4 ; 6 ; II, 1, 1 ; 2 ; 3 ; 6 ; 2, 1 ; 4 ; 3, 2 ; 3 ; 4 ; 4, 3 ; 5 ; 7 ; 5, 1 ; 3 ; 6 ; 7 ; 8 ; 6, 1 ; 2 ; 9, 4 ; 11, 1 ; 6 ; 12, 2 ; 3 ; 5 ; 6 ; III, 1, 1 ; 4 ; 2, 3 ; 5 ; IV, 5, 5・ニキフォロス = ヴリエニオス I, 4, 1・ニキフォロス = ディオエニス X, 2, 4 ; 3, 6 ・ニキフォロス = メリシノス II, 8, 1・ウヴォス X, 7, 1・エペイロスの王ピュロス III, 12, 8・ロマノス = ディオエニス I, 1, 1・ツァハス IX, 1, 2)]

ヴァシレフス = イモン βασιλεὺς ἡμῶν［陛下 XIII, 12, 27]

ヴァシレフス = トン = ヴァシレオン βασιλεὺς τῶν βασιλέων［諸王の王（ユーグ伯の言葉）X, 7, 1]

ヴァプティズマ βάπτισμα［洗礼 VI, 2, 4 ; 4, 2 ; 8, 5 ; 9, 4 ; 6 ; 12, 1 ; XIII, 5, 2 ; XIV, 8, 9]

ヴァラニオン βαλανεῖον（ヴァラニア βαλανεῖα）［浴場・湯浴み VI, 10, 10 ; VIII, 1, 1 ; IX, 5, 5 ; X, 4, 4 ; XII, 1, 4 ; 3, 1 ; 8, 8]

ヴァランギィ Βάραγγοι［皇帝を護衛する蛮族の傭兵 II, 9, 4 ; IV, 5, 3]

ヴァランギィ隊 Βαραγγία［蛮族の皇帝護衛隊 VII, 3, 6]

ヴィヴリオン βιβλίον（ヴィヴリア βιβλία）［書物（アンナの読んだ）XIV, 7, 6·教義大全 XV, 9, 1·聖書 XIV, 8, 9·書類（教会所蔵の宝物を記録した）VI, 3, 2·文書（アレクシオス帝の偽造書簡）XIII, 4, 7]

ヴィヴロス βίβλος（ヴィヴリィ βίβλοι）［書物（一般的な意味 VII, 2, 6・教義大全 XV, 9, 1・アリストテレスとプラトンの諸巻 V, 8, 5・盲人のディオエニスが他人の助けで読んだ古人の書物 IX, 10, 2・教父たちの書物 V, 9, 3 ; XII, 3, 2)]

ヴィキノン βύκινον（ヴィキナ βύκινα）［角笛 XI, 2, 3 ; 5 ; 6]

ヴィマ βῆμα［内陣（教会の）II, 5, 6・座所（皇帝の）XIV, 3, 8］

ヴェヴァシレフコス βεβασιλευκώς［先の皇帝（ロマノス゠ディオエニス）X, 3, 3］

ヴェヴァシレフコテス βεβασιλευκότες［先の諸帝（アレクシオス帝以前）IV, 5, 7］

ヴェスティアリティス βεστιαρίτης（ヴェスティアリテェ βεστιαρίται）［皇帝親衛兵 IV, 4, 3］

ヴェネトン゠フロマ βένετον χρῶμα［青色（競馬の青党のこと）IV, 2, 2］

ヴェレムノン βέλεμνον（ヴェレムナ βέλεμνα）［矢 X, 8, 6 ; 9］

ヴェロス βέλος（ヴェリ βέλη）［矢 I, 6, 4 ; IV, 4, 4 ; V, 6, 2 ; VI, 7, 7 ; VII, 10, 3 ; 4 ; 11, 4 ; IX, 9, 3 ; X, 2, 2 ; 4, 4 ; 8, 6 ; 7 ; 9 ; 9, 6 ; 8 ; 9 ; XII, 4, 3 ; XIII, 3, 10 ; 8, 1 ; 2 ; XIV, 6, 2 ; XV, 3, 7 ; 6, 2 ; 10, 5・投槍 XIII, 8, 2］

ヴォゴミロス Βογόμιλος（ヴォゴミリィ Βογόμιλοι）［キリスト教異端の一派、ボゴミル派 Bogomils XIV, 8, 1 ; 3 ; XV, 8, 1 ; 3 ; 6 ; 9, 1 ; 2 ; 3 ; 4 ; 5］

ヴォゴミロスの異端 βογομιλικὴ αἵρεσις XV, 8, 3 ; 9, 2 ; 3 ; 5.

ヴォリ βολή（ヴォレ βολαί）［（石の）弾丸 XI, 2, 5・矢 VII, 8, 5 ; X, 2, 7 ; 9, 6 ; XIII, 3, 4 ］

ヴォリオス゠ポロス βόρειος πόλος［北極（天球の）VI, 11, 3］

ヴォリス βολίς（ヴォリデス βολίδες）［矢 X, 8, 7］

ウニキィ゠ストラティア οὐννικὴ στρατιά［フン族の軍隊 VII, 5, 2］

ウニコン゠ストラテヴマ οὐννικὸν στράτευμα［フン族の軍勢 VII, 5, 2］

ウ゠ネメシス οὐ νέμεσις［責められることではない III, 1, 3］

ウライア οὐραγία［（軍の）後衛 I, 5, 6 ; X, 10, 7 ; XIV, 5, 7 ; 6, 1 ; 2 ; XV, 4, 8 ; 5, 3］

ウラゴス οὐραγός（ウライ οὐραγοί）［後衛の指揮官 XIII, 2, 1］

ヴラスティマ βλάστημα［プロティストン πρώτιστον］［初子（もっとも名誉ある）（アンナ゠コムニニ）XV, 9, 1］

ウラノス οὐρανός（ウラニィ οὐρανοί）［口蓋（病床のアレクシオスの）XV, 11, 10］

ヴラヒの村 βλαχικὸν χωρίον V, 5, 3

ヴラヒオニオン Βραχιόνιον〈βραχιόνιον〉［前堡・外堡（コンスタンティノープルの城壁の外側に位置する砦）II, 6, 1］

ヴリ βουλή［意図 XIII, 3, 12・計画（戦略上の）VII, 2, 5・元老院（シングリトス）XIV, 2, 5］

ヴルヒィ βροῦχοι［イナゴ（ロベールと息子ボエモンの喩え）I, 14, 4］

ヴレヴィオン βρέβιον（ヴレヴィア βρέβια）［目録（各聖堂の宝物を記載した書類）VI, 3, 2 ; 5］

エ

エヴアンゲリオン εὐαγγέλιον（エヴアンゲリア εὐαγγέλια）「福音 XIII, 8, 7・福音書 XI, 8, 2 ; XIII, 9, 8 ; 12, 27 ; XIV, 1, 1］

エヴアンゲリキィ゠イリニィ εὐαγγελικὴ εἰρήνη［福音の平和 I, 13, 7］

エヴアンゲリコン゠ドグマ εὐαγγελικὸν δόγμα［福音書の教え X, 8, 8］

エヴアンゲリスティス εὐαγγελιστής［福音書記者（マルコ）VI, 5, 10・（ヨハネ / ヨアニス）XII, 4, 2］

エヴエニア゠スゥ εὐγένεια σου［いと高貴な殿下（ドイツ王ハインリヒ）III, 10, 4 ; 5 ; 7］

エヴエニス εὐγενής（エヴエニス εὐγενεῖς）［高貴な家柄の生まれ・高貴な家柄の者（アルメニア人アスピエティス XII, 2, 1・エリエルモス゠クラレリス XIII, 8, 6・あるラテン人の伯 X, 10, 6・ブルガリア人のロドミロス VIII, 4, 5）］

エヴオニモン εὐώνυμον［ケラス κέρας］［左翼 I, 5, 2 ; XIII, 6, 1 ; XV, 3, 7］

エヴドマス ἑβδομάς［週 VII, 8, 5 ; VIII, 5, 8］

エヴドマス＝ティス＝アポクレオ ἑβδομὰς τῆς Ἀπόκρεω〈ἀπόκρεω〉［断肉の週→アポクレオス］

エヴドマス＝ティス＝ティロファグゥ ἑβδομὰς τῆς Τυροφάγου［チーズ週→ティロファゴス］

エオルイオス様 ὁ κῦρ Γεώργιος〈ὁ κύριος Γεώργιος〉［ニケアの西、イズニク湖の北岸に位置する城塞の名→キル＝エオルイオスの砦］

エカテラ＝ケラタ ἑκάτερα κέρατα［両翼 XIV, 1, 7］

エキヴォロス ἐκηβόλος（エキヴォリ ἐκηβόλοι）［弓兵 II 8, 5 ］

エクサズィノス一族 ʾΕξαζηνοί［アネマス一族の陰謀に加担した者たち（コンスタンディノス 12・ニキフォロス 14)］

エクサルホス ἔξαρχος（エクサルヒ ἔξαρχοι）［指揮官（カタカロン I, 5, 3)・司令官（アレクシオス＝コムニノス I, 15, 2)・支配者（ダルマティア人の I, 16, 8)・先導者（帝王学の、アンナ＝ダラシニ III, 7, 5)］

エクシソティス ἐξισωτής［(キプロス島の）税の査定者 IX, 2, 4］

エクスクゥヴィティ εξκούβιτοι［宮殿護衛の精鋭部隊 IV, 4, 3］

エクスクサトン ἐξκουσσάτον［艦隊の副官の使用する、船足の速い一種の偵察船 XII, 8, 8］

エクスシア ἐξουσία［権力（の座）V, 3 ; 5 ; IX, 3, 2 ; XI, 4, 4 ; XIII, 12, 13 ; 27 ; XIV, 1, 1 ;·権威 I, 3, 3 ; III, 5, 5 ; X, 7, 3 ; XIII, 12, 8 ; XV, 11, 17·管轄 VI, 5, 10·支配領域 VI, 11, 4 ; VII, 8, 7·職権 X, 11, 8 ］

エクスシオクラトル ἐξουσιοκράτωρ［アラン人の援軍における指揮官の称号 XIII, 6, 2］

エクストラティア ἐκστρατεία（エクストラティエ ἐκστρατείαι）［遠征（一般的な意味）XV, 3, 5·（アレクシオス帝の）I, 8, 2 ; X, 2, 5 ; XII, 3, 8 ; XV, 11, 2·（コンスタンディノス＝ドゥカスにとっての最初の）IX, 5, 6］

エクソドス ἔξοδος（エクソディ ἔξοδοι）［出撃（遠征）VIII, 3, 3・山道 XIII, 2, 4］

エクソポロン ἐξώπολον［外の周壁（小アジアのアポロニアスの）VI, 13, 1］

エクトミアス ἐκτομίας［宦官（ヴァシリオス＝プシロス XIII, 1, 7 ; 9 ; 10・エフスタシオス＝キミニアノス X, 4, 5 ; XI, 10, 9 ; XIII, 1, 1・エフストラティオス＝ガリダス III, 4, 4・食卓長のコンスタンディノス XIII, 1, 8·レオン＝キドニアティス III, 2, 5·レオン＝ニケリティス VII, 2, 9・皇后イリニの従者の一人ミハイル VIII, 9, 6・アレクシオス帝の医者の一人ミハイル XV, 11, 13］

エクドロミィ ἐκδρομή（エクドロメェ）［出撃部隊（スキタイの）VII, 7, 3］

エクリシア ἐκκλησία（エクリシエ ἐκκλησιαι）［聖堂（教会堂）（聖ソフィア教会 II, 5, 4 ; 6 ; 8 ; 12, 6 ; III, 2, 7 ; V, 9, 5 ; 6 ; VI, 8, 5 ; X, 2, 5 ; XIII, 12, 20 ; XV, 7, 9・四〇人聖者の V, 8, 5・コンスタンティノープルの II, 5, 1 ; 3 ; 10, 4 ; V, 2, 2 ; 6 ; VI, 3, 1・アンティオキアの XIII, 12, 20・ヴェネツィアの聖マルコの VI, 5, 10・ヴェネツィアのすべての VI, 5, 10)・教会（組織・制度）（ローマ帝国の V, 2, 3 ; 6 ; 8, 1 ; 9, 5 ; X, 1, 1 ; 4 ; 6 ; 2, 1 ; XV, 8, 1 ; 6 ; 9, 5・ローマ教会の管区内の I, 13, 2)・集会（会議）VI, 3, 2］

エクリトス ἔκκριτος（エクリティ ἔκκριτοι）［精鋭の（サトラペェ）(＝アルヒサトラペェ）XIV, 5, 3·えり抜きの（部族長）IX, 10, 1・えり抜きの（指導者）VIII, 5, 6 ; X, 2, 6 ; 4, 1 ; 10 ; 9, 7 ; 10 ; XIII, 5, 1·足の速い（馬）VII, 7, 4·精鋭の（騎兵）VII, 7, 4 ; XV, 6, 5·精鋭の（伯）V, 4, 8 ; 5, 1 ; XIII, 9, 6·えり抜きの（兵士）V, 4, 2 ; VI, 11, 1 ; XV, 6, 4·主だった（ロベールの騎士）V, 3, 3・精鋭の（サトラピスたち）VI, 12, 3・目立った（スキタイ）VI, 14, 1］

エクリプシス＝トゥ＝イリアクゥ＝フォトス ἔκλειψις τοῦ ἡλιακοῦ φωτός［日食（1087年8月1日の）

VII, 2, 8]

エゴケロス Αἰγοκερως〈αἰγόκερως〉[山羊座 I, 16, 1]

エスニコス ἐθνικός(エスニキィ ἔθνικοι)[外国人同盟兵 VII, 3, 6 ·外国人兵士 X, 2, 6 ; 4, 10 ; 9, 2]

エスニコン ἐθνικὸν［ストラテヴマ στράτευμα］[異教徒の（軍隊 = トルコ人）IV, 6, 1]

エスノス ἔθνος（エスニ ἔθνοι）[民·人種（一般的意味 VII, 5, 3 ; XIII, 12, 11 ; XIV, 7, 2 ; XV, 3, 7·ヴォロミリィ XV, 8, 2・ダキア人、トラキア人、マケドニア人 XIV, 8, 6・ネミツィ II, 9, 4・遊牧民 XIV, 7, 2・ローマ人 I, 13, 10・サヴロマテェ III, 8, 6・北の地域の居住者 VI, 11, 3・スキタイ I, 5, 6 ; VIII, 5, 8 ; 9)]

エテリア ἑταιρία［(皇帝の）親衛隊 I, 5, 2]

エテリ = ストラティオテェ ἕτεροι στρατιῶται[別の兵士(ラグーサ人およびダルマティア人)IV, 1, 1]

エテロコパ = クシフィ ἑτερόκοπα ξίφη［両刃の剣 IV, 6, 2]

エテロストマ = クシフィ ἑτερόστομα ξίφη［両刃の剣 XII, 6, 3]

エナス ἑνάς［一であること、unitas（ト = ヘン、プラトンの思想に関係）XIV, 8, 4]

エニグロン = ピル ἔνυγρον πῦρ［発火性の液体（ギリシアの火）XIII, 3, 12]

エネドラ ἐνέδρα（エネドレ ἐνέδραι）[待ち伏せ I, 5, 4 ; 6, 4 ; II, 4, 3 ; 4]

エノシス ἕνωσις［(キリストにおける両性の）結合 X, 1, 2 ; 3 ; 4 ; 5]

エノス γένος［民·人種·血族（一般的な意味 I, 1, 2 ; 12, 11 ; X, 5, 4 ; XI, 12, 3 ; XIV, 4, 5 ; XV, 7, 9·ヴォゴミリィ XV, 8, 1・ケルト人 XI, 6, 3 ; XIII, 10, 1・キリスト教徒 XIII, 12, 2 ; ゲルマニアの XII, 9, 2・ラテン人 X, 6, 4・XIII, 12, 20 ; XIV, 2, 4・ノルマン人 I, 10, 3 ; VI, 7, 6・トルコ人 XV, 6, 5・ヴァランギィ IV, 6, 2・一族・一門（シナディノスの属する）II, 2, 1・コムニノスの II, 7, 4・アンディオホスの XII, 5, 4)]

エパナスタシス ἐπανάστασις（エパナスタシス ἐπαναστάσεις）[反乱・謀反（ニキフォロス = ヴォタニアティスに対するアレクシオス = コムニノスの I, 16, 5・ニキフォロス = ヴォタニアティス対するニキフォロス = ヴリエニオスの VII, 2, 5・エリエルモス = マスカヴェリスに対するロベール = ギスカールの I, 11, 3・ローマ帝国に対する外部からの XII, 5, 1・波瀾（アンナ = コムニニをおそった激しい 序文, 4, 1 ; 皇帝たちに襲いかかるさまざまの XII, 3, 8)]

エパルクシス ἔπαλξις(エパルクシス ἐπάλξεις)[胸壁 III, 9, 5 ; VII, 11, 2 ; VIII, 1, 3 ; XI, 2, 6 ; XIII, 3, 8 ; 5, 4 ; XIV, 2, 9・壁塔 II, 9, 3 ; XI, 4, 7]

エパルヒア ἐπαρχία［都督職（コンスタンティノープルの）XII, 4, 2 ; 5, 5]

エパルホス ἔπαρχος［都督（都長官）(ラディノス III, 1, 1・ヨアニス = タロニティス XIII, 1, 3)]

エピスコピィ ἐπισκοπή［司教館（トリポリスの）XIV, 2, 7 ; 14]

エピスコポス ἐπίσκοπος（エピスコピィ ἐπίσκοποι）[司教（アマルフィの XIII, 12, 28・ヴァリスの III, 12, 8・ケルト人の土地の X, 10, 3・ラテン人の、ペトロス XI, 6, 7・ピサの XI, 10, 1・ヴレンディシオンの XIII, 12, 28・トリポリスの XIV, 2, 14)]

エピスティミ ἐπιστήμη（エピスティメ ἐπιστήμαι）[学問・知識（一般的意味 序文, 1, 2 ; III, 4, 3 ; VII, 2, 6・帝国統治の（帝王学）III, 4, 3 ; 7, 5・医術の XIV, 7, 9・ 知的 III, 4, 3・学問上の序文, 4, 1・光学の XIII, 3, 9・国事についての III, 7, 3・軍事の IV, 5, 5 ; 6, 1 ; V, 1, 5 ; 4, 2 ; 5, 7 ; 7, 2 ; X, 10, 7 ; XI, 6, 3・占星術の VI, 7, 1・天性 VII, 3, 7・巧みさ VII, 8, 5]

エピストリィ ἐπιστολή（エピストレェ ἐπιστολαί）[書簡（ロベールの教皇宛）I, 13, 10·命令文（スルタン、マリク = シャーの）VI, 9, 5]

エピネミシス ἐπινέμησις［インディクティオン ἰνδικτιών（indictio）に同じ（訳註 2-81）II, 10, 4

; III, 2, 6 ; 6, 3 ; IV, 1, 1 ; 4, 1 ; 6, 1 ; VI, 8, 1 ; 4 ; X, 2, 5 ; 5, 4 ; XII, 3, 1 ; 7, 1 ; 2 ; XIII, 1, 1 ; 12, 28 ; XIV, 8, 1]

エピヒリマ ἐπιχείρημα（エピヒリマタ ἐπιχειρήματα）[攻撃・敏捷さ・企て III, 8, 7 ; VIII, 3, 1・企て・計画 XI, 11, 7 ; XIII, 5, 4・論証・弁舌の技・熱弁 I, 8, 1 ; II, 1, 4 ; III, 3, 2 ; 8, 5・攻撃的推論（三段論法）V, 8, 6]

エフィラ γέφυρα（エフィレ γέφυραι）[溝 XII, 9, 6]

エフォドス ἔφοδος（エフォディ ἐφόδοι）[攻撃 I, 13, 10 ; III, 12, 3 ; V, 5, 3 ; VI, 11, 4 ; VIII, 4, 4 ; X, 11, 10 ; XI, 1, 3 ; 7, 1 ; XII, 4, 3 ; 8, 8 ; XIV, 4, 3 ; 5, 1 ; 3 ; XV, 2, 6 ; 3, 1 ; 4, 3・接近 VII, 7, 1 ; X, 5, 4 ; 8 ; XI, 6, 4 ; XIII, 5, 5 ; 6, 1・侵略 VI, 14, 1 ; VIII, 7, 2・進路 I, 5, 2]

エフセヴィス εὐσεβής（ὁ）[聖者（セオドロス）VIII, 3, 1]

エフセヴィス εὐσεβής（エフセヴィス εὐσεβεῖς）[神聖な（金印文書）XIII, 12, 25・敬虔な（両陛下）XIII, 12, 27]

エフフィミア εὐφημία（エフフイミエ εὐφημίαι）[皇帝歓呼 II, 7, 7 ; 8, 2 ; 3 ; 11, 3 ; 4 ; 5 ; 12, 2 ; III, 2, 1 ; 4, 1 ; IV, 2, 3 ; 4 ; VI, 8, 3 ; VII, 8, 3 ; XII, 8, 3 ; 4・歓呼（教皇のロベールに対する）V, 3, 7]

エフマロシア αἰχμαλωσία [囚人の境遇 XI, 7, 2 ; XIV, 6, 6]

エフマロトス αἰχμάλωτος（エフマロティ αἰχμάλωτοι）[囚人・捕虜 I, 11, 8 ; V, 2, 2 ; VI, 3, 4 ; VII, 6, 1 ; IX, 1, 8 ; XI, 6, 5 ; XIV, 5, 3]

エペティイ = ミスシ ἐπέτειοι μισθοί [年俸 VI, 14, 4]

エポミス ἐπωμίς [頸垂帯・肩布（府主教の）I, 4, 1 ; 12, 6]

エムヴォロン ἔμβολον（エムヴォラ ἔμβολα）[攻城槌 XI, 1, 7]

エムビリア ἐμπειρία（エムビリエ ἐμπειρίαι）[経験・熟練・老練・知識（軍事関係 I, 1, 3 ; 5, 1 ; 11, 2 ; III, 9, 2 ; IV, 4, 1 ; V, 1, 4 ; VII, 10, 3 ; IX, 2, 2 ; X, 2, 7 ; 3, 2 ; 6, 4 ; 9, 10 ; XI, 2, 8 ; 6, 3 ; XII, 2, 5 ; XIII, 8, 5 ; XV, 3, 7・航海関係 III, 12, 3 ; IV, 1, 1 ; XII, 8, 8)]

エムフィリオス = フォノス ἐμφύλιος φόνος [身内同士の殺し合い X, 9, 5 ; 6]

エムフィリオス = ポレモス ἐμφύλιος πόλεμος（エムフィリイ = ポレミィ ἐμφύλιοι πόλεμοι）[身内同士の戦い・内乱 I, 13, 7 ; II, 11, 7 ; 12, 5]

エムフィリオス = マヒィ ἐμφύλιος μάχη [仲間同士の戦い IX, 10, 1]

エムポリア ἐμπορία [商取引 VI, 5, 10]

エリスラ = グラマタ ἐρυθρὰ γράμματα [赤い文字（金印文書に署名された皇帝の文字）II, 8, 4]

エリニキ = ペディア ἑλληνικὴ παιδεία [古代ギリシアの学問 V, 9, 4・文化 X, 1, 1]

エリュマントスの猪 ʼΕρυμάνθιον Κάπρος〈κάπρος〉[アルカディアの北部のエリュマントスの高山でヘラクレスが狩った猪 I, 9, 6]

エルガスティリオン ἐργαστήριον（エルガスティリア）[店舗 VI, 5, 10]

エレシアルヒコン αἱρεσιαρχικόν [異端の始祖の XV, 8, 7]

エレシアルヒス αἱρεσιάρχης [異端の始祖（ヴォゴミル派の）XV, 10, 1]

エレシス αἵρεσις（エレシス αἱρέσεις）[異端（ヴォゴミル派の XIV, 8, 3 ; XV, 8, 1 ; 3 ; 5 ; 9, 1 ; 2 ; 3 ; 4 ; 5 ; 10, 1・ディディモス（ディドュモス）の IX, 10, 2・マニ教徒の IV, 4, 3 ; XIV, 8, 4 ; 7 ; 9 ; 9, 2 ; 3・パヴリキアニィの XV, 8, 1・あらゆる種類の XIV, 9, 4 ; XV, 9, 1)]

エレティコス αἱρετικός（エレティキ）[異端者（ヴォゴミル派 XV, 8, 1 ; 10, 2・マニ教徒 XIV, 8, 7 ; 9, 2・さまざまの異端者 XIV, 8, 8]

エレファンディニ = フルゥラ ʼΕλεφαντίνη Φρουρά〈Ἐλεφαντίνη φρουρά〉[大宮殿内の象牙門の近くにあった牢獄 XIV, 9, 5]

エレポリス ἑλέπολις（エレポリス ἑλεπόλεις）［攻城器 III, 12, 2 ; IV, 1, 2 ; 4, 4 ; 5, 1 ; VII, 8, 3 ; 10 ; IX, 3, 3 ; X, 9, 3 ; XI, 1, 3 ; 6 ; 11, 7 ; XIII, 3, 11 ; 5, 4 ; 6 ; XIV, 1, 6］
エロス Ἔρως［愛の神 III, 1, 3 ; X, 5, 7］
エンギクリオス＝ペディア ἐγκύκλιος παιδεία［一般教育 XV, 7, 3］
エンギクリオス＝ペデフシス ἐγκύκλιος παίδευσις［一般教育 XV, 7, 9］
エングラファ＝シンアラグマタ ἔγγραφα συναλλάγματα［契約文書 I, 12, 4］
エングラフォス ἔγγραφος［文書による III, 4, 6 ; VII, 8, 7 ; XI, 1, 2 ; XIII, 1, 6］
エングラフォス＝プロスタクシス［ἔγγραφος προστάξις 文書による命令 I, 9, 5］
エングラフォン ἔγγραφόν［文書（アレクシオス帝の）VIII, 9, 6 ; XIII, 12, 7］
エンゲグラメナ ἐγγεγραμένα［書き込まれた協約条項（アレクシオス帝の金印文書の）XIII, 12, 27］
エンゴスミィイ ἐγκοσμίοι［アルヘ ἀρχαί］［地上世界の（諸力）（新プラトン哲学の）XIV, 8, 4］
エンゴミオン ἐγκώμιον［頌詩 序文 , 2, 2］
エンゴルピオン＝フリスゥン ἐγκόλπιον χρυσοῦν［黄金の十字架（アレクシオス帝からドイツ王への贈り物の一品）III, 10, 7］
エンスシアステェ Ἐνθουσιασταί［狂信者たち（異端の一派）X, 1, 6］
エン＝プロソポン ἕν πρόσωπον［父・子・聖霊の３つのペルソナ（位格）の一つ XIV, 8, 4］

オ

オイストス οἰστός〈ὀϊστός〉（オイスティ ὀιστοί）［矢 II, 1, 4 ; V, 4, 5 ; 6, 2 ; 3 ; 7, 2 ; VI, 7, 7 ; X, 8, 7 ; 9, 6 ; 7 ; 8 ; 9 ; XI, 2, 4 ; 5 ; 11, 7 ; XIII, 6, 1 ; XV, 6, 3］
オヴォロス ὀβολός［少額貨幣 VI, 6, 4 ; 9, 5 ; XI, 2, 2］
オ＝エピ＝トラペズィス ὁ ἐπὶ τραπέζης［食卓長 XIII, 1, 8］
オスニオス ὀθνεῖος（オスニィイ ὀθνεῖοι）［外国人兵士 II, 12, 4 ］
オピスソドモス ὀπισθόδομος［奥の間（拝廊）（セオドロスの聖堂の）VIII, 3, 1］
オヒロマ ὀχύρωμα［砦（大プリススラヴァ VII, 3, 4・トリポリスに面する小山の XI, 7, 6・喩えとしてアンナ＝ダラシニ III, 6, 5・防御 X, 3, 2］
オフィキオン ὀφφίκιον（オフィキア ὀφφίκια）［官職 III, 6, 7］
オプソピオス ὀψοποιός（オプソピィイ ὀψοποιοί）［料理人 II, 3, 2 ; VIII, 4, 3 ; X, 11, 3 ; 4］
オプティキィ ὀπτική［光学 XIII, 3, 9］
オプリティコン ὁλιτικόν［兵士 II, 7, 4 ; 7・軍隊 IV, 5, 2 ; VI, 1, 1 ; XI, 9, 3 ; XV, 4, 7・重装歩兵 V, 1, 1］
オプリティス ὁπλίτης（オプリテェ ὁπλίται）［重装歩兵・重装備の兵士 III, 12, 7 ; VI, 5, 4 ; 7 ; VII, 3, 7 ; X, 10, 5 ; XI, 3, 5 ; XIII, 12, 15］
オフリマタ ὀφλήματα［国庫に納付すべき税 III, 6, 6］
オプロン ὅπλον（オプラ ὅπλα）［武具 序文, 4, 1 ; I, 8, 3 ; 11, 5 ; II, 11, 3 ; IV, 6, 6 ; 7, 4 ; VI, 1, 1 ; IX, 1, 6 ; XI, 6, 3 ; XIII, 2, 1 ; 8, 3 ; XV, 6, 4・武器 序文 , 4, 1 ; I, 5, 2 ; 7, 5 ; 8, 4 ; 11, 1 ; 12, 1 ; 14, 1 ; 16, 1 ; IV, 6, 8 ; V, 7, 2 ; VI, 1, 1 ; 4 ; 2, 3 ; 3, 3 ; 14, 7 ; VII, 7, 1 ; VIII, 2, 2 ; 6, 2 ; IX, 5, 1 ; X, 4, 4 ; 5, 6 ; XII, 8, 5 ; XIII, 12, 14 ; 27 ; XIV, 8, 7 ; 8 ; 9, 2 ; XV, 2, 3 ; 4, 7］
オ＝ペリ＝トン＝キトナ ὁ περὶ τὸν κοιτῶνα［皇帝の寝所の係り XIV, 5, 1］
オミロス ὅμηρος（オミリ ὅμηροι）［人質 I, 2, 3 ; 16, 2 ; VII, 6, 2 ; VIII, 4, 3 ; 6, 4 ; 9, 2 ; IX, 1, 7 ; 4, 3 ; 4 ; 10, 1 ; XII, 4, 4 ; XIII, 9, 1 ; 8］

オモフォロン ὠμόφορον［ケープ（神の母の）VII, 3, 9］
オリオン ὅριον（ὅρια オリア）［領土 III, 8, 6 ; 10, 8 ; 11, 5 ; IX, 4, 3・境界 III, 11, 4・国境 VI, 1, 4 ; 11, 3 ; VII, 2, 1 ; IX, 3, 2 ; X, 4, 2 ; XI, 9, 2 ; XIV, 2, 3 ; XV, 6, 5 ; 10, 5・領域 IX, 3, 4］
オリクティス ὀρυκτίς（オリクティデス ὀρυκτίδες）［工兵のための防御屋根 XIII, 2, 3］
オルカス ὁλκάς(オルカデス ὁλκάδες)［貨物船 III, 12, 5 ; IV, 5, 7 ; VIII, 9, 4 ; XII, 9, 1 ; 2 ; XIII, 7, 2］
オルガノン ὄργανον［武器 I, 8, 4］
オルガノン＝ト＝ポレミコン ὄργανον τὸ πολεμικόν［戦闘用具 X, 8, 6 ］
オルキオン ὅρκιον（オルキア ὅρκια）［忠誠の誓い・誓い II, 5, 7 ; X, 11, 2 ; XI, 3, 1 ; 2 ; 9, 1 ; 11, 6 ; XII, 1, 4］
オルコス ὅρκος(オルキィ ὅρκοι)［誓約・誓い II, 2, 3 ; 4, 7 ; 9 ; 6, 8 ; VII, 4, 2 ; VIII, 4, 3 ; 9, 6 ; IX, 1, 8 ; 6, 4・ローマ教皇とドイツ王との I, 13, 6 ; 10・アレクシオス帝とドイツ王との III, 10, 4 ; 5・ヨアニス＝ドゥカスとツァハスとの IX, 1, 8 ; オデュセウスの息子の IV, 8, 1・忠誠（臣従）の誓い（ラテン人のアレクシオス帝への）V, 4, 8 ; VII, 6, 1 ; X, 7, 5 ; 9, 3 ; 11 ; 10, 5 ; 6 ; 11, 5 ; XI, 3, 1 ; 2 ; 4, 3 ; XIII, 4, 4 ; 8 ; 8, 7 ; 9, 2 ; 8 ; 12, 6 ; 9 ; 11 ; 14 ; 15 ; 17 ; 27 ; 28 ; XIV, 2, 1 ; 2 ; 3 ; 6 ; 7 ; 13］
オルソドクソス ὀρθόδοξος（オルトソドクシィ ὀρθόδοξοι）［正統信仰をもつ者 XV, 9, 4］
オルソドクソス＝ピスティス ὀρθόδοξος πίστις［正統信仰 XIV, 9, 4 ; XV, 9, 5］
オルソドクソン ὀρθόδοξον（τό）［正統信仰 V, 9, 7］
オルソトモス＝ピスティス ὀρθότομος πίστις［正統信仰 XIV, 8, 9］
オルティイア ὀρτυγία（オルティイエ ὀρτυγίαι）［ウズラ狩り V, 8, 2］
オルファノトロフィオン ὀρφανοτροφεῖον〈᾽Ορφανοτροφεῖον〉［アレクシオスによって設立された孤児および身体障害者の保護施設・孤児の家 XV, 7, 3 ; 7］
オロス ὅρος（オリィ ὅροι）［領域・国境（ローマ人の III, 8, 7 ; VI, 11, 3・ヴィシニアと帝国の III, 11, 5・ダルマティアと帝国の VII, 8, 9 ; IX, 4, 1・ボエモンの支配領域と帝国の XIII, 12, 22)・定義（礼節の III, 8, 3)・規則（賛美歌に関する III, 8, 2)］
オロスコポス ὡρόσκοπος［天宮図（星占い）VI, 7, 2］

カ

カヴァラリオス καβαλλάριος（カヴァラリイ καβαλλάριοι）［騎士 XIII, 12, 15］
カキア κακία［悪の病原菌（ヴォゴミリィの教義）XV, 8, 3］
カコデモン κακοδαίμων［悪霊に憑かれた男 X, 2, 2］
カコドクシア κακοδοξία［異端の意見（ニロスの X, 1, 1 ヴラヘルニティスの X, 1, 6・マニ教徒の XIV, 9, 3)］
カシグメノス καθηγούμενος（カシグメニィ καθηγουμένοι）［大修道院長（南イタリアの聖アンドレアスの XIII, 12, 28・コンスタンティノープルの諸修道院の XV, 7. 3)］
カステリオン καστέλιον / καστέλλιον［砦 V, 5, 1 ; XI, 2, 4 ; XIII, 5, 5 ; XV, 2, 4 ］
カストロン κάστρον（カストラ κάστρα）［城塞（アフリディス V, 5, 1・アレクシオスとヨアニス両帝支配下の諸城塞 XIII, 12, 14・ゴロイ X, 3, 1・サルヴァノン XIII, 12, 24・シリア沿岸の諸城塞 XI, 6, 9 ; 7, 4・シリアの諸城塞 XIII, 12, 19・ダルマティアの諸城塞 IX, 5, 1・トルコ人の握る小アジアの VI, 9, 4 ; 10, 1 ; VI, 10, 8・ヒロヴァクヒ VIII, 1, 4 ; 5 ; 2, 1・ホニオン XIII, 12, 24・マヴロン山周辺の諸城塞 XIII, 12, 18)・都市（アンヒアロス X, 3, 2 ; 3)・砦（プツァ

X, 4, 4 ; 5)・町（アクルノス XIV, 3, 5)・要塞（アポロニアス VI, 13, 1・カストリア VI, 1, 1・シリアの諸要塞XI, 8, 5・セレフキアXI, 10, 9・ディラヒオンIV, 2, 5 ; 6 ; 4, 7 ; 8 ; 5, 2 ; VI, 6, 4・ドリストラ VII, 3, 3・ニケア VI, 10, 2・ヒオス VII, 8, 3 ; 5・ヨアニナ V, 4, 1・ラリサ V, 5, 4 ; 8)・要塞都市（アドリアヌポリス X, 2, 7・アンダラドス XI, 7, 4・エフェソス XI, 5, 5・スミルナ XI, 5, 4・ディラヒオン XIII, 10, 2・ニケア X, 6, 2 ; XI, 1, 2 ; 2, 7・ラオディキア XI, 7, 7 ; 11, 5)]

カセドラ καθέδρα（カセドレ καθέδραι）[（ディラヒオンのドゥクスの）館 XIII, 3, 4・座席 XV, 8, 4]

カタ = アンソロポン κατὰ ἄνθρωπον / κατ᾽ ἄνθρωπον［こと人間に関する限り VIII, 4, 1・人間的観点から IX, 9, 4・人間として出来る範囲において II, 1, 6]

カタゴイオン καταγώγιον［避難所（アンナ = ダラシニの屋敷）III, 8, 3・殿堂（清浄の、イリニ = ドゥケナ）XII, 3, 3・住処（徳の、マリア = コムニニ）XV, 11, 18・宿（不幸の集まる、アンナ = コムニニ）XV, 11, 21]

カタスケヴアゾンデス κατασκευάζοντες ⟨κατασκευάζω［船大工 XI, 10, 2]

カタスコポス κατάσκοπος（カタスコピィ κατάσκοποι）［斥候（ラテン人の船舶）XIV, 3, 4]

カタフラクトス κατάφρακτος（カタフラクティ κατάφρακτοι）［重装騎兵・甲冑をつけた II, 8, 5 ; V, 5, 2 ; 6, 4 ; XIII, 5, 3 ; XIV, 6, 3 ; XV, 6, 4 ; 7]

カタロゴス κατάλογος［身分（聖職者の VI, 3, 2 ; XV, 7, 9 ; 9, 1・軍人の XI, 9, 2 ; XII, 5, 4 ; XIV, 2, 5・聖職者と軍人の X, 2, 5・元老院議員の III, 6, 4]

カティキア κατοικία（カティキエ κατοικίαι）［居所（ロンギバルディア侯の、サレルノ）V, 3, 6・宿舎（ヴァイムンドスの、コスミディオン）X, 11, 3・住居（貧者たちの）XV, 7, 4]

カティキティリオン κατοικητήριον［ニケアのスルタンの住居 VI, 12, 8]

カテヴナゾン κατευνάζων（カテヴナゾンデス κατευνάζοντες）［近侍 VIII, 8, 1]

カテパノ = トン = アクシオマトン κατεπάνω τῶν ἀξιωμάτων［外国人への爵位の授与に関わる高位の役人（コンスタンディノス = ヒロスファクティス）III, 10, 4]

カテルゴン κάτεργον［艦隊の副官の使用する快速船 X, 8, 3]

カドモスの勝利 καδμεία νίκη ⟨Καδμεία νίκη⟩［割に合わない勝利、カドモス Κάδμος は古代テーベの王 XIV, 6, 4 ; 9, 3]

カドモスの諺 Καδμόθεν παροιμία XV, 3, 2.

カニクリオス κανίκλειος［（皇帝の）インク壺係（エフスタシオス = キミニアノス）XI, 10, 9]

カノン κανών（カノネス κανόνες）［基準（ポリュウクレイトスの）III, 3, 1 ; XIII, 10, 4・（徳の）II, 12, 5 ; III, 8, 2・教会法 V, 2, 2 ; 3 ; VI, 3, 4 ; VII, 4, 1]

カフティル καυτήρ（カフティレス καυτῆρες）［焼灼（医療）XV, 11, 10]

カリアスの修道院 ἡ τοῦ Καλλίου μονή［コンスタンティノープルの総主教コスマスが引退した修道院、この修道院については知られていない III, 4, 4]

カリヴィ καλύβη（カリヴェ καλῦβαι）［仮兵舎・小屋（兵士の）III, 12, 8 ; IV, 1, 2]

カリオペ Καλλιόπη［叙事詩を司る女神 VII, 11, 1 ; XIV, 7, 4]

ガリニオン = クラトス γαλήνιον κράτος［静謐なる権力（アレクシオス帝の）III, 6, 6]

ガルガレオン γαργαρέων［口蓋垂（病床のアレクシオス帝の）XV, 11, 10]

カルキノス Καρκίνος ⟨καρκίνος⟩［蟹座 III, 12, 4]

カルケドン公会議（451 年）Council of Chalcedon 14-91

ガレア γαλέα［軽いドロモン（通常戦艦）VI, 6, 1]

カロス κάλως［帆綱 II, 7, 1 ; X, 11, 7]

キ

キヴェルニティス κυβερνήτης［舵取り X, 2, 1 ］

キオン Κύων〈κύων〉［シリウス星 III, 12, 4］

ギガス γίγας（ギガンテス γίγαντες）〈Γίγας〉［ギリシア神話上の巨人 I, 5, 2 ; 7, 3 ; IX, 6, 5 ; XII, 5, 1 ; XIII, 3, 10 ; 6, 6 ; XIV, 2, 4］

キクロス κύκλος［周壁（都市の）VI, 13, 1 ; XIV, 2, 8・範囲（領域・権力）VI, 3, 3 ; XIII, 12, 21 ; 26 ］

キダリス κίδαρις［（聖職者の）冠 I, 12, 6］

キデモン κηδεμών（キデモネス κηδεμῶνες）［修道院の管理人 VI, 3, 2］

キドス κῆδος［婚姻（姻戚）関係・結婚（フランス王フィリップの娘とボエモンの XII, 1, 1・ロベールの娘とミハイル７世の息子との I, 10, 2 ; 12, 10 ; 11・アレクシオス帝の娘マリアとグレゴリオス＝ガヴラスとの VIII, 9, 4・ドイツ王ハインリヒの娘とイサアキオス＝コムニノスとの V, 3, 1・アンナ＝コムニニとマリク＝シャーの息子バルキヤールクとの VI, 9, 4 ; 5 ; 12, 1 ; 4・ローマ帝国のある娘とボエモンの兄弟ギィとの VI, 5, 2・コンスタンディノス＝ドゥカスの娘ゾイ＝ドゥケナとニキフォロス＝シナディノスとの IV, 6, 7・皇后マリアとアレクシオス＝コムニノスの（噂）III, 2, 1］

キトニスコス κοιτωνίσκος［寝室・私室（皇帝の）XII, 6, 1 ; 2 ; XIV, 4, 6 ; XV, 2, 1］

キトン κοιτῶν［寝所（皇帝の IX, 5, 2 ; XIV, 5, 1・皇后の XIV, 6, 6）・国庫 II, 6, 6 ; 7］

キネイ κυνέη［兜 X, 9, 8 ; XII, 3, 8 ; XV, 6, 4］

キノス κοινός（キニィ κοινοί）［（一般）兵士 VII, 3, 10］

キノン κοινόν(τό)（キナ κοινά）［国庫・国事・公共の福祉 I, 16, 7 ; III, 6, 5 ; 8, 4 ; XI, 4, 5・住民（コンスタンティノープルの）III, 2, 2・集団（軍隊の）II, 7, 2 ; VII, 4, 4 ; IX, 6, 5 ; XIII, 4, 4］

キノン＝**フレオス** κοινόν χρέος［万人共通の負債（死の運命）VIII, 9, 2 ; XIV, 1, 1］

キプロスの三段櫂船 κύπριοι τριήρεις XIV, 2, 12.

キペルディスの修道院 μονὴ τοῦ Κυπερούδη［ヴォスポロスの岸辺に立つ修道院 IX, 6, 1］

キミシス Κοίμησις〈κοίμησις〉［永眠（聖母の）（Dormitio Virginis）III, 6, 6 ; XV, 11, 13］

キミノン κύμινον［ヒメウイキョウの小さな果実（cumin）II, 4, 8］

キリアキ＝**ティス**＝**アポクレオ** Κυριακὴ τῆς ἀπόκρεω［六旬節の主日（Sexagesima）VIII, 2, 2 ］

キリアキ＝**ティス**＝**ディアセシス** κοιλιακὴ τις διάθεσις［ヴァイムンドスの陣営に生じた腸の病気（1108 年）XIII, 2, 4］

キリアキ＝**ティロファグゥ** Κυριακὴ Τυροφάγου［チーズ週の日曜日 II, 4, 9］

キリオス Κύριος［主（キリスト）III, 6, 4 ; VII, 8, 3 ; VIII, 5, 5 ; IX, 7, 6 ; X, 5, 10 ; XI, 6, 7 ; XIV, 3, 6 ］

キリオス κύριος［領主（ボエモン X, 11, 5）・主（神）XII, 4, 5・主人（エリエルモス＝マスカヴェリス I, 11, 6・教皇グレゴリウス I, 13, 10・イサアキオス＝コムニノス II, 3, 2・ニキフォロス＝メリシノス II, 10, 2・ロベール＝ギスカール IV, 1, 4・ウヴォス X, 7, 3）・支配者（ロベールの息子ロジェール I, 16, 1 ; V, 3, 4）］

キリオティス κυριότης［主権（ボエモンの仕える）XIII, 12, 9］

キリキアの諸都市 κίλικαι πόλεις XII, 2, 5

キリクス κῆρυξ（キリケス κήρυκες）［伝令使（アレクシオス帝の陣営の I, 5, 7 ; 6, 7）・触れ役（ケルケス）（ホメロスの X, 10, 5）］

ギリシア正教会 Greek Church 3-30, 10-91

キリスト Χριστός［イエス = キリスト III, 6, 4 ; XIII, 12, 27］
キリスト教 Χριστιανισμός X, 5, 7.
キリスト教徒 Χριστιανός（Χριστιανοί）［キリストに従う者（一般的な意味）III, 8, 10 ; 10, 3 ; 6 ; V, 5, 4 ; XI, 8, 2 ; XII, 1, 2 ; 3, 4 ; XIII, 8, 7 ; 12, 9 ; XIV, 4, 8 ; 7, 3・ローマ帝国のキリスト教徒 I, 12, 8 ; II, 12, 5 ; XI, 8, 2 ; XIII, 8, 7 ; XIV, 4, 1・ダルマティア人 IX, 10, 1・ラテン人 X, 9, 7 ; XII, 8, 5 ; XIV, 2, 1・対トルコ人における V, 2, 2 ; XI, 5, 1 ; 6, 5 ; 8 ; XV, 1, 1 ; 6, 5 ; 10, 5・対マニ教徒における XIV, 8, 7・対ヴォゴミリィにおける XV, 9, 2 ; 3 ; 5］
キリスト教徒の χριστιανικός
　キリスト教徒の兄弟 χριστανικώτατος ἀδελφός III, 10, 3.
　キリスト教徒の民 χριστιανικὸν γένος XIII, 12, 2.
　キリスト教徒の名 χριστιανικὸν τοὔνομα I, 13, 3
　キリスト教徒に関わること χριστιανικὰ πράγματα X, 5, 7.
キル κῦρ［主人（アレクシオス）XIII, 12, 3 ; 4 ; 15 ; 27・様（聖エオルイオス）VI, 11, 4 ; XI, 2, 4 ; 7 ; XV, 1, 3・主人（ヨアニス２世コムニノス）XIII, 12, 2 ; 3 ; 27・主人（ミハイル４世）XIII, 12, 26・様（総主教ニコラオス = グラマティコス）XV, 8, 6］
キル = エオルイオスの砦 τὸ τοῦ κυροῦ Γεωργίου φρούριον［ニケア（イズニク）湖の北岸に位置する城塞 VI, 11, 4］
キル = エオルイオスの砦 τὸ τοῦ κυροῦ Γεωργίου καστέλλιον［同上の砦 XI, 2, 4］
キンナヴァリ κιννάβαρι［朱墨（cinnabar）（皇帝による署名に使われる）III, 4, 6 ; XIII, 12, 28］

ク

クシフォス ξίφος（クシフィ ξίφη）［剣 序文, 4, 1 ; I, 1, 1 ; 4, 4 ; 5, 5 ; 6, 3 ; 6 ; 9 ; 7, 3 ; 8, 3 ; 4 ; 6 ; 9, 2 ; 3 ; II, 6, 1 ; 9, 4 ; 12, 4 ; III, 9, 1 ; 12, 8 ; IV, 2, 5 ; 6, 2 ; 8 ; 7, 1 ; V, 1, 2 ; 3, 7 ; 4, 8 ; VI, 3, 3 ; 9, 3 ; 12, 6 ; VII, 3, 9 ; 9, 3 ; 11, 3 ; VIII, 2, 4 ; 5, 7 ; 9 ; IX, 2, 2 ; 3, 2 ; 4 ; 5, 3 ; 6, 5 ; 7, 5 ; 7 ; 9, 1 ; 2 ; X, 4, 7 ; 6, 3 ; 5 ; 8, 4 ; 9, 4 ; 11, 10 ; XI, 1, 2 ; 7, 5 ; 8, 3 ; 10, 3 ; 5 ; XII, 2, 7 ; 3, 5 ; 8 ; 6, 2 ; 3 ; 5 ; XIII, 1, 5 ; 9 ; 3, 10 ; 4, 3 ; 8, 4 ; 12, 16 ; XIV, 5, 8 ; XV, 3, 4 ; 10, 5・武器 V, 7, 2］
クシロクラシア ξυλοκρασία（クルシロクラシエ ξυλοκρασίαι）［逆茂木、切り倒した樹木で造った防柵 XIII, 5, 1］
クシロピルゴス ξυλόπυργος［木造の塔 XIII, 3, 12］
クセニコス ξενικός［外国人の・傭兵の］
　クセニキィ ξενικοί［外国人の（兵士）II, 9, 2］
　クセニキィ = ディナミス ξενικὴ δύναμις［外国人の軍勢 II, 10, 4］
　クセニキィ = バルバロイ ξενικοὶ βάρβαροι［国外の蛮族 III, 9, 1］
　クセニケ = ディナミス ξενικαὶ δυνάμεις［外国人兵力・傭兵軍 V, 1, 2 ; 3, 1 ; 2 ; XII, 4, 3］
クティマタ κτήματα［所領（トラキアのヨアニス = ドゥカスの II, 6, 4・オルファノトロフィオンに住む人々のための XV, 7, 5 ; 7）］
クラ κοῦλα［城塞・内城（アラビア語起源の言葉）XI, 4, 5 ; 11, 5 ; 6］
クラトス κράτος［帝国・皇帝権力（ローマの）I, 15, 6 ; II, 2, 1 ; 7, 1 ; III, 5, 2 ; 6, 2 ; 6 ; 8, 2 ; VI, 11, 3 ; XII, 6, 8 ; 12, 6 ; 11 ; 21 ; 26 ; XV, 11, 7・支配権（ロンギヴァルディアの）I, 12, 1・力 II, 7, 3 ; III, 7, 3・勝利の栄冠 I, 5, 6］
クラトス = イモン κράτος ἡμῶν［朕 III, 10, 3 ; 4 ; 5 ; VIII, 7, 5 ; XIII, 12, 23］

クラトス＝エモン κράτος ἐμόν［朕 XIII, 11, 1］
クラトス＝スゥ κράτος σου［陛下 II, 5, 5 ; XIII, 12, 1 ; 2］
クラトス＝ト＝イメテロン κράτος τὸ ὑμέτερον［両陛下 XIII, 12, 5 ; 9 ; 12, 13 ; 17］
クラトス＝ト＝ソン κράτος τὸ σόν［陛下 XI, 9, 1 ; XIII, 11, 1 ; 12, 1 ; 3 ; 16］
クラトル κουράτωρ［統治官（ミティリニの）VII, 8, 1］
クラトン κρατῶν（クラトゥンデス κρατῶντες）［一般的な意味（権力者）VI, 8, 4・今上皇帝（アレクシオス＝コムニノス V, 2, 4 ; VII, 3, 8 ; 10, 1 ; VIII, 3, 1 ; X, 2, 3・ミハイル＝ドゥカス I, 10, 2・ニキフォロス＝ヴォタニアティス I, 12, 6 ; II, 4, 1）・時の権力者たち（ヨアニスとマヌイル父子 XIV, 7, 6）・両陛下（アレクシオスとイリニ VI, 8, 4）］
クラトン＝イモン κρατῶν ἡμῶν［朕 VIII, 7, 5］
クラノス κράνος（クラニィ κράνοι）［兜 I, 5, 2 ; 9, 2 ; 3 ; 11, 5 ; 7］
グラフィ γραφή（グラフェ γραφαί）［書簡（アドリアヌポリスの住民からアレクシオス帝への X, 3, 5・アレクシオス帝の III, 9, 3 ; 5 ; IV, 4, 1 ; V, 3, 1 ; 2 ; VI, 10, 8 ; VIII, 4, 5 ; 7, 4 ; 5 ; 9, 5 ; IX, 4, 4 ; X, 2, 5 ; 4, 4 ; 9, 2 ; XI, 7, 3 ; 9, 1 ; XII, 3, 1 ; 7, 2 ; XIV, 2, 6 ; 13・ディラヒオンのドゥクス、アレクシオスの XII, 9, 7・ヴァルダスとミハイルの XI, 9, 3・ボヘモンの XI, 9, 2・エフスタシオス＝カミツィスの XIV, 5, 1・エオルイオス＝モノマハトスの I, 16, 8・グレゴリオス＝タロニティスの XII, 7, 2・レオン＝ニケリティスの XV, 2, 5・スルタンのマリク＝シャーの VI, 9, 4 ; 5 ; 6 ; 12, 1 ; 4・ニキフォロス＝ディオエニスの知人の IX, 8, 2・ニキフォロス＝メリシノスの II, 8, 1・ロベール＝ギスカールの指示に従って書かれた彼の家臣たちの I, 12, 8）・金印文書（アレクシオス帝の）II, 8, 4 ; XIII, 12, 3・聖書 X, 1, 1 ; XIV, 8, 8 ; 9・教父たちの著作 X, 1, 4・アンナ＝コムニニの著作 序文 , 1, 2・イタロスの文書 V, 8, 6）］
グラフェフス γραφεύς［書記（金印文書の作成者 III, 6, 3・アレクシオス帝の、グリゴリオス＝カマティロス IX, 8, 1）］
グラマ γράμμα（グラマタ γράμματα）［文書（アロンの）XIII, 1, 10・書簡（アレクシオス帝の I, 16, 5 ; II, 4, 2 ; III, 10, 1 ; 2 ; IV, 4, 1 ; 8, 4 ; VI, 2, 2 ; 4, 4 ; 5, 4 ; 6, 4 ; 12, 4 ; VIII, 3, 3 ; 4 ; 9, 7 ; IX, 1, 5 ; 3, 2 ; X, 7, 2 ; XI, 3, 1 ; 7, 3 ; 4 ; 8, 5 ; 9, 1 ; 3 ; XII, 1, 2 ; 4, 3 ; 8, 1 ; XIII, 1, 4 ; 4, 5 ; 6 ; 7 ; 9 ; 7, 4 ; 8, 6 ; 7 ; XIV, 5, 4・アレクシオス帝の使節の XIII, 10, 1・イサアキオスの息子アレクシオスの XII, 8, 1・ボエモンの XIII, 4, 1・コンスタンディノス＝エフフォルヴィノスの XI, 9, 3・キズィコスの町からの II, 3, 2・エヴドキア＝マクレムヴォリティサの III, 2, 5・エオルイオス＝モノマハトスの I, 16, 6 ; III, 9, 4・エオルイオス＝パレオロゴスの IV, 1, 1 ; 2, 1・ヨアニス＝ドゥカスとマヌイル＝ヴトミティスの IX, 2, 3・アレクシオス帝の兄弟イサアキオスの VIII, 8, 2・レオン＝ケファラスの V, 5, 4・マヌイル＝ヴトミティスの XI, 1, 2 ; 9, 2・スルタン、マリク＝シャーの VI, 9, 5 ; 12, 1・ニキフォロス＝メリシノスの VII, 4, 4・ロベール＝ギスカールの I, 15, 2・家臣からロベール＝ギスカールへの I, 12, 8・タグレ（タンクレード）の XII, 2, 2・大主教テオフィラクトスの VIII, 7, 3）・読み書きの術 序文 , 1, 2・（聖）書 XV, 7, 3・皇帝の赤色の文字 II, 8, 4 ; III, 4, 6・碑文（エピダムノスの）III, 12, 8］
グラマティオン γραμμάτιον［文書（ミハイル＝アネマスの罪を許す皇帝の XII, 6, 9）・書簡（アレクシオス帝の偽造の XIII, 4, 5）］
グラマティキィ γραμματική(ἡ)［文法 XV, 9, 1］
グラマテフス γραμματεύς［記録係 XV, 8, 5］
グラマトコミスティス γραμματοκομιστής（グラマトコミステェ γραμματοκομισταί）［急使・書簡を運ぶ者 III, 12, 1 ; VIII, 8, 2 ; XIII, 4, 8 ; 9］

クラリス κράλης［ハンガリア王の称号（Kral）XIII, 12, 28］
クリオス κριός（クリイ κριοί）［破城槌 XIII, 3, 1 ; 2 ; 3・牡羊 XIII, 3, 3］
クリオフォロス κριοφόρος［ヘロニ χελώνη］［破城槌を運ぶ亀（攻城の建造物）XIII, 2, 3 ; 3, 1 ; 3］
クリストス＝フィルアンソロポスの修道院 Monastery of Christ Philanthropos（コンスタンティノープル）15-102 への補記
クリスラ κλεισούρα（クリスレ κλεισούραι）［山間の隘路 V, 5, 8 ; 7, 1 ; 2 ; VII, 2, 2 ; 6, 3 ; VIII, 7, 4 ; X, 2, 4 ; 6 ; 7 ; 3, 1 ; XIII, 5, 1 ; 4 ; 8, 1 ; 4 ; 5 ; 10, 1］
クリティス κριτής［裁判官（アレクシオス帝に関して VI, 3, 2 ; 3）・判事（キプロス島の IX, 2, 4）］
クリデムノン κρήδεμνον（クリデムナ κρήδεμνα）［胸壁 VI, 11, 4 ; VII, 11, 2 ; VIII, 1, 2 ; XI, 2, 5 ; 4, 5 ; 7 ; 6, 1 ; XIII, 10, 2］
グリピタ＝グラマタ γλυπτὰ γράμματα［碑文（ディラヒオンの）III, 12, 8］
クリュセオン＝ゲノス χρύσεον γένος［黄金の族、フロノス（Kronos）の時代に生きていた不死の人間たち I, 12, 3］
クリロス κλῆρος［相続財産（帝位）II, 2, 1; VI, 8, 5・（諸要塞）XI, 8, 5・聖職者 XV, 7, 8］
クレルモンの宗教会議（1095 年）Council of Clermont 10-65

ケ

ケサル καῖσαρ［称号（一般的な意味 III, 4, 1 ; 2・ヨアニス＝ドゥカス I, 12, 6 ; II, 5, 8 ; 6, 4 ; 5 ; 6 ; 7 ; 8 ; 9 ; 7, 1 ; 2 ; 9, 3 ; 5 ; 12, 1 ; 3 ; 4 ; 5 ; III, 1, 5 ; 2, 3 ; 5 ; 6 ; 3, 3 ; 4, 6・ニキフォロス＝ヴリエニオス 序文, 3, 1 ; 2 ; 3 ; 4, 2 ; 3 ; I, 1, 3 ; 4, 2 ; II, 1, 1 ; VII, 2, 5 ; 6 ; X, 2, 2 ; 9, 6 ; 8 ; 9 ; XII, 7, 4 ; XIII, 7, 1 ; 11, 2 ; XIV, 7, 6 ; 8, 9 ; XV, 5, 3 ; 11, 22 ; 24・ニキフォロス＝メリシノス II, 8, 3 ; 10, 1 ; III, 4, 1 ; IV, 6, 2 ; VII, 3, 6 ; VIII, 3, 4 ; 8, 3 ; X, 2, 6・古代ローマの皇帝 II, 5, 4］
ケハリトメニの女子修道院 Kecharitomene Nunnery（コンスタンティノープル）15-102 への補記
ケファレア κεφάλαια［章（イタロスの誤った教説をまとめた 11 章からなる文書）V, 9, 6］
ケラス κέρας［翼（軍隊の）I, 5, 2 ; 3 ; IV, 6, 1; VII, 3, 6 ; XIII, 6, 1 ; 2 ; XIV, 1, 7 ; XV, 3, 7 ; 5, 3 ; 4］
ケルケス κήρυκες［古代ギリシアの触れ役 X, 10, 5］
ケルト人の κελτικός
    ケルト人の言葉 κελτικὴ γλῶττα XIII, 9, 1.
    ケルト人の軍勢 κελτικαὶ δυνάμεις XI, 3, 5.
    ケルト人の攻撃 κελτικὴ ἐπέλευσις XII, 8, 7.
    ケルト人の防具・武具 κελτικὸν ὅπλον（オプラ ὅπλα）XIII, 8, 2 ; 3.
    ケルト人の大軍・諸集団・軍勢 κελτικὰ πλήθη V, 1, 5 ; X, 7, 5 ; XI, 3, 4 ; XII, 2, 1 ; XIII, 6, 5.
    ケルト人の幕舎 κελτικαὶ σκηναί IV, 6, 3.
    ケルト艦隊 κελτικὸς στόλος XIV, 3, 4.
    ケルト人の軍隊・軍勢・諸軍・諸軍勢 κελτικὸν στράτευμα（κελτικὰ στρατεύματα）IV, 6, 3 ; X, 5, 7 ; 7, 5 ; XI, 3, 5 ; XII, 9, 2 ; XIII, 4, 4.
    ケルト人部隊 κελτικὴ στρατιά I, 4, 4.
    ケルト人の土地 κελτικαὶ χῶραι III, 10, 1.
ケレフシ＝ティス＝サラティス κέλευθοι τῆς θαλάττης［海の道 XIV, 3, 2］
ケンドラ κέντρα［天の基本四宮（占星術）VI, 7, 2］

コ

ゴナティス Γονάτης［ニケアの城壁に取りつけられたある塔の名称 XI, 1, 6 ; 7 ; 2, 4］

コノスタヴロス κονοσταῦλος（コノスタヴリィ κονοσταῦλοι）［（軍の）高位の指揮官 comestabulus V, 6, 1 ; XIII, 4, 9］

コポス κοπός［足跡（軍事用語）VII, 1, 1］

コマニの κομανικός

コマニの戦列 κομανικὴ παράταξις X, 3, 2.

コマニの軍勢・軍隊 κομανικὸν στράτευμα（στρατεύματα）VIII, 4, 2 ; 4 ; X, 3, 1 ; 4, 5 ; 9.

コマニの軍隊 κομανικὸν τάγμα VIII, 6, 1.

コマニの軍隊 κομανικὸν φοσσάτον X, 4, 10.

コミ κώμη（コメ κῶμαι）［村 II, 6, 3 ; 10 ; XI, 8, 3］

コミス κόμης（コミテス κόμητες）［ラテン人の伯 随所に・ローマ帝国の陸海軍の将校の一つの階級 X, 8, 3 ; XI, 10, 3 ; 4］

コミティス κομήτης［彗星 XII, 4, 1］

コミトゥラ κομητούρα［伯の指揮する部隊 XI, 1, 3］

コメルキオン κομμέρκιον［貨物に課せられる関税 commerciumVI, 5, 10］

コモポリス κωμόπολις（コモポリス κομοπόλεις）［小さな町・村 I, 2, 5 ; II, 6, 10 ; V, 5, 3 ; VII, 1, 1 ; 6, 6 ; 8, 9 ; VIII, 3, 1 ; 6, 4 ; XI, 6, 6 ; 7, 2 ; 9, 4 ; XV, 2, 4 ; 7 ; 4, 2 ; 9］

コリス κόρυς（コリセス κόρυθες）［兜 I, 5, 2 ; 7 ; 8, 4 ; II, 11, 2 ; III, 11, 2 ; IV, 6, 8 ; VII, 3, 9 ; X, 8, 5 ; 7 ; 9 ; XII, 2, 7 ; XIV, 5, 6］

コリフェオス κορυφαῖος（コリフェイ κορυφαῖοι）［頭（使徒の）I, 12, 8 ; IX, 9, 6 ; 主だったもの（軍隊の）VI, 4, 1・頭（コンスタンティノープルの総主教）X, 2, 5・最高の指導者（ヴォゴミロスのヴァシリオス）XV, 8, 3 ; 9, 2 ; 10, 2］

ゴルゴ（ゴルゴー）Γοργώ［ギリシア神話上の有翼蛇髪の怪物 III, 2, 4］

サ

サヴァトン Σάββατον［土曜日 II, 4, 9 ; VI, 8, 1 ; VIII, 2, 1］

サコス σακός［大きな盾 X, 9, 4］

サタナイル Σαταναήλ［悪魔（ヴォゴミロスのヴァシリオスの仕える）XV, 8, 3 ; 6 ; 7］

サッポーの竪琴 σαπφικὴ λύρα XIV, 7, 4.

サトラピス σατράπης(サトラペェ σατράπαι)［ローマ帝国の地方の都市·城塞の軍司令官（指揮者）VI, 9, 6 ; IX, 4, 3・セルジュク＝トルコ軍の指揮官（アミール）VI, 9, 3 ; 5 ; 6 ; 10, 1 ; 8 ; 12, 3 ; 8 ; IX, 1, 7 ; XI, 2, 7 ; 5, 1 ; 2 ; 5 ; XIV, 5, 3 ; XV, 5, 3 ; 6, 3 ; 5 ; 6·アサン＝カトゥフ XV, 6, 9·アペルハシム VII, 7, 4・エレグモス XV, 6, 10・プヘアス XV, 4, 1］

ザトリキオン ζατρίκιον［チェス（西洋将棋）XII, 6, 1］

サラソクラトル θαλασσοκράτωρ（サラソクラトレス θαλασσοκράτορες）［艦隊の指揮官（イサアキオス＝コンドステファノス XIII, 7, 2・カスパクス XI, 5, 3・コンスタンディノス＝ドゥカス IX, 1, 8 ; 3, 1・ランドルフォスその他 XI, 10, 7)］

サンピエトロ大聖堂 St. Peter's Basilica（ローマ市）5-37

シ

シィ＝ヴァシリア σή βασιλεία［陛下 II, 5, 5 ; IV, 5, 2 ; 4 ; V, 5, 4 ; VI, 1, 4 ; VIII, 8, 3 ; IX, 5, 2 ; X, 4, 2 ; 11, 2 ; XI, 12, 6 ; XIII, 1, 9 ; XV, 6, 6］
シィコス σηκός［礼拝堂 III, 4, 4］
シィシアスティリオン θυσιαστήριον［祭壇 XI, 6, 7］
シィティコン θητικόν［召使い（ニキフォロス＝ヴリエニオスの）I, 5, 6］
ジェノヴァ（ジェノア）**艦隊** γενούσιος στόλος XI, 11, 1.
シオス θεῖος［神の］
シア＝ヴィヴリア θεῖα βιβλία［聖書 XIV, 8, 9］
シア＝エピファニア θεία ἐπιφάνεια［神的現象 VII, 4, 1］
シア＝オムフィ θεία ὀμφή［神の声 II, 9, 5 ; X, 2, 5 ; 5, 5 ; 6 ; XI, 6, 7 ; XV, 8, 4］
シア＝グラフィ θεία γραφή（シエ＝グラフェ θεῖαι γραφαί）［聖書 X, 1, 1 ; XIV, 8, 8 ; 9］
シア＝ディナミス θεία δύναμις［神の力 I, 6, 9 ; 7, 1 ; VIII, 5, 7 ; IX, 5, 3 ; 8, 4 ; XI, 6, 8］
シア＝ヒル θεία χείρ［神の御手 XIII, 1, 5］
シア＝プロニア θεία προνοία［神の摂理・神意 II, 1, 5 ; IV, 7, 2 ; VI, 9, 5 ; VIII, 6, 5］
シア＝ミハニィ θεία μηχανή［神の機械装置 IV, 8, 3］
シイ＝ロイ θεῖοι λόγοι［神の言葉 V, 9, 3］
シエ＝ヴィヴリィ θεῖαι βίβλοι［聖書 V, 9, 4］
シオン＝ソマ θεῖον σῶμα［神々しい存在（シオンは皇帝・皇后に関するすべてのことに対する宮廷儀礼のお決まりの形容辞）X, 8, 8 ; XII, 3, 6］
シオン＝ソマ＝ケ＝エマ θεῖον σῶμα καὶ αἷμα［神（キリスト）の肉と血 X, 8, 8］
シオン＝テメノス θεῖον τέμενος［聖堂 V, 9, 6 ; VI, 3, 5］
シオン＝ロイオン θεῖον λόγιον［神の言葉 XIV, 9, 3］
シオン Θεῖον(τό)［神 III, 5, 5 ; IV, 6, 1 ; X, 10, 7 ; XI, 6, 7］
シオン θεῖον(τό)［硫黄（管から発射される火の材料）XIII, 3, 6］
シグノン σίγνον（シグナ σίγνα）［署名の印 XIII, 12, 28］
シズモス σεισμός［地震（アレクシオス一族の反乱軍が都で引き起こした惨事のたとえ III, 5, 2・異端者ヴァシリオスに対して悪鬼たちの引き起こした地震 XV, 8, 7)］
シディルス σιδηροῦς［鉄の］
シディリィ＝ソラキス σιδηροῖ θώρακες［鉄の胸甲 I, 5, 2］
シディルス＝ヒトン σιδηροῦς χιτών(シディリ＝ヒトネス σιδηροῖ χιτῶνες)［鉄の下着（鎖帷子）XIII, 8, 1］
シディルン＝ピルィオン σιδηροῦν πυργίον［鉄の城塞 X, 5, 3］
シディロス σίδηρος（シディリ σίδηροι）［剣 XI, 4, 4 ; 11, 6 ; XIV, 5, 3・武力 IX, 10, 1・鉄材 XI, 1, 7・鉄片 I, 3, 1］
シナスピズモス συνασπισμός［密集隊列 V, 4, 2 ; 5, 7 ; VII, 3, 7 ; 10 ; 8, 5 ; 10, 4 ; IX, 10, 1 ; XIII, 4, 3 ; XV, 6, 3・盾と盾の並んだ戦列 III, 8, 7 ; XV, 7, 1・軍隊 VIII, 5, 2］
シナラグマ συνάλλαγμα（シナラグマタ συναλλάγματα）［結婚契約 I, 10, 2 ; 12, 4 ; 11 ; VIII, 9, 2 ; 6］
シニシア συνήθεια（シニシエ συνήθειαι）［親密さ III, 2, 6 ; VIII, 9, 4・慣わし・普通 IV, 4, 3 ; VI, 3, 2 ; 13, 1 ; VII, 7, 4 ; XI, 11, 5・税 III, 6, 7］
シノドス σύνοδος［公会議（カルケドンの）I, 13, 4・聖職者会議 III, 5, 4 ; V, 2, 3 ; 6 ; XV, 9, 3 ; 10, 1・

コンスタンティノープルで開かれた教会会議（ニロス問題）X, 1, 4；（ヴァシリオス問題）XV, 8, 7]

シムヴォリキ συμβολικοί［占い師 X, 5, 7］

シムヴォロマンディス συμβολόμαντις（シムヴォロマンディス συμβολομάντεις）［占い師 X, 5, 7］

シムパシア συμπάθεια（シムバシエ συμπάθειαι）［(税の）免除 III, 6, 6；7・罪の許し VI, 2, 4；VII, 10, 1；IX, 8, 4；9, 4；5；6；10, 3；XII, 6, 3；7；9；7, 2；4・情け XII, 6, 3］

シムフォニア συμφωνία（シムフォニエ συμφωνίαι）［協定・取決め・誓約 III, 10, 5；XIII, 9, 4；11, 1；2；12, 1；2；4；5；9；11；13；15；23；XIV, 1, 1；3, 8・（結婚）契約 VII, 8, 7］

シムフォノン σύμφωνον（τό）［協定 VIII, 9, 2；XIII, 12, 2］

シムベフォニメナ συμπεφωνημένα［約束された諸条項 XIII, 12, 2；12, 27・合意 XIV, 3, 9・約束 XIII, 12, 1］

シムベフォニメノン συμπεφωνημένον［合意（されたこと）XIII, 12. 7］

シムマヒア συμμαχία（シムマヒエ συμμαχίαι）［同盟軍 I, 1, 2；4, 5；6, 1；13, 6；III, 9, 1・援助 I, 2, 1；13, 10；14, 3・同盟関係 V, 8, 1・同盟者 I, 13, 1］

シムマホス σύμμαχος（シムマヒ σύμμαχοι）［同盟兵（者）・同盟軍（アレクシオス帝の V, 1, 4；5；2, 1；2；VII, 6, 1；9 , 3；コマニ VIII, 4, 2；トルコ人 I, 4, 4・ボエモンの XII, 1, 1・ローマ人の XIV, 8, 7・ニキフォロス＝ヴリエニオスの、パツィナキ I, 5, 2・パツィナキの、コマニ VIII, 5, 1・ロベール＝ギスカールの IV, 1, 2)］

シメア σημαία（シメエ σημαία）［旗・軍旗（一般的な意味 XI, 1, 5・帝国軍の I, 5, 6；II, 11, 3；V, 7, 3；VI, 1, 4；11, 1；4；14, 7；VII, 3, 9；11, 12；VIII, 1, 5；2, 1；2；XI, 2, 3；6・皇帝の V, 6, 1；VIII, 5, 6；XI, 2, 5・スキタイの VIII, 1, 5；2, 1；2・聖ペトロの黄金の御旗 X, 7, 3)］

十字軍 Crusades 3-70, 4-44, 10-47, 10-55, 10-59, 10-65, 10-75, 10-86, 10-99, 10-111, 10-114, 10-125, 11-5, 11-38, 11-39, 11-47, 11-60, 11-76, 11-80, 11-83, 11-92, 11-95, 11-99, 11-121, 11-124, 12-6, 13-35, 13-82, 15-4

十字軍士 crusaders 4-44, 6-123, 6-157, 10-49, 10-59, 10-64, 10-99, 10-111, 10-114, 10-125, 11-3, 11-16, 11-37, 11-38, 11-41, 11-42, 11-58, 11-60, 11-71, 11-72, 11-76, 11-92, 11-94, 11-97, 11-99, 11-100, 11-101, 12-1, 12-6, 12-9, 13-104, 14-48, 14-74.

シラ θύρα（シレ θύραι）［扉・門（大宮殿の XV, 11, 16・コンスタンティノープルの教会の祭壇の）II, 5, 6］

シレア θυραία［世俗の（学）序文 , 4, 1］

シレオス θυρεός［大盾 XII, 4, 3・長盾 X, 9, 9；XII, 3, 8；XIV, 1, 3］

シンギニシス συγκίνησις［大移動（西方人の東方への）（十字軍）X, 5, 4］

シングラフィ συγγραφή（シングラフェ συγγραφαί）［史書・著作（ニキフォロス＝ヴリエニオスの 序文 , 3, 3；I, 4, 2；II, 1, 1；VII, 2, 6・アンナ＝コムニニの XIV, 9, 5)］

シングラフェフス συγγραφεύς（シングラフィス συγγραφεῖς）［歴史家（アンナ＝コムニニ XV, 3, 4；9, 1・古代の歴史家たち XV, 7, 9］

シングラマ σύγγραμμα（シングラマタ συγγράμματα）［覚書（アレクシオス帝についての古老たちの XIV, 7, 7)・書物（昔の VII, 5, 2・聖者たちの X, 1, 1)・著作（アンナ＝コムニニの XIV, 7, 4；XV, 3, 4；11, 15・古代ギリシア人の XV, 7, 9・ニキフォロス＝ヴリエニオスの 序文 , 3, 2；3；4；VII, 2, 6；X, 2, 2・ヨアニス＝イタロスの V, 8, 6；8)・文書（ボエモンの XIII, 12, 18)］

シングリティコス συγκλητικός［元老院議員の］

シングリティコス συγκλητικός［カタロゴス κατάλογος］［元老院議員団 III, 6, 4］

シングリティコン συγκλητικόν［シンタグマ σύνταγμα］［元老院議員団 XV, 8, 6］

シングリトス σύγκλητος［元老院 I, 9, 6 ; 13, 4 ; II, 5, 5 ; VI, 3, 2 ; 4, 1 ; 8, 3 ; IX, 6, 5 ; XII, 5, 4 ; 7, 2 ; XV, 9, 3］

シングリトス＝ヴリ σύγκλητος βουλή［元老院 XIV, 2, 5］

シンシキ συνθήκη（シンシケェ συνθήκαι）［取決め I, 13, 10 ; II, 3, 1 ; 6, 8 ; III, 4, 6 ; IV, 6, 9 ; XI, 4, 5・協定 I, 11, 6 ; V, 3, 1 ; VI, 5, 8 ; 10, 10 ; IX, 4, 4 ; XIII, 12, 2 ; XIV, 2, 2 ; XV, 6, 6］

シンシマ σύνθημα［合図・合言葉 I, 6, 4 ; II, 10, 2 ; 3 ; III, 8, 9 ; VIII, 6, 2 ; XIV, 5, 4・命令 II, 4, 3・取り決め XI, 2, 4 ］

シンダクサスセ συντάξασθαι〈συντάττω［別れを告げる XI, 3, 1］

シンダクシス σύνταξις［軍勢 XIII, 2, 1 ; XV, 4, 1・軍隊 XIII, 2, 1・戦闘隊形 XV, 3, 5 ; 6 ; 8］

シンタグマ σύνταγμα［(隊列を整えた）軍勢 I, 13, 6 ; IV, 6, 1 ; XIII, 2, 1 ; XIV, 2, 3 ; XV, 7, 2・集団 XV, 5, 1・階級 III, 5, 4 ; VIII, 1, 1 ; X, 2, 4 ; XV, 8, 6 ］

シンタグマタルヒス συνταγματάρχης / ξυνταγματάρχης（シンタグマタルヘェ συνταγματάρχαι）［軍隊の指揮者・軍団長 XIII, 2, 1 ; XV, 5, 1 ; 7, 1］

新プラトン主義 Neoplatonism 0-4, 5-89, 5-96, 14-96

ス

スゥリス＝アルキ θοῦρις ἀλκή［猛々しい力（ホメロスによって使われる語句）I, 5, 4］

スカフォス σκάφος (τό)（スカフィ σκάφη）［船体 III, 12, 4・船 II, 11, 2 ; III, 12, 5 ; X, 7, 4 ; XI, 12, 2］

スキタイ戦争 battles with Scythians（1087-1091 年）8-34, 14-100

スキタイの σκυθικός

スキタイの衣服 σκυθικὰ ἄμφια VIII, 1, 5 ; 2, 2.

スキタイの投槍 σκυθικὸν βέλος XIII, 8, 2.

スキタイの言葉 σκυθικὴ διάλεκτος VII, 9, 3.

スキタイの民 σκυθικὸν ἔθνος I, 5, 6 ; XIV, 7, 2.

スキタイの出撃部隊 σκυθικαὶ ἐκδρομαί VII, 7, 3.

スキタイの集団（まとまり）σκυθικὴ ὁμαιχμία VIII, 1, 5.

スキタイの戦列 σκυθικὴ παρατάξις VII, 9, 3.

スキタイの軍旗 σκυθικαὶ σημαίαι VIII, 1, 5 ; 2, 2.

スキタイの衣服 σκυθικαὶ στολαί VIII, 2, 3.

スキタイ軍 σκυθικὸν στράτευμα（στρατεύματα）VI, 14, 7 ; VII, 1, 1 ; 3, 1 ; 9, 7 ; VIII, 4,1 ; 4.

スキタイ軍 σκυθικὴ στρατια VIII, 4, 4.

スキタイの密集隊列 σκυθικὸς συνασπισμός VII, 3, 10.

スキニ σκηνή(スキネ σκηναί)［幕舎 I, 7, 5 ; 8, 1 ; 2 ; II, 7, 4 ; 9, 3 ; III, 8, 7 ; 8 ; IV, 2, 5 ; 6, 1 ; 2 ; 3 ; 7, 1 ; V, 1, 1 ; 4, 1 ; 5, 3 ; VI, 12, 2 ; VII, 3, 2 ; 6 ; 11, 1 ; 6 ; VIII, 3, 5 ; 8, 1 ; 2 ; 4 ; IX, 4, 5 ; 5, 2 ; 7, 3 ; 8, 1 ; 9, 2 ; 3 ; X, 4, 10 ; XI, 3, 2 ; 7, 5 ; 8, 4 ; XII, 3, 9 ; XIII, 1, 1 ; 4 ; 6 ; 8 ; 10 ; 4, 9 ; 7, 1 ; 9, 4 ; 10, 3 ; 11, 2 ; XIV, 3, 8 ; 8, 9 ; XV, 1, 3 ; 3, 5 ; 6, 2 ; 6］

スキニコス σκηνικός（スキニキィ σκηνικοί）［見せ物行列を仕切る者 XII, 6, 5 ; 7］

スキプトロン σκῆπτρον（スキプトラ σκῆπτρα）［支配権 I, 6, 9 ; XIII, 12, 7 ; 11 ; 7・帝権 I, 13, 4・帝国 VI, 11, 3 ; XIV, 3, 9・帝笏 序文, 1, 2 ; I, 1, 1 ; 4, 1 ; 12, 6 ; 15, 2 ; 4 ; III, 1, 5 ; 4, 5 ; 6, 5 ; V,

8, 2 ; VI, 10, 5 ; VII, 2, 6 ; IX, 8, 2 ; XII, 1, 1 ; 5, 3 ; 4 ; 5 ; XIII, 12, 22 ; XIV, 3, 9 ; 7, 5・(銀鋲のついた) 槍 VI, 11, 1 ; 4・笏 XII, 4, 5]

スキプトロン = スゥ σκῆπτορον σου [陛下 XIII, 12, 1]

スキムブス σκίμπους (スキムベス σκίμπες) [寝台 I, 8, 2 ; XV, 2, 1 ; XV, 11, 9・帝座 X, 10, 6 ; XI, 3, 4 ; XIII, 9, 5]

スグリツィス Σγουρίτζης [ニキフォロス = ヴリエニオスからアレクシオスに贈られた名馬の名 IV, 7, 2]

スケヴイ σκευή(スケヴエ σκευαί)[輜重 IV, 7, 1・軍用行李 XIV, 6, 2 ; XV, 6, 3・荷物 VII, 3, 2 ; XI, 4, 6 ; 5, 6 ; 6, 9 ; 8, 3 ; 4・液体 (ギリシアの火) XI, 10, 4]

スケヴオス σκεῦος (スケヴイ σκεύη) [インク壺 II, 10, 1・軍用行李 I, 8, 2・(礼拝用の) 容器 VI, 3, 3]

スコペフス σκοπεύς [偵察者 XII, 8, 8]

スコポス σκοπός(スコピィ σκοποί)[偵察兵 VI, 14, 6 ; VII, 8, 6 ; XIV, 1, 5・見張り IV, 1, 1 ; VI, 1, 3]

スタヴリオン σταυρίον [小さな十字架 II, 5, 7]

スタヴロス σταυρός (スタヴリィ σταυροί) [十字架 (胸につるした十字架の飾り物 II, 5, 6 ; 7 ; 8・十字の印 VI, 8, 2 ; XIV, 4, 8・木製の十字架 X, 5, 6 ; XV, 9, 3 ; 4 ; 10, 1・キリストの架けられた十字架 X, 9, 5 ; XIII, 12, 27・キリストに対する十字架刑 XIV, 3, 6・アンキラの司祭によって運ばれた十字架 XI, 8, 2)]

スタディオン στάδιον (スタディア στάδια) [距離の単位 (アンナは milion (Roman mile、約 1500 m) の意味で使っている) I, 5, 2 ; 7, 4 ; IV, 2, 3 ; 5, 2 ; V, 5, 6 ; VI, 10, 3 ; VII, 3, 2 ; VIII, 1, 3 ; 6, 3 ; IX, 4, 6 ; 5, 1 ; X, 4, 10 ; 8, 4 ; XI, 2, 8 ; 10, 9 ; XII, 8, 7 ; XIII, 3, 12 ; 9, 4 ; 10, 1 ; XV, 7, 4]

スタティル στατήρ (スタティレス στατῆρες) [ローマ帝国の金貨 (ノミスマ) X, 8, 2 ; 10 ; XI, 4, 3 ; 5, 4]

スティホス στοῖχος (スティヒ στοῖχοι) [隊列 VII, 9, 6・列 X, 6, 4]

スティリィ στήλη (スティレェ στῆλαι) [(コンスタンティノープルの大通りに建っている) 彫像・柱 VI, 10, 10]

ステノポス στενωπός (ステノピィ στενωποί) [山間の隘路 VI, 14, 2 ; 3 ; VII, 2, 1]

ステファノス στέφανος (ステファニ στέφανοι) [冠 (セヴァストクラトルとケサルの III, 4, 1・キリストの茨の XIII, 12, 27)]

ステフォス στέφος (ステフィ στέφη) [冠 (皇后イリニの III, 2, 7・ヨアニス = コムニノスの VI, 8, 5・レオン = ディオエニスとニキフォロスの IX, 6, 1・アンナ = コムニニの VI, 8, 3)]

ステマ στέμμα (ステマタ στέμματα) [冠 (皇帝の I, 4, 1・セヴァストクラトルとケサルの III, 4, 1)]

ストア Στοά 〈στοά〉 [ゼノンに始まる古代の哲学者の学派 VIII, 6, 5 ; X, 2, 1 ; XIV, 8, 9]

ストア στοά (ストエ στοαί) [柱廊 (大宮殿の XIV, 9, 3 ; XV, 10, 4・ソロモンの XV, 7, 4)]

ストラティア στρατια (ストラティエ στρατιαί) [軍隊・軍勢 随所に]

ストラティイア σταρατηγία (ストラティイエ στρατηγίαι) [戦術 IV, 6, 1 ; XIII, 4, 1・遠征・軍事行動 VII, 5, 3 ; VIII, 2, 5 ; XIV, 8, 8 ; XV, 8, 2・将軍ぶり XIV, 7, 8]

ストラティイキィ στορατηγική [戦術 IV, 1, 1]

ストラティイコス στρατηγικός [兵法に優れた・軍司令官の・戦略上の・兵法上の]

ストラティイカ = エピヒリマタ σταρατηγικὰ ἐπιχειρήματα [軍事上の作戦計画 XIII, 5, 4]

ストラティイカ = テフナズマタ στρατηγικὰ τεχνάσματα [戦略 IX, 2, 1]

ストラティイキィ = アゴニア στρατηγικὴ ἀγωνία [戦術の行使 XIV, 8, 8]

ストラティイキ = エムピリア στρατηγικὴ ἐμπειρία [軍司令官の経験 I, 1, 3]

ストラティイキ＝ディナミス στρατηγικὴ δύναμις［将軍としての力量 XII, 2, 1］
ストラティイコタティ＝ヴリ στρατηγικωτάτη βουλή［戦略上における計画 VII, 2, 5］
ストラティイコテロン στρατηγικώτερον［エピノイマ ἐπινόημα］［より策に富む（計画）VI, 10, 11］
ストラティイキ＝エピスティミ στρατηγικὴ ἐπιστήμη［軍司令官としての力量 V, 4, 2 ; 7, 2］
ストラティイキ＝エフタクシア στρατηγικὴ εὐταξία［戦略上の規律 XI, 6, 3］
ストラティイキ＝カタスタシス στρατηγικὴ κατάστασις［戦略上の構成 IV, 1, 1］
ストラティイキ＝パノプリア σταρατηγικὴ πανοπλία［完全な軍装備 IX, 10, 1］
ストラティイキ＝パラタクシス στρατηγικὴ παράταξις［戦列の配置 VII, 2, 5］
ストラティイキ＝ピラ στρατηγικὴ πεῖρα［軍司令官としての経験］XIV, 3, 1
ストラティイキ＝ポリピリア στρατηγικὴ πολυπειρία［軍司令官としての豊かな経験 I, 1, 3 ］
ストラティイキ＝ミハニィ στρατηγικὴ μηχανή（ストラティイケ＝ミハネ στρατηγικαὶ μηχαναί）［戦術によるかけひき I, 5, 1］
ストラティイコン στρατηγικὸν［ティ τὶ］［軍事的（成果）X, 11, 10・（措置）XIII, 2, 2］
ストラティイコン＝ミハニマ στρατηγικὸν μηχάνημα［術策 XV, 3, 3］
ストラティイス στρατηγίς（ストラティイデス στρατηγίδες）［ストラティゴスの指揮下にある軍事地区（アイオス＝イリアス XIII, 12, 18・アンダラドス XIII, 12, 21・アルタフ XIII, 12, 18・ヴォルゼ XIII, 12, 18・セゼル XIII, 12, 18・テェルフ XIII, 12, 18・ラオディキア XIII, 12, 21・アンダルト XIII, 12, 21)］
ストラティオティカ στρατιωτικά［軍事・兵学・軍事教育 I, 11, 2 ; III, 2, 2 ; 9, 1 ; V, 1, 5 ; VII, 2, 6 ; 9 ; X, 2, 7 ; 3, 2 ; 10, 1 ; XI, 9, 2 ; XII, 1, 6 ; XIII, 2, 1 ］
ストラティオティコス στρατιωτικός［軍人の・兵士の・軍の］
ストラティオティキ＝エピスティミ στρατιωτικὴ ἐπιστήμη［軍事の知識 IV, 5, 5 ; V, 5, 7］
ストラティオティキ＝エフタクシア στρατιωτικὴ εὐταξία［軍事上の規律・軍勢の見事な整列 II, 10, 3 ; XI, 5, 5］
ストラティオティキ＝エムピリア στρατιωτικὴ ἐμπειρία［兵士としての経験 V, 1, 4］
ストラティオティキ＝パノプリア στρατιωτικὴ πανοπλία［完全装備 XIII, 6, 5］
ストラティオティキ＝ピラ στρατιωτικὴ πεῖρα［戦争体験 IV, 6, 7］
ストラティオティキ＝ピラ στρατιωτικὴ πήρα［軍用の革袋 XIII, 1, 10］
ストラティオティキ＝ヒル στρατιωτικὴ χείρ［兵士の手 XII, 8, 5］
ストラティオティキ＝ペディア στρατιωτικὴ παιδεία［軍事教育 VIII, 9, 6 ; XIV, 1, 3］
ストラティオティキ＝ポリピリア στρατιωτικὴ πολυπειρία［兵士としての豊かな経験 I, 1, 3］
ストラティオティケ＝エンヒリシス στρατιωτικαὶ ἐγχειρήσεις［軍事上の企て XIII, 5, 4］
ストラティオティコス＝カタロゴス στρατιωτικὸς κατάλογος［兵士・軍人階級 X, 2, 5 ; XI, 9, 2 ; XII, 5, 4 ; XIV, 2, 5］
ストラティオティコン＝エスノス στρατιωτικὸν ἔθνος［勇敢な精神 I, 7, 2］
ストラティオティコン＝シンタグマ σταρατιωτικὸν σύνταγμα［軍人階級・軍関係 VIII, 1, 1 ; IX, 8, 2 ; 4 ; X, 2, 4 ; XV, 8, 6］
ストラティオティコン＝プリソス στρατιωτικὸν πλῆθος［多数の兵士 III, 2, 2］
ストラティオティコン στρατιωτικόν（τό）［軍隊・兵隊・軍人 III, 6, 5 ; VI, 3, 2 ; VIII, 3, 5 ; IX, 1, 6 ; XI, 6, 3 ; 5 ; 6 ］
ストラティオティス στρατιώτης（ストラティオテェ στρατιῶται）［兵士 随所に］

ストラティオティス στρατιῶτις［女戦士 XII, 8, 4］

ストラティオティデス στρατιώτιδες［ニエス νῆες］［兵士輸送船 XIII, 2, 2］

ストラティガトン στρατηγάτον（ストラティガタ στρατηγάτα）［軍事地区（ヴァラネフスの XIII, 12, 21・ガヴァラの XIII, 12, 21・タルソスの XIII, 12, 21・パグラスの XIII, 12, 19・パラツァの XIII, 12, 19・マラケフスの XIII, 12, 21）］

ストラティゴ στρατηγώ［二人の軍司令官（ツァハスとダラシノス VII, 8, 7）］

ストラティゴス στρατηγός（ストラティイ στρατηγοί）［軍司令官 I, 3, 2 ; 4 ; 6, 7 ; 8 ; 9 ; 8, 1 ; 2 ; 4 ; 6 ; 9, 3 ; III, 8, 7 ; V, 4, 4 ; 5, 7 ; VI, 14, 7 ; VII, 8, 7 ; X, 4, 7 ; XI, 5, 5 ; 12, 6 ; XII, 2, 5 ; 4, 3 ; 5, 2 ; XIII, 2, 1 ; 4, 3 ; 6 ; XIV, 7, 8 ; XV, 1, 1 ; 3, 2 ; 7, 1・地方および都市の司令官（ディラヒオンの XIII, 3, 11・キリキアの XII, 2, 7・ラムビの XI, 5, 6・フィラデルフィアの XIV, 3, 1）］

ストラティゴス=アフトクラトル στρατηγὸς αὐτοκράτωρ［総司令官（アレクシオス=コムニノス（西方軍の）I, 1, 3 ; II, 1, 1 ; 3・マヌイル=コムニノス（東方軍の）II, 1, 1・マヌイル=コムニノス（アレクシオス帝の祖父）XI, 1, 6）］

ストラテヴマ σταράτευμα（ストラテヴマタ στρατεύματα）［軍隊・軍勢・部隊・遠征軍 随所に］

ストラテフシモス στρατεύσιμος［イリキア ἡλικία］［兵役に適した（年齢）V, 8, 1 ; VII, 9, 6］

ストラトス στρατός［軍隊・軍勢・一隊 随所に］

ストラトペダルヒス στρατοπεδάρχης［ストラティゴス（軍司令官）と同意語、最高司令官の称号の一つでもある（アレクシオス=コムニノス I, 2, 1 ; 2 ; 3 ; 6 ; 3, 1 ; 2 ; II, 7, 2・エフマシオス=フィロカリス IX, 2, 4・アスピエティス XII, 2, 6 ; 7）］

ストラトペドン στρατόπεδον（ストラトペダ στρατόπεδα）［陣営（地）I, 8, 1 ; 3 ; IV, 1, 2 ; V, 5, 7 ; XIV, 1, 1・軍隊 II, 10, 4 ; III, 8, 7 ; VI, 2, 1 ; 11, 6 ; VIII, 5, 7 ; IX, 2, 2 ; XIII, 4, 1 ; XV, 5, 1 ; 3］

ストラトペドン=トン=オプリトン στρατόπεδον τῶν ὁπλιτῶν［歩兵軍 VII, 3, 7］

ストロス στόλος（ストリィ στόλοι）［艦隊（アルゴナウテスたちの XII, 9, 1・ヴェネツィアの I, 2, 3 ; VI, 5, 4・ケルト人の XIV, 3, 4・ジェノアの XI, 11, 1 ; 2・ツァハスの VII, 8, 1 ; 4 ; VIII, 3, 2 ; IX, 1, 2・ピサの XI, 10, 3 ; 6 ; 9・ピサとジェノア、ロンギヴァルディアの XIV, 3, 3・フランク人の XIV, 3, 2 ; 4, 1・ボエモンの XI, 12, 1 ; XII, 9, 1 ; XIII, 2, 2・ロベール=ギスカールの I, 16, 1 ; III, 12, 7 ; IV, 2, 2 ; 3 ; 4 ; 3, 1・ローマ帝国の II, 11, 1 ; 2 ; 5 ; III, 2, 1 ; IV, 3, 1 ; VI, 13, 1 ; VII, 2, 7 ; 8, 2 ; 3 ; 4 ; 8 ; 10 ; IX, 1, 3 ; 7 ; 9 ; 2, 1 ; X, 7, 2 ; 8, 2 ; 3 ; 4 ; XI, 4, 3 ; 5, 1 ; 2 ; 3 ; 4 ; 7, 6 ; 10, 2 ; 3 ; 4 ; 5 ; 7 ; 9 ; 10 ; 11, 1 ; 3 ; XII, 4, 3 ; XIII, 2, 2 ; 7, 4 ; XIV, 3, 4 ; 4, 1・ヴェネツィア人とローマ人の IV, 3, 1 ; 2 ; 6, 4 ; V, 1, 1 ; VI, 5, 5）］

スパサリオス σπαθάριος［爵位の一つ II, 11, 1 ; 2 ; 3 ; 4］

ズパノス ζουπάνος（ズパニ ζουπάνοι）［セルビア・ハンガリアの部族長（ジュパン Župan）IX, 10, 1 ; XIII, 12, 28］

スヒデヴモス σχιδευμός（スヒデヴミィ σχιδευμοί）［税の減額 III, 6, 7］

スヒマ=ポレムゥ σχῆμα πολέμου［戦闘隊形 IV, 4, 2 ; VI, 14, 3 ; 7 ; VII, 3, 6 ; 7 ; 11, 5 ; VIII, 5, 5 ; IX, 1, 4 ; XI, 5, 5 ; XIII, 2, 1 ; 8, 1］

スヒマ=モスゥ σχῆμα μόθου［戦闘隊形 XI, 10, 3］

スフライス σφραγίς［印章（アレクシオス帝の III, 4, 6・アンナ＝ダラシニの III, 6, 6）］

スヘティコス σχετικῶς［神を想起させるものへの崇拝として（聖像）V, 2, 5］

スヘドグラフィア σχεδογραφία［文章分析の作業 XV, 7, 9］

スヘドス σχέδος（スヘディ σχέδη）［文章の分析演習帳（生徒に文法的に分析させる文章の記された書板）XV, 7, 9］

スポンディ σπονδή（スポンデエ σπονδαί）［協定 I, 11, 5 ; III, 8, 6 ; 11, 5 ; VI, 4, 4 ; 9, 1 ; 10, 2 ; 8 ; 12, 1 ; 5 ; VII, 6, 3 ; 5 ; 8, 7 ; 8 ; VIII, 3, 2 ; 7, 4 ; IX, 3, 4 ; X, 8, 9 ; XI, 1, 6 ; 5, 3 ; 11, 6 ; XII, 8, 3 ; XIII, 4, 3 ; 9, 8 ; XIV, 2, 10 ; 3, 7］

スミクラ σμικρά［プリア πλοῖα］［小型の（船）VI, 5, 6］

スリスキア θρησκεία［教義（マニ教徒の）XIV, 8, 9 ; XV, 9, 5］

スルタニキオン σουλτανίκιον 〈σουλτανίκιν〉［スルタンの館（宮殿）III, 11, 1 ; VI, 10, 1 ; XV, 1, 1・スルタンの地位 VI, 9, 2 ; 10, 1 ; 12, 7］

スルタン σουλτάνος / σουλτάν［セルジュク＝トルコの君主の称号（一般的な意味 VI, 12, 8 ; 13, 1・マリク＝シャー（在位 1072~1092）I, 2, 2 ; VI, 9, 1 ; 3 ; 4 ; 12, 1 ; 2 ; 3 ; 4 ; 5 ; 6 ; 7 ; 8・スレイマン / マリク＝シャー（在位 1077-1086）III, 11, 4 ; IV, 2, 1 ; V, 5, 2・パルイアルフ（在位 1092-1105）VI, 10, 3 ; XI, 4, 1 ; 3 ; 6, 2・クリツィアススラン（在位 1092-1106））VI, 12, 8 ; IX, 3, 2 ; 3 ; 4 ; X, 6, 3 ; XI, 1, 2 ; 3 ; 4 ; 5 ; 2, 3 ; 5 ; 8 ; 3, 5・マリク＝シャー/クルツィアススラン（ルムのスルタン）（在位 1106~1116）XIV, 3, 7 ; 8 ; XV, 1, 1 ; 2, 6 ; 4, 3 ; XV, 5, 3 ; 6, 1 ; 2 ; 3 ; 5 ; 6 ; 7 ; 9 ; 10・ガージ＝イブン＝ダニシュメンド XI, 3, 5)］

スレマタ θρέμματα［羊群（主教たち）XIII, 12, 20］

スロノス θρόνος（スロニ θρόνοι）［（皇帝）（教皇）（主教）座など 随所に］

スロノス＝イメテロス θρόνος ὑμετερος［両陛下（アレクシオスとヨアニス）XIII, 12, 23］

セ

セアトロン θέατρον［競技場（コンスタンティノープルの）VI, 10, 10］

セアンソロポス θεάνθρωπος［神人（キリスト）X, 1, 3］

聖三位一体教会 l'église de la S. Trinité de Venosa（ヴェノーザ Venosa）6-73

聖使徒教会 Church of the Apostles（コンスタンティノープル）2-82, 2-94

聖ニコラオスの教会 Church of St. Nicolaus（コンスタンティノープル）2-34

聖パウロの孤児院 Orphanage of St. Paul（コンスタンティノープル）15-47, 15-56

聖墳墓教会 Church of the Holy Sepulcher（イェルサレム）11-88

聖ペテロの聖堂 St Peter's Cathedral（アンティオキア）11-68

聖ヨアニス教会 church of t. John Theologian（コンスタンティノープル）12-32

聖ヨハネ門 Porta San Giovanni（ローマ市）5-37

聖ロマノス門 ἡ κατὰ τὸν ἅγιον Ῥωμανὸν πύλη［現トプカプ Top Kapı X, 9, 7］

セイレーン Σειρήν［上半身は女で下半身は魚の形をした伝説上の怪物、美しい歌で船人を引きつけ破滅に導くと言われる XIV, 7, 4］

セヴァストクラトル σεβαστκράτωρ［アレクシオス帝の創設した最高位の爵位（一般的な意味 III, 4, 1 ; 3・イサアキオス＝コムニノス III, 4, 1 ; 7 ; 10, 6 ; V, 2, 3 ; 4 ; 9, 5 ; VIII, 7, 3 ; 8, 1 ; 2 ; 3 ; 4 ; 9, 2 ; 4 ; IX, 4, 4 ; X, 7, 2 ; XII, 4, 3 ; 4 ; 6, 3 ; XIII, 10, 2 ; XV, 8, 4)］

セヴァストス σεβαστός（セヴァスティ σεβαστοί）［爵位（I, 9, 6 ; III, 4, 1 ; 3・保有者アレクシオス＝コムニノス I, 9, 6・アペルハシム VI, 10, 10・ヴァイムンドス（ボエモン）XIV, 1, 1・マリノス XIII, 4, 4 ; 9, 8 ; 12, 28・ニキフォロス＝コムニノス III, 4, 2・尊厳なる（アレクシオスとヨアニス III, 4, 3 ; XIII, 12, 4 ; 15 ; 16 ; 19 ; 27 ; XIV, 7, 8)］

セヴァストス＝アフトクラトル σεβαστὸς αὐτοκράτωρ［尊厳なる皇帝（凱旋皇帝への呼称の一つ）

XIV, 7, 8]

ゼウス Ζεύς［古代ギリシアの主神 IV, 8, 1 ; XV, 6, 8]

セオス Θεός［(キリスト教徒の) 神 序文 , 1, 2 ; I, 2, 5 ; 6, 9 ; 12, 3 ; 13, 10 ; 15, 6 ; 16, 4 ; II, 1, 6 ; 2, 3 ; 4, 5 ; 7 ; 5, 1 ; 6 ; 8 ; 7, 4 ; 8, 2 ; 10, 2 ; 12, 5 ; 6 ; III, 2, 7 ; 5, 1 ; 2 ; 6, 2 ; 5 ; 8, 10 ; 9, 2 ; 3 ; 10, 3 ; 4 ; 6 ; 8 ; 12, 4 ; 5 ; 7 ; IV, 2, 2 ; 5, 7 ; V, 2, 2 ; 3 ; 5 ; 4, 8 ; 5, 4 ; 5 ; 8, 3 ; VI, 8, 5 ; 12, 4 ; VII, 2, 6 ; 8 ; 3, 10 ; VIII, 1, 4 ; 3, 1 ; 4, 3 ; 5, 3 ; 9 ; 7, 4 ; IX, 3, 2 ; 4, 2 ; 5, 2 ; 7, 3 ; 5 ; 6 ; 9, 4 ; 6 ; X, 1, 1 ; 2, 3 ; 5 ; 3, 5 ; 9, 5 ; XI, 2, 9 ; 3, 3 ; 4, 4 ; 6, 7 ; 8 ; 12, 5 ; XII, 1, 3 ; 3, 2 ; 5 ; 4, 5 ; 6, 3 ; 7 ; 9 ; XIII, 2, 4 ; 5, 3 ; 8, 7 ; 9, 3 ; 11, 1 ; 12, 2 ; 7 ; 13 ; 14 ; 20 ; 27 ; XIV, 1, 3 ; 2, 6 ; 6, 3 ; 7, 1 ; 4 ; 6 ; 7 ; 8 ; 9, 3 ; XV, 3, 8 ; 4, 4 ; 7, 5 ; 10, 3 ; 11, 7 ; 9 ; 10 ; 15 ; 20 ; 21]

セオスティイ = ドグマタ θεοστυγῆ δόγματα［神を憎む教義（ヴォゴミリィの首領の）XV, 8, 6]

セオステェフィス θεοστεφής［神から帝冠を授かった XII, 12, 1]

セオセン Θεόθεν〈θεόθεν〉［神の助けによって XV, 3, 6]

セオトコス Θεοτόκος〈θεοτόκος〉［神の母（①ディラヒオンの近くパリアと呼ばれた場所にあった神の母の教会 IV, 2, 3·②コンスタンティノープルのキロスの聖堂にあった神の母の像 V, 8, 3・③シノペの神の母の聖堂 VI, 9, 5)］

セオフィリス θεοφιλής（セオフィリス θεοφιλεῖς）［神に愛された XV, 10, 4]

セオプリイス θεοπληγής［神に打ちすえられた XV, 8, 6]

セオフルリトン θεοφρούρητον［神によって守られた（両陛下クラトス = イモン）XIII, 12, 25]

セオプロヴリトス θεοπρόβλητος［神によって選ばれた XIII, 12, 1 ; 7 ; 18]

セオミシス θεομισής［神を憎む XV, 8, 5]

セオミトル Θεομήτωρ［神の母 I, 16, 4 ; II, 5, 6 ; 8 ; 6, 3 ; VI, 3, 5 ; XII, 6, 2 ; 7 ; XIII, 1, 2 ; XIV, 7, 8 ; XV, 11, 13]

セオミニア θεομηνία［神の怒り IV, 2, 1]

セオロイア θεολογία［神についての教え（神学）XV, 8, 5]

セオロゴス θεολόγος［神学者（福音書記者ヨアニス（ヨハネ）の通称）II, 7, 6 ; III, 4, 4 ; XI, 5, 1]

セクレティコス σεκρετικός（セクレティキ σεκρετικοί）［諸局の役人 III, 6, 6]

セクレトン σέκρετον（セクレタ σέκρετα）［中央行政の局 III, 6, 6 ; 7·教会の財産管理担当部 VI, 3, 5・孤児の家の事務機関 XV, 7, 7]

セシス θέσις［地勢（ラリサ近くの）V, 5, 5]

セスピスマタ θεσπίσματα［布告文書 III, 6, 3]

セズモス θεσμός（セズミィ θεσμοί）［(歴史の) 法 V, 9, 3 ; XV, 11, 2・(ローマ人の) 法 XIII, 12, 13]

セズモセティス θεσμοθέτις［立法者（アンナ = ダラシニ）III, 7, 5]

セマ θέμα（セマタ θέματα）［地方（一般的な意味 III, 6, 7 ; XIII, 12, 23·アルメニアコン XI, 12, 5·アエトスの XIII, 12, 24・エデサの近く位置する諸地方 XIII, 12, 24・ズメの XIII, 12, 19・カシオティスの XIII, 12, 24・ラパラの XIII, 12, 24・リムニアの XIII, 12, 24・ニソスの XIV, 8, 1・ポダンドン XIII, 12, 21)］

セラペニス θεραπαινίς（セラペニデス θεραπαινίδες）［(皇帝の) 侍女 VI, 4, 2]

セラポン θεράπων（セラポンデス θεράποντες）［従者・召使い（アレクシオス帝の父の I, 8, 4 ; V, 4, 8 ; 5, 3 ; VI, 4, 2 ; VII, 3, 6 ; 9 ; 11 ; 10, 4 ; VIII, 1, 2 ; IX, 9, 1 ; XIII, 1, 8・ボエモンの XIII, 10, 3・皇后エヴドキアの III, 2, 5・エオルイオス = パレオロゴスの VIII, 2, 2・ヨアニス = ドゥカスの II, 12, 1・皇后イリニの VIII, 9, 6・イサアキオス = コムニノスの II, 3, 2・ミハイル = ドゥ

カスの VII, 3, 11・ニキフォロス = ヴォタニアティスの II, 11, 1)]

セルエンディオス σεργέντιος（セルエンディイ σεργέντιοι）［歩兵（中世のラテン語 serviens からの転写）XIII, 9, 6］

セルモン σέρμων（セルモネス σέρμονες）［戦艦の一種 III, 9, 1］

ソ

ゾグリアス ζωγρίας（ゾグリエ ζωγρίαι）［捕虜 XI, 7, 2］

ゾスティル ζωστήρ［船腹の外板線 VI, 5, 7］

ソティリア σωτηρία［救済 II, 12, 3］

ソティル Σωτήρ［救世土・救い手（キリスト）VIII, 9, 6 ; X, 6, 6 ; 9, 5 ; 10, 2 ; XIII, 12, 13 ; 27 ; XIV, 1, 1 ; 2, 13 ; XV, 7, 5］

ソティル σωτήρ［救い手（アレクシオス帝）VIII, 3, 1］

ゾニ ζώνη［(ドゥクスの職標としての）帯 I, 16, 3・都市の防壁帯 XIV, 2, 9］

ソフィア Σοφία［大神智の聖堂 ὁ τῆς μεγάλης Σοφίας ναός II, 5, 2・神智の、神の大聖堂 ὁ μέγας τοῦ Θεοῦ ναὸς τῆς τοῦ Θεοῦ Σοφίας II, 12, 6］

ソフィア σοφία［知識（聖と俗の学 序文 , 4, 1 ; V, 8, 3 ; VII, 2, 6・本当の知恵 V, 9, 3・軍事上の才知 XV, 3, 2］

ソラキオン θωράκιον（ソラキア θωράκια）［胸甲（ティロスの外壁の喩え）XIV, 2, 9］

ソラキディオン θωρακίδιον［面頬 I, 5, 7］

ソラクス θώραξ（ソラケス θώρακες）［胸甲 I, 5, 2 ; 6, 3 ; 9, 3 ; 14, 1 ; X, 7, 3 ; 8, 6 ; 7 ; 9, 4 ; 9 ; XIII, 8, 1］

ソン = クラトス σόν κράτος［陛下 II, 3, 3 ; XIII, 11, 1 ; 12, 1 ; 3 ; 16］

タ

大セルジュク（朝） Great Seljuk Empire 1-13, 4-10, 6-102, 6-105, 6-110, 6-138, 6-141, 6-143, 6-146, 11-42, 11-59, 15-4

タヴロス Ταῦρος［牡牛座 XII, 4, 5］

ダキア軍 δακικὸν στράτευμα［ハンガリア軍 VII, 1, 1］

タクシス τάξις（タクシス τάξεις）［隊列 I, 5, 6 ; 6, 4 ; IX, 1, 6・戦闘隊形 I, 8, 3 ］

タクティカ = スフィグマタ τακτικὰ σφίγματα［戦術上の巧みな結合方法 VII, 3, 7］

タクティケ Τακτηκή〈τακτική〉［アイリアノスの戦術書 XV, 3, 6］

タグマ τάγμα（タグマタ τάγματα）［軍隊・隊・軍勢・兵士の集団・隊の編成 I, 5, 2 ; 3 ; 9, 2 ; 13, 6 ; III, 3, 5 ; IV, 4, 3 ; 4 ; V, 3, 7 ; 5, 7 ; 8 ; 6, 1 ; 4 ; VI, 13, 3 ; VII, 3, 1 ; 10 ; 4, 1 ; 9, 3 ; 5 ; 11, 5 ; VIII, 6, 1 ; X, 5, 8 ; XI, 3, 5 ; 4, 3 ; 8, 5 ; XIII, 2, 1 ; 7, 1 ; XIV, 1, 1 ; XV, 1, 3 ; 5, 1 ; アルポンドポリの部隊 VII, 7, 1 ; エクスクゥヴィティの軍団 IV, 4, 3］

タグマタルヒス ταγματάρχης［軍司令官 XI, 5, 3］

ダニシュメンド朝 Dânishmendites（小アジア東部にあったトルコ人の地方政権）6-157, 11-5, 11-35, 11-38, 11-87, 11-95, 11-99, 12-57, 15-21, 15-36, 15-39

ダビデの詩篇 δαυτικὴ λύρα II, 7, 5.

ダビデの詩篇の一篇 δαυτικὸς ψαλμός X, 8, 8.

ダビデの詩篇の言葉 Δαυιτικὸν XV, 10, 2
タヒドロモス ταχυδρόμος［ναῦς］（タヒドロミィ ταχυδρόμοι）［快速船 VI, 5, 6 ; 9 ; XI, 10, 1］
タヒドロモス ταχυδρόμος［急使 III, 12, 1］
タフリア ταφρεία［堀をめぐらした陣地 IV, 3, 2 ; VIII, 4, 1 ; 5 ; XI, 3, 6 ; XIII, 10, 2・塹壕 XI, 6, 9］
タフロス τάφρος（タフリィ τάφροι）［溝 IV, 5, 1 ; 5 ; XIII, 3, 5・堀 I, 4, 5 ; V, 4, 1 ; 5, 3 ; VII, 8, 5 ; 11, 1 ; VIII, 3, 5 ; 4, 6 ; X, 5, 2 ; XI, 1, 7 ; 4, 1 ; 6 ; 10, 10 ; XIV, 8, 3］
タランドン τάλαντον（タランダ τάλαντα）［金貨（リトラ）XIII, 12, 25］

ツ

ツァグラ τζάγρα〈ツァグラ τζάγγρα〉［ラテン人の使う弩 X, 8, 5 ; 6 ; 7］
ツィカニスティリン Τζυκανιστήριν［大宮殿内のポロ競技場 XV, 9, 4］

テ

ディアヴォリス条約 Treaty of Diabolis 1-118, 13-82
ディアヴォロス διάβολος［悪魔 XV, 10, 3］
ディアクラティシス διακράτησις［属領・領地（アンティオキアの XIII, 12, 18・ドゥクスの XIII, 12, 18・レオンとセオドロスの XIII, 12, 18)］
ディアコニサ διακόνισσα（ディアコニセ διακόνισσαι）［(教会の）女性世話人 XV, 7, 8］
ディアセマ διάθεμα［星辰の位置 VI, 7, 2］
ディアディマ διάδημα［冠 序文 , 1, 2 ; I, 4, 1 ; 7, 1 ; 2 ; 12, 9 ; III, 1, 1 ; 4, 1 ; 5, 2 ; VI, 8, 3 ; XV, 11, 17］
ディアドホス διάδοχος［後継者（ニキフォロス＝ヴァシラキオス（ニキフォロス＝ヴリエニオスの）I, 7, 1・ニキフォロス＝シナディノス（ニキフォロス＝ヴォタニアティスの）II, 2, 1・ヨアニス＝コムニノス（アレクシオス帝の）XV, 11, 17・ロエリス（ロベール＝ギスカールの）V, 3, 3 ; VI, 6, 3］
ディアトリヴィ διατριβή（ディアトリヴェ διατριβαί）［やるべきこと（スキタイの）I, 5, 6］
ディアポンディオン＝ストラテヴマ διαπόντιον στράτευμα［海外遠征軍（ヴァイムンドスの）XII, 9, 2］
ティアラ τιάρα［(皇帝の）冠 III, 4, 6 ; VI, 8, 3］
ディアレクティキィ διαλεκτική［弁証術・問答法 V, 8, 3 ; 6］
ディアレクティコス διαλεκτικός（ὁ）［弁証家（イタロス）V, 9, 2］
ディアレクティコス διαλεκτικός［弁証術の］
　ディアレクティキィ＝トピィ διαλεκτικοὶ τόποι［弁証術の決まり文句 V, 8, 8］
　ディアレクティケェ＝エフォディ διαλκτικαὶ ἔφοδοι［弁証術的推理 V, 8, 6］
ディアレクティコタトス διαλεκτικώτατος［ことのほか討論術に長けた人（エレフセリオス）VI, 7, 5］
ディアレクトス διάλεκτος［言葉（ローマ帝国における日常の III, 4, 7 ; VIII, 3, 4・ラテン人の X, 5, 9 ; 8, 5 ; 9, 9 ; 10, 6 ; 7 ; XIV, 2, 6・ノルマン人の IV, 6, 5・ペルシアの VI, 12, 5・スキタイの VII, 9, 3・トルコ人の XI, 2, 9)］
ディアロイ διάλογοι［(プラトンの）対話作品 序文 , 1, 2］

ディイキシス διοίκησις（ディイキシス διοικήσεις）［舵取り II, 12, 2 ; III, 8, 4・管理 III, 6, 5・指揮 III, 7, 1 ; 3 ;・統治（権）III, 6, 3 ; 7, 2・教会管区 I, 13, 4］

ディイリス διήρης（ディイリス διήρεις）［二段櫂船 III, 9, 1 ; VI, 5, 4 ; 10, 5 ; IX, 3, 1 ; X, 8, 3 ; XI, 10, 1 ; 12, 2 ; XII, 9, 1 ; XIV, 3, 3］

ディオニュソス Διόνυσος［ブドウ酒の神 X, 5, 7］

ディオニュソスの柱 στῆλαι τοῦ Διονύσου［インドとの国境近くにあったとされる柱 VI, 11, 3］

ディオプトラ διόπτρα（ディオプトレ διόπτραι）［角度や高さなどを測る光学機器 XIII, 3, 9］

ディキ Δίκη［正義の女神 XIII, 1, 6］

デイシス δεήσις（デイシス δέησεις）［執り成しの祈り・嘆願 XI, 6, 7 ; XIII, 1, 2 ; XV, 11, 9］

ディスセヴィス δυσσεβής［不敬虔な（ヴォゴミロスのヴァシリオス）XV, 10, 4］

ディセヴィア δυσσέβεια［不敬虔（マニ教徒あるいはパヴリキニィの）XV, 8, 1］

ディダスカロス διδάσκαλος（ディダスカリィ διδάσκαλοι）［教師・教官（一般的意味 V, 8, 3・軍事教官（アレクシオス＝コムニノス XIII, 2, 1）・異端の教えの教師（ニロス X, 1, 2）・ヴォゴミリィの教師（ヴァシリオス XV, 8, 3）・哲学の指導者（イタロス V, 8, 5）］

ティタノス τίτανος［石灰（髭を剃るための）XIII, 10, 4］

ディナステイア δυναστεία［王国（ブルガリアの VII, 3, 4）・権力（ローマ人の XIV, 7, 1）］

ディナミス δύναμις（ディナミス δυνάμεις）［軍勢・軍隊・軍・陸軍 随所に・兵力（マスカヴェリスの I, 11, 4）・多数の兵士 VI, 14, 4 ; VIII, 4, 5 ; XV, 2, 5・力（神の・天上の）I, 6, 9 ; III, 12, 7 ; IV, 7, 1 ; VIII, 5, 7 ; IX, 5, 3 ; 8, 4 ; XI, 6, 8 ; XIII, 12, 13］

ティヒ τύχη（ティへ τύχαι）〈Τύχη〉［生まれ I, 10, 4・運 序文, 4, 1 ; I, 10, 4 ; VI, 11, 4・運命の女神 X, 2, 2 ; XII, 5, 1 ; 5 ; 6, 9 ; XIII, 12, 11・境遇 I, 12, 5 ; IV, 1, 4・幸運・僥倖 序文, 4, 1 ; I, 1, 2 ; 13, 1 ; XII, 9, 1 ; 2 ; XIII, 10, 5 成り行き I, 5, 1 ; 6, 1 ; 10, 1 ; 15, 6 ;（ローマ帝国の運命の）XII, 5, 3・不運 V, 4, 1 ; XIV, 7, 1・身分・地位 I, 10, 3 ; IV, 3, 2 ; 4, 3 ; VIII, 1, 1 ; X, 2, 2 ; XI, 9, 3 ; 12, 4 ; XII, 8, 6 ; XV, 2, 3］

ティヒオン τειχίον［塁壁 XI, 4, 7］

ティヒオン＝キクロテレス τειχίον κυκλοτερές［周壁 XI, 11, 4］

ディフリラティス διφρηλάτης（ディフリラテェ διφρηλάται）［戦車の馭者 VI, 10, 10］

ティへシプリティス τειχεσιπλήτης（ティへシプリテェ τειχεσιπλῆται）［都市を攻掠する者（軍神アリスの形容語）II, 10, 2 ; VI, 13, 3 ; XI, 1, 7］

ティホス τεῖχος（ティヒ τείχη）［城壁（一般的な意味 VIII, 5, 5 ; X, 8, 6 ; XIII, 2, 1・アンタルドスの XI, 7, 5・アンティオキアの XI, 4, 1 ; 2 ; 7・アンヒアロスの X, 3, 1 ; 2・イェルサレムの XI, 6, 9・イドルスの XII, 8, 3・カストリアの VI, 1, 1 ; 2・バビロンの XIII, 8, 3 ; XIV, 2, 4・古代のエピダムノスの III, 12, 8・コンスタンティノープルの II, 8, 3 ; 5 ; 9, 1 ; 2 ; 3 ; 10, 3 ; VIII, 1, 3 ; X, 9, 3 ; 5 ; 6 ; 8, 9・ヴコレオン宮殿の III, 1, 5・ヴラヘルネ宮殿の XII, 7, 1・スミルナの XI, 5, 3 ; 4 ; 6, 2・ツゥルロスの VII, 11, 2 ; 4・ティライオンの XV, 6, 9 ; 10・ディラヒオンの IV, 1, 1 ; 2 ; 4 ; 5 ; 6 ; 7 ; V, 1, 1 ; XIII, 3, 2 ; 4 ; 5 ; 8 ; 9 ; 11 ; 10, 2・ティロスの XIV, 2, 8・ドラコン川の近くに建設された都市の X, 6, 4・トラペズスの XII, 7, 1・ニケアの VI, 10, 2 ; 4 ; 11, 4 ; XI, 1, 3 ; 4, ; 6 ; 7 ; 2, 3 ; 4 ; 5 ; 6 ; 8・ニコミディアの X, 5, 3・ヒオスの VII, 8, 3 ; 5 ; 6 ; 10・ヒロヴァクヒの VIII, 1, 2 ; 3 ; 5・フィラデルフィアの XIV, 1, 5 ; 6・フィリプポリスの XIV, 8, 2 ; 3・ヘルソンの X, 2, 3・ミティリニの IX, 1, 4・ミロスの砦の XIII, 5, 4 ; 5・ヨアニナの V, 4, 1・ラオディキアの XI, 11, 4 ; 7・ラリサの V, 5, 2・ルシオンの VII, 10, 1）］

ティポス τύπος［やり方（養子縁組についての）II, 1, 5・戦闘隊形 IV, 6, 9 ; V, 4, 3 ; VI, 10, 4 ; XIV, 5,

7・（十字の）印 VI, 8, 2・（星の）像 X, 5, 7]

ティホピイア τειχοποιία［城壁（サンガリス川の辺の）X, 5, 3]

ティホマヒア τειχομαχία（ティホマヒエ τειχομαχίαι）［攻城戦 I, 9, 3 ; III, 12, 2 ; IV, 4, 4 ; V, 1, 3 ; XI, 1, 1 ; 11, 3 ; 4 ; XIII, 3, 3 ; 4, 1・城壁戦 VI, 13, 1]

ティホマホン＝ミハニマ τειχόμαχον μηχάνημα（ティホマハ＝ミハニマタ τειχόμαχα μηχανήματα）［攻囲兵器 XIII, 2, 2]

ディマゴイア δημαγωγία［策略 IV, 6, 1]

ディマゴゴス δημαγωγός（ディマゴイ δημαγωγοί）［軍司令官・政治的指導者（一般的な意味 XI, 4, 4 ; XII, 5, 2・皇帝アレクシオスとロベール＝ギスカール IV, 6, 1 ; 3・アレクシオスとニキフォロス＝ヴリエニオス I, 6, 9・ハンガリア人の首領ソロモン VII, 1, 1・タティキオスとスキタイの首領 VI, 14, 7)]

ティミ τιμή（ティメ τιμαί）［身代金 I, 2, 4 ; 5 ; VI, 5, 8 ; VII, 2, 3 ; 4, 4 ; XI, 7, 3・対価 XII, 1, 3・栄誉 II, 7, 2 ; V, 3, 2 ; VI, 5, 2 ; 10 ; 10, 8 ; VII, 1, 2 ; IX, 6, 3 ; XI, 1, 2 ; 2, 7 ; XII, 5, 2 ; 7, 4 ; XIII, 12, 27・名誉 I, 2, 7 ; VI, 3, 3 ; 8, 2 ; X, 11, 8 ; XIII, 12, 14 ; XV, 6, 5・褒賞 V, 7, 4]

ディミオス δήμιος（ディミイ δήμιοι）［処刑吏 I, 3, 1 ; XII, 6, 8 ; XV, 9, 5 ; 10, 3]

ティミオス＝スタヴロス Τίμιος Σταυρός［尊い十字架、ネメソス（リマソル）の近くにある教会の名 IX, 2, 3]

ディモシア＝レオフォロス δημοσία λεωφόρος［国道（ラリサの近くの）V, 5, 3]

ディモシオン δημόσιον［国庫 VI, 3, 5 ; 5, 10]

ディモス δῆμος［民衆（一般的な意味 I, 2, 6 ; 3, 1・コンスタンティノープルの V, 9, 6・ローマ帝国の I, 15, 6)]

ティラニコス τυραννικός［反逆の（反逆者）I, 10, 1 ; XII, 5, 3・XIII, 3, 1 ; 6, 5・権力的 I, 10, 1・帝王のような I, 7. 2]

ティラニス τυραννίς［帝座 序文 , 4, 1 ; VI, 7, 6・反逆・簒奪（アレクシオスとイサアキオス兄弟の I, 16, 5 ; II, 6, 5・ウルセリオスの I, 1, 2 ; 2, 7・ヴァシラキオスの I, 7, 1・ニキフォロス＝ヴォタニアティスの I, 12, 7・ニキフォロス＝ディオエニスの IX, 10, 3・ローマ教皇の I, 13, 2)・支配権・権力（ロベール＝ギスカールの I, 12, 11 ; 13, 1)]

ティラノス τύραννος（ティラニィ τύραννοι）［皇帝（然とした）II, 7, 2・反逆者（アブル＝カシム VI, 11, 4・ウルセリオス I, 1, 2 ; 2, 7・ニキフォロス＝ヴォタニアティス I, 12, 9・ボエモン XII, 9, 4 ; XIII, 2. 2・ボエモンとロベール＝ギスカール I, 10, 2・ロベール I, 12, 2 ; 15, 5 ; 16, 5]

ティリニィ Τυρινή ⟨τυρινή⟩［エヴドマス Ἑβδομάς］［チーズ週 II, 4, 9 →ティロファゴス、→サヴァトン]

ティロスの指揮者 Τύριος ἀρχηγός［ヴァルドイノスの攻撃に対してティロス人を指揮したムスリム XIV, 2, 11]

ティロニモン＝サヴァトン Τυρώνυμον Σάββατον［チーズ週の土曜日 II, 4, 9]

ティロファゴス Τυροφάγος ⟨τυροφάγος⟩［エヴドマス Ἑβδομάς］［チーズ（週）（四旬節 Lent 直前の日曜日の前の一週間で、チーズなど乳製品を食べることが出来る）VIII, 2, 4]

ティロファゴス＝デェフテラ＝イメラ Τυροφάγος Δευτέρα ἡμέρα［チーズ週の第二日（月曜日）VIII, 1, 1]

テェニア ταινία（テェニエ ταινίαι）［冠（皇族の IV, 6, 7）・頭に巻く飾り帯／紐（I, 4, 1 ; 12, 9 ; II, 8, 3 ; XII, 6, 5)]

デカルヒス δεκάρχης（デカルヘェ δεκάρχαι）［十人隊長 III, 11, 2 ; 4]

デクシオン δεξιόν［ケラス κέρας］［右翼 I, 5, 2 ; 3 ; VII, 3, 6 ; XIII, 6, 1 ; 2 ; XV, 3, 7 ; 4, 8 ; 5, 3］

テサラコスティ Τεσσαρακοστή〈τεσσαρακοστή〉［四旬節 XIV, 2, 8］

テサラコンダ Τεσσαράκοντα

ト＝トン＝アイオン＝テサラコンダ＝テメノス τὸ τῶν ʼΑγίων Τεσσαράκοντα τέμενος（コンスタンティノープルの四〇人聖者の聖所）II, 5, 3・エクリシア＝トン＝アイオン＝テサラコンタ ἐκκλησία τῶν ʼΑγίων τεσσαράκοντα（コンスタンティノープル四〇人聖者の教会、上記の聖所と同じ）V, 8, 5・イ＝リムニ＝トン＝テサラコンダ＝マルティロン ἡ λιμνη τῶν Τεσσαράκοντα Μαρτύρων（四〇人殉教者の湖）XV, 4, 9.

デスピナ δέσποινα［女主人・皇后（神の母 II, 5, 6 ; VI, 9, 5 ; XV, 11, 13・アンナ＝ダラシニ III, 2, 7 ; 6, 4 ; X, 4, 5・イリニ＝ドゥケナ 序文, 3, 2 ; XII, 3, 4 ; 7 ; XIII, 1, 2 ; XV, 11, 3・皇后マリア II, 2, 2 ; 3・ブルガリアのマリア XV, 9, 1・マリア＝コムニニ XV, 11, 18)］

デスポティス δεσπότης（デスポテェ δεσπόται）［主人（一般的な意味 II, 4, 4 ; 10, 2 ; XIV, 1, 3 ; XV, 7, 5・アロン XIII, 1, 5 ; 9 ; 10・アンナの父アレクシオス1世 XII, 3, 6 ; XV, 11, 14・エルエルモス（ロンギヴァルディアの諸都市の）I, 11, 8・教皇グレゴリオス7世（司教たちの）I, 13, 7・神 VIII, 5, 3・偽ディオエニス（アラカセフスの）X, 4, 2・コンスタンティヌス大帝（コンスタンティノープルの）XII, 4, 5・ニキフォロス＝メリシノス（使節たちの）II, 10, 2・ニキフォロス＝ヴリエニオス（アンナ＝コムニニの）X, 9, 8］

デスポティス Δεσπότις［神の母マリア、この者に捧げた教会がピィイにあった I, 16, 4］

デスポティス δεσπότις［女主人（神の母 I, 16, 4 ; II, 5, 8 ; XIV, 7, 7・アレクシオス帝の母アンナ＝ダラシニ III, 7, 4・アンナの母イリニ＝ドゥケナ VII, 2, 6 ; XIV, 7, 6・皇后マリア（ミハイル7世の妻）II, 2, 3・すべての民の主人（ローマ帝国）XIV, 7, 2］

デスミサンデス δεσμήσαντες〈δεσμῶ［（諸部隊を）結びつける VII, 3, 7］

デズモフィラクス δεσμοφύλαξ（デズモフィラケス δεσμοφύλακες）［牢番 XII, 7, 4］

テタルタイコン＝リゴス τεταρταϊκὸν ῥῖγος［四日熱 VII, 9, 6］

デドグメナ δεδογμένα［（教会奉納物の処分に関するダラシニとイサアキオスの）意見 V, 2, 4］

テトラクティス＝トン＝マシマトン τετρακτὺς τῶν μαθημάτων［学問の4学科（天文学・幾何学・算術・音楽）序文, 1, 2］

デフテラ＝アレクトロフォニア δευτέρα ἀλεκτοροφωνία［第2鶏鳴時（夜分を7等分し、その5番目の時刻）III, 8, 4］

デフテロス＝ヴァシレフス δεύτερος βασιλεύς［第二皇帝（アレクシオス帝の兄ヨアニス）III, 4, 1］

デフテロス＝コミス δεύτερος κόμης［（艦隊のドゥクスの）副官 X, 8, 3］

デフテロノミオン Δευτερονόμιον［『旧約聖書』の「申命記」VIII, 2, 5］

テフニィ τέχνη（テフネェ τέφναι）［学問・医学・技・方法（アリストテレスの 序文, 1, 2 ; V, 9, 1・文法の V, 8, 6・騎手の XV, 3, 2・医術の XIV, 4, 4 ; XV, 11, 22・統治の III, 4, 3・スヘドスの XV, 7, 9）・策略 I, 3, 4］

テフニィコス τεχνικός［学問に関する・専門的な V, 8, 2 ; 9, 2］

テフニィティス τεχνίτης（テフニィテェ τεχνίται）［芸術家 III, 3, 4・医者 XV, 11, 18］

テフニィ＝ロイキィ τέχνη λογική［計算の技 VI, 7, 4・人文学 V, 8, 2］

テフニキィ＝ペデェフシス τεχνηκὴ παίδευσις［専門的知的教育 V, 8, 2］

テフネェ＝トン＝ロゴン τέχναι τῶν λόγων［諸学問 V, 8, 6］

テムボス τέμπος（テムビィ τέμπη）［峡谷・隘路・山道（エモスの VII, 2, 3 ; XIV, 8, 5・ヴァヴァゴラ IV, 8, 4・ヴァシリカ XIV, 5, 7・ヴェリアトヴァの近くに位置する VI, 4, 3・ローマ領と

ダルマティアの間に位置する VIII, 7, 2 ; 5 ; IX, 1, 1 ; X, 2, 4・ダヌヴィスの上部［北］に位置する VII, 1, 1・ゴロイとディアムボリスの中間に位置する VII, 6, 2 ; XIII, 4, 1・ディラヒオンの地域に位置する IV, 4, 5 ; V, 1, 1 ; XIII, 2, 4 ; 5, 7・ディラヒオンとセサロニキの間に位置する XIII, 2, 1・エピルスの XIII, 5, 7 ; 7, 1・セルビアとダルマティアの XIV, 4, 3・シディラ VI, 14, 7)］

テメノス τέμενος（テメニィ τέμενη）［聖堂･礼拝堂（①ローマ帝国内の、一般的な意味 XV, 11, 9･ヴァシス＝リアクスに建てられたもの VIII, 3, 1・ヴィシニアとシニアの諸聖堂 III, 11, 1・②コンスタンティノープルにある諸聖堂、一般的意味 II, 5, 1 ; III, 5, 2・VI, 3, 2・大殉教者ディミトリオスの V, 5, 6･殉教者テクラの III, 8, 5 ; 10･ヴラヘルネの神の母の II, 5, 8 ; 6, 3 ; XIII, 1, 2・神の母あるいは大殉教者ディミトリオスの XII, 6, 2・ハルコプラティアの神の母の VI, 3, 5・使徒ヨアニスの XII, 4, 2・主教ニコラオスの II, 5, 4・ヴラヘルネのニコラオスの X, 9, 3・孤児院内にある XV, 7, 9・聖ソフィア寺院の一部をなす聖ニコラオスの II, 5, 4 ; 6 ; V, 2, 3 ; 9, 6 ; XV, 7, 9・四〇人聖者の II, 5, 3・③ディラヒオンの近くに位置する諸聖堂、殉教者セオドロスの IV, 6, 1・神の母の IV, 2, 3・大将軍ミハイルの IV, 6, 6・聖ニコラオスの IV, 5, 2 ; 7, 1・④その他の地の、エフェソスの神学者ヨアニスの XI, 5, 1・メサムベラの大殉教者エオルイオスの XI, 2, 1・ニケア城内の諸聖堂 XI, 2, 10・ポリヴォトンの近くに位置する XV, 6, 1・プロポンディスの岸辺に立つ大殉教者フォカスの VI, 13, 2・リンダコス川の橋に立っているコンスタンティヌス大帝の VIII, 9, 4・シノペの神の母の VI, 9, 5・ソアソンの聖マリアの X, 10, 7)］

デモン δαίμων（デモネス δαίμονες）［悪鬼 VI, 12, 4 ; XIV, 4, 8 ; XV, 8, 5 ; 6 ; 7 ; 10, 3 ; 4］

テュフォン Τυφών［神話上の怪物 I, 7, 3］

テレティ τελετή［宗教上の儀式 X, 8, 9］

ト

ドゥクス δούξ（ドゥケス δούκες）［侯・統治官・長官・元首・艦隊の総司令官・艦隊の司令官（アンヒアロスの（シアウス VI, 9, 6)・アンティオキアの（イサアキオス＝コムニノス II, 1, 1)・ヴェネツィアの（ドメニコス＝シルヴィオ IV, 2, 6 ; VI, 5, 10)・ディラヒオンの（ヨアニス＝コムニノス VIII, 7, 3 ; X, 7, 2 ; 3 ; 4 ; 5・アルイロス＝カラツァス VIII, 7, 5・アレクシオス＝コムニノス XII, 8, 1 ; 9, 7 ; XIII, 7, 5 ; 8, 5 ; 7)・エフェソスの（ペツェアス XI, 5, 5)・イリリコンの(エオルイオス＝モノマハトス I, 16, 2)･コルフの(アレクシオス XI, 12, 5 ; XII, 1, 1)･クリコンとセレフキアの（ストラティイオス＝ストラヴォス XI, 10, 9 ; 10)・キプロスの（エフマシオス＝フィロカリス XI, 7, 4 ; 6 ; XIV, 2, 6 ; 14・コンスタンディノス＝エフフォルヴィノス XI, 8, 5 ; 9, 3)･ロンギヴァルディアの(ロベール＝ギスカール I, 12, 1 ; 13, 6 ; 7 ; 10 ; IV, 1, 2 ; VI, 5, 8)・ニケアの（マヌイル＝ヴトミティス XI, 2, 10)・エフスタシオス＝カミツィス XIV, 5, 4)・パラドナヴォンの（レオン＝ニケリティス VIII, 9, 7)・スミルナの（ニキフォロス＝ヤレアス XI, 5, 4)・トラペズスの（セオドロス＝ガヴラス VIII, 9, 1・グリゴリオス＝タロニティス XII, 7, 1)・フィリプポリスの（エオルイオス＝メソポタミティス VIII, 9, 7)・艦隊のドゥクス（マヌイル＝ヴトミティス VI, 10, 5・コンスタンディノス＝ダラシノス VII, 8, 3・ニコラオス＝マヴロカタカロン X, 7, 2 ; 8, 3 ; 4 ; 5・ヨアニス＝ドゥカス XI, 5, 5 ; 6・イサアキオス＝コンドステファノス XIII, 1, 4・マリアノス＝マヴロカタカロン XIII, 7, 5)・艦隊のメガス＝ドゥクス（ヨアニス＝ドゥカス VII, 8, 8 ; 9 ; IX, 1, 3 ; 9 ; 2, 1・ランドルフォス

XI, 10, 2・イサアキオス＝コンドステファノス XII, 8, 1)・コンドステファノスと共にアヴロンの海域の見張りの任務についた艦隊の司令官たち XII, 8, 7)]

ドゥリア δουλεία［忠勤 I, 16, 6 ; VII, 8, 7 ; XIII, 12, 14・臣下であること X, 10, 6]

ドゥロス δοῦλος（ドゥリ δοῦλοι）[奴隷・臣下・僕（一般的な意味 X, 10, 6・アレクシオス＝コムニノス、アンナ＝ダラシニの III, 7, 4 ; 神の IX, 7, 5・アレクシオスとイサアキオス、皇后マリアの II, 2, 3 ; ニキフォロス＝ヴォタニアティスの II, 5, 5・ボエモン、アレクシオスと息子ヨアニスの XIII, 12, 2 ; 8 ; 19・ヴォリロスとエルマノス、ニキフォロス＝ヴォタニアティスの I, 16, 2 ; 4 ; II, 1, 3 ; 2, 4 ; 3, 1 ; 4 ; 4, 1 ; 3 ; 4 ; 6 ; 8, 2 ; III, 1, 1 ; 5, 3・ミハイル＝スピティオティス、同名のミハイルの XV, 2, 3・ニケアの住民、アレクシオス＝コムニノスの VI, 11, 1]

ドゥロン δοῦλον［奴隷という存在 I, 6, 8 ; II, 4, 4・臣民 XIV, 7, 2]

ドキス δοκίς［竿形の彗星 XII, 4, 1]

トクシア τοξεία[弓 V, 7, 2・弓矢 II, 1, 3 ; XIII, 8, 1・弓術 IV, 6, 2 ; V, 6, 2 ; 7, 2 ; VII, 10, 3 ; X, 4, 6 ; 9, 6 ; 7 ; 8]

トクセヴマ τόξευμα（トクセヴマタ τοξεύματα）[飛び道具 XIII, 8, 3・矢 I, 5, 2 ; 3 ; 6, 3 ; 8, 4 ; IX, 6, 2]

トクソティス τοξότης（トクソテェ τοξόται）[射手 XIII, 8, 1・弓兵 VI, 10, 6 ; X, 9, 7 ; XV, 6, 2]

トクソン τόξον（トクサ τόξα）[弓 I, 14, 1 ; II, 10, 3 ; III, 11, 2 ; VII, 10, 3 ; 11, 3 ; X, 8, 6 ; 9, 7 ; 8 ; 9 ; XI, 8, 3 ; XII, 4, 3 ; 8, 5 ; XIII, 2, 1 ; XIV, 1, 3 ; 7, 2 ; XV, 3, 5 ; 7・弓幹 X, 8, 6 ; 9, 8]

ドグマ δόγμα（ドグマタ δόγματα）[学説・教説・教義（ヴラヘルニティスの X, 1, 6・ヴォゴミル派の XV, 8, 1 ; 5 ; 6・正しい信仰の V, 9, 3 ; VI, 13, 4 ; X, 8, 8 ; XIV, 8, 9 ; XV, 9, 1・ヨアニス＝イタロスの V, 8, 1 ; 9, 5 ; 6 ; 7 ; X, 1, 1・マニ教徒の XIV, 8, 4 ; 9・アルメニア人とヤコヴォスの XIV, 8, 7・ニロスの X, 1, 4 ; 5・プロクロス、プラトン、ポルフィリオス、イアムヴォリホスの V, 9, 1)]

ドグマティキィ＝パノプリア Δογματικὴ Πανοπλία〈Δογματικὴ πανοπλία〉[アレクシオス帝の命令でズィガディノスの作成した異端に関する書物 XV, 9, 1]

ドグマティスティス δογματιστής（ドグマティステェ δογματισταί）[教義を定める者（聖なる教父）V, 9, 3]

ドコス δοκός［長い横木（攻城具を無益にするための木材）IV, 4, 6 ; 7]

トパルヒス τοπάρχης（トパルヘェ τοπάρχαι）[都市や城塞の軍事指揮官 III, 9, 3]

トプカプ Topkapı（コンスタンティノープルの聖ロマノス門）10-106

トプカプ宮殿 Topkapı Sarayı（イスタンブル）2-85, 15-49

ト＝ヘン τὸ ἕν［一なるもの（プラトンの思想）XIV, 8, 4]

トポティリティス τοποτηρητής［地方あるいは城塞地点の軍事指揮者、時にはトパルヒスと同意語に使われる）III, 9, 3]

ドメスティカトン δομεστικᾶτον［ドメスティコス職 VI, 4, 2 ; 9, 2 ; X, 11, 7]

ドメスティコス δομέστικος［高位の武官・文官職（ドメスティコス（アドリアノス＝コムニノス IX, 7, 3・アレクシオス＝コムニノス I, 8, 2 ; 6 ; 9, 1 ; 4 ; 16, 4 ; II, 4, 2 ; 3 ; 6 ; 5, 5 ; 6, 3・グリゴリオス＝パクリアノス II, 4, 7 ; VI, 14, 3)・メガス＝ドメスティコス（アドリアノス＝コムニノス VIII, 4, 4 ; IX, 7, 3 ; 4 ; 7 ; 8, 1・アレクシオス＝コムニノス I, 7, 1 ; 8, 1 ; 3 ; 4 ; 9, 1 ; 4 ; 15, 2 ; 16, 4 ; 5 ; II, 1, 5 ; 4, 3 ; 5 ; 7, 2 ; 11, 3 ; VII, 1, 2 ; 2, 5・グリゴリオス＝パクリアノス IV, 6, 2 ; V, 3, 2 ; 4, 4 ; 5, 1)・ドメスティコス＝トン＝スホロン（アレクシオス＝コムニノス I, 4, 4 ; 6, 1 ; 9, 1)・メガス＝ドメスティコス＝トン＝スホロン（アレクシオス＝コムニノス I, 5, 8))]

トラキアの村 θρᾳκικὴ κώμη ［ツゥロス II, 6, 3・スヒザ II, 6, 10］

ドリ δόρυ（ドラタ δόρατα）［槍・投槍 随所に］

トリアルメノス τριάρμενος ［三枚帆の（船）X, 8, 2 ; XIII, 8, 5］

ドリアロトス δορυάλωτος（ドリアロティ δορυάλωτοι）［戦争捕虜 VII, 4, 4 ; VIII, 2, 1 ; IX, 1, 8 ; XIII, 12, 16 ; XIV, 5, 5 ; XV, 4, 5 ; 6 ; 9 ; 6, 3 ; 7, 1 ; 3 ; 10, 5］

トリイリス τριήρης（トリイリス τριήρεις）［三段櫂船 III, 9, 1 ; 12, 2 ; VI, 5, 4 ; 8 ; 10, 5 ; IX, 3, 1 ; X, 8, 3 ; XI, 10, 1 ; XII, 2, 4 ; XIV, 2, 12 ］

トリヴォロス τρίβολος（トリヴォリィ τρίβολοι）［撒き菱・鉄菱 V, 4, 5 ; XV, 3, 3］

ドリス δρῦς ［オーク（樫）I, 6, 9 ; III, 8, 9 ; XIV, 5, 6］

トリティ＝アレクトロフォニア τριτὴ ἀλεκτροφωνία ［第三夜警時、鶏の鳴く時刻 XIV, 4, 7］

ドリフォロス δορυφόρος（ドリフォリ δορυφόροι）［槍兵 II, 8, 5］

ドリマ δώρημα（ドリマタ δωρήματα）［贈物］（アレクシオス帝からの VI, 10, 8 ; XI, 2, 9 ; 10 ; XV, 6, 5・ニキフォロス＝ヴォタニアティスからの I, 2, 7・ロベール＝ギスカールからの I, 12, 1）

トルコ人の τουρκικός

トルコ人の言葉 τουρκικὸν διάλεκτος XI, 2, 9

トルコ人の軍勢 τουρκικὴ δύναμις (τουρκικαὶ δύναμεις) VI, 10, 7 ; XV, 4, 6.

トルコ人の支配領域 τουρκικὴ ἐξουσία VI, 11, 4

トルコ人の男たち τουρκικοὶ λαοί XI, 6, 4.

トルコ人の剣 τουρκικὴ μάχαιρα XIV, 2, 1.

トルコ人の戦闘集団 τουρκικὴ παράταξις XV, 3, 7.

（トルコ人との）**戦闘** πόλεμος XIII, 12, 5.

トルコ人の軍勢 τουρκικὸν στράτευμα XIV, 1, 6.

トルコ人の塹壕 τουρκικὴ ταφρεία XI, 6, 9.

（トルコ人の）**土地** χώρα XIII, 12, 11.

トルコ人風に τουρκικῶς XIV, 6, 6.

ドルンガリオス＝トゥ＝ストルゥ δρουγγάριος τοῦ στόλου ［提督・司令官（ニキフォロス＝コムニノス III, 4, 2・エフスタシオス＝キミニアノス X, 4, 5 ; XI, 10, 9 ; XIII, 1, 1)］

ドレア δωρεά（ドレエ δωρεαί）［贈物・褒賞（一般的な意味 XIV, 2, 13・アレクシオス帝からの III, 4, 6 ; 10, 1 ; V, 1, 5 ; 3, 2 ; VI, 5, 10 ; 6, 4 ; 8, 3 ; 9, 6 ; 10, 10 ; 12, 8 ; 13, 4 ; VII, 1, 2 ; VIII, 4, 3 ; IX, 7, 6 ; X, 4, 11 ; 11, 8 ; XI, 3, 1 ; XII, 1, 5 ; 5, 2 ; 7, 4 ; XIII, 4, 7 ; 8, 6 ; 9, 3 ; XIV, 2, 1 ; 2 ; 14 ; 3, 5 ; 4, 4 ; 9, 4・エオルイオス＝モノマハトスからの I, 16, 8・ヨアニス＝ソロモンからの XII, 5, 6・ニキフォロス＝ヴォタニアティスからの I, 2, 7 ; VII, 8, 7)］

トログロデュティケ Τρωγλοδυτική ［トログロデュタイ人の土地（穴居エチオピア人 — ヘロドトス『歴史』第 4 巻 183）VI, 11, 3］

トロペウホス τροπαιοῦχος ［戦勝碑を掲げる者・月桂樹を戴く者 V, 1, 3 ; VIII, 2, 4 ; XIV, 7, 8］

トロペオフォロス τροπαιοφόρος ［戦勝碑・記念碑をもたらす（者）V, 1, 1 ; VI, 8, 1 ; VIII, 6, 5］

トロペオン τρόπαιον（トロペア τρόπαια）［戦勝碑・勝利 I, 13, 10 ; II, 1, 1 ; 3 ; VI, 2, 1 ; VIII, 3, 1 ; XI, 4, 4 ; 5, 2 ; XIV, 9, 2 ; XV, 3, 3］

ドロマス＝ナフス δρομάς ναῦς（ドロマデス＝ニエス δρομάδες νῆες）［快速艇 VIII, 9, 5 ; X, 8, 3 ; XIV, 3, 2 ; 4 ; 4, 1］

ドロモン δρόμων（ドロモネス δρόμονες）［帝国の代表的戦艦 III, 9, 1 ; 12, 2 ; 3 ; VI, 5, 9 ; IX, 3, 1 ; XI, 10, 1］

ドロン δῶρον（ドラ δῶρα）［贈物 I, 2, 2 ; 15, 2 ; III, 10, 1 ; 11, 5 ; IV, 2, 2 ; VI, 12, 2 ; VII, 6, 3 ; IX, 7, 2 ; XV, 2, 3 ; 6, 1］

ナ

ナイルの水 νειλῷα ῥεύματα［イリニ＝ドゥケナの涙の喩え XV, 11, 8］
ナヴアルヒス ναυάρχης（ナヴアルヘェ ναυάρχαι）［（戦艦の）司令官 VII, 8, 4］
ナヴマヒア ναυμαχία［海戦 XI, 10, 2 ; XII, 8, 8］
ナヴロヒア ναυλοχία［船による待ち伏せ XII, 8, 8・（艦隊の）編成 VII, 8, 4・海路 XII, 1, 1］
ナオス ναός（ナイ ναοί）［聖堂・教会堂・神殿（一般的な意味 XV, 8, 5・カストリアのエオルイオスの VI, 1, 4・キプロスの尊い十字架の IX, 2, 3・キロスの神の母の V, 8, 3・コンスタンティノープルの（聖ソフィア II, 5, 2 ; 8 ; 12, 6・使徒パウロとペトロの XV, 7, 4 ; 8・セオドロスの VIII, 3, 1・テクラの III, 8, 10・ピィイの神の母の I, 16, 4）・ローマの使徒ペテロとパウロの I, 12, 8））］
ナズィレイ Ναζιραῖοι［修道士 XV, 9, 3 ; 10, 1］
ナフサ νάφθα［石油、naphta（Lat.）IV, 4, 6 ; XIV, 2, 10］
ナフス ναῦς（ニィエス νῆες）［船舶（ミティリニの統治官アロポスの VII, 8, 1・アミールのアペルハシムの VI, 10, 5 ; 7・ケルト人の XIV, 3, 4・ボエモンの IV, 2, 4 ; XI, 10, 7 ; XII, 9, 1 ; 7 ; XIII, 2, 2 ; 6, 4・二段櫂の XI, 12, 2・快速の（リストリケ）XII, 9, 1 ; ずんぐりした形の XII, 9, 1・ローマ帝国の II, 11, 2 ; 4 ; III, 6, 2 ; VI, 13, 2 ; X, 7, 2 ; 8, 4 ; 10, 2 ; XI, 2, 4 ; 7 ; 10, 4 ; 8 ; 11, 1 ; 2 ; XII, 8, 3 ; 7 ; 8 ; XIII, 7, 2 ; 4 ; 5 ; XIV, 2, 6 ; 7 ; XV, 2, 2・戦いの IV, 5, 2 ; IX, 2, 4 ; X, 6, 5 ; XII, 8, 7 ; 軽装の VI, 5, 4 ; 貨物の VI, 10, 9 ; 快速の（ドロマデェ）VIII, 9, 5 ; IX, 1, 8 ; X, 8, 3 ; XIV, 3, 2 ; 4, 1・ローマ人とヴェネツィア人の IV, 6, 4・ピサ人の XI, 10, 4 ; 6・プレヴェンザス伯の X, 8, 2 ; 3 ; 4 ; 5 ; 10・ロベール＝ギスカールの I, 15, 1 ; 3 ; 4 ; 16, 1 ; III, 9, 1 ; 12, 2 ; 3 ; IV, 3, 3・タンクレードの XII, 2, 4・トルコ人の XI, 5, 1・ツァハスの VII, 8, 1 ; 5 ; 6 ; IX, 1, 8 ; 9 ; 3, 1 ; 3 ; 4・ヴェネツィア人の VI, 5, 7 ; 9・海賊たちの X, 7, 2 ; XIV, 2, 12 ; 7, 2・オゾリムニ湖を行き交う貨物船 VII, 5, 2・ローマ帝国の喩えとして X, 2, 1］
ナフストリア ναυστολία［船による遠征 XII, 9, 1］
ナフティコス ναυτικός（ὁ）（ナフティキィ ναυτικοί）［船乗り II, 11, 5 ; III, 2, 1 ; VII, 8, 6 ; X, 8, 3 ; XIV, 3,2］
ナフティコン ναυτικόν（τό）（ナフティカ ναυτικά）［艦隊・船舶（ローマ帝国の VI, 10, 5 ; VII, 8, 6 ; IX, 3, 1 ; X, 8, 3 ; XI, 5, 5 ; XII, 8, 3 ; 4 ; 7 ; 8,・ロベール＝ギスカールの IV, 1, 1 ; 2, 3 ; VI, 5, 3 ; 5・ツァハスの IX, 1, 8・ヴェネツィアの IV, 2, 2）］

ニ

ニキティス νικητής（ニキテェ νικιταί）［勝利者（アレクシオス帝 V, 7, 5 ; VI, 1, 4 ; 8, 1 ; VII, 10, 4・11, 6 ; VIII, 6, 5 ; XIV, 6, 4 ; 7, 8・ヴルツィス XV, 4, 5・エオルイオス＝パレオロゴス IV, 1, 1・カンダクズィノス XIII, 6, 2・タティキオス VI, 14, 5・ダラシノス IX, 1, 9・トゥトゥシス VI, 12, 7・マリアノス X, 3, 6・ヨハネス＝ドゥカス VII, 8, 9］
ニキティス＝トロペウホス νικητὴς τροπαιοῦχος［月桂樹を戴く勝利者（凱旋皇帝に対する呼称の一つ）XIV, 7, 8］

ニケア公会議 Council of Nicaea（第2回、787年）5-21

ニコラオス（主教）**の聖堂** τὸ τοῦ ἱεράρχου Νικολάου τέμενος［コンスタンティノープルにあるミラ Myra のニコラオスの教会の一つで、聖ソフィア寺院の近くにあった II, 5, 4］

ネ

ネイリス νεήλυς(ὁ)（ネイリデス νεήλυδες）［新兵 V, 3, 1 ; XII, 1, 6］

ネイリス = ストラティア νέηλυς στρατιά［新兵 XIII, 2, 1］

ネヴラ νευρά(ἡ)［弓弦 VI, 12, 3 ; X, 8, 6 ; 9, 8 ; XIV, 1, 3 ; XV, 6, 10］

ネヴリ νευρή(ἡ)［弓弦 X, 9, 8］

ネオレクトス νεόλεκτος（ネオレクティ νεόλεκτοί）［新兵 I, 14, 2 ; III, 9, 3 ; XII, 4, 3 ; XV, 3, 5］

ネクロス νεκρός［死体（スミルナの支配者ツァハスに関して）IX, 3, 4］

ノ

ノヴェリシモス νωβελλισίμος［高位の爵位（宦官のヴァシリオス XIII, 12, 28・エリエルモス = クラレリス XIII, 8, 6・コンスタンディノス = カタカロン X, 3, 1)］

ノシマ νόσημα（ノシマタ νοσήματα）［病気（一般的な意味 I, 10, 1・ニキフォロス = ヴリエニオスの死の病 序文 , 3, 4・アレクシオス帝の足の病 XII, 3, 4 ; XIV, 4, 9 ; 7, 9 ; XV, 1, 2・アレクシオス帝の死の病 XV, 11, 4 ; 5 ; 7 ; 11 ; 14)］

ノソス νόσος(ノシ νόσοι)［病気・苦痛（一般的な意味 XV, 7, 2・ロベール = ギスカールの（おそらく胸膜炎）VI, 6, 2・ロベール = ギスカールの軍隊を襲った病気 IV, 3, 2・ボエモンの軍隊を襲った病気 XIII, 8, 6・ボエモンに生じうる病気 XIII, 12, 5・イサンゲリス（サン = ジル）の死の病 XI, 8, 5・アレクシオス帝の足の病 XII, 3, 7 ; XIV, 4, 2 ; 9 ; XV, 1, 2・アレクシオス帝の死の病 XV, 11, 2 ; 5 ; 6 ; 8 ; 9)］

ノタリオス νοτάριος［書記官（コンスタンディノス）XIII, 12, 28］

ノマス = ヴィオス νομὰς βίος［遊牧の生活（ヴラヒの）VIII, 3, 4］

ノマディコン = エスノス νομαδικὸν ἔθνος〈Νομαδικὸν ἔθνος〉［遊牧の民 XIV, 7, 2］

ノマデス νομάδες［遊牧の民（スキタイ）（アレクシオス帝がキリスト教に改宗させようとした者たち VI, 13, 4・エモスの山々を越えローマ領に侵入した者たち XIV, 8, 6・ヨアニス = ツィミスキスがマニ教徒を立ち向かわせようとした相手の者たち XIV, 8, 7)］

ノミス νομεῖς(οἱ)［牧人（スキタイの）VII, 10, 2］

ノモス νόμος（ノミィ νόμοι）［法・掟（成文法（一般的な意味 XIV, 7, 9・反逆罪の法 VI, 4, 1 ; VIII, 7, 1・ファムサ作成者に対する処罰に関する法 XIII, 1, 6・婚姻法 序文 , 3, 1 ; II, 7, 7 ; VIII, 9, 2・教会法 X, 8, 8・奉納物の処分に関する法 V, 2, 2・新約聖書における一つの定め XIII, 8, 7）・不文法（称賛演説の法 III, 8, 1 ; 5・歴史の法則 XV, 5, 4・修辞学の法 V, 9, 3・戦いの法 XIII, 2, 3・自然の法 XIV, 7, 3）・ケルト人の法 V, 5, 1 ; XI, 9, 1・帝国権力としての法 序文 , 3, 2))］

ノモセシア νομοθεσία［立法（アロンとモーゼの）X, 8, 8］

ハ

パヴリキアニィ Παυλικιάνοι［キリスト教異端の一派 VI, 2, 1 ; XIV, 8, 3 ; XV, 8, 1］

パガニコス παγανικός［異教徒の XIII, 12, 11］

パガノス παγανός（パガニ παγανοί）［異教徒（ラテン語 paganus からの転写）XII, 1, 2 ; 5 ; 8, 5 ; XIII, 12, 2］

パサ＝グロタ πᾶσα γλῶττα［あらゆる国 XIV, 3, 8］

ハシィイ Χάσιοι［イスマイル派の一派ニザール派に属し、西方史料ではアサシン assassin（暗殺者）と呼ばれる VI, 12, 5］

パスハ Πάσχα［聖木曜日 II, 10, 4］

パティル πατήρ（パテレス πατέρες）［父（アンナ＝コムニニの）随所に・教父 V, 9, 3 ; X, 1, 4 ; XV, 8, 4 ; 9, 1］

ハデス ῞Αιδης［冥府の王 XII, 3, 8］

パトリアルヒコス πατριαρχικός［総主教の X, 2, 5］

パトリアルヒス πατριάρχης（パトリアルへ πατριάρχαι）［総主教（アンティオキアの XIII, 12, 20・コンスタンティノープルの（エフストラティオス＝ガリダス V, 2, 3・ヨアニス＝クシフィリノス III, 2, 6・コスマス II, 12, 5 ; III, 2, 3 ; 7 ; 4, 4 ; 5, 4・ニコラオス＝グラマティコス X, 1, 5 ; 2, 5 ; XV, 8, 6 ; 10, 1・ヴェネツィア人の VI, 5, 10))］

パニイリス πανήγυρις（パニイリス πανηγύρεις）［市・食料の供給 VII, 6, 6 ; X, 5, 9 ; 9, 11 ; XIII, 7, 2］

パパス πάπας［ローマ教皇 I, 13, 1 ; 2 ; 3 ; 6 ; 7 ; 8 ; 9 ; 10 ; 14, 3 ; III, 10, 1 ; V, 3, 6 ; 7 ; XII, 8, 5 ; XIII, 12, 28］

ハラクス χάραξ［防柵 I, 4, 5・防柵の野営地 II, 6, 10 ; 10, 3 ; IV, 5, 2 ; V, 7, 1 ; VI, 1, 1 ; 14, 3 ; 5 ; VII, 3, 1 ; 3 ; 6, 2 ; 8, 5 ; 9, 1 ; 2 ; 11, 1 ; IX, 2, 1 ; 4, 4 ; X, 2, 6 ; 4, 5 ; 6, 1 ; XI, 2, 4 ; 5, 3 ; 8, 3 ; 4 ; XII, 9, 7 ; XIII, 5, 6 ; 6, 1 ; 8, 5 ; XV, 1, 5 ; 2, 4］

パラシモン παράσημον（パラシマ παράσημα）［標章（皇帝の）I, 5, 9 ; V, 5, 7 ; 6, 1 ; IX, 1, 2］

パラス Παλλάς［女神アテナの別称 IV, 6, 5］

パラスケヴエ παρασκευαί［軍用行李 XV, 4, 5］

パラタクシス παράταξις（パラタクシス παρατάξεις）［戦列 I, 5, 1 ; 8, 3 ; 9, 2 ; III, 3, 5 ; IV, 4, 2 ; 6, 2 ; 4 ; 6 ; V, 1, 3 ; 4, 3 ; 7 ; 6, 1 ; VI, 14, 7 ; VII, 2, 5 ; 3, 6 ; 10 ; 9, 3 ; 5 ; 7 ; 11, 3 ; VIII, 5, 6 ; IX, 10, 1 ; X, 3, 2 ; 4, 6 ; 7 ; XIII, 6, 1 ; 2 ; XV, 3, 5 ; 6 ; 8 ; 4, 9 ; 5, 1 ; 2 ; 6, 4 ; 10 ; 7, 1・戦列行進 XV, 3, 6・戦闘集団 XI, 3, 4 ; XV, 3, 7・軍の隊形 XV, 7, 1・戦闘隊形 VI, 10, 2 ; 3 ; XV, 3, 8］

パラティオン παλάτιον（パラティア παλάτια）［宮殿（大宮殿 II, 11, 6 ; IX, 9, 3 ; XV, 11, 17・ヴコレオン III, 1, 5・マンガナ地区にある宮殿 XV, 11, 9・銀の湖のそばに位置する宮殿 X, 9, 3)］

パラディナステヴオンテス παραδυναστεύοντες［皇帝の宮殿において最高権力の地位を保持する男たち（ヴォリロスとエルマノス）II, 2, 4］

パラメデスの術策 παλαμήδειον <Παλαμήδειον> μηχάνημα［パラメデス Palamedes はトロイア戦争に参加したギリシア人英雄の一人、その際だった狡猾さで有名 I, 3, 1］

パラメデスにふさわしい考え παλαμήδειον <Παλαμήδειον> σκέμμα II, 2, 4

ハリノス χαλινός（ハリニィ χαλινοί）［轡 VII, 3, 5 ; 9・手綱 I, 5, 8 ; 6, 3 ; 11, 6 ; 13 , 7 ; II, 6, 8 ; 7, 5 ; IV, 6, 8 ; 7, 3 ; V, 4, 8 ; 5, 8 ; VII, 9, 6 ; 10, 3 ; 11, 5 ; IX, 7, 5 ; XIII, 5, 3 ; XIV, 3, 7 ; XV, 2, 6・馬の一跳駆 VII, 3, 7］

パリミエ Παροιμίαι［ソロモンの箴言 XV, 2, 2］

ハルシオス門 Χαρσίου πύλη［コンスタンティノープルの陸の城壁の門の一つ、現エディルネ門 II, 10, 3 ; 4］

パルセノス Παρθένος［処女（神の母）（ピィイにあった教会の名）I, 16, 4］

バルバロイ=ドゥウリ βάρβαροι δοῦλοι［蛮族の奴隷（スキタイ）I, 16, 2 ; II, 3, 4］

パレムヴォリ παρεμβολή（パレムヴォレ παρεμβολαί）［陣営 IV, 2, 3 ; 4, 5 ; 5, 3 ; 6, 1 ; V, 3, 7 ; 6, 1 ; VI, 10, 7 ; 14, 7 ; VII, 3, 1 ; VIII, 4, 6 ; XIII, 5, 4 ; 8, 7 ; 9, 1 ; 3 ; XIV, 1, 1 ; XV, 4, 5・軍勢 VI, 6, 1 ; XV, 3, 8］

パンイペルセヴァストス πανυπερσέβαστος［爵位（アレクシオス帝によって創設 III, 4, 3・保有者ミハイル=タロニティス III, 4, 2・ニキフォロス=ヴリエニオス XIII, 11, 2)］

ヒ

ピィイティス ποιητής［詩人（ホメロス）II, 4, 6 ; IX, 5, 3 ; X, 9, 9 ; XI, 3, 5 ; XIII, 5, 6 ; 6, 4 ; XIV, 3, 6］

ピサの πισσαϊκός

ピサ艦隊 πισσαϊκὸς στόλος XI, 10, 3 ; 6 ; 9.

ピサ人の船舶 πισσαϊκαὶ νῆες XI, 10, 4.

ピスティス πίστις（ピスティス πίστεις）［忠誠の誓い I, 6, 1 ; 13, 10 ; XI, 3, 2 ; 7 ; XIII, 4, 7 ; 12, 13 ; XIV, 2, 14・誠実の保証 I, 9, 3 ; VIII, 4, 3・誓約 II, 4, 7 ; VI, 9, 4 ; IX, 1, 7 ; 8 ; X, 2, 3 ; XI, 2, 10・忠誠 II, 9, 4 ; 4 ; X, 9, 10 ; XI, 3, 5 ; 8, 5 ; XIII, 4, 4 ; 12, 3 ; 5 ; 6 ; 13 ; 14 ; 15 ; 19 ; XIV, 2, 6・保証 I, 9, 4 ; 13, 6 ; III, 4, 6・誠実 I, 11, 6 ; III, 6, 4 ; X, 11, 7 ; XIV, 1, 3 ; 2, 14・信仰 VI, 13, 4 ; XII, 3, 8 ; XIV, 8, 9 ; 9, 2 ; 4 ; XV, 9, 3 ; 5・信頼 III, 2, 7 ; 5, 5 ; V, 4, 8 ; VII, 4, 1 ; IX, 8, 2］

ピスティス=ティス=ドゥリアス πίστεις τῆς δουλείας［忠勤の誓い I, 16, 6］

ピダリウホス πηδαλιοῦχος［舵取り X, 8, 4］

ヒトン χιτών（ヒトネス χιτῶνες）［（フランク人の鉄の輪で編まれた）下着 XIII, 8, 1 ; 2］

ピヒス πῆχυς（ピヒス πύχεις）［肘から中指の先端までの長さの単位、46.8cm あるいは 62.46cm I, 5, 2 ; IV, 2, 3 ; VII, 11, 4 ; XIII, 3, 9 ; 11 ; 10, 4 ］

ピラ πυρά［積薪（処刑のための）XV, 10, 1］

ピラティケェ=ニエス πειρατικαὶ νῆες［海賊船 XIV, 7, 2］

ピラミス πυραμίς［方尖柱（オベリスク）XV, 10, 2］

ピリ πύλη（ピレ πύλαι）［門 I, 9, 3 ; II, 5, 8 ; 6, 1 ; 9, 1 ; 10, 2 ; 3 ; 4 ; IV, 4, 4 ; 6, 3 ; VI, 11, 4 ; VIII, 1, 2 ; X, 9, 3 ; 7 ; XI, 2, 10 ; 4, 5 ; 11, 6 ; XIII, 3, 3・城門 VI, 2, 3 ; 10, 2 ; 3 ; VIII, 1, 4 ; 5 ; 3, 1 ; X, 2, 7 ; 3, 2 ; 3 ; 6 ; 4, 4 ; 6, 2 ; XI, 2, 7 ; 4, 6 ; 6, 8 ; 7, 5 ; XIII, 5, 4 ; 5 ; XIV, 1, 6 ; 6, 5 ; XV, 6, 10・扉 V, 1, 4 ; 2, 4 ; X, 11, 5 ; 9 ; XII, 6, 2 ; 7］

ピリス πυλίς［裏門 IV, 4, 8］

ピル πῦρ［（ギリシアの）火 XI, 10, 2 ; 4 ; XIII, 3, 5 ; 6］

ピル=イグロン πῦρ ὑγρόν［発火性の液体（ギリシアの火）XIII, 3, 12］

ピル=エニグロン πῦρ ἔνυγρον / エニグロン=ピル［発火性の液体 XIII, 12, 3］

ピルイオン πυργίον［塔・城塞 X, 5, 3 ; XI, 4, 2］

ピルイ=クシリニ πύργοι ξύλινοι［木製の足場（帆桁にとりつける）IV, 2, 3］

ピルゴス πύργος（ピルイ πύργοι）［塔（都市・要塞の II, 9, 4 ; 10, 2 ; 3 ; VI, 1, 1 ; VII, 8, 3 ; IX, 1, 1 ; 4 ; X, 3, 4 ; 9, 8 ; XI, 1, 1 ; 6 ; 7 ; 2, 4 ; 4, 2 ; 5 ; 11, 4 ; XII, 6, 9 ; 7, 1 ; 4 ; XIII, 2, 3 ; 3, 8 ; 9 ; 12・船上に設置された III, 12, 2 ; 5・攻城用の IV, 4, 6 ; 7 ; 8 ; VI, 1, 1 ; XIII, 3, 7 ; 9 ; 10 ; 11 ; 12・塔のように（比喩）IV, 6, 7 ; V, 4, 3 ; X, 4, 7 ; XV, 5, 2)］

ピルゴス=ヘロニス πύργος χελώνης［亀の塔 XIII, 3, 9 ］

ピルゴフォロス πυργοφόρος（ピルゴフォリィ πυργοφόροι）［塔のある（亀）XIII, 2, 3］

ヒル＝ストラティオティキ χεὶρ στρατιωτική［兵士の手 XII, 8, 5］

ヒル＝リストリキ χεὶρ ληστρική［山賊の一群（ロベール＝ギスカールの率いる）I, 11,1］

ピレオン πυλέων（ピレオネス πυλεῶνες）［門 II, 5, 2 ; 6 ］

ヒロセシア χειροθεσία［(王の）聖別 I, 13, 7］

ヒロトニア χειροτονία（ヒロトニエ χειροονίαι）［聖職授与 XIII, 12, 20］

ヒロトニン χειροτονεῖν〈χειροτονῶ［選挙する I, 7, 2］

ピロリィ πυλωροί［門番（大宮殿の）II, 5, 3］

ピンゲルニス πιγκέρνης［酌取り（ミハイル）VIII, 9, 6］

ピンダロスの力強い言葉 πινδαρική〈Πινδαρική〉μεγαλοφωνία［ピンダロス Pindaros は古代ギリシアの詩人 XIV, 7, 4］

フ

ファムソン φάμουσον（ファムサ φάμουσα）［匿名の誹謗文書 XIII, 1, 6 ; 7 ; 8 ; 9］

ファランガルヒス φαλαγγάρχης（ファランガルヘ φαλαγγάρχαι）［軍団長（アレクシオス帝の、ニキフォロス＝メリシノスとパクリアノス IV, 6, 2 ; ミハイル＝ドゥカス V, 7, 1・ボエモンの、ヴリエニオス V, 6, 1)・指揮官たち（ヴァシラキオスの I, 9, 1)・軍司令官たち（スキタイの）VII, 2, 8］

ファランクス φάλαγξ（ファランゲス φάλαγγες）［軍勢 I, 1, 2 ; 5, 4 ; 5 ; 6, 6 ; 8, 3 ; 5 ; III, 8, 7 ; IV, 5, 2 ; 6, 7 ; V, 1, 3 ; 4, 7 ; 6, 1 ; VI, 10, 7 ; VII, 3, 10 ; 9, 4 ; 11, 5 ; XV, 5, 4 ; 7, 1 ;（戦列を整えた軍勢）XV, 7, 1・戦闘集団 IV, 6, 1 ; 2 ; 4 ; V, 4, 3 ; VI, 14, 3 ; 5 ; 7 ; VII, 3, 6 ; 9, 2 ; 11, 3 ; 4 ; 5 ; VIII, 5, 5 ; X, 9, 3 ; 4 ; 6 ; XV, 4, 7 ; 7, 1・戦闘部隊 V, 6, 1 ; XV, 3, 7・戦列 I, 5, 1 ; 2 ; 6, 3 ; 13, 8 ; 9 ; II, 10, 3 ; IV, 7, 5 ; V, 4, 2 ; VI, 10, 4 ; 14, 3 ; VII, 1, 2 ; 9, 6 ; 10, 3 ; 11, 3 ; VIII, 5, 7 ; XI, 6, 3 ; XIII, 2, 1 ; XIV, 5, 7 ; XV, 3, 5 ; 8 ; 6, 9・（ローマ）軍 V, 4, 7 ; VII, 10, 4 ; 11, 5 ; VIII, 5, 5 ; 6 ; IX, 1, 6 ; X, 3, 2 ;（アメリムニスの）軍 II, 7, 1 ;（ケルト人とトルコ人の）軍 XI, 6, 8 ;（コマニの）軍 X, 4, 7 ;（蛮族の）軍 XI, 5, 5 ;（ボエモンの）軍 XI, 11, 6・指揮官（幕僚）VII, 9, 3・野営地 X, 4, 6］

ファルマコン φάρμακον［毒薬 X, 11, 4・毒消し XII, 3, 6・魔薬 XV, 8, 4］

フィゴス φηγός［ブナの木 VI, 14, 3 ; III, 8, 9］

フィシィ φύσει〈フィシス φύσις［本来的に（キリストにおいて受容された人性に関して）X, 1, 2 ; 3 ; 4］

フィシコス φυσικός［自然の］

　フィシキィ＝エティア φυσικὴ αἰτία［自然的原因 XII, 4, 2］

　フィシキィ＝エピスティミ φυσικὴ ἐπιστήμη［天性の資質（スキタイの）VII, 3, 7］

　フィシケェ＝シジティシス φυσικαὶ συζητήσεις［自然の探究 V, 9, 3］

　フィシコス＝ノモス φυσικὸς νομός［自然の法（肉親の愛情）XIV, 7, 3］

　フィシコン＝ヴァロス φυσικὸν βάρος［本来の重量 VII, 11, 4］

　フィシコン＝パラコルシマ φυσικὸν παρακολούθημα［生来の尻軽・移り気 X, 3, 4 ; 11, 6］

フィシス φύσις（フィシス φύσεις）［生まれ持った素質 序文 , 1, 2・自然 VII, 2, 6 ; X, 3, 5・性質（事実の）XV, 3, 4・体力 I, 10, 4・理法（事実の）III, 7, 2］

フィラキ＝ティス＝ニクトス φυλακὴ τῆς νυκτός［夜警時 II, 4, 5 ; 6 ; 5, 2 ; VIII, 6, 2 ; IX, 5, 3 ; XIII, 1, 8 ; 7, 2 ; XIV, 4, 7 ; 6, 5 ; 8, 9］

フィラクス φύλαξ（フィラケス φύλακες）[守備兵 I, 9, 4･守備隊長 X, 4, 3 ; 4･見張り人 XIII, 1, 6 ; 5, 1]

フィラクティリオン φυλακτήριον［砦（アレクシオス帝の母アンナ＝ダラシニのたとえ）III, 6, 4]

フィラトンデス φυλάττοντες / フィラソンデス φυλάσσοντες〈φυλάσσω[番人 II, 5, 9・守備兵 II, 9, 3]

フィルアンソロピア φιλανθρωπία（フィルアンソロピエ φιλανθρώπιαι）［人間愛 I, 3, 4 ; 6, 7・慈悲 XII, 6, 8]

フィルアンソロポテロン φιλανθρωπότερον(τό)［大きな仁愛の心（アレクシオス帝の）XV, 7, 4]

フィルアンソロポン φιλάθρωπον［心の優しさ（アンア＝ダラシニの）III, 8, 3]

フィロソフィア φιλοσοφία［哲学（統治の学として）III, 4, 3 ; V, 8, 3 ; 5 ; 9, 1 ; VI, 7, 3 ; XV, 7, 9 ; 11, 15]

フィロソフォス φιλόσοφος（フィロソフィ φιλόσοφοι）［哲学者（一般的な意味 VI, 7, 3・ある哲学者 IX, 10, 2･アリストテレス XIV, 7, 3･イアムヴリホスとポルフィリオス V, 9, 1･テアノ XII, 3, 3・マクシモス V, 9, 3)]

フィロパトル φιλοπάτωρ［父を愛する者（アンナ＝コムニニ）IV, 8, 1 ; VI, 8, 2 ; XV, 3, 4 .]

フィロミトル φιλομήτωρ［母を愛する者（アレクシオス帝）III, 7, 4･(アンナ＝コムニニ)VI, 8, 2]

フォカスの聖堂 τέμενος τοῦ Φωκᾶ［ヴォスポロス海峡のヨーロッパ側、現オルタキョイ Ortaköy 地区に位置する VIII, 9, 4 ; X, 9, 1]

フォサトン φοσσάτον（フォサタ φοσσάτα）［軍隊（ローマ帝国軍）VIII, 5, 1 ; 3・騎兵隊 XI, 11, 7・軍隊（コマニの）X, 4, 10・軍（ノルマン人の XI, 8, 1・フランクの XI, 2, 2 ; 8, 2)]

フォティスマ φώτισμα［洗礼 VI, 9, 4 ; 13, 4・XIV, 8, 9]

フォノス φόνος［(スルタンのマリク＝シャーの）殺害 VI, 12, 4]

フォリドトス φολιδωτός［こざね仕立ての X, 8, 7 ; 9, 4 ; 9]

フォルタゴゴス＝ナフス φορταγωγὸς ναῦς（フォルタゴイ＝ニエス φορταγωγοὶ νῆες）[貨物船 III, 9, 1 ; VI, 10, 9 ; XIII, 2, 2]

フォルティゴス＝ナフス φορτηγὸς ναῦς（フォルティイ＝ニエス φορτηγοὶ νῆες）［貨物船 VII, 5, 2 ; XIII, 7, 5]

フォルティス φορτίς（フォルティデス φορτίδες）［輸送船 I, 15, 1]

フォロス φόρος（フォリィ φόροι）［貢税 IV, 3, 2 ; XI, 11, 4]

プサリオン ψάλλιον〈ψάλιον〉［手綱 I, 5, 4 ; VII, 9, 6]

プサルモス ψαλμός［ダビデの詩篇の一節 X, 8, 8]

プサロメノン ψαλλόμενον(τό)［詩篇の言葉 XV, 11, 16]

プシロス ψιλός(ὁ)（プシリィ ψιλοί）［軽装備の兵 VIII, 5, 4 ; X, 4, 10]

プシロン ψιλόν(τό)［軽装の歩兵隊 II, 10, 3 ; III, 12, 7]

プシロン＝プリソス ψιλὸν πλῆθος［武器を持たない民衆の群 X, 5, 6]

プセヴドディオエニス Ψευδοδιογένης［ディオエニスを騙る者（偽ディオエニス）X, 3, 6]

プラグマ πρᾶγμα（プラグマタ πράγματα）[業績 序文 , 2, 1･国事 II, 8, 2 ; III, 6, 1 ; 7, 1 ; 2 ; 3 ; XII, 5, 1・帝国 III, 9, 1・運命 III, 6, 1・事実 III, 7, 2 ; XIV, 7, 3 ; XV, 3, 4]

プラグマ＝ティス＝イストリアス πρᾶγμα τῆς ἱστορίας［歴史記事 序文 , 2, 2]

プラトンの πλατωνικός〈Πλατωνικός〉

　プラトンの諸巻 πλατωνικαὶ βίβλοι V, 8, 5.

　プラトンの学問 πλατωνικὰ μαθήματα XII, 5, 4.

　プラトンの一（一なるもの）πλατωνικὴ ἑνάς XIV, 8, 4.

フランク人の φραγγικός

フランク人の剣 φραγγικὸν ξίφος XIII, 12, 16.

フランク勢 φραγγικὸν πλῆθος XIII, 3, 4.

フランク人の艦隊 φραγγικὸς στόλος IV, 2, 3 ; XIV, 3, 2 ; 4, 1.

フランク軍 φραγγικὸν στράτευμα (φραγγικὰ στράτευματα) X, 5, 4 ; 7, 3 ; XII, 9, 2 ; XIII, 2, 2 ; 3.

フランク人の諸部隊 φραγγικὰ τάγματα IV, 4, 3 ; X, 5, 8.

フランク軍 φραγγικὸν φοσσάτον XI, 2, 2.

フリオディ χρειώδη［資材 VI, 10, 9・必要物資 VI, 10, 9 ; VII, 3, 1 ; 5 ; 5, 3 ; 6, 2 ; 8, 10 ; XII, 9, 5 ; XIII, 6, 4 ; XIV, 1, 1 ; 2, 14］

プリオン πλοῖον（プリア πλοῖα）［船（一般的な意味 VI, 10, 9 ; VII, 2, 7・ローマ帝国の II, 11, 3 ; 6 ; VI, 1, 2 ; 13, 2 ; VII, 8, 2 ; 10 ; VIII, 4, 1 ; IX, 2, 3 ; X, 8, 5 ; 10, 2 ; XI, 10, 2 ; 3 ; 5 ; 8 ; XIII, 5, 6 ; XIV, 2, 6・ボエモンの IV, 2, 4 ; XIII, 7, 4・ヴェルマンドワ伯ユーグの X, 7, 4・ピサ人の XI, 10, 1 ; 4 ; 6・ロベール＝ギスカールの III, 12, 2 ; 5 ; IV, 1, 1 ; 3, 1 ; 3 ; VI, 6, 1 ; 3・ツァハスの VII, 8, 1 ; 4 ; IX, 1, 8 ; 3, 4・ヴェネツィア人の IV, 2, 3 ; 4 ; 6 ; VI, 5, 6)］

フリカレイ＝オルキィ φρικαλέοι ὅρκοι［恐ろしい誓い XIII, 12, 14］

フリシオン χρυσίον［黄金 VI, 9, 3 ; 12, 2・金貨 I, 16, 6 ; VI, 3, 5 ; 10 ］

フリシニィ＝スタティレス χρύσινοι στατῆρες［金貨 X, 8, 2 ; XI, 4, 3 ; 5, 4］

フリスモス χρησιμός（フリスミィ χρησιμοί）［占星術による予言 VI, 7, 1 ; 2・星占い VI, 7, 1］

フリソイディス＝サラモス χρυσοειδὴς θάλαμος［黄金の部屋（燃えさかる炉に投じられたバビロンの三人の若者について）XV, 10, 4］

フリソヴロス＝グラフィ χρυσόβουλλος γραφή［金印文書 XIII, 12, 3］

フリソヴロス＝ロゴス χρυσόβουλλος λόγος［金印文書 II, 8, 4 ; 10, 1 ; 2 ; III, 4, 6 ; 6, 3 ; 8 ; 12, 1 ; IV, 2, 2 ; VI, 4, 4 ; VII, 6, 2 ; XI, 2, 5 ; XIII, 12, 3 ; 12 ; 18 ; 19 ; 25 ; 27 ; 28 ; XIV, 9, 4 ; XV, 7, 7］

フリソヴロン χρυσόβουλλον(τό)［金印文書 II, 8, 4 ; 10, 1; III, 6, 3 ; 6 ; 7, 1 ; XI, 2, 5］

フリソス χρυσός［金貨 II, 6, 6］

プリソス πλῆθος（プリシィ πλήθη）［軍勢 VI, 5, 2 ; XI, 1, 3 ; 2, 9 ; 3, 4 ; 5, 6 ; XII, 1, 3・大軍 V, 1, 5 ; VI, 10, 3 ; 14, 3 ; 6 ; VII, 1, 2 ; 6, 4 ; 11, 2 ; VIII, 1, 3 ; 4 ; 2, 5 ; 4, 2 ; 5, 9 ; XI, 1, 1 ; 2 ; 5 ; 4, 3 ; 5, 6 ; 6, 4 ; 7, 1 ; 4 ; XII, 2, 1; XIII, 6, 5 ; XIV, 5, 5 ; XV, 4, 7 ; 6, 4 ; 10・大群 XIV, 4, 3・民衆 I, 9, 4 ; 12, 1 ; II, 4, 9 ; X, 5, 6］（＝プリシス πληθύς［軍勢 XIV, 4, 3・大軍 VIII, 6, 1］）

フリマ χρῆμα（フリマタ χρήματα）［財貨 I, 2, 2 ; 4 ; 5 ; II, 6, 3 ; 8 ; 11, 7 ; III, 9, 1 ; 4 ; 11, 5 ; 12, 1 ; IV, 2, 6 ; 5, 7 ; VI, 5, 2 ; 8, 2 ; 9, 3 ; 5 ; 10, 8 ; 10 ; 12, 3 ; 8 ; VII, 8, 3 ; X, 3, 3 ; 5, 4 ; 6, 4 ; 7, 5 ; 9, 11 ; 11, 6 ; 8 ; XI, 1, 2 ; 2, 5 ; 7 ; 3, 1 ; 2 ; 6, 4 ; 7, 3 ; 8, 5 ; 11, 6 ; XII, 1, 3 ; 4 ; 5 ; 3, 9 ; 4, 3 ; XIV, 1, 1 ; 2, 1 ; 3 ; 6 ; 7 ; 8 ; 13 ; 14 ; XV, 6, 6 ; 7・金額 I, 2, 3・品 V, 2, 1］

プリミキリオス πριμικήριος［メガス μέγας］［爵位 IV, 4, 3 ; XI, 3, 3］

プリロマ πλήρωμα［構成員（聖ソフィア教会の）V, 2, 3］

プリンギプス πρίγγιψ（プリンギペス πρίγκιπες）［公（南イタリアの）III, 10, 1］

フルゥラ φρουρά（フルゥレ φρουραί）［守備・守り（都市・地方・渓谷・島などの）IV, 8, 4 ; VII, 8, 9 ; 11, 6 ; VIII, 1, 1 ; 7, 5 ; IX, 1, 4 ; 2, 1 ; 4 ; XI, 3, 3 ; 4, 5 ; 5, 6 ; 9, 4 ; XIV, 1, 3 ; 3, 1 ; 5 ; 4, 3・守備隊 VI, 14, 4・見張り（牢獄の）IX, 8, 4 ;（アレクシオス帝の身辺の）XII, 3, 7・見張り番 IX, 5, 3 ;（イリニ）XII, 3, 7・牢屋 I, 3, 1 ; XII, 1, 3 ; XIII, 6, 6 ; XV, 9, 5 ; 10, 4］

フルゥロス φρουρός［守護者（ニケアの、アブル＝カシム）VI, 9, 1］

フルリオン φρούριον（フルリア φρούρια）［城塞 I, 2, 1 ; 3, 3 ; 11, 8 ; 16, 1 ; 2 ; II, 6, 3 ; III, 9, 3 ;

VII, 1, 1 ; 6, 4 ; 8, 9 ; X, 5, 3 ; 9, 11 ; XII, 3, 9 ; XIV, 2, 11 ; 8, 5・砦 III, 11, 3 ; VI, 1, 1 ; XI, 11, 6 ; XIII, 12, 24 ; 25 ; XV, 1, 3 ; 2, 1 ; 4・要塞 VII, 3, 3 ; XI, 5, 1 ; 9, 1]

フレヴォトミア φρεβοτομία［瀉血（アレクシオス帝に対する治療）XV, 11, 7］

プレヴリティス πλευρίτις［胸膜炎（ロベール＝ギスカールの死因に関して）VI, 6, 2］

フレグモニィ φλεγμονή［炎症（歯茎の）（アレクシオス帝の病状の一つ）XV, 11, 10］

プレスヴィア πρεσβεία［使節による提案 VII, 2, 8・使者 II, 12, 3 ; VI, 10, 11］

プレスヴィス πρέσβυς（プレスヴィス πρέσβεις）［使者 II, 5, 6 ; III, 12, 8 ; IV, 2, 6 ; VII, 3, 1 ; 6, 3 ; X, 7, 3 ; XII, 8, 3 ; XIII, 10, 2 ; 3 ; XIV, 2, 4 ; 5 ; 8 ; 13・使節 I, 13, 3 ; 5 ; 6 ; 7 ; 10 ; 14, 3 ; 15, 2 ; 16, 6 ; II, 8, 1 ; 3 ; 10, 1 ; 2 ; III, 10, 5 ; 6 ; IV, 2, 3 ; 5, 4 ; V, 3, 1 ; VI, 12, 4 ; 5 ; 6 ; VII, 2, 7 ; XI, 9, 2 ; XIII, 9, 3 ; 5 ; 6 ; 7 ; 8 ; 11, 2 ; 12, 28 ; XIV, 2, 12 ; 3, 8］

プレスヴィテロス πρεσβύτερος（プレスヴィテリィ πρεσβύτεροι）［年寄り I, 14, 2・古老 III, 9, 1］

プレトリオン πραιτώριον［ラテン語の praetorium（本営・総督の官邸）XIII, 3, 4］

プロアゴス προαγός（プロアイ προαγοί）［コマニの頭（トゴルタクやマニアクその他）VIII, 4, 2］

プロヴォリ πρόβολή（プロヴォレ προβολαί）［昇進（地位の）III, 6, 7］

プロエクサルホン προεξάρχων［軍司令官 V, 5, 7・指揮官 V, 6, 4］

プロエストス＝トン＝セクレトン προεστὼς τῶν σεκρέτων［ロゴセティス＝トン＝セクレトンのこと III, 6, 6］

プロエドリア προεδρία［高位の職（教皇の地位）I, 13, 2］

プロエドロス πρόεδρος［高位の爵位（アレクシオス＝コムニノスの）II, 1, 3・教会の頭（エフストラティオス＝ガリダス）V, 9, 5・府主教（カルケドンの）VII, 4, 1・大主教（ニケアの）XIV, 8, 9］

プロエホンデス προέχοντες［長老たち（アンヒアロスの住民の）X, 4, 1］

プロエレシス προαίρεσις［自由意志（兄弟縁組み）X, 3, 4・意図（アレクシオス帝の）VI, 13, 4］

プロオス πλόος［航海 III, 12, 3 ; XI, 5, 3］

プロゴノス πρόγονος（プロゴニ πρόγονοι）［祖先 VII, 2, 6 ; X, 11, 5 ; 9］

プロスキニシス προσκύνησις［崇拝の儀礼（皇帝への）II, 1, 5 ; 2, 2 ; 3, 1 ; XV, 6, 5・礼拝（神への）II, 5, 4・崇拝（聖墳墓への）XII, 9, 3 ; XIV, 2, 13 ;（皇帝への）XIII, 9, 4 ; 5］

プロスコピィ πρόσκωποι［漕ぎ手 III, 12, 4］

プロスシィケ＝ドセオン προσθήκαι δόσεων［贈物の追加 III, 6, 7］

プロスタグマ πρόσταγμα(プロスタグマタ προστάγματα)［命令（皇帝の・両陛下の）X, 4, 8 ; 10, 1 ; XIII, 12, 25・皇帝の文書による命令 XIII, 1, 3 ; XIV, 2, 6］

プロスタティス προστάτης（プロスタテェ προστάται）［指導者（マニスの異端の）XIV, 9, 3］

プロスリマ πρόσλημμα［キリストにおいて受容された人性 X, 1, 2 ; 3 ; 4］

プロティヒスマ προτείχισμα（プロティヒスマタ προτειχίσματα）［外壁 X, 5, 3・XIV, 2, 8 ; 9］

プロティ＝フィラキ πρώτη φυλακή［ティス＝ニクトス τῆς νυκτός］［第 1 夜警時 II, 4, 6 ; 5, 2］

プロティル πλωτήρ（プロテレス πλωτέρες）［船乗り III, 12, 5 ; VI, 5, 7 ; XI, 11, 2］

プロテェティオス προταίτιος（プロテェティイ προταίτιοι）［首謀者 VI, 2, 1 ; VI, 4, 1］

プロトヴェスティアリア πρωτοβεστιαρία［プロトヴェスティアリオスの爵位保有者の妻はこのように呼ばれた（マリア）II, 5, 8 ; 9］

プロトヴェスティアリオス πρωτοβεστιάριος［高位の爵位（アレクシオス 1 世により身内のミハイル＝タロニティスに与えられた）III, 4, 2］

プロトストラトル πρωτοστράτωρ［皇帝の従者の長、11 世紀より国家のもっとも重要な官吏の一

つとなる V, 7, 2 ; VII, 3, 9 ; 10 ; 11 ; VIII, 4, 4]

プロトセヴァストス πρωτοσεβαστός［高位の爵位（第一のセヴァストスの意）III, 4, 2 ; VI, 5, 10］

プロトトコス πρωτότοκος［初子・長子（アンナ＝ダラシニの息子、マヌイル＝コムニノス I, 1, 1・ヨアニス＝ドゥカスの息子、アンドロニコス＝ドゥカス III, 3, 3・ロベール＝ギスカールの息子ロエリス V, 3, 4・マリク＝シャーの息子パルイアルフ VI, 12, 1・皇帝ヨアニス＝コムニノスの息子アレクシオス XII, 4, 4・皇帝アレクシオスの姉妹マリア＝コムニニ XII, 7, 2（アンナ＝コムニニについてはプロティストン＝ヴラスティマ πρώτιστον βλάστημα もっとも名誉ある初子 XV, 9, 1)］

プロトノヴェリシモス πρωτονωβελλίσμος［11 世紀に現れ、ケサルにつぐ高位の爵位 VII, 8, 7］

プロトプロエドロス πρωτοπρόεδρος［高位の爵位（コンスタンディノス III, 10, 4 ; 5)］

プロドモス πρόδομος［前庭（教会の前堂）VIII, 3, 1］

プロニア πρόνοια（プロニエ πρόνοιαι）［摂理・配慮・神意・神慮など I, 10, 3 ; 16, 6 ; II, 1, 5 ; III, 9, 3 ; IV, 7, 2 ; VI, 9, 5 ; VII, 4, 1 ; VIII, 6, 5 ; X, 8, 7 ; XII, 3, 7 ; 4, 5 ; 5, 3 ; 6, 1 ; 9 ; XV, 7, 6 ; 7・（陸と海の）幸 XV, 7, 7］

フロノス χρόνος［時（時の擬人化）序文 , 1, 1］

プロノミィ προνομή(プロノメ προνομαί)［略奪 IV, 5, 3 ; VIII, 1, 5 ; X, 3, 1 ; 4, 5 ; 6 ; XIV, 1, 6 ; XV, 3, 6・食糧調達 VIII, 6, 4］

プロノミオン προνόμιον（プロノミア προνόμια）［特権 XIII, 12, 22］

プロノメフス προνομεύς（プロノミス προνομεῖς）［略奪者 VI, 10, 1 ; 2 ; VIII, 1, 5 ; XV, 4, 2・飼料徴発兵 VII, 9, 2］

プロファシス πρόφασις（プロファシス προφάσεις）［口実・理由］I, 10, 2 ; 11, 4 ; 12, 2 ; 5 ; 8 ; 15, 6 ; II, 3, 4 ; III, 2, 3 ; 9, 1; IX, 5, 2 ; X, 2, 4 ; 6, 7］

プロフィティス προφήτης［預言者 VI, 3, 4（ダビデ）; 7, 4］

プロポムビ προπομπή（プロポムベ προπομπαί）［行進行列 III, 4, 6 ; 7 ; IV, 1, 3 ; VI, 8, 3］

プロロゴス πρόλογος［序文（『アレクシアス』の）序文］

プロロヒゾン προλοχίζον［待ち伏せの（タグマ）I, 5, 3］

フロンディスティス φροντιστής（フロンディステェ φροντισταί）［役人（国庫の）VI, 3, 5・執事、管理者（孤児院の）XV, 7, 5 ; 7］

フロンディスティリオン φροντιστήριον（フロンディスティリア φροντιστήρια）［瞑想の場所（修道院）III, 8, 2 ; VI, 3, 2 ; XV, 7, 3 ; 8 ; 9］

フン族の οὐννικός

　フン族の軍隊 οὐννικὴ στρατιά VII, 5, 2.

　フン族の軍隊 οὐννικὸν στράτευμα VII, 5, 2.

へ

ペガソス Πήγασος［有翼の神馬 IV, 7, 2］

ペゾス πεζός（ペズィ πεζοί）［歩兵 I, 8, 1 ; 11, 1 ; 3 ; 5 ; III, 12, 7 ; IV, 1, 1 ; 4, 7 ; 6, 4 ; 6 ; 8, 3 ; V, 4, 2 ; VI, 5, 2 ; 14, 7 ; VII, 3, 9 ; 11, 6 ; VIII, 3, 4 ; 4, 4 ; 5 ; X, 5, 10 ; 9, 1 ; 10, 1 ; XI, 7, 2 ; 8, 2 ; 11, 5 ; XIII, 6, 5 ; 7, 2］

ペゾン πεζόν(τό)［歩兵 XI, 8, 4］

ペダゴゴス παιδαγωγός（ペダゴイ παιδαγωγοί）［家庭教師（ヴォタニアティス帝の孫の II, 5, 1 ; 3・

グリゴリオス＝ガヴラスの VIII, 9, 4)・教育係（グリゴリオス＝ガヴラスの VIII, 9, 6)]
ペディア παιδεία［教育（アレクシオスに対する母の教育 III, 5, 1・哲学の教育 V, 8, 3・アレクシオス帝によるガヴラスへの軍事教育 VIII, 9, 6・(哲学・言語の) 教育 X, 1, 1・エヴマシオス＝フィロカリスに関する軍事教育 XIV, 1, 3・コンスタンティノープルにおけるあらゆる教育 V, 8, 2・一般教育 XV, 7, 3・学問（古代ギリシアの）V, 9, 4・学科 IX, 10, 2]
ペディロン πέδιλον（ペディラ πέδιλα)［靴（皇帝・皇后の緋色の II, 7, 4 ; 9, 2 ; 12, 2 ; 3 ; III, 1, 1 ; 4, 5 ; IX, 6, 1 ; XV, 11, 18・一般人の黒色の III, 4, 5・フランク人の鉄の V, 6, 2]
ペデェフティリオン＝トン＝グラマティコン παιδευτήριον τῶν γραμματικῶν［文法の学校 XV, 7, 3 ; 9]
ペデス＝トン＝ヤトロン παῖδες τῶν ἰατρῶν［医学生 XIV, 4, 9]
ペデフシス παίδευσις［教育（知的教育・一般教育）V, 8, 2]
ペデフシス＝ロイキィ παίδευσις λογική［知的教育 XV, 7, 9]
ペデフティス παιδευτής［教師（文法学校の）XV, 7, 9]
ペトロヴォロス πετροβόλος［石を投げる］
ペトロヴォラ＝ミハニマタ πετροβόλα μηχανήματα［投石機 VI, 1, 2］
ペトロヴォラ＝オルガナ πετροβόλα ὄργανα［投石機 II, 8, 5 ; VII, 8, 3 ; IX, 3, 3 ; XI, 2, 5 ; XIII, 2, 2 ; XIV, 1, 6 ; 2, 11］
ペムプティ Πέμπτη〈πέμπτη〉［木曜日（週の第５日）II, 10, 4（聖木曜日）; X, 9, 4 ; 5（偉大にして聖なる木曜日）; XV, 11, 13（神の母の永眠が祝われる日)]
ペラゴリミン πελαγολιμήν［海の港 IV, 2, 3 ; VI, 5, 6]
ペリヴォロス περίβολος［周壁（カストリアの）VI, 1, 2 ;（ドラコン川の辺で殺戮された多数のケルト人の骨で造られた）X, 6, 4]
ペリヴレプトス修道院 ἡ τῆς Περιβλέπτου μονή［帝都内の、マルマラ海沿岸にあった修道院 III, 1, 1]
ペリオドス περίοδος（ペリオディ περίοδοι）［(月の）回転 XI, 4, 1・(言葉の）回転 XI, 4, 4]
ペリオピィ περιωπή［位（ドゥクスの I, 12, 1・コンスタンティノープル総主教の I, 13, 4)・権限（皇帝の II, 7, 1 ; III, 8, 1)・高い場所（コンスタンティノープルの青銅の両手が置かれたところ）XII, 6, 8・高み（皇帝の II, 7, 2 ; III, 2, 5 ; 5, 1 ; 9, 3 ; V, 9, 4 ; VII, 2, 3 ; IX, 1, 2)・帝座 XIII, 9, 4]
ペリパティティキィ περιπατητικὴ［フィロソフィア φιλοσοφία］［逍遙学派の（哲学）V, 8, 6]
ペリファネスタティ＝ケファリ περιφανεστάτη κεφαλή［最高司令官（タティキオス)、字義はもっとも卓越した頭（指揮者）XI, 10, 2]
ペルタスティス πελταστής（ペルタステェ πελτασταί）［盾兵・軽装兵 II, 8, 5 ; IV, 6, 3 ; V, 4, 5 ; 6, 2 ; VIII, 3, 5 ; X, 9, 7 ; XI, 2, 4]
ヘルマス＝リソス χερμὰς λίθος［投石用の丸石 VII, 6, 6 ; X, 8, 9]
ペレグリノス περεγρῖνος（ペレグリニィ περεγρῖνοι）［巡礼（περεγρῖνος は中世ラテン語 peregrinus（巡礼）のギリシア文字による転写、十字軍士の意味に使われる）XIII, 12, 23 ; 28]
ペレコロフォリィ πελεκοφοροί〈ペレキフォリィ πελεκυφόροι〉［斧を担ぐ者たち（ヴァランギィ）II, 9, 4 ; IV, 6, 6 ; XIV, 3, 8]
ヘリニキ＝ペディア ἑλληνικὴ παιδεία →エレニキ＝ペディア
ヘレニス＝ポリス ἑλληνίς πόλις ／エリニス＝ポリス［ギリシア人の古代の都市（エピダムノス）XII, 9, 4]
ヘロニ χελώνη（ヘロネ χελῶναι）［亀（攻城用の建造物）XI, 1, 7 ; XIII, 2, 3 ; 3, 1 ; 3 ; 9 ; XIV, 2,

10 ; 11・屋根をもった建造物 XIII, 3, 4]

ペンディコンダルヒス πεντηκοντάρχης（ペンディコンダルヘェ πεντηκοντάρχαι）[五〇人隊長 III, 11, 4 ; VIII, 5, 1]

ホ

ポアティエの教会会議 Synod of Poitiers（1106 年）12-6

ホヴァル Χοβάρ［ムスリムにおいて崇拝されたとされる愛の女神、ギリシアのアプロディテに相当 X, 5, 7]

ポウス πούς（ポデス πόδες）[長さの単位、約 31cm XIII, 3, 8 ; 6, 6]

ホストリス χωστρίς（ホストリデス χωστρίδες）[堀を埋める作業する者たちを守る防御小屋 XIII, 2, 3]

ポダルイア ποδαλγία［痛風（アレクシオス帝の）XV, 1, 2]

ポダルイキ＝ディアセシス ποδαλγικὴ διάθεσις［痛風の状態 XII, 3, 4]

ポディリス ποδήρης［長い僧服 I, 4, 1 ; 12, 6]

ホニア χωνεία［造幣所 V, 2, 1]

ホマティニィ Χωματηνοί［ホマ出身の兵士 I, 5, 3 ; 6]

ポムビ πομπή［行列（反逆者たちの引き回しの）XII, 6, 5・凱旋行列（アレクシオス帝の）XV, 7, 2]

ホメロスの ὁμηρικός

　ホメロスの言葉（一句）ὁμηρικὸν ἔπος II, 6, 6 ; IV, 6, 5 ; VII, 8, 10.

　ホメロスの語る若者 ὁμηρικὸς νεανίσκος［テレマコス IV, 8, 1]

　ホメロスの女神たち ὁμηρικαὶ Μοῦσαι X, 2, 1.

　ホメロスの語るテウクロス ὁμηρικὸς Τεῦκρος X, 9, 8.

　ホメロスのギリシア人たち ὁμηρικοὶ ῞Ελληνες X, 9, 8.

　ホメロスのカリオペ ὁμηρικὴ Καλλιόπη XIV, 7, 4.

　ホメロス風に言えば ὁμηρικῶς εἱπειν V, 7, 2.

ホラ χώρα（ホレ χώραι）[地域 I, 16, 2 ; VIII, 3, 2 ; XI, 5, 2 ; XIII, 12, 6 ; 15 ; 18 ; 19 ; 24・地方 I, 14, 2 ; 3 ; II, 10, 4 ; III, 8, 6 ; IV, 1, 2 ; 4 ; V, 3, 4 ; 5 ; 4, 1 ; VI, 5, 10 ; 14, 2 ; VII, 6, 3 ; 10, 2 ; 11, 6 ; VIII, 1, 3 ; 3, 2 ; 9, 2 ; IX, 4, 1 ; 2 ; 4, 6 ; X, 2, 4 ; 5, 2 ; 6 ; 6, 4 ; 7 ; 9, 11 ; 11, 7 ; XI, 2, 9 ; 5, 1 ; 2 ; 8, 4 ; 10, 2 ; 12, 6 ; XII, 1, 1 ; 2 ; 3 ; 5 ; 6 ; 2, 1 ; XIV, 5, 3 ; 9, 4 ; XV, 4, 9 ; 6, 5 ; 10, 5・土地 III, 10, 1 ; VI, 5, 10 ; 14, 2 ; VII, 10, 2 ; X, 2, 4 ; 5, 6 ; 6, 4 ; XI, 2, 9 ; 8, 4 ; XIII, 12, 3 ; 7 ; 8 ; 10 ; 11 ; 13 ; 14 ; 15 ; 18 ; 19 ; 21 ; 22 ; 23 ; 24 ; 25・国 XII, 1, 2]

ポリオルキア πολιορκία［(都市などの）攻囲 II, 8, 3 ; IX, 1, 7 ; XI, 1, 1 ; 2 ; 7 ; 2, 5 ; 6 ; 7, 2 ; XII, 9, 3 ; XIII, 2, 2 ; 3, 1 ; 3 ; 12, 8 ; XV, 6, 9]

ポリオルキティコン＝オルガノン πολιορκητικὸν ὄργανον（ポリオルキティカ＝オルガナ πολιορκητικὰ ὄργανα）[攻囲器具 XII, 2, 2・攻撃方法 XIII, 3, 4・攻城用装置 XIII, 3, 7]

ホリオン χωρίον（ホリア χωρία）[村・地方（アスプロン村 VII, 9, 7・エクセヴァン村 V, 5, 3・ヒリ村 X, 5, 2・フレビナ村 I, 9, 5・ナフパクトス近隣の地方 I, 16, 1)]

ポリス πολίς（ポリス πόλεις）[都市・都（帝都）・町・要塞・城塞・砦・内城・国家（この意味のポリスは一箇所だけ XII, 5, 2)（ポリスの意味は多義におよぶ）・個々のポリス－アゴソニキ X, 4, 10・アダナ XIII, 12, 21・アトラミティオン XIV, 1, 4・アドリアヌポリス VI, 11, 3 ; X, 3, 4 ; 4, 10・アポロニアス VI, 13, 1 ; 4・アマシア I, 2, 7・アルメニアコンのすべての都市 I, 2,

5・アレクシウポリス XIV, 9, 4・アンティオキア 序文 3, 2 ; XI, 4, 1 ; 2 ; 4 ; 5 ; 6 ; 7 ; 6, 2 ; 9 ; 9, 1 ; 12, 1 ; 6 ; XII, 1, 1 ; 3 ; XIII, 12, 15 ; 18 ; 21 ; 23 ; XIV, 2, 1 ; 5・イサキ島のイェルサレム VI, 6, 1 ; 2・イドルス XII, 8, 2・エデサ XIII, 12, 24・エノス XIV, 8, 1・エピダムノス I, 16, 1 ; III, 12, 8 ; XII, 9, 3 ; 4 ; 5 ; XIII, 2, 2・エフェソス XI, 5, 1・カラムヴィス VIII, 9, 5・ヴィシニアのキオス VI, 10, 5・キリキアの諸都市 XII, 2, 5・クリコン XI, 10, 9・ケファリニア島の主都 VI, 6, 1・コルフ I, 16, 2 ; XI, 12, 4 ; 5・コンスタンティノープル（ヴァシリス＝ポリス・ビザンディス＝ポリス・ヴァシリス＝トン＝ポレオンについてはそれぞれを見よ）I, 7, 1 ; II, 4, 9 ; 5, 5 ; 8, 2 ; 3 ; 4 ; 5 ; 9, 1 ; 2 ; 3 ; 5 ; 10, 2 ; 11, 1 ; 2 ; 3 ; 7 ; 12, 3 ; 5 ; III, 5, 1 ; 2 ; 3 ; 9, 4 ; IV, 4, 1 ; VI, 7, 4 ; 5 ; 10, 6 ; VIII, 1, 1 ; 4 ; 2, 4 ; 9, 1 ; X, 2, 2 ; 9, 4 ; XII, 1, 5 ; 3, 9 ; 4, 5 ; 7, 1 ; XIII, 1, 10 ; XIV, 6, 6 ; XV, 7, 2 ; 11, 17・シリアの諸都市 XI, 10, 1・スミルナ XI, 5, 4・セサロニキ I, 7, 2 ; 9, 3 ; II, 8, 3 ; V, 5, 6 ; XII, 1, 6 ; 3, 1・ダフヌティオン IX, 5, 1・タルソス XIII, 12, 21・ディラヒオン I, 4, 2 ; III, 9, 4 ; 12, 2 ; 8 ; IV, 1, 1 ; 3 ; 2, 3 ; 8, 4 ; V, 1, 2 ; VI, 5, 10 ; 6, 4 ; XII, 4, 3 ; 9, 2 ; 3 ; 4 ; 5 ; XIII, 2, 3 ; 3, 1 ; 4 ; 8 ; 9 ; 11 ; 12 ; 9, 3 ; 10, 2・ティロス XIV, 2, 8 ; 9 ; 10・ドリストラ VII, 3, 2 ; 3・ニケア VI, 11, 2 ; 12, 8 ; XI, 1, 2 ; 5 ; 2, 5 ; 6・ニコミディア VI, 10, 9 ; X, 5, 3・ネオカストロン XIV, 9, 4・ハリウポリス周辺に位置する諸都市 VII, 1, 1・ヒオス VII, 8, 3 ; 10・3・フィラデルフィア XIV, 1, 6・フィリプポリス VI, 4, 3 ; XIV, 8, 1 ; 2 ; 3・プリススラヴァ VII, 3, 4・ペルシアの諸都市（トルコ人の掌握する）XV, 10, 5・モプソス XII, 2, 4 ; 5・ラオディキア XI, 11, 6 ; 7・ラリサ V, 5, 3・コンスタンティノープルの孤児院の立っている場所 XV, 7, 4 ; 5 ; 6 ; 7 ; 8・ドラコン川の近くにラテン人によって建設された都市 X, 6, 4・ボエモンの海に浮かぶ都市（喩え）XII, 9, 1・アレクシオス帝の生きて動く都市（喩え）XV, 4, 9]

ポリスマ πόλισμα（ポリスマタ πολίσματα）[町（十字軍士によって掌握された小アジアの町々 XIV, 2, 1・ミロスの町 XIII, 2, 3]

ポリスマティオン πολισμάτιον [小さな町（ネクラ）XIII, 12, 24]

ポリティコン＝シンタグマ πολιτικὸν σύνταγμά [政治関係 IX, 8, 2 ; 4]

ポリティス πολίτης（ポリテエ πολῖται）[コンスタンティノープルの市民 VII, 3, 12 ; XIV, 7, 8]

ポリフニオン πολίχνιον（ポリフニア πολίχνια）[小さな町・砦・城塞（不特定の III, 11, 1 ; 3 ; IV, 3, 2 ; VI, 10, 1 ; 12, 2 ; 14, 1 ; VII, 11, 6 ; VIII, 3, 1 ; 4 ; IX, 1, 1 ; XI, 7, 6 ; 8, 2 ; 9, 4 ; XIII, 12, 8 ; 13・アミラス XIII, 12, 24・アルヴァノン周辺の砦 XIII, 5, 2・アルイロカストロン XI, 11, 4 ; 6・ヴェリアトヴァ VI, 4, 3 ; 14, 2・ヴォリソス VII, 8, 6・ヴォルゼの諸要塞 XIII, 12, 18・ミハイル＝ヴルツィスの握る小さな町々 XV, 4, 2 ; 5・ヴシスの岸辺に位置する小さな町 XIII, 6, 6・ヒオス島の砦 VII, 8, 5 ; 6・フリアラの近くに位置する城塞 XIV, 3, 1・ヒリニの城塞 VIII, 3, 5・キボトス VI, 10, 9 ; 10・エリソス XII, 9, 5・ガヴァラ XI, 11, 4 ; 6・エルマニキアの諸城塞 XIII, 12, 18・エオルイオス様の砦 VI, 11, 4 ; XI, 2, 7・エレヌポリス X, 6, 1・カスィズマティン XIII, 12, 24・ケドロス（ケドレア）XV, 4, 1・コロニア XII, 7, 3・コメルモエリ XIII, 12, 24・クリスの砦 VII, 1, 1・クレニデスの小さな町 XIV, 8, 2・ラオディキアの近くに位置する城塞 XI, 11, 4・ラパラ地方の諸城塞 XIII, 12, 24・リペニオン IX, 4, 2・マルハピン XI, 11, 4 ; 6・ミロスの砦 XIII, 5, 4 ; 6, 2・ペルガモスの周辺の城塞 XIV, 3, 1・ピマニノン XIV, 5, 5・プツァ X, 4, 1 ; 2 ; 3 ; 4・サルサピン XIII, 12, 24・ニコミディアのそばに位置する「鉄の」と呼ばれた城塞 X, 5, 3・スフェンザニオン IX, 4, 3・トリポリスに向かい合って位置する砦 XI, 7, 6・ツゥルロス II, 4, 6 ; VII, 11, 1 ; 2・ティライオン XV, 6, 9・ズメ地方の砦 XIII, 12, 19]

ポリュクレイトスの基準の書 πολυκλείτεος κανών〈Πολυκλείτος〉III, 3, 1.

ポルスモス πορθμός [海峡・海・航路（ヴォスポロス / プロポンディス X, 9, 1 ; 11, 9 ; XIV, 4, 1・

ブリンディジあるいはオトラントとエピルス間の海域 IV, 3, 1 ; 2 ; X, 5, 8 ; 9 ; 10 ; 8, 2 ; 3 ; XII, 8, 2 ; 7 ; XIII, 7, 2 ; 3 ; 4 ; 5 ; 8, 5・ヘレスポンドス XIV, 1, 4 ; 3, 2・ニコミディア湾 XI, 1, 1 ; 8, 2 ; XV, 1, 3)]

ホルタゴイア χορταγωγία［糧秣集め III, 11, 3 ; IV, 3, 2 ; 5, 3 ; VII, 3, 1 ; 5 ; XIII, 8, 5］

ポルフィラ πορφύρα［緋の産室 序文 1, 2 ; IV, 6, 7 ; VI, 8, 1 ; VII, 2, 3 ; 4 ; XV, 9, 1］

ポルフィロエニトス πορφυρογέννητος［緋の産室生まれの皇子・皇女（一般的意味 VI, 8, 1・アンドロニコス＝コムニノス XV, 5, 4・アンナとマリアとヨアニス VI, 8, 5・ヴァシリオス V, 8, 2 ; XII, 9, 6・エヴドキア XV, 11, 14・コンスタンディオス IV, 5, 3・コンスタンディノス（8世）V, 8, 2・コンスタンディノス＝ドゥカス III, 4, 5 ; IX, 5, 4 ; 7, 2 ; 8, 2・ゾイ III, 2, 5・ニキフォロス＝ディオエニス VII, 2, 3・マリア＝コムニニ X, 3, 5・ヨアニス＝コムニノス XII, 4, 4 ; XIII, 12, 2 ; 3 ; 4 ; 15 ; 27)］

ポレマルホス πολέμαρχος［軍司令官（マリアノスと戦ったラテン人司祭）X, 8, 9］

ポレミコス πολεμικός［戦争の］

ポレミカ＝オルガナ πολεμικὰ ὄργανα［武器・兵器 IV, 2, 3 ; X, 8, 6 ; XV, 3, 7］

ポレミキ＝シンダクシス πολεμικὴ σύνταξις［戦闘隊形 XV, 3, 6］

ポレミカ＝テフナズマタ πολεμικὰ τεχνάσματα［戦術 V, 1, 3］

ポレミキ＝デクシア πολεμικὴ δεξιά［戦いの右手 XIII, 2, 3］

ポレミキ＝ナフス πολεμικὴ ναῦς（ポレミケ＝ニエス πολεμικαὶ νῆες）［戦艦 II, 11, 2 ; IV, 5, 2 ; IX, 2, 4 ; X, 6, 5 ; XII, 8, 7］

ポレミスティリイ πολεμιστήριοι［ニエス νῆες］［戦艦 I, 15, 1］

ポレミスティリオス πολεμιστήριος［パラスケヴイ παρασκευή］［戦備 I, 15, 4］

ポレモス πόλεμος（ポレミ πόλεμοι）［戦争 I, 1, 2 ; 4, 4 ; 9, 4 ; 11, 4 ; 16, 9 ; II, 1, 1 ; 11, 6 ; III, 5, 4 ; V, 3, 5 ; 4, 2 ; 5, 1 ; VI, 2, 1 ; 2 ; XIII, 12, 11 ; XV, 10, 5］

ホロス χορός（ホリィ χοροί）［合唱隊（雄弁家の）VIII, 6, 5・集団（兵士の）XIII, 12, 27・聖歌隊 XV, 7, 8・一群（身分の高い人々の）X, 1, 2・一群の者たち（ヴォゴミル派の）XV, 9, 2］

マ

マイストロス μάγιστρος［爵位（あるアラン人の）II, 4, 5］

マクロス μακρός［長い］

マクラ＝ヘロニ μακρὰ χελώνη［長方形の亀（攻城兵器）XIII, 3, 1］

マクレ＝ポリミスティリィ μακραὶ πολεμιστήροι［長船（戦いの）I, 15, 1］

マサリアニィ Μασσαλιανοί［キリスト教の異端の一つ XV, 8, 1］

マシティス μαθητής（マシテェ μαθηταί）［弟子（平和を愛する人イエス＝キリストの弟子、ローマ教皇）I, 13, 7・ヴォゴミル派のヴァシリオスの XV, 8, 3 ; 4 ; 9, 2・ヨアニス＝イタロスの V, 9, 2 ; 4］

マシトリア μαθήτρια（マシトリエ μαθήτριαι）［女弟子（ヴォゴミル派のヴァシリオスの）XV, 8, 3］

マシマ μάθημα（マシマタ μαθήματα）［学問・知識（4学科 序文 1, 2・占星術の VI, 7, 3・アリストテレスとプラノンの XII, 5, 4）・学問一般 V, 9, 4］

マシマティコス μαθηματικός［星占い師（シス）VI, 7, 1］

マナ μάννα［食物（キリストが荒野で降らせたパン）XIV, 3, 6］

マニアキスの兵 Μανιακάτοι［アレクシオス帝の軍隊におけるエオルイオス＝マニアキスの兵士

からなるラテン人部隊 VII, 9, 2］

マニ教徒 Μανιχαῖος（Μανιχαῖοι）IV, 4, 3 ; V, 3, 2 ; VI, 2, 1 ; 3 ; 4, 2 ; 5, 1 ; 14, 2 ; VII, 3, 2 ; XIII, 1, 7 ; XIV, 8, 4 ; 7 ; 8 ; 9 ; 9, 1 ; 3 ; 5 ; XV, 1, 1 ; 8, 1.

マヒ μάχη（マヘ μάχαι）［戦闘］I, 1, 2 ; 4, 4 ; 9, 4 ; 11, 4 ; 16, 9 ; II, 1, 1 ; V, 4, 2 ; 5, 1; VI, 2, 2 ; 4 ; 5, 5 ; IX, 1, 5 ; 7 ; 2, 1 ; 10, 1 ; X, 9, 10 ; XI, 6, 3; XII, 2, 2 ; 5, 5 ; XIII, 4, 3 ; 12, 11; XV, 8, 2 ; 10, 5］

マヒティス μαχητής［戦士（パクリアノス）II, 4, 6］

マヘラ μάχαιρα（マヘレ μάχαιραι）［剣 V, 3, 5 ; X, 6, 4 ; XI, 5, 4 ; 6, 4 ; XIV, 2, 1 ; 6, 2･短剣 X, 8, 4］

マルティス μάρτυς（マルティレス μάρτυρες）［証人（アンナの両親に対する愛情の VI, 8, 2・アンナの父を襲う危険の、神 XII, 3, 5・アレクシオス帝が多数の異端者を正統信仰に導いたことへの XIV, 9, 4・改宗したマニ教徒に与えたアレクシオス帝の多くの贈り物についての XIV, 9, 5・アレクシオス帝と息子ヨアニスに対して行うボエモンの誓約の、すなわち神とすべての聖者 XIII, 12, 28・アレクシオス父子とボエモンとの合意の、神 XIII, 12, 7・アレクシオス父子とボエモン間の合意文書の最後に署名した者たち XIII, 12, 28・ボエモンのアレクシオス帝に対する戦いの大義が偽りであるとの確かな、すなわちアレクシオス帝がカイロの牢獄から解放したラテン人の伯たち XII, 1, 6）･殉教者（エオルイオス VI, 1, 4･テクラ III, 8, 5･セオドロス IV, 6, 1 ; VIII, 3, 1・マクシモス V, 9, 3・四〇人殉教者 XV, 4, 9）］

マンガナの修道院 Monastery of Mangana（マンガナはコンスタンティノープルの地区名）3-33

マンガネヴオメノス μαγγανευόμενος［だまし屋（書記マンガニス）II, 8, 4］

マンガネヴマ μαγγάνευμα［術策（書記マンガニスの II, 10, 1］

マンツィケルトの戦い battle of Manzikert 1-2, 3-13, 5-74, 15-35

マンディス μάντις（マンディス μάντες）［占い師 X, 5, 7 ; 8］

ミ

ミオパロン＝ディコポス μυοπάρων δίκωπος［一段櫂の軽装の船 XIII, 8, 5］

ミオプス μύωψ［拍車 IV, 7, 1］

ミシムナの主教 ὁ Μηθύμνης［ミシムナはレスヴォスの都市 V, 3, 1］

ミスソス μισθός（ミスシィ μισθοί）［兵士の給金･報酬 V, 2, 2 ; 7, 4 ; 5 ; VIII, 6, 4 ･労働への手当 X, 5, 3］

ミスソフォリコン μισθοφορικόν（τό）［傭兵 V, 2, 2 ; 4, 5 ; 5, 3 ; VII, 6, 5 ; 10, 1 ; VIII, 3, 2 ; 3 ; XV, 1, 1 ; 3・傭兵軍 V, 1, 2 ; 3, 6 ; VIII, 5, 1］

ミスソフォリコン＝ストラテヴマ μισθοφορικὸν στράτευμα［傭兵軍 XV, 1, 5］

ミスティリオン μυστήριον［聖なる儀式（秘儀）IV, 6, 1・信仰の奥義 X, 1, 2］

ミゾナ＝トン＝プリオン μείζονα τῶν πλοίων［大型船（ロベール＝ギスカールの）III, 12, 2 ; IV, 2, 3］

ミティル＝トゥ＝ロゴゥ μήτηρ τοῦ Λόγου［神（キリスト）の母 VII, 3, 9］

ミトロポリス μητρόπολις［主都（カシオティス地域の、ヴェリア XIII, 12, 24・イリリコンの、エピダムノス／ディラヒオン I, 7, 2・メルフィ領の、サレルノ I, 12, 11・ヴィシニアの、ニコミディア VI, 10, 9）］

ミハイラトゥ＝ハライ χαραγὴ μιχαηλάτου 〈χαραγὴ Μιχαηλάτου〉［ミハイル帝の肖像の刻印された貨幣 XIII, 12, 25 ; 26 ］

ミハニ μηχανή（ミハネ μηχαναί）［術策･はかりごと（I, 5, 1 ; 7, 3 ; VIII, 5, 3 ; XI, 11, 7 ; XIV, 2, 10 ）･戦争用機具・工夫の産物・機械装置（II, 8, 5 ; IV, 4, 7 ; 8, 3 ; V, 5, 3）］

ミハニカ μηχανικά ［(攻城の) 機械 XI, 1, 7］

ミハニコタトス μηχανικώτατος［この上なく工学の知識に詳しい(ロベール＝ギスカール)IV, 3, 3］

ミハニマ μηχάνημα（ミハニマタ μηχανήματα）［攻城用装置 IV, 4, 4; XIII, 3, 2 ; 3 ; 7 ; 9 ; 11; 12 ; XIV, 2, 10・方法 XIII, 3, 6・術策 I, 3, 1 ; XV, 3, 3］

ミハニマタ＝ポルシティカ μηχανήματα πορθητικά ［破壊工具 XIV, 2, 9 ］

ミリオフォロス＝オルカス μυριοφόρος ὁλκάς ［トン数の大きい貨物船 XIII, 8, 5］

ミリオン Μίλιον ［アヴグスティオン Augoustaion 広場（聖ソフィア寺院の前）にあった里程石柱 II, 12, 4］

ム

ムーサ Μοῦσα ［ホメロスの詩の女神 X, 2, 1 ; XII, 3, 7］

ムスリム Μουσουλμάνοι ［イスラム教徒 XIV, 3, 7 ; 6, 1］

メ

メイストス＝ドゥクス μέγιστος δούξ［(艦隊の) 大提督、メガス＝ドゥクスに同じ(ヨアニス＝ドゥカス) VII, 8, 9］

メガス＝アフトクラトル μέγας αὐτοκράτωρ ［大帝（コンスタンティヌス）XII, 4, 5・主帝（正帝）(アレクシオス＝コムニノス) XIII, 12, 3］

メガス＝エテリアルヒス μέγας ἑταιρειάρχης ［外国人から構成された皇帝護衛隊（エテリア）の指揮官（アルイロス＝カラツァス）VIII, 7, 4］

メガス＝スルタン μέγας σουλτάν ［大セルジュク朝のスルタン（マリク＝シャー） VI, 9, 3 ; 4］

メガス＝ドゥクス μέγας δούξ ［帝国艦隊の総司令官・大提督 VII, 8, 8 ; IX, 1, 9 ; 2, 1 ; 3 ; XI, 10, 2 ; XII, 8, 1］

メガス＝ドメスティコス μέγας δομεστίκος ［最高の軍職の一つ（→ドメスティコス)］

メガス＝ドメスティコス＝トン＝スホロン μέγας δομεστίκος τῶν σχολῶν ［西方軍総司令官（→ドメスティコス)］

メガス＝ドルンガリオス μέγας δρουγγάριος ［アレクシオス帝治世に初めて現れる帝国艦隊の高位の指揮官 III, 4, 2 ; XI, 10, 9 ; XIII, 1, 1］

メガス＝プリミキリオス μέγας πριμμικήριος ［同一役職にある人々の中における第一人者、長官・指揮官 IV, 4, 3 ; XI, 3, 3］

メガ＝テメノス μέγα τεμένος ［大聖堂（聖ソフィア寺院）II, 5, 4 ; 6 ; V, 2, 3 ; XV, 7, 9］

メガリ＝エクリシア μεγάλη ἐκκλησία ［大教会（聖ソフィア寺院）II, 5, 4 ; 12, 6 ; III, 2, 7 ; V, 9, 5 ; 6 ; VI, 8, 5 ; X, 2, 5 ; XIII, 12, 20 ; XV, 7, 9］

メガリ＝ソフィア μεγάλη Σοφία（ἡ）［大神智（の聖堂）II, 5, 2］

メガロキリクス μεγαλοκῆρυξ ［偉大な告知者（使徒パウロ）XV, 7, 8］

メガロポリス μεγαλόπολις［大都（コンスタンティノープル）II, 4, 2 ; 6, 1 ; 6 ; III, 2, 7 ; 10, 6 ; IV, 4, 1 ; V, 2, 5 ; 5, 2 ; VI, 7, 5 ; 8, 1 ; VII, 1, 2 ; VIII, 7, 2 ; IX, 1, 1 ; 5, 1 ; 10, 2 ; X, 1, 1 ; 4 ; 6 ; 4, 5 ; 7, 5 ; 9, 1 ; 10, 3 ; 4 ; XI, 5, 3 ; 7, 3 ; 8, 1 ; 5 ; 10, 3 ; 8 ; 10 ; XII, 4, 4・大きな都市（フィリプポリス）XIV, 8, 3］

メガロマルティス μεγαλομάρτυς［大殉教者（エオルイオス III, 4, 7 ; V, 5, 2 ; VI, 1, 4 ; XI, 2, 1 ; 7, 1・

エオルイオス＝シケオティス II, 12, 1・ディミトリオス II, 8, 3 ; V, 5, 6 ; XII, 4, 4 ; 6, 2・テクラ III, 8, 10・セオドロス IX, 7, 3・フォカス VIII, 9, 4)]

メシィ＝フィラキ＝ティス＝ニクトス μέση φυλακὴ τῆς νυκτός［夜警時の真ん中（真夜中）IX, 5, 3］

メジスタ＝トン＝プリオン μεγίστα τῶν πλοίων［大型船 IV, 2, 4］

メソティス μεσότης［中間（中庸－アリストテレスの徳論の中心概念）X, 11, 4］

メソピルイオン μεσοπύργιον（メソピルイア μεσοπύργιά）［防壁 VI, 1, 1］

メタモルフォシス Μεταμόρφωσις〈μεταμόρφωσις〉［変容（イエスの）III, 6, 6］

メテオロレスヒス μετεωρολέσχης（メテオロレスヘ μετεωρολέσχαι）［天体を見つめ推測する者 VI, 7, 6］

メテムプシホシス μετεμψύχωσις［魂の転生（プラトン哲学）V, 9, 2 ; 7］

メランゴリア μελαγχολία［憂鬱症 XIV, 9, 5・黒胆汁 XV, 8, 4］

メロス＝エムブロスセン μέρος ἔμπροσθεν［前衛（軍の）XIV, 1, 7］

メロドス μελῳδός［聖歌作者（Cosmas of Maiuma）XV, 9, 4］

モ

モシン μόσυν［攻城のための木製の塔あるいは建造物 IV, 1, 2 ; 4, 6 ; 5, 1 ; XI, 1, 6 ; 7 ; XIII, 3, 9 ; 11 ; 12 ; 4, 1］

モナスティリオン μοναστήριον［修道院（退位したミハイル帝の住んだ I, 15, 3・コスミディオンの II, 6, 1)］

モナホス μοναχός（モナヒィ μοναχοί）［修道士（一般的な意味 I, 12, 6 ; III, 8, 3 ; 4 ; XIV, 7, 7・名の知られた（ヴォゴミル派のヴァシリオス XV, 8, 3 ; 4 ; 7・エフスタティオス＝ガリダス III, 2, 7・ズィガディノス XV, 9, 1・ヨアニキオス I, 8, 2 ; 9, 3・偽ミハイル I, 12, 6 ; 7 ; 8 ; 9 ; 10 ; 15, 3 ; IV, 1, 4)・名の知られていない（コスミディオン修道院の II, 6, 3・ヴォルカノスの接近をローマ軍に知らせた一人の修道士 IX, 4, 5・アレクシオス帝とボエモン間の協定文書に署名した修道士たち XIII, 12, 28・山や森で生活している修道士たち XV, 11, 9)］

モナルヒア μοναρχία［唯一の源の意、すなわち唯一至高の存在、一神 XIV, 8, 4］

モニィ μονή（モネ μοναί）［修道院生活 III, 6, 2・修道院（聖アンドレアスの XIII, 12, 28・大殉教者エオルイオスの III, 4, 7・カリアスの III, 4, 4・キペルディスの IX, 6, 1・コスミディオンの X, 10, 4・コンスタンティノープルの総主教の X, 10, 1・聖三位一体の VI, 6, 3・ピィイの V, 8, 5・ペトリアの女子修道院 II, 5, 8・ペリヴレプトスの III, 1, 1・リプスの XV, 11, 13］

モニィ＝トゥ＝パトリアルフ μονὴ τοῦ Πατριάρχου［総主教の修道院（ヴォスポロス海峡のヨーロッパ側、オタルキョイ Ortaköy にあった）X, 10, 1］

モニリス μονήρης［ナフス ναῦς ; ガレア γαλέα］［一段櫂の船 III, 12, 3 ; XIV, 3, 4 ; ガレア VI, 6, 1］

モニレス μονῆρες（τό）［一段櫂船 V, 3, 6 ; XI, 10, 2 ; 3 ; XIV, 1, 1 ; XV, 1, 6 ; 2, 2 ; 7, 2］

モノエニス μονογενής［独り子（キリスト）XV, 7, 6］

モノディア μονῳδία（モノディエ μονῳδίαι）［哀歌（アンナ＝コムニニ自身への）I, 12, 3・悲劇の独唱（アンナの父の不運についての）IV, 8, 1・挽歌（アンナによる父アレクシオスへの XV, 11, 1)］

モリア μόρια［部分（不変化詞）V, 9, 2］

ヤ

ヤトロス ἰατρός（ヤトリィ ἰατροί）［医者（アレクシオス帝のXV, 11, 2；3；5；6；10；11・彼らのうち優れた医者たち、宦官のミハイル、ミハイル＝パンデフニス、カリクリスXV, 11, 13・病人のアレクシオス帝を診察するトルコ人の演技としてXV, 1, 2・喩えとして（医学生）XIV, 4, 9)］

ラ

ラヴィリンソス λαβύρινθος（ラヴィリンシ λαβύρινθοι）［迷宮（イタロスが論争相手に用いた論法）V, 8, 6］
ラヴドス ῥάβδος［棍棒I, 9, 2；（帝）笏XIII, 12, 19］
ラヴドヒィ ῥαβδοῦχοι［棒持ちXII, 6, 5］
ラオス λαός（ライ λαοί）［男たちXI, 6, 4・群衆XV, 10, 4・兵士XIV, 3, 1・民衆X, 5, 7］
ラストニィ ῥᾳστώνη［波静かな穏やかな季節I, 16, 1］
ラテン語 λατινικὴ διάλεκτος X, 5, 9；10, 7；XIV, 2, 6.
ラテン人の習慣 λατινικὸν ἔθος XIII, 9, 1.
ラトレフティコス λατρευτικῶς［聖なるものに対して・by way of worship（*PGL*）V, 2, 5］
ラフィラゴイア λαφυραγωγία［戦利品を持ち去ることI, 5, 6］
ラフィロン λάφυρον（ラフィラ λάφυρά）［戦利品・略奪品・勝利品I, 8, 3；9, 2；II, 12, 4；IV, 7, 4；V, 6, 1；VI, 14, 5；XV, 4, 1；6；7, 1］

リ

リア λεία［戦利品III, 8, 7；11, 1; IV, 1, 2；2, 6；V, 1, 1；3, 7；VI, 10, 7；14, 5；VII, 1, 1；5, 1；8, 3；VIII, 4, 3；6, 2；XI, 5, 6；6, 9；XIV, 5, 3；5；XV, 1, 5；4, 1；5；6, 3；7, 1・略奪物I, 5, 9；VI, 14, 5；X, 2, 4］
リクス ῥήξ（リエス ῥήγες）［王、rex（一般的な意味I, 13, 6；7；X, 10, 3・アラマニアのI, 13, 1；2；5；6；8；10；14, 3；III, 10, 2；V, 3, 1；3；4；5；6；7・フランギアのX, 7, 1；XII, 1, 1・イェルサレムのXI, 6, 9・イサンゲリスに関してXI, 8, 1・ヴァルドイヌスXI, 8, 1；XIV, 2, 5；6)］
リズィオス λίζιος［家臣、líege-man XIII, 12, 1；2；4；8；19；25（＝ リズィオス＝アンソロポス λίζιος ἄνθρωπος)］
リストリキ＝ナフス λῃστρικὴ ναῦς（リストリケ＝ニエス λῃστρικαὶ νῆες）［船足の速い戦艦VI, 5, 4；10, 5；IX, 3, 1；3；X, 8, 2；XII, 9, 1；XIII, 7, 5；XIV, 2, 12・海賊船X, 7, 2；XI, 5, 1］
リストリコン＝プリオン λῃστρικὸν πλοῖον（リストリカ＝プリア λῃστρικὰ πλοῖα）［小型の快速艇VII, 8, 1；XIII, 7, 4］
リソヴォラ＝オルガナ λιθοβόλα ὄργανα［投石機IV, 4, 6］
リソヴォラ＝ミハニマタ λιθοβόλα μηχανήματα［投石機IV, 1, 1；2］
リティル ῥυτήρ（リティレス ῥυτῆρες）［手綱I, 6, 3；IV, 6, 5；8；V, 4, 2；VII, 3, 8；7, 3；10, 4；X, 9, 7；XI, 6, 8・全力疾走の突撃XI, 6, 3］
リトラ λίτρα（リトレ λίτραι）［金貨XIII, 12, 25］
リトリキィ ῥητορικη［修辞学 序文, 1, 2；XV, 7, 9；9, 1］
リトリコン＝ネクタル ῥητορικὸν νέκταρ［修辞学の甘露V, 8, 6］

リドリマタ＝エングラファ λοιδορήματα ἔγγραφα［文書による誹謗（ファムサの意味）XIII, 1, 6］
リトル ῥήτωρ（リトレス ῥήτορες）［弁論家（アレクシオス帝 I, 8, 1；アンナ＝ダラシニ III, 7, 3・アンナ＝ダラシニを誉めたたえる仮定の雄弁家 III, 8, 5・古代の弁論家たち XIV, 4, 5・アレクシオス帝を嘲笑の対象とするトルコ人の雄弁家たち XV, 1, 2)］
リトルイア λειτουργία［公的役職（ディラヒオンのドゥクス職）I, 16, 3］
リプスの（修道院）τοῦ Λιβός（Λίψ）［コンスタンティノープルにあった修道院、現在はイスタンブルの旧市街ファーティフ地区のフェナーリ＝イサ＝モスク Fenari Isa Mosque XV, 11, 13］
リミン λιμήν（リメネス λιμένες）［港（イェリホ IV, 3, 2・ヴコレオン III, 1, 5；VII, 2, 4・ヴレンディシオン III, 12, 2・カソピィ VI, 5, 5・キプロス XI, 10, 8・クリコン XI, 10, 9・コルフ VI, 5, 6・スウデェイ XI, 4, 3・スミルナ XI, 5, 3・ディラヒオン X, 7, 2・トリポリス XIV, 2, 7・マディトスとキラ XIV, 3, 2・ヒオス VII, 8, 5・ラオディキア XI, 11, 3・ロンギヴァルディア海峡の両岸の諸港 XIII, 7, 4］
リムニ λίμνη［湖（オゾリムニ湖 VII, 5, 2；3・ヴァニア湖 X, 5, 2・カストリア湖 VI, 1, 1・ニケア湖 XI, 2, 3；XIV, 5, 3；XV, 1, 3・ヒロヴァクヒのそばの湖 VIII, 1, 5・四〇人殉教者の湖 XV, 4, 9；5, 1・リフニティス湖 XII, 9, 6・ロパディオン湖 VI, 13, 2］
リュディアの戦車 λύδιον ἅρμα［リュディアは小アジア西部の古代の地方名 VI, 14, 7］

ル

ルム＝セルジュク朝 Sultanate of Rûm（ニケア、次いでイコニオンを拠点とするセルジュク族の王朝）3-86, 6-110, 11-5, 15-1

レ

レヴマ ῥεῦμα（レヴマタ ῥεύματα）［体液 XV, 11, 2；3；10・リューマチ性疼痛 XIV, 4, 2］
レオフォロス λεωφόρος（レオフォリィ λεωφόροι）［大通り（一般的意味 X, 5, 6・コンスタンティノープルの II, 10, 4；VI, 10, 10）・大通り（話の I, 16, 7・本道（話の）XV, 11, 1；XIV, 4, 9・本筋 序文 3, 1］
レオン Λέων［獅子座 III, 12, 4］
レクシス＝イディオティス λέξις ἰδιῶτις［日常の話し言葉 XII, 6, 5］

ロ

ロイコス λογικός［知的な・論理的な］
　ロイキ＝ペディア λογικὴ παιδεία［哲学・言語の教育 X, 1, 1］
　ロイキ＝ペデェフシス λογικὴ παίδευσις［知的教育 XV, 7, 9］
　ロイキ＝マシシス λογικὴ μάθησις［論理学 V, 2, 5］
　ロイケ＝アミレ λογικαὶ ἅμιλλαι［学問上の論争 V, 8, 4］
　ロイケ＝エピスティメ λογικαὶ ἐπιστῆμαι［知的学問 III, 4, 3］
ロガ ῥόγα（ロエ ῥόγαι）［給与 III, 6, 7・年金 III, 10, 4；VI, 5, 10］
ロガス λογάς（ロガデス λογάδες）［精鋭の・えり抜きの・高位にある・将校・精鋭・高位聖職者・

指導者・首領・選り抜きの者 — ①軍人関係（ローマ帝国－精鋭たち I, 1, 3 ; IV, 6, 7 ; VI, 13, 2 ; VII, 7, 1 ; 3 ; 9, 6・将校 II, 7, 2 ; III, 9, 3 ; IV, 4, 2 ; V, 4, 1 ; VII, 1, 2 ; VIII, 3, 5 ; 7, 1 ; XI, 9, 4 ; XIII, 5, 3・えり抜きの兵士 III, 8, 9・主だった者 VI, 8, 3・指導者 XII, 7, 2・指揮官 XIII, 10, 2 ; XIV, 9, 4・コマニ－首領たち X, 4, 9・ラテン人－将校 IV, 3, 2 ; 精鋭 IV, 6, 4・マニ教徒－主だった者 VI, 2, 3・スキタイ－首領たち VI, 4, 4 ; VII, 4, 4・指揮者 VII, 10, 3)・②聖職者関係（修道士の主だった者 III, 5, 4・指導者 XV, 10, 1・教会の主だった者 V, 9, 5・指導者 X, 1, 4 ; XV, 9, 5・修道士のえり抜き XV, 9, 3)・③元老院関係（指導者 VI, 4, 1 ; XII, 7, 2・主だった者 VI, 8, 3)・④ディラヒオンの住民の指導者 VIII, 7, 5]

ロゴス Λόγος［言葉（キリスト）II, 6, 3 ; VII, 3, 9 ; X, 1, 3]

ロゴス λόγος（ロイ λόγοι）［記述（歴史の）序文 1, 1 ; III, 8, 1 ; VI, 7, 2・アンナの著作（物語・歴史・本書・話・本章）序文 4, 3 ; I, 4, 1 ; 9, 2 ; 15, 2 ; 16, 9 ; III, 2, 6 ; 8, 5 ; 11, 1 ; IV, 1, 4 ; 2, 1 ; VI, 14, 1 ; VII, 8, 9 ; 11, 6 ; IX, 9, 1 ; X, 6, 5 ; 8, 1 ; XI, 4, 5 ; 5, 2 ; 9, 4 ; XII, 2, 2 ; 4, 3 ; 5, 3 ; 5, 5 ; XIV, 2, 6 ; 12 ; 3, 1 ; 4 ; 5, 1 ; 7, 3 ; XV, 11, 24・教父たちの著作（本）V, 9, 3・ニキフォロス＝ヴリエニオスの著作（歴史）序文 3, 2 ; 3・神の言葉 V, 9, 3・知的文化・文芸 V, 9, 4 ; VII, 2, 6・理性 V, 8, 7 ; XIII, 4, 2 ; XV, 11, 15・文書（金印）II, 8, 4 ; 10, 1 ; 4 ; III, 4, 6 ; 6, 3 ; 8 ; 12, 1 ; IV, 2, 2 ; VI, 4, 4 ; VII, 6, 2 ; XI, 2, 5 ; XIII, 12, 3 ; 12 ; 18 ; 19 ; 25 ; 27 ; 28 ; XIV, 9, 4 ; XV, 7, 7・文筆・学問・話法・文章 序文 2, 1 ; 4, 1 ; V, 8, 2 ; 6 ; 9, 3]

ロゴセティス＝トン＝セクレトン λογοθέτης τῶν σεκρέτων［諸局の長官（民事行政の最高の役人）III, 1, 1 ; 6, 8]

ロゴピィオス λογοποιός（ロゴピィイ λογοποιοί）［物語作家 III, 2, 5]

ロハイア λοχαγία［(軍の）前衛 X, 10, 7]

ロハゴス λοχαγός（ロハイ λοχαγοί）［部隊長 VII, 3, 8 ; XIII, 2, 1・指揮者 X, 10, 7]

ロヒシス λοχήσις（ロヒシス λοχήσεις）［伏兵 V, 1, 3]

ロホス λόχος（ロヒィ λόχοι）［伏兵 V, 5, 5 ; VII, 3, 7 ; VIII, 1, 3 ; X, 6, 3 ; X, 11, 8 ; XIV, 1, 3 ; XV, 5, 1・待ち伏せ I, 11, 5 ; II, 7, 2 ; V, 5, 5 ; VII, 6, 4 ; XI, 6, 3・部隊（古代のラコニア人の不死部隊）VII, 7, 1]

ロホンデス λοχῶντες［待ち伏せ VII, 11, 5]

ローマ人の ῥωμαϊκός

ローマ人の勇気 ῥωμαϊκὴ ἀνδρεία XIII, 2, 4.

ローマ人の帝国 ῥωμαϊκὴ βασιλεία XIV, 7, 2.

ローマ人の民衆 ῥωμαϊκὸς δῆμος I, 15, 6.

ローマ軍・ローマ人の軍勢 ῥωμαϊκη δύναμις(ῥωμαϊκαὶ δυνάμεις) II, 9, 4 ; IV, 7, 4 ; VI, 11, 4 ; X, 5, 9 ; XIV, 4, 3 ; XV, 6, 9.

ローマ人の国家（権力）ῥωμαϊκὴ δυναστεία XIV, 7, 1.

ローマ人の支配・支配領域 ῥωμαϊκὴ ἐξουσία VI, 5, 10 ; VII, 8, 7.

ローマ法 ῥωμαϊκὸς νόμος XIII, 1, 3.

ローマ人の国境・土地 ῥωμαϊκὰ ὅρια VII, 2, 1 ; IX, 4, 3 ; X, 4, 2 ; XV, 10, 5.

ローマ人の領域 ῥωμαϊκοὶ ὅροι III, 8, 7.

ローマ人の戦列・諸戦列 ῥωμαϊκὴ παράταξις(ῥμαϊκαὶ παρατάτξεις) IV, 6, 6 ; V, 4, 3 ; 7 ; IX, 10, 1 ; X, 4, 7.

ローマ人の軍旗 ῥωμαϊκαὶ σημαῖαι VIII, 2, 2.

ローマ人の帝笏・帝国 ῥωμαϊκὰ σκῆπτορα I, 15, 4 ; VI, 11, 3.

ローマ艦隊 ῥωμαϊκὸς στόλος IV, 3, 1 ; 2 ; 6, 4 ; IX, 1, 7 ; 9 ; X, 8, 2 ; 3 ; XI, 4, 3 ; 10, 3 ; 4 ; 5 ; 7 ; 9 ; 11, 3 ; XIII, 2, 2 ; 7, 4 ; XIV, 3, 4 ; 4, 1.
ローマ人の軍隊・軍勢 ῥωμαϊκὸν στράτευμα(ῥωμαϊκὰ στρατεύματα) IV, 6, 9 ; 7, 1 ; V, 4, 6 ; VI, 14, 3 ; VII, 1, 1 ; 8, 5 ; VIII, 2, 3 ; 4, 6 ; IX, 3, 4 ; 4, 5 ; X, 4, 8 ; 10 ; 10, 2 ; XI, 2, 2 ; 6 ; 3, 5 ; XII, 8, 4 ; 9, 3 ; XIII, 2, 3 ; 4 ; 6, 5 ; XIV, 2, 1 ; 6, 6 ; XV, 5, 2 ; 6, 2 ; 3 ; 4.
ローマ軍・兵士団 ῥωμαϊκὴ στρατιά I, 2, 3 ; VII, 1, 2 ; 11, 5 ; VIII, 2, 3 ; XI, 4, 1 ; XIII, 2, 1.
ローマ軍 ῥωμαϊκὸν σύνταγμα(ῥωμαϊκὰ συντάγματα) VII, 10, 4 ; XIV, 2, 3 ; XV, 5, 2.
ローマ軍 ῥωμαϊκὰ τάγματα V, 5, 8 ; 6, 1 ; VIII, 6, 1 ; XIII, 7, 1.
ローマ人の軍勢・戦列 ῥωμαϊκὴ φάλαγξ (ῥωμαϊκαὶ φάλαγγες) IV, 6, 7 ; V, 4, 2 ; 7 ; VII, 10, 4 ; 11, 5 ; VIII, 5, 5 ; 6 ; IX, 1, 6 ; X, 3, 2・ローマ人の野営地 X, 4, 6.
ローマ人の領土 ῥωμαϊκαὶ χῶραι IX, 4, 4.
ロマナトン ῥωμανάτον［ロマノス３世の像の刻まれた金貨 III, 10, 4］
ロムフェア ῥομφαία（ロムフェエ ῥομφαίαι）［剣（皇帝用の）I, 5, 7 ; 9・両刃の斧 IX, 9, 2］
ロンギィ λόγχη［槍（イエス＝キリストを刺した）X, 9, 5 ; XIII, 12, 27 ; XIV, 1, 1］

＜関係史料および参照文献＞

I-1．ギリシア語史料

Michaelis Attaliatae Historia : Michaelis Attaliatae Historia, ed. I. Bekker, *Corpus Scriptorum Historiae Byzantinae (CSHB)*, Bonn, 1853. *ΜΙΧΑΗΛ ΑΤΤΑΛΕΙΑΤΕΣ ΙΣΤΟΡΙΑ* , Μετάφραση-ἰσαγωγὴ-Σχόλια, 'Ιωάννης Δ. Πολέμη", Athens, 1997（Bonn 版のテキストとその現代ギリシア語の対訳）. *Michaelis Attaliatae historia*, Bonn, 1853 : in *Thesaures Linguae Graecae* (*TLG*)(CD-ROM, the University of California, 1992).

Nicéphore Bryennios, Histoire : *Nicéphore Bryennios, Histoire*, Introduction, Texte, Traduction et Notes par Paul Gautier, Bruxelles, 1975(*Corpus Fontium Historiae Byzantinae,* vol. IX, Nicephori Bryenni Historiarum Libri Quattuor). *Nicéphore Bryennios, Histoire*, Brussels, 1975 : in *TLG*.

Nicetae Choniatae Historia : Nicetae Choniatae Historia, ed. I. A. van Dieten, Berlin, New York, 1975 (*Corpus fontium historiae Byzantinae*, 11, 1-2). *Nicetae Choniatae historia*, Berlin, 1975 : in *TLG*.

Niketas Choniates, *O City of Byzantium* : *O City of Byzantium, Annals of Niketas Choniates*, trans. by H. J. Magoulias, Dietroit, 1984.

Constantine Poryphrogenitus, De Administrando Imperio, I-II : I. *Constantine Porphyrogenitus De Administrando Imperio*, Greek text ed. by G. Moravcsik, English trans. by R.J.H. Jenkins, Budapest, 1949 ; II. Commentary, ed. by R.J.H. Jenkins, London, 1962. Constantine Porphyrogenitus, *De administrando imperio*, 2nd. edn., Washington, D.C., 1967 : in *TLG*.

Michel Psellos, *Chronographie*, Text établi et traduit par Emile Renaul, I-II, Paris, 1926-28. Michel Psellos, *Chronographie ou histoire d'un siècle de Byzance* (976-1077), 2 vols., Paris, 1926-28 : in *TLG*. Michael Psellus, *Fourteen Byzantine Rulers*, trans. by E.R. Sewter, Penguin Books, 1953.

Scylitzes Continuatus : *Ἡ Συνέχεια τῆς χρονόραφιας τοῦ Ἰωάννου Σκυλίτσου*, ed. Th. Tsolakes, Thessalonica, 1968. *Idem* : in *TLG*.

Zonaras, *Epitome historiarum :* Zonaras, *Epitome historiarum*, Liber, XVIII (pp.653-768), ed. T. Büttner-Wobst, *CSHB*, Bonn, 1897. *Idem* : in *TLG*. Erich Trapp, *Militärs und Höflinge im Ringen um das Kaisertum, Byzantinische Geschichte von 969 bis 1118, nach der Chronik des Johannes Zonaras* (*Byzantinische Geschichtsschreiber*, 16), Graz, Wien, Köln, 1986.

I-2．ラテン語史料

Recueil des Historiens des Croisades, Historiens occidentaux (5 volumes, Paris, 1844-1895) (*RHC. Occ.*)

Rerum Italicarum scriptores, 25 vols. Milan, 1723-51, ed. L.A. Muratori (*RIS*).

Albert d'Aix, *Liber christianae expedionis, RHC. Occ.*, IV.

Dandolo, *Chronicon Venetum* : *Andreae Danduli venetorum ducis Chronicon Venetum, RIS*, XII.

Anonymi Barensis Chronicon, RIS, V.

Fulcherii Carnotensis gesta Francorum, RHC Occ., III.

Chronicle of the First Crusade, Flucheri Carnotensis Historia Hierosolymitana, trans. by Martha Evelyn McGinty, New York, 1978.

Gesta Francorum : *Gesta Francorum et aliorum Hierosolimitanorum*, Oxford Medieval Text, 1962.

Histoire Anonyme de la Première Croisade, éditée et traduite par L. Bréhier, Paris, 1964.

The Deeds of the Franks : *Gesta Francorum, The Deeds of the Franks and the other Pilgrims to Jerusalem*, ed. and trans. by R. Hill, Oxford, 1962 (reprint, 2002).

丑田弘忍訳『フランク人の事績　第一回十字軍年代記』鳥影社、2008 年——本書には *Gesta Francorum* のほかにレーモン＝ダジールとフーシェ＝ド＝シャルトルも入っている。

Guillaume de Pouille, *La Geste* : Guillaume de Pouille, *La Geste de Robert Guiscard,* édition, traduction, commentaire et introduction par Marguerite Mathieu, Palermo, 1961.

Guillaume de Tyr, *Historia Hierosolymitana, RHC. Occ.*, I.

Lupus Protospatharius, *Chronicon* : Lupus Protospatharius, *Rerum in Regno Neapolitano gestarum breve chronicon ab anno 860 ad 1102, MGH,* V, 51-63.

Malaterra, *Historia Sicula* : Gaufredus Malaterra, *Historia Sicula* (*Patrologia Latina,* t. 149).

Malaterra, *The Deeds* : *The Deeds of Count Roger and Duke Robert Guiscard,* by G. Malaterra, trans. by K.B. Wolf, Ann Arbor, 2005.

Mathieu d'Edesse, *Chronique,* éd. Dulaurier, Paris, 1858.

Ordericus Vitalis, *Historiae* : Ordericus Vitalis, *Historiae ecclesiasticae,* Pars III (*Patrologia Latina,* t. 188).

Orderic Vitalis, *The Ecclesiastical History of Orderic Vitalis,* volume IV, Books VII and VIII, ed. and trans. by Markproe Chibnall, Oxford, 1973 ; volume VI, Books XI, XII, XII, 1978.

Pierre Diacre, *Chronicon Casinense,* Lib. III (*Patrologia Latina,* t. 173).

Romualdi Salernitani Chronicon, *RIS,* VII.

I-3. **その他**

The Russian Primary Chronicle, trans. and ed. by S. H. Cross and O. P. Sherbowitz-Wetzor, Cambridge, Massachusetts, 1953.

The Chronicle of Ibn al-Athir for the Crusading Period from al-Kamil fi'l-Ta'rikh. Part 1, trans. by D.S. Richards, Farnham (England), Burlington (USA), 2005.

The Annals of the Saljuq Turks, Selections from al-Kamil fi'l-Ta'rikh of 'Izz al-Din ibn al-Athir, translated and annotated by D. S. Richards, London, New York, 2002.

II. **参照文献（邦文論文は除く）**

Ahrweiler, Recherches : H. Ahweiler, Recherches sur l'administration de l'Empire byzantin au IXe - XIe siècles, *Bulletin de correspondance hellénique,* 84, pp.1-111, 1960.

Ahrweiler, *Byzance et la Mer* : H. Ahrweiler, *Byzance et la Mer. La marine de guerre, la politique*

et les institutions maritimes de Byzance aux VIIe - XVe, Paris, 1966.
Anna Komnene and Her Times, ed. by T. Gouma-Peterson, New York and London, 2000.
Browning, R., *Byzantine and Bulgaria : A comparative study across the early medieval frontier*, Maurice Temple Smith, London, 1975.
Buckler, *Anna Comnena* : G. Buckler, *Anna Comnena. A Study*, Oxford, 1929 (special edition, 2000).
The Cambridge Medieval History, IV-1, Cambridge, 1966.
Chalandon, *Alexis Ier*: F. Chalandon, *Essai sur le règne d'Alexis Ier Comnène (1081-1118)*, Paris, 1900.
Chalandon, *Domination normande* : F. Chalandon, *Histoire de la domination normande en Italie et en Sicile*, I-II, Paris, 1907 (reprint., New York, 1969).
Chalandon, *Jean et Manuel* : F. Chalandon, *Jean II Comnène (1118-1143) et Manuel I Comnène (1143-1180)*, Paris, 1912.
Cheynet, J.C., Manzikert, Un désasstre militaire ?, *Byzantion*, 50, 2, 1980, pp.410-38.
Cowdrey, H.E.J., *Pope Gregory VII 1073-1085*, Oxford, 1998.
A Cultural Atlas of the Turkish World, 1-2, Istanbul, 1997-1998.
Dawes, *The Alexiad* : *The Alexiad of the Princess Anna Comnena, Being the History of the reign of her Father, Alexius I, Emperor of the Romans, 1081-1118 A.D.*, trans. by Dawes, Elizabeth A. S., London, 1928 (reprint 1978).
Dölger-Wirth, *Regesten* : F. Dölger, P. Wirth, *Regesten der Kaiserurkunden des Oströmischen Reiches von 565-1453*, München, 1995.
Du Cange, Annae Comnenae Alexiadem Notae : Annae Comnenae Alexiadem notae historicae et philologicae in : *Annae Comnenae Alexiadis libri XV*, ed. L. Schopenus, vol. II (rec. A. Reinfferscheid), Bonn, 1878, 415-703.
Géographie Historique du Monde Méditerranéen sous la direction d'Hélène Ahrweiler, Paris, 1988.
Grousset, R., *Histoire des criusades* : R. Grousset, *Histoire des croisades et du royaume franc de Jérusalem*, I-III, Paris, 1934-36.
Grumel, *Chronologie* : V. Grumel, *La Chronologie* (Traité d'études byzantines, I), Paris, 1958.
Honigmann, Ernst, *Die Ostgrenze des Byzantinischen Reiches* (*Byzance et les Arabes*, t. III), Bruxelles, 1961.
Jaffé, P., *Regesta pontificum romanorum*, Leipzig, 1885-1888.
Ljubarskij, Khronologija XI knigi "Aleksiady" : Любарский, Я. Н., Замчния к хронологии XI книги "Алексиады" Анны Комниной, *Византийский временник*, 23, 1963, Москва.
Ljubarskij, *Aleksiada* : Любарский, Я. Н., *Анна Комнина, Алексиада*, 1965, Москва.
Madden, Thomas F., *Enrico Dandolo & the Rise of Venice*, Baltimore and London, 2003.
Madden, Thomas F., The Chrysobull of Alexius I Comnenus to the Venetians : the date and the debate, *Journal of Medieval History*, 28, 2002.
Meško, Boje Byzancie s Pečenehmi o Tráiu : Marek Meško, Boje Byzancie s Pecenehmi o Tráiu v 1088 až 1091(Battles between Byzantium and the Pechenegs on Thrace 1088-1091),

VOJENSKÁ HISTORIÁ (Military History), 1/2007, Bratislav.

Moravcsik, *Byzantinoturcica*, II : G. Moravcsik, *Byzantinoturcica*, II, Sprachreste der Türkvölker in den byzantinischen Quellen, Berlin, 1958.

Nicol, Donald M., *Byzantium and Venice, A Study in Diplomatic and Culutural Relations*, Cambridge University Press, 1988.

ODB : *The Oxford Dictionary of Byzantium*, I-III, New York, Oxford, 1991.

Oikonomidès, N., *Les Listes de préséance byzantines des IX*^{e} *et X*^{e} *siècles*, Paris, 1972.

O'Sullivan, F., *The Egnatian Way*, Newton Abbot, 1972.

Ostrogorsky, G., *History of the Byzantine State*, trans. by J. Hussey, New Brunswick, 1969 (revised edition).

The Princeton Encyclopedia of Classical Sites, Princeton University Press, 1976.

Ramsay, *The Historical Geography* : W.M. Ramsay, *The Historical Geography of Asia Minor*, London, 1890.

Reinsch, *Alexias* : *Anna Komnene, Alexias*, trans. by D.R. Reinsch, Berlin, New York, 2001.

Runciman, *A History of the Crusades* : S. Runciman, *A History of the Crusades*, 1-3, Cambridge, 1951-54.

Runciman, S., *The First Crusade*, Cambridge, 1980.

Schwartz, Karl, *Die Feldzüge des Robert Guiscard gegen das Byzantinisches Reich*, Fulda, 1854.

Sewter, *The Alexiad* : *The Alexiad of Anna Comnena*, trans. by E.R.A. Sewter, Penguin Books, 1969.

Sewter-Frankopan, *The Alexiad* : *Anna Komnene, The Alexiad*, trans. by E.R.A. Sewter, revised with Introduction and Notes by Peter Frankopan, Penguin Books, 2009.

Treadgold, *A History of the Byzantine State* : W. Treadgold, *A History of the Byzantine State and Society*, Stanford, 1997.

Treadgold, W., *The Middle Byzantine Historians*, New York, 2013.

Tůma, O., The Dating of Alexius's Chrysobull to the Venetians : 1082, 1084, or 1092 ?, *Byzantinoslavica*, 42 , 1981.

Vryonis, *The Decline of Medieval Hellenism* : S. Vryonis, Jr., *The Decline of Medieval Hellenism in Asia Minor and the Process of Islamization from the Eleventh through the Fifteenth Century*, Berkeley, 1971.

Via Egnatia Revisited, Common past, common future, Skopje, 2010.

井上浩一『ビザンツ帝国』岩波書店、1982 年。

井上浩一『ビザンツ皇妃列伝　憧れの都に咲いた花』筑摩書房、1996 年（白水社、2009 年）。

E. ギボン著、中野好之訳『ローマ帝国衰亡史 VIII』筑摩書房、1991 年。

E. ギボン著、中野好之訳『ローマ帝国衰亡史 X』筑摩書房、1993 年。

オリヴィエ＝クレマン著、冷牟田修二・白石治朗訳『東方正教会』白水社、文庫クセジュ、1977 年。

高山博『中世地中海世界とシチリア王国』東京大学出版会、1993 年。

尚樹啓太郎『コンスタンティノープルを歩く』東海大学出版会、1988 年。
尚樹啓太郎『ビザンツ帝国史』東海大学出版会、1999 年。
中谷功治『テマ叛乱とビザンツ帝国　コンスタンティノープル政府と地方軍団』大阪大学出版会、2016 年
根津由喜夫『ビザンツ貴族と皇帝政権　コムネノス朝支配体制の成立過程』世界思想社、2012 年。
R. ブラウニング著、金原保夫訳『ビザンツ帝国とブルガリア』東海大学出版会、1995 年。
J. ヘリン著、井上浩一他訳『ビザンツ　驚くべき中世帝国』白水社、2010 年。
山辺規子『ノルマン騎士の地中海興亡史』白水社、1996 年。
S. ランシマン著、和田廣訳『十字軍の歴史』河出書房新社、1989 年。
渡辺金一『コンスタンティノープル千年――革命劇場――』岩波書店、1985 年。


『イスラム事典』平凡社、1982 年。

『キリスト教文書資料集』（ヘンリー＝ベッテンソン編集・聖書図書刊行会編集部訳）仙台、1962 年。

高津春繁『ギリシア・ローマ神話辞典』岩波書店、1960 年。

小林珍雄偏『キリスト教用語辞典』東京堂出版、1966 年（初版 1954 年）。

『コンサイス外国地名事典』(谷岡武雄監修) 三省堂、1992 年。

III. **辞書**

DGF : A. Bailly, *Dictionnaire Grec Français,* 1950, Paris.
GEL : A Greek-English Lexicon, compiled by H.G. Liddell and R. Scott, revised by H.S. Jones and R.R. McKenzie, Oxford, 1961.
Sophocles, *GL* : *Greek Lexicon of the Roman and Byzantine Periods (From B.C. 146 to A.D. 1100)* (Memorial Edidion), by E.A. Sophocles, Cambridge, 1914, 2005.
Dimitrakos, *Neon Lexikon* : ***Δ.Β. Δημητράκος, Νέον*** *'Ορθογραφικὸν 'Ερμηνευτικὸν Λεξικόν*, Athens, 1969.
Oxford Dictionary of Modern Greek, by J.T. Pring, Oxford, 1982
PGL : A Patristic Greek Lexicon, ed. by G.W.H. Lampe, Oxford.
古川晴風編著『ギリシャ語辞典』大学書林、平成元年（第 3 版）。

〈訳註〉

序文

0-1 − Sophokles, *Aias*, 646-647（Reinsch, *Alexias*, p.19).「果てしなく続く時《フロノス》は、なんであれ、隠されたものを白日のもとにさらし、顕わであるものを覆い隠す」（テキストは *Ajax*, Loeb Classical Library, London, 1951, p.56)。

0-2 −アンナ＝コムニニは、皇帝アレクシオス＝コムニノスと皇后イリニ＝ドゥケナの９人の子供の初子として、1083 年 12 月２日に生まれた（Reinsch, *Alexias*, p.19, n.3)。Reinsch は、同註でアレクシオスとイリニについてそれぞれ 1056 年頃、1066 年頃に生まれたとしている。

0-3 −大宮殿の皇后のお産の部屋はポルフィラと呼ばれ、その部屋で生まれた皇子・皇女はそれぞれポルフィロエニトス（男女同形）と呼ばれた。アンナ自身、『アレクシアス』第Ⅶ巻第２章第 3~4 節（以下 *Al.*, VII, 2, 3-4 と記し、漢数字を使う場合は第Ⅶ巻２章 3~4 節のようにする）でポルフィラおよびポルフィロエニトスについて詳しく語っている。

0-4 −アリストテレス、とりわけその論理学の著作はビザンツ人において絶対的な権威であった。他方プラトンに関するビザンツ人の態度はきわめて相反しており、一方で文章家 Stilist として高く評価されるが、他方で彼の教え（イデア論・霊魂先在説 Präexistenz der Seele・輪廻 Seelenwanderung）は正統信仰の立場から繰り返し疑惑と敵意にさらされた。ビザンツにおいてはプラトンは主として新プラトン主義的解釈（プロティノス Plotinos やプロクロス）において受け取られていたと、一般に考えられている。11 世紀、ミハイル＝プセロスやヨアニス＝イタロスのような一部の学者においてプラトンへの関心はとくに高かった。しかしやはり正統信仰側からの攻撃がなかったわけではない（Reinsch, *Alexias*, p.20, n.5)。Cf. Ljubarskij, *Aleksiada*, p.437, n.3. アンナ自身も、マニ教の二元論に関連してプラトンあるいは新プラトン主義における「一者」に言及し、それを受け入れることのできない理由を述べている（*Al.*, XIV, 8, 4)。

0-5 −ここでは古代において理想とされた支配者像が語られている。アリストテレスは、支配者について「支配者はこの（政治的）支配を、支配されることによって学ばねばならない、……支配された者でなければ善き支配者たることはできない」、また「善き国民は支配されることも支配することも知り、かつできなければならない」と言っている（*Politica*, 1277b 13-15)（山本光雄訳『アリストテレス全集 15　政治学』岩波書店、1969 年、100~101 頁)。Cf. Reinsch, *Alexias*, p.20, n.8.

0-6 − Genesis, 9, 20−27（Reinsch, *Alexias*, p.21, n.9). 日本聖書協会新共同訳『聖書』(旧)、1993 年、12 頁。

0-7 − *Ilias*, 11, 654 ; 13, 775. *Odyssea*, 20, 135（Reinsch, *Alexias*, p.21, n.10).「罪のない者でもすぐに叱りつけるような人」（松平千秋訳『イリアス（上)』岩波文庫、1996 年、361 頁)。

0-8 −ケサルは高位の爵位。アレクシオス帝によるセヴァストクラトルの創設以前におい

ては、皇帝に次ぐ地位、最高の爵位であった。アンナは、夫ニキフォロス＝ヴリエニオスのことを単に「ケサル」あるいは「私のケサル」と呼んでいる。

P. Gautier は、ケサルの著作『歴史』の解説の冒頭で、「野心家の妻アンナ＝コムニニがたとえ弟殺しに訴えてでも帝座につけようとしたケサルのニキフォロス＝ヴリエニオスはその発祥の地がアドリアノープルであったと思われる著名な地方一族の出身であった」と述べ、つづいて彼の先祖（Les Ancêtres）、曾祖父にあたるヴリエニオス（Le patrice et curopalate）、祖父のニキフォロスと大叔父ヨアニス、父、そしてニキフォロス＝ヴリエニオス自身について紹介している（『歴史』(Nicéphore Bryennios, *Histoire*）は以下の 0–14 を見よ）。

0-9 − Reinsch によれば、アッシリア人はシリア人の衒学的で古い呼称（*Alexias*, p.21, n.14）。

0-10 − アンティオキアを十字軍国家から帝国へ回復するため、1136/37 年、ヨアニス 2 世コムニノス（在位 1118~1143 年）はシリアに向かった。アンティオキア公レーモン Raymond（在位 1136~49 年）は帝国軍の包囲攻撃の後、1137 年夏、皇帝の臣下であることを言明した（Cf. Reinsch, *Alexias*, p.22, n.15）。ヨアニス 2 世コムニノスは長年にわたってセルビア人・ハンガリア人・ペチェネグと戦ったが、当時シリアを掌握していたノルマン人が彼の主たる敵であった（Cf. Ljubarskij, *Aleksiada*, p.439, n.12）。ウサーマ＝ブヌ＝ムンキズ『回想録』（藤本勝次・池田修・梅田輝世訳註）関西大学出版部、昭和 62 年、1 頁に「ルームの王（ビザンツ皇帝）は［ヘジラ暦］532 年に、この国（シリア）に向けて再度出兵した」とある。

0-11 − イリニ＝ドゥケナ、彼女は 1077 年 11 歳でアレクシオスと結婚した（Reinsch, *Alexias*, p.22, n.16）。

0-12 − 今日一般にビザンツ帝国と呼ばれている国家は、いわゆるビザンツ人にとってはその滅亡までローマ人の帝国 Imperium Romanum であった。それゆえ彼らは帝国滅亡後も自分たちをローマ人と呼び続けた。そして今日でもロメイ Rômaioi から派生した民衆語ロミィイ Rômioi がギリシア人を意味するものとして、エリネス Ellênes と並んで使われている。

0-13 − アンナに従えば、皇帝ディオエニスのトルコ遠征時（1071 年）、アレクシオスは 14 歳であった（*Al.*, I, 1, 1）。

0-14 − 彼の書き進めることのできた範囲は、序文をのぞけば、1071 年からコムニノス一族の反乱直前の 1080 年までの短い期間であるが、その間における帝国の有力一族による帝位をめぐる権力闘争を提示し、彼と同時代の歴史家ミハイル＝アタリアティス Michael Attaliates の『歴史』と共に、帝国史上最も混乱したこの時期に関する主要史料となっている。この作品の古写本は 1649 年以前にトゥールーズの聖書学者によって発見され、写しとられた。元の写本はその後失われてしまったが、この写しとられたものが残り、それをもとに新たに校訂され、仏訳が付されたものが、*NICÉPHORE BRYENNIOS, HISTOIRE*, Introduction, Texte, Traduction et Notes par Paul Gautier, Bruxelles,

1975（Corpus Fontium Historiae Byzantinae, vol. IX, Nicephori Bryennii Historarum Libri Quattuor）である。以下 *Gautier, Nicéphore Bryennios, Histoire* と略記。

0-15 – Ljubarskij によればヴリエニオスの死は、1136 年に作成された［コンスタンティノープルの］パントクラトル修道院 Пандократора монастырь の文書 типик［typikon］中の葬儀リストに彼の名が見られることから 1136 年より以後の年ではない。それゆえヨアニス 2 世のアンティオキア遠征は 1136 年に始まったと見なさなければならない（*Aleksiada*, pp.439-40, n.19）。Reinsch も Ljubarskij に従っている（*Alexias*, p.23, n.20）。

0-16 – Reinsch によれば、この文章でアンナはヴリエニオスが彼女の弟ヨアニスに代わって帝座を握るべきであったことをそれとなく言っている（*Alexias*, p.23, n.22）。

0-17 – アンナは炎《ピル》を自身の不幸の根源としてイメージしているのであろう。Leib はこれらの文章を紋切り型と見なしているが（*Alexiade*, I, p.8, n.1）、確かに大仰すぎる表現である。これまでの人生において経験した「多数のさまざまな不幸」とはいったいなにを指しているのであろう。

Reinsch はドイツ語訳『アレクシアス』における自身の序文の冒頭で、アレクサンドリア市出身の近代ギリシア詩人コンスタンディノス＝カヴァシス（1863~1933 年）のアンナ＝コムニニについての短詩を紹介している。さいわい優れた邦訳がある。

アンナ・コムニニは嘆く、夫《おっと》なき我が身を。
長詩『アレクシアデス』の序詩を見よ。

王妃の心はすべて眩暈《めまい》の渦。
いわく「してわが眼《まなこ》を涙の河にゆあみさせつつ
わが人生の波高きをなげき」
悲傷は「骨の髄まで焼き魂を裂く」

ほんとう？　そうお？　この権力亡者《もうじゃ》の女が？
あいつの問題にする悲しみはただ一つ、
自認しなくてもいいさ、この傲慢なギリシャ女の
身をよじらせる痛みとはこれ。
手練手管《てれんてくだ》を尽くしたあげく
ついに玉座に手が届かずじまい。
ヨアネス、けしからぬ、あわやのきわに横取りしおって。
（中井久夫訳『カヴァフィス全詩集（第 2 版）』みすず書房、1991 年、181~82 頁）

訳者註にあるように「横取りしおって」はアンナの「受け取り方」（409 頁）。さすが「現代ギリシャ最大の詩人」（中井氏の評）はアンナ＝コムニニの本音を辛辣についている。ヨアニスとの権力闘争の次第については、最終巻最終章の訳註（訳註 15-102 へ

の補記）でふれる。

0-18 － Euripides, Hekuba, 518（Reinsch, *Alexias*, p.24, n.24).「夫人よ、お子あわれさに、二重の涙を私から求められる。わたしはここで不幸を語って、この目をぬらすであろう。墓で果《はか》のうなった時にもぬらした」（高津春繁訳「ヘカベ」『ギリシア悲劇 III　エウリピデス（上）』ちくま文庫、1996年、370頁）。

第 I 巻

1-1 －セルジュク＝トルコ。アンナのみならず、11、12世紀の他の作家もセルジュク＝トルコをペルシア人という古風な呼称で呼んでいる（Ljubarskij, *Aleksiada*, p.440, n.27)。Cf. Reinsch, *Alexias*, p.25, n.1.

1-2 －ロマノス＝ディオエニスの遠征軍は1071年春（3月13日）帝都を出発した（Gautier, *Nicéphore Bryennios, Histoire*, I, 12 ; p.102, n.2)。ローマ軍の敗北（1071年）とロマノス帝の捕縛をみた運命のマンツィケルトの戦いは1071年8月26日に起こった（*A Cultural Atlas of the Turkish World*, 1, p.37 ; 根津由喜夫『ビザンツ貴族と皇帝政権』121頁と註1)。

1-3 －マヌイルの経歴とその死（1071年春）について、また激しい悲しみにもかかわらず母アンナ＝ダラシニがマヌイルの葬儀を立派に行った後、アレクシオスをドリレオン（アンカラの西206km）近くに陣を敷いている皇帝のもとへ送り出す次第については、ニキフォロス＝ヴリエニオスが詳細に語っている（Gautier, *Nicéphore Bryennios, Histoire*, I, 12)。

1-4 －このウルセリオス（ウルセル＝ド＝バイユール Oursel［Roussel］de Bailleul）は1069/70年頃ローマ帝国に勤務していたが、本来アルプスの彼方からロベール＝ギスカールと共に南イタリアに下ってきたノルマン人の一人である。アレクシオスの兄イサアキオス＝コムニノスのトルコ人への遠征に同行した時、ウルセリオスは反乱を起こした（1073年頃)。その時ウルセリオスは彼に向けて送り出されたローマ帝国軍を破ると同時にケサルのヨアニス＝ドゥカスとその息子アンドロニコスを捕虜にした。コンスタンティノープルの対岸に達した彼は、捕らえていたヨアニス＝ドゥカスをローマ皇帝に宣言し、帝国を掌握しようとした。しかし彼自身がトルコ人によって捕らえられてしまった。捕虜の身から解放された後、彼は小アジアの東北部に赴き、帝国に対して戦いを続けた（以上は Gautier, *Nicéphore Bryennios, Histoire*, II, 4, 14, 17, 18, 19に詳しい)。ポンドス地方の支配者となった彼に対して派遣されたのが若いアレクシオスであった。アンナによって語られる以下の記事は、1073~1074年に属するものである。ヴリエニオスによる叙述は、Gautier, *Nicéphore Bryennios, Histoire*, II, 20, 21, 22, 23, 24, 25。Cf. Ljubarskij, *Aleksiada*, p.441, n.32 ; Reinsch, *Alexias*, p.26, n.5. このウルセルは、根津由喜夫『ビザンツ貴族と皇帝政権』において、「小アジアに於けるフランク国家樹立構想」として15頁にわたって論じられている（178~192頁)。

1-5 －ノルマン人に対する古風な呼称、一般にフランク人に対しても使われる（Reinsch,

Alexias, p.26, n.6)。

1-6 − 1056年以前に生まれた年上の兄弟イサアキオス＝コムニノス。

1-7 −イポストラティゴスについてはH. Ahrweiler, *Recherches* p.40 and n.5を参照。しかしここでは単にストラティゴスの副官をさしている。なお兄イサアキオスに従って行われたトルコ人に対する遠征の次第については、ニキフォロス＝ヴリエニオスが詳しく報告している（Gautier, *Nicéphore Bryennios, Histoire*, II, 3-13）。

1-8 −この用語は、遠征期間中のあらゆる行動の最高命令権を行使する者を常に意味する（Ahrweiler, *Recherces*, p.52, n.3）。

1-9 −この遠征が1075年に行われたものであれば（Treadgold, *A History of the Byzantine*, p.606）、アレクシオスはアンナに従えば当時18歳。根津由喜夫『ビザンツ貴族と皇帝政権』も当時（1075年）「アレクシオスはまだ18歳の青年」であったとしている（186頁）。

1-10 − Gautier, *Nicéphore Bryennios, Histoire*, II, 24-25.

1-11 −セルジュク＝トルコのEmir［アミール］、1073年に小アジアにやってきた（Reinsch, *Alexias*, p.27, n.13）。この人物の詳細は不明。Cf. Gautier, *Nicéphore Bryennios, Histoire*, p.186, n.2.

1-12 −前章の第3節において遠征軍総司令官と訳したストラティゴス＝アフトクラトルと同意語と思われる。Cf. Reinsch, *Alexias*, p.27, n.14 ; Ljubarskij, *Alksiada*, p.442, n.38.

1-13 −大セルジュク朝のスルタン、マリク＝シャー Malik-Sah（在位1072~1092年）、すなわちアルプ＝アルスラン Alp-Arslan（在位1063~1072年）の息子（Ljubarskij, *Aleksiada*, p.443, n.43 ; Reinsch, *Alexias*, p.28, n.15）。

1-14 −ミハイル＝アタリアティス（*Michaelis Attaliatae Historia*, p.199）およびニキフォロス＝ヴリエニオス（Gautier, *Nicéphore Bryennios, Histoire*, II, 22）によれば、招待されたウルセリオスは食事中にトルコ人によって捕らえられた。

1-15 − Euripides, Fragements, 979, V. 3 Nauck2（Reinsch, *Alexias*, p.28, n.17）. Еврипид, фр. 969（Ljubarskij, *Aleksiada*, p.445, n.47）.『ギリシア悲劇全集12（エウリピデス断片）』（岩波書店、1993年）にあたってみたが、該当らしき箇所を探し出せなかった。ただ断片番号979（467頁）に、「……むしろ女神（裁きの女神）は足音をしのばせゆっくりと歩みよって悪人どもをとらえるだろう」とある。

1-16 − Plato, *Praedrus*, 241 b（Ljubarskji, *Aleksiada*, p.60, n.51）.「陶片は反対側を上にして落ちたので[(1)]」（藤沢令夫訳「パイドロス」『プラトン全集5』岩波書店、1974年、165頁）。藤沢訳の註記（1）に「オストラキンダと呼ばれるギリシアの少年の遊びを比喩に使ったもの」とあるが、ここでは単にころころと考えが簡単に変わることの喩えに使われているのであろう。Ljubarskijはここの部分を они в мгновение ока изменили свое мнение ...（彼らは一瞬のうちに考えを変え……）と訳している。

1-17 − Gautierによればアレクシオスのこれらの活躍は、1075年中に行われ、さらに翌年にまで及んだ可能性がある（Gautier, *Nicéphore Bryennios, Histoire*, p.193, n.2）。

1-18 －アレクシオスは黒海岸にそって進み、次に海路でコンスタンティノープルに向かう（Reinsch, *Alexias*, p.31, n.21）。一隻の一段櫂船と共に、海路ですみやかに帰還することを命じる皇帝ミハイル＝ドゥカスの書簡が道中の彼のもとへ送られてきたのである（Gautier, *Nicéphore Bryennios, Histoire*, II, 27）。つづいて語られるエピソードは、海路で出発する前に起こったものであろう。

1-19 －カスタモン Kastamon で、シノプの西南およそ 132km に位置し、今日のカスタモヌ Kastamonu。祖父とはマヌイル＝コムニノス Manuel Comnenos。

1-20 －ヘラクレス［ギリシア神話中の英雄］は、［友人の］アドメトスのもとへ彼の妻アルケスティスを黄泉の国から連れ帰った。同様にアレクシオスはウルセリオスを無傷のまま、彼の従兄弟ドキアノスのもとへ連れて行く（Reinsch, *Alexias*, p.31, n.23）。ドキアノスは、コムニノス家のイサアキオスとヨアニス（アレクシオスの父）兄弟の姉妹の息子。なおアンナが以下で語る挿話は文章上からはカスタモンで起こったことと理解される。しかしニキフォロス＝ヴリエニオスに従えば、これらはドキアノスの屋敷内でおこった。アレクシオスはドキアノスの屋敷に 3 日滞在したのち、カスタモンに向かった（Gautier, *Nicéphore Bryennios, Histoire*, II, 25-26）。Cf. Ljubarskij, *Aleksiada*, p.444, n.53.

1-21 －小アジア（中西部）の有力な軍人であったニキフォロス＝ヴォタニアティスは時の皇帝ロマノス＝ディオエニスによって一時追放に処せられたが、後者の失脚後アナトリコン＝セマのストラティゴスに任命された。しかし 1077 年の末、皇帝ミハイル 7 世に反逆し、首都の貴族層や高位聖職者によって支持され、1078 年 4 月コンスタンティノープルへの入城を果たした。Ljubarskij, *Aleksiada*, p.61, n.57 ; Reinsch, *Alexias*, p.32, n.25. 歴史家ニキロフォス＝ヴリエニオスはヴォタニアティスの反乱について詳述しているのに対して（Gautier, *Nicéphore Bryennios, Histoire*, III, 15-23）、アンナは反乱そのものについては触れていない。ヴォタニアティスの反乱の性格とその過程については根津由喜夫『ビザンツ貴族と皇帝政権』（193~214 頁）で詳細な分析がなされている。

1-22 －ディアディマと、すぐ後に出てくるステマを共に冠とした。アンナは *Al.*, III, 4, 1 で、皇帝アレクシオスの冠《ディアディマ》と、セヴァストクラトルとケサルのそれぞれの冠《ステマ》との違いを説明している。なおアンナは、セヴァストクラトルとケサルの冠にステファノスの語も使っている。

1-23 －アンナ＝コムニニの夫ニキフォロス＝ヴリエニオスの同名の祖父。反逆者ニキフォロスが歴史家ニキフォロスの祖父であることについては、Gautier が詳細に説明している（Gautier, *Nicéphore Bryennios, Histoire*, pp.23-24）。

1-24 － *Al.*, III, 2, 6 においてヴォタニアティスとマリアの結婚が語られるが、アンナは「ケサルのヨアニス＝ドゥカスがあらゆる手段を使って彼［ヴォタニアティス］に食らいつき、皇后マリアと結婚するよう説得し、ついに当初の計画を達成した」と述べているにすぎない。両者の結婚と結婚式の次第が詳細に語られるのは、アンナの夫ニキフォロスの *Nicéphore Bryennios, Histoire*, III, 25 においてである。

1-25 －グルジア Gruziya（コーカサスの西南部の地域）の王バグラト Bagrat 4 世（在位

1027~72年）の娘、1073年にミハイル7世と結婚した。一般にアラニアのマリアと呼ばれる。Ljubarskijによれば、マリアと、ミハイル7世の身内の者たち（特にケサルのヨアニス＝ドゥカス）は、ニキフォロス＝ヴォタニアティスの帝位簒奪を好意的に受け入れた。エデッサのマティユ Mathieu d'Edessaは、夫の禁欲主義に不満をもったマリアはヴォタニアティスを反乱へと駆り立てたとの伝聞を記録に残しさえしている。帝位に即いた後、ヴォタニアティスはドゥカス家の支持を確保するため、ケサルのヨアニスを動かし、マリアと結婚した。しかしまだ生存中の前皇帝の妻との結婚は多くの人々を憤慨させた（*Aleksiada*, p.445, n.61）。

1-26 －歴史家ニキフォロス＝ヴリエニオスは、妻のアンナとは対照的に、反逆者ニキフォロス＝ヴリエニオスは反乱の主導権を握っていた兄弟のヨアニスの強要に屈して、自身の気持に逆らって皇帝宣言を行ったと主張している（Gautier, *Nicéphore Bryennios, Histoire*, III, 7-8）。この場合アンナは明らかに、祖父の反乱への関わりを確かに低く評価しようとする夫の考えを共有しない。特徴的なのは、これらの事件の同時代人であるミハイル＝アタリアティスもアンナと等しく、反乱がヨアニスの主導で行われたことについて一言も言及していない（Ljubarskij, *Aleksiada*, p.445, n.63）。なお反逆の開始は、1077 年 11 月（MICAHL ATTALEIATHS, *ISTORIA*, Athena, 1997, p.427, n.357）。Cf. Gautier, *Nicéphore Bryennios, Histoire*, p.213, n.4.

1-27 － Gautier, *Nicéphore Bryennios, Histoire*, III, 4 ; 8-10 ; IV, 1-18. Ljubarskijによれば、アンナによるヴリエニオスの反乱に関する記述は、夫ニキロフォス＝ヴリエニオスの"история"（『歴史』）の переложение（改作）である（*Aleksiada*, p.61, n.58）。

1-28 －ヴリエニオス家の出身地はアドリアヌポリス（アドリアノープル）で、それゆえその地の住民の大きな支持をえていた（Reinsch, *Alexias*, pp.444-45, n.33）。

1-29 －ヴォタニアティスは、反逆者に対して養子縁組とケサルの爵位の授与を条件に協定を申し入れた。しかしヴリエニオスの実現不可能な要求により、この協定は実現されなかった（Gautier, *Nicéphore Bryennios, Histoire*, IV, 3）。Cf. Ljubarskij, *Aleksiada*, p.445, n.64.

1-30 －本来はコンスタンティノープルの四つの皇帝護衛部隊の一つの指揮官であったが、アレクシオスの時代には帝国の西方軍あるいは東方軍あるいは全帝国軍の最高司令官を意味した（Reinsch, *Alexias*, p.33, n.34）。

1-31 －エフクシノスは「異国人に親切な」の意で、エフクシノス＝ポンドスは古代以来の黒海の名称。Reinschは Fremdenfreundliches Meerの訳語を与えている。Cf. Reinsch, *Alexias*, p.33, n.35.

1-32 －このアサナティの部隊はヨアニス＝ツィミスケス（在位969~976年）によって創設され、この皇帝の後しばらく消滅していたが、ミハイル7世ドゥカス（在位1071~1078年）によって再建された（Ahrweiler, *Recherches*, p.28）。アサナティという名称は、アンナによって古代ペルシアの精鋭部隊にならって使われている。この名はヘロドトス , VII, 83など古代の歴史家によって言及されている（Reinsch, *Alexias*, p.34, n.37）。

この精鋭部隊について、ニキフォロス＝ヴリエニオスが詳しく語っている（Gautier, *Nicéphore Bryennios, Histoire*, IV, 4）。

1-33 －ホマ。Reinsch はホマを単にフリイアの地方 Region in Phrygien としているが（*Alexias*, p.34, n.38）、Ljubarskij はアパミア Apameia の北西に位置する現在のシブリア Siblia 村としている（*Aleksiada*, p.446, n.68 ）。Choma-Soublaion、すなわち Choma Siblia については Vryonis, *The Decline of Medieval Hellenism*, p.123 および付図参照。

1-34 － Gautier, *Nicéphore Bryennios, Histoire*, IV, 4 によれば、イタリアから来たフランク人。Reinsch はノルマン人としている（*Alexias*, p.34, n.39）。

1-35 －歴史家ニキフォロス＝ヴリエニオスによれば、クトルムス Koutloumous の息子、マスゥル Masour とソリマン Soliman（後者はニケアのスルタン、スレイマン）はこの要請にこたえておよそ 2000 名のトルコ人同盟兵士をヴォタニアティスに送り、その後ただちに他の兵士の派遣の準備に取りかかった（Gautier, *Nicéphore Bryennios, Histoire*, IV, 2）。つづいてアレクシオスはトルコ人同盟兵士・ホマ出身の兵士・イタリア出身のフランク人の一部・不死兵《アサナティ》を率いて、出陣したと語られる（*Histoire*, IV, 4）。この第 4 節のトルコ人同盟兵は第 2 節の 2000 名のトルコ人同盟兵であろう。アンナは次の第 5 節（*Al.*, 4, 5）で、アレクシオスは（トルコ人の）同盟軍を待たずに、諸都市の女王を出立したと述べるが、この同盟軍は 2000 名の同盟兵士の後に派遣されることになっていた同盟軍であろう。なぜなら第 5 章 3 節においてカタカロンはホマ出身の兵士とトルコ人兵士の指揮官に任命されている。アンナは夫の記述を正確に写し取っていないように思われる。やがて見るようにアレクシオスのもとへこの後続の同盟軍の到着したことが結局アレクシオス軍の勝利の原因となる（*Histoire*, IV, 10-13 ; *Al.*, I, 6, 1-6）。

1-36 － 1078 年の春。ミハイル 7 世が正式に退位して都内のストディオス修道院に入った同年 3 月 31 日（Gautier, *Nicéphore Bryennios, Histoire*, p.248, n.2）と、カロヴリィイ川（次註）の辺で野営しているアレクシオスのもとへ届いた命令書簡の日付、同年 4/5 月（Dölger-Wirth, *Regesten*, no. 1035）の間。

1-37 －アレクシオスがその辺に陣を張ったアルミロス川、他方ヴェリニオスが野営したキドクトスの平野、および次の第 2 節に見えるアレクシオスが野営したカラヴリィ、これら 3 地点すべてについてニキフォロス＝ヴリエニオスも言及している（アンナのカラヴリィに対してヴリエニオスはカロヴリィイ Kalovryê）。アレクシオスは「現地の人々が現在アルミロスと呼んでいる」川の近くに陣を張ったが、その地点には「その名がカロヴリィイという丘の上に要塞がたっていた」、他方ヴリエニオスの軍勢は「キドクトスの平野に陣を張っていた」（Gautier, *Nicéphore Bryennios, Histoire*, IV, 5）。校訂者であり仏訳者である Gauter は、まずアルミロス川については「現在カリヴリ Kalivri と呼ばれる［この］小さな川はシリンヴリア Silivri とイラクリア Héraclée［共にマルマラ海北岸に位置する都市で、前者は現シリウリ Silivri、後者は現エレーリ Eregli］との間でプロポンディス［マルマラ海］に流れ込む、他方キドクトスの平野については「イラクリアとシリンヴリアとの間に位置する小さな平野」とそれぞれ註記してい

る（Gautier, *Nicéphore Bryennios, Histoire*, p.266, n.2 ; p.267, n.6 ）。Gautier は、カロヴリィイはシリンヴリアの北東 10km にある同名の川の岸に位置するカリヴリィ Kalivri と呼ばれる村と註記しているが（p.266, n.3）、川の位置がシリンヴリアの西であることから、シリンヴリアの北東ではなく北西であろう。Reinsch は、カラヴリィは東トラキア、シリンヴリア（現 Silivri）の北西としている（*Alexias*, p.35, n,41）。とにかく Silivri はイスタンブルから今日の自動車道路で 74.5km、直線距離でおよそ 62km 地点、戦闘はコンスタンティノープルから近距離の地点において行われたことになる。

1-38 －将軍エオルイオス＝マニアキスはシチリアのアラブ人に対する成功裏の戦いの後、解任され、そこで皇帝コンスタンディノス 9 世モノマホスに対して自ら皇帝を宣言したが、1043 年セサロニキ近くで行われた戦いで戦死した。Gautier, *Nicéphore Bryennios, Histoire*, IV, 6 によれば、ヨアニスの指揮する軍の一部は「あの名高いマニアキスによってイタリアから連れてこられたフランク人」であった。*Scylitzes Continuatus*, p.167 によれば、マニアキスに同行した者たちは、反逆者マニアキスの敗北後、皇帝に仕え「マニアキスの兵士 Maniakatoi」と呼ばれ、その多くのものはローマ人の帝国にとどまった。Cf. Ljubarskij, *Aleksiada*, p.447, n.73。

1-39 －外国人兵士から構成された皇帝護衛隊で、（メガス =）エテリアルヒスの指揮下に置かれた。Cf. Ahrweiler, *Recherches*, p.27.

1-40 － Gautier, *Nicéphore Bryennios, Histoire*, IV, 6 に従えば、ヴリエニオスは「トラキア人とマケドニア人の貴族《アルコンティコン》のすべてとセタリア人騎兵《イポス》隊の精鋭」を指揮した。Ljubarskij は、ここにおいてもアンナはヴリエニオスから不注意な引用をしていると述べている（*Aleksiada*, p.447, n.76）。

1-41 －セタリア（テサリア）は、ホメロスの時代以来馬の飼育で有名であった（Reinsch, *Alexias*, p.35, n.46）。またセタリアの馬はアラブ人と共に 12 世紀のビザンツ人によって高く評価されていた（Ljubarskij, *Aleksiada*, p.63, n.77）。

1-42 －スタディオン（スタディアは複数）は古代における長さの単位で、およそ 180m。しかしアンナはスタディオンの語をビザンツの Milion（およそ 1500m）の同意語として使っている（Reinsch, *Alexias*, p.36, n.47）。以下のスタディオンはこの意味で使われる。

1-43 －ビザンツの著作家たちは、黒海北岸およびダニューブ左岸に居住する遊牧の蛮族をスキタイの言葉で表している。この場合はトルコ系遊牧民ペチェネグ（アンナのパツィナキ）である。ペチェネグは 1036 年キエフの公ヤロスラフ Yaroslav にうち負かされた後、西方へ移住し、ハンガリアおよびビザンツ帝国の国境に至った。11 世紀中頃以降、彼らはたびたび帝国を攻撃したが、他方帝国政府は彼らの諸集団を同盟軍とし利用することを常に試みた。アンナ＝コムニニにおいては、スキタイはほとんどの場合ペチェネグを意味するが、ペチェネグのギリシア語名のパツィナキが使われる場合もある。Cf. Ljubarskij, *Aleksiada*, p.448, n.78 ; Reinsch, *Alexias*, p.36, n.48.

1-44 －「猛々しい力」はホメロスにおいて使われる語句（Reinsch, *Alexias*, p.36, n.50）。たとえば「猛々しい力を具えた二人のアイアス」（松平千秋訳『イリアス（上）』（岩波文

庫、218 頁)。

1-45 − diatribai < diatribê は多義的な語で、訳者によって訳語が異なる。私は、Ljubarskij の訳語 обычному делу - грабежам(いつもの仕事すなわち略奪)を参考にした。

1-46 − このメガス = ドメスティコス = トン = スホロンと既出のドメスティコス = トン = スホロンは、ここでは同じ意味として使われている(Reinsch, *Alexias*, 38, n.52)。次の第 6 章 1 節をも見よ。

1-47 − 歴史家ニキフォロス = ヴリエニオスによれば、ニケアの支配者はヴォタニアティス帝へ 2000 名のトルコ人兵士を送った後、つづいてさらに派遣すべき同盟軍兵士の準備にとりかかった。この後発の同盟兵士の一隊がこの時到着したのである(訳註 1-35 を見よ)。

1-48 − ここはフランク人の間で行われた臣従の礼《オマージュ》が問題になっているのであろう。臣従の礼の重要性とその儀式については、マルク = ブロック著、新村猛他訳『封建社会 I』みすず書房、1973 年、133 頁を参照。

1-49 − つまりこの場合は「計算に入れた」トルコ人をも含めたローマ軍を言っているのであろう。ここの場面におけるアンナの記述はニキフォロス = ヴリエニオスの『歴史』にしたがっているが、改変が行われている。ヴリエニオスの『歴史』においては、アンナの「私の父の将校」が「トルコ人の指揮者たち」となっており、彼ら(トルコ人の指導者)が自分たちの軍勢(トルコ人兵士)を 3 つの部分にわけたのであった。そして続いて述べられる、アンナの「このような作戦計画のすべて」はアレクシオスによるものであったという記述はまったくなく、これらはすべてトルコ人指導者のイニシャティブによるものであった(Gautier, *Nicéphore Bryennios, Histoire*, IV, 10-11, pp.274-275)。事実の可能性がより高いのは『歴史』の記事であるように思われる。なぜならアレクシオスの軍勢の多くはなお四散状態にあり、ローマ人の軍勢を 3 つの部分に分割して、それぞれに役割を分担する余裕はなかった。次の第 3 節の「私の父のアレクシオスは、四散した者たちのうち、時間の許す限りで拾い集めた兵士と共に、彼ら toutois の後に続いた」がこのことを説明している。そして「彼らの後に続いた」の「彼ら」は明らかに敵にむかって進撃するトルコ兵の戦闘部隊でなければならない。『歴史』では「彼ら」のところを明確に「トルコ人 tous Tourkous」としている。

1-50 − アンナの夫ニキフォロス = ヴリエニオスの父、その名は現在まだ明らかにされていない(Reinsch, *Alexias*, .p.40, n.56)。しかし Gautier は、[当時一般に男の子は父方あるいは母方の祖父の名をつけるところから]、この場合はケサル [アンナの夫] の長男が母方の祖父アレクシオス = コムニノスの名からアレクシオスと、年下の息子がヨアニスと呼ばれることになる事実から、その者がヨアニスと呼ばれた可能性を指摘している(Gautier, *Nicéphore Bryennios, Histoire*, p.23)。

1-51 − ヴリエニオスの奮闘の場面における歴史家ヴリエニオスの描写もアンナと異なる。ヴリエニオスに襲いかかってきたトルコ人の一人は、槍ではなく、「大胆にも剣を抜いてその者に向かって突き進み、他方相手は向きを変え、剣でその者をうちつけ、手を切

断、手は剣と共に地面に転がった。しかし他のトルコ人たちは彼を取り囲み、槍で攻撃をつづける。その時、先に彼によって手を切り落とされた男が馬から飛び降り、ヴリエニオスの背中に飛び乗る……（そして最後の場面は）トルコ人たちは馬から降り、ヴリエニオスに死を望まず、身に降りかかった事態に従うよう懇願する。（しかしなおも抵抗をつづけたが）、ついに疲れ果て、敵の勧告に身をゆだねた」（Gautier, *Nicéphore Bryennios, Histoire,* IV, 13）。つづく第14節では弟と息子は混戦の中から脱出し、それぞれ別々に彼らの故郷アドリアヌポリスにたどり着くことが語られる。

1-52 – 反逆者ニキフォロス＝ヴリエニオスは両眼を潰された。アンナ（次の7章1節）も歴史家ニキフォロス（Gautier, *Nicéphore Bryennios, Histoire,* IV, 17）もその実行者をヴォタニアティス帝の側近ヴォリロスとしている。訳註1-58も参照。

1-53 – この8節とつぎの9節で語られる話は、歴史家ヴリエニオスの著作には見られないものである。

1-54 – 他でも見られるように、ここでは地名が欠けている。同じように他の場所では人名や数が空白のままになっている。明らかにアンナは後でこれらの情報を手稿に書き加えるつもりでいた、しかし実行されなかった（Reinsch, *Alexias,* p.41, n.59）。

1-55 – ホメロスで使われる語句（Reinsch, *Alexias,* p.41, 60）。Ljubarskij は *Ilias,* XIV, 398 をあげている。「梢の高い樫」（松平千秋訳『イリアス（下）』岩波文庫、1996年、69頁）。

1-56 – *Ilias,* II, 2（Reinsch, *Alexias,* p.41, n.61）.「安らかな眠り」（松平千秋訳『イリアス（上）』岩波文庫、43頁）。

1-57 – 歴史家ヴリエニオスに従えば、ニキフォロス＝ヴォタニアティスのもっとも忠実な家来。反乱者として首都の対岸に到着したヴォタニアティスは宮殿（大宮殿とヴラヘルネ宮殿）を掌握するために、ヴォリロスを指揮者に任命して、軍隊を先発させている（Gautier, *Nicéphore Bryennios, Histoire,* III, 22）。彼の出自について、アンナはスラヴ人、夫のヴリエニオスはスキシス（スキタイの単数）あるいはミソス人（ミシィの単数）としている（Gautier, *Nicéphore Bryennios, Histoire,* IV, 16）。*Nicéphore Bryennios, Histoire* の校訂者で仏訳者である Gautier は、明らかにブルガリア人であったとしている（Gautier, *Nicéphore Bryennios, Histoire,* p.58, n.2）。Cf. Ljubarskij, *Aleksiada,* p.449, n.91.

1-58 – 「あの行為」とは、ヴリエニオスの目潰しである。歴史家ヴリエニオスによれば、ヴォリロスは首都の陸側の城壁近くに位置するフィロパティオン Philopation という所へヴリエニオスを連れて行き、そこでその者の視力を奪った（Gautier, *Nicéphore Bryennios, Histoire,* IV, 17）。ヴリエニオスの目潰しに関して、アレクシオスに批判的な歴史家ゾナラス Zonaras（*Epitome historiarum,* XVIII, 19［p.722］）は、その張本人はアレクシオス自身であるとの意見を支持している。しかし Ljubarskij は、ヴォタニアティスの賞讃者で、事件の同時代人であるアタリアティスさえ（*Michaelis Attaliatae Historia,* pp.291-292）、ヴリエニオスは皇帝ヴォタニアティスによって派遣された刑執行人たちによって目を潰されたことを報告しているところから、この場合アンナの記述を疑う理由は見当たらないとしている（*Aleksiada,* p.449, n.92）。

1-59 －マイストロス、ついでプロトプロエドロス［共に高位の爵位］のヴァシラキオスは、反逆者ヴリエニオスに代わってディラヒオンのドゥクスに任命された。この者は、ニキフォロス＝ヴリエニオスの反乱の時期（1077 年秋冬 ~78 年）、反逆者に立ち向かう口実で、ノルマン人・ブルガリア人・フランク人、後にはペチェネグも加わった大きな軍勢を集めた。やがて行軍を開始し、セサロニキを掌握した後、［そして反逆者ヴリエニオスの敗北を知った後］ヴォタニアティス帝に対して公然と反逆にでる［1078 年春－根津由喜夫『ビザンツ貴族と皇帝政権』236 頁］（Ljubarskij, *Aleksiada*, pp.449-50, n.93）。

1-60 －マイストロスとプロトプロエドロスの爵位やイリリアのドゥクス職。ヴォタニアティス帝は、彼が従うならノヴェリズィモスの爵位［第 4 位の爵位（11 世紀後半）］を約束した（Leib, *Alexiade*, I, p.28, n.3）。

1-61 － 1078 年 6 月以降。アドリアヌポリスの有力者たちの名誉と財産を確認するヴォタニアティス帝の金印文書の発行は 1078 年 6 月頃（Dölger-Wirth, *Regesten*, no. 1036）。歴史家ヴリエニオスによれば、アレクシオスはこの金印文書を彼らに手渡した後に、ヴァシラキオスに向かって進軍した（Gautier, *Nicéphore Bryennios, Histoire*, IV, 18）。

1-62 －エーゲ海。

1-63 －スタディオンについては索引の「スタディオン」を参照。以下同じ。

1-64 －ニキフォロス＝ヴリエニオスによれば、敵が夜中に攻撃してくることを予測したアレクシオスは、多数の斥候を各所に放ち、その結果ヴァシラキオスが軍勢を率いてセサロニキから出撃するのを目撃した斥候がその次第をアレクシオスに報告した（Gautier, *Nicéphore Bryennios, Histoire*, IV, 19-20）。

1-65 －ニキフォロス＝ヴリエニオスによれば、宦官でもあったこの者は「適応性に富み、ことのほか器用であったので、母（アンナ＝ダラシニ）が彼（アレクシオス）の世話をさせるために寄こした」ものであった（Gautier, *Nicéphore Bryennios, Histoire*, IV, 21）。

1-66 － Aristophanes, *Nubes*, 192（Reinsch, *Alexias*, p.45, n.76）.「深く闇の世界をさぐっているのだ」（田中美知太郎訳「雲」『ギリシア喜劇 I アリストパネス（上）』ちくま文庫、1987 年、230 頁）。

1-67 － Leib 版も新校訂版もともにポレモス（戦争・戦闘）。しかし Leib はじめ Dawes、Sewter-Frankopan、Ljubarskij はそれぞれ l'ennemi、enemy、враг（敵）と読みかえている。Reinsch はテキスト通りに Kampf の語をあてている。「戦闘は外だ」で十分理解されるだろう。ニキフォロス＝ヴリエニオスも「戦闘《ポレモス》は外だ」としている（Gautier, *Nicéphore Bryennios, Histoire*, IV, 23, p.291）。

1-68 － *Ilias*, 3, 361-363（Reinsch, *Alexias*, p.46, n.77）. アトレウスの子は太刀を抜き、振りかざして兜の星を撃てば、「太刀は星に当たって三つまた四つに折れ、手からするりとすべり落ちた」（松平千秋訳『イリアス（上）』岩波文庫、104 頁）。

1-69 － Gautier, *Nicéphore Bryennios, Histoire*, IV, 26 においてもほとんど同じように語られている。クルティキオスについては、反逆者ニキフォロス＝ヴリエニオスの息子の同

じ世代の若者として語られる（III, 9）。クルティキオスはアドリアヌポリスの出身、一族はおそらくアルメニア人であろう（Reinsch, *Alexias*, p.47, n.80）。

1-70 －都市の内部にはアクロポリスと呼ばれる城塞（内城）があった。セサロニキのアクロポリスは都市の北東部の最高所にあり、その堅固な城壁と建物はなお残っている。

1-71 － 1078 年夏― Alexios Komnenos への皇帝の命令文書（Dölger-Wirth, *Regesten*, no. 1039）。

1-72 －カヴァラ Kavalla の西 5km のアミシアナ Amisiana 地区には今日もヴァシラキオンと呼ばれる小さな村が存在する（Gautier, *Nicéphore Bryennios, Histoire*, p.296, n.6）。Cf. Reinsch, *Alexias*, p. 48, n. 85.

1-73 －エリュマントスはアルカディア（ペロポネソス）の北側にある高山。ヘラクレスはここでアルカディアに大きな被害を及ぼしていた恐ろしい猪を狩った。高津春繁『ギリシア・ローマ神話辞典』岩波書店、1981 年、72~73 頁を参照。

1-74 －セヴァストスは当時の最高位ケサルに次ぐ爵位。この爵位の授与については、*Michaelis Attaliatae Historia*, p.229 にも Gautier, *Nicéphore Bryennios, Histoire*, IV, 28 にも記されている。Cf. Ljubarskij, *Aleksiada*, pp.451-52, n.112.

1-75 －ノルマンディーはクータンス Coutances 近くの小領主であったタンクレード＝ド＝オートヴィル Tancrède de Hauteville は、二度の結婚を通じて 12 人の息子と何人かの娘を得た。ロベール＝ギスカール Robert Guiscard（1015~1085 年）［アンナのいうロベルトス］は、タンクレードの二度目の結婚相手から得た最初の息子である。ロベールは最初の妻アルベラーダ Alberada から息子ボエモン Bohémond を得るが、血縁を口実に離婚し、サレルノ公グアイマル Guaimar4 世の娘シケルガイタ Sikelgaita（Gaita）と再婚した（1058 年）。Leib によれば、（やがて語られる）マスカヴェリス Mascabelle の物語は、幾人もの歴史家によって語られているある現実の事実に関連しての曖昧な記憶にすぎない、それは、ビズィニャーノ Bisignano（南イタリアはコゼンツァ地方の都市）の豊かな領主ピエール＝ド＝トゥッラ Pierre de Turra から莫大な身代金をせしめるために、そのものを罠に陥れる際にロベールが用いた陰険な手段。しかしロベールは後に彼を釈放している（Leib, *Alexiade*, I, p.39, n.1）。Reinsch は、マスカヴェリス Maskabeles という名は他の史料には見いだされず、この物語を想像 Pantasieprodukt の産物としている（*Alexias*, p.51, n.95）。なおマラテラの訳者 K.B. Wolf によれば、ギスカールは、「悪賢い wily」とか「狡猾な cunning」あるいは「イタチ weasel」とさまざまに訳されてきたノルマン語である（Malaterra, *The Deeds*, p.53, n.16）。

1-76 －ミハイル 7 世ドゥカスは、1071 年南イタリアにおける帝国の最後の拠点バリを攻略したノルマン人を宥めるため、ロベールの娘（オリンピアス Olympias、帝国の宮廷でギリシア正教徒としてエレニの名前を与えられる）をまだ未成年の自分の息子コンスタンディノスと婚約させた。しかしこの融和策は最初から失敗する運命にあり、事実（ミハイル 7 世にとってかわった）皇帝ボタニアティスによる婚約解消は、実にディラヒオンに渡り、アドリア海の対岸の帝国領を奪い取る口実をロベール＝ギスカールに

与えるものであった（Reinsch, *Alexias*, p.49, n.88）。ヴォタニアティスのとりまきは、ロベールの娘をまだ帝座への後継者としてヴォタニアティスのもとにとどまっていた婚約者コンスタンディノスから引き離し、生活の糧を与えないままに首都の巷に放りだした（Ljubarskij, *Aleksiada*, p.452, n.114）。

1-77 – アンナの母、イリニ＝ドゥケナはミハイル７世の従兄弟であるアンドロニコス＝ドゥカスの娘であった（Reinsch, *Alexias*, p.49, n.89）。

1-78 – 歴史家ニキフォロス＝ヴリエニオスは、ミハイル７世について「国事の舵取りに向いていず」、「軽薄な性格」の持ち主で、その「不安定な性格」は「軽薄とずるさから構成されていた」と評している（Gautier, *Nicéphore Bryennios, Histoire*, II, 1-2）。ミハイル＝アタリアティス（*Michaelis Attaliatae Historia*, 184, 187, 200, 211 sqq.）は、お気に入りのニキフォリツィス Nicephoritzes に政治のすべてをまかせたミハイル７世を激しく非難している（Ljubarskij, *Aleksiada*, p.452, n.116）。ロゴセティスという最高位の役人としてその権力を悪用し、国家による国家独占小麦市場を開設して、人々の経済繁栄を破壊させたこの宦官のニケフォリツェス（ニキフォリツィス）については、渡辺金一『コンスタンティノープル千年―革命劇場―』３頁以下に詳しい。

1-79 – 「しかるべき時に、……語ることにしよう」しかしこの計画は正確には実行されなかった（Reinsch, *Alexias*, p.50, n.91）。

1-80 – *Illias*, 18, 227-229（Reinsch, *Alexias*, p.50, n.92).「三たび勇猛アキレウスが濠越しに大声で叫べば、三たびトロイア勢も名足る来援部隊も激しく動揺する」（松平千秋訳『イリアス（下）』岩波文庫、205 頁）。なおアンナの引用は正確ではない。

1-81 – ロベール＝ギスカールは 1046 年の終わり頃あるいは 1046 年の初頭にノルマンディーを離れた（Ljubarskij, *Aleksiada*, p.453, n.123）。

1-82 – ビザンツ帝国の軍事行政区、ロンギヴァルディア＝セマのあった南イタリアの地域。アンナはこの地名を常に地理的に厳密には使っておらず、ほとんどの場合ノルマン人によって占領された南イタリアの全域をロンギヴァルディアとして理解している（Ljubarskij, *Aleksiada*, pp.453-54, n.124）。

1-83 – 訳註 1-75 を参照。Ljubarskij も Reinsch もマスカヴェリスの名は他のいかなる史料にも見いだされないとしている（*Aleksiada*, p.454, n.125 ; *Alexias*, p.51, n.95）。

1-84 – Leib・Ljubarskij・Reinsch・Sewter-Frankopan はそれぞれ ville・город（都市・町）・Stadt・town をあてている。しかし本章８節にロベールに「（娘の）持参金」として与えられた城塞《フルリオン》が現れ、つづいてそのフルリオンにポリスの語が与えられている。ポリスの多義性については索引の「ポリス」を参照。

1-85 – すぐ前に同じ文章が記されている。地名や数字で空白になっている部分についてすでに指摘したが、とにかく彼女には手稿を読み直して、修正・推敲する時間がなかったと思われる。

1-86 – Ljubarskij は固有名詞扱いして、フルリオン Фрурион と音訳し、ロシア語では "крепость"（城塞）, "тюрьма"（牢獄）の意であると註記している（*Aleksiada*, p.78,

n.126）。

1-87 － 1059年教皇ニコラスNicolas2世によって召集されたメルフィMelfi会議において、ロベールは同教皇によって「アプリアとカラブリアの侯《ドゥクス》」に叙せられた（Reinsch, *Alexias*, p.54, n.96）。メルフィは南イタリアのバジリカータ州の町で、ナポリの北北西14kmに位置するアヴェルサAversaと共に、南イタリアにおけるノルマン人の初期の活動拠点。まずノルマン人の指導者レイヌルフRainulfが1030年ナポリのセルギウスSergius4世からアヴェルサの都市を得、ついで12年後ギョーム＝ド＝オートヴィル（ロベールの兄）がメルフィを握る。アヴェルサとメルフィのそれぞれの支配は、その後レイヌルフの甥リシャールRichardとロベール＝ギスカールの手に移り、後二者はそれぞれのイニシャティブにおいて南イタリア各地を征服、ノルマン人の支配を拡大する。ロベールによる南イタリアの征服過程は、高山博『中世地中海世界とシチリア王国』の第2章に詳しい。

1-88 －本巻10章2節。

1-89 －若いコンスタンディノスは、後にアンナ＝コムニニの誕生と同時に彼女の婚約者となる（Leib, *Alexiade*, I, p.43, n.2）。

1-90 － Hesiodous, *Opera et Dies*, 109-119（Reinsch, *Alexias*, p.54, n.98）．「オリュンポスの館に住まう神々は、最初に人間の黄金の種族をお作りになされた（以下略）」（松平千秋訳『仕事と日』岩波文庫、1986年、24頁）。高津春繁『ギリシア・ローマ神話辞典』の「黄金時代」の項を参照。

1-91 －教会で認められた結婚の最少年齢は女子は12歳、男子は14歳であった（*ODB*, p.1305）。1074年生まれのコンスタンディノス＝ドゥカスはエレニとの婚約時はまだ幼児であった（Ljubarskij, *Aleksiada*, p.455, n.132）。

1-92 －偽ミハイルの出現は、1080年の夏であった。西方の史料のあるものは、その者を皇帝と呼び（Lupus Protospatharius, *Chronicon*, s. a., 1080 ; Ordericus Vitalis, *Historiae ecclesiasticae*, Pars III, Leib. 7, 4［col. 518］; Orderic Vitalis, *The Ecclesiastical History*, pp.16-17 ; Dandolo, *Chronicon Venetum*, p.248）、他のものはペテン師などと言っている（Malaterra, *Historia Sicula*, III, 13［col. 1162］; *The Deeds*, pp.143-44 ; Guillaume de Pouille, *La Geste*, IV, 162-170 ; Romualdi Salernitani *Chronicon*, s. a. 1080）。さらに教皇グレゴリウスGregorius 7世のアプリアとカラヴリアの司教たちへの書簡（1080年6月25日）においても、この新しく登場したミハイルについて言及されている。その書簡（Jaffé, *Regesta Pontificum Romanorum*, 5178）によれば、教皇は、ビザンツ帝国との戦いにおいて公然とロベールの支持を表明した。偽ミハイルについては、MalaterraとOrdeircus Vitalisにおいて詳述されている（Cf. Guillaume de Pouille, *La Geste*, pp.314-315 ; Ljubarskij, *Aleksiada*, p.455, n.133）。

1-93 －ミハイル帝は1078年3月31日に退位し、修道士の仲間入りをし、後にはエフェソスの府主教に叙された（Reinsch, *Alexias*, p.55, n.102）。

1-94 －皇帝コンスタンディノス10世ドゥカスの兄弟、ヨアニス＝ドゥカス、『アレクシ

アス』における重要な登場人物の一人である。

1-95 －レクティス rektês（＝rektêr）はレクトル Raiktôr との語呂合わせ。

1-96 －帝位についたヴォタニアティスは、まだミハイルが生きているのに、その妻マリアと結婚する（Leib, *Alexiade*, I, p.44, n.2）。

1-97 －コリフェイはペトロとパウロを意味する（Cf. koryfaios in *PGL*）。Reinsch は、しかしローマには「聖ペトロと聖パウロの教会」は知られていない。おそらくアンナは聖ペテロ教会を考えているのであろう、としている（*Alexias*, p.56, n.107）。Ljubarskij, *Aleksiada*, p.457, n.138 も参照。

1-98 －ディアディマについてはアンナ自身の説明を参照（第Ⅲ巻4章1節）。

1-99 －まずメルフィはアンナにおいてはルカニア（イタリア南部の州）のメルフィ Melfi ではなく、サレルノ湾の町アマルフィ Amalfi を意味する（Reinsch, *Alexias*, p.164, n.1）。この町は 1073 年にロベルトスによる占領以前はサレルノ公の支配下にあった（Reinsch, *Alexias*, p.57, n.109）。なおアマルフィ（メルフィ）はサレルノと同様に都市であり、「メルフィの主都であるサレルノ」という表現は成り立たないように思う。Reinsch は、訳文では Gebiet の語を補って Salerno, der Hauptstadt des Gebietes von Melphe としている。Leib は Salerno, la métropole des Amalfitains としている。Reinsch の訳語を参考にした。

1-100 －グレゴリウス7世（在位 1073~1085 年）。アンナは、ロベール＝ギスカールに関係する限りで、聖職叙任権闘争について彼女自身の見解を述べている。教皇のような教会人が自身の領地について、また軍隊についてさえ意のままに扱うということは、ビザンツ人にとって理解できないこと、恥ずべきことであった、なぜならとりわけ教会法は聖職者にあらゆる武器の使用を禁じているからである（Reinsch, *Alexias*, p.58, n.114）。Ljubarskij は、アンナが言及する教皇に関してまったく名前を挙げていないのは（おそらく教皇の存在に対する嫌悪から―引用者）興味を引く事実であると註記している（*Aleksiada*, p.458, n.141）。

1-101 －ドイツ王ハインリヒ4世（在位 1056~1106 年）、1084 年から西方の「ローマ帝国 Imperium Romanum」の皇帝。Reinsch によれば、ビザンツ人にとって皇帝はただ一人、コンスタンティノープルの皇帝だけであるので、ローマ帝国の西方における後継国家 Nachfolgereich の「皇帝 Kaiser」は「王 Rex」という称号で呼ばれる―訳語として「王 König」が用いられる（*Alexias*, p.58, n.115）。Cf. Ljubarskij, *Aleksiada*, p.458, n.142.

1-102 －ハインリヒ4世の使節に対するいわゆる虐待行為は、1076 年2月、ローマにおける四旬節の教会会議 Fastensynode での出来事であった（Reinsch, *Alexias*, p.58, n.116）。

1-103 －これは明らかに誇張である（Leib, *Alexiade*, I, p.172；Reinsch, *Alexias*, p.59, n.117）。381 年のコンスタンティノープル公会議では、コンスタンティノープルの（総）主教はローマのそれに次ぐ名誉の位置を与えられている。451 年のカルケドン公会議では、新ローマ（コンスタンティノープル）は古いローマと同じ特権を享受するが、名誉において古いローマに次ぐものであると規定される。またコンスタンティノープルの管轄下にあったのはポントス Pontus とアシア Asia とトラキア Thrace の3管区 dioceses。

1-104 − êmitheos（半神）と êmionos（ラバ）、発音の一部が似ているところからの語呂合わせ。Cf. Reinsch, *Alexias*, p.59, n.118. 半神は教皇、ラバは王をさしていると思われる。

1-105 −これはカンパニアのチェプラーノ Ceprano［ローマ東南およそ 93km］での会談（1080 年 6 月 29 日）であり、アンナは 1073 年のヴェネヴェントでの会談と混同している（Leib, *Alexiade*, I, p.49, n.1）。Cf. Ljubarkij, *Aleksiada*, p.83, n.149 ; Reinsch, *Alexias*, p.60, n.119.

1-106 −ランドルフォスはシュヴァーベン公ルドルフ Rudolf von Rheinfelden、ウエルフォスはバイエルン公ヴェルフ Welf 4 世。ルドルフは、1077 年 3 月教皇使節の同意のもと対立国王となり［このためハインリヒとルドルフの間で戦いが勃発］、1080 年には教皇グレゴリウス 7 世によってドイツ国王に認められた（Reinsch, *Alexias*, p.60, n.120）。

1-107 − Epistula ad Timotheum, I, 5, 22（Reinsch, *Alexias*, p.60, n.121）。「性急にだれにでも手を置いてはなりません」（日本聖書協会新共同訳『聖書』（新）389 頁）。

1-108 − 1080 年 10 月。戦場はライプチヒの南西、白エルスター Elster 河畔のペガウ Pegau、戦闘そのものはルドルフ側の勝利となったが、ルドルフ自身の戦死により最終的勝利はハインリヒ 4 世のものとなった（Reinsch, *Alexias*, p.61, n.123）。Cf. Leib, *Alexiade*, I, p.50, n.4.

1-109 − 1081 年（Reinsch, *Alexias*, p.61, n.125）。

1-110 − 1081 年 5 月付けの一通の書簡で教皇は、ロベール＝ギスカールの娘とハインリヒ 4 世の息子コンラート Conrad との結婚話の噂を聞いたと報告している（Ljubarskij, *Aleksiada*, p.460, n.154）。ロベールは二度目の妻シケルガイタ（ガイタ）から 3 人の息子、ロジェール Roger・ギィ Guy・ロベール Robert と、すくなくとも 7 人の娘を、最初の妻オーブレェ Auberée からボエモンを得ている（Chalandon, *Domination normande*, I, p.283）。

1-111 −ギョーム＝ド＝プーイュ Guillaume de Pouille はつぎのように書いている。「侯（ロベール）は［ハインリヒ王の］使節たちに好意ある優しげな返答を与えたが、その者たちは実際は何らの成果なしに引き下がることになった。他方、教皇グレゴリウスには、自分はその者の誠実な味方であり、王の伝言すべてを破棄したことを知らせ、もし教皇の敵の到着を前もって知ることになれば、この遠征計画に取りかからないことを約束した。しかし同時に彼は、準備はそのような遠征計画を中止することのできないほどに進んでいることを表明した」（*La Geste*, p.215）。

1-112 −ヘロデ王の行った幼児殺しについては Matthaeus, 2, 13 ff.（Reinsch, *Alexias*, p.62, n.127）. 日本聖書協会新共同訳『聖書』（新）2~3 頁。

1-113 −本巻 13 章 10 節。

1-114 −ロリテェッロ（プーリア）の伯ロベール Robert, comte de Loritello で、実際はロベール＝ギスカールの甥（Leib, *Alexiade*, I, p.52, n.3 ; Reinsch, *Alexias*, p.63, n.129）。ギョーム＝ド＝プーイュによれば、ロベール＝ギスカールはギリシアへの遠征に先立って息子ロジェール（ロエリス）を後継者に選び、「全イタリアにおける自分の権利と、プーリア・カラヴリア・シチリアにおける領土のすべてを（息子）ロジェールに与

えた。そして息子を伯ロベールとギラール Girard に託した、その一人は彼の兄弟の息子であり、一人はことのほか忠実な彼の友人であった」（*La Geste*, p.215）。

1-115 －これはアンナの間違い。ヴァイムンドス（ボエモン）はロベール＝ギスカールの最初の妻アルベラーダから生まれた息子、したがって息子の中で最年長者である（Leib, *Alexiade*, I, p.53, n.1 ; Ljubarskij, *Aleksiada*, p.461, n.162 ; Reinsch, *Alexias*, p.63, n.130）。

1-116 － Ioel, 1, 4（Ljubarskij, *Aleksiada*, p.461, n.163）。「…… いなごの残したものを若いいなごが食らい……」（日本聖書協会新共同訳『聖書』（旧）1421 頁）。

1-117 － Leib と Reinsch が そ れ ぞ れ transports, longs bâtiments et navires de guerre、Lastschiffe, Langschiffe und Kriegschiffe の訳語を与えているのに対して、Ljubarskij は грузовые и большие боевые суда（貨物船と大型の戦艦）の語をあてている。前二者はフォルティデス（貨物船）とマクレ（横長の船）とポレミスティリィ（戦艦）の３種類、後者は２種類の船舶と解釈している。後者の解釈に従った。当時の代表的戦艦はドロモン dromon とケランディオン chélandion で、両者とも、丸い型の帆を主とした商業船舶に対して、船体が長細く主として櫂を使って走らせる迅速の戦艦であった（Ahrweiler, *Byzance et la Mer, Appendice II*, pp.410-411）。両者（ドロモンとケラディオン）の違いについては、Jenkins が解説している（*De Administrando Imperio*, vol.2, Commentary, London, 1962, 195-196）。

1-118 －少し後、第５節に記されるローマ人のもとへ逃走したロエリスの兄弟。このノルマン人ロエリス（Tacoupert/Dagobert の息子）は、アレクシオス１世コムニノスに仕えた。いわゆるディアヴォリス条約（1108 年）の帝国側の署名人の一人である。彼のローマ帝国への逃亡はまた兄ラウルをも同じ行動を取らせることになった。ラウルはローマ帝国における上流階層に属するラウル Raoul/Ralles 一族の先祖となった。Cf. Reinsch, *Alexias*, p.64, n.134.

1-119 －ミハイル７世ドゥカスの幼い息子。ロベールの娘との婚約についてはすでに 10 章２節で語られている。

1-120 － *Annae Comnenae Alexias*, Pars Altera（Indices）の basileia 1 の項を見よ。

1-121 －ギョーム＝ド＝プーイユは、コンスタンディノスの許婚であったエレニ（ロベール＝ギスカールの娘）について、皇帝アレクシオスは「ドゥクスが［帝国への］来襲を行おうとしているのを知り、なんとかして彼を宥め彼の企てを思いとどまらせようとして、エレニを親切に、大いに敬意をもって遇した」と語っている（*La Geste*, IV, 155）。Cf. Leib, *Alexiade*, I, p.54, n.1.

1-122 －ヴァイムンドス（ボエモン）はすでにアドリア海の対岸、アヴロン Avlon（Avlona）にいる（Leib, *Alexiade*, I, p.55, n.1 ; Reinsch, *Alexias*, p.65, n.137）。もちろんロベールの息子のもとにとどまるつもりでなく、ローマ帝国へ亡命する一時の通過点としてであろう。

1-123 － Leib は、Ordericus Vitalis（*Historiae*, Pars III, Lib. VII, 4［col. 520］; Orderic Vitalis, *The Ecclesiastical History*, p.17） と Pierre Diacre（*Chronicon Casinense*, III, 49［col.

785, col. 786]）がそれぞれ1万と1万5000の数字をあげていることを註記している（*Alexiade,* I, p.56, n.1）。Chalandonによれば西側の諸史料に見えるこれらの兵数はきわめて控えめであり、その中で遠征軍の中核となったのはMalaterra［*Historia Sicula,* III, 23［col. 1169］; *The Deeds,* p.154］のあげる1300人のノルマン人であったに違いないとしている（*Domination normande,* I, p.268）。すでにSchwartzも遠征軍の中核は「1300の立派に武装された騎士、ノルマン人の戦士貴族der normannisch Kriegsadeであり、残りの兵数は1万5000を越えなかったであろう」ことを指摘している（*Die Feldzüge des Robert Guiscard,* p.9）。

1-124 − この語（rastônê）に対してLeib・Ljubarskij・Reinschはそれぞれune voie sûre（安全な航路）、легкое плавание（楽な航海）、den leichtesten（Weg）（最も容易な海路）をあてている。しかしここではseason of calm and tranquilite（*GEL*）; période de calme et de tranquillité（*Dictionnaire Greco-Français*）を採用した。

1-125 − アンナのこの記述に対して西方の年代記者は、ノルマン艦隊はオトラント（イドルス）から出発したとしている。Guillaume de Pouille, *La Geste,* IV, 159-170, 199-206 ; Malaterra, *Historia Sicula,* III, 23［col. 1169］; *The Deeds,* p.153 ; Romualudi Salernitani *Chronicon,* s. a. 1081 ; Ordericus Vitalis, *Historiae,* Pars III, Lib. VII, 4［col. 520］; Orderic Vitalis, *The Ecclesiastical History,* p.17. Cf. Reinsch, *Alexias,* p.66, n.139.

1-126 − これはアンナの不注意な間違いであろう。ギョーム＝ド＝プーイュによればロベルトスは出航に先立ち、息子ロエリスを彼の後継者に定め、イタリアに対する彼の権利と、プーリア・カラヴリア・シチリアのすべての領土を彼に託して、後に残したのであった（*La Geste,* IV, 186-199 ; p.36, n.1）。オルデリクス＝ヴィタリスも「ブルサBursa［Borsa］とも称されたロジェールは父の命令でアプリアにとどまった」と記している（*Historiae,* Pars III, Lib. VII, 4［col. 520］; *The Ecclesiastical History of Oderic Vitalis,* p.19）。アンナ自身も*Al.,* V, 3, 3において、「イリリコンへ渡るに際してロエリスを彼の領土の後継者としてあとに残した」と書いている。他所でもふれているが（1-85）、アンナには推敲する時間はなかったようである。

1-127 − 1081年5月後半（Chalandon, *Alexis* I^{e} *Comnène,* p.73, n.1 ; Leib, *Alexiade,* I, p.57, n.1 ; Reinsch, *Alexias,* p.66, n.141）。なおアンナはロベールの渡海を6月としている（*Al.,* IV, 2, 1）。

1-128 − Schwartzは、主としてマラテラ（*Historia Sicula,* III, 23［col. 1170］; *The Deeds,* p.154）をもとにロベール自身によるコルフ島の占領を、その前後もふくめてつぎのようにまとめている。1081年後半オトラントを出航したロベールは、「順風をうけて航海しヴァロナに上陸、その間に艦隊の一部がオリクムOricum［イェリホ］に向かった。ロベール自身は躊躇なくコルフ島に向かい、最初に島の要塞カソポリス［カソピィ］を、そしてつぎに切り立った岩盤の頂、島の名をとった最強の要塞コルフォKorypho［コルフ］を奪い、それから難なく島全体を支配下においた」（Die Feldzüge des Robert Guiscard gegen da byzantinische Reich, p.10）。

1-129 – この場合ことさら強い軽蔑の意味でこの奴隷の語が使われている。Reinsch は、die Barbaren im Dienste des Autokrators（皇帝に仕える蛮族たち）としている。

1-130 – パツィナキ（トルコ系のペチェネグ）あるいはブルガリア・スラブ系（Reinsch, *Alexias*, p.66, n.143）。

1-131 – アラン人について、アンナはしばしば言及している。古代のサルマタイ人の子孫であるアラン人諸部族は北コーカサス地方に居住し、10~11 世紀には大きな政治的勢力となり、明らかに黒海北岸の部分を掌握していた。ビザンツ諸帝はしばしば敵―ブルガリア人やトルコ人など―との戦いにおいて彼らの援助を頼りにした。アラン人は、イサアキオスとアレクシオスのコムニノス兄弟の指揮下にあってトルコ人と戦った軍隊の一部を構成したし（Gautier, *Nicéphore Bryennios, Histoire*, II, 12-13)、またほぼ同じ頃ミハイル 7 世によって 6000 人のアラン人が召集されている（Gautier, *Nicéphore Bryennios, Histoire*, II, 19 ; Ljubarskij, *Aleksiada*, p.462, n.179)。

1-132 – ゾニは「帯」の意。Reinsch によれば、他の高位高官の場合と同様に、「イリリコンのドゥクス」職の保持者は職標としてある特定の帯 Gürtel を受け取った（*Alexias*, p.67, n.145）。ここではドゥクスの帯はドゥクス職を意味している。Cf. Ljubarskij, *Aleksiada*, p.462, n.180）.

1-133 – ピィイ Pêgê、すなわち「生命の泉 Zôodochos Pêgê」修道院（神の母の聖堂)、場所はコンスタンティノープルの陸の城門の一つピィイ門（シリヴリィ Silivri 門）を出たところにあった。Cf. Ljubarskij, *Aleksiada*, p.463, n.181 ; Reinsch, *Alexias*, p.67, n.146.

1-134 – コンスタンディン＝ボディン Константин Бодин（Constantine Bodin）と彼の父でゼタ Zeta（Dalmatia）の支配者ミハイル Михаил（Michael）(Ljubarskij, *Aleksiada*, p.463, n.182)。Grumuel, *La Chronologie*, p.390 によれば、両者はともに王 roi の称号をおび、在位はそれぞれ 1077~1081 年頃（ミハイル)、1081~1101 年頃（ボディン）となっている。Cf. Leib, *Alexiade*, I, p.60, n.1 ; Ostrogorsky, *History of the Byzantine State*, p.346. なお一般にセルビア人はダルマティア人として示される（Reinsch, *Alexias*, p.69, n.147)。

「この時期［11 世紀 70 年代］ドゥキア Duklja（Zeta とも言われ、ギリシア語ではディオクリア、ラテン語でディオクレア、現在のモンテネグロの東南部）は、ビザンツに対抗するバルカンにおける先導的な勢力であった。その支配者ミハイルは、1077 年教皇から王冠を与えられ、やっとのことでローマと同盟を結んだ。彼はまたアプリアのノルマン人と使節を交換し、1081 年にはミハイルの息子、コンスタンティン＝ヴォディンとバリ Bari のイタリア人貴族の娘との結婚が成立した。娘の父は、バリにおける親ノルマン派の指導者であった。したがってノルマン人がバルカン内に同盟者を獲得できる可能性は、ビザンツにとって脅威を増幅させた」(John V. A. Fine, Jr., *The Early Medieval Balkans, A Critical Survey from the Sixth to the Late Twelfth Century*, Michigan, 1983, p.281)。Cf. Francis Dvornik, *Byzantine Missions among the Slavs, SS. Constantine-Cyril and Methodius*, New Brunswick, 970, p.256.

1-135 – ロベールの動きについては第Ⅲ巻 9 章から再び始まり、対ノルマン戦は第Ⅳ巻と

第Ⅴ巻のすべて、そして第Ⅵ巻6章のロベールの死までにわたっている。

第Ⅱ巻

2-1 －ヨアニス＝コムニノス（1015年頃~1067年）は皇帝イサアキオス＝コムニノス（在位1057~59年）の弟で、妻アンナ＝ダラシニとの間に8人の子供、すなわち5人の息子マヌイル・イサアキオス・アレクシオス・アドリアノス・ニキフォロス、3人の娘マリア・エヴドキア・テオドラがいた（Ljubarskij, *Aleksiada*, p.463, n.184 ; Reinsch, *Alexias*, p.70, n.2）。

2-2 －マヌイルは1071年春に病死、イサアキオスは1074~78年アンティオキアのドゥクスであった（Gautier, *Nicéphore Bryennios, Histoire*, I, 12 ; II, 28-29）。

2-3 －アレクシオスをストラティゴス＝アフトクラトルに任命したのもミハイル7世である。第Ⅰ巻1章3節を見よ。

2-4 －奴隷の語はこれら二人に対する軽蔑の意味で使われている。Cf. Reinsch, *Alexias*, p.71, n.7.

2-5 － Ljubarskij, *Aleksiada*, p.464, n.188によれば、ヴォリロスとエルマノスの陰謀については Zonaras, *Epitome historiarum*, XVIII, 20［pp.726-27］; Gautier, *Nicéphore Bryennios, Histoire*, Preface, 6-7 ; *Anonymu Synopsis Chronike*, Sahas, Bibl. gr., VII, 1984, p.172にも言及されている。

2-6 －皇后マリアの従姉妹のイリニ。ゾナラスによれば皇后の姉妹（Reinsch, *Alexias*, p.71, n.8）。

2-7 －深い友情で結ばれた神話上の英雄たち。二人については少ししか書かれていないが、高津春繁『ギリシア・ローマ神話辞典』のオレステースの項を参照。

2-8 －皇帝への個人としての崇拝は、結局皇帝に近づくことのできる少数の特権者たちに限られたものであった。崇拝を行う者は皇帝の足・手・頬に接吻した（Leib, *Alexiade*, I, p.65, n.3）。個人による挨拶のこの儀式の特定の仕方は、挨拶を行う者の地位にしたがって定められた（Reinsch, *Alexias*, p.72, n.10）。この儀式は、あるいは коленопреклонение（跪拝）すること、あるいはより簡単な身振り（おじぎなど）をすることにあった（Ljubarskij, *Aleksiada*, p.464, n.192）。

2-9 －カタ＝アンソロポンの語句は3回現れる（*Al.*, II, 1, 6 ; VIII, 4, 1 ; IX, 9, 4）。ここでは Dawes・Leib・Ljubarskij・Reinsch・Sewter-Frankopan はそれぞれ、as far as man could see、humainement parlant、в силах человека（人知からでは）、soweit diese Menschen möglich ist、man-made that is の語を当てている。Reinsch は自身の訳で、「なぜなら現実の救いはひとえに神の意志に存するから」と註している（*Alexias*, p.72, n.11）。

2-10 －「秘密の計画」とはなんであろう。すぐ続いてそれは「逃亡を図ること」とあるが、コムニノス一族の男たちは母や妻たちを都に残して、どこへ逃亡しようとするのか。逃亡は解決にならない、ヴォリロスとエルマノスに代表されるヴォタニアティス政権の攻撃から逃れる方法は反乱に訴えるしかなかったであろう。アンナはここでは真実を

言っていないように思える。

2-11 －彼は、この年（1081 年）75 歳であった（Reinsch, *Alexias*, p.73, n.12）。

2-12 －おそらくヴォタニアティスの甥にあたるニキフォロス＝シナディノス Nikephoros Synadenos であろう（Reinsch, *Alexias*, p.73, n.13）。この者の父、ヴォタニアティスの反乱に参加したテオドロスはヴォタニアティスの義理の兄弟の関係にあった（根津由喜夫『ビザンツ貴族と皇帝政権』195 頁）。

2-13 －皇后マリアについては訳註 1-25。

2-14 －皇后に対するうやうやしく敬う態度（Reinsch, *Alexias*, p.74, n.17）。

2-15 － Epistula ad Romanos, 12, 15（Reinsch, *Alexias*, p.74, n.18）.「喜ぶ人と共に喜び、泣く人と共に泣きなさい」（日本聖書協会新共同訳『聖書』（新）292 頁）。

2-16 － *Alexias*, Pars Altera, p.183 には、パラディナステヴオンテスは「皇帝の宮殿において最高権力の地位を保持する男たち」とある。Reinsch は *Alexias* の訳註において、「このギリシア語分詞（paradynasteuôn）は、皇帝から実際上の最高の権力の位置を託される役人を意味し、それに相当する称号も地位も役人の階級制には見いだされない」（p.75, n.19）としている。

2-17 －周囲の会食者たちが「陰気な表情で耳打ちしあってい」たのは、自分たちに対することではなく、トルコ人によるキズィコス占領についてであることを理解して、ということであろうか。

2-18 －根津由喜夫『ビザンツ貴族と皇帝政権』によれば、コムニノス兄弟が反乱の好機到来と見たのがトルコ人によるキズィコス占領と皇帝による出陣命令であったとしている（255 頁）。私には説得的な解釈であるように思える。なおアンナによればトルコ人と戦うべく軍隊の一部の召集命令を受けとった時、アレクシオスは「西方のドメスティコス」であった（*Al.*, II, 2）。

2-19 －つまり潮の干満にしたがって方向をかえるということであろう。Leib・Ljubarskij・Reinsch はこのように解釈している。索引の「エヴリポス」を参照。

2-20 －夜警時（フィラキィ）は日没から日の出までで、古代ローマ時代においては 4 つに分けられていた（第 1 夜警時～第 4 夜警時）。時間はその年の時期によって異なる。アンナはローマ時代の夜警時の区分に従っている。したがって夜警時の中頃は真夜中。Cf. Ljubarskij, *Aleksiada*, p.465, n.201.

2-21 － *Ilias*, 5, 801（Reinsch, *Alexias*, p.79, n.33）.「……小柄であったが、立派な戦士であった」（松平千秋訳『イリアス（上）』岩波文庫、175 頁）。

2-22 －つぎに登場するウムベルトプロスの場合と同様に、この時コムニノス一族の反乱への決起が告げられたことは、以下の記述から明らかである。

2-23 －アレクシオスに仕えたノルマン人、コンスタンディノス＝ウムベルトプロス。おそらくロベール＝ギスカールの兄弟ウムベール Humbert の息子（Reinsch, *Alexias*, p.79, n.34）. Cf. Ljubarskij, *Aleksiada*, p.466, n.204. Umbertopulos の接尾辞 -pulos はラテン語 pullus（息子）から、従ってウムベルトプロスはウムベールの息子という意味になる

（訳註 7-61 を参照）。

2-24 －キミノンの実はヒメウイキョウの小さな実（cumin）。Reinsch によれば、「キミノンの実をひき割る者」はギリシア語では吝嗇家を表す諺のような周知の表現。それ自身ごく小さく値打ちのないキミノンの実を他人に与える前に、さらに小さく割るような人（*Alexias*, p.80, n.35）。

2-25 － 1081 年 2 月 14 日（Ljubarskij, *Aleksiada*, p.466, n. 207 ; Reinsch, *Alexias*, p.80, n.36）。チーズ週そのものについては、索引の「ティロファゴス」および訳註 8-2 を参照。

2-26 － Leib 版と新校訂版においてテキストは少し異なる。新校訂版に従ったが、訳は下記の Reinsch のドイツ語訳を参考にして行った。Am Sonnabend der "Käseesser"-Woche, Heil dir Alexis, hast du's erkannt, und dann am Montag in der Früh : Glück zu un fort, mein Falke.（チーズ週の土曜日に、アレクシオスよ、万歳、あなたは気づいていた、そしてさらに月曜日の早朝、成功を祈る、私の鷹よ）

2-27 －以下においては時間を少しもどし、コムニノス家の男たちの首都脱出とアンナ＝ダラシニら女たちの行動が語られる。

2-28 －二人はともにまだ 3 歳ほどの小さな子供であった。ヴォタニアティスの孫は、esôgambros（Modern Greek : 許嫁あるいは妻の家族と一緒に生活する男性）として、そこでしつけられるべく、許嫁の家で生活した。これは当時広く行われていた法習慣であった。ヴォタニアティスの孫とアンナ＝ダラシニの孫娘は、おそらくそれぞれ祖父と祖母の名に従って、ニキフォロス＝ヴォタニアティス、アンナ＝ダラシニと呼ばれたであろう。Cf. Reinsch, *Alexias*, p.81, n.39.

2-29 －皇帝ヴォタニアティスの孫（前註を参照）。

2-30 －アンナ＝ダラシニのコムニノス一族の大家族は、諸門のある堂々たる複合建造物の屋敷に住んでいた。Reinsch はコムニノス一族の屋敷がどこにあったのかについては言及していない（Cf. Reinsch, *Alexias*, p.81, n.41）。しかし本巻 7 章 1 節にイサアキオスとアレクシオスの「兄弟二人が宮殿［大宮殿］から自宅へ帰る途中、カルピアノスと呼ばれる市区で」一人の人物に出会ったという記事がある。カルピアノスについては索引の項目を参照。

2-31 －すなわち聖ソフィア寺院。この建物はコンスタンティヌスの広場からちょうど 1km に位置する（Reinsch, *Alexias*, p.82, 44）。

2-32 － 320 年セヴァスティア Sebasteia の近くで殉教した 40 人のローマ人兵士に捧げられたコンスタンティノープルの聖堂（教会）はいくつかあるが、ここで問題にされている建物はコンスタンティヌスの広場から聖ソフィア寺院にいたる大通りに位置するもの（Reinsch, *Alexias*, p.82, n.45）。

2-33 －ここにおける宮殿は palatium grande imperatoris、すなわち大宮殿の意味で使われている（*Alexias*, Pars Altera の basileia（palatium）の項を見よ）。

2-34 － Ljubarskij は、R. Janin, *La géographie ecclésiastique de l'empire byzantin. Les églises et les monastères*, Paris, 1953, pp.382-83 にしたがって、この避難所は聖ソフィア教会の付

属の建造物であった聖ニコラオスの教会あるいは礼拝堂であるとしている（*Aleksiada*, p.467, n.213）

2-35 − Reinsch によれば、当時最高位の官僚が所属した、まったく非公式な団体（*Alexias*, p.82, n.47）。

2-36 − Ljubarskij によれば、おそらくロマノス＝ストラヴォロマノス Роман Страворoман と思われる。フリィイアのペンダポリスの出身、プロエドロスの爵位保持者、皇帝護衛隊の長官（メガス＝エテリアルヒス）であり、同時に皇帝の親戚であった（*Aleksiada*, p.467, n.215）。ストラヴォロマノス家については、根津由喜夫『ビザンツ貴族と皇帝政権』196 頁参照。

2-37 − 神の教会は *Alexias*, Pars Altera の ekklêsia, 1. aedes a. においては聖ソフィア教会である。しかし実際は聖ソフィア教会の一部をなすニコラオスの聖堂であろう。

2-38 − ギリシア教会の建物の内部は、イコノスタシス（聖画壁）によってヴィマ（内陣）とその他の部分が隔てられており、このイコノスタシスに 3 つの扉がつけられている。祭壇はヴィマの中にあり、一般信徒席からは見えない。Cf. Leib, *Alexiade*, I, p.78, n.1 ; Reinsch, *Alexias*, p.83, n.50.

2-39 − 皇帝の胸につるされた、聖遺物の入った十字架（Reinsch, *Alexias*, p.83, n.51）。

2-40 − アラン人のイリニ、皇后マリアの従姉妹。訳註 2-6 を見よ。

2-41 − ヴラヘルネ地区から近くに位置するペトリア地区にあったと思われる門。付図Ⅲ「コンスタンティノープル」参照。

2-42 − すなわち息子アレクシオスの妻の母、ブルガリアのマリア。

2-43 − コンスタンティノープルのもっとも有名な神の母の聖堂、幾つもの聖遺物と奇跡を起こす聖マリアの画像を所有していた。現在、アギアスマ Hagiasma（聖なる泉）だけが残っている（Reinsch, *Alexias*, p.84, n.58）。尚樹啓太郎氏もこのアギアスマについて言及されている（『コンスタンティノープルを歩く』193 頁）。

2-44 − ヴラヒオニオンと名づけられたこの Vorkwerk（前堡）は、ヘラクレイオス帝治世 627 年に建設されたヴラヘルネの城壁 Blacherna-Mauer と、レオン 5 世治世 813 年にその地点の前方に設置された外壁 äußere Mauer から構成されていた（Reinsch, *Alexias*, p.85, n.59）。Cf. Ljubarskij, *Aleksiada*, p.468, n.223.

2-45 − アンドロニコス＝ドゥカスの妻マリア（プロトヴェスティアリア）の娘、アンナの夫。したがって、同じくマリアの娘イリニ＝ドゥケナと結婚していたアレクシオスとは義兄弟である。

2-46 − ニキフォロス＝パレオロゴス。本巻 11 章 7 節に重要人物として登場する。

2-47 − この記事から Chalandon は上記のアンナの説明に疑問を呈する。「アンナを信じるなら、アレクシオスは［コスミディオンの］修道院で、たまたまそこに来ていたエオルイオス＝パレオロゴスを見いだし、そこで彼に自分たちの計画に従うよう決心させたことになる。しかしこの説明は、『アレクシアス』の著者がすぐ後で語ることから容認しがたい。事実アンナは、ここでもたまたまパレオロゴスが自身の財貨のほとんどすべ

てを持参していたと語る。私としてはここはどうしても、パレオロゴスはコムニノス兄弟の逃亡のためにすべてを準備することをすでに託されていたと信じたくなる」（*Alexis Ier Comnène*, p.45）。Ljubarskij も、Chalandon を引用し、この財貨のくだりはパレオロゴスがすでに取り交わされたコムニノス家の者たちとの申し合わせにしたがって行動していることを示している、とする（*Aleksiada*, p.468, n.228）。

2-48 －ケサルのヨアニス＝ドゥカスにはそれぞれミハイルとヨアニスという名の孫（アンドロニコス＝ドゥカスの息子）がいる。しかしこの二人の孫は続く 7 章 1 節においてイサアキオスとアレクシオス兄弟の反乱軍に登場し、エオルイオス＝パレオロゴスと共にアレクシオスが皇帝に歓呼されるよう運動している。そこで Leib はこのヨアニスは正確にはヨアニス＝ドゥカスの曾孫と見なしている（*Alexiade*, I, pp.81-82, n.1）。Cf. Reinsch, *Alexias*, p.86, n.69 ; p.89, n.78.

2-49 －つづく記述から、ここで孫のヨアニスと使者の間で会話が交わされたと思われる。

2-50 －エプソン（料理）はつづくエヴオヒア（ご馳走）と共に、反逆計画の隠喩。

2-51 － Ljubarskij はこのヴィザンディオスに **некий византиец**（ビザンティオンの住民）の語を与えている（*Aleksiada*, p.469, n.232）。Reinsch は理論的には「ビザンティオンの住民」の意味に理解することもできるが、固有名詞と考える（*Alexias*, p.87, n.70）。Reinsch に従った。

2-52 － *Odyssea*, 19, 105（Reinsch, *Alexias*, p.87, n.71）.「……そなたは何者で、何処から来られたのか……」（松平千秋訳『オデュッセイア（下）』岩波文庫、1996 年、180 頁）。

2-53 － Leib 版においても新校訂版においても「コムニノスの反逆 tou Komnênou apostasias」となっている（F 写本（Florentinus Laurentianus）に従っていると思われる）。しかし Leib も Reinsch もそれぞれの仏訳と独訳においては C 写本（Parisinus Coislinianus）の「tôn komnênôn epicheiréseôs」の tôn komneôn（コムニノス一族の）を採用して、la révolte des Comnènes、Revolte der Komnenen としている。私は Leib 版と新校訂版のテキスト通りに、単数形のコムニノスを採用した。コムニノスはこの場合アレクシオスを意味する。次節 8 節にもコムニノスの語が 2 度現れるが、アレクシオスを指している。アンナはうっかり筆を滑らせてしまったのであろうか。

2-54 －その者 touton ＜ outos は明らかにアレクシオスのこと。Ljubarskij は代名詞でなく Алексей（アレクシオス）の語をあてている。

2-55 －オレスティアス、すなわちアドリアヌポリスは反逆者ニキフォロス＝ヴリエニオスの主要な拠点の一つであった。ミハイル＝アタリアティス（*Michaelis Attaliatae Historia*, pp.247-48）によれば、1077 年当市の住民は反逆者ニキフォロスを熱狂的に迎え入れた。オレスティアスの住民はアレクシオスを受け入れることを拒否したというアンナの記事は、しかしゾナラスの伝えるところ（Zonaras, *Epitome historiarum*, XVIII, 20 [p.727]）と著しく相違する。ゾナラスによれば、コムニノス家の者たちはツゥルロスではなく、アドリアヌポリスに向かい、そこで軍隊を集結させた（Ljubarskij, *Aleksiada*, p.469, n.236）。

2-56 －現ヤルム＝ブルガス（索引の「スヒザ」を参照）、その東南方向へ約 20km にコンスタンティノープルが位置する。

2-57 －ミハイルとヨアニスはイリニ＝ドゥケナの兄弟、従ってアレクシオスの義兄弟。訳註 2-48 も参照。

2-58 －事実ケサルのヨアニス＝ドゥカスは、1074 年、反逆者ウルセリオスの軍隊によって皇帝に宣言されたことがある。詳しい事情は、Gautier, *Nicéphore Bryennios, Histoire,* II, 17-18. Cf. Reinsch, *Alexias*, p.89, n.80.

2-59 －皇帝の標章の一つ。Cf. Leib, *Alexiade*, I, p.86, n.1 ; Ljubarskij, *Aleksiada*, p.469, n.241 ; Reinsch, *Alexias*, p.90, n.82.

2-60 －アレクシオスの伯父イサアキオスは、皇帝として君臨した（在位 1057~59 年）。Leib は註で、コムニノス家による帝位掌握こそがアンナ＝ダラシニと息子たちの行動の隠された動機と目的であったと指摘している（*Alexiade*, I, p.86, n.2）。

2-61 － Psalmi, 44, 5（Reinsch, *Alexias*, p.91, n.84）。「輝きを帯びて進め　真実と謙虚と正義を駆って」（日本聖書協会新共同訳『聖書』（旧）879 頁）。

2-62 －雷の息子と神学者は共に福音書記者ヨハネの通り名。Cf. Reinsch, *Alexias*, p.91, n.85.

2-63 －歓呼はここにおいては儀式上の行為であり、皇帝宣言の一部をなす。人々は新しい皇帝に対して「万歳」を繰り返して叫ぶ（Reinsch, *Alexias*, p.91, n.87）。Cf. Leib, *Alexiade*, I, p.87, n.2 ; Ljubarskij, *Aleksiada*, p.470, n.245.

2-64 －小アジアの有力一族の出身、ミハイル 7 世に対するヴォタニアティスの反乱を支持せず、後者から小アジアの西部を奪い取ると、自身の兵士たちに皇帝歓呼をさせた（Reinsch, *Alexias*, p.92, n.88）。

2-65 － 1081 年 3 月（Gautier, *Nicéphore Bryennios, Histoire*, p.300, n.1）。

2-66 －メリシノスはアレクシオスの姉妹の一人エヴドキアと結婚しており、したがってアレクシオスの義兄弟であった。根津由喜夫『ビザンツ貴族と皇帝政権』420 頁註 213 によれば、彼はすでに 1066 年頃にアレクシオスの姉エヴドキアと結婚していた。

2-67 －ケサルは当時においては最高の爵位で、通常は皇帝の親族に与えられた（Ljubarskij, *Aleksiada*, p.470, n.250）。

2-68 －セサロニキ。12 世紀にはこれまで以上にコンスタンティノープルに次ぐ第二の都市の重要性を獲得する。5 世紀に建設された殉教者聖ディミトリオス（当市の守護聖人）に捧げられた教会はセサロニキの最も大きく、有名な教会で、教会内には聖人の大理石の石棺があった。アンナが書いているようにその石棺からは大きな治癒をもたらす香油がにじみ出たと言い伝えられた。Cf. Ljubarskij, *Aleksiada*, p.471, n.251 ; Reinsch, *Alexias*, p.93, n.92.

2-69 －金印の押された文書（Chrysobull）はもっとも格式高い皇帝文書で、皇帝が皇帝用の深紅色のインクで自ら署名した場合にのみ有効と見なされた（Reinsch, *Alexias*, p.93, n.93）。

2-70 －マンガニスとマンガネヴオメノス、発音の似た二つの言葉を並べての語呂合わせ。

Cf. Ljubarskij, *Aleksiada*, p.471, n.254 ; Reinsch, *Alexias*, p.94, n.95.

2-71 －ケサルのヨアニス＝ドゥカスは、1074年反逆者ウルセリオスの軍隊によって皇帝に宣言された。その後トルコ軍によって捕らえられるが、身代金を払って解放された後、1076年甥で皇帝のミハイル7世による処罰を回避するため、自ら修道士の衣服を身にまとった。詳しくは、Gautier, *Nicéphore Bryennios, Histoire*, II, 17-18を参照。

2-72 －索引の「アヴァス」を参照。

2-73 －ヴァランギィと言われる皇帝親衛隊は、スカンディナヴィア人・ロシア人・イングランド人から構成された。988年から、一致した団体精神でそれぞれの皇帝に忠実に仕えた特別の軍団であった。彼らの典型的な武器は、肩に担いだ両刃の斧である。ヨーロッパの北方人のすべては、広い意味では"Thule（スゥリ）［の出身者］"として言及される（Reinsch, *Alexias*, p.95, n.102）。

2-74 －ネミツィは、ビザンツの作家においてイエルマニィGermanoiやアラマニィAlamanoiと並んで使われるドイツ人を意味する語（Ljubarskij, *Aleksiada*, p.472, n.261）。Reinschによれば、これはドイツ人を意味するスラヴ語からの借用語（*Alexias*, p.96, n.103）。現代ロシア語ではドイツ人はネーメツ немецである。

2-75 －ヴォタニアティスの一族の出身地はアナトリコン＝セマであり、そこは不死兵の主たる徴募地域であった（Reinsch, *Alexias*, p.96, n.104）。

2-76 －ハルシオス門（現エディルネ門）を守るドイツ人がコムニノスの反乱軍に城門を引き渡したことやドイツ人の裏切り行為については、ゾナラス（*Epitome historiarum*, XVIII, 20［p.727-28］）などの他のギリシア語やラテン語史料によっても確認される（Ljubarskij, *Aleksiada*, p.472, n.263）。Reinschもドイツ人傭兵部隊はこのハルシオス門の守りについていたとしている（*Alexias*, p.98, n.112）。

2-77 －特別の赤インクの入った黄金製の、しごく立派に装飾の施されたインク壺《スケヴォス》（Reinsch, *Alexias*, p.p.96, n.105）。

2-78 －ここでしか言及されていないこの人物は、名前からアングロサクソン人であろう（Reinsch, *Alexias*, p.97, n.108）。

2-79 －*Ilias*, 5, 31 ; 455（Reinsch, *Alexias*, p.97, n.109）。「城を毀つ……アレス」「城を屠る……アレス」（松平千秋訳『イリアス（上）』岩波文庫、140頁、160頁）。

2-80 －異なる武器の並記は各部隊が入り乱れて突入したさまを示している。Cf. Leib, *Alexiade*, I, p.94, n.2. ; Reinsch, *Alexias*, p.98, n.110.

2-81 － 1081年4月1日（Leib, Alexiade, I, p.94, n.2 ; Ljubarskij, *Aleksiada*, p.472, n.264 ; Reinsch, *Alexias*, p.98, n.111）。インディクティオンIndiction（エピネミシス）とは本来皇帝によって課された特別税であるが、コンスタンティヌス1世から課税基準となる財産の査定が15年ごとに行われるようになった。その後インディクティオンの語は、財政上の意味を失い、暦法上の意味だけが残った。すなわちインディクティオンは、ある年が15年周期の何年目であるかを示すもの（1年は9月1日から始まり8月31日で終わる）。この周期は15年で一巡するだけで、何週目であるかは特定されない。そこで中世

ローマ帝国では、このインディクティオンと共に世界紀年法が併せて用いられた。世界紀年法は世界の始まり（天地創造）を起点として計算され、世界の始まりは西暦で紀元前5509年と見なされた。したがって6589年は西暦1081年となる。第4エピネミシス（インディクティオン）は1080年9月1日から1081年8月31日まで、4月とあるので1081年4月である。Cf. Grumel, *La Chronologie*, p.256.

2-82 －ハルシオス門（付図Ⅲ「コンスタンティノープル」参照）を越えると、そこから都の中心へ至る大通り（メシィ Mesê）が始まる。反乱軍兵士たちはこの大通りを東に進み、聖使徒教会とフィラデルフィオン Philadelphion を過ぎて、都の東の地区に至ったのであろう。ここに教会と公共建造物のほとんどが集中していた。Cf. Ljubarskij, *Aleksiada*, pp.472-73, n.265. フィラデルフィオンは大通りの北、雄牛の広場（テオドシウスの広場）の西に位置する地区（Niketas Choniates, *O City of Byzantium*, p.405, n.1474）。

2-83 －ゾナラス（*Epitome historiarum*, XVIII, 20［pp.728-29］）によれば、殺人も行われた。Cf. Leib, *Alexiade*, I, p.95, n.1；Reinsch, *Alexias*, p.98, n.113. 事実ゾナラスは次のように書いている。「（反乱軍は）トラキア人・マケドニア人・ローマ人・蛮族からなる混成軍であった。彼ら（ローマ人兵士）は同国人に対して敵に対する以上にひどい行為におよび、流血の惨事にまで進展した。兵士たちは神に身を捧げた女性たちを汚し、既婚の女性を犯し、神の神殿から宝石類を取り外し、聖なる容器さえ容赦しなかった。元老院議員に出会えば、彼らをラバから引きずり降ろし、街路上で彼らのある者たちから衣服をはぎ取り、半裸の状態にした」（ここでは Ljubarskij, *Aleksiada*, p.473, n.266 のロシア語訳より）。

2-84 －艦隊全体を意味するのではなく、ここではコンスタンティノープルにおいて皇帝の使用する小船隊を意味する（Reinsch, *Alexias*, p.98, n.114）。やがて見るように、エピルス／イピロス（アルバニア）に対するノルマン人の攻撃の知らせを受けて、アレクシオス1世のとった諸手段は、当時コンスタンティノープルにも諸州にも帝国艦隊は存在していなかったことを示している（Ahrweiler, *Byzance et la Mer*, p.179）。

2-85 －大宮殿は今日のトプカプ宮殿 Topkapi Sarayi の南西、海に面して位置し、それゆえヴコレオン港あたりから容易に達しうる（Reinsch, *Alexias*, p.98, n.115）。

2-86 －スパサリオスは軍人に与えられる低い爵位の一つ（Reinsch, *Alexias*, p.116, n.99）。同行した者はこの爵位の保有者であったのであろう。

2-87 －金角湾を北に渡ってヴォスポロスのヨーロッパ側にあったディプロキオニオン Diplokionion の港（Cf. Reinsch, *Alexias*, p.99, n.118）。この港は今日のベシクタシュ Beşiktaş にあった港（現在ドルマバフチェ宮殿）。Niketas Choniates, *O City of Byzantium*, p.419 の地図参照。Ljubarskij は「明らかにエオルイオス＝パレオロゴスは金角湾を越えてガラタに向かった」と註記している（*Aleksiada*, p.473, n.268）。

2-88 －イスタンブル旧市街の東北端、今日のサライブルヌ Sarayburnu あたりにあった港であろう。Cf. Reinsch, *Alexias*, p.100, n.121.

2-89 －ニキフォロス＝パレオロゴス。すでに本巻6章2節にヴォタニアティス帝にこの

上なく献身的人物として言及されている。

2-90 − *Odyssea*, 16, 23 ; 17, 41（Reinsch, *Alexias*, p.100, n.124）. 「有難い光」「掛け替えのない光」（松平千秋訳『オデュッセイア（下）』岩波文庫、94 頁、121 頁）。しかしそのような言葉を発したのはオデュッセウスではなく、オデュッセウスに仕える忠実な豚飼エウマイオスと、オデュッセイアの妻のペネロペイアである。

2-91 −息子の父への質問、「なぜ皇帝のもとへ行こうとしているのか」が暗黙のうちに前提となっている（Reinsch, *Alexias*, p.101, n.125）。

2-92 − *Alexias*, Pars Altera の anaktora : palatium の（1）による。以下同じ。

2-93 −訳註 2-73 を見よ。

2-94 −ハルシオス門と聖使徒教会の間に位置する（Buckler, *Anna Comnena*, pp.75-76）。Cf. Reinsch, *Alexias*, p.101, n.128.

2-95 −コムニノス兄弟の母アンナ＝ダラシニやアレクシオスの妻イリニの母ブルガリアのマリアをさしているのであろう。ヴォタニアティスは彼女たちをペトリアの女子修道院へ閉じこめた（本巻 5 章 8 節）。

2-96 −この屋敷はアクロポリス（現トプカプ＝サライ）の近くにあった（Reinsch, *Alexias*, p.101, n.129）。Ljubarskij, *Alesksiada*, p.473, n.274.

2-97 −このエフフィミアについて、Reinsch は次のように説明している。あらゆる祝祭において特別に任務を託された諸集団、一種の合唱団によって名を呼ばれ、賞賛と祝福の言葉の発せられる儀式（*Alexias*, p.102, n.130）。

2-98 −ニキフォロス＝パレオロゴスは再びヴォタニアティスの使節としてやって来た。彼が最初にコムニノス家の者たちと出会ったのは、その者たちがまだ宮殿の敷地の外にいたときであった（Reinsch, *Alexias*, p.102, n.131）。

2-99 −このニキフォロス＝パレオロゴスの息子、エオルイオスはヨアニス＝ドゥカスの孫娘アンナの夫、ドゥカス家の系図を参照。

2-100 −この語は「魂の救済 Seelenheil」をも意味する。したがって同時に「修道院へ引退せよ」がヴォタニアティスに対する勧告であった（Reinsch, *Alexias*, p.102, n.133）。

2-101 −聖ソフィア寺院前に位置するアウグスティオン広場にあった凱旋門の形の建造物。陸の城壁のハルシオス門（現エディルネ門）から始まる市内の大通り（メシィ）はここで終わっていた。帝国のすべての都市はここを起点にマイル数が計算された。ここから西に向かい、現アルバニアのドゥラス、当時のディラヒオンに至るバルカン半島の横断道路が著名なエグナティア街道であった。

2-102 −コスマス 1 世（在位 1075~1081 年）。

2-103 −聖ソフィア教会（Leib, *Alexiade*, I, p.101, n.1 ; Reinsch, *Alexias*, p.103, n.140）。

第Ⅲ巻

3-1 −セヴァストスの爵位保有者でコンスタンディノスという者の息子ミハイルは、1078/79 年（イサアキオスとアレクシオス兄弟の姉である）マリア＝コムニニとミハイ

ル＝タロニティスとの娘、アンナ＝コムニニ＝タロニティサ Anna Komnene Taronitissa と結婚している（Reinsch, *Alexias*, p.105, n.1）。

3-2 －すなわち修道士の衣服。Cf. Reinsch, *Alexias*, p.105, n.8.

3-3 － *Ilias*, 10, 240（Reinsch, *Alexias*, p.106, n.9）.「金髪のメネラオスの身を気遣ってのことであったが、……」（松平千秋訳『イリアス（上）』岩波文庫、314 頁）。アガメムノン王が弟のメネラオスの身を気遣っていうせりふに重ね合わせて、マリアの金髪の息子コンスタンディノスのことを言っている。Cf. Reinsch, *Alexias*, p.106, n.9.

3-4 －アレクシオスと皇后マリアの関係を囁く噂が流れていた。Reinsch, *Alexias*, p.106, n.10.

3-5 －従姉妹の夫はイサアキオス、自分の養子はアレクシオス（第Ⅱ巻 1 章 4-5 節）。

3-6 － Reinsch によれば、この表現はホメロスから借用されたもので（*Ilias*, 3, 156）、ビザンツ人にとっては広く人々の口から発せられた言葉（*Alexias*, p.106, n.13）。松平千秋訳では「無理からぬことじゃ」の語句があてられている（『イリアス（上）』岩波文庫、94 頁）。

3-7 －アンナは自ら書いているように（第Ⅵ巻 8 章 1 節）、1083 年 12 月 2 日に生まれた。皇后マリアは、1091 年、将来の義理の母として彼女の教育を引き受けるべく、彼女と一緒に生活したのであろう。Cf. Reinsch, *Alexias*, p.107, n.15.

3-8 － Reinsch は、ここは Thucydides, I, 22, 3 に関連する言葉としている（*Alexias*, p.107, n.16）。久保正彰訳では「一つの事件についても、敵味方の感情に支配され……」（『戦史（上）』岩波文庫、昭和 50 年、75 頁）、小西晴雄訳では「偏見や記憶違いから同じ事実についても……」（『トゥーキュディデース（世界古典文学全集 11）』筑摩書房、昭和 46 年、12 頁）。

3-9 －アンナのこの記事からイリニ＝ドゥケナの誕生の年、1066 年が知られる。なおこの時（1081 年）、イリニは、1068 年頃に生まれ、当時エオルイオス＝パレオロゴスと結婚していた妹のアンナ、1070 年頃に生まれたもう一人の妹テオドラ、彼女の母マリア（ブルガリア人）、祖父のケサルのヨアニス＝ドゥカスに伴われた（Reinsch, *Alexias*, p.107, n.17）。

3-10 －このように呼ばれる宮殿は、海岸のそば、すなわちヴコレオン港にあった複合建造物（Reinsch, *Alexias*, p.107, n.18）をさしている。

3-11 －「上の宮殿」はヴコレオン宮殿の上（北）の部分を構成し、古くからある主要な宮殿、すなわち大宮殿とつながっていた、他方、下の部分は同じ名前をもつ港の海側の城壁のすぐそばにあった。ヴコレオン宮殿は、最初はアンナがまさしく「下の宮殿」と呼んだ建物群に対して使われたが、後には都の南側に位置する宮殿群すべてを指すことになった（Reinsch, *Alexias*, p.108, n.19）。Ljubarskij は R. Janin, *Constantinople byzantine*, Paris, 1950, pp.120-121 の見解を紹介している。それによれば、ヴコレオンの名（ヴコレオンの語義は「雄牛とライオン быколев」）は、本来アンナが書いている雄牛とライオンの像とそのそばにあった港を指していた。その後、その近くにあった宮殿 дворец

（この建物は大宮殿の建物群への入り口に位置した）もヴコレオンと呼ばれ始めた。この宮殿はテオドシウス２世によって建設され、ニキフォロス２世フォーカスによって広げられた。実際この宮殿は二つの部分からなり、アンナはテオドシウスによる建物を「下の宮殿」、フォーカスによる建物を「上の宮殿」と呼んでいる（*Aleksiada*, p.475, n.288）。

3-12 －索引の「ヴコレオン」を参照。

3-13 －アンナ＝ダラシニは、彼女の義兄、イサアキオス＝コムニノスの退位後（1059年）、夫のヨアニス＝コムニノスが彼女の強い願いを振り切って帝位を拒否した結果、コンスタンディノス＝ドゥカスがその継承者になったことから、ドゥカス家を容赦することが出来なかった。従ってコンスタンディノス＝ドゥカスの死後（1067年）、彼女は、前帝の未亡人エヴドキアと、この者と結婚して皇帝となったロマノス＝ディオエニスの側についた。1071年のマンツィケルトの戦い後において、皇帝ミハイル７世ドゥカスは、彼女の激しい敵であった（Reinsch, *Alexias*, p.108, n.22）。詳しくは Gautier, *Nicéphore Bryennios*, *Histoire*, I, 4 ; 22 を参照。

3-14 － Leib 版の「彼の autou」に対し、新校訂版は「彼女の autês」となっている。本巻７章２節にあるアレクシオスの母の国政上の能力についての記述から、後者に従った。

3-15 －金印文書をさす（eggraphon in *Alexias*, Pars Altera, p.121 を参照）。

3-16 － *Ilias*, 19, 302（Reinsch, *Alexias*, p.109, n.24）．「……女たちもそれにつれて悲しみの声をあげたが、うわべはパトロクロスのため、実はそれぞれ己の不運を喞《かこ》っての嘆きであった」（松平千秋訳『イリアス（下）』岩波文庫、241頁）。ここではアンナは、ヨアニス＝ドゥカスがこれらの言葉で彼ら（マリアと息子）の身の安全を心配して、マリアに助言をしたのはただ上辺のことであって、真実はイリニ＝ドゥケナの立場を完全なものにするために彼らを厄介払いすることであったことを語っている。Cf. Reinsch, *Alexias*, p.109, n.24。

3-17 －この結婚は、マリアの夫、引退したミハイル７世がまだ生存しているので不義の関係となり、完全に教会法に反する（Reinsch, *Alexias*, p.110, n.25）。

3-18 －皇帝コンスタンディノス10世ドゥカスの皇后であったが、夫の死後、新しく皇帝となったロマノス＝ディオエニスと再婚。後に皇帝となった彼女の息子ミハイル７世によって修道院に追放された。コンスタンディノス10世との間にできた娘ゾイは、後年アレクシオスの弟、アドリアノス＝コムニノスと結婚する。

3-19 －第Ⅰ巻４章１節。Gautier, *Nicéphore Bryennios*, *Histoire*（III, 25）によれば、結婚式を執り行おうとする司祭は、しかしヴォタニアティスにおける姦通行為と３度の結婚に気づいて、式の執行をためらう。ケサルのヨアニスはそれに気づいて、別の司祭を用意し、結婚式を執行させる。

3-20 －総主教による戴冠は、少なくとも初期および中期ビザンツ帝国において、皇帝即位の有効性にとって国政上必ずしも必要でなかった。むしろ軍隊・元老院・高位宮廷人集団・コンスタンティノープルの市民による皇帝宣言および承認（歓呼による）がより

重要であった（Reinsch, *Alexias*, p.111, n.36）。これらを含め、皇帝選挙制の問題については、渡辺金一『コンスタンティノープル千年—革命劇場—』を参照。

3-21 – 1075年の8月2日（Reinsch, *Alexias*, p.111, n.37）。コスマス自身は1075年8月2日後わずかして総主教に就任（Grumel, *La Chronologie*, p.436）。

3-22 –つまり彼と同じ名の聖者（Reinsch, *Alexias*, p.112, n.39）。コスマスとダミアヌスの兄弟はディオクレティアヌス帝治世、布教のかどで捕縛され殉教、兄弟とも聖人。

3-23 –人体の各部分間の正しい関係を論じた、古代ギリシアの彫刻家ポリュクレイトスの失われてしまった著作（Reinsch, *Alexias*, p.112, n.40）。「ポリュクレイトスは、われわれのもとに伝えられていない理論的論文『カノン Канон』の著者」（Ljubarskij, *Aleksiada*, pp.477-78, n.302）。

3-24 –少女 Mädchen の結婚年齢は、ビザンツでは一般にローマ法にしたがって12歳であった。とりわけ政治的理由から、結婚契約はほとんど子供たちの間でもしばしば結ばれた（Reinsch, *Alexias*, p.113, n.41）。

3-25 –ドゥカス家の先祖のアンドロニコスとコンスタンディノスは共に10世紀初頭の著名な将軍で、父子である（Reinsch, *Alexias*, p.113, n.43）。

3-26 –アッシリア人は古風な呼び方で、実際は同時代のシリア人の女性を意味する（Reinsch, *Alexias*, p.113, n.44）。

3-27 –最初は1073年カパドキアのケサリア Kaisareia（カイセリ Kayseri）において、二度目は1075年シリアにおいて（Reinsch, *Alexias*, p.114, n.47）。これらについてはヴリエンイオスも言及している（Gautier, *Nicéphore Bryennios, Histoire*, II, 5 ; 29）。

3-28 –ディアディマとその他の冠の違いについては、ここではアンナの説明だけにとどめる。

3-29 –セヴァストス（セヴァスティは複数）は、ラテン語のアウグストゥス augustus にあたる（*SGL*）。

3-30 –福音書記者ヨアニス（ヨハネ）はギリシア正教会では「神学者 Theologe」と呼ばれる。聖者の主たる祝日は9月26日、しかしここでは5月8日の別の祝日が関係している（Reinsch, *Alexias*, p.116, n.57）。

3-31 –コンスタンティノープルの陸の城壁の金門の西にあった練兵場、現バクルキョイ Bakırköy。

3-32 – 1081年4月8日直後— Maria Dukaina への金印文書（Dölger-Wirth, *Regesten*, no. 1064）.

3-33 –マリアが引き下がった建造物は「マンガナの修道院」と呼ばれたようである。Ljubarskij の註記によれば、ゾナラス（*Epitome historiarum*, XVIII, 21［p.733］）は、マリアはマンガナの修道院 манганский монастырь へ引き下がったというアンナの証言を確認し、自身、彼女がその後しばらくして「一部は自ら進んで、一部は強いられて」修道女のヴェールを身に帯びたことを報告している（*Aleksiada*, p.488, n.322）。索引の「マンガナ」も参照。

3-34 －この文章により近いように思われる文のある箇所は Regnorum, III, 11, 11（日本聖書協会新共同訳『聖書』（旧）549 頁）であるが、ここはサウルではなくソロモンに関係するところである。サウルに関係する箇所は「サムエル記（上）」15, 28 ; 28, 17。Cf. Reinsch, *Alexias*, p.118, n.66 ; Leib, *Alexiade*, I, p.117, n.1.

3-35 －コンスタンティノープルの常設の聖職者会議、総主教の諮問委員会の役割を果たした（Reinsch, *Alexias*, p.119, n.68）。

3-36 － Lucas, 7, 8（Reinsch, *Alexias*, p.119, n.69）. 「権威の下に置かれている者」（日本聖書協会新共同訳『聖書』（新）115 頁）。

3-37 －すなわち修道女の生活（Ljubarskij, *Aleksiada*, p.480, n.325）。アンナ＝ダラシニは修道女 Nonne としての生活を望んでいた。ゾナラスに従えば（*Epitome historiarum*, XVIII, 21［p.731, 15-18］）、彼女はすでに修道女であり、修道女の衣服を身につけていた、そのために彼女の名は歓呼 Akklamationen において叫ばれなかった（Reinsch, *Alexias*, p.120, n.71）。

3-38 － 1081 年 8 月（Ljubarskij, *Aleksiada*, p.481, n.328 ; Reinsh, *Alexias*, p.121, n.73）。なお、この 8 月はアレクシオス帝が都を離れた時である（Leib, *Alexiade*, I, p.120, n.1）。

3-39 － Chalandon によれば、1081 年 5 月後半（*Alexis Ier Comnène*, p.73, n.1）。アンナ自身は 6 月としている（*Al.*, IV, 2, 1）。

3-40 － 1081 年 8 月―人々 das volk（すべて）に向けて公表された金印文書（Dölger-Wirth, *Regesten*, no. 1073）。

3-41 －これはアレクシオスの皇帝宣言以前の時期について言われていること。なおアンナ＝ダラシニは女性であったので、自身が元老院の議員であったのではない。しかし亡夫のヨアニス＝コムニノスはクロパラティスという高位の爵位保有者であった（Reinsch, *Alexias*, p.121, n.77）。

3-42 －ヨアネス＝クリュソストモス Ioannes Chrysostomos から引用された語句（Migne, *Patrologia Graeca*, 48, col.749）（Ljubarskij, *Aleksiada*, p.481, n.331 ; Reinsch, *Alexias*, p.121, n.79）。

3-43 －ロゴセティス＝トン＝セクレトンのこと。アレクシオス 1 世以来すべての市民行政はこの長官一人の下に司られるようになり、またメガス＝ロゴセティスと呼ばれるようになって宰相の機能をもった（尚樹啓太郎『ビザンツ帝国史』574 頁）。

3-44 － ［……の画像のついた］の補足文は、この部分の Ljubarskij 訳 ... если они только будут иметь ее печать с изображением Преображенья и Успенья...（それらに変容と永眠の画像のついた彼女の刻印がありさえすれば）を参考にした。なお Ljubarskij は、福音書に描かれた二つの場面が共に刻印に示されている実例は伝わっていないが、永眠のそれは知られている、と註記している（*Aleksiada*, p.482, n.339）.

3-45 －「（何）月に」。月名ではじまる日付記入の慣用的用語。Reinsch によれば、これは、文書交付人によって月名とインディクティオン年あるいはこれらの最初の語、すなわち「（何）月に」の記入された日付記入を意味する（皇帝においては特別の赤イン

クで記入)。この月名の記入は署名を意味し、同時にその文書の真正であることを保証する（*Alexias*, p.122, n.84）。文書への月名記入は、通常は皇帝自身によって行われた（Ljubarskij, *Aleksiada*, p.500, n.482）。

3-46 －セマ（セマタ）は、軍司令官を長官とするビザンツ帝国の軍事行政区を意味する専門用語でわが国では「軍管区」と訳されている。しかし、ここでは専門用語としてではなく、中央に対する「地方」の意味であろう。

3-47 －シニシアには習慣の意がある。Ljubarsikij はシニシエ（複数）に "обычные" налоги（「通常の」諸税）の語をあてている。Reinsch は Gewohnheitszahlungen（慣例的支払い）をあて、註で「それらの支払いは、もし免除されなければ、通例上（慣例 Gewohnheit から）国庫ならびに税官吏へ手数料として支払われるものである」と説明している（*Alexias*, p.123, n.86）。

3-48 －スヒデヴミィとアポスヒデヴミィの二語について、Leib・Ljubarskij・Reinsch はそれぞれことなる語をあてている。私には理解する力がなく、ただわかりやすいということで Ljubarskij が訳註で紹介している G. Rouillard の解釈を参考にした（*Aleksiada*, p.482, n.342 ; n.344）。

3-49 －ゾナラス（*Epitome historiarum*, XVIII, 24［p.746］）によれば、多くの人々はアンナ＝ダラシニの統治に不満を抱き、市民に降りかかった不幸を彼女のせいにした（Ljubarskij, *Aleksiada*, p.483, n.347）。

3-50 － Euripides, *Phoenissae* 529-530（Reinsch, *Alexias*, p.124, n.89）．「年の功で、若い人よりも思慮あることが言えるのです」（岡道男訳「フェニキアの女たち」『ギリシア悲劇 IV エウリピデス（下)』ちくま文庫、1993 年、283 頁）。

3-51 －他方アンナは、アレクシオスの母を本章 5 節において女帝《ヴァシリス》と呼んでいる。

3-52 －ダラシノス家は皇帝ヴァシリオス 2 世（在位 976~1025 年）以来の評判の高い一族であった。アドリアノスは母方におけるアンナ＝ダラシニの祖父で、その者の名の知られていない娘は、カロンとして知られたアンナ（ダラシニ）の父アレクシオス［アレクシオス＝カロン―この人物にはついては Gautier, *Nicéphore Bryennios, Histoire*, I, 1 に短い記事がある］と結婚した。

3-53 － 1042 年当時 64 歳の前皇后で未亡人のゾイと 3 度目の夫として結婚したコンスタンディノス 9 世モノマホス（在位 1042~1055 年）は、この場合はとりわけゾイの容認により、彼の二番目の妻スクレレナ Skleraina の姪と不倫な関係をもった。なお、父の治世までに不倫が存在したというアンナの指摘は、1078 年、すでに老齢にあったニキフォロス＝ヴォタニアティスの、いわゆるアラニアのマリアとの結婚―マリアの前夫の前皇帝ミハイル 7 世がまだ（修道士として）生存しているにもかかわらず―に言及するものである（Reinsch, *Alexias*, p.126, n.93）。

3-54 －索引の「デフテラ＝アレクトロフォニア」を参照。

3-55 －コンスタンティノープルの西北隅、ヴラヘルネ地区にあった教会。Reinsch はアンナ＝ダラシニはそこから国事を指揮したと註記している（*Alexias*, p.127, n.97）。

3-56 －以下、テクラの聖堂建立の縁起としてイサアキオス1世コムニノスの対サヴロマテェ（ペチェネグ／パツィナキ）遠征が語られる。

3-57 － Ljubarskij によれば、サヴロマテェ（ペチェネグ）による氷結のダニューブの渡河とローマ領侵入と、次に語られる彼らに対するイサアキオス1世の出陣は異なる時期に行われた事件であり、前者、すなわち首領ティラフ Тирах の率いるペチェネグの侵入は通常1048年に起こったとされ、後者、イサアキオス帝の遠征は1059年に行われた（*Aleksiada*, pp.484-45, n.359）。アンナは異なる時期の事件を一つに混交させていることになる。

3-58 －セルジュク＝トルコ（Ljubarskij, *Aleksiada*, p.485, n.361 ; Reinsch, *Alexias*, p.128, n.105）。

3-59 － Reinsch は、その者が身に帯びた光輝くような甲冑によってそのような印象を与えたと見なしている（*Alexias*, p.128, n.106）。

3-60 －フィゴスをブナの木と訳したが、これは文章上からすぐ後に現れるドリスと同じものでなければならない。Reinsch によれば、フィゴス（Buche［ぶなの木］）についてはアンナの間違いで、次に出てくるはドリス（Eiche［オークの木］）にしなければならないとしている（*Alexias*, p.128 and n.108）。Ljubarskij は最初のフィゴスに дуб（オーク）の語をあて、後に出てくる二つのドリスを単に дерево（木）としている。

3-61 －［続］スキリツィス Skylitzes（*Scylitzes Continuatus*, p.108）によれば、それはねつ造された噂であり、皇帝は帝都帰還において噂のすべてが嘘であることを知った（Reinsch, *Alexias*, p.129, n.109）。

3-62 －帝国の代表的戦艦であるドロモンについては、訳註1-117を参照。なお Reinsch はドロモンの乗組員の数について、両舷側にはそれぞれ25本の櫂があり、それぞれの櫂を上下に位置する2名で引き受ける。従ってこぎ手は100名となり、戦闘員は100名までとしている（*Alexias*, p.130, n.112）。

3-63 －ディエレス（二段櫂船）とトリエレス（三段櫂船）は古代の用語であり、これらの用語でアンナが実際どのような船を言っているのか解らない（Ljubarskij, *Aleksiada*, pp.485-86, n.363）。Ahrweiler によればビザンツ固有の戦艦の用語はドロモン dromon とケランディオン chélandion の二つであり、これらは中世のテキストにおいて古典語の用語 stratiôtis naus（戦艦）と trières（三段櫂船）に取って代わった。しかしながらそれらは、古代ギリシアの船舶用語から等しく借用された他の用語［たとえば dières（二段櫂船）や monèrès（一段櫂船）］と共に広く使用され続けた（*Byzance et la Mer*, p.410）。

3-64 － 11~12世紀の史料にはこの時期の代表的戦艦ケランディア chélandia［文学的著作ではドロモネス］のかたわらに、agraria・charbia・zermônes［sermones］の用語が言及される。しかし史料からこれらの船舶の型をはっきりと示すことはできない（Ahrweiler, *Byzance et la Mer*, p.417）。Leib は、甲板を持たない長船 longues barques non pontées としている（*Alexiade*, I, p.175［Page 130, ligne 17］）。

3-65 －この時のロベルトスの軍勢については、訳註1-123（*Al.*, I, 16, 1）を参照。

3-66 －コンスタンティノープル自体（Reinsch, *Alexias*, p.130, n.115）。

3-67 －ヴァランギィ（Reinsch, *Alexias*, p.130, n.116）。訳註 2-73 を参照。

3-68 －第Ⅰ巻 16 章 6 節。

3-69 －第 XIII 巻 10 章 2 節も参照。

3-70 －エルマン Herman、ロベール＝ギスカールの兄、オンフロワ Onfroi の息子、カンナエ Cannes（イタリア南東部に位置する村、古戦場跡として知られる）に領地を持ち、長期にわたってロベール＝ギスカールと敵対関係にあった。ギスカールが遠征のためギリシアに渡った後、反乱をおこした。アレクシオス帝の書簡が功を奏したのである。ロベールはイタリアへの帰還後、1083 年 5 月カンナエを奪い取り、破壊した。1085 年ロベールの死後、エルマンはロベールの後継者たちと和解し、事実第 1 回十字軍においてはボエモンの軍隊へ参加している（Ljubarskij, *Aleksiada* p.486, n.373）。Cf. Runciman, *A History of the Crusades*, 1, p.155.

3-71 －グレゴリウス 7 世（在位 1073~1085 年）。

3-72 － Chalandon（*Alexis Ier Comnène*, p.68, n.4）および Leib（*Alexiade*, I, p.133, n.1）によれば、この者（Herbios/Hervius）に対するアレクシオスの試みは失敗した。しかし Ljubarskij は、彼ら二人が依拠しているグレゴリウス 7 世のカプア Capua のエルヴィオスへの書簡における日付は正確なものではなく、この場合情報は確かな証拠として使えないとしている。そして西方のラテン史料は、1082 年ハインリヒ 4 世がアレクシオス＝コムニノスに鼓舞されてイタリアへ進出した時、カプアはなんら抵抗することなくドイツ皇帝に従ったこと、また 1083 年夏、ロベールはカプアを包囲し、火と剣にゆだねた後、その都市を奪ったことを指摘している（*Aleksiada*, pp.486-87, n.374）。書簡（1081 年 6 月頃）については、Dölger-Wirth, *Regesten*, no. 1067 を参照。

3-73 － ハインリヒ 4 世。訳註 1-101 を参照。

3-74 － 1081 年 6 月頃―ドイツ皇帝 Heinrich 宛書簡（複数）（Dölger-Wirth, *Regesten*, no. 1068）。

3-75 －ここでアンナによって語られている外交活動は 1081~1082 年の間に行われた（Reinsch, *Alexias*, p.133, n.130）。Dölger-Wirth, *Regesten*, no. 1077 も参照。

3-76 －金貨 2000 リトレ［Pfund］に相当。ノミスマ（複数ノミスマタ）は中世ローマ帝国の代表的金貨。1030 年代までほぼ純金（24 カラット）であり、4.55g の重量があった。ロマノス 3 世（在位 1028~1034 年）の後継者のもと、とりわけコンスタンディノス 9 世モノマホスからノミスマの純分が著しく減少する。ニキフォロス＝ヴォタニアティスに至っては、純分はわずか 8 カラットにすぎなかった。Cf. Reinsch, *Alexias*, p.133, n.132 ; p.134, n.136.

3-77 －おそらく外国人へ爵位を授与することに関わる役人と思われる（Reinsch, *Alexias*, p.133, 133）。詳しくは Oikonomidès, *Les Listes de préséance byzantines des IXe et Xe siècles*, p.132, n.97 を参照。

3-78 －イルガズメノス＝アルギロスについて、Reinsch はおそらく銀製品であって、銀貨

ではないとしている（Reinsch, *Alexias*, p.134, n.135）。

3-79 －ロマノス３世（在位 1028~1034 年）の肖像のある金貨。

3-80 －南イタリア。Chalandon は、はっきりと「(王が) プーリア Pouille に下ってくる時」としている（*Domination normande*, I, p.267）。

3-81 －このヴァエラルドス（Abélard）はアンナにおいてはここだけに現れる。エルマノス（Herman）（訳註 3-70）の兄弟、したがってロベール＝ギスカールの甥。Reinsch によれば、彼は 1081 年９月コンスタンティノープルへ亡命した（*Alexias*, p.134, n.138）。Ljubarskij, *Aleksiada*, p.135, n.383 も参照。

3-82 －将来のディラヒオンの総督《ドゥクス》、ヨアニス＝コムニノス。アレクシオスの兄イサアキオスの息子（Ljubarskij, *Aleksiada*, p.488, n.385）。

3-83 －褐色・赤色・白色の筋の入った瑪瑙（Reinsch, *Alexias*, p.135, n.141）。

3-84 －アストロペレキン astropelekin は今日の民衆語のアストロペレキ astoropeleki で、語意は雷。astro（星）と peleki（斧）の合成語と思われる。D. ディミトラコスの『ギリシア語大辞典 Megas lexikon, Athens, 1964』（lexiologos - Online Dictionary）では、astropelekin はビザンツの装飾品の名称、おそらくその形（斧）からそのように呼ばれた留め金であろうとある。Leib は、雷はしばしば人が担ぐ両刃の斧であらわされたと註記している（*Alexiade*, I, p.135, n.5）。Ljubarskij, *Aleksiada*, p.488, n.386 も参照。

3-85 －インドから輸入された高価な樹脂（Reinsch, *Alexias*, p.135, n.143）。バルサムの一種。

3-86 －ルム＝セルジュク朝のスルタン、スレイマン Suleiman。Reinsch によれば「スレイマン（在位 1077~1086 年）は、セルジュク朝の大スルタン、マリク＝シャー Malik Sah からほとんど独立して小アジア西部を支配した」（*Alexias*, p.135, n.145）。

3-87 －このヴォスポロスはヴォスポロス海峡に位置する町、すなわちダマリス。町のヴォスポロスは女性名詞、海峡のそれは男性名詞。索引「ヴォスポロス」を参照。

3-88 －コンスタンティノープルの住民。

3-89 － 10 人の兵士集団の指揮者（Reinsch, *Alexias*, p.136, n.149）。

3-90 － 50 人の兵士集団の指揮者。ビザンツではなく、古代の軍制による用語（Reinsch, *Alexias*, p.137, n.150）。Ljubarskij もビザンツの文献にこの用語は見いだされないことを指摘している（*Aleksiada*, p.489, n.393）。

3-91 － 1081 年６月 17 日以前—セルジュク族の指導者（Suleiman）との講和条約（Dölger-Wirth, *Regesten*, no. 1070a）。

3-92 －第Ⅰ巻 16 章８節。

3-93 －第Ⅰ巻 16 章 5~6 節。

3-94 － 1081 年６月 17 日以前— Monomachatos への金印文書（Dölger-Wirth, *Regesten*, no. 1070b）。

3-95 －第Ⅰ巻 16 章１節ではアンナは、ロベールは当初の考えを変更し、ロエリス（ロジェール）を遠征に同行させた、と述べている。ロベルトスによるロエリスの処遇についてアンナの記述には混乱が見られる。第Ⅰ巻 14 章３節ではロベルトスは彼をローマ

教皇を援助すべくイタリアに残している。

3-96 －アンナは、すでに第Ⅰ巻16章1~2節においてロベールが兵士と船舶の全兵力をヴレンディシオンに集結させた後、航海に乗り出し、ディラヒオンへの途中コルフ市Corfuを奪い取ったことを語っている。本巻12章において、渡海の準備と渡海の模様が新たにより詳しく語られる。

3-97 －「ギリシアの火」から守るためであった（Ljubarskij, *Aleksiada*, p.490, n.402 ; Reinsch, *Alexias*, p.138, n.160）。ビザンツ海軍の有名な兵器「ギリシアの火」については "Greek Fire" in *ODB* を参照

3-98 －一段櫂船は両舷側のそれぞれに漕ぎ手が一列にならんだ船舶（bateau à un rang de rameurs）（Ahrweiler, *Byzance et la Mer*, p.383, n.2）。これは、10世紀から史料にしばしば見られるガレア galéa と共に、軽装備で快速のドロモン dromon léger et extrarapide を意味する dromon monèrès を指しているものと思われる（*Byzance et la Mer*, p.414）。Ljubarskij は L. Bréhier, La Marine de Byzance du VIII au XIe siècle, *Byzantion*, 19, 1949, p.12 に従って、艦隊の司令官によって主として偵察やその他特別の任務に使われる小型の船舶としている（*Aleksiada*, p.490, n.403）。

3-99 － Ljubarskij によれば、早く見積もっても7月の後半。この証言は、アンナ自身の記述、すなわちロベルトスは「6月17日にはすでに本土に陣を敷いていた」（第Ⅳ巻1章1節）、「6月に海を渡った」（第Ⅳ巻2章1節）と矛盾する。「太陽が蟹座を過ぎ」るのは8月の初めである（*Aleksiada*, p.490, n.405）。

3-100 －ロベールの艦隊にはラグーサ人およびダルマティア人の船舶が含まれていた（Guillaume de Pouille, *La Geste*, IV, 134, 302）。Mathieu は、これらのスラブ人は「クロアティアとダルマティアの王、デメトリウス＝ズヴォニミール王の臣下 les sujets du roi Demetr Zvornimir, roi de Croatie et Dalmatie」としている（*La Geste*, p.211, n.2）。Cf. Leib, *Alexiade*, I, p.141, n.2.

3-101 －ディラヒオンに近接する内陸地域（Reinsch, *Alexias*, p.140, n.167）。

3-102 －バリの大司教はウルソ Urso（1078~1089年）。アンナと Wilhelm von Apulien（Guillaume de Pouille）の共通の文字史料については、Guillaume de Pouille, *La Geste*, pp.38-46 を参照（Reinsch, *Alexias*, p.140, n.168）。

3-103 －新校訂版ではここに欠文を認め、ここには集められたピュロスの軍隊の渡航についての説明があったとする。事実ピュロスが前280年にエペイロスから強力な軍隊を率いて、対岸の南イタリアに渡ったことは確かである（Reinsch, *Alexias*, p.140, n.169）。訳は新校訂版に従った。

3-104 －アンナは、紀元前275年ベネベント（ヴェネヴェント）で行われたピュロス王とローマの将軍マニウス＝クリウス＝デンタートス Manius Crius Dentatus との戦いを考えているに違いない。しかしこの戦い後におけるディラヒオン（エピダムノス）の衰退について語っている歴史家は一人もいない（Ljubarskij, *Aleksiada*, p.491, n.409）。

3-105 －アムフィオンとゼトスは古代テーベの伝説上の建設者。アンナの言及は明らかに

ディラヒオンの一碑文にその反映が見られ、またギョーム＝ド＝プーイュにも現れる地方的伝承によるものである（Reinsch, *Alexias*, p.141, n.170)。事実ギョーム＝ド＝プーイュは、「Zetus と Amphion は破壊されていた都市（エピダムノス）をより限られた範囲において再建し、それに Dirachium の名をあたえた」と語っている（*La Geste*, IV, 241-243)。

第Ⅳ巻

4-1 － 1081 年（Grumel, *La Chronologie*, p.256 ; Leib, *Alexiade*, I, pp.143-44, n.1 ; Ljubarskij, *Aleksiada*, p.491, n.411 ; Reinsch, *Alexias*, p.142, n.1)。

4-2 －「別の兵士たち」とは、ロベールがイタリアから引き連れてきた兵士とは異なる、訳註 3-100 のラグーサ人およびダルマティア人をさしているのではないかと思われる。

4-3 －第Ⅲ巻 9 章 5 節。

4-4 －マラテラもディラヒオンからロベール軍の到着と攻囲を知らせる書簡がコンスタンティノープルに送られたことを記している（*Historia Sicula*, IV, 24［col. 1170］; *The Deeds*, p.155)。

4-5 －ギョーム＝ド＝プーイュもこの塔についてふれ、「彼（ロベール）は実にみごとな木造の攻城塔 turris を建造させ、その上には都市の城壁を崩すための、大きな衝撃を与える投石機 petraria がすえられた」と述べている（*La Geste*, IV, 249-252)。Petraria はギリシア語のペトラリア petraria（*catapult* in *PGL*）の音訳。

4-6 －ギョーム＝ド＝プーイュは、「ディラヒオンの市民たちはその者を見ると、『この者はぶどう酒の詰まった酒器を食卓に運ぶ仕事をしているもので、低級の酌取りの一人である』と叫んだ」と述べている（*La Geste*, IV, 269-71)。酌取り pincerna は、ギリシア語のピンゲルニスに相当、つづく第 4 節にみえるイノホオスと同意語である。

4-7 －第Ⅰ巻 10~11 章 ; 12 章 1 節。

4-8 －第Ⅲ巻 12 章 3 節。

4-9 －アンナは、ロベルトスの艦隊が嵐に遭遇する以前、アヴロンがすでにヴァイムンドスによって奪い取られていたことを報告している（第Ⅲ巻 12 章 3 節)。

4-10 －［ニケアの］セルジュク朝スルタン、Suleiman への書簡（1081 年 6 月頃）(Dölger-Wirth, *Regesten*, no. 1069)。 Reinsch も書簡の宛先を［ニケアの］スレイマンとしている［アンナのいうソリマス］(Reinsch, *Alexias*, p.144, n.8)。これに対して、Ljubarskij によれば、スルタンは大セルジュク朝のスルタン、マリク＝シャー Malik Shah（在位 1072~1092 年）としている（*Aleksiada*, p.491, n.417)。

4-11 －ヴェネトン＝フロマ、原意は「青色」。コンスタンティノープルやその他の大都市における競馬党派はいろいろな色で区別されたが、6 世紀以降有力な党派は青と緑だけになっていた。

4-12 － 1081 年 6 月頃—贈り物と共に使節をヴェネツィアへ派遣（Dölger-Wirth, *Regesten*, no. 1070)。

4-13 －西方史料によればヴェネツィア艦隊はさまざまの種類の59隻の船舶からなり、皇帝ミハイル7世の姉妹と結婚していたドージェ doge（元首）、ドメニコ＝シルヴォ Domenico Silvo の指揮下におかれた（Ljubarskij, *Aleksiada*, p.492, n.420）［Ljubarskij はドメニコ＝シルヴィオ Доменико Сильвио と表記］。ドージェ（元首）在位は1070~1084年（Grumel, *La Chronologie*, p.428）。

4-14 －イスティア（pl.）とピルイ＝クシリニ（pl.）の語義はそれぞれ「帆」、「木製の塔」であるが、しかし「木製の塔を帆にとりつける」は理解できない。Leib はほぼ文字通りに「ils construisirent des tours de bois au milieu des voiles...」と訳しているが、voiles に註して、Malaterra（*Historia Sicula*, III, 25［col. 1171］; *The Deeds*, p.156）を参照することを求める（*Alexiade*, I, p.147, n.2）。そこには次のような記事がある。ノルマン人に偽りの約束を行った後、ヴェネツィア人は「各船舶のマストの頂に巧みに、そこから石と槍を投げる二人か三人の武装した兵士を支えることのできるように工夫された足場を設置した」とある。Leib は、この記事から「帆の中央［つまりメーンマストの帆桁の真ん中あたり］に小さなやぐらをとりつけた」ぐらいに理解しているのかもしれない。Ljubarskij はイスティアを мачты（マスト）と読んで、Они соорудили среди мачт деревянные башни（彼らは［船舶の］マストの真ん中あたりにやぐらをとりつけた）と訳している。私は小舟をつり下げておく一種の建造物として足場と訳した。

4-15 －ノルマン人はラテン人の習慣に従って髭をすっかり剃ったのに対して、ヴェネツィア人はビザンツ人に従って髭を蓄えていた。だからヴェネツィア人は顔をつるつるに剃ったヴァイムンドスを見てからかったのであろう（Cf. Reinsch, *Alexias*, p.p.145, n.15）。

4-16 － Reinsch は註記で、この戦闘はおそらく1081年の秋に起こったとする Ljubarskij の見解（*Aleksiada*, pp.492-93, n.425）を紹介している（Reinsch, *Alexias*, p.146, n.16）。Ljubarskij は上記の註において、西方側の史料に依拠してこの海戦を1081年7月に起こったとする Chalandon の見解（*Alexis Ier Comnène*, p.74, n.5）を紹介しているが、Ljubarskij 自身はこの海戦については1081年の7月ではなく、もう少し後、同年の秋としている。そして海戦についてもっとも詳細に報告しているマラテラは1081年10月としていることを付記している。訳註4-18を参照。

4-17 － tou kastrou Dyrrahiou. つまり「カストロンであるディラヒオン」。アンナはディラヒオンをポリスともカストロンとも言っている。索引の「カストロン」を参照。

4-18 －アンナは海戦においてヴェネツィア艦隊が勝利したと記しているが、先のマラテラは、この海戦は結局ノルマン人はヴェネツィア人の「ギリシアの火」に脅え、ヴェネツィア人はノルマン人兵士の勇敢さに肝を失って、痛み分けとなったとしている。マラテラは同時にヴェネツィア艦隊のディラヒオン（パリア）到着の時期を知らせる重要な情報を提供しているように思う。「皇帝［アレクシオス］は敵［ノルマン軍］の侵入を知らされると、……ヴェネツィア人に大艦隊を率いてデュラキウムで皇帝軍に合流するように命じた。……ヴェネツィア人は皇帝の命令を忠実に実行すべくデュラキウムに急

いだ、しかし皇帝が彼らに伝えた合流日の3日前、デュラキウムの都市に向かって進んで行くのをわが兵士たち［ノルマン人］によって見つけられてしまった」、その結果ヴェネツィア人は単独でノルマン人との海戦に突入せざるを得なかったのである。そしてアレクシオス帝率いるローマ軍が到着したのは「［海戦の］次の日であった。皇帝はわが［ノルマン人］陣地からおよそ4スタディアの地点に到着し、そこに陣地を設営した」（Malaterra, *Historia Sicula*, III, 25-26［cols. 1171-1172］; *The Deeds*, pp.155-157）。アンナが記しているように（*Al.*, IV, 5, 2）、ディラヒオンの北を西に向かって流れるハルザニス河畔にアレクシオス帝のローマ軍が到着したのは、1081年10月15日である。したがって、アンナとマラテラに従うなら、ヴェネツィア艦隊の到着はその数日前ということになろう。

4-19 －ドメニコ＝シルヴォ。ヴェネツィア艦隊を指揮していたのはドージェのドメニコ＝シルヴォ自身であった。訳註4-13を参照。

4-20 － Reinschによれば、アルコンテスとはヴェネツィアの元老院議員あるいは他の指導的集団の成員（*Alexias*, p.146, n.18）。しかしここはドージェに従った艦隊の司令官たちであろう。つまり上記註4-18から使者はディラヒオンの北を西に流れるハルザニス河畔（本巻5章1節）に陣を張った皇帝のもとへ送られたと見なされる。

4-21 － 1081~1082年の冬（Ljubarskij, *Aleksiada*, p.493, n.427）。

4-22 － Leib（*Alexiade*, I, p.148, n.3）もReinsch（*Alexias*, p.147, n.19）も1082年春としているが、Reinschは、同時にこの春に行われた戦闘を記しているのはアンナだけであるとし、Ljubarskij（*Aleksiada*, p.493, n.428）の異なる見解—アンナが1082年のこととして記しているこれらの事件は実は1084年に起こったものと思われる—を註記している（*Alexias*, p.147, n.19）。次の第4章で、アンナは1年さかのぼって1081年10月18日に行われたディラヒオン郊外におけるアレクシオス帝のローマ軍とロベルトスのノルマン軍との激戦を語る。この第3章におけるアンナの記述には年代上で大きな問題（アンナに見られる年代上の誤りのうち最たるもの）がある。Ljubarskijはこの点を指摘し、Guillaume de Pouille, *La Geste* にもとづいて、年代上の訂正を行っている。訳註4-25を参照。

4-23 －この人物はGuillaume de Pouille, *La Geste*, V, 99におけるアレクシオスの艦隊のdux、Mabrica（MavrikasあるいはMaurix）であろう。共に1度しか現れないが、アンナにおいては1082年の春、Guillaumeおいては1084年の春の時点において語られる。上記の *La Geste* の当該箇所に関する註釈において、Mathieuは、ヴェネツィアとMabricaの両艦隊の合流を1084年とするK. Schwartzの見解を紹介している（*Die Feldzüge des Robert Guiscard gegen das Byzantinisches Reich*, Fulda, 1854, p.80）（*La Geste*, p.331, 96-105）。

4-24 －ギリシア北西部の山岳地帯に発し、イグメニツァIgoumenitsaの南、エレアElea湾に注ぐアヘロンAcheron川、グリキスの名は今日この湾の名前の一つとして残っている（cf. Ljubarskij, *Aleksiada*, p.493, n.429）。

4-25 －アンナに従えば、これらの事件は1082年の夏に起こったこととなる。しかしなが

ら、1082年の4/5月にはすでにロベール＝ギスカールはイタリアに帰還している（第V巻3章6節）。ノルマン人の船舶のグリキスの浜への陸揚げ、ロベールの陣営で生じた飢餓、ロベールの働きによる船舶の海上への運搬、これらについてはギョーム＝ド＝プーイュもまた報告している（*La Geste*, V, 210-254）。しかしギョーム＝ド＝プーイュはこれらの事件を1084年の冬から1085年の夏に生じたものとする、すなわちこれらの時期においてロベールはふたたびイタリアから立ち戻り、ヴェネツィア艦隊に対して勝利した後、ヴォンディツァ Vonditsa で越冬し、ついで翌年夏、グリキスの浜辺の船舶の問題を解決したのであった（以上は Ljubarskij, *Aleksiada*, pp.493-94, n.430 による）。Ljubarskij はより信憑性の高いのはギョーム＝ド＝プーイュであるとしている。Schwartz はギョーム＝ド＝プーイュをとりあげ、すでにより積極的にアンナの完全な不注意、年代上の混乱を指摘している（*Die Feldzüge des Robert Guiscard gegen das byzantinishche Reich*, p.40 *）。

4-26 －1081年8月より少し前—西方のメガス＝ドメスティコス、Pakurianos パクリアノスへの書簡（Dölger-Wirth, *Regesten*, no. 1072）。アンナはここで話を1081年の夏にもどす（Reinsch, *Alexias*, p.148, n.23）。

4-27 －1081年の8月（Grumel, *La Chronologie*, p.256 ; Reinsch, *Alexias*, p.148, n.25）。

4-28 －マケドニアに居住するスラヴ人、あるいはスラヴ人とは異なる民族のマケドニアの居住者からなる派遣部隊（Reinsch, *Alexias*, p.149, n.31）。

4-29 －トラキアはロドピ山脈の地方、文献おいてはしばしば西マケドニアのオフリド湖（ギリシア語ではアフリス）と混同される（Reinsch, *Alexias*, p.149, n.36）。

4-30 －バルダル流域の居住者 Vardarioten（バルダル川流域の居住者となったトルコ人）（Moravcsik, *Byzantinoturcica*, II, p.322）。Cf. Ljubarskij, *Aleksiada*, p.494, n.435.

4-31 －プリミキリオスはラテン語の primicerius を転写したもので、primicerius の意味は「同じ役職にある人々のうちの第一位の人 the first」（*A Latin Dictionary*, Lewis and Short, Oxford, 1969）。Reinsch によれば、メガス＝プリミキリオスはアレクシオス帝によって創設された称号・職務で、メガスを外したプリミキリイ［プリミキリオスの複数］は民事・軍事・教会関係のさまざまの分野に見いだされる（*Alexias*, p.149, n.35）。この場合はバルダル流域に居住するトルコ人の指揮官を指していると思われる。なおタティキオスの父はすぐ続いて語られるようにサラセン人、次註にあるようにトルコ人の可能性が高い。Gautier は彼の父をトルコ人としている（Gautier, *Nicéphore Bryennios, Histoire*, p.288, n.1）。

4-32 －アンナによって一般にムスリム（イスラム教徒）の意味に使われるが、ここではおそらくトルコ人の意味（Reinsch, *Alexias*, p.149, n.37）。

4-33 －実際は異端パヴリキアニィ。Reinsch によれば、ビザンツ人は新しく出現する異端をすでに知られ有罪判決を受けた異端の中に含める傾向にある。実際アンナもマニ教徒とパヴリキアニィを区別していない、ビザンツ人においては一般に後者は前者の精神的継承者と見なされている。マニ教徒（創始者マニ Mani から）はとりわけ3～6世紀に

大きな勢力をもった世界的宗教に属する人々（*Alexias*, p.149, n.38）。

4-34 －すなわちウムベルトスの息子。父ウムベルトスについては訳註 2-23 を参照。

4-35 －アレクシオス軍の規模について、Lupus Protospatharius（*Chronicon*, s. a. 1082）と Pierre Diacre（*Chronicon Casinense*, III, 49［col.785, col.786］）はそれぞれ 7 万と 17 万の数字をあげ、Malaterra（*Historia Sicula*, III, 26［col. 1172］; *The Deeds*, p.157）は無数のギリシア人の軍勢と報告している（Ljubarskij, *Aleksiada*, p.495, n.440）。Schwartz によれば Diacre の 17 万は明らかに誤りで、7 万である（*Die Feldzüge des Robert Guiscard*, p.14 **）。

4-36 －本巻 1 章 2 節の「木造の塔 (4-5)」のこと。

4-37 －アンナに情報を提供したラテン人（第Ⅲ巻 12 章 8 節）。

4-38 －アレクシオス帝の帝国軍の行軍路はエグナティア街道（アッピア街道の後続部分でバルカン半島横断道路）であったと思われる。Chalandon は、セサロニキから西の通過地点として、オストロヴォス（エデサの西約 17km、現アルニサ Arnissa）・ペラゴニア Pelagonia（現マケドニア共和国の南西隅の地方名、中心都市がビトラ Bitola）・デアヴォリス Déabolis［Diabolis/Devol］をあげている（*Alexis Ier Comnène*, p.78）。デアヴォリスについては Devol in *ODB* を参照。

4-39 － 1081 年 10 月頃― Robert Guiskard への使節派遣（Dölger-Wirth, *Regesten*, no. 1074）。つづく第 2 節で、アレクシオスはロベルトスへ使者を派遣した後、ハルザニス河畔の陣地を急いで離れ、聖ニコラオスの聖堂のある場所へ向かう。それは 10 月 15 日であったと語られる。おそらくこれはハルザニス河畔に到着した当日かあるいは 1 日か 2 日後のことであったと思われる。*Aleskiada* に付された「年表 хронологическая таблица」（p. 651）では、アレクシオス軍のディラヒオン到着（войско Алексея подходит к Диррахию）は 1081 年 10 月 15 日とされている。アレクシオス帝のローマ軍とロベールのノルマン軍の間で行われたディラヒオンの戦いは『アレクシアス』の圧巻中の圧巻であるが、その 3 日後の 10 月 18 日のことであった。

4-40 － Guillaume de Pouille, *La Geste*, IV, 460-61, p.229 に、このニコラオスの聖堂の近くに「ペトラ Petra と呼ばれる場所」があったとある。Mathieu は註で、Petra は今日のシャカム Shkamm［アルバニア語で険しい岩山］あるいは Sasso Bianco［白い岩山］で、カエサル Caesar と戦うポンペイウス Pompeius がデュラキオン（ディラヒオン）を前にして陣を敷いた所であり、同時にアレクシオス軍とノルマン軍の戦いのうちでもっとも劇的な一つが行われた場所であると説明している（*La Geste*, p.229, n.4）。位置については *La Geste* の付図（X）を参照。

4-41 －丘陵と訳したアフヒン auchên に、Leib・Ljubarskij・Reinsch はそれぞれ crête、горный хребет（山並み）、Bergrücken の語をあてている。Ljubarskij は、「ディラヒオンは低地の、沼沢地域にあり、そこには『ダルマティアにはじまる山並み』は存在しない。ディラヒオンの近くに、わずか 10km の丘の連なりがあり、一番高いのが海抜 184m のものである。それがおそらくアンナによって「крутая, высокая гора（険しく高い山）」

と呼ばれているものであろう（*Aleksiada*, p.496, n.445）。

4-42 －都市ディラヒオンのこと。

4-43 －コンスタンディノス10世ドゥカスの息子であり、ミハイル7世ドゥカスの兄弟。このポルフィロエニトスのコンスタンディオスは本巻6章7節で述べられるように、1081年10月18日、ディラヒオンの郊外におけるノルマン人との戦いで戦死する。

4-44 －これは、後に十字軍士の指導者たちがアレクシオスに対して行った臣従の誓いに関係することである（Ljubarskij, *Aleksiada*, pp.496-97, n.450）。Reinsch, *Alexias*, p.53, n.54も参照。

4-45 －アンナに従えば、当時24歳。

4-46 －マラテラによれば、すべての船舶が火に投じられた（*Historia Sicula*, III, 26［col. 1172］; *The Deeds*, 3.-27, p.157）。

4-47 －タティキオスの指揮するトルコ軍（第Ⅳ巻4章3節）（Reinsch, *Alexias*, p.154, n.56）。

4-48 －ディラヒオン市の北、西北から南東にかけて大きな沼地またはラグーンが横たわっている。Guillaume de Pouille, *La Geste,* 付図（X）参照。

4-49 －サニスコスの意味は分からない（ひょっとすると、ギリシア語は崩れているのかもしれない）（Reinsch, *Alexias*, p.154, n.57）。Ljubarskij もサニスコスの語源を説明することはできないとしている（*Aleksiada*, p.497, n.458）。

4-50 －ヴァランギィの部隊（Reinsch, *Alexias*, p.155, n.61 ; Ljubarskij, *Aleksiada*, p.497, n.459）。

4-51 －ガイタは、pallein（槍を前後にしごく）の語と結びつけることのできるパラス Pallas［アテナの異名］にふさわしい武勇の一点においてはアテナと似ているが、美術と学問の分野に関しては第2のアテナではなかった（Reinsch, *Alexias*, p.156, n.62）。Ljubarskij もガイタに関して、確かに槍をふるう恐ろしいパラスではあるが知恵の女神としてのアテナではないと説明している（*Aleksiada*, pp.497-98, n.460）。なおギョーム＝ド＝プーイュもこの戦いに従軍したシケルガイタ Sikelgaite（ガイタ）について語っている（*La Geste*, IV, 425）。

4-52 － *Ilias*, 5, 529（Reinsch, *Alexias*, p.156, n.63）. 「わが将兵よ、男子たる面目を忘れず、勇気を奮い起こせ」（松平千秋訳『イリアス（上）』岩波文庫、163頁）。

4-53 －マラテラによれば、ヴァランギィが逃げ込んだのは［聖ミハイルの聖堂でなく］聖ニコラオスの聖堂であり、そしてその一部は聖堂内に逃げ込んだが、多数の者は屋根に登り、しかしその重みで倒壊し、内部の者たちは圧殺された（*Historia Sicula*, III, 26 ; *The Deeds*, p.158）。

4-54 －コンスタンディオス（ミハイル7世ドゥカスの兄弟）の戦死はアプリアのギョームも報告している（*La Geste*, IV, 432-433 ; p.227, n.3）。

4-55 －ゾイ＝ドゥケナ Zoe Dukaina（Reinsch, *Alexias*, p.157, n.64）。

4-56 － Ljubarskij は Zonaras（*Epitome historiarum*, XVIII, 22［pp.734-35］）と Lupus Protospatharius（*Chronicon*, s. a. 1082）の記述を紹介している。前者によれば、多数の一般兵士だけでなく、アレクシオスの多数の親族も戦死した。後者によれば、この戦いで6000人以上のアレクシ

オスの兵士が殺された（Ljubarskij, *Aleksiada*, p.498, n.464）。Guillaume de Pouille, *La Geste*（IV, 414）によれば5000人。他方、Schwartzによれば、ロベール＝ギスカールの勝利も多くの犠牲者を伴ったことはおそらく受け入れられねばならない。もっとも彼の軍勢の中核をなしたノルマン人騎士のうち戦場で倒れたものはわずか30名にすぎなかった（*La Geste*, IV, 419）。またノルマン側の死者の中にはあの自称ミハイル＝ドゥカスがいた（Dandoro, Chronicon Venetum, p.248（*RIS*, XII））（*Die Feldzüge des Robert Guiscard gegen das byzantinische Reich*, p.24, n.5, n.6）。ギボンは「ペテン師ミカエルの最後はその生前よりも格好よかった」（『ローマ帝国衰亡史 VIII』29頁）と書いている。

4-57 －なおアルメニア貴族とされるアスピエティスについては、この時致命的な傷を受けながら、同じくアンナによって別の箇所で奇跡的に救われたことが語られている（*Al.*, XII, 2, 1 ; 2, 7）。

4-58 － Pierre d'Aulpsのギリシア語読み。この人物は後にアレクシオス帝に仕える（Reinsch, *Alexias*, p.157, n.68）。

4-59 －これらのトルコ人はバルダル流域に居住するトルコ人、いわゆるVardarioten（*Al.*, IV, 4, 3）（訳註4-30）ではなく、アレクシオス帝が救援を要請した東方（小アジア）のトルコ人であろう（*Al.*, IV, 2, 1）。Ljubarskijも、アレクシオス帝が東方からトルコ人を救援軍として呼び寄せたアンナの記事［*Al.*, IV, 2, 1］を註記している（*Aleksiada*, p.498, n.467）。

4-60 －第Ⅰ巻5章7節。

4-61 －有翼の神馬。高津春繁『ギリシア・ローマ神話辞典』に詳しい解説がある。

4-62 －この馬の名は、「la couleur baie foncé（濃い鹿毛色）」（Leib, *Alexiade*, I, p.164, n.3）あるいは「dunkel（黒い）色」からきているらしい（Reinsch, *Alexias*, p.159, n.72）。

4-63 － *Odeyssea*, 20, 339（Reinsch, *Alexias*, p.161, n.73）.「アゲラオスよ、ゼウスにかけ、……父の受けた数々の苦難にかけていうが、わたしには母の結婚を延ばす積もりはない」（松平千秋訳『オデュッセイア（下）』岩波文庫、223頁）。アゲラオスが求婚者の一人と結婚することを母に勧めるよう求めた時、テレマコスが返答した言葉。アンナは正確に引用していない。

4-64 －劇場で神などを空中に出現させるために用意された舞台装置を連想させる（mêchanê in *GEL*, I, 3）。

4-65 － baba（老女 altes Weib, 祖母 Großmutter）とgora（山 Berg、森林 Wald）で合成されたスラヴ語の地名、オフリド湖の西に位置する山地（Reinsch, *Alexias*, p.162, n.77）。Ljubarskijはより詳しく、ヴァヴァゴラ山地はオフリド湖とプレスパPrespa湖の西、つまりシュクビンShkumbin川上流地域とデヴォルDevoll川上流地域の間に位置するとしている（*Aleksiada*, p.499, n.474）。

4-66 － Reinschによれば、ArbanaはArbanonと同じで、ドリンDrin（ドリモン）川流域の山岳地域（*Alexias*の索引項目Arbanonを見よ（ p.571））。LeibはAlbanie（アルバニア人）の訳語をあてている。

4-67 − Reinsch は、アンナが個人名としているこのコミスコルティスは実は称号である可能性を指摘し、Ljubarskij の見解を紹介している（*Alexias*, p.163, n.78）。Ljubarskij によれば、コミスコルティスは komês tês kortês の役職名にかかわる。コミス＝ティス＝コルティスは字義的には「テント係の将校」の意で、遠征中において皇帝を護衛し、その幕舎の係をつとめた（*Aleksiada*, p.499, n.475）。

4-68 − 1081 年 10 月 18 日以後―アルバニア人の komês kortês コミス＝コルティスへの書簡（Dölger-Wirth, *Regesten*, no. 1075）。

第V巻

5-1 −ギョーム＝ド＝プーイユ（*La Geste*, IV, 439-443）およびマラテラ（*Historia Sicula*, III, 26〔col. 1173〕; *The Deeds*, p.158）によれば、ロベールはデヴォル Devol 川（アンナのいうディアヴォリス川、現デヴォル Devoll、下流域はセマン川 Seman/Semani）の辺で越冬したと報告している（Ljubarskij, *Aleksiada*, p.499, n.477）。Schwartz は、ディアヴォリス川およびその川の名と同じ町から遠からぬ所に、ロベールは自らの名を与えた要塞〔mons Guiscardi〕を建設したことを、マラテラをもとに記している（*Die Feldzüge des Robert Guiscard gegen das Byzantinisches Reich*, p.25）。

5-2 −第Ⅳ巻 8 章 4 節。しかしそこではアンナは、移住民としてヴェネツィア人しかあげていない。

5-3 −アンナは、Melphe〔メルフィ Melphê〕をもってルカニアのメルフィ Melfi ではなく、カンパニアはサレルノ湾に位置するアマルフィ Amalfi とする（Reinsch, *Alexias*, p.164, n.1）。訳註 1-99 を参照。

5-4 −他方ギョーム＝ド＝プーイユ（*La Geste*, IV, 449 sq.）とマラテラ（*Historia Sicula*, III, 27〔col. 1173〕; *The Deeds*, pp.158-159）は、ロベールから彼の妻の姪を与えるとの約束をうけたドメニコ Domenico というヴェネツィア人貴族が都市をノルマン人に売り渡したと報告している。Cf. Ljubarskij, *Aleksiada*, pp.499-500, n.479

5-5 −ラテン史料によれば、1082 年 1 月〔Anonymi Barensis Chronicon, a.1082〕あるいは 2 月〔Lupus Protospatharius, Chronicon, a. 1082〕（Leib, *Alexiade*, II, p.8, n.1 ; Ljubarskij, *Aleksiada*, pp.499-500, n.479 ; Reinsch, *Alexias*, p.164, n.3）。

5-6 −アンナ＝コムニニに従えば（アレクシオスは 1071 年当時 14 歳― *Al.*, I, 1, 1）、アレクシオスは 1081 年当時 24 歳であり、ロベルトスは 66 歳であった（1085 年 70 歳で死去）（*Al.*, VI, 6, 3）。Reinsch も K. Barzos（*He genealogia ton Komnenon*, I, Thessalonike, 1984, 87）にしたがって、おそらく 1057 年に生まれた皇帝アレクシオスは 1081 年当時 24 歳頃であろうとしている（*Alexias*, p.166, n.6）。

5-7 −デヴォル Devol、オフリド湖の南、エグナティア街道上の要塞（正確な位置は知られていない）（Devol in *ODB*）。デヴォルはギリシア語でディアヴォリス、この要塞は同名の川の辺に位置したのであろう。Ljubarskij もデヴォル Девол の町の正確な位置は知られていないとする（*Aleksiada*, p.500, n.480）。

5-8 − Basileis. Leib・Ljubarskij・Reinsch の 3 者はそれぞれ、basileis、императоры（皇帝の複数）、Basileis の語を与えている。「これらの皇帝」とは母のアンナ＝ダラシニと兄のイサアキオスであろう。アンナは、ダラシニを「女帝」（*Al.*, III, 8, 5）と、イサアキオスについて「私は躊躇なくイサアキオスを皇帝と呼ぼう」（*Al.*, V, 2, 4）と書いている。Sewter-Frankopan は these two rulers としている。

5-9 − ビザンツの教会法の手引き書（Nomokanon）は、捕虜となったキリスト教徒の解放において教会の聖器具を用いる場合を紹介している（Ljubarskij, *Aleksiada*, p.500, n.482）。Cf. Reinsch, *Alexias*, p.167, n.8.

5-10 − つまり、殺戮を免れ、不信の徒（蛮族）の中で生活するのを余儀なくされている小アジアのキリスト教徒たちは、捕虜と同じ状態にあり、金を払って救出されるべき対象であると理解したのであろう。Reinsch も次のような註記をしている。「したがってこれらの者たちは、イサアキオスとアンナ＝ダラシニの考えでは、当該の諸法の対象となる戦争捕虜の立場にある」（Reinsch, *Alexias*, p.167, n.9）。

5-11 − 訳註 3-35 を参照。

5-12 − 聖ソフィア教会の聖職者（Ljubarskij, *Aleksiada*, p.500, n.484）。

5-13 − 教会会議の集会場所としての聖ソフィア教会（Reinsch, *Alexias*, p.167, n.11）。

5-14 − デドグメナ。Reinsch は、教会会議において軍事に関わる費用をまかなうために教会の所有物を取り上げようとするアンナ＝ダラシニとイサアキオスの意見が多数決で承認されたと解釈している（*Alexias*, p.168, n.14）。Ljubarskij の訳は ... мнение Исаака взяло верх.（イサアキオスの意見が聞き届けられた）である。

5-15 − ここの場合も本巻 2 章 1 節の「これらの皇帝」と同じく、アンナ＝ダラシニとイサアキオスをさしていると思われる。

5-16 − 聖ソフィア寺院の近くにあった神の母の教会（Reinsch, *Alexias*, p.168, n.16）。ハルコプラティアについては索引の同項目を参照。

5-17 − 皇帝アレクシオス。

5-18 − 1081 年 8 月（*Al.*, IV, 4, 1）。

5-19 − おそらく 1083 年の末、カストリアを奪回した時のことを言っているのであろう（*Al.*, VI, 1）（Ljubarskij, *Aleksiada*, p.500, n.487）。

5-20 − すなわちパツィナキ（ペチェネグ）。彼らのビザンツ領への攻撃は 1086 年に始まった（*Al.*, VI, 14, 1 - 7）（Ljubarskij, *Aleksiada*, p.500, n.488）。

5-21 − 第 2 回ニケア公会議（787 年）において、聖像崇拝については「神の本質にのみ捧げられるべきものである実際の礼拝（alêthinê latreia）を彼ら［聖像］に捧げるというのではない」と定義されている（H・ベッテンソン編、聖書刊行会編集部訳『キリスト教文書資料集』仙台市、1962 年、152 頁）。「（イコン）尊敬はイコン（そのもの）にではなく、そこに描かれているペルソナに向けられているのだと強調され、神のみに向けられる崇拝と注意深く区別された」（尚樹啓太郎『ビザンツ帝国史』387 頁）」。Cf. Ljubarskij, *Aleksiada*, pp.500-01, n.489 ; Reinsch, *Alexias*, p.169, n.21.

5-22 －ドリストラの戦い（1087 年 8 月）（*Al.*, VII, 3）の後、1087~1089 年の間（Reinsch, *Alexias*, p.169, n.22）。

5-23 － 1089 年。Cf. Reinsch, *Alexias*, p.169, n.23 ; Ljubarskij, *Aleksiada*, p.502, n.492.

5-24 －ここで話はディラヒオンでの敗北後のアレクシオス帝の動向に移る。なおこれらの軍事訓練はセサロニキにおいて行われたと思われる。訳註 5-29 を参照。

5-25 －新校訂版ではミシムニス（ミシムナの属格）のあとに欠文の記号が入っている。Reinsch の独訳では Du Cange（Annae Comnenae Alexiadem Notae in *Annnae Comnenae Alexiadis libri XV* , t. II, Bonn, 188, 515）にしたがって、der Bishop Methymana namens.....（…… という名のミシムナの主教）としている（*Alexias*, p.170, n.25）。新校訂版に従い、そして Reinsch の独訳を採用した。ミシムナはレスヴォス島北岸の町。

5-26 － 1082 年 5 月以前―ドイツ皇帝ハインリヒへの書簡（Dölger-Wirth, *Regesten*, no. 1080）。

5-27 －南イタリア。訳註 1-82 を参照。

5-28 －第Ⅲ巻 10 章 6 節。

5-29 －アレクシオスはディラヒオンで手ひどい敗北を喫したのち、アフリス（オフリド）に落ち延び、そこでしばらく休んで体力を回復した後、ディアヴォリスに移動し、逃走して四散してしまった兵士たちにそこから使者を送り、セサロニキに集結するように命令している（*Al.*, V, 1, 4）。だから、その地とはセサロニキと思われる。

5-30 －フィリプポリス（プロヴディフ）（Leib, *Alexiade*, II, p.14, n.1 ; Reinsch, *Alexias*, p.170, n.27）。なおマニ教徒軍の指揮者であったクサンダスとクレオンについては *Al.*, IV, 4, 3 を参照。

5-31 － 1082 年春（Leib, *Alexiade*, II, p.14, n.2 ; Ljubarskij, *Aleksiada*, p.502, n.495 ; Reinsch, *Alexias*, p.170, n.28）。Leib はラテン語史料マラテラ（*Historia Sicula*, III, 28［col. 174］; III, 32［cols. 176-77］; *The Deeds*, pp.159-60, pp.163-164）を使って、次のように註釈している。「1082 年春、ロベールは遠征を再開し、カストリア（北ギリシアの都市）を奪う。そしてコンスタンティノープルに向けて遠征を続行しようとする。救援を要請する教皇の書簡がそのノルマン人のもとに届いた時は、まさにビザンツ帝国の状況は危機的であった。ハインリヒ 4 世は、ロベールの領土で反乱が勃発した時にはすでにローマの城壁の前に現れていた」(Leib, *Alexiade*, II, p.14, n.2)。教皇の書簡の内容は、侯ロベールにロベールの受けとった勝利はペトロの座による援助に負うものであることを思い出させ、ハインリヒに対してローマ教会を守るべく駆けつけることを要請するものであった（Jaffé, *Regesta ponficicum Romanorum*, 5225［p.641］. Cf. Chalandon, *Alexis Ier Comnène*, p.84 ; Ljubarskij, *Aleksiada*, p.502, n.501］)。Chalandon は書簡を受けとったロベールはボエモンに遠征軍の指揮を託して、1082 年 4 月あるいは 5 月に現地を離れたとし、関係史料を詳細に紹介している（*Alexis Ier Comnène*, pp.84-85, n.7）。

5-32 －これはアンナの間違い。訳註 1-115 を参照。

5-33 －アイスキュロスの「ペルシア人」に見られるダレイオス王の次の表現が参考にな

る。「うねぼれの花開けば災いの実のみのり、そこに恐ろしい苦悩の取り入れを刈り取るのが習いであるからだ」（湯井壮四郎訳「ペルシア人」『ギリシア悲劇 I アイスキュロス』ちくま文庫、1997年、97頁）。

5-34 – 1082年4月（Leib, *Alexiade*, II, p.16, n.1）。Chalandon はロベールのイタリアに向けての出立を1082年4月あるいは5月としている（*Alexis Ier Comnène*, p.84, n.7）。

5-35 – グレゴリウス7世（在位1073~1085年）。

5-36 – アプリアの侯 Dux ないしは王 König としての歓呼、第 I 巻13章6節を参照（Reinsch, *Alexias*, p.172, n.33）。Cf. Leib, *Alexiade*, II, p.17, n.1. 他方 Ljubarskij は、この場合はエフフィミアは благословение（祝福）、ラテン語の benedictio（祝福）に相当するとしている（*Aleksiada*, pp.502-03, n.502）。

5-37 – Ljubarskij は、1082年の春におけるロベールの対ハインリヒ4世の動きについてのアンナの記述は明確さに大いに欠けるとしている（*Aleksiada*, p.503, n.503）。そこで Chalandon などによりながら、まず1082年春の事件の展開を整理しておく。

1082年初めハインリヒ4世は、前年の失敗に終わった包囲につづいて、再びローマの前に姿を現した。しかし今回もなんらの成果なく、ティボリ Tivoli（ローマの東北東30km）に教皇との戦いを続行するための軍隊を対立教皇クレメンス Clement に託して、自身は3月に早々と北へ引き上げた。ティボリにおけるドイツ軍の存在は、教皇グレゴリウスをきわめて不安な状態にさせた。さらにアレクシオス帝の策略が功を奏して、アプリアのノルマン人指導者アベラールとエルマン兄弟（ロベール＝ギスカールの甥）がロベールに対して反乱を起こした。バリとメルフィ（ルカニアの）もそれにつづき、トロイア Troia とアスコリィ Ascoli はロベールの後継者ロジェールに反旗を翻した。教皇がロベールに救援の書簡を送ったのはこのような状況においてであった。ロベールは1082年4月あるいは5月にほんのわずかの供をつれてイタリアに帰還すると、ただちに息子ロジェールの軍隊の先頭に立って、ローマへ急いだ。ロベールはローマの城壁外に駐屯するドイツ兵を追い払い、またティボリを包囲して、対立教皇クレメンス（ラヴェンナの大司教ギルベール Guilbert）を同市から追放した。これらをやり遂げた後、ロベールはアプリアの反乱の鎮圧に乗り出すことになる。以上が1082年春におけるロベール＝ギスカールの動きである（Cowdrey もロベールの動きについて、1082年2月21日ロベールはドゥラッツォを奪った後、「4月1日オトラントに上陸、そしてローマに向かった。しかしヘンリーがすでに北イタリアに退いているのを知って、アプリアに帰還した」（*Pope Gregory VII*, p.220）と述べている）。

アンナは、イタリアにおけるこれ以後のロベールの動きについて、1084年秋、再びギリシア遠征に乗り出す（*Al.*, VI, 5, 4）まで、まったく沈黙している。そこでつづいてその間におけるロベールの動きを年表風にまとめておく。

1083年初め、ハインリヒ4世、再びローマに現れる。6月2日、レオの都市 la cité Léonine（今日のバチカン市国の一部）の占領に成功。教皇グレゴリウスはサンタンジェロ城 Castel Sant' Angelo に閉じこもる。この年、ユーグ＝ド＝クリュニー Hugues

de Cluny とモンテカシノのディディエ Didier（デジデリウス Desiderius）（後の教皇ヴィクトル Victor 3 世）による和解の試みもグレゴリウスの不屈の精神によって阻止される。

1084 年 3 月 24 日、都市ローマの人々の都市引き渡しの提案に従って、ハインリヒ 4 世、聖ヨハネ門（Porta San Giovanni）（都市の東南、ラテラノ聖堂付近）からローマに入城。同月 24 日、ハインリヒはグレゴリウス 7 世を廃位し、対立教皇クレメンス 3 世に教皇冠を戴かせ、復活祭の日（3 月 31 日）、自身はサンピエトロ大聖堂でクレメンス 3 世の手から帝冠を受け取った。ロベールは 1083 年中にアプリアの反乱を鎮圧した後、1084 年の春を通じてハインリヒ 4 世に対する遠征の準備にとりかかる。

同年 5 月 24 日、3 万の軍勢を率いたロベールは、ローマの城壁の前、聖ヨハネ門近くに陣をしく。しかしハインリヒは軍隊の一部を残してすでにその 3 日前に都市を離れていた。つづいて起こったのは、市内におけるノルマン軍と、それに立ち向かうドイツ軍と武器を取ったローマ市民との戦闘、それにともなう火災、ノルマン兵士による略奪と破壊、ローマ市民に対する殺戮と凌辱であった。グレゴリウス 7 世はサンタンジェロから解放されたが、ローマにとどまることができず、ロベールに従ってサレルノに赴く（6 月 28 日以降）。他方ロベールはイタリアの問題から解放され、再びギリシア遠征の準備にすべてを集中させる。この遠征準備は、次の第 4 章の冒頭に述べられる息子ボエモンの一時帰国（1083 年末 ?）の直後からであろう。1084 年秋、ロベールはサレルノにグレゴリウス 7 世を残し、3 人の息子、ボエモンとロジェール、ギイと共に出陣する。そのグレゴリウスは翌年 5 月 25 日サレルノで客死する（以上主として、Chalandon, *Domination normande*, I, pp.264-284 によった）。

5-38 − Ljubarskij も Reinsch もこの父子の再会を 1083 年末としている（*Aleksiada*, p.503, n.504 ; *Alexias*, p.172, n.34）。しかしアンナの語る事件の流れからすると、ロベールが教皇を救い出し、彼を連れてローマからサレルノへの帰還の途についた後、すなわち Cowdrey によれば 1084 年 7 月以降ということになろう（*Pope Gregory VII*, p.231）。Schwartz も、ボヘムンドが 1083 年 11 月に生じたカストリアの喪失という悲しい知らせを受けとったのは、なおヴァロナ（アヴロン）に滞在中であり、彼がサレルノにいる父のもとに到着したのは、後者のローマ遠征からの帰還後であったとしている（*Die Feldzüge des Robert Guiscard gegen das byzantinische Reich*, pp.39-40）。

5-39 − 訳註 5-31 で触れているように、ロベールは 1082 年の春、遠征を再開し、まず北ギリシアのカストリアを奪った。Chalandon に従えば、ボエモン（ヴァイムンドス）はロベールのイタリア帰還後、そのカストリアからヨアニアに向かった。以下におけるボエモンの軍事行動に関して、Chalandon は次のように述べている。おそらくボエモンは父の命令に従ったと思われる、すなわちロベールは、彼に自分の不在の間に帝国の西方諸地域を占領、服従させ、コンスタンティノープルへの進軍は自分の帰還を待ってから行うことを命じた（*Alexis Ier Comnène*, p.85）。カストリアからヴァエニティアをへてヨアニアへのボエモンの動きは、Schwartz も指摘している（*Die Feldzüge des Robert Guiscard gegen das byzantinische Reiche*, p.32）。

5-40 －このカストロンは都市ヨアニナそのものである。この語の多義性については索引の「カストロン」を参照。

5-41 － 1082年の5月（Ljubarskij, *Aleksiada*, pp.503-04, n.507 ; Reinsch, *Alexias*, p.173, n.36）。

5-42 －グリゴリオス＝パクリアノス。

5-43 －この時の戦闘がどこで行われたのか、アンナは記していない。他方マラテラ（*Historia Sicula*, III, 38［cols. 1181-82］; *The Deeds*, p.170）はアルタ（ギリシア北西部のアルタ県の県都）で行われた戦闘だけを記し、ヨアニアでの戦闘に言及していない。またマラテラはその後におけるアレクシオス帝とボエモンの戦いとボエモンの最終的敗北については沈黙している。Cf. Scwartz, *Die Feldzüge des Robert Guiscard gegen das byzantinische Reich*, pp.32-33 ; Leib, *Alexiade*, II, p.20, n.1 ; Guillaume de Pouille, *La Geste*, p.328, commentaire, 6-21.

5-44 － Ljubarskij はここに註して、Exodus, XX, 7の文をかかげている（*Aleksiada*, p.504, n.512）。「みだりにその名を唱える者を主は罰せずにはおかれない」（日本聖書協会新共同訳『聖書』（旧）126頁）。

5-45 － Ljubarskij によれば、皇帝のコンスタンティノープル帰還は1082年の秋（*Aleksiada*, p. 651の「年表」を参照）。なお、Guillaume de Pouille, *La Geste*, V, 20, p237 によれば、アレクシオスはコンスタンティノープルではなく、セサロニキに行き、そこで新たな戦いの準備を行う。

5-46 － Reinsch によれば、この人物の同定は解明されていない（*Alexias*, p.176, n.43）。

5-47 －このカストロンはアフリデスの都市全体でなく、都市を見下ろす丘上に建設された城塞であろう。Ljubarskij と Reinsch もそれぞれ крепость（要塞・城塞）、Zitadelle の語をあてている。なおアリエヴィスはこの都市の軍司令官。

5-48 －意味は「白い教会（複数）」。Ljubarskij は、「明らかにヴァルダル川下流の西に位置する」としている（*Aleksiada*, p.505, n.520）。

5-49 －プンデェシスについては上記註5-46を参照。レナルドスとエリエルモスについて、ギョーム＝ド＝プーイュにおいては前者はアヴェルサの有力一族、ムスカ家 les Musca の一人、レノー＝ムスカ Rainaud Musca（*La Geste*, II, 130）として、後者はロベール＝ギスカールに仕えたイヴォンの息子ギョーム Guillaume, fils d'Ivon（*La Geste*, III, 560）として現れる。Cf. Ljubarskij, *Aleksiada*, p.505, n.521, n.522.

5-50 －エリエルモスとレナルドスが命じられた決闘は、明らかに神明裁判である。したがって、共に被疑者であるエリエルモスとレナルドスとが決闘したことにはならない。「当然、決闘は被疑者 Beschuldigten［複数］とここでは名のあげられていない告発者 Anklagern［複数］の間で行われた」（Reinsch, *Alexias*, p.177, n.55）。Cf. Ljubarskij, *Aleksiada*, p.505, n.523.

5-51 － 1082/1083年の冬（Ljubarskij, *Aleksiada*, p.505, n.524 ; Reinsch, *Alexias*, p.177, n.57）。

5-52 － 1083年1月頃。Ljubarskij, *Aleksiada* p.651に付された「年表」による。

5-53 － すなわちニケアのスルタン、スレイマン（ソリマス）（Leib, *Alexiade*, II, p.23, n.4 ;

Reinsch, *Alexias*, p.177, n.58)。

5-54 －ペラゴニアは現マケドニア共和国の南西隅に位置する地方名。アンナは、ここではペラゴニアでこの地方の中心都市ビトラ（古代ではヘラクレア＝リュンケスティス Heraclea Lyncestis として知られた）をさしている。Cf. Ljubarskij, *Aleksiada*, p.506, n.527.

5-55 － 1083 年 4 月 23 日（Ljubarskij, *Aleksiada*, p.506, n.528 ; Reinsch, *Alexias*, p.178, n.62)。次の第 3 節の最初にラリサの包囲が「6 ヶ月」にわたって続けられたと語られている。これは 1083 年 4 月 23 日から数えてのことであろうか。そうではなく、Leib は Chalandon の見解（*Alexis Ier Comnène*, p.88, n.6）によりながら、つぎのように考えている。すなわち、ヴァイムンドスは 1083 年の 4 月から 6 ヶ月さかのぼって、1082 年の 10/11 月にラリサに到着する。しかし、そこを奪い取ることができなかったので、ラリサの包囲は軍隊の一部に託し、自身は一旦そこを離れ、そして翌年の 4 月 23 日に再び現地に現れる（*Alexiade*, II, p.23, n.6)。Cf. Reinsch, *Alexias*, p.178, n.62.

5-56 － 1083 年春（Chalandon, *Alexis Ier Comnène*, p.89 ; Leib, *Alexiade*, II, p.24, n.1)。

5-57 － Kellia は kellion の複数形で、ケリオンは修道院の僧室の意。Reinsch によれば、ケリアという地名はこの地に多数の修道士の庵・礼拝堂（kellia）があったことに由来する（*Alexias*, p.178, n.64)。アレクシオス帝の軍勢はまずケリア山中を踏破した後、キサヴォスの山を右手に仰ぎながら西に向かって進んだものと推測される。

5-58 －ディモシア＝レオフォロスは Ljubarskij によれば有名なバルカン半島横断道路であるエグナティア街道をさす名称（*Aleksiada*, p.506, n.532)。しかしアレクシオスはセサロニキあたりでこの街道を離れたように思える。*Alexias*, Pars Altera ではここにおけるレオフォロスを単に「ラリサ近くにあった」国道 via publica としている。

5-59 － Leib 版では欠文となっているこの部分に、新校訂版は Salavria を入れている。サラヴリアスは今日のピニオス Pinios 川。

5-60 －「右手にキサヴォスと呼ばれている山を見ながら通り過ぎ」から「トリカラに向かった」までの間にある幾つもの地名のうち、確かなのはキサヴォス（オサ）山とトリカラ、それにサラヴリアス（ピニオス）川だけである。おそらくアレクシオス帝はローマ軍の到着をこの時点で気づかれないために、直接ラリサの町に進軍せず、キサヴォスの南麓の山岳地帯を西にむかって突き抜け、さらに西に進んでサラヴリアスの流域にでて、ラテン人に気づかれぬようにラリサの北を西に向かって通り抜け、サラヴリアス川にそってトリカラの方面に向かったのではないだろうか。Ljubarskij も、アンナのあげる地名のほとんどが現在同定できていないので、アレクシオス帝の行軍路を跡づけることはできないとし、言えることは、結局アレクシオスはラリサの西方、トリカラ近くにいるということだけである、と註記している（*Aleksiada*, p.507, n.536)。トリカラは現在トリカラ県の県都、ラリサの西直線距離で約 56km 地点に位置する。

5-61 －カストロンに要塞の語を与えたが、より厳密には要塞都市とすべきであろう。つまり都市ラリサそのものである。少し後に出てくるフルリオン（要塞）も都市ラリサである。Reinsch はこれらに Festung の語を与えている。

5-62 －たとえばロバ Esel・ネズミ Ratten・カエル Frösche などのような習慣上食べることを制限されているもの（Reinsch, *Alexias*, p.179, n.69）。

5-63 －セサロニキの聖ディミトリオス教会、ディミトリオスはセサロニキの守護聖人。

5-64 －このクルティキオスは、エオルイオス＝パレオロゴスの従兄弟（Gautier, *Nicéphore Bryennios*, *Histoire*, p.228, n.4）。

5-65 － Ljubarskij は знамена（軍旗）の語をあてている。

5-66 －リヴォタニオン・レヴェニコス川・アライの正確な場所が分からないので、経路を想像することはできない。

5-67 －このヴリエニオスはノルマン軍の重要な人物。ロベール＝ギスカールがイタリアへの帰還に際して、ボエモンと共にノルマン軍の先頭で指揮する者とした（Ljubarskij, *Aleksiada*, pp.507-08, n.543）。ギョーム＝ド＝プーイユも、ロベールはアプリアへの帰還に際して、「（ノルマン）軍を息子のボエモンとヴリエンヌ Brieno（Brienne）に託した」と述べている（*Le Geste*, IV, 526-27）。

5-68 －ラテン語 comestabulus（comes stabuli）、高位の軍事職の名称（Reinsch, *Alexias*, p.181, n.81）。

5-69 －この場面をギョーム＝ド＝プーイユも次のように描写している。「ボエモンは丘の上から眺めて大軍に気づくと、そこに皇帝自身がいるものと信じた。そこでただちに駆け出し、鷹がヒバリを襲うように、臆病な敵を追跡した」（*La Geste*, V, 34-37）。Cf. Ljubarskij, *Aleksiada*, p.508, n.545.

5-70 － 11 世紀、特に 12 世紀馬上で戦った周知の西方の騎兵（西方の年代記者の用語では milites）はきわめて重たい武具を身に帯びた。鉄の鎖帷子は膝まで、手首まで達し、頑丈な甲は頭を保護し、特別の鎖のスカートは足を被った。当然このような武具で身を包んだ騎士は馬を失えば、お手上げ状態となった（Ljubarskij, *Aleksiada*, p.508, n.547）。

5-71 － Exodus, 10, 21（Reinsch, *Alexias*, p.182, n.85）．「三日間エジプト全土に暗闇が臨んだ」（日本聖書協会新共同訳『聖書』（旧）110 頁）。

5-72 －語呂合わせ。リコストミオン［サラヴリア川のある部分の名称］の意味は「狼の口」（Ljubarskij, *Aleksiada*, p.508, n.550）。索引「リコストミオン」を見よ。

5-73 －ラリサの西北、エラソナ Elassona に通じる街道上、今日のドメニコ Domeniko の近くに位置する（Reinsch, *Alexias*, p.183, n.87）。

5-74 －トルコ系のウズィ（Uzen, Uzes）に対する古風な名称。「Uzen はカスピ海の東にいたオグズという大きな集団に属する種族で、11 世紀の中頃にはドナウを南に越えた」（Reinsch, *Alexias*, p.183, n.89）。彼らはビザンツ軍に勤務し、マンツィケルトの戦いに従軍した（Ljubarskij, *Aleksiada*, p.170, n.551）。

5-75 － *Ilias*, 3, 23.（Reinsch, *Alexias*, p.184, n.91）「飢えたる獅子が、角ある鹿、または野に棲む山羊の大きな死骸に行き当たって狂喜し、……」（松平千秋訳『イリアス（上）』岩波文庫、88 頁）。アンナの引用は正確ではない。

5-76 － 5-74 のウズィ。

5-77 – *Ilias*, 7, 238（Reinsch, *Alexias*, p.184, n.94).「乾かした牛革の楯を右にも、左にも自由にさばくこともできる」(松平千秋訳『イリアス（上)』岩波文庫、221-22 頁)。

5-78 –この第 7 章 1-3 節で語られる隘路における両軍の戦いとその後の戦いの成り行きについては正確さを著しく欠いているように思われる。実際 Chalandon はこの第 7 章の最初の数節は全く無視して、ラリサ郊外におけるアレクシオス軍の、ボエモン軍に対する初めての勝利を次のようにごく簡潔に述べているだけである。「ボエモンは敵の大軍の中に皇帝がいると信じて、メリシノスの率いる軍勢に向かって攻撃にでた。ギリシアの軍勢は最初の衝突後逃走に転ずる。ノルマン軍は追跡に集中する。他方アレクシオスの指揮するギリシア軍の残りはボエモンの陣営に襲いかかり、そこを奪い取った。ボエモンはこの敗北から立ち直れず、すべての輜重を失った後、［ラリサの］攻囲を解かねばならなかった。しかしながらやっとのことでカストリアへ引き下がることはできた」(*Alexis Ier Comnène*, pp.89-90)。

ギョーム＝ド＝プーイュもこの場面を記述しているが、それはアンナと異なる簡潔な説明である。「三日の後、たくましい二人のギリシア人、皇帝の義兄弟のメリシアヌス（メリシノス）と、アドリアヌスと呼ばれる皇帝の兄弟は大軍を率いてボエモンに立ち向かった。ノルマン人は自分たちのいつもの勇気を忘れず、すばやく武器を取った。他方いつも逃亡者として逃走しようとするギリシア人は急いでラリサの城壁内に駆け戻った、そこにはアレクシオスが閉じこもっており、何度も打ち負かされたその者はそこから敢えて出ていこうとしなかった。トルコ人たちもまた逃走し、都市内に閉じこもった。ノルマン人たちは敵を長期間にわたって包囲し続けることができなかった、なぜならすでに略奪を受けていた土地は彼らに食物と生活必需品を提供できなかったからである。さらに彼らは、彼らの陣地が今しがた奪われた時、彼らの食料を失ってしまったのである。結局ボエモンは軍隊を分割し、自身は食料を得るためにアヴロンに、ヴリエヌス（ヴリエニオス）はカストリアに向かった。アレクシウスはサロニカ Salonique に軍隊の大部分を残し、自身が居住する、すなわち建設者コンスタンティヌスの名をもつ都市に帰還した（*La Geste*, V, 62-79)。

5-79 –対ヴァイムンドス戦における初めての勝利。Chalandon によれば、この成功によりアレクシオス帝は全テサリアをノルマン人から取り返した（*Alexis Ier Comnène*, p.90)。

5-80 –アレクシオス帝の帝都帰還は 1083 年の夏から秋にかけてであろう。そしてカストリアを掌握するフランク人と戦うべく再び出陣し、同年の 10 月あるいは 11 月にカストリアを奪還し、12 月 1 日には帝都に凱旋する（Leib, *Alexiade*, II, p.43, n.2.; Reinsch, *Alexias*, p.196, n.8)。しかし次の 9 章で語られるイタロスに対する教会裁判は 1082 年 2 ～ 4 月（Leib, *Alexiade*, II, p.32, n.2）あるいは同年 3 ～ 4 月（Reinsch, *Alexias*, p.192, n.127）に行われた。アンナにおいて年代上の混乱が見られる。

5-81 –帝国の著名な将軍マニアキスは当時南イタリアの最高軍事司令官（Katepano）の時、1042 年 9 月、召還の命に対して反乱を起こした。Cf. Reinsch, *Alexias*, p.186, n.98.

5-82 –南イタリア（ロンギヴァルディア）における帝国最後の拠点、バリは 1071 年ノル

マン人によって陥落する。

5-83 －ペディア＝アパサとテフニ＝ロイキに対して、Leib・Ljubarskij・Reinsch はそれぞれ diverses branches du savoir et des arts littéraires（知のさまざまの領域および人文学科）、просвещении и словесности（教育と文学研究）、aller Art höherer Bildung und philosophischen Wissens（あらゆる高等教育と哲学的知識）をあてている。

5-84 － Leib・Ljubarskij・Reinsch はそれぞれ les lettres（文学）、наука（学問）、die geistige Bildung（知的文化）の訳語をあてている。

5-85 －しかしモノマホスの治世下、皇帝によって資金の提供を受けた教育施設はおおきな刺激を生み出した。彼によって整えられた法学部と哲学部は、ヨアニス＝クシフィリノス Ioannes Xiphilinos とミハイル＝プセロス Michael Psellos の監督下に置かれた（Reinsch, *Alexias*, p.186, n.101）。

5-86 － Leib はこの語に対して単に chasse（狩り・狩猟）の語を、Ljubarskij と Reinsch はそれぞれ ловлей перепелов（ウズラ狩り）、Wachtelspiel（ウズラ遊び）をあてている。

5-87 －コンスタンティノープル市内に存在したこの教会は、その建設者キロス（6 世紀のコンスタンティノープルの都市長官）の名からそう呼ばれ、また神の母の教会としても知られる。Cf. Reinsch, *Alexias*, p.187, n.104.

5-88 －当時コンスタンティノープルにおいてカルデア人の学問として知られていたのは、あらゆる種類の占い・占星術・魔術、他のオリエントの知識であった。プセロスはこれらに対してきわめて否定的な立場にあった（Ljubarskij, *Aleksiada*, p.510, n.563）。

5-89 － Ljubarskij は、ヨアニス＝イタロスはプセロスが講義した大学で学んだが、師と弟子の違いについて、プセロス自身の談話『ロンギバルディアの人へ、学問のすみやかな進捗を期すために』をもとに次のように註記している。プセロスは「そのラテン人の気質」、「南方人の短気さ」について語り、つぎに諸学についての体系的一貫的な研究の必要性を納得させようとしている。イタロスとプセロスの個人的な関係については（たとえばイタロスがプセロスの後に哲学者の長 ипат を継承したことを思えば）むしろきわめて緊密であったと推測することができる。彼らの哲学的観点に関しては、彼らの間には多くの共通点があった。なぜならプセロスもイタロスもともに新プラトン主義の哲学者であった。もっともイタロスの哲学には、より世俗的な要素が存在した（*Aleksiada*, pp.510-11, n.566）。

5-90 －「ラテン人とイタリア人」、Reinsch によれば前者は南イタリアのノルマン人、後者はノルマン人の支配下におかれたラテン系イタリア人およびランゴバルド人（*Alexias*, p.187, n.108）。

5-91 －この目標は 1071 年、バリの占領によって一応達成された。Cf. Leib, *Alexiade*, II, p.35, n.2 ; Reinsch, *Alexias*, p.187, n.109.

5-92 －ピィイの修道院と四〇人聖者の教会についてはそれぞれ訳註 1-133、2-32 を参照。Ljubarskij は、単にコンスタンティノープルにある幾つかの「四〇人聖者の教会」の一つとするだけで、場所は特定していない（*Aleksiada*, p.511, n.571）。

5-93 －プセロスは1054/55年政治的理由からコンスタンティノープルを離れねばならなかった、そこでヨアニス＝クシフィリノスと一緒に修道士としてヴィシニアのオリムボス山に位置する修道院へ向かった、しかし数ヶ月後にコンスタンティノープルにもどった（Reinsch, *Alexias*, p.188, n.113)。

5-94 －テフネェ＝トン＝ロゴンは、Ljubarskijによれば明らかに人文科学、すなわち三学科（trivium：диалектика（弁証術）・риторика（修辞学）・грамматика（文法））をさしており、イタロスは哲学философия（диалектика 弁証術）には経験を積んでいたが、他の二つ、すなわち修辞学と文法の知識は欠けていた。ミハイル＝プセロスは文法と修辞学に関するイタロスの無知を指摘している（Psellos, *Scripta minora*, I, pp.52-54）（*Aleksiada*, p.512, n.574)。

5-95 －つまり、「しかり」と答えた場合も「否」と答えた場合も。Ljubarskijは単にСвоими вопросами он рыл для собеседника яму и бросал его в колодец трудностей.（彼は質問を発するに際して深い穴を掘り、問答の相手を苦境の井戸に投げ込んでしまう）と訳している。

5-96 －プラトンはここではより後代の哲学者たち、プロクロス（5世紀）やポルフィリオス、イアムヴリホス（共に3世紀）と一緒に並べられている。ビザンツ人においてはプラトンの学説と新プラトン主義者のそれらとを区別しなかった（Reinsch, *Alexias*, p.189, 116)。

5-97 －オルガノンはアリストテレスの論理学に関する著作群の総称である（Reinsch, *Alexias*, p.189, n.117)。

5-98 － Reinschはモリアの語（morionの複数）にPartikeln（不変化詞）をあてている。これを採用した。

5-99 － ideaiを、Ljubarskijはтеории об "идеях（イデア論）とすべきとし（*Aleksiada*, p.513, n.585)、ReinschもIdeenlehre（イデア説）の語をあてている。

5-100 －イデア論Ideenlehreと輪廻Seelenwanderung（Metempsychose）の考えは共にプラトン哲学の基礎的前提となるもので、明らかにキリスト教信仰の基本的教義と対立する（Reinsch, *Alexias*, p.190, n.122)。

5-101 －哲学者philosophosは、ビザンツでは修道士の意味にも使われた（Reinsch, *Alexias*, p.190, n.123)。

5-102 － 1077年にイタロスの教説について審理が行われている。しかしこの件はイタロスに対する宮廷およびビザンツ社会における信頼によってもみ消された（Leib, *Alexiade*, II, p.239：Page 38, ligne, 31)。Cf. Reinsch, *Alexias*, p.125.

5-103 －ここで話は8章1節の冒頭の部分にもどる。

5-104 － 1082年3～4月（Ljubarskij, *Aleksiada*, pp.513-14, n.589；Reinsch, *Alexias*, p.192, n.127)。

5-105 － Ljubarskijによれば、1084年7月におけるエフストラティオス＝ガリダスの退位はおそらく彼のイタロスの教えへの傾斜と関係があるだろうとしている（*Aleksiada*,

p.514, n.590）。

5-106 －これらの内容に関して Leib はつぎの文献をあげている。Salaville, S., Philosophie et théologie ou Episode scolastiques à Byzance, *Échos d'Orient*, avril-juin, 1930, pp.142-144（*Alexiade*, II, p.40, n.1）. Cf. Ljubarskij, *Aleksiada*, p.514, n.591.

5-107 －（つぎの「呪い《アナセマ》」と共に）正統信仰とは異なる信条に対する正式な断罪（呪いによる）の専門用語（Reinsch, *Alexias*, p.192, n.131）。

5-108 －この文の意味するところは、Ljubarskij によれば、すなわち「イタロスの教義は呪いの宣告を受けるが、その際イタロスの名前は呼ばれない」（*Aleksiada*, p.514, n.592）。

第VI巻

6-1 －第V巻7章5節。

6-2 －すなわち要塞都市カストリア。

6-3 － Leib 版における moliskou ＜ moliskos について、Leib は Du Cange（Annae Comnenae Alexiadem Notae, pp.531-532）に従って un petit môle（小さな防波堤）の訳語をあてているが、新校訂版は Moliskou ＜ Moliskos のように場所の名としている。後者に従う。

6-4 －ここでイメージされているのはイノシシである。イノシシは、古代および中世の狩猟競技においてライオンに次ぐ危険な野獣であった（Reinsch, *Alexias*, p.195, n.4）。

6-5 －第V巻7章4節で語られているように、ラリサでの勝利後、アレクシオス帝はただちにヴァイムンドスに従う伯たちに使者を送って懐柔に乗り出している。

6-6 － *Ilias*, 16, 111（Reinsch, *Alexias*, p.195, n.5）.「正に難また難」（松平千秋訳『イリアス（下）』岩波文庫、120 頁）。

6-7 －この聖堂はカストリア市の東側にあった（Ljubarskij, *Aleksiada*, p.514, n.596）。

6-8 － Leib 版は Aulôn で、したがって Leib の仏訳はエピルスの海岸のアヴロンとなっているのに対して、新校訂版は aulôna となっている。Reinsch はこのギリシア語、すなわち aulôn は普通名詞で、die schmale Landenge（細長い地峡）の意味であり、この地峡は岬の西、つまり岬上の城塞と内陸側をつないでいる細長い陸の部分である、としている（*Alexias*, p.196, n.7）。新校訂版に従った。Ljubarskij もすでに aulôn（проход［狭い通路］）を採用することも可能とした（*Aleksiada*, p.514, n.597）。

6-9 －本巻8章1節でアレクシオス帝のコンスタンティノープルへの帰還は 1083 年 12 月 1 日と明記されている。そこで Leib も Reinsch もカストリアの奪取を 1083 年 10/11 月としている（*Alexiade*, II, p.43, n.2 ; *Alexias*, p.196, n.8）。

6-10 －アンナはパヴリキアニィを続いて記されるマニ教徒と区別していない。両者については、訳註 4-33 を見よ。

6-11 －クサンダスとクレオン指揮下のマニ教徒は、1081 年 10 月ディラヒオン郊外におけるローマ軍の大敗後、彼らの故国へ引き下がり、アレクシオス帝のしばしばの要請に従わず、彼のもとへ戻ってこなかった（*Al.*, V, 5, 2）。

6-12 － 1083 年頃—フィリプポリスにおける Bogomilen（Paulikianer）の指導者への書簡

（Dölger-Wirth, *Regesten*, no. 1105）。

6-13 – Dawes は「この役目を引き受けた将校はフィリポポリス Philippopolis へ出立した」と、訳文においてフィリポポリス（フィリプポリス）の語を補足している。Ljubarskij も註においてその者はフィリポポリ Филиппополь に向かって出立したとしている（*Aleksiada*, p.515, n.600）。

6-14 – 当時の代表的な流刑地であったマルマラ海のプリンギプス諸島（Ljubarskij, *Aleksiada*, p.516, n.602）。

6-15 – フィリプポリス周辺の土地（Reinsch, *Alexias*, p.197, n.13）。

6-16 – 1083 年 12 月 1 日（*Al.*, VI, 8, 1）。

6-17 – 訳註 2-35 を参照。

6-18 – Ljubarskij と Reinsch はそれぞれ、stratiôtikon に военачальники（軍事指導者）、die Spitzen des Militärs（軍の幹部）の語をあてている。

6-19 – монастырские инвентарные книги（修道院財産資産目録書）（Ljubarskij, *Aleksiada*, p.516, n.605）。ラテン語の breve（短い）から、要するに Inventarlisten（財産資産目録）（Reinsch, *Alexias*, p.198, n.17）。

6-20 – Ljubarskij は、Scurariotes（*Anonymu Synopsis Chronike*, p.163）により、ゾイは 1054 年、ハルコプラティアの聖マリア教会［付図Ⅲ「コンスタンティノープル」参照］の近くに位置したアンディフォニティス Antiphônêtês 教会［索引参照］に埋葬されたとしている（*Aleksiada*, p.516, n.606）。

6-21 – ペルシア人はセルジュク＝トルコのこと、スキタイはパツィナキ（ペチェネグ）のこと。

6-22 – コンスタンティノープルとそのごく周辺の地域。Cf. Leib, *Alexiade*, II, p.47, n.1 ; Reinsch, *Alexias*, p.199, n.19.

6-23 – Plutarchus, *Pericles*, 23（Reinsch, *Alexias*, p.199, n.20）. 村川堅太郎編『プルタルコス英雄伝（上）』ちくま学芸文庫、1998 年、291 頁。ペリクレスは戦役の報告書に（毎年）10 タラントの支出を「必要支出」と記した。それでスパルタの要職を懐柔して戦争を思いとどまらせて、その間に戦争準備を行った。

6-24 – 第Ⅴ巻 2 章 4 節を参照。

6-25 – Samuel, I, 21, 4-7 ; Matthaeus, 12, 3-4 ; Marcus, 2, 15-16 ; Lucas, 6, 3-4（Reinsch, *Alexias*, p.199, n.22）. たとえば「（ダビデは）神の家に入り、ただ祭司のほかには、自分も供の者たちも食べてはならぬ供えのパンを食べたではないか」（日本聖書協会新共同訳『聖書』（新）21 頁）。

6-26 – 第Ⅴ巻 2 章 2 節を参照。

6-27 – 保証人（antiphônêtês）としてのキリストに捧げられたコンスタンティノープルの教会（Leib, *Alexiade*, II, p.48, n.2 ; Reinsch, *Alexias*, p.200, n.25）。訳註 6-20 を参照。

6-28 – 1083 年 12 月頃—金印文書を通じて（Dölger-Wirth, *Regesten*, no. 1106）。

6-29 – 1083 年 12 月頃—金印文書を通じて（Dölger-Wirth, *Regesten*, no. 1107）。

6-30 －アンナは本巻2章の終わりにもどり、マニ教徒に対するアレクシオス帝の制裁に関連してマニ教徒のトラヴロスの反逆の次第が語られる。

6-31 － 1078年。第I巻4章4節を見よ。

6-32 －本巻第2章3~4節を見よ。

6-33 － 1084年初め（Leib, *Alexiade,* II, p.49, n.1 ; Ljubarskij, *Aleksiada,* p.516, n.615）。

6-34 －すなわちパツィナキ（ペチェネグ）（Leib, *Alexiade,* II, p.49, n.4 ; Reinsch, *Alexias,* p.201, n.37）。パリストリオンについては索引の同項目を参照。

6-35 － 1084年末（?）―ヴォゴミル派の指導者Traulosへの金印文書（Dölger-Wirth, *Regesten,* no. 1120）。

6-36 － Aristophanes, *Pax,* 1083（*Alexias,* Pars Altera, p.263).「決して蟹をまっすぐに歩ませることはできぬこと」（高津春繁訳「平和」『ギリシア喜劇I アリストパネス（上)』ちくま文庫、494頁）。

6-37 －この文章は直前の第4章で語られたマニ教徒トラヴロスに関わるものではない。「あのマニ教徒問題」とは本巻2章1~4節で語られているクサンダスとクレオン指揮下のマニ教徒を指す。アレクシオス帝は、1083年10/11月ビザンティオンへの帰還の途中、モシヌポリスにそれら離反者のマニ教徒を呼び出し、その指導者たちに制裁を加えた。

6-38 －第V巻7章5節。

6-39 －第VI巻1章1節。

6-40 －第V巻4章1節。

6-41 － *Ilias,* 2, 87（Reinsch, *Alexias,* p.202, n.44).「蜜蜂の群れが……こなたかなたに群れをなして飛び交う」（松平千秋訳『イリアス（上)』岩波文庫、47頁）。

6-42 －アンナは、ロベルトスの二度目のギリシア遠征においてヴァイムンドスについてはまったく沈黙している。しかしChalandonはこの遠征において「ロベールは3人の息子、すなわちロジェとボエモンとギィ Guyを引き連れた」（*Alexis Ier Comnène,* pp.92-93）と書いている。事実ギョーム＝ド＝プーイュは1084年の秋の渡海において、「侯はみずから5隻のtriemes（大型船）を指揮し、（彼の息子）ロゲリウスには先導すべき5隻を、さらに後者の弟のロベルトス（2世）［ギィでなく］とボヘムンドスにもそれぞれ同数を与えた」と述べており（*La Geste,* V, 157-159)、また別の箇所では病気にかかったボヘムンドスが父の許可をえてイタリアに帰還するくだりが語られる（*La Geste,* V, 224-228)。Schwartzに従えば、この時ロベールは4人の息子を遠征に同行させた。すなわちボエモン・ロジェール・ギィ・ロベール（2世）（*Die Feldzüte des Robert Guiscard gegen das byzantinische Reich,* p.41）。

6-43 － Chalandonによれば、ロベールの息子ギィ（イドス）がアレクシオス帝によって買収された記事はアンナにおいてのみ見られるものであるが、後年その者がアレクシオス帝の宮廷で暮らしていることを告げる*la Chanson d'Antioche*（éd. P. Paris, Paris, 1848, I, p.79, et note 2）は、このアンナの記事を裏づけるものであろう（*Alexis Ier Comnène,*

p.92). Cf. Buckler, *Anna Comnena,* p.453, n.6 ; Guillaume de Pouille, *Geste de Robert Guiscard,* p.359. さらに1098年6月中頃、イコニウム（コンヤ）の西、フィロミリオン（現アクシェヒル）にとどまっていたアレクシオス帝のそばにイドス（ギィ）の居るのが見いだされる。その時イドスはトルコ人の大軍に包囲されて苦境にあるアンティオキアのフランク人を救うべく、皇帝へアンティオキアへの進軍を懇願している（*Gesta Francorum,* IX, 27［*The Deeds of the Franks,* p.64］; 丑田弘忍訳「フランク人および他のエルサレムへの巡礼者の事績」『フランク人の事績 第一回十字軍年代記』71~73頁 ; Runciman, *A History of the Crusades,* 1, p.240 and n.1)。

6-44 − 1084年秋（Leib, *Alexiade,* II, p.51, n.4)。マラテラ（*Historia Sicula,* III, 39［col. 1181］; *The Deeds,* p.170）によれば、9月（1084年）にオトラントに船舶は集結した。この時の艦隊の規模についてギョーム＝ド＝プーイュはあるところでは120隻（*La Geste,* V, 143）と述べている。しかしノルマン艦隊の主力は20隻の戦艦 triremes であったろう（*La Geste,* V, 156-157)。

6-45 −つまりアプリア（プーリア）の海岸を南に向かって。

6-46 −アンナとマラテラがイドルス（オトラント）から出航したとしているの対して、Guillaume de Puoille（*La Geste,* V, 130-135）とバリ年代記の著者（Anonymi Barensis Chronicon, *RIS,* V, s. a. 1085）はヴレンディシオン（ブリンディジ）からとしている（Ljubarskij, *Aleksiada,* p.517, n.625)。

6-47 −コルフ島はロベールの最初の渡海の際に奪われた（*Al.,* I, 16, 2)。

6-48 − 1084年9月頃—ヴェネツィア共和国への書簡（Dölger-Wirth, *Regesten,* no. 1119)。

6-49 − lêstrikê naus（sing.）あるいは lêstrikon ploion（sing.）は軽装で快速の一段櫂のドロモン。lêistrikos（海賊の）はこの快速船が海賊によって使われたことからきている（Ahrweiler, *Byzance et la Mer,* p.414)。ドロモン・二段櫂船・三段櫂船については訳註3-62および3-63を参照。

6-50 −パサラ港の位置について、Schwartz はアルバニアの海岸に（*Die Feldzüge des Robert Guiscard gegen das byzantinischen Reich, p.*41)、Chalandon と Ljubarskij は島の東岸に（*Alexis Ier Comnène,* p.92 ; *Aleksiada,* p.518, n.629)、Reinsch は島の北岸、あるいは島と向かい合ったイピロスの海岸（*Alexias,* p.203, n.50）に位置づけている。訳註6-53にあるように、コルフ港の幾つかの港の一つとも考えられる。

6-51 −この人物は明らかにヴェネツィアの著名なコンダリノス一族に属し、その一員のドメニコ＝コンタリーニ Domenico Contarini はヴェネツィアのドージェ（在位1043~70年）であった（Ljubarkij, *Aleksiada,* p.183, n.30)。

6-52 −ギョーム＝ド＝プーイュによれば、ロベールは自ら5隻の戦艦 triemes を率い、そして3人の息子ロジェール・ロベール・ボエモンにもそれぞれ5隻の戦艦を指揮させた（*La Geste,* V, 156-157, p.245)。

6-53 −先にロベルトスに対する二度目の勝利の後、ヴェネツィア艦隊がパサラの港に戻ったとの記事とここの文章から、パサラはコルフ市のいくつかの港の一つであったよ

うに思える。

6-54 －ゾスティルは、*GEL* に stripe marking certain height in the ship（船においてある高さを示す線）の説明がある。Leib・Ljubarskij・Reinsch はそれぞれ、la seconde ligne de bordage（船腹の第二外板線）、вторая полоса（第二の線条）、zweite Querrippe（船腹の第二外板）の語をあてている。

6-55 －ヴェネツィアの戦艦のうち7隻は沈められ、他の2隻は降参した。ギリシア人は海戦の始まる前に逃亡したが、彼らの7隻の船舶 naves は逃走中に拿捕された（Guillaume de Puoille, *La Geste,* V, 189-198, p.247）。

6-56 －捕虜の数は 2500（Guillaume de Puoille, *La Geste,* V, 193-196, p.247）。

6-57 －この海戦は 1084 年秋におこった。但しアンナ以外の史料はこの海戦にふれていない（Reinsch, *Alexias,* p.205, n.53）。Leib の註によれば、Chalandon は、先の三回目の戦いにおけるヴェネツィア艦隊の全滅（Andrea Dandolo の記事― *Chronicon Venetum,* XII, 249）から考えて、このヴェネツィアの最後の勝利を語るアンナの記事は une invention（作り話）であると見なしているが（*Alexis Ier Comnène,* p.93, n.3）、しかしもしヴェネツィアがこの時予備軍を投入したと考えれば、『アレクシアス』の証言は完全に受け入れることができる（*Alexiade,* II, p.54, n.1）。Ljubarskij は Chalandon の見解を採用しているようである（*Aleksiada,* p.518, n.632）、なぜなら *Aleksiada* に付された「年表」にはこの海上戦は書き込まれていない。なお Schwartz もすでに、Dandolo の「ヴェネツィア艦隊の全滅のゆえに propter excidium stoli ヴェネツィア人はドージェを廃位した」との記事をもとに、ヴェネツィア艦隊の最後の勝利はアンナの「まったくの創作」であるとしている（*Die Feldzüge des Robert Guiscard gegen das byzantinische Reich, p.*43 *）。

6-58 －ヴェネツィアに与えられた以下の諸特権は、これまで 1082 年5月の金印文書において与えられたとされてきた（F. Dölger, *Regesten der Kaiserurkunden des Oströmischen Reiches von 565-1453,* 3 Teile in einem Band, München, 1976, no. 1081, pp.27-28）。しかし Dölger-Wirth, *Regesten,* no. 1081 では、1082 年5月に加えて、1084 年および 1092 年のそれぞれ5月の可能性が加えられている。古くはギボンが 1084 年のところで、ヴェネツィア艦隊とノルマン艦隊の海戦前のところでこのヴェネツィアへの特権授与を言及している（中野好之訳『ローマ帝国衰亡史 X』34 頁）。O. Tuma により、金印文書による以上の特権授与は 1082 年5月ではなく、1084 年秋の海上戦での勝利に際して与えらたとの見解が提示されている（The Dating of Alexius's Chrysobull to the Venetians : 1082, 1084, or 1092 ?, *Byzantinoslavica,* 42 , 1981, pp.171-185）。この問題についてのより最近の研究に、Thomas F. Madden, The chrysobull of Alexius I Comnenus to the Venetians : the date and the debate, *Journal of Medieval History,* 28, 2002, pp.23-41 がある。Madden は、先行の諸研究を詳細に再調査した結果、特権の事実上の授与ではなく、「金印文書そのもの」は、1世紀以上前に Tafel と Thomas によって提示された日付と同じく、「間違いなく mostly certainly1082 年5月に授与された」と結論づけた（Madden, op. cit., p.40）。つまり金印文書の授与は単なる約束にすぎず、その文書に書き込まれた諸特権の事実上の

授与はロベール＝ギスカールとの戦いの最終的終結後であったとする。

6-59 －ドメニコ＝シルヴィオ Domenico Silvio（在位 1070~84 年）（Reinsch, *Alexias*, p.205, n.54）。ドメニコ＝シルヴォの表記もある（Grumel, *La Chronologie*, p.428）。

6-60 －アマルフィ人。訳註 1-99 を参照。

6-61 －ヴェネツィア人地区は、おそらく今日のイエニ＝バーリド＝ジャミー Yeni Valide Cami から北へ、オドン門 Odun Kapi までの範囲であったろう（Reinsch, *Alexias*, p.205, n.57）。ガラタ地区の対岸の比較的小さな区域であったらしい（Ljubarskij, *Aleksiada*, p.518, n.635）。Map 1. Constantinople in *Cambridge Medieval History*, IV-1.

6-62 －ヴェネツィアに与えられた諸特権は将来のビザンツ帝国にとって大きな商業上の損失を意味し、他方ヴェネツィアのレヴァント Levant 貿易をきわめて優位に導いた（Reinsch, *Alexias*, p.205, n.60）。

6-63 －本巻 5 章 9 節。

6-64 －中世におけるこの島の主都は、要塞都市のハギオス＝ゲオルギオス Hagios Georgios である可能性が考えられる。その都市は、古代の都市クラネ Krane および現代のアルゴストリィ Argostoli（今日島の主都で西南部にある港町）の近くにあった。ヴェネツィア支配時代（1500~1797 年）は Castello dei Cefalonia あるいは単に Cefalonia と呼ばれ、今日は Agios Georgios Castle あるいは単にカストロと呼ばれる、標高 315m の丘に位置する村である。Cf. Guillaume de Puoille, *La Geste*, p.249, n.2. カストロはアルゴストリィの町から東南へ約 6.3km。あるガイドブックには丘の上に立つ The castle of St George の葉書大の版画（from the Anville collection）が掲載されており、上部に大きな字で CEFALONIA とある（*Cephalonia*, 1991, Athens, p.23）。

6-65 －ロエリス（Ljubarskij, *Aleksiada*, p.519, n.638 ; Reinsch, *Alexias*, p.206, n.62）。

6-66 － Ljubarskij が註で指摘しているように、ギョーム＝ド＝プーイュはアンナの記事とは異なるロベールの動きを伝えている。すなわち *La Geste*, V, 202-254 に従えば、ロベールはグリキス河畔に船舶をとどめたのち、自身はそこで越冬すべく騎手と共にヴォンディツァに向かう。1084/85 年の冬、グリキス河畔の陣地において飢えと疫病が発生する（Ljubarskij は、アンナは間違ってこの事態を 1081~82 年の冬・春のこととしていると指摘）。この時ボエモンも病にかかり、イタリアへ帰還する。他方ロベールはロジェールをケファリニアへ送り出すと、彼自身はグリキス河畔の艦隊のもとへもどる。水の少ない川から巧みに船舶を海上へ導いた後、ロベールは 1085 年の夏、ロジェールを援助すべく急いでケファリニアへ向かった（*Aleksiada*, pp.519-20, n.640）。

6-67 －アシルについて Reinsch は、島の西部、南北に大きなパレケ Paleke（Paliki）半島の北端に位置づける（*Alexias*, p.206, n.66）。確かにそこにはアセラス Atheras と呼ばれる岬、またその南にアセラスという町がある。他方 Mathieu は 12 世紀以来確認される伝承をもとに、ロベルトスは島の北端に近いフィスカルド Fiskardo あるいはピスカルド Piskardo で死去したとしている（*La Gste*, Livre V, 286-290, p.253, n.2）。ここは古代以来の港、パノルモス Panormos である。なおフィスカルドはギスカールのなまった形とみ

られている。

6-68 －ここに現れるアシルは Ljubarskij によればパレスティナにあった場所の名、同じ名前がケファァリニアの北岸の岬につけられていた。イエルサレムに関して、その名を帯びるイサキ（イタケ）の都市についてアンナがどのような都市を考えていたのか、明言できない。とにかくロベールにとって悲劇的な予言は突然に成就された（*Aleksiada*, p.520, n.641 ）。Reinsch もシリア／パレスティナにもこのアシルの名を持つ場所があることを註記している（*Alexias*, 206, n.68）。追従者たちはロベルトスが聖地イエルサレムまで行くことはないと思って、そのような予言を述べたのであろうか。熱病でかなり精神的にもまいっていたと思われる。剛胆なロベルトスであってみれば、普段ならたまたまパレスチナにある二つの同じ地名（アシルとイエルサレム）がここケファロニアとイサキにあるにすぎないと笑いとばしていたことであろう。

6-69 － 1085 年 7 月 17 日（Chalandon, *Alexis Ier Comnène*, p.93, n.9 ; Leib, *Alexiade*, II, p.56, n.1 ; Reinsch, *Alexias*, p.206, n.69）。

6-70 －イドス（*Al.*, VI, 5, 2 を見よ）（Reinsch, *Alexias*, p.206, n.70）。

6-71 －ロエリス（*Al.*, I, 14, 3 ; 16, 1 を見よ）（Reinsch, *Alexias*, p.206, n.71）。

6-72 －ギョーム＝ド＝プーイユはロベールの死後ノルマン人をおそったパニックについて記している。彼らはイタリアへ渡りたいとの願いからすべての持ち物を放棄した。しかし船舶は彼らすべてを乗船させるには不十分であった、そのため多数のノルマン人はあとに残り、ギリシア人に降服することになった（*La Geste*, V, 365-390）。

6-73 －ギョーム＝ド＝プーイユによれば、ロベールの遺体は妻ガイタによって彼の年上の兄弟の墓があったヴェヌシア Venusia（Venosa）へ運び込まれた（*La Geste*, V 401-403）。Mathieu の註記と解説によれば（*La Geste*, p.259, n.2 ; p.337）、ロベールは、3 人の年上の異母兄弟、すなわち鉄腕ギョーム Guillaume Bras de Fer・ドルー Dreux・オンフロワ Onfroi の遺骨を一緒にヴェノーザ Venosa の聖三位一体教会 l'église de la S. Trinité de Venosa へ納めていた。16 世紀には彼らの遺骨はロベールのものと一緒に慎ましい外観の一つの墓に合葬された、それは現存する。他方 12 世紀に存在したロベールの墓には次のような墓碑銘が刻まれ、それはギヨーム＝ド＝マームズベリ Guillamue De Malmesbury によって引用されている（*De gestis regum Anglorum*, éd. Stubbs, vol. II, p.322）。以下のラテン語文は上記 *La Geste*, p.259, n.2 から。

Hic terror mundi Guiscardus : hic expulit urbe
Quem Ligures regem, Roma, Alemannus habent.
Parthus, Arabs, Macedumque phalanx non texit Alexin,
At fuga ; sed Venetos, non fuga, sed pelagus.

（ここに眠る者は世界の恐怖、ギスカルドス。この者は都（ローマ）から追放せり、
リグリア人、ローマ（市）、アルマヌス（ドイツ人）が王として戴いた者を。
パルティア人、アラビア人、マケドニア人の軍勢もアレクシウスを守護できず、その者はただ逃走あるのみ。ただしヴェネツィア人を救いしは逃走にあらず、海洋なり）

6-74 − 1085年7月17日以後—ディラヒオンのノルマン人の間に不和を生じさせるための書簡（Dölger-Wirth, *Regesten*, no. 1125）。

6-75 −すなわち要塞都市ディラヒオン。

6-76 − Ljubarskij によればアストロロギヤ астрология（占星術）は古代エジプトにおいて存在した。アンナが古い時代といっているのは、事実占星術に関する著作をほとんど残していない古代ギリシアに関してである（*Aleksiada*, p.520, n.649）。

6-77 − Sophocles, *SGL* には形容詞として apotelesmatikos, producing an effect or result, relating to destiny、名詞として apotelesmatikoi, astrologers がそれぞれ与えられている。Reinsch は apotelesmatikos に der Verfechter der Lehre vom Einfluß der Gestirne（星辰の影響の考えを主張する人）の訳語をあてている。Reinsch の訳語を参考にした。

6-78 −このアレクサンドリア人については、アンナが語っていること以外なにも知られていない（Reinsch, *Alexias*, p.209, n.79）。アンナは名を記していない。

6-79 −天文学・占星術・測地における観測に使われる器械（Ljubarskij, *Aleksiada*, p.521, n.656）。

6-80 −上記のアレクサンドリア人もこの二人の人物（エレフセリオスとカタナンギス）もアンナの記事以外何も知られていない。Cf. Ljubarskij, *Aleksiada*, p.521, n.655.

6-81 −アンナ＝ダラシニはおそらく1100年か1102年に死去したと思われる（Reinsch, *Alexias*, p.209, n.85）。この女性は他所でもヴァシリス（女帝）と呼ばれている（*Al.*, III, 8, 5 ; 10）。

6-82 −本巻6章3節。

6-83 −アルバニア人の語源はドリン川近くの山地名であるアルヴァノン Arbanon であるらしい（Reinsch, *Alexias*, p.210, n.90）。Leib も Ljubarskij もアルヴァニテェ Arbanitai にそれぞれ les Albanais、Албанцы（アルバニア人）をあてている。アルバニア人については、アタリアティスにおいてもアレクシオスに立ち向かうヴァシラキオスの軍隊に現れている。「彼には多数のローマ人・ブルガリア人・アルバニア人 Arbanitai からなる軍勢と自身の少なからざる親衛隊がいた」（*Michaelis Attaliatae Historia*, p.297）。

6-84 −都への帰還についてはすでに第Ⅵ巻3章1節に、投降したラテン人については第Ⅵ巻1章4節に語られている。アンナはここで自身および妹のマリアと弟のヨアニスの誕生を語るため、話を1083年12月へもどす。Cf. Ljubarskij, *Aleksiada*, p.521, n.660.

6-85 − 1083年12月1日（Ljubarskij, *Aleksiada*, p.521, n.660 ; Reinsch, *Alexias*, p.211, n.93）。

6-86 − 1083年12月2日（Reinsch, *Alexias*, p.211, n.95）。

6-87 −アンドロニコス＝ドゥカスの妻、ブルガリアのマリア。

6-88 − Reinsch はつぎのように註記している。「イリニ＝ドゥケナとアレクシオス＝コムニノスの結婚によって結び合わされたドゥカス家とコムニノス家のきずなは、一子の出産によって固められた。夫婦の間で子供のない状態がつづけば、イリニの立場、したがって同時にドゥカス家の立場は不安定なものであったであろう」（*Alexias*, p.212, n.99）。

6-89 －ヴァシリコン＝ディアディマについて、Leib・Ljubarskij・Reinsch・Sewter-Frankopan はそれぞれ diadème imperial, императорская диадема, kaiserliches Diadem, imperial diadem をあてている。Ljubarskij はこの語に註して、「アンナは当時幼児であるが、アレクシオス帝の共治帝 соправитель であるコンスタンディノス＝ドゥカスの婚約者であったのでディアディマ диадема が与えられた」(*Aleksiada*, p.522, n.662)。ディアディマとその他の冠については第Ⅲ巻4章1節の本文を参照。

6-90 － *Al.*, I, 10, 2 ; 12, 3-4 ; 15, 3 ; II, 2, 1 ; III, 1, 3 ; 4, 5-6.

6-91 －確かにコンスタンディノス＝ドゥカスとの婚約を指しているのであろう。これにより冠（ディアディマ）を戴くことができた。生まれたばかりのアンナとの婚約時、コンスタンディノスは9歳であり、この婚約はアンナに将来における皇后の地位を約束するものであった（Reinsch, *Alexias*, p.212, n.102）。

6-92 －アンナの婚約者コンスタンディノスの病と死（1095年頃）、しかしなによりもコンスタンディノスが将来の義父アレクシオスの後継者となり、同時にアンナが皇后になる可能性を奪い取った、1087年における弟ヨアニスの誕生（Reinsch, Alexias, p.212, n.103）。

6-93 －次女マリア＝コムニニは1085年9月19日に生まれる（Reinsch, Alexias, p.212, n.104）。

6-94 －後の皇帝ヨアニス2世コムニノス（在位1118~1143年）は1087年9月13日に生まれる。なお第11エピネミシス（インディクティオン）は1087年9月1日から1088年8月31日まで（Reinsch, *Alexias*, p.212, n.105）。

6-95 －ヨアネスの戴冠はおそらく1092年9月1日になされたであろう（Reinsch, *Alexias*, p.213, n.107）。ヨアネスの5歳の時、これによりコンスタンディノスと共にアンナの帝座への道は閉ざされたことになる（Reinsch, *Alexias*, p.213, n.108）。

6-96 －アンナ自身とマリア、ヨアニス。

6-97 －このヴォスポロスは海峡ヴォスポロス（男性名詞）でなく、都市ヴォスポロス（女性名詞）、すなわちダマリスである。訳註3-87も参照。

6-98 －訳註3-91（*Al.*, III, 11, 5）を見よ。

6-99 －ニケアのスルタン、スレイマン Suleiman（Leib, *Alexiade*, II, p.63（Soliman**）; Ljubarskij, *Aleksiada*, p.189）。スレイマンは、すぐつづいて記される共にアルプ＝アルスランの息子であるマリク＝シャーとトゥトゥシュ（アンナのトゥトゥシス）の従兄弟、スレイマンの父クトルムシュ Kutlumus とアルプ＝アルスランは兄弟である（Reinsch, *Alexias*, p.213, n.111）。アンナは、別の所ではソリマスをスルタンと呼んでいる（*Al.*, V, 5, 2）。

6-100 －アミルはアラビア語のアミールの音訳、訳註ではアミールと表記。

6-101 －ブザン Бузан、エデサ Edessa のアミール（エミール）（Ljubarskij, *Aleksiada*, p.522, n.671）。トルコ語でボザン Bozan（Reinsch, *Alexias*, p.214, n.114）。

6-102 －大セルジュク朝のスルタン、マリク＝シャー Malik Shah（在位1072~1092年）

（Reinsch, *Alexias*, p.214, n.115）。このスルタンの時、大セルジュク朝の首都がライ Ray（カスピ海の南）からイスファハン Isfahan（イラン中部）に移った。

6-103 －これは本巻 12 章 7 節で語られる話と違っている。そこではトゥトゥシスがプザノスに勝利した後、ホロサン（ホラサン Khorasan）への帰還の途中にマリク＝シャーの息子バルキヤルクにうち破られ、落命する次第が語られる。あるのは一人の甥（兄弟の息子）についての話であり、絞殺については何も語られていない（Reinsch, *Alexias*, p.214, n.117）。

6-104 －ロマノス＝ディオエニスに仕えたこのアルメニア人はミハイル 7 世を皇帝として認めることを拒否し、タルソス・モプスエスティア（マミスタ）・アナヴァルザ・エデサ（ウルファ）からなる国家をつくりあげ、1078 年にはこれにアンティオキアを加えた（Cf. Leib, *Alexiade*, 64, n.1）。根津由喜夫『ビザンツ貴族と皇帝政権』ではこのフィラレトス（＝ブラカミオス）について「辺境の英雄の正体」として取り上げられ、18 頁にわたって論じられている（160~177 頁）。

6-105 －フィラレトスはニキフォロス＝ヴォタニアティス帝（在位 1078~81 年）の宗主権を認め、彼から自己の領土の安堵を受けた。1080 年頃、彼はアンティオキアに関してはモスルの支配者の家臣であることを認めるのが無難だろうと判断した。そして最終的に大セルジュクのスルタン、マリク＝シャー Malek Shâh の好意を得るためには、ためらわずイスラムへの改宗を装ったのであろう（Leib, *Alexiade*, II, p.64, : circoncire*）。

6-106 －これは 1084 年 12 月から 1085 年 1/2 月の間に起こった（Reinsch, *Alexias*, p.215, n.120）。*The Annals of the Saljug Turks* [of ibn al-Athir], p.218. によれば 1084 年 12 月。

6-107 － Ljubarskij によれば、アラブの歴史家シブト＝イブン＝アルジャージー Sibt ibn al-Jawzi［12~3 世紀のアラブ人歴史家］は、Kalateki という者がシノプを奪い取ったことを述べている。マリク＝シャー配下の有名な指揮者、おそらくシノプを奪った男と同一人物だろう（*Aleksiada*, p.523, n.675）。

6-108 －トゥトゥシスはソリマスのおじではなく、従兄弟である。訳註 6-99 を見よ。

6-109 － Ljubarskij によれば、スレイマン（ソリマス）は 1086 年 7 月になくなった。Chalandon（*Alexis Ier Comnène*, p.97）および Leib（*Alexiade*, II, p.65, n.1）はまちがって 1085 年 7 月としている。スレイマンはある史料によれば戦闘において殺され、他の史料［イブン＝アスィール Ibn al-Athir］によれば逃走後に自害した（*Aleksiada*, p.523, n.677）。

6-110 －大セルジュク朝のスルタンのマリク＝シャー、アルプ＝アルスランの息子で、トゥトゥシス（トゥトゥシュ）の兄弟。大スルタンは首都のイスファハン Isphahan からやって来て、まずハレプ（アレッポ）を奪い取った後、アンティオキアはトルコ人アミール（エミール）のヤギ＝シャン Yaghi Siyan に、エデッサはトルコ人アミール、ブザン Buzan（アンナの言うプザノス）に与え、ついでソリマスの若い息子クルチ＝アルスラン［後にルム＝セルジュク朝のスルタン］を引き連れ、ペルシア［イスファハン］にもどる。彼は 1092 年 11 月 19 日に死去し、息子のバルキヤールク［アンナのいうパ

ルイアルフ］が彼を継承する（Cf. Leib, *Alexiade*, II, p.65, n.2）。

6-111 －アンナは他の場合におけるように称号あるいは職掌（この場合は使節）を人名として使っている（*Alexias*, p.215, n.128）。Ljubarskij によれば、シブト＝イブン＝アルジャージー Sibt ibn al-Jawzi はこの語 Siaus を使節の意味で使っている（*Aleksiada*, p.523, n.678）。

6-112 － Marcus, 9, 18（Ljubarskij, *Aleksiada*, p.523, n.680）; Marcus, 9, 20（Reinsch, *Alexias*, p.216, n.131）．「霊は、イエスを見ると、すぐにその子を引きつけさせた。その子は地面に倒れ、転び回って泡を吹いた（9, 20）」（日本聖書協会新共同訳『聖書』（新）79 頁）。

6-113 －第Ⅲ巻 11 章。

6-114 － Reinsch が指摘しているように、タティキオスの言及はこれまで一回だけ（*Al.*, IV, 4, 3）で、これ以後はしばしば言及される（*Alexias*, p.217, n.137）。

6-115 －ヴィシニアの町 Oppidum（Basileia in *Alexias*, Pars Altera）。ニケアの北 12 マイル、ニケアから［イズミット湾南岸の］プレネトス Prainetos に至る街道上に位置する（Ramsay, *Historical Geography*, p.190）。

6-116 －トルコ語でバルキヤルク Barkyaruk、大スルタン Groß-Sultan のマリク＝シャーの長子。本巻 12 章 6~7 節で報告される 1092 年 11 月における父の死後、スルタン位を主張する他の者たちと戦った後、1095 年から 1104 年まで統治した（Reinsch, *Alexias*, p.218, n.142）。しかしすでに Chalandon が指摘しているように、ここではアンナはパルイアルフ（バルキヤルク）を彼の父マリク＝シャーと混同している。なぜならアペルハシムは後に［*Al.*, VI, 12, 3］マリク＝シャーの生存中にプザノスによって殺されてしまう［1092 年］（*Alexis Ier Comnène*, p.100, n.2）。そしてつづいてマリク＝シャー自身の殺害の次第が語られる。

6-117 －トゥトゥシュ（アンナのトゥトゥシス）とバルキヤルク（アンナのパルイアルフ）の対立において後者の側についたセルジュクの軍司令官（Ljubarskij, *Aleksiada*, p.523, n.685）。

6-118 －ドゥクスあるいはメガス＝ドゥクスはアレクシオス 1 世コムニノスの時代から艦隊の最高司令長官の称号である（Reinsch, *Alexias*, p.219, n.146）。

6-119 －アリケあるいはキパリシオスはヴィシニアのある場所（*Alexias*, Pars Altera）。それぞれの意味は「塩田」と「いとすぎ」（Reinsch, *Alexias*, p.219, n.147）。Ljubarskij はキパリシオス Кипарисий についてキオス Kios の近くとしている（*Aleksiada*, p.524, n.689）。

6-120 － 1092 年―ニケアのエミール emir、アブル＝カシム Abul Kasim への書簡（Dölger-Wirth, *Regesten*, no. 1163）。

6-121 － Reinsch は Schläge ins Wasser zu tun（水を打つ）の訳語を与え、同時に Homer, *Ilias* 20, 441 を註記している（*Alexias*, p.220, n.149）。「……霞を刺す」（松平千秋訳『イリアス（下）』岩波文庫、271 頁）。

6-122 － Reinsch は aus der Not eine Tugend（災いを福となす）とし（*Alexias*, p.220, n.150）、

Leib は、...faisant, comme on dit, de nécessité vertu ...（人の言うように、いやなことでも必要とあらば進んで行おう）としている（*Alexiade*, II, p.70）。

6-123 －建設された城塞はニコミディア（イズミット Izmit）湾南岸に位置するキヴォトスで、後に十字軍士によってキベトート Civetot［Kibotos/Cibotos］と呼ばれた（Reinsch, *Alexias*, p.220, n.151）。Ljubarskij, *Aleksiada*, p.524, n.693 も参照。

6-124 －これは以前は艦隊の最高司令官の称号であったが、アレクシオス1世のもと、メガス＝ドゥクスに次ぐ艦隊の指揮官となった（Reinsch, *Alexias*, p.220, n.153）。

6-125 －都を飾るためにコンスタンティノープルに運び込まれた古代の彫像（Reinsch, *Alexias*, p.221, n.154）。

6-126 －明らかにコンスタンティノープルの競馬場（イポドロモス）（Ljubarskij, *Aleksiada*, p.524, n.691）。Reinsch, *Alexias*, p.221, n.156 も参照。

6-127 －後期古代から12世紀にかけてコンスタンティノープルで行われた戦車競争については、chariot races in *ODB* を参照。

6-128 －アンナは、アルキビアデスとテミストクレスを混同している。Thucydides, I, 90-91。Cf. Leib, *Alexiade*, II, p.72, n.1；Ljubarskij, *Aleksiada*, p.524, n.692；Reinsch, *Alexias*, p.221, n.158.

6-129 －すなわちデモステネス。Demosthenes, *Against Leptines*, 20.73, pp.114-117（C. Kremmydas, *Commentary on Demosthenes Against Leptines*：with intoroduction, text, and translation, Oxford, 2012）.

6-130 －本巻10章3節。

6-131 －おそらく1086年春／夏（Reinsch, *Alexias*, p.221, n.161）。

6-132 － hasta（槍）in *Alexias*, Pars Altera を採用した。

6-133 －本章2節。

6-134 －イズニク湖の北岸に位置する砦、同名の修道院と教会が存在した（Reinsch, *Alexias*, p.223, n.169）。Cf. Leib, *Alexiade*, II, p.74, n.1.

6-135 －プロスクの兵士たち（本章1節）。Cf. Reinsch, *Alexias*, p.223, n.170.

6-136 －アンナにおいてはトルコ人と同意語に使われる。Cf. Reinsch, *Alexias*, p.223, n.171.

6-137 －タティキオス率いるローマ軍の働きは、Chalandon に従えば1086年に起こった（*Alexis Ier Comnène*, p.101.）

6-138 －大セルジュク朝のスルタンのマリク＝シャーによるシアウスの派遣については本巻9章4節。

6-139 －エデサのマチュ Mathieu d'Edesse, *Chronique*, CXXXVIII, p.203）によれば、アルメニア紀元541年、すなわち1092年2月27日/1093年2月25日のこと（Leib, *Alexiade*, II, p.74, n.2.）。Reinsch, *Alexias*, p.223, n.174.

6-140 －姻戚関係の取り決めの提案については本巻9章4節で語られている。

6-141 －アンナの言うパルイアルフ、すなわち後の大セルジュク朝のスルタン、バルキヤルク（Бэрк-Ярук：Ljubarskij, *Aleksiada*, p.525, n.703；Barkyaruk：Reinsch, *Alexias*, p.224,

n.176)。

6-142 －プザノスによるニケア攻撃は訳註 6-139 にあるように 1092/3 年である。

6-143 －大セルジュク朝のスルタン、マリク＝シャー（Reinsch, *Alexias*, p.224, n.179)。

6-144 －「ペルシアに位置する都市 urbs（今日のイスファハン)」in *Alexias*, Pars Altera. Reinsch, *Alexias*, p.224, n.180.

6-145 － Reinsch の推測によれば、スルタンの書簡は通訳を通じて口頭で皇帝に報告された（*Alexias*, p.225, n.181)。

6-146 － 1092 年－大セルジュク朝のスルタン、Malikschâh への書簡（Dölger-Wirth, *Regesten*, no. 1164)。

6-147 －ホロサン（ホラサン)、すなわちペルシア北東部の地域。しかしアンナおよび西方の年代記者はしばしばこの地域名を著しく不明確に使っており、ホラサンをセルジュク族によって占領された東方地方のすべてをさすものと理解している（Ljubarskij, *Aleksiada*, p.525, n.706)。しかしこの場合はホロサンはスパハ（イスファハン）と思われる（*Al.*, VI, 12, 2)。

6-148 －スルタンの死は 1092 年 11 月（Ljubarskij, *Aleksiada*, p.525, n.708；Reinsch, *Alexias*, p.225, n.185)。スルタンの死については下記の 6-150 を見よ。

6-149 －このガムヴロスの語に Leib・Ljubarskij・Reinsch はそれぞれ gendre、зять（son-in-law、brother-in-law)、Schwiegersohn の語をあてている。なお三者ともこの娘婿が誰であるかは註記していない。

6-150 －以下語られる殺害事件は、実際はスルタンの死より少し以前、1092 年 10 月に行われた有名なイラン人宰相ニザーム＝アルムルク Nizam al-Mulk の暗殺に関連するものである。スルタンの死の原因は熱病であるが、毒殺の可能性もある（Reinsch, *Alexias*, p.225, n.186)。Leib は R. Grousset（*Histoire des croisades*, I, p.xlviii）に従って、つぎの訳註を付している。アンナはスルタンの死と宰相の殺害を混同している。宰相の死は政治的な重要事件であり（1092 年秋)、スルタンの死に先行する。スルタンの死は 1092 年 11 月 19 日、疑いなく毒殺によるもであった（Leib, *Alexiade*, II, p.77, n.1)。

6-151 －プザノスは、テル＝アル－スルターン Tel al-Sultan（アレッポの北）で行われたトゥトゥシュと 3 人のトルコ人アミールらの連合軍との戦いの後、1094 年トゥトゥシュによって殺された（Ljubarskij, *Aleksiada*, p.527, n.709)。Cf. *The Annals of the Saljuq Turks* [of ibn al-Athir], p.273, n.139.

6-152 －マリク＝シャーの別名（Ljubarskij, *Aleksiada*, p.527, n.710；Reinsch, *Alexias*, p. 226, n.188)。

6-153 － *Ilias*, 3, 23. アンナによってくり返し引用されるホメロスの詩行（Reinsch, *Alexias*, p. 352, n.184)。訳註 5-75 を参照。

6-154 －本章 2 節。つづいて登場するプルハシスは 10 章 1 節に言及されている。

6-155 － Leib によればソリマン Soliman の息子クルチ＝アルスラン Kilidj Arslan は、新たにスルタンに就任した（マリク＝シャーの息子）バルキヤルク（在位 1093~1104 年)

によって釈放された（*Alexiade*, II, p.78, n.5）。しかし出典が示されていない。

6-156 －ルム＝セルジュクのスルタン、クルチ＝アルスラン（在位 1092~1107 年）のこと。

6-157 －これは小アジア東部における地方的支配者ダニシュメンド（ダニシュメンド朝の創始者、アンナの言うタニスマン）と戦うためであり、クルチ＝アルスランはメリティニの包囲中に、ニケアをローマ軍と十字軍士によって奪われることになる。Cf. KILIC ARSLAN I in *ODB*.

6-158 －エルハニスはトルコ語の Ilkhan（王あるいはアミール）。これは称号であるが、ここでは人名として使われている（Reinsch, *Alexias*, p.227, n.197 ; Ljubarskij, *Aleksiada*, p.528, n.715）。

6-159 － Reinsch はこの語に Fischerboote（pl.）（漁船・舟など）をあてている。

6-160 －要塞はアポロニアスのこと。

6-161 －かつてリュンダコス Rhyndakos（Rhyndac）と呼ばれた川がロパディオン湖（現ウルバト Ulubat 湖）から流れ出るが、その出口にアポロニアス Apollonie が建設された（Leib, *Alexiade*, II, p.80, n.1）。アポロニアスは Ryndax 河畔にあり、現アポリオント Abulyont［Apolyont］である（Reinsch, *Alexias*, p.227, n.198）。確かに Google Earth によりウルバト湖の西岸からまず西に向かって流れ出る川があり、その河口からすぐの所に湖と同名のウルバト（ロパディオンとも呼ばれた）の町があることが確認される。ここがアンナのいうアポロニアスであろうか。ウルバト湖の別名 Lake Apolyont は古代ギリシア語名 Apolloniatis に由来する。しかし第 XIV 巻 5 章 3 節ではアポロニアスとロパディオンは別個のものとして現れている。

6-162 －本来は軍神アレスの形容語。*Ilias*, 5, 31 ; 455（Reinsch, *Alexias*, p.228, n.204）.「城を毀つ残忍なアレスよ」;「城を屠る残忍なアレスよ」（松平千秋訳『イリアス（上）』140 頁、160 頁）。

6-163 －アンナの草稿には明らかに名前が抜けていた（Reinsch, *Alexias*, p.229, n.207）. アンナは名前を思い出せなかったので、空白にし、後に書き加えようとしたが、結局原稿を完成できなかった（Leib, *Alexiade*, II, p. 81, n.2）。訳註 1-54 も参照。

6-164 －スキタイの語はアンナの場合いつもほとんどパツィナキ（ペチェネグ）を意味するが、ここではセルジュクトルコ（Reinsch, *Alexias*, p.229, n.208）。

6-165 －アンナは、話を 1092 年の事件から 6 年前の 1086 年におけるスキタイの侵入に移す（Reinsch, *Alexias*, p.229, n.210）。『アレクシアス』はこの時期におけるスキタイに関する唯一の情報源である（Ljubarskij, *Aleksiada*, p.528, n.722）。

6-166 －パツィナキ（ペチェネグ）。Cf. Reinsch, *Alexias*, p.229, n.211.

6-167 －アンナはここではウズィをこのような古い表現で示している（Reinsch, *Alexias*, p.229, 212）。ウズィはトルコ系遊牧民で、コマニの圧力で西方へ移動、ヴォルガ川を渡り、10 世紀にはペチェネグ（パツィナキ）に続いて黒海の北およびドナウ中流域に現れた。Constantine VII Porphyrogennnetos, *De Administrando Imperio,* 9.114, pp.62-63 は対ペチェネグ戦においてウズィを有力な同盟者であるとしている。Cf. *ODB*, pp.2147-2148）。

6-168 − *Byzantinoturcica*, II によれば、タトゥはトルコ語でパツィナキ（ペチェネグ）の首領、セススラヴォスはスラヴ語、サツァスはトルコ語、後二者については身分の高いスキタイ vornehmer Skythe（＝ペチェニグ Petscheneg?）（p.302, p.273, p.270）。Ljubarskij によれば、V. Zlatarski（ブルガリア人学者）はタトゥをパツィナキ、後の二人をブルガリア人、N. Banescu（ルーマニア人学者）は 3 人ともヴラフ Влахи/Vlachs であるとしている（*Aleksiada*, p.530, n.726）。

6-169 − Leib によればヴィツィナは「ヴァルナ Varna［黒海西岸、現ブルガリア最大の港湾都市］の近くのカムチャヤ Kamtschyk［Kamchia］」（*Alexiade*, II, p.82, n.2）。Reinsch もこの Leib の指摘を註記して、「ヴァルナの近くのブルガリアの都市 Stadt in Bulgarien bei Varna」（*Alexias*, p.230, n.219）としている。なお Kamtschyk とはヴァルナから黒海西岸を 20 数キロ南に下った地点に河口のある川、すなわちカムチャヤ川 Kamcija で、その河口に同名の Kamtschyk（Kamchia）の町があった。しかしここではダニューブ川沿いの場所が問題になっている。私は Ljubarskij の次の註記にしたがう。「この第 14 章 1 節に見える」ヴィチナ Вичина は「ダニューブ下流河畔に位置する城塞。その正確な位置についてはなお論争の的となっている」（*Aleksiada*, p.530, n.727）。

6-170 − 1086 年春（Leib, *Alexiade*, II, p.82, n.3 ; Reinsch, *Alexias*, p.230, n.219）。

6-171 − 第Ⅵ巻 4 章 2~4 節。

6-172 − この者はこの時小アジアにいた（Reinsch, *Alexias*, p.231, n.223）。彼の最近の動きについては第Ⅵ巻 10 章 7 節を見よ。

6-173 − アドリアヌポリス（現エディルネ）の重要性について、Chalandon はつぎのように述べている。「マリツァ（エヴロス）川とトゥンジャ Toundja 川の合流地点であることによって、ここは戦略上の重要地点。バルカン山脈からコンスタンティノープルに向かう諸ルートを抑え、かつマリツァ川上流地域へ向けての、あるいはトゥンジャ流域における軍事行動の基地をなした」（*Alexis Ier Comnène*, p.109）。

6-174 − ウムベルトプロスは当時キズィコスの司令官に任命されていた（Reinsch, *Alexias*, p.231, n.224）。

6-175 − Leib 版ではヴリスノス。ヴリスノスはサリノスの別の読み方らしい。Ljubarskij によれば、ヴリスノス（Блисн）の町はフィリプポリスの東 3 日行程距離、サズリィイカ（Сазлийка：マリツァ川へ北から注ぎ込む支流）の岸辺に位置する（*Aleksiada*, p.530, n.729）。

6-176 − Leib 版の「エヴロスの岸辺《オフソス トゥ エヴルゥ》」に対して新校訂版ではピロス＝オフソス（赤い岸辺）として固有名詞としている。Reinsch によれば、赤い岸辺は、明らかにエヴロス（マリツァ）流域のそのように呼ばれた場所である（*Alexias*, p.231, n.226）。ここでは Leib 版に従った。Ljubarskij もエヴロスの岸辺 берег Гебра としている。

6-177 − タティキオスには、その時スキタイ（パツィナキ）を追跡するだけの十分な騎兵がなかった（Reinsch, *Alexias*, p.233, n.227）。

6-178 − シディラ（＝クリスラ）（意味は「鉄の隘路」）。Leib は東バルカン山脈の峠の一

つで現ドブロル峠 le col de Dobrol（*Alexiade*, II, p.86, n.1）、Reinsch は東バルカン山脈の山道の一つで、おそらくリシュキ（リシュ）峠 Rishki prohod であろうとしている（*Alexias*, p.233, n.228）。Google earth で調べた結果、同じ場所のようである。とにかくシューメン Shumen からカルノバト Karnobat へ至る自動車道路上、バルカン山脈を南に越える山中に位置する。

第Ⅶ巻

7-1 – 1087 年（Leib, *Alexiade*, II, p.87, n.1 ; Reinsch, *Alexias*, p.234, n.1）。「年表」in Ljubarskij, *Aleksiada*, p.652.

7-2 – この人物についてアンナの報告以外には何も知られていない（Reinsch, *Alexias*, p.234, n.2）。

7-3 – スキタイは例によってここでもパツィナキ（ペチェネグ）（Reinsch, *Alexias*, p.234, n.4）。

7-4 – ここではトルコ系遊牧民のウズィ（Sauromatai 3　in Moravcsik, *Byzantinoturcica*, II, p.270）

7-5 – 廃位されたハンガリア人の王（在位 1063~74 年）。Ljubarskij によれば、遠征におけるソロモンの名の言及はこの蛮族の侵入の年代決定（1087 年）の唯一の論拠とされる。Bernoldus（Chronicon, *Monumenta Germaniae historica*, SS, V, s. a. 1087）によればソロモンは 1087 年における「ギリシア人の王」に対する遠征において戦死した（*Aleksiada*, pp.530-31, n.734）。

7-6 – ハリウポリスはトラキアの現ハイラボル Hayrabolu、イスタンブルより西北西およそ 158km、エディルネの東南およそ 68km にある。

7-7 – Ljubarskij は、明らかにスラヴ語起源の語であるが、その名の場所を同定することはできないとしている（*Aleksiada*, p.531, n.735）。

7-8 – その出生地とはユーフラテス河畔のベンペツ Bempetz（Hierapolis）（Reinsch, *Alexias*, p.234, n.11）。

7-9 – トラキアの砦、意味はトルコ語で「城塞、塔」（Reinsch, *Alexias*, p.234, n.13）。Ljubarskij は「エノス（エヴロス川の河口の町）の北東に位置する」としている（*Aleksiada*, p.531, n.738）。

7-10 – この人物は第Ⅴ巻 5 章 7 節で言及されている。

7-11 – 西方の（大）ドメスティコス指揮下の軍隊の駐屯地はアドリアヌポリスであるから、そこへ戻ったのであろう。

7-12 – 本章 8 節の日食（1087 年 8 月 1 日）の記事から、このアレクシオスの遠征は 1087 年の夏に始まったと思われる。Cf. Ljubarskij, *Aleksiada*, p.531, n.742.

7-13 – 本章 7 節の記事から、エフフォルヴィノスの一隊はまず陸路で黒海岸に出て、そこから黒海西岸を北上し、ダニューブ河口を遡ってドリストラに向かったと思われる。Cf. Reinsch, *Alexias*, p.236, p.20.

7-14 − 1077~78年の反逆者で、アンナの夫と同名の祖父（Reinsch, *Alexias*, p.236, n.21）。

7-15 − この人物については、アンナ＝コムニニが唯一の史料（Reinsch, *Alexias*, p.236, n.22）。Ljubarskij によれば、おそらく［少し前（1章1節）および本節で］アンナによって語られているニコラオス＝マヴロカタカロンの兄弟（*Aleksiada*, p.531, n.746）。

7-16 − この港がヴコレオンと呼ばれ、その語源が一頭の雄牛とその喉に食らいついているライオンの石像であるとのアンナの説明は、第Ⅲ巻1章4節に見られる。Cf. Reinsch, *Alexias*, p.237, n.29.

7-17 − 「すべての者 apantes」とは皇帝をはじめ作戦会議に参加している軍の指導者たちであろう。Dawes は you all をあてている。

7-18 − ケサルは爵位の一つ、ここではアンナの夫ニキフォロス＝ヴリエニオスを指している。アンナの夫と同名のニキフォロス＝ヴリエニオスの反逆の顚末については、*Nicéphore Bryennios, Historie*, IV, 1-18 に詳しい。なおアンナ自身も反逆そのものと視力を奪われた次第について語っている（*Al.*, I, 6, 7-9）。

7-19 − apogonos には「子孫」・「息子」の意味があるが、歴史家ニキフォロスの『歴史』の校訂者であり、対訳の仏訳者である P. Gautier は息子でなく、孫である可能性が高いことを詳しく論じている（Gautier, *Nicéphore Bryennios, Histoire*, pp.22-26）. Reinsch も歴史家ニキフォロスは反逆者の孫であって、息子でないとする（*Alexias*, p.237, n.31）。

7-20 −序文3・第Ⅰ巻4~6章など。

7-21 − この時皇帝がスキタイの使節と会見したのはゴロイにおいてであった（Leib, *Alexiade*, II, p.92, n.4）。

7-22 − 1087年8月1日（Grumel, *La Chronologie*, p.465 ; Chalandon, *Alexis I*^{er} *Comnène*, p.105, n.1 ; Leib, *Alexiade*, II, p.92, n.4 ; Ljubarskij, *Aleksiada*, p.532, n.752 ; Reinsch, *Alexias*, p.239, n.36）。

7-23 − *Ilias*, 2, 56 ff（Reinsch, *Alexias*, p.240, n.39）. 「……眠っていたわしに「夢」の神が現れたのだ……わしの枕許に立つとこういった」（以下奮起の言葉がつづく）（松平千秋訳『イリアス（上）』岩波文庫、45~46頁）。

7-24 − Reinsch はおそらく今日のティチャ Tica（Ticha）川だろうとしている（*Alexias*, p.240, n.41）。ティチャ川は複数あるが、おそらくコラロフグラード Kolarovgrad（現シューメン）の南を東に向かって流れ、黒海に注ぐ川カムチャヤ Kamcija であろう。Ljubarskij も同じくカムチャヤ Kamchiya とする（*Aleksiada*, pp.532-33, n.755）。

7-25 −タトゥは第Ⅵ巻14章1節に初めて登場する。

7-26 −少し前のカストロンにもこのフルリオンにも同じく要塞の語をあてた。ここでは共にポリス、すなわちドリストラ市のことである。Leib・Ljubarskij・Reinsch の三人もそれぞれ両者に同じ語、すなわち place、крепость（要塞）、Festung を与えている。

7-27 − この都市はブルガリア東部の都市シューメンの南西に位置したブルガリア王国の第二の都プレスラフ（今日の町プレスラフのすぐ近くにヴェリキ（大きな）＝

プレスラフ Велики Преслав の遺跡がある）。アンナはイストロスの河口近くに位置する小プレスラフと思い違いをしているようである。Cf. Reinsch, *Alexias*, p.241, n.48. Ljubarskij も、アンナは大プレスラヴ（Pleslav）をダニューブ河畔のプレスラヴと混同していると言っている（*Aleksiada*, p.533, n.758）。ロバート＝ブラウニング著、金原保夫訳『ビザンツ帝国とブルガリア』の註記によれば、「小プレスラフ Мали Преслав（Преславец）は、『ロシア原初年代記』ではペレヤスラヴェツ Переяславец、ドナウ河口に近いトゥルチャ市 Tulcea の東にあったとする説以外に、ブルガリアのマラク＝プレスラフ Малък Преслав（シリストラ県）ともいわれている」（302 頁註 18）。

7-28 －ブルガリアの汗クルム Krum（在位 803~814 年）。詳しくは Ljubarskij, *Aleksiada*, p.533, n.759 ; Reinsch, *Alexias*, p.241, n.49 を参照。

7-29 －サムイル Samuel はブルガリアのツァーおよび王《ヴァシレフス》として 996 年頃 ~1014 年の間統治した。実際の最後の王はイヴァン＝ヴラディスラフ Ivan Vladislav（在位 1015~1018 年）。

7-30 － Ljubarskij によれば、アンナは大プリススラヴァ（大プレスラヴ）をドナウ河口の（小）プレスラヴと混同しているだけでなく、大プリススラヴァの語源についても間違った説明をしている。実際大いなる《メガリ》ポリス《ポリス》（Мегалополь）という名の都市はこの地方には存在せず、「大きなプレスラヴァの都市 Большой Преславой город」は、ドナウの「小プレスラヴァ Малая Преслава」と区別するためにそう名づけられたものである（*Aleksiada*, p.534, n.762）。

7-31 －ここの部分は Ljubarskij と Reinsch それぞれの訳を参考に訳した。... по всем правилам тактики "связали" свои ряды, ...（……彼らは戦術の規則に従って自分たちの戦闘諸集団を結びつけた……）; ..., [sie] die Abteilungen mit Hilfe der taktischen Schließformationen gebunden ...（……計算された密集隊形の方法を用いて戦闘各部隊を結びつけ……）。

7-32 －ハリノスの意は bit（馬銜）in *GED*。Leib と Reinsch それぞれはこの語に une encâblure（約 200m）、eine Galoppade（跳駈）をあてている。近代イギリスの軍事史が専門の大阪学院大学教授、根無喜一氏に伺ったところ、書面でつぎのような回答をえることができた。19 世紀のいわば完成の域に達した騎兵戦術として「当時、騎兵は出点から walk ［並足］・trot ［速足：ダク］・canter ［普通駆け足］・gallop ［駈歩］と進み、最後のギャロップで最終の総攻撃を行った」、「大体 1 キロから 7~8 百メートルの距離でこれを遂行した」、「したがって最後の突撃は 180~200（メートル）程度になるものと思われます」とあった。さらに文献として、Louis A. Dimarco, *WAR Horse A History of the Military Horse and Rider*, Yardley, 2007 を紹介していただいた。根無氏の説明により Leib のあげた「約 200m」の数字の意味がわかった。

7-33 －神の母の衣類（頭と両肩をおおうコート）で、彼女に捧げられたヴラヘルネの教会に聖遺物として保管され、この場合におけるように時として諸帝によって軍旗

として出征に携行された（Reinsch, *Alexias*, pp.243-244, n.62）。ヴラヘルネの教会に聖遺物として保管されていた聖母の肩掛け（Ljubarskij, *Aleksiada*, p.534, n.767）。

7-34 －この諺のような語句は第5巻5章7節にもあらわれる。Cf. Reinsch, *Alexias*, p.245, n.65..

7-35 －すでに何回も記されているように、軍旗は神の母のケープ。Leibは、「アレクシオスがl'omophoron de la Viergeを手放さねばならなかった事実は敗北の大きさを示している」と註記している（*Alexiade*, II, p.101, n.1）。

7-36 －この短い文はLeib版にはなく、新校訂版で採用されている。*Al.*, II, 4, 9にあるものを加えると、アンナは民衆小唄を二つ採録していることになる。Ljubarskijも訳註においてこの歌の存在を指摘し、S. Papadimitriuの訳を露訳して紹介している。"От Дристры до Голои - прекрасный лагерь, Комнин".（ドリストラからゴロイまですばらしい野営だったことか、コムニノスよ）（*Aleksiada*, p.212, n.768）。Cf. Reinsch, *Alexias*, p.246, n.67.

7-37 －第V巻2章6節。

7-38 －（ ）内の文はLeib版にあり、新校訂版にはない。

7-39 －ここにおいて、また他所でも時々、アンナはパツィナキ（ペチェネグ）という当時の名称を使っているが、事実すぐ後にでてくるように、圧倒的に用いられる用語は古風なスキタイである。Cf. Reinsch, *Alexias*, p.246, n.71.

7-40 －タトゥの行動については第VII巻3章3節を参照。

7-41 －オゾリムニ（ウゾリムニ）。ドナウ下流地域近くの湖（Moravcsik, *Byzantinoturcica*, II, p.228）。ドブルジアDobruja地方の大きな湖の一つで、正確に同定するこはできない（Reinsch, *Alexias*, p.248, n.73）。Meško, Boje Byzancie s Pecenehmi o Tráiu（(Fights between Byzantia and Peceneg for Tracia), pp.3-27.の付図IIによれば、ドブルジア地方、黒海沿岸に位置する大きな湖、ラゼルムRazelm湖。

7-42 －ドブルジア地方に位置する（Reinsch, *Alexias*, p.248, n.74）。Ljubarskijもこの丘はドブルジャДобруджа（トルコ語でDobruca）にあるとしている（*Aleksiada*, p.535, n.771）。

7-43 －オゾリムニOzolimnêの最初の部分はギリシア語ozein（においを放つ）からと推測されうる。リムニlimnêは湖、従って臭いを発散する湖。Cf. Reinsch, *Alexias*, p.248, n.75. しかし以下に見るように、アンナはこの語源説をとらない（Ljubarskij, *Aleksiada*, p.535, n.772）。

7-44 － 10~15世紀においてはハンガリア人Ungarnの意味をもつ(Moravcsik, *Byzantinoturcica*, II, p.235)。

7-45 － Ouzolimnê、すなわちウズィの湖。本節の冒頭に「現在わたしたちによってオゾリムニOzolimnêと呼ばれている」とあるので、「も」を補足した。LjubarskijもПоэтому озеро и назвали Узопимной.（それゆえ人々はこの湖をウゾリムニとも呼んでいる）としている。

7-46 − この場合の例として、フィリプポリスの近くに建設されたアレクシウポリスがあげられる（*Al.*, XIV, 9, 4）。Cf. Reinsch, *Alexias*, p.249, n.81 ; Ljubarskij, *Aleksiada*, p.535, n.775.

7-47 − 本巻 4 章 4 節。

7-48 − 伯とはフランドル伯ロベール Robert1 世（伯在位 1071~1093 年）のこと。両者の出会いの時期について、研究者の間でそれぞれアンナの記事と西方の年代記にもとづくものと二つに分かれる。Ljubarskij はアンナにおけるペチェネグ戦争のクロノロジーの不正確さから西方の年代記のより信憑性の高い情報をとり、1089~1090 年のこととしている（*Aleksiada* pp.535-36, n.777）。Reinsch もこれに従っている（*Alexias*, p.249, n.83）。

7-49 − 家臣 Vasall（hominium）としての誓い（Reinsch, *Alexias*, p.249, n.84）。Cf. Ljubarskij, *Aleksiada*, p.536, n.778.

7-50 − 1087 年 8 月以降― Petschenegen への金印文書（Dölger-Wirth, *Regesten*, no. 1144）。そこでは年代上の問題の論議がなされている（Reinsch, *Alexias*, p.249, n.87）。

7-51 − Chalandon が指摘しているように［*Alexis* Ier *Comnène*, p.118］、帝国の諸州において豊かな戦利品をえる見通しはコマニにスキタイに対する恨みを忘れさせ、スキタイとの和解に導き、帝国に対して略奪を行わせるだろうとの恐れがアレクシオス側には存在した。蛮族にはコンスタンティノープルへの道が待っているだけで、すでにその道は承知ずみであった（Leib, *Alexiade*, II, p.106, n.2）。

7-52 − シディラ＝クリスラ、現リシュ峠。訳註 6-178 を参照。

7-53 − このゲリラ戦は 1088 年から 1089 年のまる 2 年にわたって行われた（Leib, *Alexiade*, II, p.107, n.1）。しかしこのゲリラ戦も「蛮族の数が圧倒的多数であったので、ギリシア人は反撃することも、彼らの戦略地点をうまく守りきることもできず、少しずつ押し戻されイプサラ［キプセラ］まで後退した」（Chalandon, *Alexis* Ier *Comnène*, p.119）。

7-54 − Chalandon, *Alexis* Ier *Comnène*, p.120 に従えば 1089 年、Dölger-Wirth, *Regesten*, *no.* 1145 に従えば 1087 年の秋。Ljubarskij, *Aleksiada*, pp.542-43, n.846 によれば 1089/90 年の秋から冬。

7-55 − トルコ人部隊の指揮官、この人物については第Ⅴ巻 6 章 4 節。

7-56 − panêgyreis ＜ panêgyris. この語はテキストに 4 度でてくるが、Leib は 3 つの異なる訳語を与えている。新兵 recrues（*Al.*, VII, 6, 6）、食料の供給 approvisionnements ; ravitaillement（X, 5, 9 ; 9, 11）、市 marchés（XIII, 7, 2）。これに対して、Reinsch はすべてにおいて市 Märket の語を使っている。確かに *PGL* には market, trading fair の訳語が採用されている。しかし他方 Ljubarskij は、アンナにおけるこの語の納得のいく唯一の解釈は "запас продовольствия"（食料の供給）であるとしている。ただし Ljubarskij も XIII, 7, 2 では、panêgyreis に торги（取引、市場）の語をあてている。とにかくここでは「食糧補給」の意味であろう。

7-57 − Proverbia, XXVI, 11（Leib, *Alexiade*, II, p.108, n.1）.「犬が自分の吐いたものに戻る

ように」(日本聖書協会新共同訳『聖書』(旧) 1025 頁)。

7-58 − 1090 年の冬 (Chalandon, *Alexis Ier Comnène*, p.124)。Chalandon によれば、皇帝は次の戦いに備えてコンスタンティノープルに帰還した、そして次の第 7 章の最初に現れるアルホンドポリを創設したのはこの時であった (*Alexis Ier Comnène*, p.125)。なお Ljubarskij もスキタイの越冬を 1089/90 年の冬とする (*Aleksiada*, p.537, n.785)。

7-59 − 1090 年 (Chalandon, *Alexis Ier Comnène*, p.120, n.1 ; Ljubarskij, *Aleksiada*, p.537, n.786).

7-60 − ヴルガロフィゴンの南、直線距離でおよそ 24km 地点にハリウポリスが位置する。両地点については索引を参照。

7-61 − Archontopôlos の接尾語 -pôlos は中世および近代ギリシア語に取りいれられたラテン語の接尾語— -pul (l) us : Sproß (新芽)・Nachkomme (子供)・Sohn (息子) —から形成 (Reinsch, *Alexias*, p.252, n.99)。

7-62 − *Ilias*, VI, 112 (Reinsch, *Alexias*, p.252, n.100).「男の名にかけて、勇気を奮い起こして戦ってくれ」(松平千秋訳『イリアス (上)』岩波文庫、188 頁)。

7-63 − ラケダイモン人。しかしこれはアンナの記憶違い。不可侵部隊はテーベ人によって創設された (Leib, *Alexiade*, II, p.108, n.1 ; Ljubarskij, *Aleksiada*, p.537, n.789 ; Reinsch, *Alexias*, p.252, n.101)。

7-64 − 本巻 6 章 4 節。

7-65 − 本巻 6 章 1 節。

7-66 − アンナはすでにアペルハシムの死 (1092 年) について語っている (*Al*., VI, 12, 3)。ここでは第Ⅵ巻 14 章から始まるスキタイ (パツィナキ) 遠征に関係する範囲で語られる事件、すなわちアペルハシムの死に先行する事件はおよそ 1088/89 年頃のもの (Reinsch, *Alexias*, p.253, n.110)。Cf. Leib, *Alexiade*, II, p.110, n.1.

7-67 − トルコ語でチャカ Çaka (Çakan)、セルジュクのアミールであるこの人物はここで初めて登場する。Reinsch によれば、スミルナを主都とする小アジアの西海岸にすでに有力な立場を有し、エーゲ海東部全域を脅かしていた (*Alexias*, p.253, n.111)。Chalandon に従えば、以下のツァハスの活躍の時期は 1088~89 年であり、続いて起こるコンスタンディノス = ダラシノスの遠征は 1090 年 (*Alexis Ier Comnène*, p.126, n.2)。Cf. Ljubarskij, *Aleksiada*, p.538, n.797.

7-68 − アグラリオンの用語は通常はあらゆる種類の小舟をさすが、しばしば漁船をさすのに使われる、しかしまた戦いの船 marine de guerre にもこの語が使われる場合が見いだされる (Ahrweiler, *Byzance et la Mer*, pp.409-410)。

7-69 − Zonaras (*Epitome historiarum*, XVIII, 22 [p.737]) は、ツァハスはミティリニ (レスヴォス) とヒオスに加えて、サモスとロードスも奪い取ったとしている (Chalandon, *Alexis Ier Comnène*, p.127 and n.1)。

7-70 − このカストロンの語はすぐ前の都市と同意語であろう。すなわちヒオス市。Reinsch は「この者はヒオスの海岸に到着すると同時に、Burg (都市) の攻囲にとりかかった」としている。

7-71 －この人物はすでに何回も登場しているが、今回はダラシノスと共に指揮者として派遣されていたのであろう。

7-72 －このスキタイ（パツィナキ）の突然の登場自体、すでにツァハスとスキタイ間においてコンスタンティノープルの帝国に対する軍事同盟が成立していたことを示すものであろう。第Ⅷ巻3章2節においては、ツァハスがスキタイに使者を送り、ヘロニソス（ゲリボル）半島を占領するよう説得につとめたことが語られている。ツァハスの主導によるツァハス＝ペチェネグ（パツィナキ）同盟については、Chalandon, *Alexis Ier Comnène*, pp.125-127, p.129 を参照。Ljubarskij も上記の記事（*Al.*, VIII, 3, 2）に関して、ツァハスのスキタイとの関係はすでにより以前に存在していることを、このスキタイの出現の記事（*Al.*, VII, 8, 6）に関連させて指摘し、トルコ人とスキタイの同盟はこれらの2集団の民族的近親性から促進されたとする。そして明らかにビザンツ帝国に対する両者の共同作戦について語ることができるとしている（*Aleksiada*, p.540, n.826）。

7-73 － Ljubarskij も Reinsch も Sp. Lambros の見解（Alexander Kabasilas, *Byzantinische Zeitschrift*, 12（1903）, 40-41）を紹介し、このカヴァリカスはおそらく写本における間違いで、アンナによって幾度も言及されているアレクサンドロス＝カヴァシラスとしている（*Aleksiada*, p.538, n.798 ; *Alexias*, p.256, n.119）。

7-74 －ヨアニス＝ドゥカスのディラヒオンのドゥクス職は、実際は1085年から1092年までの7年間である。ディラヒオンが敵の手中にあった時期に、アレクシオス帝が1081年に彼の縁者（ヨアニス＝ドゥカス）をディラヒオンのドゥクスに任命したと仮定すれば、11年間となる（Reinsch, *Alexias*, p.257, n.124）。

7-75 － *Ilias*, 7, 282-293（Reinsch, *Alexias*, p.258, n.127）.「今はもう夜になったことでもあるし、「夜」のいうことを聴くのも悪くありますまい」（松平千秋訳『イリアス（上）』岩波文庫、223頁）。

7-76 － 1090年末頃（Chalandon, *Alexis Ier Comnène*, p.120, n.1）. Cf. Reinsch, *Alexias*, p.258, n.130. 舞台は小アジア西部の海岸地方からふたたびトラキアに移る。

7-77 －このスキシスは第Ⅶ巻6章5節で初めて登場している。

7-78 －ここでカトラニスと呼ばれている人物は明らかに本巻10章1~2節で語られるタトラニスと同一である（Reinsch, *Alexias*, p.259, 133）。

7-79 －訳註1-38を参照。

7-80 － *Ilias*, X, 173 ; Herodotus, VI, 11（Leib, *Alexiade*, II, p.118, n.1）.「事態は剃刀の刃に乗っているようなものなのだ」（松平千秋訳『イリアス（上）』岩波文庫、311頁）;「正に剃刀の刃の上にある状態」（松平千秋訳『歴史（中）』岩波文庫、204頁）。

7-81 －エオルイオス＝ピロスは第Ⅴ巻6章2節で登場している。

7-82 － Chalandon によればアスプロン（Aspra と表記する）はマルガラ Malgara（現マラカラ Malkara）とレデストス Rhaidestos（ロドスト Rodosto、現テキルダー Tekirdag）の間に位置する（*Alexis Ier Comnène*, p.127, n.6）。本巻6章6節にあるキプセラ（現イプサラ Ipsala）の東およそ26km に、続いて記されるルシオン（現ケシャン Kesan）がある。

エグナティア街道上東に向かってキプセラ→ルシオン→マルガラ→アプロス→レデストスとなる。おそらくアスプロン（アスプロス）はマルガラとレデストスの間に位置するアプロス（*Al.*, VII, 7, 3 ; X, 11, 1）であろう。

7-83 －訳註 7-78 を参照。

7-84 －スキシス（スキタイの単数形）のタトラニスは、ローマ人の立場にたってスキタイの指導者に告げている。

7-85 － Ljubarskij はこの語に домашние слуги императора（皇帝個人の従者）をあてている。

7-86 －ルシオンの東北東およそ 104km、ツゥルロスからコンスタンティノープルまでおよそ 104km。

7-87 － *Ilias*, 2, 1-2（Reinsch, *Alexias*, p.264, n.145).「他の神々、また戦車を駆って戦う勇士らが、みな夜もすがら眠る中に」（松平千秋訳『イリアス（上)』岩波文庫、43 頁)。

7-88 － *Ilias*, 11, 547（Reinsch, *Alexias*, p.265, n.146).「(アイアスは）少しずつゆっくりと足を運びながら退き始めた」（松平千秋訳『イリアス（上)』岩波文庫、356 頁)。

7-89 － 1090/91 年の冬（Reinsch, *Alexias*, p.266, n.150 ; Ljubarskij, *Aleksiada*, p.539, n.813)。

第Ⅷ巻

8-1 －トラキアの城塞で、マルマラ海の北岸の二つの湾、すなわちキュチュキ＝チェキメジェ Küçük Çekmece とビュユキ＝チェクメジェ Büyük Çekmece の間に位置する（Ljubarskij, *Aleksiada*, p.539, n.814)。西のビュユキ＝チェクメジェからイスタンブルまでの距離はわずか 34km 程度である。

8-2 － Reinsch によれば、復活祭前の四旬節 vierzigtägigen Fastenzeit の開始からさかのぼって二番目の週の金曜日、ここでは 1091 年 2 月 14 日となる（*Alexias*, p.267, n.2)。アポクレオスは、Sophocles, *GL* では「肉から別れる leaving off meat」の意で、名詞的には「the carnival week, the carnival」。実際に完全に肉類を断つことを求められるのは四旬節に入ってからである。カーニバル、すなわち謝肉祭は四旬節に肉を断つのでその前に別れを告げる意味で肉を食べることからきているらしい。*Oxford Dictionary of Modern Greek*, by J.T. Pring, Oxford, 1982 にも apokreôs の訳語として carnival が採用されている。

8-3 － Reinsch によれば、文字通りには "Woche des Käsegenusses"（チーズを賞味する週)、この週には乳製品を賞味することが許される。復活祭直前の四旬節の開始前の 1 週間（*Alexias*, p.267, n.3)。Leib によれば、la tyrophagie（チーズ週）は四旬節の断食に備える週である。この間においては、なおチーズ・バター・ミルク・卵・魚を食することが許される（*Alexiade*, II, p.128, n.1)。つまりアポクリオス（週）では肉を食することができるが、それに続くチーズ週に入れば肉は断たれる。

8-4 －およそ 15km。アンナはスタディオンをミレ（1 ローママイル＝約 1500m）の意味で使っている（索引の「スタディオン」を参照)。

8-5 －コンスタンティノープルの西、10 マイル地点に位置するエグナティア街道上の城塞

(Reinsch, *Alexias*, p.268, n.4)。レギオン Rhegion とヘヴドモン Hebdmon（練兵場のあった所）の間（Ljubarskij, *Aleksiada*, p.539, n.817)。レギオンはコンスタンティノープルの金門の西およそ 14km、ヘヴドモン（練兵場のあった所）は金門の西およそ 9km。

8-6 －日中と夜間はそれぞれ 12 時間に分けられ、日中は夜明けと共に始まり、日没で終わる。従って現代的に言えば午前 7 時台となろう。Cf. Grumel, *La Chronologie*, p.164 ; Ljubarskij, *Aleksiada*, p.539, n.818.

8-7 －ニキタス＝ホニアティスにはヒロヴァクヒの平地を流れる、幅の狭く浅いメラス Melas 川が言及されている（Niketas, Choniates, *O City of Byzantium*, p.37 and n.171)。

8-8 －肉を断つ週（アポクレオス）の主日。Reinsch は六旬節の主日 der Sonntag der Sexagesima、すなわち 1091 年 2 月 16 日、この日はチーズ週の始まる直前の主日と註記している（*Alexias*, p.269, n.5)。Leib も dimanche de la Sexagésime と註記している（*Alexiade*, II, p.130, n.1)。しかし、Ljubarskij と Sewter-Frankopan はこの日を 1091 年 2 月 18 日としている（*Aleksiada*, p.539, n.821 ; *The Alexiade*, 2009, p.508, n.3)。

8-9 － Deuteronomium, 32、30（Reinsch, *Alexias*, p.271, n.9).「どうして一人で千人を追い二人で万人を破りえたであろうか」（日本聖書協会新共同訳『聖書』（旧）334 頁)。

8-10 －ツァハスは第Ⅶ巻 8 章の最初に初めて現れ、彼の動向は 8 章の全体にわたって詳しく報告されている。

8-11 －小アジア西岸から見てエーゲ海の対岸。

8-12 －ヘロニソス（ゲリボル）と名付けられるものは、ダーダネルス海峡のヨーロッパ側の半島全体を、またこの半島の北西端にある主教都市を示す名に使われている。ここでは Reinsch に従って半島の意味に解した（*Alexias*, p.272, n.16)。

8-13 －スキタイ（パツィナキ）とツァハスの接触は第Ⅶ巻 8 章 6 節で触れられている。

8-14 －クリセェ Krithai に関して、Leib と Dawes は普通名詞とし、それぞれ sa provision d'orge（大麦の収穫物）と the barley-corn（大麦）の語をあてている。これに対して新校訂版では tas Krithas とあり、Reinsch はヘロニソス半島の南端に位置する場所の地名と解釈している（Reinsch, *Alexias*, p.22, n.17)。後者に従った。Ljubarskij もクリセェがヘロニソス半島に位置する都市、Крифия（Krifia）とする V. Vasilevskij の指摘を註記している（*Aleksiada*, p.540, n.827)。

8-15 － 1090/91 年の冬（Ljubarskij, *Aleksiada*, p.540, n.828 ; Reinsch, *Alexias*, p.273, n.18)。

8-16 － 1091 年初め－Nikephoros Melissenos への書簡（Dölger-Wirth, *Regesten*, no. 1158)。

8-17 －ヴァルダリス（ヴァルダル）・ストルマ（ストリモン）の流域に住むヴラヒ（Leib, *Alexiade*, II, p.135, n.2)。索引の「ヴラヒ」を参照。

8-18 －第Ⅶ巻 6 章 1 節、7 章 4 節。

8-19 －マリツァ川。エノスの町はマリツァ川の河口近く、左岸に位置する今日のエネズ Enez、つづいて現れる小さな城塞ヒリニはマリツァ川の右岸に位置する（Reinsch, *Alexias*, p.273, n.19, p.274, n.23)。

8-20 －カタ＝アンソロポンの語句は 3 回使われている（*Al*., II, 1, 6 ; VIII, 4, 1 ; IX, 9,

4)。ここでは Dawes・Leib・Ljubarskij・Reinsch・Sewter-Frankopan はそれぞれ、for as far as man could see、humainement parlant、в человеческих силах（人知からでは)、im menschlichem Bereich（人間の領分においては)、from human sources の語を当てている。

8-21 －トゴルタクはロシア語史料ではたとえばトゥゴルカン Тугорканъ の形で、マニアクはたとえばボニャク Бонякъ の形であらわれる（Moravcsik, *Byzantinoturcica*, II, p.316, p.181)。ロシア人学者（V. G. Vasil'evsky, A. A. Vasiliev）はこの二人のポロヴェツ（コマニ）の首領を「ビザンツ帝国の救済者」と見なしている（*The Russian Primary Chronicle*, p.277)。Cf. Ljubarskij, *Aleksiada*, p.541, n.835.

8-22 －本巻 3 章 4 節の訳註 8-16。

8-23 －その者たちは、マリツァ川の右岸にあって全軍が対岸へ渡るのを見守っている皇帝のもとへ西からあるいは北からやってきたことになる。

8-24 －アンナの母イリニ＝ドゥケナは、ブルガリア王国の最後の王イヴァン＝ヴラディスラフの息子、トライヤン Траян の孫娘（Ljubarskij, *Aleksiada*, p.534, n.761)。

8-25 － Reinsch はトラキアの川、現ネストス Nestos/ メスタ Mesta としている（*Alexias*, p.277, n.35)。ブルガリアのリラ山地に発するこの川はタソス島（ギリシア）の北あたりでエーゲ海に流れ込む。しかし戦場となったレヴニオン / レヴニスの近くに位置するキプセラからネストス川の河口あたりまでは直線距離でも 120km ほどもある。他方 Ljubarskij はマリツァ（エヴロス）の一支流エルゲネ Эргене（Ergene）とする（*Aleksiada*, p.541, n.840)。この支流はハリウポリスの北を西に向かって流れ、キプセラの少し北あたりでマリツァ川へ合流している。マリツァ川の支流エルゲネを採用したい。Meško, Boje Byzancie s Pecenehmi o Tráiu（Fights between Byzantia and Peceneg for Tracia）の付図（Jar［Spring］1091）によると、1091 年春ペチェネグはハリウポリスの北、ヴルガロフィゴンから西南方向、レヴニオンへ向かっている。

8-26 －傭兵軍の派遣はローマ・ギリシア両教会の統合交渉との関連で大いに考えられる（Reinsch, *Alexias*, p.277, n.36)。実際、ラテン語の諸年代記は救援を要請したアレクシオス帝の教皇（ウルバヌス Urbanus 2 世）宛書簡をそれとなく言及している（Leib, *Alexiade*, II, p.139, n.2)。Cf. Dölger-Wirth, *Regesten*, no. 1156.

8-27 － Ljubarskij は、ここを「крутой нрав куманов（コマニの激しい気性）を熟知していたので」と訳している。

8-28 －これらの男たちが何者であるについては正確な情報はないようである。Cf. Ljubarskij, *Aleksiada*, p.541, n.843. Reinsch は、原文通りに aus den Gebirgsegenden wagenmutige und kriegerische Männer ein（大胆で勇敢な山岳地域の男たち）と訳しているだけで、註をつけていない。

8-29 － 1091 年 4 月 28 日月曜日（Leib, *Alexiade*, II, p.140, n.2 ; Reinsch, *Alexias*, p.277, n.38)。

8-30 －上記 4 章 6 節のレヴニスと同じ。

8-31 － *Odyssee*, 24, 319（Reinsch, *Alexias*, p.278, n.41).「オデュッセウスの胸は高鳴り、……」（松平千秋訳『オデュッセイア（下)』岩波文庫、1996 年、313 頁)。

8-32 − この語にReinschは文字通りdie Zügel（手綱）をあてている。しかしDawes・Leib・Ljubarskij・Sewter-Frankopanはそれぞれ馬を意味する語、horses、coursiers、онки、horsesをあてている。

8-33 − Zonaras（*Epitome historiarum*, XVIII, 23［pp.740-41］）によれば、アレクシオスはパツィナキの一部を奴隷とし、他方彼らのうちでもっとも勇敢な者たちをそれぞれの妻と子供とともにモグレナMoglènaのセマ（行政区）へ移住させた（Leib, *Alexiade*, II, p.143, n.1）。その民すべてがその日に根絶させられたとは、アンナの誇張であろう。事実アンナはすぐ続いて「また多くの者が生きたまま捕えられてしまった」と述べている。Cf. Ljubarskij, *Aleksiada*, p.543, n.849.

8-34 − 6年間におよんだスキタイ（パツィナキ）戦争［1087年春におけるパクリアノスの対スキタイ遠征から起算して］は、1091年4月29日［火曜日］に終わった（Ljubarskij, *Aleksiada*, pp.542-43, n.846）。Ljubarskijは、同註においてスキタイ戦争のクロノロジーについて詳細に検討している。Cf. Reinsch, *Alexias*, p.280, n.47.

8-35 −第Ⅶ巻3章。

8-36 −第Ⅶ巻6章2節において登場。

8-37 − LeibとSewter-Frankopanがそれぞれses semblablesとhis fellow-menの訳語を、Dawes・Ljubarskij・Reinschはそれぞれ文字どおりにmen、люди（people）、Menschenの語を与えている。シネシオスは使者としてスキタイのもとへ送られ、とにかく一時は説得して皇帝の同盟者にすることに成功していること（*Al.*, VII 6, 2-4）、またある箇所で蛮族の血が半分入ったモナストラスとトルコ系のウズィに属するウザスと並べて語られていること（*Al.*, VII 9, 7）、これらからシネシオスがスキタイであった可能性が考えられるかもしれない。

8-38 −本巻3章4節；4章5節。

8-39 −ズィゴスはラテン語iugum（山脈）から。ここではバルカン山脈。アンナにおいてはこの語は二つの意味において使われている（Ljubarskij, *Aleksiada*, pp.543-44, n.850）。索引の「ズィゴス」を参照。

8-40 − 1091年の5月。

8-41 − 1091年5月（「年表」*Aleksiada*, p.652）。

8-42 −当時のローマ法によれば大逆罪は死罪であった（Reinsch, *Alexias*, p.283, n.59）。ウムベルトプロスはまもなく許しをえた（Ljubarskij, *Aleksiada*, p.544, n.851）。事実彼はコマニ遠征における指揮者の一人に任命されている（*Al.*, X, 2, 6）。

8-43 −イサアキオス＝コムニノスの長男で、アレクシオス1世の甥、1073年末頃に生まれた彼は当時20歳を少々越えていた。1091年頃ヨアニス＝ドゥカスの後任としてディラヒオンのドゥクスに任命された（Reinsch, *Alexias*, p.283, n.62）。

8-44 −オフリドの大主教テオフィラクトスTheophylaktos（在職1088/89~1126年）。彼の講演記録Discoursと書簡集Lettresは、彼の時代のブルガリアの重要な史料をなす（Reinsch, *Alexias*, p.283, n.61）。

8-45 －この人物は第Ⅶ巻3章6節においてサヴロマテェ（ペチェネグ）に属し、外国人同盟兵の指揮者の一人として現れている。

8-46 － 1091年5月以降— Johannes Dukasへの書簡（Dölger-Wirth, *Regesten*, no. 1159).

8-47 －ローマ帝国領とセルビア人との境界地帯（Ljubarskij, *Aleksiada*, p.544, n.855）（Reinsch, *Alexias*, p.283, n.65）。

8-48 － 1091年5月以降— Dyrrhachionの指導者たちdie vornehmenへの書簡（Dölger-Wirth, *Regesten*, no. 1160）。

8-49 －この者はきわめて有能な将校で、トラペズス地域の出身者であった。そのセルジュクトルコの都市を奪い返した後は、コンスタンティノープルから半独立のドゥクスとしてふるまった（Reinsch, *Alexias*, p.286, n.71）。この者はまたその地方では殉教者と見なされた。現存する彼の伝記には、彼はアガリニィ（トルコ人）に捕らえられ、しかしキリスト教信仰を捨てることを拒否したため、激しい苦痛をともなう死に処せられた。アンナは、1098年ガヴラスがパイペルト（トルコ北東部に位置するバイブルトBayburt）からトルコ軍に対して攻撃にでることを決心したことを報告し、しかるべきところで、ガヴラスの生涯と死について語ることを約束している（*Al.*, XI, 6, 6）。しかしこの約束は果たされなかった（以上はLjubarskij, *Aleksiada*, p.545, n.858による）。

8-50 － Reinschによれば、ガヴラスがトラペズスを掌握したのは、アレクシオスの登極以前（*Alexias*, p.286, n.72）。

8-51 － 1080年に生まれた、彼の二番目の娘、マリア＝コムニニ。結婚契約は1088~1090年に結ばれた（Reinsch, *Alexias*, p.286, n.71）。

8-52 －男子は14歳、女子は12歳（Reinsch, *Alexias*, p.287, n.76）。

8-53 －「死ぬsterben」を表す中世ギリシア語の普通に使われる多数の隠喩の一つ（Reinsch, *Alexias*, p.287, n.77）。

8-54 － Reinschによれば、アンナのこの断言は間違っている。世俗および教会法によれば血縁者の結婚だけが一般的には確かに6等親までにおいて禁止された（一方ではもちろん特別免除による例外が存在した）。姻戚関係にある者たちの間において、大きな制限があったとはいえない。この場合における結婚障害は、当該の姻戚関係を血縁関係と同じように見なす場合にだけ起こりうるだろう。そこでそのように見なした場合、グリゴリオス＝ガヴラスとマリア＝コムニニは6等親の関係にあり、従って結婚は容認されないだろう。確かにそのような拡大解釈がなされる場合があるが、しかしながら法的現実Rechtswirklichkeitにおいてそのようにはみなされなかった（*Alexias*, p.287, n.78）。

8-55 －ゾナラス（*Epitome historiarum*, XVIII, 22［p.739］）によれば、セオドロス＝ガヴラスの息子はアレクシオス帝の娘マリアと婚約した、しかしまもなくその組み合わせは解消され、マリアはニキフォロス＝カタカロンと結婚した（Ljubarskij, *Aleksiada*, pp.545-46, n.861 ; Reinsch, *Alexias*, p.287, n.79）。

8-56 －プロポンディスは普通はマルマラ海を意味するが、ここではヴォスポロス海峡の意味で使われている（Reinsch, *Alexias*, p.288, n.82）。「フォカスの聖堂」については索引

を参照。

8-57 －黒海への出入り口、ヴォスポロス海峡のヨーロッパ側に位置する灯台（Ljubarskij, *Aleksiada*, p.546, n.864 ; Reinsch, *Alexias*, p.288, n.84）。

8-58 － 1091 年 5 月以後― Theodoros Gabras への書簡（Dölger-Wirth, *Regesten*, no. 1161）。

8-59 －イロス。釘の頭・鋲・釘・こぶなど（古川晴風編著『ギリシャ語辞典』）。Leib・Ljubarskij・Reinsch はそれぞれ la point、гвоздь（釘）、Lanzenspitze の語をあてている。Leib は註で êlos（釘）は logchê（槍先）の同意語であるとの Du Cange の見解（Annae Comnenae Alexiadem Notae, pp.586-588）を紹介している（*Alexiade*, t.II, p.154, n.3）。

8-60 －主の脇腹を刺したと言い伝えられる聖なる釘の一つ（あるいは槍先）はコンスタンティノープルのファロス Pharos の神の母の教会に保管されていた（Leib, *Alexiade*, II, p.154, n.3. ; Reinsch. *Alexias*, p.290, n.93）。この教会はコンスタンティノープルの大宮殿の内部にあった（Reinsch, *Alexias*, p.417, n.72）。

8-61 － 1091 年 5 月以降―パリストリオンのドゥクス、Leon Nikerites への書簡（Dölger-Wirth, *Regesten*, no. 1162）。

第Ⅸ巻

9-1 －訳註 8-39 を参照。ここではブルガリアと旧ユーゴのマケドニア間に位置する山岳地域を指している（*Alexias*, p,292, n.3）。

9-2 －第Ⅶ巻 8 章。

9-3 － Leib 版の春季に対し、新校訂版では夏季。後者に従った。すなわち 1091 年の夏（Reinsch, *Alexias*, p.293, n.6）。Ljubarskij も 1091 年の夏（9-4）。

9-4 － 1091/92 年の冬（*Aleksiada*, p.546, n.874）。

9-5 －第Ⅶ巻 8 章 8~10 節において、当時ディラヒオンのドゥクスであったヨアニス＝ドゥカスは皇帝により呼びもどされ、新たにツァハスに向かって送り出される次第が語られる。話しはそこに立ちもどることになる。Cf. Reinsch, *Alexias*, p.293, n.7.

9-6 －ミティリニ（レスヴォス）島の同名の町。

9-7 －陸軍のミティリニへの渡海はおそらくアイワルク Ayvalik［海を挟んでミティリニの東北 28km 強の地点］からだろうが、アンナはこのことについては言及していない（Reinsch, *Alexias*, p.293, n.10）。Ljubarskij は陸上軍がどのようにしてミティリニへ渡ったのかまったく明らかでないことを指摘している（*Aleksiada*, p.547, n.876）。

9-8 － 1092 年春―ミティリニを前にして Tzachas と戦っている Johannes Dukas 宛書簡（Dölger-Wirth, *Regesten*, no. 1168a.）。

9-9 －攻囲は 3 ヶ月にわたって続けられていた（Leib, *Alexiade*, II, p.158, n.1）。

9-10 － Aristophanes からの引用、訳註 6-36 を見よ。

9-11 －語義は「海の支配者」、メガス＝ドルンガリオスの別名。この者は艦隊の最高司令官（メガス＝ドゥクス）であるヨアニス＝ドゥカスの命令下に置かれた（Reinsch, *Alexias*, p.295, n.17）。

9-12 －この人物は幾度も登場するが、ここではヨアニス＝ドゥカスの遠征軍における指揮官の一人。

9-13 －シリアはセルジュク＝トルコの支配下にあった（Reinsch, *Alexias*, p.297, n.24）。

9-14 －ネメソス（現リマソル）から北に位置する内陸部のトロードス Troodos 山地（Reinsch, *Alexias*, p.297, n.25）。

9-15 －クリティス（Richter）の地位は（地方の）一般行政および裁判権の職務を含み、エクシソティス（Ausgleicher）は税官吏で、特に最重要の土地台帳の管理および租税と公課の決定に関わった（Reinsch, *Alexias*, p.298, n.28）.

9-16 －第IX巻1章9節。

9-17 －これらの船種については、訳註6-49を参照。

9-18 － 1093年春—イコニオンのスルタン、Kilidj-Arslanへの書簡（Dölger-Wirth, *Regesten*, no. 1169）。

9-19 －イコニオンのスルタン、クルチ＝アルスラン（Reinsch, *Alexias*, p.299, n.36）。訳註6-156を見よ。

9-20 －このツァハス殺害は、ツァハスが1097年のこととして再び登場する第XI巻5章の記事と明らかに矛盾する。Leibはここを Tzachas tomba inanimé sur place；（ツァハスは即座に意識を失って倒れた）と訳し、死ぬほどの深手を受けなかったと解釈している。しかしReinschは、ギリシア語文からこのような解釈は考えられないとする（*Alexias*, p.300, n.38）。S. Runcimanはこの問題に明確な説明を与えているように思う。すなわち第XI巻5章に登場するチャカ Chaka（ツァハス）は「おそらく最初のチャカ［IX, 3, 4］の息子で、アンナが単にチャカと呼んでいる Ibn Chaka として知られる人物である（*A History of the Crusades*, 1, pp.77-78, n.1）。

9-21 －クレタとキプロスにおける反逆を指しているものと思われる。

9-22 － Reinschによればアンナの言う「ダルマティア人の領土」は、ここでは現在のブルガリアとマケドニア共和国の国境に位置する山脈の西側の、セルビア人居住地域全体を意味する（*Alexias*, p.300, n.41）。

9-23 － 1091年4月29日（*Al.*, VIII, 5, 8）。

9-24 － 1093年（Leib, *Alexiade*, II, p.167, n.1；Reinsch, *Alexias*, p.300, n.42）。Ljubarskijはより厳密に1093年春とする（*Aleksiada*, p.548, n.891）。

9-25 －ここではダルマティアとローマ帝国領の間に位置する山岳地帯。索引の「ズィゴス」を参照。

9-26 － Ljubarskijによれば、アンナはその時代の他の作家と同様に、通常はセルビア人 Serboi に対してダルマティア人、セルビア Serbia に対してダルマティアの語をあてている（*Aleksiada*, pp.548-49, n.892）。セルビアについては2度（*Al.*, IX, 4, 3；XIV, 4, 3）、セルビア人については1度（*Al.*, IX, 4, 2）現れる。

9-27 －スフェンザニオン（ズヴェシャン）。イバル Ibar 川とシトニツァ Sitnica 川の合流点、ミトロヴィツァ Mitorovica 郡に位置する（Reinsch, *Alexias*, p.300, n.44）。現コソボ

州の北部、郡都ミトロヴィツァからイバル川を下っていけば、ラシュカ Raška（現セルビア）にいたる。

9-28 − 本来ペルシアの地方長官を意味するこの古風な用語を、アンナはローマ帝国の軍事指揮者に対しても使っている。

9-29 − 1093/94 年— Rasa（Raszien）［ラシュカ Raška］のズパン、Bolkanos への種々の書簡（Dölger-Wirth, *Regesten*, no. 1173）。

9-30 − シトニツァ Sitnica 川（Reinsch, *Alexias*, p.301, n.49）。シトニツァはコソボ平野を流れる主要な川。

9-31 − 序文の IV［1］を参照。

9-32 − 1094 年 2 月（Leib, *Alexiade*, II, p.169, n.4）; 同年春（Reinsch, *Alexias*, p.302, n.54）。

9-33 − *Ilias*, III, 34-5（Reinsch, *Alexias*, p.303, n.60).「手足は震え両の頬は蒼白となって……」（松平千秋訳『イリアス（上)』岩波文庫、88 頁）。

9-34 − ニキフォロス＝ディオエニスとミハイル＝ドゥカス（7 世）は共に皇后エヴドキア＝マクレンヴォリティサの息子であり、そして前者の父はロマノス 4 世ディオエニス、後者の父はコンスタンディノス 10 世ドゥカス。前皇后マリアは、ニキフォロス＝ディオエニスの義理の姉妹にあたる。

9-35 − Ljubarskij によれば、アンナはここでは 1094 年の最初のころの事件を語っている。これより少し前に、コンスタンディノスはアレクシオス帝の共治帝の地位を奪われ、彼に代わってアレクシオス帝の息子ヨアニスがその地位についた（*Aleksiada*, p.549, n.899）。同じく Ljubarskij はゾナラスに従って、コンスタンディノスはアンナの結婚適齢期に達する以前に死去した［1095 年以前］としている（*Aleksiada*, p.14, n.21）。Gautier によれば、彼の死は 1094 年の後半、あるいは 1095/6 年（Gautier, *Nicéphore Bryennios, Histoire*, p.66, n.1）。21 歳前後に亡くなったことになる。

9-36 − ロマノス 4 世ディオエニスについては、ミハイル＝アタリアティスとミハイル＝プセロスがそれぞれ詳しく報告し、またかなりの部分をこれら二人からくみ取って、続スキリティス *Scylitzes Continuatus* やヨアニス＝ゾナラス、ニキフォロス＝ヴリエニオスも書いている（Reinsch, *Alexias*, p.305, n.69）。

9-37 − ロマノス＝ディオエニスには 3 番目の息子としてコンスタンディノスがいた。アンナは第 X 巻 2 章 2~3 節においてこの人物について語っているが、間違ってレオンとしている。訳註 10-12 および 10-13 を参照。

9-38 − 歴史家ヴリエニオスに従えば、ヴォスポロス海峡の辺りのこの修道院は、エヴドキア自身が神の母に捧げて建設されたものである（Gautier, *Nicéphore Bryennios, Histoire*, I, 20）。

9-39 − Euripide, *Telephus*. frag. 722 ; Plutarque, *Moralia*. 472 E et 602 B（Leib, *Alexiade*, II, p.173, n.1 ; Ljubarskij, *Aleksiada*, p.550, n.904).「お前はスパルティー（スパルタ）を引き当てたのだ、かの地を支配していろ」（アガメムノンが弟メネラオスに向かっていう科白）（『ギリシア悲劇全集 12（エウリピデス断片)』岩波書店、2008 年、331 頁)。「お前

は定めによりスパルタを割り当てられたのだ。この国をよく治めよ」(戸塚七郎訳『モラリア 6(西洋古典叢書)』京都大学出版会、2000 年、129 頁［472C］)。

9-40 −「彼ら」とはニキフォロスを中心とした謀反人たちであろう。Leib と Ljubarskij はそれぞれ conjurés、заговорщики(謀反人たち)をあてている。

9-41 − Jérémie［Ieremias］、XIII, 23(Leib, *Alexiade*, II, p.174, n.1).「エチオピヤびとはその皮膚をかえることができようか」(日本聖書協会訳『旧約聖書』、1955 年改訳、1069 頁)。

9-42 −本巻 5 章 3 節。

9-43 −本巻 5 章 5 節。

9-44 − 1094 年 2 月 2 日または 17 日(Reinsch, *Alexias*, p.308, n.84)。同年 2 月 17 日(Ljubarskij, *Aleksiada*, p.550, n.907)。

9-45 −コンスタンディノス 10 世ドゥカスとエヴドキア=マクレンヴォリティサの末娘、ゾイ=ドゥケナ(Leib, *Alexiade*, II, p.243 ; Ljubarskij, *Aleksiada*, p.550, n.908 ; Reinsch, *Alexias*, p.309, n.85)。

9-46 −大宮殿の東にあったポロ競技場あるいは西側にあった屋根付きの競馬場 Hippodrom (Reinsch, *Alexias*, p.309, n.86)。

9-47 − Psalmi, 126, verse 2(Leib, *Alexiade*, p.177, n.1); Psalimi, 126, 1(Reinsch, *Alexias*, p.310, n.87).「主御自身が守ってくださるのでなければ、町を守る人が目覚めているのもむなしい」(日本聖書協会新共同訳『聖書』(旧)971 頁)。

9-48 −この人物は 12 世紀のビザンツ史において良く知られ、［アレクシオス帝の後継者］ヨアニス 2 世コムニノスの治世においてロゴセティス=トン=セクレトン логофет секретов［宰相に相当］およびプロタシクリティス протасикрит［書記長官］をつとめた(Ljubarskij, *Aleksiada*, p.550, n.911)。

9-49 − Leib によれば、アレクシオス帝と元皇后マリアの間に生じた軋轢について、アンナが我々に語っているのはこれだけである。アンナは一族にとって不愉快な話は何とか隠そうとし、どうしても指摘しなければならないことについては表現を和らげることにつとめる。Leib はこう指摘した後、Chalandon の次の見解(*Alexis Ier Comnène*, pp.137-138)を紹介している。すなわちある反目が、1090 年あるいは 1091 年からアレクシオスを、以前あれほどまで強く結びついていた皇后アラニアのマリアから引き離した。その反目を生みだしたものはヨアニス=コムニノスの誕生であり、そのため彼女の息子、若いコンスタンディノスはこれを限りに帝座とのつながりを失い、皇后マリアは修道女の黒衣を身につけねばならなかった。これまで彼女のもとで養育されていたアンナ=コムネナは彼女から引き離され(1091 年)、ヨアニス=コムニノスは皇帝と宣言された(1092 年)(*Alexiade*, II, p.178, n.2)。根津由喜夫『ビザンツ貴族と皇帝政権』によれば、ディオエニスの「前皇妃こそが今回の陰謀の真の黒幕であった」はとにかく、アラニアのマリアも「陰謀計画に通じていたことが明らかになった」(290、292 頁)。アンナも述べているように、とにかく皇后マリアがディオエニスの反逆計画を知っていなが

ら、それを皇帝へ知らせなかったことは問題だろう。

9-50 －第Ⅱ巻1章4節；2章3節。

9-51 －彼についてのもっとも最近の言及は本巻7章2節。

9-52 －以下に語られることは皇帝がヴォルカノスと戦うべくダルマティアへ向かう途中の出来事で、セレにとどまった時であろう（*Al.*, IX, 7, 2）。

9-53 －本巻7章5節。

9-54 －ヴァランギィについては訳註2-73を参照。

9-55 －アレクシオス帝から全幅の信頼をうけた高位の軍人、もっとも最近の言及は本巻5章5節。

9-56 －この言葉については訳註8-20を参照。

9-57 －すなわちペトロとパウロ。

9-58 － 1094年6月29日（Leib, *Alexiade*, II, p.184, n.1；Ljubarskij, *Aleksiada*, p.550, n.916；Reinsch, *Alexias*, p.314, n.100）。

9-59 －確かにLjubarskijの指摘するように、ニキフォロス＝ディオエニスの目潰しについてアンナの記述は一貫性がない。まずアンナは最初にディオエニスは皇帝の関知することなしに、その両眼を潰されたと語りながら、次にこの件に関して今日まで人々の話題の対象となっていることを述べ、最後にその陰謀者（ディオエニス）の目潰しの企ての発起人は皇帝本人であるのか、それとも皇帝はその企てに承認しただけであるのか、正確なことはなにも解らないとしている。Ljubarskijはこのアンナのちぐはぐな説明から判断して、ニキフォロスはアレクシオス自身の命令によって眼を潰されたと考えている。さらにLjubarskijによれば、軍・民の最高の幹部たちがアレクシオス帝に対する陰謀に関わり、そして2年前（1092年）にアレクシオス帝から権力の地位を奪い取られたコンスタンディノス＝ドゥカスの母、アラニアのマリアもこの陰謀に関わっていたとしている（*Aleksiada*, pp.550-51, n.917）。

9-60 －ここで話はやっと本巻5章1節に立ち戻る。

9-61 －つづいてダルマティア人もキリスト教徒であるという文から、仲間内での戦いと解釈した。

9-62 － Ljubarskijによれば、ウレシャ Уреся（Uresja）はラシュカのジュパン（部族長）、後のウロシュUrošl世［大ジュパンとして1113年頃~1131年頃］で、ヴゥカン Вукан（Vulkan）の後継者（*Aleksiada*, p.551, n.918）。

9-63 －盲人ディドュモス Didymos（313年頃~398年頃）はアレクサンドリアの教会博士。彼の学説はオリゲネスの信奉者のそれとして、553年のコンスタンティノープルの教会会議において異端の判決を受けた（Reinsch, *Alexias*, p.316, n.106）。

第X巻

10-1 －修道士ニロスはカラブリアからコンスタンティノープルにやって来た。次の第2節で概略説明されている彼の教説は、おそらく1094年あるいは1095年にコンスタン

ティノープルのある教会会議で異端の判決を受けた（Reinsch, *Alexias*, p.317, n.1）。

10-2 − 1082 年、第Ⅴ巻 8~9 章を参照（Reinsch, *Alexias*, p.317, n.2）。

10-3 − この語に、Dawes・Leib・Ljubarskij・Reinsch・Sewter-Frankopan はそれぞれ、Hellenic culture、la culture hellénique、эллинская наука（古代ギリシアの学問）、klassische griechische Buldung、Hellenic culture をあてている。

10-4 − Reinsch の訳語 philosophisch-philologischen Ausbildung を参考にした。

10-5 −イポスタシス（位格）とはこの場合は三位一体の第二位、すなわちキリスト。エノシス（位格的結合）とは一つの位格 Hypostase（Person）、すなわち人間となったロゴス Logos におけるキリストの神性と人性の結合 Vereinigung。カルケドンの公会議（451 年）において最終的に確立された教説に従えば、キリストは神性と人性をもつ存在であり、それら二つの性は混合されることなく、一つの位格 Hypostase において結合する（Reinsch, *Alexias*, p.317, n.3）。小林珍雄編『キリスト教用語辞典』の「位格的結合」において、「三位一体の第二位、神の子のペルソナ（位格）において、神の性と人の性とが、そのまま混同することもなく、変化して第三者になることもなく、結合されていることをいう」とある（216 頁）。

10-6 −キリストによって受容された肉の神化 обожествление принятой Христом плоти はいかにして生じたか、それは本来的なもの、あるいは超自然的なものであったかという神学上の問題は 12 世紀ビザンツにおいてあらゆる哲学的活動の中心的位置をしめた（Ljubarskij, *Aleksiada*, p.551, n.923）。

10-7 −受容された人性の神化 deification はそれ（人性）を吸収してしまうのでなく、人性は「天上の恵み」によって加えられたものとして、そのままの状態にとどまる。熱せられても本質を変えない鉄のたとえがキリストの二つの性にも適用されうる。正しい見解は、神と人からなる一つの位格（イポスタシス、すなわちキリスト）を受け入れることである。人と神の二つの性は一つの分割できない位格としてのキリストにおいて結合し united、決して混じり合わない not merged（Buckler, *Anna Comnena*, p.327, p.329）。

10-8 −アルメニア教会は、6 世紀以降教会組織上において、また教義上において（カルケドン公会議の決議を否認）コンスタンティノープルから分離した（Reinsch, *Alexias*, p.318, n.5）。

10-9 −「霊感に動かされた、あるいはものにとりつかれた人々」（*PGL*）。神からの直接的霊感を主張して、教会の権威を認めようとしない人々にこの語が用いられる。マサリアニィ Massalianoi（the Messalians, les Massaliens, die Messalianer）もこう呼ばれる。この派はマニ教徒（あるいはパヴリキアニィ）と共に、ボゴミルの異端の源泉である。ボゴミル派については第 XV 巻で 1 章があてられている（第 8 章）。Cf. Leib, *Alexiade* II, p.189, n.1 ; Reinsch, *Alexias*, p.319, n.10.

10-10 − Platon, *Phaedrus*, 243d 4-5（Reinsch, *Alexias*, p.319, n.12）.「快い語りで例えば塩辛い耳を洗い流したいのだよ」（水崎博明訳『パイドロス』プラトン著作集第 3 巻第 2 分冊、櫂歌書房、2012 年、89 頁）。

10-11 －ハラクス（防柵の陣地）とせず、新校訂版に従い地名のハラクスとした（索引の「ハラクス」参照)。Reinsch は、Charax はおそらくニコメディア湾岸にあったヴィシニアの商業地としている（*Alexias*, p.320, n.14)。Buckler によれば、アンナはこの戦士が生まれた都市 Charks を考えている（*Anna Comnena*, p.373, n.9)。

10-12 －イサアキオスはミハイル7世治世下アンティオキアのドゥクスに任命され、1074~78 年その職にあった。コンスタンディノス＝ディオエニスの死は 1075 年春に生じた（Reinsch, *Alexias*, p.320, n.16)。

10-13 － Gautier, *Nicéphore Bryennios, Histoire*, II, 29. ヴリエニオスはここにおいて、アンティオキアのドゥクスのイサアキオスと彼に従うコンスタンディノス＝ディオエニスはトルコ人のシリアへの出撃を知ってアンティオキアから出陣、しかしトルコ人との遭遇戦においてイサアキオスは捕虜となり、他方コンスタンディノスは殺されたとはっきり述べている。

10-14 －コンスタンディノス＝ディオエニスの間違い。前註参照。実際下記で語られるアレクシオス帝の姉妹セオドラの夫はこのコンスタンディノスである。Reinsch によれば、コンスタンディノスはロマノス4世ディオエニスと名の知られていない最初の妻との子供であり、他の二人ニキフォロスとレオンはロマノス4世とエヴドキア＝マクレンヴォリティサとの息子である（*Alexias*, p.320, n.15)。根津由喜夫氏によれば、ロマノス＝ディオエニスの初婚の相手はブルガリアの旧王族アルシアノス Alusianos の娘で、ロマノスは彼女との間に長男コンスタンディノスを得ている（『ビザンツ貴族と皇帝政権』132 頁)。Cf. Leib, *Alexiade*, I, pp155-158, n.1.

10-15 － Ljubarskij は 1092 年頃のこととしている（*Aleksiada*, p.553, n.934)。

10-16 － *Ilias*,19, 302（Reinsch, *Alexias*, p.109, n.24). 訳註 3-16 を参照。

10-17 －第Ⅸ巻1章1節。しかしそこでアンナが語っているのは、セルビア人の土地（ダルマティア）とローマ人の領土の間に位置する渓谷地域の防御工事に関することである（Reinsch, *Alexias*, p.321, n.21)。

10-18 － 6592 年は 1083 年9月1日から 1084 年8月 31 日までの1年間。「第7エピネミシス（インディクティオン）も過ぎようとしている時」であるので、1084 年8月となる。Cf. Grumel, *La Chronologie*, p. 436.

10-19 －重要問題を神託で決定する方法は、第 XV 巻4章4節でも語られる。さらに皇后イリニによって創建された修道院の院長の選択も同じ方法で行われた（Leib, *Alexiade*, II, p.192, n.2)。

10-20 － Ljubarskij は、C. Jirecek, *Die Heerstrasse von Belgrad nach Constantinopel und die Balkanpässe*（Prag, 1877, p.147）に従って、ホルタレアはアイトス Aytos の峠としている（*Aleksiada*, p.554, n.941)。アイトス峠はブルガス Burgas の北西およそ 30km。

10-21 －この湖の位置について、Ljubarskij はロシアの学者 V. Zlatarskij の見解を紹介している。それによると、この湖はアンヒアロスの西に位置するアタナソヴスコ湖 Atanasovsko lake である（*Aleksiada*, p.554, n.942)。*Wikipedia, the free encyclopedia* によれ

ば、Lake Atanasovsko はブルガス（黒海西岸の都市）の北に位置する塩水湖で、特に多様な植物相と動物相で知られる。

10-22 − Buckler はエルハニスとスカリアリオスの間に kai（and）を挿入して、二人のトルコ人将校と考える（*Anna Comnena*, p.360, n.8)。しかしここではエルハニスは個人名ではなく、称号 khan（アミールに相当）と見なすべきであろう。Cf. Leib, *Alexiade*, p. 193 ; Ljubarsij, *Aleksiada*, p.268, n.944 ; Reinsch, *Alexias*, p.323, n.323. なお、第 6 巻 13 章 1 節ではアンナはエルハニスを個人名として使っている（Reinsch, *Alexias*, p.323, n.43)。

10-23 − 新校訂版の校訂者の一人 Reinsch は…… には「トルコ人」が入るべきであるとする（*Annae Comnenae Alexias*, p.286、欄外の 64)。事実 Reinsch の独訳では Anführer der Türken（トルコ人の指揮者たち）となっている（Reinsch, *Alexias*, p.323)。

10-24 − セルマの意味は温泉（Aquae Calida)。ここでは地名（索引参照)。

10-25 − このカタカロン＝タルハニオティスは、1078 年ニキフォロス＝ヴリエニオスの反乱軍と共にアレクシオスと戦った。当時アドリアヌポリスの軍司令官（Gautier, *Nicéphore Bryennios, Histoire,* III, 7, and p.224, n.2)。

10-26 − このヴリエニオスは 1057 年皇帝ミハイル 6 世に対する反逆に参加するが、捕らえられて両眼を潰された。Gautier, *Nicéphore Bryennios, Histoire*, pp.14-16.

10-27 − 息子ニキフォロスは、同名の歴史家（アンナの夫）の祖父。

10-28 − すなわちアドリアヌポリス。

10-29 − 1094 年 — Konstantinos Katakalon Euphorbenos への書簡（Dölger-Wirth, *Regesten*, no. 1174)。

10-30 − 霊的な兄弟関係は、ビザンツでは一般に教会の祭壇の前で行われる儀式を通じて成立した（Ljubarskij, *Aleksiada*, p.555, n.952)。

10-31 − 本巻 2 章 2 節および訳註 10-12 を参照。

10-32 − Leib は、アレクシオス帝に金で雇われていたフランク人の伯たち comtes とする Du Cange の見解（Annae Comnenae Alexiadem Notae, p.593）を紹介している（*Alexiade*, II, p.197, n.1)。コミス（コミテスは複数）にはビザンツにおける将校の称号とラテン語の comes の二つの意味があるが、Ljubarskij もここではアレクシオス帝に仕えたフランク人が関係していると見なしている（*Aleksiada*, pp.555-56, n.953)。

10-33 − アドリアヌポリスの街区名（Kalathades in *Alexias*, Pars Altera)。Reinsch は意味をかご製造人地区 Korbmachersiedlung とし、都市城内の一地区あるいは城外の地区としている（*Alexias*, p.326, n.57)。

10-34 − このスキシスはこの場合はコマノス（コマニの単数)。索引「スキタイ」を参照。

10-35 − トゴルタクについては訳註 8-21 を参照。

10-36 − 名を騙る者が自分の父と称する者、すなわち皇帝ロマノス＝ディオエニス（Reinsch, *Alexias*, p.328, n.63)。

10-37 − ペルシアのサトラップ、ゾピュロスの策略の話はヘロドトス『歴史』（第 3 巻 154~8）に見られる。しかしゾピュロスが策略によりバビロン市を引き渡したのはキュ

ロス2世にではなく、ダレイオスにである。Cf. Leib, *Alexiade*, II, p.199, n.1.

10-38 －本巻2章7節。

10-39 －「上に名をあげた町」はプツァであろう。ポリスの語はコンスタンティノープルから砦あるいは小さな町であるこのプツァにまで適用されうる。

10-40 －偽ディオエニスについてはゾナラスも報告している。彼に従えば、トラキアのある都市の住民が罠をしかけてその反逆者を捕らえ、視力を奪った（Zonaras, *Epitome historiarum*, XVIII, 23［p.744］）。またこの反逆者の噂はロシア人の土地にまで達し、*The Russian Primary Chronicle* には6603年（1094/95）のこととして、次のように語られている。「ディオエニスの息子の配下にあったポロヴィツィ（Cumans）はギリシアを攻撃し、ギリシア人の土地を荒廃させた。皇帝はディオエニスの息子を捕らえ、視力を奪わせた」（Ljubarskij, *Aleksiada*, p.556, n.959）。

10-41 －アンナはスタディオンを das byzantinische Milion（ca. 1500m）の意味で使っている（Reinsch, *Alexias*, p.36, n.47）。アドリアヌポリス（エディルネ）から北西方向に位置するスクタリオン（現シュティット Šhtit）の城塞まではおよそ23kmである（Reinsch, *Alexias*, p.331, n.75）。約1500mで計算すればほぼ正確な数となる。

10-42 －東バルカン山脈のリシュ Rishki 峠（Reinsch, *Alexias*, p.233, n.228）。訳註6-178を参照。

10-43 － Reinsch は註でこの文章の意味は明瞭でないとしている（*Alexias*, p.333, n.87）。ヒリ村（アポロニア Apollonia 島、現ケルペ Kerpe とサンガリス河口の間の海岸に位置する）まで延びている海岸につづくのが、北に向かって曲がっている海岸であろうか。確かに海岸は河口の東、アクチャコジャ Akçakoca 辺りから徐々に北に曲がりエレーリ Eregli に至る。しかし広い範囲を含む三つの線はこれではでてこない。

10-44 －皇帝アナスタシオス1世（在位491~518年）。彼の両眼はそれぞれ異なる色の虹彩であったので、Dikoros（二重の瞳）と呼ばれた（Reinsch, *Alexias*, p.333, n.92）。

10-45 － Reinsch はここに「サンガリス川と人工の運河 Der Sangaris und der künstlich geschaffene Kanal」と註している（*Alexias*, p.334, n.93）。

10-46 － Reinsch が註記しているように、ここの二つの空白部分についてもアンナは後に書き加えようとしたのであろう。しかし結局、彼女の草稿には数字は記されなかった。書かれるべき数字は6604と4である（Cf. Reinsh, *Alexias*, p.334, n.96）。6604年の第4エピネミシスは、1095年9月1日から1096年8月31日までの間。Leib も Ljubarskij も同じ二つの数字（6604；4）を指摘している（*Alexiade*, II, p.244：Page 206, ligne 26；*Aleksiada*, p.557, n.969）。

10-47 －ここからビザンツ側から見た第1回十字軍についての唯一詳細な物語が始まる。これに比べて、アンナとほぼ同時代人であるゾナラスは十字軍についてわずか15行しか語っていない（Leib, *Alexiade*, II, p.206, n.1）。アンナの語るこの事件の叙述は、たとえばアレクシオスは援助を要請したのかどうかの問題など、多くの点において西方の諸史料で示されるものと決定的に異なる（Reinsch, *Alexias*, p.334, n.97）。この問題（援助の

要請）について研究者たちの見解の詳しい紹介は、Ljubaruskij, *Aleksiada*, p.275, n.970 を参照。

わずか 15 行のゾナラスの記述は以下のようなものである。「さてつぎにフランクの民は一緒になって西方《エスペリア》の地から出発し、そこから海を渡って東方《エオア》の地へ向かうべく諸都市の女王をめざして進んだ。彼らの大行軍《シンギニシス》については、ある驚異［の現象］が予言していた。すなわち空に浮かび雲にたとえることのでき、太陽をすっかり覆い隠すような途方もなく多数のイナゴの大群が西《エスペラ》から出現し、諸都市の頭ともっとも遠方の国境を飛び越えて東《エオア》に向かって進み、そしてそこで消えてしまった。実際そのようにあの者たち［フランク人］も海を越えてヴィシニアに渡り、トルコ人によって占領されていたニケアを時間と多くの苦難をかけて攻撃し、そしてついにその都市《ポリス》を奪い取った。それからその者たちは多大の財貨を得てこの都市を皇帝《ヴァシレフス》へ引き渡す一方、他方では前進を続けた。そして多くの苦難と殺戮をこうむった末、一方ではオロンテス河畔のアンティオキアを奪い取り、他方では多くの戦闘の後イエルサレムの都市《ポリス》を征服したのであった。短く語ればフランクの民の事績はそのようなものであった」（*Epitome historiarum*, XVIII, 23, pp.742-43）。

10-48 − Runciman は、この綽名はピカルディー方言の chtou あるいは kiokio によるもので、意味は「小さな」であるとしている。すなわち小ペトロス（*A History of the Crusades,* 1, p.113 ; 和田廣訳『十字軍の歴史』89 頁）。他方 Reinsch は Kukupetros を "Kapuzen-Petros"（頭巾をかぶったペトロス）としている（*Alexias*, p.335, n.99）。Ljubarskij も、Кукупетр (Kukupetr)、すなわち Петр в клобуке（頭巾をかぶったペトロス）(Koukoullion in Geek）としている（*Aleksiada*, p.559, n.971）。*PGL* には koukoullion に cowl, hood（頭巾）の訳語が採用されている。

10-49 − ダキア人はハンガリア人のこと（Reinsch, *Alexias*, p.335, n.101）。アンナはここでは巡礼者（十字軍士）の「ほとんどはダキア人の間（ハンガリア）を抜け」と正しく書いているが、第 8 節では「多数の群れがすべて一緒にロンギヴァルディアの海峡をわたることができようか」と、巡礼者のすべてがイタリアからアドリア海を渡ったように述べている。この誤りは、10 節の記事で明らかになる。訳註 10-56 を参照。

10-50 − イスマイリテェについてのこのアンナの指摘も以下の記述も共に、ビザンツ人のムスリムに対するお決まりの悪意に満ちた偏見を反映している（Reinsch, *Alexias*, p.336, n.102）。

10-51 − アスタルティとアスタロフはともにシリア・フェニキアの生殖・豊饒の女神アシュタルト Aštart の別称、ヒッタイト人・フルリ人においてはイシュタル Ištar と呼ばれた（Reinsch, *Alexias*, p.336, n.103）。

10-52 − アストロン（金星）とホヴァルも愛の女神。それぞれについては Reinsch, *Alexias*, p.336, n.104 ; n.105 を参照。

10-53 − パニイリスの語は 4 回現れる（*Al.*, VII, 6, 6 ; X, 5, 9 ; 9, 11 ; XIII, 7, 2)。これら 4 つのパニイリスに対して Reinsch はすべて Märkte（市）(für Lebensmittel) の語をあて

ている。これに対してLjubarskijは最初の3つに対してはпродовольствие（糧食）を、最後に対してторги（торгの複数、意味は市・取引など）をあてている。Bucklerによれば、パニイリスの語は［古典時代の］festivalの意味を完全に失い、それから派生したmarketの意味もほとんどなくし、［ビザンティン時代には］supplies（糧食）を意味するようになる（*Anna Comnena A Study*, pp.493-94）。

10-54 －下ロレーヌ公ゴドフロワ=ド=ブイヨンGodfroi de Bouillon。Reinschによれば、彼は1096年十字軍からの帰還に際して買い戻しを条件に自身の公領を売却した（*Alexias*, p.337, n.107）。

10-55 － Ljubarskijによれば、隠者ペトロスの軍隊の数についてアンナにも西方の年代記者にも甚だしい誇張が見られる（*Aleksiada*, pp.560-61, n.980）。Runcimanによれば、ペトロスの無秩序な集団は多数の非戦闘員を入れておそらく2万人ぐらい。十字軍の主要な軍勢、すなわちレーモンRaymondやゴドフロワや北フランスの各部隊は非戦闘員を入れてそれぞれ1万を十分にこえていたであろう。ボエモン（ヴァイムンドス）のそれはこれらより少し小さく、このような比較的小さな部隊は他にいくつかあった。しかし全体で見れば、1096年の夏から1097年春にかけて西方から6万から10万もの人々が帝国へ入ってきたにちがいない（*A History of Crusades*, 1, p.169）。

10-56 －これはアンナの間違い（Ljubarskij, *Aleksiada*, pp.560-61, n.980）。ペトロスの一行は、陸路でコンスタンティノープルに向かった。そのルートは北フランスのアミアンAmiensから始まり、ケルンKöln→レーゲンスブルクRegensburug→ベルグラードBeograd→ニシュNiš→ソフィア→プロフディフ（フィリプポリス）→アドリアノープル→コンスタンティノープル。なおアンナは聖地に向かう巡礼者たちすべてをイタリアから来させているが、Leibは、実際にイタリアから渡海してきた最初の諸集団がまだ子供であったアンナ［1096年当時13歳］に強烈な印象を残したことによる、としている（*Alexiade*, II, p.208, n.1）。

10-57 － 1096年7月30日（Leib, *Alexiade* II, p.210, n.1；Ljubarskij, *Aleksiada*, pp.560-61, n.980；Reinsch, *Alexias*, p.337, n.108）。

10-58 －本巻5章5節。

10-59 －作者不詳の*Gesta Francorum*に従えば、皇帝は十字軍士たちにむかって「あなたがたは少数でありトルコ人にうち勝つことができないので、十字軍の本隊が到着するまでヴォスポロスを渡ってはならない」と言った（*Gesta Francorum*, I, 2［*The Deeds of the Franks*, p.3］）（Ljubarskijの訳による：*Aleksiada*, p.561, n.982）。丑田弘忍訳「フランク人および他のエルサレムへの巡礼者の事績」『フランク人の事績』8~9頁。

10-60 －正確な位置は知られていない。*Gesta Francorum*, I, 2［*The Deeds of the Franks*, p.3］によれば、ニケアから4日行程の位置にある（Ljubarskij, *Aleksiada*, p.561, n.987）。丑田弘忍訳「フランク人および他のエルサレムへの巡礼者の事績」9頁。

10-61 －ニケアのスルタン、クリツィアススラン（クルチ＝アルスラン）（Ljubarskij, *Aleksiada*, p.561, n.988；Reinsch, *Alexias*, p.338, n.113）。

10-62 －ここでもトルコ語の称号名 il khan が人名として使われている。訳註 10-22 を参照。

10-63 － Runciman によれば、(給水路を断たれて) 8 日間の死の苦しみの後、指揮者のライナルト Rainald (イタリア人貴族) は降服を決心した。彼はキリスト教を棄てるならば命を許すとの約束を得て、城門を開いたのであった。自身の信仰に忠実であった者はすべて殺された。他方ライナルトと、彼と共に信仰を捨てた者たちは捕虜として、アンティオキア、アレッポ、さらに遠くホラサンの地へ連れ去られた (*A History of the Crusades*, 1, p.130 ; 和田廣訳『十字軍の歴史』106 頁)。

10-64 － *Gesta Francorum*, I, 2 [*The Deeds of the Franks*, p.4] ではペトロスはこの惨事に遭遇することなく、十字軍士たちを残してすでにコンスタンティノープルに戻っていた。この間の詳しい説明は Runciman, *A History of the Crusades*, 1, pp.130-131 ; 和田廣訳『十字軍の歴史』106~110 頁を参照。Cf. Ljubarskij, *Aleksiada*, p.562, n.994.

10-65 －アンナはクレルモン Clermont の宗教会議についても、教皇ウルバヌス 2 世についても一言も触れない。Leib は、アンナは第 1 回十字軍におけるウルバヌス 2 世の役割を知らなかったように思える、と書いている (*Alexiade*, II, p.212, n.1)。

10-66 －ユーグ＝ド＝ヴェルマンドワ Hugue、フランス王フィリップ 1 世の弟。彼はヴェルマンドワ Vermandois 伯の娘と結婚することによって初めて小さな所領をえた。王家の出身者の一人として当然富と権力にあこがれ、それゆえウルバヌス 2 世の訴えに応じた最初の一人として特に大きくはない軍勢を率いて 1096 年 8 月遠征にのりだした。彼はそこからバルカンへ渡る意図をもってまずイタリアに向かった。アンナの記事はユーグの十字軍参加に関するもっとも完璧な証言である (Ljubarskij, *Aleksiada*, p.562-63, n.997)。

10-67 －アンナはここで、せいぜい王 (リクス) にすぎないものがこのような皇帝 (ヴァシレフス) を称するフランク人の思い上がりと高慢を嘲笑っている (Leib, *Alexiade*, II, p.213, n.1)。Ljubarskij も同じようにアンナはこのように自称させることでフランク人の尊大さを強調していることを指摘している (*Aleksiada*, p.563, n.998)。

10-68 － 1096 年 8 月 (Leib, *Alexiade*, II, p.213, n.2)。

10-69 －第 IX 巻 4 章 4~6 節。

10-70 － 1096 年 10 月 12 日頃─ディラヒオンのドゥクス、Johannes Komnenos とその地の艦隊司令官 Nikolaos Maurokatakalon への書簡 (Dölger-Wirth, *Regesten, no.* 1185)。

10-71 －アンナの記事以外には何も知られていない (Reinsch, *Alexias*, p.340, p.123)。

10-72 －古くからの慣例で、教皇が信仰の敵と戦うべく出陣する戦士たちに手渡していた軍旗 (Leib, *Alexiade*, II, p.214, n.1)。

10-73 － 1096 年 11 月以前─ Butumites のディラヒオンへの派遣 (Dölger-Wirth, *Regesten*, no. 1186)。

10-74 －ディラヒオンからオフリド湖のオフリド・エデサ・セサロニキ経由のエグナティア街道でコンスタンティノープルに向かうルートと比べると、このフィリプポリス経由の道は著しく遠回りである (Cf. Reinsch, *Alexias*, p.341, n.127)。続いて語られるように皇帝はユーグと他のケルト人との接触を恐れたからである。

10-75 － Ljubarskij によれば、アンナの以下の記述からアレクシオス帝がこの時にどのような誓約を求めたかが明らかとなる。ビザンツ皇帝は、帝国のかつての領土の回復に十字軍遠征を利用することを望み、十字軍が奪い取った旧帝国領土のすべてを帝国へ返還させようとしたのである（*Aleksiada*, pp.563-64, n.1004）。

10-76 － Reinsch は、ここはおそらくディラヒオンの南およそ 30km、少し内陸に入った場所、今日のカバヤ Kavajë（アルバニア）であろうとする。しかしつづく第 3 節に出てくる地名アソンとの関係で問題が生じる。訳註 10-81 を見よ。

10-77 －ヴァイムンドスの一行は 1096 年 10 月の末にイタリアを出航し、11 月のはじめに対岸に上陸して、そこで軍勢を集結させた（Ljubarskij, *Aleksiada*, p.564, n.1005）。

10-78 －現ヴィヨサ Vjosa/Vijosë（Reinsch, *Alexias*, p.341, n.131）。ヴィヨサ川（ギリシアではアオノス Aônos）はギリシア北西部のピンドス山中に発して北西方向に流れ、アヴロン（ヴロラ）の北でアドリア海に注ぐ。アンナはカヴァリオンはヴシス川の近くとしているが、上記訳註 10-76 のカバヤからヴォウサ流域のうち最も近い河口まで直線距離でおよそ 62km もある。

10-79 －ボイオティアの住民は古典時代のギリシアでは田舎者の野人と見なされ、それゆえ彼らの名前は下品であった（Reinsch, *Alexias*, p.341, n.133）。

10-80 －リシャール＝ド＝プリンツィパート Richard de Principat（Leib, *Alexiade*, II, p.215, n.3）。すなわちボエモンのいとこの Richard of Salerno（Runciman, *A Historoy of the Crusades*, 1, p.155 and n.1）。Cf. Reinsch, *Alexias*, p.342, n.134.

10-81 － Reinsch はこの場所は特定できないとしている。しかし「アソンと向かい合って」という表現から、対岸、すなわちアプリアの海岸と解釈できうるとしている（*Alexias*, p.342, n.138）。他方 Ljubarskij は、カヴァリオンと向かい合ったアソン Асон は、明らかにヴロラ湾の島アスノ Асено あるいはサスンス Сасенс 島［サザン Sazan, ヴロラ湾の入り口に控えている島 in *Albanian English Dictionary*, Oxford, 1999］であるとしている（*Aleksiada*, p.564, n.1005）。カヴァリオンはヴォウサ（ヴィヨサ）川の近く、アソンと向かい合った位置にあるとのアンナの情報を信じるなら、その位置はヴロラ湾岸のどこかであろう。アソンについては Ljubarskij の指摘を採用したい。

10-82 －アンナのこの記述は正確さを欠く。アンナは、少し前でプレヴェンザス伯の戦艦は「ヒマラに向かってまっすぐ、順風を得て航海をつづけた」と書いている。

10-83 － on ＜ os は代名詞（男性単数対格）として用いられている。Dawes・Leib・Ljubarskij・Reinsch・Sewter-Frankopan はそれぞれ、him、［le duc］、дуку（дука — dux）、ihn［Mavrokatakalon］、Nicholas をあてている。しかし厳密に見れば、迫ってくる艦隊がシリアからのものと勘違いしている舵取りがどうしてニコラオス＝マヴロカタカロンを識別することができるだろう。私は on を stolon（艦隊—男性単数対格）と理解したい。テキスト *Alexias*, p.305 の欄外の註を参照。

10-84 － 1096 年 12 月 6 日（Leib, *Alexiade*, II, p.216, n.1 ; Ljubarskij, *Aleksiada*, p.565, n.1011 ; Reinsch, *Alexias*, p.343, n.143）。このニコラオスは小アジアのミラ Myra の主教。貧者、

小児への慈善家。俗にサンタクロースは彼にちなむ民俗伝承（小林珍雄『キリスト教用語辞典』273 頁）。

10-85 －すなわち古代ギリシア人。ここで語られているような弩 Armbrust はビザンツ人が確かにラテン語（cancer：甲殻）からの借用語 Tza (n) gra で呼んだものであり、西方人の発明によるもので、10 世紀以来知られていた（Reinsch, *Alexias*, p.343, n.145）。

10-86 －聖パウロの言葉（「手をつけるな。味わうな。触れるな」（日本聖書協会新共同訳『聖書』「コロサイの信徒への手紙」2、21、（新）371 頁）をそれとなく示したものとされる（Leib, *Alexiade*, II, p.218, n.1）。Leib は同じ註で次のように指摘している。アンナは戦士のように戦うこのラテン人司祭に憤慨している。しかしアンナのこの一般化は間違っている、なぜならローマ教会は久しい以前から聖職者に武器を持つことを禁じてきた（Leib, *Alexiade*, II, p.218, n.2）。しかし実際十字軍に参加した西方の聖職者たちはしばしば戦士と区別できない行動をとった。たとえば教皇使節アデマール Adhemar でさえ武器をになう、優れた騎手であった（Ljubarskij, *Aleksiada*, p.565, n.1016）。

10-87 － Psalmi, 25, 9（Leib, *Alexiade*, II, p.218, n.2 ; Ljubarskij, *Aleksiada*, p.565, n.1014 ; Reinsch, *Alexias*, p.345, n.150）.「わたしの魂を罪ある者の魂と共に 私の命を流血を犯す者の命と共に 取り上げてください」（日本聖書協会新共同訳『聖書』「詩篇」では第 26 編の 9、（旧）857 頁）。

10-88 －「最初の大祭司」はイエス＝キリストをさす（Reinsch, *Alexias*, p.345, n.152）。「それで、イエスは、神の御前において憐れみ深い、忠実な大祭司となって、……」（日本聖書協会新共同訳『聖書』「ヘブライ人への手紙」2, 17、（新）403 頁）。

10-89 － *Ilias*, 7, 268-272 からの自由な引用（Reinsch, *Alexias*, p.345, n.153）。アイアスが挽き臼ほどの大石をヘクトルめがけて投げつければ、石は「楯の内側まで破って……。ヘクトルは楯の下敷となり、仰向けのまま長々と横たわった」（松平千秋訳『イリアス（上）』223 頁）。

10-90 － Platon, *Respublica*., 336b（Reinsch, *Alexias*, p.345, n.154）.「獣のように身をちぢめて狙いをつけ」（藤沢令夫訳『国家（上）』岩波文庫、1979 年、43 頁）。

10-91 －正教会での儀式においては司祭が信者に配るパンは発酵パンであり、酵母を使わない聖餅ではない（Reinsch, *Alexias*, p.346, n.155）。

10-92 －アンナの説明とは違って、ゴドフレ（ゴドフロワ）の一行はハンガリアを抜ける陸路を取った。詳しくは、Runciman, *A History of the Crusades*, 1, London, 1951, pp.147-149.

10-93 － 1096 年 12 月 23 日（Leib, *Alexiade*, II, p.220, n.1 ; Ljubarskij, *Aleksiada*, p.565, n.1021 ; Reinsch, *Alexias*, p.346, n.157）。

10-94 －このプロポンディスはヴォスポロス海峡。

10-95 － 1083 年のこと（第Ⅴ巻 5~7 章）。

10-96 －本巻 5 章 7 節・6 章 7 節。

10-97 － 1096 年 12 月末頃―ポントス諸部隊の指揮官たち die generale への文書（Dölger-

Wirth, *Regesten*, no. 1191）。

10-98 － Reinsch は、その意味は Lehnseid（臣従の誓い）であるとする（*Alexias*, p.347, n.164）。

10-99 －アレクシオス帝と十字軍士との衝突について、アルベール＝デクス Albert d'Aix は別の原因を語っている（*Liber christianae expeditionis*（*RHC Occ.*, IV）, II, 9-12）。彼によれば、アレクシオスはゴドフレを二度にわたって宮殿にまねき、忠誠の誓いをするようもとめた。しかしゴドフレは一貫して拒否を貫いたので、アレクシオスは十字軍士への食料の提供を大幅に縮小し、またトルコ人からなる戦闘集団を彼らに向けて送り出した。これらに対して十字軍士はコンスタンティノープルを包囲することになった（Ljubarskij, *Aleksiada*, p.566, n.1025）。

10-100 － Du Cange はこの場所を正確に同定することはできないとする（Annae Comnenae Alexiadem Notae, p.608）（Leib, *Alexiade*, II, p.221, n.2）. Cf. Reinsch, *Alexias*, p.347, n.165 ; Ljubarskij, *Aleksiada*, p.566, n.1026. しかし尚樹啓太郎氏は次註の紀行文で「銀の湖」と「別の宮殿」の存在を指摘されている。

10-101 －ヴラヘルネ地区にあった皇帝宮殿（Reinsch, *Alexias*, p.347, n.166）。いわゆる「ブラヘルネ宮殿跡」については尚樹啓太郎『コンスタンティノープルを歩く』188~89頁参照。なお同所に《銀色に輝く湖》の門の近くにあった別の宮殿についても短い記述がある。＜銀の湖＞については同書176頁に説明がある。

10-102 － 1081年4月1日。コムニノス一族率いる反乱軍のコンスタンティノープル突入の日。すぐつづいて語られるように、ラテン人の軍事行動の起こったその日も聖木曜日であった。

10-103 －つづく6節のラテン人の放ってきた無数の矢の一本が「帝座の近くに立っていた者たちの一人の胸に当たった」という記事から、この宮殿は城壁に沿ってあったヴラヘルネ宮殿であろう。

10-104 － 1097年4月2日の聖木曜日（Leib, *Alexiade*, II, p.222, n.3 ; Ljubarskij, *Aleksiada*, p.566, n.1030 ; Reinsch, *Alexias*, p.348, n.168）。

10-105 －すなわちニキフォロス＝ヴリエニオス、したがってこの1097年春の時点ですでにアンナと結婚していたことになる（Reinsch, *Alexias*, p.10, p.348, n.169）。アンナは当時14歳で、結婚間もないころであろう。

10-106 －これはこの聖者に捧げられた教会を意味し、その聖者に因んでロマノス門（今日のトプカプ Topkapı）と呼ばれたものの近くにあった（Reinsch, *Alexias*, p.349, n.170）。

10-107 － *Ilias*, 4, 123（Reinsch, *Alexias*, p.349, n.171）.「…… 弦は乳の辺りに、鏃《やじり》は弓に近づける」（松平千秋訳『イリアス（上）』116頁）。

10-108 － *Ilias*, V, 18（Reinsch, *Alexias*, p.350, n.173）. ただし、矢でなく槍となっている。「槍はその手から無駄には飛ばず、……」（松平千秋訳『イリアス（上）』139頁）。

10-109 － *Ilias*, XV, 537-538 ; XX, 483. *Odyssea*, V, 45-457（Reinsch, *Alexias*, p.350, n.174）.「槍は勢い激しく飛んで敵の胸を貫き、相手は俯《うつぶ》せになって倒れ、……」（松平千秋訳

『イリアス（下）』103頁）。

10-110 − Reinschはこれらの諸軍を第7節で語られた軍勢と（*Alexias*, p.350, n.176）、Ljubarskijは皇帝の護衛隊とみなしている（*Aleksiada*, p.566, n.1036）。

10-111 −アレクシオスは彼の最悪の敵ヴァイムンドスの軍勢の接近を知って、当然コンスタンティノープルにおける十字軍士の集結を怖れ、少なくとも十字軍の一部を小アジアに渡らせようとしたのである（Ljubarskij, *Aleksiada*, p.566, n.1037）。

10-112 − Reinschは、その独訳においてjenenの後に補足語［Gottfried］を入れている。

10-113 − Reinschは訳註で、まずゴドフレ（ゴドフロワ）による誓約は1097年1月20日に行われたとするDölgerの見解（Dölger-Wirth, *Regesten*, no. 1196）を、つぎにアンナによって語られている1097年の聖木曜日（4月2日）の戦闘は捏造記事とするR.-J. Lilieの説（Der Erste Kreuzzug in der Darstellung Anna Komnenes, in : *Poikila Byzantina*, VI（Varia II）, Bonn, 1987, 75-78）を紹介し、Reinsch自身は、「おそらく彼女（アンナ）はむしろささいな小競り合いをその日の重大さ［聖木曜日］から大きな戦闘のように描写したのではないか」と述べている（*Alexias*, p.351, n.178）。

10-114 −誓約での取り決めは双務的であったであろう。皇帝と十字軍の指導者の間で取り決められた協定の内容について、LeibはChalandonを引用している。「Chalandon（*Histoire de la Première Croisade*, Paris, 1925, p.188）は、ラテン史料によりまぎれもなく協定が皇帝と十字軍士の間で取り交わされたことを認めている。アレクシオスは『十字架を引き受け、十字軍士の先頭に立ち、帝国横断中において巡礼者たち（十字軍士）を守る』ことを約束したであろう。『協定には、補助軍団を彼らに提供するという皇帝による約束の一条があったに違いない。それらに対して十字軍士は［彼らの奪い取ったもののうち］以前に帝国に属していたすべての都市を返還することを約束していた』しかしアンナは父の負った義務について一切触れていない。……」（*Alexiade*, II, p.235, n.1）。皇帝が十字軍士に対して行った誓約は、確かに*Gesta Francorum*, II, 6［*The Deeds of the Franks*, p.12］に記されている。「他方皇帝の方はわれわれすべてに対して自身の誠実とその保証を約束し、以下の諸条をも誓ったのである、すなわち『皇帝は自身の陸海軍を率いてわれわれと同行すること、陸海両面でわれわれへの糧秣補給を確実に遂行すること、われわれの失ったものすべてを完全に回復させること、さらにわれわれ巡礼者の誰一人も聖墳墓への道中において被害を受けることをも、不安状態に陥ることをも望まず、また許しもしないことである』」（以上は*Histoire Anonyme de La Première Croisade*, pp.29-33のBréhierによる仏訳を参考にした）。丑田弘忍訳「フランク人および他のエルサレムへの巡礼者の事績」20頁。

10-115 −このラウルという人物はアンナによってのみ言及されており、その同定をめぐって論議がある。Ljubarskijによれば、それらの論議のうちもっとも確かと思えるものはS. Runcimanのそれであろう。すなわちラウルはトール伯レナールComte de Toul, Rainaldである（*Aleksiada*, p.567, n.1042）。レナールは、ゴドフレ［ゴドフロワ］の一行に属した（（*A History of the Crusades*, 1, p.153, n.1）。

10-116 – ここのプロポンディスはマルマラ海ではなく、ヴォスポロス海峡で、コンスタンティノープルの対岸のヨーロッパ側。修道院はクレディオン Kleidion、現 Defterdarburnu に位置する（Reinsch, *Alexias*, p.351, n.181）。Defterdarburnu（Ortaköy）はヴォスポロス大橋のヨーロッパ側の袂に位置する。そこには Hatice Sultan Palace と呼ばれた建物があったらしい。

10-117 – *Ilias*, III, 23（Reinsch, *Alexias*, p.352, n.184）. 訳註 5-75 を参照。

10-118 – アンナは誇張している。今回の聖地をめざす武装集団には厳密な意味で王は参加していない。他の者たち同様、蛮族に過ぎないこれらの西方人に与えるべき称号について、アンナは厳密ではない。Cf. Leib, *Alexiade*, II, p.227, n.2 ; Ljubarskij, *Aleksiada*, p.567, n.1044 ; Reinsch, *Alexias*, p.353, n.186.

10-119 – *Ilias*, II, 468 ; *Od.*, IX, 51（Leib, *Alexiade*, II, p.228, n.1).「時を得て萌え出す樹々の葉や花……」(松平千秋訳『イリアス（上)』64 頁)。

10-120 – ここではヴォスポロス海峡の別名。狭い意味では海峡の北端で、アジア側に位置する古い［ゼウスの］神殿 Heiligtum―ここからイエロン（神殿・聖域）の名がある（Reinsch, *Alexias*, p.353, n.188)。

10-121 – *Ilias*, II, 96-97（Reinsch, *Alexias*, p.353, n.189).「九人の伝令使が、なんとか兵士らがわめき騒ぐのをとどめ、……」(松平千秋訳『イリアス（上)』47 頁)。

10-122 – 本巻 9 章 11 節。

10-123 – この「高貴な家柄の者」について、Leib と Ljubarskij と Reinsch はそれぞれ、Robert de Paris と見なす Du Cange の見解（Annae Comnenae Alexiadem Notae, p.612）を紹介している（*Alexiade*, II, p.229, n.4 ; *Aleksiada*, p.567, n.1050 ; *Alexias*, p.354, n.190)。なお Runciman によれば、この人物、パリのロベールは 1097 年 6 月末ころ、ドリュラエウム Dorylaeum［ドリレオン］の近くにおけるトルコ人との戦いでタンクレード（アンナのいうタグレ）の兄弟グリエルモ William やモンテ＝スカピオーソのハンフリー Monte Scabioso の Humphrey など多数のフランク人と共に戦死した（*A History of the Crusades*, 1, p.187)。

10-124 – Du Cange（Annnae Comnenae Alexiaden Notae, pp.612-613）は、この聖堂はソアソン Soissons の聖母マリアに捧げられた教会としている（Lieb, *Alexiade*, II, p.229, n.4, p.230, n.1 ; Reinsch, *Alexias*, p.354, n.193).

10-125 – 1097 年の 4 月 1 日以前―Gottfried von Bouillon から Rusa（Russa［後述のルシオン], Ruskoi, Keşan）にいる Bohemund へ使者の派遣（Dölger-Wirth, *Regesten*, no. 1199)。4 月の最初の数日（Leib, *Alexiade*, II, p. 230, n. 2)。Reinsch の註記によれば、ラテン史料からヴァイムンドス（ボエモン）はルシオン Rusion（現ケシャン Keşan）で彼の甥のタグレ（タンクレード）の指揮に委ねた軍の本隊を残し、自身は少数の供を伴ってコンスタンティノープルに向かった（*Alexias*, p.355, n.195)。Ljubarskij はラテン史料によってより詳しく、ヴァイムンドスの動きを述べている。十字軍士たちのイタリア到着を知って、ヴァイムンドスは、当時進行中であったアマルフィの攻囲を中断して、こ

の十字軍の動きに加わることに熱中する。多くの貴族が彼に合流した後、1096年10月ヴァイムンドスの艦隊はバリの港から対岸のエピルスに向けて出港する。一行はカストリアを通り、続いてエグナティア街道を沿って進み、1097年4月1日、Rusia［ルシオン Rhousion］に到着。ヴァイムンドスはここで彼の軍勢を甥のタグレの指揮に託し、一行より一足さきにコンスタンティノープルを目指す。帝都到着は4月9日であった（*Aleksiada*, p.568, n.1052）。

10-126 －第V巻4~7章。

10-127 － Leib・Ljubarskij・Reinsch はそれぞれ serment de fidélite, клятва верности（忠誠の誓い）, Treueid の語をあてている。

10-128 － Ljubarskij によれば、明らかにアリストテレス（*Ethica Nicomachea*, II, 2以下）から得られたこの考えは、アンナの倫理的見解をもっともはっきりとしめしている（*Aleksiada*, p.568, n.1054）。『アリストテレス全集13 ニコマコス倫理学』（加藤信朗訳、岩波書店、1973年）の第2巻2~3章には、「過剰と不足と中間について」などについて語られている。

10-129 －両者間のこの取り決めは1097年4月中頃に行われた（Dölger-Wirth, *Regesten*, no. 1200）。

10-130 － Psalmi, 7, 17（Reinsch, *Alexias*, p.357, n.201）. ただしアンナの引用は正確でない。「災いが頭上に帰り　不法な業が自分の頭にふりかかりますように」（日本聖書協会新共同訳『聖書』（旧）839頁）。

10-131 － Reinsch は *Al.*, II, 7, 1 では sie legten sich voll ins Zeug（力の限りをつくして）としているが、ここでは Himmel und Hölle zu diesem Zweck in Bewegung setzte, ...（この目的のためなら天国も地獄も動員して）の訳を与えている。

10-132 － Leib と Reinsch の訳はそれぞれ ...Crétois, il avait affaire à un Crétois.（その者は［狡猾な］クレタ人としてもう一人のクレタ人と立ち向かう羽目となった）; ...da er versuchte, >>einem Kreter kretisch zu kommen<<.（なぜならその者はクレタ人としてもう一人のクレタ人に立ち向かおうとしたからである）。Reinsch は、註でクレタ人はとりわけ狡猾で、抜け目がないと思われていたと解説している（*Alexias*, p.358, n.204）。この場合、狡猾さではアレクシオスが一枚上手であったということだろう。

10-133 － Reinsch は独訳において ihnen の後に［Bohemund und den übrigen Baronen ヴァイムンドスと他の貴族《バロン》たち］の補足文を入れている（*Alexias*, p.358）。

第XI巻

11-1 －西方史料ではチヴィート Cyvito/Cyvitot。ニコミディア（イズミット）湾の南岸に位置する。湾を大きく迂回することなく、そこからもっとも狭い海域を渡って対岸のキヴォトスに達することができる（Reinsch, *Alexias*, p.361, n.1）。「そこからキヴォトスへ」のそことは、湾の北岸のエイアリであろう。第XIV巻5章4節で、アレクシオス帝がこのエイアリから対岸のキヴォトスへ渡る記述がある。なお Runciman によればゴドフレ

が野営地を設営していた湾の北岸のペレカノスは、エイアリの東6マイルに位置する(*A History of the Crusades*, 1, p.152, n.1)。

11-2 －［ニコミディアからニケアに通じる］通常の本街道（Reinsch, *Alexias*, p.361, n.2)。

11-3 －最初にニケアに到着したのはゴドフレの部隊（1097年5月6日)。彼は北側から、タグレ（ヴァイムンドスの甥）は東から都市の包囲にとりかかる。イサンゲリスには南側の城壁が任された（都市の西側にはアスカニア Ascania（イズニク）湖が控えている)。この時までに十字軍士たちは隠者ペトロスの敗軍の残りと合流していた（Ljubarskij, *Aleksiada*, p.570, n.1064)。

11-4 －第X巻11章10節。

11-5 －ルム＝セルジュク朝のスルタン、クルチ＝アルスラン（在位1092~1107年)。アンナのいうクリツィアススランは、十字軍による小アジア侵入時、メリティニをめぐって小アジア東部に拠るダニシュメンド朝 Dânishmendites と敵対関係にあり、メリティニの包囲中であった。Cf. Leib, *Alexiade*, III, p.8, n.1 ; Ljubarskij, *Aleksiada*, p.570, n.1065.

11-6 －第X巻11章10節を参照。

11-7 －都市ニケアのこと。

11-8 －イサンゲリス（サン＝ジル）は5月16日にはニケアに到着していた（*Gesta Francorum*, II, 8［*The Deeds of the Franks*, pp.14-15］)（Ljubarskij, *Aleksiada*, p.570, n.1066)。

11-9 －ホメロス的表現（たとえば *Ilias*, 1, 475)（Reinsch, *Alexias*, p.362, n.6)。「日が沈み夕闇が訪れると、……」（松平千秋訳『イリアス（上)』岩波文庫、34頁)。

11-10 －ここは解りにくい文章である。事実訳者によって訳が異なる。

11-11 － Gonatês は gony（膝）に関係する語（Ljubarskij, *Aleksiada*, p.570, n.1069)。Reinsch は註で Gonatês pyrgos に「Kniender Turm ひざまずく塔」をあてている（*Alexias*, p.363, n.8)。

11-12 －ヴァルダス＝スクリロスの3回にわたる反乱と最終的降服（989年）については、Treadgold, *A History of the Byzantine State*, pp. 513-18 に詳しい。アンナの曾祖父のマヌイルについて、アンナの夫ニキフォロスも『歴史』第1巻の冒頭でふれている（Gautier, *Nicéphore Bryennios, Histoire*, I, 1)。

11-13 －ここではモシンはヘロニ（亀）と同義とみなされている。ヘロニは10回あらわれるが、アンナは第XIII巻2章3節でヘロニの建造について詳しく説明している。ヴァイムンドスのディラヒオンの攻囲（1107/1108年の冬から夏）に関するものである(「ヴァイムンドスは破城槌を運ぶ亀を完成させると、……それを都市の東側へ運ばせた」)。他方 Ljubarskij によれば、「亀 черепаха は獣皮で覆われた屋根つきの木造防御小屋 навес で、城壁を攻撃する者はそれに守られて城壁の下を掘りあるいは城壁を突き破ろうとした」(*Aleksiada*, p.570, n.1070)。第13巻3章3節の「屋根のある建造物屋《ヘロネェ》」も参照。ヘロニ（亀）はアンナにおいて多義的に使われているように思える。一つは、攻城用の塔を載せる車輪のついた土台、一つは車輪のついた攻城用の塔そのもの、一つは Ljubarskij の説明にあるような作業をする工員のための防御小屋。

11-14 －本巻1章1節。

11-15 －メサンベラと聖エオルイオス教会はここでしか言及されておらず、前者の正確な位置は分からない（Reinsch, *Alexias*, p.364, n.15 ; Ljubarskij, *Aleksiada*, p.570, n.1072）。

11-16 －本巻6章4節でアンナは、アンティオキアに閉じこめられた状態の十字軍士をアレクシオスが救援すべく駈けつけなかった理由をより詳しく説明している。これらの尻込みは意図的であった。西方の年代記者はすべて一致して、約束を守らず、十字軍士の諸軍を事のなすがままにさせたとして皇帝を非難している。アンナは、アレクシオスを約束違反で叱責するヴァイムンドスの書簡（本巻9章1節）を紹介しているが、他の場合と同様に、父をかばい、父への非難を取り除くことにつとめている（Ljubarskij, *Aleksiada*, pp.570-71, n.1073）。訳註 10-114 を参照。

11-17 －この人物は『アレクシアス』以外には知られていない（Reinsch, *Alexias*, p.365, n.22）。

11-18 － 1097年6月19日以前―ニケアの住民への金印文書（Dölger-Wirth, *Regesten*, no. 1204）。

11-19 －スルタンは、姉妹と妻それに子供たちをニケア城内に残していた（Leib, *Alexiade*, III, p.13, n.1）。ギヨーム＝ド＝ティール Guillaume de Tyr, *Historia Hierosolymitana*, III, 11 によれば、スルタンのクルチ＝アルスランの妻は、ニケアの陥落後二人の子供と一緒にコンスタンティノープルに送られた。アレクシオス帝は彼女を名誉をもって迎え、すぐに夫のもとへ送りとどけた（Ljubarskij, *Aleksiada*, p.571, n.1075）。

11-20 －「1097年6月19日。攻囲は7週間と3日にわたった。ニケアは16年ぶりに解放された」（Leib, *Alexiade*, III, p.13, n.1）。

11-21 －エオルイオス様と呼ばれる砦はイズニク湖の北岸に位置し、皇帝はさらに北、ニコミディア湾の北岸、ペレカノスにいた（本章1節）。

11-22 － Ramsay によれば、アザラスはニケアとその南を流れるガロス川 Gallos の間に位置したと思われる丘（*Historical Geography*, p.210）。

11-23 －本章7節。

11-24 － 1097年6月19日頃―ニケアのドゥクス、Butumites への文書（Dölger-Wirth, *Regesten*, no. 1206）。

11-25 －意味は「同意する・別れを告げる」など。「同意する、別れを告げる」以外の訳語を採用している訳者もいる。Dawes と Reinsch が「別れを告げる」の意を採用しているのに対して、Leib と Ljubarskij と Sewter-Frankopan は、「忠誠の誓いを行う」「協定を取り交わす」の意にとっている。私は、ここは皇帝へ「別れを告げる」と解したい。なぜなら続く文章から、皇帝が多くの贈り物をえさに、伯たちを「別れの挨拶」に呼び寄せ、その時にすでに誓いをした者たちを通じて、まだ忠誠の誓いをしていない者たちにそうするよう勧めさせようとしたことは明らかであろう。

11-26 －イエルサレムへの道は小アジアを横断してシリアの主都アンティオキアを通過することになる。このアンティオキアの都市はアンナが報告しているように（第Ⅵ巻9章

2節)、1085年ニケアのスルタン、スレイマン指揮下のトルコ人によって奪取されている(Reinsch, *Alexias*, p. 369, n.34)。

11-27 －ヴァイムンドス(ボエモン)の姉妹の息子で、当時25歳頃(Reinsch, *Alexias*, p. 369, n.36)。アンナは最初の7ヶ所だけギリシア語的なタグリスの形を、しかし第XI巻7章7節以降はすべてタグレの形を使っている。

11-28 － Ljubarskij によれば、アンナの見解に対して、タンクレード(タグリス)のもう一つの主要な情報源であるラウル＝ド＝カン Raoul de Caen(Radulfus Cadomensis)(Gesta Tancredi in expeditione Hierosolymitana, *RHC Occ*., III, XVIII,)は、タンクレードは決してコムニノスに忠誠の誓いをしなかったと主張する。Chalandon(*Alexis Ier Comnène*, p.193, n.4)と Grousset(*Histoire*, I, p.31)は Raoul de Caen を支持し、他方 R. Nicholoson(*Tancred, a study of his career and work in their relation to the first crusade and establishment of the latin States in Syria and Palestine*, Chicaga, 1940)はアンナの証言の正確さを擁護している。とにかくこの問題を解決することはできない(*Aleksiada*, p.572, n.1085)。Runciman は、タンクレードは結局最後にはしぶしぶながら忠誠を誓って臣下となったと見ている(*A History of the Crusades*, 1, p.182, n.1)。Cf. Leib, *Alexiade*, III, p.17, n.2.

11-29 －メガス＝プリミキリオスについては訳註4-31を見よ。

11-30 －ペレカノスとキヴォトスを隔てるニコミディア湾の海峡(Reinsch, *Alexias*, p.370, n.39)。

11-31 － 1097年6月26日、ニケア陥落から1週間後、まずボエモンの率いる一隊が出発、その後28日トゥルーズ伯レイモンの部隊、29日北フランス人の部隊が続いた。全軍は(続く4節で説明されるように)レフケで合流し、そこで全軍は食料補給の必要から二つに分割され、先行部隊は後続部隊より1日行程先に進むことが決定された。第1軍は、フランドル伯とブロワ伯の率いる軍勢とタティキオスの率いる軍勢と共に南イタリアと北フランスのノルマン人から構成され、第2軍はヴェルマンドワ伯ユーグの軍勢と共に南フランス人とロレーヌ人から成っていた。ボエモンは第1軍の、レイモンは第2軍の指揮者と見なされていた(Runciman, *A History of the Crusades*, 1, p.184 and n.2 ; 和田廣訳『十字軍の歴史』、172頁)。

11-32 －戦闘は7月1日に行われた。この戦いについて Runciman の前掲書に詳しい(pp.184-187)。和田廣訳『十字軍の歴史』174~176頁。

11-33 －第X巻10章6節。

11-34 －エヴライキについて、Leib と Ljubarskij は共に Grousset, *Histoire des croisades*, I, p.37, n.3によってヘラクレア(イラクリア)Heraclea(現エレーリ Eregli)としている(*Alexiade*, III, p.18, n. 3 ; *Aleksiada*, p.573, n.1091)。エレーリはコンヤの東南東およそ143kmに位置する。Runciman もヘラクレア Heraclea(エレーリ)としている(*A History of the Crusades*, 1の付図 Asia Minor at the First Crusade を見よ)。他方 Reinsch は Hebraike の位置の確定は困難とする(*Alexias*, p.371, n. 43)。

11-35 －アンナはここではスルタンの用語を厳密に使っていない。Reinsch によれば、タニスマンは、1178 年までカパドキア北部を支配したセルジュク族の地方政権ダニシュメンド朝 Danishmends の創始者ガージ＝イブン＝ダニシュメンド Danisšmend（1104 年没）であり、後者アサンはおそらく *Al.,* XIV, 1, 5-7 で言及されるカパドキアの大サトラピス（*Alexias,* p.371, n.44, n.45）。

11-36 － *Ilias,* 5, 299（Reinsch, *Alexias,* p.371, n.47).「勇気凛々として獅子の如く……」（松平千秋訳『イリアス（上）』岩波文庫、152 頁）。

11-37 －この時十字軍士が戦ったトルコ人はタニスマンとアサンの軍勢だけでなく、ニケアのスルタンのクルチ＝アルスランのそれも含まれていたことになる。Leib によれば、ニケアを奪われた後、スルタンのクルチ＝アルスランとアミールのガージ＝イブン＝ダニシュメンド［上記のタニスマン］は彼らの共通の敵、十字軍士に対して戦うべく、和解した（*Alexiade,* III, p.18, n.4）。

11-38 －アヴグストポリスは研究者によって位置同定が異なる。上記エヴライキをヘラクレア（エレーリ）とするなら（訳註 11-34)、十字軍士の一行はすでにイコニオンを通過している。Runciman の上記付図によればアヴグストポリスは、ヘラクレアとその北東のケサリア（現カイセリ）とのほぼ中間あたり（両者間の直線距離はおよそ 184km）に位置している。確かにヘラクレア（イラクリア）での戦いは *Gesta Francorum,* IV, 10［*The Deeds of the Franks, pp.23-24*］; 丑田弘忍訳「フランク人および他のエルサレムへの巡礼者の事績」31~32 頁においても言及されており、Runciman も、十字軍の一行は 8 月半ば（1097 年）にイコニウム（イコニオン）に到着し、そしてここで数日休息した後、行軍を開始し、ヘラクレアへ進み、そこでアミールのハッサンとダニシュメンド朝のアミールの指揮下にあるトルコ軍に遭遇した、と書いている（*A History of the Crusades,* 1, pp.189-190 : 和田廣訳『十字軍の歴史』179 頁)。しかしアヴグストポリスは *Al.,* XV, 6, 5 においてもう一度現れるが、ここでは明らかにフィロミリオンの西、アクロニオス近くに位置する。Ljubarskij（*Aleksiada,* p.573, n.1096）も Reinsch（*Alexias,* p.371, n.48）も等しくフリイアの Augustopolis としている。したがってこのXI巻 3 章 6 節に現れるアヴグストポリスは未確認としておこう。しかしとにかく十字軍士たちはすでにイコニオンの東に来ていることは確かであるように思える。

11-39 －まず *Gest Francorum* によって十字軍本隊のヘラクレアからの行軍路を見ておこう。本隊はヘラクレアからアダナに向かわず、すでに前註で述べたように北東方向へ進んでカパドキアのカエサレア Caesarea に達し、そこから南東方向へ進み、「きわめて美しく豊かな都市」（プラステンキア Plastencia、別名コマナ Comana）さらにはコクソン Coxon に至る（*Gesta Francorum,* IV, 11［*The Deeds of the Franks,* pp. 25-26］; 丑田弘忍訳「フランク人および他のエルサレムへの巡礼者の事績」33~34 頁）［カエサレアの南東およそ 87km にコマナ（現サール Sar)、コマナ東南東およそ 37km にコクソン（現ギョクスン Göksun)］。つぎに Runciman に従えば，コクソンから本隊は 10 月初め十字軍がこれまで経験した中でもっとも困難なアンティ＝タウルス山脈越えを試み、多数の馬や駄

獣を谷底に失いながらも、マラシュ Marash（エルマニキア）の町を囲む谷に降り立った。ここで数日間とどまった後、十字軍本隊は10月15日ここを立ち、アンティオキアの平野に下っていった。そして同月20日、アンティオキアの都市から3時間の距離にある「鉄の門」に達した（*A History of the Crusades*, pp.192-93；和田廣訳『十字軍の歴史』182~83頁）。

問題のオクシス＝ドロモスは、*Alexias*, Pars Altera では via quae Antiochiam ducit XI 4, 1.（アンティオキアに通ずる道）とあり、アンティ＝タウルス山脈を越えた地点、マラシュからとも解せられるが、とにかくテキスト本文からではどの地点からかは判然としない。ここは文字通りに「高速の進路」と訳しておくことにする。

11-40 − 1097年10月21日（Ljubarskij, *Aleksiada*, p.573, n.1097）。

11-41 −すなわち3ヶ月。しかし実際は、1097年10月から1098年6月まで（Ljubarskij, *Aleksiada*, p.573, n.1099；Reinsch, *Alexias*, p.371, n.50）。「聖槍の発見」のエピソードを含めて、十字軍士によるアンティオキア市の包囲と占領、そして最終的掌握について、Runciman は2章をさいて詳細に物語っている（*A History of the Crusades*, 1, pp.213-262；和田廣訳『十字軍の歴史』211~277頁）。

11-42 −大セルジュク朝のスルタン、バルキヤールク（在位1094~1105年）。さらにその時のアンティオキアの統治者、セルジュークのアミール（エミール）のヤギ＝シャン Yaghi-Siyan は、ダマスクスのアミール、ドゥカク Duqaq とアレッポのアミール、リドヴァン Ridwan にも救援要請を行った。しかしアミールたちの軍勢は、アンティオキアへの途上において十字軍士によってうち負かされた（Ljubarskij, *Aleksiada*, p.573, n. 1100）。ホロサンのスルタン、バルキヤールクはわずか18歳（Reinsch, *Alexias*, p.371, n.51）。なお上記註で Reinsch はホラサンはイラン東部と同意語としているが、大セルジュク朝の首都がイスファハンであったので、厳密にはイラン中部であろう（訳註6-102参照）。

11-43 − Ljubarskij は、アルベール＝デクス（*Liber christianae expeditionis*（*RHC Occ.*, IV）, III, 38）を典拠に、ボエモンは東から都市の城壁を攻め、彼の軍勢は聖パウロ門のあたりに配置されたと註記している（*Aleksiada*, p.573, n.1101）。

11-44 −このアルメニア人の名はフィルーズ Firûz。この人物の裏切り行為に関して、Leib はイブン＝アル＝アスィール Ibn al-Athîr とギョーム＝ド＝ティールの二つの説明を紹介している。前者によれば、飢えの状態のアンティオキアにおいてフィルーズは穀物を秘匿しようとしたらしい、なぜならイブン＝アル＝アスィールはアンティオキア市の司令官でアミールのヤギ＝シャン Yâghi-Siyân は罰としてフィルーズの貨幣と小麦を没収したことを伝えているからである。これに対する恨みから、フィルーズはボエモンと交渉し、何らかの利益の提供と引き換えに、司令官からその防御を任されていた二人姉妹の門 la tour des Deux-Soeurs（市の南、聖ジョルジュ門の近くに位置する大きな四角形の塔）を引き渡すことをボエモンに提案したのである。ギョーム＝ド＝ティールの語るところによれば、そのアルメニア人は、自分の妻と、トルコ人の主だった指揮官の一人

との犯罪的関係の現場をおさえ、自分に加えられた恥辱に激怒し、息子をボエモンのもとへ送って、翌晩（1098 年 6 月の 2 日から 3 日の深夜）、二人姉妹の塔を引き渡すことを知らせた（Leib, *Alexiade*, III, p.244）。

11-45 − この人物はモスルのアミール。この者はペルシアのスルタン、バルキヤールク（アンナのバルイアルク）の全幅の信頼を得ていたが、エデサの包囲に手間取り、事実 3 週間の包囲にもかかわらずエデサを掌握することなく、そこを離れアンティオキアに向かった。この失態がトルコ人に同市を失わせる結果となった（Leib, *Alexiade*, III, p.20, n.1）。

11-46 − 西方の年代記者はタティキオスの退去を違った風に考え、彼の臆病をとがめている（たとえば *Gesta Francorum*, VI, 16［*The Deeds of the Franks*, p.34］; 丑田弘忍訳「フランク人および他のエルサレムへの巡礼者の事績」43 頁）。もちろんアンナはボエモンに責任を負わせようとしている（Ljubarskij, *Aleksiada*, p.574, n.1106）。ボエモンは、1099 年におけるアレクシオス帝への書簡で帝国側の責任を主張している（*Al.*, XI, 9, 1）。

11-47 − *Gesta Francorum*, VIII, 20［*The Deeds of the Franks*, pp.44-45］; 丑田弘忍訳「フランク人および他のエルサレムへの巡礼者の事績」53 頁に従えば、十字軍の指導者たちは、「われわれは一つのことにあたった、だから一つの栄誉を共にしよう」と言って、ボエモンの提案をなかなか受け入れようとしなかった。ギョーム＝ド＝ティール（*Historia Hierosolymitana*, V, 17［*RHC Occ.*, I］）に従えば、そのノルマン人の考えに対してもっとも激しく抵抗したのはサン＝ジルであった（Ljubarskij, *Aleksiada*, p.574, n.1108）。

11-48 − ボエモンはアルメニア人の指示に従って、1098 年 6 月 3 日早朝、都市の南西側にあった二人の姉妹の門を掌握した（Ljubarskij, *Aleksiada*, p.574, n.1109）。

11-49 − クラはアラビア語からの借用語（Leib, *Alexiade*, III, p.22, n.1）。これは城壁内の内城で、一般にアクロポリスと呼ばれ、アンティオキアのそれは都市城壁の北東の高所（シルピウス山）にあった。Runciman によれば、この城塞をフランク人よりも早く掌握し、集めうるだけのトルコ人兵士と共に閉じこもったのはヤギ＝シャンの息子、シャムス＝アド＝ダウラ Shams ad-Daula であった。いちはやく城外へ逃れ出た父、ヤギ＝シャンは逃走中に地元のアルメニア人に見つかり、殺された（*A History of the Crusades*, 1, p.234 ; 和田廣訳『十字軍の歴史』239~40 頁）。

11-50 − 1098 年 6 月 3 日（Leib, *Alexiade*, III, p.22, n.2 ; Reinsch, *Alexias*, p.373, n.58）。

11-51 − クルパガンは 6 月 8 日にアンティオキアに到着、同月 10 日に都市の包囲を開始した。彼はヴァルドイノス（ボドゥワン）のにぎるエデサに対して不成功におわる 3 週間の包囲のため、フランク人のアンティオキア占領の前に同地に到着することができなかった（Ljubarskij, *Aleksiada*, p.575, n.1111）。

11-52 − 小アジアの西海岸（Reinsch, *Alexias*, p.374, n.59）。

11-53 − 訳註 9-20 を見よ。

11-54 − クルチ＝アルスラン（クリツィアススラン）の妻。

11-55 − ボズ山 Boz Dag［Boz Sira Daglari］の北を東に向かって走る街道で、サルディス

(サルト) →フィラデルフィア (アラシェヒル Alasehir) →ウシャク Uşak →アフヨンカラヒサル Afyonkarahisari (Reinsch, *Alexias*, p.377, n.77)。アフヨンカラヒサルの東、およそ 40km にポリヴォトン (現 Bolvadin ボルワディン) が位置する。

11-56 – ホマについては訳註 1-33 を見よ。

11-57 – Leib は、おそらく 1098 年春のことであろうとしている (*Alexiade*, III, p.27, n.5)。

11-58 – アンナはこれら三人の十字軍指導者たちが一緒にアンティオキアから脱出したように述べているが、三者はそれぞれ別々に行動を開始している。エリエルモス = グランデマニス (ギョーム = ド = グランメニル) は 1098 年 6 月 10 日一集団の中心となってアンティオキアを脱出、聖シメオン港よりタルソスに向かった。エリエルモスの一行はこのタルソスでステファノス (ブロワ伯エティエンヌ) と出会った。ステファノスは十字軍士によるアンティオキア占領の前日 (6 月 2 日) 北フランスの兵士からなる軍勢を率いてアンティオキアを脱出したが、アンティオキアの占領を知ってアンティオキアに引き返すことを決心をした。しかしステファノスはクルパガン (ケルボガ) の大軍を遠望して実行に躊躇していたのである。結局タルソスで合流した二人はタルソスから小アジアの海岸に沿って西に進み、おそらくアタリアで皇帝アレクシオスの所在地を知り、彼らの軍勢にはそのまま西航させ、自分たちはいそいで皇帝のいるフィロミリオンに向かったのである。同じころアリファの息子ペトロス (アリファ Alipha の息子ピエール Pierre) もフィロミリオンに現れる。ペトロスは当時、コマナ (ケサリア [カイセリ] の東南、ミリティニィ [マラティヤ] の西) の守りにあたっていたが、トルコ軍がアレクシオス帝を、アンティオキアに到着する以前に打倒すべく進軍していることを皇帝に報告するため、コマナを離れたのであった。Cf. Runciman, *A History of the Crusades*, 1, p.232, pp.238-39 ; Ljubarskij, *Aleksiada*, p.575, n.1121 ; n.1122 ; n.1123.

11-59 – アンナはおそらく間違って、このイスマイル Ismael を父マリク = シャーの後継者である大セルジュク朝のスルタン、バルキヤールク (在位 1094~1105 年) (アンナの言うパルイアルフ) と見なしている。なぜなら彼の父、ホロサンのスルタンはすでに 1092 年に死んでおり、1098 年の時点で息子バルキヤールクを送り出すことなどできない。他方イスマイルは母方においてバルキヤールクのおじの名前でもある。おそらくここではこの人物 (バルキヤールクのおじ) と見なされる。その者はもちろん彼の父によってではなく、彼の甥によって送り出されたことになる。なおこの者 (Ismael) がスルタンのバルキヤールクの息子の一人であるということは考えられない。バルキヤールクは、この時やっと 18 歳になったばかりである (Reinsch, *Alexias*, p.378, n.86)。

11-60 – Ljubarskij の指摘するように、これらは、本節の最初に述べられたアンナの言葉、すなわち「(タルソスをへて皇帝のもとへやってきた者たちの) 断言にもかかわらず、皇帝は急いで彼らの援助に駆けつけねばならないと考えていた」と明らかに矛盾する。アンナは、アンティオキアの十字軍士の救援に行かなかった父の行為をなんとか正当化する理由を作りだそうとしているようである (*Aleksiada*, p.576, n.1126)。もしこの時、アレクシオス帝がロベール = ギスカールの息子イドスのたっての願い (訳註 6-43

参照）を聞き入れ、アンティオキアへ駈けつけていたなら、Runcimannが言うようにローマ帝国にとっても東方キリスト教世界にとっても好ましい結果をもたらしたであろう（*A History of the Crusades*, 1, p.240）。なぜならボエモンの野心にもかかわらず、アンティオキアは帝国へ引き渡されたであろうし、その後におけるローマ皇帝と十字軍との関係もよりよいものが期待されたであろう。

11-61 －この欠文によって、皇帝がこの時続いて語られる「戦争捕虜たち」に対してどのように対応したのかが分からない（Leib, *Alexiade*, III, p.29, n.1）。Cf. Reinsch, *Alexias*, p.380, n.88.

11-62 － 1098年6月—首都への帰還に際しセルジュク＝トルコの前進を阻止するためすべてを破壊すべしとの皇帝命令 Edictum imperiale（Migne, *Patrologia Graeca*, 166, col. 1119c）（Dölger-Wirth, *Regesten*, no. 1210）。

11-63 －川の名はチョルフ Choruh（Reinsch, *Alexias*, p.380, n.93）。パイペルトのそばを北へ、そして北東へ向かって流れている。

11-64 －第Ⅷ巻9章でガヴラスの素性と性格について詳述していることを、アンナは忘れている（Leib, *Alexiade*, III, p.30, n.1）。なおガヴラスの作戦の結果については、結局語られなかった（Ljubarskij, *Aleksiada*, p.576, n.1130）。Cf. Reinsch, *Alexias*, p.380, n.94.

11-65 －第Ⅹ巻6章4~5節。

11-66 －アンナは、隠者ピエール（ペトロス）をピュイの司教アデマールおよびピエール＝バルテルミー Pierre Barthélemy（プロヴァンス地方の聖職者）と混同している。ここでは最後の者、ピエール＝バルテルミーが関係している（Leib, *Alexiade*, III, p.30, n.2）。Cf. Reinsch, *Alexias*, p.380, n.95.

11-67 －釘については、第Ⅷ巻9章6節の訳註8-59を参照。

11-68 －アンティオキア市内の聖ペテロの聖堂 St Peter's Cathedral（Runciman, *A History of the Crusades*, 1, p.245）。

11-69 －西方のすべての史料に、また幾つかの東方の史料において報告されているこのエピソード（1098年6月10~14日）は、もちろん兵士たちの士気を高めるための作り事であろう。アラブの歴史家イブン＝アスィールは、槍はあらかじめペトロス自身によって隠されていたことを報告している［*The Chronicle of Ibn al-Athir for the Crusading Period*, pp.16-17］（Ljubarskij, *Aleksiada*, p.576, n.1132）。

11-70 － 1098年6月28日（Leib, *Alexiade*, III, p.31, n.1 ; Ljubarskij, *Aleksiada*, p.577, n.1133 ; Reinsch, *Alexias*, p.382, n.99）。

11-71 －十字軍士は1099年6月7日イエルサレムの攻囲を開始し、7月15日急襲して奪い取った（Ljubarskij, *Aleksiada*, p.577, n.1136）。Leib, *Alexiade*, III, p.32, n.1 ; Reinsch, *Alexias*, p.382, n.100）。

11-72 －イエルサレムでの十字軍士による恐ろしい殺戮については、この時代の歴史を語るほとんどすべての西方の史料が言及している（Ljubarskij, *Aleksiada*, p.577, n.1137）。Ljubarskijはn.1137でギョーム＝ド＝ティールの一節を引用している。「勝利者（十字

軍士）でさえも怖れと絶望に追いこまれたほどにまで、都市では多数の者が殺され、多量の血が流された」（*Historia Hierosolymitana*, VII, 19［*RHC Occ.*, I］）。フーシェ＝ド＝シャルトル Foucher de Chartres は次のように語っている。「ある者たちはアラビア人もエティオピア人も難を避けるべくダビデの塔に逃げ込んだ。また事実他の者たちは主とソロモンの神殿に閉じこもった。しかしそれらの内部の広間では彼らに対してすさまじいに殺戮が行われた。ムスリムにとって殺人者の集団から逃れる場はなかった……神殿内ではほとんど1万もが斬首された。もしその場に居合わせたら、あなた方の足はくるぶしまで殺害された者たちの血に浸かったであろう」（*Fulcherii Carnotensis gesta Francorum*, XXVII, 12-13 ; *Chronicle of the First Crusade*, pp.68-69 ; 丑田弘忍訳「エルサレムへの巡礼者の物語」『フランク人の事績』299 頁）。

11-73 – 1099 年 7 月 22 日。ゴドフレは王の称号を受けることを辞退し、西方の年代記者に従えば「聖墳墓の守護者 advovastus sancti sepulchri」あるいは「第一人者 princeps」と呼ばれた（Ljubarskij, *Aleksiada*, p.577, n.1138）。Runciman, *A History of the Crusades* 1, p.292.

11-74 –バビロン（カイロ）のカリフ、アル＝アーミル al-Amir、この者は 1101 年 12 月 8 日、当時 5 歳で第 10 代のファーティマ朝カリフ（在位 1101~1130 年）に宣言された。エジプトの事実上の支配者は、1094 年いらい宰相のアル＝アフダル al-Afdal であった。シリアおよびパレスティナにおける事件についてのアンナの記述は極端に混乱しており、とくに編年において著しい（Reinsch, *Alexias*, p.382, n.102）。

11-75 – 1102 年 5 月 25 日（Reinsch, *Alexias*, p.383, n.108）。Ljubarskij はこの戦いを同年の 5 月 17 日としている（次註 11-76）。

11-76 – Chalandon は、「第XI巻と共にわれわれは全くの混沌状態にはまりこむ」、「たとえば［第 7 章 1~3 節において］彼女はラメルの戦いとアスカロンの戦いを混同し、［前者の戦いの時期にはすでに亡くなっている］ゴドフロワ＝ド＝ヴイヨンがエジプトのスルタンの捕虜になったと語っている」と述べている（*Alexis Ier Comnène*, XVII）。Ljubarskij は Chalandon のこの指摘を受けて、Khronologija XI knigi "Aleksiady"（『アレクシアス』第XI巻の年表）において第XI巻の依拠すべきクロノロジーの構築を試みている。第 7 章 1~2 節に関しては、アンナは十字軍士とバビロン（カイロ）の支配者アメリムニスの軍隊との戦いを語っているが、Chalandon が指摘したように、ここでは二つの戦いを混同し、一連の戦いとして提示している。すなわち十字軍の勝利したアスカロン Ascalon における戦い（1099 年 8 月 12 日）と彼らの敗北に終わったラムラ Ramla（ラメル）での戦い（1102 年 5 月 17 日）。Ljubarskij によれば、十字軍のイエルサレム占領（1099 年 7 月）を知ってアメリムニスが軍を送り出したとの、さらにその動きをゴドフレ（1100 年 7 月 18 日に死去）によって知らされて十字軍士が武装したとのアンナの記述からアンナは、年代的には 1099 年 8 月のアスカロン（イスラエルの海岸都市）の戦いを想定しているように思われる。しかし他方ラテン人の多くが殺され、より多くの者がバビロンへ連れ去られたことや、ボドゥワンの逃走の話などはラムラの戦いについての西

方の年代記者たちの報告と一致している（Khronologija XI knigi "Aleksiady", pp.47-48）。Cf. Ljubarskij, *Aleksiada*, p. 578, n. 1141. 二つの戦いについては Runciman, *A History of the Crusade*, 1, pp.296-97 ; 2, pp.76-77 も参照。

11-77 − 1102年5月25日以降—ファーティマ朝のカリフ［Al-Amir］への書簡（Dölger-Wirth, *Regesten*, no. 1216）。しかし次註からこの書簡は *Al.*, XII, 1, 3 で語られるバビロン人へのアレクシオス帝のそれと見なさなければならない。Cf. Ljubarskij, *Aleksiada*, p.587, n.1214.

11-78 − この第3節も誤りと混同のカオスの状態にある。アンナによればラメルの戦いで捕らえられた伯たちはゴドフレを除いて、戦い後間もなくアレクシオス帝によって買い戻された。ゴドフレについてはすでに以前に身代金で解放され、兄弟のヴァルドイノスのもとへ送り返されていた。以上のアンナの報告は、Ljubarskij によればもっとも信じがたい、想像上のもの фантастичных の一部である。まず、アレクシオス帝による伯たちの買い戻しは1104年においても言及される（*Al.*, XII, 1, 3）。最初の場合には皇帝の使節はヴァルダリスで、1104年のそれはニキタス＝パヌコミティスであるけれども、アンナが同じ事実、すなわちラメルで捕らえられた捕虜の解放について語っていることは疑いない。第2は、1102年にはすでに死去しているゴドフレの捕縛、これはまさしく作者の想像 фантазия の産物。第3にヴァルドイノスがゴドフレによってエデサに派遣されたこと、しかし前者は1098の時点でエデサの伯になっている。アンナ自身によれば、これらすべては1099年8月（アスカロンの戦い）と1100年7月（ゴドフレの死はアンナには知られていたに違いない）の間に起こったことになる（Khronologija XI knigi "Aleksiady", pp.47-48）。ゴドフレがムスリムに捕らえられたとの記事はアンナ＝コムニニ以外には見いだされないことは、Leib, *Alexiade*, III, p.33, n.3. ; Ljubarskij, *Aleksiada*, p.578, n.1144 ; Reinsch, *Alexias*, 383, n.111 も指摘している。

11-79 − すでに前註で指摘したように、ここでもアンナは間違っている。ボドゥワンはすでに1098年にエデサのアルメニア人支配者トロス Thoros の養子となり、その後すぐにエデサの権力を握った（Ljubarskij, *Aleksiada*, p.578, n.1145）。詳しくは Runciman, *A History of the Crusades*, 1, pp.202-208；和田廣訳『十字軍の歴史』200~204頁。

11-80 − アンナは［十字軍関係については］厳密に年代順に述べず、ある人物あるいはある舞台に関連して要約している。ここでは話は1102年の時点から1099年の時点にもどる（Reinsch, *Alexias*, p.384, n.113）。

11-81 − 1099年2月 — Raymund von Saint-Gilles への書簡（Dölger-Wirth, *Regesten*, no. 1211）。

11-82 − アタパカスは、セルジュク＝トルコの称号アタバク Atabak（アタベグ Atabeg）のギリシア文字による転写。ダマスクスにおいてこの地の地方的なスルタンの死後、アタベグのトゥグテキン Tuğhtakin［ダマスクスのドゥカク Duqaq のアタベグ］が権力を握っていた（Reinsch, *Alexias*, p.384, n.119）。アタベク atabek は、「セルジューク朝時代に君主の子息の養育にあたった者の称号。父親に代わって子息に対して全権をゆだねら

れ、子息に与えられたイクターを管理したり、父親の死後は、その子の母親と結婚することもあった」(『イスラム事典』平凡社、1982年、46頁)。

11-83 − アンナはここで二つの戦闘を混同させている。すなわち1099年2月におけるサン＝ジル（イサンゲリス）によるアンダラドス（トルトサ）の最初の占領と1102年における二度目の占領（Reinsch, *Alexias*, 384, n.118)。1102年のはじめころ、再びシリアにもどったサン＝ジルはラタキア（ラオディキア）からエルサレムへ向かう途中、他の十字軍の一行と離れた後、トルトサを占領した。その後ダマスコスの軍勢の攻撃をうける（Ljubarskij, *Aleksiada*, pp.579-80, n.1152)。

11-84 − この戦いはイブン＝アスィールによって詳細に語られており、それに従えば戦闘はトリポリスにおいて行われ、敵軍2000に対してわずか300騎に過ぎなかったが、サン＝ジルは相手に決定的な敗北をあたえた。なおアラブの歴史家シブト＝イブン＝アルジャウジ Sibt ibn al-Djauzi とジェノヴァの年代記作者カーファロ Cafaro は、この戦いがアンダラドス（トルトサ）で行われたというアンナの証言を裏づけている（Ljubarskij, *Aleksiada*, p.580, n.1153)。

11-85 − 1102年10月頃（Leib, *Alexiade*, III, p.35, n.2 ; Reinsch, *Alexias*, p.385, n.120)。訳註11-83を参照。

11-86 − この第6節でアンナによって報告されている詳細は、1103~1105年におけるトリポリスの包囲に関して知られている事実と一致する。エヴマシオス＝フィロカリス（キプロスのドゥクス）によって提供された資材で建設された砦は、多数の西方および東方の史料によって語られている、1104年に建設された巡礼山 Mons Peregrinorum そのものである（Ljubarskij, *Aleksiada*, p.580, n.1154)。Mount Pilgrim は、しかしアラブ人にとっては Qalat Sanjil すなわち the castle of Saint-Gilles として知られた（Runciman, *A History of the Crusades*, 2, p.60 and n.3)。

11-87 − Leib は1102年の後半（*Alexiade*, III, p.36, n.1)、Reinsch は1102年のうち（*Alexias*, p.386, n.122）のこととしている。1103年トリポリスを前に陣を構えたイサンゲリスは、ヴァイムンドスによって彼の甥タグレがラオディキアを包囲攻撃すべく送り出されたとの知らせで、ただちにラオディキアに向かった。さて Ljubarskij によれば、このタグレによるラオディキア攻囲は1102~1103年初めであることが知られている（*Aleksiada*, p.580, n.1155)。他方アンナは「ヴァイムンドスはツィンディルキスのラオディキア入城を知ると、……ここを包囲攻撃すべく、……タグレを送り出した」と語るが、これは第4節にあるように1099年に起こった出来事である。Ljubarskij は「アンナは明らかにここでも再び4年間の隔たりのある事件を混同している」と指摘する。しかもそれぞれの記事に過ちがある。1099年のラオディキア攻囲はタグレではなく、ヴァイムンドス自身によって行われた。1102年タグレはヴァイムンドスによってラオディキアに送り出された、しかしこれは不可能。なぜならヴァイムンドスは当時ムスリムの捕虜となっており、アンティオキアに帰還するのは1103年5月になってからである（Khronologija XI knigi "Aleksiady", p.51, n.40 ; *Aleksiada*, p.580, n.1155)。ヴァイムンドスがダニシュメ

ンド朝のアミールの軍勢に捕らえられた次第は、訳註 11-95 を参照。

11-88 − 1100 年 7 月 18 日（Ljubarskij, *Aleksiada*, p.580, n.1156 ; Reinsch, *Alexias*, p.386, n.123）。彼はイエルサレムの聖墳墓教会 Grabeskirche に埋葬された（Reinsch, *Alexias*, p.386, n.123）。

11-89 − この記述は真実ではない。なぜならゴドフロワの死後、イエルサレムの王冠をサン＝ジルに与えようとしたことについて語っている西方の史料はまったく存在しない（Ljubarskij, *Aleksiada*, p.581, n.1157）。おそらくサン＝ジルはイエルサレムの掌握を考えていたであろう、しかしそれはゴドフロワがイエルサレムの主人となる以前のことであり、結局ゴドフロワが選ばれた時点で彼の希望は事実上失われた（Lcib, *Alexiade*, III, p.245 : p.36, ligne 16 ）。Cf. Reinsch, *Alexias*, p.386, n.124.

11-90 − サン＝ジルが 1100 年 6 月ラタキア（ラオディキア）に妻と従者のほとんどすべてを残してコンスタンティノープルに赴いた目的は、アレクシオス帝と北シリアの問題について話し合い、彼らの共通の敵、ボエモンに対する共同戦線を計画することであった（Ljubarskij, *Aleksiada*, p.581, n.1158）。Cf. Leib, *Alexiade*, III, p.245.

11-91 − 1100 年 12 月 25 日（Leib, *Alexiade*, III, p.36, n.2 ; Reinsch, *Alexias*, p.386, n.124）。

11-92 − フランドラスは北イタリアのトリノ Trino の北東およそ 70km に位置する町ビアンドラーテ Biandrate と見なされる。つまりビアンドラーテの人の意であろう。二人の兄弟とはビアンドラーテ伯アルベルト Alberto とグイド Guido で、ロンバルディアの十字軍士を指揮した。Cf. Leib, *Alexiade*, III, p.36, n.3 ; Ljubarskij, *Aleksiada*, p.581, n.1160 ; Reinsch, *Alexias*, p.386, n.125. この十字軍については、Runciman, *A History of the Crusades*, 2, pp.18-25 に詳しく語られている。

11-93 − 主としてロンバルディア・ブルゴーニュ・シャンパーニュ・ドイツからの諸部隊で構成されたこの遠征隊は、1101 年 5 月 26 日と 6 月 8 日の間にコンスタンティノープルに到着した（Ljubarskij, *Aleksiada*, p.581, n.1160）。

11-94 − アンナはここで帝国のセマ（軍管区・地方行政区）の名前を使っているが、Reinsch によればそれは幾分不正確である。なぜならロンバルディアの十字軍士の進んだ、すぐ後に述べられている道は本来のアナトリコン＝セマの北を走っている（*Alexias*, p.386, n.126）。

11-95 − Leib によれば、彼らの目的はおそらくなおトルコ人の捕虜であったヴァイムンドス（ボヘモン）を解放することであった。彼は 1100 年 8 月 15 日にトルコ人によって捕らえられた。皇帝の賢明な助言に対して頑として従おうとしなかったのは、規律のない諸集団としてやってきたロンバルディア出身の者たちであった（*Alexiade*, III, p.245 : p.36, line 30）。Reinsch もアルベール＝デクスによって、「彼らが、明らかにアンナの知らなかった事実、1100 年 8 月 15 日にトルコ人に捕らわれたボヘモンド（ボエモン）を救出したいと願っていたことは確かである」としている（*Alexias*, p.386, n.127）。なおここに現れるホロサンあるいはホラサンはイラン東部の地域名である。しかし今回の十字軍の一行がイラン北東部のホラサンをめざしたとは考えられない。問題のボエモン

は、ユーフラテス上部地方への遠征時に、ダニシュメンド朝のアミール（マリク＝ガージー＝ギュミュシュテキン Malik Ghazi Gümüshtekin）の軍の攻撃に不意をつかれ、自軍は四散、彼自身はその時捕らえられた。ボエモンは、当時小アジア北東を握る地方政権ダニシュメンド朝の拠点セヴァスティア（アンカラの東 363km に位置する現シワス Sivas）の北、ネオケサレア Neocaesarea（現ニクサル Niksar）の城塞に捕らわれの状態でいた（Runciman, *A History of the Crusades*, 2, p.21）。別の所でも指摘するように（訳註 14-37）、アンナのホロサンの概念は曖昧で、イラン東北部でなくイラクの意味で使っている場合が多い。ここでのホロサンは、むしろ小アジア北東部を指しているように思われる。なおボエモンは、1103 年時のダニシュメンド朝支配者によって解放された。ボエモンとダニシュメンドの間で対ビザンツおよび対ルムのセルジュクの同盟が成立したからである（*The Chronicle of Ibn al-Athir*, p.60, n.10）。ボエモンの解放は 1103 年春、メリティニで行われた（Runciman, *A History of the Crusades*, 2, p.39）．

11-96 – アルメニアコンの領域はシノプの東の黒海岸から南東方向へ延びている（Reinsch, *Alexias*, p.387, n.131）。*ODB* の付図参照（p.2035）。

11-97 – 一行はポルスク Porsuk 川の渓谷に位置するドリレオン（エスキシェヒル）から東に向かって進んだ。アンキラ［エスキシェヒルの東北東に位置する、現アンカラ］は 1101 年 6 月 23 日に彼ら十字軍士によって奪取される（Reinsch, *Alexias*, p.387, n.132）。

11-98 – 1101 年 8 月 5 日の朝（Ljubarskij, *Aleksiada*, p.582, n.1165；Reinsch, *Alexias*, p.387, n.135）。

11-99 – 十字軍を攻撃したトルコ人の軍勢は、ルムのスルタンのクルチ＝アルスラン、ダニシュメンド朝のセヴァスティアのアミール（エミール）、アレッポのアミールのリドワン Ridwan、ハラン Harran のアミールのカライ Karaj の諸軍からなる連合勢力であった。ラテン語史料によれば、殺された十字軍士の数は膨大であった。アルベール＝デクスはおよそ 16 万、ギョーム＝ド＝ティールは 5 万の数をあげ、ただイブン＝アスィールだけが 3 千としている（Ljubarskij, *Aleksiada*, p.582, n.1167）。Leib もそれぞれについて同じ数字をあげている（*Alexiade*, III, p.38, n.2）。

11-100 – 一行はパヴライ（現バフラ Bafla）から海路、コンスタンティノープルに向かい、1101 年の末にたどりつく（Reinsch, *Alexias*, p.388, n.137）。サン＝ジルの一行は 1101 年秋にアリス［キジル＝イルマク］川の河口に到着し、海路でコンスタンティノープルへ向かった。他の十字軍士はシノプまで出て、そこから沿岸伝いにヴォスポロスの岸辺まで徒歩で行った（Ljubarskij, *Aleksiada*, p.582, n.1168）。

11-101 – 1102 年のはじめ頃、アルベール＝デクスに従えば 4 月の第 1 週（Ljubarskij, *Aleksiada*, p.582, n.1169）。スゥデェイ港（聖シメオン）に着いた時点で、サン＝ジルは、十字軍士に対する背信行為とアレクシオス帝との共犯のかどで古き仇敵を告発していたタンクレード（タグレ）に捕らえられ、しばらく彼によって監禁状態に置かれた。解放後、サン＝ジルはトルトサを占領し、1103 年からトリポリスの攻囲を開始した（Ljubarskij, *Aleksiada*, pp.582-83, n.1170）。

11-102 − 1105年2月28日（Reinsch, *Alexias*, p.388, n.139）。Leibは、巡礼山の砦（訳註11-86）で死んだと註記している（Leib, *Alexiade*, III, p.39, n.1）。

11-103 − 1105年2月28日以後—キプロスのドゥクスへの書簡（Dölger-Wirth, *Regesten*, no. 1223）。

11-104 − コンスタンディノス＝エフフォルヴィノス＝カタカロン（Reinsch, *Alexias*, p.388, n.140）。

11-105 − Ljubarskijによればアンナはこのタグレによるラオディキアの奪取を続いて記される「書簡」の前のこととしているが（Dölger-Wirth, *Regesten*, no. 1212によれば1099年3月頃）、これはアンナの間違いで混同が見られる。ラオディキアの奪取は1103年初頭におこった（*Aleksiada*, pp.583-84, n.1177）。Reinschによれば、ラオディキアは1102年末にタンクレード（タグレ）によって奪い取られた。これは、ラオディキアの攻囲を思いとどまらせようとしたトゥールーズ伯レイモン（イサンゲリス）（本巻7章7節）を一時的ながら捕らえて監禁した後に生じた。なおアンナはこの件を報告していない。一方ボエモン（ヴァイムンドス）は1103年夏トルコ人による囚われの身から解放された—この件もアンナは報告していない。話は1105年2月のトゥールーズ伯の死から少しくさかのぼり（1099年4月頃）、ボエモンについて語られる（*Alexias*, p.388, n.143.）。Cf. Leib, *Alexiade*, III, p.246（p.39, ligne 10）.

11-106 − 1099年3月頃—十字軍指導者Bohemund宛書簡（Dölger-Wirth, *Regesten*, no. 1212）。前註を参照。

11-107 − 本巻4章1節。

11-108 − ヴトミティスのキリキア行についての情報はアンナのみであるが、研究者の間でその時期について1099年と1103年とに分かれている（Ljubarskij, *Aleksiada*, p.584, n.1178）。Ljubarskij自身は、ボエモンへの使節の帰還後ただちにアレクシオス帝はヴトミティスをキリキアに送り出したとのアンナの報告から、1099年あるいは1100年の初めとしている（*Aleksiada*, p.584, n.1178）。

11-109 − ピサの司教とは大司教のダゴベルトDagoberto。アンナはここで1099年の諸事件をとりあげる（Leib, *Alexiade*, III, p.42, n.1）。ダゴベルトのイエルサレム初代ラテン総司教としての在位は1099年12月から1102年9月まで（Grumel, *La Chronologie*, p.453）。

11-110 − つづく言葉が省略されている。Leibはdeux ses collègues（二人の同僚）のようにses collèguesを補って訳し、Reinschは省略された言葉が十中八九Bishöfeと註記している（*Alexias*, p.391, n.156）。

11-111 − Ljubarskijによれば、大司教ダイムベルトDaimbert（ダゴベルト）によって指揮されたピサ艦隊の遠征については1099年のこと、ダイムベルトの艦隊は120隻からなっていた（*Aleksiada*, p.584, n.1179）。

11-112 − 本巻4章3節。このことからここで語られる事件は1099年とされる（Reinsch, *Alexias*, p.392, n.159 ; Leib, *Alexiade*, III, p.42, n.3）。

11-113 − この称号は専門用語ではないらしい。ケファリは「艦隊の司令官」、「全船舶の司

令官」として使われている（Ahrweiler, *Byzance et la Mer*, p.193, n.4）。

11-114 －名前からラテン人と思える。アレクシオス帝に仕えたもっともすぐれた海軍将校の一人（Reinsch, *Alexias*, p.392, n.160）。

11-115 － 1099 年の 4 月（Ljubarskij, *Aleksiada*, p.585, n.1181 ; Reinsch, *Alexias*, p.392, n.162 ; Sewter-Frankopan, *The Alexiad*, p.323, n.36）。

11-116 － 1099 年 9 月（Leib, *Alexiade*, III, p.44, n.1 ; Reinsch, *Alexias*, p.393, n.169）。この時、1099 年秋、ボエモンはラタキア（ラオディキア）を攻囲していた（Ljubarskij, *Aleksiada*, p.585, n.1184）。ボエモンにとってピサ艦隊の到着はまさしく僥倖であった（Leib, *Alexiade*, III, p.248［Page 44, ligne 28］）。

11-117 － Reinsch によれば、第 9 章でマヌイル＝ヴトミティスについて報告されていることは、年代的にはここ第 10 章で述べられている諸事件よりも後のことである（*Alexias*, p.394, n.171）。他方 Ljubarskij はヴトミティスに関する第 9 章と第 10 章の記事は同じ時期に関わるものである（Khronologija XI knigi "Aleksiady", p.53, n.58）。私としては後者を採用したい。

11-118 －水の道、海路。ホメロスに見られる表現（*Odyssea*, 4, 842 ; 15, 474）（Reinsch, *Alexias*, p.94, n.172）。「海路」（松平千秋訳『オデュッセイア（上）』岩波文庫、125 頁）。

11-119 －キプロスと向き合った小アジアの港（Ljubarskij, *Aleksiada*, p.585, n.1185 ; Reinsch, *Alexias*, p.394, n.173）。

11-120 －アンナはスタディオンをマイル（約 1500m）として考えている。Ramsay, *The Historical Geography*, p.384 の欄外にある註 * を参照。

11-121 － Ljubarskij によれば 1100 年秋頃。ジェノアの年代記者カーファロ Cafaro, De liberatione civitatum orientis, XXIV［*RHC Occ.*, V］によれば、この時ジェノア艦隊は 8 月 1 日十字軍の救援のためシリアに向かい、9 月 25 日にはラタキアに到着した（*Aleksiada*, p.585, n.1189）。Reinsch も 1100 年としている（*Alexias*, p.395, n.178）。

11-122 －タ＝カトティカ。Sophocles, *Greek Lexicon* によれば、Ta katôtika merê は the Lower Countries, or the South, in relation to Constantinople. と あ り、Dawes と Leib と Sewter-Frankopan はこれと同じ意味でそれぞれ the most southern parts of the coast、la côte sud、the southern coast の語を当てている。これに対して Ljubarskij はペロポネソスと解し（*Aleksiada*, p.585, n.1190）、Reinsch はこの語に直接 Peloponnes をあてている。次の第 2 節で再び南岸地域 ta katôtika が現れ、そこではペロポネソスの南岸以外には考えられないので、Ljubarskij と Reinsch に従ってペロポネソスとしたい。しかしランドルフォスの艦隊の遭難はおそらく小アジアの西岸あるいは南岸のどこかであろう。なぜなら陸上を進んでいるカンダクズィノスがランドルフォスへ指示を与えている。

11-123 －ラオディキアは 1102 年にノルマン人によって掌握された（*Al.*, XI, 9, 1）（Reinsch, *Alexias*, p.396, n.181）。あるいは 1103 年初め（Ljubarskij, *Aleksiada*, pp.583-84, n.1177）。

11-124 － Ljubarskij が指摘するように、ここで語られるカンタクズィノスのラオディキ

アに対する攻城戦は1104年に行われたものである。1100年における事件を語りはじめたアンナはここでもそれらを後の事件と混同し、自身気づかぬままに4年飛び越えて1104年に移っている。この攻城戦はLjubarskijによればラドルフス＝カドメンシスRadulfus Cadomensis［Raoul de Caen］（*Gesta Tancredi in expeditione Hierosolytana*, CLI［*RHC Occ.*, III］）も述べており、アンナと同様、カンタクズィノスが障壁を造り、ラオディキアを海上から遮断し、敵艦隊が都市の援助にやってくることを防ごうとしたことを指摘している（Khronologija XI knigi "Aleksiady", pp. 54-55 ; *Aleksiada*, p.316, n.1192）。

第XI巻における年代上の混乱は1104年の時点で終わる。Ljubarskijは、第XI巻7~11章における年代上の"chaos"について、まずChalandonの指摘する二つの理由を紹介する。第一はアンナの情報不足、これは十字軍に同行したアレクシオス帝のことのほか信頼厚い将軍タティキオス（まさしく十字軍についてのアンナ情報源）がアンティオキア包囲中に十字軍のもとから離れてしまったことに関係する。第二は、アンナは諸事件の時間的順序を求めず、諸事件を十字軍の傑出した二人の指導者、トゥルーズ伯レイモン（イサンゲルス）とボエモンのもとに集めていることである。そしてLjubarskij自身によれば、年代上の混乱の生じた理由は、まずアンナは1100年8月～1103年5月にわたるボエモンの虜囚の事実を知らなかったこと。第二にアンナは明らかにその時期の諸事件についてさまざまの話を聞き知ったが、しかしそれらを正確に比較・区別することができていないこと。それゆえ一方において彼女はことなる事件を一つにまとめ、他方では時には同じ事件を二度語り、しかも異なる仕方で行っている（Khronologija XI knigi "Aleksiady", p.55）。

11-125 －クラについては訳註11-49を参照。

11-126 －アンナに従えばラオディキアは1099年サン＝ジルによってアレクシオス帝へ引き渡された。しかし1103年タグレがラオディキアを握った（Ljubarskij, *Aleksiada*, p.586, n.1197）。

11-127 －アンナは城塞（内城）にさまざまの語（クラ・アクロポリス・ポリス）をあてる。ポリスの語の多義性については索引の「ポリス」および訳註10-39を参照。

11-128 － 1104年（*Alexias*, Pars AlteraのTarsos・Adana・Mamistraを見よ）。

11-129 － Leibが「オロンテス川からはトルコ人によって、海上からはギリシア人によって攻め立てられていた」（*Alexiade*, III, p.249の註*：Page 50, ligne 5）と解釈するのに対して、Reinschは「陸上からでもビザンツとトルコ人の双方によって」（*Alexias*, p.398, n.189）としている。

11-130 －マルケシス。アンナは侯（marquis, Marchese）の称号を名前と受けとっている。タグレ（タンクレード）は、ユードEude侯［オドOdo］と、ヴァイムンドス（ボエモン）の姉妹の一人エマEmmaとの息子（Leib, *Alexiade*, III, 249 ; Ljubarskij, *Aleksiada*, p.586, n.1202 ; Reinsch, *Alexias*, p.398, n.190）。

11-131 － 1104年末に乗船し、1105年1月イタリアに到着（Leib, *Alexiade*, III, p.50, n.1 ; Reinsch, *Alexias*, p.398, n.192）。

11-132 －アンナが伝えるこのような奇計はラテン史料には見いだせない（Leib, *Alexiade*, III, p.51, n.1 ; Reinsch, *Alexias*, p.399, n.193）。このヴァイムンドスの策略について Emily Albu が新しく論じている（Bohemond and the Rooster : Byzantines, Normans, and the Artful Ruse : in *Anna Komnene and Her Times*, pp.157-168）。

11-133 －ボエモンのイタリア帰還についてのアンナの話は、Ljubarskij によればゾナラスの以下の記述によって支持される（*Aleksiada*, p.586, n.1204）。「…… ［ヴァイムンドスは］東方から西方へ帰還することを考えたが、帰還の途中、ローマ［帝国］の諸地方を通過するさい、それらの地方の統治を委ねられている者たちの一人によって取り押さえられ、協約を犯した者と見なされて、縛られて連れもどされるのではないかと恐れていたのである。そこでいかなる企てが実行されるか。死んだふりをして、棺の中に入り込んだのである、そして召使いたちにはその者はすでに死んでしまい、その死体は今故郷へ連れもどされていると伝えるように命じた。このようにしてその者は気づかれることなく自分の土地に無事もどったのである」（*Epitome historiarum*, XVIII, 25［pp.749-750］）。

第XII巻

12-1 －以前の渡航は父ロベール＝ギスカールに同行したものであったが、今回は十字軍士として自分自身の決断で行った最初の渡航。Cf. Reinsch, *Alexias*, p.401, n.1.

12-2 － 1105 年 1 月、イタリアに帰還した（Ljubarskij, *Aleksiada*, p.586, n.1205）。

12-3 － 1105 年のはじめごろ（Leib, *Alexiade*, III, p.53, n.1）。

12-4 －フランス王フィリップ 1 世（在位 1060~1108 年）。ボエモンが娶った娘コンスタンス Constance はボエモン Bohémond（2 世）をもうける。ボエモン 2 世は、1126 年アンティオキア公国を継承する。タグレに嫁いだもう一人の娘は嫡出でないセシール Cécile（Leib, *Alexiade*, pp.53-4, n.3, n.4 ; Reinsch, *Alexias*, p.401, n.3, n.4）. Ljubarskij, *Aleksiada*, p.587, n.1208 も参照。

12-5 － 1104 年―ピサ・ジェノア・ヴェネツィア各都市への書簡（Dölger-Wirth, *Regesten*, no. 1219）。

12-6 －ボエモンは 1105 年の 9 月にはアプリアを離れ、そしてローマでは教皇パスカリス 2 世 Paschalis によって歓待を受けた。教皇はボエモンに聖ペトロの御旗を手渡し、教皇特使（ブルーノ Bruno）を同伴させ、フランスへ向けて送り出した。1106 年 3 月にはボエモンはすでにフランスにあった。フランスにおける彼の新しい十字軍の提唱は大成功であった（ある報告では彼はパレスチナへの十字軍を訴え、他の報告ではアレクシオスへの復讐戦を熱烈に語った）。4 月の後半にはノルマンディーでイングランド王ヘンリー 1 世と会談している。将来における多数の十字軍士を獲得することに尽力し、そしてフランス王の娘と結婚した後、5 月の終わり頃、ボエモンはポアティエの教会会議に臨み、教皇特使は教皇の名において新しい十字軍を起こすことを訴える。ボエモンは 1106 年 8 月にはアプリアへもどり、集中的にローマ帝国への遠征の準備にとりかかる（Ljubarskij, *Aleksiada*, p.587, n.1211）。Cf. Leib, *Alexiade*, III, p.54, n.2）。

12-7 －カイロのスルタン、アル＝アーミル（アンナの言うアメリムニス）、またはその大臣 Vezir のアル＝アフダル。第Ⅺ巻7章1~2節を見よ（Reinsch, *Alexias*, p.402, n.7）。Ljubarskij はバビロン人を宰相の方、アル＝アフダル Аль-Афдал であるとしている（*Aleksiada*, p.587, n.1212）。

12-8 － 1104年頃―ファーティマ朝カリフ［al-Amir Abû-'Alî al-Mansûr］への書簡（Dölger-Wirth, *Regesten*, no. 1220）。

12-9 － Ljubarskij によれば、アンナはここで再び1102年シリアのラメルで捕らえられ、バビロン（カイロ）へ連れ去られた十字軍士の救出について語っている。アンナを驚かせたほどのアル＝アフダル（スルタンの宰相）の好意的態度には政治的目的があり、アル＝アフダルは対セルジュクの同盟者として、ビザンツおよび十字軍士と対立することを望まなかったのである（*Aleksiada*, p.587, n.1214）。

12-10 －カイロのスルタン。しかし前註にあるように、実際は宰相のアル＝アフダルであろう。

12-11 － 1105年9月（Leib, *Alexiade*, III, p.250（Page 56, ligne 10）; Reinsch, *Alexias*, p.403, n.11）。

12-12 －キリ＝シリア。koilos は「窪んだ」の意で、厳密には「レバノン山脈とアンティレバノン Anti-Lebanon 山脈の間に位置する平野部（planities inter Libanum et Antilibanum montes sita.）」（*Alexias,* Pars Altera）だが、海岸に位置するラオディキアを考えると、この場合はユーフラテス以南の地域全体を指しているものと思われる。なお Ljubarskij と Reinsch が共に指摘するように、ラオディキアと共に言及されるタルソスはシリアではなく、キリキアの都市である（*Aleksiada*, p.587, n.1215 ; *Alexias*, p.404, n.13 ）。

12-13 －第Ⅺ巻12章1節。

12-14 －都市は複数形（poleis）。polis と poleis のカタカナ表記は共にポリス。モプソスの都市は、神話上の人物 Mopsos によって建設された都市モプスエスティア Mopsuestia（Mamista）のこと。この都市はアダナの東を流れるピラモス Pyramos 川（現ゼイハン Ceyhan）の両岸にまたがる都市。アンナは間違ってその西を流れるサロン（サロス）（現セイハン Seyhan）川に位置づけている（Reinsch, *Alexias*, p.405, n.17）。この都市（現ミシス Misis/Yakapinar）は川を挟んで二つの部分からなっていることから、アンナは本節の少し後で「モプソスの二つの都市」と表記しているのであろう。

12-15 －ピラモス（ゼイハン）川にかかるローマ時代の石の橋で、幾度も改修され今日に至っている（Reinsch, *Alexias*, p.405, n.18）。

12-16 －アルサキデェ（les Arsacides）はアルメニアの王朝（後54~428年）、しかしアスピエティスが王家の子孫であるとは作り話。Cf. Reinsch, *Alexias*, p.406, n.19.

12-17 －第Ⅳ巻6章7節。

12-18 －第Ⅳ巻6章7節においてアスピエティス以下多数の精鋭が倒れたことが語られている。しかし本巻のこの箇所から倒れたアスピエティスは生きながらえたことが知られる。

12-19 − 1105年9月以前―帝国西方部の軍司令官たち die heerführer への書簡（Dölger-Wirth, *Regesten*, no. 1224)。

12-20 −本巻1章6節。

12-21 −第14エピネミシスの9月は1105年9月（エピネミシス＝インディクティオンについては訳註2-81を見よ)。1105年9月は1081年4月から数えて25年目にあたる。従って治世第20年は問題となる。新校訂版は〈pemptou (5)〉を加えている。Reinschの訳文では「治世第25年目」(im fündfundzwanzigsten) となっている。

12-22 − Reinsch によれば古代の詩人シモニデス Simonides の言葉（*Alexias*, p.407, n.29)。

12-23 − Epistula ad Romanos, VIII, 35 (Leib, *Alexiade*, III, p.61, n.1).「だれが、キリストの愛からわたしたちを引き離すことができましょう。艱難か。苦しみか。迫害か。飢えか。裸か。危険か。剣か」(日本聖書協会新共同訳『聖書』(新) 285頁)。

12-24 − *Ilias*, XI, 654 ; XIII, 775 ; *Odyssea*. XX, 135 (Leib, *Alexiade*, III, p.61, n.1).「罪のない者でもすぐに叱りつけるような人（アキレウス)」、「科のない者でも咎めるのが好きなお人（ヘクトル)」(松平千秋訳『イリアス』上361頁、下45頁)。

12-25 −スパレトラは「マッサゲティス」ではなく、カスピ海地方のスキタイの王アモルゲス Amorges の妻。「マッサゲティス」については索引を参照。

12-26 − Buch der Weisheit, 5, 18から (Reinsch, *Alexias*, p.409, n.34) .「無敵の盾として聖さを身におび」(関根正雄訳「ソロモンの知恵」『旧約外典 II』日本聖書学研究所編、教文館、1977年)。

12-27 −彼女の名前イリニは「平和 eirênê」の意である。

12-28 −アレクシオスが皇后を同行させた真の理由について、Leib は Chalandon の見解を紹介している (*Alexiade*, III, p.252 [Page 63, ligne 13])。アレクシオスは妻と子供たちによって仕組まれた策謀についてもよく知っていた。……「彼自身にとって状況は安全なものではなかったように思える……アンナ＝コムニニは父は自分を看護するためにイリニを同行させたと主張しているけれども、母はいやいやながらアレクシオスに同行したことをわれわれに隠してはいない［本章8節の「意に反して」]。私の信じるところでは、アレクシオスの行動のうちに［妻に対する］疑念の大きさを看取しなければならない。コムニノスは、自分の首都不在中に、妻が何らかの陰謀の先頭にたつのではないかと怖れていたのである」(Chalandon, *Alexis I*^{er} *Comnène*, p.274)。これに対して井上浩一氏は「ドゥーカイナが夫を失脚させて得るものは何もないはずである。ここはやはり娘アンナが述べているように、痛風の持病があり、健康に不安を覚えるようになったアレクシオスは、長年連れ添ってきた妻のやさしい介抱が欲しかったのだ、と考えるべきであろう」とされる（『ビザンツ皇妃列伝』204頁)。

12-29 − Psalmi, 101, 10 (Reinsch, *Alexias*, p.410, n.36).「飲み物には涙を混ぜた」(日本聖書協会新共同訳『聖書』(旧) 938頁)。

12-30 −第X巻5章7節。

12-31 − 1106年2月7日 (Grumel, *La Chronologie*, p.473). 1106年2~3月 (Leib, *Alexiade*,

III, p.64, n.2 ; Ljubarskij, *Aleksiada*, p.589, n.1233 ; Reinsch, *Alexias*, p.410, n.39)。

12-32 －ミリオン（里程石柱）の西、大通りを見下ろす場所にあった聖ヨアニス教会。その場所には二頭の青銅の馬が設置されていたので、ディイピオン Diipeion と呼ばれた。Cf. Niketas Choniates, *O City of Byzantium*, p.388, n.636 ; Reinsch, *Alexias*, p.411, n.41.

12-33 －アンナは、少し前の事件を誤ってここに持ち込んでいるように思える。当時ディラヒオンのドゥクスであったヨアニス＝コムニノスのヴォルカノスに対する戦いと敗北、それに対するアレクシオス帝自らによる復讐戦は 1093~1094 年に起こっている（*Al.*, IX, 4 ; 5, 1 ; 10, 1)。Cf. Reinsch, *Alexias*, p.412, n.45.

12-34 － 1107 年の秋ころ（Reinsch, *Alexias*, p.412, n.46)。

12-35 －皇帝ヨアニスはハンガリア王ラディスラス Ladislas の娘ピリスカ Piriska を娶る。イリニと名を変えた彼女の最初の息子はアレクシオス、同時に生まれた双子の姉妹はマリア。ヨアニス帝は 4 人の息子と 4 人の娘をもうけた（Leib, *Alexiade*, III, p.66, n.2)。アンナの弟ヨアニスは 1087 年 9 月 13 日に生まれ、1092 年 9 月に父によって共治帝となる。1104/5 年にハンガリア王の娘（Piroška-Eirine）と結婚（Cf. Reinsch, *Alexias*, p.412, n.47)。

12-36 － 1107 年 10 月 26 日（Reinsch, *Alexias*, p.412, n.50)。アレクシオス帝の首都帰還は Ljubarskij によれば、おそらく同年の 11 月（*Aleksiada*, p.589, n.1240)。

12-37 －像は失われているが、この石柱の一部は本来あった場所に残されている（当初 57m あったが、今は 34m)。イスタンブルのもっとも賑やかなスルタンアフメット駅の（西に向かって）次の駅チェンベルリタシュのそばにあり、現地ではチェンベルリタシュ Çemberlitas（焼け残った石）と呼ばれている。Cf. Reinsch, *Alexias*, p.412, n.51.

12-38 －アンイリオスも ana（方へ）と êlios（太陽・東）の合成語で、アンシリオスと同じ意味と思われる。

12-39 － 1106 年 4 月 5 日（Reinsch, *Alexias*, p.413, n.53)。

12-40 － Deuteronomium, 32, 39（Reinsch, *Alexias*, p.413, n.54).「わたしは殺し、また生かす」（日本聖書協会新共同訳『聖書』（旧）335 頁)。

12-41 －第Ⅴ巻 9 章 2 節でイタロスの弟子として言及されている。

12-42 －一種の語呂合わせ。Anemas という名前は、語源的に anemos（風）と関係している（Reinsch, *Alexias*, p.416, n.68)。Ljubarskij, *Aleksiada*, p.590, n.1249 も参照。

12-43 －このアッシリア人はシリア人の擬古形。もともとインド人のものであった将棋 Schachspiel はペルシア・アラビア地域からビザンツにもたらされた。これは、このゲームに関するビザンツにおけるもっとも早い記述である（Reinsch, *Alexias*, p.417, n.71)。

12-44 －イサアキオス＝コムニノスは 1102~1104 年に死去しているので、これらの年がアネマスの陰謀の確実な「terminus ante quem それより以前」となる（Reinsch, *Alexias*, p.418, n.73)。

12-45 －ヴァランギィと呼ばれる皇帝親衛隊については訳註 2-73 を参照。

12-46 －おそらく凱旋行列が行われたアヴグステオンであったろう（Leib, *Alexiade*, III, p.253 ; Ljubarskij, *Aleksiada*, p.590, n.1255)。ミリオン（里程標）のある広場（付図Ⅲ「コ

ンスタンティノープル」参照)。

12-47 – skenikos の原意は actor (*GEL*)。舞台俳優たちがこのような罪人たちを嘲罵の対象とする行列を取り仕切ったのであろう。Cf. Reinsch, *Alexias*, p.418, n.77. Ljubarskij は文字通りに актеры (俳優たち) の語をあてている。

12-48 – つづく第7節で、アンナは「降り」、皇后は「階上へ登る」とある。Ljubarskij の訳註によれば、アンナは姉妹たちと共に行列を見るために、明らかにアウグステオン (広場) に面した宮殿の階上の部屋におり、アレクシオスとイリニは大宮殿のどこか内部にある部屋、とにかく地上階にいたのであろう (*Aleksiada*, p.591, n.1260)。

12-49 – Ljubarskij によれば、このような屈辱的な刑罰がビザンツの諸帝によってしばしば実施された (*Aleksiada*, p.591, n.1259)。アネマスはこのような恥辱に耐えることができず、死を願ったのであろう。

12-50 – アンナ自身 (当時 15~17 歳頃) と妹たち、すなわちマリア (13~15 歳頃)、エヴドキア (5~7 歳頃)、テオドラ (3~5 歳頃) (Relinsch, *Alexias*, p.419, n.80)。

12-51 – この青銅の両手は穀物の量をはかる銀製の枡と一緒に、ウァレンティニアヌス3世 (425~455 年) によって中央大通りのアマストリアヌム広場 Forum Amastrianum —ここは処刑場として使われた—のアーチの上に設置されたもので、手の意味は、升目をごまかそうとする者を脅す刑罰 (手の切断) であった。従ってアンナの解釈は本来の意味と異なる (Reinsch, *Alexias*, p.420, n.81)。

12-52 – 1098 年頃あるいはそれ以前 (Dölger-Wirth, *Regesten*, no. 1207a)。しかしアネマス一族の陰謀の時期については研究者の間で一致が得られていない。Reinsch はイサアキオスの死去した 1102~1104 年をアネマスの陰謀の確実な terminus ante quem としている (訳註 12-44)、Ljubarskij は 1105 年の1月から8月の間に起こったとするのが適切であるとしている (*Aleksiada*, pp.591-593, n.1262)。

12-53 – 1103 年9月1日 ~1104 年8月31 日 (Ljubarskij, *Aleksiada*, p.593, n.1265 ; Reinsch, *Alexias*, p.421, n.85)。

12-54 – 1105 年頃— Trapezunt と Tebenna のドゥクス、Gregorios Taronites への書簡 (Dölger-Wirth, *Regesten*, no. 1222)。

12-55 – 1105 年9月1日～1106 年8月31 日 (Ljubarskij, *Aleksiada*, p.593, n.1268 ; Reinsch, *Alexias*, p.421, n.90)。

12-56 – ヨアニス＝タロニティスは、アレクシオス＝コムニノスの姉マリアと結婚したミハイル＝タロニティスの息子。グリゴリオス＝タロニティスは、ミハイル＝タロニティスの兄弟の息子、従って反逆者にとっては従兄弟となる (Ljubarskij, *Aleksiada*, p.593, n.1269)。

12-57 – Reinsch によればペルシア‐トルコ系地方政権ダニシュメンド朝の支配者の一人で、*Al.*, XI, 3, 5 でセヴァスティアの支配者として言及される者［タニスマン］の後継者らしい (*Alexias*, p.422, n.93)。

12-58 – 訳註 12-46 を見よ。

12-59 − 1105年9月頃（Dölger-Wirth, *Regesten*, no. 1225)。しかしLjubarskijは、つぎの二つの理由からこれは受け入れられないとする。すなわち一つは、アレクシオス＝コムニノス（アレクシオス帝の甥）は1105年9月より後においてディラヒオンのドゥクスに任命されたこと。二つは、アンナはアレクシオスへの書簡と同時に、アンナによればボエモンの侵入（1107年10月）の直前に起こったイサアキオス＝コンドステファノスのメガス＝ドゥクスの任命を語っていること（*Aleksiada*, p.595, n.1273)。Reinschも、1106年の初頭にアレクシオス＝コムニノスは、兄のヨアニスからディラヒオンのドゥクス職を引き継いだとしている（*Alexias*, p.423, n.99)。

12-60 − Propompoi. Leib・Ljubarskij・Reinschはそれぞれ、convois（輸送船団)、корабли（船舶)、Begleitschiffen（護衛船）の語をあてている。

12-61 −タグレは、明らかにヴァイムンドスの姉妹エマの夫、ユードの息子。訳註11-130を見よ。

12-62 −傭兵のパツィナキ（ペチェネグ）(Reinsch, *Alexias*, p.424, n.103)。

12-63 −コンドステファノスの艦隊についてはここで突然に中断され、ヴァイムンドスの話にうつる。

12-64 −教皇パスカリス2世（在位1099~1118年)、ウルバヌス2世の後継者。ボエモンはアレクシオスとの新しい戦いの勧説のためアルプスを越えての旅を行うが、まずローマにむかったのである。この旅については訳註12-6を参照。

12-65 −イドリスの城壁近くでのローマ人とケルト人の戦い（第4節)。

12-66 − Google earthで測れば、ドゥラスからヴロラまでは直線距離で約98km（自動車道路で117km)、ヴロラからヒマラまでは直線距離で約48km（自動車道路で101km)。アンナの使うスタディオンの距離については、索引の「スタディオン」を見よ。

12-67 −次章2節にあるようにバリからアヴロンへ渡ったとすれば事実に反する。西方の史料の報告に従ってブリンディジからとすればより短い（Reinsch, *Alexias*, p.425, p.113)。Google earthで測ればバリ→ドゥラス（約220km)、バリ→ヴロラ（約230km)、ブリンディジ→ドゥラス（約145km)、ブリンディジ→ヴロラ（約132km)。

12-68 −他の司令官たちとはLjubarskijによればメガス＝ドゥカスのコンドステファノス配下の海軍指揮官たち флотские командиры（*Aleksiada*, p.595, n.1277)。

12-69 −アヴロンの近くに位置する、特定できない山（Reinsch, *Alexias*, p.426, n.114)。

12-70 −メガス＝ドゥクスのイサアキオス＝コンドステファノスとその兄弟であるステファノス＝コンドステファノス（Ljubarskij, *Aleksiada*, p.595, n.1278；Reinsch, *Alexias*, p.426, n.115)。二人の兄弟については第13巻7章1節でも言及される。

12-71 −入浴はビザンツ人にとって大きな楽しみであった。加えて湯につかることは医療とも見なされ、修道院の規則によって病の修道士に勧められる場合もあった（Ljubarskij, *Aleksiada*, p.595, n.1279)。

12-72 − Reinschはここに註して、「アンナは、ピサ艦隊の出撃に対する海上作戦に備えて（1099年)、ランドルフォスがメガス＝ドゥカスに任命されたことについて報告して

いる（*Al.*, XI, 10, 2)」と指摘している（*Alexias*, p.426, n.116)。つまりこの時もランドルフォスはメガス＝ドゥカスであったという意味であろう。しかし本章の８節において、アレクシオス帝はイサアキオス＝コンドステファノスをメガス＝ドゥカスに任命しているので、Reinsch の指摘はおかしい。おそらく海戦の経験豊かなランドルフォスには、事実上艦隊の実戦指揮が託されていたと思われる。

12-73 －遠征軍の規模について西方の諸史料は異なる数字をあげている。Ljubarskij によれば、*Anonymi Barensis Chronicon* は船舶 230 隻、軍勢３万４千、*Fulcherii Carnotensis gesta Francorum* は６万５千、Guillaume de Tyr, *Historia Hierosolymitana* は４万５千、Albert d'Aix, *Liber christianae expedionis* は７万２千（*Aleksiada*, p.596, n.1282)。

12-74 －アルゴー船の英雄たち（アルゴナウタイ）の遠征については、高津春繁『ギリシア・ローマ神話辞典』の「アルゴナウテースたちの遠征」の項を参照。

12-75 －西方の史料ではヴァイムンドスの遠征軍はバリではなくブリンディジから、1107 年 10 月９日に出発した（Reinsch, *Alexias*, p.427, n.120)。Ljubarskij は 10 月９日あるいは 10 日としている（*Aleksiada*, p.596, n.1284)。

12-76 －西方の史料では、1107 年 10 月 13 日（Reinsch, *Alexias*, p.427, n.121)。

12-77 － Thoulê は、アンナにおいては Britannia insula（ブリタニア島）・Varangorum patria（ヴァランギィの故国）・terrae septentrionales（北方の地方）の意味に使われる（*Alexias*, Pars Altera)。Leib によれば、ここではイングランドの意味で使われている（*Alexiade*, III, p.82, n.2)。

12-78 － 1107 年 10 月 13 日、遠征軍は都市の攻囲を開始した（Leib, *Alexiade*, III, p.83, n.1)。この戦いはボエモンにとって父ロベール＝ギスカールの遺志を実現するためのものであり、アレクシオス帝にとっては第２次ノルマン戦争となろう。

12-79 －自身の軍隊とは、おそらく本章２節のフランク人とケルト人の無数の軍勢であろう。

12-80 －エリソスは、ドゥラスの北およそ 70km［直線距離で約 53km］に位置する現レシャ Lesha［Lesh］(Reinsch, *Alexias*, p.428, n.127)。「リソス Lissos（Lesh）は、アドリア沿岸の沼沢地に流れ込むドリン Drin の左岸に位置する重要なイリリアの都市であった。川を見下ろす険しい斜面をもつ高い丘の上にあった」(*The Princeton Encyclopedia of Classical Sites*, p.520)。Lesha［Lesh］の現地表記はレジャ Lezhë。なお Lissus［Lissos］は Elissus［Elissos］の縮まった形であろう、イタリア語では Alessio、スラヴ語では Ljes（*De Administrando Imperio*, II, Commentary, London, 1962, p.122, 30/95-7)。

12-81 －地理的説明が不正確である。ドリモン［ドリン］川とつながるのはディラヒオンではなく、エリソスの町である（Reinsch, *Alexias*, p.428, 131)。

12-82 －コンスタンディノス（8 世、在位 1025~1028 年）は 962 年以降兄ヴァシリオス（2 世、在位 976~1025 年）と共に父ロマノス２世の共治帝 Mitkaiser。帝国はヴァシリオス２世治世下において最盛期を迎えた。とくにヴァシリオスはブルガリアの王サムイル Samuel との十年間にわたる戦いにおいてブルガリア帝国を滅ぼした（11 世紀後期、

ヴァシリオスは「ブルガリア人殺し」の異名をえる)。したがってブルガリアは［1018年から］1185年まで国家としての独立を失った（Reinsch, *Alexias*, p.429, n.135)。

12-83 – Ljubarskij はドリモンについてのアンナの語源的説明は完全な失敗であるとしているが（*Aleksiada*, p.597, n.1293)、確かに Deyrê（マケドニア共和国のデバル Debar）の語源を Drymôn に求めることは無理であろう。

12-84 – 皇帝の甥アレクシオス。本巻4章3節に初めて登場している。

第XIII巻

13-1 – アンナは当時25歳。

13-2 – 1107年11月1日金曜日（Leib, *Alexiade*, III, p.254 ; Ljubarskij, *Aleksiada*, p.597, n.1295 ; Reinsch, *Alexias*, p.430, n.3)

13-3 – 奇跡の現象とは、神の母のイコンにかけられているヴェールが自然と外れ、空中に浮かびあがり、この現象が一定間隔をおいて、つまり毎週の金曜日の夕方にくり返されることをさす。さらに Leib は、一行が4日間その地にとどまった後、都にとって返したという記述から、先のエラニオンの場所を都の西、1日あるいは1日半の行程に位置づけている［11月1日の金曜日の次の金曜日は11月8日］（Leib, *Alexiade*, III, p.254)。Cf. Ljubarskij, *Aleksiada*, p.597, n.1297 ; Reinsch, *Alexias*, p.430, n.6.

13-4 – スタギロスとはマケドニアの町、アリストテレスの出身地、従ってアリストテレスをさしている。

13-5 – 1107年11月以後（Dölger-Wirth, *Regesten*, no. 1237)。

13-6 – アンナはメストス川とすぐ次に現れるエヴロス川を混同している。アレクシオス帝はセサロニキに向かっているのだから、まずエヴロス川を越えてから、次にメストス川を越えたことになる。Cf. Reinsch, *Alexias*, p.431, n.15, n.16.

13-7 – アネマスの陰謀（*Al.*, 12, 5-6)。

13-8 – この者の名は、すぐ後に記されるアロン（アロニオス)。アロニオス家はサムイル王で始まる西マケドニア王国の最後の王イヴァン＝ヴラディスラフ John Vladislav（在位1015~1018年）から発する名門一族。コムニノス家と二重の姻戚関係をもっている。皇帝イサアキオス1世コムニノスは、ヴラディスラフ王の妻マリアの娘カサリン Catherine と結婚、アレクシオス＝コムニノスは上記マリアの同名の孫とアンドロニコス＝ドゥカスとの間に生まれた娘イリニと結婚している（*ODB*, p.1.)。Cf. Ljubarskij, *Aleksiada*, p.598, n.1303.

13-9 – ファムサ（単数形はファムソン）は、ラテン語の専門用語 libellus famosus（誹謗中傷文）から（Reinsch, *Alexias*, p.432, n.22)。

13-10 – ヨアニス＝コムニノス。アレクシオスの父としては *Al.*, II, 1, 1 ; 彼に仕えたタティキオスの父（サラセン人）については IV, 4, 3 ; 皇帝イサアキオス＝コムニノスの兄弟としては XI, 1, 6 を見よ。

13-11 – この役職は皇帝や皇后の食事に関わるだけでなく、宮廷において重要な役割を

担った（Ljubarskij, *Aleksiada*, p.598, n.1305 ）。

13-12 －夜警時。夜（日没から日の出まで）は3ないし5の夜警時に分けられていた。前者では夜明け前となるが、とにかく真夜中過ぎから日の出前までの時刻となろう。

13-13 － Reinsch によれば「大きな戦闘集団の指揮官、近代用語にしたがえば Obristen（連隊長）に相当」（*Alexias*, p.435, n.32）。

13-14 －第12巻9章1~3節。

13-15 －この青銅像は17世紀ディラヒオンを訪れた旅行者たちによって目撃されている（Ljubarskij, *Aleksiada*, p.598, n.1309）。

13-16 － 1108年（Leib, *Alexiade*, III, p.92, n.1 ; Reinsch, *Alexias*, p.435, n.34）。

13-17 －正確な場所は不明のようである。Leib はディアヴォリスの城塞の近くとする（*Alexiade*, III, p.113, n.3）のに対して、Ljubarskij と Reinsch はそれぞれ「ディラヒオンとエルバサン Elbasan（ティラナの南東32km に位置）の間に位置する」（Ljubarskij, *Aleksiada*, p.598, n.1311）」、「ディラヒオンの東、エルバサン Elbasan の方向に位置する、未確定の城塞（Reinsch, *Alexias*, p.435, n.35）」としている。なお *Alexias*, Pars Altera ではこのペトルラを castellum 城塞であるとしている。

13-18 － 1107~ 08年の冬と1108年の夏（Ljubarskij, *Aleksiada*, p.598, n.1312 ; Reinsch, *Alexias*, p.435, n.38）。

13-19 －キリアキ＝ティス＝ディアセシス。Leib は dysenterie（赤痢）の語をあてている（*Alexiade*, III, p.93）。

13-20 －破城槌を動かすために開いている前面と後面以外の2面。

13-21 － *Illias*, 7, 220 ; 11, 545（Reinsch, *Alexias*, p.436, n.39）.「七枚の牛革を張った」・「牛の皮七枚張りの」（松平千秋訳『イリアス（上）』221頁・356頁）。

13-22 －前1世紀のローマ人建築家ウィトルウィウス Vitruvius の *De Architectura* X, 19 によればこれらの破城槌を発明したのは、ガディラ（スペインのガディス）を攻囲した時のカルタゴ人であった（Reinsch, *Alexias*, p.437, n.40）。

13-23 －ビザンツにおける 1Fuß（foot）は、約31cm（Reinsch, *Alexias*, p.438, n.43）。したがって11ポデスは約341cm。

13-24 －本章1節の車輪のついた「長方形の亀」と同じく、この「正方形の土台」も亀であろう。つづく10節に述べられているように、この土台には多数の車輪が取り付けられ、それらによって土台の上に据えられた塔が城壁に向かって移動するのであろう。

13-25 －ビザンツでは1ピヒスについて二つの数値、46.8 cm と 62.46 cm が知られていた（Reinsch, *Alexias*, p.439, n.44）。したがって、5ないし6ピヒスは 234cm~281cm または 312cm~375cm。

13-26 －ビザンツ時代のいくつかの測量器具は、現存している。Dioptra という土地測量器具は古代から知られている（Reinsch, *Alexias*, p.439, n.45）。*GEL* によれば、ディオプトラは optical instrument for measuring angles, altitudes, etc. とある。

13-27 － Ljubarskij によれば、アルベール＝デクス（*Liber christianae expeditionis,*X, 41）も

ディラヒオンの守り手たちが水によって消すことのできない可燃性の物質の詰まった壺をボエモンの機械装置に向かって投げつけたことを報告している（*Aleksiada,* p.599, n.1320)。

13-28 － 1108 年（Ljubarskij, *Aleksiada,* p.599, n.1321 ; Reinsch, *Alexias,* p.440, n.48)。

13-29 － *Ethica Nicomachea,* VIII, 6, 1157b, 13（Reinsch, *Alexias,* p.441, n.51).「互いに呼び交わさなかったために、多くの愛が破れた」（加藤信朗訳『アリストテレス全集 13 ニコマコス倫理学』岩波書店、1973 年、第 8 巻 5 章、261 頁)。

13-30 －ナポリのドゥクスたちを出した一族。マリノスその人について、Reinsch はおそらく同名の、Sebastos の称号をもつアマルフィのドゥクス（1097~1098 年）であろうとしている（*Alexias,* pp.441-42, n.52)。Grumel, *La Chronologie,* p.423 によれば、アマルフィの duc national Marin sébaste, 1096-1100 とある。

13-31 －フランク人伯ラウルの兄弟。この者がロベール＝ギスカールのもとからアレクシオス帝のもとへ脱走したことについては、第 1 巻 15 章 5 節を参照。

13-32 － Reinsch の註記からこのペトロス＝アリファス Petros Aliphas は、第Ⅳ巻 4 章 8 節で現れるアリファァの息子ペトロス Petros, Sohn des Aliphas と同一人物（*Alexias,* p.442, n.54)。ペトロスは 1098 年にフィロミリオンで他のケルト人と一緒にアレクシオス帝と出会っているが（*Al.,* 6, 1)、おそらくアレクシオス帝に仕えることになるのはこれ以降であろう。

13-33 － 1108 年春— Guido、Koprisianos［おそらく conte von Conversano］、Richard und Prinkipatos［Richard du Principat と訂正］への偽りの書簡（Dölger-Wirth, *Regesten,* no. 1239)。

13-34 －上記註の *Regesten,* no.1239 は「コンヴェルサーノの伯」とある。しかし Ljubarskij はその人物を特定することは困難であるとしている（*Aleksiada,* p.599, n.1325)。

13-35 －上記註の *Regesten,* no.1239 において、アンナが異なる二人の人物として記しているリカルドスとプリンギパトスは一人の人物 Richard du Principat として訂正されている。Ljubarskij によれば、このことはすでに Du Cange によって指摘され、Du Cange はこのリカルドスはディアヴォリス（ディヴォル）条約の署名人の一人リツァルドス＝プリンヅィタス（*Al.,* XIII, 12, 28）と同一人であるとする。すなわちリシャール＝ド＝プリンツィパートは、ロベール＝ギスカールの年下の兄弟、サレルノ公国 Салернский принципат の伯 граф ギョーム Вильгельм の息子である（リカルドスの呼称プリンギパトスは公国［サレルノの principauté］から由来）（Du Cange, Annnae Comnenae Alexiaden Notae, p.658)（*Aleksiada,* p.599, n.1326)。なお Richard du Principat はボエモンと共に十字軍に同行したノルマン人の一人である（Chalandon, *Domination normande,* I, p.302)。*Histoire Anonyme de la Première Croisade* [*Gesta Francorum*], ed. and trans. by L. Bréhier, Paris, 1964, pp.13-14, n.8 に、Richard du Principat は「ロベール＝ギスカールの兄弟ギョームの息子で、前者（ギョーム）はサレルノ公国 principauté de Salerne に居を構え、" 公国の伯 comte de la Prinicipauté" の称号を獲得していた」とある。

13-36 －訳註13-17を見よ。

13-37 － Reinschは言葉を補って、つぎのように訳している。..., regelte er die sie betreffende Angelegenheit auf unauffällige Weise, so gut es ging, ...（彼らに関する件は出来る限り慎重な方法で処理した後、……）。

13-38 － Ljubarskijによれば、アレクシオス帝によって発送された問題の書簡の話は『アレクシアス』においてのみ見られるものである。しかし西方の多くの史料の証言（Ordericus Vitalis, *Historiae*, Pars III, Lib. XI, 12［col. 819］; *The Ecclesiastical history*, volume VI, p.103 ; Albert d'Aix, *Liber christianae expedionis*, X, 44 ; *Fulcherii Carnotensis gesta Francorum*, II, 39）からボエモンの陣営内における意見の対立と、アレクシオスの側に移った伯たちの存在が知られる。アルベールとオルデリックはアンナと同じく、裏切り者の中に、「皇帝の貨幣とへつらいの約束に買収された」ボエモンの兄弟ギィ（イドス）がいるのを指摘している」（*Aleksiada*, pp.599-600, n.1327）。

13-39 －重装備と軽装備の歩兵。前者は斧と剣で武装し、盾で身を守り、後者は弓を武器とした（Leib, *Alexiade*, III, p.104, n.1）。

13-40 －アルヴァノンはオフリド湖の西に位置する、ドリン川近くの山地の名。アルバニア人Albanerの名称はこの名に由来するらしい（Reinsch, *Alexias*, p.444, n.70）。

13-41 －第XII巻2章1節。

13-42 －アンナの思い違い、彼女は先にそのようなことは語っていない（Cf. Reinsch, *Alexias*, p.446, n.82 ; Ljubarskij, *Aleksiada*, p.600, n.1332）。

13-43 －下記の記述（6章1節）からカンダクズィノスの軍勢にはトルコ人・アラン人・スキタイの外国人諸部隊が存在していたことがわかる。

13-44 － *Ilias*, 6, 112（Reinsch, *Alexias*, p.446, n.83）.「……男子の名にかけ、勇気を奮い起こして戦ってくれ、……」（松平千秋訳『イリアス（上）』岩波文庫、188頁）。

13-45 －ハルザニス、すなわち今日のエルゼンErzen川はティラナTiranaの南東に発し、ドラス（ディラヒオン）の北を流れてアドリア海に注ぐ。しかしこの川は北に遠く離れすぎている。事実Reinschはカンダクズィノスの陣地がヴシス川の近くにあったとしている（*Alexias*, p.447, n.86）。

13-46 －このアンナの断定はどうだろうか。フランク人の騎馬の突撃はむしろ平地においてより有効に発揮される場合があるように思える。

13-47 －本巻5章6節。

13-48 － Reinschは上記の5章6節にあるヴシス川としている（*Alexias*, p.447, n.86）.

13-49 －パツィナキ（ペチェネグ）の補助部隊（Reinsch, *Alexias*, p.447, n.88）。

13-50 － *Ilias*, 2, 2（Reinsch, *Alexias*, p.449, n.94）.「……ひとりゼウスには安らかな眠りが訪れず、……」（松平千秋訳『イリアス（上）』岩波文庫、43頁）。

13-51 －これは矛盾する記述である。なぜなら船舶はヴァイムンドス自身によってすでに焼き払われている（本巻2章2節）。Cf. Leib, *Alexiade*, III, p.109, n.3 ; Reinsch, *Alexias*, p.449, n.96 ; Ljubarskij, *Aleksiada*, p.600, n.1335..

13-52 − Ljubarskij によれば、この戦いはアルベール＝デクス（(*Liber christianae expeditionis,* X, 43）によっても言及されており、彼によれば1800の戦士からなるノルマン人軍勢はビザンツ側によって敗北を喫し、死者800をだした（Ljubarskij, *Aleksiada,* p.600, n.1336）。

13-53 −ティモロスはここに1度だけ現れる。*Alexias,* Pars Altera では単に「イピロスに位置する城塞 castellum in Epiro situm」とある。Ljubarskij はディヴォル Devoll 川の流域に位置する（*Aleksiada,* p.600, n.1337）、Leib はカニナの近くに位置する（Leib, *Alexiade,* III, p.110, n.1）としている。

13-54 −グロタの第一の意味は舌である。Reinsch は、フィラミス chlamys（軍人のマント）が Ritter（騎士）の意味に使われる方法と同じように、ここでは Auskunftgeber（情報提供者）として、訳語において捕虜の語を補っている（*Alexias,* p.449, n.97）。なおこのような解釈はすでに Ljubarskij, *Aleksiada,* pp.600-01, n.1338 に見られることを、Reinsch 自身上記の註でふれている。

13-55 −当時の平均的な Fuß（foot）は約31cm だから、これは誇張にすぎる（Reinsch, *Alexias,* p.449）。ギネスの記録では世界で一番背の高い男は約272cm。

13-56 −アンナは、この空白部分に後から彼らの幽閉地を書き加えるつもりでいたのであろう（Reinsch, *Alexias,* p.450, n.99）.。

13-57 −これらはそれぞれカミツィスとアリアティスの率いる軍勢のことと思われる。本巻5章2~3節。

13-58 − Reinsch はこれらポルフィロエニティをディオエニス兄弟、すなわちレオンとニキフォロスとしている（*Alexias,* p.450, n.104）。

13-59 − 1108年9月以前―艦隊のメガス＝ドゥクス、Isaak Kontostephanos への書簡（Dölger-Wirth, *Regesten,* no. 1241）。

13-60 −アレクシオス帝の同名の甥。

13-61 −本巻7章1節。

13-62 −本巻4章1節 ; 5章4節。

13-63 −ここではユーフラテス河畔の古代バビロンの都（Reinsch, *Alexias,* p.453, n.113）。

13-64 −最も近い例では本巻4章2節。

13-65 −たとえばアロンの陰謀（第XIII巻1章）。

13-66 −アンナは、以下の第6節において、父アレクシオスがヴァイムンドスに対して敢然と戦いを交えることを許さない内部の敵の存在について語っている。

13-67 −ディラヒオンの近くに陣を張ったボエモンの軍隊の窮状については、Ljubarskij はオルデリクス＝ヴィターリス Ordericus Vitalis（*Historia,* Pars III, Lib. 11, 12［col. 820］; *The Ecclesiastical history,* volume VI, p.103）とアルベール＝デクス（*Liber christianae expeditionis,* X, 44）も報告していることを記している。後者によれば、飢えと長期にわたった包囲とローマ軍の攻撃に疲れ切ったラテン人はボエモンを見捨てて、イタリアへ帰還した（Ljubarskij, *Aleksiada,* p.601, n.1343）。

13-68 − アルベール＝デクス（*Liber christianae expeditionis*, X, 44）によれば、ギィ（ボエモンの兄弟、アンナのいうイドス）とギヨーム＝クラレ Guillaume Claret（アンナのいうエルエルモス＝クラレリス）、その他の軍事指導者たちは皇帝の財貨と追従に籠絡され、あるいは食料の欠乏やあるいは兵士の脱走あるいは艦隊の帰還あるいは帝都の数えきれない富を引き合いにだしながら、さまざまのもっともらしい論議を並べ、なんとかしてボエモンにディラヒオンの攻囲から手を引き、皇帝と手を握らせようとつとめた（Ljubarskij, *Aleksiada*, p.601, n.1345）。

13-69 − 1108 年 9 月以前—ディラヒオンの守り手 Alexios Komnenos への書簡（Dölger-Wirth, *Regesten*, no. 1242）。

13-70 − Matthaeus, VI 12 ; XVIII 21−22 ; Lucas, XI 4（Leib, *Alexiade*, III p.117, n.2）.「『主よ、兄弟がわたしに対して罪を犯したなら、何回赦すべきでしょうか。七回までですか。』イエスは言われた。『あなたに言っておく。七回どころか七の七十倍までも赦しなさい。……』」（日本聖書協会新共同訳『聖書』（新）35 頁）。

13-71 − ナポリ人マリノスとフランク人ロエリスについては本巻 4 章 4 節を見よ。

13-72 − 征服した都市や領土を皇帝へ返すという約束と共に家臣としての忠誠の誓い（*Al.*, X, 9, 11 ; 10, 5 ; 11, 5）（Reinsch, *Alexias*, p.456, n.123）。

13-73 − フィラミス（pl. フィラミデス）の意味は軍人のマントであるが、騎士の意味に使われている（訳註 13-54 を見よ）。すでに Ljubarskij は、兵士の身につける短いマントを兵士の意味に解している（*Aleksiada*, p.602, n.1348）。

13-74 − Leib（*Alexiade*, III, p.120, n.1）も Reinsch（*Alexias*, p.457, n.127）もこのウヴォスを本巻 6 章 2 節に登場するウヴォスと見なしている。もしそうなら、彼はカンダクズィノスに捕らえられアレクシオス帝に引き渡されたが、なぜヴァイムンドスの陣地にいるのか、その次第が本文中には語られていない。

13-75 − 本巻 8 章 6 節に同じような語句が見られる。

13-76 − 第Ⅲ巻 9 章 5 節。

13-77 − 訳註 3-23 を参照。

13-78 − フランク人およびイングランド人は髪の毛（長髪）を大切にし、他方ギリシア人は、その時期短髪であった（Leib, *Alexiade*, III, p.257）。Ljubarskij, *Aleksiada*, p.602, n.1351 も参照。

13-79 − ティタノス。中世において皮なめし工は石灰を使って剛毛を取り除いた（Ljubarskij, *Aleksiada*, p.602, n.1352）。

13-80 − 直訳すれば、「彼の笑い声さえも他の人々にとっては怒りであった」となろう。Ljubarskij の訳を参考にした（его смех был для других рычанием зверя. [彼の笑い声は他の人々には野獣のうなり声のようであった]）。

13-81 − 当時アンティオキアはタグレに掌握されていた（第Ⅺ巻 12 章 1 節）。

13-82 − 1108 年 9 月—金印文書（クリソヴゥロス＝ロゴス）および誓約文（シムフォニア）（Dölger-Wirth, *Regesten*, no. 1243）。ボエモンの行った誓約（誓約文）について、

Reinsch は次のように述べている。厳密に見れば、これは、アレクシオス帝による封土授与に対してヴァイムンドスが行った誓約文 Gegeneid で、以下においてアンナによって一語一語書き写されている記録である。その誓約文には、ヴァイムンドスがアレクシオス帝の家臣 Lehnsmann として受け取ることとなった領地と給付金を列挙する金印文書（本章 18~26 節）が示されている。誓約（契約）Vertrag は、法律上においてヴァイムンドスの敗北を確認するものであり、それゆえに本文書を詳細に再現することで、『アレクシアス』という建造物の頂点を成してもいる［ロベールとボエモン父子のノルマン軍こそアレクシオス帝にとって最大最強の敵であった］。ビザンツ帝国とヴァイムンドスおよびアンティオキアの十字軍国家との法的関係を新しく規定した、このいわゆるデヴォル［ディアヴォリス］条約 Vertrag von Devol は、しかしけっして実行されることはなかった、なぜならアンティオキア公国の事実上の支配者タグレが条約の条項を承認しなかったからである（Reinsch, *Alexias*, p.461, n.139）。

13-83 －第 X 巻 11 章 5 節。

13-84 －格言的語句。格言中の漁師は Skorpion-Fish（背びれに有毒とげのある魚）にさされたことになる（Reinsch, *Alexias*, p.462, n.141）。

13-85 －たとえばラリサでの敗北（*Al.*, V, 7）（Reinsch, *Alexias*, p.462, n.142）。

13-86 －リズィオスは中世ラテン語 ligeus, ligius（liege）からの借用語。Cf. Leib, *Alexiade*, III, p.424, n.31；Reinsch, *Alexias*, p.462, n.143. なおギリシア語のアンソロポスはリズィオスと同じ家臣の意味で使われている。

13-87 －ヨアニス＝コムニノスは 1087 年 9 月に生まれ、1092 年 9 月父帝アレクシオスによって共治帝となった（Reinsch, *Alexias*, p.462, n.145）。

13-88 －メガス＝アフトクラトルに対して Leib・Ljubarskij・Reinsch はそれぞれ le grand autokrator・великий самодержец（主（大）帝）・groß Autokrator をあてている。Reinsch によれば、メガスの語で上級の今上皇帝が意味されている。アンナが他所では意味の違いなしに使っている Autokrator と Basileus の称号はここにおける協定文書においてはそれぞれ専門用語（すなわち当代の主帝 regierender Hauptkaiser と共治帝 Mitkaiser）として使われている（*Alexias*, p.463, n.147）。

13-89 － *Alexias*, Pars Altera によれば scripto（p.122）、すなわちここでは in chrysobullo の意味に解されている。

13-90 －「文書で認められた一致事項の正確な表現」の訳文に関して、Reinsch の独訳 den genauen Wortlaut der schriftlichen Vereinbarungen を参考に訳した。

13-91 －この文書はボエモンに与えられたアレクシオス帝の金印文書（chrysobullum）［の写し］をさしている（*Alexias*, Pars Altera, p.121）。

13-92 － Leib と Sewter-Frankopan はそれぞれ vos Majestes と Your Majesties（共に両陛下）をあてている。Ljubarskij と Reinsch はそれぞれ ваша царственность（陛下）、eure Kaiserliche Majestät（陛下）をあてている。

13-93 － Ljubarskij は運命の女神を外して、単に под ромейским скипетром（ローマ人の権

力下）としている。

13-94 − Leib・Ljubarskij・Reinsch・Sewter-Frankopan はここではすべてヴァシリアに「帝国」（empire・империя・Kaiserreich・empire）をあてている。

13-95 −西方の封建法においてそのように期日が規定されていた（Reinsch, *Alexias*, p.466, n.150）。

13-96 −すなわち рыцари（騎士）（Ljubarskij, *Aleksiada*, p.602, n.1363）; "Chevaliers", すなわち "Ritter"（騎士）（Reinsch, *Alexias*, p.467, n.151）。

13-97 −先に述べられた者たちは、フランク人にとって「われわれの戦争捕虜」となるべき者たちと解釈すべきなのであろう。Leib は、「われわれの」を外して、それらの者たちを「捕虜として comme prisonniers われわれから奪い取るべきではなく」としている。

13-98 −アンティオキアは厳密にはキリ＝シリアに位置しない。索引の「キリ＝シリア」および訳註 12-12 を参照。

13-99 −この「ドゥクス」は地名、索引を見よ。

13-100 − Ljubarskij によれば、アンティオキアの南東 40km、オロンテス流域に位置する場所（*Aleksiada*, p.603, n.1368）、Reinsch によれば、アンティオキアの北に位置する山地（*Alexias*, p.468, n.158）。

13-101 − Leib は、これはポダンドン Podandon（タルソスの北）の北西に位置するルゥロン Loulon ではないかとしている（*Alexiade*, III, p.133, n.4）。しかしこのルゥロンはボエモンに与えられたものに属さないとして、Ljubarskij はさける（*Aleksiada*, p.603, n.1369）。Reinsch は、アンナの記するルゥロンをおそらくアンティオキアとアレッポの間に位置する山岳地域としている（*Alexias*, p.468, n.159）。

13-102 −軍事区域。Reinsch によれば、この用語は、次の第 19 節の最初に現れるストラティガトンと共に、軍司令官《ストラティゴス》を頭にいただく軍事区域 Militärgebiet と見なされる（*Aleixas*, p.469, n.171）。これに対して、Ljubarskij は stratêgis と stratêgaton を区別し、前者は軍事区域の中心部、後者はその中心部を取り巻く地域としている（*Aleksiada*, p.603, n.1372）。

13-103 −要するにビザンツ支配下にあるべき地域（Reinsch, *Alexias*, p.469, n.181）。「キドノス川」と「エルモン川」については索引を見よ。

13-104 − peregrinus の意味はここでは十字軍士の意味。Cf. Reinsch, *Alexias*, p.470, n.186.

13-105 −アンナの記するカシオティスについて、E. Honigmann は、テオファネス（*Chronographia*, I, p.432, 2 ed. De Boor）が Kasiôtai と呼んでいる Bani Qais であろうとする（Die Ostgrenze des Byzantinischen reiches, p.129, n.2）。Bani Qais すなわち Kasiôtai はアンティオキア近郊のカシオス Kasios（Casius）山のアラブ系住民のようである（*The Chronicle of Theophanes Confessor*, trans. by C. Mango and R. Scot, Oxford, 1997, p.598, n.1）。つまりその地域がこの住民名で呼ばれていたと考えられる。

13-106 −これらの地点はすべてカパドキアのリカンドス Lykandos（Lapara）のセマに位置している、従ってコンスタンティノープルあるいはディアヴォリス（ディヴォル）から

見てこちら側、すなわちシリアの西側に位置している（Reinsch, *Alexias*, p.471, n.203）。

13-107 －古代ギリシアの貨幣金額・重量の単位であるタランドンはここではリトラと同意語として使われている。1リトラ（lat. libra）は72ノミスマタ（帝国金貨）に相当、従って200リトレは1万4400ノミスマタ（ノミスマの複数形）。ミハイル帝の肖像貨幣は*Alexias*, Pars Alteraによれば、aurum effigie Michaelis Paphlagonis ornatum（ミハイル＝パフラゴニオス帝の肖像の刻まれた金貨）。このミハイル4世（在位1034~41年）の金貨は純度を保持していたが、コンスタンディノス9世モノマホス（在位1042~55年）の治世には金貨ノミスマの純度は18カラット（本来のノミスマは23ないし24カラット）に下落した。Cf. Reinsch, *Alexias*, p.471, n.206. 尚樹啓太郎『ローマ帝国史』574頁。

13-108 －アパシス。いかなる苦痛も感じないの意。Leibは、アパシスの語についてimpassible dans son corps depuis la Résurrection（復活後はその身にいかなる苦痛も感じない）と註記している（*Alexiade*, III, p.137, n.2）。

13-109 －十字架からイエスの遺体が降ろされる時、「兵士の一人が槍でイエスのわき腹を刺した。すると血と水とが流れでた」（「ヨハネによる福音書（19.34）」（日本聖書協会新共同訳『聖書』（新）208頁））。イエスの「血と水」は人々に命を与えるものと解釈される。

13-110 －新校訂版ではここで引用符 " が置かれ、引用文が閉じられる。

13-111 － 1108年（Leib, *Alexiade*, III, p.138, n.1 ; Ljubarskij, *Aleksiada*, p.605, n.1394 ; Reinsch, *Alexias*, p.473, n.210）。

13-112 －パスカリス2世（在位1099~1118年）。

13-113 －クラリスはハンガリー王の称号。アレクシオス帝の息子ヨアニス2世は、1104/1105年にハンガリー王ラディスラウスLadislaus（Lásyló）1世の娘ピロシュカPiroška（Eirênê）と結婚している。しかしラディスラウス1世は1095年に死去しているので、ハンガリア人の使節は、ラディスラウス1世ではなく、この者の甥で後継者のカールマーンKalomanによって派遣されたことになる。Cf. Reinsch, *Alexias*, pp.473-74, n.221.

13-114 － Leib版ではここに最後の引用符 》が置かれている。

13-115 －本巻12章3節を見よ。

第XIV巻

14-1 － Ljubarskijによれば、Foucher de Chartres（*Fulcherii Carnotensis gesta Francorum*, II, 39）, Ordéric Vital（*Historiae*, XI, 12）, Guillaume de Tyr（*Historia Hierosolymitana*, XI, 6）, Albert d'Aix（*Liber christianae expedionis*, X, 45）はそれぞれ、ボエモンの騎士たちはコンスタンティノープル経由でイエルサレムへ行く許可をえたことを記している（*Aleksiada*, p.606, n.1398）。

14-2 － 1108年10月（Reinsch, *Alexias*, p.475, n.3 ; Ljubarskij, *Aleksiada*, p.606, n.1399）。

14-3 －「すべての者が負っている負債」とは「死」の隠喩である。なおアンナの記述

に従えば、ヴァイムンドスの死は1109年4月となる。しかしDu Cangeを初めとして、ChalandonやGroussetなどの学者は、ヴァイムンドスの死を1111年としている。ブルゴーニュ地方のモレームMolesmesの大修道院の過去帳によれば、彼の死は1111年3月6日（Leib, *Alexiade*, III, p.142, n.1）。Cf. Reinsch, *Alexias*, p.475, n.4 ; Ljubarskij, *Aleksiada*, p.606, n.1400）。山辺規子氏によれば、「ボエモンドの遺体は、南イタリアのカノーザの大聖堂に付属する礼拝堂に安置された。この礼拝堂は、ビザンツ様式にイスラム様式がつけ加わった不思議な建物である」とある（『ノルマン騎士の地中海興亡史』259頁）。

14-4 －トルコ人（Leib, *Alexiade*, III, p.142, n.2）。

14-5 －エヴマシオスはエリスポンドス（ダーダネルス海峡）のアジア側に位置するアヴィドスに到着した後、海岸に沿って走る軍道を南下し、レスヴォス島と向かい合った同名の湾に位置するアトラミティオンに達した（Reinsch, *Alexias*, p.476, n.7）。

14-6 － 1091年（第Ⅷ巻3章2節）（Reinsch, *Alexias*, p.476, n.8）。

14-7 －第Ⅺ巻3章5節に見えるカパドキアの大サトラピス。Reinschによればスルタンのクルチ＝アルスランの死（1107年）後、独立していた（*Alexias*, p.477, n.10）。

14-8 － Reinschによれば、メアンドロス川（Mäander［現ブュユク＝メンデレス］）はずっと南の方を流れているので、地理的にこの記述は不適切なようにみえる。おそらく小メアンドロス川Kleinen Mäander（キュチュク＝メンデレスKüçük Menderes）あるいはヘルモンHermon（ゲディズ川Gediz Çayi）との混同と思われる（*Alexias*, p.478, n.15）。Ljubarskijによれば、アンナが実際に考えていたのはメアンドロス川ではなく、カイストルКаистр（Kaystros、現在の小メアンドロスМалый Меандр）（*Aleksiada*, p.607, n.1405）。

14-9 －エヴマシオス＝フィロカリスの遠征は、Chalandonにしたがえば1109~1110年に行われた（*Alexis Ier Comnène*, p.256）。

14-10 －さらにタンクレード（タグレ）はピサ艦隊の援助をえて、1108年の中頃ラオディキア（都市と港と城塞）を奪い取った。ピサ人は、援助の代償にアンティオキア市のある通りを、またラオディキアのある地区を受け取り、さらに交易の自由とすべての義務免除を得た（Leib, *Alexiade*, III, p.146, n.2）。

14-11 －ボエモンの摂政（1104年秋の終わりから1111年）、公Prince（在位1111~1112年）（Grumel, *La Chronologie*, p.399）。使者の派遣は1111/12年（Dölger-Wirth, *Regesten*, no. 1250a）。Ljubarskijはより詳しく、皇帝は1111年の4月と12月の間に使者をタンクレードへ派遣したとしている（*Aleksiada*, p.607, n.1408）。

14-12 －大地の重荷は、ホメロスに見られる表現（*Ilias*, 18, 104）（Reinsch, *Alexias*, p.480, n.21）。「……アカイア勢中並ぶ者なきこの身［アキレウス］が、役にも立たぬ大地の荷物となって船の傍らで無為に日を送っているからには……」（松平千秋訳『イリアス（下）』岩波文庫、200頁）。

14-13 －当時タンクレードが近隣のフランク人すべてに多くの悪事を加えていたことから、

フランク人の間に反タンクレード同盟を成立させることが期待できた。この点について詳細に論じているのがエデサのマチュ（*Chronique*, CLXXXIX, p.266 et sq.）（Chalandon, *Alexis Ier Comnène*, p.252, n.4）。

14-14 – 1110/1111 年頃（Dölger-Wirth, *Regsten*, no. 1250b）。

14-15 – 1110/1111 年— Manuel Butumites を介してキプロスのドゥクス、Eumathios Philokales への命令書（Dölger-Wirth, *Regesten*, no. 1250c）。

14-16 – キプロスは、コンスタンティノープル以外の帝国の造幣所の一つであった（Reinsch, *Alexias*, p.481, n.26）。

14-17 – 1110/1111 年—トリポリスの伯 Bertrand（Pelktranos）への書簡（Dölger-Wirth, *Regesten*, no. 1250d）。

14-18 – 恐ろしい誓約。Reinsch の註によれば、誓約 Eide は恐懼の対象である福音書にかけて誓われ、破約は怖ろしい罪であった（*Alexias*, p.481, n.29）。

14-19 – 1112 年 2 月 25 日（Reinsch, *Alexias*, p.482, n.32）。

14-20 – 1112 年 4 月 21 日に終わる 40 日間（Leib, *Alexiade*, III, p.150, n.3）。Ljubarskij, *Aleksiada*, p.608, n.1413 も参照。

14-21 – ボドゥワン（ヴァルドイノス）によるティロスの包囲は、ファーティマ朝の承認の下、1111 年 11 月に始まった。ボドゥワンは、ラテン人の手に帰していなかったシリア海岸の最後の大きな港、ティロス市を占領すべくあらゆる努力を行った。陸上から包囲された都市の守り手は勇敢に抗戦し、ボドゥワン側の二つの砦を炎上させた。結局イエルサレム王はティロスを掌握することができなかった、なぜならダマスクスのアタベク、トーテキン Toğhtekin の救援軍の到着が 1112 年 4 月ボドゥワン軍の包囲を解かせたのである。アンナはボドゥワンの失敗を彼の消極的な行動で説明しようとしているが、これは公平な解釈ではない。むしろ非難の多くはアレクシオス帝に帰せられるべきであろう。なぜならアレクシオスはイエルサレム王をタンクレードに対して駆りたてることだけに集中し、ラテン人に艦隊を提供しなかった（Ljubarskij, *Aleksiada*, p.608, n.1414）。

14-22 – 石油については、古代から地表に現れたものによって知られていた（Reinsch, *Alexias*, p.483, n.33）。

14-23 – 亀は少し前にある二つの単語、ミハニマタとミハネ（共に攻城用装置の語をあてている）を指していると思われる。三者とも複数形。攻城用建造物の亀については訳註 11-13 を参照。

14-24 – 1112 年 4 月（Ljubarskij, *Aleksiada*, p.608, n. 1416 ; Reinsch, *Alexias*, p.483, n.36）。

14-25 – 本巻 3 章 4 節で語られる一人のケルト人。

14-26 – 1112 年 4 月 21 日（Reinsch, *Alexias*, p.484, n.41 ; Ljubarskij, *Aleksiada*, p.608, n.1416）。

14-27 – すなわちポンス Pons。トリポリスの支配者はレーモン＝サン＝ジル Raymond de Saint-Gilles（イサンゲリス）とその従兄弟ギョーム＝ジョルダン Guillaume Jourdain（1105~1109 年）と続くが、トリポリスの伯の初代はレーモン＝サン＝ジルの息子ベルトラン Bertrand（ペルクトラノス）（在位 1109~1112 年）、二代目はその息子のポンス

(在位 1112~37 年)(Grumel, *La Chronologie*, p.399)。

14-28 – 1111 年のこと。なぜなら Leib によればこの艦隊に属する一隻が 1112 年の冬にティロスに到着しているからである(*Alexiade*, III, p.154, n.1)。第 XIV 巻 3 章 4 節を見よ。

14-29 – サイサンは称号シャーヒンシャー Sahinsa(王の中の王)だが、ここでは人物名として使われている。すなわちイコニオンのスルタンのマリク=シャー(在位 1107~1116 年)。アンナはこの者を、他所において彼の父の名クリツィアススラン(クルチ=アルスラン1世)と、あるいは祖父の名ソリマス(スレイマン)と、あるいはまた単にスルタンあるいはアミールと呼んでいる(Reinsch, *Alexias*, p.485, n.49)。Leib と Ljubarskij もそれぞれこのサイサンをイコニオンのスルタン、シャーヒンシャーあるいはマリク=シャー2世(*Alexiade*, III, p.154, n.2)、イコニオンの支配者マリク=シャー Мелик-Шаха II(1107-1116?)、すなわちクルチ=アルスラン Килич-Арслана I の息子としている(*Aleksiada*, p.609, n.1420)。

14-30 – アンナは新しい話を始めるにあたって、時期を 1111 年の秋に後戻りさせる(Reinsch, *Alexias*, p.486, n.50)。Ljubarskij, *Aleksiada*, p.609, n.1420 も参照。

14-31 – マディトスとキラはヘロニソス半島のヨーロッパ側に位置する港(Reinsch, *Alexias*, p.486, n.57)。つまりダーダネルス海峡のヨーロッパ側。

14-32 – すなわちダーダネルス海峡。Cf. Reinsch, *Alexias*, p.486, n.58.

14-33 – ホメロスに見られる表現、たとえば *Odyssea*, 3, 177。「魚の群れる海路」(松平千秋訳『オデュッセイア(上)』岩波文庫、67 頁)。Cf. Reinsch, *Alexias*, p.486, n.59.

14-34 – 1111~12 年の冬(Ljubarskij, *Aleksiada*, p.609, n.1423)。

14-35 – 本巻 2 章 12 節。

14-36 – *Odyssea*, 20, 18(Reinsch, *Alexias*, p.488, n.63).「堪え忍べ、わが心よ。お前は以前これに勝る無残な仕打ちにも辛抱したではないか……」(松平千秋訳『オデュッセイア(下)』岩波文庫、207 頁)。

14-37 – このホロサンはイラン北東部の地域名ではなく、Treadgold の指摘するように、一般にイラク、そしてこの場合はモスルであるかもしれない(Cf. *The Middle Byzantine Historians*, p.382 and n.201)。サイサンの父、イコニオンのスルタン、クルチ=アルスランはその領土を東はディヤルバクル Diyarbakir(アミダ Amida)およびモスルまで延ばした(*A Cultural Atlas of the Turkish World*, 1, 63)。

14-38 – Reinsch は「アンカラ Ankara の南東約 20km に位置する都市、現シマウ Simav」としているが(*Alexias*, p.488, n.65)、Simav in Wikipedia, the free encyclopedia によれば、シマウの都市はコティアイオン(キュターヤ Kütahya)の南西約 90km に位置する。

14-39 – 小アジア西部のアシア[中心都市エフェソス]。したがってこの戦闘集団はより南の道を進んだことになる(Reinsch, *Alexias*, p.488, 66)。

14-40 – イコニオン(コンヤ)のセルジュク国家(Reinsch, *Alexias*, p.488, n.69)。アンナはセルジュク族をペルシア人と呼んでいる(Treadgold, *The Middle Byzantine Historians*, p.379)。

14-41 －原意は「あらゆる言語」。

14-42 －イコニオンのスルタン、マリク＝シャーとのこの和平協定（1112年）は事実成立したのであろうか。アンナは続く第9節において、アレクシオスの意図したところは「合意された協定が自分の死後においても長きにわたって守られていくこと」であり、しかし死後は違った方向に向かったが、少なくとも「この時［協定成立］からその者の亡くなるまでは平和に暮らすことができた」と述べている。つまり、イコニオンのスルタン国家とローマ帝国との間は平和がアレクシオス治世中は保たれたということであろう。しかし第XV巻の最初の6章にわたって、再びスルタンのマリク＝シャーとの戦いが語られるのであり、最後はローマ軍の勝利により両者の講和条約が成立する（1116年）。1112年の和平協定については内容は全く触れられないのに対して、1116年のそれは詳しく述べられる。1112年の記事と1116年の記事との矛盾についてLeibもReinschもまたSewter-Frankopanもまったく言及していない。ただLjubarskijだけがDölger, *Regesten* においてはこの和平条約（1112年）мирный договорは記載されていないことを指摘している（*Aleksiada*, p. 609, n.1426）。Dölger-Wirth, *Regesten* においても同様である。

他方この問題についてゾナラスが貴重な情報を与えている。ゾナラスはこの時期におけるアレクシオス帝のトルコ人に対する遠征を二つ記しているが、スルタンとの条約は最後の遠征に関して一度だけである。トルコ人の帝国領侵入の知らせを受けた皇帝は、激しいリューマチの作用で足に極度の痛みが発生し、自ら遠征に乗り出すことが出来なかった。そこでエフスタシオス＝カミツィスを指揮官に遠征軍を送り出す。しかしカミツィスのローマ軍はうち破られ、カミツィス自身は捕らわれる。これを知った皇帝はみずから出陣する。しかし皇帝はどこにも敵を見いだせなかった。敵は皇帝の出陣を知って逃走してしまったのである。カミツィスはトルコ軍の混乱中に脱出し皇帝のもとへたどり着く。皇帝の一行はビザンティオンへ帰還した。「それからしばらくの後、皇帝は再びこれらの蛮族［トルコ人］に向かって出陣し、フィロミリオンへ向かう。しかしフィロミリオンの町には重装歩兵は一人もいなかった。（皇帝の出陣を知って姿を消していたのである。皇帝はこの町をはじめ周辺の諸要塞などをたやすく手に入れると、この地方の［キリスト教徒］住民多数を引き連れ、帝都に向かって引き返すことになる。これらの人々の中にはアンナも書いているように体の弱った者、病弱の者が多数おり、皇帝は道中を彼らのためにいろいろ配慮につとめた）、道中のある夕刻近く、トルコ人が皇帝の前に現れ、彼らの首長《アルヒゴス》（トルコ人はスルタンと呼んでいる）がローマ人と協定を交わす用意のあることを伝えた（皇帝は受け入れることにした）、夜明けに蛮族の支配者がやってきた。……その者は少し離れたところで馬を下り、徒歩で皇帝のもとまで行き崇拝の儀式《プロスキニス》を行い、同時に協定文をさしだした」（*Epitome historiarum*, XVIII, 27［pp.756-58］）。なおゾナラスは協定あるいは条約の内容についてはまったく触れていない。

14-43 －明らかに弟ヨアニス2世コムニノスとその息子マヌイル1世に対する当てこすり

(Reinsch, *Alexias,* p.489, n.70)。Leib によれば、弟であるヨアニス帝に対するアンナの憎しみがこのような文章を書かせ、歴史というより中傷文にしてしまっている（*Alexiade,* III, p.159, n.1)。

14-44 －本巻3章3節。

14-45 － 1111~12年の冬（Reinsch, *Alexias,* p.489, n.72)。

14-46 －冬の嵐の季節が終わり、春になってからラテン人の艦隊は活動を開始するだろう。アレクシオス帝はその時期まで待ち、しかし彼らの出撃がないのを確認してから、コンスタンティノープルへ帰還したのであろう。本節の最初にある「フランク艦隊は最初の計画（ヘロニソスへの出撃）を放棄し、ローマ帝国領へは全く近づこうとしなかった」の記述がこのことを説明している。

14-47 － Ljubraskij は、ゾナラス（*Epitome historiarum,* XVIII, 26［p.752］）によりアレクシオス帝は1113年の夏にコンスタンティノープルに帰還したとする（*Aleksiada,* p.383, n.1429 ; n.1421)。

14-48 －アンナは、1096~97年コンスタンティノープルを通過していった十字軍士について言っている。第X巻5章以下を参照。

14-49 －アンナにおいてセルビアとダルマティアは同意語であることについては、訳註9-26を参照。なおここではセルビアとダルマティアが並記されているが、これに関してLjubarskij はここの場合、セルビアは内陸部、ダルマティアは海岸地方を意味するとしている（*Aleksiada,* pp.548-49, n.892)。

14-50 －メサゾンテス（間にいる者の意)。Leib の訳語 dignitaires palatins を参考にした。Reinsch によれば文字通りには「仲介者 Mittler」である。実際は種々の公的業務を担当する高位の官吏、この場合は皇帝と請願者たちの間のやりとりを調整することにつとめている。後のパレオロゴス朝時代においては、「首席メサゾン Erste Mesazon」はオスマン帝国の大宰相のような地位であった（*Alexias,* p.492, n.78)。

14-51 － *Ilias,* 2, 212（Reinsch, *Alexias,* p.492, n.79).「ひとりテルシテスのみは、口汚く罵りつづけて……」(松平千秋訳『イリアス（上)』岩波文庫、52頁)。アンナの引用は正確ではない。

14-52 － *Matthaeus,* XVI, 23（Ljubarskij, *Aleksiada,* p.610, n.1433)。「サタン、引き下がれ。あなたはわたしの邪魔をする者。……」(日本聖書協会新共同訳『聖書』(新）32頁)。ここも正確な引用でない。

14-53 －おそらく3章9節（訳註14-43）におけると同様に、アンナの弟ヨハネス（2世）をさしているのであろう（Reinsch, *Alexias,* p.493, n.80)。Ljubarskij, *Aleksiada,* p.610, n.1434も参照。

14-54 －しかしこの課題は果たされなかった（Reinsch, *Alexias,* p.493, n.82)。

14-55 －本巻4章1節。

14-56 －寝室の係の役割は普通宦官が担当し、その任務は寝室における皇帝の世話を含んでいた（Ljubarskij, *Aleksiada,* p.610, n.1435)。

14-57 －アレクシオス帝は陸路でニコミディア湾の北岸に位置するエイアリに行き、そこから狭い海域を南岸のキヴォトスへ渡る（Reinsch, *Alexias*, p.494, n.85）。訳註 11-1 を参照。

14-58 －トルコ人の軍事指揮者モノリコスによるヴィシニアとミシアの略奪は 1112 年のこと（Monolykos in *Alexias*, Pars Altera）。

14-59 －索引の「ピマニノン」の（1）。

14-60 －小アジア西部の川。おそらくグラニコス Granikos 川［現ビガ＝チャイ Biga Çayi］（Ljubarskij, *Aleksiada*, p.610, n.1439 ; Reinsch, *Alexias*, p.495, n.96）。

14-61 －小アジア北西部のイダ İda 山（カズ山 Kaz Daği）。Cf. Ljubarskij, *Aleksiada*, p. 610, n. 1440 ; Reinsch, *Alexias*, p. 495, n. 97. この山はアトラミティオンを北から見下ろす位置にある。

14-62 － Ramsay によれば、以上四つの川がイヴィス（イダ）山から流れ出るというアンナの説明は受け入れられる（*The Historical Geography*, p.207）。

14-63 － 1113 年春―ニケアのドゥクス、Eustathios Kamytzes への書簡（Dölger-Wirth, *Regesten*, no. 1266）。

14-64 －すなわちパツィナキ（ペチェネグ）とノルマン人の外人部隊の兵士たち（Reinsch, *Alexias*, p.496, n.102）。

14-65 －次章の第 6 章 3 節のテピアの記事からフィラデルフィアとアクロコスの間に位置する平野と考えられる。

14-66 －おそらくリンダコス Ryndakos 河畔のロパディオン（Ulubat）の南およそ 30km に位置するゲルメ Germe（Reinsch, *Alexias*, p.498, n.112）。他方 Ljubarskij は、オリムボス山の東斜面の丘（Germain hills）に位置するゲルメ Germe としている（*Aleksiada*, p.610, n.1447）。Ramsay はアンナのカルメを上記の Germain hills としている（*The Historical Geography*, p.155, l.4（Germe*））。

14-67 －小アジア西部の地域（Reinsch, *Alexias*, p.498, n.113）。

14-68 － Leib・Ljubarskij・Reinsch はそれぞれ、Turcomans・туркоманы（туркмены）・Turkmenen をあてている。トゥルクメンの語意については「まぎれもなきトルコ人」などいろいろの説がある。アンナにおいては、Tourkomanoi はトルコ人 Tourkoi と同じ意味に使われているように思われる。Tourkomanoi in *Alexias*, Pars Altera を参照。

14-69 －アンナによって三度使われるこの格言的語句は、特別に高くついた勝利を意味する。Reinsch は、オイディプスの二人の息子、テーバイを攻撃するポリュネイケスとそれを守るエテオクレスが共に一騎打ちの末に倒れたことを例にあげている（*Alexias*, p.499, n.115）。Leib がカドモスの勝利に une victore à la Cadmée の語をあてているように、正しくは「カドモスの勝利」ではなく「カドメイア kadmeia（テーバイ）における勝利」としなければならないだろう。しかしむしろ、カドモスが軍神アレスの泉を護っていた竜を殺して勝利したことから、カドモスを祖とするテーバイ王家を次々と襲う悲劇（上記オイディプスの二人の息子のそれも含めて）を言っているように思われる。

14-70 − 1113 年末（Ljubarskij, *Aleksiada*, p.611, n.1450）。

14-71 − Reinsch は ober Palast（上の宮殿）と訳し、註においてこれは今日スルタンアフメット＝ジャミイ Sultanahmet Camii の建つあたりにあった大宮殿であるとし、カミツィスはヴコレオン港に上陸して、そこへ向かったとしている（*Alexias*, p.499, n.117）。

4-72 − 皇帝がそこで休息した大宮殿内の、腰掛けを備えた談話室 exèdre（Leib, *Alexiade*, III, p.260）、あるいは皇帝の食事室 Speiseraum（Reinsch, *Alexias*, p.499, n.118）、食堂 столовая（Ljubarskij, *Aleksiada*, p.611, n.1451）。

14-73 − 当時高く評価され、時の皇帝、アンナの甥のマヌイル 1 世も好意を示した占星術に対する痛烈な皮肉（Reinsch, *Alexias*, p.500, n.119）。

14-74 − スキタイは北方のパツィナキ（ペチェネグ）とコマニ（ポロヴィツィ）、ケルト人は西方のノルマン人と十字軍士、イスマイル（ムスリム）は東方のセルジュク＝トルコ人をさしている（Reinsch, *Alexias*, p.500, n.120）。

14-75 − 特にピサ人・ジェノア人・ヴェネツィア人（Reinsch, *Alexias*, p.500, n.121）。

14-76 − Ljubarskij によれば、アンナはアラブの初期征服時代から地中海の各地を略奪したアラブの海賊船を指している（*Aleksiada*, p.611, n.1452）。

14-77 − Aristoteles, *Ethica Nicomachea*, I, 4, 1096a 16-17（Reinsch, *Alexias*, p.501, n.123）.「それら［知慧］はわれわれにとって親しいものであるが、真理をまず重んずること……」（加藤伸朗訳『ニコマコス倫理学（アリストテレス全集 13)』岩波書店、11 頁）。

14-78 − Treadgold は、ここの文章から「『ほとんどにおいて for the most part』、自分は軍事遠征において父と母に同行したと、彼女は表明している」ものと理解している（*The Middle Byzantine Historians*, p.358 and n.90）。

14-79 − このころ（1090 年）、当時 17 歳であったコンスタンディノス＝ドゥカスと彼の許嫁アンナはともに将来帝座につく希望を放棄しなければならなかった。それは、アレクシオス帝が共治帝のコンスタンディノス＝ドゥカスから帝位の標章 die kaiserlichen Insignien を取り去り、それから 1092 年には 1087 年に生まれた彼自身の息子ヨアニスを共治帝として戴冠させたからである（Reinsch, *Alexias*, p.502, n.124）。

14-80 − アレクシオス帝の孫、マヌイル 1 世コムニノス（在位 1143~80 年）（Ljubarskij, *Aleksiada*, p.611, n.1454 ; Reinsch, *Alexias*, p.502, n.126）。

14-81 − ケサルのニキフォロス＝ヴリエニオスはもちろん皇帝ではない、しかしここはアンナの願望として理解されよう。他方弟の皇帝ヨアニス 2 世（在位 1118~43 年）について一言も言及のないのと対照的である。Cf. Reinsch, *Alexias*, p.502, n.127.

14-82 − 「辺鄙なところ［すなわち隠れた場所］で生活する、修道士の生活をおくる in angulis（*i. e.* in locis abditis）versor, vitam monachicam ago（in *Alexias*, Pars Alterna）」。Buckler もこの語はおそらく慣用的に「修道院での生活」をさすものであろとしている（*Anna Comnena*, p.43, n.2）。アンアはすぐ上で三代目の後継者、マヌイル＝コムニノス（在位 1143~1180 年）に触れているが、この時点では彼女はすくなくとも 60 歳を越えていた。彼女は修道院への引退を言っているのであろうか（Leib, *Alexiade*, III, pp.175-76,

n.1）。

14-83 －これらは凱旋皇帝に与えられる公式の、儀式的呼称（Reinsch, *Alexias*, p.503, n.128）。

14-84 － Isaias, 1, 17（Reinsch, *Alexias*, p.504, n.129).「孤児の権利を守り、やもめの訴えを弁護せよ」（日本聖書協会新共同訳『聖書』（旧）1062 頁）。

14-85 － Ioannes, 5, 39（Reinsch, *Alexias*, p.504, n.130).「あなたたちは聖書の中に永遠の命があると考えて、聖書を研究している」（日本聖書協会新共同訳『聖書』（新）173 頁）。

14-86 － Genesis, 3, 15（Reinsch, *Alexias*, p.504, n.131).「彼はお前の頭を砕き　お前は彼のかかとを砕く」（日本聖書協会新共同訳『聖書』（旧）4 頁）。

14-87 － 1114 年（Leib, *Alexiade*, III, p.177, n.3 ; Reinsch, *Alexias*, p.504, n.133）。

14-88 －マケドニア人フィリポスはマケドニア王国のアミュンタス Amyntas 3 世の息子で、アレクサンドロス大王の父である。ローマ人フィリポス Philippus はローマ皇帝（在位 244~249 年）。アンナの説明は間違っており、トラキアのエヴロス河畔に位置するフィリプポリスは前 341 年以降にマケドニア王フィリポス 2 世によって建設された（Reinsch, *Alexias*, p.505, n.141）。

14-89 －クレニデスはフィリプポリス（プロフディフ）の別名ではなく、同じくフィリポス 2 世によって建設された北ギリシアのフィリピ Philippi（現カヴァラ）。*The Princeton Encyclopedia of Classical Sites*, pp.704-05 によれば、フィリピは前 360 年頃タソス島の植民者によって建設され、そこが豊かな泉の湧きでる地であるところからクレニデス（泉）と呼ばれた。少し後の前 356 年、マケドニア王フィリポス 2 世はこの地を奪い、巨大な城壁をもつ都市として再建し、自分の名を都市に与えた。トリムゥスはフィリプポリス（プロフディフ）のラテン名（Trimontium）。Cf. Ljubarskij, *Aleksiada*, pp.611-12, n.1462 ; Philippopolis in *The Princeton Encyclopedia of Classical Sites*.

14-90 －タヴリィとスキタイ。コマニ（Kumanen）の古風な表現。Tauroi と Skythai の合成語として Tauroskythai の語があり、ビザンツ史料ではたいていロシア人（Russen）を意味する（Tauroskythai in *Byzantinoturcica*, II, p.303）。

14-91 －アルメニア教会は最初の三つの世界公会議しか認めず、キリスト単性説を異端としたカルケドン公会議（451 年）［第 4 回］の決定をネストリウス説に加担するものとして否認し、もちろん自らについて単性説派であることに同意しない。正統派からは異端と見なされた（Reinsch, *Alexias*, p.505, n.145）。

14-92 － 10 世紀以降にバルカン半島（ブルガリア、後にボスニア Bosnia）に起こり、11 世紀には小アジアやプロヴァンス地方に広がった。一部はマニ教の二元論的、また一部は原始キリスト教的傾向を有した。Cf. Reinsch, *Alexias*, p.506, n.146.

14-93 －第 XV 巻 8~10 章。

14-94 －二元論的および初期キリスト教的特徴をもった宗派で、9 世紀ビザンツ帝国の東方諸州で特に盛んであった（Reinsch, *Alexias*, n.148）。極端に聖像破壊主義的傾向をもち、聖職者の権威と秘蹟を排除し、自身の指導者と儀式に従った（Paulicians in *ODB*）。

14-95 －パヴロスは、サモサタ Samosata の主教で異端の判決を受けた。後期のビザンツ史料ではこの派の創始者とされている。また同じ史料によれば、彼の母はカリニケ Kallinike と呼ばれ、彼の兄弟はヨアニスであった（Reinsch, *Alexias*, p.506, n.150）。

14-96 －このモナルヒアは、ポルフュリオスの師であり、新プラトン主義の創設者とされるプロティノス（205?~270 年）の中心的考え、一者すなわちプラトンの「一なるもの（ト＝ヘン）」に基づく思想から、つまり表現し得ないこの「一なるもの」を神と同一視したことから、「一神」と解釈されうるかもしれない。オリヴィエ＝クレマン著、冷牟田修二・白石治朗訳『東方正教会』によれば、《モナルキア》は唯一最高の存在である父であり、その言葉は「『唯一の源・唯一の原因』を意味するギリシア語『モネー・アルケー［monê archê］』から派生」（白水社、1977 年、82 頁）。

14-97 －ポルフュリオスなど新プラトン学派の者たち。Cf. Reinsch, *Alexias*, p.507, n.154.

14-98 －他の多くの諸力とは、「唯一最高の存在」の下位にあり、多神教的に理解されるものと思われる。

14-99 －すなわちパツィナキ（ペチェネグ）。

14-100 －古称ハイモス（エモス）Haimos 山脈は東セルビアから始まり中央ブルガリアを東西に連ね、黒海にいたる全長 600km の山脈、現バルカン山脈またはスターラ＝プラニア Stara Planina とも呼ばれる。最高峰はフィリプポリスの真北にそびえ立つ 2376 m のボテフ山 Botev。峠は 20 あり、フィリプポリス周辺地域への侵略はおそらくボテフ山の西に位置するトロヤン Trojan 峠（1520m）、あるいは東に位置するシプカ Shipka 峠（1328m）からであろう。スキタイ戦争（1087~1091 年）の主要な舞台の一つシディラ＝クリスラ（*Al.*, VI, 14, 7 に初出）は、東バルカン山脈のリシュキ（リシュ）峠（400m）であった。

14-101 －これはいわゆる「鉄の門 Eisernen Pforte」［セルビアとルーマニアの国境付近］に位置するドナウの渓谷 Donaudurchbruch を意味する（Reinsch, *Alexias*, p.507, n.160）。すなわちドナウの川幅が狭まったカザン渓谷 Kazan/Cazanele。この渓谷によってバルカン山脈とカルパティア山脈が切り離されている。

14-102 －ここにおいてまたアンナはこの地方に居住していた古い民族の名称を使っている（Reinsch, *Alexias*, p.507, n.162）。

14-103 －セレウコス朝シリア王国に対して、マカベオス家の 7 人の兄弟が信仰のために戦い殺された（「第 2 マカベア書　第 7 章」『聖書外典偽典 1 旧約外典 I』村岡崇光・土岐健治訳、教文館、1975 年、175~178 頁）。Cf. Reinsch, *Alexias*, p.509, n. 168.

14-104 － 1115 年（Ljubarskij, *Aleksiada*, p.613, n.1475 ; Reinsch, *Alexias*, p.509, n.169）。

14-105 －アンナは、イストロスとダヌヴィスを、ドナウ（ダニューブ）の下流と上流の区別なしに、しばしば同意語として使っている（Reinsch, *Alexias*, p.510, n.170）。

14-106 －ヴィディニ（現ビディン）の東、およそ 80km の地点を北から南にかけて流れ、ダニューブに流れ込むジュー Jiu 川（ルーマニア）（Reinsch, *Alexias*, p.510, n.172.）。

14-107 －この人物は、第Ⅳ巻 4 章 3 節にアレクシオス帝の軍隊におけるマニ教徒軍の指

揮者として現れている。

14-108 －そこには宮殿護衛兵も宿泊し、従ってその場所は牢獄としても使われた（Reinsch, *Alexias*, p.511, n.177 ; Leib, *Alexiade*, III, p.184, n.1）。

14-109 －毎年行われた美少年アドニスの蘇りを祝う祭礼アドニア Adnia の際、女たちは壺に植物を植え、湯を注いで芽生えを早めたが、この壺は「アドニスの園」と呼ばれた（高津春繁『ギリシア・ローマ神話辞典』、21 頁より）。壺に植えられた花は、当然間もなく萎れてしまう（Cf. Reinsch, *Alexias*, p.511, n.179）。

14-110 － 1114 年―改宗した Bogomilen への金印文書（Dölger-Wirth, *Regesten*, no. 1268）。

14-111 －当時原理として受け入れられていた医学上の見解によれば、多量の黒胆汁 Schwarzer Galle によって精神異常 Geisteskrankheit が生じた（Reinsch, *Alexias*, p.512, n.181）。メランゴリアは melas（黒い）と cholê（胆汁）の合成語。

14-112 －この牢獄は大宮殿の象牙門と呼ばれた場所の近くにあったのでそう名づけられた（Reinsch, *Alexias*, p.512, n.182）。Ljubarskij, *Aleksiada*, p.614, n.1484 ; Leib, *Alexiade*, III, p.185, n.2.

第 15 巻

15-1 －このソリマスはニケアのスルタン、スレイマンではなく、ルム＝セルジュク朝第 3 代のスルタン、マリク＝シャー Malik-Shâh あるいはシャーヒンシャー Shâhinshâ（在位 1107~1116 年）。すでにニケアは失われ、イコニオン（コンヤ）が拠点。Leib, *Alexiade*, III, p.187, n.1 ; Ljubarskij, *Aleksiada*, p.614, n.1485 ; Reinsch, *Alexias*, p.485, n.49 ; Sewter-Frankopan, *The Alexiad*, p..529, n.1、以上すべての訳者はこの人物をイコニオン（コンヤ）のスルタン、上記のマリク＝シャーとしている。

15-2 －ホロサンはここではイラン北東部ではなく、イラクであろう。訳註 14-37 を参照。

15-3 － 1097 年ローマ帝国軍によるニケア奪取後、小アジアのスルタンの居所は、イコニオンに移された（Reinsch, *Alexias*, p.513, n.5）。

15-4 －もしこのクリツィアススランが上記ソリマス（マリク＝シャー）の父クルチ＝アルスランであるなら、アンナは間違っている。なぜならその者は十字軍との戦いから立ち直った後、マラティヤを掌握し、さらに領土をディヤルバクル（アミダ）とモスルにまで広げた。しかし 1107 年にハブール Khabur 川（ユーフラテスの支流）の戦いで大セルジュクの軍隊と戦って敗れ、同川で溺死している（*A Cultural Atlas of the Turkish World*, 1, p.63）。しかし他方 Reinsch によれば、アンナはクリツィアススランの名で二人のスルタンを指している。すなわち一人はニケアのスルタン、クルチ＝アルスラン（在位 1092~1107 年）、他はイコニオンのスルタン、シャーヒンシャー（マリク＝シャー）（在位 1107~1116 年）（索引項目 Klitziasthlán in Reinsch, *Alexias* を参照。なお Klitziasthlan in *Alexias*, Pars Altera をも）。同じ節中での記述であり、アンナは同じ人物を一方ではソリマスと言い、他方ではクリツィアススランと言い代えたと見る方が自然であろう。

15-5 －訳註 6-134 を見よ。

15-6 －キズィコスの南およそ 50km に位置する重要な要塞、現マンヤス Manyas（Reinsch, *Alexias*, p.515, n.11）。

15-7 － 1116 年（Ljubarskij, *Aleksiada*, p.615, n.1491 ; Reinsch, *Alexias*, p.515, n.13）。

15-8 － Proverbia Solomonis, 31, 10（Reinsch, *Alexias*, p.516, n.19）「有能な妻を見いだすのは誰か。真珠よりはるかに貴い妻を」（日本聖書協会新共同訳『聖書』（旧）1032 頁）。

15-9 －イエルミア Germia はアレイ山地 Arayit Dagi の町（ガラティア）。Reinsch によればアンカラ（アンキラ）の南東およそ 100km にある、現在のギュミュシュコナック Gümüskonak（Reinsch, *Alexias*, p.517, n.23）。Reinsch はイエルミアは「アンカラの南東」としているが、Google Earth によればギュミュシュコナックはアンカラの南西、およそ 111km に位置する。他方 Ljubarskij は、Гермийские холмы（イエルミアの丘）はオリムボス山［ウル山 Ulu Dag］の東斜面にある丘（ゲルメ）（Карме = Герме）としている。

15-10 － Ramsay（*Geography*, p.209）によれば、マライナの南、ドリレオンに至る軍事道路上に位置する、今日のソーユト Söyüt（Sögüt）にあたる。これに対して Ljubarskij はその位置をニケアの北の山岳地域に想定している（*Aleksiada*, p.615, n.1498）。Cf. Reinsch, *Alexias*, p.517, n.25.

15-11 － *Ilias*, 23, 318（Reinsch, *Alexias*, p.519, n.32）.「手綱を取る者が他の同業に優るのも才覚次第なのだ」（松平千秋訳『イリアス（下）』岩波文庫、349 頁）。

15-12 － 1116 年秋（Reinsch, *Alexias*, p.521, n35）。

15-13 －おそらくガロス川にかかる橋（Reinsch, *Alexias*, p.521, n.38）。ガロス川はオリムボス山の麓から東に向かって流れピシィカス辺りでサンガリオス川に流れ込んでいる（Ramsay, *The Historical Geography* の付図 Hellespontus and Bithynia を参照）。

15-14 － *Ilias*, 13, 131 ; 16, 225（Reinsch, *Alexias*, p.522, n.43）.「楯は楯と、兜は兜と、兵士は兵士と互いにぴたりと相接し、……」（松平千秋訳『イリアス（下）』岩波文庫、16 頁）。

15-15 － Reinsch はこの戦闘隊形を正確に知ることができないとした上で、次のように解説している。とにかく「右」「左」とは矢を射かける部隊から見ての意で、つまり右側から発射されるトルコ人の矢はローマ側の盾で守られた左側に当たり、他方左側から射られるローマ側の矢はトルコ人の無防備な右側に当たる（Reinsch, *Alexias*, p.522, n.44）。Reinsch は Ljubarskij の訳を参考にしたのかもしれない。後者はここの部分をつぎのように訳している。皇帝は「……トルコ人が右側―［わが］兵士たちが盾で保護されている側―に向かって矢を射かけ、われわれが矢を［敵の］左側―身体が無防備な側―に向かって矢を放つようになるように戦列を配置した」

15-16 －ケドレアはこの節の最初に出てくるケドロスと同じ。

15-17 －このピマニノンはおそらくサンダヴァリスとアモリオンの間に位置する（Reinsch, *Alexias*, p.523, n.52）。とにかくフリィイアに位置する場所で、小アジア北西部（ミシア）のピマニノンではない。

15-18 －アポゴノスは、息子とも子孫ともとれる。Leib は fils（息子）の語を、Reinsch は Nachkomme（子・子孫・後裔）の語をあてている。しかしこのヴルツィスは 10 世紀の後半に活躍し、996 年頃に死去したミハイル＝ヴルティス Michael Bourtzes と思われるので（*ODB*, p.318）、1116 年の時点で軍勢を指揮する立場にあったヴァルダスがこの者の息子ではあり得ない。

15-19 －イコニオンのスルタン、マリク＝シャー（在位 1107~16 年）。

15-20 －小アジア（Reinsch, *Alexias*, p.524, n.58）。

15-21 －ダニシュメンド朝のトルコ人。Cf. Leib, *Alexiade*, III, p.200, n.2 ; Ljubarskij, *Aleksiada*, p.617, n. 1516.

15-22 －このような神に問う手法は、第 X 巻 2 章 5 節にも見られる。なおアレクシオス帝の現在地ポリヴォトン（現ボルワディン）から南東に位置するフィロミリオンまで直線距離で約 50km、イコニオンまでは約 158km（Google Earth による）。

15-23 －サンガリス（現サカルヤ）川にかかる戦略上重要な橋。Vryonis, *The Decline of Medieval Hellenism* の付図 "Byzantine Asia Minor in the Eleventh Century" にはアンカラの西南およそ 134km あたり、サカルヤ河畔に Zompus Bridge と記されている 。

15-24 －蛮族に捕らえられていたキリスト教徒たち。

15-25 －アンナの夫ニキフォロス＝ヴリエニオス。

15-26 －ニキフォロス＝ドゥカス＝パレオロゴス。この人物は、皇后イリニの姉妹アンナ＝ドゥケナとエオルイオス＝パレオロゴスの息子（Reinsch, *Alexias*, p.526, n.66）。

15-27 －フィロミリオンからイコニオンまでの距離は、直線距離では 108km、自動車道路ではおよそ 135km。

15-28 － Ramsay によれば、メサナクタ Mesanakta（Dipotamon）はコティアイオン経由で東に向かう街道上に位置し、この街道はフィロミリオンを経由していたにちがいない（*The Historical Geography*, p.140）。

15-29 － Ljubarskij によれば、ゾナラス（*Epitome historiarum*, XVII, 27［p.757］）もまたトルコ人に対するこの新しい遠征について簡単にふれている。すなわち「皇帝はフィロミリオンへ到着したが、そこには兵士の姿を見いだせなかった、なぜなら彼らは自分たちの大事なものすべてを見捨てて立ち去っていたのであった、そしてそのため易々とその都市を掌握した。そしてまた諸要塞と、その地の人々が避難所と呼んでいる洞窟もまた皇帝へ引き渡され、それらの住民は皇帝の決定により移住させられた」（*Aleksiada*, p.617, n.1522）。

15-30 －なぜ最終目的地イコニオンを前にして引き返したのか。イコニオンを掌握するよりも、救い出した戦争捕虜や保護下においた多数のキリスト教徒住民を連れ帰ることを優先させたのであろうか。

15-31 －本巻 3 章 8 節。この 8 節では戦闘隊形が問題になっているが、しかしここでは行軍の隊形についてである（第 7 章 1 節の訳註 15-43 でもふれている）。

15-32 －イコニオンのスルタン、マリク＝シャー（在位 1107~16 年）。訳註 15~4 を見よ。

15-33 − 1091年に生まれたアンドロニコス＝コムニノスはこの戦闘の当時25歳であったが、40歳で亡くなる。父アレクシオス1世の死後、彼はアンナの反逆計画において彼女の側についた（Reinsch, *Alexias*, p.528, n.69）。Cf. Leib, *Alexiade*, III, p.205, n.1. アンナはアンドロニコスの名を記すと同時に、早世したこの弟のことを思い出し、そしてすぐ続いて自分の不幸に思いを致したのである。

15-34 − このウザスについては、たとえば第V巻7章3節にヴァイムンドスとの戦いにおける活躍が記されている（Reinsch, *Alexias*, p.529, n.70）。

15-35 − すなわちセルジュク＝トルコは小アジアからマンツィケルトの戦い（1071年）以前に手にしていた彼らの居住地へ、この戦いの後に彼らは初めて妨げられることなく小アジアに入り込むことができたのであるが、引き下がらねばならない（Reinsch, *Alexias*, 531, n.75）。

15-36 − トルコ人は征服をあきらめ、同時にロマノス＝ディオエニス帝時代におけるローマ帝国の国境を承認したというアンナの記事に関して、Chalandonはそこにははっきりと誇張が見られるとしている。すなわち「他方ゾナラスはその時行われた戦闘にそれほど大きな重要性を与えていない。ロマノス＝ディオエニスの治世、帝国の国境はアルメニアにまで達していた。一体、イコニオンのスルタンがダニシュメンドの子孫たちが居座っていた土地をアレクシオスに与えることができたなど［シワスを首都とするダニシュメンド朝は小アジア中部から北東部にかけての領域を有した］、どのように説明しうるのか。その上ヨアニス＝コムニノスの治世の初め、トルコ人がメアンドロス河畔の町、ラオディキアを攻撃しにやってきていること、そしてこの情報をわれわれに提供しているニケタス＝ホニアティス Niketas Choniatesがこの町を国境地点と見なしているようであることが知られている。従ってアレクシオス帝の成功は、領土的観点からは『アレクシアス』の著者が付与している重要性を持たなかったと考えられる。言えることは、皇帝は大きな抵抗なくフィロミリオンまで前進した。そして多くのギリシア人、敵の領域に捕らわれていた人々を解放し、連れもどったこと（このこと自体、この地域が皇帝の勝利の後においても安全でなかったことを示している）、そして疑いもなくマリク＝シャーと和平を結んだが、しかしトルコ人はイコニオンの彼方に引き下がったとは信じられないことである。皇帝の遠征は、結果として、数年前からドリレオンの地域に居住していたムスリムを、単にニケアから遠ざけたということにすぎない。これらの勝利を指摘することは、領土的な観点からは困難である」（*Alexis Ier Comnène*, pp.270-71）。アレクシオス帝の死去した1118年における小アジアの帝国国境線を見よ（Das Reich des Alexios Komnenos um 1118 in Reinsch, *Alexias*, pp.560-61）。

15-37 − アンナは、これまでクリツィアススランと呼んできたスルタンをここでサイサン（シャーヒンシャーあるいはマリク＝シャー）と言い直している。Cf. Leib, *Alexiade*, III, p.210, n.1.

15-38 − 1116年—セルジュクのスルタン Malik-Schahとの講和条約締結（Dölger-Wirth, *Regesten*, no. 1269）。

15-39 − マリク＝シャーの後にイコニオンのスルタンとなる（在位 1116~1155 年）。Ljubarskij によれば、マスード Масуд（マスゥト）はマリク＝シャー［サイサン］によって監禁されていたが、一人のアミールの援助によって解放され、その後ダニシュメンドのガージ Ghazi III と同盟を結び、後者はマスードに軍事援助を与えた。マスードとマリク＝シャーとの兄弟同士の戦いの経緯および後者の殺害についての話は、『アレクシアス』においてのみ見られるものである（*Aleksiada*, p.618, n.1528）。

15-40 − *Ilias*, 2, 20（Reinsch, *Alexias*, p.532, n.80）.「快い眠りに包まれて陣屋の内に眠る彼［アガメムノン］の姿を見ると、「夢」はネレウスの子ネストルの姿を借りてその枕許に立った」（松平千秋訳『イリアス（上）』岩波文庫、43 頁）。

15-41 − 本来は称号（ghazi：信仰戦士）であるが、ここでは人物名として使われている。Cf. Reinsch, *Alexias*, p.533, n.81.

15-42 − パラタクシスは索引にあるように多くの意味を持っているが、Buckler は、通常では line of battle の意味に、また時には formation、あるいは tactics の意味に使われるとしている（*Anna Comnena A Study*, p.393）。ここでは formation の意味にとった。ファランクス（pl. ファランエス）について、Buckler はビザンツ時代のギリシア語において専門用語でなく、単に troops あるいは bands の意味に使われることを指摘している（*Anna Comnena A Study*, 393, n.8）。ここでは戦闘集団（部隊）とした。

15-43 − アレクシオス帝の「まったく新しい軍の隊形」とはどのようなものであったのか、アンナの記述からは理解できない。ここでは軍隊の行進が問題となっているようであり、3 章 8 節で語られた「戦闘隊形」ではないように思われる（訳註 15-31 も参照）。Cf. Ljubarskij, *Aleksiada*, p.616, n.1509.

15-44 − 本巻 4 章 9 節。

15-45 − アレクシオス帝に好意的でないゾナラスもこの尋常でない行軍と、老人と病人に示した皇帝の配慮について語っている（*Epitome historiarum*, XVIII, 27［p.757］）。彼は老人には［乗り物用に］駄獣を与え、病人には盾に載せて運ぶことを命じ、自身は兵卒と一緒に歩き、疲れている者たち、あるいは乾き・飢えやその他の原因で苦しんでいる者たちを励ましていた（Ljubarskij, *Aleksiada*, p.618, n.1534）。

15-46 − 1116 年　秋（Reinsch, *Alexias*, p.548, n.145）。Ljubarskij, *Aleksiada* の「　年　表 Хронологичесуая Таблица」（p.656）では、マリク＝シャーに対するアレクシオス帝の遠征は 1116 年夏から秋。.

15-47 − コンスタンティノープルにおけるもっとも有名な孤児院は、6 世紀には存在していたアクロポリス地区の聖パウロの孤児院であった。アレクシオス 1 世はこれを大規模に再建した。この複合建造物はまた孤児のための学校施設と、盲人・身体障害者・高齢者のための避難所をも含んでいた（Orphanages in *ODB*）。

15-48 − この「一般教育 enzyklopädische Bildung」は、「初等教育 Grammatikschule」に続く段階（Reinsch, *Alexias*, p.535, n.89）。すなわち文法・修辞学・哲学で、後にアンナが語っているように（第 9 節）、いわゆる文法学校でこれらを学ぶ（Ljubarskij, *Aleksiada*,

p.619, n.1537)。

15-49 − 海の口とはヴォスポロス海峡の入り口を意味する。ここのアクロポリスは、今日トプカプ宮殿の位置する岬の先端であり、事実古代のアクロポリスのあった場所である。つぎに現れる使徒パウロに捧げられた聖堂と、アレクシオス帝によって、古いそしてより小さい建物を基礎に新たに建設された孤児院の正確な場所決定は、困難である（Reinsch, *Alexias*, p.535, p.90）。

15-50 − Ioannes, 5, 2.「この回廊には、病気の人、目の見えない人、足の不自由な人、体の麻痺した人などが、大勢横たわっていた」（日本聖書協会新共同訳『聖書』（新）171頁）。しかしこの回廊はソロモンのそれではない。Cf. Reinsch, *Alexias*, p.536, n.92.

15-51 − Iob, I, 4（Leib, *Alexiade*, III, p.262 ; Ljubarskij, *Aleksiada*, p.619, n.1539）. ここでヨブの名が持ちだされたのは、これら何ももたない貧しい男女は実際は「東の国一番の富豪」（日本聖書協会新共同訳では「ヨブ記」1, 3）のように、皇帝自身とその側近を自分たちの執事として使うあらゆる富をもつ領主であったことを言いたいのであろう。

15-52 − Matthaeus, 16, 9-10.「パン五つを五千人に分けたとき、……パン七つを四千人に分けたときは……」（日本聖書協会新共同訳『聖書』（新）31頁）。アンナはここにおいても記憶にたよっており、引用は正確でない（Reinsch, *Alexias*, p.536, n.94）。

15-53 − Ioannes, 5, 8 に関連記事（Reinsch, *Alexias*, p.537, n.95）。「起きあがりなさい。床を担いで歩きなさい」（日本聖書協会新共同訳『聖書』（新）171頁）。

15-54 − Matthaeus, 9, 27-30 に関連記事（Reinsch, *Alexias*, p.537, n.96）.「イエスが二人の目に触り、『あなたがたの信じているとおりになるように』と言われると、二人は目が見えるようになった」（日本聖書協会新共同訳『聖書』（新）16頁）。

15-55 − Matthaeus., 9, 1-8 に関連記事（Ljubarskij, *Aleksiada*, p.619, n.1543）。「……中風の人に、『起き上がって床を担ぎ、家に帰りなさい』と言われた」（日本聖書協会新共同訳『聖書』（新）15頁）。

15-56 − 1104年7月以前—コンスタンティノープルの聖パウロの聖堂の病院 krankenhaus への金印文書（Dölger-Wirth, *Regesten*, no. 1220a）。

15-57 − Leib 版も新校訂版も共に「使徒」は複数属格になっているが、新校訂版では校訂者の一人 Reinsch は欄外において単数属格を採用し（*Alexias*, Pars Prior, p.484）、ドイツ語訳でも die Kirche des Apostels と単数形にしている。

15-58 − Paralipomenon（「歴代誌」）, II, 7, 6 ; I, 15, 16. しかしそこには女性の歌い手については一切語られていない（Reinsch, *Alexias*, p.537, n.99.）。

15-59 − アンナの記憶違いであろう。リュシマキアはアレクサンドロス大王の武将リュシマコスからそう名付けられた都市で、エリスポンドスに位置する（Reinsch, *Alexias*, p.539, n.103 ; *Alexias*, Pars Altera, p.49）。

15-60 − アンナはアレクシオス帝の建設した、あるいは再建した城塞や町のいくつかを指摘している—*Al.*, VI, 10, 9-11 ; XI, 10, 9 ; XIV, 9, 4（Reinsch, *Alexias*, p.538, n.104）。

15-61 − Sophocles, *Greek Lexicon* によれば、スヘドスは、生徒たちが文法的に分析を求め

られる文章の一部が書き込まれた一枚の紙あるいは書版、および語形変化・語の由来・語の定義などの分析・説明そのものを言う。Lubarskij はすぐ後にあらわれる知的教育（гуманитарное образование : liberal education）に註を付して、以下のように述べている。文法の学校においては古典ギリシア語の教育に焦点がおかれた（語の綴り・語形論・構文論）。いわゆるスヘドグラフィア schedographia はそのような教育方法の一つであった。個々別々の単語あるいはテキストの断片が書板に書かれ、それらを生徒たちが分析する。時には基礎的な文法上の分析が、時にはより困難な分析が行われた。ビザンツの作家たちは、スヘドグラフィアが生徒たちにもとめた困難な課題について報告している（*Aleksiada*, p.620, n.1552）。

15-62 – Reinsch は、この読み書きできないエリン（ギリシア人）をエラス（ヘラス）、すなわちギリシア本土の住民としている（*Alexias*, p.538, n.107）。

15-63 – Ljubarskij は知的教育に гуманитарное образование（liberal education）をあて、грамматические школы（grammar schools）における重点課題は古典ギリシア語の学習・訓練（語の綴り・形態論・統語法）であったとしている（*Aleksiada*, p.620, n.1552）。

15-64 – アンナがあげる人名のうち、同定可能な人物は、11 世紀のイタリアの文法家ロンギヴァルドスだけであるらしく、すぐ後に記される「文章分析演習の作業」に関する著作が伝わっている。Cf. Ljubarskij, *Aleksiada*, pp.620-21, n.1553. Reinsch, *Alexias*, p.538, n.109, n.110, n.111.

15-65 – 「そののち彼の治世 …… 年に」の「そののち（後）」とは、アレクシオス帝のトルコ人に対する最後の遠征（1116 年）後のこととなろう。しかしアンナは以下において、セヴァストクラトルのイサアキオスが弟帝アレクシオスと共にヴォゴミリィの指導者ヴァシリオスの不敬な教義を吐き出させることに尽力したこと、また時の総主教ニコラオス＝グラマティコスが他の聖職者とともにヴァシリオスの火刑の判断を下したことを語っているが、前者イサアキオスは 1104 年 11 月までに死去しており、後者ニコラオスが総主教職を保持したのは 1111 年まででである。Cf. Ljubarskij, *Aleksiada*, pp.621-22, n.1555. Reinsch は、この事件は 1116 年よりかなり以前、おそらく 1104 年より少し以前としている（Reinsch, *Alexias*, p.539, n.112）。

15-66 – マサリアニィ Messalianer（意味は「祈る人々」、ギリシア語で Euchitai）は 4 世紀にシリアに現れた狂信的な修道士の運動で、390 年に教会において断罪された（Reinsch, *Alexias*, p.539, n.114）。

15-67 – ヴォゴミリィ（ヴォゴミル派）（その名称はこの派の創始者で司祭のヴォゴミル Bogomil から）は、10 世紀の前半ブルガリアに現れた（Reinsch, *Alexias*, p.539, n.115）。Cf. Bogomil, Pop in *ODB*.

15-68 – 12 世紀の修道士ズィガベノス Zigabenos によれば、「ヴォゴミリィは修道士のような服装をしている」、実際彼らは修道士ではないが、明らかに修道士的な特徴をそなえていた（Ljubarskij, *Aleksiada*, p.523, n.1560）。

15-69 – このヴァシリオスについて、ゾナラス（*Epitome historiarum*, XVIII, 23 [p.743]）

は修道士の衣服を着ているが、職業は医師であると書いている。他の多くの史料も同じことを報告している。ヴァシリオスの生まれについてはなにも知られていない（Ljubarskij, *Aleksiada*, p.623, n.1562）。Basil the Bogomil in *ODB*, p.268 によれば、コンスタンティノープルのヴォゴミリィの指導者。1111 年頃コンスタンティノープルで死去。修道士であり医者であった彼は、1070 年頃にはヴォゴミリィ派における教師となっていたようである。

15-70 －ゾナラス（*Epitome historiarum*, XVIII, 23［p.743］）もヴァシリオスの異端の広がりを証言している。すなわちヴァシリオスは全世界に彼自身の汚れた教義を感染させ、そしてそれから帝都に現れた（Ljubarskij, *Aleksiada*, p.624, n.1564）。

15-71 －ヴォゴミリィの考えによれば、サタナイルは神の長男で、キリストの兄であるが、おごり高ぶり、父なる神に背き、天使たちを父のもとから連れ出した。キリストは彼をタルタロス Tartarus（冥界）に閉じこめ、その名から天使たち［東方正教会キリスト教の２大天使ミハイル・ガヴリイルなど］に特徴的な "il"［êl］の綴り字を奪った［従ってサタンと呼ばれる］（Ljubarskij, *Aleksiada*, p.624, n.1565）。またヴォゴミリィにおいてはサタナイルは人間とすべての物質的世界の真の創造者であったとされる（Reinsch, *Alexias*, p.540, n.118）。

15-72 －黒胆汁については訳註 14-111 を参照。ここでは彼の邪悪な教義そのものを指しているのであろう。

15-73 －アレクシオスとイサアキオス兄弟。セヴァストクラトルのイサアキオスは、「第二の皇帝」と呼ばれている（第Ⅲ巻４章１節）。

15-74 －ここは、Reinsch 訳：.... ［jener］ stekkte due gesamte Menschwerdung Christi als eine Ausgeburt der Phantasie hin, ...（［その者は］キリストの受肉そのものすべてを幻想の作り出したものと見なし）を参考にした。*PGL* には、イコノミィアに Person of Word incarnate の意を与えている（C.6.d.）。

15-75 －「アンナが報告しているヴァシリオスの見解は、ヴォゴミリィの考えについて他の諸史料からわれわれに知らされているものと完全に一致している。多数の他の異端諸派の者たちと同様に、ヴォゴミリィも教会堂を敬わず、彼らの考えでは鬼神たちの住処と考える。彼らの主張によれば、教会堂の内には聖なるものはなにも存在しない、なぜなら教会堂は神によって造られたものでなく、人間の手によるものである。人々はそれぞれの家において福音書の教えに従ってひたすら祈らねばならないのである。ヴォゴミリィはまた聖体拝領を認めない、なぜなら彼らは、聖体拝領で使われるパンとぶどう酒は普通の食べ物であって、キリスト教会が教えているようにはキリストの肉と血に変化される превращается ことはないと信じていた」（Ljubarskij, *Aleksiada*, p.624, n.1567）。

15-76 －アヴァスは、アラム語の修道士の敬称（「お父様」）（Reinsch, *Alexias*, p.542, p.122）。

15-77 －「慎みがそうはさせない」の文はサッホー Sappho ではなく、アルカイオス Alcaeus のサッホーに宛てた詩文中にあるらしい。アンナは、アリストテレスの "Риторика（Rhetoric）" にある引用文からサッポーの詩に通じていた。Cf. Ljubarskij,

Aleksiada, pp.624-25, n.1569.「例えばアルカイオスが『何かを私は言いたい、しかし恥じらいが妨げる』と言った時、サッポが詩でこう言ったようなものである。……」（山本光男訳「弁論術」『アリストテレス全集 16』岩波書店、1977 年、55 頁）。

15-78 －パノプリアの意味は、suit of armour of a oplitês（重装歩兵の武器一式）（*GEL*）。Ljubarskij によればこの書物の完全な表題は Panoplia dogmatikê tês orthodoxou pisteos êtoi oplothêkê dogmatôn、すなわち「догматическое всеоружие православной веры, или арсенал догматов（正統信仰のための教義に関わる完全な武器あるいは教義の武器庫）（*Aleksiada*, p.625, n.1570）。

15-79 －ブルガリア人のマリア。第Ⅱ巻 5 章 8 節に登場している。

15-80 － 1110 年頃活躍した神学者ズィガベノスその人と彼の作成した教義大全の簡単な説明については、Zigabenos in *ODB* を参照。

15-81 －皇帝はそのような検査の方法を考え出したが、それは、偽ってヴォゴミロスであることを認めない異端者の誰一人も決して、ヴォゴミリィは十字架の崇拝を断固拒絶するゆえに、あえて十字架に近づこうとしないことを知っていたからである（Ljubarskij, *Aleksiada*, p.625, n.1572）。

15-82 －東方教会の讃美歌作者マイユーマ［パレスチナはガザの港］のコスマス Kosmas von Maiuma（8 世紀）で、燃えさかる炉の中に投げ込まれた三人の若者に対する讃歌を書いた。Cf. Reinsch, *Alexias*, p.544, n.130）。Daniel, 3, 19.「ネブカデネザル王はシャドラク、メシャク、アベド・ネゴに対して血相を変えて怒り、炉をいつもの七倍も熱く燃やすように命じた」（日本聖書協会新共同訳『聖書』（旧）1384 頁）。

15-83 － Dölger-Wirth, *Regesten*, no. 1272 によれば皇帝の命令は 1117 年頃。しかし訳註 15-65 を参照。

15-84 － Psalmi, 91, 7-8（Reinsch, *Alexias*, p.546, n.134）.「［疫病も……病魔も］あなたを襲うことはない。あなたの目が、それを眺めるのみ」（日本聖書協会新共同訳『聖書』（旧）930 頁）。ここでもアンナの引用は正確でない。

15-85 －今日なおその場に立っているのは、下エジプトのヘリオポリス Heiliopolis（Karnak）にあったトトメス 3 世 Thutmosis のオベリスクで、以前の皇帝たちによる設立の試みが失敗したのち、390 年にテオドシウス帝が立ち上げた（Reinsch, *Alexias*, p.546, n.135）。

15-86 － Matthaeus, 27, 64（Reinsch, *Alexias*, p.546, n.136）.「そうなると、人々は前よりもひどく惑わされることになります」（日本聖書協会新共同訳『聖書』（新）59 頁）。

15-87 －姉アンナによる陰謀を除けば、ヨアニス 2 世の「治世の残りの期間は何一つ陰謀や反乱の騒擾が発生しなかった」のに反して、アレクシオス帝の治世は陰謀・反逆の連続であった。しかしアレクシオスは反逆者に対して死刑や目潰し・四肢切断などの身体刑を課すことはほとんどなかった。おそらく例外はこのヴァシリオスの焚刑であろう。E. ギボンは、「一方では貧しく虚弱な人々の病院の建設を促すと同時に一人の異端者の処刑を自ら指示し聖ソフィアの広場で焚殺せしめた」とし、「彼の性格はまたギリシ

ア人一般の迷信によって汚された」と書いている（『ローマ帝国衰亡史 VIII』208、207頁）。

15-88 – Daniel, 3, 24 以下を見よ（日本聖書協会新共同訳『聖書』（旧）1384~85 頁）。

15-89 –訳註 14-108 を見よ。

15-90 –本巻 6 章 5 節。

15-91 –「心を tên kardian」に関して Leib が lui le coeur（彼の心）としているのに対して、Ljubarskij は мое сердце（私の心）と解している。Reinsch はテキスト通りに das Herz（心臓・胸）をあてている。「私の心」をとりたい。

15-92 – 1116 年秋（Reinsch, *Alexias*, p.548, n.145）。

15-93 –本章第 2 節にあるようにアレクシオス帝は、トルコ遠征からの帰還（1116 年秋）後「1 年と半年もすぎないうちに」病に襲われた。Chalandon によれば、その時期は 1118 年の 1 月あるいは 2 月になる。アレクシオス帝はそれから 6 ヶ月にわたって病床にあり、ついに致命的な病気に襲われ、1118 年 8 月 15 日から 16 日にかけての深夜に死去したであろう（*Alexis I*^{er} *Comnène*, p.275 and n.1）。Ljubarskij, *Aleksiada*, p.629, n.1593.

15-94 –「アレクシオスの病状の詳細で写実的描写は、著者の観察力と、この分野の知識だけでなく、彼女の無類の記憶力を証明している。事実アンナは父の死後 30 年にして彼の病状について語っているのである。そして病状の描写は、アレクシオスの病気がどのようなものであったかを知る上で役立つものである。K. Alexandrides, Über die Krankenheiten des Kaisers Alexios I Komnenos, *Byzantinische Zeitschrift*, 55, 1962 によれば、われわれが注意を集中しなければならないのは単一の病気でなく、相互に関連する 3 つの疾患、すなわち подагра（痛風）・сердечная недостаточность（心臓機能障害）・инфаркт（心筋梗塞）である」（Ljubarskij, *Aleksiada*, p.626, n.1585）。

15-95 –すぐ後に記されているマンガナ地区にあった宮殿。Cf. Reinsch, *Alexias*, p.552, n.149.

15-96 –第 12 節を除き、この第 11 節から最後の第 24 節まで多くの欠文が見られる。Leib 版においても復元が試みられているが、なお欠文の箇所が多数残されている。新校訂版では 1 ヶ所を除きすべて復元されている（Reinsch, *Alexias*, pp.552-53, n.150 によれば、それらのあるものは確定的でなく unsicher、またあるものはまったく仮定的 hypothetisch である）。

15-97 –ビザンツ人の考えでは、息をする魂 Hauchseele は人の死に際して口あるいは鼻を通じて人体を離れる（Reinsch, *Alexias*, p.553, n.151）。Reinsch の独訳は、... und ihre Seele hate fast schon den Körper verlassen.（彼女の魂はすでにほとんど身体から離れようとしていた）。

15-98 – 1118 年（Ljubarskij, *Aleksiada*, p.626, n.1587 ; Reinsch, *Alexias*, p.553, n.152）。

15-99 –聖書中の人物、ラザロ Lazarus の姉妹。Lucas, 10, 39（Reinsch, *Alexias*, p.554, n.158）.「……主の足もとに座って、その話に聞き入っていた」（日本聖書協会新共同訳『聖書』（新）127 頁）。

15-100 －これは、皇帝が亡くなり、帝位が別の一族に移った場合、前皇帝の親族に降りかかるであろう危険な事態をいっているのであろう。兄帝イサアキオス＝コムニノスの要請に従わず、帝位を辞退したヨアニス＝コムニノス（アレクシオスの父）の行動を激しく非難する妻アンナ＝ダラシニィの言葉が参考になる（Gautier, *Nicéphore Bryennios, Histoire*, I, 3)。

15-101 － Psalmi, 18, 4.「死の縄がからみつき」（日本聖書協会新共同訳『聖書』、(旧) 847 頁)。

15-102 －アンナは、彼女の憎い弟ヨアニスの名をあげようとしない。彼女の以下の叙述から帝位継承をめぐっての緊迫状態と対決に関わる甚だしく遠回しの言辞が窺える。これらについて幸いにも二人の歴史家、ヨアニス＝ゾナラス（*Epitome historiarum*, XVIII, 28-29［pp.761-764］）とニケタス＝ホニアティス（*Historia*, p.5, 86 - p.8, 80 ; Niketas Choniates, *O City of Byzantium*, pp.5-9）がそれぞれ書き残してくれている（Reinsch, *Alexias*, p.555, n.160)。Cf. Barbara Hill, Actions Speak Louder Than Words : Anna Komnene's Attempted Usurpation, in *Anna Komnene and Her Times*, pp.45-62.

15-103 －ホニアティスはその時の状況を次のように伝えている。「ヨアニスが……武器をとり馬に飛び乗り大宮殿へ急いで向かう、その一方マンガナ修道院の周辺および都《ポリス》の街々では彼の支持者たちおよび事態を聞き知って集まってきた市民たちの多数が彼をヴァシレフス、アフトクラトルと声高に歓呼し始めた」(*Historia*, p.6, 38-43 ; *O City of Byzantium*, p.6)。

15-104 －第 13 節の「アスクレピオスの生徒《アスクレピアデェ》の幾人」のことであろう。

15-105 －テオドラ＝コムニニ。アンナの後 3 番目に生まれた娘、当時 22 歳（Reinsch, *Alexias*, p.557, n.163)。

15-106 － 1118 年 8 月 15 日から 16 日にかけての深夜（訳註 15-93 参照)。ニケタス＝ホニアティスによれば、彼の葬儀は故人によって建てられていた（コンスタンティノープルの）情け深いキリストの修道院において行われた（*Historia*, p.8 ; *O City of Byzantium*, p.7)。ゾナラスは次のように述べている。「その者［ヨアニス］の父は日中の間はまだ息をし瀕死の状態であったが、夜のうちに死去した、それはほぼ 70 年まるまる、あるいはほとんどそれに近い年数を生き、そのうち 37 年と 4 ヶ月と数日を皇帝として統治した後のことであった。その者が死んだのは第 6626 年中であった、それまでずっと上首尾に帝位を保持していたが、最後はふさわしいものでなかった。なぜなら、おそらく彼の遺体を最後の湯洗いでことごとく清める者がだれもいないほどにほとんどすべての召使《テラポンティス》いから見捨てられ、また彼の遺体が皇帝として壮麗に扱われるように皇帝の装身具が彼の身体に装着されることもなく、皇帝にふさわしい葬儀と、しかもそれが余人でなく、彼から帝国《ヴァシリア》を受けとった息子、その者が帝位《ヴァシリア》に値すると判断した息子の参列も受けなかったのである……」(*Epitome historiarum*, XVIII, 29, p.764)。

15-107 － Euripides, *Orestes*, 1-2（Reinsch, *Alexias*, p.557, n.164).「よくぞ人間の力で耐えられたと思われる苦悩や神さまからくだされる災厄があります」（松本仁助訳「オレステ

ス」『ギリシア悲劇IV エウリピディス（下）』ちくま文庫、347頁）。

15-108 − Reinsch は D. I. Polemis, *The Doukai*, London, 1968, 71-72, Anm. 17 によって、彼女の死をおそらく1123年であろうとし（*Alexias*, p.558, n.165）、Ljubarskij は、アンナが夫ニキフォロス＝ヴリエニオスの死を母の死の後に述べていることから、彼女の死はニキフォロスの死より以前、すなわち1137年以前のこととしている（*Aleksiada*, pp.629-30, n.1595）。

15-109 −ニオベについては、高津春繁『ギリシア・ローマ神話辞典』の「ニオベー」を参照。

15-110 −ニオベは石となっても涙を流し続けたといわれる。Cf. Reinsch, *Alexias*, p.558, n.169.

訳註 15-102 への補記

J. Herrin によればアンナ＝コムニニは夫の死後間もなく「1137年頃に執筆を開始し、その十年後、死の床で最後のページを書いていた」（『ビザンツ 驚くべき中世帝国』310頁）。しかしアンナの死亡の正確な時期は分からないらしい。1153/54年頃（*ODB*, p.1142）ともあるいは1148年以後、1153年以前（Reinsch, *Alexias*, p.11）ともされている。Reinsch は、アンナは53歳で執筆を開始し、70歳頃に死去したとする（*Alexias*, p.11）。

さて、父の伝記あるいは歴史であるはずの『アレクシアス』は、自身の不運に対するアンナの大げさすぎると思える嘆きで始まり、ニオベ以上の悲しみの吐露で終わっている。それほどの彼女の悲しみと不幸の源はなんであろう。父である皇帝アレクシオスと母である皇后イリニそして夫ケサルの死以上のもの、それは明らかに二度にわたって帝座への望みを絶たれたことであろう。一度は弟ヨアニスの誕生により許嫁のコンスタンディノス＝ドゥカスが共治帝の地位を失ったことと夭折、そして二度目はアレクシオス帝の死の直後に帝権を掌握したヨアニスに対する陰謀の失敗であろう。アンナは将来皇后になることを夢み、それへの執着とそれを断たれたことへの怨念は、幾度も語られる自身の不幸と苦しみの言葉のくり返しから、余人には計り知れぬ異常なものであったことが推測される。あらゆる分野における並み外れた才能の持ち主であったアンナは、とくに皇后として政治に関わることに大きな野心を抱いていたに違いない—自分ならきっと、アンナにとっては「帝権そのものを握り（*Al.*, III, 7, 5）」真の皇帝とも映ったアレクシオス帝の母、アンナ＝ダラシニに劣らず、いや彼女以上に帝国をみごとに取り仕切ることができるだろう。

最後に訳註0-17の最後で自らに課した課題を少し長くなるが果たしたい。以下はゾナラスとホニアティスにもとづく Chalandon の説明に主としてよっている（*Jean et Manuel*, pp.4-8）。なお Ljubarskij も3頁以上にわたる訳註において同じテーマをあつかっている（*Aleksiada*, pp.626-29, n.1591）。

アレクシオス帝の共治帝であった許嫁のコンスタンディノス＝ドゥカスの死後、ニキ

フォロス＝ヴリエニオスと結婚したアンナは夫を皇帝に据えることで帝座への希望を断念せずにいた。アンナは母と兄弟のアンドロニコスを味方にすることに成功。特に皇后イリニは娘を積極的に支持し、機会あるごとに病床にある夫に向かって自身の息子を中傷し、浮薄な性格、品行のないものとなじり、他方ヴリエニオスの美点を誉めたたえ、ヨアニスの帝位継承の考えを棄てるように迫る。しかし、アレクシオスはヨアニスの継承の考えを変えようとしない。

ヨアニスは母娘たちの策謀に気づく。兄弟のイサアキオスに助けられて、彼は密かに味方を集め、元老院と民衆を引きつけることにつとめる。しかしこれは容易なことではなかった、なぜならヨアニスは厳重に監視され、その行動は母の密偵によってさぐられていたのである。

父の命の危ないのを知らされて、ヨアニスは母と姉の知らないうちに、うまく父と話し合う機会をもつ。危篤の病人の部屋を出るとき、若い皇子の指には皇帝の帝璽付指輪がはめられていた。術策を弄して手に入れたのか、あるいはアレクシオスからうけとったのか？ Chalandon はゾナラスとホニアティスの記事から、皇帝自身が自分の指輪を外し、それを息子に手渡したことは大いにありうる、と述べている（*Jean et Manuel*, p.5, n.7）。ゾナラスは人の言うところと断りながら、「（部屋からの）退出、その同意の印として父の指から指輪を抜きとることを彼に命じたのは実にその者（アレクシオス）であった」（*Epitome historiarum*, XVIII, 28, p.761）と書いている。他方ホニアティスは、「母に気づかれずに父の寝室に入ったその者は、悲しむふりをして父を両腕に抱きかかえながら、そっと彼の指から小印つきの指輪を抜き取った」と述べながら、「しかし彼は父の指示に従ってこれを行ったのだと言う者もあり、この方がすぐ後に語られること［アレクシオスのふるまい］から支持されるように思われる」（*Historia*, p.6, 34-38 ; Niketas Choniates, *O City of Byzantium*, p.6）と、解説している。

ヨアニスは時を逸せず馬に乗り、十分多数の兵からなる集団に守られてマンガナ宮殿の門を潜る。大宮殿に近づく、しかし護衛兵のヴァランギィは誰も中に入れようとしない。そこでヨアニスは総主教にアレクシオスの死を伝え、自身がただちに戴冠されるように聖ソフィア寺院に人を送る。このことには障害なく、戴冠の儀式が即座に実行された。ヨアニスの一行は大宮殿にとって返し、［今上］皇帝《アフトクラトル》の生存中は誰ひとり中に入ることを許さないヴァランギィに、ヨアニスは誓いを立て、父が死んだことを断言する。城門は開かれ一行が中に入った後、門は閉められる（ここはゾナラスに従っている：*Epitome historiarum*, XVIII, 28, p.763。ホニアティスによればヨアニスの一行は、護衛兵が［アレクシオスの］指輪を示しても納得せず、そこで重い胴の棒をつかって蝶番を外して宮殿の扉を開き強行突入した：*Historia*, p.12, 1-5 ; *O City of Byzantium*, p.6）。戴冠され、大宮殿を掌握したヨアニスは今やいっそう落ち着いて事の成り行きを見守る立場にあった。Chalandon は、ヨアニスの大胆ですばやい一連の行動、そのとき示した気力と決断が正当な後継者の地位を守ることができた、と言う（*Jean et Manuel*, p.4）。しかし、成功はニキフォロス＝ヴリエニオスの出方いかんにかかっていたように思える。事実、

宮殿の中ではヨアニスと支持者たちは不安な思いでヴリエニオスとその支持者の動きを窺っていたのである。マンガナ宮殿を抜け出したヨアニスの行動を知った「皇后イリニは、息子を呼び寄せ行動を思いとどまらせようとした。事態を完全に掌握したヨアニスは、母の言葉に何ら関心を示さなかった。そこで彼女はヴリエニオスに自分の支持のもと帝位を握るよう駆りたてた。しかしヴリエニオスは行動を起こさなかった」(*Historia*, pp.6-7, 44-49 ; Niketas Choniates, *O City of Byzantium*, p.6)。

ヨアニスは戴冠式の直後、自分の命を狙う試みを恐れて母の要請にもかかわらず、クリストス＝フィランソロポスの修道院（帝都の北の地域）に葬られた父の葬儀に加わることを拒んだだけでなく、数日間、大宮殿の中に閉じこもり、あえて外に出ようとしなかった。その恐れは現実化する。戴冠式から数ヶ月も過ぎないうちに、陰謀が組織される。ヨアニス殺害の新しい計画を企てたのはアンナ＝コムニニであった。ホニアティスははっきりと「陰謀の主謀者《プロトエルガティス》（prôtergatês）はケサリアのアンナ」であったと書いている（*Historia*, p.11, 60 ; *O City of Byzantium*, p.8)。「悪事を働く者たちの群がヴリエニオスの周囲に集まり、……（中略）…… 姻戚関係で皇帝に結びついていた者たちの中でもっとも傑出していたので、ケサル［ヴリエニオス］に皇帝権力を渡そうとした。馬を走らせるのにこの上なく適し、［コンスタンティノープルの］陸の城壁の諸門から遠くない所に位置したフィロパティオンで皇帝が宿営していた時を狙った。彼らはすでに以前に［フィロパティオンの宮殿の］門番にたっぷりと賄賂を与えていたので、おそらく人殺しの武器を手にして手早く夜襲をかけることができたであろう。しかしそれは、ヴリエニオスのいつもの物臭と無気力が帝位を獲得しようとの試みを邪魔し、盟約を無視し、同士の熱意を消し、じっとして動かない状態を強いることがなかったならばである」(*Historia*, p.10, 37-52 ; *O City of Byzantium*, p.8)。

翌朝、犯行に及ぼうとした者たちはフィロパティオンの宮殿に入ることができたものの出られない状態でいるのを発見され、逮捕された。彼らは目を潰されることも、手足を損なわれることもなかった。皇帝ヨアニスは謀反人の財産の没収を宣言することにとどめ、しかも少し後には陰謀計画の主謀者アンナ＝コムニニを含めて謀反人の大部分を許し、彼らの財産を返してやった。

母イリニはアンナの仕組んだ第二の陰謀には関わらなかった。しかし、宮廷人として宮殿にとどまることはできなかったであろう。皇后は夫の生存中に自ら建設させたケカリトメニ女子修道院（上記クリストス＝フィランソロポスの修道院と壁一つ隔てて隣り合っていた）付属の建物に引退した。陰謀失敗へのアンナの悔しさ、そして彼女にはそう思われたであろう、その主たる原因であった優柔不断な夫への怒りは、計り知れないものであったに違いない。ホニアティスは、彼女が怒りのあまり寝所で夫に加えた仕打ちを聞き伝えている（*Historia*, p.10, 55-56 ; Niketas Choniates, *O City*, p.10)。とにかく彼女もおそらく夫の死後はケカリトメニ女子修道院付属の建物に入り、以後ここからでることなく、夫の未完のアレクシオス伝の執筆にとりかかるのである。

ニキフォロス＝ヴリエニオスは妻の陰謀計画にもかかわらず、これまで通り宮廷に出

入りし、皇帝ヨアニスの遠征にも同行している。ケサルがアンナの企てに立ち上がらなかったのは、「物臭と無気力」によるものであったのだろうか？ Chalandon もこの者はどちらかというと無気力な性格で、結局の所あまり野心をもっておらず、犯行を決断することができなかった、と述べている（*Jean et Manuel,* p.8）。しかし私には、有能な軍人・政治家であり、すぐれた文人でもあったニキフォロス＝ヴリエニオスの陰謀に対する一見無気力・無関心はむしろ彼の強い意志のあらわれで、これには共に失敗に終わった曾祖父と祖父の反逆の記憶が強く作用していたように思える。根津由喜夫氏は、陰謀に関わらなかったのは「ことによると、ブリュエンニオス自身が、時代が求める皇帝は自分ではないことを悟っていたのかもしれない」と、その意志を指摘している（『ビザンツ貴族と皇帝政権』357 頁）。Reinsch はさらにはっきりと、陰謀の失敗はヴリエニオスが皇帝ヨアニスへの忠誠を守ったことにあり、彼は陰謀者たちの求めた役割を引き受けることを拒否したと述べている（*Alexias,* p.10）。

著訳者紹介

アンナ＝コムニニ：(1083年12月2日「緋の産室」生まれ～1154／55年頃没)
ビザンツ皇帝アレクシオス1世コムニノス（在位1081～1118年）の息女。1097年頃、名門の軍事貴族出のニキフォロス＝ヴリエニオスと結婚。アレクシオスの死後、アンナの弟ヨアニスが即位。アンナは夫ヴリエニオスを担いでクーデターを企てるも失敗。以後、母の建てた修道院に入り、父アレクシオス1世の治績を綴った畢生の大著『アレクシアス』を著した。西洋古代～中世を通じて唯一の女性歴史家とされる。

相野洋三（あいの・ようぞう）：1941年、神戸市に生まれる。1964年、関西学院大学文学部史学科卒業、1969年、同大学大学院文学研究科博士課程（西洋史学）単位取得後退学。2002年、兵庫県立高等学校定年退職。2003年、「ビザンツ帝国海軍組織の研究」により博士の学位（歴史学）取得。著書に『モレアの夢―中世地中海世界とフランク人征服者たち』(碧天舎、2003年)、『続モレアの夢―アテネからイスタンブル・近郊』(同、2004年)。

ΑΛΕΞΙΑΣ

Ἄννα Κομνηνή

アレクシアス

2019 年 12 月 2 日　初版発行
2020 年 3 月 10 日　第 2 刷

著　者　アンナ＝コムニニ
訳　者　相野洋三
装　丁　高麗隆彦
発行者　長岡正博
発行所　悠書館

〒 113-0033　東京都文京区本郷 3-37-3-303
TEL 03 (3812) 6504　FAX 03 (3812) 7504
URL：http://www.yushokan.co.jp/
本文＆表装印刷：理想社／製本：新広社

ISBN 978-4-86582-040-9
定価はカバーに表記してあります